語言文字叢書

# 十韻彙編研究

## 上冊

葉鍵得　著

# 十韻彙編研究

上册

# 十韻彙編研究

十韻彙編之作，據　先師林景伊先生影印後記，乃發軔於劉半農先生八韻比，卒由魏建功、羅常培兩先生終竟其事，而成斯編。新材料能突破前人研究之極限，先師與羅魏二君已慨乎言之。然十韻彙編雖爲新資料之總集，而編者限於時序，材料多爲輾轉傳鈔，原卷深藏，未能親覩，且寫本久蘊洞穴，或經蠹損，或因腐蝕，殘缺不全，難保完璧，故彙輯成編，錯誤不免，後之用者，易受誤導。是則一字之訛，一音之差，皆宜考鏡，以符原貌。葉生鍵得早及余門，從余習文字聲韻，完成碩士論文通志七音略研究。以韻圖之作，基於韻書；韻書不明，韻圖失據。故入博士班，高郵高師仲華乃以十韻彙編研究相屬，葉生聞而心喜，商略於余，並請指導，余上承師長殷切之屬，下感葉生問學之誠，乃毅然應允，於是研訂大綱，尅日計程。鍵得學有根柢，行事踏實，盡六載之鑽研，完成論文九十餘萬言，考校於點畫之微芒，斟酌於切語之清濁，釐正諸卷，各歸本原。於殘卷研究之狀況，斯編輯訂之經過，版本之異同，編排之方法，廣搜博考，探源振委，用功已深；而校勘譌敓，考釋系統，比較異同，評騭得失，亦鞭擘入裏，足資參稽。葉生既以此篇榮獲文學博士學位，復將刊行，就正於當世之知音君子。因問序於余，遂以葉生所以能爲此編者告。是爲序。

中華民國七十七年五月十七日

**陳新雄**　序於臺北市和平東路二段鍥不舍齋

# 十韻彙編研究　目次

上冊


研究提要
第一章　緒論 …… 1
第一節　切韻殘卷研究概況 …… 1
第二節　十韻彙編之成書 …… 30
第三節　十韻彙編之編排 …… 31
第四節　魏序羅序之內容 …… 42
第五節　十韻簡介 …… 49
第二章　十韻校勘記 …… 63
第一節　切一校勘記 …… 64
第二節　切二校勘記 …… 71
第三節　切三校勘記 …… 100
第四節　德校勘記 …… 277
第五節　西校勘記 …… 284
第六節　王一校勘記 …… 291
第七節　王二校勘記 …… 482


下冊

第八節　唐韻校勘記……631
第九節　刊校勘記……843
第十節　廣韻校勘記……916
第十一節　切序甲校勘記……1093
第十二節　唐序甲校勘記……1098
第十三節　唐序乙校勘記……1099
第三章　十韻考釋……1103
第一節　切一考釋……1103
第二節　切二考釋……1110
第三節　切三考釋……1118
第四節　德考釋……1133
第五節　西考釋……1142
第六節　王一考釋……1146
第七節　王二考釋……1164
第八節　唐韻考釋……1180
第九節　刊考釋……1198
第十節　廣韻考釋……1223
第四章　十韻之比較……1243
第一節　切韻、唐韻、廣韻之命名……1243

第二節 成書主旨 1250
第三節 成書年代之比較 1252
第四節 韻目行款之比較 1256
第五節 韻目次第之比較 1258
第六節 韻字數之比較 1270
第七節 十韻所見切語上字表 1282
第五章 切韻相關問題之討論 1301
第一節 切韻之性質 1301
第二節 切韻之重紐 1321
第三節 陸法言之名及其傳略 1347
第四節 廣韻以前韻書之流變 1354
附：主要參考書目 1365

# 第一章　緒論

## 第一節　切韻殘卷研究概況

切韻音系為中國聲韻學之基礎，切韻音系韻書不明，則對中國聲韻學無以透徹知曉。在敦煌韻書未發現之前，切韻、唐韻僅散見於書籍引目而已，自清德宗光緒二十五年（西元一八九九年）敦煌祕室重啟，卷軸外流，以及故宮珍本之開放後，切韻原書與廣韻一系韻書所承切韻之真象，始漸為後世所識。

現今海內外所珍藏之切韻殘卷，計有（註一）：

一、法國巴黎國家圖書館所藏者：

1. P二〇一一（十韻彙編簡稱「王一」）
2. P二〇一二
3. P二〇一四（十韻彙編簡稱「刊」）
4. P二〇一五（十韻彙編簡稱「刊」）
5. P二〇一六
6. P二〇一七
7. P二〇一八
8. P二〇一九
9. P二一二九（十韻彙編簡稱「陸序甲」）
10. P二六三八（十韻彙編簡稱「唐序乙」）

11. P二六五九

12. P二六九三

13. P二七一七

14. P二九〇一

15. P三六九三

16. P三六九四

17. P三六九五

18. P三六九六

19. P三六九六

20. P三九〇六

21. P三七九八

22. P三七九九

23. P四七四六（即巴黎未列號之甲）

24. P四七四七（即巴黎未列號之丙）

25. P四八七一

26. P四八七九（即巴黎未列號之戊）

27. P四九一七（即巴黎未列號之乙）

28. P五〇〇六（即巴黎未列號之丁）

29. P五五三一

## 二、倫敦大英博物館所藏者：

30. S五一二

31. S二〇五五（十韻彙編簡稱「切二」）

32. S二〇七一（十韻彙編簡稱「切三」）

33. S二六八三（十韻彙編簡稱「切一」）

34. S五九八〇

35. S六〇一二

36. S六〇一三

37. S六一五六

38. S六一七六

39. S六一八七

40. S六一八九

41. S六二〇四

三、國立北平故宮博物院所藏者：

42. 內府本刊謬補缺切韻（十韻彙編簡稱「王二」）

43. 全本王仁昫刊謬補缺切韻（簡稱「全王」或「王三」）

四、中國蔣斧所藏者：

44. 唐寫本唐韻殘卷（十韻彙編簡稱「唐」）

五、柏林普魯士學院所藏者：

45. JIVK 75　附日本武內義雄本（十韻彙編簡稱「德」）（註二）

46. VI 2/015　柏林藏刊本之一

47. JIIDIa　柏林藏刊本之二

48. JIIDIb　柏林藏刊本之三

49. JIIDIc　柏林藏刊本之四

50. JIIDId　柏林藏刊本之五

六、日本龍谷大學所藏者：

51. 西域文書九〇八一〇七（十韻彙編簡稱「西」）

七、列寧格勒所藏者：

52. DX一二六七

53. DX一四六六

54. DX一三七二＋DX三七〇三

蔣斧氏於清光緒三十四年二月，經羅振玉氏之引介，購得唐寫本唐韻殘卷，私家珍藏，研究稱便。其有關論說，今收入其侄蔣一安氏所著「蔣本唐韻刊謬補闕」乙書之上篇內，計有：

(一)跋唐寫本唐韻殘卷：蔣氏於本文介紹此本殘卷之行款，又援例考定此本為初唐寫本，係孫愐氏未改正以前之本，且尚是長孫訥言初注之本。并謂魏鶴山所得唐韻像孫愐本。蔣氏於文末則敘述其購得此本之經過。

(二) 唐韻札記：此為蔣氏未脫稿之作，所錄札記止六條耳。

(三) 唐韻考異：此亦蔣氏未脫稿之作，已考異者止八末、九御、十遇、十一暮、十二泰五韻耳。

(四) 唐韻傳本考：蔣氏以為宋元以來收藏家所見唐韻，雖皆名吳綵鸞所書，惟書名既非一致，體例又互異，與其所藏本或合或否，爰匯錄諸文所述考之。據蔣氏所錄，計有：①柳誠懸所題吳綵鸞龍鱗楷韻。②魏鶴山所得吳綵鸞所書唐韻。③鮮于伯幾所藏吳綵鸞書切韻。④吳氏大觀錄所載吳綵鸞楷書四聲韻。其中第一種，蔣氏考定為宋元間人偽作。

其後根據韻書殘卷考訂切韻系統者為王國維氏。王氏關於此類論說，大都收於觀堂集林卷八中，計有：

(一) 六朝人韻書分部說：

王氏根據內府藏唐寫本王仁昫刊謬補缺切韻平聲上目錄所記呂靜韻集、夏侯詠韻略、陽休之韻略、李季節音譜、杜臺卿韻略五家異文，考定此注為陸法言原文。又以為陸韻以前韻書，規模已大具，不過陸氏集諸家之大成，尤為完善耳。

(二) 書巴黎國民圖書館所藏唐寫本切韻後：

王氏於此文中說明巴黎國民圖書館所藏唐寫本切韻三種存缺情形，并據注語考定第一種為陸法言原本；第二、第三種為長孫訥言箋注本。據書體考定第一種為初唐寫本，第二種第三種并唐中葉寫本。（註三）又考知陸法言切韻較廣韻平聲少諄桓戈三韻，上聲少準緩果儼四韻，去聲少稕換過釅，入聲少術呂二韻，共為一百九十三韻。

(三)書內府所藏王仁昫切韻後：

王氏據此卷部目與部次，平入相配之法，疑王仁昫此書以刊謬補缺為名，於陸韻次序蓋無變更，今本蓋為寫書者所亂，非其朔也。王國維氏以為此書次序，無論出於王氏與否，其於音理固非無所貢獻。文末更指出此書於音韻學上之價值，豈在陸孫二韻之後。

(四)書式古堂書畫彙考所錄唐韻後（註四）：

王氏考定唐韻有開元、天寶二本，亦有二序。今廣韻前所載，乃合二序為一，頗有違失。開元本即明項子京所藏本，今無傳世。其部目部數，計平聲上二十六韻，平聲下二十八韻，上聲五十二韻，去聲五十七韻，入聲三十二韻，與陸法言切韻全同。惟上聲較陸多一韻。天寶本，即蔣斧所藏殘本，為今行世之本。天寶本增平聲四，上聲三，去聲三，入聲二。王氏以為開元本尚是陸韻支流。天寶本則孫愐自以己意分部者也。

(五)書吳縣蔣氏藏唐寫本唐韻後：

王氏首先說明此書存缺情形。次則提出八證，以明此書為孫愐書，以駁蔣斧跋此書以此為陸法言切韻原本，又以為長孫訥言初箋注之本之非。

(六)唐諸家切韻考：

王氏考明廣韻於陸韻外兼采諸家，除唐韻所列增字諸姓名凡九人外，諸家增字並列卷中，致字數視陸韻踰倍，知其所取者之博矣。

(七)李舟切韻考：

王氏首先考定李舟切韻之作，當在代德二宗之世。又考定唐人韻書之部次，可分為二系：陸法言切韻、孫愐唐韻、小徐說文解字篆韻譜、夏英公古文四聲韻所據韻書為一系；大徐改定篆韻譜與廣韻所據者為一系。徐鉉改定說文解字篆韻譜，除增三宣一部外，其諸部次第與廣韻全同。王氏以為李舟於韻學上有大功二：一、使各部皆以聲類相從。二、四聲之次相配不紊是也。

(八)唐時韻書部次先後表：

王氏取陸法言切韻、卞氏書畫錄所載孫愐唐韻、蔣斧所藏孫愐唐韻、夏英公古文四聲韻、小徐篆韻譜、大徐改定篆韻譜、內府藏王仁昫切韻、廣韻，比校各書部次，製成一表。陸法言切韻較廣韻平聲少諄桓戈三韻，上聲少準緩果儼四韻，去聲少稕換過釅四韻，入聲少術曷二韻，可由此表窺知。

王氏觀堂別集（註五）又載有：

(九)陸法言切韻斷片跋：

王氏所謂「陸法言切韻斷片」者，即日本大谷光瑞西域考古圖譜所收吐峪溝唐寫本切韻殘卷，王氏迻錄二紙。一為一支韻，存全字十九，半字二；一為一脂韻，存全字二十一，半字一。（註六）王氏考定為長孫訥言箋注之陸法言切韻也。

(十)唐韻別本考：

王氏以為唐人所撰切韻，可考者尚十餘種，即孫愐一家之書，亦多別本，諸本體製，反切互有異同，蓋由唐韻一書，傳鈔至廣，寫者往往恣意自為增損，即視為唐韻別本，為後人增加者，亦無不可也。

(土)唐人韻書草說在陽唐前說：

唐時諸韻，除李舟外，草說二部皆在陽唐前，王氏疑魏晉六朝舊第也。又據詩經押韻，考知章說陽唐聲類本相近，後鹽添咸嚴凡六部先分出，而變為閉口韻，而章說尚未盡變，故廁於陽唐前，而與鹽添六部異處，是謂當是聲類、韻集以來已自如此，而唐人仍之，至李舟乃改正之耳。

繼王氏之後而為韻書系統加以考證者，則有魏建功、羅常培二氏。魏氏此類論說，計有：

(一)唐宋兩系韻書體制之演變（國學季刊三卷一號）：

魏氏此文副題「敦煌石室存殘五代刻本韻書跋」，魏氏歸納此兩系韻書體制形式上之不同，文分十要項討論之，從此而可得其系統。其結論有四：(1)刻本韻書所據之韻本為孫愐唐韻成書後李舟切韻成書前唐人所寫定，與韻鏡所依據之韻書為一系統。(2)韻鏡音之系統當有一種韻書依據，其韻書之情形至少與此刻本韻書有關，或竟為此韻書。(3)隋唐以來韻書系統，迄於李舟，當有四變：①陸法言以前至法言一變。②法言以來至孫愐一變。③孫愐以來，或竟並時，至此刻本所據原書一變。④此刻本所據原書時至李舟一變。(4)唐時音聲，法言舊第已不相合；切韻之作因以遍滿海內。

(二)陸法言切韻以前的幾種韻書（國學季刊三卷二號）：

魏氏參酌故宮本王仁昫刊謬補缺切韻及敦煌本王仁昫刊謬補缺切韻兩本韻目下所引五家異同，各為考定韻部約數，並加解釋。又取與陸法言韻目及李舟韻目較其異同。

(三)十韻彙編序（見十韻彙編，並見國學季刊五卷三號，標題為「論切韻系的韻書」，副題為「十韻彙編序」。）魏序內容可歸納為四端：(1)魏氏剖釋清代考定古音之陰陽入三聲、宋齊以來之平上去入四聲與魏晉作者分字之宮商角徵羽五聲，實各有意義，互不衝突。(2)韻書起自李登聲類、呂靜韻集；魏氏著錄史籍所記與今所見韻書，計列一百七十種名目。(3)西北探險所得古寫本增添韻書材料，而此殘缺史料：①可窺測韻書體製之演變。②可鉤稽韻書源流之脈絡。③可判斷韻書系統之劃分。魏氏並列有「見知現存殘缺中古韻書提要」乙節，列舉十一種韻書殘卷之發現經過、留存情形。(4)魏氏於序末提及可利用韻書殘卷考訂其系統：①由體制看系統。②由分韻看系統。③由韻次看系統。

(四)切韻韻目次第考源 敦煌唐寫本"歸三十字母例"的史料價值（北大學報四十六年第四期）：

魏氏以敦煌唐寫本「歸三十字母例」為主要材料，考定切韻韻目次序「東冬鍾江……」，係依舌、齒、牙、喉、脣次序排列。又考定切韻韻目取字係依據三十字母之系統而來。

羅常培氏有十韻彙編序乙文（見十韻彙編，並見國學季刊五卷二號，標題為「十韻彙編敘則」）羅序之內容亦可歸納為四端：(1)羅氏首先指出十韻彙編為已得切韻系韻書材料之總結集，繼而強調材料之重要性。(2)羅氏就反切之異同，指出陳澧切韻考所考與切韻真象不合之四點遺憾，藉以說明材料不足之缺失。(3)羅氏以為利用材料，尚有許多問題，值得研究，如：切韻韻目與聲類、韻集以降韻書有何異同？切韻之反切用字與廣韻之音類有否出入？(4)羅氏於序末說明此書編輯之原委、經過。

自切韻殘卷相繼問世之後，民國十七年廣州國立中山大學語言歷史學研究所週刊曾出刊切韻專號，專門討論切韻有關之問題，計收：

(一)丁山陸法言傳略：丁氏考證陸法言之家世及仕宦出處，又探討法言撰述切韻之動機與經過，末則敘述切韻之特點與闕失。

(二)羅常培切韻序校釋：羅氏以敦煌唐寫本切韻殘卷第二種為主，而以黎氏古逸叢書仿宋本廣韻及張氏澤存堂翻刻宋本廣韻參校之，為陸氏切韻序詳加校勘詮釋。使切韻序之旨意益顯，而其詮釋「輕淺重濁」之旨，尤多能融會衆說，深入淺出。(註七)

(三)羅常培切韻探賾：羅氏此文分四端以討論之：其切韻之淵源以為切韻韻部乃就聲類韻集以下各韻書斟酌損益而定；切韻韻目多沿襲聲類、韻集以下之舊文；切韻反語皆有所本，惟非專從一家；四聲分配，切韻與以前各家多有出入。其論切韻之韻部，則謂一百九十三韻之分韻標準有三：一以平上去入分——如「東」「董」「送」「屋」……之類；二以陰聲陽聲分——如「齊」與「青」、「侯」與「東」，「咍」與「登」，「模」與「唐」之類；三以開齊合撮分——如「文」撮口，「殷」齊齒，「魂」合口，「痕」開口之類。除此之外，其平仄、等呼、陰陽完全相同而分作數韻者，蓋由於「古今通塞，南北是非」之故也。其論切韻之聲紐則以為止有二十八紐，其意見如下：

(1)切韻切語上字與廣韻并不相同。

(2)切韻舌上四紐尚與舌頭無別。

(3)切韻輕唇四紐尚與重唇無別。

(4)喻為兩紐實同一類。

(5)神禪兩紐實同一類

(6) 莊紐之字切韻半入照紐半入精紐。

(7) 穿初兩紐實同一類。

(8) 山紐當與心紐不分。

二十八紐之標目與發音，表列如下：

| 雙唇阻 | 舌頭阻 | 舌葉阻 | 舌尖阻 | 舌前阻 | 舌根阻 | 喉門阻 | |
|---|---|---|---|---|---|---|---|
| 幫 p | 端 t | 照 tʃ | 精 ts | 喻 j, ɥ | 見 k | 曉 h | 影 |
| 滂 p' | 透 t' | 穿 tʃ' | 清 ts' | | 溪 k' | 匣 ɦ | |
| 並 b, b | 定 d, d | 牀 dʒ, dʒ | 從 dz, dz | | 群 ɡ, ɡ | | |
| 明 m | 泥 n | 審 ʃ | 心 s | | 疑 ŋ | | |
| | 來 l | 禪 ʒ | 邪 z | | | | |
| | | 日 r | | | | | |

(四) 其論切韻又音，則以為又音有表見古今異音者，有表見各地方音者。

丁山唐寫本切韻殘卷跋：丁氏以為唐寫本切韻殘卷第一種為陸氏原本或伯加千一字本；第二種自東韻至之韻為長孫箋注原本，魚韻而後，非傳鈔裴務齊正字本，即節錄王仁昫刊謬補缺切韻；第三種疑其為增訂長孫箋注者。

(五)丁山唐寫本切韻殘卷續跋：丁氏此文就唐寫本切韻殘卷續作考證，而對於前文有所修正。丁氏以：①倭名類聚鈔引孫愐切韻者凡二十五條；②倭名類聚鈔引唐韻者凡三百八十餘條，其合於第三種殘卷者十之五六。③唐韻所「加」之字與殘卷第三種「新加」之字，幾無不同。因考定切韻殘卷第三種，即孫愐切韻之節本。

(六)容肇祖切韻考外篇初印本的異文：容氏得陳澧初印本切韻考外篇異文若干，原與切韻殘卷無關，亦略存文獻耳。

(七)馬太玄切韻彙殘：馬氏就唐大乘基妙蓮華經玄贊引切韻一部份輯錄而成此文。

(八)丁山切韻逸文考：丁氏根據陸德明經典釋文、楊倞荀卿子注、慧琳一切經音義、希麟續一切經音義、龍龕手鑑、倭名類聚鈔、涅槃經玄義發源機要、唐寫本長孫訥言箋注本切韻、唐寫本王仁昫刊謬補缺切韻諸書所引切韻之文，輯為此篇。

(九)董作賓切韻年表：董氏此文編輯與切韻及其作者有關之事蹟，作成年表，起周靜帝大象二年（公元五八〇）盧思道為武陽太守，終隋煬帝大業五年（公元六〇九）薛道衡被殺。（註八）

(十)丁山切韻非吳音說：丁氏此文以為陸法言切韻乃彙吳楚燕趙秦隴梁益之音于一篇，李涪刊誤執偏之音以責陸，故扞格而不相入也。

(十一)陳鈍上下平說：陳氏以為切韻平聲之分上下，乃以平聲字數，倍于上去，褒為一帙，頗嫌笨重，故不得不分之為二也。

(十二)羅心培（常培）氏「論輯贉語」，說明編輯此部切韻專號之緣起、經過與旨趣。以為編輯此專號有三點必要：第一欲考明周秦古音，必先明切韻之聲韻系統。第二利用新材料補訂前人之缺失。第三利用新材料，鈎稽參證，刊謬補缺，始可考見陸書之真象。欲精密研究隋音，此為一至要之工夫。

其他關於此類材料討論之論文，略以出版先後，敘錄如次：

(一)劉復—

(1)敦煌掇瑣瑣九九P二一二九：P二六三八切韻序校勘（註九）：劉氏以古逸叢書本廣韻所刊者為主，以甲本P二一二九、乙本P二六三八校其異同。

(2)敦煌掇瑣瑣一〇一P二〇一一校勘記：劉氏以故宮本刊謬補缺切韻為據，并徵以切二、切三、蔣斧唐韻、古逸叢書本廣韻，校勘P二〇一一之譌誤。

(二)董作賓—跋唐寫本切韻殘卷（史語所集刊一本一分）：董氏對王國維巴黎國民圖書館藏唐寫本切韻殘卷三種跋文有二點考定：1.異於王說者—王氏斷定第三種為長孫訥言箋注之節本，董氏則斷定為郭知玄朱箋補正本切韻。2.發現於王說外者—董氏考定長孫訥言與郭知玄二氏所據切韻本，皆非陸法言之舊，而為已加字之本也

(三)方國瑜—

(1)敦煌唐寫本切韻殘卷跋（女師大學術季刊第二期）：方氏因讀王國維、董作賓二氏跋文，意有未盡同者，乃有此跋。方氏從董說第三種非長孫訥言箋注之删本，又不從董說第三種為郭知玄朱箋本，考就韻字，全書字數，註訓考定之，以為第三種在長孫訥言之前，非如王、董二氏在長孫訥言之

後。

(2)敦煌五代刻本唐廣韻殘葉跋（師大國學叢刊第二期）：方氏就其業師錢疑古所示此殘葉照片覆印者，加以考定，為此跋文。文分六段：(二)方氏說明此殘葉張數、各韻殘存情形。(三)方氏考定此書韻次與陸法言孫愐為一系，韻數與夏竦所用韻書為最相近。(三)方氏由此書屢見「厶」板字樣，推知全書韻字，當約二萬四千八百五十字。此韻字之數與廣韻最為相近，較切韻增多一倍有奇。(四)方氏考定此書作於天寶十載（七五一）以後。太和七年（八二三）以前，其鏤板則五代時所為。(五)方氏考定，疑此書為張參唐廣韻，宋修廣韻即以為底本。(六)方氏考定諸殘卷先後次序為：1.敦煌切韻第一種，或為陸法言原書。2.敦煌切韻第二種，或為長孫訥言原書。3.敦煌切韻第三種，在長孫訥言以前。4.刊謬補缺切韻，王仁煦作於長孫之前，裴務齊補正於長孫之後。5.蔣斧本唐韻，當為孫愐原書。6.唐廣韻，唐人作，且重修廣韻，據此為底本。

(四)方竑—書王仁煦切韻兩本後（國立中央大學文藝叢刊第一卷第一期）：方氏首論內府藏王仁煦刊謬補缺切韻、敦煌本王仁煦切韻與廣韻之異同，次詳諸家分合情形。方氏考定內府本在前、巴黎本在後，內府本韻目所用字多與廣韻異，而巴黎本則大抵與之相同，是故王仁煦刊謬補缺切韻先後有兩本，後本較精，而為今之廣韻所依據。

(五)蔣經邦—敦煌本王仁煦刊謬補缺切韻跋（國學季刊卷三期）：蔣氏考定隋唐諸韻書之傳統及先後，有下列結果：(1)故宮本乃後人修改之書。(2)仁煦書作於唐太宗之世。(3)敦煌本為王氏原書。(4)就王氏之書可以考知切韻者：①

大約王氏之書共有一萬七千餘韻字。②切二為長孫訥言箋注本。③切三蓋即"伯加仟一字"本，亦即長孫氏箋注之藍本。(5)蔣氏列一表以明諸韻書之傳統及先後，如下：

陸法言切韻（切一，有一萬一千字近。）
王仁昫切韻甲（敦煌本，增六千字近，約一萬七千字左右。）
伯加仟一字本（切三；增一千一字，有一萬二千餘字，即封氏所謂陸韻也。）
長孫氏箋注本（切二，又增六百字，有一萬二千八百字近。）
郭知玄朱箋本（更增三百字，有一萬三千一百字近。）
裴務齊切韻
王仁昫切韻乙（故宮本）

(六)厲鼎煃—

(1)讀故宮本王仁煦刊謬補闕切韻書後（國學季刊四卷三期）：厲氏疑故宮本王仁煦刊謬補闕切韻後半，並非王仁煦切韻原書，并舉項元汴題跋、各卷韻部目錄、本書注語以證焉。厲氏又以為本書係出孫愐唐韻，而不可即指為唐韻。末則指出本書縱非出裴務齊手，亦當係據裴本抄改者也。

(2) 敦煌唐寫本王仁煦刊謬補缺切韻考（金陵學報四卷二期）：厲氏此文分三事討論之：(甲)敦煌本煦韻所以異於內府本者何在？厲氏比對敦煌本內府本之韻目下注語及韻部次第，以為內府本在前，敦煌本在後。又以為敦煌本依陸韻略加補闕，與故宮本次序迥異。(乙)兩本煦韻之淵源與先後如何？厲氏就諸家韻書，而論此二本之時代先後，擬定先後如次：1.陸法言切韻（王靜安本第一種）2.王仁煦刊謬補缺切韻（故宮本煦韻原本）3.王仁煦刊謬補闕切韻（敦煌本煦韻）4.長孫訥言注本切韻（王本第二種）5.長孫訥言注本切韻（王本第三種）6.裴務齊正字本切韻（故宮本煦韻）(丙)兩本所代表之音系，在音韻學上之價值何似？厲氏以為敦煌本部次既全同陸詞切韻，惟於范广嚴三韻稍異，不過承陸啟孫開廣韻之途徑而已，其價值亦云僅矣；至於故宮本煦韻則不然，移陽唐於東冬鍾江之後，置佳於歌麻而不置於齊皆非，蒸侵為一類，可窺知古今音韻之變異。末云不可因敦煌本煦韻而貶減故宮本煦韻之價值也。

(七) 汪宗衍——陸法言切韻逸補輯（國立中山大學語言歷史研究所周刊第文集第六一期）：汪氏以為陸法言切韻逸文，有丁山、馬太玄之輯本，惟日本島田翰古文舊書考卷一卷子本五行大義背記及標記引陸法言說，丁馬未克睹及，而以廣韻次第排列，補輯二十七條字訓。

(八) 武內義雄——唐鈔本韻書及印本切韻之斷片（國立北平圖書館館刊第十卷第五號）：武內義雄此本錄有唐鈔本韻書二頁殘紙正背兩面，以為由其筆蹟判斷，決非唐以後寫本。又就五行大義背記、仲算法華經釋文、源順和名類聚鈔、信瑞淨土三部經音義等引用逸文，列舉斷片文字逸文十四條，以為此斷片既非郭知玄，又非孫愐之作，且非孫伷、王仁煦等之作。進而指出必為陸法言切韻原本或長孫訥言之箋注本。武內又考定陸詞與陸慈，係聲相近而誤。又比較王國維景印唐寫本切韻三種、王仁煦刊謬補闕切韻，唐韻、印本切韻六葉、廣韻諸韻書之異同。

(九)陸志韋——

(1)唐五代韻書跋（燕京學報二十六期）：陸氏此文分五大段：論唐五代韻書裏小韻之體例、論唐代韻書之字數、論切韻殘卷、論蔣本唐韻、論兩本王仁煦刊謬補缺切韻。

(2)試擬切韻聲母之音值，副題「並論唐代長安語之聲母」，（燕京學報二十八期）：陸氏以為探求音值當以語音為準，自為西人所長而國人所短，然若據今論古，不上溯隋唐以前聲類轉變之源流，未免失之也淺。又凡言切韻音值者萬不可如西人之膠柱鼓瑟，以為法言之音切表出一時一地之方言，即五六世紀洛陽音或長安音也。法言所用反切上下字大都襲取漢魏六朝舊切，與經典釋文正同。陸氏又列舉其與今說不符之處二例，即：①該文不言"喻化"，以為純四等韻在切韻不具介音。②濁音不作送氣。文中分八音構擬切韻聲母四十一類之音值。文末亦構擬唐長安語聲母之音值，亦有四十一音值。

(十)凌大珽——唐寫本韻書的聲類（燕京學報第二十六期）：凌氏此文分為三部份：一、唐寫本韻書切語上字之互相係聯。凌氏就體例較謹嚴與內容較完整兩原則之下，採切三、王一、唐韻為基本材料，係聯三書切語上字，而得切三聲類一二〇組，計三十六類；王一聲類一八二組，計三十六類；唐韻聲類二一一組，計三十六類。二、唐寫本聲類與廣韻聲類大致同於廣韻，所不同者有二：(1)廣韻分而唐本合者。(2)廣韻合而唐本分者。前者有列表說明，後者則因版本殘缺，無法證明。三、結論。凌氏就廣韻與唐本分合情形，斷定唐代韻書已有如四聲等子辨正音憑切寄韻門法例、門法玉鑰匙第六款，正音憑切、第八款寄韻憑切所提之現象。（註十）

(十二)董同龢

(1)全本王仁煦刊謬補缺切韻的反切下字（史語所集刊十九本）：董氏就宋濂跋本全本王仁煦刊謬補缺切韻，分析其切語下字。董氏強調係以客觀方法整理切語下字系統。故如遇有問題者，董氏分別於每韻之後予以說明。計余統計，董氏以客觀方法初步列舉之韻類有三〇七類，其中有疑問者十五，董氏以「？」識別。此十五處中，董氏明言其誤者有十處，另五處，董氏止說明情況並未說明有否訛誤，依此計之，其韻類約二九七類之多。

(2)全本王仁煦刊謬補缺切韻的反切上字（史語所集刊二十三本下冊）：董氏仍就宋濂跋本王仁煦刊謬補缺切韻，歸類其反切上字，計得三十七類。

(十三)姜亮夫

(1)瀛涯敦煌韻輯：民國三十年，姜氏竭三年之力，將海外所藏敦煌本韻書彙輯考訂，纂成此書，分三十四卷，自卷一至卷九為字部，卷十至卷十九為論部，卷二十至卷二十四為譜部，共收韻書殘卷三十三種，計原卷摹本二十七種，附錄六種。創獲甚多，如：①據P二一二九卷題曰「陸詞字法言撰」，證陸法言之名為「詞」，可釋兩唐書之惑。②據P二〇一一、P二〇七一考定二〇六韻蓋晚唐以後之目，非隋以前之舊。③據P二〇一一韻目下注語考定法言韻目之名源於上代。④據P二〇一一、P二〇七一考定廣韻聲紐為四十八類。⑤據S二六八三、巴黎未列號之乙，JIVK75、S二〇七一、P二〇一一、S二〇五五諸殘卷考定切韻韻部為一九三韻。姜氏結論以為北宋重修之廣韻，雖已顧及當時語音實際，採用李舟諸人之說，而基本上仍承陸氏切韻系統。其所列「諸隋唐宋人韻書反切異文譜」，於瞭解反切，考鏡音理，富參考價值。惟姜氏所錄韻書殘卷訛誤至多，觀潘師石禪瀛涯敦煌韻輯新編所校即可窺知。

(2) 隋陸法言切韻韻目考——跋巴黎國家圖書館藏P、二〇一七卷子（中央日報，民國三十年文史週刊二十二期）：姜氏首先簡述瀛涯韻輯成書經過，指出韻輯全書所錄，凡三十三卷，完整如S二〇七一，P二〇七一，精抄如JⅡP一，P二〇一四，P二〇一五，P五五三一，皆為丕世宏寶。陸法言原書，此中凡得六卷，即P二一二九、P二六三八、P二〇一九、P二〇一七、S二六八三，及巴黎未列號之乙。姜氏並取P二〇一七予以考證，以為此卷為陸氏原書。

(十三) 林師景伊——

(1) 切韻韻類考正上（師大學報二期）：林師嘗據切韻殘卷、王仁煦刊謬補缺切韻及唐韻殘卷重新考校陳澧切韻考，分析韻類，惜只完成上平聲，與其上去入相配之各韻未成完帙，殊為可惜。據序文，知林師所析韻類為二百九十有四。

(2) 影印十韻彙編後記（十韻彙編末所附、又見學粹七卷三期）：景伊師此文推崇十韻彙編「排列整齊，條理清晰」、「既便於研究中古韻學之參證，更是以為研求古音者探討正確之線索」，並述及曾取王國維手寫切韻殘卷、影印故宮藏本王仁昫刊謬補缺切韻及影印吳縣蔣氏藏本唐韻，與廣韻互校，而發見諸古本韻之中（註十一），廣韻所收變紐之字，或為廣韻所增加，或切韻傳寫已訛，皆考校而有可據。

(㈣)李永富——

(1)從切韻到廣韻（之一）（之二）（大陸雜誌十九卷二、十期）：李氏此二文，乃扼要敘述前人研究切韻殘卷之結論，對於諸殘卷之保存、源流亦略述之。

(2)切韻輯斠：李氏此書前有「切韻輯斠敘例」，簡介切韻、說明所用之材料、所據之原則及方法，舉治切韻緣起等。李氏將各書排比，如下所附：

切二

同徒紅反十六 童古作僮今為童子 僮古作童子今為僕 銅 桐木名又人姓 峒崆峒山 狪獸名似豕出泰山 硐磨 舸船
燗燗燗熱兒 曈曈曨日欲明 筩竹名 瞳目瞳子 甋瓦甋 罿車上網又尺容反 犝牛無角

王二

王三

同徒紅反二十一 童古作僮今為童子非 僮古作童子今為僕失 銅赤金 桐木 峒崆峒山 狪獸名似豕出秦山或作銅從豸 硐磨 筒竹名 舸船 瞳ㄟ目 甋ㄟ瓦 罿車上網又尺容反從网 潼水名關名又他紅昌容二反 篛ㄟ竹
犝牛 橦木名花可為布又卓江反 曈曈曨日欲明又他孔反 衕通街 烔ㄟ旱氣皃 䡴被具飾

20

並有輯斠一千四百條。案其所用之切韻殘卷，除王三（註十三）手抄外，餘均剪自十韻彙編乙書。其失有三：彙編錯誤至夥，而使用之，此其失之一也。又李氏輯斠以何書為底本，並未說明，此其失之二也。李氏所校者為各書反切、注訓韻首等，而未就音系加以研究，此其失之三也。

(五)龍宇純——

(1)英倫藏敦煌切韻殘卷校記（史語所集刊外編第四種）：龍氏就日人景印英倫所藏敦煌文獻中之切韻殘卷十二片，辨讀摹寫，隨手箋注，成此校記。校記時參考十韻彙編所錄各韻書、故宮藏王仁昫刊謬補缺切韻及集韻、說文等撰成。

(2)唐寫全本王仁昫刊謬補闕切韻校箋：龍氏以相關韻書為主要校勘材料，所列相關韻書有切一、切二、切三、王一、王二、蔣氏唐韻、德國普魯士學

廣

[illegible]

輯斠

案此小韻[豕+同]字古書亦作狪山海經東山經泰山有獸焉其狀如豚而有珠名曰狪狪切二王三狪下注云出泰山泰山乃泰山之誤王二廣注云出泰山是也當據正（第一條）

士院所藏切韻殘卷，五代刊本切韻殘卷、P五五三一、P二一二九、P二六三八、P二〇一七、柏刊之三、柏刊之四、S六一八七、S五九八〇、S六一七六、澤存堂本廣韻及姚氏咫尺進齋刻本集韻，堪稱詳盡。

(十六)趙振鐸—讀瀛涯敦煌韻輯（中國語文一九六二年二月號）：趙氏此文首先指出姜書「論陸法言切韻韻部」乙節（註十三）姜氏據慧琳一切經音義所引韻略、韻集之十四條材料證明陸法言「在具體字音上，斟酌各家乖互，而論定北南是非，古今通塞」之情況，其中十一條值得商榷，趙氏逐一考證，文末歸納姜書有三缺失：第一、研究漢語須擺脫漢字之束縛，姜氏未加留意。第二、姜氏對聲韻學上之基本概念與傳統之瞭解有所出入，如丑屬徹母而錯成徵母，卑屬幫母而錯成滂母。第三、引證材料不夠仔細，如把搯、掐放在一起。

(十七)莊惠芬—全本王仁煦刊謬補缺切韻反切上字的研究（淡江學報三期）：莊氏就宋濂跋本王仁煦刊謬補缺切韻，系聯其反切上字，結果初步得五十二類，莊氏再將得以系聯者，予以合併，故得四十六類。

(十八)邵榮芬—切韻研究：邵氏以全本王仁煦刊謬補缺切韻為主，並參考其他韻書，考定切韻聲類計三十七類，韻母為三百二十六類。其第七章為「宋濂跋本王仁煦《刊謬補缺切韻》音節表」，邵氏將三六〇三小韻，就韻等、韻母、聲調、聲母製成音節表。

(十九)周祖謨—

(1)廣韻校勘記：周氏以張士俊澤存堂本廣韻為底本，據傅氏雙鑑樓及日本金澤文庫所藏北宋刻本、涵芬樓所藏景印宋寫本、涵芬樓覆印宋刊巾箱本、黎刻古逸叢書本、曹刻楝亭五種本，辨校異同，以訂正張刻之誤。並參考唐人韻書殘本凡二十種，如蔣斧舊藏唐韻殘卷、故宮本王仁昫刊謬補缺切韻，切一、切二、切三、敦煌本王仁昫刊謬補缺切韻，P五五三一、P二○一七、P二○一六、P三○一八、P二○一九之類。此為廣韻校勘中，號為詳備者。

(2) 唐五代韻書集存——周氏自一九四五年開始蒐集韻書材料，至一九七八年完成。一九八三年七月出版。書分上下編；上編為五代各類韻書，包括總述、第一類陸法言切韻傳寫本六種、第二類箋注本切韻三種、第三類增訓加字本切韻八種、第四類王仁昫刊謬補缺切韻三種、第五類裴務齊正字本刊謬補缺切韻一種、第六類唐韻寫本三種、第七類五代本韻書六種、附錄——韻字摘抄和有關字母等韻的寫本計九種。除附錄之外所收錄之韻書，凡三十種。其中有照片者，皆以照片影印，如原本污黯，攝製不佳者，則另附摹本或摹刻本。下編包括考釋、輯逸、附表，凡上述二十種韻書及附錄九種，均逐一考釋。又輯逸唐代各家韻書逸文輯錄十二家。附表有二，一為切韻系韻書反切沿革異同略表，二為唐韻前韻書收字和紐數多少比較簡表。又因書厚，分上下二冊，第五類裴務齊正字本刊謬補缺切韻以前為上冊，以後為下冊。周氏於書中所收各種韻書，均略為考釋，說明原書體製、內容及其特點，並與有關韻書比較。此書所收韻書，甚稱完備，便於研究者取用，所考釋者亦富參考價值。

(十) 蔣一安——蔣本唐韻刊謬補闕：蔣氏為吳縣蔣斧先生之從子，念其先德搜集圖書之匪易，而其家藏唐寫本唐韻，有助於聲韻之學，因致力唐韻之研究，以為此書。書分上中下三編，益以附編，則計四編。既刊其謬補其缺，而對於唐韻與其他韻書反切之異同，及唐韻廣韻增加字之統計，隋唐韻書韻部次第之比較，尤詳盡無遺，且本書所附資料甚夥，均足為研究聲韻學者之參證。

(十二)李榮─切韻音系：本書附於姜亮夫瀛涯敦煌韻輯之後，後有鼎文書局抽印本。李氏據全本王仁煦刊謬補缺切韻為主，並參考其他韻書，考定切韻聲類，而得三十六類。李氏併輕脣入重脣，併為入匣，併娘入泥。復自牀母分出俟母，取消各母洪細之別，故得三十六也。(註十四)其單字音表亦據故宮博物院景印唐寫本王仁煦刊謬補缺切韻整理音系。

(十三)潘師石禪─

(1)瀛涯敦煌韻輯新編：姜亮夫氏於瀛涯敦煌韻輯一再指陳王國維、劉復之錯誤數千條，故自問世以來，學術界公認為校勘精審，且為海外切韻系韻書最完美之結集。惟石禪師近十餘年來，屢遊英法，重校原卷，發現姜氏之誤亦不下數千條，因有此書之作。除校正姜書訛誤外，並增補十二種卷子。潘師此書分為三部分：一、摹印姜書三十三種卷子，補抄十二種卷子。二、核對姜書字部之新校。三、姜書論部之案語。此書除指正姜書之誤，並補充姜書之遺漏。尤可貴者，潘師利用新材料修訂，解決若干聲韻學上久懸之疑案。如：據P二○一四殘卷考定，大唐刊謬補闕切韻可能為晚唐人根據王仁煦切韻增編續修者。考定刊謬補闕切韻有「無宣韻」與「有宣韻」二種。無宣韻者在前，有宣韻者為晚唐人據刊謬補缺切韻分析增益而成之本子。至新抄材料，潘師亦考證其隸屬，如：P三六九三，韻次皆與宋濂跋本王仁煦刊謬補缺切韻相同；P三六九四，似與P三六九三同一寫手，蓋同一書；P三六九六，筆跡與P三六九三全同，蓋為同書；P三六九五，筆跡與P三六九六，似同一書。蘇瑩輝氏嘗譽云：「其（指潘師）成就遠出姜氏之上。」（註十五）此書對於聲韻學之貢獻也大矣。

(2) 瀛涯敦煌韻輯別錄：此書與「瀛涯敦煌韻輯新編」并行，版式與「新編」同（註十六）。潘師於序文指出「新編」成書之經過、動機，復云：「其有姜君闕略失採者，篇各綴以校記，又改定為別錄一卷。並手寫付印，以就正當代學人。」本書計錄有：

巴黎藏伯二七一七號字寶卷子校記
影寫瀛涯敦煌韻輯P二七一七卷抄本
新抄S六一八九字寶碎金殘卷
S六二〇四字寶碎金殘卷題記
巴黎藏伯二〇一二號守溫韻學殘卷校
新抄P二〇一二守溫韻學殘卷

潘師於新抄各卷，皆註明其款式質地，而所校正者，皆甚精審。如考定P二〇一二號守溫韻學殘卷，以為係僧徒蓋據守溫韻學完具之書，隨手摘抄數截於卷子之背，並未全錄原書，故僅存此片段遺文。又考定此卷為唐人之作。

(3) 瀛涯敦煌韻輯拾補（新亞學報第十一卷）：潘師於民國六十二年秋應巴黎第三大學講席，課餘時披覽國家圖書館所藏敦煌卷子，隨手札記，翌年初返港後，手寫成卷，題曰：瀛涯敦煌韻輯拾補。

計錄：

伯三六九六碎片之十二

伯三六九六碎片之十三

DX一二六七

DX一四六六

DX一三七二十DX三七○三

以上五種，除摹寫原卷，首並有題記。

(4) 韻學碎金（幼獅學誌第十四卷第二期）（註十七）：潘師於文前附有序文，敍述此文撰寫之緣起，謂民國六十二年暑假，自香港赴巴黎，出席東方學會，會畢，得觀列寧格勒東方院所藏敦煌卷子、石頭記抄本，暨黑水城資料。孟西科夫教授曾以得自黑水城之小冊子相示，即編列黑水城資料第二八二號。標題為「解釋詞義壹畬」。潘師據解釋詞義所述，智公所撰指玄論之圖，所本切韻，平聲韻為五十九，全部為二百零七韻，宋修廣韻為二百零六韻，平聲僅五十七韻，考定智公所本為唐人增修之切韻。又據P二○一四，有三十一宣，考定唐修切韻有增多宣韻之本。又據P二○一二守溫韻學殘卷「定四等重輕」，考定係據唐修切韻而定，並以為智公為五代宋初人，其時代與守溫頗近，故皆用唐修切韻為作圖之本，因推斷等韻之興，淵源甚遠，必出於宋以前也。

(三) 陳師伯元

(1) 六十年來之聲韻學（註十八）：本書第壹章為「切韻學」，陳師首先介紹敦煌石室及故宮所存韻書殘卷之情形。次則列舉諸家根據韻書殘卷研究之結果，如王國維、魏建功、羅常培、丁山、姜亮夫等，並列舉諸家研究廣韻之結論。如陸志韋、同祖謨、董同龢、李榮、高本漢、王力、周法高等。有關切韻係韻書之研究，所有各家，盡行收入，於切韻之性質，聲韻母之系統，莫不敘及。

(2)許介「瀛涯敦煌韻輯新編」（華學月刊第二十五期）（註十九）：陳師此文與林炯陽先生合作，陳師於文前仍先列舉敦煌石室及故宮所存韻書殘卷之情形。次則說明潘師「瀛涯敦煌韻輯新編」撰寫緣起。繼則就潘師「新編」，歸納姜書之誤，如：漏抄、誤抄、以意臆加或增改。再則陳師推崇潘師利用新材料，提出可信結論，解決久懸之問題，如：大唐刊謬補闕切韻為晚唐人根據刊謬補闕切韻增編續修。刊謬補闕切韻有「無宣韻」與「有宣韻」二種。末則指出潘師新抄珍貴材料，可做為學術界人士今後研究之參考。陳師本文除評介「新編」外，亦涉及「瀛涯敦煌韻輯別錄」乙書，陳師舉例推崇潘師此書校正原卷之精審、立論之精闢。惟對伯二七一七號字寶卷子平聲「面皺風 友加反」「聲𦢊𦢊 友吱反」之「友」字有所置疑，潘師以為係「支」之誤，陳師以為與其定「友」為「支」之形誤，曷若定為「反」字之形誤。

(二四)上田正——切韻殘卷諸本補正：日人上田正氏此書旨在獲得正確之判讀，而非臨摹一成不變者（註二十）。本書所錄切韻殘卷凡四十三種。其中補入未刊之切韻殘卷計十種（註二十一）。對於已刊之切韻殘卷則予以補正，頗富參考價值。

(二五)林師慶勳——切韻序新校，附題「黎本張本廣韻切韻序之來源」。（慶祝婺源潘石禪先生七秩華誕特刊、木鐸第五、六期合刊）。林師鑑於羅常培氏切韻序校釋一文，詳於釋而略於校，所據僅切韻殘卷一種，所下斷語多有未妥，因取諸說為據，重為董理。林師以廣韻所附切韻序為主，取敦煌七種殘卷及故宮宋跋王韻互校。所得結論有二：(一)足以證明今本廣韻切韻序改竄唐人韻書者：(1)改「以古今聲調」為「以今聲調」。(2)改「多涉重濁」為「多傷重濁」：(3)改「共為不韻」為「共為一韻」。(4)竄入「周思言音韻」五字。(5)改「即須聲韵」為「即須明聲韵」。(二)唐人韵書所錄切韵序之文字可區別為二系：(1)甲系─P二一二九、P二〇一七、S二〇五五、全王。(2)乙系─P二六三八、P二〇一九、P四八七九、P四八七一。林師以為「除極少數例外，甲乙二系異文涇渭分明，足證今本廣韻承襲乙系而來。」

(二十六)林炯陽──

(1)切韻系韻書反切異文表：本文附於黎明文化事業公司所出版之「新校正切宋本廣韻」後。作者鑒於姜亮夫氏瀛涯敦煌韻輯「諸隋唐宋人韻書反切異文考」所錄，譌謬綦多，蒐集資料，尚有未備，並鑒於姜氏此書、潘師石禪瀛涯敦煌韻輯新編、上田正氏切韻殘卷諸本補正所錄反切，間有乖互，爰取廣韻及各家收錄之切韻殘卷諸本，著其異文，重為校訂。校語見於表中「備註」乙欄。林氏所校堪稱詳盡，頗值參考。惟尚有美中不足者，如五支韻「離」字，列切二反切為「呂私」，校語云：『韻輯作「私」，字在脂韻，補正作「移」，是也。』案原卷即作「呂移反」。又如十四皆韻「懷」字，列P二〇一五反切為「戶乖」，校語云：『彙編作「乘」，誤。新編、補正作「乖」，是也。』案原卷即作「戶乖反」。凡此，似以原卷校之為妥。

(2)敦煌韻書殘卷在聲韻學研究上的價值（民國七十五年八月漢學研究資料及服務中心所主辦「敦煌學國際研討會」所發表之論文）。林氏此文旨在探討敦煌韻書殘卷在聲韻學研究上之價值，計分三部份：(一)由敦煌韻書與廣韻反切之比較，得知自切韻以迄廣韻，輕重脣音均未分。(二)由五代本切韻之部次論廣韻部次是否直承李舟切韻，結果得知P二〇一四、P二〇一五、P二〇一六、P四七四七、P五五三一，據分韻現象，應屬同一系統。且以P二〇一四為例，與集韻引李舟說八條同者大半，則此一類韻書當採李舟切韻。(三)由敦煌韻書反切異文所見之方音現象，聲母則有全清與全濁相混，照母二、三等相混，牙音次濁聲母與喉音次清聲母相混。韻母則脂之、志未、脂微相混，先仙、篠小、尤侯、盍合、銜咸亦各自相混。可見切韻與實際語音仍有距離。

(3)評介「瀛涯敦煌韻輯新編」（華學月刊第二十五期）：

林氏此文與陳師伯元合作。見前。

由上文可知，敦煌石室所發現之殘卷中，韻書數量綦夥，惜乎大多流散外國，前輩學人費盡心機，求一見而不易得。迄今，國人即遠涉重洋，訪讀原卷者，仍屢遭橫梗。所幸，各國已陸續攝製微卷出售，今後吾人當積極糾合人力，發揮團隊精神，前往各國摹臨、影錄原卷，蒐集資料，更須利用現有微卷及吾國所藏韻書殘卷，步前人研究之後，續予董理、探研，俾檢討前人研究之得失，進而對切韻音系韻書之體製、性質、源流等問題，能有進一步之創獲。

## 第二節　十韻彙編之成書

民國十九年，劉復先生以清儒研究韻學，已多貢獻，惜為資料所限，終不能不有其缺憾，切韻唐韻已無傳本，而各種殘卷逐漸發現，雖斷簡零篇，未見全豹，雖與廣韻互校，實可明其大體，因擬彙切韻唐韻等殘卷及古逸叢書本廣韻為「八韻比」。其八韻者，切韻殘卷三種、王仁昫刊謬補缺切韻二種、唐人寫本唐韻、五代本切韻以及古逸叢書本廣韻也。諸書凡已有景印本或刻本均取以剪貼，自民國二十一年十月至十二月由蔣經邦、郝泰然率周殿福、吳永淇、郝墀依劉氏計劃，初稿貼鈔竣事。後因行款參差，既不美觀，又不便對照，爰於二十二年春，改用現行編法，即除廣韻用原書剪貼外，餘按序、韻次上下排列對照另鈔，書名亦改稱「八韻彙編」。是年秋，魏建功提議加入西域考古圖譜與德國普魯士學士院所藏切韻斷片各一種，復經魏建功、羅常培予以考校補充，正名為「十韻彙編」。二十三年夏，本文已寫定待印，而劉復猝逝，遂由羅常培董理遺稿，補製凡例，交郝泰然、孫琳、晉笙、吳永淇參與校繕，吳世拱作廣韻校勘記附錄於各韻末，全書乃大功告成，二十四年，由北京大學列為文史叢刊第五種，出版問世。（註二十二）

今所見「十韻彙編」版本有：

1. 十韻彙編三冊　民國二十五年北平國立北京大學出版組石印本
2. 十韻彙編　民國五十二年十月臺灣學士書局初版
3. 十韻彙編　民國五十七年九月臺灣學生書局二版
4. 十韻彙編　民國六十二年七月臺灣學生書局三版
5. 十韻彙編　民國七十三年三月臺灣學生書局四版

## 第三節　十韻彙編之編排

彙編之編排，依序為：總目、凡例、魏建功序、羅常培序、各卷原序、上平聲、下平聲、上聲、去聲、入聲、目一、目二。學生書局本末附林師景伊「影印十韻彙編後記」乙文。其中總目、各卷原序、韻文、目一、目二均列表排比對照，各本每韻收字多少異同，以及部目部次參差不一處，均可展卷而一目了然。

甲、總目：

總目係由周殿福、吳永淇所編錄。以廣韻東韻至乏韻目次編排，凡與廣韻同韻均直列一行，按切一、切二、切三、西、德、刋、王一、王二、唐、廣各卷排列。其原書目次另於「原次」格內標明，並附列本編頁數及目一頁數，以便尋檢。見附表一。

乙、凡例：

凡例計十四條，羅常培於民國二十四年九月十四日寫就。茲將此十四條錄之如後：

一　此書彙輯唐寫切韻殘本五種，刋謬補缺切韻殘本二種，唐韻殘本一種，五代刋切韻殘本一種及大宋重修廣韻一種排比對照，以便研覽，故名十韻彙編。

二　唐寫本切韻有王國維手寫法國巴黎國民圖書館所藏敦煌發見者三種，今簡稱「切一」「切二」「切三」。德國普魯士學士院所藏吐魯番發見者一種，今簡稱「德」。大谷光瑞西域考古圖譜所收吐峪溝發見者一種，今簡稱「西」。

三　王仁昫刋謬補缺切韻有劉復敦煌掇瑣鈔刻法國巴黎國民圖書館所藏敦煌唐寫本，今簡稱「王一」，延光室景印及唐蘭手寫清故宮所藏唐寫本，今簡稱「王二」。

四　唐寫本唐韻有國粹學報館景印吳縣蔣斧藏本，今簡稱「唐」。

五　五代刋本切韻亦為法國巴黎國民圖書館所藏敦煌遺物，其版刻款式畧有異同，今概簡稱曰「刋」，不復細加識別。

六　編中所用廣韻為古逸叢書覆宋本，今簡稱「廣」。

七　唐寫本及五代刋本均依原本字樣迻錄，全字殘缺者識以□，半字殘缺者識以○，字跡模糊者識以△，草率訛舛，悉仍其舊。

八　廣韻即以古逸叢書本翦貼景印，每韻末並附校勘記，參照澤存堂重刻宋本，涵芬樓景印宋刊巾箱本，符山堂刻顧亭林藏元槧注本，揚州局刻曹楝亭藏宋刊配元刊入聲本及段玉裁手校本以正此本之缺失。凡所校之字旁皆加圈，校勘記中先標明其在本編之行數，行數下旁書某字者為正文，旁書某注者為注文，旁書某及注者為正文兼注文。

九　每韻依「切一」「切二」「切三」「刋」「王一」「王二」「唐」「廣」之序上下對列，欄數多寡視材料有無而定。「德」「西」兩種材料較少故附列所見韻第一欄之末，不另分列專欄。

十　版匡上方之數字示所錄唐寫本及五代刊本行數，版匡下方之數字示廣韻行數。唐寫本及五代刊本原有殘缺時，間以……號而仍續錄下文，並不拘定原本行款。

十一　平聲分列上下，但因字多，無關音理，故五代刊本上下平序次猶相連貫。今於稱引之處上平簡寫作「平」，下平簡寫作「平」，以免繁贅。

十二　各本韻次，先後不同，卷首所列總目，係依廣韻目次編排，凡與廣韻同韻者均直列一行，其原書目次另於「原次」格內標明，並附列本編頁數及目一頁數以便尋檢。每韻原本殘缺較多者謂之「殘」，殘缺較少者謂之「損」，起首略缺後部完整者謂之「缺首」，前部完整末尾略缺者謂之「缺尾」，目存文缺者謂之「存目」，文存目缺者謂之「缺目」，均於各本韻目下分別注明。

十三　卷末所附目一為分韻索引，係依廣韻韻次逐字編排於各本格內分別注明本編行數以便檢查。（唐寫本及五代刊本依版匡上方之行數，廣韻依版匡下方之行數。）凡各本韻字與廣韻形異義同者則於行數外識以括弧而另列此字於本韻之後，並於廣韻格內注明其所同之字亦以括弧識之；（例如上平聲一東桐字，王二格內注作（四），同韻復网字王二格內注作四，廣韻格內注作网，即謂王二東韻第四行之桐字與廣韻之网字相同也。）凡各本韻字缺而注存者於行數外口識之；（例如上平聲一東公字，刊本格內注作國，即謂五代刊本東韻第五行之公字已缺而注文尚存也。）凡各本韻字不見於廣韻本韻而見於廣韻他韻者，則附列本韻之後，而於廣韻格內注明其所見之韻目，不加標識；（例如上平聲二冬復有恭字，切二格內注作五，廣韻格內注作鍾，即謂切二冬韻第五行之恭字不見於廣韻冬韻而見於廣韻鍾韻也。）凡各本所有之韻字不見於廣韻者亦附列本韻之後，（例如上平聲一東後有樣字，切二格內注作三二，廣韻格內無注，即謂此字見於切二東韻第三十二行而不見於廣韻也。）編排時偶有遺漏，另於入聲後列有「補遺」。

十四　卷末所附目二為部首索引，係依康熙字典之部首及筆畫逐字編排，每字注明其在本編中屬於廣韻某韻第幾行；依此行數對檢目一，即可知此字是否見於他本。（例如子集一部一字下注作「入質八」，即謂此字在本編中見於廣韻入聲質韻第八行也。再檢目一廣韻入聲質韻第八行，即知此字亦見於切三第五行，王一第八行，王二第六行，唐韻第九行。）凡於字下注「某韻補遺」者謂此字見於目一「後之補遺」也。（例如一部二畫丐字下注云「去暮後」，檢目一去聲暮韻後，即知此字見於王二暮韻第十三行，乃廣韻丐字之別體也。例如一部二十八畫爨字下注作「平東補遺」，檢目一後補遺上平聲一東，即知此字見於切二東韻第二十六行，乃廣韻爨字之別體也。）

丙、各卷原序：

各卷原序錄有切序甲、切序乙、王序、唐序甲、唐序乙及廣序。

切序甲據劉復敦煌掇瑣九九甲本。

切序乙據王國維手寫切韻殘卷第三種。

王序據故宮本王仁昫刊謬補缺切韻。

唐序甲據卞永譽式古堂書畫彙考書類卷八。

唐序乙據劉復敦煌掇瑣九九乙本。

原表表後有羅常培識語云：「案各書原序，底稿未收，恐係編錄未終，而非有意刪棄，今於覆校時，重為排比，列諸卷端，未審能符合半農先生遺志否也。」

丁、韻文：

各卷韻文按上平、下平、上、去、入聲先後排列。上下則依「切一」「切二」

「切三」「刋」「王一」「王二」「唐」「廣」之序對列。並以廣韻韻次上下排比對照。欄數多寡，視材料有無而定。「德」「西」二種，因材料較少，故附列所見韻第一欄之末，未另列專欄。

版匡上方之數字，為所錄唐寫本及五代刋本行數；下方之數字，為廣韻行數。見附表二。

廣韻每韻末附有校勘記，由吳世拱參照澤存堂重刻宋本、涵芬樓景印宋刻巾箱本、符山堂刻顧亭林藏元槧注本、揚州局刻曹楝亭藏宋刋配元刋入聲本及段玉裁手校本以正此本之缺失。其所校之字旁皆加圈，校勘記中先標明在本編之行數，行數下旁書某字者為正文，旁書某注者為注文，旁書某及注者為正文兼注文。見附表三

戊、目一、目二：

目錄由周殿福、吳永淇所編錄。

目一為分韻索引，目二為部首索引，其內容見乙、凡例第十三、十四條，此不贅引。（見附表四、五）

| 切一 | | | | | | | | | | | | | | | | | | | | | | | | | | | | | |
|---|---|---|---|---|---|---|---|---|---|---|---|---|---|---|---|---|---|---|---|---|---|---|---|---|---|---|---|---|---|
| 原次 | | | | | | | | | | | | | | | | | | | | | | | | | | | | | |
| 切二 | 東擷 | 冬 | 鍾缺尾 | 江 | 支 | 脂擷缺尾 | 之殘 | 微擷 | 魚殘 | 虞存目 | 模存目 | 齊存目 | 佳存目 | 皆存目 | 灰存目 | 咍存目 | 真存目 | | 臻存目 | 文存目 | 殷存目 | 元存目 | 魂存目 | 痕存目 | 寒存目 | | 刪存目 | 山存目 | | |
| 原次 | 一 | 二 | 三 | 四 | 五 | 六 | 七 | 八 | 九 | 一〇 | 一一 | 一二 | 一三 | 一四 | 一五 | 一六 | 一七 | | 一八 | 一九 | 二〇 | 二一 | 二二 | 二三 | 二四 | | 二五 | 二六 | | |
| 切三 | | | 鍾殘缺目 | 江殘缺目 | 支殘 | 脂 | 之 | 微 | 魚 | 虞 | 模 | 齊擷 | 佳缺尾 | 皆缺尾 | 灰 | 咍 | 真擷缺尾 | | 臻殘缺首 | 文缺尾 | 殷擷 | 元擷缺尾 | 魂 | 痕 | 寒擷 | | 刪 | 山 | 先 | 仙 |
| 原次 | | | | | 五 | 六 | 七 | 八 | 九 | 一〇 | 一一 | 一二 | 一三 | 一四 | 一五 | 一六 | 一七 | | | 一九 | 二〇 | 二一 | 二二 | 二三 | 二四 | | 二五 | 二六 | 一 | 二 |
| 西 | | | | | 支殘缺目 | 脂殘缺目 | | | | | | | | | | | | | | | | | | | | | | | | |
| 原次 | | | | | | | | | | | | | | | | | | | | | | | | | | | | | | |
| 德 | | | | | | | | | | | | | | | | | | | | | | | | | | | | | | |
| 原次 | | | | | | | | | | | | | | | | | | | | | | | | | | | | | | |
| 刊 | 東殘缺目 | 冬 | 鍾缺尾 | | | | | | 魚殘缺目 | 虞缺尾 | | 齊殘缺目 | 佳擷 | 皆 | 灰缺尾 | | | | | | | | | | | | | | | 仙殘缺目 宣缺尾 |
| 原次 | | 二 | 三 | | | | | | | 一〇 | | | 一三 | 一四 | 一五 | | | | | | | | | | | | | | | 三 |
| 王一 | | | | | 支殘缺目 | | 之殘缺目 | 微殘缺目 | 魚殘缺尾 | 虞殘缺目 | 模 | 齊殘缺尾 | | 皆殘缺目 | 灰 | 咍缺尾 | | | | | | | | | 寒擷缺目 | | 刪殘缺目 | | 先殘缺首 | 仙 |
| 原次 | | | | | | | | | | | | | | | | | | | | | | | | | | | | | | |
| 王二 | 東 | 冬 | 鍾 | 江 | 支 | 脂 | 之缺尾 | 微存目 | 魚存目 | 虞存目 | 模存目 | 齊存目 | 佳 | 皆存目 | 灰存目 | 臺存目 | 真存目 | | 臻存目 | 文存目 | 斤存目 | | 魂存目 | 痕存目 | 寒存目 | | | | | |
| 原次 | 一 | 二 | 三 | 四 | 七 | 八 | 九 | 一〇 | 一一 | 一二 | 一三 | 一四 | [illegible] | 一五 | 一六 | 一七 | 一八 | | 一九 | 二〇 | 二一 | | | | | | | | | |
| 唐 | | | | | | | | | | | | | | | | | | | | | | | | | | | | | | |
| 原次 | | | | | | | | | | | | | | | | | | | | | | | | | | | | | | |
| 廣 | 東第一獨用 | 冬第二鍾同用 | 鍾第三 | 江第四獨用 | 支第五脂之同用 | 脂第六 | 之第七 | 微第八獨用 | 魚第九獨用 | 虞第十模同用 | 模第十一 | 齊第十二獨用 | 佳第十三皆同用 | 皆第十四 | 灰第十五咍同用 | 咍第十六 | 真第十七諄臻同用 | 諄第十八 | 臻第十九 | 文第二十欣同用 | 欣第二十一 | 元第二十二魂痕同用 | 魂第二十三 | 痕第二十四 | 寒第二十五桓同用 | 桓第二十六 | 刪第二十七山同用 | 山第二十八 | 先第一仙同用 | 仙第二 |
| 本編頁數 | 一 | 五 | 六 | 八 | 九 | 一三 | 一七 | 一九 | 二一 | 二四 | 二八 | 三一 | 三四 | 三五 | 三六 | 三八 | 三九 | 四二 | 四三 | 四四 | 四六 | 四七 | 四九 | 五一 | 五二 | 五四 | 五六 | 五七 | 五九 | 六一 |
| [illegible]一頁數 | 三一七 | 三一八 | 三一九 | 三二〇 | 三二〇 | 三二二 | 三二四 | 三二五 | 三二六 | 三二七 | 三二八 | 三三〇 | 三三一 | 三三二 | 三三二 | 三三三 | 三三三 | 三三四 | 三三五 | 三三五 | 三三六 | 三三六 | 三三六 | 三三七 | 三三七 | 三三八 | 三三九 | 三三九 | 三三九 | 三四〇 |

| 切一 | | | | | | | | | | | | | | | | |
|---|---|---|---|---|---|---|---|---|---|---|---|---|---|---|---|---|
| 原次 | | | | | | | | | | | | | | | | |
| 切二 | | | | | | | | | | | | | | | | |
| 原次 | | | | | | | | | | | | | | | | |
| 切三 | 蕭 | 宵 | 肴 | 豪 | 歌 | | 麻 | 陽 | 唐 | 庚 | 耕 | 清殘 | 青擷 | 蒸 | 登 | 尤擷 |
| 原次 | 三 | 四 | 五 | 六 | 七 | | 八 | 一一 | 一二 | 一三 | 一四 | 一五 | 一六 | [illegible] | [illegible] | 一七 |
| 西 | | | | | | | | | | | | | | | | |
| 原次 | | | | | | | | | | | | | | | | |
| 德 | | | | | | | | | | | | | | | | |
| 原次 | | | | | | | | | | | | | | | | |
| 刊 | 蕭缺尾 | | 肴殘缺首 | 豪缺尾 | | | | | | | | | | | | |
| 原次 | 三二 | | | 三五 | | | | | | | | | | | | |
| 王一 | 蕭殘 | 宵殘缺首 | 肴殘缺目 | 豪擷 | 歌 | | 麻殘 | 陽殘缺首 | 唐 | 庚殘缺尾 | 耕存目 | 清存目 | 青殘缺首 | 蒸殘缺首 | 登 | 尤 |
| 原次 | | | | | | | | | | | | | | | | |
| 王二 | | | 肴殘缺首 | 豪 | 歌 | | 麻 | 陽 | 唐 | 庚 | 耕 | 清 | 冥 | 蒸 | 登 | 尤 |
| 原次 | | | 三三 | 三四 | [illegible] | | 四一 | [illegible] | [illegible] | [illegible] | [illegible] | [illegible] | [illegible] | [illegible] | [illegible] | [illegible] |
| 唐 | | | | | | | | | | | | | | | | |
| 原次 | | | | | | | | | | | | | | | | |
| 廣 | 蕭第三宵同用 | 宵第四 | 肴第五獨用 | 豪第六獨用 | 歌第七戈同用 | 戈第八 | 麻第九獨用 | 陽第十唐同用 | 唐第十一 | 庚第十二耕清同用 | 耕第十三 | 清第十四 | 青第十五獨用 | 蒸第十六登同用 | 登第十七 | 尤第十八侯幽同用 |
| 本編頁數 | 六四 | 六六 | 六九 | 七一 | 七三 | 七五 | 七七 | 八〇 | 八四 | 八七 | 八九 | 九〇 | 九二 | 九四 | 九六 | 九六 |
| [illegible]一頁數 | 三四二 | 三四三 | 三四四 | 三四五 | 三四六 | 三四七 | 三四八 | 三四九 | 三五〇 | 三五一 | 三五二 | 三五三 | 三五三 | 三五四 | 三五五 | 三五五 |



〈附表一 總目〉

# 十韻彙編 總目

| 韻目 | 切一 | 切一序次 | 切二 | 切二序次 | 切三 | 切三序次 | 西 | 西序次 | 德 | 德序次 | 刊 | 刊序次 | 王一 | 王一序次 | 王二 | 王二序次 | 唐 | 唐序次 | 廣 | 本冊頁數 | 目錄頁數 |
|---|---|---|---|---|---|---|---|---|---|---|---|---|---|---|---|---|---|---|---|---|---|
| 侯 | | | | | 侯 | 一八 | | | | | | | 侯殘 | | 侯 | 四五 | | | 侯第十九 | 一〇〇 | 三五七 |
| 幽 | | | | | 幽 | 一九 | | | | | | | 幽殘缺首 | | 幽 | 四六 | | | 幽第二十 | 一〇二 | 三五八 |
| 侵 | | | | | 侵缺尾 | 二〇 | | | | | 侵殘缺目 | | 侵殘缺首 | | 侵 | 四二 | | | 侵第二十一獨用 | 一〇三 | 三五八 |
| 覃 | | | | | 覃 | 九 | | | | | 覃殘缺首 | | 覃殘缺首 | | 覃 | 四九 | | | 覃第二十二談同用 | 一〇五 | 三五九 |
| 談 | | | | | 談 | 一〇 | | | | | | | 談殘缺首 | | 談 | 五〇 | | | 談第二十三 | 一〇六 | 三六〇 |
| 鹽 | | | | | 鹽缺首 | 二一 | | | | | | | 鹽殘缺首 | | 鹽 | 四七 | | | 鹽第二十四添同用 | 一〇七 | 三六〇 |
| 添 | | | | | 添 | 二二 | | | | | | | 添殘缺首 | | 添 | 四八 | | | 添第二十五 | 一〇九 | 三六一 |
| 咸 | | | | | 咸 | 二五 | | | | | | | 咸 | | 咸 | 五一 | | | 咸第二十六銜同用 | 一一〇 | 三六一 |
| 銜 | | | | | 銜 | 二六 | | | | | | | 銜 | | 銜 | 五二 | | | 銜第二十七 | 一一一 | 三六一 |
| 嚴 | | | | | 嚴 | 二七 | | | | | | | 嚴 | | 嚴 | 五三 | | | 嚴第二十八凡同用 | 一一二 | 三六一 |
| 凡 | | | | | 凡 | 二八 | | | | | | | 凡 | | 凡 | 五四 | | | 凡第二十九 | 一一三 | 三六二 |

叁　國立北京大學

# 切韻 總目

| 韻目 | 切一 | 切一序次 | 切二 | 切二序次 | 切三 | 切三序次 | 西 | 西序次 | 德 | 德序次 | 刊 | 刊序次 | 王一 | 王一序次 | 王二 | 王二序次 | 唐 | 唐序次 | 廣 | 本冊頁數 | 目錄頁數 |
|---|---|---|---|---|---|---|---|---|---|---|---|---|---|---|---|---|---|---|---|---|---|
| 董 | | | | | 董 | 一 | | | | | | | 董 多動反…殘缺首 | 一 | 董 | 一 | | | 董第一獨用 | 一一五 | 三六二 |
| 腫 | | | | | 腫 | 二 | | | | | | | 腫 之隴反 殘缺首 | 二 | 腫 | 二 | | | 腫第二獨用 | 一一六 | 三六二 |
| 講 | | | | | 講 | 三 | | | | | | | 講 古項反 殘缺首 | 三 | 講 | 三 | | | 講第三獨用 | 一一七 | 三六二 |
| 紙 | | | | | 紙 | 四 | | | | | 紙殘缺首 | | 紙 諸氏反 殘缺首 | 四 | 紙 | 六 | | | 紙第四旨止同用 | 一一八 | 三六三 |
| 旨 | | | | | 旨 | 五 | | | | | | | 旨 職雉反…缺首 | 五 | 旨 | 七 | | | 旨第五 | 一二一 | 三六四 |
| 止 | | | | | 止 | 六 | | | 止殘缺目 | | | | 止 諸市反 | 六 | 止 | 八 | | | 止第六 | 一二三 | 三六五 |
| 尾 | | | | | 尾 | 七 | | | 尾殘缺目 | | | | 尾 無匪反 | 七 | 尾 | 九 | | | 尾第七獨用 | 一二五 | 三六五 |
| 語 | | | | | 語 | 八 | | | 語殘缺目 | | | | 語 魚舉反… | 八 | 語 | 一〇 | | | 語第八獨用 | 一二六 | 三六六 |
| 麌 | | | | | 麌 | 九 | | | | | | | 麌 語矩反 殘 | 九 | 麌 | 一一 | | | 麌第九姥同用 | 一二八 | 三六六 |
| 姥 | | | | | 姥 | 一〇 | | | 姥殘缺目 | | | | 姥 莫補反 殘缺首 | 一〇 | 姥 | 一二 | | | 姥第十 | 一三〇 | 三六七 |
| 薺 | | | | | 薺 | 一一 | | | 薺殘缺目 | | | | 薺 徂禮反 殘缺首 | 一一 | 薺 | 一三 | | | 薺第十一獨用 | 一三二 | 三六八 |
| 蟹 | | | | | 蟹 | 一二 | | | 蟹殘缺目 | | | | 蟹…存目 | 一二 | 解 存目 | 三八 | | | 蟹第十二駭同用 | 一三三 | 三六八 |
| 駭 | | | | | 駭 | 一三 | | | | | | | 駭 諧楷反 存目 | 一三 | 駭 | 一四 | | | 駭第十三 | 一三四 | 三六八 |
| 賄 | | | | | 賄 | 一四 | | | 賄殘缺目 | | | | 賄 呼猥反… 殘缺首 | 一四 | 賄 | 一五 | | | 賄第十四海同用 | 一三五 | 三六九 |
| 海 | 亥殘 | | | | 海 | 一五 | | | | | | | 海 呼改反 殘缺首 | 一五 | 待 | 一六 | | | 海第十五 | 一三六 | 三六九 |
| 軫 | 軫殘缺尾 | | | | 軫 | 一六 | | | | | | | 軫 之忍反 殘缺首 | 一六 | 軫 | 一七 | | | 軫第十六準同用 | 一三七 | 三六九 |
| 準 | | | | | | | | | | | | | | | | | | | 準第十七 | 一三八 | 三七〇 |
| 吻 | 吻殘缺尾 | | | | 吻 | 一七 | | | | | | | 吻 武粉反 | 一七 | 吻 | 一八 | | | 吻第十八隱同用 | 一三九 | 三七〇 |
| 隱 | 隱殘 | | | | 隱 | 一八 | | | | | | | 隱 於謹反… | 一八 | 謹 存目 | 一九 | | | 隱第十九 | 一四〇 | 三七〇 |
| 阮 | 阮殘 | | | | 阮 | 一九 | | | | | | | 阮 虞遠反… | 一九 | 阮 存目 | 二八 | | | 阮第二十混很同用 | 一四一 | 三七一 |
| 混 | 混殘 | | | | 混 | 二〇 | | | | | | | 混 胡本反 | 二〇 | 混 存目 | 二二 | | | 混第二十一 | 一四二 | 三七一 |
| 很 | 很缺尾 | | | | 很 | 二一 | | | | | | | 很 痕墾反 | 二一 | 很 存目 | 二三 | | | 很第二十二 | 一四三 | 三七一 |
| 旱 | 旱殘 | | | | 旱 | 二二 | | | | | 旱殘缺首 | | 旱 胡滿反 | 二二 | 旱 存目 | 二一 | | | 旱第二十三緩同用 | 一四四 | 三七一 |
| 緩 | | | | | | | | | | | 緩 | 二四 | | | | | | | 緩第二十四 | 一四五 | 三七二 |
| 潸 | 潸 | | | | 潸 | 二三 | | | | | 潸殘 | 二五 | 潸 數板反… 殘缺首 | 二三 | 潸 存目 | 二六 | | | 潸第二十五產同用 | 一四六 | 三七二 |
| 產 | 產 | | | | 產 | 二四 | | | | | 產損 | 二六 | 產 所簡反… 殘缺首 | 二四 | 產 存目 | 二七 | | | 產第二十六 | 一四七 | 三七二 |
| 銑 | 銑殘缺尾 | | | | 銑 | 二五 | | | | | 銑殘缺尾 | 二七 | 銑 蘇典反… 殘缺首 | 二五 | 銑 存目 | 二四 | | | 銑第二十七獮同用 | 一四八 | 三七三 |
| 獮 | | | | | 獮 | 二六 | | | | | | | 獮 息淺反 殘缺首 | 二六 | 獮 存目 | 二五 | | | 獮第二十八 | 一四九 | 三七三 |
| 篠 | | | | | 篠 | 二七 | | | | | | | 篠 蘇鳥反… 殘缺首 | 二七 | 篠 存目 | 二九 | | | 篠第二十九小同用 | 一五二 | 三七四 |
| 小 | | | | | 小 | 二八 | | | | | | | 小 私兆反 殘缺首 | 二八 | 小 存目 | 三〇 | | | 小第三十 | 一五三 | 三七五 |

肆　研究院文史部

# 十韻彙編

## 總目



| 切一 | 韻次 | 切二 | 韻次 | 切三 | 韻次 | 西 | 韻次 | 德 | 韻次 | 刊 | 韻次 | 王一 | 韻次 | 王二 | 韻次 | 唐 | 韻次 | 廣 | 本編頁數 | 日印頁數 |
|---|---|---|---|---|---|---|---|---|---|---|---|---|---|---|---|---|---|---|---|---|
| | | | | 巧 | 二九 | | | | | | | 巧 缺首 | 二九 | 絞 存目 | 三一 | | | 巧第三十一 獨用 | 一五四 | 三七五 |
| | | | | 晧 | 三〇 | | | | | | | 晧 胡老反 | 三〇 | 晧 存目 | 三二 | | | 晧第三十二 獨用 | 一五五 | 三七六 |
| | | | | 哿 | 三一 | | | | | | | 哿 古我反 | 三一 | 哿 存目 | 三七 | | | 哿第三十三 果同用 | 一五七 | 三七六 |
| | | | | | | | | | | | | | | | | | | 果第三十四 | 一五八 | 三七六 |
| | | | | 馬 | 三二 | | | | | | | 馬 莫下反 | 三二 | 馬 存目 | 二九 | | | 馬第三十五 獨用 | 一五九 | 三七七 |
| | | | | 養 | 三五 | | | | | | | 養 | 三五 | 養 | 四 | | | 養第三十六 蕩同用 | 一六一 | 三七八 |
| | | | | 蕩 | 三六 | | | | | | | 蕩 堂朗反 殘 缺首 | 三六 | 蕩 | 五 | | | 蕩第三十七 | 一六三 | 三七九 |
| | | | | 梗 | 三七 | | | | | | | 梗 □□反 存目 | 三七 | 梗 存目 | 三三 | | | 梗第三十八 耿靜同用 | 一六四 | 三七九 |
| | | | | 耿 | 三八 | | | | | | | 耿 存目 | 三八 | 耿 存目 | 三四 | | | 耿第三十九 | 一六五 | 三七九 |
| | | | | 靜 | 三九 | | | | | | | 靜 殘 缺首 | 三九 | 請 存目 | 三五 | | | 靜第四十 | 一六六 | 三七九 |
| | | | | 迥 | 四〇 | | | | | | | 迥 戶鼎反 殘 缺首 | 四〇 | 茗 存目 | 三六 | | | 迥第四十一 獨用 | 一六七 | 三八〇 |
| | | | | 拯 無反語取蒸上聲 | 四七 | | | | | | | 拯 無反語取蒸之上聲 殘 | 四七 | 拯 存目 | 四一 | | | 拯第四十二 等同用 | 一六八 | 三八〇 |
| | | | | 等 | 四八 | | | | | | | 等 多肯反 | 四八 | 等 存目 | 二〇 | | | 等第四十三 | 一六九 | 三八〇 |
| | | | | 有 缺首 | 四一 | | | | | | | 有 殘 缺首 | 四一 | 有 殘 缺首 | 四二 | | | 有第四十四 厚黝同用 | 一七〇 | 三八〇 |
| | | | | 厚 | 四二 | | | | | | | 厚 胡口反 | 四二 | 厚 | 四三 | | | 厚第四十五 | 一七二 | 三八一 |
| | | | | 黝 | 四三 | | | | | | | 黝 於糾反 | 四三 | 黝 | 四四 | | | 黝第四十六 | 一七三 | 三八二 |
| | | | | 寑 | 四四 | | | | | | | 寑 七稔反 | 四四 | 寑 | 四〇 | | | 寑第四十七 獨用 | 一七四 | 三八二 |
| | | | | 感 | 三三 | | | | | | | 感 古禫反 | 三三 | 禫 | 四七 | | | 感第四十八 敢同用 | 一七五 | 三八二 |
| | | | | 敢 | 三四 | | | | | | | 敢 古覽反 殘 缺首 | 三四 | 淡 | 四八 | | | 敢第四十九 | 一七六 | 三八三 |
| | | | | 琰 | 四五 | | | | | | | 琰 | 四五 | 琰 | 四五 | | | 琰第五十 忝儼同用 | 一七七 | 三八三 |
| | | | | 忝 | 四六 | | | | | | | 忝 他點反 | 四六 | 忝 | 四六 | | | 忝第五十一 | 一七八 | 三八三 |
| | | | | | | | | | | | | 广 虞埯反 | 五一 | 广 | 五一 | | | 儼第五十二 | 一七九 | 三八四 |
| | | | | 豏 | 四九 | | | | | | | 豏 下斬反 | 四九 | 減 | 四九 | | | 豏第五十三 檻范同用 | 一八〇 | 三八四 |
| | | | | 檻 | 五〇 | | | | | | | 檻 胡黤反 | 五〇 | 檻 | 五〇 | | | 檻第五十四 | 一八一 | 三八四 |
| | | | | 范 無反語取凡之上聲 | 五一 | | | | | | | 范 符山反 陸無反 取凡之上聲 失 | 五二 | 范 凡上聲 | 五二 | | | 范第五十五 | 一八二 | 三八四 |





| 王一 | 韻次 | 王二 | 韻次 | 唐 | 韻次 | 廣 | 本編頁數 | 日印頁數 |
|---|---|---|---|---|---|---|---|---|
| 送 蘇弄反 殘 缺尾 | 一 | 凍 | 一 | | | 送第一 獨用 | 一八三 | 三八四 |
| 宋 存目 | 二 | 宋 | 二 | | | 宋第二 用同用 | 一八四 | 三八五 |
| 用 余共反 存目 | 三 | 種 | 三 | | | 用第三 | 一八五 | 三八五 |
| 絳 古巷反 存目 | 四 | 絳 | 四 | | | 絳第四 獨用 | 一八六 | 三八五 |
| 寘 支義反 殘 缺首 | 五 | 寘 | 七 | | | 寘第五 至志同用 | 一八七 | 三八五 |
| 至 殘 缺首 | 六 | 至 | 八 | | | 至第六 | 一八九 | 三八六 |
| 志 之吏反 | 七 | 志 | 九 | | | 志第七 | 一九二 | 三八七 |
| 未 無沸反 | 八 | 未 | 一〇 | 未 殘 缺首 | | 未第八 獨用 | 一九三 | 三八八 |
| 御 魚據反 殘 | 九 | 御 | 一一 | 御 | 九 | 御第九 獨用 | 一九五 | 三八八 |
| 遇 虞樹反 殘 缺首 | 一〇 | 遇 | 一二 | 遇 | 一〇 | 遇第十 暮同用 | 一九六 | 三八九 |
| 暮 莫故反 殘 | 一一 | 暮 | 一三 | 暮 | 一一 | 暮第十一 | 一九八 | 三八九 |
| 霽 殘 | 一三 | 霽 | 一四 | 霽 | 一二 | 霽第十二 祭同用 | 二〇〇 | 三九〇 |
| 祭 子例反 | 一四 | 祭 | 一五 | 祭 | 一四 | 祭第十三 | 二〇二 | 三九一 |
| 泰 殘 缺首 | 一二 | 泰 | 一六 | 泰 | 一三 | 泰第十四 獨用 | 二〇四 | 三九二 |

總目

| 韻目 | 切一 | 葉 | 切二 | 葉 | 切三 | 葉 | 西 | 葉 | 德 | 葉 | 刊 | 葉 | 王一 | 葉 | 王二 | 葉 | 唐 | 葉 | 廣 | 本編頁數 | 葉數 |
|---|---|---|---|---|---|---|---|---|---|---|---|---|---|---|---|---|---|---|---|---|---|
| 襉 | | | | | | | | | | | | | 襉 損 缺首 | 二九 | 古莧 襉 | 三二 | 古莧 襉 | 二二 | 襉第三十一 | 二二三 | 三九九 |
| 霰 | | | | | | | | | | | | | 霰 蘇佃反 殘 | 三〇 | 霰 | 二九 | 霰 | 二三 | 霰第三十二 線同用 | 二二四 | 三九九 |
| 線 | | | | | | | | | | | | | 線 私箭反 殘 缺首 | 三一 | 線 | 三〇 | 線 損 | 三三 | 線第三十三 | 二二六 | 四〇〇 |
| 嘯 | | | | | | | | | | | | | 嘯 蘇弔反 殘 | 三二 | 嘯 | 三四 | 嘯 | 三四 | 嘯第三十四 笑同用 | 二二八 | 四〇一 |
| 笑 | | | | | | | | | | | | | 笑 私妙反 損 | 三三 | 笑 | 三五 | 笑 | 三五 | 笑第三十五 | 二二九 | 四〇一 |
| 效 | | | | | | | | | | | | | 效 胡教反 損 缺首 | 三四 | 效 | 三六 | 効 | 三六 | 效第三十六 獨用 | 二三〇 | 四〇二 |
| 号 | | | | | | | | | | | | | 号 胡到反 | 三五 | 号 | 三七 | 号 損 | 三七 | 号第三十七 獨用 | 二三一 | 四〇二 |
| 箇 | | | | | | | | | | | | | 箇 古賀反 | 三六 | 箇 | 四二 | 箇 損 | 三八 | 箇第三十八 過同用 | 二三二 | 四〇二 |
| 過 | | | | | | | | | | | | | | | | | 過 | 三九 | 過第三十九 | 二三三 | 四〇三 |
| 禡 | | | | | | | | | | | | | 禡 莫駕反 | 三七 | 禡 | 四四 | 禡 | 四〇 | 禡第四十 獨用 | 二三四 | 四〇三 |
| 漾 | | | | | | | | | | | | | 漾 餘亮反 殘 | 四〇 | 漾 | 五 | 漾 損 | 四三 | 漾第四十一 宕同用 | 二三六 | 四〇四 |
| 宕 | | | | | | | | | | | | | 宕 杜浪反 殘 缺首 | 四一 | 宕 | 六 | 宕 損 | 四四 | 宕第四十二 | 二三八 | 四〇四 |
| 敬 | | | | | | | | | | | | | 敬 居命反 缺首 | 四二 | 更 | 三八 | 敬 | 四五 | 映第四十三 諍勁同用 | 二三九 | 四〇五 |
| 諍 | | | | | | | | | | | | | 諍 側迸反 殘 缺首 | 四三 | 諍 | 三九 | 諍 殘 | 四六 | 諍第四十四 | 二四〇 | 四〇五 |
| 勁 | | | | | | | | | | | | | 勁 居盛反 | 四四 | 倩 | 四〇 | 勁 損 | 四七 | 勁第四十五 | 二四一 | 四〇五 |
| 徑 | | | | | | | | | | | | | 徑 古定反 | 四五 | 暝 | 四一 | 徑 | 四八 | 徑第四十六 獨用 | 二四二 | 四〇五 |
| 證 | | | | | | | | | | | | | 證 諸膺反 | 五二 | 證 | 四二 | 證 □ | 五五 | 證第四十七 嶝同用 | 二四三 | 四〇六 |
| 嶝 | | | | | | | | | | | | | 嶝 都鄧反 | 五三 | 嶝 | 二五 | 嶝 損 | 五六 | 嶝第四十八 | 二四四 | 四〇六 |
| 宥 | | | | | | | | | | | | | 宥 尤救反 損 缺首 | 四六 | 宥 | 四七 | 宥 損 | 四九 | 宥第四十九 候幼同用 | 二四五 | 四〇六 |
| 候 | | | | | | | | | | | | | 候 胡遘反 | 四七 | 候 | 四八 | 候 損 | 五〇 | 候第五十 | 二四七 | 四〇七 |
| 幼 | | | | | | | | | | | | | 幼 伊謬反 | 四八 | 幼 | 四九 | 幼 | 五一 | 幼第五十一 | 二四九 | 四〇七 |
| 沁 | | | | | | | | | | | | | 沁 七鴆反 | 四九 | 沁 | 四五 | 沁 損 | 五二 | 沁第五十二 獨用 | 二五〇 | 四〇七 |
| 勘 | | | | | | | | | | | | | 勘 苦紺反 損 缺首 | 三八 | 醰 | 五二 | 勘 | 四一 | 勘第五十三 闞同用 | 二五一 | 四〇八 |
| 闞 | | | | | | | | | | | | | 闞 苦濫反 缺首 | 三九 | 闞 | 五三 | 闞 損 | 四二 | 闞第五十四 | 二五二 | 四〇八 |
| 豔 | | | | | | | | | | | | | 豔 以贍反 | 五〇 | 豔 | 五〇 | 豔 | 五二 | 豔第五十五 㮇釅同用 | 二五三 | 四〇八 |
| 㮇 | | | | | | | | | | | | | 㮇 他念反 | 五一 | 㮇 | 五一 | 㮇 | 五四 | 㮇第五十六 | 二五四 | 四〇八 |
| 嚴 | | | | | | | | | | | | | 嚴 魚淹反 | 五六 | 嚴 | 五六 | | | 釅第五十七 | 二五五 | 四〇九 |
| 陷 | | | | | | | | | | | | | 陷 戶韽反 | 五四 | 陷 | 五四 | 陷 | 五七 | 陷第五十八 鑑梵同用 | 二五六 | 四〇九 |
| 鑑 | | | | | | | | | | | | | 鑑 格懺反 | 五五 | 覽 | 五五 | 鑑 | 五八 | 鑑第五十九 | 二五七 | 四〇九 |
| 梵 | | | | | | | | | | | | | 梵 扶泛反 缺首 | 五七 | 梵 | 五七 | 梵 | 五九 | 梵第六十 | 二五八 | 四〇九 |

| 韻目 | 王一 | 葉 | 王二 | 葉 | 唐 | 葉 | 廣 | 本編頁數 | 葉數 |
|---|---|---|---|---|---|---|---|---|---|
| 卦 | 卦 古賣反 | 一五 | 懈 | 四三 | 卦 | 一五 | 卦第十五 | 二〇六 | 三九三 |
| 怪 | 怪 古壞反 損 | 一六 | 界 | 一七 | 誡 | 一六 | 怪第十六 | 二〇七 | 三九四 |
| 夬 | 夬 損 缺首 | 一七 | 艾 | 一八 | 夬 損 | 一七 | 夬第十七 | 二〇八 | 三九四 |
| 隊 | 隊 徒對反 損 缺首 | 一八 | 誨 | 二〇 | 隊 損 | 一八 | 隊第十八 代同用 | 二〇九 | 三九四 |
| 代 | 代 徒戴反 殘 缺首 | 一九 | 代 | 二一 | 代 殘尾 | 一九 | 代第十九 | 二一〇 | 三九五 |
| 廢 | 廢 方肺反 | 二〇 | 廢 | 一九 | | | 廢第二十 獨用 | 二一一 | 三九五 |
| 震 | 震 殘 缺首 | 二一 | 震 | 二三 | | | 震第二十一 稕同用 | 二一二 | 三九五 |
| 稕 | | | | | | | 稕第二十二 | 二一四 | 三九六 |
| 問 | 問 無運反 損 缺首 | 二二 | 問 | 二二 | | | 問第二十三 獨用 | 二一五 | 三九六 |
| 焮 | 焮 許靳反 | 二三 | 靳 | 二四 | | | 焮第二十四 獨用 | 二一六 | 三九七 |
| 願 | 願 魚怨反 | 二四 | 願 | 二三 | 願 缺目 | | 願第二十五 慁恨同用 | 二一七 | 三九七 |
| 慁 | 慁 胡困反 | 二五 | 慁 | 二七 | 慁 | 二六 | 慁第二十六 | 二一八 | 三九七 |
| 恨 | 恨 胡艮反 | 二六 | 恨 | 二八 | 恨 | 二七 | 恨第二十七 | 二一九 | 三九七 |
| 翰 | 翰 胡旦反 | 二七 | 翰 | 二六 | 翰 | 二八 | 翰第二十八 換同用 | 二二〇 | 三九七 |
| 換 | | | | | 換 損 | 二九 | 換第二十九 | 二二一 | 三九八 |
| 諫 | 諫 古晏反 | 二八 | 訕 | 三一 | 諫 | 三〇 | 諫第三十 襉同用 | 二二二 | 三九九 |

國立北京大學

# 十韻彙編 總目

| 切一 | 切二 | 切三 | 韻次 | 西 | 德 | 刊 | 韻次 | 王一 | 韻次 | 王二 | 韻次 | 唐 | 韻次 | 廣 | 本編頁數 | 日頁數 |
|---|---|---|---|---|---|---|---|---|---|---|---|---|---|---|---|---|
| | | 屋 殘 缺首 | 一 | | | | | 屋 烏谷反 殘 缺首 | 一 | 屋 | 一 | 屋 損 | 一 | 屋第一 獨用 | 二五九 | 四〇九 |
| | | 沃 | 二 | | | | | 沃 殘 缺首 | 二 | 沃 | 二 | 沃 | 二 | 沃第二 燭同用 | 二六四 | 四一一 |
| | | 燭 | 三 | | | | | 燭 之欲反 | 三 | 燭 | 三 | 燭 損 | 三 | 燭第三 | 二六五 | 四一二 |
| | | 覺 | 四 | | | | | 覺 古嶽反 | 四 | 覺 | 四 | 覺 損 | 四 | 覺第四 獨用 | 二六七 | 四一二 |
| | | 質 | 五 | | | | | 質 之日反 損 | 五 | 質 | 七 | 質 殘 | 五 | 質第五 術櫛同用 | 二六九 | 四一三 |
| | | | | | | | | | | | | 術 損 | 六 | 術第六 | 二七二 | 四一五 |
| | | 櫛 | 七 | | | | | 櫛 存目 | 七 | 櫛 | 八 | 櫛 | 八 | 櫛第七 | 二七三 | 四一五 |
| | | 物 | 六 | | | | | 物 無弗反 殘 缺首 | 六 | 物 | 九 | 物 損 | 七 | 物第八 獨用 | 二七四 | 四一五 |
| | | 迄 | 八 | | | | | 迄 殘 缺首 | 八 | 訖 | 一〇 | 迄 | 九 | 迄第九 獨用 | 二七五 | 四一六 |
| | | 月 | 九 | | | | | 月 殘 缺首 | 九 | 月 | 一八 | 月 | 一〇 | 月第十 沒同用 | 二七六 | 四一六 |
| | | 沒 | 一〇 | | | | | 沒 莫勃反 損 | 一〇 | 紇 | 一四 | 沒 | 一一 | 沒第十一 | 二七七 | 四一七 |
| | | | | | | | | | | 褐 | 一三 | 曷 殘 | 一二 | 曷第十二 末同用 | 二七九 | 四一七 |
| | | 末 | 一一 | | | | | 末 莫割反 | 一一 | | | 末 | 一三 | 末第十三 | 二八〇 | 四一八 |
| | | 黠 | 一二 | | | | | 黠 胡八反 | 一二 | 黠 | 三一 | 黠 | 一四 | 黠第十四 鎋同用 | 二八二 | 四一九 |
| | | 鎋 | 一三 | | | | | 鎋 胡瞎反 | 一三 | 鎋 | 一七 | 鎋 | 一五 | 鎋第十五 | 二八三 | 四二〇 |
| | | 屑 | 一四 | | | | | 屑 損 | 一四 | 屑 | 一五 | 屑 損 | 一六 | 屑第十六 薛同用 | 二八四 | 四二〇 |
| | | 薛 | 一五 | | | | | 薛 私列反 殘 缺首 | 一五 | 薛 | 一六 | 薛 損 | 一七 | 薛第十七 | 二八六 | 四二二 |
| | | 藥 殘 | 二七 | | | | | 藥 缺首 | 二七 | 藥 | 五 | 藥 | 二九 | 藥第十八 鐸同用 | 二八八 | 四二三 |
| | | 鐸 存目 | 二八 | | | | | 鐸 徒落反 存目 | 二八 | 鐸 | 六 | 鐸 | 三〇 | 鐸第十九 | 二九〇 | 四二三 |
| | | 陌 | 一九 | | | | | 陌 莫白反 殘 缺首 | 一九 | 陌 | 二九 | 陌 | 二一 | 陌第二十 麥昔同用 | 二九三 | 四二五 |
| | | 麥 | 一八 | | | | | 麥 莫獲反 殘 缺首 | 一八 | 麥 | 一九 | 麥 | 二〇 | 麥第二十一 | 二九五 | 四二六 |
| | | 昔 | 一七 | | | | | 昔 私積反 損 | 一七 | 昔 | 二〇 | 昔 損 | 一九 | 昔第二十二 | 二九七 | 四二六 |
| | | 錫 | 一六 | | | | | 錫 損 | 一六 | 錫 | 三〇 | 錫 | 一八 | 錫第二十三 獨用 | 二九九 | 四二七 |
| | | 職 存目 | 二九 | | | 職 殘 缺首 | | | | 職 | 一二 | 職 缺 | 三一 | 職第二十四 德同用 | 三〇一 | 四二八 |
| | | 德 存目 | 三〇 | | | 德 缺尾 | 三四 | | | 德 | 一一 | 德 | 三二 | 德第二十五 | 三〇三 | 四三〇 |
| | | 緝 | 二六 | | | | | | | 緝 | 二二 | 緝 | 二八 | 緝第二十六 獨用 | 三〇四 | 四三〇 |
| | | 合 | 二〇 | | | | | 合 胡閤反 存目 | 二〇 | 合 | 二五 | 合 殘 | 二二 | 合第二十七 盍同用 | 三〇六 | 四三一 |
| | | 盍 損 | 二一 | | | 盍 殘 缺首 | | 盍 □□□ 殘 缺首 | 二一 | 盍 | 二六 | 盍 | 二三 | 盍第二十八 | 三〇八 | 四三二 |
| | | 葉 | 二四 | | | 葉 損 | 二八 | 葉 缺尾 | 二四 | 葉 | 二三 | 葉 | 二六 | 葉第二十九 怗同用 | 三〇九 | 四三二 |
| | | 怗 | 二五 | | | 怗 缺尾 | 二九 | | | 怗 | 二四 | 怗 損 | 二七 | 怗第三十 | 三一〇 | 四三三 |
| | | 洽 損 | 二二 | | | 洽 | 二六 | 洽 損 缺首 | 二二 | 洽 | 二七 | 洽 | 二四 | 洽第三十一 狎同用 | 三一二 | 四三四 |
| | | 狎 | 二三 | | | 狎 損 | 二七 | 狎 胡甲反 缺首 | 二三 | 狎 | 二八 | 狎 | 二五 | 狎第三十二 | 三一三 | 四三四 |
| | | 業 存目 | 三一 | | | | | | | 業 | 二一 | 業 缺首 | 三三 | 業第三十三 乏同用 | 三一四 | 四三五 |
| | | 乏 存目 | 三二 | | | | | | | 乏 | 三二 | 乏 | 三四 | 乏第三十四 | 三一五 | 四三五 |

研究院文史部

十韻彙編 一東

切二

刊

王二

廣

東 同 童 中 蟲 終 忡 崇 嵩 戎 弓 融 雄 瞢 穹 窮 馮 風 楓 豐 充 隆 空 公 蒙 籠 洪 叢 翁 葱 通 悤 忽 蓬 烘 岘 紅 檬

國立北京大學

十韻彙編 總目

| 切一 |
|---|
| 聚 |
| 切二 |
| 聚 |
| 切三 |
| 聚 |
| 西 |
| 聚 |
| 德 |
| 聚 |
| 刊 |
| 聚 |
| 王一 |
| 聚 |
| 王二 |
| 聚 |
| 唐 |
| 聚 |
| 廣 |

國立北京大學

〈附表二〉

## 〈附表三〉

廣韻東韻校勘記

一 東 澤存本東上有一〇巾箱本無

二 東注 舜七友之友澤存本同巾箱本誤作文

三 東注 東鄉爲…… 段云東向爲人見周禮注即向爲人也但各本均無人字

六 䍶注 秦戲山今山海經作泰戲山又見一送䍶字下

六 倲注 澤存本一角下有一字

一一 童注 童仲王澤存本作童仲玉

一二 桐注 朣巾箱本作曨

一八 犝注 敹澤存本作叙玉篇作敹具飾集韻車被具飾

一九 䈞 没改為罿

二二 衷注 䙝澤存楝亭二本均作褻

二九 剸注 鍾巾箱本誤作鍾字林云缶屬

三一 [illegible] [illegible]澤存本作[illegible]集韻玉篇類篇亦均作髮按注曰細毛當以从髟為長

三三 弓注 末巾箱本誤作未

三四 弓注 倕澤存楝亭二本均作倕宋世本倕作規矩荀子解蔽倕作弓以倕為長

三九 躳注 名在魯郡之魯集韻作曹與切韻同案左氏經昭二十年曹公孫會自鄸出奔宋地在今山東曹州荷澤縣注鄸曹邑

四四 楓注 欇欇巾箱本均作攝案爾疋釋木楓欇欇御覽十一引孫炎曰欇欇生江上有寄生枝高三四丈今本寄作奇丈作尺

六八 公注 世木澤存巾箱二本均作世本

七四 醯 醓巾箱本作辭按下文有盬字當以作醯為是

七八 瀧注 沽巾箱本誤作沾

八七 [illegible]注 [illegible]澤存楝亭二本均作[illegible]案細骨當為[illegible]屬玉篇小蜂也

九三 曨注 曨曈巾箱本作朧朧宋文選文賦注引埤蒼曈曨欲明也从日是

九五 鯼注 名巾箱本作者非宋字林鯼魚出南海頭中有石一名石首

九九 衳注 衳被衳袶四字巾箱本均從示澤存本均从衣今爾雅亦均从衣

一〇〇 恍注 二澤存本作一是

一〇一 [illegible]注 澤存本[illegible]上有〇切下有三字是

## 〈附表四〉

### 上平聲

一東

| 東 | 菄 | 鶇 | 䍶 | 𩜍 | 倲 | [illegible] | 𢔅 | 涷 | 蝀 |
|---|---|---|---|---|---|---|---|---|---|
| 二 | | | | | | | | 一 | |
| | | | 一 | | | | | 三 | |
| 一 | 五 | 五 | 六 | 六 | 六 | 六 | 七 | 七 | 七 |

| 𦨴 | 硐 | 筒 | 瞳 | 㼧 | 眮 | 鼞 | 橦 | 罿 | 潼 | 曈 | 洞 | 侗 |
|---|---|---|---|---|---|---|---|---|---|---|---|---|
| 六 | 五 | 六 | 七 | | 七 | 七 | 七 | 八 | 八 | 六 | | |
| 四 | (四) | 五 | 五 | 五 | | 五 | 五 | 七 | 五 | 四 | | |
| 一二 | 一二 | 一三 | 一三 | 一二 | 一三 | 一三 | 一三 | 一四 | 一四 | 一四 | 一四 | 一五 |

| 𥦬 | 哃 | 𢏕 | 絧 | 䢢 | [illegible] | [illegible] | [illegible] | [illegible] | 中 | 衷 | 忠 | 𦬕 |
|---|---|---|---|---|---|---|---|---|---|---|---|---|
| | | | | | | | | | 八 | (九) | 九 | |
| | | | | | | | | | | | 三一 | |
| | | | | | | | | | 七 | 七 | 七 | 八 |
| 一八 | 一八 | 一八 | 一九 | 一九 | 一九 | 一九 | 一九 | 一九 | 一九 | 二二 | 二二 | 二二 |

| 柊 | [illegible] | 鼨 | [illegible] | [illegible] | 泈 | [illegible] | 忡 | 沖 | 盅 | 崇 | [illegible] | [illegible] |
|---|---|---|---|---|---|---|---|---|---|---|---|---|
| | 一三 | | | | 一二 | | 一四 | | | 一五 | | 一五 |
| | | | 二九 | 三〇 | | | | | | | | 三二 |
| 一一 | 一〇 | 一一 | | | 一〇 | | 一二 | | 一二 | 一二 | | 一二 |
| 二七 | 二七 | 二七 | 二七 | 二七 | 二七 | 二八 | 二八 | 二八 | 二八 | 二八 | 二九 | 二九 |

| [illegible] | [illegible] | 狨 | 絨 | 弓 | 躳 | 躬 | [illegible] | 宮 | [illegible] | 融 | [illegible] | 肜 |
|---|---|---|---|---|---|---|---|---|---|---|---|---|
| | | | | 一七 | | 一八 | 一八 | 一八 | | | 一九 | 一九 |
| | | 三一 | | | | | | 二八 | | | | |
| | | | | 一四 | 一四 | | 一四 | 一四 | | 一五 | | 一五 |
| 三二 | 三二 | 三二 | 三二 | 三三 | 三四 | 三五 | 三五 | 三五 | 三六 | 三六 | 三七 | 三七 |

| [illegible] | 窮 | 藭 | 竆 | 馮 | 堸 | 汎 | 芃 | 酆 | 渢 | 楓 | 風 | [illegible] |
|---|---|---|---|---|---|---|---|---|---|---|---|---|
| | (二二) | 二二 | 二二 | (二二) | | 二三 | 二三 | | | | 二三 | |
| | | | | (三五) | 三六 | 三五 | 三六 | 三五 | 二六 | 三六 | 三七 | |
| 一七 | 一七 | 一七 | 一八 | 一八 | | 一八 | 一八 | | | | 一八 | |
| 四一 | 四一 | 四一 | 四一 | 四一 | 四二 | 四二 | 四二 | 四二 | 四三 | 四三 | 四三 | 四四 |

| 茪 | 恍 | [illegible] | [illegible] | 洸 | 隆 | 癃 | [illegible] | 窿 | 霳 | [illegible] | 空 | 埪 |
|---|---|---|---|---|---|---|---|---|---|---|---|---|
| 二七 | | | | | 二七 | 二七 | (二八) | | | | 二八 | 二八 |
| | 三一 | | | | | | | | | | | 三 |
| 一九 | 二一 | | 二一 | | 二一 | 二一 | (二一) | | | | 二一 | 二二 |
| 四八 | 四八 | 四九 | 四九 | 四九 | 四九 | 四九 | 四九 | 五〇 | 五〇 | 五〇 | 五〇 | 五一 |

| 疘 | 蚣 | 玒 | 釭 | 魟 | 攻 | 㓚 | [illegible] | [illegible] | [illegible] | 蒙 | 冡 | 濛 |
|---|---|---|---|---|---|---|---|---|---|---|---|---|
| 三〇 | 三〇 | 三一 | 三一 | | | | | | | 三一 | | 三二 |
| 八 | 六 | 八 | 八 | | 七 | | 八 | | | (四) | | |
| 二三 | 二三 | 二三 | 二四 | | 二三 | | 二四 | | | 二四 | 二六 | 二四 |
| 七〇 | 七〇 | 七一 | 七一 | 七一 | 七一 | 七一 | 七二 | 七二 | 七二 | 七二 | 七二 | 七二 |

| 蠓 | 夢 | 雺 | 靀 | 霿 | 朦 | [illegible] | 懞 | 霥 | [illegible] | [illegible] | [illegible] | 䑃 |
|---|---|---|---|---|---|---|---|---|---|---|---|---|
| | | | | | | | | | | 三二 | | |
| | | | | 二[illegible] | | | | | | | | |
| | | | | | | | | 二六 | 二六 | 二七 | 二八 | |
| 七五 | 七五 | 七五 | 七六 | 七六 | 七六 | 七六 | 七六 | 七六 | 七六 | 七七 | 七七 | 七七 |

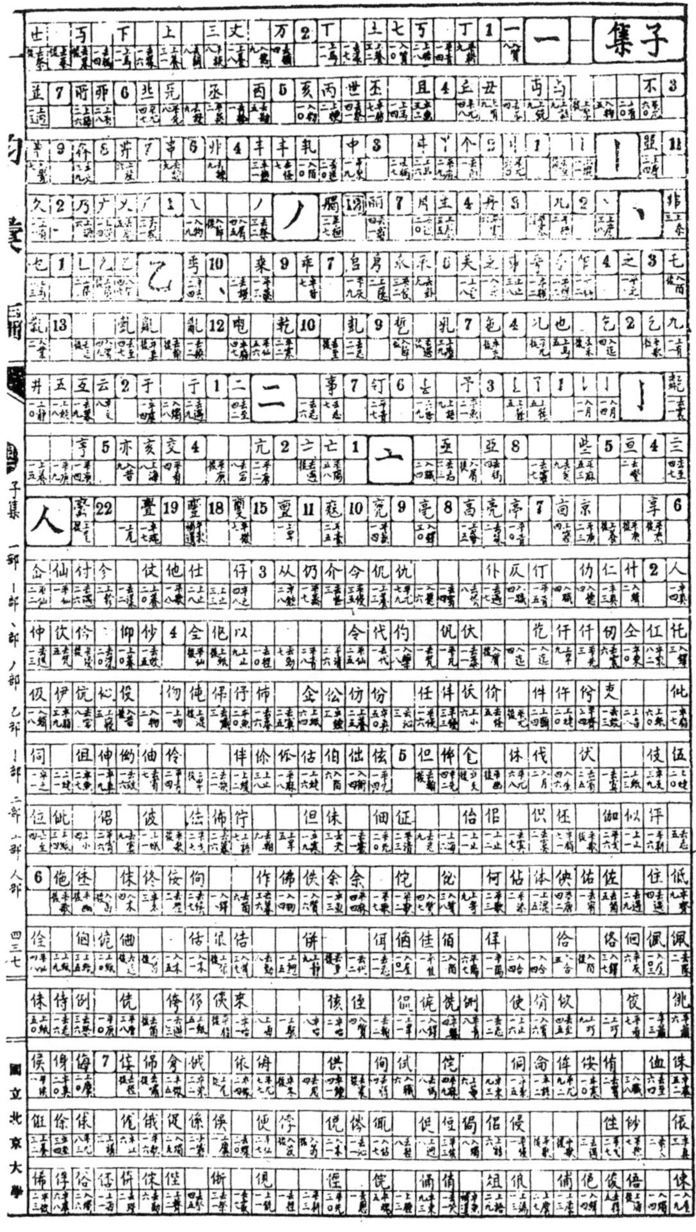

〈附表五〉

## 第四節　魏序羅序之內容

### 壹、魏序之內容

魏建功序文既長，所涉問題亦多，茲將魏序內容歸納為下列四端：

子、魏氏剖釋清代考定古音之陰陽入三聲、宋齊以來之平上去入四聲與魏晉作者分字之宮商角徵羽五聲，各有意義，並不相衝突。

魏氏以韻書由李登聲類、呂靜韻集起之說，以為現行韻書編制以「四聲」分字而「四聲」之說，乃六朝時宋齊以後始通行，因闡述：

①李登聲韻、呂靜韻集之「五聲」與聲調無關。用「聲類」或「韻集」名書，即「始判清濁，纔分宮商」之意。（註二十三）

②永明始有平上去入四聲，與宮商角徵羽五聲不同。

丑、韻書起自李登聲類、呂靜韻集；魏氏著錄史籍所記與今所見韻書，計列一百七十種名目。

(一)魏氏以為漢人重音訓，並行「讀若」，開「直音」之端，東漢末存譯經之事，以及反切之用，「揆情度時」到魏晉之間有李登聲類、呂靜韻集一類之韻書產生。

(二)魏氏著錄史籍所見及當時所見韻書，計列一百六七十種名目，而整存者止十種耳。魏氏所列：

一書名中有「音」字者。

甲、著者無考者有十種。

乙、著者可考者有十七種。

二書名中有「聲」字者。

甲、著者無考者有四種。

乙、著者可考者有十五種。

三書名中有「韻」字者。

甲、著者無考者三十五種。

乙、著者可考者有九十種。

四其它有二種。

總計一百六七十種名目，其中可確認為中古聲韻學史料者止大宋重修廣韻一種。

寅、由於韻書整存者寡，而西北探險古寫本，最早刻本之流行，增添許多重要材料，此殘缺史料之價值：

①可窺測韻書體製之演變。

②可鉤稽韻書源流之脈絡。

③可判斷韻書系統之劃分。

魏氏列有「見知現存殘缺中古韻書提要」，茲錄之如下：

甲、國內傳存者：

一、唐寫本唐韻一種　吳縣蔣斧藏　國粹學報館影印本

二、唐寫本刊謬補缺切韻一種　國立北平故宮博物院藏　北平延光堂攝影本　上虞羅氏印秀水唐蘭寫本

乙、國外流散者：

三、五代刻本切韻若干種　法國巴黎國家圖書館藏　攝影本

四、唐寫本切韻殘卷三種　法國巴黎國家圖書館藏　王國維手寫石印本

五、唐寫本王仁昫刊謬補缺切韻一種　法國巴黎國家圖書館藏　劉復燉煌掇瑣刻

本

六、唐寫本韻書斷片一種　日本大谷家藏　西域考古圖譜影印本　王國維摹入韻學餘說後有觀堂別集後編排印本

七、唐寫本韻書斷片二種　德國柏林普魯士學士院藏　攝影本　日本東北帝大文化雜誌武內義雄氏論文附錄印本天津益世報讀書周刊二十六期譯載

八、刻本切韻殘葉一種　德國普魯士學士院藏

九、唐寫本韻書序二殘卷　法國巴黎國家圖書館藏　劉復敦煌掇瑣刻本

十、寫本守溫學韻學殘卷一種　法國巴黎國家圖書館藏　劉復敦煌掇瑣刻本　國學季刊一卷三號排印本

十一、唐寫本歸三十字母例一種　英國倫敦博物館藏　日本東洋學報第八卷第一第四兩號載　日本濱田耕作東亞考古學研究斯坦因發掘品過眼錄載　羅常培敦煌寫本守溫韻學殘卷跋錄

以上十一種材料，魏氏一一舉出發現經過，留存情況，並作研究。此十一殘卷所涉及之問題，見後文研究。

魏氏嘗提出利用此類材料作聲韻史研究，尤為最終之目的，其大端有四：

①由音類之分合情形，論諧聲韻之演變與音值（兩部韻書之比較與一部韻書之分析）。

②由每韻收字反切之參錯，考定韻類分合之變遷，並構擬音值之同異。

③由諧聲系統之分布狀況類測文字音讀之變遷。

④由先後時代已確定而系統不同之韻書，分別統計增刪文字與音讀狀況，而為語言變遷之考證。

卯、魏序於序末提及可利用本書材料考訂韻書系統，計有三端：

①由體制看系統。

②由分韻看系統。

③由韻次看系統。

魏氏由此更列出下列七項系統：

一、切三王一等入聲韻陽聲韻韻次相合之系統。（假設更早者應有陽與入對或入與陽對兩種。）

二、切三王一等現存之韻次（陽入分歧，唐代通行者。）

三、唐韻之系統。

四、五代刊大字本與昌住字鏡所引之系統。（陽入全歧否未可知，蒸登職德居未可知。）

五、王二韻次之系統。（內容另有問題。）

六、五代刊小字本之系統。（分宣韻者。）

七、廣韻所本之系統。

魏氏謂：由系統可知韻書之演變，六朝至唐，唐至宋，平上去入排列成四聲一貫陰陽入音類相從不紊，始產生廣韻之標準，前後經多次移動，此移動或無音值改估意義，然為值得注意之史跡。魏氏進而論云：

一、唐代韻書當與陸法言切韻原本之音系有差異；

二、陸法言切韻與其前之韻書亦當有差異；

三、此類差異最著者乃陽入二聲韻次移動，陰聲韻則毫無變化。

子

## 貳、羅序之內容

羅序之內容，亦歸納為下列四端述之：

羅序文首指出十韻彙編為已得切韻系韻書材料之總結集。繼而強調材料之重要性：「有一分材料始有一分結果，有十分材料始有十分結果。」魏氏舉唐宋韻書之異同說明材料有助于認清真象。如從前學者因唐韻行而切韻廢，廣韻行而唐韻又廢，對於切韻、唐韻真象認識不清，展轉相傳，而以為各韻書止有文字增多，註解加詳之不同，餘仍舊貫，此乃錯誤之說。羅氏舉三證：

一、魏了翁見及唐寫本唐韻原書，作唐韻後序，論及唐寫本韻書與廣韻有所不同。如：

第一、平聲不分上下，於二十八刪，二十九山之後即繼之以三十先，三十一仙；

第二、韻目之下分別註明清濁和呼法；

第三、自切韻平聲齊韻分出「移」「臡」兩字另立移韻；

第四、覃談，蒸登，藥鐸，職德之次序與廣韻不同。

二、錢大昕十駕齋養新錄卷五論韻書次第不同，將魏了翁唐韻後序要點舉出，並參考干祿字書、古文四聲韻、說文解字篆韻譜及鄭樵七音略內外轉四十三圖等，除前人已得結論外，更發現「徐鍇說文篆韻譜上平聲痕部并入魂部」，錢大昕利用間接材料推求唐宋韻書之異同。

三、王國維利用乾嘉諸老考證之間接材料及新出土韻書殘卷之新材料，作精詳探討，更發現：

(一)、唐人韻書部次可分為二系：陸法言切韻，孫愐唐韻，小徐說文解字篆韻譜、夏英公古文四聲韻所據韻書為一系；大徐改定篆韻譜所據李舟切韻與廣韻為一系。（觀堂集林卷八李舟切韻考，唐時韻書部次先後表）

（二）、陸法言切韻比廣韻平聲少諄桓戈三韻，上聲少準緩果儼四韻，去聲少稕換過釅四韻，入聲少術曷二韻，共為一百九三韻。（同書巴黎國民圖書館所藏唐寫本切韻後和唐時韻書部次先後表）

（三）、切韻和唐韻一系之韻書泰韻于霽韻之前。（同書李舟切韻考）

（四）、唐韻有開元天寶二本，開元本部目與陸法言切韻全同，惟上聲較陸多一韻；天寶本增平聲四（移諄桓戈）上去聲各三（準緩果稕換過）入聲二（術曷）「前者尚是陸韻支流，後者則孫氏自以己意分部者也。」（同書書式古堂書畫彙考所錄唐韻後）

（五）、徐鍇說文解字篆韻譜原本所據切韻改陸韻冬韻「恭，蜙」二字入鍾韻，「縱」字入用韻，與孫愐唐韻合；然平聲齊後無移韻，入聲以聿為術，且無曷韻，與孫愐韻殊。（同書小徐說文解字篆韻譜後）與廣韻全同。（同書李舟切韻考）

（六）、古文四聲韻所據唐切韻除平聲齊韻後有移韻，仙韻後有宣韻外，上聲獮後有選韻，去聲梵後有釅韻，入聲質後有聿術二韻。然獮韻中「䕯」字下注「人兗切」，而部目中選字上注「思兗切」，二韻俱以「兗」字為切；又目中「聿」字注「余律切」，術字注「食律切」，二韻俱以律字為切。蓋淺人見平聲仙宣為二，故增選韻以配宣；又見術韻或以術為部首，（如唐韻）或以聿為部首，（如小徐所據切韻）遂分術聿為二，而其反切未及改正。其本當在唐韻與小徐所據切韻之後。（同書書古文四聲韻後）

羅氏以為王氏有如此諸多發現，眼光明敏，功力精審，然若渠未閱及直接材料，則無有此貢獻。

丑、羅氏就反切之異同，指出陳澧切韻考所考與切韻真象不合之四點遺憾，藉以說明材料不足之缺失：

①切韻韻部原非二○六韻而為一九三韻。

②切韻反切上字超出陳氏所舉四百五十二字以外者不少。

③「凡」字廣韻「符咸切」，混淆凡咸兩韻之界限，陳氏以為凡韻字少故借咸韻咸字為切，實不知切韻原作「扶芝切」，正本韻字為切也。

④真韻廣韻「側鄰切」，以莊母字切照母字，與全書聲類系統不符，陳氏未能校出，而切韻作「職鄰反」，原為照母字。凡此四項，陳氏以其謹嚴之方法，精密之功力，結果尚不能符合切韻之真象。

羅氏指出陳氏之缺失，蓋全由於材料之不足。

寅、羅氏以為利用材料，仍有諸多問題研究，如：

一、切韻韻目與聲類、韻集以降韻書有何異同？

二、切韻之反切用字與廣韻之音類有否出入？

三、廣韻諄韻以外，應否再自真韻分出合口一類？

四、切韻冬韻恭蜙樅等字是否自孫愐唐韻即改入鍾韻？

諸如此類問題均可再予研究。

卯、羅氏于文末說明編輯此書之經過，前文第一節第二節已引述，茲不再贅。

十韻彙編所錄十韻為：

1. 王國維手寫倫敦大英博物館藏唐寫本切韻殘卷第一種　彙編簡稱「切一」
2. 王國維手寫倫敦大英博物館藏唐寫本切韻殘卷第二種　彙編簡稱「切二」
3. 王國維手寫倫敦大英博物館藏唐寫本切韻殘卷第三種　彙編簡稱「切三」
4. 德國普魯士學士院所藏吐魯蕃唐寫本切韻殘卷一種　彙編簡稱「德」
5. 大谷光瑞西域考古圖譜所收吐峪溝唐寫本切韻殘卷一種　彙編簡稱「西」
6. 劉復敦煌掇瑣鈔刻法國巴黎國民圖書館所藏唐寫本刊謬補缺切韻殘卷一種　彙編簡稱「王一」
7. 延光堂景印及唐蘭手寫清故宮所藏唐寫本　彙編簡稱「王二」
8. 國粹學報景印吳縣蔣斧藏唐寫本唐韻　彙編簡稱「唐」
9. 法國巴黎國民圖書館所藏五代刊本切韻　彙編簡稱「刊」
10. 古逸叢書覆宋本廣韻　彙編簡稱「廣」

茲將上列各　簡介如下：

1. 王國維手寫倫敦大英博物館藏唐寫本切韻殘卷第一種：

此卷編號S二六八三，簡稱「切一」。與切二S二〇五五，切三S二〇七一皆存于大英博物館，王國維間接得此三卷，並誤為巴黎所有。魏建功十韻彙編序亦引為法國巴黎國家圖書館藏，又疑為倫敦所藏，姜謂「附記待考」。

本卷原三紙，中央圖書館所藏微卷則分成四紙。

存上聲「海」至「銑」十一韻，四十五行，下段有損缺，損缺形式行款數目對稱，魏氏疑是「葉子」兩面書寫。所存各韻為：

海韻三行半截
軫韻三行半截，遮為增長。四行整行。一行末尾。
吻韻二行半截
隱韻二行半截
阮韻六行半截
混韻一行半截，四行整行，一行末尾。
很韻一行半截
旱韻四行半截，二行整行，一行末尾。
潸韻二行整行，一行末尾
產韻三行整行，一行末尾
銑韻三行半截

此卷本師潘石禪新校云：

切韻殘卷，白楮，三紙。第一、二紙各十六行，第三紙十三行，都四十五行。字大，無界，有朱點，有朱改字。每韻韻目提行高一字書。字不工，民字或諱或不諱。

所存為上聲十一韻，下段間有損缺。王國維考定為陸法言切韻原本，又據字迹以為初唐寫本。丁山氏疑為「伯加」本。姜亮夫以為陸法言切韻原書。

2. 王國維手寫倫敦大英博物館藏唐寫本切韻殘卷第二種：

此卷編號S二○五五，簡稱「切二」。今存四葉又半，兩面俱書，存平聲九韻一百六十九行，其中正面存陸法言、長孫訥言二序，上平韻目，「東」韻至「脂」韻。凡百五行；背面續正面，由「脂」韻至「魚」韻，凡七十四行，每行大字約二十三字。首行題「切韻序，陸法言撰」，次行題「伯加千一字」，次陸序，序尾即接唐高宗儀鳳二年長孫訥言序，下又接「切韻第一，平聲上二十六韻」韻目，韻中連錄各韻，但記數次，或提行或不提行，每紐先注反切字數後注訓解及先注訓解注反切字數，兩法並用，而前者為多，通常字多不訓，但注反切，又字數有作「幾」加「幾」。潘先生新校云：

白楮，四紙半。兩面皆書切韻，字拙，無四界，無天地頭，無朱點校。此卷寫手訛率，不為典要。宗多書作宋，頗似東字，姜氏摹本復多訛誤。

王國維舉長孫序『又加六百字用補闕遺，……其雜□並為訓解，凡稱「案」者俱非舊說』及韻中新加字、案語，若定為長孫訥言箋注本，姜亮夫亦主之。丁山氏則以為：自東至之韻皆長孫氏箋注本，微魚二韻則自王仁昫刊謬補闕切韻或裴務齊正字本錄出。

3. 王國維手寫倫敦大英博物館藏唐寫本切韻殘卷第三種：

此卷編號S二○七一。簡稱「切三」。今存三十四葉；存平聲上、下二卷、上聲一卷、入聲一卷；而平聲首缺「東」「冬」二韻，入聲缺二十八「鐸」以下五韻；中間亦有損缺者，如：十七真、十八臻、十五青、二十侵、二十一塩、四十一有、四十二厚、一屋、二十一盍、二十二洽等韻。每卷首題「切韻」，韻目及韻中情形與切二略同，所不同者：(1)注解於反切之前。(2)字數不注明增加。潘師新校云：

姜云：「硬麻黃紙。」規案：似為白楮，無四界。每韻起首，於當行書眉以墨筆作「乚」誌之。此卷王字多作玉，七紙背有牒文公文襯表。

姜亮夫以為此卷為隋末唐初增字加注本陸韻，並取以校王國維摹本，得疑謬二百許事。惟潘師案語云：

余以十韻彙編本切三校姜所抄，多有姜誤而彙編本不誤者，殊足異也。

王國維考訂以為節鈔長孫箋注本，字迹時代與切二同。丁山考定為孫愐唐韻之初稿，董作賓考定為郭知玄箋注本，姜亮夫則以為隋末唐初增字加注本陸韻，為陸法言與長孫訥言二本之過渡也。

4. 德國普魯士學士院所藏吐魯番唐寫本切韻斷片一種：

此卷編號 JIVK75（注二十四），簡稱「德」。有日本東京帝國大學文化雜誌武內義雄論文附錄印本，天津益世報讀書周刊二十六期譯載。

此卷係德國勒可克（Albert August Von Le Coq）和格蘭威得爾（Albert Grünwedel）（註二十五）於斯坦因、伯希和之後，前往新疆吐魯番探險所得文書。彙編所錄係魏建功抄自其友趙萬里所提供之影片。案德國普魯士學士院所藏唐寫本切韻殘卷斷片有八片（詳見後文引錄）。彙編所錄者為上聲「止」至「賄」韻殘闕斷片。魏建功彙編序所錄者為去聲「震」至「願」韻殘闕斷片。

日人武內義雄考定為陸法言原作。姜亮夫以為唐初寫陸韻增字本。

5. 大谷光瑞西域考古圖譜所收吐峪溝唐寫本切韻殘卷一種：

此卷簡稱「西」。上田正引龍谷大學藏書番號為「西域文書九〇八一〇七．」

此卷為日本大谷家藏，有西域考古圖譜影印本。

王國維摹入韻學餘說，後又有觀堂別集後編排印本，並附考證。姜亮夫韻輯所錄係據觀堂別集後編。彙編則據魏建功寫錄西域考古圖錄譜卷下（8）之（2）

正面及（8）之（2）反面二斷片。

大谷光瑞繼斯坦因、伯希和之後，探險西北，於新疆和闐、庫車、吐魯番等處發現諸多古物，嘗印成西域考古圖譜上下二卷，大正四年（一九一五）出版。原圖卷（8）之（2）為此斷片之正面，題稱「唐鈔唐韻斷片（吐峪溝）。」；原圖卷（8）之（3）為此斷片之反面，題稱「同上之裏面。」係「支」「脂」二韻殘卷。魏序所云與王國維錄印字數略有出入：

| | | 支韻 | 脂韻 |
|---|---|---|---|
| 全字 | 王 | 十九 | 二十一 |
| | 魏 | 二十一 | 二十二 |
| 半字 | 王 | 二 | 一 |
| | 魏 | 三 | 三 |

王國維考定為長孫氏注本，王氏弟子劉盼遂跋此斷片則以為陸法言原本。

6. 劉復敦煌掇瑣鈔刻法國巴黎國民圖書館所藏唐寫本刊謬補缺切韻殘卷一種：

此卷原卷編號P二〇一一，簡稱「王一」，全書五卷，每卷皆有斷爛，平聲「江」韻以前及入聲「怗」韻以後全缺，上聲、去聲、入聲三卷卷首皆題「朝儀郎行衢州信安縣尉王仁昫字德溫新撰定一行」。潘師新校云：

姜云：「本卷殘存二十二紙，共四十三面，合訂為一冊。其第二十二紙之前面，為某氏女祭叔父文，韻書正文，實止于第二十二葉後面。原裝為何種書式，已不可考。該館裝帙，依用西文書品式，故其次與中土書式首尾顛倒。其尾二十一頁之後面，實為殘存之首頁。起支韻鸝鶲字，終原一頁之入聲韻紐字。楮白紙，色微黃，質稍鬆，前後數片及面口處因塵溼之侵蝕，殘愈甚而色愈敗。紙幅寬在四十三生丁以上，高在三十一生丁以上，版心寬平均三十九生丁半，每紙多則三十九行，少則二十六行。」重規案：此卷字工，小韻皆朱點，計字皆朱書，朱色不甚顯，故姜多漏去。韻目數字皆朱書。

案魏序此卷嘗云：「每紐有點標識。是否朱筆待問。」今案潘師案語可知係朱筆也。又魏序云：「書與故宮本不同，韻目與王國維寫三卷同，目下注呂靜夏侯詠陽休之李季節杜臺卿五家分合情形及依違之處。」

7. 延光堂景印及唐蘭手寫清故宮所藏唐寫本：

此卷簡稱「王二」。此卷因歸入書畫範圍得以保存。民國九或十年羅振玉、王國維等清理清室書籍時得之，後有延光堂攝影本及上虞羅氏印秀水唐蘭寫本。原件現已裝潢成冊頁，計三十八葉，每葉二十九行，每行有界闌，疑朱絲，字數不一，約二十六至三十之間，平上去入分五卷，而平上又有殘缺。

平聲上存前九韻，七葉；

平聲下存後二十一韻，七葉；

上聲存前十八韻，五葉；後九韻帶零，一葉十行；十行與去聲相連接。

去聲全部完整，七等四十行；首十九行與上聲相連接為一葉，尾二十二行與入聲相連接為一葉。

入聲全部完整，九葉八行。八行與去聲相連接為一葉。

書首題名「刊謬補缺切韻」，下注「朝議郎行衢州信安縣尉王仁昫撰」，次行題「前德州司戶參軍長孫訥言注」，又「承奉郎行江夏縣主簿裴務齊正字」，今通稱「故宮本王仁昫切韻」。今所見者除唐蘭手寫本外，尚有項子京跋本，亦藏故宮博物院，周祖謨「唐五代韻書集存」有收錄。（註二十六）

王國維有書後，謂此書蓋王仁昫用長孫氏裴氏二家所注法言切韻重修者，故兼題二人之名，又以為王仁昫書以「刊謬補缺」為名，對於陸法言次序大約無所更動，此本「蓋為寫書者所亂，非其朔也」。魏建功以為此書乃陸王混合，而韻次自成系統。

8.國粹學報景印吳縣蔣斧藏唐寫本唐韻：

此卷簡稱「唐」。

清光緒三十四年二月晦，蔣斧由羅振玉介紹，購自北京琉璃廠書舖。後國粹學報館影印發行。全書四十四葉，每葉二十三行，每行均有烏絲闌為界，字數不一，大字約十六七，小字約二十六七。祇存去聲、入聲兩卷，而去聲首缺「送」至七「志」及八「未」前半，中間又缺十九「代」後半，二十「廢」至二十四「焮」及二十五「願」之前半。入聲題稱「唐韻卷第五」。每卷之首列韻目，韻中目字朱書，韻次數次記于闌外上眉，與韻目字同行，韻與韻或提行頂格書，或不提行，書于空格。韻中每紐字數于每紐第一字訓解反切之下註明，紐與紐間無標識。卷中印記皆宋明人，無清人。蔣斧云：

此冊為都門故家舊藏，冊中有「宣和」「御府」二印，「鮮于」一印，「晉府」及「項子京」諸印，柯丹邱觀疑一行，杜檉居詩一首，無本朝人一跋一印，蓋自入晉府以後即未賞寫賞鑒家之目矣。

王國維有書後，以為係孫愐書，蓋天寶本也，否定蔣斧陸法言切韻原本及長孫訥言初箋注本之說，凡舉八證。（注二十七）

9.法國巴黎國民圖書館所藏五代刋本切韻：

此卷簡稱「刋」。

本卷原藏巴黎國民圖書館，編號P二○一四、P二○一五。魏建功在彙編序云攝影本。據魏氏云：一九三五年十一月在倫敦舉行之中國藝術展覽會，法國由伯希和選定敦煌古籍十七種，天津大公報（民國二十四年十月六日）第一萬一千六百零三號巴黎通訊載其詳目，內有P二○一四、P二○一五兩號。兩號各選兩葉與會。記者于二○一四號下云：『是書為唐王仁昫撰，書名上標「大唐」兩字，則為刻於唐代可知也。』又謂：民國十九年（一九三○）北平市忽發現攝影韻書十六葉，檢視印記有「國家圖書館」「鈔本書」「Don 4502」圖章，為五代刻本韻書。

魏氏曾分析十六葉攝影片，發現大字六葉為二○一五號切韻，小字十葉為二○一四號刋謬補闕切韻。但又對於影片張數、原件張數及伯希和目錄所記張數之不一置疑。魏氏引通訊記者所寫略記疑處：

二○一四「大唐刋謬補闕切韻」于一張影片末葉，不能必斷為王仁昫者。故宮本王仁昫韻與敦煌掇瑣本王仁昫韻體制不一，此影片亦不與故宮本、敦煌掇瑣本相同。(1)宣韻為故宮本、敦煌掇瑣本所無。(2)豔韻五十一之次第排王韻系統。(3)宣韻二十三與豔韻五十一排不連攏。(4)三十五豪韻影片注二○一四(8)與注二○一四(5)之肴韻殘葉影片確係同板之兩張影片印本，然則二○一四總號下各紙必是集合各殘葉而成。由上四點，未敢肯定下語矣。

潘師石禪「諸唐末五代刻本韻書跋」案語，曾詳細探討二○一四、二○一五兩號，茲錄之如后：

規案：此卷清泰五年云，為一狀文用作襯表紙之文字。首敘起居，兼申陳謝，末云：「伏維亮察，謹狀。清泰五年五月二十五日患吏燉煌令呂之。」是此乃狀文之年月，則原卷時代當更在清泰以前。

規又案：姜所未見之P二○一四第八、第九紙，余皆抄完。計P二○一四第八紙，存二十一行，計上聲緩韻十一行，二十五潸三行半，二十六產三行半，二十七銑三行。小韻皆加點，韻目數朱書。第九紙正面，存十六行。計入聲職韻七行小半，三十四德八行大半。韻目數朱書。第九紙背面存十二行。計德韻二行，三十五業六行，三十六乏二行。結尾標題「大唐刊謬補闕切韻一部」一行「切韻四聲□□□」一行。韻目數亦墨字。各紙字數行款大小疏密不一，末半紙字尤大。由本卷第八、第九二紙內容觀之，韻次、引書（前數紙引內典，此二紙羼、裓皆云見內典。）諸端，與前七紙均符，當為一書。姜氏考訂，以為「此卷蓋晚唐人依諸隋唐韻書如陸法言、王仁煦、孫愐、李舟之作，另為編排而又增益文字義訓者也，故內容與諸家不殊，而韻部大異。」其說約畧可信。然據第九紙全之末，結題明標「大唐刊謬補闕切韻一部」，則其成書底本必據王仁煦切韻為主，以其稱大唐，故知增修者必為唐人也。

規案：姜氏與伯希和晤面時，二○一四與二○一五兩卷皆已選送一部份參加一九三五年十一月在倫敦舉行之中國藝術展覽會，故二○一五卷僅錄得一葉。尚有二葉，余獲補抄。計P二〇一五第二葉，凡三十四行，存齊韻十九行半，十三佳六行，十四皆六行半，十五灰二行。木刻字體，與敦煌寫本無異，蓋即據寫本付刻。第三葉亦三十四行，計盍韻三行，二十六洽九行，二十七狎五行半，二十八葉十五行半，二十九怗一行。此葉字體較前二葉為小，亦不如前二葉之工。第二葉齊、佳、皆、灰上承P二〇一四頁三魚、虞。第三葉盍、洽、狎、葉、怗上承P五五三一薛、雪、錫、麥、陌。蓋皆為唐人增修大唐刊謬補闕切韻一書之殘葉也。

二卷所存韻目，見後文「刊校勘記」所錄。

10. 古逸叢書覆宋本廣韻：

簡稱「廣」。廣韻乃現存之最早及最完備之韻書。宋景德四年，陳彭年、邱雍奉敕修撰，祥符元年書成，賜名「大宋重修廣韻」，

以現存廣韻版本考之，有詳、略及前詳後略三本。陳澧切韻考卷一云：「今世所傳廣韻二種：其一注多，其一注少。注多者有張士俊刻本，注少者有明刻本、顧亭林刻本。又有曹楝亭刻本，前四卷與張本同，第五卷注少，而又與明本、顧本不同。」所謂詳略，蓋以註多註少而分。彙編所錄古逸叢書覆宋本廣韻為詳本。全書共分五卷：平聲上下兩卷，上、去、入聲各一卷。

（一）據王重民敦煌遺書總目、姜亮夫瀛涯敦煌韻輯、潘師石禪瀛涯敦煌韻輯、瀛涯敦煌韻輯別錄及上田正切韻殘卷諸本補正諸書，與潘師瀛涯敦煌韻輯拾補乙文歸納之。

（二）此卷即上田正切韻殘卷補正TⅣK七五一〇〇b。上田正所錄柏林普魯士學士院藏書原編號有三：

①TⅣK七五。

②TⅣK七五、一〇〇a，即魏建功十韻彙編序所收武內義雄所送攝影本。

③TⅣK七五、一〇〇b，即彙編所本者，姜亮夫、潘師石禪編號為JⅠVK75。

（三）王氏第一種，即S二六三八，彙編簡稱「切一」，第二種即S二〇五五，彙編簡稱「切二」，第三種即S二〇七一，彙編簡稱「切三」。此三卷原存大英博物館，王氏誤以為巴黎所有。

（四）此文又載國學季刊一卷四號。

（五）世界書局定本觀堂集林下，附有別集。

（六）王氏所錄字數與魏建功氏所錄者異，見下表：

| | | 支韻 | 脂韻 |
|---|---|---|---|
| 全字 | 王 | 十九 | 二十一 |
| | 魏 | 二十一 | 二十二 |
| 半字 | 王 | 二 | 一 |
| | 魏 | 三 | 三 |

（七）羅氏云：所謂『輕淺』『重濁』者，賈昌朝群經音辨序曰：『夫輕清為陽，陽主生物，形用未著，字音常清；重濁為陰，陰主成物，形用既著，字音常重。……如「衣」施諸身曰「衣」（施既切）；「冠」加諸首曰「冠」（古亂切）；此因形而著用也。物所「藏」曰「藏」（才浪切）；人所「處」曰「處」（尺據切）；此因用而著形也。』是以平上為輕清，為陽；而以去聲為重濁，為陰；與後此因聲紐而判清濁陰陽者，含義迥別。

（八）二括弧註文為羅常培氏所加。

（九）並載於二卷之背面。

（十）四聲等子辨正音憑切寄韻門法例：照等五母下為切，切逢第二，韻逢二三四，並切第二，名正音憑切門（如鄒靴切髽字）。……切逢第三，韻逢一三四，並切第三，是寄韻憑切門。

門法玉鑰匙第六款：正音憑切者，謂照等第一為切（照等第一即四等中等第二是也），韻逢諸母三四，並切照一，為正齒音中憑切也，故曰正音憑切，如楚居切初，側鳩切鄒字之類是也。

門法玉鑰匙第八款：寄韻憑切者，謂照等第二為切（照等第二即等中第三也），韻逢一四並切照二，言雖寄於別韻，只憑為切之等也，故曰寄韻憑切。如昌來切犆字，昌紿切茝字之類是也。

（十一）黃季剛先生有古本韻二十八部古本聲十九紐之發明。對於古本韻雜有今變紐者，黃先生云：「凡此變音，雜在本音中，大抵後人增加，綴於部末，非陸君之舊，不可執是識鄙言之不驗也。」

（十二）李氏所云「王二」者，或稱為「全王」。

（十三）即姜書卷二十「切韻系統與韻部總錄」「乙　陸法言切韻系統」「丑　陸法言切韻考」「一　切韻韻部」乙文。見姜書四四九頁。

（十四）本師陳先生評云：「就切韻聲類大致得其實象，惟併娘入泥，則顯粗疏，因為反切上字泥娘二類，實不系聯，併為一母，未為得也。」見六十年來之聲韻學二八頁。

（十五）見蘇氏敦煌學概要二五頁。

（十六）民國六十三年六月文史哲出版社臺初版，將二書合成一冊刊行。

（十七）此文係余碩士論文「通志七音略研究」口試時潘先生所示。七音略中有所謂「重中重」「輕中輕」「重中輕」「輕中重」，又有小註內重、內輕，余從羅常培氏之說以為七音略之「重」「輕」與韻鏡之「開」「合」相當，而本文所錄「解釋詞義壹畚」有「開口成重，合口成輕」之語，適足以為佐證。

（十八）六十二年文史哲出版社印行，六十五年木鐸出版社輯入「聲韻學論文集」中。

（十九）又見「鍥不舍齋論學集」。

（二十）見該書六五頁「凡例」第一條。

（二十一）上田正氏「未刊切韻殘卷補錄」中計列：P三六九三、P三六九四、P三六九五、P三六九六(一)、P三六九六(二)、P三七九八、P三七九九、P四八七一、P二六九五、Dx一四六六、Dx一三七二十Dx三七〇三等十卷。中除P四八七一、P二六五九外，潘師皆另有新抄，見瀛涯敦煌韻輯新編與瀛涯敦煌韻輯拾補所錄，其中Dx一二六七為上田正未收錄者。

（二十二）參見十韻彙編羅序及林師景伊影印十韻彙編後記。

（二十三）魏序並引隋書潘徽傳：「李登聲類始判清濁，纔分宮商。」

（二十四）同註二。

（二十五）此二人名，馬斯年譯作「勒柯克」「葛蘭懷德爾」。

（二十六）周祖謨氏「唐五代韻書集存」題作「裴務齊正字本刊謬補缺切韻」，另本唐蘭仿寫者則未錄。

（二十七）詳見「定本觀堂集林上」三六四頁。又今所存唐韻殘卷較重要者尚有：(1)巴黎國家圖書館藏敦煌寫本P二〇一八號韻書殘卷：今存一葉；存「東」「冬」「鍾」三韻，凡十四行。(2)柏林普魯士學院藏VI21015號刻本韻書殘葉：今存一葉；存「寒」「桓」二韻十三行。（見林尹著林炯陽注釋「中國聲韻學通論」二八頁。）

# 第二章　十韻校勘記

〔校勘總例〕

一、本編所校各卷以彙編為底本，凡彙編、原卷譌誤者皆在校勘之列。

二、各卷所用傳本及參考資料，分載各卷校勘記之前。

三、校勘各條，先引彙編所録，下注頁數及行數。凡彙編、原卷殘缺、模糊，未可辨識者，以「口」或「……」示之。

四、各卷所參考相關韻書有：切一、切二、切三、德、西、王一、王二、全王、唐韻、刋、廣韻、集韻等。

五、所用廣韻係古逸叢書覆宋本，并視需要徵引廣韻他本校勘之。

# 第一節　切一校勘記

〔切一、切二、切三所用材料〕

1、S二六八三、S二〇五五、S二〇七一，藏中央圖書館善本書目室、中國文化大學中文研究所微卷閱覽室，簡稱原卷。

2、王國維手寫唐寫本切韻殘卷三種，簡稱王。

3、姜亮夫瀛涯敦煌韻輯，簡稱姜。

4、潘師石禪瀛涯敦煌韻輯新編，簡稱潘師。

并參考：

5、上田正切韻殘卷諸本補正。

6、龍宇純唐寫全本王仁昫刊謬補缺切韻校箋。

7、林炯陽切韻系韻書反切異文表。

8、周祖謨唐五代韻書集存。

○海韻

亥　胡改一　一三六頁一行

原卷如此，王、姜并同。案「改」字下脫一「反」字。

䄧　禾傷雨莫亥反又莫代反一　一三六頁三行

原卷如此，王同。姜「雨」下衍一「反」字。又正文，切三、王一、王二、全王、廣韻并作「䅘」。

……流敷反　一三六頁四行

原卷「流」作「浪」，姜同。王作「流」，與彙編并誤。案「𣳚」字在去聲号韻，此蓋又音。

○軫韻

縝 結（一三七頁一一行）

原卷如此，王、姜并同。案「縝」當作「縝」。

准 古作準之君反三（一三七頁一三～一四行）

原卷如此，王、姜并同。案「準」當作「準」。又「君」字在文韻，「君」蓋「尹」字之誤。

…… 遀馬毛（一三七頁一五行）

原卷「遀」作「遂」。王作「遂」。案姜云：「毛字以朱筆刪，遀字以朱筆改『口』形為『乀』。」（註一）當从切三（原卷作「迷」，當係「逆」字）、王二、全王作「逆」。又此為「駇」字之注文。

筍 思尹三（一三七頁一五行）

原卷如此，王、姜并同。案「尹」字下脫一「反」字。

[illegible] 大戟勒忍反一 又勒私反（一三七頁一一行）

原卷「忍」作「忍」，姜同。王與彙編同。案當作「忍」。又「戟」字，當从全王作「笑」。切三作「笶」。

蚓 蚓蚯（一三七頁一二行）

原卷「蚯」作「蚯」，案即「蚯」字。王與彙編同。姜作「蚿」，誤。

昣 又脣瘡之忍反（一三七頁一五行）

原卷如此，王、姜并同。案正文當从肉。

泯 水皃 武盡反 又弥鄰反 五 一三七頁 一六行

原卷如此，王、姜并同。案正文當作「泯」，或因避唐太宗諱，「民」寫作「氏」。

䟫 細理 或作晚 一三七頁 一六～一七行

原卷正文作「䟫」，姜同。王與彙編同。又「晚」字，王、姜并同，案當从王一、王二作「脕」。

○吻韻

抆拭 一三九頁 二行

原卷如此，王、姜并同。案當作「抆拭」。

……

忿 數粉反 又敷問反 一 一三九頁 三行

原卷正文殘，王、姜并同。案正文當作「忿」。

○阮韻

。阮 一四一頁 一行

原卷作「𣎴▲阮」。王作「•阮」。姜與彙編同，并云：「又第一紙末行阮字之上，祈謹反一之下，有朱書之𣎴字，不知何義，頗待識者而別之，豈勘了後之簽署與？」惟潘師校云：「阮上朱筆符號，蓋表示韻目當提行。」（註二）姜誤以朱筆符號為文字。

屵 一四一頁 三行

原卷作「兊」。王作「屵」。姜作「允」。案切三、王一、全王、廣韻并作「屵」，彙編據改。

苑 此藥苑 一四一頁 五行

原卷如此，王、姜并同。案「此」字，當从切三、王一、全王、廣韻改作「紫」。

啞 兒 一四一頁七行

原卷注文殘。切三「啞」訓作「兒啼不止，朝鮮云」，廣韻「云」下有「也」字。

○混韻

瘁 〻痳惡寒痳字所革反 一四二頁四行

原卷正文作「瘁」，王、姜并同。案當作「瘁」。又原卷上「痳」字作「痳」，王同。姜與彙編同。案當作「痳」。

蕁 草聚生 一四二頁五行

原卷如此。王、姜「聚」并作「聚」。案切三作「叢」，全王作「叢」，廣韻作「叢」。周祖謨氏唐五代韻書集存云：「「聚」當為「藂」字之誤。箋一作「叢」。」（註三）

黗 黑狀 一四二頁九行

原卷如此，王、姜并同。案正文當从黑作「黗」。

閫 門限李反四 一四二頁一〇行

原卷注文作「门限□李反四」，王作「門限李反四」，姜作「門限□齒李反四」。案原卷切語上字殘，當从王一、全王、廣韻作「苦」。又原卷此字訓下列正文「壼」，右傍有小字「齒」，模糊，未可辨識，蓋非「閫」字之訓，姜誤列入「閫」訓中。

○很韻

墾耕康艮反三　一四三頁一一行

原卷「艮」作「很」，旺、姜并同。

○旱韻

……或作怨烏管反一　一四四頁三～四行

原卷殘存如此，旺同。姜「怨」作「怨」。案「怨」當从切三作「盌」。又此為「椀」字之殘存注文。

敕屑米粉薄管反　一四四頁四行

原卷作「敕屑米餅博管反二」，姜同。旺作「敕屑米粉博管反二」。案正文當作「敕」。又彙編「薄」當作「博」。

斷徒　一四四頁五行

原卷「徒」作「徒」，旺、姜并同。案此本注文有脫文。切三注文作「徒管反，又都亂反，一」。

……褐又大莧反　一四四頁六行

原卷「褐」上有「〻」，旺、姜并脫。案此為「袒」字之訓，「〻」乃「袒」重文。

。偘空旱反又……呼捍反二蔊菜　一四四頁一二～一三行

原卷作「呼捍反二蔊菜。偘空旱反一又」，旺、姜并同。彙編誤倒。又「捍」字在去聲翰韻，當改作「稈」。

○潸韻

僩武負一曰寬大下下板反又始限反一　一四六頁二行

原卷「始」作「姑」。旺作「始」，姜作「姑」，并誤。又原卷衍一「下」

字。

阪　扶板反又方板反一　一四六頁四行
原卷注文下「板」字作「晚」。王、姜與彙編同，并誤。

矕　一四六頁四行
原卷如此，王同。姜作「矕」。案當从王一、廣韻作「矕」。切三、刊作「矕」，亦當作「矕」。

䶬　〻齗齒不正土板反一　一四六頁四～五行
原卷「土」作「土」，王同。姜作「士」。案當作「士」。

莧　〻尔筊貝胡板反一　一四六頁六行
原卷如此，王、姜并同。案「莧」字，切一、切三、王一、全王同。「莧」字在去聲襉韻，并當从廣韻作「莞」。又「胡板反」與「睆」字「户板反」，音同，疑增加字也。

○產韻

柬　分別一曰縣名在新寧　一四七頁四行
原卷如此，王、姜并同。案切三無下「縣」字，此本誤衍。

剗　〻削初限反五　一四七頁四～五行
原卷「五」作「三」，姜同。王與彙編同。案所列韵字實三字。

孱　〻陵縣名在武陵郡又錫連反　一四七頁七行
原卷無「名」字。王、姜與彙編同。又此本又音當从切三、王一、全王作「鋤連反」。廣韻作「又士連切」。

○銑韻

⿰爾皮
起皮　一四八頁
六行

原卷如此，王、姜并同。案正文當作「⿱艹⿰爾皮」。

〔註　釋〕

（一）見瀛涯敦煌韻輯二九三頁。

（二）見瀛涯敦煌韻輯二九三頁、瀛涯敦煌韻輯新編五六頁。

（三）見唐五代韻書集存八二二頁。周氏所云「箋一」者，蓋指切三也。

# 第二節　切二校勘記

○序

伯加千一字　捌陸頁 切序乙二行

原卷作「伯加千一字」。王、姜、彙編并脫「●」。

薩吏部　捌陸頁 切序乙七行

原卷「薩」作「薩」。王作「薩」，姜作「薩」。案「薩吏部」當作「薛吏部」。

則平聲似去　捌陸頁 切序乙一四～一五行

原卷「去」作「去」，即「去」字。王作「去」，姜作「夳」。

尤侯　捌陸頁 切序乙一八行

原卷作「尤侯」，姜同。王與彙編同。案此為「尤侯」二韻，P二一二九、全王、廣韻并有反語，此本無，當是誤脫。

兼從薄官　捌柒頁 切序乙一六行

原卷如此，王、姜并同。案「官」當以廣韻作「宦」。

存者貴賤礼隔以報絕交之旨　捌柒頁 切序乙二三～二四行

原卷如此，王、姜并同。案原卷「者」字下脫一「則」字。

柒可懸金　捌柒頁 切序乙二八～二九行

原卷如此，王、姜并同。案「柒」蓋「求」字之誤。

推而論之　捌捌頁 切序乙六行

原卷「論」作「言」，姜同。王與彙編同。

○一東韻

狪 獸名以豕出秦山　一頁五行

原卷如此，王同。姜「以」作「似」，「秦」作「泰」。案「以」「秦」二字當从王二作「似」「泰」。

哀 按說文衷褻衣也　一頁九行

原卷如此，王、姜并同。案今本說文「衷」訓作「裏褻衣」，此本正文當作「衷」。

蟲 按說文有足虫直隆反四　一頁九～一〇行

原卷「直」作「[illegible]」，王作「直」，姜作「有」。案原卷「[illegible]」當是「直」字。姜作「有」，誤。

盅 按說文更有此一字老子曰道盅而用之盅器虛　一頁一〇～一一行

原卷「道盅」作「道蟲」，姜同。王與彙編同。案今本說文「盅」訓作「器虛也，从皿中聲。老子曰：道盅而用之」，原卷「道蟲」當作「道盅」。

忡 憂也初中反一　一頁一四行

原卷如此，王同。姜「初」作「初」。案唐寫本偏旁無定，衣示常不分。（註一）王二、全王、廣韻「忡」字反語作「敕中」。疑「初」當作「敕」，蓋唐寫本「敕」字俗寫作「勑」，「勑」「初」形近而訛。

崇 按尒足重也商也充也斂隆反二　一頁一五行

原卷如此，王同。姜「商」作「高」，誤。又「斂隆反」當从王二、全王、廣韻作「鋤隆反」。

菘 少　一頁一六行

弓 居隆反四 按說易絃木為弧即弓也 一一頁一七～一八行

原卷「少」作「屮」；蓋「山」字也。姜作「山」。汪與彙編同，并誤。

原卷如此，汪同。姜「易」作「昜」。案周易繫辭下云：「弦木為弧，剡木為矢。」原卷「說」字蓋衍，又「絃」當作「弦」。

瘧 病也 一一頁二七行

原卷無「也」字。汪、姜與彙編同。案汪、姜誤認隔行「工 功也擊也治✓」之「✓」號為「也」字。

空 苦紅反七 一一頁二八行

原卷如此。汪、姜「若」并作「若」。案此字當从王二、全王、廣韻作「苦」。

硿 青石 二二頁二九行

原卷「青」上有「く」，姜同。汪脫。又「石」字當从王二、全王、廣韻作「色」。

椌 二二頁二九行

原卷如此，汪、姜并同。案當作「椌」。

工 功治也擊也 二二頁三〇行

原卷注文作「功擊也■也治✓」，「功」下一字係塗去。案「✓」為乙倒符號，即

當作「功治也擊也」。汪、姜并作「功治也擊也治」，誤。

瓏 玲瓏玉聲 二二頁三三行

原卷「玲」作「玲」，汪、姜并同。彙編誤。

瀧 く凍治漬 二二頁三四行

原卷如此，王、姜并同。案注文，王二作「〻凍露漬」，全王作「〻凍沾漬」，廣韻作「瀧凍沾漬，說文曰：雨瀧瀧也」。各本「凍」字當从廣韻作「凍」。此本注文當作「〻凍沾漬」。

螉　蠮螉虫　二頁四〇行

原卷「虫」作「蟲」。王、姜與彙編同。

蓊　〻鬱艸木盛皃　二頁四一行

原卷「艸」作「萛」。王作「艹」，姜作「口」。案原卷「萛」當作「草」。

䡯　檻戰囚　二頁四二行

原卷「戰」作「戰」，王、姜并同。廣韻「䡯」訓作「轞車載囚」，全王「䡯」訓作「檻車載冈」（「冈」當作「囚」）。此本「檻」下脫一「車」字，「戰」當作「載」。

㢠　屋中會也諧出說文　二頁四三行

原卷正文作「㢠」，王同。姜與彙編同，并誤。案廣韻「㢠」訓作「屋中會」，王二訓作「屋階中會也，出說文」。今本說文「㢠」訓作「屋階中會也」。此本「諧」當作「階」，且當植於「屋」字下。

猣　豕生三子　二頁四六行

原卷如此，王、姜并同。案廣韻「猣」訓作「犬生三子」；「豵」訓作「豕生三子」。此本脫「猣」字之注文及正文「豵」。

椶　滅〻　二頁四六行

原卷如此，王同。姜「椶」作「椶」。案「椶」蓋「捘」字之誤。唐寫本偏

旁才木常不分。（註二）

○二冬韻

賨 西域在宗五反 五頁三行 原卷如此，王、姜并同。案刊「賨」訓作「西戎國名，在渠州宕渠山，又布稅，又人姓」，王二訓作「西戎稅也，又賨」，全王訓作「西戎」，廣韻訓作「戎稅，說文曰：南蠻賦也」。此本注文當有誤脫，又「五反」二字誤倒。

膿 面 五頁五行 原卷如此，王同。姜「面」作「血」。案原卷「面」蓋「血」字之誤。

淞 水名山吳郡 五頁七行 原卷如此，王同。姜「山」作「在」。案原卷「山」蓋「在」字之誤。

宗 作綜反二 五頁九行 原卷如此，王、姜并同。案本韻無「綜」字，全王「作琮反」，疑「綜」當作「琮」。

○三鍾韻

蚣 夫兄 六頁二行 原卷「夫」作「夫」，姜同。王作「大」，誤。

瓏 玉為龍文 六頁三行 原卷「玉」作「主」，王同。姜與彙編同。案王二「瓏」訓作「圭為龍文，案說文以禱旱」，全王訓作「圭為龍文」，廣韻正文作「瓏」，訓與全王同。此本「主」蓋「圭」字之誤。

舂　橦く（六頁四行）原卷如此，王、姜并同。案此本脫「舂」字之注文及正文「橦」。

踳　蹋（六頁四行）原卷作此，王同。姜「蹋」作「蹄」，誤。

松　羊容反二（六頁四行）原卷如此，王、姜并同。案王二、全王反語作「詳容反」，廣韵作「祥容切」。此本「羊」蓋「祥」或「詳」字之誤。

噰　鳥鳥（六頁一二行）原卷如此，王同。姜注文作「鳴鳥」。案王二、全王「噰」訓作「鳥鳴」，廣韻訓作「鳥聲」。此本下「鳥」字蓋「鳴」字之誤。

⿰多色　多く貟く（六頁一二行）原卷下「く」作「⿰多色」，王、姜并同。

蹤　躘踵田凶反二（六頁一六行）原卷「田」作「丑」，王、姜并同。彙編誤。

丰　文く茸又扶風反按說文作此草木盛丰從生而上下違（六頁一八～一九頁）原卷「違」作「達」。王、姜與彙編同。案今本說文「丰」訓作「艸盛，丰丰也，从生，上下達也」，廣韻訓作「丰茸，美好。說文本作𡴀，草盛𡴀也，从生，上下達也」。此本「牛」當作「𡴀」、「逹」當作「達」。又說文注文衍一「丰」字。

夆　号峯掣普經电粤字反（六頁二〇～二一行）原卷正文作「条」，王同。姜作「条」。案當作「夆」。彙編从夆之字，原卷并从夅，均當从夆。又原卷「号」，伍同。姜作「号」。案當作「粤」。

縱 〻橫卽容反 字用反三 六頁二一行

原卷如此，伍同。姜上「反」字下作「口」。案上「反」字下當有一「又」字。又「字」當从全王、廣韻作「子」。

茚 萓莢 竇 六頁二五行

原卷注文作「竇萓莢」。伍與彙編同。姜作「竇萓莢也」，多一「也」字。案「萓」當从王二、全王、廣韻作「萓」。

○四江韻

杠 旌旗餝一 曰牀前橫 八頁一行

原卷如此，伍、姜并同。案「餝」卽「飾」字。王二、全王、廣韻并作「飾」。又此字訓上脫正文「扛」及其注文。

悾 蘺〻 八頁一行

原卷如此，伍、姜并同。案「悾」字，當从切三、王二、全王、廣韻作「𢗭」。

釭 又燈古 終反 八頁一行

原卷如此，伍同。姜「燈」作「炡」。案此本「又燈」二字誤倒。

[耳農] 耳中聲 女紅反 八頁三行

原卷如此，伍、姜并同。案「紅」字在東韻，「紅」蓋「江」字之誤。又此字為紐首，注文末當有韻字數，原卷脫，今補「二」字。

栙 〻雙机 江反四 八頁五行

原卷如此，伍、姜并同。案王二「栙」訓作「下江反，四加一，栙雙帆也」

，全王訓作「下江反，栙雙帆」，廣韻訓作「栙雙帆未張，下江切」。此本正文當作「栙」，本韻从夅之字仿此。又「机」蓋「帆」字之誤。「江」上疑脫切語上字「下」。

缸

鬯類按說文作此口二同　八頁六行

原卷正文作「缸」，王、姜并同。案當从全王、廣韻作「缸」。又原卷「口」作「埦」。

胮

江く脹也反二　八頁六行

原卷「脉」作「脹」，王同。姜作「脉」。疑當作「脹」。又原卷「也」蓋「匹」字之誤。又正文當作「胮」。

雙

八頁七行

原卷作「雙」，王同。姜作「雙」。

○五支韻

支

章移反十按說文云竹之枝也從又持半竹　九頁一行

原卷「云」作「去」，王、姜并同。彙編誤。案今本說文「支」訓作「去竹之枝也，从手持半竹」。

移

戈支反十加一按說文遷也作此迻从禾者禾名　九頁四行

原卷「迻」作「运」，姜同。王作「迻」。案今本說文字作「迻」。又此本切語上字「戈」蓋「弋」字之誤。

欃

又く癥手口口口口口相弁以遮反癥字以周反　九頁七行

原卷注文作「相く弁癥又手以遮反癥字以周反」，王同。姜上「癥」字作「癥」、「弁」作「弄」。案王二「欃」訓作「く欃，手相弄」，全王「攙」訓作「

、歙，手相弄，又以遮反，歙字以周反」，廣韻「歔」訓作「歔𢿫，手相弄人，亦作撳，又以遮切」。此本「弁」當作「弄」，又彙編衍「□□□□」。又原卷正文作「檄」，姜同。王作「檄」。案當作「撳」或「撳」。

㐌　杯也似稀又羊□反計与迤　九頁八行

原卷「□」作「𠂆」，王、姜并同。案「𠂆」即「氏」字。

爲　遠支反又周反嗚遠□□以反二　九頁九～一〇行

原卷注文作「遠支反又遠[illegible]反以周反嗚反二」。王作「遠支反又遠偽反以周反嗚反二」。姜「以」字上二字作「□□」。案注文，王二作「施也遠支反二加二又遠偽反俗作爲」，全王作「遠支反作通俗作爲又榮偽反二」。此本當有誤脫。

潙　姓居爲反一　九頁一〇行

原卷如此，姜同。王注文作「居爲反姓一」。案切三「潙」訓作「水名，出新陽」；「嬀」訓作「姓，居爲反，一」。此本脫「潙」字之注文及正文「嬀」。

棲　曲器　九頁一三行

原卷「曲」作「田」，王、姜并同。彙編誤。

倭　慎皃也詩曰周道倭遲　九頁一三～一四行

原卷注文末有「也」字，王、姜并同。案原卷「也」字衍。

眭　盱健□旭皃盱俱反　九頁一六～一七行

原卷「□」作「字」，王、姜并同。

吹　九頁二〇行

原卷作「吻」，即「吹」字。王、姜并作「吻」。

趚　說文瑑木只行皃也　一〇頁三一行

原卷如此，王同。姜「只」作「皃」。案今本說文「趚」訓作「緣大木也，一曰行皃」，廣韻引文同。此本當據改。

羲　按說文氣也从兮聲　一〇頁三二行

原卷如此，王、姜并同。案今本說文「羲」訓作「气也，从兮義聲」。此本「聲」上脫一「義」字。

巇　儉　一〇頁三三行

原卷如此，王、姜并同。案「儉」蓋「險」之誤字。又「險」下當从王二、全王、廣韻補一「巇」字。

宜　魚羈反按說文作此宐從山下多省聲求安也　一〇頁三五～三六行

原卷「下」下有「一」字，「求」作「求」，王、姜并同。「求」即「所」字。案今本說文「宜」訓作「所安也，从宀，之下，一之上，多省聲」。此本「宐」當作「宜」，「从山下」當作「从宀，之下，一之上」。

離　呂私反十三加一　一〇頁四〇～四一行

原卷「私」作「移」。王、姜并作「私」，與彙編并誤。

蘺　酒　一〇頁四一行

原卷如此，王、姜并同。案王二「蘺」訓作「蕃〻，晥」，下出「醨」訓作「酒薄」。全王「蘺」訓作「呂移反，柵」，下出「醨」訓作「酒薄」。此本脫「蘺」字之注文及正文「醨」。又「酒」下脫「薄」字。

璃　流〻　一〇頁四一行

原卷「流」作「琉」，王、姜并同。彙編誤。

鼜　陣　一〇頁四一行

原卷「陣」作「陳」。任、姜與彙編同，并誤。

鼶　小兒相銜行　一〇頁四二行

原卷如此，任、姜并同。案切三、王二、全王「鼶」，注文并作「小鼠相銜行」。此本「兒」蓋「鼠」字之誤。

鸝　黃鳥鳥　一〇頁四三行

原卷如此，任、姜并同。案「鸝」字，切三訓作「〻黃鳥」，王二訓作「黃鳥，又鵹」，全王訓作「〻黃鳥，或作鵹」，廣韻訓作「鸝黃」，下出「鵹」，注云：「上同。」再下出「鸝」，注云：「上同。」此本注文有誤。

䕻　草木坩地生貝　一〇頁四四行

原卷「坩」作「附」，任、姜并同。

骴　鳥獸殘古　一〇頁四四行

原卷「古」作「骨」，任、姜并同。彙編誤。

䶊　鼠似貝　一〇頁四六行

原卷如此，任、姜并同。案「貝」字當从切三、王一作「雞」。

敨　……　一〇頁四八行

原卷「……」作「四行全無」四字，任、姜并同。

釃　下酒祈宜反又山示反三　一〇頁四八行

原卷如此，任、姜并同。案「祈」字當从切三、王一、王二、全王、廣韻作「所」。又「示」字蓋「尒」字之誤。

韉　華鞘一曰垂、皃山垂反　一〇頁四九～五〇行原卷無上「垂」字，汪、姜并同。案當从切三、王二、全王、廣韻補此「垂」字。又「華」當作「鞾」。

纗 細繩 一〇頁五一行

原卷「細」字模糊，未可辨識。汪、姜與彙編同。案「細」蓋「網」字之誤。惟今本說文「纗」訓作「維綱中繩也」，則此本注文當作「綱繩」。

槻 木名諶作 弓居隨反四 一〇頁五一～五二行

原卷「諶」作「堪」，汪、姜并同。彙編誤。又正文當作「槻」。本韻从規之字并當从規。

規 鶥鳺別名 一〇頁五二～五三行

原卷「鳺」作「䳕」。汪、姜與彙編同。案切三「雉」訓作「鶥鳺別名」，全王「雉」，訓與切三同。廣韻「雉」訓作「鶥雉，鳥名」。疑此本正文當作「雉」，注文「䳕」當作「鳺」。又切三正文當作「雉」。

腄 瘕□竹垂反三 一〇頁五三～五四行

原卷「□」未可辨識。汪空白。姜與彙編同。案當从汪二、廣韻作「胝」。

⿰豸隋 一〇頁五四行

原卷如此，汪、姜并同。案汪二「⿰豸隋」訓作「弋垂反，一，豬也，出說文，新加」，廣韻「悅吹切」下出「⿰豸巂」字，訓作「小豬也」，下出「⿰豸隋」，注云：「上同。」此本正文當作「⿰豸隋」，「戈」蓋「弋」字之誤。惟注文當有脫誤。汪二正文及注文「豬」并當从豕。

○六脂韻

寅 按說文作此寅 一三頁三行

原卷注文「寅」作「寅」，王、姜并同。案正文當从切三、全王、廣韻作「寅」，注文「寅」當作「寅」。

夷　按說文从弓聲作此夷上亦通　一三頁四行

原卷如此，王、姜并同。案今本說文「夷」訓作「東方之人也，从大从弓」。此本「从弓聲」蓋「从大从弓」之誤。

陵　〻陵　一三頁五行

原卷「陵」作「陵」，王、姜并同。彙編誤。

蔆　菱　一三頁五行

原卷注文作「〻菱」，「〻」係重文，王、姜并同。彙編脫「〻」。

腉　牛白菜　一三頁八行

原卷如此，王、姜并同。案「白」當作「百」。

淩　水名在郘陵　一三頁一一行

原卷正文作「澬」，王、姜并同。彙編誤。

䀼　噢臭勑辰反　一三頁一二行

原卷如此，王同。姜「噢」作「笑」。案「噢」蓋「笑」字之誤。

䞩　按說文倉卒　一三頁一三〜一四行

原卷正文作「䞩」、「卒」作「卒」，王、姜并同。案正文當作「䞩」。

茨　疾指反七　一三頁一四行

原卷「指」作「脂」，王、姜并同。彙編誤。

鋑　手木器　一三頁一八行

原卷「手」作「平」，王、姜并同。彙編誤。

犂 牛駁 一三頁二四行

原卷「駁」作「騣」。汪作「驋」。姜作「䮕」。案當作「駁」。又正文當作「犁」。

鄈 〻丘地名在陳留又地名在河東漢葵后土處 一三頁二五∫二六行

原卷如此，汪同。姜「葵」作「祭」。案今本說文「鄈」訓作「河東臨汾地，以邑癸聲，即漢之所祭后土處」。此本「葵」當作「祭」。

追 莎雀反二梭自說文作追 一三頁二六行

原卷「雀」作「隹」、「自」作「隹」，汪、姜并同。案切語上字當从切三、汪二、全王、廣韻作「陟」。

蕤 儒佳反三加一說文草木 一三頁二七行

原卷注文作「儒佳反三皃垂加一說文草木」，「木」下「垂皃」二字倒寫側注於前行之末。汪、姜并脫「垂皃」二字。

榱 屋椽說文秦名為椽周謂榱齊之桶也 一三頁二八行

原卷「桶」作「桷」。汪、姜與彙編同。又姜「周謂」下有「之」字。案今本說文「榱」訓作「椽也，秦名屋椽也，周謂之椽，齊魯謂之桷」。此本注文多所誤脫。

維 水名在琅琊 一四頁三〇行

原卷如此，汪同。姜「琊」作「玡」。

雖 楼說文從唯虫聲 一四頁三三行

原卷如此，汪、姜并同。案今本說文作「从虫唯聲」，當據改。

浽 〻溦小雨 一四頁三三行

原卷如此，汪、姜并同。案「溦」字，廣韵同。汪二作「溦」。切三、全王作「微」。此本、廣韻并誤。

雎 水名在梁郡又許葵反 一四頁三三～三四行

原卷正文作「雎」。汪、姜與彙編同，并誤。

楣 戶楣按說說文秦名屋聯棉周齊謂之檐楚謂之梠 一四頁三七～三八行

原卷止一「說」字，姜同。汪與彙編同，并衍一「說」字。案今本說文「楣」訓作「秦名屋櫋聯也，齊謂之户，楚謂之梠」，段注云：「各本户作檐，今依广部下正。」可據正。

瑂 石似玉 一四頁三八行

原卷「似」殘存作「以」。案當作「似」。姜與彙編同。汪作「以」，誤。

黴 黧〻 垢膩皃又草背反 一四頁三八～三九行

原卷如此，汪同。姜「草」作「莫」。案當作「莫」。

錐 心椎反六 一四頁三九行

原卷「心」作「心」。汪作「心」。姜作「心」。案即「止」字之草體。彙編作「心」，誤。

隹 按說文鳥之矩尾惣名 一四頁四〇行

原卷如此，汪同。姜「矩」作「短」。案原卷「矩」蓋「短」字之誤。又「按」當作「按」。

騅 馬名 一四頁四〇行

原卷如此，汪、姜并同。案「名」當作「色」。

萑 木名似桂按說文草名皃 一四頁四一行

原卷如此，汪、姜并同。案今本說文「萑」訓作「艸多皃」。此本下「名」字蓋「多」字之誤。

魟 魚魟 一四頁四二行

原卷「魚」作「鱗」，姜同。汪與彙編同。案切三、全王「魟」訓作「大鱗」，汪二訓作「大鱗魚」，廣韻作「大鱯」。

頿 說文短項髮皃 一四頁四二～四三行

原卷如此，汪、姜并同。案今本說文「頿」訓作「短須髮皃」。此本「短項」蓋「短須」二字之誤。

倠 此倠許維反二 一四頁四四行

原卷「二」作「一」。汪、姜與彙編同，并誤。

槌 按說文作此椎擊也……顀 一四頁四五行

原卷「……」空白。案彙編衍。又原卷正文作「槌」，汪、姜并同，案當从木作「槌」。

椎 尺住反一 一四頁四五～四六行

原卷如此，汪、姜并同。案「住」當作「隹」。

肧 皮孚涉戔反二 一四頁四六行

原卷「涉」作「陟」，蓋即「陟」字。汪、姜與彙編同，并誤。

○七之韻

飴 與之反十二加一 一七頁一行

原卷「與」作「与」，汪、姜并同。又原卷「一」作「二」，汪、姜與彙編同，并誤。

眙 遺脫 一七頁二行

原卷「脫」作「䀛」。王作「脘」。姜與彙編同。案「䀛」字當从切三、王一、王二、全王、廣韻作「貺」。

䐈 豕く息肉 一七頁四行

原卷「く」作「之」，王、姜并同。彙編誤。案切三、王一、王二、全王、廣韻并無「之」字。

洰 水名一日詩江有洰 一七頁五行

原卷「洰」作「洍」，王、姜并同。案原卷「日」當作「曰」。又王二「一曰」下無「詩」字。

塒 鑿垣栖 一七頁六行

原卷如此，王、姜并同。案「栖」下當从王二、全王、廣韻補一「鷄」字。

疑 語基反二說文從疑聲 一七頁六～七行

原卷如此，王、姜并同。案今本說文「疑」訓作「惑也，从子止匕，矢聲」。段注以為「从子止匕，矢聲」六字有誤，當作「从子𠤕省，止聲」，可據改。

思 息兹反九說文從囟 一七頁七行

原卷作此。王「囟」作「囪」，姜作「囱」。案今本說文「思」訓作「容也，从心从囟」，當據正。

郝 名池 一七頁一五行

原卷如此，王同。姜「池」作「地」。案原卷「池」蓋「地」字之誤。

而 如之反十二說文頰毛而也周礼曰作其鱗之而然作此而亦通俗也 一七頁一六行

原卷如此，王、姜并同。案今本說文「而」訓作「須也，象形。周禮曰：作其鱗之而」，段注云：「各本作頰毛也，象毛之形，今正」。原卷「毛」下「而」字蓋衍。

耏　多毛今桉說文作為而字二同　一七頁一九行

原卷如此。王、姜「毛」并作「乇」，誤。案全王「耏」訓作「多毛，說文為而，今用各別，通俗作髵」，今本說文訓作「罪不至髡，从彡而，而亦聲」。又原卷「桉」當作「按」，敦煌寫本偏旁才木常不分。

麺　芄之熟　一七頁二〇行

原卷正文作「麺」、「芄」作「丸」，王、姜并同。彙編誤。

朞　今桉說文古從今日從月二同　一七頁二二～二三行

原卷如此，王同。姜「今日」作「日今」。依文意作「日今」是，惟今本說文無「朞」字。切三有字無訓，王一訓作「啐，古作稘」，廣韻訓作「周年，又復時也」，下出「稘」，注云：「上同。」全王訓作「脺，古作其，今通俗作稘」，龍氏校全王云：「脺是胞字或體，此當作晬，王一作啐，亦誤。古作其，當作古作稘，王一云古作稘，是其証。今通俗作稘，稘疑當作期。」（註三）

諆　諆詩云周爰諮諆　一七頁二四行

原卷如此，王、姜并同。案注文上「諆」字當从切三、廣韻作「謀」。

慹　桉說文楚顯之閒愁謂憂云　一七頁二八行

原卷「愁」作「慹」。王、姜與彙編同。案今本說文「慹」訓作「楚潁之閒謂惪曰慹」。此本「顯」蓋「潁」字之誤。

[illegible] 坼 一八頁三三行
原卷「坼」作「坼」，汪同。姜作「拆」。案姜从手旁，誤。

毉 於其反三 一八頁三四行
原卷正文作「毉」。汪、姜與彙編同。案當作「毉」。又原卷「三」作「二」，汪、姜并同。彙編誤。

癡 出之反三 一八頁三四行
原卷「出」作「土」。汪、姜與彙編同。案當从切三、王一、廣韻作「丑」。

笞 朾 一八頁三五行
原卷如此，汪同。姜「朾」作「打」。案當作「打」。敦煌唐寫本偏旁扌木常不分。

蚩 蟲名也赤之反說文作此蚩從之非山 一八頁三五～三六行
原卷無「也」字。汪、姜與彙編同。又原卷下「之」字作「㞢」，姜同。汪與彙編同，并誤。

媸 妍媸字 一八頁三六行
原卷如此，汪、姜并同。案全王「媸」訓作「妍〻」，廣韻訓作「媸妍」。疑此本注文當作「妍媸」。

孜 萬變 一八頁三八行
原卷如此，汪、姜并同。案「萬」當作「篤」，唐寫本偏旁艹竹常不分。（註四）

斵 一八頁三九行

原卷如此，王同。姜作「鼐」。案當从切三、全王、廣韻作「鼒」。王一作「鼐」，誤同。

鰦　䰶　一八頁四〇行

原卷作「鰦䰶」，王、姜并同。案注文當从王一作「鮂」，爾雅釋魚：鮂，黑鰦。全王作「䰶」，亦誤。

茬　上之反平一縣名　一八頁四〇～四一行

原卷「上」作「士」，姜同。王與彙編同，并誤。

漦　俟淄反龍次又順流一從沫一　一八頁四一行

原卷「俟」作「俟」，即「俟」字也。王作「俟」，姜作「俟」，并誤。又原卷「次又」作「姿」。王、姜與彙編同。案全王「漦」訓作「俟淄反，龍次，又順流」，廣韻訓作「涎沫也，又順流也」，今本說文訓作「順流也」。此本「姿」當分為二字也。

○八微韻

褘　一九頁二行

原卷作「禕」。王與彙編同。姜作「禕」。案當从衣作「褘」，敦煌唐寫本偏旁示衣常不分。（註五）本韻从韋之字，原卷均从𩏑。

暉　汩竭　一九頁三行

原卷「汩」作「瀈」，王、姜并同。案切三「暉」訓作「日」，王一、全王「輝」并訓作「光，亦作煇、暉」，廣韻「煇」訓作「光也」，下出「輝」，注云：「上同。」再下出「暉」，注云：「亦同，又日色。」；又全王「瀈」訓作「竭」，廣韻訓作「竭也」。此本脫「暉」字之注文及正文「瀈」

，且注文「濯」當作「也」或空白。又切三注文「日」下脫「光」或「色」字。

旝動 一九頁三行
原卷正文作「旝」，姜同。王與彙編同。案當作「旝」。廣韻訓作「動旗」。此本當補一「旗」字。

輝 梨頭 一九頁三行
原卷如此，王、姜并同。案「梨」蓋「犂」字之誤。

徽 幟 一九頁三行
原卷如此，王、姜并同。案正文當从彳作「徽」，唐寫本偏旁亻彳常不分。（註六）

幃 王悲反香囊十三 一九頁四行
原卷正文作「幃」。王作「幃」。姜與彙編同。案當作「幃」。又「悲」字在脂韻，當从切三、全王、廣韻作「非」。

妃 女官又並佩反 一九頁六行
原卷如此，王、姜并同。案「並」字當从王一、全王作「普」。

斐 〻往来白一曰醜 一九頁七行
原卷「白」作「皃」。王、姜與彙編同，并誤。案注文切三、全王與此本同。廣韻作「斐斐往來皃，一曰醜」，重「斐」字。今本說文訓作「往來斐斐也」，亦重「斐」字。此本、切三、全王注文并當重「斐」字。蓋陸氏切韻誤本如此耳。

⿱非目 大目之芳反 一九頁七行

原卷如此，王、姜并同。案王一、全王「背」并訓作「大目，又方巾反」。此本「之」當作「又」、「小」當作「巾」。

斐　匪肥反斐豹見在左傳　一九頁七～八行

原卷「斐」作「斐」。王、姜與彙編同，并誤。廣韻「斐」訓作「姓，左傳：晉有斐豹。甫微切」，周祖謨氏廣韻校勘記云：「斐，左傳襄公二十三年作斐。段氏云：左傳斐豹當如此，不作斐。」（註七）此本「肥」當作「肥」，从「肥」之字仿此。又此本衍「在」字。王一亦衍「在」字。

⿰牛飛　似一目羊白首　一九頁八～九行

原卷如此，王、姜并同。案「羊」蓋「牛」字之誤。王一誤同。

⿰魚飛　く兔馬而兔是　一九頁九行

原卷「是」作「是」，王、姜并同。案切三、王一、廣韻「是」作「足」，集韻引說文：馬逸足也。此本「是」當作「足」。全王作「走」，亦「足」字之誤。又切三「⿰魚飛」訓作「魚」；「⿰馬飛」訓作「く兔馬而兔足」，全王、廣韻亦皆「⿰魚飛」「⿰馬飛」分列。此本脫「⿰魚飛」字之注文及正文「⿰馬飛」。

肥　符非反豐肥正作肥八　一九頁九行

原卷如此，王、姜并同。案正文及注文上「肥」字并當作「肥」，末「肥」字當作「肥」。

腓　腳腓腸　一九頁九行

原卷注文「腓」作「腨」。王、姜與彙編同，并誤。

⿸疒肥　飛病或作痱　一九頁一〇行

原卷「病」作「病」。王、姜與彙編同。案切三、王一、全王、廣韻「飛」

并作「凮」，當據改。

淝 水 一一九頁一〇行 原卷注文作「〻水」，汪、姜并同。彙編脫「〻」。

⿱非邑 縣名在何東聞喜 一一九頁一〇行 原卷如此，汪、姜并同。案「縣名」當以汪一作「聚名」。又「何」當作「河」。

嵔 〻壘又於兒拎罪二反 一一九頁一一行 原卷「兒」作「鬼」，汪、姜并同。彙編誤。

刏 似血塗〻 一一九頁一四行 原卷「〻」作「门」，即「門」字。汪、姜與彙編同，并誤。又原卷「似」當以切三、全王作「以」。

機 居希反具十四 一一九頁一四行 原卷如此，汪、姜并同。案全王「具」上有「織」字，此本與汪一俱無，蓋脫也。

蘶 蒩草 一一九頁一五行 原卷如此，汪同。姜「草」作「萆」，誤。又注文當以切三、汪一、全王、廣韻作「蒩蘶草」。

饑 穀不熟祥亦禨作饑 一一九頁一六行 原卷如此，汪、姜并同。案切三、全王、廣韻「饑」訓下出「禨」字。此本誤將「禨」正注文置於「饑」字注文中。汪一誤同。

器血 一一九頁一六行

原卷正文作「䘸」。王、姜與彙編同。又注文，王一同。全王、廣韻并作「血祭」。

稀 穊 一九頁一七行 原卷注文作「穊〻」。王、姜、彙編并脫「〻」。

陎 方陎縣在酒泉 一九頁一八～一九行 原卷如此，王、姜并同。案「方陎」當从切三、王一、廣韻作「天陎」。全王則誤作「大陎」。

魏 牛又牛畏反 一九頁二〇行 原卷如此，王、姜并同。案正、注文，王一同。全王、廣韻正文并作「犩」，注文全王與此本同，廣韻作「爾雅云：犩牛。郭璞曰：即犪牛也，如牛而大，肉數千斤」。而此本未韻缺，未知「魏」「犩」字之注文為何？疑此本正文當作「犩」，或此本脫「魏」字之注文及正文「犩」。

○ 九 魚韻

𢿱 捕魚或作漁魚魰 二一頁一行 原卷如此，王、姜并同。王一與此本同。案廣韻「漁」下出「𩺰」，注云：「上同。」又下出「魰」，注云：「上同。」再下出「𢿱」，注云：「𢿱獵，亦上同。」此本與王一「或作漁魚魰」當作「或作𩺰魰」。

齬 齒不相植又魚不住又魚舉反 二一頁一～二行 原卷正文作「齬」。王、姜并作「齬」。案「植」當从切三、王一、全王、廣韻作「值」。又「魚不住又」四字疑衍。

䱷 馬目白 二一頁二行

原卷正文作「睌」。王、姜與彙編同。案注文當从王一、全王作「馬二目白」。切三誤同。

初　二一頁二行

原卷如此，王、姜并同。案當从衣作「初」。敦煌唐寫本偏旁衣示常不分。

瓌　玉名　二一頁七行

原卷如此，王、姜并同。案切三、王一、全王并無「名」字，廣韻注文作「玉也」，亦無「名」字。

豦　按說文從虎征豕小聲虎豕之鬭不相舍之　二一頁九行

原卷「舍」作「全」，未可辨識。王作「舍」。姜作「余」。案當作「舍」，廣韻作「捨」。案今本說文「豦」訓作「鬭相丮不解也，从豕虎，豕虎之鬭不相捨。……」，此本引文頗異，可據改。

餘　殘く　二一頁一〇行

原卷如此，王、姜并同。案切三、王一、全王「殘」下無重文。

輿　又與歷反　二一頁一〇行

原卷「與」作「与」，王、姜并同。又原卷「歷」作「庻」，王同。姜作「庻」，與彙編皆誤。

予　人行反與餘余同　二一頁一三～一四行

原卷「人」作「之」，蓋「又」字也。姜作「又」，是。王與彙編同，并誤。

驚　馬行利　二一頁一四行

原卷「利」作「皃」，姜同。王與彙編同，并誤。且彙編注文當書作「馬行皃」。

」。

胥　息魚反七監也又　按說文蟹相也　二一頁一四～一五行
原卷如此，汪、姜并同。案今本說文「監」作「醢」，當據改。

滑　沉　二一頁一五行
原卷注文作「沉」。汪、姜并作「沆」，誤。

沮　水名在北地又慈与按說文沮出漢此濾出北地並水名　二一頁一七～一八行
原卷「漢」下有「中」字。汪、姜、彙編并脫。又原卷「慈与」下脫一「反」字。案今本說文「沮」訓作「沮水出漢中房陵，東入江」；「濾」訓作「濾水出北地直路西，東入洛」。

耶　鄉名在鄜縣　二一頁一九行
原卷「鄜」作「鄠」，當係「鄠」字也，姜作「鄠」。汪與彙編同，并誤。

蛆　𧖅俗作蛆　二一頁一九行
原卷如此，汪、姜并同。案注文當作「𧖅俗作蛆」。

梳　櫛　二一頁二一～二二行
原卷「櫛」作「櫛」，案當作「櫛」。汪、姜與彙編同。案注文，切三同。刊作「々櫛」，廣韻作「梳櫛，說文曰：理髮也」，全王則作「櫛々」。

櫚　櫚栟　躇　々幬　々儲　々粻　二一頁二六～二七行
原卷作「櫚栟々躇々幬々儲々粻」，有塗去符號。彙編未刪去。汪作「櫚栟櫚躇幬儲々粻」。姜作「櫚栟櫚」，塗去部份空白。

涂　二一頁二七行
原卷作「涂」，蓋已塗去。汪、姜、彙編并未塗去，誤。

爈 火燒山界 二一頁二七行

原卷如此，王、姜并同。案注文，切三、廣韻同。全王作「火燒山家」（正文作「爐」，蓋誤），集韻云：「山火曰爈。」「界」字無義，當是「家」字之誤。（註八）

瀦 水名北岳 二一頁二八行

原卷如此，王、姜并同。案「北岳」上當从切三、王一、全王、廣韻補一「在」字。廣韻「北岳」作「北嶽」。

諸 〻蔗目蔗 二一頁二八行

原卷如此，王、姜并同。案「目」字當从切三、全王、廣韻作「甘」。

蘘 蘆〻 二二頁三一行

原卷如此，王、姜并同。案「蘆」蓋「藘」字之誤。切三「蘘」訓作「藘蘘」，廣韻訓作「蘘藘草也，亦作茹」。又詩東門云：「縞衣茹藘。」東門之墠云：「茹藘在阪。」則「藘蘘」二字當乙倒。（註九）此本當書作「蘘〻藘」。

洳 水名在南郡又人盧反在晋 二二頁三一行

原卷無上「在」字，王同。姜與彙編同。案當从切三、全王、廣韻補此「在」字。又原卷「盧」當作「慮」。

砠 山說文又作此砠 二二頁三二行

原卷注文「砠」作「岨」。王、姜與彙編同，并誤。

陆 依山谷為牛馬圈 二二頁三三行

原卷如此，王同。姜「馬」作「為」，誤。

葅 側魚反二說文作此葅（二二頁三四行）

原卷如此，王同。姜「葅」作「蒩」，誤。

沮 姓（二二頁三四行）

原卷如此，王同。姜脫此二字。案原卷正文當作「沮」，本韻从且之字仿此。

袽 易田衣有袽女余反三按文作此絮（二二頁三五行）

原卷正文作「袽」。王作「袽」。姜與彙編同。案當从衣作「袽」。原卷注文「袽」作「袽」。王作「袽」。姜與彙編同。案亦當作「袽」。原卷「田」作「田」，當係「曰」字。王作「田」，誤。姜作「曰」。又原卷「文」上有「說」字，王、姜并同。彙編脫。

〔註釋〕

（一）見敦煌變文論輯二七九頁敦煌卷子俗寫文字與俗文學之研究乙文。
（二）仝右。
（三）見唐寫全本王仁昫刊謬補缺切韻校箋四四頁。
（四）仝註一。
（五）仝右。
（六）仝右。
（七）見廣韻校勘記六六頁。

（八）見唐寫全本王仁昫刊謬補缺切韻校箋五四頁。

（九）仝右。

○三鍾韻

三 鍾　一六頁一行　原卷殘，彙編補入。

逢 水　六頁二～三行　原卷正文作「逢」。王作「逢」。姜作「逢」。案當作「逢」，本韻从夆之字仿此。又注文，切二、廣韻作「水名」，全王作「水澤」。

峯 敷反　六頁三行　原卷切語下字殘。案切二、王二、全王、廣韻切語下字并作「容」。

电甹反　六頁四行　案此為「夆」字之殘存注文，非反語也。切二「夆」訓作「甹峯掣电，甹字普經反」。

舼 小舡　六頁七行　原卷如此，王、姜并同。案切二、全王「舼」訓作「小舩」，廣韻訓作「舼船」。案「舡」「舩」皆「船」字之俗體也。

輁 軸所以支官　六頁七～八行　原卷如此，王、姜并同。案「官」當从切二、全王作「棺」。

○四江韻

四 江　一八頁一行　原卷殘，彙編補入。

雙（反五）

八頁二行

案此為「江」字殘存反語。切語上字，切二、王二、全王、廣韻并作「古」。

杠（旗旌飾一曰扌前橫）

八頁二～三行

原卷「扌」作「於」，未可辨識。王與彙編同。姜作「於」。案當从切二、王二、全王、廣韻作「牀」。又原卷「飭」當作「飾」。又原卷「旌」字右旁有「レ」，為乙倒符號，王、姜并脫。

（耳中聲女江反二）

八頁五行

原卷正文殘，案當係「𦗍」字。

梭（穜々）

八頁六行

原卷如此，王、姜并同。案正文當从全王、廣韻作「稄」。

摐（打）

八頁六行

原卷注文止殘存「打」。王、姜與彙編同。案切二注文作「朾鐘鼓」（當作「打鐘鼓」），王二作「打鍾聲」（「鍾」當作「鐘」），全王作「朾鐘鼓」（正文誤作「樅」、「朾」當作「打」），廣韻作「打鐘鼓也」。

（脹匹江反二）

八頁七行

原卷此上殘，案當係作「胮（江々反脹二匹）」。

瀧（南人湍名呂江反一）

八頁七～八行

原卷注文如此，王、姜并同。案切二、王二、全王、廣韻「南人湍名」作「南人名湍」，當據改。

控（打）

八頁九～一〇行

原卷作「椌朾」。王作「椌杜」。姜作「控朾」。案當作「控打」，敦煌唐

寫本偏旁扌木常不分。（註一）

○五支韻

支 章移反十 九頁二行

原卷如此，王、姜并同。案正文、訓解在前行末，殘。此當係「移」字之反語。

移 木名 九頁四～五行

原卷殘存如此，王、姜并同。案切二、王二、廣韻「移」并訓作「扶移，木名」。

鍦 反 一九頁二行

原卷作「二反鍦」。王、姜與彙編同，并脫「二」字。

騎 跨馬又奇寄 一九頁一八～一九行

原卷注文末有「反」字，王、姜并同。彙編脫。

酈 酈氏縣在蜀 提 飛是支反又第泥反三 匙 堤 頊〻封畝 不正 去奇反四 崎 嶇崎 觭 一角一仰一俯 踦 跛腳 宜 魚反 二九頁二三～二八行

原卷作「不正去奇反四 崎 嶇崎 觭 一角一仰一俯 踦 跛腳 宜 奠反 酈 酈氏縣在蜀 提 飛是支反又第泥反三 匙 堤 頊〻封畝」，姜同。王二行誤倒，遂在二行上註作「下 上」，蓋書寫時誤倒，而以此符號正之也。彙編沿誤之。

不正 去奇反四 二九頁二五～二六行

原卷如此，王、姜并同。案此當係「觭」字之注文。

宜 魚反 九頁二七～二八行

原卷如此，王、姜并同。案：切二、王二、全王反語并作「魚羈反」，廣韻作「魚羈切」。

鷖 水鳥又疾移 一〇頁三二行

原卷「疾」作「病」。王、姜與彙編同。又姜「移」下有「反」字。案：切二「鷖」訓作「水鳥，又疾移反」，廣韻訓作「鸃鷖，又疾移切」。此本「又病移」當作「又疾移反」。彙編、王并脫一「反」字。

獼 猴丨 一〇頁四三行

原卷「丨」作「〻」，當係重文符號。姜作「〻」。王與彙編同，并誤。

崴 縣名在交止 一〇頁四三～四四行

原卷如此，王、姜并同。案「止」當作「趾」。

罙 深 一〇頁四四行

原卷注文殘存作「深」。王、姜與彙編同。案：王二、全王、廣韻并作「深入」。此本注文當作「入深」。

馳 直反 一〇頁四八行

原卷「直」下有「知」字。潘師校云：「裝裱時位置移動。」（註二）王、姜與彙編同，并脫「知」字。

瘗 月病一曰不能相及 人垂反於佳反一 一〇頁五六～五七行

原卷注文作「脛病兩不能相」「人垂反於佳反一」。王與彙編同。姜作「脛病一曰不能相及」「人垂反於佳反一」。案當作「脛病一曰兩足不能相及人垂反又於佳反一」。

雉　一一六一頁一一行　原卷如此，王同。姜作「鴙」。

膇　瘢⿰舟氏　竹垂反一　一一六三～六四行　原卷如此，王同。姜「⿰舟氏」作「疷」。案王二、廣韻、集韻并云「瘢胝」，原卷「⿰舟氏」字誤。

○六脂韻

砥　□　一一三頁一一行　原卷作「砥丆」。王作「⿰金氏砥[illegible]」。姜作「砥石」。案原卷「丆」蓋「石」字之殘文也。

胂　夾脊骨　一一三頁四行　原卷如此，王同。姜正文作「胂」。案「骨」字當从說文作「肉」。切二誤同。

鰤　一一三頁四行　原卷作「鰤」。王與彙編同。姜作「鰤」，誤。

毗　房脂反十二　⿰身比　⿰身比⿰身旁　一一三頁五行　原卷「⿰身比」字訓列「仳」字訓下。王作「毗 房脂反十二 ⿰身比⿰身旁」，蓋誤書後，又圈去。姜不誤。彙編據王書，而未刪去也。

枇　把ㄑ　一一三頁八行　原卷「把」作「杷」，王、姜并同。彙編誤。

仳　ㄑ催醜皃　一一三頁八行　原卷如此，王、姜并同。案「醜皃」，切二、王二、全王、廣韻并作「醜女」。

飢 居指反二　一三頁一一行　原卷「指」作「脂」，王、姜并同。彙編誤。

鴖　一三頁一一行　原卷如此，王、姜并同。案當作「鴟」。

䱎 魚名　一三頁一二行　原卷作「䱎名奠」。王、姜與彙編同。案正文當作「𩶃」。

茨 疾脂反一　一三頁一四行　原卷「一」作「七」，王、姜并同。彙編誤。又正文，王同。姜作「茨」。案原卷「茨」當作「茨」。

餈 餅飰　一三頁一五行　原卷如此，王、姜并同。案集韻：飯，或从卞。惟此本注文二字當乙倒。

齎 〻　一三頁一六行　原卷注文作「丨:」。王、姜與彙編同。案當作「蠐〻」。

遲 又直吏反　一三頁一八行　原卷如此，王同。姜作「遲又直吏反」。

鎈 手木器　一三頁一九行　原卷「手」作「平」，王、姜并同。彙編誤。

著 草　一三頁二〇行　原卷如此，王、姜并同。案正文當作「著」，本韻从者之字仿此。

咿 喔　一三頁二三行

原卷注文作「嚜〻」。王、姜與彙編同，并脱「〻」。

黎 牛駁 一三頁二五行

原卷「駁」作「駮」。王、姜與彙編同。案當作「駮」。又原卷正文當作「犂」。

棽 柊〻 一三頁二六行

原卷如此，王同。姜脱「〻」。

鮧 名 …… 一三頁二六行

原卷作「鮧名」。王作「鮧名」。姜作「鯬名」。案切二「鱥」訓作「魚名」。王二、全王正文作「鯬」，訓作「魚名」。此本注文當作「魚名」。又此字訓下當係空白，彙編衍「……」。

跰 脚曲 一三頁二七、二八行

原卷正文作「跰」，王、姜并同。案「跰」字，王二、全王同，當从廣韻作「跰」。

蹪 一四頁三〇行

原卷殘存作「蹪」。王、姜與彙編同。案當作「𧾊」。

黴 〻黰垢黑臭 又莫背反 一四頁三九行

原卷「黑」作「腐」。王、姜與彙編同，并誤。

脽 坐 一四頁四二行

原卷殘存作「脽坐」。王、姜與彙編同。案當作「脽坐處」。

紕 繒欲壞亾 夷反一 一四頁四七行

原卷「亾」作「疋」。王、姜并作「匹」。案「疋」即「足」字，「足」俗

攜 以木有所擣春秋趙吳於攜…… 一四頁 四七～四八行

借為布匹字。彙編「匹」當作「疋」。

原卷「趙」作「越」，王、姜并同。原卷「越」下脫一「敗」字。又原卷注文「攜」下一字當係作「李」，蓋殘也。

……丘 小山而象丘誄 丘退及又及一 一四頁 四八行

原卷正文殘，王同。姜作「歸」。案此當係「歸」字之注文也。

○七之韻

詒 々 一七頁 三行

原卷注文止殘存「々」。王、姜并同。案當作「言々」。

宜 室東北陳 一七頁 三行

原卷「陳」作「隅」，王、姜并同。彙編誤。

塒 鑿垣西 一七頁 五行

原卷「鑿」作「鑿」。王作「鑿」。姜作「鑿」。案當作「鑿」。又原卷「西」當作「栖」，且其下當補一「鷄」字。

嶷 九々 一七頁 六行

原卷如此，王、姜并同。案注文，切二、王二并作「九嶷山」，全王、廣韻并作「九嶷，山名」。

棊 卒 一七頁 一二行

原卷「卒」作「卒」。王、姜并作「卒」。案當作「弈」。

栭 木名子似栗而細一曰梁上柱 一七頁 一四～一五行

原卷如此，王同。姜「似」作「以」，誤。又原卷「梁」當作「梁」。

㛝 墊丸之 一七頁 一七行
原卷如此，𨻶、㶸并同。案「墊」當作「熟」。

詞 似茲反四 祠 鐮 一七頁 二〇～二一行
原卷此二字訓間尚有「祠祭」一字訓。𨻶、㶸并無，蓋脫也。又切二、𨻶一、全王、廣韻「祠」并訓作「鐮柄」。此本脫一「柄」字。

歖 喜牛 一七頁 二六行
原卷「牛」作「牛」，𨻶、㶸并同。案當从切二、全王、廣韻作「卒」。

歂 㜡喜 一七頁 二八行
原卷如此，𨻶、㶸并同。案正文當从廣韻作「欪」。切二誤同。

笞 朾 一八頁 二九～三〇行
原卷如此，𨻶同。㶸「朾」作「打」。案「朾」當作「打」，唐寫本偏旁才木常不分。

持 一八頁 三〇行
原卷作「持口」，注文未可辨識。𨻶空白。㶸作「持」。潘師校云：「注文似非「持」字。」（註三）

茬 名之平縣 一反 一八頁 三四～三五行
原卷如此，𨻶、㶸并同。案「五」蓋「士」字之誤。

○八微韻

暉 日 一九頁 二行
原卷注文作「色日」。𨻶、㶸與彙編同，并脫「色」字。

𡚷 裴之往來負 醜一曰 一九頁 四～五行

原卷如此，汪、姜并同。案注文當作「〻〻往來皃一曰醜」，詳見本篇「切二校勘記」校文。

騑 ⿰目參馬 一九頁五行 原卷「⿰目參」作「騄」。汪、姜并作「驂」。彙編誤从目。

斐 一九頁五行 原卷如此，汪、姜并同。案當以汪一、廣韻作「裴」。

⿰牛飛 山牛一日白頭 一九頁六行 原卷「山」作「以」，殆非「山」字。汪、姜與彙編同。案「以」疑「似」字。全王「以牛」作「似牛」。切二、汪一作「似羊」者，「羊」為「牛」字之誤。又「日」字，汪一、全王同，當以切二作「目」。

腓 腓脚腸淝水 一九頁六～七行 原卷作「腓腸脚腨䈈竹淝水」。汪、姜與彙編同，并有脫誤。

⿸疒肥 風病或作厞 一九頁七行 原卷如此，汪、姜并同。案正文當作「⿸疒肥」，本韻从肥之字仿此。又「厞」當作「痱」。

隇 〻陜艱危 一九頁八行 原卷「陜」作「蜮」。汪、姜與彙編同。案原卷「蜮」當作「陜」。

⿰齒幾 危又公哀反 一九頁九行 原卷如此。汪、姜「危」并作「厄」，誤。

希 盧機反六 一九頁一一～一二行 原卷「盧」作「虛」，汪、姜并同。彙編誤。

○九魚韻

漢陽 二一頁一行 原卷「陽」字在次行首，正文下尚有殘文。王、姜殘文部份空白。案切二、王一、全王注文并作「水名，在漁陽」。彙編注文逕作「陽」，誤。

鋙 鋤脚 二一頁二行 原卷「脚」作「腳」。王作「脚」。姜作「腳」。案注文當以切二、全王作「鋤鋙」。

瞙 馬負目 二一頁二行 原卷「負」作「白」，王、姜并同。彙編誤。惟此本注文當以王一、全王作「馬白目」。

揺 手病詩云手措揺 二一頁四行 原卷如此，王、姜并同。案「手措揺」當以切二、王一、全王、廣韻作「予手拮揺」。

磲 次 二一頁六行 原卷注文殘存此字，王、姜并同。案切二、全王注文作「硨磲，次玉」，可據補。

渿 小絮之渿 二一頁七行 原卷如此，王、姜并同。案注文當以切二、王一作「〻挐之渿」。

胥 思餘反七 二一頁一二行 原卷「餘」作「𩛲」。王、姜與彙編同，并誤。

笎 竹器 二一頁一三行

原卷作「笓竹器」，王同。姜與彙編同。案切二、王一、全王、廣韻「思魚」紐下并未錄此字訓，而收「箐竹名」，疑此當據改。

苴　履中蘠　二一頁一四～一五行

原卷「蘠」作「蘠」，姜同。王作「籍蘠」。案當从切二、王一、廣韻作「藉」。

鋤　助魚反　二一頁一七行

原卷「反」下有「一」字。王、姜、彙編并無，蓋脫也。

於　央魚反五　二一頁二〇行

原卷「央」作「央」。王作「央」。姜作「央」。案當作「央」。

唹　笑白　二一頁二一行

原卷「白」作「皃」，王、姜并同。彙編誤

蘆　蘩〻　二一頁二四行

原卷如此，王、姜并同。案正文當作「蘆」。注文「〻蘩」二字當乙倒。

爈　火燒山界　二一頁二四～二五行

原卷「界」作「累」。王、姜并作「累」。案當从全王作「冡」（正文誤作「爈」）。

如　女魚反四　二一頁二八行

原卷如此，王、姜并同。案「女」讀娘母，當从切二、全王作「汝」。

鴽　鴾　二二頁二九行

原卷如此，王、姜并同。案「鴾」字，全王、廣韻同，當从切二作「鴾」。

葅　側魚反三　二二頁三一行

原卷正文作「葅」，姜同。汪作「菹」，誤。又此紐所列韻字實二字，「三」蓋「二」字之誤。

鵌 署魚反二　二二頁三二行

原卷如此，汪同。姜「二」作「三」，誤。

## ○十虞韻

愚癡　二四頁一行

原卷「癡」作「癡」，姜同。汪字在欄框上，未可辨識。彙編誤。

無 有武夫反十一　二四頁三行

原卷如此，汪、姜并同。案全王、廣韻「有」下有一「無」字，此本脫。

巫 在女曰巫　二四頁五行

原卷如此，汪、姜并同。案今本說文「巫」訓作「巫祝也，女能事無形，己舞降神者也，象人兩褎舞形，與工同意。古者巫咸初作巫」，全王訓作「事神曰巫，男子師為覡，女師曰巫」。

亐 明俱反七　二四頁五行

原卷「俱」作「俱」，案當作「俱」。汪、姜與彙編同。又姜「明」作「羽」。案原卷「明」蓋「羽」字之誤。

迂 曲又億俱反　二四頁五～六行

原卷「億」作「憶」，案即「憶」字。汪、姜與彙編同，皆誤从人。

祈 大袥衣　二四頁八行

原卷如此，汪、姜并同。案「袥」字，全王同。廣韻、集韻并作「袑」。前漢書朱博傳：「敕功曹官屬多褒衣大袑，不中節度，自今掾吏衣皆令去地三寸。」大袑衣即大襠衣，疑此本「袑」字誤。

朐 腒一曰屈又地名在東海 二四頁九行
原卷「名在東海」作「名在東海」。王與彙編同。姜作「名東海」，脫「在」字。

鼩 小鼩鼱鼠 二四頁一〇行
原卷「鼩鼱」作「鼱鼩」，有乙倒符號。王、姜、彙編并無，蓋脫也。

蘧 巨く麥又居反 二四頁一一行
原卷「巨」作「巨」，案當係「巨」字。姜作「巨」。王與彙編同，并誤。

儒 日朱反七 二四頁一一行
原卷如此，王、姜并同。案正文當作「儒」，本韻从需之字仿此。

懦 弱又力乱反 二四頁一二行
原卷如此，王、姜并同。案「力」字當从全王、廣韻作「乃」。

鬚 古作湏相俞反八 二四頁一三行
原卷正文作「鬚」。王、姜并作「鬚」。

繻 傳く 二四頁一三行
原卷如此，王、姜并同。案注文，全王同。廣韻作「傳符帛」。此本、全王語意不明，疑有脫誤。

需 疑 二四頁一四行
原卷如此，王、姜并同。案全王「需」訓作「卦」，廣韻訓作「卦名」。

株 陟輸伐反四 二四頁一四行
原卷如此，王、姜并同。案注文當書作「伐陟輸反四」。惟全王、廣韻皆不訓「伐」。全王訓作「木根」，廣韻訓作「木根也」。

逾 越羊宋反廿五　二四頁一六行

原卷「宋」作「朱」，王、姜并同。彙編誤。

鴸 以鴟人首　二四頁二三～二三行

原卷「以」作「似」，王、姜并同。彙編誤。原卷「鴟」作「鴟」，案當作「鴟」。王、姜并作「鴟」。又注文，王一作「鳥似鴟人首」，全王作「鳥名」，廣韻作「鳥名，似鴟人首」。此本「似」字上脫「鳥」或「鳥名」。

⿰禾芻 稷穰土于反二　二四頁二六行

原卷「土」作「士」，姜同。王作「**士**」，似「土」字，與彙編并誤。

箏 織縷者　二四頁二八行

原卷「縷」作「緯」。王、姜與彙編同，并誤。

紨 麤細　二五頁二九行

原卷如此，王、姜并同。案「細」當作「紬」，「麤」當作「麤」。今本說文「紨」訓作「布也，一曰粗紬」。全王注文作「麤紬」，「紬」字誤。

諏 謀子于反又子△反　四　二五頁二九～三〇行

原卷「△」作「侯」，王、姜并同。案「侯」即「侯」字。

膚 體　二五頁三〇行

原卷如此，王、姜并同。案正文當作「膚」，注文當以王一、全王作「肌體」。原卷脫一「肌」字。

鈇 金〻　二五頁三一行

原卷注文作「鉞〻」，王、姜并同。

祑（襦袍前襦衿之） 二五頁二一行

原卷作「祑（襦袍前衿之類）」，下「襦」字誤。又从ネ之字并當从衣。王作「祑（襦袍前衿之類）」。姜作「祑（襦袍前衿之類）」。彙編

鳺（鵸鳺魚名，三首六足六目三翼） 二五頁二一～二二行

原卷如此，王同。姜「六目」作「四目」，誤。

眀（又在視） 二五頁三四～三五行

原卷如此，王、姜并同。案王一、全王、廣韻注文作「左右視」，當據改。

株（盛土，詩云：株之隭） 二五頁三五行

原卷「土」作「士」，王、姜并同。案當作「土」。全王「梂」訓作「盛土，詩云：梂之濡〻」，廣韻「捄」訓作「盛土，詩云：捄之陾陾」。此本「株」字、全王「梂」字并當从廣韻作「捄」。此本「隭」下脫其重文。全王「濡〻」當作「隭〻」。今本詩經大雅緜云：「捄之陾陾。」今本說文引作「捄之陑陑」，段注云：「陑，音而，亦作隭，各本作陾，誤，今依玉篇。」

榀（車轂內孔） 二五頁三六行

原卷如此，王同。姜「內」作「肉」，誤。

〇十一模韻

墲（䂓英地曰墲） 二八頁一行

原卷「規」作「䂓」。王、姜與彙編同。案廣韻注文作「規墓地曰墲」，當據正。又王一、全王（正文誤作「撫」）「規」下尚有一「度」字。

狐（狸〻） 二八頁三行

原卷如此，王、姜并同。案正文當作「狐」，唐寫本爪瓜常不分。本韻从爪之字仿此。

峹　酒〻山　二八頁六～七行

原卷如此，王、姜并同。案原卷衍「酒」字。

圖　畵　二八頁八行

原卷「畵」作「畫」，王、姜并同。案「畵」即「畫」字。彙編誤。

筊　鳥籠　二八頁八行

原卷如此，王、姜并同。案注文二字當乙倒。

葫　蒜　二八頁九行

原卷如此，王、姜并同。案「蒜」當从王一、廣韻作「蒜」。

部　鄉名在東莞　二八頁一〇行

原卷「菀」作「莞」，王、姜并同。彙編誤。

葅　芳藉封諸葅以白茅　二八頁一〇行

原卷「芳」作「茅」，王、姜并同。彙編誤。又原卷「諸」下一字殘，王空白。姜作「候」。案原卷「諸」下一字當係「候」字。

纑　希縷　二八頁一二行

原卷「希」作「希」。王作「希」。姜與彙編同。案當从王一、全王、廣韻作「布」。

蘇　思言反三　二八頁一二行

原卷「言」作「吾」，王、姜并同。彙編誤。

杇　泥漫字莫寒反　二八頁一三行

原卷「漫」下有「〻」，蓋重文也。王、姜并同。彙編脫。又「漫」字，王一（亦脫「〻」）作「槾」，全王作「墁」，廣韻作「鏝」。

瑹 美玉他胡二 一二八頁一四～一五行

原卷「胡」下有「反」字，王、姜并同。彙編脫。

○十二齊韻

齊 俱嵇反五 一三一頁一行

原卷如此，王、姜并同。案「俱」見母，當从王一、全王、廣韻作「徂」。「俱」乃「徂」字之形誤。

黎 一三一頁一行

原卷如此，王、姜并同。案當作「黎」。本韻从勑之字仿此。

犂 毛〻牛雜不純 一三一頁二行

原卷如此，王、姜并同。案正文當作「犂」。王一「犂」訓作「耕具」，注王正文作「犁」，注文與王一同。

莉 域〻荆芘 一三一頁三行

原卷如此，王、姜并同。案王一、全王、廣韻「域」并作「織」，當據改。

盠 似瓥瀉飲器 一三一頁三行

原卷「瓥」字未可辨識。王與彙編同。姜作「瓥」。案王一、全王「盠」并訓作「以瓢為飲器」，廣韻訓作「以瓢為飲器也」。此本「似」當作「以」、「瀉」當作「為」，「以」下一字當作「瓢」或「瓢」。

低 嵇〻即當反七 一三一頁五行

原卷「〻即」作「丶即」，王同。姜作「丶即」。案「丶」為重文符號。「

即」字，當以王一、廣韻作「昂」。

綈 厚繒也緣紬而深 三一頁八行

原卷「也」作「邑」，蓋「色」字也。姜作「色」。王與彙編同，并誤。又原卷「紬」作「綈」，蓋書「綈」字後又塗去。王與彙編同，姜作「綈」，并誤衍。

騠 駃騠又子奚反 三一頁九行

原卷「又子」作「子又✓」，有乙倒符號。王、姜并作「子又」，脫「✓」符號。又「子」字當以王一、全王、廣韻作「丁」。又原卷「駃騠」下尚有殘文，王一、全王、廣韻并作「馬名」，可據補。

輥 車 三一頁一〇行

原卷注文殘存作「燕車」，疑即「簾車」之殘文也。王與彙編同，并脫「簾」字。姜作「廉車」，「廉」蓋「簾」字之誤。

蜫 牛 三一頁一〇行

原卷注文模糊，未可辨識。王、姜與彙編同。案全王、廣韻「蜫」并訓作「牛蝨」。

篦〻 三一頁一一行

原卷注文殘存如此，王、姜并同。案全王、廣韻「篦」并訓作「眉篦」，可據補「眉」字。

犴〻 三一頁一一行

原卷正文在前行末，殘。案全王「狴」字訓同。廣韻「陛」訓作「說文曰：犴也，所以拘罪也」，下出「狴」，注云：「上同，又狴犴獸也。」今本說纹「陛」訓作「陛牢謂之獄，所吕拘非也，从非，陛省聲」。此本正文當係「狴」或「陛」。

鼶 鼠

原卷注文作「小鼠」，姜同。汪與彙編同，并脫「小」字。（三一頁一二行）

豯 三月

原卷注文殘存如此，汪、姜并同。案全王、廣韻「豯」并訓作「豕生三月」，可據補「豕生」二字。（三一頁一二～一三行）

棲 或栖

原卷如此，汪、姜并同。案「或」下當補一「作」字。（三一頁一七行）

椑 圓盍

原卷如此，汪、姜并同。案正、注文當以廣韻作「椑榼圜」。今本說文「椑」訓作「圜榼也」。（三一頁二〇行）

臡 醢有骨人兮又奴兮反一

原卷如此，汪、姜并同。案原卷「人兮」下脫一「反」字。（三一頁二〇行）

齏 擣薑蒜 又作韲

原卷「韲」作「齏」，姜同。汪與彙編同。案廣韻「齏」訓作「薑蒜為之」，下出「齏」，注云：「上同。」此本「蒜」當作「蒜」、「齏」當作「齏」。（三一頁二一行）

躋 祖細

原卷「祖細」二字在行首。正文在前行末，其下尚有殘文，汪空白，姜作「發」。疑注文當係作「登也又祖細」，原卷「祖細」下脫一「反」字。（三一頁二一行）

圭 十圭□一合 □攜反五 三一頁二三行

原卷殘存如此，王、姜并同。案注文「圭」下一字當據孟子補作「為」。又切語上字，全王、廣韻并作「古」。

鑴 大錐 三一頁二六行

原卷如此，王、姜并同。案周祖謨氏以為「錐蓋鑊之誤」，其云：「切三、五刊錐蓋鑊之誤，玉篇云：鑴，大鑊也。說文云：鑊，鑴也。」惟龍宇純氏以為「錐字不誤」，其云：「案廣雅釋器鑴、錐也。疏證云：『內則左佩小觿，右佩大觿。鄭注云，觿貌如錐。釋文本或作鑴。』錐字不誤。」（註四）

眭 く菓 三一頁二六～二七行

原卷「菓」作「菜」。王、姜與彙編同，并誤。

觿 心離 三一頁二七行

原卷正文作「觿」，姜同。王與彙編同。

移 榶棣木名成以支二 栖反又今口反一 三一頁二七～二八行

原卷「口」作「氏」，姜同。王作「卩」。又姜無「一」字，蓋脫。案原卷「今」當作「余」。

○十三佳韻

䕩 𢈔 三四頁一行

原卷如此，王同。姜「𢈔」作「𢈼」。案原卷「𢈔」當以廣韻作「𢈼」。

箄 大桴曰薄 三四頁二行

原卷「薄」作「箄」，王、姜并同。彙編誤。

讗 闌墮 三四頁三行
原卷正文作「讗」，王同。姜作「讗」。案原卷「讗」當作「讗」，下文从讗之字仿此。又注文，王二作「讕墮」，廣韻作「讗惰」，與此本異。龍宇純氏云：「闌字無義，讕字說文云抵讕，與惰墮義不相屬，讕與讗形近，或當以廣韻讗字為是。」（註五）

哇 蝦蟇屬烏緺反一 三四頁三行
原卷如此，王同。姜無「一」字，蓋脫。

竵 物不正大咼反一 三四頁五行
原卷「大」作「火」，姜同。王與彙編同，并誤。又姜「正」作「平」，誤。

娃 美女皃於𠂉反三 三四頁六行
原卷「𠂉」作「佳」，王同。姜作「佳」，誤。彙編誤殘。

扠 以拳加入亦作搋乙字廿佳反一 三四頁七～八行
原卷「入」作「人」，王、姜并同。彙編誤。又原卷「廿」作「廿」，蓋「丑」字也。王作「廿」，姜作「廿」。

○十四皆韻

喈 鳥聲 三五頁一行
原卷如此，王同。姜「聲」作「鳴」，誤。

荄 㾕 三五頁二行
原卷如此，王、姜并同。案注文，刊、全王、廣韻并作「草根」，今本說文訓作「草根也」。此本注文誤。

瘥 瘧（三五頁二行）

原卷如此，王、姜并同。案刊「痎」訓作「〻瘧」，廣韻訓作「瘧疾，二日一發。今本說文「痎」訓作「二日一發，瘧也」；「瘥」訓作「瘉也」，假注云：「通作差，凡等差字皆引伸於瘥」。則「痎」「瘥」義異。此本正文蓋「痎」字之誤。

諧 戶佳反五（三五頁二行）

原卷「佳」作「皆」。王作「佳」，姜與彙編同，并誤。

俳 憂〻（三五頁三〜四行）

原卷如此，王同。姜「憂」作「優」。案「憂」字，全王、廣韻并作「優」，當據改。

淮 水（三五頁五行）

原卷如此，王、姜并同。案全王、廣韻并訓作「水名」，此本可補一「名」字。

霾 風而（三五頁六行）

原卷注文作「風雨而」，王、姜并同。彙編脫「雨」字。

崴 乙〻嵔平不狀 乖反一（三五頁七行）

原卷「平不」作「平不✓」，有乙倒符號。王同。姜作「不平」。彙編脫「✓」號。

〇十五灰韻

詼 調〻（三六頁一行）

原卷如此，王、姜并同。案注文，廣韻同。王一作「詼謿」，全王作「詼嘲」。

悝 病曰悲 三六頁一～二行

原卷注文作「病一曰悲」，「病」下有「一」字，姜同。王與彙編俱無，并脫也。

緦 □色絲飾 三六頁二行

原卷「□」殘存作「ㄋ」。王空白。姜作「四」。案王一、全王、廣韻「緦」并訓作「五色絲飾」。此本「ㄋ」蓋「五」字之殘文也。

回 戶恢反△ 三六頁三行

原卷「△」作「七」，王、姜并同。案「戶恢反」為反語，且本紐所列韻字為七字。原卷注文當作「戶恢反七」。

媒 許 三六頁四行

原卷如此，王、姜并同。案王一、全王、廣韻注文并作「妁」。今本說文訓作「謀也，謀合二姓者也」。此本注文誤。

腜 孕始也 三六頁五行

原卷「也」作「圵」，蓋即「兆」字。王、姜與彙編同，并誤。

鋂 大環 三六頁五行

原卷注文作「犬環」。王、姜與彙編同。案王一、全王并作「大環」，當據改。

倪 大皃 三六頁六行

原卷如此，王、姜并同。案正文當作「傀」。

○十六哈韻

殴 殺殴笑聲 三八頁一行

原卷如此。王「殺」作「殺」。姜「笑」作「筊」。案正、注文，王一同。全王「殴」訓作「殺殴笑聲」，廣韻「殴」訓作「殺殴笑聲也」。周祖謨氏校云：『殴，當是欧字之誤。原本玉篇殘卷云：「欧，呼來反。說文：咲不壞顏也。廣雅：欧，咲也。」此注殺殴二字亦當從欠作欸欧。作殺於義不合。切三及敦煌王韻亦誤。』唯龍宇純氏校箋云：『案廣韻此當是沿切三以來諸書之誤。本書咍下云笑亦作欧，王一同，不當又出欧字。且欸是逆氣之義，此不得改殺為欸甚明。集韻云：「殴，殺殴，剛卯也。」說文改殺二字下并云殺改大剛卯。改字俗書作殴；此文殴當是改字之誤，訓作笑聲則誤殴為欧耳，當云剛卯也。』（註六）

剴 木鐮一曰磨又五哀反 三八頁三行

原卷如此，王、姜并同。案「木」字，王一、全王同，廣韻作「大」。今本說文「剴」訓作「大鐮也，一曰摩也」。此本、王一、全王「木」當作「大」。

熊 獸名年来又奴代奴登二反一 三八頁八行

原卷「獸」作「獸」，姜同。王作「獸」。案原卷「獸」當係「獸」字。正文，全王、廣韻并作「能」，當據改。又原卷「来」下脫一「反」字。

## ○十七眞韻

禛 以貢受福 三九頁一行

原卷「貢」作「貢」。王與彙編同。姜作「貢」。案當以全王、廣韻作「真」。

陯 山名 三九頁一行

原卷如此，王、姜并同。案全王注文作「山阜」，廣韻諄韻「陯」訓作「山阜陷也」，今本說文訓作「山𠂤陷也」，段注云：「今則淪行而陯廢矣。」則全王「山阜」下脫「陷」或「陷也」。此本注文作「山名」，尤誤。

蜦 魝神虵能興雲雨 三九頁二行

原卷「魝」作「魚亅」，王同。姜作「魚丨」。案「亅」為删去符號，蓋誤書「魚」字後，乃删去。

禋 祭六宗 三九頁三行

原卷此上尚有「茵褥」一字訓，姜同。王與彙編俱無，并脫也。

駰 馬又扵巾反 三九頁三行

原卷如此，王、姜并同。案注文，全王作「馬文，又於巾反」，廣韻作「白馬黑陰，又扵巾切」。疑此本「馬」下脫一「文」字。

垔 寒 三九頁三行

原卷如此，王、姜并同。案「寒」字當从全王、廣韻作「塞」。

新 息反三 三九頁三行

原卷注文殘存作「息□反三」，「息」下殘一字。姜同。王作「息反三」。彙編逕作「息反三」，誤。案全王切語作「思鄰反」，廣韻作「息鄰切」。

伸 屒 三九頁四行

原卷如此，王、姜并同。案「屒」當作「展」。

亃 木在石間 三九頁五行

原卷如此，王、姜并同。案全王、廣韻注文并作「水在石間」。此本「木蓋「水」字之誤。又正文，全王同。廣韻作「𣡕」。「𣠶」蓋「𣡕」字俗書也。

㨋　矛柄，賈誼曰鋤櫌棘矜，作矜，巨巾反，二　三九頁五行

原卷如此，汪同。姜「矛」作「矛」、「巨」作「巨」。案全王「槿」訓作「巨巾反，又巳陵，三」（「巳陵」下脫一「反」字），廣韻「𥞥」訓作「矛柄也，又鉏櫌也，古作矜，巨巾切，五」。此本、全王正文當作「𥞥」。又此本「矛」當作「矛」、二「矜」字并當作「矜」、「巨」當作「巨」。又「作」字上脫一字，疑係「古」、「又」或「或」字。

虤　兩虎爭　三九頁六行

原卷如此，汪、姜并同。案正文當从全王、廣韻作「䖒」。

嚚　過，又言不忠信曰嚚　三九頁七行

原卷如此，汪、姜并同。案注文，全王作「愚」，廣韻作「愚也」。玉篇亦訓作「愚也」。此本「過」蓋「愚」字之誤。

濱　水祭，或作瀕　三九頁七行

原卷「祭」作「際」，汪、姜并同。彙編誤。

洵　水名，人詳遵反　三九頁八行

原卷「人」作「又」，姜同。汪作「乂」，似「人」字，致彙編迻作「人」。案當作「又」。

恂　言心　三九頁八行

原卷如此，汪、姜并同。案「言」字當从全王、廣韻作「信」。

偱　善　三九頁八行

原卷作「偱善」，王、姜并同。案正文當作「循」。唐寫本偏旁亻彳常不分。

鈞 卅反 三九頁九行
原卷「反」作「斤」，王、姜并同。彙編誤。

椿 木名勑七反二 三九頁九行
原卷「七」作「[illegible]」，案當係「屯」字，正作「屯」。姜作「屯」。王作「屯七」，誤。彙編據王書，亦沿其誤。

駰 又人 三九頁一〇行
原卷殘存作「駰口又 ㄑ」，「ㄑ」在次行首。王作「駰又 人」。姜作「駰又口」。案全王注文作「馬文，又於巾反」，廣韻一在「於眞切」下，注作「馬陰淺黑色，又於巾切」；一在「於巾切」下，注文作「白馬黑陰，又音因」。彙編注文逕作「又人」，誤。

珉 美名次玉巾反十一 三九頁一〇行
原卷「玉」下有「武」字，王、姜并同。彙編脫。

○十九文韻

閿 〻鄉在 四四頁一行
原卷注文殘存作「〻郞 在」。王、姜與彙編同。案全王注文作「〻鄉縣名，在弘農」。

雲 戶分反十一 四四頁一行
原卷如此，王同。姜「戶」作「王」。

蘊 積東草又於粉反 四四頁二行

豬 豕 四四頁三行

原卷「豬」上有「丨」，蓋重文也。王、姜與彙編同，并脫「ミ」。

原卷注文作「豕ミ」。王作「豕」。姜作「豕二」。案全王注文作「豕ミ」，廣韻作「豕也」。

饙 蒸飯 四四頁三行

原卷注文作「飦一蒸」。王作「飯一蒸」。姜作「飦蒸」。案全王「饙」訓作「一蒸飦，正作餴」（「餴」當作「餴」）．廣韻訓作「一蒸飯也」，下出「餴」，注云：「上同。」案此本「飦」、全王「餅」皆「飯」之或體。

芬 無云反六 四四頁四行

原卷注文如此，王、姜并同。案周祖謨氏以為「無」當是「撫」字之誤，其云：「若作無，則與文武分反音同，（廣韻）元泰定本、明本作撫，極是。」（註七）

## ○廿殷韻

二十殷 四六頁一行

原卷「二十」二字殘，彙編補入。

慇 懃 四六頁一行

原卷注文殘存作「𠁼」。王與彙編同。姜作「懃□」。案廣韻「懃」訓作「慇懃」。此本注文當係作「懃ミ」。

□ 水名在潁川 四六頁一行

原卷正文殘，王空白。姜作「□」，蓋誤認為上字「慇」之注文。案正文當从全王、廣韻補作「濦」。又原卷「潁」殘作「頴」。王與彙編同。姜作

「頒」。案當作「頒」。

筋 筋骨竹名 四六頁一行

原卷作「筋骨ミ筋竹名」。王作「筋骨ミ筋竹名」。姜作「筋骨ミ筋竹名」。案全王「筋」訓作「說文從竹肉疑竹ミ物之多」，廣韻訓作「筋骨也，說文曰：肉之力也，从力肉竹竹物之多筋者。又姓，出姓苑」，下出「筋」，注云：「俗。」惟今本說文「筋」訓作「肉之力也，从肉力，从竹。竹、物之多筋者」，全王、廣韻引文并有誤脫。案「筋」固「筋」字之俗體，而筍譜：「筋竹筍。天台圖經云：五縣皆有。」此本「筋」訓作「竹名」，殆不誤。

欣 詩斤反又忻二

原卷「詩」作「許」，蓋「許」字也。王、姜與彙編同，并誤。又原卷「又」下當補一「作」字。

昕 日照出 四六頁一行

原卷「照」作「欲」。王、姜與彙編同，誤。

○廿一元韻

原 根 四七頁一行

原卷注文作「一根」。王作「一根」。姜作「根ミ」。案全王「原」訓作「夲ミ」。

沅 水名出牂牁 四七頁一行

原卷「出」作「在」。王、姜與彙編同，并誤。

暖 詐 四七頁二行

原卷如此，王、姜并同。案正文當作「暖」，本韵从爰之字仿此。又注文當以全王、廣韻作「大目」，此蓋涉下文「䁾」訓而誤也。

塤

箎　四七頁二、三行

原卷注文作「篪〻」，王、姜并同。彙編脫「〻」。案全王注文作「〻篪，亦作壎」，此本「篪」當作「箎」。

膰

羊黃腹　四七頁三行

原卷如此，王、姜并同。案全王「膰」訓作「祭餘肉」；「羳」訓作「羊黃腹」。廣韻「膰」訓作「祭餘熟肉」；「羳」訓作「羊黃腹也」。此本脫「膰」字之注文及正文「羳」。

瀿

水　四七頁三行

原卷如此，王、姜并同。案注文，全王作「水波」，廣韻作「水名」。玉篇云：「水暴溢也」。此本注文當有脫文。

蟠

蟓蝢，又[丬夫]干反　四七頁三行

原卷「蟓」作「蟓」，王、姜并同。案當从全王、廣韻作「蟓」。又原卷「[丬夫]」作「扶」，王同。姜作「[丬夬]」。原卷「[丬夫]」，蓋即「扶」字。

蠜

蛗螽　四七頁三行

原卷如此，王、姜并同。案「蛗」字，全王同。廣韻作「[阜蚰]」。

[樊邑]

鄉名，在京北杜陵　四七頁三行

原卷「北」作「垗」，蓋即「兆」字。姜作「兆」。王作「北」，彙編遂沿作「北」，并誤。

[齒乇]

無衣[齒乇]，又語戰反　四七頁四行

原卷「衣」作「底」，王、姜并同。彙編誤。又原卷「戦」作「戰」，當係

○廿二魂韻

「戰」字。汪作「戲」。姜作「戟」，誤。

魂 戶昆反北 四九頁一行

原卷正文作「魂」、「北」作「九」，汪、姜并同。彙編誤。

驒 々騃野馬 四九頁一行

原卷「騃」作「騤」。汪、姜與彙編同。案當作「騱」。

䴷 不破 四九頁一行

原卷如此，汪、姜并同。案注文，全王作「麥不破」，廣韻作「不破麥也」。此本有脫文。

蹲 坐存 四九頁二行

原卷如此，汪、姜并同。案「存」字蓋衍。

論 說盧昆反又力旬盧鈍二反二 四九頁四行

原卷如此，汪同。姜「鈍」作「屯」，誤。

⿰忄頁 々顐禿髮皃 四九頁四行

原卷正文作「⿰巾頁」，汪、姜并同。案全王正文作「⿰日頁」，并當从廣韻作「頣」。又原卷「顐」作「⿰革頁」，汪、姜并同。彙編誤。

○廿三痕韻

垠 々罰五根反或作圻罰語巾語斤二反 五一頁一行

原卷注文末有「一」字。汪、姜俱無，與彙編并脫也。

○廿四寒韻

寒 胡安 五二頁一行

汎 泣〻貟瀾梡木名出蒼梧子可食剜絙綫芄草〻蘭豲豕屬又豲道縣在天水 五二頁二～三行

原卷残存作「山刪安」。王、姜并作「寒胡安」。案當係作「寒胡安反五」。

原卷「梡木名出蒼梧子可食剜」在「豲」字訓下，王、姜并同。彙編誤倒。

貒 肥〻豚似豕而又吐亂反 五二頁七行

原卷注文作「似〻豕豚肥〻豚似豕而又吐亂反」。王、姜「肥」作「肥」，餘與原卷同。

案原卷「〻豚似豕」四字當刪去。

篿 圓竹器 五二頁一〇行

原卷「器」作「器」。王、姜并作「器」。又姜「竹」作「𥫗」，誤。案原卷正文當从竹作「篿」。

⿰安阝 地名在富陽 五二頁一二行

原卷「富」作「冨」。王、姜與彙編。案「冨陽」當从王一、全王、廣韻作「當陽」。

⿰米曼 餅〻頪 五二頁一七行

原卷如此，王、姜并同。案「頪」字，王一、全王、廣韻并作「頭」，當據改。

飡 食千反一 五二頁一八行

原卷如此，王、姜并同。案「食」蓋「倉」字之誤。

戔 易曰東帛戔〻 五二頁一九行

原卷如此，王、姜并同。案「東」蓋「束」字之誤。

攤 茴〻 五二頁二〇行

原卷如此，王、姜并同。案注文，王一作「蒲攤之攤」，全王作「蒲攤」，廣韻作「攤蒱，賭博」。玉篇訓作「攤蒲，賭錢也」。未知王一、全王「蒱攤」二字是否誤倒？又此本「蒲」疑是「蒱」字之誤。

○廿五刪韻

㓷 㯷㓷縣名在武威㯷字蒲姑反 五六頁一行

原卷作「劋 樸劋縣在武威樸字蒲姑反」。王、姜「劋」并作「㓷」，「縣」下并有「名」字，餘同原卷。案全王「㓷」訓作「撲㓷，縣名，在武威」，廣韻「劋」訓作「撲㓷，縣名，在武威。樸音蒲」。全王「撲」、此本「樸」并當作「樸」，又此本「縣」下可補一「名」字。

糫 膏糫粔女 五六頁一行

原卷如此，王、姜并同。案「女」字，全王、廣韻并作「籹」，當據改。

班 巾還反六 五六頁二行

原卷如此，王、姜并同。案「巾」蓋「布」字之誤。

頒 巾還反又符 五六頁二行

原卷「還」作「文」。王、姜與彙編同，并誤。

鳻 鳩ㄑ大 五六頁二行

原卷有「ㄑ」，王同。姜無。案廣韻注文作「大鳩」，疑此本衍「ㄑ」。

鸞 似梟一目一足一翼相得乃飛 五六頁二行

原卷「目」作「曰」。王、姜與彙編同。案「曰」字當从全王、廣韻作「目」。

販 目多白 五六頁三行

原卷正文作「眅」，姜同。王與彙編同，并誤。

○廿六山韻

䮒 馬目皃 五七頁一行

原卷如此，王、姜并同。案全王「䮒」訓作「馬目白」，廣韻「䮒」訓作「馬一目白」。此本「皃」蓋「白」字之誤。又爾雅釋畜：「馬一目白瞷，二目白魚。」今本說文「䮒」訓作「馬一目白曰䮒，二目白魚」。此本、全王「目」上當補一「一」字。

瞷 人目多皃 五七頁一行

原卷如此，王、姜并同。案「皃」字當从廣韻作「白」。

黰 染黑烏閑反二 五七頁二行

原卷「染」作「染」。王、姜與彙編同，并誤。又廣韻訓作「染色黑也」，全王訓作「深黑」，「深」「染」形近。疑此本「染」為「深」字之誤。

○一先韻

䑣 ㄑ蟬語不正 五九頁二行

原卷「蟬」作「譂」，王、姜并同。彙編誤。

[忄弦] 布名 五九頁二行

原卷如此，王、姜并同。案正文當作「[巾弦]」，唐寫本偏旁忄巾常不分。

胘 肝ㄑ 五九頁三行

原卷如此，姜同。王「肝」作「肝」。案「肝ㄑ」，全王同。廣韻訓作「肚胘，牛百葉也」。此本、全王「肝」當作「肚」。

縺 ㄑ縷寒皃 五九頁四行

原卷如此，王、姜并同。案「皃」字，全王、廣韻并作「具」，當據改。

䴵 字：⿰麥婁，餅⿰麥婁。勒　反 五九頁四、五行

原卷「勒」下一字作「夌」，未可辨識。王空白。姜作「杏」。案全王「⿰麥婁」字作「勑走反」。

塡 寒。又咙陳反。厭 五九頁五行

原卷「寒」作「塞」。王作「寒」。姜與彙編同，并誤。又原卷「厭」作「厭」。王、姜與彙編同。案當作「壓」。

⿰馬眞 馬項白 五九頁六行

原卷正文作「⿰馬眞」，王同。姜與彙編同。案當作「⿰馬眞」，本韻从眞之字仿此。又注文，全王同，廣韻作「馬額白，今戴星馬」。爾雅釋畜：「馰顙白顛。」注云：「戴星馬也。」龍宇純校箋云：「顙額同義，項當是頂字之誤。」（註八）

蹁 蹮蹁。蒲田反。七 五九頁七行

原卷如此，姜同。王「蹮蹁」作「蹁蹮」。案文選張平子南都賦云：「翹遙遷延，蹩躠蹁蹮。」此本「蹮蹁」二字當乙倒。

駢 駕三馬 五九頁八行

原卷如此，王、姜并同。案「三」字當从全王、廣韻作「二」。

稹 蘺上豆。又比顯反 五九頁一〇行

原卷「比」作「比」。王作「𠤎」。姜作「北」。案當作「北」。又正文當从廣韻作「穆」。

○二仙韻

燃 堯 六一頁三行

䘸 帊䘸半項上衣 六一頁五行

原卷「堯」作「燒」，王、姜并同。彙編誤。

原卷「帊」作「帊」，王、姜并同。案當作「帊」。又此本正文及注文「䘸」并當作「䘸」。

梴 檀〻香△ 六一頁六行

原卷「△」作「木」，王、姜并同。案王一、全王、廣韻注文并作「〻檀，香木」。

鋋 鉛利又力延反 六一頁九行

原卷「利」作「利」。王、姜與彙編同。案「利」字，王一、全王并作「朴」，當據改。

嬋 嬋〻媛 六一頁一〇行

原卷如此，王、姜并同。案「嬋」字下當从王一、全王補一「引」字。

儃 熊 六一頁一〇行

原卷如此，王、姜并同。案廣韻注文作「態也」，此本「熊」蓋「態」字之誤。

壥 与厘同一畝半日市内空地 六一頁一一行

原卷注文殘存作「与厘同一畝半日城市内空地」。王作「与厘同一畝半日市内空地」。姜「市」上一字作「□」，餘與王同。案原卷注文當補作「与厘同一畝半一日城市内空地」。

嫣 長好皃又於虔於遠二反 六一頁一二行

原卷「虔」作「建」。王、姜與彙編同，并誤。

連 乃力延反　五 六一頁一二行

漣　ㄑ猗風動水　一六一頁一三行

原卷如此，汪、姜并同。案「乃」當作「及」。

原卷「猗」作「漪」，汪同。姜與彙編同，并誤。

搉　手撥衣　一六一頁一六行

原卷如此，汪、姜并同。案汪一「搉」訓作「手發衣，或作搙」，全王訓作「手發衣，或槈」（「槈」字當从手），廣韻訓作「手發衣也」，下出「搙」字，注云：「上同。」此本「撥」當作「發」。

愃　快，吳人云　一六一頁一六～一七行

原卷「快」作「快」。汪、姜與彙編同，并誤。

壖　江河邊地，又廟垣，而緣反，又而元、如玩二反充　一六一頁一七～一八行

原卷「元」作「充」、「如」作「奴」。汪、姜與彙編同，并誤。原卷注文末有一「充」字，蓋書寫者書寫「充」字時，以為不易辨識，遂在注文末補書一「充」字，以示之。姜未錄此字。又正文，廣韻作「堧」，全王作「壖」。

灥　二泉　一六一頁一八行

原卷如此，汪、姜并同。案「二」當作「三」。

⿰王替　玉名　一六一頁二〇行

原卷正文作「⿰王替」，汪、姜并同。案當作「⿰王⿱兟目」。

娟　一曰好皃，於緣反，三　一六一頁二一行

原卷如此，汪、姜并同。案「一曰好皃」，汪一同。全王作「好皃」。此本、汪一「一曰好皃」上當有脫文。全王無「一曰」二字，則係後人刪削之故

悄 邑〻憂（六一頁二一～二二行） 原卷如此，王、姜并同。案「邑」當作「悒」。

編 次又布千方顯反（六一頁二二行） 原卷如此，王、姜并同。案末「反」字上當補一「二」字。

箯 竹與（六一頁二二～二三行） 原卷如此，王、姜并同。案「與」蓋「輿」字之誤。

騫 虧〻一曰馬腹縶又許言反（六二頁三〇行） 原卷「〻」作「少」。王、姜與彙編同，并誤。

狝 〻氏縣在代郡氏字即盈反（六二頁三一～三二行） 原卷如此，王同。姜正文作「狝」。案正文當作「狋」。

婘 〻跼不行（六二頁三二行） 原卷如此，王、姜并同。案正文當从足作「踡」。

卷 小情劵縣名在滎陽去負反四（六二頁三五行） 原卷作「卷小情劵縣名在滎陽去負反四」。王作「卷小情卷縣名在滎陽去負反四」。姜作「卷小情卷縣名在滎陽去負反四」。案原卷「卷」當作「帣」。「情」當作「幘」，唐寫本偏旁忄巾常不分。原卷「卷」當作「劵」。又「在滎陽」，全王作「在滎陽」，廣韻作「在滎陽」。此本「滎」蓋「滎」字之誤。又「帣」「劵」二字訓當乙倒。

嬛 娥眉皃於權反一（六二頁三六行） 原卷正文作「嬛」，姜同。王與彙編同。案當作「嬛」。

袻 襦衣緶又全反 一 六二頁三六、三七行

原卷作「袻 襦衣緶又全反一」。王、姜與彙編同。「袻」「襦」二字从示，誤。又原卷「又」字，當从王一作「人」。又刊「襦」訓作「衣縫也」，王一「䙓」訓作「衣縫」，全王「袻」訓作「促衣縫」，廣韻「襖」訓作「促衣縫也」，疑此本「緶」為「縫」字之誤。

○三蕭韻

蛁 〻蟟芳中小蟲 六四頁五行

原卷「芳」作「芀」，王、姜并同。案原卷「芀」蓋「茅」字。

傜 似虵奥翼現則大旱 六四頁六、七行

原卷正文作「傜」，王、姜并同。彙編誤。

挑 獨行詩云大挑〻公子 六四頁七行

原卷無「大」字，王、姜同。彙編衍。又「挑」即「佻」字。

澆 洨 六四頁八、九行

原卷如此，王、姜并同。案全王注文作「洨」，殆誤，當據此本改。

憿 〻幸〻徼倖作 六四頁九行

原卷「徼倖」作「獥倖」，姜同。王作「徼倖」。案當作「徼倖」或「儌倖」。又原卷下「〻」當作「或」。

櫟 轢 六四頁一二行

原卷「轢」作「轚」。王、姜與彙編同，并誤。

廖 左氏辛伯廖力姓力救反廖湛廖立是 六四頁一二、一三行

原卷如此，王、姜并同。案上「力」字當作「又」。又原卷「力救反」上脫一「又」字。

僚 周官為僚字或作寮 （六四頁一三行） 原卷如此，王、姜并同。案「周」蓋「同」字之誤。

簝 宗廟盛内方竹器 （六四頁一四行） 原卷「内」作「肉」，王、姜并同。彙編誤。又原卷此字訓下有「簝」，王、姜并同。「ㄑ」表刪去，彙編逕刪去。

僥 雌僥短人 （六四頁一六行） 原卷如此，王、姜并同。案「雌」當作「僬」。

膮 豕美許幺反二 （六四頁一六行） 原卷「美」作「羙」，姜同。王與彙編同。案當作「羹」。

鄡 陽縣名在都陽ㄑ苦聊反二 （六四頁一七行） 原卷如此，王、姜并同。案「都」當作「鄱」。

○四宵韻

宵 近天赤色 （六六頁一行） 原卷如此，王、姜并同。案注文，全王作「近天赤氣」，廣韻作「近天氣也」。

捎 動揺 （六六頁一行） 原卷注文作「動揺ㄑ」，王同。姜與彙編同，并脫「ㄑ」。

銷 鑠 （六六頁一行） 原卷如此，王、姜并同。案「鑠」當作「鑠」。

嚻 喧詩反十 （六六頁二行） 原卷注文作「喧許口反七」，切語下字殘。王與彙編同。姜作「喧詩口反十」。案語，汪一、全王、刋并作「許喬反」，廣韻作「許嬌切」。

枵　玄枵星名　六六頁二行　原卷如此，汪、姜并同。案正文當作「枵」。

菓　嶤巢山高皃　六六頁三行　原卷如此，汪、姜并同。案正文當作「巢」。

膲　人之三膲　六六頁四行　原卷「瞧」作「膲」。姜作「膲」。汪與彙編同，并誤。

襓　劒衣　六六頁五行　原卷正文作「襓」。汪、姜與彙編同，并誤。

犪　牛馴伏又女紹反　六六頁五行　原卷如此，汪、姜并同。案正文當作「犪」。

焼　火燃式昭反一　六六頁六行　原卷「昭」作「招」。汪、姜與彙編同，并與原卷異。

昭　心遥反五　六六頁八行　原卷「心」作「心」，汪作「心」。姜作「心」。案原卷「心」當係「止」字之草體。彙編作「心」，誤。

鵃　鶻鵃班鳩鳥名　六六頁八行　原卷如此，汪、姜并同。案全王「名」下有「似」字，當據補。

瓢　瓠符宵反二　六六頁一〇行　原卷「宵」作「霄」，汪、姜并同。彙編誤。又原卷正文及「瓠」字并當从瓜作「瓢」「瓠」。唐寫本瓜爪常不分。

蜱　虫名無遙反四　六六頁一〇行

原卷此字訓上作「飄風飄」。王作「飄風」。姜作「飄風」。案「乚」表刪去。又原卷「蜱」字下即接注語，王、姜并同。彙編誤衍一空格。

鴞　于驕反　六六頁一一行

原卷注文末有「二」字。王、姜與彙編俱無，并脫也。

蠲　美走又去遙反懸足　六六頁一二行

原卷如此，王、姜并同。案「美」蓋「善」字之誤。

莪　草名莉蔾　六六頁一四行

原卷如此，王、姜并同。案「蔾」字，全王、廣韻作「葵」，當據改。

○五肴韻

五肴　六九頁一行

原卷「五」字殘，王同。姜與彙編同，并補「五」字。

怓　乱　六九頁七行

原卷「一」作「心」。王、姜并作「心」。案當作「心」。彙編殘。

蛸　蟏蛸虫名喜子　六九頁九～一〇行

原卷作「蛸　蟏蛸虫名喜子」。王與彙編同。姜从虫之字并从虫。案「蟏」字當从全王、廣韻作「蟏」。

犛　牛名又力之反　六九頁一一行

原卷正文作「犛」。王、姜與彙編同。案當作「犛」。又原卷「力」作「刀」，王作「力」，姜作「力」，案當作「力」。又原卷「力之」下當補一「反」字。

**包** 交く裹反 六九頁一二行

原卷切語上字殘。王空白。姜作「布」。案全王、廣韻并切「布交」。又原卷注文末當有韻字數，蓋殘，當補「一」字。

**邑** 六九頁一三行

原卷如此，王、姜并同。案當作「䍖」。

**⿰目巢** 身中聲側交反三 六九頁一六〻一七行

原卷「身」作「耳」，王、姜并同。彙編誤。

**⿺走周** 趙く躍趙字竹盲反 六九頁一七行

原卷「⿺走周趙く」在行末。案「躍」字上當从王一、王二補一「跳」字。

**⿱艹樔** 耳く 六九頁一九行

原卷如此，王、姜并同。案「耳」蓋「取」字之誤。

**敼** 五交反又苦調反一 六九頁二一行

原卷正文作「敼」。王、姜并作「敼」。案「五交反」與本韻「聱」字同音，此蓋後增字也。

○六豪韻

**豪** 〻狭胡刀反五 七一頁一行

原卷如此，王、姜并同。案「狭」當作「俠」。

**槔** 枯〻 七一頁五行

原卷如此。王、姜「枯」并作「枯」。案「枯」蓋「桔」字之誤。

**橯** 取 七一頁八行

原卷正文作「橯」，姜同。王與彙編同，并誤。

[辶牜犮] 牛行 一七一頁一四行

原卷如此，汪、姜并同。案當从汪一、汪二、全王作「[牛犮]逢牛行」。

稻 子〻乃稻。稻周書云師乃稻　活反 一七一頁一四～一五行

原卷二「稻」字并作「稻」。汪、姜與彙編同。案此二「稻」字及二「稻」字并當从手旁。又原卷「字」上有「〻」。汪、姜與彙編俱無，并脫也。

鰠 魚名 一七一頁一八行

原卷如此，汪、姜并同。案汪一、汪二、全王、廣韻并無「子」字，疑此本誤衍。

潘 折米 一七一頁一九行

原卷如此，汪、姜并同。案「折」當作「淅」。

袍 薄襃反 一七一頁一九行

原卷正文作「袍」。汪、姜與彙編同，并誤。又原卷「褒」作「𧛞」。汪作「𧛞」。姜作「𧛞」。案當作「褒」或「襃」。

𧛞 慱毛反 一七一頁一九～二〇行

原卷如此，汪、姜并同。案正文當作「褒」。「慱」當作「博」。

燾 覆〻 一七一頁二一行

原卷如此，汪同。姜「覆」作「復」，誤。

逃 一七一頁二一行

原卷作「逃」，蓋即「逃」字。汪、姜與彙編同。

獒 犬 一七一頁二六～二七行

原卷正文作「獒」。汪、姜與彙編同。案當作「獒」。又注文，汪一同。汪

仁、全王、廣韻并作「犬高四尺」。

鏕 釜同 七二頁二九行

原卷「釜」殘作「𠂉」。王與彙編同。姜作「𣪻」。案當作「𨱎」。又原卷正文當作「鑣」、「同」當作「銅」。

幓 所以理髮 又七搖反 七二頁三三行

原卷「所」「又」在次行首，并殘上半。王、姜與彙編均已補全。案正文當作「幧」。又「理髮」二字，王一、王二、全王、廣韻并作「裹髻」。

○七歌韻

歌 或單作並樂 古娥反七 七三頁一行

原卷如此，王、姜并同。案「作」下當補一「哥」字。

訸 諸合 或作和 七三頁三行

原卷如此，王、姜并同。案正文當作「訸」。

欏 木名堪缶 為萷笥 七三頁六行

原卷如此，王同。姜「缶」作「缶」。案原卷「缶」字蓋衍。

鏍 鉎鑯小釜 或作鬲 七三頁七行

原卷如此，王、姜并同。案「鑯」當作「鏍」、「鬲」當作「鬲」。

莎 草名 禾反 七三頁八行

原卷「名」下有「蘇」字，王、姜并同。彙編脫。又原卷注文末有「七」字。王、姜與彙編俱無，并脫也。又王「禾」作「未」，誤。

窠 七三頁八行

原卷作「窠」有刪去符號。姜作「窠」。王與彙編同，脫刪去符號。

䔝 〻按 七三頁九行
原卷「按」作「按」，蓋即「按」字。任作「按」，姜作「按」，并誤。

科 〻段苦和〻反七 七三頁一一～一二行
原卷「段」作「叚」。任、姜與彙編同。案當作「段」。

蝌 蚪〻斗 七三頁一三行
原卷「斗」作「斗」。任、姜與彙編同。案當作「蚪」。

倭 東海中女王国与和反二 七三頁一三～一四行
原卷「与」作「与」。任、姜與彙編同。案當作「烏」。

瑳 玉名 七三頁一四行
原卷如此，任、姜并同。案任一、任二、廣韻注文并作「玉色」，當據改。

䪻 日頭白或作皤 七三頁一七行
原卷如此，任、姜并同。案「日頭白」當作「白頭皃」。

摩 研莫波反石 七三頁一七行
原卷如此，任同。姜「石」作「五」。案原卷「石」蓋「五」字之誤。

哦 吟美 七三頁二三行
原卷作「哦吟美」，任、姜并同。案「美」當作「哦」。又任一、任二、全王、廣韻注文并作「吟哦」，當據改。

羅 盧何反三 七三頁二五行
原卷如此，任同。姜無「三」字，蓋脫。

牠 牛無角徒何反一 韃〻鞋無反語一 七四頁三〇行
原卷此二字訓列下文「按」「⿰阝朵」二字訓之間，姜同。任誤置於此，并標識之。彙編未更正，仍誤置如此。

○八麻韻

斜 中谷名又似嗟反 七七頁二行 原卷「中」上一字作「𧙗」。伍、姜并空白。案當作「褒」。

擨 七七頁三行 原卷作「櫯」，姜同。伍作「擨」。案當作「擻」。

嗟 子邪反一 七七頁三行 原卷注文作「子二邪反」，伍、姜并同。案當作「子邪反二」。

蛇 毒虫食遮反案文作蛇一 七七頁四行 原卷如此，伍同。姜無「一」字，蓋脫。

華 户化反五 七七頁四行 原卷如此，伍、姜并同。案「化」在去聲禡韻，原卷「化」蓋「花」字之誤。

鏵 〻鍫又作鍜 七七頁四行 原卷如此，伍、姜并同。案「鍜」蓋「鋘」字之誤。

爪 古華反四 七七頁五行 原卷如此，伍、姜并同。案正文當作「瓜」。

骻 〻骳以體予人 七七頁六行 原卷如此，伍、姜并同。案「予」當作「柔」。

茄 〻藕卷蘆菜吹 七七頁七行 原卷如此，伍、姜并同。案「吹」字下，伍二、全王有「之」字，當據補。

猳 豕圡 一七七頁七行
原卷「圡」作「圡」，王、姜并同。案當作「牡」。又原卷正文當作「猳」。

枷 枷〻鎖，又連枷，打聲。一七七頁八行
原卷「打」作「朾」，王同。姜作「朾」。案當從手作「打」。又原卷「打」下殘存作「穀貝」，當係「穀具」之殘文也。王、姜、彙編并作「聲」，蓋誤。

豝 豕 一七七頁一一～一二行
原卷如此，王、姜并同。案正文當作「豝」。

紗 曰：盧綃一 一七七頁一三行
原卷如此，王、姜并同。案「盧」當作「纑」。

沙 文〻 一七七頁一三行
原卷「文」作「大」。王、姜與彙編同。案原卷「大」當作「文」。

衙 縣名，在馮翊。一曰衙府。一七七頁一三行
原卷如此，王同。姜「名」作「石」，誤。

⿱宀余 ⿱宀余⿱穴亞，宅加反，五。一七七頁一四～一五行
原卷如此，王、姜并同。潘師校姜書云：「原卷「⿱穴亞」作「⿰口⿱穴亞」，蓋涉左行「加」字之右半「口」而失也。」（註九）

茶 苦葉，又⿱艹夏麻反。一七七頁一五行
原卷注文作「苦葉又度麻反」。王作「苦葉又⿱艹夏麻反」，姜作「苦葉又⿱艹夏麻反」，并當據原卷改。

衺 不正或作斜 似嗟反二 一七七頁一六行

原卷如此，汪同。姜「嗟」作「差」，誤。

窊 凹爪反 馬二 一七七頁一六～一七行

原卷「馬」作「馬」，蓋「鳥」字也。汪、姜與彙編同，并誤。又原卷正文當作「窊」、「爪」當作「瓜」。

洼 深又於 加反 一七七頁一七行

原卷「加」作「佳」。汪、姜與彙編同，并誤。

琶 〻琶 一七七頁一八行

原卷注文作「樂器」。汪、姜與彙編同，并誤。

侘 傺失意皃 勑〻加反一 一七七頁一八行

原卷「意」作「志」。汪、姜與彙編同。案「失志皃」，全王同。王二、廣韻作「失意皃」。

齖 齧容加 反一 一七七頁二〇行

原卷正文作「齖」，汪、姜并同。案當作「齖」。原卷「齧」作「齧」。姜作「齧」。案當作「齧」。又此李「容」字當從王二、全王作「客」。

〇十一陽韻

陽 日出暘谷 桉文暘 一八〇頁一行

案原卷「文」下當補一「作」字。

瘍 頭創 一八〇頁三行

原卷「創」作「瘡」。汪、姜與彙編同，并誤。

騔 馬頭日騔 八〇頁四行
原卷「日」作「曰」，王、姜并同。彙編誤。

䫶 蚉又力向反 八〇頁六行
原卷如此，王、姜并同。案正文，王二、全王、廣韻并作「⿺風退」。集韻：「⿺風退，或从良」。又原卷「蚉」蓋「北風」二字之誤。

房 前符方反三 八〇頁一〇行
原卷「符」作「苻」。王、姜與彙編同。案「房」字，王一訓作「傍室」，王二作「室也」，全王作「室」，廣韻作「房室」，并無訓「前」者，此本有誤。

章 諸良 八〇頁一一行
原卷注文殘存作「諸良」，左行殘。王、姜并同。案當補「反九」二字，即作「諸良反九」。

橿 一名檍万年木一曰鋤橿 八〇頁一六行
原卷如此，王、姜并同。案原卷「名」上脫一「一」字。

蠒 蚕白死 八〇頁一七行
原卷如此，王同。姜「蚕」作「蚕」。案王二、全王、廣韻「蚕」作「蠶」，案「蚕」為「蠶」之俗體。

穰 以于攘又而亮反 八〇頁二〇行
原卷正文作「穰」，王、姜并同。案正文當作「攘」，「于」當作「手」。

瀼 露濃白 八〇頁二一行
原卷正文作「瀼」，王、姜并同。案「白」當作「皃」。

纕 馬腹帶圜器懷扶纓纕 八〇頁二五～二六行 原卷正文作「纕」。王、姜與彙編同。案「圜器」蓋「國語」二字之誤。

驤 馬縢躍 八〇頁二六行 原卷如此，王、姜并同。案「縢」當作「騰」。

茝 草端 八〇頁二八～二九行 原卷如此，王、姜并同。案王一、王二、全王「茝」并訓作「草名」；「芒」并訓作「草端」。此本脫「茝」字之注文及正文「芒」字。

邛 縣名在沛郡一日邛山洛北 八一頁二九行 原卷「日」作「曰」，王、姜并同。彙編誤。又原卷「浴」作「洛」，姜同。王作「洛」，彙編遂誤作「浴」矣。

瓤 爪少實又如羊反 八一頁三〇行 原卷如此，王、姜并同。案正文當作「瓤」、「爪」當作「瓜」。又原卷「少」蓋「內」字之誤。

裝 治又側亮反 八一頁三一～三二行 原卷正文作「裝」。王與彙編同。姜作「裝」。案當作「裝」。

槍 拒 八一頁三六行 原卷如此，王、姜并同。案正文當从手作「搶」。

蹌 和鳴蹌；又病羊反 八一頁三六行 原卷如此，王同。姜「病」作「疾」。案原卷「病」蓋「疾」字之誤。

牄 鳥名 八一頁三七行 原卷如此，王、姜并同。案正文當作「牄」。又注文，王一、全王并作「鳥獸來食」，王二作「鳥獸〻〻」，廣韻作「說文云：鳥獸來食聲」。此本注文有誤。

惟 怯 八一頁三八行

原卷如此，王、姜并同。案正文當作「惟」，本韻从隹之字仿此。又「怯」當作「怯」。

○十二唐韻

煻 〻煨火煨字鳥四反 八四頁一行

原卷「四」作「回」，姜同。王作「四」，與彙編皆誤。

䵢 〻鼠一日三易腸 八四頁二行

原卷注文作「三〻易腸鼠一曰」，姜同。王「曰」作「日」。案原卷「曰」蓋「月」字之誤。又原卷「三易腸」當作「三易腸」。

槽 髑〻 搒 八四頁二行

原卷「搒」作「揬」。姜作「揬」。王與彙編同。案原卷「揬」即「揬」字。王與彙編并誤。又原卷正文當作「搪」。

桹 桄榔句並桹木名 八四頁五行

原卷如此，王、姜并同。案「並桹」二字誤倒。又「榔」「桹」二字同。

䯁 骯䯁股肉骯字莔光反 八四頁六～七行

原卷「莔」作「苦」。王、姜與彙編同，并誤。

剛 八四頁一一行

原卷如此，王同。姜作「剛」。案當作「剛」，本韵从岡之字仿此。

卷七 八四頁一三行

㱂 穀不謂之㱂 八四頁一三～一四行

原卷如此，王、姜并同。案正文，王一、王二并作「⿳十吅亡」，當據改。廣韻作「⿱吅亡」，下出「喪」字，注云：「上同。」

原卷「不」字下殘存一字。王空白。姜作「化」。案當據王一、王二、全王、廣韻補作「升」。

遑 急 八四頁一五行

原卷如此，王、姜并同。案注文當作「急」。

鱑 八四頁一八行

原卷此字下尚殘存「篁口」。王作「篁 」。姜作「篁藂〻」。當以王一、全王、廣韻作「篁竹叢」。

洸 古皇反七 洸 水名又烏光反 八四頁一九行

原卷如此，王、姜并同。案當作「光 古皇反七 洸 水名又烏光反」。

⿰車黃 車上撗木 八四頁二〇行

原卷「上」作「下」，姜同。王與彙編同，并誤。又原卷「撗」字，王同。姜作「橫」。案當作「橫」。

行 位 八四頁二四行

原卷如此，王、姜并同。案「位」字，王一同。當作「伍」。

⿰骨光 〻骨苦光反一 八五頁三〇行

原卷如此，王、姜并同。案「骨」當作「⿰骨良」。

○十三庚韻

更 古孟反 八七頁一行

原卷注文作「古又✓孟反」，王同。姜作「古又孟反」。案「✓」為乙倒符號。姜作「／」，誤。又彙編脫「又」。

逕　徑兔　八七頁一行

原卷注文作「徑兄」。姜作「徑兑」。王與彙編同。案當作「徑兔」。

鄗　八七頁二行

原卷如此，王、姜并同。案當作「鄗」，本韻从邑之字仿此。

横　胡盲反　八七頁三～四行

原卷如此，王、姜并同。案當正文當作「横」。

鐄　大鐮　八七頁四行

原卷如此，王、姜并同。案「鐮」蓋「鐘」字之誤。

颹　颸颹風皃　八七頁五行

原卷如此，王、姜并同。案「颸颹」，王一、王二、全王、廣韻作「颹颸」。

膨　蟚〻似蟹而小　八七頁七行

原卷如此，王、姜并同。案「膨」字，王一、王二、全王并訓作「膨脝，脹皃」；「蟚」字，全王、廣韻并訓作「蟚蜞，似蟹而小」。此本脫「膨」字之注文及正文「蟚」字。

傖　林〻　助庚反三　八七頁一〇～一一行

原卷「林」作「林」，案當作「犾」。王、姜與彙編同，皆誤。

瑛　玉名　八七頁一三行

原卷如此，王、姜并同。案「玉名」，王一、王二、全王、廣韻并作「玉光」。疑「名」為「光」字之誤。

磅 小石落聲 撫庚反 四 八七頁一三行

原卷如此，汪、姜并同。案「撫」字微母，韻鏡「磅」字列開口二等次清，疑「撫」為「撫」字之誤。

䳢 䳢鳴 似鳳 八七頁一六行

原卷如此，汪、姜并同。案「䳢」當作「鶊」、「風」當作「鳳」。

榮 祭名 四 八七頁一七行

原卷如此，汪、姜并同。案「榮」字，汪一、汪二注文并作「永兵反，華美」，全王訓作「永兵反，美」；「禜」字，全王、廣韻并訓作「禜名」。此本脫「榮」字之注文及正文「禜」字。

蠑 蝪〻蚖蚚別名 八七頁一八行

原卷如此，汪同。姜从虫之字并从虫。案原卷「蚚」當作「蜥」。

瑩 玉色詩云玩耳秀瑩又烏定反 八七頁一八行

原卷如此，姜同。汪「瑩」字上有「色」，蓋誤書後又圈去。案詩云者指衛風淇奧詩也。又「玩耳秀瑩」當作「充耳琇瑩」。

兵 甫榮反一 八七頁一八行

原卷如此。汪「榮」作「榮」。姜作「禜」，誤。

兄 詩榮反一 八七頁一九行

原卷「詩」作「許」。汪、姜與彙編同，并誤。

珩 佩玉 八七頁二二行

原卷注文殘存作「玉[illegible]」。汪、姜與彙編同。案當係作「玉佩上」，據汪二、全王、廣韻補。

○十四耕韻

耕　黎古莖反一　一八九頁一行

原卷如此，王、姜并同。案原卷「黎」當作「犂」。

鞶　車鞕　一八九頁一行

原卷如此，王、姜并同。案正文當作「鞶」。又「鞕」字當从王二、全王、廣韻作「鞭」。

牼　牛骨宋有司馬牼　一八九頁一行

原卷「馬」作「空」。王、姜與彙編同。案當从廣韻作「馬」。

笐　竹　一八九頁二行

原卷如此，王、姜并同。案正文當作「[illegible]」。

紘　寇卷　一八九頁二行

原卷如此，王同。姜「寇」作「冠」。案原卷「寇」當作「冠」。

紹　田網　一八九頁二行

原卷「田」作「网」。王、姜與彙編同，并誤。又原卷正文當作「紭」。

玎　玉〻琤　一八九頁三行

原卷如此，王、姜并同。案廣韻、集韻「玉」下有「聲」字，當據補。

罌　瓦器口又鷪鳥或作莖反七　一八九頁三～四行

原卷「口」殘。王空白。姜作「口」。案王二、全王并作「或作罃」。惟今本說文「罌」「罃」二字。疑「或作罃」三字有誤。

崢　〻嶸山峻七耕反三　一八九頁四～五行

箏 草〻亂□ 八九頁五行

原卷「七」作「士」。汪、姜與彙編同，并誤。

原卷「〻口」作「口〻」，「口」殘。汪「口」空白。姜與彙編同。案汪二、全王、廣韻注文并作「箏箏，草亂」。此本當據正。

姘 齊與女交罰金四兩日姘 八九頁六行

原卷如此，汪同。姜「日」作「曰」。案原卷「日」當作「曰」。

閛 門聲翁 八九頁六行

原卷「翁」作「翁」，汪、姜并同。

訇 響 八九頁七行

原卷注文作「響訇」。汪、姜與彙編同。案注文，汪二作「水石聲」，全王作「水聲」。

楟 撞 八九頁八行

原卷如此，汪、姜并同。案正文當从汪二、廣韻作「揨」。

棚 薄〻盛又崩反 八九頁八行

原卷「盛」作「棧」。汪、姜與彙編同，并誤。又原卷正文當作「棚」。

娙 長身 貞漢武帝夫人名娙娥五莖反 八八～九九頁九行

原卷如此，汪、姜并同。案汪二、全王、廣韻「長」下并有「好」字，當據補。又原卷脫韻字數，當於注文末補「一」字。

〇十五清韻

籯 籠籯 九〇頁三行

原卷如此，汪同。姜注文作「籠〻」。

楹　柱　九〇頁四行

原卷正文作「楹」，姜同。王與彙編同。

⿰犭盈　似猿黃色　九〇頁四行

原卷正文作「⿰犭盈」。姜作「⿰犭盈」。王與彙編同。又王二注文作「似狐黃尾」（「尾」當是「色」字之誤），全王作「猩〻，似狐也」（「也」疑是「色」字之誤，且其上或下脫一「黃」字），廣韻作「似狐色黃」。

瓔〻　九〇頁四行

原卷注文殘存如此，王同。姜作「□〻」。案全王注文作「〻珞」，廣韻作「瓔珞」。此本當係作「珞〻」。

鄭　地名又直　九〇頁五行

原卷注文殘存如此，王、姜并同。案王二、全王并作「地名，又直貞反」。

檉……栟　九〇頁五行

案原卷十五清韻「檉」字下尚殘存三半行，今微卷裝訂啣接多有譌誤。甚且將二十一鹽韻至四紙韻之前大半部份，置於「檉」字與本韻所殘存之三半行間，致十五清韻與四紙韻各分割為半，頗顯混亂。

垶　土　九〇頁七行

原卷殘存作「圠□土□」。王作「垶玉」。姜作「垶玉」。案王二、全王、廣韻「垶」并訓作「赤土」。姜「土」作「玉」，誤。

頸　項臣成反又居郢反三　九〇頁七行

原卷如此，王、姜并同。案「臣」蓋「巨」字之誤。

○十六青韻

俐ゝ成　九二頁二行

原卷作「俐成」。姜作「俐成」。汪作「俐、成」。汪、彙編誤衍「ゝ」。

逹ゝ竹　九二頁三行

原卷如此。汪、姜正文并作「逹」。案原卷正文當作「達」，本韻从逹之字仿此。

聤目出汁　九二頁三行

原卷如此，汪、姜并同。案「目」蓋「耳」字之誤。

丁當經反　九二頁四行

原卷「反」下有「二」字。汪、姜俱無，與彙編并脫之。

腥豕息肉又克定反　九二頁五行

原卷「克」作「克」。汪、姜并作「克」。案當作「先」。

靈祥靈郎丁反廿八　九二頁六～七行

原卷「祥」作「神」，姜同。汪與彙編同，并誤。

聆以耳聲　九二頁一〇行

原卷「聲」上一字殘。汪空白。姜作「□」。案注文，汪二、全王、廣韻并作「以耳取聲」。此本所殘之字蓋「取」字也。

蘦菜名似蔡可茹　九二頁一〇行

原卷「蔡」作「葵」，汪、姜并同。彙編誤。

笭小ゝ籠青　九二頁一〇～一一行

原卷如此，汪、姜并同。案汪二、全王、廣韻「青」并作「箐」，當據改。

綎絲綎帶綎亦作鞓　九二頁一二行

原卷「經」作「綬」。王、姜與彙編同，并誤。

顛 眉目門 一九二頁一三行
原卷「門」作「間」，姜同。王與彙編同，并誤。

頪 肶小 一九二頁一四行
原卷正文作「頪」，王、姜并同。彙編誤。又原卷注文作「豾小」。王與彙編同。姜作「豾〻」。

屛 風反 又〻郢 一九二頁一四行
原卷「又」下尚殘一字。王未留空白。姜作「凵」。案王二、全王、廣韻又音切語上字并作「必」。

⿱艹屏 翳雨師〻名 一九二頁一五行
原卷如此，王、姜并同。案正文當从廣韻作「蓱」。

竮 〻 一九二頁一五行
原卷注文作「〻竮」，王、姜并同。案注文當从王二、全王、廣韻作「竛竮」。

扃 戶外閉 古螢反 六 一九二頁一六行
原卷「閉」下殘一字。王作空白。姜作「囗」。案當據全王、廣韻補作「關」。

鼩 鼠〻鼩 一九二頁一七行
原卷如此，王同。姜正文作「鼩」。案正文當作「鼩」。

○廿三蒸韻

蒸 象語膺反二 一九四頁一行

原卷如此，汪、姜并同。案正文當作「蒸」。又「語」疑毋，「語」蓋「諸」字之誤。

烝 次一日奉冬祭又熱氣上 九四頁一行

原卷注文作「次一日奉冬祭又熱氣上」。案此蓋寫者誤書「次一日奉」四字，乃於其旁加「¦」，表刪去。汪、姜、彙編均未刪去，蓋誤衍。

承 次一日奉署陵反二 九四頁一行

原卷如此，汪、姜并同。案正文當作「承」。

棚 盛箭器又薄登反又棧閣 九四頁五行

原卷如此，汪、姜并同。案正、注文，王一同。全王「閣」作「閤」，餘同。案詩大叔于田：「抑釋棚忌。」毛傳云：「所以覆矢。」廣雅釋器：「棚，矢藏也。」廣韻「棚」訓作「說文曰：所以覆矢也。詩云：抑釋棚忌」；「棚」（在十七登韻）訓作「棚閣，又薄庚切」。「棚」「棚」二字。疑陸書此正文作「棚」，字誤為「棚」，遂增「又薄登反又棧閣」諸字，此本沿之。

勝 任人書證又作勝反 九四頁七行

原卷「人」作「又」，姜同。汪與彙編同，并誤。又原卷「勝」作「勝」，姜同。汪作「勝」。

矝 九四頁八行

原卷如此，汪、姜并同。案當作「矜」。

嶶 呂陟陵反二 九四頁八行

原卷「呂」作「召」。汪作「吕」。姜作「呂」，并誤。

僙 宣揚義事 一九四頁一〇行

原卷如此，王、姜并同。案「義」字當从王二、全王、廣韻作「美」。

○廿四登韻

登 一九五頁一行

原卷如此，王、姜并同。案當作「登」。本韻从登之字仿此。

楞 四方木字或作稜盧登反三 一九五頁一行

原卷如此，王、姜并同。案正文當从廣韻作「楞」。又「稜」為「棱」之俗寫。

矰 戈䠶矢 一九五頁二行

原卷如此。王、姜「戈」并作「弋」。案原卷「戈」當从廣韻作「弋」。

揯 急淮南子曰大絃揯則小絕古恒反二 一九五頁五行

原卷「淮南子曰」作「淮南曰子」，有乙倒符號。王作「淮南曰子」，姜作「淮南曰子」，并脫乙倒符號。彙編則逕乙正之。

縆 索〻 一九五頁五行

原卷殘存作「縆索」。王、姜與彙編同。案王二、全王、廣韻「縆」并訓作「大索」。此本當係作「縆大索」。

○十七尤韻

尤 雨求反七 一九六頁一行

原卷如此，王同。姜正文作「尤」。案正文當作「尤」，本韻从尤之字仿此

枕 木名按說文原無點 一九六頁一行

原卷「原」作「尢」。王、姜與彙編同。案正文當作「杌」。

鄾　地名在鄧　九六頁四行
原卷「地」作「邑」。王、姜與彙編同，并誤。

鼬　食竹根鼠又力欠反一　九六頁九行
原卷如此，王同。姜「欠」作「久」。案原卷「欠」字，當以王一、全王作「久」。又原卷注文末衍「一」字。

宂　不〻豫　九六頁一二行
原卷如此，王、姜并同。案正文當作「宂」。又「不」字下，當以王一、王二、全王、廣韻補一「定」字。

蕕　蕕董　九六頁一四行
原卷如此，王、姜并同。案「董」蓋「薰」字之誤。

鮂　鳥化為魚項上有細骨如鳥毛　九六頁一五行
原卷上「鳥」字作「烏」。王、姜與彙編同，并誤。

𢓭　補息流反　四　九六頁一六～一七行
原卷如此，王、姜并同。案「補」蓋「脯」字之誤。

觹　足布流反四　九六頁一九行
原卷「布」作「市」，王、姜并同。彙編誤。

葇　香葇　九六頁二一行
原卷如此，王、姜并同。案王二注文作「香草」，全王作「香葇草」，廣韻作「香葇菜」。此本「柔」當作「葇」，其下脫一字。

蓲　烏蓲草名又央富反　九六頁二二行

原卷「鳥」作「烏」，姜同。王與彙編同，并誤。又原卷「富」作「冨」。王、姜與彙編同。案當作「富」。唯又音，王一、王二并作「央留反」，全王作「盎富反」。

啾　子由反一　九六頁二三行

原卷如此，王、姜并同。案「子由反」與本韻「遒」字切語「即由反」音同，蓋後增字也。廣韻「啾」「遒」同音「即由切」。

鍑　負〻馬　九六頁二六行

原卷如此，王、姜并同。案「負」蓋「耳」字之誤。

廋　論語人焉廋人哉　九六頁二六行

原卷無下「人」字，姜同。王與彙編同，并衍此「人」字。

……　〻屋懸在狀風　九七頁三三行

原卷正文殘。案當係「盩」字。又原卷「屋」作「屖」，王、姜并同。彙編誤。

桴　齊人云屋棟　九七頁三七行

原卷如此，王、姜并同。案正文當作「桴」，唐寫本偏旁扌木常不分。下文「抱」字，亦當作「枹」。

求　九七頁三四行

原卷如此，王、姜并同。案當作「求」。本韻从求之字仿此。

謀　莫侯反十二　九七頁四〇行

原卷「侯」作「候」。王、姜與彙編同。案王一、王二、全王、廣韻反語并切「莫浮」。

雺 天氣降地氣不應又不貢反　九七頁四〇～四一行

原卷下「不」字作「真」，王、姜并同。彙編誤。又原卷下「氣」字蓋衍。

○十八侯韻

⿰忄侯 射張布　一〇〇頁二行

原卷如此，王、姜并同。案正文當作「帿」，唐寫本偏旁忄巾常不分。

鯸 ：鮉魚名　一〇〇頁二行

原卷「鮉」作「鮎」，蓋「鮐」字也。王作「鉊」，姜與彙編同，并誤。案王一、王二、全王注文并作「鯸鮐魚」。

⿰黑需　一〇〇頁四行

原卷如此，王、姜并同。案當作「⿰黑需」。本韻从需之字仿此。

嬬 女巧點又且苟　一〇〇～一〇一頁一行

原卷如此，王同。姜「點」作「黠」。案原卷「點」蓋「黠」字之誤。

緰 紫　一〇一頁一行

原卷如此，王、姜并同。案注文，王一同。王二作「紫布」，全王作「布」，廣韻作「布也」。此本、王一「紫」下當補一「布」字。又今本說文「緰」訓作「緰貲，布也」。此本、王一、王二「紫」當作「貲」，「貲」「⿱此巾」同。

創 副創足筯　一〇一頁一一行

原卷如此，王、姜并同。案「筯」當作「筋」。

句 ：龍　一〇一頁一二行

原卷如此，王同。姜注文作「龍」，脫「：」。

唆 輕言言 一〇〇頁一五行 原卷上「言」字作「出」，王、姜并同。彙編誤。又正文當作「唆」。

劉 細斷組鉤反一 一〇〇頁一六行 原卷「組」作「徂」。王、姜與彙編同，并誤。

○十九幽韻

觩 〻名 一〇二頁二行 原卷正文作「⿰角氺」。王、姜與彙編同。案當作「觩」。又原卷注文當是「匕曲」或「匕角」之誤。

滮 水流彪反 一〇二頁四行 原卷注文作「水流狀彪反一」，王、姜并同。彙編脫「流」「一」二字。

⿱敖乚 一〇二頁四行 原卷作「⿱敖乚」。王、姜并作「⿱敖乚」。案當作「聱」。

体 許彪反一 一〇二頁五行 原卷如此，王、姜并同。案正文，王二、全王并作「休」，廣韻作「烋」。全王注文作「許彪反，美，加火失」，惟集韻「香幽切」下「休」注文云：「通作烋」。又「許彪反」與「飍」字「香幽反」音同，此蓋後增字也。

○廿侵韻

……枝長又口金反 一〇三頁三行 原卷殘存作「長又金反」。王、姜并存「枝長又金反」五字。案此當係「琴」字之殘存注文。王一注文作「木枝長，又所金反」，王二作「木枝長，又所林反」，全王作「木枝長，又所今反」。

琛 青〻　一〇三頁四行

原卷正文作「睬」。汪、姜與彙編同，并誤。又原卷「青」蓋「賮」字之誤。

碪 擣衣石林反　一〇三頁六行

原卷「反」字下尚殘存「卜」，蓋韻字數也。汪、姜并空白。案原卷脫切語上字。汪二、全王、廣韻并切「知林」。

……息林反二　一〇三頁七～八行

原卷正文殘。汪、姜并存此四字。案正文當係「心」字。

○九覃韻

鄿 潭〻城在南　一〇五頁一行

原卷如此，汪、姜并同。案「在潭南」當从汪二、全王作「在濟南」。

蟫 衣中皃魚　一〇五頁二行

原卷如此，汪、姜并同。案原卷「皃」蓋「白」字之誤。

壜 舥屬　一〇五頁二～三行

原卷「舥」作「瓨」。汪、姜與彙編同。案當从汪一、汪二、全王、廣韻作「甒」。

糧 粽〻　一〇五頁三行

原卷如此，汪、姜并同。案汪二注文作「糧糝」，廣韻作「糝」。此本「粽」蓋「糝」字之誤。

傪 〻好皃　一〇五頁三行

原卷注文作「[illegible]好皃」。汪、姜并作「〻好皃」。案注文當作「好皃」，蓋寫者誤書「⿺走覃丿」後，又於其下補書「好只」，而僅塗去「⿺走覃」字，致誤衍「丿」。又正文當作「修」，本韻从彖之字仿此。

柵 水〻 一〇五頁四行

原卷如此，姜同。王正文作「柟」。案正文當作「枏」，俗作「柟」。廣韻作「柟」，下出「楠」，注云：「俗。」又注文，王一作「木名」，王二作「木名，亦楠」，全王作「木名，可作舩」，廣韻作「木名，又人詹切」。此本作「水〻」，蓋誤。

簪 作含反又側岑反 一〇五頁七行

原卷注文末有「三」字，姜同。王未「反」字下為欄框，未辨其有否「三」字。彙編脫。

戡 剪〻 一〇五頁一〇行

原卷如此，王、姜并同。案「剪」當作「翦」。

⿰酉今 紅面 一〇五頁一〇行

原卷如此，王、姜并同。案正文當作「⿰酉含」。

馠 香〻 一〇五頁一〇行

原卷「〻」作「小」。王、姜與彙編同，并誤。

弇 一〇五頁一一行

原卷如此，王、姜并同。案當作「弇」。

淦 一〇五頁一一行

原卷作「淦」，蓋「淦」字。王、姜與彙編同，并誤。

〇十誤韻

鑑 驟騣踈白　一〇六頁四行

原卷「白」作「皃」。王、姜與彙編同，并誤。

𤬩 𤭛苦反𤭛字〻無甫反一　一〇六頁五行

原卷二「𤭛」字并作「𤭛」，王、姜并同。案并當作「甒」。又原卷脫切語下字，王二、全王、廣韻反語并切「苦甘」。

蛊 桒上菜虫　一〇六頁六行

原卷如此，王、姜并同。案注文，王二、全王并作「桒菜上虫」，廣韻作「桑蠱」。

蚶 蚌屬出會稽大談反三　一〇六頁七行

原卷「大」作「大」，似「火」字，又似「大」字。王作「𡗕」。姜作「大」。案當作「火」。

## 〇廿一鹽韻

憮 惉〻　一〇七頁二行

原卷注文作「八惉〻」。王與彙編同。姜作「八惉〻」。案此為「廉」紐下之字，不應有韻字數，「八」字不詳。

韱 七廉反六　一〇七頁三行

原卷如此，王、姜并同。案正文當作「籤」。

槧 削板又才敗反　一〇七頁四行

原卷如此，王、姜并同。案「敗」當作「敢」。

詹 有職廉〻反四　一〇七頁四行

原卷「有」作「有」。王、姜與彙編同。案當作「省」。又正文當作「詹」。

。下文「瞻」當作「瞻」。

蟾　〻蝫蝦蟵　一〇七頁五行

原卷如此，王同。姜正文作「蟾」。案正文當作「蟾」，本韻从詹之字仿此。又「蝫」當作「蠩」。「蟵」字，王一、王二、全王（「蝦」「蟇」二字誤倒）并作「蟇」，廣韻作「蟆」。

銛　〻利息廉反八　一〇七頁五行

原卷正文下有「蚙」，蓋寫者誤書「虫」後，於其旁加「氵」表刪去。王作「蚙」，姜作「蛉」。王尚不誤，姜則誤甚矣。

遷　人名　一〇七頁五行

原卷如此，王、姜并同。案王二、全王注文并作「進」，刊作「日光，又進」，廣韻作「日光，進也」，均與此本異。

襳　小襦　一〇七頁六行

原卷如此，王同。姜「小」作「く」，誤。案正注文當作「襳小襦」。本韻从韱之字仿此。

棎　草似柰而酸視詹反一　一〇七頁七行

原卷如此，王、姜并同。案正文當作「棎」。又「柰」字，廣韻同。王一、全王并作「㮈」，刊作「榛」。

苫　草覆失廉反二　一〇七頁七行

原卷如此，王同。姜「覆」作「復」，誤。

秥　〻麹女廉反一　一〇七頁一〇行

原卷如此，王、姜并同。案正文當作「粘」或「黏」。

炎　々熱于廉反又餘舍反一　一〇七頁一〇行

原卷「含」作「念」，王、姜并同。彙編誤。

淹　英廉反三　一〇七頁一一行

原卷正文作「滝」。王、姜與彙編同。案當作「淹」。

沾　々預字　一〇七頁一一行

原卷如此，王同。姜「頪」作「頪」。案原卷「預」蓋「預」字之誤。惟「預」字不詳，疑是「漬」字之誤。王一、全王注文并作「沾預」，王二作「沾預字」，廣韻作「水名，在上黨」。龍氏校箋云：「切三、王二預下有字字，本書（指全王）霑字注文濕下有字字，蓋別霑沾二字之異用，疑預是漬字之誤。」（註十）

⿰忄咸　々倚意女丘廉反一　一〇七頁一二行

原卷「意」下尚殘一字。王空白。姜作「口　」。案「意女」當作「意不安」，據全王、廣韻補正。

瀐　水泉出　一〇七頁一三行

原卷注文作「氵泉出」，有乙倒符號。王、姜、彙編并脫「∨」。又正文當作「瀸」。

戳　一〇七頁一三行

原卷如此，王、姜并同。案當作「⿰口韱」。

潛　作鹽反五　一〇七頁一三～一四行

原卷如此，王、姜并同。案此音與本韻「尖」字「子廉反」同，「作」字當从王一、王二、全王作「昨」。

箈 漂絜箐 一〇七頁一四行

原卷如此，王、姜并同。案「箐」蓋「簀」字之誤。

忴〻絹 一〇七頁一五行

原卷「絹」作「綃」。王與彙編同。姜作「緝」，誤。

〇廿二添韻

添 益他反 一〇九頁一行

原卷注文殘存作「益他口反」。王與彙編同。姜作「益口反」。案當係作「益他口反一」。又王二、全王、廣韻反語并切「他兼」。

髻 廉〻髮丁反四 一〇九頁一行

原卷如此，王同。姜「廉」作「兼」。案「廉」字，全王同，當是「兼」字之誤。

貼 目垂 一〇九頁二行

原卷注文作「目垂又丁念反」。姜作「目垂又丁念反」，不誤。王與彙編同，并脫「又丁念反」四字。

甜 甘徒廉反四 一〇九頁二行

原卷如此，王同。姜「廉」作「兼」。案原卷「廉」蓋「兼」字之誤。

湉 水靖 一〇九頁二、三行

原卷如此。王、姜正文并作「湉」，蓋誤。

鬑 鬢髮踈勒薕反二 一〇九頁三行

原卷如此，王、姜并同。案「薕」當作「兼」。

謙 古薫反一 一〇九頁六行

原卷「古」作「苦」。王、姜與彙編同，并誤。

○廿五咸韻

諴 至咸感神 一一〇頁二行

原卷如此，姜同。王注文作「至咸感神」。案原卷「咸」當作「諴」。

⿱歛糸 一一〇頁二行

原卷作「⿱歛糸」。王、姜與彙編同，并誤。

羬 山名 一一〇頁四～五行

原卷如此，王、姜并同。案「名」蓋「羊」字之誤。

詀 〻諵語聲竹咸反又尺〻口反詀讘耳語一 一一〇頁五～六行

原卷「口」殘。王空白。姜作「口」。案王一、王二、全王、廣韻又音并切「尺涉」。

鏨 鏨〻 一一〇頁七行

原卷「〻」作「丨」。王、姜與彙編同。案「丨」當作「小」。

鵮 物〻或鵮作兼苦咸反一 一一〇頁七～八行

原卷「兼」作「⿰兼支」。王作「兼」，姜作「鶼」，并誤。

○廿六銜韻

獑 〻猢獸名又七咸反 一一一頁二行

原卷如此，王、姜并同。案「七」字當以王一、王二、廣韻作「士」。

夂 毛長縿旗旒 一一一頁四行

原卷此二字訓間尚有殘文。王、姜并空白。彙編當以「……」示之。

芟 伐草 一一一頁四行

鑑　以：明月取水　一一一頁　四～五行

原卷如此，王、姜并同。案正文當作「芟」。原卷如此，王、姜并同。案「明」字當从王一、王二、全王、廣韻作「諸」。今本說文「鑑」訓作「大盆也，从金監聲，一曰鑑諸，可以取明水於月」段注云：「鑑諸當作鑑方諸也，轉寫奪字耳。周禮司烜氏：以夫遂取明火於日，以鑒取明水於月。注：夫遂，陽遂也。鑒，鏡屬。取水者，世謂之方諸。」（註十一）

○廿七嚴韻

⿱艹嚴　射翳　一一二頁　一行

原卷如此，王、姜并同。案正文，王一同，當从廣韻作「䉷」。今本說文「䉷」訓作「雉射者所蔽者也」。

鹼　胡被盧盧反二　一一二頁　一行

原卷下「盧」字作「嚴」，王、姜并同。彙編誤。

欦　一一二頁　二行

原卷作「⿰今支」。王、姜與彙編同。案當作「⿰今支」。

○一董韻

董　多動反六　一一五頁　一行

原卷注文作「多動反二」，王、姜并同。案當作「多動反二」。

嵸　巃嵸山皃　一一五頁　三行

原卷「皃」作「白」，王、姜并同。案原卷「白」蓋「皃」字之誤。

翁　〻鬱烏孔反四　一一五頁　三～四行

原卷「烏」作「阿」。王、姜與彙編同。

○二腫韻

寵 寵々愛丑隴反 一一六頁二行

原卷注文末有「一」字，姜同。王作「㊀」。彙編脫。

攡 一一六頁二行

原卷如此，王、姜并同。案當作「攡」，本韵从離之字仿此。

宂 一一六頁三行

原卷如此，王、姜并同。案當作「宂」。

𨣮 旁々不肖一曰偒𡾋或作擣茸 一一六頁四行

原卷「𡾋」作「𨣮」，姜同。王與彙編同。案二「𨣮」字，王二、全王同，并當从集韻作「㝑」。廣韻作「𡾋」。其「宂」字下出「𠕳」，注云：「上同。」故「㝑」字可作「𡾋」矣。

冢 一一六頁五行

原卷如此，王、姜并同。案當作「冢」。本韵从冢之字仿此。

俑 栢人 一一六頁八行

原卷如此，王、姜并同。案王二、全王并訓作「木人送葬」，廣韵作「木人送葬，設關而能跳踊故名之」，出埤蒼。案今本說文訓作「痛也」，段注云：「此與心部恫音義同。禮記、孟子之俑，偶人也。俑即偶之假借字。如喁亦禺聲而讀魚容切也。假借之義行而本義廢矣。廣韵引埤蒼說，木人送葬，設關而能跳踊，故名之俑，乃不知音理者強為之說耳。」又孟子梁惠王篇：「仲尼曰：始作俑者，其無後乎？」注云：「俑，偶人也，用之送死。」此本「栢」蓋「偶」字之誤。

尰 足病腫時穴反一 一一六頁八～九行
原卷「穴」作「宂」，王、姜并同。案當作「宂」。又「足病腫」，王二、全王、廣韻并作「足腫病」。

栱 又述云樹者 一一六頁九行
原卷「又」作「大」，姜同。王作「大」，當係「大」字。彙編遂誤作「又」。案爾雅釋宮：「樴謂之杙，在牆者謂之楎，在地者謂之臬，大者謂之栱，長者謂之閣。」杙大者謂之栱，此本注文有誤。

珙 璧又巨恭反 一一六頁一一行
原卷「璧」作「壁」，王、姜并同。彙編誤。又原卷「巨」作「臣」。王作「臣巨」，姜作「巨」。案當作「巨」。

拜 兩手 一一六頁一一行
原卷「兩」作「两」，王同。姜與彙編同。案「拜」訓「兩手」，王二、全王同，廣韻作「說文曰楊雄說廾从兩手也」。今本說文「𠬞」訓作「竦手也」；「拜」訓作「楊雄說𠬞从兩手」。則此「兩手」殆非其義，當云「竦手」。

○三講韻

拝 打或作棒步項反四 一一七頁一一行
原卷「項」作「頂」，姜同。王與彙編同。案當作「項」。又原卷正文及「捧」字并當以木作「𣏾」「棒」。

項 胡講反二 一一七頁二行

原卷正文作「頊」。王作「頊」。姜作「頊」。案當作「項」。

○四紙韻

四講古項反四紙　一一八頁一一行

原卷作「四講古項反四洪紙」，有刪去符號。王與彙編同。姜作「四講古項反四紙」。彙編誤衍「講」字訓。

跪去拜委反二　一一八頁七行

原卷注文作「去拜✓委反二」，有乙倒符號。王、姜與彙編同，并脫「✓」。

跂忼又九偽反　一一八頁八行

原卷「忼」作「抗」。王作「杬抗」。姜與彙編同。案當作「抗」。廣韻注文作「枕也」，「枕」亦「抗」字之誤。

恑憂　一一八頁九行

原卷注文作「變」，當係「變」字。王、姜與彙編同，并誤。

靃靡く身弱皃　一一八頁一〇行

原卷「身」作「草」。王、姜與彙編同，并誤。又注文，王二、全王同。廣韻「草」下有「木」字。

摞　一一八頁一一行

原卷如此，王、姜并同。案當从木作「樏」。

㩘整舟向岸又作艤　一一八頁一六行

原卷「㩘」作「㩘」、「艤」作「艤」，王、姜并同。案當作「檥」「艤」。

褫奪衣　一一八頁二〇行

邐　〻迆反氏反二　一一八頁一二三行

原卷「[illegible]」作「[illegible]」，王、姜并同。案當作「奪」。彙編誤。

徙　履不躡　一一八頁二四行

原卷如此，王、姜并同。案「躡」字下當從王一、王二、全王補一「根」字。

蓰　羅　一一八頁二五行

原卷如此，王、姜并同。案「羅」當作「籮」。

爾　〻汝或作尒兒氏反三　一一八頁二六～二七行

原卷「三」作「二」，王、姜并同。彙編誤。

芊　羊鳴一鳴楚姓　一一八頁二八行

原卷下「鳴」字作「曰」，王、姜并同。彙編誤。又正文當作「芈」。

姼　姑姼輕薄皃姑字叱陟反　一一九頁二九行

原卷上「姑」字作「姑」，王同。姜作「[illegible]」。案此字及下「姑」字并當作「姑」。

訾　一一九頁三一行

原卷作「訿」，有删去符號。王、姜并同。彙編脫「〻」。

種　擊之累反二　一一九頁三二行

原卷如此，王、姜并同。案正文當作「棰」。

𦧇　舌取物或作倉氏反舓二　一一九頁三三～三四行

原卷如此，王同。姜無「二」字，蓋脫也。又原卷「倉」清母，當從刊、王

一、王二、全王作「食」。

破 被析迟 靡皮一 一一九頁三四～三五行
原卷「被析」作「被析」。王與唐編同。姜作「被析」。案當作「披析」。

○五旨韻

栺 手 一二一頁一行
原卷正文作「栺」。王作「栺」。姜作「指」。案當作「指」。

兕 古作兕按青徐姊 文野牛而反四 一二一頁二～三行
原卷「文」字下尚殘一字，未可辨識。王、姜并空白。唐編當在「文」字下補一「口」。

泚 水名出江盧瀟縣入芍陂今謂之渒水 一二一頁六行
原卷「江盧」作「江盧✓」，有乙倒符號。王、姜并作「江盧」，與唐編并脫「✓」。又原卷「盧」當作「廬」。

厬 〈泉今作瀫 一二一頁七行
原卷「今」作「式」，王同。姜作「令」，誤。又原卷正文當作「厬」。

水 式冗反一 一二一頁一〇行
原卷「冗」作「冗」。王、姜與唐編同。案「冗」當作「宄」。

壘 塹力冗反八 一二一頁一〇行
原卷「冗」作「宄」。王、姜并作「宄」，與唐編皆誤。

虆 藤 一二一頁一一行
原卷正文作「虆」。王、姜與唐編同，并誤。

誄 讄或作 一二一頁一一行

原卷如此，汪同。姜正文作「誄」。案當作「誄」。原卷下文「耒」當作「耒」。又王一、全王「誄」并訓作「述行」，王二作「誄行」；王一、全王「讄」并訓作「禱」，亦作讄」。則此本似脫「誄」字之注文及正文「讄」。論語云：讄曰禱介于上下神祇」，惟今本說文「誄」訓作「謚也」；「讄」訓作「禱也，纍功德以求福也。論語云：讄曰禱介于上下神祇」，段注云：「讄纍雙聲。按讄施於生者以求福，誄施於死者以作謚。論語之讄曰，字當從畾。毛傳曰：纍紀能誄。字當從耒。周禮六辭，鄭司農注二字已不分矣。」則「誄」「讄」二字相混已久，「誄」可作「讄」矣。

揆 蔡癸反二 一二一頁 一一～一二行

原卷如此，汪、姜并同。案「蔡」蓋「葵」字之誤。

楑 水名 一二一頁 一二行

原卷如此。汪、姜正文并作「楑」。案注文，王一、王二、全王、廣韻并作「木名」。此本「水」蓋「木」字之誤。

趡 辶千水反二 一二一頁 一二行

原卷「辶」作「[illegible]」，未可辨識。汪、姜與彙編同。案當作「走」，或此字有音無訓。

柅 絡絲柎女履反易曰金柎 一二一頁 一二行

原卷如此，汪、姜并同。案下「柎」字當作「柅」。且原卷脫韻字數。此本注文當書作「絡絲柅女履反一易曰金柅」。

䛏 大迭鄙反 一二一頁 一四～一五行

原卷如此，汪、姜并同。案正文，王二、全王同，當以王一、廣韻作「舙」

。

蓶 似馬韭而黃可食 一二一頁一五行

原卷如此，汪、姜并同。案「韭」當作「韭」。

鱛 醫子 一二一頁一五行

原卷正文作「鱛」，汪作「鱛」。姜作「鱛」。案當作「鯖」。

歖 歖驢鳴 枍几反一 一二一頁一六行

原卷如此，汪、姜并同。案注文「歖」字下當从汪一、全王、廣韻補一「欯」字。王二亦脫「欯」字。

峗 山皃甘泉賦曰波說崔嵬而成巋 一二一頁一七行

原卷「說」作「說」，汪、姜并同。彙編誤。

薾 鐵縷所紩礼有薾冕賦几反一 一二一頁一七，一八行

原卷如此，汪、姜并同。案二「薾」字并當作「薾」。

○六止韻

似 詳理反六 一二三頁四行

原卷如此，汪同。姜「理」作「里」。

箟 竹䉜曰箟 一二三頁九～一〇行

原卷「䉜」作「䉜」，汪、姜并同。案當作「䉜」。又原卷注文「箟」作「怠」。汪、姜與彙編同。案當作「箟」。

芑 白梁粟 一二三頁一二行

原卷「梁」作「梁」。汪作「梁」。姜作「梁」。案當作「粱」。

秄 擁苗 一二三頁一三～一四行

原卷如此，王、姜并同。案「攡」當作「擁」。

〇七尾韻

扆戶牖間衣豈反五（一二五頁一行）

原卷「衣」殘存作「广」。王作「衣」。姜作「口」。案原卷「广」當係「衣」字之殘文。王一、全王切語并作「依豈反」，廣韻作「於豈切」。

蟣〻虱居豨反四（一二五頁三行）

原卷如此。王「虱」作「虱」。姜作「虱」。案王一、全王、廣韻「虱」并作「蝨」。

朏月（一二五頁四行）

原卷正文在行末，「月」字在次行首。案注文，王一、王二、全王同。廣韻作「月三日明生之名」，今本說文作「月未盛之明也」。廣雅釋詁四「朏，明也」。此本、王一、王二、全王注文當有誤脫。

餥餱曰相請食（一二五頁五行）

原卷如此，王、姜并同。案「曰」字上當補一「一」字。

暐玉〻曄（一二五頁六行）

原卷「曄」作「曅」。王作「曅」。姜作「晔」。潘師校云：『「曅」蓋「曄」字。』（註十二）

椲木名可屈為器（一二五頁七行）

原卷正文作「椲」。王、姜并作「椲」。案「器」字，王一、王二、全王并作「盂」。廣韻古逸本作「孟」，蓋誤。巾箱本、澤存堂本作「盂」。

𪖐〻鼻凡又虛反（一二五頁八～九行）

魄 於鬼反一く硯石出貝 一二五頁九行

原卷「凡」作「几」，姜同。王與彙編同，并誤。

原卷「魄」作「硯」、「鬼」作「畏」，王、姜并同。案「石出貝」，王一、王二、廣韻并作「石山貝」，全王作「山石貝」。此本「出」蓋「山」字之誤。

○八語韻

蘌 菀 一二六頁一行

原卷「菀」作「苑」，王、姜并同。彙編誤。又正文，王一、全王同，當从集韻作「蘌」。

敔 く祝 一二六頁一行

原卷「祝」作「柷」，王、姜并同。彙編誤。

圄 く令 一二六頁二行

原卷如此，王、姜并同。案「令」當作「囹」。

衙 行貝楚錚導飛輦之衙く又五加反衙反 一二六頁二行

原卷末「反」字作「府」，姜同。王與彙編同，并誤。

禦 楚 一二六頁二行

原卷「楚」作「禁」，姜同。王與彙編同，并誤。

呂 力擧反九挔躢祭亦挔 一二六頁三行

原卷此二字訓間尚有「旅く師」一字訓。王、姜、彙編并脫。

紵 麻 一二六頁五行

原卷「麻」殘存作「朩」，當係「布」字之殘文。王、姜與彙編同。案「紵」字，王一、王二、全王并訓作「布」，廣韻作「麻紵」。

汝 知与反五 一二六頁 七行

原卷「与」作「與」。王、姜與彙編同。案「知」知母，原卷「知」蓋「如」」字之誤。

茹 又而恕反飯 一二六頁 七行

原卷如此，王、姜并同。案注文，王一、王二、全王并作「熟菜，又而恕反」，廣韻作「乾菜也，臭也，貪也，雜糅也，又而恕切」。龍氏校箋引集韻注文「飤也，一曰菜茹」而謂「疑熟與乾並飤字之誤，飤、菜二義」（註十三）。

蛛 く蟦虫 一二六頁 八行

原卷「蟦」作「蝢」，姜同。王作「蟦」，與彙編皆誤。

瘣 迉云病 一二六頁 九行

原卷「迉」作「迟」。王作「迟」。姜作「区」。潘師校姜書云：『原卷「迉」作「迟」，規疑為尔疋之「疋」。』（註十四）

忬 棺衣 一二六頁 一〇行

原卷如此，王、姜并同。案「棺衣」之「忬」，當从巾旁。王一、王二「忬」并訓作「知」，全王作「知忬」。疑此本脫「忬」字之注文及正文「忬」？或此本如廣韻本韻無「忬」字，「忬」當作「忬」，而唐寫本偏旁忄巾又常不分？

褚 裝衣 一二六頁 一〇行

原卷如此，王、姜并同。案正文當作「褚」。

褚 姓 一一二六頁 一二行

原卷作此，王、姜并同。案正文當作「褚」。

巨 其呂反 十一 一一二六頁 一二行

原卷如此，王同。姜作「巨」。案當作「巨」，本韻从巨之字仿此。

炬 ㄑㄑ 一一二六頁 一三行

原卷如此，王同。姜正文作「炬」。案正文當作「炬」。又注文，王一、王二、全王并作「炬火」，廣韻作「火炬」。此本其中一「ㄑ」當作「火」。

苣 蕂磨麻蕂字書證反 一一二六頁 一四行

原卷「磨」作「歴」，姜作「歷」。王作「磨」，蓋亦「歷」字，而彙編却作「磨」。又注文，王一、全王并作「苣蕂胡麻，蕂字書證反」，王二無「蕂字書證反」五字。廣韻作「苣藤胡麻」。此本「蕂歴麻」三字有誤。

緒 次 一一二六頁 一九行

原卷如此，王、姜并同。案注文，王一作「葉」（「葉」蓋「業」字之誤），王二作「絲緒，又端」，全王作「業ㄑ」，廣韻作「基緒，說文曰：絲耑也。又姓」。

野 田俗作埜署與反又與者反一 一一二六頁 二一行

原卷如此，王、姜并同。案「埜」蓋「墅」字之誤。

紓 緩神與反又式余反二 一一二六頁 二一行

原卷「又式余反」作「式又余反」，有乙倒符號。王、姜并作「式又余反」，脫「ㄑ」。彙編則逕乙正之。

苴 履中草子与反又七余反一 一一二六頁 二二～二三行

原卷「七」作「子」。王、姜與彙編同。案又音，王二、廣韵并切「子余」，王一、全王并切「子餘」。惟「苴」字又見此本「七余反」紐下，原卷「子」字或誤。

○九麌韻

麌 牝鹿虞 巨反二 一二八頁一行

原卷如此，王、姜并同。案「巨」字在語韻，此「巨」蓋「矩」字之誤。

楀 水 一二八頁三行

原卷如此，王同。姜作「水」，當係「水」字。案原卷「水」蓋「木」字之誤。

俯 仰 一二八頁五行

原卷如此，王、姜并同。案注文，王一、全王并作「俛」，王二作「俯仰」。廣韻「頫」訓作「說文：低頭也，太史公書頫仰字如此」（今本說文下句作「太史卜書，頫仰字如此」，段注云：「卜，或作公，誤。匡謬正俗引正作卜，漢藝文志著龜十五家四百一卷，太史卜書當在其內。」）下出「俯」，注云：「上同。漢書又作俛，今音免。」此本「仰」當作「俛」。

⿱艹黼 一二八頁五行

原卷如此，王同。姜作「⿱艹黼」。案當作「黼」。

莆 莢莆堯時輙 瑞莢字山反 一二八頁六～七行

原卷下「莢」字作「莄」，姜同。王與彙編同。案二「莢」字并當作「萐」，又「瑞」字下當補一「草」字。

腐 心 一二八頁一〇行

原卷如此，王、姜并同。案「腐」字，王一、王二并訓作「朽肉」，全王作「朽腐」。「腑」字，王二、全王（誤作「腐」）并訓作「病」。此本注文有誤，且脫「腑」一字訓。

撫 安字武反七 一二八頁一一行

原卷如此，王、姜并同。案「字」當作「孚」。

俌 輔 瘦 因以飢寒死漢日因瘦死獄中 窳 病器 貐 獸名似嫗龍首能食人 瘉 病 楰 和況羽羽反三 䋣 殷冠 姁 漢高后字娥姁 豎
殊主反二 裋 獘布襦 庾 倉以主反八 弸 弓把中 拊 拍 殕 食上生白 緍 綿綿 惵 變也足 柱 直主反一 翊 鼠梓似山楸而黑

一二八頁一一～一六行

原卷「瘦 因以飢寒死漢日因瘦死獄中 窳 病器 貐 獸名似嫗龍首能食人 瘉 病 楰」與「弸 弓把中 拊 拍
殕 食上生白 緍 綿綿 惵 變也足 柱 直主反一 翊」位置互調。

王作：

俌 輔 瘐 因以飢寒死漢日因瘐死獄中 庾 倉以主反八 窳 病器 貐 獸名似貙龍首能食人 瘉 病 楰
鼠梓似山楸而黑 詡 和況反 䋣 殷冠 姁 漢高后字娥姁 豎 殊主反二 裋 獘布襦 弸 弓把中 拊 拍 殕 食上生白 緍 綿綿 惵 變也足 柱 直主反一 翊

姜順序與原卷同。唯「柱」字注文末脫「一」字。「裋」字注文「襦」作「襦」。「貐」字注文「人」作「又」。

彙編據王抄錄，致字次有誤。另校勘如下：

原卷「瘦」作「瘐」，王、姜并同。彙編誤。

原卷「瘐」字注文「漢日」作「漢曰」。王、姜與彙編同，并誤。

原卷「貐」字注文「嫗」，王、姜并同。案當作「貙」。

原卷「貐」字注文「食人」作「食又」，姜同。王與彙編同。案當作「食人」。

原卷「裋」字注文「襞布襦」，王同。姜作「襞布襦」。案當作「襞布襦」。又原卷正文當以衣作「裋」。

○十姥韻

芏 似莧生海邊 一三○頁二行

原卷如此，王、姜并同。案「莧」字，王一、王二、全王同，當以廣韻作「莞」。

鹵 薄々 一三○頁四行

原卷正文作「卤」。王作「卤」。姜與彙編同。案當作「鹵」。又「薄」字，王一、王二々全王同，當以廣韻作「簿」。

睹 見俗作覩當古反 一三○頁四、五行

原卷如此，王同。姜「古」作「有」，誤。

睹 詰旦欲明 一三○頁五行

原卷如此，王、姜并同。案「旦」當作「旦」，此蓋避睿宗諱也。

皷 動皷鐘 一三○頁六行

原卷「鐘」作「鐘」，王、姜并同。案王二「皷」訓作「動鐘々」（「動」字蓋衍），全王訓作「動」。王二「鼓」訓作「動」，全王「鼓」訓作「鐘々」。龍氏校「皷」「鼓」二字云：「皷即鼓字，俗以鼓鼓形近，以皮以与鼓別。此當以王二鼓下云鐘々，王二鐘上衍動字。鼓下云動。」（註十五）則此本上「皷」字當作「鼓」。

午　日中　一三〇頁八～九行

原卷如此，伍、姜并同。案王二、全王注文并作「日正中」。此本「日」字下脫一「正」字。

虎　呼古反　虎文山獸之君　足似人足故足下安人　此凡是卽古人字音人四　一三〇頁一〇～一一行

原卷「凡」作「几」，姜同。伍作「凡」，蓋「几」字也，彙編遂誤作「凡」。又原卷「是卽」二字，伍同。姜作「卽是」。

瑪　石亻ㄑ玉　一三〇頁一二行

原卷「亻ㄑ」作「似」，伍、姜并同。彙編殘。

○十一薺韻

蠡　吾縣名ㄑ在涿郡越有范蠡　一三二頁一～二行

原卷「越」上有「亦」字。伍、姜與彙編同，并脫此「亦」字。又原卷二「蠡」字并作「蠡」，伍、姜并同。案當从王二、全王、廣韻作「蠡」。又王仁注文與此本同（「范蠡」作「范ㄑ」），全王「郡」下無「亦越有范蠡」五字，廣韻「郡」下作「又彭蠡澤名」。此本、王二「亦」字下當補「人名」二字。

底　下一日止　一三二頁四行

原卷「日」作「日」，當係「曰」字。伍、姜并作「曰」。彙編誤。

詆　詞ㄑ　一三二頁四行

原卷如此，伍同。姜正文作「詆」。案注文，王二、全王并作「詆訶」，廣韻作「呰也，訶也」。此本「詞」蓋「訶」字之誤。

嬭　楚人呼母　一三二頁五行

原卷「[艹夷]」字不可辨識。王、姜與彙編同。案王二、全王、德、廣韻并作「楚人呼母」。

洗 〻俗戒洒先礼反又蘇顯反一　一三二頁六行

原卷如此，王、姜并同。案「戒」下當補一「作」字。

泚 水清千礼反又流此氏反二　一三二頁六行

原卷如此，王同。姜「氏」作「式」，誤。

洣 水名在茶陵　一三二頁九行

原卷「茶」作「荼」，姜同。王與彙編同。

髀 〻服又卑婢反　一三二頁九行

原卷如此，王、姜并同。案「服」字，當从全王、廣韻作「股」。王二注文作「胈股，又卑婢反」。

[口亏] 可尔弟反一　一三二頁九行

原卷如此，王、姜并同。案原卷因裝訂位置移動，致切語上字缺。王二、全王切語作「一弟反」，廣韻作「烏弟切」。

[忄式] 迖[忄式]變徒啓反一　一三二頁一〇行

原卷「迖」作「近」。王、姜與彙編同，并誤。潘師校云：『原卷「迖」作「近」，規案：蓋尔疋之「疋」字。』（註十六）

○十二蟹韻

蟹 水虫[革彖]買反五　一三三頁一行

原卷正文作「蠏」。王、姜與彙編同。案切語，全王作「[革彖]買反」，廣韻作「胡買切」，并匣母。又韻鏡、七音略「蟹」字并列開口匣母二等。此本「

鞣」字為所母，疑誤。

解 曉又佳買佳賣反 一三三頁一行

案「反」字上當補「二」字，原卷脫。

扠 擊側解反一 一三三頁一行

原卷「扠」作「扠」，蓋當係「扠」字，因裝訂位置移動而如此作也。任、姜并作「扠」。案德、全王并作「扠」。

嘪 莫聲 一三三頁一行

原卷如此，任、姜并同。案注文，德、全王、廣韻并作「羊聲」。此本「莫」蓋「羊」字之誤。

狎 大短項一曰案下狗 一三三頁二行

原卷如此，任同。姜「短」作「頭」，誤。案「大短項」三字，潘師校云：『疑作「犬短項」。』（註十七）廣韻即作「犬短頸」。

〇十三駭韻

駭 ㄑ口諧揩反一 一三四頁一行

原卷「口」殘存作「𢧐」，當係「驚」字之殘文也。任、姜并空白。又原卷「揩」作「揩」。任與彙編同。姜作「揩」。案當作「楷」。

楷 ㄑ莫苦駭反三 一三四頁一行

原卷正文作「揩」，姜同。任作「楷」。案當作「楷」。又原卷「莫」當作「模」。

稭 ㄑ糲 一三四頁一行

原卷如此，任同。姜無「ㄑ」，蓋脫。

○十四賄韻

⿰月㠯 腲⿰月㠯大腫皃 腲字都罪反 一三五頁一行

原卷如此，王、姜並同。案正文，王二、全王同，當以廣韻作「胎」。注文「⿰月㠯」字亦當作「胎」。又二「腲」字，當以王二、全王、廣韻作「⿰月鬼」。

郲 磈郲不平皃 磈字胡罪反 一三五頁五行

原卷二「磈」字並作「⿰歹鬼」。王、姜與彙編同。案注文，王一同。王二二「⿰歹鬼」字並作「⿰歹畏」。全王上「⿰歹鬼」字作「⿰歹畏」，下「⿰歹鬼」字作「碨」。龍氏校箋云：「⿰歹畏與碨並當依切三作「磈」。」（註十八）惟切三原卷作「⿰歹鬼」。廣韻注文作「郻郲不平」。疑此李、王一「⿰歹鬼」字不誤。

匯 陸 一三五頁八行

原卷如此，王、姜並同。案廣韻「匯」訓作「回也」，今本說文訓作「器也」。此作「陸」，未詳。

頠 頭一曰閑習反 又五毀反四 一三五頁一〇行

原卷「反」字上有「五罪」二字。王、姜與彙編同，並脫也。

粺 粗物 一三五頁一一行

原卷正文作「粺」。王、姜與彙編同。案原卷「粺」當作「粺」。

琲 珠五百枝 蒲罪反二 一三五頁一一行

原卷「枝」作「枝」，姜同。王與彙編同。案當作「枚」。

○十五海韻

暟 美也 明 一三六頁二行

原卷如此，王同。姜無「也」字，蓋脫。

宰　冢宰作亥反二　一三六頁二行

原卷如此，王同。姜「冢」作「冢」。案作「冢」，是。又正文當作「宰」，本韻从辛之字仿此。

啡　吐唾聲还懀反一　一三六頁五行

原卷「还」作「近」。王作「趆」。姜作「迊」。案當作「匹」。

寀　寮　一三六頁六行

原卷注文作「〻寮」。王、姜與彙編同，并脫「〻」。

欸　相然辭於改反三　一三六頁八行

原卷正文作「欵」。王與彙編同。姜作「欵」。又姜「三」誤作「二」。

倍　多〻薄亥反二　一三六頁八～九行

原卷如此，王同。姜正文作「倍」。案正文當作「倍」。

○十六駭韻

眼　總賅又之忍　一三七頁二行

原卷「總」作「總」。王、姜與彙編同。案當作「隱」。又原卷「之忍」下脫一「反」字。

馻　馬毛逆　一三七頁六行

原卷「逆」作「送」，當係「逆」字。王作「逆」。姜作「逆」，誤。

殨　一三七頁八行

原卷如此，王、姜并作「殨」，誤。

菌　地名　一三七頁一〇行

原卷如此，王、姜并同。案注文，切一、王一、王二并作「地菌」，全王作

「地々蕈也」，廣韻作「地菌　又姓，出姓苑」。此本「名」蓋「菌」字之誤。

紖　牛紖直引二反　一三七頁一〇行
原卷無「反」字，王同。姜有「反」字，無「二」字。案原卷脫「反」字。姜脫「二」字。

䟦　細理或作晚　一三七頁一五行
原卷如此，王、姜并同。案「晚」字，切一、全王同，當从王一、王二作「脕」。

笢　竹膚　一三七頁一五～一六行
原卷如此，王同。姜「膚」作「膚」。案原卷「膚」當作「膚」。

垉　一三七頁一六行
原卷如此，王、姜并同。案當作「黽」。

○十八隱韻

隱　於謹反五　一四〇頁一行
原卷「謹」作「謹」，王同。姜作「謹」。案當作「謹」，本韻从堇之字仿此。又原卷正文當作「隱」。

轋　車聲　一四〇頁一行
原卷「車」作「雷」，姜同。王作「車雷」。案當作「車」，此蓋涉上文「磤」字之注文而誤。

癮　々胗皮上小起　一四〇頁一行
原卷「上」作「外」，姜同。王與彙編同，并誤。

㔻　一四〇頁二行　原卷如此，王、姜并同。案當作「㔻」。

〇十九阮韻

偃　〻抑於憲反八　一四一頁一行　原卷「抑」作「仰」，王、姜并同。彙編誤。又原卷「憲」作「⿱宀德」。王與彙編同。姜作「德」。案當从全王、廣韻作「㦥」。又正文當作「偃」，本韻从匽之字仿此。

鶠　風　一四一頁二行　原卷如此，王、姜并同。案「風」蓋「鳳」字之誤。

⿰虫憲　寒⿰虫憲蚓丘　一四一頁六行　原卷如此，王、姜并同。案「蚓丘」當作「蚯蚓」。又王一注文「蚯蚓」下尚有一「蟲」字。全王注文作「寒〻」，廣韻作「寒⿰虫憲，又休謹切」。

坂　高　一四一頁七行　原卷如此，王、姜并同。案注文，王一作「大坡」，全王作「大坡阪」（「阪」字上脫「亦作」二字），廣韻作「大陂不平」。

琬　名玉　一四一頁一〇行　原卷如此，王、姜并同。案注文，王一、全王并作「圭」，廣韻作「珪也」。

晅　日氣况晚反又古登反三　一四一頁一一行　原卷「登」作「鄧」。姜作「鄧」。王與彙編同。案當作「鄧」。

〇廿混韻

混 〻流一曰泧混陰陽未分胡本反八　一四二頁一行

原卷「泧混」作「泧混」，有乙倒符號。王作「泧混」。姜作「混泧」。彙編脫「〻」。姜則逕乙正之。

扑　一四二頁三行

原卷作「撲」，「〻」蓋表删去。王與彙編同。姜作「撲」。

剸 〻減慈損反四　一四二頁五行

原卷「慈」作「茲」。王作「慈」。姜與彙編同，并誤。

骸 禹文古本反四　一四二頁八行

原卷「本」作「夲」，王、姜并同。案正文當从切一、王一、全王、廣韻作「骸」。

○廿一很韻

很 〻戾痕墾反一　一四三頁一行

原卷如此，王同。姜「戾」作「戻」。案「墾」當作「墾」。本韻从艮之字仿此。

懇 〻則誠至　一四三頁一行

原卷如此，王、姜并同。案正文當作「墾」。又「則」當作「惻」。

頣 頚後古很反一　一四三頁一行

原卷「頚」作「頣」，王同。姜作「頬」。案當作「頬」。彙編「頣」殘作「頚」。

○廿二旱韻

纘 承系　一四四頁四行

原卷注文作「⿰糸永」。王與彙編同。姜作「⿰糸承」。案當作「⿰糸承」。又注文，王一作「⿱承糸」，與此本同。廣韻作「繼也」（在緩韻）。全王作「聚」者，蓋脫「纘」字之注文及正文「儹」也。

輨 鐵車轂 一四四頁六行

原卷「鐵」作「鐵」，姜同。王與彙編同。案當作「鐵」。又原卷「轂」當作「轂」。

曈 暩曈鹿跡地管反 暩字地典反一 一四四頁七行

原卷下「暩」字作「暩」。二「暩」字，王并作「暩」，姜并作「畽」。案「地」蓋「他」字之誤。

卵 落管反一 一四四頁八行

原卷正文作「卵」。姜作「卵」。王字在欄框上，未可辨識。案當作「卵」。彙編誤。

滿 莫旱反一 一四四頁八行

原卷「莫」作「草」。王、姜并作「莫」。案當作「莫」。

坦 〻平地但反一 一四四頁一〇行

原卷如此，王同。姜「他」作「地」，誤。

〇廿三潸韻

𪘏 齺初板一 一四六頁四行

原卷如此，王、姜并同。案切一、王一「𪘏」并訓作「𪘏齴，齒不正」；「⿰犭戔」并訓作「齺」。此本脫「𪘏」字之注文及正文「⿰犭戔」。

莧 〻尔莧具 胡板反一 一四六頁五行

原卷如此，王、姜并同。案正文當作「莞」。又「胡板反」與李韻「睆」字「户板反」音同，疑此蓋增加字也。

〇廿四産韻

限 胡簡反 四 一四七頁二行

原卷「簡」作「簡」，王同。姜與彙編同。又姜「胡」作「相」，誤。

柬 一四七頁三行

原卷如此，王、姜并同。案當作「柬」。李韻从柬之字仿此。

剗 □□初限反 三 一四七頁四行

原卷「□□」作「〻削」，姜同。王作「 刂」。

轏 車名士所⿸疒乘 六 一四七頁六行

原卷如此，王同。姜「⿸疒乘」作「乘」。案原卷「⿸疒乘」字當以切一、王一、全王、廣韻作「乘」。

孱 〻陵縣名，在武陵郡。又鋤連反 六 一四七頁六、七行

原卷無「名」字。王、姜與彙編同。又原卷注文末有一「至」字，王同。姜與彙編俱無。案原卷此「至」字，蓋衍。

〇廿五銑韻

洗 沽洗，律呂 二 一四八頁二行

原卷如此，姜同。王「沽」作「沽」。案「沽」字，切一、全王同，當以廣韻作「姑」。

腆 厚 地典反 六 一四八頁二行

原卷「地」作「他」，王、姜并同。彙編誤。

錪 釜小兒。　一四八頁三行
原卷「兒」作「皃」。王與彙編同。姜作「貝」。案原卷「皃」當作「貝」。

琠 玉呼典　一四八頁三行
原卷如此，王、姜并同。案注文，切一、王一、全王并作「玉琠」，廣韻作「玉名」。此本注文當作「玉」或「玉琠」。「呼」字係衍文。

宴 安燕見又　反　一四八頁四～五行
原卷正文作「宴」，王、姜并同。案「宴」係「宴」字之誤，且「宴」當作「宴」。本韻从晏之字仿此。

蔄 俗作䗂古典反五　一四八頁五行
原卷如此，王、姜并同。案王一、全王、廣韻正文并作「蔄」。王一注文云：「亦作蔄、䗂。」廣韻正文下出「䗂」，注云：「古文。」又下出「䗂」，注云：「俗。」

哯 歐亂　一四八頁七行
原卷「亂」作「亂」，王、姜并同。案注文，王一、全王并作「小兒歐乳」，廣韻作「小兒歐乳也，又不顧而吐」。此本「亂」當作「乳」，而注文亦有脫文。

臔 內急　一四八頁七行
原卷「內」作「肉」。王、姜與彙編同。案全王、廣韻并訓作「內急」，當據改。

撚 以指按奴典反一　一四八頁八行

編 方々緝反一曰次第又Δ運反五 顯々 一四八頁八行

原卷如此，任、姜并同。案全王、廣韻「按」字下有一「物」字，當據補。

原卷「Δ」作「毕」，任、姜并同。又正文當作「編」，本韻以扁之字仿此。

遍 遍々遞薄遞字陽埶反 一四八頁九行

原卷二「遞」字并作「遞」，任同。姜與彙編同。案并當作「匾」。又正文當作「匾」。

緶 緶裳常 一四八頁九行

原卷如此，任、姜并同。案「常」字，當以全王、廣韻作「裳」。又廣韻正文，古逸本作「編」，巾箱本同。澤存堂本、曹楝亭本并作「緶」，案作「緶」是。

萹 萹々似草又布玄反 一四八頁九行

原卷如此，任、姜并同。案全王訓作「萹竹草」，廣韻作「萹茿草」。今本說文訓作「萹茿也」。此本「似」字誤。

贙 獸名似犬多力一曰對爭貝 一四八頁一〇、一一行

原卷正文作「贙」，任同。姜作「贙」。案全王「贙」訓作「獸名，似犬多力，西國人家養之，一曰對爭皃，或作贙」，惟廣韻訓作「獸名，似犬多力，出西海，一曰對爭也，到一虎者非也」。

𪉲 蜀人呼 一四八頁一二行

原卷如此，任、姜并同。案全王、廣韻「呼」下有一「鹽」字（全王作「鹽」），當據補。又全王正文作「扁」，蓋「𪉲」字之誤。

畎 田上渠一曰引水 一一四八頁一二行

原卷「水」下尚有「古泫反四」四字，姜同。王與彙編俱無，并脫也。

○廿六獮韻

餞 酒食送又疾箭反 一一四九頁一行

原卷如此，王、姜并同。案「酒食送」，王一、全王同。廣韻作「酒食送人」。

𦗈 耳聞言善反三 一一四九頁一行

原卷「闡」作「闌」，王、姜并同。案全王、廣韻「𦗈」并訓作「耳門」。

皽 皮寬皮 一一四九頁二行

原卷「寬」作「寛」。王作「寬」。姜作「寃」。案當作「寬」，姜誤。

𦬁 極巧視之又視戰反 一一四九頁二行

原卷正文作「竝」，蓋「𦬁」字也。王與彙編同。姜作「竝」，誤。

軗 一一四九頁二行

原卷如此，王、姜并同。案當从全王、廣韻作「輾」。

鑳 𨫼𨫼 一一四九頁五行

原卷「𨫼」作「𡽱」，王、姜并同。彙編誤。又正文當作「巘」。全王正文亦誤从金。

鍵 管鑰 一一四九頁五行

原卷正文作「鍵」，王、姜并同。彙編同。又此本「鑰」字，全王作「籥」，廣韻作「籥」。

𦅵 綫徐輦反 一一四九頁五行

原卷如此，汪同。姜「綬」作「緩」。案原卷「綬」當作「緩」。

𨛁 〻池縣名在弘農又忘忌反又作黽 一四九頁六行 原卷「忘」作「亡」，汪、姜并同。又此字正文當作「黽」。

褊 衣急方緬反一 一四九頁六行 原卷如此，汪、姜并同。案「急」字，當从全王、廣韻作「急」。

𦢊 臛步汁姉兗反 一四九頁六行 原卷注文末有「一」字，汪、姜并同。彙編脫。

沇 濟水別名 一四九頁七行 原卷如此，汪同。姜正文作「沇」。案正文當作「沇」。

檽 紅藍一白𧹞名 一四九頁七行 原卷「白」作「白」，汪、姜并同。彙編誤。

薷 木名 一四九頁七行 原卷如此，汪、姜并同。案正文，王一、全王、廣韻并作「萸」。又注文，王一同。全王、廣韻并作「木耳」。

瓀 石似玉 一四九頁八行 原卷如此，汪、姜并同。案注文，王一、全王并作「石次玉」，廣韻作「碝，石次玉」。

舛 〻剝或踳作昌兗反三 一四九頁八行 原卷「踳作」作「踳作✓」，有乙倒符號，汪同。姜作「作踳」，蓋逕乙正之。彙編脫「✓」。

蜎 〻蠉井中虫狂兗反一 一四九頁九行

原卷「牡」作「狂」，王、姜并同。彙編誤。

婉 ˎ宛 一一四九頁 一〇行

原卷如此，王、姜并同。案「宛」字，全王、廣韻并作「婉」。

於 旌旗柱 一一四九頁 一〇行

原卷如此，王、姜并同。案正文，全王作「扵」，與此本并當从王一、廣韻作「於」。

○廿七篠韻

憿 行滕憿脛 一一五二頁 一一行

原卷「滕」作「縢」。王與彙編同。姜作「縢」。案當作「縢」。又王「脛」作「眰」，姜作「眰」，并誤。又此本二「憿」字并當从巾作「憿」，唐寫本偏旁忄巾常不分。全王注文作「行縢憿脛」，廣韻作「行縢憿脛布也」。

鐃 鐵交 一一五二頁 二行

原卷如此，王、姜并同。案正文，王一、全王同，當从廣韻作「⿰金曉」。「鐃」為樂器名，與「⿰金曉」音義俱別。又原卷「交」蓋「文」字之誤。

窅 皃 一一五二頁 四行

原卷注文殘存作「⺈」。王、姜與彙編同。案王一、全王注文并作「深目」，廣韻作「深目皃」。

騕 ˎ⿸广褭神馬 一一五二頁 四行

原卷「⿸广褭」作「⿸广褭」，王、姜并同。案「⿸广褭」字，全王作「褭」，并當从王一、廣韻作「褭」。

⿰镸幼 々⿰馬赤長而勁 一五二頁四行

原卷「⿰馬赤」作「⿰馬赤」。王與彙編同。姜作「⿰镸赤」。案原卷「⿰馬赤」字，全王同。當从王一、廣韻作「⿰镸赤」。又「勁」字上，王一、全王、廣韻有一「不」字，當據補。

⿰男男 一五二頁四行

原卷如此，王、姜并同。案王一、全王、廣韻并作「⿰男男」，「⿰男男」「⿰男男」二字同。

⿰馬赤 鬄 一五二頁五行

原卷如此，王、姜并同。案正文，全王同，當从王一、廣韻作「⿰镸赤」。又注文，王一、廣韻并作「⿰镸幼⿰镸赤」，全王作「⿰馬赤⿰馬幼」（當作「⿰镸幼⿰镸赤」）。此本當據改。

⿱艹⿰禾勺 草皃茈 一五二頁五行

原卷「皃」作「皃」，姜同。王與彙編同。案「茈」字，當从全王、廣韻作「茈」。

湫 隘子已反又子攸在久二反隘字為懈反二 一五二頁六行

原卷「已」作「已」，王、姜并同。案原卷「已」字，當从王一、全王、廣韻作「了」。又原卷「又反」二字誤倒。

○廿八小韻。

⿰土比 卦 一五三頁一行

原卷如此，王、姜并同。案注文，全王作「十億」，廣韻作「十億曰兆。說文：分也。又姓」。

趙　燕　一五三頁一行

原卷如此，王、姜并同。案注文，全王作「國名」，廣韻作「少也，久也。字林云：趍也。亦州名，春秋屬晉，秦屬邯鄲郡，後魏以廣阿城置殷州，至齊改為趙州。又姓（下略）」此本注文止一「燕」字，殆有譌誤。

摽　一五三頁二行

原卷作「摽」。姜與彙編同。王作「摽標」。案原卷「摽」當作「摽」。彙編本韻从票之字，原卷并从㶾，皆當从票。

䴬　糗或作赻尺紹反三　一五三頁三行

原卷「糗」作「糗」，王、姜并同。案當作「糗」。又此本正文及注文「赻」，當从王一、全王、廣韻作「䴬」「麨」。

縹　青黃色沼反六　一五三頁三行

原卷正文作「縹」，姜同。王與彙編同。案當作「縹」。又原卷脫切語上字，王一、全王、廣韻及語并切「敷沼」。

䫜　白髮　一五三頁三行

原卷如此，王、姜并同。案正文當作「顠」。廣韻正文作「顠」，下出「顠」，注云：「上同。」

[illegible]　一五三頁三行

原卷如此，王、姜并同。案當从全王、廣韻作「魒」。

杪　木名　一五三頁四行

原卷如此，王、姜并同。案注文，王一、全王并作「木末」，廣韻作「梢也，木末也。」此本「名」蓋「末」字之誤。

蟜 女字李作嬌 一五三頁五行

原卷「嬌」作「嬌」，姜同。王與彙編同。案全王「蟜」訓作「毒虫」；「嬌」訓作「女字」。廣韻亦「蟜」「嬌」義異。此本脫「蟜」字之注文及正文「嬌」。

䀛 目重臉 一五三頁五行

原卷「臉」作「瞼」，王、姜并同。彙編誤。

褾 袖端 一五三頁五行

原卷正文作「褾」，姜同。王與彙編同。案當作「褾」。又「袖」字亦當从衣作「袖」。

藨 草名可為蓆或作苞平表反二 一五三頁五行

原卷如此，王、姜并同。案正文當从全王、廣韻作「藨」。「苞」字當从全王作「蔗」。廣韻「藨」下即出「蔗」字，注云：「上同。」

勦 勦絕子小反二 一五三頁六行

原卷作「勦絕子小反二勦」。王作「勦絕子小反二勦」。姜作「勦勦絕子小反二」。案王一、全王、廣韻「絕」字上不出重文，彙編衍重文。又正文當从王一、廣韻作「勦」。

𨱔 長皃在小反一 一五三頁七行

原卷作此，王、姜并同。案「在」從母，「在」蓋「巨」字之誤。又正文，王一、全王、廣韻并作「𨱔」。切語，王一、全王并作「巨小反」，廣韻作「巨夭切」。

繑 々遶力小反或作繚反一 一五三頁七行

「繚」。又下「反」字蓋衍。

原卷注文作「乚遶力小反或作繚反一」，姜同。王作「乚遶力小反或作繚反一繚」。案原卷正文當作

○廿九巧韻

巧 苦絞反又苦教反一 一五四頁一一行

原卷如此，王、姜并同。案「苦教反」蓋又音。廣韻注文作「好也，能也，善也，苦絞切。又巧僞，苦教切，二」。

撓 擾亂奴反又作撓一曰事露下巧反一 一五四頁一一～二行

原卷如此。王正文作「撓」，姜作「撓」，并誤。又原卷「奴」下脫切語下字，王同。姜補「巧」字。案王一、全王、廣韻切語并切「奴巧」。又原卷「下巧反」上脫一「又」字。姜「下」字下無「巧」字，蓋脫。

卯 古作卯莫飽反三 一五四頁二一行

原卷如此，王、姜并同。案正文與注文「卯」無別，當有誤也。廣韻正文作「卯」，下出「丣」，注云：「篆文。」今本說文「卯」下出「兆」，注云：「古文卯。」此本注文「卯」當作「兆」。

○卅皓韻

鎬 京 一五五頁一一行

原卷「京」作「京」，姜同。王與彙編同。案王一、全王、廣韻注文并作「鎬京」。

稾 桃乾 一五五頁一三行

原卷「桃」作「梅」，姜同。王作「桃」，與彙編皆誤。

討 他沼反三 一五五頁一三行

原卷「沼」作「浩」，姜同。王與彙編同，并誤。

稻　山楸木又地刀反　一五五頁三行

原卷正文作「稻」，王、姜并同。又原卷「地」字，王作「杝」，姜作「地」。案當以王一、全王、廣韻作「地」。

道　作此衛徒沼反三　一五五頁三行

原卷「沼」殘存作「治」，當係「浩」字之殘文。姜鈔作「浩」。王與彙編同，并誤。

惱　懊惱古作惱　一五五頁四行

原卷如此，王、姜并同。案此本正文與異體并同，正文及注文上「惱」字并當作「惱」。

⿰镸兆　長皃　一五五頁四行

原卷正文作「⿰镸兆」，即「⿰镸兆」字。王、姜并作「⿰镸兆」。案正文，廣韻作「⿰镸兆」，王一作「⿸髟兆」，全王作「⿸髟兆」。

騲　牝　一五五頁五、六行

原卷如此，王、姜并同。案注文，王一、全王并作「牝馬」，廣韻作「牝馬曰騲」。此本注文當作「牝馬」。

草　斗櫟實　一五五頁七行

原卷正文作「草」。王、姜與彙編同。案當作「草」。

⿰月奥　藏肉又烏到反　一五五頁一〇行

原卷「肉」作「内」，王同。姜作「肉」。案原卷「内」蓋「肉」字之誤。

## ○卅一哿韻

廿一哿 一五七頁一行

原卷「哿」字上損泐。王、姜與彙編同。案「廿一」當作「卅一」。

笴 華 一五七頁一行

原卷注文作「笹」，王、姜并同。案廣韻注文作「箭莖也，又公旱切」。「笹」為易卦用蓍，或古文「巫」字，且此本廿二旱韻「笴」訓作「箭笴」，此作「笹」者當誤。

鬐 一五七頁三行

原卷如此，王、姜并同。案當作「鬝」。

揣 揣又初委反 一五七頁三行

原卷「揣」作「揣」，王、姜并同。案當作「揣」。

篓 竹名 一五七頁四行

原卷正文作「篓」。王、姜與彙編同。案當作「篋」。

穜 小穜 一五七頁五行

原卷正文作「穜」。王與彙編同。姜作「穠」，誤。

蠃 蜾蠃虫也盧〃細土蜂天地之反性細無子 蠃蜾蒲〃詩云螟蛉有子蜾蠃負之又盧過 一五七頁七、八行

原卷「蜾」作「蜾」，姜同。王作「蜾」，殆亦「蜾」字，而彙編竟誤為「蜾」矣。又原卷注文末脫一「反」字。

裸 胡果反二 一五七頁八行

原卷正文作「裸」，案即「裸」字之俗體。王與彙編同。姜作「裸」，并誤。又姜「胡」作「古」，亦誤。

夥 楚祐果反夕 一五七頁八行

原卷如此，王、姜并同。案注文，王一作「楚云多」，全王作「楚人云多」，廣韻作「楚人云多也」（在果韻）。又王一、全王「夥」下出「顆」，并訓作「桔果反，小頭，二」。此本蓋脫正文「顆」，又將其切語（「桔」誤作「祐」）誤入「夥」字注文中。

哬 大笑可作或閜呼可歌反二　一五七頁一〇～一一行

原卷注文作「大笑可作或閜呼可歌反二」，有乙倒符號。王同。姜作「大笑可或作閜呼可歌反二」。案「閜」蓋「嗬」字之誤。而注文當作「大笑或作嗬呼可反二」。

婐 〻婉身弱好与果反一　一五七頁一一行

原卷「娩」作「婉」，王同。姜作「娩」。案當作「婉」。又原卷「与」作「烏」。王、姜與彙編同，并誤。

掗 〻搖　一五七頁一一～一二行

原卷如此，王、姜并同。案「掗」「搖」二字并當从木。

搖 〻掗樹斜勒可反三　一五七頁一二行

原卷「掗」作「椏」，王、姜并同。彙編誤。又正文當从木作「搖」。又原卷「三」字，王同。姜作「二」。案此紐所列韻字實二字。

○卅二馬韻

廿二 馬 莫下反按文有四點象四足二　一五九頁一行

原卷「廿二」作「卅二」。王、姜與彙編同，并誤。又原卷韻字數作「三」，王同。姜作「二」，與彙編皆誤。

罵 詈又莫賈反　一五九頁一行

原卷「賈」作「覇」。王、姜與彙編同，并誤。案「覇」為「霸」之俗寫。

啞 不能言與雅反　一五九頁三～四行

原卷「與」作「烏」。王、姜并作「与」，與彙編皆誤。

閜 大　一五九頁五行

原卷注文殘存作「大」。案王一、全王、廣韻注文并作「大裂」。

姐 羌人呼母一曰㜎慈野反一　一五九頁六行

原卷「羌」作「羌」。王與彙編同。姜作「羗」。又切語，王一、全王同。廣韻作「茲野切」。案此本、王一、全王「慈」蓋「茲」字之誤。（註十九）

搓 逆斫木士下反又士加反二　一五九頁八行

原卷如此，王、姜并同。案正文當作「槎」。

……垂髩　一五九頁八行

原卷正文殘，案當以王一、全王、廣韻補作「哆」。

○卅五養韻

篛 剖竹木去節又秦丈反　一六一頁二行

原卷如此，王、姜并同。案「木」字，當以王一、王二、全王、廣韻作「未」。

兩 良獎反按文廿四銖為兩　一六一頁三行

原卷注文末有「六」字。王、姜俱無，與彙編并脫也。

磢 則兩反石洗物三　一六一頁五行

原卷如此，王、姜并同。案切語，王二、全王并作「測兩反」，廣韻作「初兩切」。此本「則」蓋「測」字之誤。

搶 頭搶地出史記　一六一頁五行

原卷注文「槍」作「搶」。汪、姜與彙編同，并誤。又原卷正文當以手作「搶」。

鷄 八鳩 一六一頁七行

原卷如此，汪、姜并同。案「八」當作「〻」。

⿰忄敞 〻悅 一六一頁七行

原卷如此，汪、姜并同。案「悅」當作「怳」。

氅 鷙鳥 一六一頁七行

原卷正文作「氅」，姜同。汪與彙編同。案當作「氅」。又原卷「鳥」字下脫一「毛」字。

⿱鄉虫 虫蛹或 一六一頁八行

原卷「虫」上有「〻」。汪、姜并無，與彙編并脫也。又原卷「或」下當補一「作」字。

枉 紆往反二 一六一頁一三行

原卷「紆」作「紆」，姜同。汪與彙編同，并誤。

上 時掌反又時亮反一 一六一頁一四行

原卷如此，汪同。姜無「一」字，蓋脫。

○卅六蕩韻

⿰忄昜 放 一六三頁一行

原卷注文作「〻放」，姜同。汪與彙編同，并脫「〻」。又正文當作「愓」。

暘 治水精 一六三頁一行

原卷如此，汪、姜并同。案注文，王二作「舂米精」，全王作「大

榜　木片薄朗反三　一六三頁二行

原卷「片」作「片」，王、姜并同。案「薄」並母，疑是「博」字之誤。王仁、全王切語并作「博朗反」，廣韻作「北朗切」。

大」字無義，疑涉下文「簜」字注文「大竹」而衍），廣韻作「舂也，持米精也」。此本「水」蓋「米」字之誤。

滉　一六三頁三行

原卷如此，王、姜并同。案當作「沆」。

簜　木器　一六三頁四行

原卷「器」作「器」，王同。姜作「器」。案注文，王二作「竹器」，全王作「竹篇」，廣韻作「說文曰：大竹篇也」。疑此本「木」為「竹」字之誤。

帑　金白舍　一六三頁四行

原卷如此，王同。姜「舍」作「舍」，誤。案注文，王二作「無帛舍」（「無」蓋「金」字之誤），全王作「帑舍帛，金帛舍」（前三字蓋衍），廣韻作「金帛舍」。此本「白」蓋「帛」字之誤。

䒼　草古作莽模朗反又莫古反　一六三頁四行

原卷「莽」作「莽」。王、姜并作「莽」。案原卷「莽」字，當从王二、廣韻之異體字作「茻」。又原卷注文末有「七」字，蓋「七」字之殘文也。王、姜、彙編并脫。又正文當作「莽」，本韻从莽之字仿此。

瞴　無睹目　一六三頁五行

原卷「睹」作「瞴」。王、姜與彙編同，并誤。案注文，王二、全王并作「

無二目」，廣韻作「無一睛」，集韻作「無一目曰睉」。

梘 讀書狀 一六三頁八行
原卷如此，王、姜并同。案「狀」字，當从王二、全王、廣韻作「牀」。

○卅七梗韻

梗 枯梗藥古杏反八 一六四頁一行
原卷如此，王、姜并同。案全王訓作「桔梗藥」，廣韻作「梗直也，又桔梗藥名」。此本「枯」蓋「桔」字之誤。

哽 噎 一六四頁一行
原卷如此，王、姜并同。案注文，全王作「咽哽」，廣韻作「哽咽」。今本說文訓作「語為舌所介也」。

埂 堤封吳人 一六四頁一行
原卷下「吳」字作「云」，王、姜并同。彙編誤。

囧 光 一六四頁二行
原卷作此，王、姜并同。案正文當作「囧」。

杏 胡梗反三 一六四頁二行
原卷「胡」作「何」。王、姜與彙編同，并與原卷異。

礦 金璞古猛反四 一六四頁三行
原卷如此。王「金」上作「、」，姜作「乀」，并衍。

穬 芒穀一日稻米舂 一六四頁三行
原卷「一日米舂稻」五字，在次行上端，當亦「穬」字之注文。彙編當書作「穬穀芒一日稻米舂」。

冷 普打反又魯定反一 一六四頁三行

原卷「普」作「魯」，王、姜并同。彙編誤。

○卅八耿韻

鼃 哇 一六五頁一行

原卷如此，王、姜并同。案正文當作「黽」。又原卷「哇」蓋「蛙」字之誤。全王注文作「蛙々」，廣韻作「蛙黽」。

㚔 一六五頁一行

原卷如此，王、姜并同。案當作「幸」。本韵从㚔之字仿此。

○卅九靜韻

睜 貼睜不悅貌 一六六頁一行

原卷作「睜貼睜不悅貌」。王作「睜貼睜不悅貌」。姜作「睜貼睜不悅貌」。案注文，全王作「賂々不悅視」，廣韻作「賂睜不悅視也」。此本「貼」字、全王「賂」字，并當从廣韻作「賂」。又此本「悅」字下當从全王、廣韻補一「視」字。

柃 木名炭可染 一六六頁二行

原卷「炭」作「灰」，王、姜并同。彙編誤。又注文，全王同。廣韵作「木名，可染」，無「灰」字。

袊 衣袊今作領 一六六頁二行

原卷如此，王同。姜「袊」作「袊」。案原卷「袊」當从衣作「袊」。

頸 項居郢反又巨成反 一六六頁二行

原卷注文作「項居郢反又巨成反一」。王作「項居郢反又巨成反一」。姜與彙編同。案注文當作「

頌　去顈反一　巨成反一　項居鄍反又」。　一六六頁二行

原卷正文作「頊」，姜同。王作「頊」。案當作「頃」。又原卷「穎」作「穎」，當係「潁」字。姜作「潁」。王字在欄框上，未可辨識。彙編誤。

慶　地名在鉅鹿ヽヽ安一曰慶陶　一六六頁三行

原卷「地」作「縣」。王、姜與彙編同，并與原卷異。

○卌迴韻

穎　光穎火　一六七頁一行

原卷如此，王、姜并同。案全王、廣韻注文不重。

耵　耵聹耳垢　一六七頁二行

原卷作「耵耳垢ヽ聹」。王、姜正文并作「耵」，注文與原卷同。案原卷寫者將正文誤書作「取」字後，又在原字上改成「耵」字，因恐他人無法辨認，爰於注文首補書「耵」字，致注文重「耵」字，彙編刪去其一。

鋌　金　一六七頁二行

原卷注文作「金ヽ」，姜同。王與彙編同，并脫「ヽ」。

頭　頭挾足長　一六七頁三行

原卷如此，王、姜并同。案「挾」蓋「狹」字之誤。

濙　蛘濙小鳥迴反一　一六七頁三行

原卷如此，王、姜并同。案本韻「泈」字有反無訓，全王訓作「泈濙」，廣韻作「泈濙，水小皃」。「濙」字，全王訓作「小水，亦作瀅」，廣韻訓作「泈濙」。此本「蛘」蓋「泈」字之誤。又「小」字下脫一「水」字。

顜 頃顜乃鋌反二 一六七頁三行

原卷「頃」作「須」，王同。姜與彙編同。案原卷「須」當作「頂」。

䩞 力室補鼎反一 一六七頁四行

原卷如此，王同。姜「力」作「刀」。案王一、全王、廣韻并訓作「刀室」，此本「力」蓋「刀」字之誤。

烓 一六七頁四行

原卷如此，王、姜并同。案當以全王、廣韻作「烓」。

竝 比萍反 一六七頁五行

原卷切語下字殘。案王一、全王切語并作「萍迥反」，廣韻作「蒲迥切」。

○卅八等韻

卅八等 一六九頁一行

原卷「卅」作「卅」，蓋「卅」字。王、姜并作「卅」，誤。

○卅一有韻

……云久反四 一七〇頁一行

原卷正文殘，案當係「有」字，且其上當作「卅一」。

絡 廿絲為絡 一七〇頁二行

原卷二「絡」字并作「絡」。王、姜正文與彙編同，注文「絡」，與原卷同。案原卷二「絡」字并當作「綹」。

輈 車載柩 一七〇頁二行

原卷「柩」作「柩」。王與彙編同。姜作「柩」。案當作「柩」。

茆 水草詩云茆又莫飽…… 一七〇頁二行

原卷注文殘存如此，王、姜并同。案注文，王一、全王并作「黽葵水草，詩云：言採其茆。又莫飽反」，廣韻作「蓴葵水草，詩云：言采其茆。即蒓菜也。又莫飽切」。則此本注文可補作「水草詩云言採其茆又莫飽反」。

狃　相押　一七〇頁三行

原卷「押」作「狎」，王、姜并同。彙編誤。

府　腸痛　一七〇頁三行

原卷正文作「㾈」。王、姜與彙編同，并誤。案注文，王二、全王同。廣韻「㾈」訓作「說文曰：小腹痛」，下出「㾈」，注云：「上同。」案今本說文「㾈」訓作「小腹病」，段注云：「小當作心，字之誤也，隸書心或作小，因譌為小耳。玉篇云：㾈，心腹疾也，仍古本也。」則「腸」當是「腹」字之誤，「痛」當是「病」字之誤。

蕒　王〻　一七〇頁六行

原卷如此，王、姜并同。案注文，全王作「玉〻」，廣韻作「玉蕒草」。此本「王」蓋「玉」字之誤。

阜　陵〻　一七〇頁六行

原卷如此，王同。姜無「〻」，蓋脫。

……乾餠胥去久反一　一七〇頁七行

原卷正文殘存作「圾」，王無錄。姜作「糗」。案正文當作「糗」。又原卷「餠」作「餅」，王、姜并同，彙編誤。案「餅」即「餘」字。

⿱竹紂　竹易……而死　一七〇頁八行

原卷注文殘存如此，王同。姜「易」下作「囗」。案「易」下當从王一、王仁補一「根」字。全王注文作「蔦根而死」，「蔦」當係「竹易」二字之誤。廣韻作「竹易根而死也」（古逸本），巾箱本、澤存堂本「易」作「易」，是也。

卣 一七〇頁九行
原卷如此，王、姜并同。案當作「卣」。

湑 有湑麵息反一 一七〇頁一〇行
原卷如此，王、姜并同。案正文當作「湑」。

○卅二厚韻

厚 胡口反四 一七二頁一行
原卷正文作「序」。王、姜與彙編同。案當作「厚」。

後 〻前 一七二頁一行
原卷如此，王同。姜「〻」作「后」。

郈 …… 一七二頁一行
原卷注文殘。案王一、王二、全王注文并作「鄉名，在東平」。

詬 詈〻

䵶 一七二頁二行
原卷「詈」作「詈」。王、姜與彙編同。

麪 餅 一七二頁三行
原卷注文殘。王、姜與彙編同。案王二、全王、廣韻注文并作「麪麪餅」。

姓 人名傳有茟姓 一七二頁四行
原卷「茟」作「華」，王、姜并同。案「華」當作「茟」。

蘣 簞垂纊 一七二頁四行

原卷「覔」作「覓」，蓋即「覓」字。汪與彙編同。姜作「覔」。

……恥又古候反 一七二頁五～六行

原卷正文殘。案當係「詬」字。

笱 取魚 一七二頁六行

原卷正文作「笱」，姜同。汪與彙編同。案當作「笱」。又注文，王一、全王并作「〻扁，縣名，在交阯，又取魚器」，廣韻作「笱扁，縣名，在交阯，又魚笱，取魚竹器」。此本「魚」下當補一「器」字。

籔 漉米 一七二頁八行

原卷如此，汪、姜并同。案「米」下，當从王一、王二、全王、廣韻補一「器」字。

婄 皃 一七二頁九行

原卷注文止殘存「皃」字。案「皃」字上當補「婦人」二字，據王一、王二、全王、廣韻補。

……擊 一七二頁一〇行

原卷正文殘。案正文當係「毆」字。

訌 先相〻 一七二頁一二行

原卷如此，汪、姜并同。案「〻」下，王一、王二、全王、廣韻并有「可」字，當據補。

鋞 酒器 一七二頁一三行

原卷正文因裝裱時位置移動而殘存作「[illegible]」。汪作「金」。姜與彙編同。案正文當係「鋞」字。

○卅四寑韻

潒 寒朕反又渠金反　一七四頁二行

原卷如此，王、姜并同。案正文，全王同。當以王一、廣韻作「潒」。又原卷「渠」當作「渠」。

酉口 甜子朕反一　一七四頁二行

原卷殘存作「酉 甜子朕反一」，王同。姜作「酉口 甜子朕反一」。案當係作「醦 小甜子朕反一」，據廣韻補。

沈 古郲式稔反五　一七四頁四行

原卷注文「郲」上殘二字，王作「古　」，姜作「古毋」。案當作「古作」。彙編「古」下未留一空格，蓋誤脫。

甚 揁枕反一　一七四頁五行

原卷如此，王、姜并同。案切語，王一作「植枕反」，廣韻作「常枕切」。此本「揁」蓋「植」字之誤。全王作「食枕反」，與該韻「椹，食稔反」同音，當有譌誤。

…… 汁又甚反一　一七四頁五行

原卷正文殘，案正文當係「瀋」字。

…… 寒貞踈反一　一七四頁七行

原卷殘存作「…… 貞踈反一」。王、姜與彙編同。案正文當以王一、廣韻補作「痒」。（全王正文誤作「庠」。）「貞」上一字當係「寒」字之殘文。又王一、全王、廣韻切語并切「踈錦」。

○卅三感韻

黮　黮黮雲又他感反　一七五頁三行

原卷「黮」作「黮」，王、姜并同。案當作「黮」。

霮　霮〻兩對雲　一七五頁三行

原卷如此，王、姜并同。案注文，王一、王二、全王并作「霮䨴雲」，廣韻作「霮䨴雲皃」。此本「兩對」當作「䨴」。

窞　坎傍人易曰入于坎窞　一七五頁三～四行

原卷如此，王同。姜「人」作「又」。案原卷「人」字，當从王一、王二、全王、廣韻作「入」。又下「坎」字，王二、廣韻同，王一、全王并作「埳」。

揞　或作湆字牛覆　一七五頁五行

原卷正文作「掊」。王、姜與彙編同。案當从王一、王二、全王、廣韻作「揞」。又原卷「湆」作「隌」，王、姜并同。彙編誤。又此本「牛覆」，王一、王二、全王、廣韻并作「手覆」，此本「牛」蓋「手」字之誤。

灡　大水　一七五頁六行

原卷如此，王、姜并同。案王一、王二、全王并訓作「水大至」，廣韻作「大水至」。此本蓋脫「至」字。

襑　衣文他感反四　一七五頁七行

原卷「文」作「夫」。王、姜與彙編同。案原卷「夫」字，當从王一、王二、全王、廣韻作「大」。

盬　醓　一七五頁七行

原卷注文止殘存此字。案當作「醓〻」。又「盬」為「䀋」字俗書。

黲 瞔色又倉敢反　一七五頁八～九行

原卷如此，王、姜并同。案注文，王一、王二、全王同，廣韻作「暗色」。說文曰：淺青黑也，又倉敢切」。龍氏校云：「此云瞔色蓋云怒色，猶之慘慘一詞，又為慍怒，又為暗色耳。又瞔與暗字形略近，或者瞔即暗字之誤。」（註二十）敢韻「黲」字，此本、王一、廣韻（正文作「黲」）并訓作「日暗色」，王二作「日暗」，全王（正文亦作「黲」）作「日暗皃」。則「瞔色」當作「暗色」。

⿺辶⿱宀車逯　一七五頁九行

原卷正文作「⿺辶⿱宀車」，王、姜并同。案「⿺辶⿱宀車」即「⿺辶⿱宀車」字。又注文，王一、王二、全王并作「遠」，廣韻作「速也」。案「遠」、「逯」并「速」字之誤。

撍 手動　一七五頁九行

原卷如此，王、姜并同。案正文當作「撍」。本韻从朁之字仿此。

粽 蜜藏木爪　一七五頁一〇行

原卷正文作「粽」。王、姜與彙編同，并誤。又「爪」當作「瓜」，唐寫本爪瓜常不分。

○卌四敢韻

撖 々欖木名山交趾　一七六頁一行

原卷如此，王、姜并同。案正文當作「撖」。注文「山」蓋「出」字之誤，「趾」蓋「阯」字之誤。

○卌五琰韻

琰 玉以舟反四　一七七頁一行

原卷「舟」作「冊」，王○、姜并同。案當作「冉」。彙編本韻以冉（原卷以冊）之字多作「舟」，蓋誤。

⋯⋯ 力冊反一　一七七頁二行

原卷正文殘，案正文當係「斂」字。又原卷「冊」當作「冉」。

頩 〻顩不平立撿反二　一七七頁三行

原卷如此，王、姜并同。案正文，王一、王二、全王、廣韻同。段玉裁氏云：「字當作頩。」惟龍氏校箋云：「案此即復韻頩字，韻鏡校注第三十九轉十一云：『案字當作頩，蓋頩作頩，遂誤為頩耳。』集韻頩頩一字，是其證。」（註廿一）又「顩」字，全王（在广韻）作「顩」，廣韻作「顩」，今本說文亦作「顩」。又原卷「立撿反」蓋「丘檢反」之誤。

顩 〻頩　一七七頁四行

原卷如此，姜同。案廣韻作「顩 頩顩魚檢切七」。校文參見上條。

广 胡巖為室　一七七頁四行

原卷如此，王、姜并同。案「胡」字，當以王一、王二、全王、廣韻改作「因」。

撿 〻挍居儼反二　一七七頁五、六行

原卷「二」作「三」。王、姜與彙編同，并誤。又「撿」「挍」二字當从木作「檢」「校」。

睒 暫見　一七七頁八行

原卷「暫」作「蹔」，姜同。王與彙編同。案注文，王一、全王、廣韻并作

「暫見」，王二作「覽視」。

⿱雨奄 雲 一七七頁一九行 原卷注文殘存此字。案「雲」下當从王一、全王、廣韻補「狀」字。

鄶 國 一七七頁一九行 原卷如此，王、姜并同。案王一、全王、廣韻注文并作「國名」。

嶃 礹ㄑ 一七七頁一九行 原卷如此，王、姜并同。案正文，王一、王二、全王、廣韻并作「嶃」。

○卅六忝韻

隒 亭在 一七八頁二行 原卷注文止殘存此二字。案王一、王二、全王、廣韻注文并作「亭名，在鄭」。又正文當作「隒」。

點ㄑ 盡多忝反四 一七八頁二行 原卷「盡」作「盡」，王、姜并同。彙編誤。

玷 玉鍜 一七八頁二行 原卷如此，并同。案王一、王二、全王、廣韻注文并作「玉瑕」。

店 閉戶或作串 一七八頁三行 原卷正文作「居」，王、姜并同。彙編誤。又「或作串」，王一作「或作距」，王二作「亦跐」。案或體并當从廣韻、集韻作「耶」。

驔 黃脊 一七八頁三行 原卷「脊」作「脊」，王、姜并同。案注文，王一、全王并作「馬黃脊」，王二作「驪馬首」；廣韻作「驪馬黃脊」。此本「黃」字上有脫文。王二注文亦有譌誤。

嗛 獲藏食處 古簟反三　一七八頁　四行

原卷「古」作「苦」。汪、姜與彙編同，并誤。又原卷「蕈」當作「簟」。

…… 恨地　一七八頁　四行

原卷此二字殘存作「切艮」。汪、姜與彙編同。案汪一、汪二、全王「慊」字，並訓作「恨切」。此本所殘者當係「恨切」之殘文。正文當係「慊」字。彙編、汪、姜并誤。

○卅九豏韻

鹻 醎 苦斬反一　一八〇頁　三行

原卷「醎」作「鹹」。汪、姜與彙編同。案「醎」為「鹹」之俗字。又切語，汪一、全王并作「古斬反」，汪二、廣韻字列「古斬」紐下。此本「苦」蓋「古」字之誤。

減 損又下斬反　一八〇頁　三行

原卷如此，汪、姜并同。案正文當作「減」，本韵切語下字「減」字仿此。

瀺　一八〇頁　三行

原卷如此，汪、姜并同。案當作「瀺」。

闞 虎聲火斬反又火檻苦暫反二　一八〇頁　四行

原卷如此，姜同。汪「二」作「三」，誤。案「擥」當作「檻」。又末「反」字上當補一「二」字。

○五十檻韻

顩 長面皃二檻反 又五減反一　一八一頁　二行

原卷「ㄙ」作「丘」，王、姜并同。彙編模糊。又原卷「艦」當作「檻」、「減」當作「減」。

獫　獵獫　火聲　一八一頁二行

原卷「獵獫」作「獵獫」。王作「獵獫」。姜作「獵獫」。案二字并當从犬作「獵獫」。「獫」即「獫」字。又原卷「火」蓋「犬」字之誤。

玁　小犬吠　荒檻反一　一八一頁三行

原卷「犬」作「大」。王、姜與彙編同。案當作「犬」。又「檻」當作「檻」。

○五十一范韻

範　摸　一八二頁一行

原卷如此，王、姜并同。案「摸」當作「模」。

○一屋韻

徒谷　十六　二五九頁一行

原卷「徒」殘存作「仏」。王、姜與彙編同。案「徒谷」為「屋」字切語。

殰　書々　二五九頁二行

原卷如此，王、姜并同。案「殰」字，唐韻、全王并訓作「傷胎」；「讀」字，王二、唐韻、廣韻并訓作「讀誦」，全王作「言誦」。此本脫「殰」字之注文及正文「讀」。

櫝　蔄　二五九頁二〜三行

原卷如此，王、姜并同。案「蔄」當作「簡」，唐寫本偏旁艸竹常不分。案注文，王二、全王、唐韻、廣韻并作「簡櫝」。

穀　く穀　二五九頁一二行

原卷如此，汪、漢并同。案正文當作「穀」，「穀」當作「㲉」。此本从声之字仿此。

鱳　鱳得縣名在張掖又盧谷反　二五九頁一四行

原卷「谷」作「各」。汪、漢與彙編同，并誤。

䚕　笺聲　二五九頁一五行

原卷正文作「䚕」，汪、漢并同。案當作「䚕」。

𧫟　東方音或作角　二五九頁一五行

原卷如此，汪、漢并同。案「東方音」，王二、唐韻、廣韻同。全王作「東方音樂」。

蟂　蟂蟂虫名　二五九頁一七行

原卷「名」字殘存作「ㄔ」，案當係「名」字之殘文。汪作「名」。漢作「其」，誤。

㲉　戳名似豹又丁木反　二五九頁一九行

原卷注文作「戳名女丰似豹又丁」，汪、漢并同。彙編逕正之。又正文當作「㲉」。

鋸　夫木作木反　二五九頁一九行

原卷正文作「鏃」，當係「鏃」字。漢卽作「鏃」。汪與彙編同，并誤。又

原卷上「木」字作「末」，漢同。汪作「本」，與彙編皆誤。

旋……　二五九頁二一行

原卷此正文作「瘯」。汪與彙編同。漢作「瘯」。案當作「瘯」。

蔟　く蠶又倉僕反　二五九頁二二行

原卷如此，王、姜并同。案「蠶」當係「蠶」字。全王訓作「～蠶」，與此本并當从王二、唐韻、廣韻作「蠶～」。

～車　二六〇頁二九行

原卷正文殘。案正文當係「輜」字。

蔏　～萑刀菜　二六〇頁三〇行

原卷如此，王、姜并同。案「萑刀」為「蒚」字之誤。王二注文作「～蒡菜」，「蒡」亦「蒚」字之誤。全王作「～蒿菜」，「蒿」當作「蒚」。廣韻作「蔏蒚，爾雅曰：蔏蒚。又蔏蔞茅」，彙編廣韻校勘記云：「蒚，澤存、巾箱兩本均作蒿。蔏，澤存本同，巾箱本作蔏。蔞，澤存本同，巾箱本作蘉。案今爾雅釋艸作蔏作蔞。蔏與蘉均由形近而訛。」（註廿二）

蝠　蝙　二六〇頁三〇～三一行

原卷注文作「～蝙」，王、姜并同。彙編脫「～」。

馥　香又狀　湢反　二六〇頁三三行

原卷如此，王、姜并同。案「湢」字，當从王二、全王作「逼」。唐韻、廣韻無又音。

鞭　葥袋　二六〇頁三三行

原卷「袋」作「笩」，姜同。王與彙編同。案正文當作「鞭」。廣韻正文作「箙」，注文作「盛弓弩器」，下出「鞭」，注云：「上同。」

趥　趨趜　體不申趜字渠六反　二六〇頁三六～三七行

原卷如此，王、姜并同。案二「趨」字，全王同，當从王二、唐韻、廣韻作「趥」。

勬 併力抽又力反　二六〇頁三九～四〇行
原卷「併」作「倂」，王、姜并同。彙編誤。

稑 種　二六〇頁
原卷如此，王、姜并同。案「種」當作「穜」。唐韻、廣韻注文并作「穜稑，先種後熟曰種，後種先熟曰稑」，全王作「穜，亦作穋」。王二作「穜〻」，誤同。

薩 蒿薩藥名　二六〇頁四一～四二行
原卷「蒿」作「萵」。王、姜與彙編同。案當作「蕳」。

鶅 鴟鳩鳥　二六〇頁四六～四七行
原卷正文作「鷄」，王同。姜與彙編同。案當作「鶅」。又王、姜「鴟」作「嗚」，并誤。

琡 大章玉　二六〇頁五〇行
原卷如此，王、姜并同。案「章」字，全王同，當以王二作「璋」。

鯯 魚名　二六〇頁五五行
原卷注文作「魚名」，王、姜并作「魚名」。案當作「名魚」。

鶅 鳥鶅鳩名　二六〇頁五五行
原卷注文作「鳥名鶅鳩」，王、姜并同。疑當作「鶅鳩鳥名」。

蛪 又鼁蟾蜍別名　二六〇頁五六行
原卷「又」作「〻」，王、姜并同。惟王作「乂」，致彙編誤作「又」矣。
又「鼁」當以廣韻作「鼀」。

鼁 即育反二　二六〇頁五六行

原卷正文作「鼀」。汪、姜與彙編同。案當作「鼁」。又原卷「即」作「取」。汪、姜與彙編同，并誤。

倓 大走疾　二六一頁六一行

原卷如此，汪、姜并同。案「大」當作「犬」。

畜 養人丑救許救丑六三反　二六一頁六三行

原卷「人」作「又」，汪、姜并同。彙編誤。

鄐 晉刑侯邑　二六一頁六四行

原卷如此，汪、姜并同。案「刑」字，汪一、汪二、全王、廣韻并作「邢」，當據改。

築 擣石作筊　二六一頁六五行

原卷如此，汪同。姜「石」作「右」，「筊」作「笈」。案汪一注文作「擣，古筑文」（「古筑文」疑當作「古文筑」），汪二作「擣，古篫」。廣韻「築」下出「篫」，注云：「古文。」全王無或體，或後人不知所當作而刪去。此本「石」疑是「古」字之誤，且「筊」字亦誤。

跐 齊初六反六　二六一頁六六行

原卷如此，汪、姜并同。案「初」當作「初」。案汪一、汪二、唐韻、廣韻正文并作「跙」，當據改。全王「跙」注文作「初六反，齊，亦作跐」，此字訓上有「跐」字，注文作「錯」。龍氏校云：「王一本紐無此字，各韻書同。竹下云五，是其不當有。下文跙字切三作跐，集韻收跐為𨇾字或體。案廣雅釋詁四跙，齊也。疏證引漢書申屠嘉傳「𨇾𨇾廉謹」顏注持整之貌以為證。本書此字蓋出後人誤增。注文云錯，亦當有誤。」（註廿三）案全王「

「跜」字，蓋寫者本欲書「跜」字，而誤書作「跜」，遂於注文云：「錯。」龍氏云「本書此字蓋出後人誤增。注文云錯，亦當有誤」等語，猶未達注文云「錯」之故。

肭 朒月見東方 安六反三 二六一頁 六八、六九行

原卷正文作「肭」，伍、姜并同。彙編誤。又原卷「安」作「女」，姜同。伍字在欄框，未可辨識。彙編誤。又正文，王二同。王一、全王、廣韻并作「肭」。

彧 文章或作棫 二六一頁 七二行

原卷「棫」作「𢧐」，姜同。伍作「𢧐」，當係印刷未明也。彙編誤。

睦 親貝 二六一頁 七九行

原卷「貝」作「〻」，伍、姜并同。惟伍作「𠂉」，致彙編誤作「貝」矣。

首 蓿〻 二六一頁 七九行

原卷如此，伍同。姜無「〻」，蓋脫。

○二沃韻

督 ⿱亦辛 二六四頁 二行

原卷如此，姜同。伍作「⿱亦辛」。案集韻「⿱亦辛」古作「⿰糸率」。「⿰糸率」蓋「⿰糸率」字之誤。

⿰衤叔 二六四頁 二行

原卷如此，伍、姜并同。案當作「⿰衤督」。

⿰白隺 鳥名 二六四頁 四行

原卷如此，伍、姜并同。案注文，王一、全王并作「鳥白」，廣韻作「鳥白

也」。王二作「鳥名，白色」，唐韻作「白鳥，亦作𪆵」。不知此本「名」為「白」字之誤？抑「名」下有脫文？

**鏷** 〈韋矢石 二六四頁四～五行

原卷正文作「鏷」，王同。姜與彙編同。案當作「鏷」，本韻从菐之字仿此。又原卷「矢」作「夫」。王、姜并作「美」，誤。又姜「石」作「玉」，亦誤。

**括** 二六四頁五行

原卷如此，王、姜并同。案當作「栝」。唐寫木偏旁才木常不分。

**雊** 鴨鵲 鴨鵲似鳥名 二六四頁六行

原卷如此，姜同。王「鴨」作「鴨[果]」。案「鴨鵲」二字，當从王一、王二、唐韻、全王作「鳾鵠」。王一「名」下尚有「亦作鵠」三字。全王無「鳥名」二字。廣韻注文作「鴉鵠，鳥名，似鵲」，彙編廣韻校勘記云：「鴉鵠，中箱本作鳾鵠，澤存本作鳾雊。案周禮：司裘設其鵠。注：鳾鵠，小鳥而難中。廣雅：鳾鵠，鵲也。淮南氾論乾鵠知來而不知往。注：鳾鵠也。」（註廿四）是「鴨鵲」、「鴉鵠」當作「鳾鵠」或「鳾雊」。

）三燭韻

**鋊** 二六五頁五行

原卷如此，王、姜并同。案當作「鋦」。本韻从㓁之字仿此。

**韣** 弓衣徒谷反 二六五頁六～七行

原卷如此，王、姜并同。案「徒谷反」為又音，其上當有一「又」字。

**襡** 長襦 二六五頁七～八行

原卷「襦」作「襦」。王、姜與彙編同。案當作「襦」。又原卷正文當从衣作「襡」。

觸 笑尺玉反二 二六五頁八行

原卷「笑」作「𥦗」，即「突」字。王、姜并作「𥦗」，與彙編皆誤。

浴 沐〻 二六五頁一〇～一一行

原卷「沐」作「洗」，王、姜并同。案注文，王一、王二、全王并作「沐浴」，唐韻作「洗」，廣韻作「洗浴，說文曰：洒身也。洒，先禮切」。彙編改「洗」作「沐」，與原卷異。

渌 水名在相東 二六五頁一二行

原卷如此，王、姜并同。案「相」字，當从王一、王二、唐韻、廣韻作「湘」。全王無「在湘東」三字。廣韻「水」字上重「渌」字，且「東」字下尚有「又姓，何氏姓苑有渌圖，為顓頊師」十三字。

籙 圖 二六五頁一四行

原卷如此，王、姜并同。案王一、王二、全王、唐韻、廣韻注文并作「圖籙」。此本當補一「籙」字。

俗 時〻 二六五頁一七行

原卷如此，王、姜并同。案注文，王一作「下里」（「里」當作「俚」），王二作「訛」，全王作「下俚」，唐韻作「風」（「風」下當補「俗」字），廣韻作「風俗。說文：習也」。

粟 相一反三 二六五頁一八行

原卷「一」作「玉」，王、姜并同。彙編殘。

鏷 落牛頭封曲反一 二六五頁一九行

原卷注文如此，汪、姜并同。案「落」字，唐韻同，當从汪一、汪二、全王、廣韻作「絡」。汪二「絡牛頭」作「牛絡頭」。又此本「封」當作「封」。

梀 〻棉木丑錦 二六五頁一九行

原卷「錦」作「錄」，汪、姜并同。彙編誤。又原卷注文末脫「反一」二字。案「丑錄反」，切三、王一、王二、全王同，唐韻、廣韻并切「丑玉」。

## 〇四覺韻

樂 又盧谷五教二反 二六七頁三～四行

原卷「谷」作「各」。汪、姜與彙編同，并誤。

浞 水澄士角反五 二六七頁四行

原卷「澄」作「澄」，汪同。姜作「溼」。案當作「溼」。

莘 蒙生 二六七頁五行

原卷如此，汪、姜并同。案正文，汪一、汪二、唐韻同。全王作「莘」，廣韻作「丵」。注文，唐韻同，汪一作「草蒙生，亦莘」，汪二作「蒙生草」，全王作「草叢生」，廣韻作「叢生草」。此本、唐韻并脫一「草」字。

椝 刃〻 二六七頁七行

原卷正文作「椝」，汪同。姜與彙編同。姜「刃」作「刀」。案原卷「刃」蓋「刀」字之誤。

蒴 〻擢草 二六七頁七行

原卷如此，汪同。姜正文作「蒴」。案注文，汪二、全王并作「蒴藋草」，廣韻作「蘋蘿藥也」。此本「擢」當作「蘿」。

涿 郡名　二六七頁八行

原卷如此，P王、姜并同。案正文當作「涿」。本韻正文从豖之字仿此。

蘋 紫草　二六七頁一一～一二行

原卷如此，P王、姜并同。案王一、王二、全王、唐韻、廣韻注文并作「紫草」。此本「柴」蓋「紫」字之誤。

霻 雨水蒲角反十　二六七頁一二行

原卷如此，P王、姜并同。案「雨水」二字，王二、唐韻、廣韻同。王一作「雨氷」。「水」蓋「氷」字之誤。

駁 獸似馬名　二六七頁一三行

原卷「名」字旁有「ᐯ」乙倒符號。P王作「ㄑ」。姜注文逕作「馬獸名似」。彙編誤。

犦 犎牛又甫教反　二六七頁一四行

原卷如此，P王、姜并同。案正文，王二、唐韻、全王同，當从王一、廣韻作「犦」。又此本「犎」當作「封」。王一、唐韻誤作「封」。又唐韻「甫」字誤作「雨」。全王注文作「犦，又普角反」者，蓋誤將「⿰扌暴」字注文入於此。

⿱暴言 ㄑ嗃　二六七頁一四行

原卷如此，P王、姜并同。案「嗃」蓋「嗃」字之誤。又全王正文作「⿱暴言」，

誤。

⿰木⿱暴言　二六七頁一五行

原卷作「𢷎」。王、姜與彙編同。案當作「搡」。

**㱿** 二六七頁一六行
原卷如此，王、姜并同。案當作「㱿」。本韻从㱿之字仿此。

**𪌓** 盛鯌器 二六七頁一八行
原卷正文作「𪌓」，姜同。王與彙編同。案注文，王一、全王、廣韻并作「盛脂器」，唐韻作「成鯌器」，王二作「盛錢器，一曰盛鰌鱓」。今本說文訓作「盛鰿危也，一曰射具」，集韻作「盛鰿器」。此本「成」、唐韻「成」并當作「盛」。又此本、唐韻「鯌」及王一、全王、廣韻「脂」字并是「鰿」字之誤。又「觶」與「危」同，王二「鱓」為「觶」字之誤，「鰌」為「鰿」字之誤。

**鶤** 曰鶤鳥 二六七頁一九行
原卷二「鶤」字并作「鶤」，王、姜（注文「鶤」作「〻」）并同。彙編誤。
又原卷「曰」蓋「白」字之誤。

**櫂** 拔 二六七頁一八行
原卷如此，王同。姜「拔」作「拔」。案原卷正文當从手作「擢」。

**嚁** 鳥聲 二六七頁二〇行
原卷「鳥」作「鷄」，姜作「雞」。王與彙編同，并誤。又原卷正文當作「嚁」，本韻从翟之字仿此。

**鸐** 小鸐 二六七頁二〇～二一行
原卷如此，王、姜并同。案「小鸐」，王二同。王一、全王、唐韻、廣韻并作「山鸐」。

逴 遠一曰警夜勑角反三 二六七頁二〇～二一行

原卷如此，王、姜并同。案「警夜」，全王同。王一、王二、唐韻并作「驚夜」，并當以廣韻作「驚走」。

豿 豕聲 二六七頁二四行

原卷正文作「豿」，王、姜并同。案正文當以段改廣韻从豕作「豿」。王一、王二、全王、廣韻并作「豿」，皆當作「豿」。

[illegible] 二六七頁二四行

原卷如此，王、姜并同。案當作「[illegible]」。

○五質韻

擳 啓行刑用斧擳 二六九頁二行

原卷如此，王同。姜「啓」作「啓」。案原卷「啓」當係「啓」字。此字，王一、王二、全王并作「砧」，唐韻、廣韻并作「椹」。又原卷二「擳」字并當从木作「櫍」。

騭 騭馬後漢有鄧騭 二六九頁二～三行

原卷「駁」作「駁」，王同。姜作「駁」，與彙編皆誤。案「駁」字，廣韻同。王一作「駁」、王二作「駁」、唐韻作「駁」、全王作「駁」，并誤。

帙 或作袠 二六九頁四行

原卷如此，王、姜并同。案「袠」蓋「袠」字之誤。

軼 車過又同給反 二六九頁一〇行

原卷「給」殘作「紿」。王與彙編同。姜作「結」。案王一、全王、唐韻、廣韻又音并切「同結」。此本又音當作「同結反」。

鎰 廿雨 二六九頁一〇～一一行

原卷如此，汪同。姜「雨」作「兩」。案原卷「雨」當作「兩」，唐寫本字形無定，兩雨常不分。（註廿五）又正文當作「鎰」，本韻以益之字仿此。

桔 朾丑栗反一 二六九頁一二行

原卷「粟」作「栗」。姜與彙編同，并誤。又原卷正文如此，汪同。姜作「桔」。案汪一、汪二、全王、唐韻、廣韻正文并作「拮」。此本「桔」蓋「拮」字之誤。又原卷「朾」當以手作「打」。

窒 寒陟栗又丁結反四 二六九頁一四行

原卷如此，汪、姜并同。案「寒」當作「塞」。又「陟栗」下當補一「反」字。

蒺 梨〻 二六九頁一六～一七行

原卷「梨」作「蔾」。汪、姜與彙編同，并誤。

剢 割聲或作劕初栗反一 二六九頁一七行

原卷「初」作「初」。姜作「初」，與彙編皆誤。又原卷「劕」字如此，汪同。姜作「剆」，誤。

蜜 蜂民必反四 二六九頁一九行

原卷如此，汪、姜并同。案「蜂」字下，汪一、全王并有「食」字，汪二有「蜜」字。廣韻注文亦有「蜂所作食」之語。此本止訓「蜂」一字，當有脫文。

姞 一曰乙反字巨二 二六九頁二七～二八行

原卷如此，汪、姜并同。案注文，廣韻作「姓，一曰字。史記云：姞氏為后稷元妃」，王一作「姓，一曰女字」，王二作「一曰女字，又姓」，全王作「姓，一曰燕姓」。全王下「姓」字當是「姞」字之誤，左傳宣公三年：鄭文公賤妾曰燕姞。

術　食聿反　四　二六九頁二八行

原卷如此，王同。姜「聿」作「律」。

佖　有儀威　二七○頁三二行

原卷如此，王、姜并同。案「有儀威」，廣韻作「有威儀也」，王一、王二、全王、唐韻并作「有威儀」。

趉　走皃　二七○頁三四行

原卷「皃」作「白」，王同。姜與彙編同。案原卷「白」蓋「皃」字之誤。

颰　小風皃　許聿反　四　二七○頁三四行

原卷「皃」作「白」，王、姜并同。案原卷「白」蓋「皃」字之誤。

眓　高視　二七○頁三四～三五行

原卷如此，王、姜并同。案正文當从目作「眓」。

寽　將取今予尒是　二七○頁三五～三六行

原卷如此，王同。姜「尒」作「尔」。案原卷「尒」當作「禾」。又「予」字，當从全王、廣韻作「寽」。

朩　二七○頁三七行

原卷作「朮」，王、姜并同。彙編誤。

帥　師　二七○頁四○行

原卷如此，王、姜并同。案王一注文殘，王二止有又音。全王作「領軍」，唐韻作「佩巾，又帥亦作師，避晉景帝諱改為帥，晉有尚書郎師昌，又所類反」（「昌」蓋「咼」字之誤）。此本注文止作「師」一字，疑有脫文。

窐　二七〇頁四一行
原卷如此，王、姜并同。案當作「窋」，本韻从窋之字仿此。

䓕　荷木下日　二七〇頁四一～四二行
原卷「木」作「本」，王同。姜作「本」。彙編誤。又原卷「日」蓋「白」字之誤。案正文，王二、全王、唐韻、廣韻并作「䓕」，惟全王注文亦作「䓕」。

䎈　く椰生未重　二七〇頁四二～四三行
原卷如此，王同。姜「椰」作「概」，誤。又原卷正文當作「秭」。

鳦　鷰　二七〇頁四三行
原卷如此，王、姜并同。案注文，王二作「鷰從乙」，全王、唐韻并作「燕」。

耴　鳥聲耴魚狀魚一乙反　二七〇頁四三～四四行
原卷「烏」作「鳥」，姜同。王作「鳥」，與彙編皆誤。

○六物韻

芴　土爪　二七四頁一行
原卷「土」作「圡」，王、姜并同。案即「土」字。又原卷「爪」當作「瓜」，唐寫本字形無定，爪瓜常不分。

歿　無左臂九物反又九月反二　二七四頁三行
原卷如此，王同。姜無注文末「反二」二字，蓋脫。又廣韻正文作「殁」，

⿵風骨 風聲，物反，二　二七四頁六、七行

下出「孑」，注云：「上同。說文作此。」此本正文當作「亥」。原卷如此，王、姜并同。案正文，王二同，并當从全王、廣韻作「⿵風骨」。又此本「玉」蓋「王」字之誤。

榾　二七四頁七行

原卷如此，王、姜并同。案當从全王、廣韻作「搰」。

茀 草色　二七四頁八行

原卷如此，王、姜并同。案注文，全王、廣韻并作「草多」，王二作「道多草不可行」，唐韻作「草名」。此本「色」字、唐韻「名」字并當是「多」字之誤。

〇八迄韻

肹 〻響，又許乙反　二七五頁一行

原卷「計」作「許」。王作「計」，姜與彙編同，皆誤。又正文，唐韻同。全王作「盻」。并當从廣韻作「肸」。又「響」字，唐韻同。宜从全王、廣韻改作「蠁」。

〇九月韻

軏 車　二七六頁一行

原卷如此，王、姜并同。案注文，王二作「車軏」，全王作「車端」，唐韻、廣韻并作「車轅端曲木也」。此本止作「車」一字，當有脫文。

⿰石犬 省。新加　二七六頁三行

原卷如此，王、姜并同。案正文當作「⿰省犮」。

䇙 紵布 二七六頁三行

原卷如此，王、姜并同。案正文，王二、全王、唐韻同。注文，唐韻同。王二、全王并作「竚布」。廣韻「䇙」訓作「竝立也」；「⿰糸戉」訓作「紵布，一曰：采彰也，一曰車馬飾」（今本說文「飾」作「帬」，段注云：「一曰，謂一名也。帬，各本作飾，今正。」）王國維氏唐寫本唐韻殘卷校勘記云：「此奪䇙字注文及⿰糸戉字正文。」惟龍宇純氏校箋云：「䇙字不詳所出。偏旁立與糸字行書易亂，疑䇙竚即⿰糸戉紵字之誤。」（註廿六）

瘷 氣逆 二七六頁四行

原卷如此，王、姜并同。案正文，全王作「⿸广欶」，并當从王二、唐韻、廣韻作「瘷」。

噦 居劣反此字亦入薛部一 二七六頁五～六行

原卷如此，王、姜并同。案「居」字，當从王二、全王、廣韻作「乙」。

韈 襪韈望發反亦從韋一 二七六頁八～九行

原卷「韋」作「韋」。王、姜與彙編同。姜二「韈」字并作「韤」。又姜「亦」誤作「又」。

颰 小風許月反三 二七六頁九行

原卷如此，王同。姜無「三」字，蓋脫。又原卷正文當作「颰」。下文「狘」「泧」二字，亦當从戉作「狘」「泧」。

猲 橋犬 二七六頁一一行

原卷如此，王、姜并同。案「橋」字當从犬作「獢」。

訐 面斥以言居謁反例居反三 二七六頁一一行

原卷如此，

原卷「倒居」作「倒居✓」，有乙倒符號，王同。姜逕乙正作「居倒」。彙編脫「✓」，又未乙正。又原卷「居倒反」上脫一「又」字。

揭 榰物其謁反一 二七六頁一二行

原卷如此，王、姜并同。案「榰」當从手作「搘」。

怫 二七六頁一二行

原卷如此，王同。姜作「怫」。案當作「怫」。

○十沒韻

鶻 鶻鶻鳴又胡八反胡骨二 二七七頁二行

原卷如此，王同。姜「鳴」作「塢」。案原卷「鳴」字，當从王一、王二、全王、唐韻、廣韻作「鳩」。

榾 狗骨木 二七七頁二～三行

原卷如此，王、姜并同。案「狗骨」蓋「枸榾」二字之誤。

䮑 牛馬尾一角 二七七頁三～四行

原卷如此，王、姜并同。案正文當作「䮑」，本韻从孛之字仿此。又注文，王一同。王二作「馬面牛尾一角」，唐韻、廣韻并作「䮑馬，獸名，似馬牛尾一角。又音雹」。全王無此字訓，蓋脫。

咄 河當沒反一 二七七頁四行

原卷如此，王、姜并同。案「河」蓋「訶」字之誤。

宊 觸陁骨反六 二七七頁五～六行

原卷如此，王、姜并同。案正文當作「突」，本韻从突之字仿此。

腯 二七七頁六行

乾 急懶之字呼結反 二七七頁九行

原卷如此，王、姜并同。案當作「腯」。

原卷如此，王、姜并同。案「急懶」二字，王一同，并當从全王、唐韻、廣韻作「急擷」。

窋 穴苦角反五 二七七頁一一行

原卷如此，王、姜并同。案「角」字在覺韻，且王二、全王、唐韻、廣韻切語并切「苦骨」。此本「角」蓋「骨」字之誤。

汩 溫池 二七七頁一一行

原卷如此，王、姜并同。案注文，王二、唐韻、廣韻并作「漚池」，王一、全王并作「漚麻池」。此本「溫」蓋「漚」字之誤。

頊 日禿 二七七頁一二行

原卷如此，王、姜并同。案注文，王一、王二、全王、唐韻并作「白禿」。此本「日」蓋「白」字之誤。廣韻注文，古逸本作「貞禿」，澤存堂本同，巾箱本作「白禿」。古逸本、澤存堂本「貞」亦「白」字之誤。

齕 齧人胡結反 二七七頁一六行

原卷「人」作「又」，姜同。王作「入」，當係「又」字。而彙編竟誤為「人」字矣。

○十一末韻

末 木止莫割反十二 二八○頁一行

原卷如此，王、姜并同。案「止」蓋「上」字之誤。

眛 星易曰日中見眛 二八○頁一行

原卷如此，王同。姜二「眛」字并作「眛」。案原卷二「眛」字并當从日作「昧」。

俫　俫〻達，肥皃　二八〇頁二行

原卷「達」作「達」。王、姜與彙編同。案原卷「達」當作「㒓」。

撥　二八〇頁三行

原卷如此，王、姜并同。案當作「撥」。

夗　刖足夗〻　二八〇頁四行

原卷「刖」作「刺」，王、姜并同。案注文，王一、王二、全王、唐韻同，當从廣韻作「足刺夗」。今本說文「夗」訓作「足刺址」。

迹　走急　二八〇頁五行

原卷如此，王、姜并同。案當作「迹走急」。此本「急」「急」常不分。

䯯　䯯〻鬢，多鬚皃　二八〇頁五行

原卷「鬚」作「鬚」，王、姜并同。彙編誤。

泧　〻濊　二八〇頁九行

原卷「濊」作「濊」。王、姜與彙編同，并誤。又原卷正文當作「泧」。

斡　轉，烏活反，四　二八〇頁九行

原卷如此，王、姜并同。案正文當从王一、全王、唐韻、廣韻作「斡」。

跋　〻足行皃，蒲活反，十　二八〇頁一三行

原卷如此，王、姜并同。案王一、唐韻、廣韻并訓作「跋𨇨行皃」，此本「足」蓋「𨇨」字之誤。全王訓作「行」，當有脫文。

癹　草除　二八〇頁一四行

原卷如此，王同。姜正文作「癹」。案正文當作「癹」。

撥 ～挂 二八〇頁一五行

原卷如此，王、姜并同。案「挂」當作「抹」。

⿱制心 鷩 二八〇頁一五行

原卷正文作「⿱制心」。王作「⿱制心」。姜與彙編同。案當作「⿱制心」。

㒓 ～佅 二八〇頁一六行

原卷「佅」作「佅」，姜同。王與彙編同，并誤。又原卷正文當作「㒓」，本韻从達之字仿此。

獺 小狗 二八〇頁一七行

原卷「小」作「水」，當係「水」字之殘文也。王、姜與彙編同，并誤。

鶡 ～鴠 二八〇頁一八行

原卷如此，王同。姜作「鶡鴠」。案當作「鶡鴠」。

堨 ～攡 二八〇頁一八行

原卷「攡」作「樆」，姜作「攡」。王與彙編同。案字當从手，从木誤。

掣 破斫 二八〇頁一八行

原卷如此，王、姜并同。案「斫」字，當从王一、王二（在褐韻）、全王、唐韻、廣韻（與上卷并在曷韻）作「研」，且此李注文二字誤倒。

櫴 撥櫴 手披 二八〇頁一九行

原卷如此，王、姜并同。案二「櫴」字并當从手作「攋」。

逹 他割反一 二八〇頁一九～二〇行

原卷正文作「逹」，王、姜并同。案當作「逹」或「達」。又原卷「他」作

「陁」。王、姜與彙編同，并誤。

猲 恩 二八〇頁二三行

原卷如此，王、姜并同。案「恩」當作「恐」。

○十二黠韻

菝 々劼根可々作飯 二八二頁二行

原卷如此，王、姜并同。案「劼」當作「蒳」。

鬜 々毛 二八二頁三行

原卷正文作「鬜」，王、姜并同。又原卷「毛」作「秃」。王、姜與彙編同，并誤。

嗗 飲聲馬八反二 二八二頁七行

原卷如此，王、姜并同。案「馬」蓋「烏」字之誤。

[齒+截] 茲利切八反四 二八二頁七行

原卷如此，王同。姜「切」作「初」。案王一、王二、全王、唐韻切語并切「初八」。此本「切」蓋「初」字之誤。

藜 草 二八二頁八行

原卷注文作「々草」。王、姜與彙編同，并脫「々」。

剮 去惡內古骨反二 二八二頁八～九行

原卷如此，王、姜并同。案原卷「內」蓋「肉」字之誤。又「骨」字在沒韻，且王一、王二、全王、唐韻、廣韻（正文作「劀」，下出「劀」，注云：「俗。」）切語并切「古滑」。此本「骨」蓋「滑」字之誤。

戞 揩古黠反七 二八二頁九行

原卷正文作「戛」，任、姜并同。彙編誤。又原卷「揩」當从木作「楷」。

鴶 鳥々名鳩（二八二頁一〇行）

原卷「鳥」作「鳩」。任、姜與彙編同，并與原卷異。

黜 屈女滑反一（二八二頁一四行）

原卷如此，任、姜并同。案切語與本韻「豽」字切語同。王一、王二、全王、廣韻切語并切「五滑」。此本「女」蓋「五」字之誤。

## ○十三鎋韻

鎋 車軸頭鐵吉作舝胡瞎反四（二八三頁一行）

原卷「吉」作「古」，任、姜并同。彙編誤。

剥（二八三頁四行）

原卷如此，任、姜并同。案當作「刹」。

須 々頡鬡可白丑刮反一（二八三頁七、八行）

原卷如此，任、姜并同。案王一、王二、唐韻、廣韻并訓作「須頢強可貝」，全王作「強可貝」。此本「頡」當作「頢」、「鬡」當作「強」、「白」當作「貝」。

磯 小砎墓鎋反二（二八三頁一二行）

原卷如此，姜同。任「砎」作「矿」，誤。案原卷「小」當係重文々之誤，當作「々」。

## ○十四屑韻

楔 木名（二八四頁一行）

原卷如此，任、姜并同。案正文當作「楔」，本韻从契之字仿此。

卪 瑞信 二八四頁七行

原卷正文作「弔」。王、姜并作「弔」。案當作「卩」。

瞘 瞜瞘惡貝 二八四頁九～一○行

原卷如此，王同。姜「瞜」作「瞜」，誤。

闋 古穴反一 二八四頁一一行

原卷如此，王、姜并同。案「古穴反」與韻中「玦」字音同。王一、王二、全王、唐韻、廣韻切語并切「苦穴」。此本「古」蓋「苦」字之誤。

姪 曰娣徒吳反十六 二八四頁一六～一七行

原卷注文作「曰娣徒吳反十六」，王、姜并同。案原卷此下出「昳日吳」一字訓，此本誤將「昳」字注文置於「姪」字注文內，當刪去。又「姪」字，王一、王二并訓作「姪娣」，唐韻、廣韻并訓作「姪娣。公羊傳云：兄之子」，此本「娣」字上當補一「姪」字。又王一、王二、全王、唐韻、廣韻切語并切「徒結」。此本脫切語下字。

昳 日吳 二八四頁一七行

原卷注文作「日吳」。王作「日吳」，姜作「日吳」。案當作「日吳」。「吳」同「昃」。又正文當作「昳」，本韻从失之字仿此。

亞 高起 二八四頁一八行

原卷如此，王、姜并同。案正文，王二同。王一、唐韻、廣韻并作「凸」，全王作「凸」。案當作「凸」。又注文，王二、廣韻同。全王作「肉高起」，唐韻作「高起皃也」。王一作「陸云高起，字書無此字，陸入切韻，何考研之不當」，則係王氏刊謬之語也。

驖 黑馬 二八四頁一九行

原卷如此，王、姜并同。案注文，王一、王二并作「馬赤黑色」，全王、唐韻并作「馬赤黑」，廣韻作「馬赤黑也」。此本至少脫一「赤」字。

嵽 嵲〻高皃 二八四頁一九～二〇行

原卷如此，王、姜并同。案正文，全王同，當从王一、王二、唐韻、廣韻作「嵽」。又注文「嵲」字，當从王一、王二、全王、唐韻、廣韻作「嵲」。

僣 侻〻 二八四頁二二行

原卷正文作「僭」，王、姜并同。案當作「僭」或「僣」。彙編誤。

纈 錦綳胡結反九 二八四頁二二～二三行

原卷「綳」作「纈」，姜同。王與彙編同，并誤。

頁 頸 二八四頁二四行

原卷「頸」作「頚」，王同。姜作「頭」。案原卷「頚」為「頭」字之誤。

截 作結反案文作截三 二八四頁二六～二七行

原卷注文「截」作「𢧵」，王、姜并同。彙編誤。又姜上「作」字作「昨」。案切語上字當从王一、王二、全王、唐韻、廣韻作「昨」，原卷誤。

岊 二八四頁二七行

原卷如此，王、姜并同。案當作「岊」。

嵲 嵽嵲案文作嵲 二八五頁二九行

原卷如此，王、姜并同。案二「嵲」字及「嵽」字并當从山旁作「嵲」「嵽」。

蔑 二八五頁二九行

案彙編此字下五字訓因版面移動，致模糊不清，茲據原卷錄之如下：「蔑無莫結反九懱輕⿰禾蔑禾概䁾目赤櫗方~楔不正」。

櫗 ~楔不正方 二八五頁三一行

原卷「方」作「方~」，有乙倒符號。王同。姜逕乙正之。彙編脫乙倒符號，又未乙正。

幭 帊襆 二八五頁三二行

原卷如此，王、姜并同。案注文，王一、王二、全王、唐韻并作「帊幞」，廣韻作「帊幞」。此本「襆」當从衣作「襆」。

⿰蔑鳥 雀~ 二八五頁三二行

原卷「~」作「工」，王、姜并同。彙編誤。

挈 鉼提又苦計 二八五頁三六行

原卷如此，王、姜并同。案原卷注文末脫一「反」字。又王二、全王并訓作「提」，唐韻作「提挈」，廣韻作「提挈，又持也」。此本「鉼」字蓋誤衍。又此本正文當作「挈」，本韻从㓞之字仿此。

⿱大胃 肥壯皃結反二 二八五頁三八行

原卷「壯」作「壯」，王、姜并同。案「壯」字，全王、廣韻作「狀」，并當从王二、唐韻作「壯」。

縷 盧細反麻縷一 二八五頁四三行

原卷「細」作「結」，王、姜并同。彙編誤。

○十五薛韻

疶 病利 二八六頁二行

原卷如此，王同。姜「病」作「疾」。案全王正文作「瘈」，注文作「利病〻」。唐韻正文作「痸」，注文作「瘌病，作瘈」。廣韻正文作「痸」，注文作「瘌也，亦作瘈」。此本、全王注文「利」并當作「瘌」。又唐韻「作」字上當有一「亦」字。

列 呂薛反 十三 二八六頁三～四行

原卷「十三」作「十二」，王、姜并同。案所列韻字實十二字，彙編誤。

蛚 蜻蛚 蟋蟀 二八六頁四行

原卷「蛚」作「蛚」，姜同。王與彙編同，并誤。

茢 茢除 不祥 二八六頁六行

原卷如此。王「詳」作「咩」，左半字不可辨識。姜作「祥」。案原卷「詳」當作「祥」。

鴷 欠第駝 新加 二八六頁七行

原卷「欠」作「次」，王、姜并同。彙編誤。

蜇 陟列反從心 又作𧮯 二八六頁七～八行

原卷如此，王、姜并同。案注文云「从心」，正文當作「悊」。廣韻「哲」下出「悊」「喆」，注云：「並上同。」再下出「𧮯」，注云：「古文。」

㒅 二八六頁八行

原卷如此，王、姜并同。案當作「傑」，本韻从桀之字仿此。

𥿭 二八六頁八行

原卷如此，王、姜并同。案當作「桀」。

鞊 柔皮 二八六頁一二行

原卷如此，王、姜并同。案正文當作「靼」。

⿱艹鱉 菜蕨　二八六頁一八行

原卷如此，王、姜并同。案正文，王二、唐韻同。全王、廣韻并作「虌」。

彼 皮破丑口反一　二八六頁一九行

原卷「口」作「劣」，王、姜并同。彙編模糊。

悅 雪反五　二八六頁一九行

原卷「雪」上一字作「翼」，王、姜并同。彙編空白。

⿰足寽 ゝ蹶蛇皃　二八六頁二六行

原卷如此，王、姜并同。案注文，王二、全王并作「ゝ蹶跳皃」，唐韻、廣韻并作「蹶⿰足寽跳踉皃，出字統」（唐韻注文末尚有一「加」字）。此本「蛇」蓋「跳」字之誤。

别 憑列反二　二八六頁二七～二八行

原卷「二」作「一」。王、姜與彙編同，并誤。

具 舉　二八七頁三二行

原卷如此，王同。姜注文作「舉目許劣反三」。案全王訓作「舉目」，王二、唐韻、廣韻并訓作「舉目使人」。此本、全王并有脫文。又切語，王二作「許列反」，全王、唐韻、廣韻則并切「許劣」。又正文，王二、唐韻并作「⿱目大」，當从王一、全王、廣韻作「⿱目夂」。

⿱艹黨 短尾皃　二八七頁三六行

原卷如此，王、姜并同。案正文當作「⿱𥫗黨」。注文，王一、王二、全王、唐韻并作「短黑皃」，廣韻作「短黑皃也」。此本「尾」蓋「黑」字之誤。

膬　腁而易破。七絕反一　二八七頁三六行

原卷「腁」作「膈」。王、姜與彙編同。案當作「腰」。

蠽　茅截似蟬。千列反三　二八七頁三七行

原卷「千」作「于」，當係「子」字。王、姜與彙編同，并誤。又原卷「茅截」當作「茅蠽」。

剪　割斷聲。廁滑反一　二八七頁四〇行

原卷如此，王同。姜「滑」作「列」。案正文，王二、唐韻同，王一作「剘」，全王作「剪」，并當从廣韻作「剪」。又「滑」字在黠韻，而為此字之切語下字，蓋誤。王二、全王切語下字并作「別」，唐韻、廣韻并作「列」。

○廿七藥韻

爇　以口反八　二八八頁一行

原卷「口」止存火旁。王空白。姜與彙編同。案王二、全王、唐韻、廣韻切語并切「以灼」。此本所存火旁蓋「灼」字之殘文也。

蘥　燕麥。菜名　二八八頁二行

原卷「菜」作「草」，姜同。王與彙編同，并與原卷異。又正文當作「蘥」，本韻从龠之字仿此。（「蘥」為「蘥」之俗體）

爚　煜　二八八頁三行

原卷注文作「煜〻」，姜同。王與彙編同，并脫「〻」。

犳　山海．名首文日踶　經犳山有獸豹而　二八八頁六、七行

原卷注文作「山海經犳名首文日踶山有獸豹而」，王、姜并同。彙編誤。案集韻訓作「獸名

，出隄山，狀如豹而無文」。

繳　繒　二八八頁八行

原卷注文作「繒〻」，姜同。王與彙編同，并脫「〻」。又「繒」字，王二、全王同，當从唐韻、廣韻作「矰」。

若　灼　二八八頁一一行

原卷殘存作「𦱁口灼」。姜作「若曰灼」。王作「若灼」。彙編注文止一「灼」字，誤。

蒻　荷莖入渠又菜名出蜀　二八八頁一二～一三行

原卷如此，王、姜并同。案「渠」字，唐韻作「地」，當从王二、全王、廣韻作「泥」。又「泥」字下，唐韻有「處」字，廣韻有「之處」二字。又王二「入」誤作「又」。

綽　處約反　二八八頁一三行

原卷韻字數殘，王、姜并同。案原卷「約」蓋「灼」字之誤。

磭　大脣屵　二八八頁一四行

原卷殘存作「磭大脣屵」，姜作「磭大脣貝」。王作「磭大脣屵」。案注文，王二作「屵〻大脣，屵字語偃反」，全王作「大脣皃，岸脣，岸字言㥾反」（二「岸」字并當作「屵」，下「脣」字當作「磭」），唐韻作「大脣白，屵磭，屵字言㥾反」（「白」蓋「貝」字之誤），廣韻作「大脣皃，又音綽」。

〇十九陌

栢　複〻　二九三頁一一行

原卷如此，王、姜并同。案注文，王二、全王、唐韻、廣韻同。龍氏校箋以為「複」當作「腹」，引廣雅釋器：「裲襠謂之袙腹。」及釋名釋衣服：「帕腹，橫陌其腹也。」為證。（註廿七）

磔　防張格反三　二九三頁三行

原卷如此，王、姜并同。案正文當作「磔」，本韻从桀之字仿此。又王一、王二、唐韻、廣韻切語并切「陟格」。此本「防」蓋「陟」字之誤，又與其下「張」字誤倒，即注文當作「張陟格反三」。全王「陟」字亦誤作「防」。

栢　木　二九三頁四行

原卷如此，王、姜并同。案王二、唐韻、廣韻「木」下并有「名」字，可據補。全王注文作「松栢」。

劇　憎奇逆反　二九三頁五行

原卷如此，王、姜并同。案「憎」蓋「增」字之誤。

⿰吕几　〻倦　二九三頁六行

原卷如此，王、姜并同。案正文，唐韻同。王二、廣韻并作「⿰谷几」，全王作「⿰叐几」。段改廣韻从丮，今據正。

索　求所戟反又蘇谷反三　二九三頁七行

原卷「蘇」作「蘓」。王、姜與彙編同。又原卷「谷」作「各」。王、姜與彙編同，并誤。

⿰氵榮　水名在榮陽　二九三頁八行

原卷「榮」字，似从木，又似从水。王、姜與彙編同。案此字，王二作「榮」，全王作「熒」，當从唐韻作「滎」。

嘖 側伯反三 二九三頁九行

原卷「伯」作「陌」，王、姜并同。彙編誤。又原卷此字訓書於下文「迮狹笮壓上板」右傍，王同。姜、彙編并入於行內。

岝 々各山皃 二九三頁一一行

原卷「各」作「峉」，王、姜并同。彙編誤。又原卷正文當从山作「岝」。

䬵 飢 二九三頁一四行

原卷如此，王、姜并同。案正文，王二作「䬵」，并當从全王、廣韻作「飵」。今本說文卽作「飵」。

虩 懼皃許郤反一 二九三頁一四行

原卷如此，王、姜并同。案正文，王二、唐韻同。全王、廣韻并作「虩」，與今本說文合，當从之。又「郄」為「郤」之俗書。

揢 摮〻 二九三頁一八行

原卷如此，王同。姜正文作「榕」。案原卷正文當作「榕」。

宅 瑒陌反三 二九三頁二〇行

原卷如此，王、姜并同。案「瑒」當作「場」。

擭 手取鋝反 二九三頁二一行

原卷如此，王同。姜「取」字下有「一」字。案此本脫切語上字，王二、全王、唐韻、廣韻切語并切「一虢」。

〇十八麥韻

霢 〻霖 二九五頁一～二行

原卷如此，王、姜并同，案「霖」當作「霂」。

畫　二九五頁二行

原卷作「畫」，汪、姜并同。「畫」即「畫」字。

嬶　分好昞貝　二九五頁二～三行

原卷注文作「分昞好貝」，汪同。姜作「〻〻好貝昞」，「〻昞」二字誤。又「昞」字，全王同，王二、廣韻并作「明」。

劃　錐刀剌　二九五頁三行

原卷「刃」作「刀」，姜同。汪與彙編同，并誤。又「剌」當作「刻」。

膕　曲腸中　二九五頁五行

原卷「腸」作「脚」，姜同。汪與彙編同，并誤。

孼　黃蘗愽厄反二　二九五頁五行

原卷正文殘存作「蘖」。汪與彙編同。姜作「蘖」。案原卷「蘖」當係「蘗」字之殘文也。廣韻正文作「檗」，注云：「黃檗，俗作蘗。」

蹟　士革反一　二九五頁六行

原卷正文作「蹟」，汪同。姜作「蹟」。案當作「蹟」。又切語，汪一、汪仁、全王、廣韻并切「士革」。此本「土」蓋「士」字之誤。

顚　〻痛不正　二九五頁七行

原卷如此，汪、姜并同。案注文，汪二作「〻顲頭不正」，全王作「〻广頭不正見」，唐韻作「顲頭不正」，廣韻作「顚頻頭不正見」。周氏廣韻校勘記云：「注顚當是顲字之誤，刻本韻書三一五五作顲，是也。唐韻齲支韻息移切下顲注云：「顚顲，頭不正也。顚音精。」案顚顲、顚顲，未詳孰是。」（註廿八）此本「〻」下脫一「顲」字，且「痛」為「頭」字之誤。其地各本并當據周說改正。

筞 馬棰 惻革反 五 二九五頁八行

原卷「惻」作「惻」，王、姜并同。彙編誤。案今本說文「筞」訓作「馬箠也」。此本正文當作「筞」。

嫧 健急 負 二九五頁八～九行

原卷「健」作「徤」，王、姜并同。案當作「健」，唐寫本偏旁亻彳常不分。又原卷「急」當作「急」。

轂 鞭聲 口革反 一 二九五頁一一行

原卷如此，王、姜并同。案正文當作「轚」。又「鞭聲」二字，唐韻，全王作「鞕」（脫一「聲」字）王一、王二、廣韻作「鞕聲」。彙編廣韻校勘記云：「鞕聲，澤存本同，巾箱本誤作鞭皃。案說文：堅也。」龍氏校箋云：「廣韻澤存本、黎本此下及呼麥切下並作鞕，巾箱本並作鞭，與早期韻書及集韻合，澤存本、黎本當出後人改之。十韻彙編校記謂巾箱本誤，語可商。」又云：『集韻攷正云：「說文轚訓堅，玉篇鞕亦訓堅，則作鞭者非。」案方說是。鞕即硬字，疑陸氏避堅字諱作鞕，而諸書沿之，又誤作鞭。』（註廿九）則各本作「鞭」者并當作「鞕」。

繳 衣繳 又音酌 二九五頁一一～一二行

原卷「激」作「繳」，王、姜并同。彙編从水旁，誤。

膈 胷 二九五頁一三行

原卷注文作「胷〻」。王、姜、彙編并無「〻」，蓋脫。

猲 大怒 張耳 二九五頁一五行

原卷如此，王、姜并同。案「大」蓋「犬」字之誤。

⿱雨析 霰 二九五頁一八行

原卷「霰」作「霰」。王作「霰」。姜作「霰」。案當作「霰」。又正文當作「⿱雨析」。

⿸疒束 寒⿸疒寒康 二九五頁一八行

原卷注文「康」作「⿸疒束」，姜同。王作「康」。案原卷二「⿸疒束」字并當作「⿸疒束」。本韻「棟」「滐」并當从束作「楝」「㴤」。又「寒」字下，王二有「狀」字，全王、唐韻、廣韻并有「貞」字。此本脫一字。

擊 普麥反 擊中聲 二九五頁一九行

原卷「擊」作「㩭」，未可辨識。王與彙編同。姜作「躾」。案原卷此字殆非「擊」字，今从王一、王二、唐韻、廣韻作「射」。全王誤作「身」。

## ○十七昔韻

惜 忲 二九七頁一一行

原卷如此，王、姜并同。案「忲」當作「恡」，亦即「悋」字。

跡 足跡，又作迹、積 二九七頁三、四行

原卷如此，王、姜并同。案「積」蓋「蹟」字之誤。

益 二九七頁五行

原卷如此，王、姜并同。案當作「益」，本韻从益之字彷此。

釋 清施反 十一 二九七頁一一行

原卷如此，王、姜并同。案原卷脫切語下字。王一、王二、全王、唐韻切語并作「施隻反」。廣韻「釋」字亦列「施隻切」紐下。

檡　僔橐。二九七頁一一～一二行
原卷「僔」作「槫」，王、姜并同。案當作「樗」。又「槖」當作「橐」。

適　樂名之又都歷反　二九七頁一二行
原卷「之」字右旁有乙倒符號「∨」，王、姜并脫。案注文，王一作「樂，又之石都歷反」，王二作「樂也，一曰之也，又之石反都歷反」，全王作「樂，又之石反」。此本「名」蓋「石」字之誤。「又」字當移至「樂」字下。即注文當作「樂又之石都歷二反」。

奠　二九七頁一二行
原卷如此，王、姜并同。案當作「[illegible]」。

郝　人姓又呼谷反　二九七頁一二～一三行
原卷「谷」作「各」。王、姜與彙編同，并誤。

躑　躅或作蹢く　二九七頁一九行
原卷如此，王、姜并同。案「跴」蓋「蹢」字之誤。

皵　皮細起七跡五　二九七頁一九～二〇行
原卷正文作「散」。王、姜與彙編同。案當作「皵」。又原卷「七跡」下脫一「反」字。

趚　趢趚行貌　二九七頁二〇～二一行
原卷「趚」作「趚」，姜同。王字形與彙編略近。案二「趚」字并當作「趚」。下文「洓」字亦當从束作「涑」。

蕿　燕人呼黃　二九七頁二六行
原卷「黃」作「苂」，王、姜并同。彙編誤。

碧 居必益反五 二九七頁二七～二八行

原卷如此，王同。姜「居」作「君」。案原卷「居」蓋「君」字之誤。

[illegible] [illegible]香食亦反又食灰反二 二九八頁三〇行

原卷「灰」作「灰」。王、姜與彙編同。案當作「夜」。

彳 丑亦… 二九七頁三一行

原卷注文止殘存此二字。案此為切語，其下可補一「反」字。

○十六錫韻

析 分俗作㭊亦通 二九九頁一行

原卷「㭊」作「析」，王、姜并同。彙編殘。案「析」當作「扸」。

趚 〻趚行皃趚字七昔反 二九九頁六行

原卷二「趚」字并作「趚」，王、姜并同。案并當作「趚」。

瀝 〻滴 二九九頁八～九行

原卷如此，王同。姜「滴」作「滴」。案原卷「滴」當作「滴」。

蔏 蔏山蘇 二九九頁一〇行

原卷如此，王、姜并同。案「蘇」字，全王同，并當作「蒜」。又原卷注文「蔏」字蓋衍。

瞉 攻漢書曰攻書瞉淡 二九九頁一八～一九行

原卷如此，王、姜并同。案下「書」字蓋「苦」字之誤。

㳅 〻俗作溺 二九九頁一九行

原卷如此，王、姜并同。案「〻」下當補一「水」字。

汩 水名在豫章郡 二九九頁二二行

原卷如此，王同。姜「豫」作「豫」。案原卷「豫」當作「豫」。

閴 苦鵙反一 二九九頁二四行

原卷如此，王、姜并同。案正文當作「闃」、「鵙」當作「鶪」。本韻下文从貝之字仿此。

○廿六緝韻

緝 七入反一 三〇四頁一行

原卷正文作「緝」，王、姜并同。案當作「緝」。又原卷「一」作「二」，王二、全王、唐韻、廣韻并作「續」，王、姜并同。彙編誤。又「續」字，當據改。

葺 三〇四頁一行

原卷如此，王、姜并同。案當作「葺」。

什 篇 三〇四頁一～二行

原卷注文作「～篇」。王、姜與彙編同，并脫「～」。

隰 原 三〇四頁三行

原卷注文作「～原」。王、姜與彙編同，并脫「～」。

𡒄 三〇四頁四行

原卷作「𡒄」。案當作「溼」。

䁯 牛耳兒 三〇四頁五行

原卷正文作「䁯」。王作「聥」。姜作「䁯」。殆并皆是「䁯」字。案當作「䁯」。王二、全王、唐韻、廣韻并作「䁯」。又注文，王二同。唐韻作「牛耳鳴」，全王作「牛耳搖兒」，廣韻作「牛耳動也」。此李、王二注文有脫文。

膶 肉生熟半 三〇四頁七行
原卷如此，王、姜并同。案注文，王二作「肉生熟」（「熟」下脫「半」字），唐韻殘存作「肉生口半」。全王、廣韻并作「肉半生半熟」。

立 力急反六 三〇四頁七行
原卷如此，王、姜并同。案「急」當作「急」。

急 居立反 急六 三〇四頁八行
原卷正文作「急」，王、姜并同。案當作「急」。又「急」字不詳。

岌 高貝及反及 三〇四頁九～一〇行
原卷注文殘存作「高貝及反」。王作「高貝及反」。姜作「高貝及反口」。案當係作「高貝及反一嵬」。彙編「貝」字下一字當以「口」示之。

泣 去急反二 三〇〇四頁一〇行
原卷如此，王、姜并同。案「急」當作「急」。

曝 欲熁 三〇四頁一〇行
原卷如此，王、姜并同。案「熁」當作「熁」。

翕 火灸日起 三〇四頁一一行
原卷「日」作「日」。王作「日」。姜作「口」。案當作「曰」。又原卷「曰」上脫「一」字。又原卷「灸」當作「灸」。

諳 評々語聲 三〇四頁一一行
原卷如此，王、姜并同。案「評」字，當从王二、全王、唐韻、廣韻作「評」。全王脫「語」字。

澁　三〇四頁一二行
原卷作「澁」，姜同。王作「澁」。案當作「澀」。

苣　共々　三〇四頁一四行
原卷如此，王、姜并同。案注文，王二、全王并作「苣蕂」，廣韻作「苣蕂，茹熟」。此本作「々共」，不詳，疑是「々蕂」之誤。

○廿合韻

迨　相々反遝々行　三〇六頁一行
原卷「反」作「及」，姜同。王作「及」，亦「及」字，彙編卻誤作「反」矣。

鉿　鈚尺々　三〇六頁二行
原卷注文作「鈚尺々」。王作「鈚尺二」。姜作「鈚尺二」。案當作「鉇二尺」。原卷「々」蓋「二」字之誤。

魿　魚名　三〇六頁二行
原卷注文作「魚名」，蓋裝裱時位置移動也。王作「名魚」。姜與彙編同。案「魿」固亦魚名，惟不在本韻，今據諧聲偏旁及王二、全王、唐韻、廣韻校作「鮯」。

蛤　々蜯　三〇六頁二行
原卷如此，王、姜并同。案「蜯」字，王二、全王、廣韻并作「蚌」。「蜯」與「蚌」同。

踏　々跛行惡皃　三〇六頁三行
原卷如此，王、姜并同。案注文，王二、全王同。唐韻作「跛行惡皃」，廣韻作「踆行皃」。「踆」蓋「𨀁」字之誤，今本說文「踏」訓作「𨀁也」，玉篇訓作「踏𨀁也」。唐韻注文脫「〱」，廣韻脫「〱」「惡」二字。又龍氏校箋疑各本「悪」當作「急」。（註卅）

馺 馬行疾 三〇六頁四行
原卷注文作「馬疾行」，王、姜并同。案注文，王二、唐韻、廣韻并作「馬行疾」，全王作「馬行皃」。

沓 重從合反十一 三〇六頁四行
原卷「從」作「従」，王、姜并同。案「従」即「徒」字。彙編誤。

漯 水在在平原 三〇六頁七行
原卷上「在」字作「名」，王、姜并同。彙編誤。

拉 折虚合反 三〇六頁九行
原卷注文末有「四」字，王、姜并無，與彙編俱脫。又姜「虚」作「盧」。
案原卷「虚」蓋「盧」字之誤。

軜 驂馬內轡俟軾前者 三〇六頁一一行
原卷「膝」作「騄」，王同。姜作「騄」。案當作「驂」。又原卷「俟」蓋「係」字之誤。

罨 內 三〇六頁一二行
原卷正文作「罨」，王、姜并同。彙編誤。

〇廿一盍韻

盍 河不胡臘反四 三〇八頁一行
原卷如此，王、姜并同。案正文當作「盇」，本韻从盇之字倣此。又原卷「

鑯 蜜々 三〇八頁三行

原卷如此，王、姜并同。案「鑯」字，王二、全王、唐韻、廣韻并訓作「錫鑯」；「蠟」字，王二、唐韻、廣韻并訓作「蜜蠟」，全王訓作「蜜滓」。此本脫「鑯」字之注文及正文「蠟」。

皺 皺々 三〇八頁三行

原卷殘存作「皺々皺」。王作「皺々皺」。姜作「皺□々□皺」。案正文當係「皺」字之殘文。又王二、全王、唐韻、廣韻注文并作「皺皺皮貝」。此本「々皺」下所殘者當係「皮貝」二字。

皺 都口反 五 三〇八頁四行

原卷切語下字殘。王空白。姜作「□」。案王二、全王、唐韻切語并作「都盍反」，廣韻作「都榼切」。

鬲刂 相着聲一白鬲刂鉤 三〇八頁五行

原卷「鉤」作「鈎」。王、姜并作「鉤」。案原卷「鈎」當作「鉤」或「鉤」。

艙 兩槽䑶艬々大舡 三〇八頁六行

原卷如此，王、姜并同。案潘師校云：「原卷「槽」下有一字，僅餘「赱」，不可辨識。」（註卅一）惟「艙」字之注文止此四字，「赱」蓋韻字「䑶」之殘文，非屬「艙」字注文。

塔 々摸莫 々字胡 三〇八頁九－一〇行

原卷如此，王、姜并同。案「塔」字，王二、全王、唐韻并訓作「佛圖廣韻作「浮圖」；「搭」字，王二訓作「搭摸」，全王、唐韻、廣韻并訓作「摸搭」。此本脫「塔」字之注文及正文「搭」。又此本注文末脫一「反」字。

## 揄

搨揄和雜　三〇八頁一〇行

原卷正文作「揄」，姜同。王字之上端在欄框上，未可辨識。案正文當作「撻」，注文「搨揄」當作「攤撻」。

## 闒

門口上屋　三〇八頁一一行

原卷注文殘存作「門上之」。王、姜并作「門上屋」。案「門」下一字當从王一、全王、唐韻、廣韻補作「樓」。

……

偏不着五盍一　三〇八頁一二行

原卷正文殘。王空白。姜作「偏」。案此當係「偏」字之殘存注文。又王二、唐韻注文并作「偏偏不着事」。此本注文「偏」上當尚殘「偏」字、「事」字，又「五盍」下當補一「反」字。

## 乖

三〇八頁一二行

原卷如此，王、姜并同。案當作「蚕」。下文「揄」字，注文作「搨揄和雜」，二「揄」字并當作「撻」。

## 顲

〻車口盍反三　三〇八頁一三行

原卷「口」殘。王空白。姜作「卧」。案王一、王二、全王、唐韻、廣韻切語并切「古盍」。

## 榼

酒器若盍反二　三〇八頁一四行

原卷「若」作「苦」。王、姜與彙編同，并誤。

磕 聲口 三〇八頁一四～一五行

原卷「口」殘。王、姜并空白。案王一、王二、全王、唐韻、刊、廣韻注文并作「石聲」，當據補。

○廿四葉韻

葉 與陟反又縣名在南陽式陟反四 三〇九頁一～二行

原卷如此，王、姜并同。案「陟」字在職韻，二「陟」字并「涉」字之誤。又「式涉反」為又音，其上當補一「又」字。另原卷「又縣名」上，疑尚有脫文。

睫 三〇九頁五行

原卷如此，王、姜并同。案當作「睫」，本韻从疌之字仿此。

欇 三〇九頁五行

原卷作「欇」，王、姜并同。案當作「檝」。

歙 縣名 三〇九頁八行

案「縣名」即「歙」字之注文，彙編衍「……」。

敱 敱々𣢑於二反 三〇九頁一三行

原卷「𣢑」作「𢿡」。王作「𣢑」。姜作「𢿡」。案當作「𢿡」。李韻从聶之字仿此。又原卷正文當作「敱」。

躡 陷 三〇九頁一五行

原卷作「躡陷」。王、姜并作「躡陷」。案當作「躡蹈」。

諧 小言七涉反四 三〇九頁一六～一七行

原卷正文作「謵」，王、姜并同。彙編誤。

讘　詀讘又沠讘縣名清河兩陟反二　三〇九頁一九～二〇行

原卷「詀」作「詀」、「陟」作「涉」，王、姜并同。彙編誤。又原卷「兩」作「兩」。王作「兩」。姜作「而」。案當作「而」。王一、王二、全王、唐韻、刊、廣韻切語并切「而涉」。又原卷「沠」蓋「泒」字之誤。

顳　〈顬鬚　三〇九頁二〇行

原卷「鬚」作「鬚」，王、姜并同。案當作「鬚」。又原卷注文末，當以王一、王二、全王、唐韻、刊、廣韻補一「骨」字。

懾　布貞　三〇九頁二二行

原卷正文作「懾」，王、姜并同。案當作「懾」。又原卷「布」當作「怖」。

鐎　灰鐵　三〇九頁二四行

原卷「鐵」作「鐵」，王同。姜作「鐵」。案當作「鐵」。又原卷正文當作「鏶」、「灰」當作「炙」。

取　三〇九頁二七行

原卷作此，王、姜并同。案當作「耴」。

曄　光筠韇反又為口按文作此爗二　三一〇頁二九～三〇行

原卷「口」作「立」，王、姜并同。又原卷「為立」下脫一「反」字。

爇　少氣去陟反一　三一〇頁三一行

原卷「陟」作「涉」。王、姜與彙編同，并誤。又正文當以廣韻作「㾊」。

萐　〈蒲瑞草山輙反三　三〇九頁三一行

原卷「蒲」作「蒲」，姜同。王作「莆」，與彙編皆誤。

○廿五怗韻

怗 他協反八 三一一頁一行

原卷「愶」作「協」。汪作「愶」。姜作「愶」。案原卷「拹」當作「協」或「愶」。本韻从劦之字仿此。

跕 〻屣又丁協反 三一一頁二行

原卷「屣」作「屣」，案即「屣」字。汪、姜與彙編同，并誤。

諜 小諸 三一一頁二行

原卷如此，汪、姜并同。案「諸」蓋「誻」字之誤。

俠 佉 三一一頁三行

原卷注文殘存此字。案當作「〻佉」，「〻」蓋殘也。又原卷正文作「俠」，汪作「俠」。姜作「俠」。案當作「俠」。本韻从夾之字仿此。

愜 心服作愜苦協反二 三一一頁四～五行

原卷「愶」作「愶」。汪、姜與彙編同。案作「愶」，是。又原卷「作」字上當補一「又」字。

⿰足疊 小足聲 三一一頁五行

原卷注文作「小足聲」，當據作「小走聲」，因裝裱位置移動也。汪、姜與彙編同，「足」字并誤。

取 三一一頁一〇行

原卷正文作「取」。汪、姜與彙編同。案汪二、全王、唐韻、廣韻并作「聑」。

○廿二洽韻

狹 古陷△作 三一二頁一～二行

原卷「△」作「陿」，汪同。姜作「陿」。案當作「陿」。又原卷正文作「狹」。汪、姜與彙編同。案當作「狹」，本韻从夾之字仿此。

幍 巾〻 三一二頁三行

原卷如此，汪、姜并同。案正文當作「帢」。下文「搯」字及「賊」字之注文「陷」，并當从臽作「掐」「陷」。

……〻郟地名在穎川 三一二頁五行

原卷殘存作「〻郟地名在穎川」。汪作「〻郟地名在穎川」。姜作「〻郟地名在潁川」。案原卷正文殘，當係作「郟」。又原卷「穎」字當作「潁」。

……聚馬 三一二頁九行

原卷殘存作「聚馬」。汪與彙編同。姜作「聚□」。案原卷當係「聚馬」之殘文，惟原卷「聚」蓋「驟」字之誤。又正文當係「騶」字。

箄 薄揳 三一二頁九～一〇行

原卷「折」作「揳」，汪、姜并同。案當作「楔」，从木旁。

挿 刺楚洽反 三一二頁一〇～一一行

原卷「三」作「四」。汪、姜與彙編同，并誤。又原卷「剌」當作「刺」。

劄 著竹洽反一 三一二頁一五行

原卷如此，汪同。姜「著」作「□」，當據原卷補。

蹅 跛行負與洽反二 三一二頁一五～一六行

原卷「與」作「烏」。汪、姜并作「与」，與彙編皆誤。

凹 下或作答 三一二頁一六行

原卷「答」作「荅」，王、姜并同。彙編誤。

○廿三狎韻

霅 眾聲又狀甲反霅陽郡在樂浪　三一三頁二行

原卷注文作「眾聲又狀甲反霅陽郡在樂浪」，王同。姜作「眾聲又狀甲反霅陽郡在樂浪」。案姜「陽」字下衍一空格。又原卷「狀」字，當以王一、全王、唐韻作「杜」。

浹 〻渫水相著　三一三頁二、三行

原卷如此，王、姜并同。案正文及注文「渫」字并當以冫旁作「⿰冫夾」「⿰冫枼」。又原卷「水」蓋「氷」字之誤。

渫 丈甲反二　三一三頁三行

原卷如此，王、姜并同。案正文當作「渫」。

厭 鎮　三一三頁六行

原卷如此，王、姜并同。案正文當作「壓」。

[illegible] 舂去麥皮礿甲反一　三一三頁七行

原卷正文作「[illegible]」，王、姜并同。案原卷「[illegible]」蓋「[illegible]」字之誤。又原卷「礿」當作「初」。

[illegible] 豕母　三一三頁八行

原卷如此，王、姜并同。案正文當从豕作「[illegible]」。

〔註釋〕

（一）見敦煌變文論輯二七九頁敦煌卷子俗寫文字與俗文學之研究乙文。
（二）見瀛涯敦煌韻輯新編一四六頁。
（三）見瀛涯敦煌韻輯新編一四七頁。
（四）見唐寫全本王仁昫刊謬補缺切韻校箋八二頁。
（五）見唐寫全本王仁昫刊謬補缺切韻校箋八四頁。
（六）周氏校語見廣韻校勘記一〇一頁、龍氏校語見唐寫全本王仁昫刊謬補缺切韻校箋九二頁。
（七）見廣韻校勘記一一三頁。
（八）見唐寫全本王仁昫刊謬補缺切韻校箋一三八頁。
（九）見瀛涯敦煌韻輯新編一六一頁。
（十）見唐寫全本王仁昫刊謬補缺切韻校箋二六二頁。
（十一）見說文解字注七一〇頁。
（十二）見瀛涯敦煌韻輯新編一七〇頁。
（十三）見唐寫全本王仁昫刊謬補缺切韻校箋三〇四頁。
（十四）見瀛涯敦煌韻輯新編一七一頁。
（十五）見唐寫全本王仁昫刊謬補缺切韻校箋三一三頁。
（十六）見瀛涯敦煌韻輯新編一七三頁。
（十七）見瀛涯敦煌韻輯新編一七三頁。
（十八）見唐寫全本王仁昫刊謬補缺切韻校箋三二二頁。
（十九）見唐寫全本王仁昫刊謬補缺切韻校箋三六五頁。
（二十）見唐寫全本王仁昫刊謬補缺切韻校箋三六九頁。

（廿一）見唐寫全本王仁昫刊謬補缺切韻校箋三九八頁。

（廿二）見十韻彙編二六二頁。

（廿三）見唐寫全本王仁昫刊謬補缺切韻校箋五九二頁。

（廿四）見十韻彙編二六四頁。

（廿五）仝註一。

（廿六）汪氏校語見唐寫本唐韻残卷校勘記三〇七二頁、龍氏校語見唐寫全本王仁昫刊謬補缺切韻校箋六二四頁。

（廿七）見唐寫全本王仁昫刊謬補缺切韻校箋六八三頁。

（廿八）見廣韻校勘記五五七頁。

（廿九）彙編廣韻校勘記見十韻彙編二九六頁、龍氏校語見唐寫全本王仁昫刊謬補缺切韻校箋六八〇頁。

（卅）見唐寫全本王仁昫刊謬補缺切韻校箋六八七頁。

（卅一）見瀛涯敦煌韻輯新編一八七頁。

# 第四節　德校勘記

彙編所錄係據魏建功氏所抄錄者，魏氏則抄自其友趙萬里所提供之影片。

本校所用之材料有：

1. 瀛涯敦煌韻輯影寫柏林JIVK75摹本。簡稱姜。
2. 瀛涯敦煌韻輯柏林藏切韻殘卷卅錄日本武內義雄所錄本。簡稱武內。
3. 武內義雄著、萬斯年譯唐鈔本韻書及印本切韻之斷片乙文所錄。簡稱萬譯本。
4. 周祖謨氏唐五代韻書集存據向達氏所抄錄本。簡稱周。

并參考：

5. 上田正氏切韻殘卷諸本補正。簡稱補正。

又周祖謨氏唐五代韻書集存錄有原物照片，惟因字體多難以辨認，故未取用。

○止韻（註一）

里反一　　一二三頁一八行

案此三字，姜、武內、萬譯本并缺。周存「里反」二字。補正校作「[徵]里反一」。

麀　鹿一歲為庎二歲為麀　　一二三頁一八行

姜作「麀二歲為麀口」，武內作「麀鹿一歲為＜二歲為＜」，萬譯本作「麀鹿一歲為麀二歲為麀」。案廣韻作「麀鹿一歲曰麛二歲曰麀」，當據補。

紀　居己反二加一　　一二三頁一八行

案「居已」二字，姜作「㔾」，武內作「口已」，萬譯本作「口巳」，周作「居已」。案當作「居己」。

己 身　一二三頁 一九行

姜、周同。武內、萬譯本并缺。

史 及……　一二三頁 一九行

武內、萬譯本、周同。姜無「及」字。案切三、王一、王二、全王、廣韻切語并切「疎士」。又周取此斷片與第五片併合，而成「史 疎士反三」。

痤 病　一二三頁 二〇行

案正文，姜、武內、萬譯本、周并作「痤」。彙編誤。

……名 利　一二三頁 二〇行

姜、周并存此二字。武內、萬譯本并缺。案王一、王二、全王「廙」并訓作「石利」。此「名」蓋「石」字之誤。又正文當係「廙」字。

峙 貞行　一二三頁 二一行

姜、周同。武內、萬譯本正文并作「峙」。案上文已有「峙」字，此不當重出，武內、萬譯本并誤。又廣韻正文作「峙」，下出「跱」字，注云：「上同。」而切三、王一、王二、全王正文作「跱」，注文并作「躇跱，行難進貞」。此本注文當有脫文。又萬譯本「貞」作「貌」，與各本異。

儲 又 置及　一二三頁 二一行

姜、萬譯本同。武內「又」作「及」，誤。

俟 紫史及 二待也　一二三頁 二一行

案「二」字，萬譯本、周同。姜、武內并作「〻」。此本注文，先反語，次韵字數，末則義訓。「二」為韵字數，非重文也，姜、武内并誤。德國柏林普魯士學士院所藏唐寫本韵書斷片有八種，彙編止錄其中之一。另由去聲震韵至願韻一種，魏序有影錄，其注文則先訓文，次反語，末始為韻字數。

…… 里二 一二三頁二二行

姜作「里反二」。武内、萬譯本并作「勅里反二」。周作「行里反二」。寀切三、王一、王二「耻」字切語并作「勑里反」，廣韵作「敕里切」。疑此本「勅」為「勑」字之誤。

葥 林板反又側几反 一二三頁二二三行

姜正文作「萠」。武内、萬譯本并作「笰」。周作「葥」。寀當作「笰」。

胏 脯 一二三頁二三行

姜作「胏脯」。武内、萬譯本并作「胏脯」。周作「胏脯」。寀正文當作「胏」或「肺」。

○尾韻

扆 依豈反五 一二五頁一一行

姜作「扆依□反五」。武内、萬譯本、周與彙編同。

偯 哭餘聲 一二五頁一一行

寀正文，姜、周同，武内、萬譯本并作「偯」。作「偯」是。

僾 ～希瞭見不皃 一二五頁一一～一二行

寀「希」字，姜、武内、萬譯本、周并同。當作「俙」。又「瞭」字，萬譯本、周同。姜、武内并作「瞭」，誤。切三、王一、全王「瞭」并作「了」，又全王「俙」誤作「狶」。

蟣 豨居……　一二五頁一二行

姜「豨」作「囚」。武内、萬譯本與彙編同。周作「豨」。案此為「蟣」字之切語，其下當有一「反」字。

……輔　一二五頁一二行

姜殘存作「朩補」。武内、萬譯本與彙編同。周作「朩輔」。案切三、王一、王二、全王「棐」字，并訓作「輔」。此本正文當係「棐」字。姜注文作「補」，誤。

篚　一二五頁一二行

姜、周并作「篚」。武内、萬譯本與彙編同。案作「篚」是。

餥 饑也　一二五頁一二行

姜「饑」作「餜」。武内作「饌」。萬譯本與彙編同。周作「饋」。案當作「饑」。姜、武内、周皆誤。

韙 韋鬼反八　一二五頁一二～一三行

姜、武内、萬譯本、周「韋」并作「違」。補正校作「韋」。案切三、王一、王二、全王字作「韋」。

狶 希豈反一　一二五頁一三行

姜、周正文并殘作「狆」。武内、萬譯本并缺。

俙 〻僾　一二五頁一三行

姜作「俙僾」。武内、周并作「俙〻僾」。萬譯本作「俙二僾」。案當作「狶〻僾」。萬譯本此本重文均作「二」，并當作「〻」。

〇語韻

裱〻師　一二六頁二五行

案正文，姜、周同。武內、萬譯本并作「旅」。案當作「裱」或「旅」。廣韻「旅」俗作「裱」。此又譌為「裱」矣。本韵下文从衣之字并當从𧘇。又姜無「〻」，蓋脫。

穭自生　一二六頁二六行

案正文，姜、周并作「穭」。武內、萬譯本并作「穭」。作「穭」，是。又注文當作「自生稻」，「稻」字在次行首，蓋殘也。王二注文作「自生稻」，廣韻作「自生稻也」，全王作「野自生出」。切三、王一并作「自生」，亦脫「稻」字。

……賜予我遫行安與嶼　一二六頁二六行

姜作「易予我遫行安與嶼」。武內、萬譯本并缺。周與彙編同。

……鼠黍……蟧〻蝢　一二六頁二七行

姜、武內、萬譯本此行并缺。周作「鼠黍、蟧蝢」。案彙編「蝢」蓋「蝢」字之誤。

○姥韻

……〻跛　怙恃　鄠……帍巾　祜……旷文采狀　巉而大山卑　岵……圃園也又博故反　一三〇頁一八～一九行

姜止存作「　怙　𢘑采巉而　故反」。武內、萬譯本并作「　怙恃　文彩狀　巉而大山卑岵　圃園也又博故反」。周「〻跛」之正文殘作「巴」，餘與彙編同。茲取切三、王二、全王諸本，校補作：

「……〻跛　怙恃　鄠縣名在扶風　帍巾　祜福　旷文采狀　巉而大山卑　岵山多草木……圃園也又博故反」。

○薺韻

……（水名）　一三二頁一二行

姜作「丶名」。武內、萬譯本并作「□（水名）」。周作「氵（水名）」。案正文當係「灃」字。

蠶　一三二頁一二行

姜作「⿱扣虫」。武內、萬譯本并作「□」。周與彙編同。案當作「蠶」。

牴擲　一三二頁一三行

姜作「牴扣」。武內、萬譯本并作「牴擲」。周與彙編同。案作「牴擲」是。

闟（智少力劣）　一三二頁一三行

姜、萬譯本、周同。武內「少」作「口」。

泚（千礼反二加一）　一三二頁一四行

姜、武內、萬譯本正文并作「泚」。周作「泚」，與彙編皆誤。又「千」字，武內、萬譯本、周同。姜作「子」，誤。

啟（康礼反五加一）　一三二頁一四行

姜作「啟（康礼反五加一）」。武內作「啟（康□礼反五加一）」。萬譯本作「啓（康反五加一禮）」。周作「啟（康礼反五加一）」。案注文當如彙編所作。武內衍一「口」，萬譯本衍二空格。

挫……　一三二頁一五行

姜、周并存此正文。武內、萬譯本并作「挫」。案作「挫」是。切三、廣韻注文并作「挫梔行馬」。

## ○蟹韻

……買　一三三頁一四行

蕢 吳人 …… 一三三頁四行

姜作「𦙶」。武內、萬譯本並缺。周作「𧴩」。案此在行末。注文，姜作「吳」。武內、萬譯本、周與彙編同。切三、全王注文並作「吳人呼苦苣」，廣韻作「吳人呼苦蒉」。此「吳人」下尚有殘文（在次行首）。

鐵大 …… 一三三頁四行

姜殘存作「大鐵」。武內、萬譯本並缺。周作「大鐵」。案切三、全王、廣韻「鑼」字，並訓作「大鐵杖」。此正文當係「鑼」字。又「杖」字蓋殘。

○ 賄韻

鍡不平 鑸 媿好 …… 門 磥落猥反八 𤺺皮外 痱𤺺 起 …… 一三五頁一四～一五行

姜作「鍡不平鑸偎好□門磥落猥反八𤺺，痱𤺺」。周作「鍡不平鑸媿好是門磥落猥反八𤺺皮外痱𤺺」。武內、萬譯本並缺。案切三、全王二、廣韻「媿」字，並訓作「娞娞，好皃」；「𤺺」字，並訓作「痱𤺺，皮外小起」。彙編「𤺺」字注文脫「小」字。

〔註釋〕

（一）韻文中韻目殘缺者，以「⬚」示之。各節校勘記仿此。

# 第五節　西校勘記

此殘卷原為日人大谷光瑞氏家藏，有西域考古圖譜影印本，王國維氏摹入韻學餘說，後收入觀堂別集，為韻輯所本；魏建功氏寫錄西域考古圖譜卷下（8）之（2）正面及（8）之（3）反面二斷片，則為彙編所本。周祖謨氏唐五代韻書集存亦錄有西域考古圖譜影印本。殘卷今藏日本龍谷大學，藏書番號為「西域文書 NO. 8107」。

本校所用之材料有：

1. 西域考古圖譜影印本，唐五代韻書集存收錄。簡稱原卷。
2. 韻學餘說所錄本，在叢書集成三篇學術彙編之四。係排印本。簡稱餘說。
3. 觀堂別集所錄本。簡稱別集。
4. 瀛涯敦煌韻輯所錄本，據觀堂別集後編錄。簡稱韻輯。

并參考：

5. 上田正氏切韻殘卷諸本補正所校。簡稱補正。

○支韻

卮　一一頁五七行　原卷作「厄」。餘說作「卮」。別集作「巵」。韻輯作「巵」。案「卮」「卮」「厄」同。王二、全王、廣韻并作「卮」。

疫　一一頁五七行

原卷如此。餘說、別集、韻輯并作「疒」，并當據原卷補正。

酡：：酒 一一頁五七行

原卷無「：」，餘說、別集、韻輯并同。彙編衍「ㄑ」。案注文，王二作「酒汁」，全王作「酒」，廣韻作「酒也」。

㐌林㐌似揮，又羊氏反 一一頁五七～五八行

原卷如此。餘說、別集、韻輯「林」并作「杯」、「揮」并作「桸」。案原卷「林」當作「杯」，「揮」當作「桸」。又餘說、別集、韻輯「反」并作「切」。又正文，王二同。全王、廣韻并作「匜」。注文，王二作「杯㐌，似桸，又羊氏反」，全王作「杯匜，似桸，又羊氏反」，廣韻作「杯匜，似桸，可以注水，又羊氏切」。案「㐌」「匜」并「匜」字之誤。又全王「稀」蓋「桸」字之誤。

椸衣架 一一頁五八行

原卷如此。餘說、別集、韻輯正文并作「桸」。補正校「椸」作「桸」。案王二、全王「椸」字皆訓衣架之意，且本韻另有「桸」字，此處正文宜作「椸」。

糜爵ㄑ 一一頁五九行

原卷如此。餘說、別集、韻輯「ㄑ」并作「⿸麻無」，蓋涉下文「爢」字而誤。

爢屮ㄑ 一一頁五九行

原卷殘存作「爢ㄑ」。餘說、別集、韻輯并作「⿸麻無□糜」。案原卷「爢」蓋「爢」字之誤。又王二、廣韻注文并作「ㄑ爛」。當據補。餘說、別集、韻輯

……三反　一一頁五九行

原卷殘作「二反」。餘說、別集、韻輯并作「□□」。補正校作「二刄」，并注云：「吹小韻吹字注。」（註一）

……名玉　一一頁六〇行

原卷殘存此二字，餘說、別集、韻輯并同。補正亦錄作「名玉」，并注云：「奇小韻琦字注。」（註二）

騎〻馬　一一頁六〇行

原卷無「〻」，餘說、別集、韻輯同。彙編衍「〻」。案注文，切三作「跨馬」，全王作「乘馬」，廣韻作「說文曰：跨馬也」。此本注文當有譌誤。

鵸首〻一……　一一頁六〇行

原卷注文殘存作「首亻」。餘說、別集、韻輯注文并作「□（下空白）」。補正校補作「似馬首六〔一〕」。案當據切二、切三、全王補作「似鳥三首六尾」。

吷貪〻者欲見食皃　一一頁六〇〜六一行

原卷「貪」字殘存作「今」，當據廣韻補作「貪」。餘說、別集注文并作「□□□者見食兒」，韻輯作「□□□者見食皃」，并當據原卷補正。

轙車上環所貫　一一頁六一行

原卷殘存作「儀車上環亡所貫」。餘說、別集并作「曦車上環轡所貫」。韻輯正文作「曦」，注文與餘說、別集同。案原卷正文當係「轙」字，「亡」當係「轡」字之殘文。

皮符羈反五　一一頁六一〜六二行

原卷「五」作「三」。餘說、韻輯并作「□」。別集空白。并當據原卷補正。

……鼠相銜行　一一頁六二行

原卷殘存此四字，餘說、別集、韻輯并同。案切三、王二、全王「鼸」字，注文并作「小鼠相銜行」。此本正文當係「鼸」字，注文「鼠」字上當殘一「小」字。

樆山梨　一一頁六二行

原卷如此，餘說、別集、韻輯并同。補正正文作「樆」。案原卷正文當从木作「樆」。

鸝鳥黃　一一頁六二行

原卷如此。餘說、別集、韻輯并無「鳥」字，蓋脫。

魺魚名　一一頁六三行

原卷正文殘。餘說、別集、韻輯并止存注文作「口廣」。案切二、全王、廣韻「鮆」字，注文并作「魚名」。此本正文當係「鮆」字。餘說、別集、韻輯注文蓋「魚名」之誤。

郿城名在北海。一一頁六三行

原卷如此。餘說、別集、韻輯正文并作「郿」、「〻」并作「二」。案「二」字誤。

羈馬……　一一頁六三行

原卷注文殘存一「馬」字。餘說注文止一「羈」字，別集、韻輯亦止一「羈」字。案注文，切二作「馬絡頭，居宜反，六」，王一作「居宜反，馬絡頭，七」，王二作「居宜反，五加二，馬絡」，全王作「宜居反，絡頭，七」（

「絡頭」上脫一「馬」字），廣韻作「馬絆也，又馬絡也，居宜切，九」。餘說、別集、韻輯皆誤。彙編之「〻」，當亦誤。

○脂韻

脂　二脂　一四頁五〇行

原卷殘存如此，餘說、別集、韻輯并同（「脂」并作「脂」）。案切二、切三、王二「眡」字切語并作「房脂反」。

榌　一四頁五〇行

原卷殘。餘說、別集、韻輯并缺。案此字列「琵」字訓下，切二、切三、王二、全王、廣韻「琵」字訓下并出「榌」字。彙編此字當係「榌」字之殘文。

姿　儀〻　一四頁五〇～五一行

原卷如此。餘說、別集、韻輯注文并作「姿儀」。案原卷「儀」當作「儀」。

趑　〻趄　一四頁五一行

原卷殘存作「𨒪趄」。餘說、別集、韻輯并止存注文作「口趄」。

䡹　卻車　邳階　一四頁五一行

原卷如此。餘說、別集、韻輯正文并作「䡹」。案原卷正文當作「䡹」。「䡹」「䡹」同。

茨　疾脂反六　一四頁五一行

原卷「脂」作「脂」，韻輯同。餘說、別集并作「脂」。又原卷「六」字，餘說、別集、韻輯并作「□」，當據原卷補。

蚳　蟻卵　一四頁五二行

原卷如此。餘說、別集、韻輯正文并作「蚳」、「夘」并作「卵」。案「氐」字俗書作「互」，原卷「蚯」當作「蚳」。

……市支反　一四頁五二行

原卷殘存此三字，餘說、別集、韻輯并同。案此當係「祁」字之殘存注文，且「市支反」為又音，其上當殘一「又」字。切二、切三、王二、全王「祁」字并列「渠脂反」紐下，又音并作「市支反」。

咿……　一四頁五三行

原卷殘存作「吚」。餘說、別集、韻輯并作「咿」。案原卷當係「咿」字之殘文。

⿰亻遺　旌　一四頁五三行

原卷正文殘存作「遺」。餘說、別集、韻輯并作「⿰方遺」。蓋已補全。

壝　垑　一四頁五三行

原卷如此。餘說、別集、韻輯「垑」并作「埒」。案原卷「垑」當以切二、切三、全王、廣韻作「埒」。

琟　玉石……　一四頁五四行

原卷殘存作「琟玉」。餘說、別集、韻輯與彙編同。案「石」字下，切二、切三、王二、全王并有一「似」字，此本殘。

……安息遺　一四頁五四行

原卷殘存作「安息遺反六」。餘說、別集、韻輯并無「六」字，彙編無「反六」二字，蓋脫也。又此當係「緌」字之注文。

浚　雨薇……　一四頁五四行

原卷如此，餘說、別集、韻輯并同。案原卷「薇」蓋「微」字之誤。且「微」字下當殘一「小」字。切三注文作「微小雨」，全王作「〻微小雨」。

眉〻户　一四頁五五行

原卷殘存作「眉户」。餘說、別集、韻輯并缺。補正校補作「[楣]〔户〕」。

〔註釋〕

（一）見切韻殘卷諸本補正二七六頁。上田正氏謂其書旨在獲得正確之判讀（案日文所謂「判讀」係指經由推斷而得之讀法，近似猜讀，仍有可依據者。）而非臨摹一成不變者。而校記所用之符號，見其凡例說明，其6789條云：

6為易於找出可校對部分之底本位置，於其前後記入之文字力求精簡；而底本誤讀或未讀之部分，則附以側線示之。

7抄寫底本之省略部分，以……示之。

8縱係保留部分，但如難以判讀之字者用[]標示之；如係經推斷而得之文字，則記入於□中。

9完全空缺部分則使用〔　〕標示；如由於其他資料經推斷可供參考者記入於該〔　〕中。

本編所引補正校記，其中符號皆由此可知。

（二）仝右。

# 第六節　王一校勘記

彙編所本為劉復氏敦煌掇瑣鈔刻本。

本校所用之材料有：

1、P二〇一一，藏中國文化大學中文研究所微卷閱覽室，簡稱原卷。

2、劉復氏敦煌掇瑣鈔刻本，簡稱掇瑣。

3、姜亮夫氏瀛涯敦煌韻輯摹本，簡稱韻輯。

并參考：

4、潘師石禪瀛涯敦煌韻輯新編新校，簡稱新編。

5、劉復氏敦煌掇瑣瑣一〇一校勘記，簡稱掇瑣校勘記。

6、上田正氏切韻殘卷諸本補正補正，簡稱補正。

7、周祖謨氏唐五代韻書集存錄有原卷影本及敦煌掇瑣鈔刻本，周氏在後者附有校語，簡稱集存。

8、龍宇純氏唐寫全本王仁昫刊謬補缺切韻校箋，簡稱校箋。

9、林炯陽氏切韻系韻書反切異文表。

○支韻

蘺　江〈　九頁二～三行

原卷注文作「蘺江」。掇瑣與彙編同。韻輯作「〈蒺」。案韻輯「蒺」字誤。又

「茳蘺」二字，切二、王二、全王并同。廣韻作「江離」。皆蘼蕪也。

漓 水入地 九頁四行

原卷此字訓上尚殘存注文「□言又泥反」。新編校「泹」作「泥」。集存補作「呂弄言又泥反」，并注云：「謨案所闕正文當是譊字。」補正補作「譊曹弄言又泥反」。掇瑣、彙編并未錄。韻輯作「□言又泹反」。

媊 明星又子踐反 九頁一一行

原卷如此，掇瑣同。韻輯正文作「湔」，誤。

羈 居宜反馬絡頭七 九頁一一～一二行

原卷如此，掇瑣同。韻輯無「七」字，蓋脫。案潘師云：「此卷字工，小韻皆朱點，計字皆朱書，朱色不甚顯，故姜多漏去。韻目數字皆朱書。」（註一）

裨 益亦作禆 九頁一四行

原卷注文「禆」作「裨」，掇瑣作「禆」。韻輯與彙編同。案「裨」字當誤，集韻或體作「陴」。全王正文誤作「禆」，注文誤作「蓋」。

反 五繒 九頁一八行

原卷殘存此三字，掇瑣同。韻輯作「灰繒」，「灰」字誤。案此當係「絁」字之殘存注文。又「絁」字，切三、王二、全王、廣韻切語并切「式支」；注文，切三、王二、全王并作「繒似布」，廣韻（正文作「纚」，下出「絁」，注云：「俗。」）作「繒似布，說文曰：粗緒也」。

施 為亦作𢻱 九頁一八行

原卷「𢻱」作「跂」。掇瑣與彙編同。韻輯作「鼓」。案「𢻱」「跂」同。

作「毀」，則誤。

⿸疒虎 又瘦⿸疒虎疼痛 斯齊反 九頁二一行

原卷止殘存「痛反」二字，韻輯同。攈瑣與彙編同，蓋補入其餘諸字。

顱 ⿰青頁〻 九頁二四行

原卷「⿰青頁」作「⿰青頁」，韻輯同。攈瑣與彙編同。案注文「〻⿰青頁」，王二同。廣韻作「⿰青頁顱，頭不正也，⿰青頁音精」，全王作「鶄〻字子庭反」（「子庭反」當係「⿰青頁」字之音，惟全王青韻無此音此字），龍氏校箋以為「⿰青頁」、「鶄」并「⿰青頁」字之誤，又云：「至注文宛當云⿰青頁顱抑云顱⿰青頁則未能詳。」（註二）

磃 磨 九頁二四～二五行

原卷「磨」作「摩」，韻輯同。攈瑣與彙編同。案「摩」字，全王同。王二、廣韻并作「磨」。

差 楚宜反 不齊一 九頁二五行

原卷如此，攈瑣同。韻輯無「一」字，蓋脫。

摛 丑知反 布七 九頁二六行

原卷如此，攈瑣同。韻輯「布」作「市」，誤。全王正文誤从木。

麊 縣名 在交阯 九頁二八～二九行

原卷正文止殘存「鹿」，韻輯作「鹿」。攈瑣與彙編同。案此當係「麊」字之殘文。又「阯」字，韻輯作「趾」，與原卷異。

簁 竹器 亦作簛 一〇頁三〇～三一行

原卷正文作「篣」，攈瑣、韻輯同。案當作「簁」。又原卷注文殘，攈瑣作

「竹器（作籃）亦」，韻輯作「竹篾」。

知　涉離反　悉四　一〇頁　三一行

原卷「涉」作「陟」，韻輯同。掇瑣與彙編同，并誤。

賻　當貿　一〇頁　三三行

原卷如此。掇瑣、韻輯正文并作「賻」。案全王正文作「賻」，王二、廣韻并作「貿」，惟廣韻注文云「亦作賻」。此本、全王正文并「賻」字之誤。

漪　於離反　水名八　一〇頁　二三行

原卷如此，掇瑣同。韻輯「名」作「文」，脫「八」字。案「水名」，王二作「水波文也」，全王作「水汶」，廣韻作「水文也」。此本「名」字、全王「汶」字并「文」字之誤。

誃　離訣　一〇頁　三七行

原卷注文殘存作「又口」，「口」模糊，未可辨識。韻輯作「又口」。掇瑣與彙編同。案注文，王二作「離訣」，全王作「別，又舒紙反，亦作誃」，廣韻作「別也，亦作誃」。掇瑣以王二注文入此，與原卷異。

……　公玉篇為趨字失後行之大從音攴聲趨從芻聲　一〇頁　三七、三九行

原卷殘存作「心趨久玉篇為趨字失後行之大（趨從音攴聲趨從芻聲）」。掇瑣與彙編同。韻輯作「趨趨亦玉篇為趨字失後行之犬（趨從音攴聲趨從芻聲）」。掇瑣、彙編「公」字，韻輯「亦」字，皆誤。全王「趍」字，注文作「說文趍趙，久。玉篇為趨字失，後人行之，大謬不考，趍從多音攴聲，趨從芻聲」。此本「趜」蓋「趨」字之誤，又脫「多」字。又全王「久」蓋「夂」字之誤。

危　魚為反　不安三　一〇頁　四〇行

原卷如此，撥瑣同。韻輯無「三」字，蓋脫。

……　又息移反作給　一〇頁四〇行

原卷殘存作「又息移亦作紦」，「紦」右半模糊，諦審字形，殆非「給」字。撥瑣與彙編同。韻輯作「亦作口反息移」，「反」字誤。案全王「纚」訓作「粗細，又息移反，亦作縭」，校箋云：「細當作紬，粗紬猶言粗緒。說文纚，粗緒也。」（註三）

籭　𥴦亦簁又所佳反亦作口　一〇頁四三行

原卷「亦作」下作「篩簛」二字，韻輯同。撥瑣與彙編同，當據原卷補。又姜「簁」作「簁」，誤。全王注文作「𥴦，亦作簁，又所佳反，亦篩簛」。

……朗又始銳亦作口　一〇頁四四～四五行

原卷殘存作「鑁又始銳亦作釦」。撥瑣作「朗又始銳亦作口」。韻輯作「鑁又始鐃反亦作釦」。案此當係「銳」字之殘存注文。集韻或體作「鑴」，全王「銳」訓作「小鑁，又始銳反」。撥瑣「朗」字、韻輯「鐃」字并誤。

垂　姊規反垂儀山巔狀　一〇頁四五～四六行

原卷正文作「垂」，韻輯同。撥瑣與彙編同。又韻輯注文「垂」作「〻」，與原卷異，且無「五」字，蓋脫。

惢　善又桑果反　一〇頁四六～四七行

原卷「桑」作「桒」，韻輯同。撥瑣與彙編同。案「桒」即「桑」字。又「善」字，韻輯作「口」，當據原卷補。

攲　裁　一〇頁四七行

原卷此字訓在下文「劑」字之上，韻輯同。撥瑣誤置於此，彙編沿撥瑣誤置。掇瑣字之位置與原卷不合者擇要校正。

劑 觜隨反劵又在細反三 一〇頁四八行

原卷注文未當有此「三」字，掇瑣同。韻輯無「三」字，蓋脫。

蕐 地名 一〇頁四九行

原卷如此，掇瑣、韻輯同。案正文，全王、王二同，廣韻作「蘗」（原誤作「蕐」）。又注文，全王、廣韻并作「地葵」，此本「名」蓋「葵」字之誤。王二注文作「地々星」。

○之韻

之 一七頁一行

原卷殘。掇瑣補於書眉作「之」。下文韻目仿此。

圯 名々橋 一七頁一行

原卷殘存作「名橋」，韻輯同。掇瑣補入其餘二字。

屬 鋁 一七頁四行

原卷「鋁」作「路」，掇瑣、韻輯同。彙編誤。案掇瑣校勘記云：「案屬字不當訓路，亦不當收入此韻，闕疑。」集存云：「案屬當作㞕，玉篇弋之切，路也，圯以下諸字故宮本與之反，是㞕圯音同，廣韻㞕入脂韻。」（註四）周說蓋是，全王、廣韻正文并作「㞕」，注文，全王作「路」，廣韻作「㞕路」。此本「屬」當是「㞕」字之誤。

鐼 戟無刃 一七頁五行

原卷如此，掇瑣、韻輯同。案正文當作「鏔」。

騃 々岳々又五力反 一七頁六行

原卷如此，掇瑣、韻輯同。案注文，王二作「戰角，又五力反」，全王作「〻岳〻，又五刀反」（「刀」蓋「力」字之誤），廣韻作「觺觺戰角皃，又魚力切」。集存云：「觺下〻岳〻當作角岳〻，岳〻即嶽〻，見漢書朱雲傳。」惟校箋云：「玉篇：觺觺猶岳岳也。觺〻連語，見楚辭招魂。此文應更重一觺字。」（註五）

棵　木〻　一七頁八行

原卷如此，掇瑣同。韻輯「〻」作「口」，當據原卷補。案注文，切三、切二、廣韻并作「相棵木」，王二作「相棵木名」，全王作「相思木」。

鯕　鯿魚　一七頁一二～一三行

原卷注文作「魚〻鯿」，韻輯同。掇瑣與彙編同，并無「〻」。

洏　漣而洟流皃　一七頁一六行

原卷「洟」作「涕」，韻輯同。掇瑣與彙編同，并誤。又原卷「而」當作「洏」。

鶀　息〻鵋　一七頁一八行

原卷「鵋」作「顋」，韻輯同。掇瑣與彙編同。案當作「鵋」，原卷誤。又原卷「息」蓋「鳥」字之誤。爾雅釋鳥：「鵅，鵋鶀。」注云：「今江東呼鵂鶹為鵋鶀，亦謂之鴝鵒。」此本「〻鵋」二字宜乙倒。

姬　㞐之反周姓七　一七頁一八行

原卷正文作「姬」，韻輯同。掇瑣與彙編同。案集存云：「㞐當作居。」（註六）惟「㞐」為「居」之古文。

朞　啐古作棋　一七頁一九行

原卷注文殘存作「啐古」,韻輯同。掇瑣與彙編同。案「啐」蓋「晬」字之誤。

牦 毛起又力臺 一七頁二二、二三行

原卷如此,掇瑣、韻輯同。案原卷注文末脫一「反」字。

愁 憂愁 一七頁二三行

原卷「愁」作「秋」,掇瑣、韻輯同。案「秋」當作「愁」。

甾 側持反不耕田 一七頁二四行

原卷注文作「側持反不⋯」,次行首之其餘注文殘缺。韻輯注文作「側詩反不⋯」,「詩」字與原卷異。掇瑣與彙編同,并補入「耕田」二字。又原卷正文當作「甾」。全王正文作「甾」,注文作「側持反,不耕田,或作菑。十一」。

歖 喜 一七頁二六行

原卷無注文。掇瑣、韻輯與彙編同,并補「喜」字。案切二、全王、廣韻注文并作「卒喜」。

醫 於其反巫三 一七頁二八行

原卷「巫」作「巫」,韻輯同。掇瑣與彙編同。案當作「巫」。又韻輯無「三」字,蓋脫。

韾 告又乃經反 一八頁三一行

原卷正文作「謦」,韻輯同。掇瑣作「謦」。「謦」「韾」音別義同,彙編以目則誤。

鼏 小鼎 一八頁二四行

原卷作「鼐小鼎」,韻輯同。掇瑣作「鼏小鼎」。案正文當从切三、全王、廣韻作「⿰木鼎」。

○微韻

翬 飛皃 一九頁一～二行

原卷如此，掇瑣同。韻輯「皃」作「白」，誤。

韋 皮 一九頁二行

原卷正文殘存作「丅」。韻輯無錄。掇瑣與彙編同，蓋逕予補全。

⿰韋束 束 一九頁二行

原卷如此，韻輯同。掇瑣「束」作「京」，誤。案注文，切二、切三并作「束」，廣韵作「束也」，全王作「束く」。全王重文疑誤衍。

霏 芳非反，雨小，或作⿱雨彖，七 一九頁三～四行

原卷「雨小」作「雵」，韻輯同。掇瑣與彙編同，并誤。又原卷「芳」字，韻輯誤作「苦」。

⿱非毳 細毛 一九頁四行

原卷注文作「細毛皃」。韻輯作「口口毛」，當據原卷補。掇瑣與彙編同，并脫「皃」字。案注文，切二、切三、全王與此本同，廣韵作「細毛」。

婓 往來く皃，一曰醜 一九頁四～五行

原卷如此，掇瑣、韻輯同。案注文，切二、切三、全王同。廣韵作「婓婓往來皃，一曰醜」，且今本說文訓作「往來婓婓也」，并重「婓」字。此本、切二、切三、全王并當重「婓」字。

奜 匪肥反，斐豹見在左傳，八 一九頁五行

原卷如此。掇瑣、彙編俱無「在」字。案原卷「在」字蓋衍。

⿰牛飛 似羊一曰白首 一九頁六行

原卷如此，掇瑣、韻輯同。案切二注文作「似羊，一目白首」，廣韻作「獸，如牛，白首一目」。此本、切二「羊」蓋「牛」字之誤。又此本「白」蓋「目」字之誤。

⿰魚飛 〻兔馬而兔足 一九頁六行

原卷「足」作「足」，卽「足」字。掇瑣與彙編同。韻輯作「是」，誤。案切三正文从馬作「騛」，上列「⿰魚飛魚」一字訓。且全王、廣韻亦皆「⿰魚飛」「騛」二字。此本脫「⿰魚飛」字之注文及正文「騛」。

肥 符非反豐飢正作肥八 一九頁六～七行

原卷「飢」作「肌」，掇瑣、韻輯同。彙編誤。

鰿 ⿱齊虫螬 一九頁八行

原卷如此，掇瑣同。韻輯「⿱齊虫」作「蠐」。

⿰阝戚 〻陵難危 一九頁九行

原卷「危」作「危」。韻輯作「危」。掇瑣與彙編同。案「難危」疑是「艱危」之誤。

畿 王〻盛作圻 一九頁一〇行

原卷作「畿王畿或作圻」。掇瑣作「畿王畿或作圻」。韻輯作「畿王畿盛作」。彙編、韻輯「盛」字并誤。又原卷二「畿」字并當作「畿」。

崎 水滂曲岸亦作圻渠羈反 一九頁一〇行

原卷「滂」作「傍」，韻輯同。掇瑣作「旁」，與原卷異。又原卷「渠」字，韻輯作「拎」，誤。

衈 以血塗門　一一九頁一一行

原卷「以」作「似」。綴瑣、韻輯與彙編同。案「似」字，切二同，當以切三、全王作「以」。

機 居希反具十四　一一九頁一二行

原卷如此，綴瑣、韻輯同。案注文，切二同。全王「具」上有一「織」字。蓋此本切二並脫此「織」字。

饑 穀不熟祥亦機作饑　一一九頁一三行

原卷如此。案綴瑣校勘記云：「下訓穀不熟，于義已足，不當綴以祥亦機作饑五字。切三、廣韻皆作：饑，穀不熟。又機字訓祥。此本蓋原作：饑，穀不熟；機，祥，亦作饑。切二與此本同，亦誤。」（註七）劉說蓋以為此本與切二誤將「機」字訓入於「饑」字下。

鐖 金鈎　一一九頁一四行

原卷「鈎」作「鉤」，綴瑣、韻輯同。案「鉤」字，全王同，當以廣韻作「鈎」。

蔐 蔡蒐　一一九頁一四行

原卷殘存作「蒐」，當係「蔡蒐」之殘文。綴瑣作「蔐蔡蒐」。韻輯未錄。彙編「蔡」字蓋誤。

鵗 北方雉名　一一九頁一四～一五行

原卷「雉名」作「名雉」，韻輯同。綴瑣與彙編同。案注文，切二、切三並作「北方名雉」，全王作「北方雉名」。

魏 牛又牛畏反　一一九頁一七行

原卷如此，掇瑣、韻輯同。案正文，切二同。全王、廣韻并作「犎」。注文，切二、全王同。廣韻作「爾雅云：犎牛。郭璞曰：即犦牛也，如牛而大，肉數千斤」。又此本未韻「犎」訓作「牛名，又魚歸反」；「魏」訓作「魚貴反，八姓」。此本正文為「犎」字之誤？抑此本脫「魏」字之注文及正文「犎」？

○魚韻

魚　語居反　水蟲六　二一頁一行

原卷殘存作「語居反蟲六」，韻輯作「居反蟲六」。掇瑣與彙編同，蓋逕予補全。

鱻　捕魚。或作漁鮁　二一頁一行

原卷「漁魚」作「漁魚」。韻輯作「漁魚」。掇瑣與彙編同。案此二字蓋「漁（䱷）」之誤。即原卷將一字誤分為二字也。

鋙　鉏鋙　二一頁二行

原卷如此。掇瑣「齬」作「齬」。韻輯「齬」作「鋙」。

琚　玉貯　二一頁五行

原卷如此，掇瑣、韻輯同。案切二、切三、全王「琚」并訓作「玉」；「琚」并訓作「貯」。蓋此本誤脫正文「琚」，又將其注文誤入「琚」字下。

鶋　鶢鶋　鳥　二一頁五行

原卷「鶋」作「鶋」，韻輯同。掇瑣作「鶢」。案注文，全王作「鶢ㄍ鳥」，廣韻作「鶢鶋，海鳥」。切二、切三則并作「鶢鶋鳥」。

轆　輞　二一頁七行

原卷「輞」作「輞」。掇瑣作「輞」。韻輯作「輞」。案當作「輞」。

綠 緣獲　二一頁七行

原卷如此，綴瑣、韻輯同。案正文當作「⿰糸渠」。本韻从渠之字，原卷或从「渠」，或作从「杲」，并當从「渠」。

蘧 筐牛　二一頁八行

原卷「筐」作「⿺辶圭」，韻輯同。綴瑣與彙編同。案注文，切二、切三、全王并與此本同。廣韻作「牛筐」。

腒 鳥腊又九魚反　二一頁八行

原卷如此，綴瑣同。韻輯「腊」作「腈」，誤。

⿰魚渠 鳥⿰馬巨⿰馬渠　二一頁九行

原卷正文作「⿰馬渠」，韻輯同。綴瑣作「⿰馬渠」。案原卷「⿰馬渠」當作「⿰馬渠」。彙編从魚，誤。

歟 詞末口亦同與　二一頁一三行

原卷「口」作「⿰犭與」，韻輯同。綴瑣與彙編同，當據原卷補。又原卷「末」字，韻輯作「未」，誤。

予 又于佇反　二一頁一五行

原卷「于」作「余」，韻輯同。綴瑣與彙編同，并誤。

雓 蜀雓　二一頁一六行

原卷如此，綴瑣、韻輯同。案注文，全王同。廣韻作「爾雅曰：鷄大者蜀，蜀子雓」，文見爾雅釋畜。疑此本、全王注文當作「蜀雓子」。

胥 息魚反相通皆作胥九　二一頁一六行

原卷「胥」作「胥」，韻輯同。綴瑣與彙編同，并誤。又韻輯脫「九」字。

滑　路　二一頁一七行

原卷如此，掇瑣、韻輯同。案注文，全王作「露〻」，廣韻作「露皃」。此本「路」蓋「露」字之誤。

覦　相似視　又七慮反　二一頁二〇行

原卷如此，掇瑣同。韻輯「似」作「以」。案掇瑣校勘記云：「似字蓋衍。」（註八）唯全王注文作「相伺視，又七慮反」，疑此本「似」蓋「伺」字之誤。

鋤　助魚反　大斸三　二一頁二一行

原卷如此，掇瑣同。韻輯無「三」字，蓋脫。

荼　……　二一頁二二行

原卷注文殘存作「□胡反」。掇瑣缺。韻輯作「達胡反」。新編云：「原卷「達」字模糊，不能辨識，似非「達」字。「竹」作「䇲」。」（註九）

疏　䟽亦作疋　又所去反　二一頁二二、二三行

原卷「疏」作「綻」。掇瑣與彙編同。韻輯作「縱」。補正錄作「綻」，再校「綻」作「疏」。案全王注文云「亦作綻」，廣韻則云「或作疏，俗作踈」，且別出「綻」字，注文云：「綻繼。」韻輯作「縱」，誤。

足　詩古文為雅字　又口舉反　二一頁二四行

原卷「口」作「山」。韻輯作「乚」，掇瑣與彙編同，并當據原卷補。又原卷無「反」字，韻輯同。掇瑣有「反」字。案原卷脫此「反」字。

猪　陟魚反　豕　正作豬　三　二一頁二六行

原卷如此；掇瑣同。韻輯無「三」字，蓋脫。

爈 火燒山界 二一頁二八行
原卷「界」作「冢」。韻輯作「冡」，掇瑣與彙編同，皆誤。全王注文與此李同，惟正文誤作「爐」。

諸 章魚反衆 二一頁二八行
原卷注文作「章魚反衆六」，韻輯同。掇瑣作「童魚反衆」，脫「六」字，且「章」誤作「童」。

○廣韻

鴸 鳥似鵄人首 二四頁二行
原卷「鵄」作「鴟」。掇瑣與彙編同。韻輯作「鴙」，誤。

蔞 〻蒿又力侯反 二四頁三行
原卷「侯」作「矩」。掇瑣與彙編同，韻輯作「短」，皆誤。又原卷「蒿」字，韻輯作「嵩」、「力」字韻輯作「刀」，并誤。

扶 坿夫反持十六 二四頁五行
原卷「坿」作「附」。掇瑣與彙編同，韻輯作「付」，并與原卷異。又原卷「夫」字模糊，未可辨識。掇瑣、韻輯并作「夫」。案切語，切三、全王并作「附夫反」，廣韻作「防無切」。

芙 蓉 二四頁五行
原卷注文作「蓉〻」，韻輯同。掇瑣與彙編同，并脫「〻」。

颸 風 二四頁五行
原卷此下尚有「筟 竹」一字訓，韻輯同。掇瑣與彙編俱無，并脫也。

符 鬼目草名 二四頁六行

原卷「鬼」作「鬼」，掇瑣作「鬼」。韻輯作「口」，當據原卷補。彙編作「鬼」，誤。

眣　小畚　二四頁七行

原卷「畚」作「畚」。掇瑣與彙編同。韻輯作「畚」，誤。又正文，全王同，廣韻作「歜」。注文，廣韻作「小畚器也」。全王作「小」，當有脫文。

葧　莬跽子　二四頁七行

原卷此字訓接上文「眣」字訓，并無殘缺。韻輯同。掇瑣二字訓間有空白，致彙編以為有殘文，以「……」示之，當刪去。又原卷正文作「葧」，案當作「莬」。又原卷「跽」蓋「茈」字之誤。全王、廣韻正文并作「莬」，注文，廣韻作「莬茈草也，案爾雅曰：芍莬茈。不從艹」，全王作「〻茈子」，校箋云：「子疑草字之誤，草書草字與子字形近。」（註十）

鄜　縣名在馮翊俗語作數州　二四頁八行

原卷如此，掇瑣、韻輯同。案「語」字當以全王作「誤」。

紨　細麁　二四頁一〇行

原卷「細」作「紉」，韻輯同。掇瑣與彙編同。案注文，全王作「麁紐」，廣韻作「布也，又細紬也」。今本說文訓作「布也，一曰粗紬」。此本「紉」字、全王「紐」字并當作「紬」。

毲　毛口　二四頁一〇行

原卷「口」作「解」，韻輯同。掇瑣與彙編同，并當據原卷補。

跗　甫于反足跗亦作趺十三　二四頁一三行

原卷如此，掇瑣同。韻輯無「足」字，蓋脫。

邪 縣名在瑯琊（二四頁一三行）　原卷「瑯琊」作「琅瑘」。綴瑣與彙編同。韻輯作「琅琊」。

祑 袍襦之類前襟亦作帙（二四頁一三～一四行）　原卷「帙」作「扶」，韻輯作「袟」。綴瑣與彙編同。案廣韻「祑」訓作「衣前襟」，下出「帙」，注云：「上同。」此本或體字當作「帙」。原卷作「扶」，誤。又原卷「袍襦」當作「袍襦」，唐寫本偏旁無定，礻衤常不分。（註十一）

蕒 地蕒葯名（二四頁一四行）　原卷「葯」作「藥」，綴瑣、韻輯同。又「藥」之俗字作「葯」，彙編作「葯」，誤。

扜 持又口孤反（二四頁一六行）　原卷如此，綴瑣同。韻輯正文作「杅」、「孤」作「狐」，并誤。

姝 好亦作口（二四頁一八行）　原卷「口」作「袾」，韻輯同。綴瑣與彙編同，并當據原卷補。又韻輯正文作「殊」，誤。

捄 盛土詩云捄之陾〻（二四頁一九行）　原卷二「捄」字并作「捄」，韻輯同。綴瑣正文作「捄」，注文「捄」與原卷同。案原卷二「捄」字并當以手作「捄」。又原卷「〻」係指重上一字「陾」，當作「捄之陾陾」，韻輯「〻」作「之」，誤。又「詩云」者指詩經大雅緜之詩也。

[石瞿] 磫[石瞿]礪石（二四頁二〇行）

原卷無「石」字，韻輯同。掇瑣與彙編同。案全王、廣韻并有「石」字，當據補。又韻輯「磫」作「磫」，誤。

## ○模韻

模 莫胡反法九 （二八頁一行）

原卷殘存作「莫胡反九」。韻輯未錄。掇瑣與彙編同，蓋逕予補全。

醫 ⿰酉俞子醬⿰酉俞字〻大胡反 （二八頁一行）

原卷如此，掇瑣同。韻輯無「子」字，蓋脫。案「子」上當以切三、全王（原誤作「揄」）、廣韻補一「揄」字。又彙編廣韻校勘記云：「揄子，殿改揄人。」惟周氏廣韻校勘記云：「案揄子即揄莢之人，不必改也。」（註十二）

匍 薄胡反匍匐手足行七 （二八頁二行）

原卷如此，掇瑣同。韻輯「薄」誤作「簿」，且脫「七」字。

樸 〻劉武威劉字縣在戶圖反 （二八頁二～三行）

原卷正文作「樸」，韻輯同。掇瑣與彙編同。案當作「樸」。又原卷二「劉」字，韻輯并誤作「剭」。

乎 詞已聲又雲烏反正作乎从兮丿聲丿音曳 （二八頁五行）

原卷注文作「詞已聲又雲烏反正作乎从兮丿聲丿音曳」。掇瑣作「詞已聲又雲烏反正作乎从兮厂聲厂音曳」，韻輯作「詞已聲又雲烏反正作乎從兮聲厂音曳」。案原卷「巳」當作「已」，韻輯「兮」下脫「厂」，下「厂」誤作「𠂆」。彙編「已」當作「已」。「丿」當作「厂」。

罠 船上四 （二八頁六行）

原卷「冈」作「同」，韻輯同。掇瑣與彙編同。案作「冈」是。又原卷正文作「罘」，掇瑣作「罛」，韻輯作「罘」。案當作「罛」或「罛」。本韻从瓜之字，原卷并从爪，掇瑣（除「𦩑」外）并从瓜，韻輯除「𥬗」字外，并與原卷同。

泒 水名，在雁門 二八頁六行

原卷「雁」作「鴈」，韻輯同。掇瑣作「鴈」。

酤 買酒。又胡二反 鼓古護 二八頁六～七行

原卷如此，掇瑣同。韻輯注文作「買酒又胡鼓反古護反」，衍上「反」字，脫「二」字。

觚 棱柧 二八頁八行

原卷「棱」作「稜」。掇瑣與彙編同。韻輯作「枝」，則誤。案「觚」字，全王訓作「瓜〻」，廣韻作「瓜也」；「柧」字，全王訓作「〻棱」，廣韻作「棱柧」。此本脫「觚」字之注文及正文「柧」。

徒 度都反。空。又或作迲。步行 二八頁八行

原卷「迲」作「达」。掇瑣與彙編同，韻輯作「迷」，皆誤。原卷注文末有「廿一」二字，韻輯同。掇瑣與彙編俱無，并脫也。又韻輯「空」作「口」，當據原卷補。

塗 泥。亦作途。又火如反。泥飾 二八頁八行

原卷如此，掇瑣、韻輯同。案又音，全王作「丈如反」，惟各本魚韻均無「塗」字，校箋以為「丈如反」當作「丈加反」。（註十三）此本又音亦當有誤。今改作「丈加反」。

啚 思度說文音鄙訓難意今因循作圖云　二八頁一〇行

原卷「訓」下有一「云」字，韻輯同。掇瑣、彙編俱無，并脫也。又原卷注文末「云」字作「非」。韻輯作「失」，與原卷異。掇瑣與彙編同，并誤。

圖 畫說文書計難從囗音韋從啚〻難意用啚作非圖　二八頁一〇～一一行

原卷「囗」作「口」，掇瑣、韻輯同。案當作「囗」。又原卷上「啚」字作「圖」，韻輯同。掇瑣與彙編同。案當作「啚」。今本說文「圖」訓作「畫計難也，从囗，从啚，啚者難意也」。則原卷「書」蓋「畫」字之誤。

……帤藏 努子 鼓籠。呼荒鳥反 嗅亦口口口口 膴無骨腊又武夫反所鳥二反 憮大 葫蒜別名 㤢怯 魖貝思 謼大叫又呼故反

虍虎文。吾五胡反我十二　二八頁一一～一二行

原卷此段倒置於原卷第五頁首行。案當置於下文「駑」「吳」二字訓附。

原卷「帤」作「帑」，韻輯同。掇瑣與彙編同，并誤。又此本「鼓」字訓作「籠鳥」，切三、全王、廣韻同，周氏廣韻校勘記以為當作「鳥籠」。（註十四）

稌 別又他胡反　二八頁一三行

原卷正文作「稌」，韻輯同。掇瑣與彙編同。案全王本韻無「稌」字，其「稌」（當作「稌」）字訓作「引，又他胡反」。廣韻「稌」訓作「黃牛虎文」；「稌」訓作「稌引」。此本脫「稌」字之注文及正文「稌」，且注文「別」當作「引」。

奴 乃胡反徒十四　二八頁一三行

原卷「十四」作「六」，韻輯同。掇瑣與彙編同，并誤。

駑 駘馬　二八頁一三行

原卷如此，掇瑣同。韻輯「駘」作「駋」，當據原卷補。

租 側胡反田稅二 二八頁一五行

原卷「二」殘作「一」，韻輯作「一」。掇瑣與彙編同。案當作「二」。又「側」字，切三、全王并作「則」，當據改。

鑪 大蒸 二八頁一五行

原卷注文作「火烝」。韻輯作「大烝」。掇瑣與彙編同。案「烝」當係「烝」字之誤。全王注文作「火烝，又錢号」，校箋云：「火烝二字語義不明。集韻云：一曰火丞。烝丞形近，烝當是丞字之誤。姜書P二〇一一云大烝，大即火字之誤。又錢号三字，王一無，各書并無，不詳。」（註十五）

鱸 魚名 二八頁一六行

原卷注文作「魚ˇ名」。韻輯無「ˇ」，蓋脫。掇瑣與彙編同，逕乙正之。

轤 轆轤圓轉大木 二八頁一六行

原卷「轆」作「轒」。掇瑣與彙編同，并與原卷異。韻輯作「轒」，誤。

盧 餅器 二八頁一七行

原卷「罷」作「器」。掇瑣作「器」。韻輯作「器」。案原卷「器」當作「器」或「器」。又韻輯「餅」誤作「鉼」。

杼 木名又力祖反 二八頁一八行

原卷「祖」作「祖」，韻輯同。掇瑣與彙編同，并誤。又韻輯正文作「桴」，誤。

虘 虎不柔又他才反 二八頁一八、一九行

原卷「他才」作「才他」，韻輯同。掇瑣與彙編同，并誤倒。

杇 泥鏝字莫寒反 二八頁一九行

鵃 鳭 二八頁二一行

原卷「鏝」作「槾」，韻輯同。掇瑣與彙編同。案「槾」字，全王作「墁」，廣韻作「鏝」。又原卷「字」上當重一「槾」字。

原卷注文左半字模糊。掇瑣、韻輯與彙編同。案注文，全王作「鵃」，廣韻作「鶒叔，鳥名」，澤存堂本「叔」作「枝」。校箋云：「王一鳭當為枝字之誤，本書又誤鳭為鵃耳。」（註十六）

鋪 設 二八頁二四～二五行

原卷如此，掇瑣同。韻輯「設」作「沒」，誤。

踊 蹄馬 二八頁二五行

原卷「蹄」作「踈」，掇瑣、韻輯同。案注文，切三作「馬蹀」，全王作「馬跡」，廣韻作「馬蹀跡也」。

○齊韻

臍 膍臍亦作齊 三一頁一行

原卷如此，掇瑣、韻輯同。案「齊」字，全王作「臍」。廣韻注文作「膍臍，說文作毗齎」。今本說文「臍」訓作「毗齎，从肉齊聲」。此本、全王或體字并當作「齎」。

鉀 利又子奚反 三一頁一～二行

原卷如此，掇瑣同。韻輯正文誤作「鋪」。

黎 落嵇反眾亦作黎黎十五 三一頁二行

原卷無「亦」字，韻輯同。掇瑣與彙編同。案原卷脫此「亦」字。又韻輯脫「十五」二字。全王或體作「黎黎」，此本「黎」字蓋誤。

麗 〻窶綺窓 三一頁二行

原卷「窶」作「宴」，韻輯同。掇瑣與彙編同。案「宴」字，全王同，并當从廣韻作「窶」。

藜 藿 三一頁二行

原卷注文作「藋」，韻輯同。掇瑣與彙編同。案「藋」字，全王同，并當从廣韻作「藿」。

荊 〻茈織荊又力底反 三一頁三行

原卷正文及「茈」并从竹，韻輯同。掇瑣與彙編同。案并當从艸。又掇瑣「底」作「底」、韻輯作「庢」，皆誤。

盠 以瓢為飲器 三一頁三行

原卷「以」作「似」，韻輯同。掇瑣與彙編同。案全王、廣韻并作「以」，此本當據改。

妻 七嵇反齊亦作䶒十 三一頁四行

原卷如此，掇瑣同。韻輯「嵇」作「稽」。

鞮 革履 三一頁七行

原卷正文残，韻輯同。掇瑣與彙編同。案正文當係「鞮」字。又韻輯「革」作「草」，誤。

氐 至又丁計反 三一頁七～八行

原卷如此，掇瑣同。韻輯「計」作「許」，誤。

齌 坎疾又即嵇反 三一頁六行

原卷「坎」作「炊」；韻輯同。掇瑣與彙編同，并誤。又今本說文「齌」訓作「炊餔疾也」。

揥 指又勑細反　三一頁八行

原卷「指」作「揁」，韻輯同。掇瑣與彙編同。案「揁」字，全王（脫一「又」字）作「捎」。廣韻注文作「指也」。校箋云：「揁當是揥字之誤。說文：擿，一曰投也。擿即揥字，故為捐棄之義。」（註十七）又韻輯正文誤以木。

隄 防亦當嵇反又作堤　三一頁九行

原卷「又」作「亦」，韻輯同。掇瑣與彙編同。案原卷上「亦」字當作「又」。

題 頭痛　三一頁一〇行

原卷「頭」殘存作「頁」。掇瑣與彙編同。韻輯作「頸」。案當作「頭」。

媞 好笑　三一頁一〇行

原卷如此，掇瑣同。韻輯「笑」作「美」。案原卷「笑」字誤。

荑 蕛　三一頁一二行

原卷如此，掇瑣同。韻輯正文作「⿱⺮夷」，誤。

## ○皆韻

豺 土諧反狼屬四　三五頁二行

原卷「土」作「士」，掇瑣同。韻輯作「七」，與彙編皆誤。又韻輯無「四」字，蓋脫。

⿱差車 次又車東廂又却佳取私疾離反三　三五頁二～三行

原卷正文作「⿱差車」、上「又」字下有「却」字、下「又」字下無「却」字，韻輯「却」作「郄」、「私」作「私」，餘同原卷。掇瑣與彙編同，并誤。

浘 瀓々淒濁 三五頁四行
原卷如此，掇瑣同。韻輯「瀓」作「流」，誤。

𪗬 卓皆反 盬一 三五頁四行
原卷韻字數如此，掇瑣同。韻輯無韻字數，蓋脫。

揩 客皆反揩起摩拭二 三五頁五行
原卷如此，掇瑣同。韻輯「起」作「擇」。案「起」字，切三、廣韻并作「擇」，全王作「擇」。此本誤。又韻輯注文「擇」作「〻」，不誤，惟「二」作「〻」，則誤矣。

擇 諧皆反 揩二 三五頁五行
原卷注文殘存作「訁旨揩二」。掇瑣與彙編同。韻輯作「揩二」。案切語，切三、全王并作「諧皆反」，廣韻作「諧皆切」。「諧皆」二字疊韻，不可為切語，今從切三、全王補作「諧皆反」。

## ○灰韻

鰃 角曲中 三六頁三行
原卷如此，掇瑣、韻輯同。案正、注文全王同。廣韻「䚈」訓作「曲角中也」（澤存堂本作「角曲中也」）；「鰃」訓作「魚也」。掇瑣校勘記校「鰃」字云：「廣韻从角作䚈。」校箋云：「鰃當是䚈之形誤。廣韻鰃下云魚也，或別有所據，或即由此而生傅會。」（註十八）

蚘 人腸中長蟲正作蛕 三六頁四～五行
原卷正文作「蚘」。掇瑣作「蚘」。韻輯作「蚘」。案當从尤。又掇瑣「腸」作「腸」，不誤。「正」作「王」，則誤矣。且原卷从虫之字皆改从虫。案「腸」字，切三、全王（脫「長」字）、廣韻并作「腹」。

莓　盛々美　三六頁七行

原卷如此，𢷬瑣同。韻輯脫「美」字。案注文，全王作「々美盛皃」。廣韻作「莓莓美田也」。此本、全王并當从廣韻更有一重文。

頪　三六頁九行

原卷作「䫌」，韻輯作「頪」，蓋寫者誤書後刪去。𢷬瑣脫刪去符號。

魋　似熊而小，又人名　三六頁一〇行

原卷「熊」作「羆」。韻輯作「羆」。𢷬瑣與彙編同。案「羆」字，切三同。全王作「能」（「似」誤作「以」）。

膭　膗膭皃破狀　三六頁一〇行

原卷如此，𢷬瑣同。韻輯「膗膭」作「𦢈膭」，誤。

櫢　覆棺　三六頁一〇行

原卷正文作「擻」，韻輯同。𢷬瑣與彙編同。案全王正文作「擻」，廣韻作「櫢」。集韻作「𧞤」，或體从木。此本、全王并當改从木。

蹪　蹪什　三六頁一〇行

原卷如此，𢷬瑣同。韻輯「蹪」作「貿」，誤。案正文，全王同。廣韻作「蹪」。

檇　木擣，又子淺反　三六頁一三行

原卷作此，𢷬瑣同。韻輯「擣」作「檮」、「子」作「于」，并誤。

膗　素迴反，人膭三　三六頁一二行

原卷「人」作「倠」，韻輯同。掇瑣作「亻」。彙編誤。

按繫 三頁一行

原卷如此，掇瑣、韻輯同。案注文，切三、全王、廣韻并作「擊」，當據改。又全王正文誤作「桉」。

肧 芳杯反肧胎一月匹尤反正作胚五 三六頁一五行

原卷注文作「芳杯反不肧胎一月匹尤反作正肧五」。韻輯作「芳杯反不肧胎一月匹尤反作正肧五」。掇瑣與彙編同。原卷衍「不」字。韻輯脫乙倒符號。

○咍韻

𣪠 毅𣪠笑聲 三八頁一行

原卷如此。掇瑣「笑聲」作「笶聲」，韻輯作「笶聲」。案正文，全王、廣韻并作「𣪠」。注文，全王作「毅𣪠笑聲」，廣韻作「毅𣪠笑聲也」。周氏廣韻校勘記以為「𣪠，當是欸字之誤」、「此注毅𣪠二字亦當從欠作欵欸」，龍氏校箋則以為不得改「毅」為「欵」，而云：「𣪠當是𣪠字之誤，訓作笑聲則誤𣪠為欵耳，當云剛卯也。」詳見本編「切三校勘記」校文。

唉 慢譍又於具反 三八頁一～二行

原卷「慢」作「慯」，掇瑣同。韻輯作「楊」，誤。又原卷「具」作「其」，掇瑣、韻輯同。彙編誤。

跆 蹋 三八頁二～三行

原卷如此，韻輯同。掇瑣注文作「〇蹋」。案全王注文亦作「蹋」，廣韻作「蹋跆，連手唱歌」，又集韻作「聯手而歌曰踏跆」。疑此本、全王注文當作「蹋〻」。

該 古哀反 帀十六（三八頁三行）

原卷如此，掇瑣同。韻輯「哀」作「亥」，誤。

豥 豕四蹄白（三八頁三行）

原卷「白」作「皃」，韻輯同。掇瑣與彙編同。案切三、全王、廣韻注文并作「豕四蹄白」，玉篇作「豕四足白」。此本「皃」蓋「白」字之誤。

垓 八極又垓下堤名在沛郡項羽敗處下亥反（三八頁三行）

原卷如此，掇瑣同。韻輯「亥」作「文」，誤。

剴 大鐮一曰摩又五哀反（三八頁四行）

原卷「大」作「木」，韻輯同。掇瑣與彙編同。案「木」字，切三、全王同。廣韻作「大」。今本說文「剴」訓作「大鐮也，一曰摩也」。則此本、切三、全王「木」并當作「大」。

賅 奇非常又胡改反亦作侅（三八頁五行）

原卷如此，掇瑣、韻輯同。案注文，全王作「奇非常，又改胡改，亦作侅」，行上「改」字，下「改」字下脫一「反」字。廣韻「侅」訓作「奇侅」，下出「賅」，注云：「上同，又贍也。」又今本說文「侅」訓作「奇侅，非常也」。此本、全王「奇」字下并脫重文「賅」。

来 落哀反回通俗作来八（三八頁六行）

原卷「八」字上有一「十」字，韻輯同。掇瑣與彙編俱無，并脫也。

淶 水名在北地廣口（三八頁八行）

原卷「口」殘。掇瑣、韻輯與彙編同。案全王注文作「水名，出北」，廣韻作「水名，出涿郡」。今本說文「淶」訓作「淶水起北地廣昌，東入河」。

則此本「在」當作「出」、「口」當係「昌」字。全王注文當有脫文。

○寒韻

瓛 圭名 五二頁一行 原卷如此，瀏璸同。韻輯「圭」作「玉」，與原卷異。

洹 水名在鄴 又于原反 五二頁一行 原卷如此，瀏璸同。韻輯「鄴」作「口」、「于」作「千」、「原」作「煩」，并當據原卷補正。

⿱艹睆 蒲又胡混反 五二頁二行 原卷正文作「睆」，韻輯同。瀏璸作「⿱艹睆」。案「睆」字，全王同。今本說文「⿱艹睆」訓作「夫離也」。爾雅釋艸：「莞，苻蘺。」郭注云：「今西方人呼蒲為莞蒲。」此本、全王正文并當作「⿱艹睆」。又韻輯「胡」作「閑」，誤。

綄 候風羽 胡管反 五二頁二行 原卷如此，瀏璸同。韻輯正文作「綩」、「管」作「官」，并誤。又「胡管反」係又音，其上當補一「又」字。

剜 一完反陸削 音當苟反四 五二頁三行 原卷「完」作「丸」、上「陸」字作「徒」，韻輯同。瀏璸與彙編同。案原卷上「徒」字當作「陸」。又全王「陸削」作「削陸」。

眢 井無水 日月精 五二頁三行 原卷如此，瀏璸、韻輯同。案注文，切三作「井無水，一曰目無精」，全王作「井無水，曰目精」，廣韻作「井無水，一曰目無睛」。此本、全王、廣韻并當據切三補正。

𣤶　一曰欠貌迷惑不解理　五二頁四行

原卷「惑」作「或」，韻輯同。掇瑣與彙編同。案當作「惑」。又韻輯「欠」作「久」，誤。

曫　昏時　五二頁四行

原卷如此，掇瑣、韻輯同。案全王注文作「日旦昏時」，廣韻作「日夕昏時」。今本說文「曫」訓作「日且昏時也」，段注云：「且，各本作旦，今正。」此本、全王當以說文改。

灓　漬　五二頁五行

原卷作「灓清」，韻輯同。掇瑣與彙編同。案原卷「清」蓋「漬」字之誤。

貆　丸〻貉之子又音貉字下各反　五二頁七行

原卷上「貉」字作「貈」，韻輯同。掇瑣與彙編同。案「貈」「貉」二字通。

鸛　喞〻鷄如鵲短尾射之矢射人亦作鶺　五二頁七行

原卷「喞」作「銜」，韻輯同。掇瑣作「喞」。彙編誤。案切三、全王、廣韻字亦作「銜」。

湍　他端反急瀨　五二頁八行

原卷如此，掇瑣同。韻輯「他」作「血」，誤。

狻　猛〻猊獅子西域獸或作狻　五二頁九行

原卷「獅」作「師」，韻輯同。掇瑣與彙編同。案原卷「猊」當作「猊」。

𨐈　曲轅亦作轒𨐈　五二頁一〇行

原卷「𨐈」作「𨐈」，韻輯同。掇瑣與彙編同。案廣韻「𨐈」訓作「說文曰車衡三束也，曲轅𨐈縛，直轅𨐈縛」，下出「轒𨐈」，注云：「并止同。」

（「止」益「上」字之誤）今本說文「𨏔」訓作「車衡三束也，曲轅𨏔縛，直轅暈縛」，「韇」訓作「𨏔或从革贊」。此本或體當作「𨏔韇」。

䉢 圖竹器 正作口 五二頁 一二行

原卷正文作「䉢」，韻輯同。擬瑣與彙編同。案當从竹作「䉢」。又原卷「圖口」空白，擬瑣作「口」，韻輯作「⬚」。全王正文作「䉢」，注文作「圖竹器」，校箋云：「器下王一有正作口三字，残文不詳。說文作如此，集韻云或省作䉢。疑王一正文本作䉢，而注云正作䉢。」（註十九）惟王一正文并非作「䉢」。

霊 零露 五二頁 一三行

原卷如此，擬瑣、韻輯同。案正文，全王同，并當作「霊」。

殫 盡 五二頁 一三行

原卷如此，擬瑣同。韻輯注文缺，當據原卷補。

郊 地名在當陽 五二頁 一四行

原卷如此，擬瑣同。韻輯無「在」字，蓋脫。

口 〻鵠鳥知未來事鵠字或作䧿 又口沃反或作鳿䧿字古沃反 五二頁 一五行

原卷正文残，案全王正文作「鳿」。又原卷二「鵠」字并作「鶴」，無「未」字及上「或」字。擬瑣與彙編同。韻輯二「鵠」字亦作「鶴」，有「未」字，而無上「或」字。又原卷「鳿」作「䧿」，擬瑣、韻輯同，彙編改。

聅 軍法矢貫耳 五二頁 一七行

原卷「耳」作「目」，韻輯同。擬瑣與彙編同。案「目」字，全王作「冃」，并當从廣韻作「耳」。

貚 屬歎貙 五二頁一七～一八行

原卷如此，掇瑣同（「屬」作「屬」）。韻輯「貙」作「樞」，誤。又原卷「歎」字蓋涉上文「嗟」字注文而衍。

盤 薄官反盂亦作柈十六 五二頁一八行

原卷「盂」作「孟」，韻輯同。掇瑣與彙編同，并誤。

鬆 〻〻頭屈髮為之又防滿反臥髮曰鬆 五二頁一八行

原卷如此，掇瑣同。韻輯「滿」作「倫」，誤。

媻 奢 五二頁一九行

原卷正文作「媻」，韻輯同。掇瑣與彙編同。案當从全王、廣韻作「媻」。

鞶 革帶 五二頁一九行

原卷正文作「鞶」，韻輯同。掇瑣與彙編同。又韻輯「革」誤作「草」。

鵥 〻鷭宵飛 五二頁一九行

原卷「鷭」作「鵥」，韻輯同。掇瑣作「鵥」。案「鵥」字，全王同，并當从廣韻作「鷭」。（註廿）

槃 槎木 五二頁二〇行

原卷正文作「槃」，韻輯同。掇瑣與彙編同。案作「槃」，是。

芇 相當又七殄反 五二頁二二行

原卷正文作「芇」。掇瑣、韻輯與彙編同。案原卷「芇」當作「芇」。又韻輯「七」作「去」，誤。

敁 五二頁二四行

原卷作「敁」，韻輯同。掇瑣與彙編同。案作「敁」，是。

攤 蒲攤之攤 五二頁 二五行

原卷如此，掇瑣、韻輯同。案注文，全王作「蒲攤」，廣韵作「攤蒲，賭博」，玉篇作「攤蒲，賭錢也」。此李、全王「蒲攤」二字不知是否誤倒？

[illegible] 胡〻大〻[illegible] 五二頁 二六行

原卷如此，掇瑣、韻輯同。案注文，切三、全王同。校箋以為「此胡即瓠字之誤」。（註廿一）

華 口器具又蜜反 五二頁 二七行

原卷正文作「華」。掇瑣與彙編同，韻輯作「華」，皆誤。又原卷「蜜」字模糊，未可辨識。掇瑣作「密」，韻輯作「蜜」。

## ○先韻

軿 四面屏蔽婦人車又防丁反 五九頁 三行

原卷「蔽」作「獘」，韻輯同。掇瑣與彙編同。案「獘」字，當以切三、廣韻作「蔽」。

騈 馬駕二 五九頁 三行

原卷「二」作「三」，韻輯同。掇瑣與彙編同。案「三」字，切三同，當以全王、廣韻作「二」。

涓 古玄反水流六 五九頁 五行

原卷如此，掇瑣同。韻輯無「六」字，蓋脫。

眴 視貞 五九頁 五行

原卷如此，掇瑣同。韻輯「貞」下有「六」字，蓋衍。

稍 麥莖 五九頁 六行

鋗　火玄反　銅銚　五九頁六行
原卷注文作「苙变」。掇瑣與彙編同。韻輯作「变」，當據原卷補正。

梢　梚　五九頁七行
原卷作「梢梚」。掇瑣與彙編同。韻輯作「捎捖」。案原卷當作「梢梚」。

稹　蘼上巨又北蕳反　五九頁八行
原卷如此。掇瑣正文作「稹」。韻輯「蕳」作「蕑」，誤。案正文，切三、全王同，並當從廣韻作「穋」。

眩　五九頁一〇行
原卷作「眩」，韻輯同。掇瑣與彙編同。案原卷此字係誤衍。

○仙韻

蹮　舞皃　六一頁一行
原卷正文作「蹮」。掇瑣與彙編同。韻輯作「蹮」。案原卷「蹮」當作「蹮」。切三、全王正文并作「蹮」，廣韻作「躚」。

秈　稻杭　六一頁一行
原卷注文作「稻杭」。掇瑣與彙編同。韻輯作「稻秔」。案當作「稻秔」。又「杭稻」，全王同。廣韻作「秈稻」。

硟　似石衦繒　六一頁一行
原卷「衦」作「衦」，韻輯同。掇瑣與彙編同。案當从衣作「衦」。又原卷「似」作「以」，韻輯同。掇瑣與彙編同，并誤。另「繒」字，韻輯作「襘」，誤。

錢 昨仙反 帛貨一 六一頁二行

原卷「貸」作「貨」，掇瑣、韻輯同。彙編誤。又韻輯無「一」字，蓋脫。

遷 七然反 徙二 六一頁二行

原卷正文作「遷」，韻輯同。掇瑣與彙編同。案當作「遷」。下文「遷」字訓以遷之字仿此。又韻輯「二」作「三」，誤。

煎 于仙反 熟煑二 六一頁二行

原卷「于」作「子」，韻輯同。掇瑣作「千」，與彙編皆誤。又韻輯無「二」字，蓋脫。

然 如延反 是七 六一頁三行

原卷「延」作「是」，韻輯同。掇瑣與彙編同。案原卷此「是」字蓋「延」字之誤。又韻輯下「是」字作「延」，誤。

蘺 草 六二頁四行

原卷如此，掇瑣、韻輯同。案各書仙韻并無「蘺」字，廣韻有「䕨」字，注文作「草名」，此本蓋形近而誤。

蜒 蚰蜒。蟲 六一頁四～五行

原卷作「蜒蚰蜒蟲」。掇瑣與彙編同。韻輯作「鯅蚰蜒蟲」，正文誤。

延 以然反 〈長九 六一頁四行

原卷「〈」作「引」，韻輯同。掇瑣與彙編同，并與原卷異。

鸇 晨風 亦作鸇 六一頁六行

原卷正文殘存作「[illegible]」。韻輯空白。掇瑣與彙編，蓋逕予補全。又原卷「風」下有「鳥」字，韻輯同。掇瑣與彙編俱無，并脫也。

羶 式連反 羊臭六 六一頁八行
原卷「式」作「㦽」。掇瑣與彙編同。韻輯作「㦽」。案原卷「㦽」蓋「式」字之誤。又原卷「連」作「車」，韻輯同。掇瑣與彙編同。案原卷「車」蓋「連」字之誤。又韻輯無「六」字，蓋脫。

煽 火盛皃又式扇反 六一頁九行
原卷如此，掇瑣同。韻輯「式」作「或」，誤。

嘕 許延反笑亦作嘍四 六一頁一二行
原卷「笑」作「筊」，蓋「笑」字。掇瑣與彙編同。韻輯作「笶」，誤。

潕 水名出王屋山 六一頁一四行
原卷無「山」字，韻輯同。掇瑣與彙編則并有「山」字。案當从全王、廣韻補此「山」字。

偏 不正 六一頁一五行
原卷「正」作「止」。掇瑣、韻輯與彙編同。案原卷「止」當作「正」。

楄 木食之不噎 六一頁一六行
原卷無「之」字，韻輯同。掇瑣與彙編同。案全王亦無「之」字，廣韻注文作「木名，食之不咽」。

矊 瞳子黑 六一頁一七行
原卷正文及「瞳」字并从月。掇瑣、韻輯與彙編同。案此二字并當从目，原卷誤。

全 聚緣反具或作金五 六一頁一七～一八行
原卷正文作「仝」，掇瑣、韻輯同。彙編誤。

[虫泉] 白質黃文具 六一頁一八行
原卷「具」作「具」。掇瑣、韻輯與彙編同。案原卷「具」蓋「貝」字之誤。

揎 手發衣或作擗 六一頁一八～一九行
原卷「擗」作「摶」。掇瑣與彙編同。韻輯作「捋」。案當作「擗」。

愃 快吳人云又況晚反 六一頁一九行
原卷「快」作「决」。掇瑣、韻輯與彙編同。案原卷「决」當作「快」。

顭 圓面或作圞 六一頁一九行
原卷「圞」作「團」。掇瑣、韻輯與彙編同。案原卷「團」當作「圞」。

剢 全剶反又且 六一頁一九行
原卷作「剢 令剶反又旦」。案當作「剢 全剶反又且」。掇瑣正文作「剢」，餘與彙編同。韻輯作「剢 全剶反又且」。

壖 而緣反口 口壖壖河江邊地又廣垣又而兗奴玩二反三 六一頁二〇～二一行
原卷無「口口」二字，韻輯同。掇瑣作「○○」，彙編沿掇瑣而作「□□」。案原卷「而緣反」下疑脫「亦作」二字。又原卷「壖」右半模糊，未可辨識。掇瑣與彙編同。韻輯作「墺」。校箋參考集韻以為係「暎」字之壞誤（註廿二），唯原卷偏旁从土不从田。又原卷「廣」字蓋「廇」字之誤。

袻 促衣縫 六一頁二一行
原卷「促」作「従」，韻輯同。掇瑣與彙編同。案全王注文作「促衣縫」。

撋 摧亦作擩接又而為乃口反 六一頁二一行
原卷「口」作「和」。掇瑣、韻輯與彙編同，當據原卷補。又原卷注文無「反」字，韻輯同。掇瑣與彙編同。案原卷「和」字下當補「二反」二字。

鳶 鳩 六一頁二〇行

原卷如此，攈璸同。韻輯「鳩」作「鳴」，當據原卷補。

⿰目旋 好，亦作嫙 六一頁二四行

原卷正文作「⿰目旋」，韻輯同。攈璸與彙編同。案原卷「⿰目旋」當作「⿰目旋」。本韵下文原卷从旋之字并當从旋。

鏇 圓鑪，又因絹反，屖佺仙之 六一頁二四行

原卷「圓」作「負」，韻輯同。攈璸與彙編同。案原卷「負」當作「圓」。又原卷「之」作「人」，攈韻、韻輯并作「之」。案「屖佺仙人」蓋衍。

涎 叙連反，口液，正作次，亦作□ 六一頁二六～二七行

原卷「□」作「湺」。韻輯作「湺」。攈璸與彙編同。集存缺文補作「湺」，并云：「謨案：湺當作㳄，見玉篇。」（註廿三）全王或體即作「㳄」。

銓 〻衡，亦作硂 六一頁二七行

原卷重文上有「病」字，韻輯同。攈璸與彙編俱無。案原卷此「病」字蓋涉下文「痊」字之注文而衍。

遵 簿 六一頁二八行

原卷如此，攈璸、韻輯同。案正文，全王作「遵」，廣韻作「⿺辶匴」；注文，全王作「簿〻」，廣韻作「簿也，又竹器名」。彙編廣韻校勘記云：「⿺辶匴，巾箱、澤存兩本均作匴。案字書無⿺辶匴字，字典匴下引本書此緣切及注。」校箋則云：「遵與匴同，唐人俗書如此。王一作遵，誤。簿當作篿。方言五：『篿或謂之匴璇。』重文不當有。王一無重文，篿誤作簿。」（註廿四）

剝 又剔，先全反 六一頁二八行／六二頁二九行

原卷正文作「剥」，攈璸、韻輯同。案當作「剝」。

□ 丁　六二頁二九行

原卷正文殘存作「仝」，韻輯作「全」。掇瑣作「亅」。案正文當係「栓」字。廣韻「栓」訓作「木丁也」。全王作「丁、」，去之文蓋誤增。

貟 王權反官數三　六二頁三一行

原卷「三」作「五」，韻輯同。掇瑣與彙編同。案當作「一」。下文「栓」字之注文未當補一「二」字，原卷脫。

恮 莊緣反曲卷一　六二頁三一～三二行

原卷「莊」作「疰」，韻輯同。掇瑣與彙編同，并與原卷異。

乾 渠焉反天古作之乹不省與乾同六　六二頁三二行

原卷三「乾」字并作「乹」，韻輯同。掇瑣與彙編同。案切三謂「亦作乾」，此本衍「之」字。又此本注文似有譌誤。

襬 齊魯言袴又已偃反　六二頁三四行

原卷正文作「攙」，韻輯同。掇瑣與彙編同。案原卷「攙」蓋「襬」字之誤。又原卷「袴」作「袴」，韻輯同。掇瑣與彙編同。案原卷「袴」當作「袴」，唐寫本偏旁無定，衣示常不分。詳見石禪師敦煌卷子俗寫文字與俗文學之研究乙文。另韻輯「偃」作「伹」，當據原卷補。

踡 踡跼不行　六二頁三五行

原卷如此，掇瑣同。韻輯「跼」作「跔」、「不」作「亦」，并誤。

蠸 食瓜葉虫　六二頁三七行

原卷作「蠸倉瓜葉虫」。掇瑣作「蠸食瓜葉虫」。韻輯作「蠸食瓜葉虫」。案原卷「倉」蓋「食」字之誤。

傳 於權轉又持戀反通俗作傳 六二頁三七行

原卷作「傳於權轉又持戀反通俗傳」。韻輯「持」作「時」，誤。掇瑣與彙編同。案原卷正文「傳」當作「傳」。又「於權」二字不詳，或涉下文「嬛」字切語而誤衍。

卷 去員反縣名在滎陽五 六二頁三八行

原卷「滎」作「熒」，韻輯同。掇瑣與彙編同，并與原卷異。案「在熒陽」，全王同，廣韻作「在滎陽」。

溤 水名出西河又於彥反 六二頁三九行

原卷如此，掇瑣同。韻輯「西河」二字誤倒。

跧 居員反曲伏三勬強健跧目盼 六二頁四〇行

案林炯陽氏切韻系韻書反切異文表云：『王一、全王本紐有「跧勬䀡」三字，蓋誤合「居員反」「勬」字及「莊緣反」「跧䀡」為一切。（說詳龍氏校箋頁一五三跧字注。）』

## 蕭韻

箾 舞箾又山卓反 六四頁二行

原卷如此，掇瑣、韻輯同。案「箾」字，全王同。當從廣韻作「箾」。

趒 雀行又他吊反 六四頁三行

原卷如此，掇瑣同。韻輯「雀」作「崔」，誤。

髾 小兒髮 六四頁四行

原卷正文作「髾」。韻輯作「[illegible]」。掇瑣與彙編同。案當作「髾」。

蛁 蛁蟟虫中赤小蟲 六四頁五行

苕　蓷花亦作蔄苕　又音迢　六四頁五～六行

原卷「弟」作「苐」，掇瑣、韻輯同。彙編誤。案原卷「亦」字蓋衍。

原卷如此，掇瑣、韻輯同。案本韻下文「苕」訓作「茱」；「芀」訓作「葦花，音彫」。此正文「苕」當作「芀」。

刈　取穗亦作刢　六四頁六行

原卷正文作「列」，韻輯同。掇瑣與彙編同。案原卷「列」當作「刈」。又原卷「取」作「取」作「取」，掇瑣作「取」，韻輯作「耳」，案當作「取」。

迢　徒聊反迢遰十七　六四頁七行

原卷如此，掇瑣同。韻輯注文「迢」作「追」，誤。

髫　髮名　六四頁九行

原卷正文作「髫」，韻輯同。掇瑣與彙編同。案原卷「髫」當作「髫」。又此本「名」字，全王同。案廣韻「髫」訓作「多髮皃」，今本說文訓作「髮多也」。此本、全王「名」蓋「多」字之誤。

梟　鳥名　六四頁一〇行

原卷如此，掇瑣同。韻輯無「名」字，蓋脫。

邀　遮又於霄反　六四頁一〇行

原卷「霄」作「宵」。掇瑣、韻輯與彙編同，并與原卷異。

聊　落蕭反識然卅一　六四頁一一行

原卷「卅一」作「三十一」。掇瑣與彙編同。韻輯作「二十一」，誤。

廫　左氏辛伯廫又姓力救反……蜀書云後有二廫湛廫　六四頁一三行

原卷殘存作「廖左氏辛伯廖又姓力蜀書云後有二廖湛也」。掇瑣作「廖左氏辛伯廖又姓力救反蜀書云後有二廖湛廖立」，韻輯作「廖古氏辛伯廖又姓力救蜀書云後有二廖湛」。案原卷三「廖」字并當作「廖」，「力」字下當係「救反」二字，此「力救反」係又音，其上當補一「又」字。又「廖湛」下當以切三補「廖立」二字。韻輯「左」作「古」，誤。

堯 五聊反商通俗作尭五 六四頁一四～一五行

原卷正文殘，韻輯同。掇瑣與彙編逕補「堯」。又原卷「商」作「高」。掇瑣、韻輯與彙編同，并誤。

○宵韻

潮 水潮亦作淖 六六頁一～二行

原卷如此，掇瑣同。韻輯「淖」作「淖」，誤。又「水潮」二字，全王同。當以切三、廣韻作「潮水」。

憍 怜 六六頁四行

原卷殘存作「憍矜」。掇瑣作「憍矜」。韻輯作「憍矜」。案正文當係「憍」字。又彙編「怜」字、韻輯「矜」，并誤。

○肴韻

梢 所交反木梢 六九頁五～六行

原卷如此，掇瑣同。韻輯注文「梢」作「楨」，誤。

歊 未傷肥 六九頁八行

原卷「肥」作「肥」。掇瑣作「肥」。韻輯作「杷」，誤。

色 布交反色裏正作包 六九頁九行

原卷二「色」字并作「包」，韻輯同。掇瑣正文作「色」，注文「色」作「

包」。案作「包」，誤。又原卷「正作包」作「正作丏」。掇瑣與彙編同。韻輯作「亦作丏」。案原卷「丏」蓋「勹」字之誤。韻輯「亦」字誤。

泡 水上沸溫又扶交反水名在陽平　一六九頁一一行

原卷「沸溫」作「浮溫」。掇瑣與彙編同。韻輯作「沸漫」。案原卷「浮溫」當作「浮漚」。

芇 蘖　一六九頁一一、一二行

原卷正文作「芒」，韻輯同。掇瑣作「芇」。案全王正文作「芒」，廣韻作「芇」。

跤 脛骨近足細處或作骹　一六九頁一二行

原卷如此，掇瑣同。韻輯無「細」字，蓋脫。

膠 脚膠面不平脚於交反　一六九頁一二行

原卷二「膠」字二「脚」字并从目，韻輯同。掇瑣與彙編同，并誤。

謷　一六九頁一四行

原卷此字上尚存有「五交反不聽又五勞反又魚幽反五」。掇瑣缺。韻輯作「耳五交反不聽又古勞反又魚幽反」，「古」字誤，且脫韻字數。案正文當係「聱」字。

謷 不肖又五勞反　一六九頁一四行

原卷如此，掇瑣同。韻輯「肖」作「肙」，誤。

罺 抄網又楚宵楚朔二反　一六九頁一六行

原卷「網」作「冈」，韻輯同。掇瑣與彙編同，并與原卷異。又韻輯「宵」作「霄」，與原卷異。「朔」作「翔」，誤。

訬　慢　一六九頁一八～一九行

原卷注文模糊，未可辨識。掇瑣與彙編同。韻輯作「㦟」。案全王注文作「㦟〻」，重文疑誤衍。

掊　掊手　一六九頁二〇～二一行

原卷如此，掇瑣同。韻輯注文「掊」殘作「尸」，當據原卷補。

𦝫　𦝫〻膠又於交反　一六九頁二三行

原卷殘存作「眑又〻於膠乣反」，韻輯同。掇瑣與彙編同，正文及注文「膠」并當从目，「交」字誤。

梘　桐〻　一六九頁二三行

原卷注文作「桐梢」。掇瑣與彙編同。韻輯作「桐〻」。案注文當从廣韻作「梎桐」，而正文亦當改作「梎」。

〇豪韻

豪　胡刀反豪俠亦作豪通俗作豪十一　一七一頁一行

原卷「豪」作「豪」，韻輯同。掇瑣與彙編同，并誤。又韻輯「俠」作「使」，誤。

嗥　熊虎聲亦作獋　一七一頁二行

原卷如此，掇瑣同。韻輯「獋」作「㩍」，誤。

鄂　鄉名在南陽　一七一頁三行

原卷「在南陽」作「南在陽」，有乙倒符號。掇瑣、韻輯與彙編同，并逕予乙正之。

悴　知口　一七一頁七行

原卷作「怜知局」。掇瑣與彙編同。韻輯作「怜知句」。案廣韻「悴」訓作「知也局也」。此本正文當从廣韻改。全王、刋正文亦誤作「怜」。

鄞 鄉名在范陽 七一頁八行

原卷無「名」字，韻輯同。掇瑣與彙編同，蓋逕補「名」字。又韻輯「范」作「危」，誤。

牢 養牛馬從用者取四固从穴者□ 七一頁九～一〇行

原卷「□」作「非」。掇瑣與彙編同。韻輯缺。皆當據補。掇瑣校勘記云：「牢下訓釋蓋有脫誤，疑應作牢養牛馬從山者取四固从穴者誤。」（註廿五）改「非」作「誤」，與原卷異。案敦煌寫本偏旁山穴常不分，且俗書「牢」作「窂」，廣韻或體即作「窂」。又今本說文「牢」訓作「閑也，養牛馬圈也，从牛冬省，取其四周帀」，此本注文當有譌誤。

嘷 嚾嘷擔箏 七一頁一二行

原卷「擔」字模糊，未可辨識。掇瑣與彙編同。韻輯作「澹」。案此字，王二、全王作「儋」，廣韻作「擔」。韻輯作「澹」恐誤。

□ 水名在安定 七一頁一七～一八行

原卷正文殘，案正文當係「洮」字。韻輯「安定」誤倒作「定安」。

䮃 行馬 七一頁一九行

原卷注文作「行皃」，韻輯同。掇瑣與彙編同，并與原卷異。案注文，切三、王二、廣韻并作「馬行皃」，全王作「行皃」。

犒 牛羊無子又昌来光牢二反 七一頁一九行

原卷正文作「犒」，掇瑣、韻輯同。彙編誤。又原卷「昌」作「曷」，韻輯同。掇瑣與彙編同。案原卷「曷」蓋「昌」字之誤。韻輯「無」作「□」、

搯 搯〻 搯周書云師乃搯〻字爲活反亦作掏 七一頁二〇～二一行

「充」作「九」，并當據原卷補正。

原卷「周」作「問」，韻輯同。掇瑣與彙編同。案原卷「問」蓋「周」字之誤。又原卷無下「〻」，韻輯同。掇瑣與彙編俱有「〻」。案原卷脫此重文。另韻輯上「搯」字作「掐」，誤。

慆 悦樂 七一頁二一行

原卷正文作「慆」。掇瑣與彙編同。韻輯作「惱」。案原卷「慆」當係「慆」字。又韻輯無「樂」字，蓋脫。

膘 腥膘亦作鰾 七二頁二五～二六行

原卷如此，掇瑣同。韻輯「腥」作「[月+皋]」，誤。

蜪 蝗子有翅又勅高反 七二頁三二行

原卷「蝗」作「蝗」，韻輯同。掇瑣正文从虫，與「蝗」字，并與原卷異。案「有翅」，全王同，并當从王二作「未有翅」。

糟 作曹反酒滓亦作醩藹通俗作糟八 七二頁三三～三四行

原卷「亦作」作「亦在」，韻輯同。掇瑣與彙編同。案原卷「亦在」蓋「亦作」之誤。又原卷「糟」作「糟」。掇瑣與彙編同，韻輯作「漕」，皆誤。另：韻輯「曹」誤作「曺」，且脫「八」字。

[歹+曹] 牛終又杞反 七二頁三五行

原卷如此，掇瑣同。韻輯「終」作「緣」，誤。

[巾+曹] 藉 七二頁三六行

原卷正文作「槽」，韻輯作「慒」。掇瑣與彙編同。案原卷「槽」當作[巾+曹]

」。

聹 不聽又五交反 七二頁三七行 原卷如此。掇瑣「聽」作「聽」，與原卷異。韻輯作「听」，誤。

謷 不省語五交反 七二頁三七行 原卷如此，掇瑣同。韻輯「語」下有一「又」字。案原卷脫此「又」字。

鰲 魚名 七二頁四一行 原卷注文作「夫名」，韻輯同。掇瑣與彙編同。案全王注文作「衛大夫名」，此本脫「衛大」二字。

鏖 銅盆 七二頁四二～四三行 原卷正文作「鏖」，韻輯同。掇瑣作「鏖」。案原卷正文當以廣韻作「鏖」。

尻 苦勞反髖一 七二頁四七行 原卷如此，掇瑣同。韻輯「苦」作「各」，誤。

操 七刀反持又七到反亦作㪗二 七二頁四八行 原卷下「七」字作「千」，韻輯同。掇瑣與彙編同，并與原卷異。又原卷「㪗」字模糊，未可辨識。掇瑣作「㪗」，韻輯作「毁」。案全王或體即作「㪗」。另韻輯「刀」誤作「劳」。

○哥韻

歌 古俄反音曲亦作謌通俗作歌七 七三頁一行 原卷正文殘存作「可」，韻輯同。掇瑣與彙編同，并誤。

牫 所以擊舟牂牫郡名或作牁 七三頁一行 原卷「牁」作「柯」，韻輯同。掇瑣與彙編同。案原卷「柯」蓋「牁」字之誤。掇瑣从木之字并从才，誤。案原卷从木之字并當从爿。又原卷「擊」蓋「繫」字之誤。

腡 手裏文 七三頁五行

原卷如此，掇瑣同。韻輯注文作「手裏反」，誤。

莎 蘇和反草名八 七三頁五行

原卷如此，掇瑣同。韻輯無「八」字，蓋脫。

卯 木節 七三頁七行

原卷正文作「卯」。掇瑣與彙編同。韻輯作「卬」。案當作「卯」或「卮」。

傰 漢書群盜傰宗 七三頁一一行

原卷如此，掇瑣、韻輯同。案二「傰」字，全王并作「傰」，蓋同。王二、廣韻并作「侈」。廣韻「侈」下出「傰」字，注云：「上同。」周氏廣韻校勘記云：『漢書卷七十六王尊傳作傰。本書登韻步萠切下作倗。案漢書注：「蘇林曰傰音朋，晉灼曰音倍。」無得何切一音。後以傰譌作傰，又由傰譌作侈，如崩字唐人每寫作剻。字既譌變。音由字生，去古彌遠。』（註廿六）

杪 杪摩 七三頁一一行

原卷如此，韻輯同。掇瑣正文作「秒」。案原卷正文當从切三、王二、廣韻作「抄」，注文「杪」亦當改作「抄」。

緣 人姓漢有緣迟又扶蕃反 七三頁一二行

原卷如此，掇瑣、韻輯同。案二「緣」字，全王同。校箋云：「當从廣韻作繁。」（註廿七）

髍 病瘺 七三頁一三行

原卷如此，掇瑣、韻輯同。案正、注文，全王同。此字訓上有「髍偏病」一字訓，全王亦同。校箋云：「案上文髍字云偏病从骨，此當从肉與髍別。」（註廿八）

𥂕 杯又莫加反 七三頁一三行

原卷如此，掇瑣同。韻輯「加」作「枷」，誤。

⿱留䖵 ⿱留䖵神 七三頁一四行

原卷如此，掇瑣、韻輯同。案二「⿱留䖵」字并當从王二、廣韻作「⿱畢䖵」，全王誤作「⿱畄䖵」。

蒫 薺實又相邪反 七三頁一六行

原卷如此，掇瑣同。韻輯「邪」作「祁」，誤。

酇 縣名子旦子管二反 七三頁一六行

原卷「名」下有一「又」字，韻輯同。掇瑣與彙編俱無，并脫也。又原卷無「二」字，韻輯同。掇瑣與彙編俱有，蓋逕補入。案當補此「二」字。

俄 頃〻 七三頁一七～一八行

原卷如此，掇瑣同。韻輯「頃」作「傾」，誤。

痑 馬病又力極又他單反 七三頁一八行

原卷如此，掇瑣同。韻輯下「又」字作「反」，誤。

臡 麋鹿髓醬亦作腝 七三頁二〇行

原卷「腝」作「⿰日耎」，韻輯同。掇瑣與彙編同。案原卷「⿰日耎」當作「腝」。又「麋鹿髓醬」四字，王二同。全王無「髓醬」二字。廣韻作「麋鹿骨醬」。校箋引全王齊韻「奴低反」下云「醢有骨」，而謂：「王一、王二髓疑是

醯字之誤。」（註廿九）

頠 滂何反語第二 七三頁二三行

原卷「第」作「第」，掇瑣同。韻輯與彙編同。案「語第」二字，全王作「語第」。此本箇韵「頠」訓作「語節」，全王作「語第」。校箋云：「疑當是語邪之誤。」（註卅）

婯 嬃婯不決嬃字烏含反 七三頁二三行

原卷「婯」作「嫛」。掇瑣與彙編同，韻輯作「嫛」，皆誤。韻輯正文誤作「嫛」。又韻輯「嬃」作「嫴」，案原卷此「嬃」字蓋「嫴」字之誤。

詑 譎詑又吐谷反 譎他擊反 七三頁二四～二五行

原卷「他」上有一「音」字，韻輯同。掇瑣與彙編俱無，并脫也。又原卷「各」作「各」，蓋即「谷」字。掇瑣作「各」，韻輯作「各」，皆誤。又下「譎」字，韻輯誤作「論」。

鞾 々鞋無反語胡𩌏亦作々靴或作履火戈反 又布波反陸無反語何李誣於古今二 七三頁二五～二六行

原卷「古今」作「今古」，掇瑣同。韻輯作「令古」，「令」字誤。原卷「靴」作「靴」。掇瑣、韻輯并作「靴」。案原卷「靴」當作「靴」。另韻輯無「二」字，蓋脫。掇瑣「李」作「口」，當據原卷補。案注文，切三作「々鞋，無反語」，全王作「々鞋，無反語，火戈反，又希波反，陸無反語，古今」。此本「布」蓋「希」字之誤。全王脫文甚多，當據此本補。校箋云：「案切三三等合口止收一鞾字，故云無反語。本書及王一三等合口亦止本紐二字，故从陸氏切韻云無反語。又云火戈反又希波反者：蓋何李二家反語；然鞾是三等字，（見韻鏡、七音略。廣韻此字音許𦙶切。）戈波是一等字

，故云何李誣於古今。」（註卅一）

碢　碢碾　七三頁二五行

原卷注文作「輪碾」，韻輯同。掇瑣與彙編同。案注文，全王作「碾輪」，廣韻作「碾碢」。

䧍　可戈反又丁果反小堆亦作埵埰一　七三頁二六行

原卷「可」作「丁」，掇瑣、韻輯同。彙編誤。

伽　去迦反法一　七三頁二七行

原卷「去」作「丆」，疑係「求」字之殘文。韻輯即作「求」，掇瑣與彙編同，并誤。補正「法」作「仏」，誤。王二注文作「法反」，脫切語及韻字數。

○麻韻

麻　莫霞反亦口口口彙四　七七頁一行

原卷殘存作「　霞反亦彙四」。韻輯作「美霞反亦某四」。掇瑣與彙編同，蓋逕補餘字。案原卷「霞」上一字殘損，未可辨識。切三、王二、全王、廣韻切語并切「莫霞」。

車　昌遮反車二　七七頁二行

原卷如此，掇瑣、韻輯同。案王二、廣韻注文并有「又音居」之語，此本注文「車」蓋「居」字之誤，且其上脫「又音」二字。全王「居」字不誤，惟其上亦脫「又音」二字。

耶　以遮反狼耶郡　七七頁三行

原卷注文「耶」作「邪」。掇瑣作「耶」。韻輯作「玡」。

花　呼瓜反樹采二　七七頁九行

原卷如此，掇瑣同。韻輯「呼」作「乎」，與原卷異，又脫「二」字。

菝 菝豬 七七頁一一行

原卷「豬」作「藸」。掇瑣、韻輯與彙編同，并誤。王二注文作「豬」，「豬」當作「藸」。

𧊅 黑米中虫 七七頁一三行

原卷作「𧊅 黑米中虫」。掇瑣作「𧊅 黑米中蝨」。韻輯作「𧊅 黑菜中蝨」，「菜」字誤。

碫 石礪 七七頁一五行

原卷如此，掇瑣、韻輯同。案注文，全王同。王二作「厲石」，廣韻作「礪石也，春秋傳曰：鄭公孫碫字子石」。周氏廣韻校勘記云：「案此字從段，已見換韻丁貫切下。此處作碫，當刪。」（註卅二）周說蓋是，此本韻「都亂反」下出「碫」，注文作「礪石，亦作碬」（「礪」當作「礪」）。

○陽韻

𩋳 馬頷曰𩋳 八〇頁二行

原卷「頷」作「額」，韻輯同。掇瑣作「額」，與彙編皆誤。又韻輯二「𩋳」字并作「𩋳」，誤。案注文，切三作「馬頭曰𩋳」，王二作「馬額口鞙」（「口」蓋「曰」字之誤），全王作「馬額白」（「白」蓋「曰」字之誤，又其下脫重文），廣韻作「馬額上鞙」。掇瑣校勘記以為此本「當作馬額上鞙曰𩋳，其義乃全」，惟校箋以為「王一是也」。（註卅三）

䬂 北風又力向反 八〇頁四行

原卷如此，掇瑣同。韻輯「北」作「秋」，誤。

鄉 邑上 八〇頁五行

原卷「上」字模糊，未可辨識。掇瑣與彙編同。韻輯注文作「已上」。補正作「邑」。惟校箋云：「廣雅釋地：十邑為鄉。土、上疑並十字之誤。」（註卅四）

邑 穀香又立方反 一八〇頁五行
原卷「立方」作「方立」。掇瑣與彙編同，並誤倒。韻輯作「方力」，誤。

房 符方反傍室四 一八〇頁七行
原卷如此。掇瑣「傍」作「徬」。韻輯「室」誤作「望」。

獇 西戎牧羊人从羊从人加犬非几奇字 八〇頁八～九行
原卷「非」作「罪」。掇瑣、韻輯與彙編同。案原卷「罪」當作「非」。又掇瑣無下「人」字，蓋脫。

薑 居良反菜名亦作薑十 一八〇頁九行
原卷如此，掇瑣同。韻輯「反」誤作「又」，並脫「名」字。

勷 劻勷迫皃 一八〇頁一二行
原卷「皃」作「白」，韻輯同。掇瑣與彙編同。案原卷「白」蓋「皃」字之誤。

攘 以手攘又而亮反 躟疾行 一八〇頁一一行
原卷此二字訓間尚有「⿰襄阝縣名在南陽」，韻輯同。掇瑣與彙編俱無，並脫也。

枋 木名又蜀以木偃魚為枋 一八〇頁一三～一四行
原卷無「魚」字，韻輯同。掇瑣與彙編則有此「魚」字。案此本當以切三、王二、廣韻補「魚」字。全王亦脫「魚」字。

芒 草端亦作芒秒 一八〇頁一八行

原卷如此，掇瑣同。韻輯「芒」作「笀」。案注文「芒」與正文同形，當誤。集韻或體或作「䅒」。

忘 遺又武放反又不記 八〇頁一九行

原卷如此，掇瑣同。韻輯上「又」字作「〻」，誤。

孃 女良反娘稱四 八〇頁二〇行

原卷如此，掇瑣同。韻輯「良」作「郎」，誤。

疒 病又女厄反 八〇頁二一行

原卷「厄」作「戹」。掇瑣與彙編同，與原卷異。韻輯作「凡」，誤。

奘 強大又在郎反 八〇頁二五行

原卷正文作「奘」，韻輯同。掇瑣與彙編同。案正文，全王同，并當从王二、廣韻作「奘」。又原卷「郎」作「朗」，韻輯同。掇瑣與彙編同，并誤。今本說文「奘」「奘」二字，「奘」訓作「妄強犬也」；「奘」訓作「駔大也」。此本「大」當作「犬」。

鈌 鈴聲 八一頁三〇行

原卷「鈴」作「玲」，韻輯同。掇瑣與彙編同。案原卷「玲」蓋「鈴」字之誤。

秧 〻稻又於丈反 八一頁三〇、三一行

原卷如此，掇瑣同。韻輯「丈」作「文」，誤。

泱 水流皃 八一頁三一行

原卷如此，掇瑣同。韻輯注文作「皃荒」，誤。

芳 數芳反香三 八一頁三三行

原卷注文「芳」作「方」，撥瑣、韻輯同。彙編誤。

○唐韻

唐 徒郎反國 名廿九 八四頁一行

原卷殘存作「唐 徒郎反 名廿八」，韻輯同。撥瑣與彙編同，逕補正文及「國」字，且「廿八」誤作「廿九」。

煻 煨火煨 字〻馬回反 八四頁一行

原卷「馬」作「烏」。撥瑣與彙編同，韻輯作「焉」，皆誤。

䶜 鼠一月 三〻易腸 八四頁一行

原卷「月」作「日」。撥瑣與彙編同。韻輯作「日」。案原卷「日」當从廣韻、集韻作「月」。又原卷「腸」作「膓」，撥瑣、韻輯同。

塘 陂塘 亦 八四頁三行

原卷注文在次行首，殘。韻輯同。撥瑣與彙編同，蓋逕補注文。又韻輯正文誤作「溏」。

闛 盛貝 吐郎反 八四頁三行

原卷「吐郎反」上有一「又」字，韻輯同。撥瑣與彙編俱無，并脫也。

鎕 瓷〻 銻 八四頁五行

原卷如此，撥瑣、韻輯同。案注文，全王同。廣韻作「鎕銻火齊」，同玉篇。校箋云：「注文瓷字涉上文䬋字注文誤衍。」（註卅五）惟原本玉篇零卷「㼒」訓作「說文唐㼒也，埤蒼㼒石也，字書古文錞字也。鎕銻火齊也，鎕銻瓷也，在金部也」。則此本「瓷」字似不必云衍也。

榶 桄榶 句榶 普木 木名 八四頁六行

鋃　ゝ鐺瑣頭一曰鐘聲　八四頁六行

原卷如此，掇瑣、韻輯同。案原卷「普」蓋「並」字之誤。

䯖　䯖䯏股內䯏字苦光反　八四頁七行

原卷如此，掇瑣同。韻輯正文作「䤗」，誤。韻輯下「䯏」字誤作「䏚」。案原卷「内」蓋「肉」字之誤。

琅　ゝ玕玉名　八四頁七行

原卷「玉名」作「名玉」，有乙倒符號。掇瑣與彙編同，蓋逕乙正之。韻輯作「名玉」，脫乙倒符號。

莨　童梁　八四頁八行

原卷如此，掇瑣、韻輯同。集存云：「梁當作粱。」（註卅六）

潢　積水又胡浪反　八四頁一七行

原卷如此，掇瑣同。韻輯「浪」誤作「庚」，注文末衍一「四」字。

隍　城池　八四頁一八行

原卷如此，掇瑣同。韻輯「池」作「地」，誤。案注文，切三、王二并作「城ゝ」，全王作「城池ゝ」，廣韻作「城池也，有水曰池，無水曰隍」。

霞　霶ゝ　八四頁二四行

原卷如此，掇瑣、韻輯同。案切三、王二、全王「霶」并訓作「ゝ霈」，廣韻作「霶霈，大雨」。此本正文當作「霶」，注文「霶」當作「霈」。

𡛼　女人自稱又烏黨反　八四頁二五～二六行

原卷「稱」作「秤」。掇瑣、韻輯與彙編同。案原卷「秤」蓋「稱」字之誤。

筕 篖竹竹　八四頁二六行

原卷注文作「竹〻篖」，韻輯同。攗瑣作「竹筕篖」。彙編誤。案「筕篖竹」三字，切三、王二、全王同。校箋云：「筕篖非竹名，此云竹誤。」

篖 竹行篖竹　八四頁二～三行（此條當移至「塘」條前）

原卷注文作「竹行篖」。攗瑣作「篖竹行」。韻輯作「竹筕篖」。案原卷「竹行」當作「筕」。又「筕篖竹」，切三、全王同。王二「竹」下有「也」字，廣韻「竹」下有「笪」字。校箋云：「案方言五筕篖，郭注云似蘧篨直文而粗，江東呼笪。筕篖為竹席之名，本書誤。」

迒 獸迹亦便䟘　八四頁二六～二七行

原卷「亦便䟘」作「亦作更哽」。攗瑣作「亦作䟘」。韻輯作「亦作更哽」。案原卷「亦作更哽」當作「亦作迒䟘」。

𣗥 大梁　八五頁二九行

原卷如此，攗瑣同。韻輯「梁」作「果」，誤。

臧 則郎反善三　八五頁二九～三〇行

原卷正文作「臧」，韻輯同。攗瑣與彙編同。又韻輯「則」作「側」，誤。

傍 步光反依又蒲浪反八　八五頁三〇～三一行

原卷「依」作「衣」。攗瑣、韻輯與彙編同。案原卷「衣」蓋「依」字之誤。

藏 昨郎反匿通俗作藏一　八五頁三三行

原卷無「俗」字，攗瑣、韻輯同。又原卷「藏」作「藏」。攗瑣、韻輯并作

「藏」。案原卷正文「蔵」當作「藏」。

○庚韻

逬　逸徑　八七頁一行　原卷注文作「徑逸」，韻輯同。掇瑣與彙編同。案原卷「逸」蓋「兔」字之誤。

盲　武庚反無目六　八七頁二行　原卷正文作「盲」、「目」作「日」。掇瑣、韻輯與彙編同。案原卷正文當作「盲」、「日」當作「目」。

祊　廟門傍祭或作鬃　八七頁六行　原卷如此，掇瑣同。韻輯「庿」作「庙」，與原卷異。

彭　薄庚反人姓十五　八七頁七行　原卷如此，掇瑣同。韻輯「十五」作「五」，脫「十」字。

澎　地名又□庚反　八七～八八頁七～八行　原卷「□」空白。掇瑣作「□」，韻輯作「[⬚]」。案全王又音作「撫庚反」，廣韻作「撫庚切」。

搒　笞打又北孟反引船　八七頁八～九行　原卷「北」作「甫」。掇瑣、韻輯與彙編同，并誤。

榜　輔　八七頁九行　原卷正文作「搒」，韻輯同。掇瑣與彙編同。案原卷「搒」當作「榜」。

⿰旁斗　量溢又普郎反　八七頁九行　原卷如此，掇瑣同。韻輯正文作「⿰旁斤」、「溢」作「益」，并誤。

亨 通又普庚反煮虛掌反獻神難三音止一字籀文作此亯依隸作亨顧野王以（下畧） 八七頁一〇行

原卷「煮」下有一「又」字，韻輯同。掇瑣與彙編俱無，并脫也。原卷「止」作「正」。掇瑣、韻輯與彙編同。案原卷「正」當作「止」。又原卷「亯」作「弇」，韻輯同。掇瑣與彙編同。案原卷「弇」當作「亯」。

傖 助庚反傖楚人別種三 八七頁一三行

原卷如此，掇瑣、韻輯同。案切三訓作「〻狋」（「狋」蓋「狘」字之誤），王二作「〻楚」，全王與此本同，廣韻作「楚人別種也」。掇瑣校勘記云：「切三云傖狘，廣韻云楚人別種，此本蓋當作『傖狘，楚人別種』。」（註卅七）

韺 六韺高陽氏樂名 八七頁一四行

原卷如此，掇瑣同。韻輯正文誤作「韺」，注文「韺」作「〻」。

英 俊又於香反稻初生口英 八七頁一四行

原卷「口」作「移」，韻輯同。掇瑣與彙編同，并當據原卷補。

明 武英反皎淨四 八七頁一七行

原卷注文作「武兵反皎淨四」。掇瑣與彙編同，「英」字誤。韻輯作「民兵反胶淨」，「民」「胶」二字誤，且脫「四」字。

○蒸韻

丞 佐從音渠蒸反從巴山音陽此佐翊字 一九四頁二行

原卷上「從」字下缺一字，掇瑣、韻輯與彙編同。又韻輯「佐」誤作「佑」。案注文，切三、王二、全王并作「佐」，廣韻作「佐也，翊也。物理論曰：高祖定天下，置丞相以統文德，立大司馬以整武事，為二府也」。又今本

掕 止（九四頁五行）

說文「丞」訓作「翊也，从廾，从卩从山，山高，奉承之義」，段注以為「从卩从山」四字當作「從𡴀」二字。此本注文當有脫誤。

原卷正文作「掕」。摋瑣與彙編同。韻輯作「棱」。案原卷「掕」當作「棱」。唐寫本偏旁才木常不分。又韻輯蒸登二韻字偏旁作「麦」者皆當改作「夌」。

膺 於陵反胷亦作膺四（九四頁六～七行）

原卷殘存作「ハ陵反胷亦作膺四」。摋瑣與彙編同，逕補入餘字。韻輯作「於陵反亦作膺四」，「陵」當作「陵」，且脫「胷」字。案正文當係「膺」字，注文「膺」當从全王作「膺」。

磳 砽磳又子反騰奇䮚二（九四頁八～九行）

原卷如此，摋瑣同。韻輯「硱」作「碅」，誤。

棚 盛箭器又薄登反又棧閣（九四頁九行）

原卷殘存作「棚盛箭登反器又薄」，韻輯同。摋瑣與彙編同，逕補「又棧閣」三字，且正文誤从木。

澠 水名在齊（九四頁一一行）

原卷正文作「灑」，韻輯同。摋瑣與彙編同。案原卷「灑」當作「澠」。又韻輯「齊」誤作「濟」。

艂（九四頁一一行）

原卷如此，摋瑣同。韻輯誤作「艠」。

矜 憐又渠巾反矛柄亦作㩋從今俗從令失（九四頁一五行）

稱 屬陵反知輕重通俗作稱三 九四頁 一九～二〇行

原卷正文作「稱」，韻輯同。掇瑣與彙編同。案原卷「稱」當作「稱」。原卷「屬」作「鄖」。韻輯作「鄖」。案原卷「鄖」當作「處」。原卷正文作「稱」。掇瑣作「稱」。韻輯作「稱」，與原卷異。又原卷注文「稱」作「稱」。掇瑣作「稱」。韻輯作「稱」，且脫「三」字。

殑 其矜反殑殊欲死狀二 九四頁 二〇～二一行

原卷如此，掇瑣同。韻輯正文作「殑」、注文「殑」作「殑」，并誤。案原卷「殊」蓋「殑」字之誤。

蔆 竹根可緣竹器 九四頁 二一行

原卷如此，掇瑣同。韻輯「竹」作「作」，誤。

## ○五十登韻

彞 礼器亦作 九五頁 二行

原卷如此，掇瑣、韻輯同。（掇瑣「礼」作「禮」）案正文當作「彝」。又全王（正文誤作「彝」）或體作「鐙」。

楞 盧登反四方木或作棱通俗作楞五

原卷正文作「槾」、「楞」作「楞」，韻輯同。掇瑣與彙編同。案原卷正文當从廣韻作「楞」，注文「楞」字疑誤。

曾 人姓又昨稜反嘗 九五頁 四行

原卷「嘗」作「嘗」，韻輯同。掇瑣與彙編同，并與原卷異。

熷 蜀人取生肉竹中炙 九五頁 四行

原卷「竹」作「从」。掇瑣與彙編同。韻輯作「以」。案注文，切三作「蜀人取生肉竹中炙」，全王作「蜀人取生肉以竹中炙」，廣韻作「蜀人取生肉於竹中炙」。此本「从」蓋「竹」字之誤。

曾 嘗又作騰反 九五頁六行

原卷如此，韻輯同。掇瑣「嘗」作「當」，與原卷異。

明 步崩反黨又古文鳳今為朋五 九五頁六行

原卷「又」作「反」，掇瑣同。韻輯與彙編同。案原卷「反」蓋「又」字之誤。

艨 竹艨 九五頁九行

原卷「竹」作「行」，韻輯同。掇瑣與彙編同，并誤。

## ○尤韻

憂 於求反亦作息 九六頁二行

原卷注文末有「十四」二字。韻輯作「十六」，誤。掇瑣、彙編俱無，并脫也。

蝣 蜉蝣又餘周反 九六頁七行

原卷正文作「蝣」，韻輯同。掇瑣與彙編同。又掇瑣「蜉蝣」作「蜉蝣」與原卷異。又掇瑣「周」作「口」，當據原卷補。韻輯作「因」，誤。

鼀 蛂蚑亦作鼁 九六頁一〇行

原卷「鼁」作「鼁」，韻輯同。掇瑣與彙編同，并誤。又原卷「蚑」蓋「蚑」字之誤。爾雅釋魚：「鼁鼀蟾諸。」注云：「似蝦蟆，居陸地。淮南謂之去蚑。」其「鼁」字當作「鼁」，今本說文「鼀」即訓作「鼁，或从酋」。

猶 大又尚 九六頁一一行

原卷如此，掇瑣、韻輯同。案注文，全王同。王二作「如也，尚也」。廣韻「猷」訓作「謀也，已也，圖也，若也，道也。說文曰：玃屬。一曰隴西謂犬子為猷」，案今本說文字作「猶」。疑此本「大」為「犬子」之誤。

庮 久屋木又弋久反亦作庮 九六頁一三行

原卷「弋」作「戈」。掇瑣、韻輯與彙編同。案原卷「戈」蓋「弋」字之誤。又掇瑣「庮」作「庮」。案原卷「庮」蓋「庴」字之誤。

牛 語求反大口一 九六頁一六行

原卷「。牛語求反大」諸字在行末，「一口」在次行首，惟已殘。掇瑣與彙編同。韻輯作「。牛語反……」，次行「一口」空白。案王二、全王訓作「大武」，廣韻作「大牲」。

雜 東梟又即由反 九六頁一七行

原卷如此，掇瑣同。韻輯「東梟」作「水渠」，誤。

湭 液 九六頁一八行

原卷正文作「湭」，韻輯同。掇瑣作「湭」。彙編作「湭」，與原卷異。

鰌 鳩射收鏊角亦作鰌 九六頁一九行

原卷如此，韻輯同。掇瑣「鰌」作「鰌」，則或體與正文無別，誤。

緧 馬紂 九六頁一九行

原卷如此，掇瑣同。韻輯「紂」作「紨」，誤。案王二注文作「馬繩」。全王作「蝤〻」者，蓋脫「緧」字之注文及正文「蝤」。

鍇 鋋 九六頁二〇行

原卷注文作「鋋」，韻輯同。掇瑣與彙編同。案原卷「鋋」當作「鋋」。

輶 輕 九六頁二〇行 原卷「輕」作「輊」，韻輯同。掇瑣與彙編同，并誤。

犨 亦周反白色牛一 九六頁二一行 原卷「色」作「色」，韻輯同。掇瑣與彙編同。案原卷「色」當係「色」字。又切語，切三、王二、全王、廣韻并切「赤周」。此本「亦」蓋「赤」字之誤。

周 職鳩反帀亦作匊淍八 九六頁二一行 原卷如此，掇瑣同。韻輯無「八」字，蓋脫。案掇瑣校勘記云：「案周淍各字，故宮本：淍，水名。此本淍下蓋脫水名二字，而誤併淍字入周注。」（註卅八）

喌 呼難聲 九六頁二二行 原卷「難」作「鷄」，掇瑣、韻輯同。又掇瑣正文作「⿱罒州」，誤。

丠 九六頁二四行 原卷作「⿱敎土」，掇瑣、韻輯同。彙編殘。

收 式州反取通俗作収一 九六頁二五行 原卷正文作「収」，韻輯同。掇瑣作「收」。案原卷正文當作「收」。又注文「収」字，掇瑣、韻輯并作「收」，皆誤。

衃 凝血又匹才反 九六頁二七行 原卷「匹」作「疋」。韻輯作「辷」。掇瑣與彙編同。案原卷「疋」當係「匹」字。

⿰冫乙 糺繚 九六頁二八行

原卷如此，掇瑣、韻輯同。案廣韻正文作「丩」。此本本韻从氿之字，廣韻皆从丩。

不　甫鳩反弗又甫救甫九二反一　九七頁二九行

原卷「九」作「友」，韻輯同。掇瑣與彙編同，并與原卷異。又韻輯「二反一」誤作「一反」。

搜　所鳩反索俗作搜十四　九七頁二九行

原卷正文作「摟」，韻輯同。掇瑣與彙編同。案原卷「摟」當作「搜」。下文从叜之字，原卷并从⿱穴叉，韻輯同。掇瑣并从叜，是也。

鵂　馬名　九七頁三五行

原卷如此，掇瑣同。韻輯「馬」作「鳥」，誤。案原卷正文「鵂」蓋「⿰休馬」字之誤。

膄　汗面　九七頁三五行

原卷正文作「瞍」，韻輯同。掇瑣與彙編同。案原卷「瞍」當作「膄」，又廣韻正文作「溲」，注文云「或作膄」。

囚　似由反人在獄五　九七頁三六行

原卷如此，掇瑣同。韻輯無「五」字，蓋脫。

怞　朗　九七頁三八行

原卷如此，掇瑣同。韻輯「朗」作「郎」，誤。

⿰壽鳥　南方雉名　九七頁三九行

原卷如此，掇瑣（正文作「⿰壽鳥」）同。韻輯無「名」字，蓋脫。

脙　脊又呼尤反亦作胳　九七頁四三行

原卷「脊」作「膌」，韻輯同。掇瑣與彙編同。案當从全王作「瘠」。又韻輯「膌」作「胳」，誤。

宗 索 九七頁四四行

原卷如此，掇瑣同。韻輯「索」作「繫」，誤。

謀 莫浮反 圖十七 九七頁四七行

原卷如此，掇瑣同。韻輯「七」作「五」，誤。

蹯〻 九七頁五〇行

案此二字為下欄全王二「蹯」字之注文，彙編書寫者誤書於此，當刪去。

○侯韻

帿 射布張 一〇〇頁二行

原卷正文作「帿」，韻輯作「帿」。掇瑣與韻輯同。案當作「帿」，唐寫本偏旁忄巾常不分。

𩕐 大〻言顩 一〇〇頁二行

原卷注文作「言〻大顯」，韻輯作「言〻大顩」。掇瑣與彙編同。案原卷「言大」當作「大言」。掇瑣、韻輯、彙編「顩」字誤。又掇瑣正文誤作「鵮」。

剾 又恪侯剾反 一〇〇頁五行

原卷如此，掇瑣同。韻輯「恪」作「怡」，誤。

○幽韻

觩 匕角貝 一〇二頁二行

原卷如此，掇瑣同。韻輯「匕」作「〻」，誤。

[illegible] 子幽反 禾生名 一〇二頁三行

原卷正文作「戀」。𢭏瑣與彙編同。韻輯作「繿」，并注云：「原作「戀」，以朱改「心」作「皿」。」（註卌九）案切三、王二、全王、廣韻正文并作「𦃃」。

○侵韻

㾕 瘦故病或作疣 一〇三頁六行

原卷「疣」作「疛」。𢭏瑣與彙編同。韻輯作「疛」，誤。

冘 行貞从人出門音口亦作佔又以周反 一〇三頁八～九行

原卷作「冘 行貞從人出冂音口亦作佔又以周反」，「口」在首行末，與原卷款式異。韻輯作「冘 行貞從人出冂音高亦作佔又從周反」，「佔」字及下「從」字皆誤。

𣪘 𥬸又竹甚反 一〇三頁一二～一三行

原卷此字訓上尚存「寒秋又力朕反」六字。𢭏瑣空白。韻輯作「寒秋又力朕反」，「秋」字誤。又原卷「𣪘」作「𣪞」。𢭏瑣與彙編同。韻輯作「𣫉」。案原卷「𣪞」當作「𣪘」。

鈙 持止 一〇三頁一三行

原卷如此，𢭏瑣同。韻輯「止」作「正」，誤。

○覃韻

係 五含反不惠三 一〇五頁五行

原卷如此，𢭏瑣同。韻輯「含」作「念」，誤。且脫「三」字。

○談韻

苷 〻草藥名 一〇六頁二行

藍 甘盧反 染草 一〇六頁 二～三行

原卷作「苷〻藥名草」，掇瑣同。韻輯作「苷藥草名」，正文誤，又脫「〻」。

原卷正文止存「皿」。掇瑣作「藍」，蓋逕予補全。韻輯作「蘫」。案原卷「皿」當係「藍」字之殘文。韻輯誤。

……蘛 蔥別名 憨 昨甘反 憨三 鏨鑿 鸛 鷂又仕咸反。酣 胡甘反 ：飲四 暫 火時 婪 貪妄 飲 欲又呼濫反。笘 倉甘反 又都頰反 竹一 垂 一〇六頁 一四～一六行

原卷殘存兩下半截，即：「……蘛 窓 窽〻□ 緂 鮮色。憨 昨甘反 憨三 鏨鑿 鸛 鷂又仕咸反。酣 胡甘 ……暫 作三反 長面 甜 火談反 出會稽 蚌屬 癡 婪 貪妄 飲 欲又呼濫反。笘 倉甘反 又都頰反 竹一□」

掇瑣與彙編同。韻輯作「蘛 蔹 穴淡〻 窟 緂 鮮色。憨 又昨甘 憨 鏨鑿 鸛 鷂又仕咸反。酣 胡甘 暫 作三反 長面 甜 火淡反 出會稽 蚌屬 憨 癡 婪 貪妄 飲 欲又呼濫反 笘 倉甘反 又都頰反 竹垂」

集存校掇瑣云：「原無蘛字。」又云：「酣以下另為一行，暫字原無，婪上猶能辨別者僅一癡字，正文憨闕，不可識。」（註卌）新編校韻輯「火淡反」之「淡」字作「談」。案掇瑣誤合此兩半截為一行，彙編沿其誤。彙編於「酣 胡甘」與「婪」間當以「……」示之。

○蘫韻

惔 澹又徒 爓反 一〇七頁 八行

原卷「爓」作「頪」，韻輯同。掇瑣與彙編同，并誤。案正文，王二、全王、廣韻并作「惉」。

聆 音又其 林反 一〇七頁 二一行

原卷如此，掇瑣同。韻輯正文作「聆」，「其」作「具」，并誤。

檕 采細菜　一〇七頁二三行

原卷「菜」作「菜」，韻輯同。掇瑣與彙編同，并誤。案「采」字，全王同。王二、刊并作「菜」。校箋云：「當从廣韻、集韻作木。」（註卅一）

## 添韻

佔 伭　一一〇九頁一行

原卷注文作「伭〻」，掇瑣、韻輯同。彙編脫「〻」。

⿰忄取 衣領又鞢反亦作⿰衤取　一一〇九頁一行

原卷「又鞢反」作「又丁頰反」，掇瑣作「又丁頰反」。韻輯作「又子頰反」，「子」字誤。又原卷正文作「掫」、「⿰衤取」作「⿰衤取」，案正文當作「忛」、「⿰衤取」當作「⿰衤凡」。

⿰黃夾 黃色　一一〇九頁三行

原卷「色」作「色」。掇瑣與彙編同。韻輯作「也」，誤。

⿰齒欠 持意又云廣公函二反　一一〇九頁三～四行

原卷如此，掇瑣、韻輯同。案原卷「云」蓋「公」字之誤。

## 咸韻

・咸 胡讒反皆八　一一一〇頁一行

原卷正文殘存作「咸」，韻輯作「咸」。掇瑣與彙編同，蓋逕予補全，其上并補「・」記號。又掇瑣「讒」誤作「纔」。

諴 至誠神神又五咸反　一一一〇頁三行

原卷上「神」字作「咸」，韻輯同。掇瑣作「感」。案原卷此「咸」字當作「感」。

⿱欿糸 慳悋 一一〇頁四行

原卷「悋」作「怯」，韻輯同。掇瑣與彙編同。案原卷「怯」蓋「悋」字之誤。掇瑣則逕書作「悋」。

攕 所咸反 女手皃 又息廉反 一一〇頁五～六行

原卷如此，掇瑣同。韻輯無「皃」字，蓋脫。

㝩 微風 一一〇頁六行

原卷「風」作「雨」，掇瑣、韻輯同。彙編誤。又正文，王二、全王并作「霎」，案當从廣韻作「霯」。

猎 犬吠 乙咸反 又乙陷反 一一〇頁六～七行

原卷注文末有「一」字，韻輯同。掇瑣與彙編俱無，并脫也。又韻輯正文作「楷」、下「乙」字作「几」，并誤。

𦎗 山羊 亦作𦎗𥉌 一一〇頁八行

原卷如此，掇瑣、韻輯同。案王二、全王或體止作「𥉌」一字，且此本或體與正文同，則注文「𦎗」蓋衍。

鵮 鳥啄物 又苦咸反 二 一一〇～一一一行

原卷無「苦」字，韻輯同。掇瑣與彙編俱有「苦」字。案王二、全王（脫一「又」字）、廣韻又音并切「苦咸」。此本蓋脫又音切語上字。又韻輯「咸」誤作「葴」。另原卷「啄」當作「啄」。

讒 士咸反 通俗作讒 士衔反 九 一一一～一一二行

原卷上「士」字作「土」，韻輯同。掇瑣與彙編同。案原卷「土」蓋「士」字之誤。又原卷下「士」字作「土」，韻輯作「士」。掇瑣與彙編同。案原卷「土」蓋「士」字之誤。又「士銜反」係又音，其上當補一「又」字。另韻輯「咸」作「減」，誤。

○銜韻

巉　鋤銜反　險七　一一一頁一行

原卷如此，掇瑣同。韻輯「險」字空白，當據原卷補。

艬　合木船　一一一頁二行

原卷「合木」作「⿱合木」。韻輯作「⿱亼木」。掇瑣與彙編同。案原卷「⿱合木」當作「合木」。

攙　楚咸初咸二反　攙搶袄星二　一一一頁四行

原卷如此，掇瑣、韻輯同。案上「咸」字蓋「銜」字之誤。切三、王二、全王、廣韻正切并切「楚銜」。又原卷「楚銜」下脫一「反」字。又「初咸」為又音，其上當補一「又」字，而其下之「二」字蓋衍。即原卷「楚咸初咸二反」當作「楚銜反又初咸反」。

鼸　鼠黑耳白要　一一一頁四行

原卷如此，掇瑣、韻輯同。案此字王二在咸韻，注文作「鼠黑身白⿱要月」，全王在銜韻，注文作「鼠黑白⿱要月〻」。掇瑣校勘記云：「白要之要，疑今文作⿱要月。」（註卌二）

衫　所銜反　衣襳九　一一一頁五行

原卷如此，韻輯同。掇瑣「襳」作「襳」，誤。案切三訓作「〻衣」，王二作「〻衣，亦襳」，廣韻作「衫衣」。此本「衣」上脫重文、「襳」上疑脫「亦」字。

矙 又瞻 格懺反 一一一頁六～七行

原卷如此，掇瑣同。韻輯「格」作「憸」，誤。

礷 礷青礪可以攻〻玉亦作𥖀 一一一頁八行

原卷「攻」作「攻」，韻輯同。掇瑣與彙編同，并與原卷異。又韻輯「𥖀」空白，當據原卷補。

○嚴韻

巖 射翳 一一二頁一行

原卷如此，掇瑣、韻輯同。案正文，切三同，并當从廣韻作「巖」。今本說文「巖」訓作「蜼射者所蔽者也」。

○凡韻

柉 木皮中索 一一三頁二行

原卷「中」作「可」。掇瑣與彙編同，并誤。韻輯空白，當據原卷補。案注文，全王作「木皮可索」，王二作「木皮可為索」，廣韻作「木皮可以為索」。

○董韻

檧 箸桶又蘇公反 一一五頁一～二行

原卷如此，掇瑣同。韻輯「桶」作「楄」，誤。

……澒 一一五頁二行

原卷此字上尚有「轂輪」一字訓，韻輯同。掇瑣未錄。案原卷「轂」，當从廣韻作「轂」。王二、全王誤同。

俸 捧弇 一一五頁四行

原卷如此，掇瑣同。韻輯注文「俸」作「棒」，誤。

襱 袴又直隴反亦作裥又來公反　一一五頁一五行

原卷如此，掇瑣同。韻輯「袴」作「侉」，誤。

## ○腫韻

泷 塗　一一六頁一一行

原卷如此，掇瑣同。韻輯「塗」作「墜」，誤。案正文，王二同。全王作「洮」，并當从廣韻作「滗」。

## ○紙韻

袘 衣中袖　一一八頁一〇行

原卷如此，掇瑣、韻輯同。案校箋以為「中字或為曳字之誤」。（註卅三）

邇 近亦作迩　一一八頁一二行

原卷「迩」下尚有一「迒」字，韻輯同。掇瑣與彙編俱無，并脫也。又韻輯「近」作「亦」，誤。

瀰 水流皃亦作猊　一一八頁一三行

原卷如此，掇瑣同。韻輯「猊」作「𤅾」。案或體，王二作「𣳚」，并當从全王作「洋」。此本蓋涉上文「弭」字之注文而誤。

揣 初委反度亦作敪又丁果尺𧪑反二　一一八頁一九～二〇行

原卷「尺」作「仄」。掇瑣、韻輯與彙編同。案原卷「仄」蓋「尺」字之誤。

隨 隨婢反牸豚一　一一八頁二〇行

原卷「隨」作「〻」。掇瑣、韻輯與彙編同。案原卷「〻」當作「隨」。又

芛 草木初生又惟畢反 一一八頁 二三～二四行

韻輯「牸」作「牸」，誤。

原卷如此，掇瑣同。韻輯正文作「笋」，誤。

䝿 小豬 亦作隮 一一八頁 二四行

原卷「隮」作「陽」。掇瑣、韻輯與彙編同。案原卷「陽」蓋「隊」字之誤。

○ 旨韻

視 承旨反 亦作眡 三 望 犛 牛獸似 一一二頁 一～二行

原卷殘存作「視 承旨反 亦作眡 三 犛 牛獸似」。韻輯「旨」作「旨」、「眡」作「眡」，餘同原卷。掇瑣與彙編同，遂合此二字訓，蓋誤。

兕 徐姊反 正作兕 似牛 四 一一二頁 二行

原卷如此。掇瑣正文作「兕」。韻輯無「四」字，蓋脫。

鴲 赤烏 一一二頁 四行

原卷正文作「鴲」。韻輯作「鴲」。掇瑣與彙編同。案正文，王二作「鴲」，全王作「鴲」，并當从廣韻作「鴲」。又注文，全王同，校箋云：「案詩狼跋云：赤舄几几。傳曰：几几，絇貌。鴲即詩几字，非赤舄之稱，疑當云赤舄貌。廣韻云：赤鶬鴲也。也字疑為鴲字重文之誤。」（註卌四）

沘 水名 出盧江灊縣又入芍陂 今謂之淠水芍音張略反 一一二頁 六～七行

原卷「淠」作「淠」，韻輯同。掇瑣與彙編同。案「淠」字，切三、王二、全王、廣韻同，段玉裁氏改作「淠」。（註卌五）又韻輯無「又」字、「谷」作「谷」。案「灊縣」二字，切三、王二、全王、廣韻并作「灊」。

并無「又」字。

髀……　一二一頁七行

原卷注文作「股外又旁礼反」，韻輯同。掇瑣作「○○」，故彙編以「……」示之，并當據原卷補。

軌居美古文□□省反從非從九八　一二一頁七、八行

原卷注文作「居清反法從古文杂音匭省非從几八」。掇瑣作「居美反口從古文口口者非從九八」。韻輯則作「居清反法從古文杂音匭省非從几八」。案原卷「從古文杂音匭省」，語有譌誤。今本說文「軌」訓作「車徹也。从車九聲」。

黇黃貟又下侮反　一二一頁一〇行

原卷如此，掇瑣、韻輯同。案「黃貟」，全王同。切三作「黃白」，王二作「黃白色」，廣韻作「黃色」。今本說文「黇」訓作「青黃色也」。此本「貟」蓋「色」字之誤。

牝扶履反又妣忍反雌一　一二一頁一二行

原卷如此，掇瑣同。韻輯「忍」作「思」，誤。

否符鄙反塞又方久反八　一二一頁一七行

原卷「八」作「七」，韻輯同。掇瑣與彙編同，并誤。

⿰巾比裂懔　一二一頁一八行

原卷作「⿰忄匕裂樸」。掇瑣與彙編同。韻輯作「⿰忄匕裂懔」。案原卷「⿰忄匕裂樸」當作「⿰巾比裂懔」。

嫣愚贛多態又尤卦反　一二一頁二一行

原卷「態」作「能」，韻輯同。掇瑣與彙編同。案原卷「能」字當以王二、

全王、廣韻作「態」。又此本「贑」字，王二、全王同，并當从廣韻作「戇」」。

蕭 眡几反緎縷所紩礼有蕭筧 一二一頁二二、二三行

原卷在行末作「蕭眡几反緎縷所紩礼有蕭」。韻輯作「蕭眡几反緎縷所紩礼有〻縷」。綴瑣與彙編同，逕補「筧」字。案原卷「筧」字當在次行首，已殘。廣韻「蕭」作「蕭」，全王作「蕭」。又「眍」為「眡」字之俗書。

綠 綈履反蠶就箔 一 一二一頁二三、二四行

原卷如此，綴瑣同。韻輯「一」作「二」，誤。案正文，全王同，并當作「綠」或作「綠」。

跽 暨几反長跽或作具又暨軌反一 一二一頁二四行

原卷「暨」作「曁」，韻輯同。綴瑣與彙編同，并與原卷異。

跽 暨軌反上跪亦作異二 一二一頁二四行

原卷「暨」作「曁」，韻輯同。綴瑣與彙編同，并與原卷異。又韻輯「跪」作「跽」。

○止韻

止 諸市反已九 一二三頁一行

原卷殘存作「市反已九」。韻輯作「市反已八」，「已」當作「已」，「八」益「九」字之誤。綴瑣與彙編同，逕補入餘字，且「已」當作「已」。

⿰臣言 許 一二三頁二行

原卷如此，綴瑣、韻輯同。案此字廣韻列旨韻「職雉切」下，注文作「訐，發人之惡」。今本說文訓作「訐也，从言臣聲，讀若指」，則此字似當列旨

韻，惟玉篇（訓作「訐也」，「訐」蓋「訏」字之誤）、原本玉篇零卷并讀「之耳」，則亦可置止韻矣。此本「訐」蓋「訏」字之誤。

⿸广丘 柱く 一二三頁二行

原卷如此，韻輯同。掇瑣正文作「底」。案正文當以廣韻作「厎」，俗書作「⿸厂丘」。

市 時止反塵 一二三頁二〜三行

原卷「一」作「二」，韻輯同。掇瑣與彙編同，并誤。

似 詳里反類七 一二三頁四行

原卷如此，掇瑣同。韻輯無「七」字，蓋脫。

里 良士反五鄰九 一二三頁一〇行

原卷「九」作「八」，韻輯同。掇瑣與彙編同，并誤。

枲 胥里反麻六 一二三頁一一〜一二行

原卷如此，掇瑣同。韻輯「麻六」作「八」，誤。

起 墟里反興六 一二三頁一四行

原卷「墟」作「墟」。掇瑣、韻輯并作「虛」，與原卷異。

芑 白梁粟 一二三頁一五行

原卷如此，韻輯同。掇瑣「梁」作「粱」。案原卷「梁」蓋「粱」字之誤。

俟 □史反亦作誒圯⿸广矣四 一二三頁一六行

原卷作「俟竢史反亦作圯⿸广矣四」。掇瑣作「俟。史反亦作竢圯⿸广矣四」。韻輯作「俟□失反亦作竢圯⿸广矣」。案原卷正文蓋「俟」字之誤。又原卷缺切語上字，切三、全王切語并作「牀史反」，王二作「鋤使反」，廣韻作「牀史切」。

子 即里反 姓生七　一二三頁一七行

原卷如此，𢱢瑣、韻輯同。案原卷「生」字蓋衍。

耔 擁苗亦作耔　一二三頁一七行

原卷如此，韻輯同。𢱢瑣「擁」作「壅」，誤。

仔 克　一二三頁一八行

原卷如此，韻輯同。𢱢瑣「克」作「負」，誤。

矣 于紀反詞矣二　一二三頁一八行

原卷如此，𢱢瑣同。韻輯「二」作「三」，誤。案原卷注文「矣」字蓋衍，或云「矣」為「也」字之誤。

芡 蒿　一二三頁一八行

原卷如此，𢱢瑣、韻輯同。案原卷正文蓋「茇」字之誤。

○尾韻

依 哭依聲　一二五頁二行

原卷如此，韻輯同。𢱢瑣「哭」作「咲」，誤。案切三、全王、廣韻「偯」並訓作「哭餘聲」，此本正文及注文「依」字，並當據改。

朏 月　一二五頁四行

原卷如此，𢱢瑣、韻輯同。案注文，切三、王二同。全王作「月，亦朏」，廣韻作「月三日明生之名」，又今本說文作「月未盛之明也」。此本、切三、王二、全王注文當有脫文。

悱 く口悱　一二五頁四～五行

原卷如此。𢱢瑣注文作「く口悱」，韻輯作「く口く」，「口」當作「口」。

篚 竹器 一二五頁五行

原卷如此，掇瑣同。韻輯「器」作「名」，誤。

○語韻

虆 苑 一二六頁一行

原卷如此，掇瑣、韻輯同。案正文當从竹作「[竹頭虆]」。

衙 行皃 楚辭導飛廉之衙衙 一二六頁一～二行

原卷「導」作「道」，韻輯同。掇瑣與彙編同。案此「道」字當係假借為「導」。

桯 桶端木〃 一二六頁三～四行

原卷如此，掇瑣同。韻輯「桶」作「桷」，誤。

暑 熱舒莒反五 一二六頁九行

原卷如此，掇瑣同。韻輯「莒」作「呂」，與原卷異。

[虫桼] 蠡〃賴 一二六頁九行

原卷「賴」作「蝢」，韻輯同。掇瑣與彙編同，并誤。

[止宁] [巾盾]載盛米亦作[齒宁] 一二六頁一一行

原卷「[巾盾]」作「[巾盾]」。韻輯作「[巾盾]」。掇瑣與彙編同。案原卷「[巾盾]」當作「[巾盾]」。又原卷正文當作「[田宁]」或「[金宁]」。

巨 具呂反工十五 一二六頁一三～一四行

原卷「具」作「其」。掇瑣、韻輯與彙編同，并誤。又王二「巨」訓作「大」，此本「工」字疑是「大」字之誤。

[虍並] 神獸亦作[虍豆] 一二六頁一六行

原卷正文作「蘆」，韻輯同。掇瑣與彙編同。案全王「蘆」（當作「藘」）訓作「蕢」；「虡」訓作「神獸，亦作虡」。疑此本脫「藘」字之注文（此正文當作「藘」）及正文「虡」，而注文「虗」當作「虡」。

扵 許於反 擊一　一二六頁一九行

原卷「許於」作「許於✓」，有乙倒符號。掇瑣、韻輯、彙編并無「✓」，蓋脫。

緒 葉　一二六頁二二行

原卷「葉」作「業」。韻輯作「葉」。掇瑣與彙編同。案注文當作「業」。

𡰪 履屬又餘去反　一二六頁二三行

原卷如此，掇瑣同。韻輯「履」作「屨」，與原卷異。

去 楚舉反又丘據反 却正作谷三　一二六頁二三行

原卷「谷」作「公」。掇瑣、韻輯與彙編同。案原卷「公」當作「厺」，今本說文「去」訓作「人相違也，从大凵聲」。又韻輯「楚」作「羗」。案原卷「楚」字，當以切三、王二、全王、廣韻作「羌」。

紓 神與反又式余反綏二　一二六頁二四行

原卷「綏」作「緩」，韻輯同。掇瑣與彙編同，并誤。

○麌韻

麌 〻知反 牝鹿二　一二八頁一一行

原卷如此，掇瑣同。韻輯「牝」作「牡」，誤。案原卷「〻知」蓋「虞矩」二字之誤。

字 四垂籀文作此禹　一二八頁一～二行

原卷「禺」字如此，掇瑣、韻輯同。案原卷「禺」蓋「寓」字之誤。

鄷 新豐人亭 一二八頁四行

原卷「人」作「く」，掇瑣同。韻輯作「鄷」。彙編誤。

甫 方方反近十三 一二八頁四行

原卷如此，掇瑣同。韻輯下「方」字作「方」。案原卷下「方」字蓋「主」字之誤。

憮 失意皃字或作憮又荒烏反 一二八頁七行

原卷如此，掇瑣同。韻輯「憮」作「潕」，誤从水。

鳺 越く鳥鳺 一二八頁九行

原卷如此，韻輯同。掇瑣「鳺」作「鴩」，誤。

殕 食上生白 一二八頁一一行

原卷如此，掇瑣同。韻輯「白」作「肉」，誤。

俌 輔 一二八頁一一行

原卷如此，掇瑣同。韻輯正文作「誧」，誤。

庾 以主反倉逾十一 一二八頁一三行

原卷如此，掇瑣、韻輯同。案原卷「逾」字蓋衍。

貗 貒子 一三〇頁一六行

原卷如此，掇瑣同。韻輯「貒」作「貓」，誤。

○姥韻

芏 似莞生海邊 一三〇頁一一行

原卷正文殘存作「土」，韻輯同。掇瑣與彙編同，并逕予補全。案「莞」字，切三、王二、全王同，并當以廣韻作「莌」。

肚　腹肚。又當古反。　一三〇頁二行

原卷如此，掇瑣同。韻輯「腹肚」作「〻腹」，誤。

鹵　薄〻　一三〇頁三行

案原卷「薄」蓋「簿」字之誤。

逜　相干〻。吾故反。　一三〇頁七行

原卷「干〻」作「干人」。掇瑣作「干又」，韻輯作「午又」。案原卷「干人」當作「干又」。

琥　兵符虎文　一三〇頁八～九行

原卷殘存作「口兵符為虎文」，「口」模糊，不可識。韻輯作「楚兵符為虎文」。掇瑣作「琥兵符虎文」。案正文當係「琥」字，「口」當係「發」字，據切三、王二、全王、廣韻補。韻輯「楚」字誤。掇瑣逕補正文，惟脫「為發」二字。

庰　洩舟中水。又呼故反。　一三〇頁九行

原卷如此，掇瑣同。韻輯作「中水」二字誤倒。

○賄韻

郲　郲郲不平皃。郲字胡罪反。　一三五頁一行

原卷「平皃」殘存作「丕」。韻輯作「正□」，「正」字誤。掇瑣與彙編同，逕補「平」字，又補入「皃」字。

罪　徂賄反。辠秦始皇改辠三　一三五頁二～三行

原卷注文作「徂賄反納秦始皇改口三」。韻輯作「徂賄反納口始皇改皐」。掇瑣「辠」作「皐」，餘與彙編同。案原卷「口」模糊，不可辨。當作「辠」。掇瑣、韻輯、彙

編當據原卷補正。

偆 素罪反，痛而叫一　一三五頁九行

原卷如此，掇瑣同。韻輯無「一」字，蓋脫。案「素」字，全王同。切三、王二并作「羽」，廣韻作「于」。疑此本「素」為「袁」或「韋」字之誤。

○海韻

𦕐 半聾　一三六頁一行

原卷正文作「聹」。掇瑣作「𦕐」。韻輯作「聹」。案原卷「聹」當作「𦕐」。又韻輯「半」作「耳」，與原卷異。

等 多改反，齊；又多肯反一　一三六頁九行

原卷「肯」作「肯」，掇瑣、韻輯同。彙編誤。

○軫韻

楰 作蕬　一三七頁五行

原卷「蕬」作「慈」，掇瑣、韻輯同。又掇瑣正文誤作「楔」。案注文，王仁作「懸鍾磬」，全王作「懸鍾悲」（「悲」當作「磬」）。此本注文當有譌誤。

𨏍　一三七頁六行

原卷如此，掇瑣、韻輯同。案此字，王二、全王同，并當以廣韻作「𨏍」。

紖 直引反，牛紖，亦作緣靷紲二　一三七頁一〇行

原卷如此，掇瑣、韻輯同。案周禮地官封人：「凡祭祀飾其牛牲，設其楅衡，置其絼。」注云：「鄭司農云：絼，著牛鼻繩所以牽牛者。」又玉篇「紖」訓作「索也」，下出「絼」「紲」，注云：「同上。」其「絼」字當作「

綠」，而此本「緣」蓋「綠」字之誤。

戭 長瘡亦作戭 一三七頁一二～一三行

㝈卷正文作「戭」、「戭」作「戭」，韻輯同。掇瑣與彙編同。案㝈卷正文當作「戭」、「戭」當作「戭」，㝈卷从寅之字仿此。又「瘡」字，當从廣韻作「槍」。

演 引一曰水門 一三七頁一三行

㝈卷正文作「演」，韻輯同。掇瑣與彙編同。案㝈卷「演」當作「演」。又注文，王二、全王同。惟今本說文「演」訓作「長流也，一曰水名」，疑此本「門」為「名」字之誤。

哂 笑亦作欣喚 一三七頁一四～一五行

㝈卷「欣」作「㰦」。掇瑣、韻輯并作「㰦」。案㝈卷「㰦」蓋「弞」字之誤。㝈本玉篇零卷「弞」字注文云「或為哂」字。

笉 七忍反笶一 一三七頁二〇行

㝈卷「七」作「千」。掇瑣、韻輯與彙編同，并誤。

趡 而尹反毛聚又而勇反亦作𩰆 一三七頁二二行

㝈卷正文作「趡」。掇瑣、韻輯與彙編同。案㝈卷正文當从廣韻作「趡」。又㝈卷無下「反」字，蓋脫。掇瑣、韻輯與彙編俱有此「反」字，逕補入也。又「𩰆」字當作「𩰆」。

麇 丘隕反束縛一 一三七頁二二行

㝈卷如此，掇瑣、韻輯同。案正文，王二、全王同。廣韻作「麇」，周氏廣韻校勘記云：『案麇麇均麇字之誤。顧野王㝈本玉篇殘卷糸部云：「麇，丘

374

隕反。左氏傳羅无勇麇之。杜預曰：麇，束縛也。」是其證。」（註卌六）

案文見左傳哀公二年，字作「麇」，「麇」為「麇」字之俗書。

○吻韻

粉 方吻反化米為麵二　一三九頁二行

原卷「為」作「如」，韻輯同。掇瑣與彙編同，并誤。

榅 柱　一三九頁六行

原卷如此，掇瑣、韻輯同。案當作「榅柱」。（註卌七）

䵲 䵲ㄑ面急　一三九頁七行

原卷如此，掇瑣同。韻輯注文「䵲」作「ㄑ」。案正文，注二、全王同，并當作「䵲」，注文「䵲」字亦當隨正文改。又此本注文末疑脫一「貟」字。

○隱韻

隱 於謹反藏正作爰通俗作隱十　一四〇頁一行

原卷正文作「隱」，韻輯同。掇瑣與彙編同。案原卷「爰」字疑是「当」字之誤。

謹 居隱反慎九　一四〇頁二行

原卷「九」字模糊，不可辨。掇瑣作「九」。韻輯作「十」。案所列韵字實十字。「九」字誤。

○阮韻

鰋 衣領　一四一頁二行

原卷如此，掇瑣、韻輯同。案正文當作「鰋」，本韻从匽之字仿此。又此字从魚，不當訓「衣領」。切三、全王「鰋」并訓作「魚名」；「褗」并訓作

「衣領」。蓋此本脫「鰸」字之注文及正文「褗」。

齴 露齒又丘板反 一四一頁四行 原卷「丘」作「五」。掇瑣、韻輯與彙編同，并誤。

攇 手約物 一四一頁四行 原卷如此，掇瑣同。韻輯正文作「穩」，誤。

脕 色肥澤又無怨反 一四一頁四～五行 原卷「肥」作「肌」。掇瑣與彙編同。韻輯作「肥」。案原卷「肌」蓋「肥」字之誤。

坂 大坡 一四一頁五行 原卷如此，掇瑣同。韻輯「坡」作「坂」，誤。

婉 於阮反美亦作醃十一 一四一頁六行 原卷如此，掇瑣同。韻輯「十一」作「二三」，誤。

苑 苑園 一四一頁六行 原卷注文「苑」作「菀」。掇瑣、韻輯與彙編同。案原卷「菀」蓋「苑」字之誤。

晅 兒啼不止朝鮮云 一四一頁八行 原卷無「云」字，韻輯同。掇瑣與彙編同。案切三、廣韻并有「云」字，當據補。

○混韻

混 胡本反混流一曰混沌陰陽未分十三 一四二頁一行 原卷「十三」作「十五」，韻輯同。掇瑣與彙編同。案所列韵字實十五字。

睔 大目又古選反　一四二頁二行

原卷無「反」字，韻輯同。撥瑣與彙編同。案原卷脫此一「反」字。

溒 流泉　一四二頁二行

原卷「流」作「流」，韻輯同。撥瑣與彙編同。案原卷「流」當作「流」。又全王正文作「溒」，注文作「流皃」，校箋云：「溒與溒並滾字之誤。」（註卌八）

梱 未析亦作艉㯏　一四二頁二行

原卷如此，撥瑣、韻輯同。今本說文「梱」訓作「梡木未析也」，段注云：「梡當作完，全也。」此本正文當作「梱」、「析」當作「析」。又「未析」上疑脫「木」或「完木」。另「㯏」字當从全王作「㯏」。

鱒 徂本反魚名二　一四二頁五行

原卷「二」作「十一」。韻輯作「土」。撥瑣與彙編同。案所列韻字實二字，原卷「十一」蓋「二」字之誤。

錕 轂齊等皃　一四二頁六行

原卷作「錕車缸　輥轂齊等皃」，韻輯「轂」作「轂」，餘同原卷。撥瑣「轂」亦作「轂」、「缸」誤作「缸」。彙編脫「錕」字之注文及正文「輥」。案「輥」字，廣韻注文作「車轂齊等皃」，又今本說文訓作「轂齊等皃也」。此本「轂」蓋「轂」字之誤。

踊 足掾　一四二頁八行

原卷如此，撥瑣、韻輯同。案今本說文「踊」訓作「瘃足也」，此本「掾」蓋「瘃」字之誤。

硱 石磳又口水反 一四二頁八行

原卷「石」作「ㄋ」。掇瑣、韻輯與彙編同，并誤。又原卷「水」蓋「冰」字之誤。

獖 盆本反守犬六 一四二頁八行

原卷「犬」作「大」，掇瑣、韻輯同。案原卷「大」蓋「犬」字之誤。

麘 麻牝 一四二頁九行

原卷如此，韻輯同。掇瑣正文作「麘」。案集存云：「麘當作麘。」（註卌九）

○很韻

很 痕懇反很戾一 一四三頁一行

原卷殘存作「很痕墾反很戾一」，韻輯作「很痕墾反很戾一」。掇瑣與彙編同，逕補全正文。韻輯脫「一」字。

懇 々側誠至 一四三頁一行

原卷注文如此，掇瑣、韻輯同。案「側」字，全王同，并當以切一、廣韻作「惻」。

○旱韻

旱 一四四頁一行

原卷殘存作「丅」，韻輯作「𠂉」。掇瑣與彙編同，蓋逕予補全。

鯇 候風羽又胡官反 一四四頁二行

原卷正文作「綄」，韻輯同。掇瑣與彙編同，并誤。又「官」字，原卷如此，掇瑣同。韻輯作「管」。案原卷「官」當作「管」。另韻輯「反」誤作反」。

⿰貝耑 䝹⿰貝耑小有　一四四頁二行

原卷如此，掇瑣、韻輯同。案注文，全王同。廣韻作「䝹⿰貝耑小有財」，刊則止作「䝹⿰貝耑」二字。

簒 籑　一四四頁三行

原卷如此，掇瑣、韻輯同。案正文當以廣韻作「䉂」。

管 古纂反 籥七　一四四頁七行

原卷如此，掇瑣同。韻輯無「七」字，蓋脫。

盥 洗又古段　一四四頁八行

原卷「段」作「叚」，韻輯同。掇瑣與彙編同。案原卷「叚」蓋「段」字之誤。又原卷注文末脫一「反」字。

饊 餅　一四四頁一五行

原卷正文作「鏾」，韻輯同。掇瑣與彙編同。案「餅」字，全王同。并當以切一、切三、刊作「餅」。

罕 呼捍反 希四　一四四頁一六行

原卷如此，掇瑣、韻輯同。案「捍」字在去聲翰韻，當改作「稈」。

蓒 ……　一四四頁一六行

原卷注文作「菜」，韻輯同。掇瑣作「○○」，彙編遂以「……」示之，并當據原卷補。

○潸韻

蝂 蝜〻　一四六頁一行

原卷「蛹」作「負」，韻輯同。掇瑣與彙編同。案注文，廣韻作「蝂蛹蟲」。爾雅釋蟲：「傅，負版。」此本「〈負」、廣韻「蝂蛹」并誤倒。

菕 染子可食 一四六頁四行

原卷「染子」作「子漆」，韻輯同。掇瑣作「子染」。案注文，𠛬作「染子可食」，廣韻作「草可染子可食」。此本「子漆」當作「染子」。又全王注文止作「子可食」，無「染」字。

莧…… 一四六頁五行

原卷注文殘。案切一、切三、全王正文并作「莧」，訓作「莧尔笑皃」。廣韻正文作「莞」，注文作「莞爾而笑」。唐寫本「完」字多書作「皃」，易與从見之字相混。

○產韻

掔 牛很不从牽 一四七頁二行

原卷「从」作「從」，韻輯作「從」。掇瑣與彙編同。又韻輯「很」作「掔」，與原卷異。案注文，切一、全王同。切三作「牛掔不從牽」，廣韻作「牛掔很不從牽」。

孱 〻陵縣在武陵郡又鋤連反 一四七頁六行

原卷如此，掇瑣同。韻輯「連」作「里」，誤。

眼 五限反目亦口皃一 一四七頁七行

原卷「亦口皃」作「亦在皃」，韻輯作「亦在皃」。掇瑣與彙編同。案當作「亦作䀞」。

○銑韻

……箸 箸箣又所交反 一四八頁一行

原卷殘存作「月箸箣又所交反」。掇瑣作「箸箣又所交反」。韻輯作「自箸箣又所交反」。案正文當係「筲」字。

鮮 簡鮮 一四八頁一行

原卷如此，掇瑣、韻輯同。案「簡」字，全王、刊同。并當从廣韻作「𥳑」。

躔 行處 一四八頁二行

原卷如此，掇瑣同。韻輯「處」作「貝」。案全王注文作「行處」，廣韻作「行皃」。

蝘 蝘蜒 一四八頁二行

原卷殘存作「人蝘蜓」，韻輯作「蝘蜒〻」。掇瑣與彙編同。案正文當係「蝘」字。又韻輯「蜒」字誤。另下文「蜒 蝘蜒」，二「蜒」字原卷并作「蜓」，掇瑣并作「蜒」、韻輯并作「蜒」，與彙編均誤。

黑 黑白 一四八頁五行

原卷注文殘。掇瑣作「黑白」，韻輯作「□黑」。案廣韻注文作「黑白」，澤存堂本作「黑皃」。又今本說文訓作「黑皴也」。「白」蓋「皃」字之誤。

編 方繭反編綃一曰次第又卑連反 一四八頁五～六行

原卷「綃」作「綃」。掇瑣、韻輯與彙編同，并誤。

⿰馬系 童子又下蠲反 一四八頁六行

原卷正文作「⿰目系」。韻輯作「⿰目縣」，掇瑣作「⿰馬系」，并誤。又韻輯「蠲」作「⿰益卩」，當據原卷補。

隋 阮　一四八頁六行

原卷如此，掇瑣、韻輯同。案「隴」蓋「阮」字之誤。

貇 𪗗也　一四八頁七行

原卷「也」作「地」，掇瑣、韻輯同。案廣韻、集韻注文并作「𪗗也」。此本「地」當作「也」。

○獮韻

踐 疾口反　蹈 亦作俴　一四九頁一行

原卷殘存作「人演反　蹈　作俴口」，「口」為韻字數，未可辨識。韻輯作「踐 疾演反 蹈 亦作俴」，遂補上三字。彙編「口」當補「演」字。

。掇瑣作「我演反　蹈　作俴口」

㾯 小痒　一四九頁一～二行

原卷「痒」字殘存作「𤴓」，韻輯作「庠」。掇瑣與彙編同。案原卷「𤴓」當係「痒」字之殘文也。又韻輯正文誤作「㾯」。

掔 牛𢤱又胡結反　一四九頁三行

原卷「𢤱」字模糊，未可辨識。掇瑣、韻輯與彙編同。案全王「掔」，獮韻訓作「牛偲，又胡結反」，產韻訓作「牛很不從牽」；廣韻「掔」，獮韻訓作「牛很不從引也」，產韻訓作「牛掔很不從牽」。另此本產韻亦訓作「牛很不从牽」。「𢤱」字蓋「很」字之誤。又韻輯「結」誤作「給」。

䞼 走貌又九出反　一四九頁七行

原卷此字訓上尚殘存有「香兖反　蜎蠉」諸字，韻輯同。掇瑣、彙編并未錄。案此為「蠉」字之殘存注文。

○獮韻

秎 禾穗垂 一五二頁二行

原卷「穗」作「稕」。掇瑣、韻輯與彙編同。案原卷「稕」蓋「穗」字之誤。

邨 屯名 一五二頁二行

原卷如此。掇瑣正文作「邨」。韻輯「屯」作「地」。案原卷「屯」蓋「地」字之誤。

曉 呼鳥反旦明亦作口二 一五二頁三行

原卷正文作「膮」，韻輯同。掇瑣作「曉」。案當从日作「曉」。又原卷「口」作「膮」。掇瑣作「口」。韻輯作「曉」。案全王正文作「曉」，或體作「曉」。此本或體不當从月。

𧻓 々趚長而不勁 一五二頁三行

原卷如此，掇瑣同。韻輯「不」作「大」，誤。

嫋 長皃又寧伯反 一五二頁四行

原卷如此，掇瑣、韻輯同。案又音，全王作「寧的反」，疑此本「伯」為「的」字之誤。

趚 趚𧻓 一五二頁四行

原卷如此，掇瑣同。韻輯「趚」作「跡」，誤。

窕 徒了反窈窕四 一五二頁五行

原卷如此，掇瑣同。韻輯「四」作「一」，誤。

誂 弄倍作挑 一五二頁五行

原卷正文作「誂」，掇瑣同。韻輯與彙編同，案原卷「誂」當作「誂」。又

韻輯「挑」作「佻」，誤。

掉 動又徒弔反 一五二頁五行

原卷無「反」字，韻輯同。擬瑣、彙編俱有「反」字。案原卷脫此「反」字。

○小韻

桃 林板 一五三頁一行

原卷正文作「狣」，案即「狣」字。擬瑣、韻輯與彙編同，并誤。又原卷注文作「杯板」。擬瑣與彙編同。韻輯作「林板」。案當作「栤板」。

夭 於兆反屈二殀三 一五三頁一行

原卷如此，韻輯同。擬瑣「夭」作「夭」，誤。案原卷「二」當作「亦」。

殀 殁 一五三頁一行

原卷「殁」作「沒」，韻輯同。擬瑣與彙編同，并與原卷異。

擾 而招反馴俗作擾 一五三頁二行

原卷「招」作「沼」。擬瑣、韻輯與彙編同，并誤。

秒 禾芒亦作標 一五三頁三行

原卷「標」作「摽」，韻輯同。擬瑣與彙編同。案全王或體作「標」，此本當據改。

篎 小管 一五三頁三行

原卷如此，擬瑣、韻輯同。案注文，全王同。唯爾雅釋樂：「大管謂之簥，其中謂之篞，小者謂之篎。」又「篎」字，今本說文訓作「小管謂之篎」，玉篇訓作「小管」。疑此本、全王「管小」二字誤倒。

𠬪 口又苻小反亦作受天物落 一五三頁五行

原卷作「芟（草又作受又符物小落反亦）」。韻輯「受」作「艾」，餘同原卷。掇瑣「天」作「夭」，餘同彙編。案原卷「受」蓋「艾」字之誤。掇瑣、彙編正文并誤、「口」當據原卷補「草」字。又掇瑣「天」、韻輯「天」并「又」字之誤。

⋮

**貈**　一五三頁五行

原卷作「貈（似狐善睡）」，韻輯作「貈（似狐善睡）」。掇瑣空白。集存補作「貖（似狐善睡）」。彙編此字蓋誤。

**舀**（抒舀或作㨶）　一五三頁五行

原卷注文「舀」作「臼」。掇瑣作「舀」，韻輯作「舀」。案當作「臼」。

**濯**　**鏊**　一五三頁六行

原卷正文作「濯」，韻輯同。掇瑣與彙編同。案原卷「濯」當从廣韻作「濯」。

**闔**（於小反隔一）　一五三頁七行

原卷如此，掇瑣同。韻輯「隔」作「障」，誤。

○**巧**韻

**佼**（庸人之敏又巧反）　一五四頁一行

原卷如此，掇瑣、韻輯同。案原卷脫又音切語上字，全王、廣韻又音并切「古巧」。

**䈥**（竹筍又古交反）　一五四頁一行

原卷「交」作「鉋」，韻輯同。掇瑣與彙編同，并誤。

**絞**（古巧反絞縛九）　一五四頁二行

原卷「九」作「八」，韻輯同。掇瑣與彙編同。案所列韻字實九字，原卷「

八」當作「九」。

敹 木交欨 一五四頁三行 原卷正文作「敹」。韻輯作「敹」。掇瑣與彙編同。并當據原卷改正。

烄 交不然 一五四頁三行 原卷如此，掇瑣、韻輯同。案原卷「不」蓋「木」字之誤。

爪 側交反丮 五 一五四頁三行 原卷「交」作「絞」，韻輯同。掇瑣與彙編同，并誤。又原卷「丮」殘存作「𦨴」，韻輯同。掇瑣與彙編同。案全王字作「𦨴」，此本「𦨴」蓋「𦨴」字之殘文也。廣韻「爪」訓作「說文曰：丮也，覆手曰爪。象形。丮音戟」，則「爪」訓「丮」亦不誤。

鮑 薄巧反魚敗亦魚名三 一五四頁四行 原卷如此，掇瑣同。韻輯無「敗」字，蓋脫。

鞄 缶地 一五四頁四行 原卷「缶」作「垂」，韻輯同。掇瑣與彙編同。案原卷「垂」字當以廣韻作「缶」。

○晧韻

擣 築亦作舂壽 一五五頁四〜五行 原卷正文以木作「檮」，韻輯同。掇瑣與彙編同。案原卷「檮」當以扌作「擣」。又原卷「舂壽」蓋「舂壽」字之誤。全王作「舂〻」，亦「舂壽」字之誤。

嘽 璆〻無人皃 一五五頁六行 原卷「璆」作「琭」，韻輯同。掇瑣與彙編同。案此字當作「嘐」，且當置重文下。

藻 水菜 一五五頁七行

原卷正文作「藻」。掇瑣作「藻」。韻輯作「藻」。案原卷「藻」當作「藻」。又韻輯「水」誤作「木」。

臭 白澤。又口石反 一五五頁八行

原卷「口」作「昌」，韻輯同。掇瑣與彙編，并當據原卷補。

冃 重覆。又七枚反 一五五頁九行

原卷「枚」作「枚」。掇瑣、韻輯與彙編同。案原卷「枚」當作「救」。

孜 對枝 一五五頁一二行

原卷「孜刈枝」。掇瑣作「孜對枝」。韻輯作「孜刈枝」。案當作「孜对枝」，「对」即「對」字。

○哿韻

·哿 古我反 嘉二 一五七頁一行

原卷正文残存作「哿」，韻輯作「哿」。掇瑣與彙編同，蓋逕予補全。又韻輯「古」作「苦」，誤。

惢 心 心疑。又才隨反 一五七頁三行

原卷「隨」作「規」。韻輯作「頊」。掇瑣與彙編同。案原卷「規」當作「規」。

皽 緣履跟 一五七頁四行

原卷如此。掇瑣正文作「皽」，與原卷異。韻輯「跟」作「根」，誤。

頗 又々能。又滂河反 一五七頁五、六行

原卷如此，掇瑣同。韻輯「河」作「可」，誤。

瘰 結〻癧筋亦𤼚 一五七頁 六行

原卷「𤼚」作「𤼚」，韻輯同。掇瑣與彙編同，并與原卷異。案「癧」字，廣韻作「癧」，全王作「歷」，并當作「癧」。

坐 徂果反 正作坐 一五七頁 七行

原卷注文作「徂果反 亦作坐 正」，掇瑣、韻輯同。案原卷衍一「亦」字。又原卷注文末當有一「一」字，徵卷未能顯現。

爹 徒可反 北方人呼父 一五七頁 七行

原卷如此，掇瑣同。韻輯「可」作「果」，誤。

柁 正自尾 一五七頁 七行

原卷「目」作「木」，掇瑣、韻輯同。彙編誤。案全王注文作「正舟尾木」，此本「自」蓋「舟」字之誤。又補正云：『尾木間左旁有一小字似「名」，存疑。』（註五十）

硯 視白又大可反 一五七頁 七～八行

原卷如此，掇瑣同。韻輯「白」作「貞」。案原卷「白」蓋「貞」字之誤、「大」蓋「火」字之誤。

軻 轗軻又苦貲反 一五七頁 八行

原卷「貲」作「賀」，韻輯同，掇瑣與彙編同，并誤。

左 可反對右一 一五七頁 九行

原卷「對」作「對」。掇瑣與彙編同。韻輯作「对」，并與原卷異。案原卷脫切語上字。切三切語作「作可反」，全王作「則可反」，廣韻作「臧可切」

」。

㪣 擊亦作毁 一五七頁九行

原卷「毁」作「毀」。𢶡瑣與彙編同。韻輯作「毀」。案全王注文云「亦作毀」，廣韻「㪣」下出「毁」，注文云：「上同。」此本「毁」蓋「毀」字之誤。

婐 好烏果反婐妮身弱又佳華反二 一五七頁九行

原卷如此，𢶡瑣同。韻輯「佳」作「住」，誤。

卬 五戈反又木節 一五七頁一一行

原卷正文作「卬」，韻輯同。𢶡瑣作「卬」。案廣韻正文作「卮」，注文作「木節也，亦作戹」。此正文當作「㔾」。

過 丁果反秦晉之間語一 一五七頁一二行

原卷如此，𢶡瑣、韻輯同。案全王正文作「禍」（當作「過」），注文作「丁果反」，校箋云：「本書（指全王）丁當是于字之誤。」又林炯陽切韻系韻書反切異文表云：「『丁果反』與上『埵』字『丁果反』音同。『丁』字疑是『下』或『于』字之誤。廣韻此字在『胡果切』下。」（註五十一）

○馬韻

夏 中夏又胡馬反時又胡下反地名 一五九頁三～四行

原卷注文殘存作「中夏又胡□反時又□下反地名」。𢶡瑣作「中夏又胡馬反時又胡下反地名」。韻輯作「中夏又胡馬反時又胡下反地名」。案上「反」字上一字，補正校補作「篤」。又「下」上一字當係「胡」字之殘文也。

姐 慈野反羌人呼母一曰嫚 一五九頁五～六行

原卷如此。掇瑣、韻輯「羌」作「羗」，并與原卷異。案原卷「慈」當作「

當作「茲」。參見本篇「切三校勘記」校文。

姐　取又在加才野二反　一五九頁六行

原卷「在」作「壯」，案即「壯」字。掇瑣、韻輯與彙編同，并誤。

⿰女凡　踝摯　一五九頁六行

原卷正文作「⿰女平」。掇瑣與彙編同。韻輯作「姐」。案正文，全王作「⿰女平」，廣韻作「⿰女凡」，與說文合。此本原卷正文蓋作「⿰女平」。掇瑣、彙編、韻輯并誤。

丮　五寡反牝甋牡趐亦作瓦一　一五九頁七行

原卷正文作「凡」，韻輯同。掇瑣作「丮」，與彙編皆誤。又掇瑣「寡」作「寡」，與原卷異。

槎　士反又士加反下逆斫木四　一五九頁八～九行

原卷「逆」作「⿺辶羊」，韻輯同。掇瑣與彙編同。案「⿺辶羊」即「逆」字。又原卷「四」作「九」，韻輯同。掇瑣與彙編同。案本紐所列韻字實四字，原卷誤。又韻輯「斫」誤作「研」。

⿱奴糸　奴下反緼或作⿰衤加又女於反一　一五九頁一〇行

原卷注文在次行首，殘存作「下反緼或作⿰衤加又女於反一」。韻輯作「下反緼或⿰衤加又女於反」。掇瑣與彙編同，逕補切語上字。案全王、廣韻切語并切「奴下」。掇瑣、彙編、韻輯「⿰衤加」字并誤。又韻輯脫「一」字。

髁　口丮反髁骨二　一五九頁一〇行

原卷「丮」作「凡」，韻輯同。掇瑣與彙編同，并誤。又韻輯脫「二」字。

○養韻

將 即兩反 勸四 一六一頁 一二行

原卷如此，擬瑣同。韻輯「勸」作「助」，與原卷異。案原卷正文當从切三、王二、全王、廣韻作「奬」。

想 息兩反 守物一 一六一頁 五行

原卷如此，擬瑣、韻輯同。案「守物」二字，蓋涉下文「掌」字之注文而誤入，當刪。

○蕩韻

‧⿰黃頁 一六三頁 一一行

原卷「‧⿰黃頁」上尚存「古晃反澗」。案其正文當係「廣」字。擬瑣未錄。

欓 木名又他黨反箭 一六三頁 一五行

原卷如此，擬瑣同。韻輯「他」誤作「代」。

○迥韻

眧 晴〻 一六七頁 一一行

原卷如此，擬瑣同。韻輯注文作「清〻一」，「清」字誤，「一」蓋涉下文韻字之残存筆劃而衍。

廎 小堂亦作口 一六七頁 一三行

原卷「口」作「高」，韻輯同。擬瑣與彙編同。案原卷「高」當作「髙」。

脛 五苓反 直視一 一六七頁 一五行

原卷「苓」作「冷」。擬瑣、韻輯與彙編同，並誤。

○拯韻

拯 無反語取蒸之上聲 救溺亦作撜 拼本作氶

原卷正文殘，韻輯同。掇瑣與彙編同，并逕補「拯」字。案原卷當係「拯」字。又原卷「蒸」字如此，掇瑣同。韻輯作「蒸」。案原卷「蒸」當作「蒸」。又原卷注文末有「一」字，掇瑣、韻輯并同。彙編脫。

○ 等韻

等 多肯反 齊一 一六九頁 一行

原卷正文殘存作「丁」，韻輯作「[illegible]」。掇瑣與彙編同，蓋逕將補全，惟其上當再補「。」符號。

・倗 普等反・肯 苦等反 不肯一 可一 一六九頁 一行

原卷上字之韻字數作「二」，下字則無韻字數，韻輯同。掇瑣與彙編同。案原卷此二字之韻字數并當作「一」。

○ 有韻

絡 十絲為絡 一七〇頁 一行

原卷「十」作「廿」，韻輯同。掇瑣與彙編同。案「廿」字，切三、全王同。廣韻作「十」。

手 前腕 一七〇頁 四行

原卷「腕」作「捥」。掇瑣、韻輯與彙編同。案原卷「捥」蓋「腕」字之誤。

百 人頭似象形 一七〇頁 五行

原卷正文作「百」。掇瑣、韻輯與彙編同。案原卷「百」蓋「百」字之誤。

婦 鼠婦 一七〇頁 七行

原卷「婦」作「婦」，韻輯同。掇瑣與彙編同，并誤。

鮦 〻陽縣名在汝南又直隴反 一七〇頁九～一〇行

原卷無「反」字，韻輯同。掇瑣與彙編則并有。案原卷脫此「反」字。

酉 与久反西方口 一七〇頁一〇行

原卷「口」作「十三」。掇瑣與彙編同，并當據原卷補。韻輯作「六」，誤。

遾 遺玉又餘周餘昭二反 一七〇頁一二行

原卷如此。掇瑣、韻輯正文并作「遾」。案正文，王二、全王同。案并當作「遾」。廣韻作「鐅」，與說文合。又原卷「昭」蓋「照」字之誤。

恒 芳酒反小怒又數救反 一七〇頁一四行

原卷此字訓下尚存一正文「紑」。掇瑣、彙編并未錄。韻輯作「缻」，誤。

〇厚韻

罘 內周亦作宗 一七二頁三行

原卷「宗」字模糊，未可辨識。掇瑣作「宋」，韻輯作「宋」。案王二或體作「東」（「亦」誤作「不」），全王作「柒」（脫「亦」字），并當作「宋」。又正文，王二同。全王作「罘」。案并當作「罘」。

犃 訋 一七二頁四行

原卷「犃」字之注文殘，彙編當以「……」示之。

襡 衣神又上句反 一七二頁五行

原卷「神」作「袖」。掇瑣、韻輯與彙編同，并誤。

·䵶 他后反䵶·姓人名傳有華䵶五 一七二頁五～六行

原卷作「·䵶他后反䵶䵶六姓人名傳有華姓」。掇瑣與彙編同。韻輯「名」作「姓」，且

藕 五口反 蓮根 五 一七二頁九行

無「五」字，餘同原卷。案掇瑣、彙編、韻輯并當據原卷改正。

原卷如此，掇瑣同。韻輯正文作「耦」，誤。

捊 方后反 衣上擊 三 一七二頁一〇～一一行

原卷正文殘存作「[illegible]」。掇瑣與彙編同。韻輯作「[illegible]」。案原卷正文當係「捊」字。又原卷「三」作「二」，掇瑣、韻輯同。彙編誤。又韻輯「后」作「反」、「擊」作「聲」，并誤。

嗾 使犬聲 亦作⿺辶族 一七二頁一一行

原卷「犬」作「狗」，韻輯同。掇瑣與彙編同，并與原卷異。案「狗」字，全王同。王二作「猶」。廣韻作「犬」。又「⿺辶族」字，全王同。廣韻「嗾」下出「嗾」，注云：「上同。」此本、全王「⿺辶族」并當作「嗾」。王二無或體。

駷 搖銜走 又思隴反 一七二頁一二行

原卷如此，掇瑣、韻輯同。案「搖」字下當以集韻補一「馬」字。

○黝韻

⿰虫幽 蟉々 又於口反 亦作蚴 一七三頁一～二行

原卷無「口」，卽原卷缺又音切語下字。韻輯同。掇瑣與彙編同。案王二、全王又音并作「於由反」。校箋云：「各書尤韻無此字，字見幽韻於虯反，注又於糾反，由字誤。」又原卷「蚴」作「⿰虫糼」，掇瑣、韻輯同。彙編誤。

蟉 渠糾反 ⿰虫幽々 又力幽力攸二反 一 一七三頁三行

案原卷本韻从幼之字，彙編并从糼，并當改从幼。

原卷無「〻」，韻輯同。掇瑣與彙編同。案原卷脫此重文。

○寑韻

寑 七稔反室通俗作寝五 一七四頁一行

原卷正文殘，韻輯同。掇瑣與彙編同，并逕予補入。

寢 臥 一七四頁一行

原卷正文作「寢」，韻輯同。掇瑣與彙編同。案原卷「寢」當作「寢」，唐寫本偏旁宀穴常不分。

顲 面黃瘖又來感 一七四頁二行

原卷「瘖」作「痡」，掇瑣、韻輯同。案原卷「痡」蓋「瘠」字之誤。又原卷注文末脫一「反」字。

䫖 皃慄劣 一七四頁三行

原卷如此，掇瑣、韻輯同。案「皃」字，全王作「白」。廣韻注文作「䫖顡自慄劣皃」，此本「皃」字、全王「白」字并是「自」字之誤。

踸 褚甚反踔行無常皃亦作踸一 一七四頁三行

原卷「踸」作「跣」。掇瑣與彙編同，韻輯作「踔」，皆誤。又原卷「踔」字上脫一重文。

枕 之稔反口木頭三 一七四頁四行

原卷殘存作「枕之稔反不頭木三」。掇瑣作「枕之稔反口頭木三」。韻輯作「枕之稔反不頭木三」。彙編「木頭」二字誤倒。案全王注文云「承頭木」，此本原卷「不」當係「承」字之殘文也。

[illegible] 火又力甚反 一七四頁五行

顩 仕㡜反顩 顩醜皃一 一七四頁八行

原卷正文作「[illegible]」，韻輯同。掇瑣與彙編同。案原卷「[illegible]」當作「[illegible]」。

原卷如此，掇瑣同。韻輯「顉」作「顉」，誤。案本韻無「㡜」字，此「㡜」字當是「瘵」字之誤。（註五十三）

廞 羲錦反裘 又羲友反 一七四頁八～九行

原卷「友反」作「仄大一」。掇瑣、韻輯與彙編同。補正錄作「反大一」，并校云：『「金反」之訛歟？』（註五十四）案又音，切三作「虛金反」，全王作「羲金反」。此本原卷「仄大一」疑是「金反一」之誤。

○感韻

禫 徒感反 祭名八 一七五頁二行

原卷「八」作「十四」，韻輯同。掇瑣與彙編同。案本紐所列韻字實八字。

原卷「十四」當作「八」。

黤 青黑 又蹇黤反 烏鑑 一七五頁四～五行

原卷作「黤 青黑 又蹇黤 烏鑑」，韻輯同。掇瑣作「黤 青黑 又蹇黤 烏鑑反一」。案原卷當作「

黤蹇黤烏檻反 青黑又」。

慘 七感反 感六 一七五頁七行

原卷「慼」作「感」。掇瑣、韻輯與彙編同。案此「感」字蓋「慼」字之誤。

糂 素感反羹粮或作糝亦作餘四 一七五頁九行

原卷如此，掇瑣、韻輯同。案原卷「粮」蓋「糂」字之誤。

户 嘾 一七五頁一一行

原卷正文作「户」。掇瑣作「戶」。韻輯與彙編同。案全王正文作「户」

并當从廣韻作「马」。

○敢韻

憯 安人。徒濫反 一七六頁三行

原卷「人」作「又」，掇瑣、韻輯同。彙編誤。

○琰韻

頳 丘檢反。頳顩，不平。二 一七七頁四行

原卷如此，掇瑣同。韻輯「二」作「○」，誤。案正文，切三、王二、全王、廣韻同。段玉裁氏云：「字當作頳。」校箋云：「案此即寑韻顉字，韻鏡校注第三十九轉十一云：「案字當作頷，蓋頷作頳，遂誤為頳耳。集韻頷頳一字，是其證。」」又「顩」字，廣韻作「顩」，全王同，與說文合。

顩 頳顩 一七七頁四行

原卷如此，掇瑣、韻輯同。案「顩」「頳」二字見上條校文。

嬐 夕然。齊又桼嬚反 一七七頁五行

原卷「夕」作「〻」，掇瑣、韻輯同。彙編誤。韻輯「桼嬚」作「口口」，當據原卷補。

噞 魚喁上下白。亦作鹼 一七七頁六行

原卷如此，掇瑣、韻輯同。案注文，全王作「魚口喁上下皃，亦作鹼」，廣韻作「噞喁，魚口上下皃」。此本「白」蓋「皃」字之誤。又此本、全王并當據廣韻改。

擪 持。又於㨝反 一七七頁七行

原卷如此，掇瑣同。韻輯「於」作「于」，誤。

姌 長好貌又好蕈反 一七七頁八行

原卷正文作「姌」，韻輯同。掇瑣與彙編同，并與原卷異。案斠編云：「原卷「好」字作「子」，左旁淡墨加「女」。」（註五十五）

苒 草盛亦荏苒 一七七頁八行

原卷作「苒 草盛又荏苒」，韻輯同。掇瑣與彙編同，「亦」字誤。

閃 視又武贍反 一七七頁九～一〇行

原卷如此，掇瑣同。韻輯「贍」作「膽」，誤。案原卷「武」蓋「式」字之誤。全王「贍」誤作「瞻」。

譋 謏 一七七頁一〇行

原卷「謏」作「諛」，掇瑣、韻輯同。彙編誤。

旃 掩又於業反 一七七頁一一行

原卷如此，韻輯同。掇瑣正文作「旃」。案正文，全王、廣韻（在广韻）同。廣韻另有「⿰方内」「⿰方酉」二字。周氏廣韻校勘記云：「⿰方内⿰方酉旃諸體皆⿰方囱字之譌。」（註五十六）周氏蓋以集韻改也。

⿰木奄 ⿰木坴 一七七頁一一行

原卷如此，掇瑣、韻輯同。案注文，王二作「柸」，全王作「桂」，廣韻作「⿰木奄柰」。校箋引廣雅釋木「⿰木奄，棣也」龍謂：「⿰木坴桂柸並棣字之誤。」（註五十七）

脥 苦歛反腹下一 一七七頁一四行

原卷「歛」作「⿰僉殳」，案當係「斂」字。掇瑣與彙編同，韻輯作「⿰食占」，皆誤。又韻輯無「一」字，蓋脫。

○忝韻

鍩 取 一七八頁一行

原卷如此，掇瑣、韻輯同。案正文，王二、全王同，并當以廣韻作「銛」。

店 閉戶或作距 一七八頁三行

原卷「距」作「距」，韻輯同。掇瑣與彙編同。案原卷或體當以廣韻、集韻作「非」。

㚇 明忝反朏蓋又明范反正作㚇 一七八頁五行

原卷正文作「㚇」。掇瑣作「㚇」。韻輯與彙編同。案正文當作「㚇」。又原卷無「反」字，韻輯同。掇瑣與彙編則并有。案原卷脫此「反」字。又原卷「㚇」作「㚇」，韻輯同。掇瑣與彙編同。案原卷「㚇」當作「㚇」。今本說文「㚇」訓作「㿿蓋也，包覆㿿，下有兩辭，而文在下，讀若范」，此本「朏」蓋「朏」字之誤。

○广韻

广 廣埯反崖室又音儼一 一七九頁一行

原卷「广」殘，韻輯同。掇瑣與彙編同，蓋逕予補入。又韻輯「埯」誤作「掩」，「崖」作「厓」，與原卷異，且脫「一」字。

險 希淹反峻又熙儼反一 一七九頁一一～二行

原卷「淹」作「埯」。掇瑣與彙編同，韻輯作「掩」，皆誤。

○⿰足兼韻

喊 子減反聲一 一八〇頁五行

原卷如此，掇瑣同（「聲」作「聲」）。韻輯「減」作「減」，與原卷異。

又韻輯無「一」字，蓋脫。案「子」字，王二、全王同。校箋云：「疑子原作乎。」（註五十八）

○檻韻

檻 胡黤反 闌八　一八一頁 一行

原卷正文殘存作「[illegible]」，韻輯作「[illegible]」。掇瑣與彙編同，并逕予補全。又原卷「八」作「七」，韻輯同。掇瑣與彙編同。案本紐所列韻字實八字，原卷「七」蓋「八」字之誤。

○送韻

送 蘇弄反 口遣一　一八三頁 一行

原卷「口」作「從」，韻輯同。掇瑣無「從」字。案「從遣」二字，全王同。王二、廣韻并云「遣也」，無「從」字。

控 古貢反 引四　一八三頁 七行

原卷「古」作「苦」。掇瑣、韻輯與彙編同，并誤。

○寘韻

彼 哀論語子西彼哉　一八七頁 一行

原卷如此，掇瑣、韻輯同。案「哀」字，王二、廣韻同，并當从全王作「衰」。

騎 乘又渠宜反　一八七頁 二行

原卷「乗」作「乘」，韻輯同。掇瑣與彙編同，與原卷異。又韻輯「宜」作「壹」，誤。

東 木芒　一八七頁 三行

漬 在知反 漬四

原卷正文作「朿」。掇瑣、韻輯與彙編同。案原卷「朿」當作「束」。又韻輯「木」作「不」，誤。案原卷「知」當作「智」，下文「企」字注文「去知反」之「知」字亦當作「智」。

殰 骨亦作骴亦作體殊 一八七頁六行

原卷「骴」作「髊」，掇瑣、韻輯同。彙編誤。案全王注文云「或作髊殊」（「殊」當作「殊」）。此本「亦作體殊」四字，當有譌誤。

倚 於義反依又於蟻反 一八七頁六～七行

原卷注文末有「一」字。掇瑣、韻輯、彙編俱無，并脫也。又韻輯無「依」字，蓋脫。

縊 於賜反自經一 一八七頁九行

原卷無「自」字，韻輯同。掇瑣與彙編則並有。案王二訓作「自經也」，全王作「自經死ミ」（重文蓋衍），廣韻作「自經死也」。此本止訓一「經」字，當有脫文。又韻輯無「一」字，蓋脫。

屣 所寄反履不攝根又所綺反四 一八七頁一一行

原卷正文作「屣」。掇瑣與彙編同。韻輯誤作「屣」。又韻輯「綺」誤作「緝」。

僞 危睡反假一 一八七頁一二行

原卷「睡」作「賜」。掇瑣與彙編同，韻輯作「僞」，皆當據原卷改。

○至韻

**鶅** 鷔雀 一八九頁一行

原卷「鷔」作「鷔」，韻輯同。掇瑣與彙編同。案「鷔」字，全王同。廣韻作「鷔」。

**䆳** 贈䆳 一八九頁三行

原卷「贈」作「贈」，韻輯同。掇瑣與彙編同，并誤。案注文，王二作「贈〻」，與此本同。全王作「贈」，脫重文。廣韻作「贈䆳」，與此本異。

**檇** 以木有所擣 又子回反 一八九頁四～五行

原卷無「以」字。掇瑣、韻輯、彙編則并有。案注文，王二作「以木有所擣」，全王作「木有所擣，又子迴反」。此本、全王「木」字上并脫一「以」字。

**軾** 車軾亦作𨏒䡐 絾軾等並扶福反又 一八九～一九〇行

原卷如此，掇瑣、韻輯同。案原卷「並」字，疑衍。

**豷** 許偽反豕息 一八九頁一二行

原卷正文殘存作「豷」，韻輯作「豷」。掇瑣與彙編同，蓋逕予補全。又「偽」字，全王同。惟「偽」字在五寘韻，當以王二、廣韻作「位」。

**寐** 密二反睡 一八九頁一六行

原卷正文作「寐」，韻輯同。掇瑣與彙編同。案原卷「寐」當作「寐」，唐寫本偏旁宀穴常不分。又原卷「密」作「蜜」。掇瑣、韻輯與彙編同，并與原卷異。

**屎** 丑利反 篗柄六 一八九頁一八行

原卷如此，掇瑣同。韻輯「篗」作「篗」，誤。案「篗」字，全王同，正當作「籆」。

誎 不知　一一八九頁一八行

原卷如此，掇瑣、韻輯。案正文，王二、全王、廣韻同，并當作「誺」。今本方言卷十作「誎」，戴震以為「誎」當作「誺」。

嘿 く屎多詐　一一八九頁一八行

原卷如此，掇瑣、韻輯同。案正、注文，全王同。王二、廣韻本紐無此字，廣韻「屎」字注文作「籆柄也，又屎嘿多詐，丑利切」，下出「𡲶」，注云：「上同。」又此字訓列「丑利反」紐下，韻字數作「六」，則本紐當無「嘿」字，「く屎多詐」本為「屎」字之注文而誤為「嘿」字之注文。

跮 踱又丑慄反　一一八九頁一八行

原卷如此，掇瑣同。韻輯「慄」作「慓」，誤。

⿸启束 分蠡　一一八九頁一八行

原卷如此，掇瑣、韻輯同。案集韻正文作「⿸启殺」，或體作「⿸启殳」，此本誤。全王正文作「棨」，當作「⿸启殳」，為「⿸启殺」之省。廣韻誤作「⿸启殺」。

⿰氵臬 水名　一一八九頁二〇行

原卷如此，掇瑣、韻輯同。案正文，全王同，并當从王二、廣韻作「⿰氵臮」。

髤 以塗桼器　一一八九頁二二～二三行

原卷正文作「⿰镸桼」，韻輯作「⿰镸桼」，掇瑣作「⿰镸桼」。案當作「髤」。王二正文作「髤」、廣韻作「髤」，并為俗誤。

四 息利反母數九　一一八九頁二四行

原卷如此，掇瑣同。韻輯無「九」字，蓋脫。

⿰月鼻　盛又字二反　一八九頁二七行

原卷正文作「⿰月鼻」，掇瑣、韻輯同。彙編誤。又原卷「字」作「字」，韻輯同。掇瑣與彙編同，并誤。

瞲　許鼻反志視三　一八九頁二七行

原卷正文作「瞲」，掇瑣、韻輯同。彙編誤。

崪　待　一八九頁二八行

原卷如此，掇瑣同。韻輯作「峙」，誤。

轛　追類反車橫軨二　一九〇頁三二行

原卷「軨」作「軨」，韻輯同。掇瑣與彙編同，并誤。

遺　以醉反贈又以隹反六　一九〇頁三三行

原卷如此，掇瑣同。韻輯「六」誤作「一」。

痓　充至反恐一　一九〇頁三四行

原卷如此，掇瑣同。韻輯無「一」字，蓋脫。下文「敳」字，韻輯亦脫韻字數「一」字。

侐　火季反又麾遍反靜　一九〇頁三四行

原卷注文末有「一」字。掇瑣、韻輯、彙編并無，蓋脫。

○志韻

植　種又市力反　一九二頁一行

原卷「市」作「帝」，韻輯同。掇瑣與彙編同。案原卷「帝」字，當以王二、全王、廣韻作「市」。

飤　食　一九二頁二行

蚝　七吏反　虬蟲一　一九二頁二行

原卷正文作「釙」，韻輯同。掇瑣與彙編同。案「飤」與「釙」同。

原卷如此，掇瑣、韻輯同。案王二「蚝」訓作「〻虫，又㦲」（「㦲」蓋「載」字之誤。廣韻正文作「載」，訓作「載毛蟲，有毒」，下出「蚝」「螆」「蜩」，注云：「並上同。」此本「虬」蓋「蚝」字之誤。全王正文作「蚝」，訓作「虫」。

伺　侯　一九二頁二行

原卷「侯」作「候」，韻輯同。掇瑣與彙編，并誤。

幟　旗又白志反　一九二頁三行

原卷「白」作「曰」，掇瑣、韻輯同。案原卷「曰」蓋「昌」字之誤。

字　疾置反文茲曰字四　一九二頁四行

原卷注文作「疾置反文茲曰字四」。掇瑣與彙編同。韻輯作「疾置反文茲曰字」，脫「四」字。掇瑣校勘記云：「文茲曰字之茲，蓋當作孳。」全王訓作「支滋曰字」，「支」蓋「文」字之誤。

聛　以牲耳告神欲聽　一九二頁六行

原卷「聽」作「聽」。掇瑣作「聽」，與原卷異。韻輯作「聰」，誤。

腱　筋犍　一九二頁六行

原卷「犍」作「腱」。掇瑣、韻輯與彙編同，并誤。

忌　渠記反諱亦作誋九　一九二頁八行

原卷注文作「渠記反諱亦作誋九」。掇瑣作「渠記反諱亦作誋九」。韻輯作「渠記反亦作誋九」，脫「諱」字，「渠」當作「渠」。

熾 昌志反盛四 一九二頁九行

原卷注文在次行首，殘存作「⿴囗志盛四」。韻輯作「昌志盛四」。掇瑣與彙編同。案補正補作「[昌]志[盛]四」。王二注文作「尺志反，盛，二」，全王作「尺志反，盛，四」，廣韻作「盛也，昌志切，八」。

○未韻

⿰禾尾 饋亦作⿸尸米 一九三頁一行

原卷如此，掇瑣、韻輯同。案正文，王一作「⿰禾尾」，廣韻作「⿰米尾」。集韻「⿰禾尾」為「⿰米尾」之或體。又「⿸尸米」字，廣韻作「⿸尾米」。全王誤作「⿸尸米」。

貴 居謂反⿸尸米 一九三頁一二行

原卷注文末有「二」字，掇瑣同。韻輯與彙編俱無，并脫之。案原卷「⿸尸米」字蓋涉上文「⿰禾尾」字之注文而衍，當刪。

⿰魚胃 魚虵 一九三頁四行

原卷「魚」下有一「如」字，掇瑣、韻輯同。彙編脫此「如」字。

鸞 扶沸反獸名十一 一九三頁九行

原卷如此，韻輯同。掇瑣「獸」作「獸」。案正文，全王同，并當以廣韻作「鸞」。

菲 菜名又芳味二反芳非 一九三頁一〇行

原卷如此，掇瑣同。韻輯「味」作「非」，誤。

穀 魚既反敢果通俗作穀四 一九三頁一二行

原卷「敢」作「致」。掇瑣、韻輯與彙編同，并與原卷異。案左傳宣公二年：「殺敵為果，致果為穀。」

○御韻

遽　乾　一九五頁二行

原卷如此，掇瑣、韻輯同。案正文，廣韻、集韻作「澽」，集韻或體作「𤂂」。此本作「遽」蓋誤。

豦　豕又朱於反　一九五頁三行

原卷「朱」作「求」，案當作「求」。掇瑣、韻輯與彙編同，并誤。

怚　子㨿反憍子二　一九五頁九行

原卷如此，掇瑣、韻輯同。案原卷下「子」字衍。

○遇韻

住　持遇反上亦作尌二　一九六頁二行

原卷如此，掇瑣、韻輯同。案掇瑣校勘記云：「亦作尌三字涉上而衍。」（註五十九）惟全王注文與此本同，疑此本、全王皆不誤。

柎　一九六頁三行

原卷殘存作「[illegible]」。掇瑣與彙編同，蓋逕予補全。韻輯作「袝」，誤。

姁　嫗又朱俱反又況羽反　一九六頁七行

原卷注文作「嫗又求俱反又況羽反」，案「求」當作「求」。掇瑣與彙編同，「朱」字誤。韻輯作「嫗又朱俱反況羽反」，「朱」字誤，「俱」字下脫一「反」字，「況」上之「反」字當作「又」。惟原卷注文當書作「嫗又朱俱況羽二反」。

霧　天氣　一九六頁一二行

原卷如此，掇瑣同。韻輯「天」作「大」，誤。

犛　六月生羔　一九六頁一二行

原卷如此，掇瑣同。韻輯「羔」作「羊」。案「羔」字，廣韻同，與說文合。王二、唐韻并作「羊」。

帑　髪巾　（一九六頁一二行）

原卷如此，掇瑣、韻輯同。案「髪」字，王二、唐韻、廣韻同。全王作「髮」。今本說文「帑」訓作「䰍布也」；「䰍」訓作「桼也」，段注云：「䰍，或作䰍。」則全王「髮」蓋「䰍」字之誤。而此本、王二、唐韻、廣韻作「髪」者尤誤。

[illegible]　長跪　（一九六頁一三行）

原卷「跪」作「跽」，掇瑣同。韻輯作「腿」，誤。

[illegible]　雨音　（一九六頁一五行）

原卷注文作「雨行」。掇瑣與彙編同。韻輯作「雨」，無「行」字。案「雨行」，王二、全王同。廣韻注文作「說文曰：水音也」。校箋云：「本書（指全王）云雨行未詳，雨字或涉下霤字注文而誤。」

趣　向。又七俱反。亦作取　（一九六頁一七行）

原卷如此，掇瑣同。韻輯「俱」作「以」，誤。

輊　車輊　（一九六頁一八行）

原卷如此，掇瑣同。韻輯注文「輊」作「輕」，誤。

[illegible]　思句反。少。又息翦反。一　（一九六頁一九～二〇行）

原卷如此，掇瑣同。韻輯「少」作「小」，誤。

○十三霽韻

帝　都計反。天。十七　（二〇〇頁二行）

柆 根或作丁奚 柢氐又反 二〇〇頁 二～三行

原卷「十七」作「十八」。掇瑣與彙編同，韻輯作「一」，皆誤。

原卷如此，掇瑣同。韻輯「氐」作「或」，誤。

迡 不進 蓟下補覆 二〇〇頁 三行

原卷上一字訓在行末，其下尚有殘文，掇瑣未留空白。彙編在此二字訓間當以「……」示之。

趄 趜 二〇〇頁 五行

原卷如此，掇瑣同。韻輯「趜」作「趨」。案正文當作「起」，即「趆」字。注文當作「趨」。

穧 把數 二〇〇頁 五～六行

原卷注文作「刈數把」，掇瑣、韻輯同。彙編脫「刈」字。

齊 炊疾又 子奚反 二〇〇頁 六行

原卷如此，掇瑣、韻輯同。案廣韻「齊」訓作「火齊，似雲母，重沓而開，色黃赤似金，出日南。又齊和」；「齎」訓作「吹餔疾也」。掇瑣校勘記云：「此本齊訓炊疾，蓋有脫誤。」（註六十）案此本或如掇瑣校勘記所云，或當云「原卷正文當作齎」，或云「原卷脫齊字之注文及正文齎字」。

替 他普計反 廢本作十 二〇〇頁 七行

原卷注文作「他計反廢本作㬪」，韻輯同。掇瑣與彙編同。案當作「他計反廢本作普十」，原卷尚可辨讀，掇瑣、彙編則顛倒錯亂不可讀矣。

耩 不耕而種 二〇〇頁 七行

原卷如此，掇瑣、韻輯同。案正文，王二作「稿」，全王作「耩」，唐韻作

「穡」，廣韻作「穡」。并當以廣韻澤存堂本作「穡」。

棣　車下李　二〇〇頁一〇～一一行

原卷正文作「⿰木聿」。掇瑣、韻輯與彙編同。案原卷正文「⿰木聿」當作「棣」。

薊　草名今用為鄭　二〇〇頁一六行

原卷正文作「蒯」，韻輯同。掇瑣與彙編。案「蒯」字，全王、王二同。注文作「草名，說文作此薊」，廣韻正文作「薊」，注文有「俗作蒯」之語。

盻　恨視又吾奚反　二〇〇頁一七～一八行

原卷如此，掇瑣同。韻輯「奚」作「変」，誤。

瘈　小兒病又尺制反　二〇〇頁一八行

原卷正文作「瘛」，韻輯同。掇瑣作「瘛」。案正文，全王作「瘈」，廣韻作「瘛」。

⿰户攵　腨腸又枯禮反　二〇〇頁一九行

原卷「腨」作「肥」，韻輯。掇瑣與彙編同。案正文，全王同，注文作「肥腸，又苦禮反」。唐韻正文作「臍」，注文作「字林云：腨腸也、加」，廣韻正文作「䏿」，注文作「字林云：腨腸」。此本、全王正文并當作「䏿」。

嫛　難又口買反　二〇〇頁一九行

原卷正文殘缺。掇瑣與彙編同，并逕予補入。韻輯正文缺，「買」誤作「賣」。

盭　綬色或作綟音力結反　二〇一頁三〇行

原卷「綅」作「縵」，撥瑣、韻輯同。案「縵」即「綅」字。案正文，全王同，并當从王二、廣韻作「鏊」。

○祭韻

穧 又才計反（二〇二頁二行）

原卷如此，撥瑣同。韻輯「才」作「子」，誤。

繐 踈布，又似歲反，亦作⿰糸彗（二〇二頁二～三行）

原卷「⿰糸彗」字上尚有一字，作「⿰糸慧」，韻輯同。撥瑣、彙編俱無，并脫。

衞 省劇反，姓，六（二〇二頁三行）

原卷如此，撥瑣、韻輯同。案原卷「省」蓋「為」字之誤。

⿱衞布 豚屬，亦作⿱衞豚（二〇二頁四行）

原卷「豚」作「豚」，撥瑣、韻輯同。彙編誤。又原卷「衞豚」作「衞豚」，韻輯同。撥瑣作「⿱衞豚」。案原卷「衞豚」當作「⿱衞豚」。

芮 而銳反，草生状，三（二〇二頁四行）

原卷「銳」作「鋭」，撥瑣、韻輯同。彙編誤。又原卷正文作「芮」，韻輯同。撥瑣與彙編同。案當作「芮」。本韻从芮之字仿此。

汭 水油（二〇二頁四行）

原卷「油」作「內」。撥瑣、韻輯并作「曲」。案「內」字，全王同。廣韻作「曲」，疑當據改。

贅 之芮反，贅肉，三（二〇二頁五行）

原卷作「贅 之芮反贅肉二」，韻輯同。撥瑣作「贅 之芮反贅肉三」。案原卷正注文當作「贅 之芮反贅肉二」。

啐 山芮反小歠 二〇二頁五行

原卷「芮」作「苪」，韻輯同。掇瑣與彙編同。案原卷「苪」當作「芮」。

又原卷注文末有「一」字，韻輯同。掇瑣、彙編并無此「一」字，蓋脫也。

韢 類又深醉反 二〇二頁六行

原卷注文殘存作「囊類反徐醉反」。掇瑣作「囊類又徐醉反」。韻輯作「囊類又除罪反」。案原卷上「反」字蓋「又」字之誤，「徐」當係「徐」字之殘文也。彙編缺「囊」字。「徐」字，彙編誤作「深」，韻輯誤作「除」。

[illegible] 虫又口會反 二〇二頁七行

原卷「口」作「伹」。韻輯作「祖」。掇瑣與彙編同。案原卷「伹」蓋「祖」字之誤。

瀗 歛又須面反 二〇二頁八行

原卷如此，掇瑣、韻輯同。案正文，全王同，并當从廣韻作「瀗」。

銳 以芮反利五 二〇二頁八～九行

原卷「芮」作「苪」，韻輯同。掇瑣與彙編同。案原卷「苪」當作「芮」。

又原卷「五」字，掇瑣誤作「五」。韻輯無「五」字，蓋脫。

稅 舒芮反斂六 二〇二頁一〇～一一行

原卷「舒」作「舒」，韻輯同。掇瑣與彙編同，并誤。又原卷「斂」作「斂」，掇瑣、韻輯同。彙編誤。

獘 名戰 二〇二頁一三行

原卷正文作「斃」。掇瑣、韻輯與彙編同。案原卷「斃」當从犬作「獘」。

[illegible] 楚歲反重積或作䕭二 二〇二頁一三行

轊 車軸頭亦作雲惠 二〇二頁一四行

原卷正文如此，掇瑣同。韻輯作「⿱彗車」。案原卷正文當以集韻作「⿱彗車」。

原卷如此，掇瑣、韻輯同。案廣韻「軎」訓作「車軸頭也，又音衛」，下出「轊」字，注云：「上同。」此本「惠」蓋「軎」字之誤，且衍「雲」字。

剮 剖剮斷剖 二〇二頁一六行

原卷「斷」字左半模糊。掇瑣與彙編同。韻輯作「斷」。案「剖」字，全王、唐韻、廣韻同，并當以王二作「剞」。

狾 狂 二〇二頁一八行

原卷如此，掇瑣、韻輯同。案正文，全王同，當以王二、唐韻、廣韻作「⿰犭斯」。又注文，王二、全王、廣韻并作「狂犬」，此本脫一「犬」字。唐韻作「犾犬，加」，「犾」當作「狂」。

⿱列金 除刈 二〇二頁一八行

原卷「刈」作「利」。掇瑣、韻輯并作「刹」，與彙編皆誤。

懘 音不和又尺紙反 二〇二頁一八行

原卷「和」作「知」。掇瑣、韻輯與彙編同。案原卷「知」蓋「和」字之誤。又掇瑣正文誤作「懘」。

⿰氵製 作 二〇二頁一九行

原卷如此，掇瑣、韻輯同。案王二、唐韻、廣韻「⿰氵製」并訓作「水名」；王二「製」訓作「作，又懬」，唐韻訓作「作」，廣韻訓作「製作，又裁也」。此本脫「⿰氵製」字之注文及正文「製」。

⿰犭斯 子蝗 二〇二頁一九行

原卷無「子」字。綴瑣、韻輯與彙編同。案原卷脫此「子」字。廣韻注文作「蝗子」。全王作「蝗ㄑ」，重文亦當作「子」。

翄 明一曰習又口世反　二〇二頁二三行

原卷「口」作「丑」，韻輯同。綴瑣與彙編同。案全王「翄」訓作「鳥飛」；「怈」訓作「明，一曰習，又丑世反」。唐韻、廣韻亦「翄」「怈」各訓。此本脫「翄」字之注文及正文「怈」字。

笺 各板際　二〇二頁二四行

原卷正文作「笺」，韻輯同。綴瑣與彙編同。案注文，全王同，校箋引萬象名義及玉篇並云「合板際」，以為「各當是合字之誤」（註六十一），此本「各」亦當作「合」。

禲 無後鬼亦作例[疒列]　二〇三頁二九行

原卷如此，綴瑣、韻輯同。案「例」字當誤，校箋云：「疑當作[歹列]。」（註六十二）

厩 止息　二〇三頁三二行

原卷「止」作「上」。綴瑣、韻輯與彙編同。案原卷「上」蓋「止」字之誤。

藅 斤實　二〇二頁三四行

原卷「斤」殘作「𠂆」。綴瑣、韻輯并作「芥」。案注文，王二作「藅蘖似芥實如大麥，蘖音茹」，全王作「斤實」，廣韻作「藅䓘似芹」。此本「斤」、全王「斤」疑為「芹」或「芥」字之誤。

傺 侘ㄑ　二〇三頁三五行

原卷正文作「傑」，韻輯同。綴瑣與彙編同。案原卷「傑」當作「傑」。又「傑侘」二字，全王同（下尚有「不得志」三字），并當以王二、唐韻、廣韻乙倒。

忚 習 二〇三頁三六行

原卷正文作「忚」。綴瑣與彙編同。韻輯作「㹭」。案原卷「忚」即「忚」字。韻輯誤。

䞶 超亦作起 二〇三頁三六行

原卷如此，綴瑣、韻輯同。案「起」字，全王作「䞶」，并當作「䞶」。集韻「䞶」為「䟔」之或體，廣韻「䞶」為「䟔」之或體。

蕝 子芮反束茅表位又子悅反 二〇三頁三七行

原卷注文末有「二」字。綴瑣、韻輯、彙編俱無，并脫也。

○泰韻

娧 他外反好皃 二〇四頁一三行

原卷如此，韻輯同。綴瑣「反」字空白，當據原卷補。

○卦韻

卦 古賣反文體三 二〇六頁一一行

原卷殘存作「古賣反文體三」，韻輯同。綴瑣與彙編同，并逕補正文。

隘 烏懈反狹亦作䧙二 二〇六頁二二行

原卷「䧙」字模糊，未可辨識。綴瑣作「䧙」，韻輯作「䧙」。案廣韻「隘」下出「䧙」，注云：「古文。」又今本說文「䧙」訓作「陋也」，段注云：「𨸏部曰陋者阸陜也，阸者塞也，陜者隘也，然則四字相為轉注。」則「

隘」之或體，當作「𨽍」。

瘕 病聲之又於反 二〇六頁二～三行

原卷如此，綴瑣、韻輯同。案正文當从唐韻、廣韻作「瘕」。汪仁正文作「瘕」，全王作「瘕」，亦當作「瘕」。

詿 磯又古賣 二〇六頁四行

原卷如此，綴瑣、韻輯同。案原卷注文末脫一「反」字。

嫷 愚戇多態又尤尔反 二〇六頁五行

原卷「態」作「能」，韻輯同。綴瑣與彙編同。案原卷「能」當作「態」。

𠂢 分泉皮又匹刃反二 二〇六頁八行

原卷「匹」作「正」。綴瑣與彙編同。韻輯作「止」。案原卷「正」當作「匹」。

○恠韻

·恠 古懷反異正作怪六 二〇七頁一行

原卷殘存作「古壞反異正作怪大」，韻輯同。綴瑣作「恠古懷反異正作怪六」。綴瑣逕補正文，「懷」字誤。彙編逕補「·恠」，「懷」字亦誤。

數 毀亦作壞 二〇七頁一行

原卷「壞」作「𢹂」，韻輯作「壞」。綴瑣與彙編同。案原卷「𢹂」當作「𢹂」，「𢹂」與「壞」同。

儿 人仁寄字人 二〇七頁六行

原卷正文作「几」，綴瑣、韻輯同。案原卷「几」當作「儿」。又原卷「人仁」當作「仁人」、「寄」當作「奇」。

[illegible]陝 二〇七頁八～九行

原卷如此，摋瑣、韻輯同。案正文，全王同，并當从廣韻作「[illegible]」。

蒯苦懷反茅類六 二〇七頁一〇行

原卷「懷」作「壞」。摋瑣、韻輯與彙編同，并誤。又原卷「六」作「二」，韻輯同。摋瑣與彙編同，并誤。

喟歎又丘愧反 二〇七頁一〇行

原卷注文殘存作「歎又丘媿反」。摋瑣與彙編同。韻輯作「歎又丘愧反四」。案原卷上「反」字蓋「又」字之誤。「媿」字下當係作「反四」二字。

[illegible]大息亦作[illegible] 二〇七頁一一行

原卷正文作「[illegible]」，韻輯同。摋瑣與彙編同，并誤。

顡知怯反頭聾一 二〇七頁一四行

原卷如此。摋瑣「怯」作「怪」，與原卷異。韻輯注文作「如怯反頭聾」，「如」字誤，且脫「一」字。

○夬韻

噲漢有樊噲 二〇八頁一行

原卷此字訓尚有殘文，彙編當以「……」示之。

邁莫話反亦作[illegible]二 二〇八頁一行

原卷如此，韻輯同。摋瑣「[illegible]」作「□」，當據原卷補。

[illegible]烏夬反淺黑□ 二〇八頁二行

原卷「□」作「二」，韻輯同。摋瑣與彙編同，并當據原卷補。

蠆丑菜反毒蟲亦作[illegible]一 二〇八頁三～四行

喝 於菜反喝呷聲敗一　二〇八頁四行

原卷「菜」作「茶」，案當係「芥」字。掇瑣、韻輯與彙編同，并誤。

原卷「菜」作「茶」，案當係「芥」字。掇瑣、韻輯與彙編同，并誤。又韻輯無「喝」「一」二字，蓋脫。案「喝」字，王二訓作「聲嘶」（彙編「嘶」誤作「嘶」），全王訓作「嘶聲，亦嗌」，廣韻訓作「嘶聲」；「呷」字，王二訓作「喝〻聲變敗」，全王訓作「喝〻聲破」，廣韻訓作「喝呷」，另就切語觀之，「喝」字，王二作「於界反」，全王作「於芥反」，廣韻作「於犗切」；「呷」字，王二作「所界反」，全王作「所芥反」，廣韻作「所犗切」。疑此本脫正文「呷」字，及其切語，又將其訓誤入「喝」字下，而原「喝」字之訓亦脫。

譌 火反譤譌譤字火芥懺反亦作口一　二〇八頁四～五行

原卷「口」作「謹」。掇瑣與彙編同，韻輯作「訁口」，并當據原卷補。

啐 食快反啗又倉憒反　二〇八頁五行

原卷如此，掇瑣、韻輯同。案原卷「食」蓋「倉」字之誤。

○隊韻

八霼　二〇九頁一行

原卷「霼」上殘存作「豙八」。掇瑣止錄一「八」字。韻輯未錄。彙編誤將上字之韻字數當成韻次，且其上當以「……」示之。

珮 玉珮　二〇九頁二行

原卷「珮」作「珮」，掇瑣、韻輯同。彙編誤。

昧 日暗　二〇九頁四行

原卷「日」作「目」，掇瑣、韻輯同，彙編誤。

退 他續反却下亦作⿱旦又通俗作退三 二〇九頁 一一行

原卷「亦作」下作「⿱旦又□」，下一字模糊不可識。掇瑣止作「⿱旦又」一字，韻輯止作「⿱旦又」一字。

續盡 二〇九頁 一三行

原卷注文殘存作「𦘔」，案當係「畫」字之殘文也。掇瑣、韻輯即并作「畫」。彙編作「盡」，誤。

○震韻

信 息晉反言着 二一二頁 一行

原卷此字訓上殘存上一字之注文「給」字，彙編當書作「……給。信息晉反言着□」。「□」為韻字數，原卷模糊，掇瑣空白。韻輯作「一」，補正校補作「六」。

燐 火亦作𤒎 二一二頁 一行

原卷「火」上一字作「鬼」，韻輯同。掇瑣作「鬼」。彙編殘。

……魚名身上如印⿰魚失又竹四反 二一二頁 四行

原卷殘存作「……魚名身上如印⿰魚失又竹四反」。掇瑣與彙編同。韻輯作「魚名身上如印⿰魚失又竹四反」。案原卷正文在前行末，殘，當係「鮣」字。全王「鮣」訓作「魚名，身上有印」（「有」上脫一「如」字）；「⿰魚垔」訓作「⿰魚失，又竹四反」。廣韻「鮣」訓作「魚名，身上如印」；「⿰魚垔」訓作「⿰魚失，又音致」。「鮣」「⿰魚垔」各訓，此本脫正文「⿰魚垔」，又將其注文誤入「鮣」字下。

菣 去刃反香蒿可多食亦作𦽌二 二一二頁 五行

原卷如此，韻輯同。掇瑣正文作「菣」，誤。又掇瑣「炙」作「炙」。案原卷「炙」當作「炙」。另原卷「亦作叓」三字蓋涉下文「燼」字之注文而衍。

燼 燭餘亦作叓　二一二頁六行

原卷「餘」殘存作「𩝐」，案當係「燼」字之殘文。韻輯即作「燼」。掇瑣與彙編同。案「燭燼」，全王同。王二作「燭餘〻」。廣韻作「燭餘」。又韻輯「燭」誤作「燈」。

僅 渠林反餘九　二一二頁八行

原卷「林」作「遴」，掇瑣、韻輯同。彙編誤。

櫬 切遴反空棺五　二一二頁九行

原卷「切」作「初」，掇瑣、韻輯同。彙編誤。原卷「五」作「四」，韻輯同。掇瑣與彙編同。案所列韻字實五字，原卷「四」字誤。

峻 私閏反高亦作㟨埈十　二一二頁一〇行

原卷「㟨」作「陖」，韻輯同。掇瑣作「陖」，與原卷異。彙編誤。

萝 皮袴　二一二頁一三行

原卷如此，掇瑣同。韻輯「袴」作「袴」。案原卷「袴」當作「袴」。又正文，全王作「萝」，疑并當作「𤿭」，今本說文「𤿭」訓作「柔韋也，从北，从皮省，夐省聲，凡𤿭之屬皆从𤿭，讀若耎，一曰若儁」。

攟 古音居韻反今音口運反捃或作捃　二一二頁一五行

原卷注文殘存作「古音居韻反今音運反捃或作捃」。掇瑣與彙編同。韻輯作「古音居韻反今五口運反捃或作捃」，「五」「口」皆誤。案全王云「今音居運反」。又全王正文同，校箋云

：「當作摖。」

○問韻

暈 氣く 二一五頁一行

原卷如此，掇瑣、韻輯同。案注文，王二作「日傍氣」，全王作「日氣」，廣韻作「日月傍氣」。此本注文當誤。

湓 亡問反含水三 二一五頁二行

原卷「亡」作「亾」。掇瑣與彙編同，韻輯作「亾」，皆誤。原卷「亾」即「匹」字。

愠 怒 二一五頁三行

原卷「怒」作「怨」，掇瑣、韻輯并同。案注文，全王作「怒」，廣韻作「怒也」，王二作「怒也，又怨也」。

分 扶問反分別通俗作兮三 二一五頁五行

原卷「兮」作「分」，韻輯作「分」。掇瑣作「兮」，與彙編皆誤。

○頵韻

·頵 魚怨反情欲四 二一七頁一行

原卷殘存作「頵魚怨反情欲四」，韻輯同。掇瑣無「。」符號，餘同彙編，并逕予補全正文。

憪 點 二一七頁一行

原卷如此，韻輯同。掇瑣注文作「點」。案「點」字，全王同，并當以王二、廣韻作「黠」。

販 於頵反鬻貨一 二一七頁二行

⿰皮曼 皮悗又無遠反 二一七頁三行

原卷「於」作「方」，掇瑣、韻輯同。彙編誤。

原卷「悗」字左半模糊，未可辨識。掇瑣、韻輯并从巾旁。案注文，全王作「皮悗，又無遠」（「遠」字下脫一「反」字），廣韻作「皮帨，又無遠切」。校箋以為全王「悗」字、廣韻「帨」字并誤，謂當作「脫」。（註六十三）

鄭 邑鄭 二一七頁三～四行

原卷正文作「鄭」，韻輯同。掇瑣與彙編同，并誤。

汝 水名在睢縣 二一七頁五行

原卷「縣」作「陽」，掇瑣、韻輯同。彙編誤。

嫣 笑貌 二一七頁六～七行

原卷「笑」作「長」，韻輯同。掇瑣作「笑」，與原卷異。文選宋玉登徒子好色賦：「嫣然一笑。」李善注云：「王逸楚辭注曰：嫣，笑貌。」

韗 作鼓工又烏慍反亦作 二一七頁七～八行

原卷「工」作「上」。掇瑣、韻輯并作「工」。案原卷「上」當作「工」。又原卷「作」下缺一字，案廣韻「韗」訓作「攻皮治鼓工也，亦作韗，又音運」，下出「鞾」，注云：「俗。」

○慁韻

潠 含火 二一八頁二行

原卷「含」作「含」，掇瑣、韻輯同。彙編誤。案注文，王二、全王并作「含水」，唐韻作「〻水」，廣韻作「潠水」。此本「火」蓋「水」字之誤。

抐 搵抐按設 二一八頁四行

原卷「設」作「沒」，韻輯同。掇瑣作「沒」。彙編誤。案注文，王二、全王同。唐韻作「搵扚，按物水裏」，廣韻作「搵扚，按物水中」。

鈍 徒困反不利三 二一八頁六行

原卷作「鈍 徒困反不利三」。韻輯「三」誤作「二」，餘同原卷。掇瑣正文作「鈍」，「徒」誤作「從」。

饐 相謁食又於恨反 二一八頁七行

原卷如此，掇瑣同。韻輯「恨」作「限」，誤。案原卷正文當作「饐」。

饐 食又五恨反 二一八頁九行

原卷如此，掇瑣、韻輯同。案正文，另見恨韻，并當作「饐」。

論 盧困反講言一 二一八頁九行

原卷如此，韻輯同。掇瑣「反」作「友」，誤。

惛 呼困反姓暗一 二一八頁九行

原卷如此，韻輯同。掇瑣正文作「惛」。案掇瑣校勘記云：「姓字蓋譌。」（註六十四）惟集韻「惛」字兼俱「姓」「暗」二義，疑此本注文當作「呼困反暗亦姓一」。

奔 甫悶反急赴一 二一八頁九〜一〇行

原卷「甫」作「逋」，掇瑣、韻輯同。案原卷「逋」字疑是「甫」字之誤。

○翰韻

敤 羽敤 二二〇頁二行

原卷「羽」作「射」，掇瑣、韻輯同。彙編誤。

犴 縣名 二二〇頁三行

原卷如此，敠瑣、韻輯同。案注文，全王同。廣韻作「拒也，又關名，在巫縣。」又玉篇訓作「史記：拒扞關之口」。此本、全王「縣」蓋「關」字之誤。

墁　亦作槾〻扞所以塗飾牆壁　二二〇頁七行

原卷「壁」作「辟」。敠瑣、韻輯與彙編同。案原卷「辟」當作「壁」。

數　數敹　二二〇頁八行

原卷如此，敠瑣、韻輯同。案全王正文亦作「數」，注文作「〻」（「〻」上脫一字），廣韻正文作「數」，注文作「敹數」（在換韻），周氏廣韻校勘記云：「案萬象名義此字從文作數，當據正。注敹數亦當作敹數。」（註六十五）此本二「數」字及「敹」字并當改从文。本韻下文「敹〻采色數無」之「敹」「數」同。

沜　崖水　二二〇頁九行

原卷如此，敠瑣同。韻輯「崖」作「厓」，與原卷異。

腕　手腕正作掔　二二〇頁一一行

原卷如此，敠瑣、韻輯同。案「掔」字，全王作「掔」，并當从說文改作「掔」。

鑵　鈠水器　二二〇頁一二行

原卷「鈠」作「汲」，敠瑣、韻輯同。彙編誤。

案　驗又几　二二〇頁一五行

原卷注文在次行首，止殘存一「又」字，韻輯同。敠瑣與彙編同。案補正校韻輯補作「几般又」。又注文，王二作「几」，唐韻作「几屬」，全王作「般，又几」，校箋改「般」作「槃」。

旦 得案反初晚七 二二〇頁一六行

原卷如此，掇瑣同。韻輯「曉」作「晩」，誤。

骻骷 二二〇頁一八行

原卷作「骻骷」。韻輯作「骻骀」。掇瑣與彙編同。案當作「骭骷」。（註六十六）

讃 朝幹反稱則十 二二〇頁二四行

原卷「稱」作「穪」，韻輯同。掇瑣與彙編同。案切語，王二作「則旦反」，全王作「作幹反」，唐韻、廣韻并切「則肝」。林炯陽切韻系韻書反切異表云：「『朝』讀知母或澄母，當據全王改作『作』，或據王二、唐韻、廣韻改作『則』。」（註六十七）又「穪則」，全王同，王二無「則」字。

○諫韻

諫 古晏反忠言三 二二二頁一行

原卷正文殘存作「[illegible]」，韻輯作「[illegible]」。掇瑣與彙編同，蓋逕予補全，又加「·」符號。

暥 目相戲 二二二頁二行

原卷正文作「暥」。掇瑣作「暥」。韻輯與彙編同。案原卷「暥」當作「暥」。又原卷「目」作「日」。掇瑣、韻輯與彙編同。案原卷「日」當作「目」。

患 胡貫反妨八 二二二頁五行

原卷「貫」作「慣」，掇瑣、韻輯同。彙編誤。

篹 楚患反 二二二頁八行

原卷注文殘存作「楚患反䉶」。掇瑣作「楚患反奪」。韻輯作「楚患反䉶」。案原卷「䉶」當作「奪」。彙編脫此「奪」字。

○襇韻

辦 薄莧反具俗作辦二 二二三頁一行

原卷正文作「辦」，掇瑣、韻輯同。彙編誤。

盼 匹莧反美目二 二二三頁二行

原卷「美目」作「養」。掇瑣作「夫目」。韻輯作「美目」。案原卷「養」當作「美目」。

幻 胡辦反眼化 二二三頁一～三行

原卷「眼」作「眼」。掇瑣、韻輯與彙編同。案原卷「眼」當係「眼」字之誤，惟此字係衍文。

蕑 莧反人姓一 二二三頁三行

原卷正文作「蕑」。掇瑣、韻輯與彙編同，并誤。

○霰韻

……又徒亶反 鰥□鰥視□ 二二四頁一行

原卷殘存作「又徒亶反鱼鰥視口」，韻輯同。掇瑣與彙編同。案「又徒亶反」係「袒」字之殘存注文，「鱼」係「鰥」字之殘存注文，而「袒」「鰥」二字皆屬襇韻字，彙編誤入本韻。

霰 蘇見反雨雪雜下亦作霓五 二二四頁一行

原卷止殘存注文「見反雨雪襍下亦作霓五」，韻輯同。掇瑣與彙編同，並逕補餘字。案依本書通例，每韻必另起一行，此「霰」字亦當另起。

絢 許縣反文采 亦作絃四 二二四頁 四行

原卷「作」下尚有一字，作「約」，韻輯作「約」。掇瑣與彙編并無此字，蓋脫。案「約」字，全王作「約」，惟王二、唐韻、廣韻并無此或體。韻輯作「約」，殆誤。

縣 黃諫反古郡 古作寰字十一 二二四頁 五行

原卷「諫」作「練」，掇瑣、韻輯同。彙編誤。又掇瑣無下「古」字，蓋脫。韻輯「十一」誤作「三」。

覻 獸似犬又 胡犬反 二二四頁 七行

原卷正文作「覻」，韻輯同。掇瑣作「覻」。案當作「覻」。又正文，王二、全王、唐韻、廣韻并作「覻」。注文，王二作「獸，又胡犬反」。全王作「獸名，似犬，多力。西國人家養之。又胡犬反。亦作覻」。唐韻作「獸名，音泫」（「音」上脫一「又」字）。廣韻作「獸名，又音泫」。

眴 目搖 或□ 二二四頁 七行

原卷「□」作「旬」。韻輯作「句」，掇瑣與彙編同，并當據原卷補。

睊 古縣反視 皃十一 二二四頁 八行

原卷如此，掇瑣同。韻輯「十一」誤作「十二」。

練 落見反 吐奠反 十 二二四頁 一二～一三行

原卷如此，掇瑣同。韻輯脫「十」字。案切語，王二作「洛見反」，全王作「落見反」。此本「吐奠反」三字蓋涉上字「睍」之又音而衍。

堜 盧在 北平 二二四頁 一四行

原卷「虛」作「墟」，掇瑣、韻輯同。彙編誤。又原卷「北」作「博」，韻輯同。掇瑣與彙編同，并誤。案注文，全王作「墟，在博平」，與此本同。廣韻作「埬塘，墟名，在吳郡」。

**鑒** 鑯く 二二四頁一五行

原卷殘存作「鑒烀」，韻輯作「鑒烀」。掇瑣與彙編同。案注文，唐韻、廣韻并作「鑒鑯」，王二作「く鑯，又戶縑反」，全王作「烀鋒」。

○嘯韻

…… 草器亦作篠 二二八頁四行

原卷正文在前行末，殘。注文在次行首，作「草器亦作篠」。韻輯作「草器亦作篠」，「篠」字誤。掇瑣作「草器亦作篠」，「篠」字亦誤，又上端誤衍空白。案廣韻「莜」訓作「草田器，又音苕」，下出「篕」，注云：「上同。」全王正文作「篕」，注文作「草器，亦蓧」，「蓧」當作「蓧」。王二、唐韻正文并作「莜」，注文，王二作「草田器也，又唐聊反」（原卷「又」作「大」，彙編作「又」，是），唐韻作「說文云：草田器，又音苕」。

**顡** 五弔反顡顡五 二二八頁五行

原卷如此，韻輯同。掇瑣「顡」作「鶁」，誤。

**嘌** 叫 二二八頁六行

原卷如此，掇瑣、韻輯同。案正文，全王、廣韻同，段玉裁氏改作「噪」。

**窔** 篠 幽く深 二二八頁六行

原卷正文作「窔」。掇瑣、韻輯與彙編。補正正文作「窔」，并校「窔」作「窔」或「窔」。又原卷「篠」作「篠」。掇瑣、韻輯與彙編同，并誤。

○笑韻

笑 私妙反怡亦作笑㗛 二二九頁一行

原卷「怡」作「哈」。掇瑣、韻輯與彙編同，并誤。

照 之笑反三明 二二九頁一行

原卷如此，掇瑣、韻輯同。案原卷下「反」字蓋衍。

邋 貴玉又餘周餘久二反 二二九頁三行

原卷如此，掇瑣、韻輯同。案原卷正文當作「邋」。又原卷「貴」蓋「遺」字之誤。見本篇上聲有韻「邋」條校文。

驃 栽間 二二九頁七行

原卷「間」作「闇」，掇瑣、韻輯同。彙編誤。

○効韻

校 檢校 二三〇頁一行

原卷此三字并从才，韻輯并从才。掇瑣與彙編同。案此三字并當从木。

孝 呼教反盡養六 二三〇頁二行

原卷如此，掇瑣同。韻輯「六」作「四」，誤。

罩 如教反取魚器或作罩箄罼箌二 二三〇頁三行

原卷「如」作「知」。掇瑣、韻輯與彙編同，并誤。

趠 指教反行貝二 二三〇頁六行

原卷「指」作「褚」。掇瑣、韻輯與彙編同。案原卷「褚」當作「禇」。

橈 奴効曲又如昭反亦作撓反木又乃飽口紹二反三 二三〇頁七～八行

原卷「口」作「反」。掇瑣與彙編同。韻輯作「口」。案原卷此「反」字當作「如」。又韻輯「効」作「效」，與原卷異。

瘯 縮（二三〇頁八行）

原卷注文作「縮小」，掇瑣、韻輯同。彙編脫「小」字。

觘 角上（二三〇頁一〇行）

原卷作「觘角上」，掇瑣、韻輯同。案正、注文，全王同。廣韻正文亦作「觘」，注文作「角上浪也」。巾箱本同，澤存堂本作「角匕也」。周氏廣韻校勘記云：『北宋本、巾箱本、黎本、景宋本均作「角上浪也」，案敦煌王韻注作「角上」，萬象名義字鏡均同。集韻云：「觘，角上皃。」是「角上」二字不誤。張改作「角匕」，非是。倭名類聚鈔卷七角下引唐韻云：觘，角上浪也。』惟校箋云：「案觘字不詳所出。廣韻及倭名類聚鈔引唐韻云角上浪；而柏列之四同紐有舥字，注云舥不安也，廣韻同，集韻亦有舥字云舟不寧謂之舥：疑觘即舥之誤，角上浪即舟上浪之誤。」（註六十八）案玉篇「觘」訓作「角上也」，無「舥」字。廣韻、集韻「觘」「舥」各字，疑此本、全王正、注文不誤。

○号韻

纆 不青不黃（二三一頁三行）

原卷「黃」作「苗」。掇瑣、韻輯與彙編同。案原卷「苗」當作「黃」。

縞 素又古沃反（二三一頁四行）

原卷如此，掇瑣、韻輯（「沃」書作「沃」）同。案「沃」字當从王二、全王作「老」。此蓋涉下字「告」之又音而誤。

校 交木然亦作口（二三一頁四行）

原卷「口」空白，韻輯同。掇瑣作「。」。案全王注文作「交木然，亦作熬」，其「不」字當从此本作「木」，或體字「㸃」，不詳。校箋云：「案本書（指全王）巧韻古巧反敎下云交炊木，與烄字云交木然義同；廣韻收為烄字或體。敎原誤作數。集韻敎或作𤈦。疑此㸃是敎或𤈦字涉下儌字而誤。」（註六十九）

耄 老亦作尚老 二三一頁六行

原卷如此，掇瑣、韻輯同。案正文，王二、全王同。注文，王二作「惛忘也，說文作薹，同」，全王作「老，亦作𦒳」。廣韻「耄」訓作「老耄，亦作薹，見經典省」，下出「薹」，注云：「上同，見說文。」今本說文「薹」訓作「年九十曰薹」，段注云：「今作耄，从老省，毛聲。」此本「尚老」、全王「𦒳」并「薹」字之誤。

芼 菜香食 二三一頁六行

原卷如此，掇瑣、韻輯同。案「香」字，全王、唐韻同，并當作「莕」。

眊 細視又口六反 二三一頁七行

原卷「口」作「許」，掇瑣、韻輯同。彙編當據原卷補。

勞 慰勞 二三一頁八行

原卷「慰」作「尉」，韻輯同。掇瑣與彙編同。案原卷「尉」當作「慰」。

髝 〻髞麁急皃又盧刀反 二三一頁八行

原卷「麁」作「⺮麁」，韻輯同。掇瑣與彙編同。案原卷「⺮麁」當作「麁」。

叟 姓 二三一頁一〇行

原卷正文作「叜」。韻輯作「叜」。掇瑣與彙編同。案正文，全王作「叜」，廣韻作「叟」。王二、唐韻則并無此字。

镺 長鰽 二三一頁一二行

原卷如此，撥瑣、韻輯同。案全王「鼓」訓作「長﹔」；「鰻」訓作「小鮪」。廣韻「鼓」訓作「長也」；「鰻」訓作「小鮪名」。此本脫正文「鰻」字及「鰻」字訓之「小」字。又誤將「鮪」字併入「鼓」字訓中。

**粲** 蘇到反 群烏聲五 二三一頁一二行

原卷「群」作「郡」。撥瑣作「羣」。韻輯作「羣」。案原卷「郡」蓋「群」字之誤。

**秏** 呼到反 減亦作歊二 二三一頁一四行

原卷如此。撥瑣、韻輯「減」作「減」，案原卷「減」當作「減」。又韻輯正文誤作「耗」。

○箇韻

**邏** 盧箇反 迣近 二三二頁三行

原卷「迣」作「遊」，撥瑣、韻輯同。彙編誤。又「遊近」，全王同，并當从王二、唐韻、廣韻作「遊兵」。

**敤** 擊 二三二頁四行

原卷正文作「敤」。撥瑣、韻輯與彙編同，并誤。

**譒** 敷 二三二頁四行

原卷「數」作「敷」，案當作「敷」。撥瑣與彙編同，不誤。韻輯作「數」，則誤。

**摩** 按摩又莫波反 二三二頁六行

原卷如此，撥瑣同。韻輯「波」作「皷」，誤。

**䂤** 麁卧反研三 二三二頁六行

惰 徒卧反懈作隱惰二 二三二頁一一行

原卷「研」作「斫」。掇瑣與彙編同，韻輯作「研」，皆誤。

原卷「隱」作「隱」，案即「隱」字。韻輯作「隱」。掇瑣與彙編同。案注仁注文作「徒卧反，懈也，又惰婧」。疑此本「隱」為「婧」字之誤。校箋引此注文「隱」作「憶」，并謂：「憶當作憶。」（註七十）惟此本原卷「隱」字不从忄。又此本原卷「作」上脫一「亦」字。

𧝄 無袂衣他反亦作褙 二三二頁一一行

原卷「地反」作「又他卧反」，韻輯同。掇瑣作「地卧反」，脫一「又」字。彙編「地」上脫一「又」字，上「反」字當作「卧」。

𣩵 疫病又力外反 二三二頁一二～一三行

原卷如此，掇瑣、韻輯「外」并作「卧」，誤。

棵 丁果反木本二 二三二頁一三行

原卷「果」作「過」，韻輯同。掇瑣與彙編同，并誤。

○禡韻

賀 賀勝不密 二三四頁三行

原卷注文「賀」作「賀」，掇瑣、韻輯同。彙編誤。又原卷正文當作「賀」。

詐 慙語 二三四頁七行

原卷「慙」作「蹔」，掇瑣（書作「蹔」）、韻輯同。彙編與原卷異。案正文，全王同，廣韻作「詐」。注文，全王作「蹔詐」，廣韻作「說文曰：慙語也」。又今本說文「詐」字之訓即如廣韻所引。則此本、全王正文并當作「詐」，全王「許」當作「語」。

暇 胡許三反閑容 二三四頁八～九行
原卷如此，掇瑣同。韻輯「閑」作「閉」，誤。

赦 放罪 二三四頁一三行
原卷正文作「赦」。掇瑣、韻輯與彙編同，并與原卷異。玉篇「赦」訓作「放也，宥也」，下出「赦」，注云：「同上。」

吴 大口 二三四頁一五行
原卷如此。掇瑣、韻輯正文并作「戾」，誤。

詑 所化反枉 二三四頁一六行
原卷注文末有「一」字，掇瑣、韻輯并無，蓋脫。又韻輯「化」誤作「他」。

○四十漾韻

掠 笞一曰強取又力強反 二三六頁四行
原卷如此，掇瑣同。韻輯注文作「笞一曰強又力強」，當據原卷補「取」「反」二字。

讓 如仗反推善於人正作讓四 二三六頁六行
原卷正文作「讓」，韻輯同。掇瑣作「讓」，誤。又韻輯「於」作「于」，與原卷異。

□ 涉亮反帷 二三六頁八行
原卷殘存作「□長□亮反」，韻輯作「□長□亮反」。掇瑣與彙編同。補正作「[悵]「[涉]亮[反]」。案「悵」字，王二注文作「涉亮反，帷之。三」，全王作「涉亮反，帷。三」

長 多又直亮反 二三六頁一〇行

原卷「亮」作「良」，韻輯同。掇瑣與彙編同，并誤。

○宕韻

閶 高門方在蜀又又地力唐反 二三八頁一～二行

原卷「方」作「名」，韻輯同。掇瑣與彙編同，并誤。

○敬韻

行 胡孟反景胡庚二迹又胡朗反二 二三九頁五～六行

原卷如此，掇瑣同。韻輯「朗」作「郎」。案原卷「朗」蓋「郎」字之誤。又韻輯脫末「二」字。

○勁韻

.勁 居正反勁健口 二四一頁一行

原卷殘存作「.勁 勁居/」，韻輯同。掇瑣作「.勁 居正反勁建」。案此本去聲韵目「勁」下切語作「居盛反」，可據補。掇瑣、彙編補作「居正反」，與原卷異。

聖 聲正反通一 二四一頁一行

原卷「聲」作「識」，韻輯同。掇瑣與彙編同，與原卷異。又韻輯「一」作「靈」，誤。

鄭 直政反國名 二四一頁二行

原卷切語如此，掇瑣同。韻輯「政」作「口」，當據原卷補。又原卷此字訓下模糊，未可辨識。掇瑣空白。韻輯作「鄭䴬」，新編校「鄭」條云：『原卷下缺泐處尚可認出「遉力鄭反□□□及生」數字。』林炯陽切韻系韻書反切異文表以為「力」蓋「丑」字之誤。（註七十一）

穽 陷穽亦作敹 二四一頁五行

顈 首 二四一頁六～七行

原卷「陷」作「陷」，掇瑣、韻輯同。彙編誤。又原卷「㝅」作「寂」，韻輯作「寂」。掇瑣與彙編同。案「寂」字，全王作「㲉」，并當作「㲉」。

原卷如此，掇瑣、韻輯同。案注文，全王同。廣韻作「顈首，說文：好兒」。又今本說文「顈」訓作「好兒，从頁爭聲。詩所謂顈首」，疑此本、全王「首」上脫一重文。惟段注以為「顈首當作螓首」，則又當云「首」上脫一「螓」字矣。

○徑韻

濘 泥 二四二頁二行

原卷「泥」字右半殘缺。掇瑣與彙編同。韻輯作「口」。案注文當係「泥」字。又韻輯正文作「儜」，誤。

矴 丁定反叮石六 二四二頁三行

原卷「叮」作「矴」，掇瑣、韻輯同。彙編誤。

汀 濙不遂々志 二四二頁五行

原卷如此，掇瑣、韻輯同。案注文，王二、全王同。唐韻「志」下尚有「又音廳」三字。周氏廣韻校勘記云：「案集韻汀訓汀濙小水，別有忊字，訓忊濙不得志兒。案本韻烏定切下有濙字，注云：「志恨也。」此蓋脫汀字注文及正文忊字。注「又音廳」當屬汀下。當據集韻訂正。」（註七十二）

精 椊 二四二頁六行

原卷作「精枰」，韻輯同。掇瑣與彙編同。案當作「精捽」。全王、廣韻正文并作「精」。注文，全王作「抨〻」，「抨」當作「拌」。廣韻作「拌也」。又「捽」字俗書作「抨」。

○證韻

乘 實證反車乘又實陵反三 二四三頁二行

原卷作「乘 實證反車乘又食陵反三」。綴瑣與彙編同，「實」字與原卷異。韻輯正文作「乘」，誤。又其「三」字誤作「二」。

○嶝韻

嶝 都鄧反小坂四 二四四頁一行

原卷殘存作「鄧反坂四」。韻輯作「鄧反坂四」，「坂」字誤。綴瑣與彙編同，并逕補「嶝 都鄧反小」。

鐙 重鐶 二四四頁四行

原卷「鐶」作「環」，韻輯同。綴瑣作「鐶」。案「重環」，全王同。廣韻作「重鐶」。

增 子反剩又蹭作滕反 二四四頁五～六行

原卷「剩」作「乘」，韻輯同。綴瑣與彙編同。案原卷「乘」當作「剩」。又原卷注文末有「一」字，韻輯同。綴瑣、彙編并無，蓋脫也。

○宥韻

姷 耦竆 二四五頁二行

原卷如此，綴瑣同。韻輯作「耦竆」。案原卷「竆」字蓋衍。

罶 畜〻臺正罶俗作又諸救反 二四五頁七行

原卷注文「罶」作「凵吕」，韻輯同。綴瑣作「凵吕」。案原卷「凵吕」蓋「

嘼」字之誤。

呪 職救反呪咀三 二四五頁八行

原卷「咀」作「詛」。掇瑣、韻輯與彙編同，并與原卷異。

漱 漱口又□豆反 二四五頁九行

原卷正文作「漱」。掇瑣作「岫」。韻輯與彙編同，皆誤。又原卷注文在次行首，殘存作「又□豆反」，韻輯同。掇瑣作「漱口又□豆反」。案當補作「漱口又蘇豆反」。

蕾 く□ 二四五頁一二行

原卷注文作「く」，韻輯同。掇瑣作「く。」。案今本說文「蕾」訓作「蕾也」，「蕾」與「蕾」形近，致此本誤為重文。又原卷重文左旁有「●」符號，蓋下字「蓄」紐字之符號。

蓄 許救反養又六反聚通許郁反又丑作嘼產俗 二四五頁一二～一三行

案「許救反」，全王同。校箋云：「王二、唐韻、廣韻許字作丑，當从之。廣韻俞下云又恥呪反，俞字在此下，亦其證。此涉下許字而誤。」（註七十三）

䨓 檼又力迴反 二四五頁一五行

原卷「檼」作「檼」。掇瑣與彙編同。韻輯作「檼」。案原卷「檼」當作「檼」。

窌 窖又魯孝反 二四五頁一五行

原卷如此，掇瑣、韻輯同。案掇瑣校勘記云：「窌，或係窌字之譌，但窌訓地名，不訓窖，闕疑。」惟效韻，此本「窌」訓作「地藏」，廣韻「窌」下引「說文：窖也」。此本原卷「窌」蓋「窌」字之誤。掇瑣校勘記「但窌訓地名，不訓「窖」之語未韙。

復 扶富反返又夫福反正復五 二四五頁一八行

原卷「返」作「從」，韻輯同。掇瑣與彙編同。案原卷「從」疑是「返」字之誤。又注文「復」，與正文無別，蓋誤。王二注文引說文作「復」，此本注文「復」當作「復」。

鞣 輭皮又如周反 二四五頁二三行

原卷「輭」作「耎」，韻輯同。掇瑣與彙編同，并與原卷異。

○候韻

・候 胡遘反伺十二 二四七頁一行

原卷殘存作「胡遘反伺十二」，掇瑣作「・候 胡遘反伺十二」，韻輯作「遘反伺十二」。案正文當係「候」字。

逅 邂逅 二四七頁一行

原卷注文「逅」作「后」。掇瑣、韻輯與彙編同。案原卷「后」蓋「逅」字之誤。

趏 蹇行又蒲北反 二四七頁二行

原卷如此，掇瑣、韻輯同。案正文，廣韻同，全王作「趫」，并是「趫」字之誤。（註七十五）

鍭 候射又胡遘反 二四七頁二行

原卷「候」作「侯」，韻輯同。掇瑣與彙編同。案原卷「侯」當作「候」。又原卷「遘」字當作「溝」。（註七十六）掇瑣正文作「鍭」，誤。

茂 莫候反草木盛古作懋十四 二四七頁四行

莓 萷實似桒葚可食又亡佩反 二四七頁六行

原卷如此，掇瑣同。韻輯無「木」字，蓋脫。

原卷如此，韻輯同。掇瑣「桒」作「桑」，與原卷異。案原卷「萷」當作「萷」，爾雅釋草：「萷，山莓」。又原卷「葚」字當以全王作「椹」。

擩 構擩不解事 二四七頁一一～一二行

原卷正文作「譳」，掇瑣、韻輯同。案王二「譳」（當作「譳」）訓作「〻諠」；「擩」（當作「擩」）訓作「擩〻，不解事」。全王「譳」訓作「諠〻」；「擩」訓作「擩〻，不解事」。廣韻「譳」訓作「詛譳」；「擩」訓作「擩擩，不解事」。此本脫「譳」字之注文及正文「擩」。又彙編廣韻校勘記云：「詛，巾箱本同，澤存本作諠。案作詛作諠均非。埤蒼：謳譳，不能言也。」（註七十七）則此本、王二、全王「諠」字并當作「謳」。

潄 湯口又所救反 二四七頁一二行

原卷如此，掇瑣同。韻輯作「蕩」。案原卷「湯」字，當以王二、全王作「盪口」。

嗽 柴 二四七頁一二行

原卷如此，掇瑣、韻輯同。案正文當以全王作「味」。

嗾 使犬又先侯反或作嗺 二四七頁一三行

原卷如此，掇瑣同。韻輯「侯」作「候」，誤。

奏 則候反薦一 二四七頁一三行

原卷注文在次行首，殘存作「反候薦一」，韻輯作「反候薦一」。掇瑣與彙編同，逕補「則」字。彙編「侯」字誤。

犙 取牛羊乳 二四七頁一六行

原卷「乳」作「乳」，掇瑣、韻輯同。彙編誤。

膢 脵膢 二四七頁二〇行

原卷如此，掇瑣同。韻輯「脵」作「睺」，誤。

㖃 恥辱。又呼垢反 二四七頁二〇～二一行

原卷如此，掇瑣同。韻輯「垢」作「后」，誤。

䏽 蒲候反。豕肉醬。二 二四七頁二一行

原卷正文作「暗」，韻輯同。掇瑣與彙編同。案「暗」字，全王同，并當以廣韻作「䏽」。

○卅八幼韻

．幼 伊謬反。小 二四九頁一行

原卷此上有「卅八」二字，掇瑣、韻輯同。案原卷此字訓接候韻後，未另起一行，惟依本書通例，每一韻必另起一行，此「幼」韻亦當另起一行。

○沁韻

任 又汝計反 二五〇頁二行

原卷如此，掇瑣、韻輯同。案原卷「計」蓋「針」字之誤。

枕 職鴆反。枕首木。又之稔反。二 二五〇頁三行

原卷正文作「杦」，韻輯同。掇瑣與彙編同。案「杦」即「枕」字。又原卷注文「枕」作「忝」，韻輯同。掇瑣與彙編同。案「忝首木」，全王同。廣韻作「枕頭也」，其下尚有「論語曰：飲水曲肱枕之」諸字。

𦢊 私出頭視。又丑心反。亦闖 二五〇頁七～八行

原卷如此，掇瑣、韻輯同。案正文，王二作「⿰内見」，全王作「睍」，并當從廣韻作「⿰舟見」。

讖　楚譖反　讖書一　二五〇頁八行

原卷如此，掇瑣同。韻輯「楚」作「禁」，誤。

○勘韻

［勘］　苦紺反　校五　二五一頁一行

原卷殘存作「苦紺 校五」。掇瑣作「○苦紺反 校五」。韻輯作「苦紺 校」。案此當係「勘」字之殘存注文，而注文可補作「苦紺反 校五」。

琀　琀玉　二五一頁二行

原卷如此。掇瑣、韻輯注文「琀」作「含」，與原卷異。案「琀玉」，全王同。王二作「助葬珠玉口實」，唐韻作「ㄑ玉，送終口中玉」，廣韻作「送死口中玉，亦作含」。

曋　括又徒含反　二五一頁六行

原卷如此，掇瑣、韻輯同。案「括」字，全王、廣韻同。周氏廣韻校勘記以為「括」蓋「⿰目舌」字之誤，并引玉篇：「⿰目舌，視也。」為證。（註七十八）

○闞韻

喊　可又工覽反亦作嚂　二五二頁一行

原卷如此。掇瑣、韻輯「可」并作「呼」。案「可」字，全王、廣韻同。彙編廣韻校勘記云：「可，巾箱本同，澤存本作呵，是。」周氏廣韻校勘記云：「呵，北宋本巾箱本黎本譌作可。」惟校箋以為作「可」不誤，龍氏云：「可字王一、廣韻同，（姜書P二〇一一作呼，未詳孰是。）集韻作呵。案本書（指全王）及王二敢韻云亦云可，與廣雅釋詁三合。廣韻澤存本可字作呵，十韻彙編校記及周氏校記並云作可者為非，非是。」（註七十九）

嚂 食敢作懢 二五二頁二行

原卷「懢」作「[扌監]」，案即「懢」字。掇瑣作「懢」。韻輯作「懢」，誤。

蘫 瓜葅 二五二頁二行

原卷注文作「瓜苴」，韻輯作「瓜苴」。掇瑣作「葅瓜」。案今本說文「蘫」訓作「瓜葅」。原卷「苴」當作「葅」。

睒 吐濫反夷人以財贖罪四 二五二頁三行

原卷正文作「睒」，掇瑣、韻輯同。彙編殘。案「睒」字，全王同。并當从王二、唐韻、廣韻作「賧」。

暫 慙檻反少須亦作蹔二 二五二頁六～七行

原卷「檻」作「濫」、「須」作「頃」。掇瑣、韻輯與彙編同，并誤。

擔 都監反負二 二五一頁七行

原卷「監」作「濫」。掇瑣、韻輯并作「鑑」，誤。

○鹽韻

[口韱] 子鹽反遶城水又坑 二五三頁四行

原卷「坑」作「坑」，韻輯同。掇瑣與彙編同，并與原卷異。案原卷「遶城水又坑」五字，蓋涉下文「壍」字之注文而衍。

[貝僉] 市先入值 二五三頁六行

原卷無「值」字，韻輯同。掇瑣與彙編并有此字。案「市先入」，全王同。廣韻作「市先入直也」，周氏廣韻校勘記云：「直，敦煌王韻作值，當據正。」（註八十）唯此本并無「值」字。

㥏 於驗反又作於鹽反或㤿 二五三頁七～八行

原卷無「又」字，韻輯同。掇瑣與彙編并有此字。案原卷脫「又」字。

○㮇韻

□寒 二五四頁三行

原卷正文殘存作「刉」，韻輯同。掇瑣與彙編同。案「刉」當係「䨦」字之殘文也。

傔 苦僭反從人一 二五四頁六行

原卷如此，掇瑣、韻輯同。案「從人」二字，唐韻、廣韻并作「傔從」，詮注作「從〻」。此本「人」字蓋重文之誤。

○陷韻

𪉟 仕陷反讒言三 讒 輕言又仕咸反 儳 陷 ·陰 火陷反大聲一 ·䦘 公陷反鹹 二五六頁三～四行

原卷作「·𪉟仕陷反讒言三 讒仕咸反輕言又 儳陷。陰火陷反大聲一。䦘公陷反鹹一」。掇瑣作「·𪉟仕陷反讒言三 讒仕咸反輕言又 儳陷。陰火陷反大聲一。䦘公陷反鹹」。韻輯作「·𪉟仕陷反讒言三 讒仕咸反輕言又 儳陷。陰火陷反大聲一。䦘公陷反鹹陷」。案原卷切語與正文多所歧誤，茲校正作「·讒仕陷反讒言三 儳仕咸反輕言又 陰陷。䦘火陷反大聲一。𪉟公陷反鹹一」。

○梵韻

𥂡 㯮亦作畋 二五八頁一行

原卷注文作「畋㯮亦作」，韻輯同。掇瑣與彙編同。案「畋」字，全王作「畡」，并當从廣韻作「𤱢」。

汎 普汎風又扶亦作陞反 二五八頁一～二行

原卷如此。掇瑣二「汎」字并作「汎」，誤。韻輯 文作「渢普汎反又扶隆亦作」，衍上「反」字，脫下「反」字。

蔓 妄泛反□ 木蕪□　二五八頁四行

原卷上「□」作「草」，下「□」作「蔓」，韻輯同。掇瑣與彙編同，并當據原卷補。

○屋韻

轂 尼未 燒　二五九頁五行

原卷如此，掇瑣同。韻輯無「燒」字，蓋脫。

肉 如竹反 骨膚三　二六〇頁三二～三三行

原卷如此，掇瑣同。韻輯「骨」作「骨」，與原卷異。又韻輯無「三」字，蓋脫。

衄 鼻出血　二六〇頁三三行

原卷正文作「衂」。掇瑣、韻輯與彙編同。案廣韻「衂」為「衄」之俗體。

畜 許救反 又丑救反 養畜 六反三　二六〇頁三七～三八行

原卷「反三」作「反三」，有乙倒符號。掇瑣、韻輯與彙編同，并脫「ˇ」，又未乙正。

臧脚　二六〇頁四六行

原卷「脚」作「腳」，掇瑣、韻輯同。彙編誤。案廣韻注文作「腳臧，膏澤也」，又埤蒼「臧」訓作「腳臧也」。此本原卷「腳」下當補一重文。

蠶笪　二六〇頁四七行

原卷如此，掇瑣同。韻輯「笪」作「笪」，誤。

**肭** 女六反月朔見東方　二六〇頁五四九行

原卷如此，掇瑣、韻輯同。案正文，全王、唐韻、廣韻同。切三、王二則并作「肭」。

**𥎞** 刺矛　二六〇頁五〇行

原卷如此，掇瑣、韻輯同。案「刺」字，全王同，并當作「刺」。

**鑣** 溫器又刀星反　二六一頁五八行

原卷「刀」作「力」，掇瑣、韻輯同。彙編印刷不清楚。惟此又音當誤，「鑣」又見此本豪韻「於刀反」紐下（原卷正文作「⿱鹿金」，彙編作「鑣」）。案此處「鑣」字、豪韻「⿱鹿金」字并當作「鏖」。

**⿱自夂** 細文　二六一頁六六行

原卷正文作「⿱自夂」。掇瑣作「⿱自女」。韻輯與彙編同。案王二正文作「⿱自彡」，注文作「細文」。廣韻正文作「⿱自彡」，注文作「細文，從彡」。全王正文作「⿱自彡」，注文作「說文曰：細文也。今作⿱自彡，同」。則此本原卷「⿱自夂」字、王二「⿱自彡」字并當作「⿱自彡」。又此本原卷「紬」蓋「細」字之誤。

**苖** 蓨又徒歷反　二六一頁六八～六九行

原卷「蓨」作「⿱艹循」，掇瑣、韻輯同。案原卷「⿱艹循」字，當从全王、廣韻作「蓨」。又原卷「徒」作「陳」。掇瑣、韻輯與彙編同，與原卷異。

○**沃**韻

**篤** 冬毒反厚或作䈞四　二六四頁二行

原卷如此，掇瑣、韻輯同。案今本說文「𥫩」訓作「𣆪也」，段注云：「𣆪，各本作厚，今正。𣆪𠀃古今字，𥫩篤亦古今字。𥫩與二部竺音義皆同。今字篤行而篙竺廢矣。」此本原卷「篭」蓋「篙」字之誤。

數 穿 二六四頁一二行

原卷正文作「數」。掇瑣與彙編同。韻輯作「數」。案全王、廣韻正文并作「數」。周氏廣韻校勘記云：「集韻此字作𣪠，是也。𣪠又見鐸韻在各切下。」彙編廣韻校勘記云：「數，澤存本同，巾箱本誤作數。」惟校箋云：「案本書（指全王）鐸韻在各反𣪠下云穿。惟集韻此下收或體作數，注云或省；廣韻巾箱本字作數，十韻彙編校記云巾箱本誤作數。與數尤近；諸書數當是數之誤。」（註八十一）案校箋所云蓋是，此本原卷「數」蓋「數」字之誤。

○燭韻

．燭 之欲反 □□十 二六五頁一行

原卷殘存作「十一之欲反」。韻輯作「□之欲反」。掇瑣與彙編同，逕補「．燭」。又此紐所列韻字實十字。原卷「十一」當作「十」。

莗 虗玉反 禹所乘十 二六五頁六行

原卷「虗」作「㞐」，韻輯同。掇瑣作「居」。案「㞐」為「居」之古字。

又原卷正文「莗」當作「輂」。

㬥 舉食者 二六五頁九行

原卷如此，掇瑣、韻輯同。案正文，全王同，并當从廣韻作「暴」。注文，全王亦同。廣韻「者」下尚有一「名」字。

觸 尺玉反 突亦作觕三 二六五頁一四行

原卷「觕」作「捔」，韻輯同。掇瑣與彙編同。案原卷「捔」當作「觕」。

鬻 大鼎 二六五頁一七行

原卷「鼎」作「鼒」，韻輯同。掇瑣與彙編同。案「鼒」當係「鼎」字。又正文，全王作「鬻」，并當從廣韻、集韻作「鬻」。玉篇作「鬻」者亦當作「鬻」。

**戟** 矛 二六五頁一七行

原卷如此，掇瑣、韻輯同。案注文，全王同。王二作「戟子」。廣韻作「矛戟枝也」。廣雅釋器：「戟，其孑謂之戟。」此本、全王、廣韻「矛」字及王二「子」字并「孑」字之誤。

**・束** 書蜀反二 二六五頁一八行

原卷注文在次行首，止存「蜀」字，韻輯同。掇瑣與彙編同，蓋逕補餘字。案切語，切三、王二、全王并作「書蜀反」；唐韻、廣韻并切「書玉」。

**瘃** 陟玉反寒瘡亦作瘃四 二六五頁二七行

原卷如此，掇瑣、韻輯同。案正文當作「瘃」。本韻下文「豖」「豩」「塚」諸字并當從豖。

**諫** 役 二六六頁三一行

原卷如此，掇瑣同。韻輯注文作「伇」。案全王注文作「役」，校箋據說文、廣雅以為當作「促」。（註八十二）

○**覺韻**

**觳** 飾杖頭角又胡歷反 二六七頁二～三行

原卷如此，掇瑣同。韻輯「飾」作「節」，誤。

**樂** 愛又盧各五教二反 二六七頁四行

原卷「五」上有一「又」字，韻輯同。掇瑣與彙編同，并無此字。案原卷此

「又」字蓋衍。

⿰牛隺 白牛 二六七頁五行

原卷如此，掇瑣同。韻輯正文作「⿰牛出」。案正文，全王作「⿰牛雀」，并當从廣韻作「⿰牛隺」。

浞 七角反水濕八 二六七頁五行

原卷如此，掇瑣、韻輯同。案「七」蓋「士」字之誤。切三、王二、全王、廣韻切語并切「士角」。

莘 草叢生亦莘 二六七頁五～六行

原卷「叢」作「藂」，韻輯同。掇瑣與彙編同。案正文，切三、王二、唐韻（彙編作「莘」）同，并當从廣韻作「苹」。全王正文作「苹」。又原卷注文「莘」作「笲」。掇瑣、韻輯與彙編同。案「笲」字蓋誤。又注文，王二作「藂生草」，全王作「草叢生」，廣韻作「叢生草」。切三、唐韻并作「藂生」，「生」下脫一「草」字。

斲 子角反理亦作斲斵鄧十二 二六七頁一一行

原卷「鄧」作「斲」，掇瑣、韻輯同。彙編誤。又切語，切三、王二、全王并作「丁角反」，唐韻、廣韻則并切「竹角」。此本原卷「子」蓋「丁」字之誤。

皃 貌 二六七頁一七行

原卷此字訓下尚有「⿰豸思〻美」一字訓。韻輯作「⿰口思美」。掇瑣與彙編并無，蓋脫。皆當據原卷補。

雹 蒲角反雨冰十四 二六七頁一七～一八行

原卷「十四」作「廿三」，韻輯同。掇瑣與彙編同，并誤。又韻輯「角」誤作「貟」。

犦 封牛 又甫教反 二六七頁 一九～二〇行

原卷如此，掇瑣、韻輯同。爾雅「犦牛」下注云：「即犎牛也。」此本「封」當作「犎」。

皰 皺皰皮起 二六七頁 二〇行

原卷如此，韻輯同。掇瑣注文「皰」下有一「反」字，蓋衍。

擽 擊聲 又迒草 二六七頁 二二行

原卷正文作「擽」，掇瑣、韻輯同。彙編誤。又原卷「迒草」殘存作「ㄇ⺦」，掇瑣作「延草」，韻輯作「迒草」。案原卷「ㄇ⺦」當係「迒草」二字之殘文，且此為又音切語，其下當補一「又」字。

觳 盛脂器 二六七頁 二五行

原卷正文作「觳」，韻輯同。掇瑣與彙編同。案原卷「觳」當作「觳」。又原卷「脂」蓋「䐵」字之誤，詳見本篇「切三校勘記」校文。

岗 幬帳象 又口江反 二六七頁 二五～二六行

原卷如此，掇瑣、韻輯同。案正文，全王同，并當作「岗」。

鵫 鳥〻 二六七頁 二六行

原卷正文作「鵫」，韻輯同。掇瑣與彙編同。案原卷「鵫」字，當从全王二、唐韻、廣韻作「鵫」。又重文上，唐韻、廣韻并有「白」字，疑此本脫。

觸 星角又弓 亦作觡 二六八頁 三一行

原卷如此，掇瑣、韻輯同。案原卷「弓」上脫一「調」字，據全王二、唐韻、

戳　廣韻補。又原卷「觓」蓋「觓」字之誤。

杸　二六八頁三二～三三行

原卷「杸」作「杈」，韻輯同。掇瑣與彙編同。案原卷「杈」當从廣韻作「杸」。

犖　呂角反牛雜色毛一　二六八頁三三行

原卷如此，掇瑣同。韻輯無「牛」字，蓋脫。

确　确磽亦埆作埆　二六八頁三三～三四行

原卷如此，掇瑣同。韻輯「埆」作「桷」。案原卷「桷」字蓋衍。

豞　豕聲　二六八頁三五行

原卷正文作「豞」，韻輯同。掇瑣與彙編同。案正文，切三、王二、全王、唐韻、廣韻并作「豞」。段玉裁氏改廣韻字作「豞」，各本當據改。

苑　聲　二六八頁三五行

原卷如此，掇瑣、韻輯同。案正文，全王同。廣韻作「葹」。校箋云：「案字當作蘢。」注文，全王作「聲〻」，廣韻作「草聲」，校箋云：「案此當云豨聲，即上文豞字；（正字通云蘢與豞同。）或者草與聲為二義。」（註八十三）

〇賫韻

隲　駿馬後漢書有鄧隲　二六九頁二～三行

原卷「駿」作「駿」、注文「隲」作「隲」。掇瑣正、注文作「隲 駿馬後漢書有鄧隲」，韻輯作「隲 駿馬後漢書有鄧隲」。案原卷正、注文當作「隲 駿馬後漢書有鄧隲」。

噴　野〻人言　二六九頁三行

原卷如此，掇瑣、韻輯同。案王二、唐韻、廣韻注文并作「野人之言」，疑此本「〻」為「之」字之誤，而注文當乙倒作「野人之言」。

詰 去吉反 問二 二六九頁 一六行

原卷如此，掇瑣同。韻輯「吉」作「疾」，誤。

座 在盤 扶風縣 二六九頁 二三行

原卷如此，掇瑣同。韻輯「縣」下有一「名」字。

笋 草木初出 又羊箠反 二七〇頁 三九行

原卷「箠」作「箠」，案即「箠」字。掇瑣與彙編同。韻輯作「箠」，與原卷異。

卒 子聿反 終又則骨反 賤役亦作瘁二 二七〇頁 三九～四〇行

原卷下「反」字作「又」，韻輯同。掇瑣與彙編同。案原卷此「又」字蓋「反」字之誤。又原卷「瘁」作「猝」，疑即「猝」字之殘。掇瑣作「瘁」，韻輯作「瘁」，并誤。

軷 車東俗用 為轡字 二七〇頁 四九行

原卷如此，掇瑣同。韻輯「東」作「乘」、「轡」作「轡」，并誤。

颰 許聿反 小風皃 二七〇頁 五三行

原卷如此，掇瑣同。韻輯正文作「颰」，誤。又韻輯無「小」字，蓋脫。

欰 詞又 一反 九 二七一頁 五八～五九行

原卷「詞」作「訶」，案當作「訶」。掇瑣、韻輯與彙編同，并誤。

汩 水流又 古沒反 二七一頁 六〇行

原卷「反」字殘存作「仌」。掇瑣與彙編同。韻輯作「字」。案原卷「仌」當係「反」字之殘文。韻輯誤。

⿰禾弗 禾〻重生椰 二七一頁六三行

原卷注文作「禾〻重生椰」。掇瑣與彙編同。韻輯作「禾〻重和」，當據原卷補。

茁 尤律反出芽又口率反 二七一頁六五行

原卷注文作「几律反出口又奴率反口」，二「口」模糊，未可辨識。掇瑣與彙編同，「尤」字誤，「口」當作「奴」。韻輯作「几律反出牙又口率反」，「口」當作「奴」。

○迄韻

□ 亦作乞 二七五頁一〜二行

原卷殘存作「亻怨」。韻輯作「□作怨」。掇瑣作「亦作乞」，「乞」字誤。案此當係「吃」字之殘存注文。又正文，切三、王二、全王、廣韻并作「吃」，唐韻作「吃」。注文，切三、王二、全王、唐韻并訓作「語難」，廣韻作「語難。漢書曰：司馬相如吃而善著書也」。

⿰魚乞 魚遊 二七五頁二〜三行

原卷作「⿰魚乞魚逝」。掇瑣作「⿰魚乞魚遊」。韻輯作「⿰魚乞魚遊」。案正文當从全王、廣韻作「⿰魚乞」。注文「逝魚」，全王同。廣韻作「魚游」。校箋校「逝」字云：「案萬象名義云斮魚，玉篇云斷魚，此字不詳所出。逝與斷（萬象名義斷不成字，疑即斷字之誤。玉篇作斷，不作斷。）遊並形近，逝魚、遊魚、斷魚，蓋即一語之譌亂，廣韻、集韻云魚遊，又據遊魚而改之耳。」（註八十四）

○月韻

引 短又九口反 二七六頁三行

原卷「口」字模糊，未可辨識。掇瑣作「口」，蓋係殘缺符號，而彙編誤以為「口」字。韻輯作「勿」。案全王物韻有「引」字，注文作「久勿反，無左辟。二」。又正文，全王作「列」，廣韻作「孑」；注文，全王作「短」，廣韻作「短也」。此本「引」字、全王「列」字，并當以廣韻作「孑」。

氒（其又　禾本）　二七六頁四行

原卷作「舟（其又　木本）」。綴瑣作「氒（其又　禾本）」，「禾」字誤。韻輯作「舟（其又　呆本）」，「呆」當作「木」。

泼（寒風）　二七六頁九行

原卷正文作「泼」，韻輯同（書作「波」）。綴瑣與彙編同。案原卷「泼」當作「泼」。

許（屈謁反又屈例　反面斤以言）　二七六頁一四行

原卷作「許（屈謁反又屈例　反面斤言ˇ以四）」，有乙倒符號。綴瑣作「許（屈謁反又屈例　反面不以言）」，「言ˇ以」二字已逕乙正之。韻輯作「許（屈謁反又屈例　久面斤以言四）」，「言ˇ以」二字亦已乙正，惟正文、「久」、「斤」三字皆誤。彙編、綴瑣并脫韻字數。

趨（走白）　二七六頁一四行

原卷「白」作「負」，綴瑣、韻輯同。彙編誤。

揭（其謁反　擔物）　二七六頁一五行

原卷正文作「楬」。綴瑣與彙編同。韻輯作「楬」。案「揭」為「擖」字之或體。又原卷注文末有「反」字，韻輯同。綴瑣、彙編并無此「反」字。案原卷此「反」字蓋衍。

○十沒韻

鶻（鶻鳩又胡　八胡二反）　二七七頁三行

原卷「二反」作「反ˇ二」，有乙倒符號，韻輯同。綴瑣與彙編同，蓋逕予乙正。又切三、王二又音并作「又胡八胡骨二反」，疑此本原卷下「胡」下脫一「骨」字。

脖 胅膌 二七七頁八行

原卷如此。掇瑣、韻輯「胅」并作「胠」。案「胅膌」，全王同。廣韻作「胅臍」。并當从集韻作「脖胅膌」，「膌」與「臍」通。

突 他骨反 觸十一 二七七頁一〇～一一行

原卷「他」作「陁」。掇瑣、韻輯與彙編同，并誤。

葖 蘆菔 二七七頁一二行

原卷「菔」作「蕟」，韻輯同。掇瑣與彙編同。案注文，全王作「蘆菔」，廣韻作「爾雅曰：葖，蘆萉。郭璞云：萉，宜為菔。蘆菔，蕪菁屬，紫華大根，俗呼雹葖」。此本原卷「蕟」蓋「菔」字之誤。

惚 恍惚 二七七頁一五行

原卷「恍」作「悅」，韻輯同。掇瑣與彙編同。案原卷「悅」當作「恍」。

寣 睡一覺 二七七頁一六行

原卷如此。掇瑣正文作「寤」，誤。韻輯無「一」字，蓋脫。

乾 𢡆攩攩字 呼結反 二七七頁一六行

原卷作 乾 忽攩〻字 呼結反，韻輯同。掇瑣與彙編同。案原卷「乾」當作「乾」，「忽」字當从全王、唐韻、廣韻作「急」。又原卷「〻」係指上字「攩」字言。

榾 高 二七七頁一七～一八行

原卷如此，掇瑣、韻輯同。案正文，全王作「榻」，與此本并誤。廣韻作「

榴」，今本說文作「榴」。

柭 勒沒反 箭射三 二七七頁 二〇行

原卷正文殘存作「柭」。攟瑣作「柭」。韻輯作「柭」。案正文，全王作「柭」，廣韻作「柭」，并當从王二作「柭」。此本原卷「柭」當係「柭」字之殘。

硉 矹〻 二七七頁 二〇行

原卷「矹」作「屼」，韻輯同。攟瑣與彙編同。案「屼」字，全王（正文作「硉」，當作「硉」）同。廣韻、集韻作「矹」。「屼」「矹」二字相通。

頧 白秃皃 二七七頁 二二行

原卷注文作「白秃」，韻輯同。攟瑣與彙編同。案「白秃」，王二、全王、唐韻同。廣韻古逸本作「皃秃」，澤存堂本同，巾箱本則亦作「白秃」。古逸本、澤存堂本「皃」蓋「白」字之誤。彙編此作「秃皃」，更誤。

觪 角生始 二七七頁 二七行

原卷「始」作「姓」，韻輯同。攟瑣與彙編同。案「姓」字，全王作「性」，并當从廣韻作「始」。玉篇訓作「角初生也」，「初」當作「初」。

𢉞 膝病 二七八頁 三〇行

原卷如此，韻輯同。攟瑣正文作「𢉞」。案原卷「𢉞」字當从唐韻、廣韻作「𢉞」。

○末韻

末 莫割反 木 上廿二 二八〇頁 一行

原卷殘存作「末 莫割反 上廿二」，韻輯同。攟瑣與彙編同，逕補全正文及「木」字。又此紐从末之字，原卷并从未，韻輯同。掇瑣與彙編同，并从末。案此紐下原卷諸从未之字并當从末。

濺 塗栻 二八〇頁三行 原卷「栻」作「栻」，韻輯同。掇瑣與彙編同，并誤。

糤 米和細屑 二八〇頁三行 原卷「和」作「未」，韻輯同。掇瑣與彙編同。案「未」字，全王作「釆」，廣韻作「和」，并當是「末」字之誤。

粖 糜又七結反 二八〇頁四行 原卷正文作「粖」，韻輯同。掇瑣與彙編同。案原卷「粖」當作「粖」。又原卷「糜」作「靡」。掇瑣、韻輯與彙編同。案原卷「靡」當作「糜」。

筏 箄 二八〇頁六行 原卷「箄」作「箄」，韻輯同。掇瑣作「箄」。案「箄」字，全王同。廣韻注文作「箄筏」。此本、全王「箄」字并當作「箄」。

鬢 姊末反髮鬢二 二八〇頁七行 原卷「姊」作「姊」，掇瑣同。韻輯作「姊」。彙編與原卷異。又原卷「髮」作「髮」，韻輯同。掇瑣與彙編同，并誤。

婠 音く嬒又刮 二八〇頁一〇行 原卷「嬒」作「獪」。掇瑣、韻輯與彙編同，并誤。

脫 肉去骨又吐适反 二八〇頁一一行 原卷「适」作「活」。掇瑣與彙編同，并誤。韻輯作「括」，與原卷異。

豁 呼括反豁達大度七 二八〇頁一二～一三行

原卷此字訓在行末及次行首，注文殘存作「呼括反豁達大十二……」「坐」。掇瑣作「呼括反豁達大度七」。案正文，全王同，并當作「豁」，或从俗書作「豁」。掇瑣、彙編「度」字誤。韻輯書作「呼括反豁達大」「空」。

斡 杼烏烏 又活反 二八〇頁一三～一四行

原卷如此，掇瑣、韻輯同。案原卷「烏」字蓋衍。

侻 解落或作脫 二八〇頁一七行

原卷如此，掇瑣、韻輯同。案原卷脫切語，「解」字上當補「他活反」三字，據集存、林炯陽切韻系韻書反切異文表補。（註八十五）

茷 活反又徒 茷活反 二八〇頁一七～一八行

原卷正文殘存作「兊」。掇瑣與彙編同。韻輯作「。兊」，誤。案原卷「兊」當係「茷」字之殘文，其上當補「。」符號。又原卷上「反」字蓋衍。林炯陽切韻系韻書反切異文表云：「王一：「茷，活茷反，又徒活反。」（紐首韻輯作「兊」，誤。彙編作「茷」，是也。）廣韻「奪，徒活切」下「茷」字注云：「活茷，草名，生江南……。」「茷」字廣韻又見「侻，他括切」下，注云：「又徒活切。」王一「奪，徒括反」下「茷」字注云：「草生江南，又他活反。」然正文「侻」字之注文奪「他活反」三字，當據P三六九四、切三、全王、唐韻補，而王一此「茷」字當與「侻，他活反」同紐，注文當作「活茷，又徒活反。」」（註八十六）

魃 旱魃 二八〇頁二〇行

原卷作「旱魃」，掇瑣作「旱魃」。韻輯作「旱魃」。韻輯「早」字誤。

䯋 雄具又方吠反 二八〇頁二二行

原卷如此，綴瑣同。韻輯「又」作「殳」，誤。

薩 〻善 二八〇頁二三行

原卷作「薩薩善」，韻輯同。綴瑣作「薩薩善」，與原卷異。

巀 割木反又才結反巀嶭山名在扶風三 二八一頁三一～三二行

原卷如此，綴瑣同。韻輯「木」作「才」。案原卷「木」蓋「才」字之誤。

嗺 嘈嗺聲又五罪反 二八一頁三一行

原卷如此，韻輯同。綴瑣正文作「嗺」。案全王正文作「嗺」，注文作「嘈〻」，校箋云：「嗺字王一同，廣韻嘈下云或作嗺，張改嗺作嗺。周氏廣韻校勘記云：『嗺嗺並誤，當从廣雅玉篇作吙，張改作嗺尤誤。』案集韻收嚱吙嗺嗺諸體。說文櫱字古文作椊，此字當是从說文𢆉字。說文通訓定聲則云啇亦作嗺，誤作嗺作吙。」（註八十七）

唭 〻〻𡄵戒 二八一頁三三行

原卷如此，綴瑣同。韻輯「𡄵」作「𡄵」，誤。案正文，全王同，廣韻作「啐。注文，全王作「〻」。廣韻作「啐啐𡄵𡄵戒也。說文曰：語相訶距也」。此本原卷注文當作「𡄵〻戒〻𡄵」，全王注文則當有脫文。

嗺 嘈嗺聲又才罪反 二八一頁三三行

原卷如此。案校文見前「嗺」字條，此不贅。

揭 恐 二八一頁三六行

原卷正文作「猲」。綴瑣與彙編同，韻輯作「揭」，并當作「猲」。

䭒 犬臭 二八一頁三七行

原卷「犬」作「大」，韻輯同。綴瑣與彙編同。案原卷「大」蓋「犬」字之誤。

蛆蟲 二八一頁三七行

原卷正文作「蛆」，韻輯同。掇瑣與彙編同。案原卷正文，廣韻古逸本、詮汪同，并當从廣韻澤存堂本、集韻作「蛆」。

## ○黠韻

黠 胡八反慧三 二八二頁一行

原卷殘存作「黠胡八反慧三」。掇瑣與彙編同，蓋補全正文。韻輯作「黠胡八反慧」，脫「三」字。

鬜 禿 二八二頁三行

原卷如此，掇瑣同。韻輯正文作「鬜」，誤。案注文，切三（彙編誤作「毛々」）、王二并作「禿々」，唐韻作「禿々」，字林作「[illegible]」，廣韻作「禿鬜也」，全王作「々禿」。此本脫重文。

鶻 骨差 二八二頁六行

原卷如此，掇瑣同。韻輯「骨」作「骨」，與原卷異。案掇瑣校勘記云：「鶻字不合訓骨差，亦不合收入黠韻，闕疑。」（註八十八）

嗢 咽，又烏沒反，笑 二八二頁九行

原卷正文作「嗢」，韻輯同。掇瑣與彙編同，并誤。又韻輯「笑」字，蓋脫。

歎 氣息不利 二八二頁九行

原卷「息」殘存作「目」。掇瑣與彙編同。韻輯作「目」。案原卷「目」作「息」。韻輯誤。

秸 注又公鐵反 二八二頁一四行

原卷「注」作「社」，綴瑣、韻輯同。彙編誤。

㥷 莫八反㥷僭健皃四 二八二頁一七行

原卷如此，綴瑣同。韻輯「莫」誤作「草」，又脫「四」字。

疕 女黠又瘖痒 二八二頁一八行

原卷如此。綴瑣、韻輯「又」并作「反」。案原卷「又」蓋「反」字之誤。又原卷注文末當補「一」字，而上文紐字「僭」之韻字數「四」當改成「三」。

○鎋韻

鎋 二八三頁一行

原卷此正文殘，韻輯未錄。綴瑣、彙編同，蓋逕予補入。

㻥 石似玉 二八三頁二行

原卷如此，綴瑣、韻輯同。案正文，全王作「㻥」，并當以廣韻作「㻥」。

秷 因突出又口沒反 二八三頁二行

原卷作「秷 因突反出又口沒反」。綴瑣作「秷 因突出又口沒反」。韻輯與彙編同。案原卷上「反」字右側有「ヽ」符號，蓋表刪除。又原卷正文，全王作「秷」，并當以廣韻作「𩞄」。原卷「因」字，全王同，亦當以廣韻作「囙」。

𧐳 蛣蠼 二八三頁三行

原卷正文作「𧐳」。綴瑣作「𧐳」。韻輯作「𧐳」。案正文，全王作「𧐳」，并當以廣韻作「𧐳」。

齾 五鎋反器缺三 二八三頁四行

原卷「三」作「四」，韻輯同。綴瑣與彙編同。案此紐所列韻字實三字，「

四」當作「三」。原卷下一紐字「剎」下脫韻字數，致誤計入「五鎋反」紐中。

剎 初鎋反柱一　二八三頁五行

原卷「初」作「初」，𢫬瑣同。韻輯與彙編同。案原卷「初」當作「初」，唐寫本偏旁衣示常不分。又原卷無「一」字，韻輯同。𢫬瑣、彙編則并有之，案原卷脫「一」字。

•頟 丑刮反頟頭强可皃二•頢下刮反頟頭强可皃一•頢下刮反短皃六　二八三頁九〜一一行

原卷作「•頟丑刮反頟頭强可白一•頢下刮反頟頭强可白一•頢下刮反短白六」。𢫬瑣作「•頟丑刮反頟頭强可皃一•頢下刮反頟頭强可皃•頢下刮反短皃六」。韻輯作「。頟丑刮反頟頭强可皃二•頢下刮反頟頭强可皃•頢下刮反短皃六」。案原卷當作「•頟丑刮反頟頭强可皃一•頢下刮反短面皃六」。

𣃔 斷又又芮又亦作剪　二八三頁一四行

原卷下「又」字作「反」、「剪」作「劗」，韻輯同。𢫬瑣與彙編同，下「又」字誤。又原卷「劗」蓋「剪」字之誤。

藒 祛刹又藒車香草　二八三頁一六行

原卷如此，韻輯同。𢫬瑣二「藒」字并作「藒」。案原卷「又」蓋「反」字之誤，注文末當補「二」字。上文「䳩」字之韻字數「四」當改成「二」。

○屑韻

揳 擮揳不正方一　二八四頁一行

原卷二「揳」字并作「揳」，韻輯同。𢫬瑣與彙編同。又韻輯「正方」作「方正」。案原卷「正方」當乙倒作「方正」。

膭　膭中脂亦作　二八四頁二行

原卷注文作「脂亦作膭中」，韻輯同。掇瑣作「膭中脂亦作○」。案原卷「作」下脫一字，集韻或體字作「⿰月血」。

訲　奴呵　二八四頁一〇行

原卷正文作「詋」，韻輯同。掇瑣與彙編同。案原卷「詋」當作「訲」。本韻从穴之字，原卷多从冗，并當改从穴。又原卷「奴」字，全王同，并當从廣韻作「怒」。

鴂　鷤鴂鳥名春分鳥　二八四頁一二～一三行

原卷末「鳥」字作「鳴」，韻輯同。掇瑣與彙編同，并誤。

宂　胡玦反小空　二八四頁一五行

原卷注文末有「二」字，韻輯同。掇瑣與彙編俱無，并脫也。又掇瑣正文作「宂」。案原卷正文當作「穴」。

抉　於決反抉出四　二八四頁一五行

原卷如此，韻輯同。掇瑣「決」作「夬」，誤。

耋　老　二八四頁一八行

原卷如此，韻輯同。掇瑣正文作「耊」，與原卷異。

墆　停佇又徒計反　二八四頁二〇行

原卷「佇」作「貯」。掇瑣、韻輯與彙編同，并誤。

絜　膜　二八四頁二四行

原卷正文殘存作「絜」，韻輯同。掇瑣與彙編同，蓋逕予補全。案全王「絜」訓作「束，又公節反」；「⿰月絜」訓作「脥」（「脥」蓋「膜」字之誤）；

廣韻「絜」訓作「爾雅河名，即九河之一也。又古節切」；「膠」訓作「膜膠」。疑此本脫「絜」字之注文及正文「膠」。

䟃　傍出前　二八四頁二六行

原卷如此，掇瑣同。韻輯「傍」作「旁」，誤。

臲　臲〻卼不安亦作隉黜　二八四頁二七～二八行

原卷「卼」作「𠨜」。掇瑣、韻輯與彙編同，并誤。案原卷「𠨜」字，全王、唐韻同，廣韻作「硊」。

莧　火不明　二八五頁三〇行

原卷正文作「莫」、「火」作「大」，韻輯同。掇瑣與彙編同。案原卷「莫」當作「莧」、「火」當作「大」。

蔑　雀〻桔〻姑叔僕　鮇　二八五頁三〇～三一行

原卷作「鸏雀工鱴魚名又莫桔反亦作鮇」，彙編殘。

絃　細　二八五頁三一行

原卷如此，掇瑣同。韻輯正文作「絃」。案「絃」字，全王作「紬」，并當从廣韻作「絤」。

粖　靡又亡達反　二八五頁三一行

原卷「達」作「逹」，韻輯同。掇瑣與彙編同。案原卷「逹」當作「達」。又原卷「靡」字，全王同，并當从廣韻作「糜」。

○薛韻

莂　二八六頁一行

原卷殘存作「莂」。掇瑣作「莂。。」。韻輯作「莂」。

旻 人許力反擧目使又七感反　二八六頁五行

原卷「力」作「劣」，韻輯同。掇瑣與彙編同，并誤。

䫻 風小……　二八六頁六行

原卷殘存作「䫻風小殘盡口唄叱聲不出又女黠反。䶁」。掇瑣與彙編同。韻輯殘存作「䫻風小殘盡呐口口反又女黠反唄呐聲不出」。案原卷可補作「䫻風小殘口唄叱聲不出又女黠反。䶁」。

𢶍 山列反茱萸又山八反一　二八六頁一二～一三行

原卷注文作「山列反茱萸又山八反」。掇瑣作「山列反茱萸又山八反一」。韻輯作「山列反茱萸又山八反一」，「茱」字誤。

焆 於列反烟氣一　二八六頁一三行

原卷如此，掇瑣同。韻輯無「一」字，蓋脫。

剫 廁別反割斷聲音側八反　二八六頁一六行

原卷殘存作「剫廁割斷音側八反一」。韻輯作「剫廁割斷音測八反一」。掇瑣作「剫廁別反割斷聲音側八反」。案正文，全王作「𠟭」，并當以廣韻作「𠟭」。注文，全王作「廁別反，割斷聲，今音測八反，一」，此本原卷「音」字上當補一「今」字、「側」當作「測」、注文末當補「一」字。

○陌韻

蓦 死寂　二九三頁二～三行

原卷正文作「蓦」，掇瑣、韻輯同。彙編誤。又原卷「寂」作「宎」，韻輯同。掇瑣與彙編同，并與原卷異。案「蓦」字，切三、王二、唐韻并作「㚕」，訓作「靜」，唐韻「靜」下尚有「或作驀」三字。廣韻作「㚕」，訓作

「靜也」，下出「蓦」字，注云：「上同。」全王「蓦」訓作「靜〻」，「蓦」訓作「死寂嗼」，校箋以為「蓦」當以王一作「蓦」。又撥瑣校勘記云：「死寂嗼之嗼似當作蓦。」（註八十九）惟今本說文「蓦」訓作「死宋蓦也」，段注云：「宋蓦猶㝡嗼也。」則此本訓作「死寂嗼」，殆不誤。

䃶 涉格反張 二九三頁三、四行

原卷「涉」作「陟」。撥瑣、韻輯與彙編同，并誤。

○麥韻

麥 莫獲反□穀四 二九五頁一行

原卷殘存作「大獲反穀四」，韻輯作「莫獲反穀四」。撥瑣「穀」作「穀」，餘同彙編。案全王正文作「麦」，注文作「莫獲反，芒穀，正作麥」。

霢 〻霂小雨 二九五頁一行

原卷「霂」作「霖」，韻輯同。撥瑣與彙編同。案原卷「霖」當作「霂」。

畫 分又胡卦反 二九五頁二行

原卷正文作「畫」。撥瑣、韻輯與彙編同。案原卷「畫」蓋「畫」字之誤。

嫿 分婳好皃 二九五頁二行

原卷正文作「嫿」。撥瑣、韻輯與彙編同。案原卷「嫿」當作「嫿」。又原卷「婳」作「晒」，韻輯同。撥瑣與彙編同，并誤。又「晒」字，切三、全王二、廣韻并作「明」。

蟈 古獲反螻蟈蛙別名五 二九五頁三行

原卷「蛙」作「哇」。撥瑣、韻輯與彙編同。案原卷「哇」蓋「蛙」字之誤。

苲 茹草又財亦反 二九五頁五行

原卷「茹」作「如」，韻輯同。掇瑣與彙編同。案原卷「如」蓋「茹」字之誤。又韻輯「財」誤作「財」。

膕 曲脚中 二九五頁一二行

原卷如此，掇瑣同。韻輯「中」字空白，當據原卷補。

[忄畫] 不慧 二九五頁一二～一三行

原卷正文作「[忄畫]」。掇瑣、韻輯同。案原卷「[忄畫]」當作「[忄畫]」。本紐中「繣」「[忄畫]」二字原卷并从晝，并當从畫。

[殸革] 止革反 鞕聲三 二九五頁一三行

原卷「止」作「心」，韻輯同。掇瑣與彙編同。案切語，切三、王二、全王、唐韻并作「口革反」，廣韻作「楷革切」。林炯陽切韻系韻書反切異文表云：「「心」疑是「口」字之訛。」（註九十）又原卷「鞕」作「鞕」。掇瑣、韻輯與彙編同，并誤。

謫 責又丈尼反 二九五頁一七行

原卷「尼」作「戹」。掇瑣與彙編同，韻輯作「戹」，并誤。又原卷「丈」字，韻輯作「大」，殆亦「丈」字。掇瑣作「大」，則誤。

摘 涉革反手取五 二九五頁一七行

原卷「涉」作「陟」。掇瑣、韻輯與彙編同，并誤。

霥 溹〻雨下 二九五頁二〇行

原卷如此，掇瑣、韻輯同。案廣韻「霥」訓作「求也，取也，好也」；「溹」訓作「溹溹雨下皃」。此本脫「霥」字之注文及正文「溹」。全王注文作「〻〻雨下」，亦脫「霥」字之注文及正文「溹」。

○昔韻

·昔 私積反古正作昝十 二九七頁一行

原卷正文殘文作「日」，韻輯作「日」。掇瑣與彙編同，逕補全正文，又補「．」符號。

惜 愛 二九七頁一行

原卷正文作「惜」，掇瑣、韻輯同。彙編與原卷異。

圛 上氣埜 二九七頁一一行

原卷正文作「圛」，韻輯同。掇瑣與彙編同。案原卷「圛」當作「圛」。本韻从睪之字原卷或从睪或从睪，并當改从睪。又原卷「上」蓋「卜」字之誤。

睪 引繒 二九七頁一二行

原卷正文作「睪」，韻輯同。掇瑣與彙編同。案正文當从說文作「睪」。

釋 施隻反漬從米十五 二九七頁一二行

原卷正文作「釋」，韻輯同。掇瑣與彙編同。案原卷「釋」當作「釋」。又韻輯「隻」作「口」、「漬」作「清」，當據原卷補正。

[illegible] 土得水又直謫反 二九七頁二〇行

原卷如此，掇瑣、韻輯（「土」作「土」）同。案正文，全王作「[illegible]」，并當从集韻作「[illegible]」。廣韻作「潪」，蓋「[illegible]」字之省也。

𧛍 郡衯 二九七頁二二行

原卷如此。掇瑣作「𧛍郡衯」。韻輯作「𧛍衯郡」。案當作「𧛍衯郡」。本紐从朿之字，原卷并从束，當改从朿。

瞲 茹草又財客反 二九七頁二五行

原卷「財」作「財」，韻輯同。掇瑣與彙編同。案原卷「財」當作「財」。

瞁 許役反驚視四 二九八頁三行

原卷「四」作「五」，韻輯同。掇瑣與彙編同。案本紐所列韻字實四字，原卷誤將下文「麝」字計入。

麝 食亦反又食夜反鹿射香 二九八頁三二行

原卷上「反」字作「作」。掇瑣、韻輯與彙編同。案原卷「作」蓋「反」字之誤。又原卷注文末當補「一」字。

彳 丑亦反小步二 二九八頁三三行

原卷「亦」作「赤」。掇瑣、韻輯與彙編同，與原卷異。又原卷「小」作「少」，掇瑣、韻輯與彙編同。案原卷「少」蓋「小」字之誤。

## ○錫韻

裼 衣袒 二九九頁一行

原卷作「裼衣袒」，韻輯同。掇瑣作「裼衣袒」。案原卷「裼」「袒」二字并當从衣作「裼」「袒」。

緆 細布亦作[麻易] 二九九頁一行

原卷如此，掇瑣同。韻輯「[麻易]」作「[厂秝易]」，誤。

蝀 蜆〻 二九九頁二行

原卷如此，韻輯同。掇瑣作「蝀蜆〻」。案正文當从束作「蝀」。本韻「闃激反」紐下「[走歷]」字之注文二「趚」字及「莫歷反」紐下「蜆」字之注文「蝀」字，亦并當从束。

鄐縣在南南陽　二九九頁五行

原卷殘存作「鄐縣名在」，韻輯作「鄐縣名在」，掇瑣作「鄐縣名南陽在」。彙編「在南」二字蓋誤。案全王注文作「〻縣名，在南陽，又力知反」。

癧瘰癧病亦作瀝　二九九頁五行

原卷二「癧」字并作「瀝」。掇瑣與彙編同。韻輯并作「癧」。案原卷二「瀝」字并當作「癧」。又原卷「瀝」作「瀝」，韻輯同。掇瑣與彙編同。案原卷「亦作瀝」三字疑衍。

鎘鏑鎘亦作磿　二九九頁五～六行

原卷「磿」作「壢」。掇瑣與彙編同。韻輯作「瀝」。補正或體字補作「壢」，再校「壢」為「鑈」。唯校箋云：「王一云鏑鎘亦作瀝者：切三鎘下有瀝字，注云滴瀝；唐韻、廣韻並收瀝字云滴瀝；集韻瀝或作瀝；王一當是誤奪瀝字。又誤合鎘瀝二字注文。當云：「鎘〻鎗。瀝滴瀝。亦作瀝。」」（註九十一）

臂⿰月是　二九九頁八行

原卷如此，掇瑣同。韻輯正文作「⿸疒臂」，誤。

鰏角鋒　二九九頁八行

原卷正文作「鰏」，韻輯同。掇瑣作「鰏」。案原卷正文不當从魚。全王「鰏」訓作「魚名」；「鶝」訓作「鶝艍」；「⿰角畐」訓作「角鋒」。廣韻「鰏」訓作「魚名，亦作鰏」；「⿰角畐」訓作「角鋒」。此本原卷正文或當作「⿰角畐」，或當云此本原卷脫「鰏」字之注文及正文「⿰角畐」。

芍蓮中子又丁了且略二反　二九九頁一一行

原卷注文作「蓮中子又下子且略二反」，韻輯同。掇瑣與彙編同，「丁」字誤。案原卷下「子」字為「了」字之誤。

郵　鄉名在高陵　二九九頁一五行

原卷「高」作「啇」，韻輯同。掇瑣與彙編同。案原卷「啇」當作「高」。

剔　解骨亦作鬄悐[illegible]　二九九頁一七行

原卷如此，掇瑣同。韻輯無「作」字，蓋脫。

慤　軟　二九九頁一八行

原卷作「慤軟」。掇瑣與彙編同。韻輯作「慤軟」。案全王「慤」訓作「軟〻」，廣韻訓作「敕也」，字又見「苦擊切」下，注文作「敕也」。周氏廣韻校勘記云：「慤，敦煌王韻同。集韻詰歷切下作𢥞。又注軟字當作敕。」惟校箋云：「疑慤即𢥞字之誤。字本讀溪母，本書誤收之耳。注文當依本書（指全王）及姜書P二〇一一云軟為是。」（註九十二）

蓨　絛　二九九頁一八行

原卷作「蓨絛」。韻輯同。掇瑣作「蓨絛」。案當作「蓨蓧」。

勣　功　二九九頁一九行

原卷如此，掇瑣同。韻輯「功」作「切」，誤。

惄　惄歷反飢憂三　二九九頁二〇～二一行

原卷正文作「㤝」，韻輯同。掇瑣與彙編同。又原卷「惄」作「奴」，掇瑣、韻輯同。彙編與原卷異。

愵　怛憂亦作𢙳　二九九頁二一行

原卷注文作「恒憂亦作𢙳」。掇瑣作「怛憂亦作𢙳」。韻輯作「恒憂亦作𢙳」。案原卷「恒」疑當作「怛」。補正錄作「恒一憂亦作𢙳」，又校云：㈠「一憂」當是「憂」之訛。」（註九十三）補正「一愛」二字誤。又掇瑣、韻輯、彙編或體字并誤。

糸 細絲 二九九頁二三行

原卷作「糸 絲細」，韻輯同。掇瑣作「糸 絲細」。案原卷正、注文當作「糸 絲細」。

⿰豸見 白豕黑頭 二九九頁二五行

原卷正文作「⿰豸見」，韻輯同。掇瑣與彙編同。案全王正文作「⿰豸見」，并當从廣韻、集韻作「⿰豸覓」。

辟 室屛 二九九頁二六行

原卷正文作「辟」，韻輯同。掇瑣與彙編同。案本韻从辛之字，原卷并从辛。又韻輯「室」作「空」，誤。

鄍 古闃反邑名在蔡六 二九九頁二七行

原卷正文在行末，注文在次行首，殘存作「鄍」「闃反邑在√名蔡六」。掇瑣作「鄍」「古闃反邑名在蔡六」。韻輯作「鄍」「闃反邑名在蔡六」。案原卷正文、「闃」并當从狊。「在」當係「在」字之殘文，其右下之「√」為乙倒符號。又切語上字，切三、王二、全王、唐韻、廣韻并作「古」。（上文「闃 苦鶪反 寂二」，原卷作「闃 苦鶪反 寂二」，原卷「闃」「鶪」二字并當从狊作「闃」「鶪」。）

鶪 伯勞或作鵙 二九九頁二七行

原卷作「鶪 伯勞或作睢」，韻輯同。掇瑣作「鶪 伯勞或作鵙」。案原卷正文當作「鶪」，「睢」作「⿰狊隹」。掇瑣、韻輯或體字與正文同，并誤。

○ 盍韻

⋮ 吐盍反合卅十四 三〇八頁一行

原卷正文殘。案正文當係「榻」字。

○菜韻

菜 與涉及茆草木之類數於枝莖者又縣名在南陽式涉反七　一三○九頁一～二行

原卷殘存作「涉及茆草木之類數於枝莖者又縣名在南陽式涉反七」，韻輯「數」作「敷」，餘同原卷。擬瑣作「菜與涉及茆草木之類數於枝莖者又縣名在南陽式涉反七」，與彙編逕補正文及「與」字。又原卷「數」當作「敷」。

殜 病　三○九頁三行

原卷如此，擬瑣同。韻輯正文作「殊」。案「殜」字，全王同。廣韻作「殜」。

灄 水名在西陽　三○九頁七行

原卷注文作「水名在西南陽」，案「西」「陽」二字間誤衍一字，又塗去。擬瑣與彙編同。韻輯注文作「水名在西口陽」，「口」當刪去。

䁽 目暗　三○九頁一二行

原卷「目」作「日」。擬瑣、韻輯與彙編同。案全王「䁽」訓作「日暗」。廣韻「䁽」訓作「目暗」；「䁽」訓作「日暗」。疑此本原卷脫「䁽」字之注文及正文「䁽」；或原卷「䁽」為「䁽」字之誤，而無「䁽」字。

鬛 髮鬛　三○九頁一二行

原卷如此，擬瑣、韻輯同。案正、注文，全王同。廣韻「鬣」訓作「須鬣」。說文曰：「鬣，髮鬣鬣也」，其引文與今本說文合。案此本原卷、全王二「鬛」字并當作「鬣」，注文并當重「鬣」字。

邋 毛長亦作巤獵　三○九頁一三行

原卷「毛長」作「長毛」，韻輯同。掇瑣與彙編同，并誤倒。又韻輯「𪕋」作「巤」，誤。

䶈 在聚 艾上　三〇九頁一四～一五行

原卷如此。掇瑣、韻輯「艾」作「艾」。案原卷「艾」當作「艾」。

𧿒……捷……　三〇九頁一六行

原卷作「𧿒嬴。捷疾葉反五」，案「葉」當作「獲」。掇瑣作「𧿒〇捷〇」，韻輯作「𧿒□。捷□□侯五」，當據原卷補正。

𨃨 有齊公子　三〇九頁一六行

原卷注文作「齊有公𨃨」。掇瑣、韻輯并作「齊有公子𨃨」。新編校韻輯云：「原卷無『子』字。」補正補「子」字。（註九十四）案刊注文作「齊有仲孫之𨃨」。

嵽 嵽業，山皃　三〇九頁一七行

原卷「業」作「業」。掇瑣、韻輯與彙編同。案原卷「業」當作「嶪」，文選張平西京賦云：「嵳峩嵽嶫。」

䏴 直輒反，細切肉二　三〇九頁一七～一八行

原卷「輒」作「輙」，韻輯同。掇瑣與彙編同，與原卷異。掇瑣「切」作「初」，誤。

鑷……　三〇九頁二〇行

原卷作「鑷子〻𨔽機𨔽」。韻輯「鑷」作「鑷」，餘同原卷。掇瑣作「鑷口〻」，當據原卷補「子」字及「𨔽」字訓。

懾 懾怯　三〇九頁二五行

原卷正文作「慊」。綴瑣、韻輯與彙編同。案原卷正文當从廣韻作「忛」。

喦 多言　三〇九頁二七行

原卷正文作「⿱口⿰口止」，韻輯作「⿱口⿰口止」。綴瑣與彙編同。案正文作「⿱口⿰口止」，并當从廣韻作「喦」。

𣹟 速　三〇九頁二七～二八行

原卷「速」作「遫」，綴瑣、韻輯同。彙編誤。

讋 之涉反多言　三〇九頁二八行

原卷注文作「之涉多反言口」，「口」為韻字數，模糊，未可辨識。綴瑣與彙編同。韻輯作「之涉反多言口」。原卷有乙倒符號。綴瑣、韻輯、彙編并逕乙正之。

聶 風又尼輒反　三一〇頁三〇行

原卷「風」字模糊。綴瑣與彙編同。韻輯作「叽」。補正補作「楓」，蓋是。案原卷正文「聶」當从刊作「欇」。

## ○洽韻

幍 巾幍亦作悏昌　三一二頁一行

原卷作「慆巾慆亦作悏昌」，案二「慆」字并當从巾。綴瑣作「幍巾幍亦作悏昌」，二「幍」字并當作「幍」、「昌」當作「舀」。韻輯作「幍巾幍亦作悏⿱日臼」，二「幍」字亦并當作「幍」、「⿱日臼」字亦「舀」字之誤。

韐 韎韐韋蔽膝又古答反亦作袷　三一二頁五行

原卷「答」作「荅」，韻輯作「荅」。綴瑣與彙編同，與原卷異。又韻輯無「韋」字，蓋脫。

餄 餅餄　三一二頁六行

原卷如此，韻輯同。撥瑣「餅」作「鉿」，誤。

䶩 口嗛聲又狎反　三一二頁七行

原卷「嗛」作「唯」。撥瑣、韻輯與彙編同。案原卷「唯」當从廣韻作「嗛」。本韻「苦洽反」紐下「䶩」字注文「嗛聲」，原卷「嗛」亦作「唯」，亦當从廣韻作「嗛」。又此「狎」字，疑誤。

…… 竹洽反著二　三一二頁一六行

原卷殘存注文如此，韻輯同。撥瑣作「竹洽又著二」，「又」字誤。案正文當係「劄」字。

凹 下或作容正作窅案凹無所從傷俗尤甚名之切韻誠曰典音陸采編之故詳其失　三一二頁一七～一九行

原卷「容」作「容」，撥瑣、韻輯同。彙編誤。又韻輯無「所」字，蓋脫。

○狎韻

渫 丈甲反濕二 喋 啑喋鳥食啑字所甲反　三一三頁三～四行

原卷作「渫丈甲反溼喋啑喋鳥食啑字所甲反」。撥瑣作「渫丈甲反濕二喋啑喋鳥食啑字所甲反啑」。韻輯作「渫啑渫鳥食啑字所甲反」。案原卷脫「二」字。韻輯脫「丈甲反溼二喋」數字，且注文「喋」誤作「渫」。

甲 古狎反鎧五　三一三頁四行

原卷「鎧」作「鎧」。撥瑣、韻輯與彙編同。案原卷「鎧」蓋「鎧」字之誤。

渫 士甲反水名出上黨　三一三頁一〇行

原卷注文末有「一」字。撥瑣、韻輯、彙編并無此「一」字，蓋脫。

【註釋】

（一）見瀛涯敦煌韻輯新編三二六頁。
（二）詳見唐寫全本王仁昫刊謬補缺切韻校箋二九頁。
（三）仝右書三二頁。
（四）見瑣一〇一校勘記一頁、唐五代韻書集存三六〇頁。
（五）見唐五代韻書集存三六〇頁、唐寫全本王仁昫刊謬補缺切韻校箋四三頁。
（六）見唐五代韻書集存三六〇頁。
（七）見瑣一〇一校勘記二頁。
（八）見瑣一〇一校勘記三頁。
（九）見瀛涯敦煌韻輯新編三二九頁。
（十）見唐寫全本王仁昫刊謬補缺切韻校箋六三頁。
（十一）參見潘師石禪敦煌變文論輯二七九頁敦煌卷子俗寫文字與俗文學之研究乙文。
（十二）見十韻彙編二八頁、廣韻校勘記七八頁。
（十三）見唐寫全本王仁昫刊謬補缺切韻校箋六七頁。
（十四）見廣韻校勘記八二頁。
（十五）見唐寫全本王仁昫刊謬補缺切韻校箋六九頁。
（十六）仝右書七〇頁。
（十七）仝右書七四頁。

（十八）見瑣一〇一校勘記五頁、唐寫全本王仁昫刊謬補缺切韵校箋八八頁。
（十九）見唐寫全本王仁昫刊謬補缺切韵校箋一二一頁。
（廿）仝右書一二三頁。
（廿一）仝右書一二七頁。
（廿二）仝右書一四七頁。
（廿三）見唐五代韻書集存三六八頁。
（廿四）見十韵彙編六三頁、唐寫全本王仁昫刊謬補缺切韵校箋一四九頁。
（廿五）見瑣一〇一校勘記一〇頁。
（廿六）見廣韵校勘記一六一頁。
（廿七）見唐寫全本王仁昫刊謬補缺切韻校箋一八七頁。
（廿八）仝右。
（廿九）仝右書一九〇頁。
（卅）仝右書一九二頁。
（卅一）仝右書一九三頁。
（卅二）見廣韵校勘記一七一頁。
（卅三）見瑣一〇一校勘記一二頁、唐寫全本王仁昫刊謬補缺切韵校箋二〇七頁。
（卅四）見唐寫全本王仁昫刊謬補缺切韵校箋二〇八頁。
（卅五）仝右書二一六頁。
（卅六）見唐五代韵書集存三七五頁。
（卅七）見瑣一〇一校勘記一三頁。
（卅八）仝右書一四頁。

（卅九）見瀛涯敦煌韻輯新編二七〇頁。

（卌）見唐五代韻書集存三七四頁。

（卌一）見唐寫全本王仁昫刊謬補缺切韻校箋二六一頁。

（卌二）見瑣一〇一校勘記一八頁。

（卌三）見唐寫全本王仁昫刊謬補缺切韻校箋二八七頁。

（卌四）仝右書二九二頁。

（卌五）詳見今本說文五三八頁。

（卌六）見廣韻校勘記二七三頁。

（卌七）詳見唐寫全本王仁昫刊謬補缺切韻校箋三三〇頁。

（卌八）仝右書三三五頁。

（卌九）見唐五代韻書集存三九一頁。

（五十）見切韻殘卷諸本補正一三三頁。

（五十一）見唐寫全本王仁昫刊謬補缺切韻校箋三六四頁、切韻系韻書反切異文表七九頁。

（五十二）見唐寫全本王仁昫刊謬補缺切韻校箋三八九頁。

（五十三）見切韻系韻書反切異文表八九頁。

（五十四）見切韻殘卷諸本補正一三五頁。

（五十五）見瀛涯敦煌韻輯新編三四六頁。

（五十六）見廣韻校勘記三三七頁。

（五十七）見唐寫全本王仁昫刊謬補缺切韻校箋四〇〇頁。

（五十八）仝右書四〇四頁。

（五十九）見瑣一〇一校勘記三四頁。

（六十）仝右書三五頁。

（六十一）見唐寫全本王仁昫刊謬補缺切韻校箋四七三頁。

（六十二）仝右書四七四頁。

（六十三）仝右書四九七頁。

（六十四）見瑣一〇一校勘記四〇頁。

（六十五）見廣韻校勘記四二七頁。

（六十六）參見唐寫全本王仁昫刊謬補缺切韻校箋五〇五頁。

（六十七）見切韻系韻書反切異文表一一八頁。

（六十八）見廣韻校勘記四五〇頁、唐寫全本王仁昫刊謬補缺切韻校箋五三〇頁。

（六十九）見唐寫全本王仁昫刊謬補缺切韻校箋五三一頁。

（七十）仝右書五三五頁。

（七十一）見瀛涯敦煌韻輯新編三五一頁、切韻系韻書反切異文表一三五頁。

（七十二）見廣韻校勘記四六九頁。

（七十三）見唐寫全本王仁昫刊謬補缺切韻校箋五五九頁。

（七十四）見瑣一〇一校勘記四八頁、唐寫全本王仁昫刊謬補缺切韻校箋五六〇頁。

（七十五）見唐寫全本王仁昫刊謬補缺切韻校箋五六一頁。

（七十六）仝右書五六二頁。

（七十七）見十韻彙編二四六頁。

（七十八）見廣韻校勘記四八〇頁。

（七十九）見十韻彙編二五二頁、周祖謨廣韻校勘記四八一頁、唐寫全本王仁昫刊謬補缺切韻校箋五四三頁。

(八十)見廣韻校勘記四八三頁。

(八十一)見廣韻校勘記五〇一頁、十韻彙編二六四頁、唐寫全本王仁昫刊謬補缺切韻校箋五九六頁。

(八十二)見唐寫全本王仁昫刊謬補缺切韻校箋六〇〇頁。

(八十三)仝右書六〇九頁。

(八十四)仝右書六二三頁。

(八十五)見唐五代韻書集存四二七頁、切韻系韻書反切異文表一五八頁。

(八十六)見切韻系韻書反切異文表一五八頁。

(八十七)見唐寫全本王仁昫刊謬補缺切韻校箋六三九頁。

(八十八)見瑣一〇一校勘記五八頁。

(八十九)見唐寫全本王仁昫刊謬補缺切韻校箋六八三頁、瑣一〇一校勘記六二頁。

(九十)見切韻系韻書反切異文表一六八頁。

(九十一)見唐寫全本王仁昫刊謬補缺切韻校箋六六五頁。

(九十二)見廣韻校勘記五六六頁、唐寫全本王仁昫刊謬補缺切韻校箋六六八頁。

(九十三)見切韻殘卷諸本補正一四八頁。

(九十四)見瀛涯敦煌韻輯新編三五五頁、切韻殘卷諸本補正所附正誤表。

## 第七節　王二校勘記

〈本校所用材料〉

1. 項子京氏跋本刊謬補缺切韻，周祖謨氏唐五代韻書集存收錄，簡稱序卷。
2. 唐蘭氏仿寫之內府藏唐寫本刊謬補缺切韻，藏中央研究院傅斯年圖書館，簡稱唐蘭仿寫本。此為彙編王二所本者。

并參考：

3. 上田正氏切韻殘卷諸本補正所校，簡稱補正。
4. 龍宇純氏唐寫全本王仁昫刊謬補缺切韻校箋，簡稱校箋。
5. 林炯陽氏切韻系韻書反切異文表。

○序

王仁昫序　　刊伍頁 王序一行

案原卷此四字書於序文首行之上。原卷序文前作·

王仁昫序

刊謬補缺切韻 并序 刊謬者謂刊正訛謬 補缺者加字及訓

朝議郎行衢州信安縣尉王仁昫撰

承奉郎行江夏縣主簿裴務齊正字

前德州司戶參軍長孫訥言注

此書五卷大韻總有一百九十三　小韻三千六百七十　二千一百廿韻清　一千五百五十韻濁　已上都加二百六十五韻

十四百廿三言　舊二万二千　新加二万

大唐龍興廣陵郡有江東南道巡察黜陟大使侍御史平侯 先者燕國景族

唐蘭仿寫本作：

此後廿七葉

刊謬補缺切韻（并序 刊謬者謂刊正訛謬 補缺者加字及訓）

秀水唐蘭仿寫行款字體一依原本

·朝議郎行衢州信安縣尉王仁昫撰

前德州司戶參軍長孫訥言注 ·承奉郎行江夏縣主簿裴務齊正字

·右四聲五卷大韻總有一百九十五 ·小韻三千六百七十一（二千一百廿韻舊 一千五百五十一韻新）·已上都加二百六十五韻

·凡六万四千四百廿三言（舊二万二千七百廿三言 新加二万八千九百言）

（王仁昫字）大唐龍興廣問寓縣有江東南道巡察黜陟大使侍御史平侯（嗣先）者燕國鼎族

唐蘭仿寫本在「朝」「承」上并有「·」號。又本卷及唐蘭仿寫本有行夾注「補缺者」下脫一「謂」字。

江東南道　捌伍頁 王序三行

原卷如此，唐蘭仿寫本同。案全王作「江東道」，唐蘭跋云：「唐時無江東道，衢州屬江南道，東蓋南字之誤。」又云：「項跋本作『江東南道』，考當時以二十人為十道巡察使，則每道有二人，或已知開元末年分江南為東西二道，衢州正在東道，則此或江南東道之誤與？」（註二）案後說為是。

持斧理輪　捌伍頁 王序八行

原卷如此，唐蘭仿寫本「斧」作「斧」。案「輪」字當从全王作「輪」。

陸法言　捌伍頁 王序一八行

原卷作「陸言法」，唐蘭仿寫本作「陸言法」，彙編逕予乙正。

然若字少　刊伍頁　王序二〇行

原卷如此，唐蘭仿寫本同。案「若」字，全王同，并當从卩二一二九作「苦」

韻以韻居　刊伍頁　王序二六行

原卷如此，唐蘭仿寫本同。案下「韻」字當从全王、卩二一二九作「部」。

使各區折　刊伍頁　王序三〇行

原卷如此，唐蘭仿寫本同・案「折」字當从全王、卩二一二九作「析」。

長孫序　刊柒頁　王序八行

案原卷此三字書於序文首行上端，即作「序長孫訥言……」。

〇一東韻

一東　一頁一行

原卷此前列有字樣及「　切韻平聲」廿五韻之韻目，彙編未載，下同。又王二注文有單行，雙行及三行者，異乎各本。

凍　水也又多貢反　一頁一行

・案「水」當作「冰」。

同　一頁二行

原卷此字上有「・」，即作「・同」，彙編脫「・」。

童　古作僮今為童子未冠之稱也按說文童子從辛く丘山反辛從干　古者干字頭向上曲而乱辛非辛字也男子有罪曰奴く曰童女子曰妾從辛重省聲也　一頁二～三行

原卷「從辛」「乱辛」之「辛」并作「辛」，唐蘭仿寫本同。

銅 金也說文亦青鐵也　一頁三行

原卷「亦」作「赤」。唐蘭仿寫本與彙編同，并誤。

狪 獸名似豕出泰山　一頁四行

原卷如此，唐蘭仿寫本同。案正文當从切二、廣韻作「狪」。

㼧 乇　一頁五行

原卷如此，唐蘭仿寫本同。案「乇」當作「瓦」，本卷从乇之字仿此。

种 雅又人姓　一頁八行

原卷如此，唐蘭仿寫本同。案「雅」字當从切二、全王、廣韻作「稚」。

盅 老子曰道盅而用之盅虛器也　一頁八～九行

原卷「器」作「噐」，唐蘭仿寫本同。案三「盅」字并當作「盅」。本韻从盅之字仿此。

泈 水名在襄陽又叻中反　一頁一〇行

原卷「叻」作「勅」。唐蘭仿寫本與彙編同，并當據原卷補。

潨 小水入大水又名冬反　一頁一〇行

原卷「名」作「在」。唐蘭仿寫本同。彙編誤。

臭 古文突也　一頁一一～一二行

原卷注文作「古文笑也」。唐蘭仿寫本作「古文突也〇」

劅 鍾屬也　一頁一二行

原卷如此。案「鍾」當作「錙」。

娀 又真隆反 有娀𢍏母　一頁一三行

原卷「真」作「直」，唐蘭仿寫本同，彙編誤。又原卷「𢍏」當作「契」。

融　一頁一五行

原卷作「•融」，唐蘭仿寫本同。彙編脫「•」。

雄 羽隆反雌 雄反二　一頁一五行

原卷如此，唐蘭仿寫本同。案下「反」字衍。

熊 獸名犬 ⋮黑色 山居冬蟄　一頁一五、一六行

原卷注文作「享獸名大口足黑色山居冬蟄」，「口」模糊，未可辨識。唐蘭仿寫本作「[illegible]獸名犬黑色山居冬蟄」。

窮 去隆反二又窮 加二天也瀘　一頁一六、一七行

原卷「瀘」作「廬」。唐蘭仿寫本與彙編同，并誤。

竆 封口 邑所　一頁一八行

原卷「口」作「契」，唐蘭仿寫本作「〇」。案切二注文作「羿封」，全王作「邑羿所封」，廣韻作「羿所封國」。此本「契」當作「羿」。

楓 木名似白楊葉員如岐有脂而 香今楓即是也處隆反三加二　一頁一九行

原卷無「處隆反三加二」六字。唐蘭仿寫本同。案此六字為下文「充」字注文，彙編誤入於此，致「充」字無注。

玧 耳〻芜〻草名蔚　一頁一九行

原卷此二字訓在下文「充」字訓下，唐蘭仿寫本同，彙編誤置也。

豐 敷隆反六豆之滿者俗作豊 一頁二〇行

原卷「六」作「穴」。唐蘭仿寫本與彙編同。案所列韻字實四，「穴」、「六」並「四」字之誤。

箜 侯く 一頁二二行

原卷「侯」作「篌」。唐蘭仿寫本與彙編同，并誤。

疘 病口 一頁二三行

原卷「口」殘作「ㄱ」，唐蘭仿寫本作「〇」。案切三、全王、刊「疘」并訓作「下病」，此本原卷「ㄱ」蓋「下」字之殘文也。

蚣 蜈 一頁二三行

原卷如此，唐蘭仿寫本同。案「蚣」字，切三訓作「蜈蚣虫」，全王作「蜈ゝ，蟲名」，廣韻作「蜈蚣蟲」，此本「蜈」下有脫文。

濛 水名又⋮記日八處又小雨窓雲之皃 一頁二四行

原卷「⋮」作「濛」，唐蘭仿寫本作「〔」，當據原卷補。全王「濛」訓作「小雨」。

艨 く艟戰也又武口反 一頁二五行

原卷「口」空白，唐蘭仿寫本同。案全王注文作「く艟戰舩，又武用」（「用」下脫「反」字）。廣韻作「艨艟戰船，又武用切」。

幪 一頁二五行

原卷注文作「大」。唐蘭仿寫本與彙編同。案全王、廣韻「大」下有「皃」字。

檬 似槐 一頁二五～二六行

原卷注文作「似槐黃葉」。唐蘭仿寫本與彙編同，并脫「黃葉」二字。案全王注文作「似槐，黃色」，廣韻作「似槐，葉黃」。

䤓 麴生衣細質也 一頁二六行

原卷「質」作「屑」，唐蘭仿寫本同。彙編誤。案全王注文作「麴生衣皃」，亦作「𪎊」。

懞 作盖衣 一頁二六行

原卷「作」下有「又」字。唐蘭仿寫本與彙編同。案正文當从巾作「幪」，唐寫本偏旁忄巾常不分（註三）。全王「幪」訓作「巾々」，廣韻「幪」訓作「覆也，蓋衣也，又幪縠」。此本注文「作」字不詳。

醠 酒洵 一頁二六行

原卷如此，唐蘭仿寫本與彙編同。案正文當作「醠」，全王作「醠」，亦當作「醠」。全王注文作「酒濁」，龍氏校箋乙正為「濁酒」，并云：「王二作洵酒，洵即濁字之誤。」（註四）

籠 盧紅反十五加七又…… 一頁二六行

原卷「又」字下空白，唐蘭仿寫本同。案全王注文作「盧紅反，篝，通俗作籠，十八」。

豅 口谷 一頁二七行

原卷「口」空白，唐蘭仿寫本同。案切二、全王、廣韻注文并作「大谷」。

櫳 案說文房室 一頁二七行

原卷「室」下有「之」字。唐蘭仿寫本與彙編同。案今本說文「櫳」訓作「房室之疏也」，廣韻「櫳」訓作「說文云房室之疏也，亦作櫳」。此本引說文「房室之」下脫一「疏」字。

曨 欲日口 一頁二七行

原卷注文作「欲日出」。唐蘭仿寫本作「欲日」，與彙編并缺「出」字。

嚨 霑〻凍漬 一頁二七行

原卷正文作「瀧」，唐蘭仿寫本與彙編同。案此本注文「凍」當从廣韻作「涷」。全王「瀧」訓作「〻凍沾漬」，「凍」亦當作「涷」。

瓏 玲瓏玉聲 一頁二八行

原卷注文作「玲瓏王聲」，唐蘭仿寫本作「玲瓏玉聲」。案原卷「王」當作「玉」。彙編「玲」係「玲」字之誤。

口 礫△ 二頁二九行

原卷「口」塗去，唐蘭仿寫本同。案全王正文作「龓」，訓作「瓦礰」，龍氏校箋以為「礰當是礫字之誤」（註五）。原卷注文作「凡礫」，彙編「△」當作「瓦」。

蘢 草名又音龍 二頁二九行

原卷「龍」作「音」，唐蘭仿寫本與彙編同。案原卷「音」字誤。

蓊 〻欝草木盛又烏孔反 二頁三二行

原卷「ㄑ」空白。唐蘭仿寫本與彙編同。案原卷當補「ㄑ」。

稯 苦十 二頁三八行

原卷如此，唐蘭仿寫本同。案儀禮聘禮：「十筥曰稯。」此本「苫」當作「筥」。

筝 車ㄑ 二頁三九行

原卷無「ㄑ」。唐蘭仿寫本與彙編同。案原卷脫「ㄑ」。

## ○二冬韻

冬々 都宗反二終 四時也反二 五頁一行

原卷上「二」字作「上」。唐蘭仿寫本與彙編同。案當作「二」。又注文末「反二」二字蓋衍。

爞 案尔疋爞々重也又除中反 五頁二行

原卷「重」作「重」。唐蘭仿寫本與彙編同。案爾雅釋訓：「爞爞炎炎，熏也。」原卷「重」蓋「熏」字之誤。

琮 王 五頁四行

原卷如此，唐蘭仿寫本同。案切二、全王、刊注文并作「玉名」，此本「王」蓋「玉」字之誤。

慒 謀又似冬反 五頁四行

原卷如此，唐蘭仿寫本同。案全王注文與此本同，龍氏校箋云：「此云又似冬反，冬當是由或尤字之誤。」、（註六）

膿 血 五頁五〜六行

原卷如此，唐蘭仿寫本同。案正文當作「膿」或「膿」，本韻及三鐘韻从農之字仿此。又注文當作「血」。

珙 璧又□ 勇反 五頁七行

原卷「□」空白，唐蘭仿寫本同。案全王作「又居勇反」。

酆 敷反二邑名在長安西北又 隆在杜陵西南周文王所封一 五頁一一行

原卷如此，唐蘭仿寫本同。案「敫」當作「敷」。又東韻「豐」即切「敷隆」，此又重出，當有訛誤。切三、全王、廣韻此字訓并列東韻「豐」字下。

○三鍾韻

艟 戰舩 六頁六～七行

原卷如此，唐蘭仿寫本同。案全王注文作「罩舩」，「罩」當作「戰」。

滽 水名出宜蘇山又 水溝見山海經 六頁七～八行

原卷如此，唐蘭仿寫本同。案全王注文作「水名出□□□」，缺文可據此本補。

封 府容反二加一大也土 也封閉也又方用反 六頁一二行

原卷上「反」字作「又」。唐蘭仿寫本與彙編同。案原卷上「又」字當作「反」。全王注文作「府容反，壇土」。

凶 許容反八加； 一禍也咎也 六頁一三行

原卷「咎」作「各」。唐蘭仿寫本與彙編同。案原卷「各」當作「咎」。全王注文作「不吉」。

灉 水名又以 在宋隹反 六頁一六～一七行

原卷如此，唐蘭仿寫本同。案脂韻「以隹反」下有「雖」字，并無「灉」字，廣韻同。二字形似而誤。此本正文當作「濰」。案全王正文作「灉」，誤同。注文則與此本同。

逢 案水逢池在滎陽開封縣或曰宋之逢澤 六頁二一～二二行

原卷注文末「逢」字作「逄」。唐蘭仿寫本與彙編同。案原卷「逄」當作「逢」。又本韻从「夅」之字當从「夆」。全王「逢」訓作「水澤」。

䩸 毷飾又馬鞌飾 六頁二五行

原卷如此，唐蘭仿寫本同。案「䩕」字，全王同。蓋俗書「䩸」字如此。切二、廣韻并作「䩸」。

銎 丑发反一 鑿也又曲恭反 七頁二九～三〇行

原卷如此，唐蘭仿寫本同。案「发」字在一東韻。全王「銎」訓作「柄孔」，列「許容反」紐下。

○四江韻

蛖 案尔足蛖蟲似螻蛄也 八頁三行

原卷「足」作「疋」，唐蘭仿寫本同。彙編誤。

膿 女江反二加二耳口聲 八頁四行

原卷「口」作「中」。唐蘭仿寫本殘作「丨」。又原卷正文作「𦗶」，唐蘭仿寫本與彙編均从「月」，并誤。

椶 種又楚降反 八頁五行

摐 打鍾聲又七恭反　八頁六行

原卷正文作「樅」，唐蘭仿寫本同。案當从全王、廣韻作「樅」。

原卷如此，唐蘭仿寫本同。案全王「樅」訓作「朾鐘鼓」，此本正文及全王「朾」并當从手。又此本「鍾」當作「鐘」。

降 〻伏又古巷反　八頁六行

原卷如此，唐蘭仿寫本同。案全王注文作「伏，又苦巷反，亦作夅」，「苦」當作「古」。

○五支韻

栘 扶栘木名　九頁五行

原卷如此，唐蘭仿寫本同。案全王注文作「扶移，木名」，「移」當从此本作「栘」。

縻 〻爵案說文牛轡又作䌕　九頁一一行

原卷如此，唐蘭仿寫本同。案「轡」字，切二作「轡」。今本說文「縻」訓作「牛轡也」，「轡」訓作「馬轡也，从絲軎，與連同意，詩曰：六轡如絲」。各本篆文作「轡」，則「轡」、「轡」并當作「轡」。

䰲　九頁一四行

原卷作「䰲」，唐蘭仿寫本同。案當作「鬚」。

鈹 敷羇反五加三大鍼也一曰劒而力衰也　九頁十六行

原卷「力」作「刀」，唐蘭仿寫本同。彙編誤。又此本「㪟」當作「敷」。本卷切語上字「敫」，仿此。

帔 又髲反衣不芳帶又巾也　九頁一六～一七行

原卷如此，唐蘭仿寫本同。案正文當作「帔」。

被 水阻　一九頁一七行

原卷如此，唐蘭仿寫本同。案「水」字，全王同，並當从廣韻作「禾」。

羝 案左太沖魏都賦羝々精衛又是支反　九頁二四行

原卷「支」作「攴」。唐蘭仿寫本與彙編同。

宜　二九頁二八行

原卷如此，唐蘭仿寫本同。案當作「宜」。

鸐 鵜　一〇頁三三行

原卷如此，唐蘭仿寫本同。案注文全王同。廣韻「鸐」訓作「鸐黃」，下出「鶩」，注云：「上同。」又下出「鸐」，注云：「上同，又鵜鸐，自為牝牡」。「鵜鸐」出廣雅釋鳥，此「鵜」下疑脫重文．

廝 養　一〇頁四三行

原卷注文作「養々」，唐蘭仿寫本同。彙編脫「々」。全王正文作「㾷」，案當从此本及廣韻作「廝」。

頋 顁々　一〇頁四四行

原卷如此，唐蘭仿寫本同。案全王注文作「顁々字子庭反」，「顁」蓋「顁」字之誤，「子庭反」當為「顁」字之音．龍氏校箋考定「顁」為「顛」字之誤

。又以為「注文究當云顴顱，抑云顱顴，則未能詳」。（註七）

諕 譹く

一〇頁 四四行

原卷「譹」作「譹」，唐蘭仿寫本同。案廣韻注文作「數諫也，諒也」。此本「譹」當作「諒」。全王注文作「謜」，亦係「諒」字之誤。

篪 說文作䶵樂管七孔

一〇頁 五一行

原卷如此，唐蘭仿寫本同。案今本說文「䶵」訓作「管樂也」；「篪」訓作「䶵，或从竹」。此本正文當作「篪」，注文「䶵」當作「䶵」。

齛 斷齒

一〇頁 五二行

原卷如此，唐蘭仿寫本同。案王一注文作「斷齒」，廣韻作「齒斷」，又玉篇注文作「齒斷兒」，此本注文二字當乙倒，且「斷」當是「齗」字之誤。

撕 案折也詩曰釜以撕之

一〇頁 五四行

原卷「釜」作「斧」，唐蘭仿寫本同。案今本說文「斯」訓作「析也，从斤其聲，詩曰：斧以斯之」，集韻「斯」訓作「說文析也，或从手」。此本「折」當作「析」，「釜」當作「斧」。又詩曰者，蓋詩經陳風墓門之詩也。

痿 於垂反一加一溫病一日兩足不能相及又於隹反

一〇頁 五五行

原卷如此，唐蘭仿寫本同。案「於垂反」當从切二、切三、全王、廣韻作「人垂反」。

纗 紉繩

一〇頁 五五行

原卷注文如此，唐蘭仿寫本同。案「紉」字，切二、切三、王一、全王、廣韻并作「細」，「紉」「細」并「絅」字之誤。惟今本說文「纗」訓作「維綱中繩也」，此本注文當作「綱繩」。

劀　肎隨反。一加二。彖也。又在細反　一〇頁五七行

原卷如此，唐蘭仿寫本同。案「彖」字，全王作「㣇」，并當从切二、切三、王一、廣韻作「㣇」。

衺　一一頁五七行

原卷如此，唐蘭仿寫本同。案當作「衰」。

豨　弋垂反。一豬也。出說文新加　一一頁五九行

原卷如此，唐蘭仿寫本同。案「豨」「豬」并當从「豕」。

○八脂韻

胦　夾肉　一三頁四行

原卷正文作「胦」，唐蘭仿寫本作「胦」。全王「胦」訓作「夾〻脊骨」。案今本說文「胂」訓作「夾脊肉也」，此本與全王「胦」并「胂」字之誤。又全王注文「夾」下不當有重文。

杋　木似榆，又音己　一三頁一〇行

原卷「己」作「巳」，唐蘭仿寫本同。案廣韻注文作「木名，似榆，又音几」。此本「巳」字當誤。

諸　怒　一三頁一一行

原卷如此，唐蘭仿寫本同。全王正文作「諸」，注文同。案此本及全王正文并

當从廣韻作「諸」。

帍 比　一三頁一二行

原卷如此，唐蘭仿寫本同。案全王正文作「扁」，注文作「此〻」。此本「比」蓋「此」字之誤。又全王正文當从此本及廣韻作「帍」、注文「〻」當係誤增。

蟦 蝎虫　一一三頁一三行

原卷如此，唐蘭仿寫本同。案全王注文作「蝎」。廣韻注文作「蝎化也」，集韻作「蟲名，蝎化也」。全王脫一「化」字，此本注文亦有誤。

嫠 山徼盡　一一三頁二二行

原卷如此，唐蘭仿寫本同。案廣韻之韻「里之切」下列「嫠」，注文作「字統云：微畫也」，此本「盡」蓋「畫」字之誤。全王「嫠」訓作「微畫」，「畫」亦「畫」字之誤。

葵 渠隹反三加四菜也　一三頁二二～二三行

原卷如此，唐蘭仿寫本同。案「渠」當作「渠」。此本切語上字「渠」仿此。

緌 纓〻　一一三頁二五行

原卷如此，唐蘭仿寫本同。案「纓」當作「纓」。

梗 染也沽也　一一三頁二五～二六行

原卷如此，唐蘭仿寫本同。案此本遇韻正文作「檽」。全王本韻、遇韻正文皆作「檽」，廣韻本韻，遇韻正文皆作「擩」，彙編廣韻校勘記云：「此擩字即

摟字。」惟段氏周禮漢讀考以為字當作「挾」。（註八）

浽 水皃又作睢　一三頁二六行

原卷「睢」作「濉」，唐蘭仿寫本同。彙編誤。

衰 所追反三 微也毸　一三頁二六行

原卷如此，唐蘭仿寫本同。案正文當作「衰」。「毸」當作「耗」。

稄 薑屬可香口　一四頁三一行

原卷如此，唐蘭仿寫本同。案「稄」蓋「葰」字之誤。

蓶 𦺒蓶藥名見本草　一四頁三六行

原卷如此，唐蘭仿寫本同。案全王注文作「𦺒〻」。廣韻作「𦺒蓶草」。此本及全王「𦺒」字并當从廣韻作「𦺒」。

騅 馬色　一四頁三七行

原卷如此，唐蘭仿寫本同。案切二「鵻」訓作「小鳥」；「騅」訓作「馬名」（「名」當作「色」）。切三「鵻」訓作「鳥」；「騅」訓作「馬蒼白雜」。全王有「鵻」字，而無「騅」字（當係誤脫），廣韻「鵻」訓作「鳥名」，「騅」訓作「馬蒼白雜毛，又姓，左傳晉七輿大夫騅歂也」。此本脫「鵻」字注文及正文「騅」。

椎 打又鎚持又馳畏反　一四頁四一行

原卷「持」作「梼」，唐蘭仿寫本與彙編同。案「梼」「持」皆「持」字之誤

「元」出一。

䍸　一四頁四三行

原卷如此，唐蘭仿寫本同。案當作「䍸」。下文「𦌫」字，原卷、唐蘭仿寫本并作「𦌫」，亦當作「𦌫」。

狋　牛肌反二犬怒又縣名在代郡又巨員反　一四頁四四行

原卷如此，唐蘭仿寫本同。案「牛肌反」，切二、切三、廣韻并作「牛肌反」。此本「肥」蓋「肌」字之誤。又全王作「生肌反」者，「生」為「牛」字之誤也。

屎　虛伊反呻吟也一　一四頁四四行

原卷如此，唐蘭仿寫本同。案各卷并無「屎」字。廣韻「咦」字切語作「喜夷切」，與此音同。其紐下列「𡰥」字，訓作「呻吟聲」。此本正文宜从廣韻改作「𡰥」。

○九之韻

飴　與之反十二加九餳之別名　一七頁一〜二行

原卷「與」作「与」，唐蘭仿寫本同。又原卷「餳」蓋「餳」字之誤。

疑　語碁反二加二猜　一七頁七行

原卷如此，唐蘭仿寫本同。案正文當作「疑」，本韻从疑之字仿此。又「碁」字當作「基」。

䰂　白倉色　一七頁一三行

原卷「倉」作「蒼」，唐蘭仿寫本同。潘編誤。全王注文亦作「白倉色」，「

倉」當作「蒼」。

而 如之反十三加三語助也 一七頁一四行

原卷「十三加三」作「十三加二」，唐蘭仿寫本同。

腼 扁凡 一七頁一六行

案原卷下接「擊 又口彤口的二反」（肴韻），唐蘭仿寫本以下空白十二行，後再接「擊 又口彤的二反」。

## ○卅佳韻

鞵 屩履又鞋 三四頁一行

原卷如此，唐蘭仿寫本同。案「屩」字當从廣韻作「屫」。切三注文作「屩」，全王作「屩，亦作鞋」，「屩」、「屩」並當作「屫」。

㥾 心不了 三四頁一二行

原卷「了」作「平」，唐蘭仿寫本同。彙編殘。

牌 口佳反。步皆……五 三四頁二行

原卷注文作「薄佳反又步皆反五」。唐蘭仿寫本作「[illegible]佳反又步皆反五」，與彙編並當據原卷補。

釵 楚佳反婦人政笄七 三四頁六行

原卷如此，唐蘭仿寫本同。案「政」字當从刊、全王作「歧」。

膎 蝦 三四頁六行

原卷如此，唐蘭仿寫本同。案全王注文作「蝦」（龍氏校箋云：「注文王二同。」非是），廣韻注文作「膎脯腊」。此本「蝦」字，全王「蝦」字以及廣

韵「䑍」字并當是「䑍」字之誤。（註九）

䩅 嫓佳反〻䪖胡半反 三四頁七行

原卷末「反」字作「二」。唐蘭仿寫本與彙編同，并誤。

哇 烏溼聲又烏瓜反 三四頁八ㄧ九行

原卷如此，唐蘭仿寫本同。案注文全王同。龍氏校箋以為「疑此下又烏瓜反係注下又切誤植，王二沿其誤」（註十）。

諰 所柴反語也一 三四頁一〇ㄧ一一行

原卷如此，唐蘭仿寫本同。案「所柴反」與本韻「崽」字同音，此後增字也。

䏧 側爻反耳中聲四 六九頁一一行

原卷如此，唐蘭仿寫本同。案「爻」係「交」字之古文，當作「交」。

○卅三肴韻

抓 搯 六九頁二行

原卷如此，唐蘭仿寫本同。案「搯」王一、全王同，并當从廣韵作「掐」。

庖 六九頁六行

原卷如此、唐蘭仿寫本作「·庖」。案原卷、彙編并脫「·」號。

梘 梢柌 六九頁一一ㄧ一二行

原卷如此，唐蘭仿寫本同。案王一「梘」訓作「梢祠」，全王「梘」訓作「捎祠」，廣韻「梍」訓作「梍柌，鎌柄」。案此本、王一、全王正文并當从廣韵作「梍」。又此本注文當作「梍柌」。各本當从改。

㲧 五交反一　六九頁一二行

原卷正文作「㲧」，唐蘭仿寫本同。案當作「㲧」。本卷从尭之字并當从堯。

○卌四豪

韜 藏也徒舀　七一頁一一行

原卷「徒」作「從」，唐蘭仿寫本同。案「從」即「從」字，彙編作「徒」，誤。

夲 進本取也徒大十也　七一頁一四～一五行

原卷「本」作「夲」、「徒」作「從」，唐蘭仿寫本同。彙編并誤。案王一正文作「半」，訓作「進趣」，全王正文作「平」，訓與王一同。廣韻正文作「本」，訓作「說文曰進趣也，从大十，大十者猶兼十人也」，下出「半」，注云：「上同。」則此本「取」蓋「趣」字之誤。又全王正文當作「夲」或「半」。

暕 日出　七一頁二二行

原卷如此，唐蘭仿寫本同。案王一注文作「日出方遭東日明」，全王作「日出遭東日明」，集韻作「日出明」，廣韻無此字。

禮 棧又才勞反　七一頁二二行

原卷如此，唐蘭仿寫本同。案「禮」當作「嘈」、「棧」當作「棧」。

懵 藉　七一頁二二行

原卷如此，唐蘭仿寫本同。案「懵」當作「憎」。王一、全王誤同此本。又全王注文作「籍：」，「籍」蓋「藉」字之誤。

謍 不肖語也一曰哭不止也又五支反　七一頁二四行

原卷如此，唐蘭仿寫本同。案「不省語」，切三、王一、全王、廣韻并同。段氏改廣韻「省」作「肖」。刓注文作「不肖，又哭不止」（「肖」下脫「語」字）。今本說文「謍」訓作「不肖人言也，从言熒聲。一曰：哭不止悲聲謍謍」，段注云：「省，各本作肖，今正。」惟朱駿聲說文通訓定聲云：「肖為省之誤。」引楚辭「不聽話言而妄語」為證。

獒 犬高四尺　七一頁二四行

原卷「犬」作「大」。唐蘭仿寫本與彙編同。案原卷「大」當作「犬」。

嗷 叫又慠　七一頁二六行

原卷「慠」作「𢡟」，唐蘭仿寫本同。彙編誤。

鼇 海中文龜　七一頁二六行

原卷如此，唐蘭仿寫本同。案「文」蓋「大」字之誤。全王注文作「海中大鼈」。

猱 奴力反猨也亦 狃四　七一～七二頁二八～二九行

原卷「力」作「刀」，唐蘭仿寫本同。彙編誤。又原卷「猴」作「𤝞」，唐蘭仿寫本與彙編同。案玉篇「𤝞」，注文作「音壘，又音柚，似獼猴」。

○卌九歌韻

哥 古作歌今作謌兄父為哥也　七三頁二行

原卷下「作」字作「俗」，唐蘭仿寫本同。彙編誤。

[艹颿] 草名出出中　七三頁八行

原卷下「出」字作「水」，唐蘭仿寫本同。彙編誤。

鑨 鉎々又公料反　七三頁八行

原卷正文作「鑨」。唐蘭仿寫本與彙編同，并誤。案全王作「鑨」誤，當作「鑨」。

詿 侫　七三頁一一行

原卷「侫」作「佞」，唐蘭仿寫本與彙編同。案廣韻、集韻注文并作「侫也」。此本注文當作「侫」。

磋 理象牙　七三頁一八行

原卷正文作「磋」，唐蘭仿寫本作「磋」。彙編誤。

縒 人姓又狀蕃反　七三頁二一行

原卷如此，唐蘭仿寫本同。案正文，王一、全王并同。龍氏校箋云：「當從廣韻作繁。」（註十一）

羓 似羊四且九尾也　七三頁二五行

原卷「且」作「耳」，唐蘭仿寫本同。彙編誤。

𥊃 殘嵗田　七三頁二六～二七行

原卷如此，唐蘭仿寫本同。案切三、王一、廣韻注文并作「殘薉田」，此本「嵗」當作「薉」。全王注文作「殘嵗」，「嵗」亦當作「薉」，且脫「田」字。

峨 嵯　七四頁三一行

原卷注文作「嵯〻」。唐蘭仿寫本作「嵯□〻」，中間一字係塗去。彙編脫「〻」。

臡 麋鹿髓醬亦腝 七四頁三四行

原卷如此，唐蘭仿寫本同。案注文王一「腝」作「䁈」，餘同。全王作「麋鹿亦作䁈」，廣韻作「麋鹿骨醬」。龐氏校箋引全王齊韻「奴低反」下「臡有骨」，而謂：「王一、王二髓疑是臡字之誤。」（註十二）又王一、全王「䁈」并當作「腝」。

紴 綿類又補靡反 七四頁三八行

原卷「綿」作「錦」，唐蘭仿寫本同。彙編誤。

茄 巨羅反〻子二 七四頁四四行

原卷「羅」作「羅」，唐蘭仿寫本同。案原卷「巨」當作「巨」。

伽 法反 七四頁四六行

原卷如此，唐蘭仿寫本同。案此本此字列「夷柯反」紐下，此「反」字蓋衍。王一、全王、廣韻切語并切「求迦」。

[口過] 丁戈反十人應一 七四頁四六行

原卷如此，唐蘭仿寫本同。案王一注文作「于戈反，小人相應」，全王作「于戈反」。此本「丁」蓋「于」字之誤。又廣韻注文作「小兒相應也」，此本「十人應」疑是「小人相應」之誤。全王「反」下有脫文。

〇卅一麻韻

斜 褒中谷名又似嗟反 七七頁三行

撳 歛：撳擧手相弃 歛字又以米入 七七頁四行

原卷如此，唐蘭仿寫本同。案「哀」字當从集韻作「褏」。

原卷「歛」作「撳」，唐蘭仿寫本同。彙編誤。

遮 士奢反 斷也 七七頁五行

原卷切語上字作「士」，唐蘭仿寫本作「士」。案當从切三、王一、全王作「止」。

蛇 食遮反 毒虫亦 蛇又咄何 夷何二反 七七頁六～七行

原卷注文末有「二」字。唐蘭仿寫本與彙編俱無，蓋脫也。

鋘 鏵鐅亦 七七頁七～八行

原卷注文作「亦鏵鐅」，唐蘭仿寫本同。案「鐅」上空白處當作「〻」。彙編脫。

𠂢 古華反 蓏屬六 七七頁八行

原卷正文如此，唐蘭仿寫本同。案當作「瓜」，即「瓜」字。

𢪋 引 七七頁八行

原卷如此，唐蘭仿寫本同。案正文當作「抓」，即「抓」字。

麚 北〻牛又豕 七七頁一二行

原卷如此，唐蘭仿寫本同。案全王注文作「鹿」，廣韻作「牡鹿」，今本說文「麚」亦訓作「牡鹿」。疑此本「北」為「牡」字之誤。

碫 石屬 七七頁一五行

原卷正文作「碫」，唐蘭仿寫本同。案「碫」蓋「碬」字，本韻「叚」幷書作

「段」。又王一、全王「碫」并訓作「礪石」，廣韻「碫」訓作「礪石也，春秋傳曰：鄭公孫碫字子石」，周氏廣韻校勘記云：「案此字從段，已見換韻丁貫切下。此處作碫，當刪。」（註十三）

鰕 鯢大 七七頁 一六行

原卷如此，唐蘭仿寫本同。案切三、王一、廣韻注文并作「大鯢」，又爾雅釋魚：鯢，大者謂之鰕。此本「鯢」為「鯢」字之誤。全王注文作「大蝦」，「蝦」字當亦「鯢」字之誤。

笆 蕉ㄑ 七七頁 一八行

原卷注文作「有刺竹名」，唐蘭仿寫本同。彙編蓋將下文「芭」字注文重出於此，而誤脫原注文。

蒩 芥 七七頁 二二行

原卷如此，唐蘭仿寫本同。案切三、廣韻注文并作「芹楚葵，生水中」，此本「芥」蓋「芹」字之誤。全王注文作「菜楚葵，生水中」，「菜」亦「芹」字之誤。

蹁 ㄑ跨行 難貞 七七頁 二三行

原卷如此，唐蘭仿寫本同。案「跨」字當从切三、全王（既重文）、廣韻作「跧」。

闍 視奢反闍ㄑ城上重門又德胡反三 七七頁 二五行

原卷如此，唐蘭仿寫本同。案「闍」字當从切三、廣韻作「闍」。

檛 陟瓜反打也二　七七頁二六～二七行

原卷如此，唐蘭仿寫本同。案「爪」當作「瓜」。唐寫本「爪」「瓜」常不分。

岼 峆：峆字呼合　七八頁三〇行

原卷注文末有「反」字，唐蘭仿寫本同。瀛編脫。

查 市邪反大口一　七八頁三二行

原卷如此，唐蘭仿寫本同。案「市」蓋「才」字之誤。

○五陽韻

鞨 馬額口鞨　八〇頁三行

原卷如此，唐蘭仿寫本同。案切三注文作「馬頭日鞨」，王一作「馬額日鞨」，此本「口」字蓋「日」字之誤。全王注文作「馬額白」，「白」爲「日」字之誤，下又脫重文。

样 槌也又子郎反　八〇頁三行

原卷如此，唐蘭仿寫本同。案「样」「槌」當从瀛韻作「样」「槌」。

詳 ：狂又似、羊反亣佯　八〇頁四行

原卷「徉」作「佯」。唐蘭仿寫本與瀛編同，并誤。

⿰牜京 八〇頁七行

原卷作「⿰牜京」，唐蘭仿寫本同。案原卷及唐蘭仿寫本「牛」、「爿」并書作「爿」。

淘 水名　八〇頁九行

原卷如此，唐蘭仿寫本同。案正文王一作「洶」，全王作「洶」，并當从廣韻作「汈」。今本說文「汈」訓作「汈水也，从水刃聲」。

襄 息良反上邑十二　八〇頁二〇行

原卷如此，唐蘭仿寫本同。案王一注文作「息良反上又邑」，此本「邑」上脫一「又」字。又「上又邑」，全王作「郡名」。

螿 寒　八〇頁二二行

原卷注文作「寒〻」，唐蘭仿寫本同。彙編脫「〻」。

牆 疾良反恒也亦墻七　八〇頁二八行

原卷「恒」作「垣」，唐蘭仿寫本同。彙編誤。

奘 妄強大也又在郎反　八〇頁二八行

原卷正文作「奘」，唐蘭仿寫本同。案即「奘」字。廣韻注文作「妄強犬也，又徂朗切」。此本「大」蓋「犬」字之誤。又全王注文作「強大，人在朗反」（「大」亦「犬」字之誤），此本「郎」當从全王、廣韻作「朗」。

匡　八一頁三〇行

原卷如此，唐蘭仿寫本同。案當作「匡」。本韻从匡之字仿此。

王 雨方反又于放反　八一頁三二行

原卷注文末有「二」字。唐蘭仿寫本與彙編俱無，并脫也。

強 巨良反又疆四　八一頁三三行

原卷如此。唐蘭仿寫本「巨」作「臣」，誤。又此本「彊」當作「彊」。

僵 ⿰扌黃身又已羊反 八一頁三三行

原卷「已」作「己」，唐蘭仿寫本同。彙編誤。又此本「⿰扌黃」當作「橫」。

⿱艹昜 禇羊反草名三 八一頁三四行

原卷如此，唐蘭仿寫本同。案正文當作「⿱艹昜」，本韻从易之字仿此。一「禇」當作「褚」。

○六唐韻

⿰鼠唐 〻鼠一日三易腸 八四頁一行

原卷「易」作「易」，唐蘭仿寫本同。案「易」當作「易」，彙編誤。又王仁注文作「〻鼠，一日三易腸」，廣韻作「⿰鼠專⿰鼠唐鼠，一月三易腸」，此本「日」當从廣韻、集韻作「月」。全王「日」亦當作「月」。

榶 傏〻⿰木突又俟 八四頁二行

原卷如此，唐蘭仿寫本同。案「榶」「⿰木突」當作「搪」「揬」。

⿰牛唐 牛〻 八四頁三行

原卷正文作「⿰爿唐」，唐蘭仿寫本同。案當作「⿰牛唐」。

榶 棣〻 八四頁四行

原卷作「榶棣」，唐蘭仿寫本作「榶棣〻」。案原卷脫「〻」。彙編正文當作「榶」。

⿰車堂 軞〻輬輪 八四頁五行

原卷如此，唐蘭仿寫本同。案「輪」字當从王一、廣韻作「軨」。全王亦誤「

軩」字。

琅 ：玡玉名又琅琊 八四頁八行

原卷注文作「琅：玡玉名又琅琊」，唐蘭仿寫本作「琅：玡玉名又琅琊」，案唐蘭仿寫本、彙編「玡」誤作「玡」、「玉」誤作「王」。

襠 ：襦 八四頁一〇行

原卷如此，唐蘭仿寫本同。案注文王一、王三并作「裲襠」，廣韻作「兩襠衣」。此本「襦」當作「裲」，全王注文作「衣」當有脫誤。

倉 七良反穀藏也五 八四頁一一行

原卷如此，唐蘭仿寫本同。案「良」字在陽韻，「良」當作「郎」。

掴 舉 八四頁一二行

原卷如此，唐蘭仿寫本同。案正文當作「掴」。本韻从岡之字多作「岡」（除「掴」書作「掴」，「剛」書作「剛」外）。本韻从岡、从岡、从岡之字并當从岡。

康 苦對反安也古康十 八四頁一四行

原卷如此，唐蘭仿寫本同。案「對」當作「剅」。「剅」為「剛」之俗。

盌 血 八四頁一八行

原卷如此，唐蘭仿寫本同。案「血」當作「血」。

䀮 目不明 八五頁三〇行

原卷「明」作「明」，唐蘭仿寫本同。彙編誤。

卬 五剛反，高也。六 八五頁 三三行

原卷如此，唐蘭仿寫本同。案正文當作「卬」、「剛」當作「剛」。

昂 擧 八五頁 三四行

原卷如此，唐蘭仿寫本同。案「昂」當作「昂」。

## ○卌五庚韻

更 ：代，又古孟反，亦丙攴 八七頁 一行

原卷「丙攴」作「㪅」。唐蘭仿寫本與彙編同，并誤。

䢚 覓徑 八七頁 一行

原卷如此，唐蘭仿寫本同。案王一注文作「逸徑」，全王作「徑」，廣韻作「兔徑」。此本「覓」、王一「逸」并「兔」字之誤。又全王「徑」當作「徑」，且當補一「兔」字。

横 胡盲反，縱也。十五 八七頁 五行

原卷如此，唐蘭仿寫本同。案「横」當作「横」。王一「縱」作「從」，下有「横」字。廣韻注文作「縱横也，又姓，風俗通云：韓王子成號横陽君，其後為氏」，此本「縱」下脫「横」字或「也」當作「横」。

潢 方舟渡津舫曰潢，荊州人呼 八七頁 七行

原卷注文「潢」作「横」。唐蘭仿寫本與彙編同。案當作「潢」。正文同。

閍 逋盲反，宮中門，一曰巷。四 八七頁 八行

原卷「門」上有「小」字，唐蘭仿寫本作「小」，案即「小」字。彙編脫。

枋 廟門徬祭 八七頁 八行

原卷如此，唐蘭仿寫本同。案正文當作「祊」、「徬」當作「傍」。

蒡 草名隱忍 八七頁 一二行

原卷「隱忍」作「隠忍」。唐蘭仿寫本與彙編同。案王一、全王注文并作「隱葸」，廣韻作「菜，一名隱葸，似蘇可為葅」。此本「忍」字當从王一、全王、廣韻作「葸」。

桁 林 八八頁 三一行

原卷如此。唐蘭仿寫本「林」作「林」。案當以全王作「牀」。廣韻注文作「屋桁」。

○卅六耕韻

牼 牛骨宋有司空〻 八九頁 二行

原卷如此，唐蘭仿寫本同。案「司空牼」，當从切三、廣韻作「司馬牼」。全王作「司空牼」，「空」當作「馬」、「牼」當作「牼」。

蕄 在 八九頁 三行

原卷如此，唐蘭仿寫本同。案全王注文作「在心」，廣韻作「爾雅云：存存蕄蕄在也。又莫登切，本亦作萌，又作蕄」，集韻作「心所在也」。

莖 尸耕反草木幹也四 八九頁 五行

原卷「尸」作「户」，唐蘭仿寫本同。彙編誤。

嫈 〻娙新婦皃又於營乙爭二反 八九頁 七行

原卷如此，唐蘭仿寫本同。案「爭」蓋「諍」字之誤。切三又音作「又乙諍反」，廣韻作「又拎營切，又乙諍切」。

鸎 鴰〻 八九頁七行

原卷「鵡」作「鳥」。唐蘭仿寫本與廣韻同。

崢 土耕反二嶸山峻皃亦崝嶸三 八九頁七～八行

原卷「土」作「士」，唐蘭仿寫本同。案當作「士」。

掙 判〻 八九頁八行

原卷如此，唐蘭仿寫本同。案正文當作「掙」。

抨 牛色駁如星 八九頁一〇行

原卷正文作「牪」。唐蘭仿寫本與廣韻同，并誤。又此本「駁」字，廣韻作「駮」，可據正。

棚 簿〻棧又崩反 八九頁一四行

原卷如此，唐蘭仿寫本同。案「簿」字當从全王、廣韻作「薄」。

爭 側莖反競也六 八九頁一五行

原卷如此，唐蘭仿寫本同。案「竸」字，全王作「競」。「競」或「竸」之或體。

䱢 魚名長頸 八九頁一五行

原卷如此，唐蘭仿寫本同。案全王注文作「魚長頸」。

○卌七清韻

[illegible] 陳榮謂檜負 九〇頁三行

原卷「榮」作「宋」，「檜」作「[illegible]」，唐蘭仿寫本同，彙編誤。

[illegible] 似狐黃尾 九〇頁四行

原卷如此，唐蘭仿寫本同。案切三注文作「似猿黃色」，全王作「猨：似狐也」（「也」疑是「色」字之誤），廣韻作「似狐色黃」，此本「尾」蓋「色」字之誤。

瞢 目或且 九〇頁四行

原卷「且」作「耳」，唐蘭仿寫本同。彙編誤。案廣韻訓作「惑也」，「或」「惑」古字通。此本冥韻「瞢」字亦訓作「或」。

褮 鬼衣，又胡均反 九〇頁一〇行

原卷如此，唐蘭仿寫本同。案「均」當作「坰」。全王作「垧」，亦當作「坰」。

〇卌八冥韻

冥 九二頁一行

案王二「冥」韻，各本并稱作「青」韻。

鴂鷄 九二頁三行

原卷如此，唐蘭仿寫本同。案全王注文作「鸋：」，廣韻作「[illegible]鴂鸋也」。此本「鷄」蓋「鸋」字之誤。

竮 普丁反 竛竛行不正亦伶俜大 九二頁一〇行

原卷如此，唐蘭仿寫本同。案「着」蓋「普」字之誤。又正文當作「𢍰」。本韻从廾之字仿此。

甹 〻逢裂曳，又巨丁反 九二頁一〇行

原卷「𧜸」作「𢍰」，唐蘭仿寫本同。彙編誤。

霝 雨客 九二頁一四行

原卷如此，唐蘭仿寫本同。案注文全王同。「客」當作「零」。今本說文「霝」訓作「雨零也，从雨，㗊象零形，詩曰：霝雨其濛」。廣韻作「落也，墮也，說文曰：雨零也，从雨，㗊象雨零形。或作零」。

紷 緈絲百廿 九二頁一五行

原卷如此，唐蘭仿寫本同。案全王注文作「緈絲百卄」，廣韻作「緈絲一百升，又絮名」，此本「廿」、全王「卄」并當从廣韻作「升」。

泠 清水 九二頁一五行

原卷注文作「清〻水」，唐蘭仿寫本同。彙編脫「〻」。

綎 綬亦縕 九二頁一九行

原卷如此，唐蘭仿寫本同。案「綬」字，全王同。廣韻「縕」訓作「綃屬，說文緩也」，下出「綎」，注云：「上同。」今本說文「縕」訓作「緩也」，「綎」訓作「縕，或从呈」。此本、全王「綬」蓋「緩」字之誤。

芋 葋，又羌洽反 九二頁二〇行

原卷如此，唐蘭仿寫本同。案全王注文作「葋，又羌冷反」，此本「洽」疑為

「泠」字之誤。今本說文「苄」訓作「苄熒朐也」，爾雅釋草：葋，苄熒。此本「蓲」、全王「蒟」疑并「葋」字之誤。

町 田處 徒頂反 丁　九二頁二〇行

原卷「町」作「町」，唐蘭仿寫本同。瀚編誤。又此本「丁」蓋「又」字之誤。

䑺　九二頁二〇行

原卷作「䑺」，唐蘭仿寫本同。瀚編誤。案「䑺」當作「舤」。

同 象遠界　九二頁二四行

原卷如此，唐蘭仿寫本同。案全王注文同。廣韻「坰」訓作「野外曰林，林外曰坰」，下出「冋」，注文云：「古文。」今本說文「冋」訓作「古文冂，从囗，象國邑」，「冂」訓作「邑外謂之郊，郊外謂之野，野外謂之林，林外謂之冂，象遠介也」，此本止取「象遠介」為訓。龍氏校箋以為此誤讀說文，因謂：「云象遠界者，謂冂字形象如此，非釋其字義，義則林外謂之冂也。」（註十四）

## ○卌三蒸韻

蒸　九四頁一行

原卷如此，唐蘭仿寫本同。案當作「蒸」，下文「烝」、「𦯶」等从烝之字仿此。

承　九四頁一行

原卷如此，唐蘭仿寫本同。案當作「承」，

淜 無舟渡水　九四頁五行

原卷正文作「淜」，唐蘭仿寫本與瀚編同。案王一正文作「淜」，全王與此本原卷同。并當从廣韻作「淜」。

棚 盛箭器 九四頁六行

原卷如此，唐蘭仿寫本同。案「棚」當作「掤」。廣韻「掤」訓作「說文曰所以覆矢也，詩云：抑釋掤忌」。

斿 旌旗桂貝 九四頁一〇行

原卷「桂」作「桂」，唐蘭仿寫本同。案「桂」字當从王一、全王作「柱」。

○卌四尤韻

鄾 氣逆 九六頁三行

原卷正文作「歖」。唐蘭仿寫本與彙編同，并誤。又此本「逆」當作「逆」。

劉 九六頁五行

原卷如此，唐蘭仿寫本同。案當作「劉」。本韻从劉之字仿此。又下文从夘之字均當从卯。

䵹 蚿蚑 九六頁一二行

原卷如此，唐蘭仿寫本同。案「蚑」當作「蚊」。爾雅釋魚：「鼁䵹蟾諸。」注云：「似蝦蟆，居陸地。淮南謂之去蚊。」

猷 以周反玃屬也亦猶卅 九六頁一四行

原卷「卅」作「卌」。唐蘭仿寫本與彙編同，并誤。此紐下所列韻字實四十字。

廇 久屋木又弋久反又作㢠 九六頁二〇行

遒　既由反盡也又字由反亦遒迫也聚也十一　九六頁二二行

原卷如此，唐蘭仿寫本同。案「酋」當从集韻作「酋」。

原卷「既」作「即」，唐蘭仿寫本同。彙編誤。

𣩵　終人子牢反　九六頁二五行

原卷「人」作「又」。唐蘭仿寫本作「乂」，彙編遂誤作「人」。

惆悵　九六頁二八行

原卷注文作「悵々」，唐蘭仿寫本同。彙編脫「々」。

䐹　失意皃又他狄反　九七頁二九行

原卷如此，唐蘭仿寫本同。案「意」下當補一「視」字。王一、全王并訓作「失意視」。

堥　前高後下丘又莫候反　九七頁三四行

原卷「候」作「侯」，唐蘭仿寫本同。

牧　式周反一取也俗作收　九七頁三五行

原卷「或」作「式」，唐蘭仿寫本同。彙編誤。案正文當作「收」。

啾　子由反唧二　九七頁三八行

原卷如此，唐蘭仿寫本同。案「子由反」與上文「遒，即由反」音同，蓋後增字也。廣韻、王一、全王「啾」字并見切語「即由」紐下。

貅　々貔　九七頁四六行

原卷「貔」作「猑」，唐蘭仿寫本同。案切三、全王注文并作「貔々」。廣韻

「貅」訓作「貔貅，猛獸」，下出「貅」，注云：「上同。」此本「豼」蓋「貔」字之誤。

膄 面汗 九七頁 四七行

原卷如此，唐蘭仿寫本同。案廣韻「溲」訓作「汗面，或作膄」。此本正文當从肉作「膄」，即「膄」字。此本「叟」并書作「叜」。

慒 憓又以冬反 九七頁 四九行

原卷如此，唐蘭仿寫本同。案王一、全王「以」并作「似」，當據改。

叴 地名在臨淮亦作仇又人九反 九七頁 五五行

原卷「九」作「久」。唐蘭仿寫本與彙編同，并誤。

(亻)求 強亦頯 九七頁 五五行

原卷正文作「求」。唐蘭仿寫本與彙編同。案「俅」字，王一訓作「戴，亦作頯」，全王作「載，亦作頯」。疑此本正文當作「俅」。補正亦作「俅」。（註十五）

○卌五侯韻

鍭 大箭胡反 一〇〇頁 三行

原卷注文殘存作「大箭 胡反」，唐蘭仿寫本同。彙編當作「大箭口 胡口反」。案王一、全王注文作「大箭，又胡遘反」。

○卌六幽韻

觩 角上 一〇二頁 二行

原卷如此，唐蘭仿寫本同。案正文當从切三、王一、全王、廣韻作「觩」。

⿰牛夫 く角貟 一〇二頁 二行

原卷正文作「⿰牛朱」，唐蘭仿寫本同。案當作「⿰牛末」。

〇卌二侵韻

⿰舟見 私出頭視 又丑鴆反 一〇三頁 六行

原卷如此，唐蘭仿寫本同。案正文，全王作「⿰目見」，廣韻作「⿰目見」，彙編廣韻校勘記云：「⿰目見段改⿰舟見。」（註十六）此本从舟不誤，惟缺彡形。

蔦 〻鳶 鳥名 一〇三頁 七行

原卷「鳥名」作「名鳥」，唐蘭仿寫本作「名鳥」，有乙倒符號。案原卷「名鳥」當作「鳥名」。

諶 氏材反 誠也 亦堪訦四 一〇三頁 一〇行

原卷「材」作「林」，唐蘭仿寫本同。彙編誤。

櫼 楔或䃸 一〇三頁 一七行

原卷如此，唐蘭仿寫本同。案今本說文「櫼」訓作「楔也」；「楔」訓作「櫼也」。此本當作「櫼 楔或䃸」。

⿰革今 竹窑 一〇三頁 二一行

原卷如此，唐蘭仿寫本同。案全王注文作「竹窑」。儀禮士喪禮：「鞶用⿰革今。」鄭注云：「⿰革今，竹⿱竹窑也。」此本「窑」、全王「窑」亦當作「⿱竹窑」。

⿰火殳 禁又竹甚反 一〇三頁 二三行

原卷如此，唐蘭仿寫本同。案正文當从廣韻作「⿰火殳」。

醅（聲又於南反）一〇三頁二八行

原卷如此，唐蘭仿寫本同。案正文，全王、廣韻并同。龍氏校箋以為「醅」當作「䤃」。（註十七）

岑（鋤簪反山而高五）一〇四頁三〇行

原卷下「山」字作「小」。唐蘭仿寫本與彙編同，并誤。又原卷「簮」當作「簪」。

○卌九覃韻

鐔（劒阜又尋淫二音）一〇五頁三行

原卷如此，唐蘭仿寫本同。案「阜」當係「鼻」字。又「劒鼻」，王一、全王并同。廣韻作「劒口」。

唅（䫲〻胡只）一〇五頁八行

原卷「䫲」作「瞋」，唐蘭仿寫本同。彙編誤。案文選王褒洞簫賦：「瞋唅喖以紆鬱。」李善注云：「說文曰：頷，頤也。釋名曰：喖，咽下垂也。言氣之盛而唅喖，類䫲也。」則此本「胡」當作「喖」。

䚞（力視）一〇五頁一五行

原卷如此，唐蘭仿寫本同。案廣韻注文作「内視」。今本說文訓作「内視也」，注云：「䚞與眈音義皆同。眈下曰視近，此曰内視。」切三「眈」字注文作「視近而志遠」。此本「力」蓋「内」字之誤。

𣊭（和又江談反）一〇五頁一七行

原卷如此，唐蘭仿寫本同。案正文，全王作「磿」，廣韻作「𪎭」。并當作「𪎭」。今本說文「𪎭」訓作「和也，从甘麻，麻調也，甘亦聲，讀若函」，段氏於「从甘麻，麻調也」下注云：「說从麻之意。厂部曰：麻，治也。秝部曰：稀疏適也。稀疏適者，調龢之意。周禮凡和，春多酸，夏多苦，秋多辛，冬多鹹，調以滑甘。此从甘麻之義也。」

○五十談韻

飲 戲膁反乞人物又欲也又呼監反　一〇六頁　九行

原卷如此，唐蘭仿寫本同。案注文，王一、全王并作「欲，又呼濫反」，廣韻作「欲也」，又廣韻「䞶」訓作「戲乞人物，亦作飲」。此本闞韻「䞶」訓作「呼濫反，戲物也，亦飲」（「戲」下疑脫「乞」字）。疑：⑴此本誤合「飲」「䞶」二字之訓、「監」當作「濫」、又衍「膁反」二字。⑵或合「飲」「䞶」二字之訓不誤、「監」當作「濫」、又衍「膁反」二字，而正讀誤脫。

○卌七鹽韻

鵮 雜離　一〇七頁　二行

原卷如此，唐蘭仿寫本同。案注文，刊作「〻離」，廣韵作「鵮離鳥，自為牝牡」。玉篇作「鵮離，自為牝牡」。此本「雜」蓋「鵮」字之誤。

廉 力兼反伶節廿　一〇七頁　三行

原卷「節」作「莭」，唐蘭仿寫本作「節」，案當从竹作「節」。又「兼」字在添韻。

覢 視察 一〇七頁六行

原卷如此，唐蘭仿寫本同。案正文，全王作「覢」，廣韻作「覝」。今本說文「覝」訓作「察視也」，段注云：「密察之視也。高帝紀廉問，師古注曰：廉察也，字本作覝，其音同耳。按史所謂廉察，皆當作覝，廉行而覝廢矣。」此本、全王正文并誤。

櫢 菾菜細 一〇七頁二四行

原卷如此，唐蘭仿寫本同。案正文當作「櫢」。又「菜」字，刊同。王一、全王并作「采」，廣韻作「木」。校箋以為「當从廣韻、集韻作木」。

○卌八添韻

髻 丁兼反 〻鬘七 一〇九頁一行

原卷如此，唐蘭仿寫本同。案「髻鬘」，切三、全王并作「髻鬘」。廣韻訓作「髻鬑鬑鬘薄兒」，集韻訓作「髻鬑鬘鬑」。

㬄 香 一〇九頁六行

原卷如此，唐蘭仿寫本同。案正文全王作「䁠」，與此本并當从王一、廣韻作「嗛」。

○五十一咸韻

霎 雨敓 一一〇頁四行

原卷如此，唐蘭仿寫本同。案正文，全王同。王一作「霎」，并當从廣韻作「霰」。

○五十二銜韻

劉 剡西京賦 一一一頁一行

原卷注文作「剡西京賦作此攙」，唐蘭仿寫本同。彙編脫「作此攙」三字。

⿰革彖 好所著又作⿰革見字 一一一頁四行

原卷「好」字上空白處作「旌」，唐蘭仿寫本同。案當作「旌」。彙編缺。又原卷正文當作「⿰革參」。

⿱山散巖： 山谷深邃皃又口銜反 一一一頁六～七行

原卷如此，唐蘭仿寫本同。案正文，全王見咸韻作「嵌」，廣韻在銜韻作「嵌」。此本「⿱山散」蓋「嵌」字之誤。

○五十三嚴韻

薟 羊 一一二頁一行

原卷注文作「羊」，唐蘭仿寫本同。案當作「辛」。廣韻正文作「蘞」，注文作「芊之辛味曰蘞」（「芊」原作「芉」，當从澤存堂本、巾箱本作「芊」），「蘞」為「薟」之或體，今本說文「蘞」訓作「薟或从斂」。

⿰今支 丘嚴反鈙歁下齊又丘广反一 一一二頁二行

原卷作此，唐蘭仿寫本同。案「歁」字當从全王、廣韻作「欹」。

○一董韻

獽 奴動反 一一五頁六行

原卷注文末有「一」字。唐蘭仿寫本與彙編俱無，并脫也。

菶 草盛又分孔反　一一五頁九行

原卷「分」作「方」，唐蘭仿寫本殘作「㲼」，致彙編誤作「分」。

〇二腫韻

浝 塗　一一六頁二行

原卷如此，唐蘭仿寫本同。案正文王一同，全王作「沈」，並當以廣韻作「浝」。

氄 鳥毛亦維蘘又而尹反　一一六頁四行

原卷如此，唐蘭仿寫本同。案「蘘」字，全王作「蘘」。龍氏校箋云：「當是褎字之誤。」（註十八）

重 直隴反不輕也又直用直龍二反三　一一六頁四行

原卷無「二」字，唐蘭仿寫本同。案依本書例，當補此「二」字，原卷脫。

𢪈 兩手　一一六頁八行

原卷如此，唐蘭仿寫本同。案注文，切三、全王同。廣韻注文作「說文曰揚雄說廾从兩手也」，今本說文「𠬞」訓作「竦手也」；「𢪈」訓作「揚雄說𠬞从兩手」，則當云「竦手」，不當云「兩手」。

駷 馬搖銜走又思口反　一一六頁九行

原卷如此，唐蘭仿寫本同。案「馬搖銜走」四字，全王、廣韻同。周祖謨廣韻校勘記云：『案公羊定公八年傳「陽越下取策，臨南駷馬」，注作「捶馬銜走」。』（註十九）集韻云「搖馬銜走」。此本、全王、廣韻「馬搖」二字誤倒。又公羊傳何注之「捶」字當作「搖」。

⿰忄松（且勇反。禪亦憁⿰礻悤一）　一一六頁　一一行

原卷如此，唐蘭仿寫本同。案廣韻「幒」訓作「說文幝也」，下出「⿰巾松」，注云：「上同。」此本「⿰忄松」當作「⿰巾松」，又「憁」字亦當从巾作「幒」。今本說文「幒」訓作「幝也，从巾悤聲，一曰帙」；「⿰巾松」訓作「幒，或从松」；「幝」訓作「幒也，从巾單聲」；「褌」訓作「幝，或從衣」。則此本「禪」字蓋「褌」字之誤。又「⿰礻悤」字當从衣作「⿰衤悤」。段氏於「幝」字訓「幒也」下注云：「方言：褌，陳楚江淮之閒謂之⿰衤松。釋名：褌，貫也，貫兩腳上繫腰中也。按今之套褲，古之絝也，今之滿襠褲，古之褌也，自其渾合近身言曰幝，自其兩襱孔穴言曰幒。方言：無祠之袴謂之襣。郭云：即犢鼻褌。」

○三講韻

慃（烏朗反。佷戾一）　一一七頁　二行

原卷「戾」作「戻」，唐蘭仿寫本同，案當作「戾」。又「朗」字在蕩韻，全王、廣韻切語并切「烏項」。

銗（愛錢器）　一一七頁　二行

原卷「愛」作「受」，唐蘭仿寫本同。案彙編誤。

○六紙韻

恀（怗）　一一八頁　二行

原卷如此，唐蘭仿寫本同。案爾雅、玉篇「恀」并訓作「怙恃也」。此本「怗」蓋「怙」字之誤。

泃 水名，出枸狀山 一一八頁三行

原卷「枸」殘存作「杓」，唐蘭仿寫本作「杓」。案「枸」字，切三、全王、廣韻同。彙編廣韻校勘記云：「枸，澤存本同，巾箱、楝亭、符山堂三本均作枸，今東山經作枸。」（註廿）則唐蘭仿寫本作「杓」者，殆誤。

褆 衣服端 一一八頁四行

原卷如此，唐蘭仿寫本同。案注文，全王、刊、廣韻同。玉篇注文作「衣服端正皃」。

舐 以舌物 一一八頁五行

原卷「物」作「食」，唐蘭仿寫本同。案切三「䑛」訓作「舌取物，倉氏反，或作舓」，刊「䑛」訓作「食紙反，舌取物，亦舐舓」，下出「舐」，注云：「同上，俗。」廣韻「舓」訓作「以舌取物，神帋切」，下出「䑛」，注云：「上同。」又下出「舐」，注云：「俗。」

毀 許委反，壞也十 一一八頁七行

原卷「十」作「七」，唐蘭仿寫本同。案本紐所列韻字實七字，彙編誤。

檓 樹文者 一一八頁八行

原卷正文作「檓」。唐蘭仿寫本與彙編同。廣韻正文作「檓」，注文作「爾雅云檓大椒」，與今本爾雅合。郭注云：「今椒樹叢生實大者名為檓。」此本注文當作「椒大者」，「樹」為「椒」字之誤、「文」為「大」字之誤。全王注文作「㫗椒木者」，「㫗」旁「〻」為刪去符號，「木」亦「大」字之誤。

毇 舂 一一八頁 八行

原卷正文作「毇」。唐蘭仿寫本與彙編同。案全王正文作「䉛」，注文與此本同。廣韻正文作「毇」，注文作「說文曰：米一斛舂為八斗」，下出「䉛」，注云：「上同。」今本說文「毇」字訓作「糲米一斛，舂為九斗也，从臼米，从殳」，段注云：「九斗，各本譌八斗，糳下八斗，各本譌九斗，今皆正。」又云：「此云糲米者，兼稻米粟米言之。」另「糳」字訓作「糲米一斛，舂為八斗曰糳」。此本正文當係「毇」字之誤。

䇐 杭偽反 又九 一一八頁 一〇行

原卷如此。唐蘭仿寫本「又」作「叐」，誤。案正文，全王同，并當从切三、廣韻作「䇐」。

庪 懸上 一一八頁 一一行

原卷如此，唐蘭仿寫本同。案正文當从全王、廣韻作「庪」。又注文，全王同，廣韻作「爾雅云：祭山曰庪縣」，今本爾雅郭注云：「或庪或縣，置之於山，山海經曰：縣以吉玉是也。」則此本及全王「上」為重文之誤。

髓 息委反 骨汁 又 隨骨 四 一一八頁 一一～一二行

原卷「隨骨」作「髓」，唐蘭仿寫本同，惟字形稍長，致彙編誤以為二字。

輢 車〻陸 木別名 一一八頁 一四行

原卷「名」作「出」，唐蘭仿寫本同。彙編誤。

蔿 為萎反 姓 又于戈反 九 一一八頁 一九行

原卷如此，唐蘭仿寫本同。案本韻無「萎」字，字見平聲支韻及去聲寘韻。

豕 池尔反 虫豕九　一一八頁 二二行

原卷如此，唐蘭仿寫本同。案二「豕」字并當作「豸」。

柁 折薪又 直可反　一一八頁 二二行

原卷如此，唐蘭仿寫本同。案「折」字，全王同，并當从廣韻作「析」。

䙱 舊衣　一一八頁 二三行

原卷如此，唐蘭仿寫本同。案切三注文作「奞衣」（「奞」為「奪」字之誤），全王作「舊衣」。此本「舊」字、全王「舊」字并當从廣韻作「奪」。

壐 王者 印六　一一八頁 二四行

原卷無「六」字，唐蘭仿寫本同。彙編蓋將下行「躧」字注文「所綺反六〻 步亦躧 又所解反」中之「六」字誤入於此。

迤 杯〻　一一八頁 二五行

原卷如此，唐蘭仿寫本同。案正文當从全王、廣韻作「匜」。

袘 中衣 袖　一一八頁 二五行

原卷如此，唐蘭仿寫本同。案注文，切三、王一、王二、全王同。廣韻作「衣中袖」。龍氏校箋以為「中字或為𠂋字之誤」。（註廿一）

躧 所綺反〻 步亦躧又 所解反　一一八頁 二六～二七行

原卷作「躧 所綺反六〻 步亦躧 又所解反」，唐蘭仿寫本同。案原卷正文當作「躧」。又「反」下右側之「六」字係韻字數，彙編嘗將此「六」字誤入於「壐」字之注文中。

俾 彼 一一八頁 二八行

原卷如此，唐蘭仿寫本同。案本韻「俾」訓作「使」，切三、全王並同。切三無「俾」字。全王「俾」亦訓作「彼」，龍氏校箋以為「彼當為從或使字之誤」，校云：「廣韻俾與俾同。集韻俾下云益，俾下云使，然亦云俾通作俾。本書（指全王）蓋因俾字注文譌誤，遂又收俾字。王二亦出俾字云彼，則襲本書之誤耳。」（註廿二）

破 近靡反 披折三 一一九頁 三八行

原卷如此，唐蘭仿寫本同。案「折」蓋「析」字之誤。（註廿三）

疕 瘡中 甲 一一九頁 三九行

原卷「中」作「上」，唐蘭仿寫本同。彙編誤。

褫 勑豸反衣絜編 又直爾反一 一一九頁 四四行

原卷如此，唐蘭仿寫本同。案「豸」當作「豸」。

○七旨韻

薙 燒草又直理反 又他計反 一二一頁 三行

原卷如此，唐蘭仿寫本同。案注文中有二「又」字，應書作「燒草又直理 他計二反」。

麂 獸名 似麞 一二一頁 四行

原卷「似」作「亦」，唐蘭仿寫本同。彙編誤。

𤝐 赤 寫 一二一頁 五行

原卷如此，唐蘭仿寫本同。案正文當以廣韻作「𤝐」。「𤝐」即「𤝐」字。又注文，王一、全王并作「赤𪈹」，龍氏校箋云：「案詩狼跋云：赤舄几几。傳曰：几几，絇皃。𪈹即詩几字，非赤舄之稱。疑當云赤舄皃。廣韻云：赤𪈹𪈹也。也字疑為𪈹字重文之誤。」（註廿四）

比 又脾志反又房脂扶必反　一二一頁 六行

原卷「脾」作「婢」。唐蘭仿寫本與彙編同，并誤。又注文當作「又婢志房脂扶必三反」。

軌　一二一頁 七行

原卷如此，唐蘭仿寫本同。案當作「軌」。本韻从軌之字仿此。又本紐「氿」字當作「氿」、「𨋠」字當作「𨋠」。

晷 日　一二一頁 八行

原卷如此，唐蘭仿寫本同。案正文當作「晷」。又注文，王一、全王同，廣韻作「日影也，又規也」，疑此本、王一、全王「日」下有脫文。

頯 小頭又峗巨反　一二一頁 八行

原卷「巨」作「叵」，似「叵」字。唐蘭仿寫本與彙編同。案全王、廣韻又音并切「巨追」，疑此本「叵」為「追」字之誤。

𨋠 匭　一二一頁 七行

原卷如此，唐蘭仿寫本同。案當作「𨋠匭」。

洧 榮美反四 水名在鄭也　一二一頁 九行

原卷「榮」作「熒」，唐蘭仿寫本同。案原卷「熒」蓋「榮」字之誤。

死 息姊反上一　一二一頁一〇行

原卷正文作「死」，唐蘭仿寫本同。又原卷「上」作「止」。唐蘭仿寫本與彙編同。案王一訓作「亾」，全王訓作「止歸」。此本「止」為「亾」字之誤或「止」下脫一「歸」字。

𢓜 力已反又踐也從彳舟　一二一頁一一行

原卷「已」作「已」，唐蘭仿寫本同。案當作「已」。又原卷注文末有「一」字，唐蘭仿寫本同。彙編脫。

噽 匹鄙反大也四　一二一頁一九行

原卷如此，唐蘭仿寫本同。案正文，切三、全王同，并當以王一、廣韻作「嚭」。

萷 貾几反緘縷所失札有々覓亦襺八　一二一頁一九行

原卷「貾」作「貾」、「緘」作「鍼」，唐蘭仿寫本并同。案原卷正文當作「黹」、「貾」當作「眡」、「襺」當作「𧝎」。

䪥 似馬韭食黃可食　一二一頁一九行

原卷上「食」字作「而」，唐蘭仿寫本同。彙編誤。

孈 愚贛多態又九封反　一二一頁二〇行

原卷「封」作「卦」，唐蘭仿寫本同。彙編誤。又此本「贛」字，王一、全王同，并當以廣韻作「戇」，又原卷「九」當作「尤」。

睢 許葵反視又詡志反二　一二一頁二二～二三行

原卷如此，唐蘭仿寫本同。案「葵」字在平聲脂韻。又切語，全王、王一并作

「許癸反」，廣韵作「火癸切」。

〇八止韻

**賠** 許 一二三頁二行

原卷如此，唐蘭仿寫本同。案此字，廣韻在旨韻「職雖切」紐下，注文作「許，發人之惡」。今本說文「賠」訓作「許也，从言臣聲，讀若指」，為此字讀音所本，則此本列止韻，似誤，惟玉篇及原本玉篇零卷并音「之耳反」，則此字列止韻，又不誤也。玉篇訓作「計也」者，「計」亦「許」字之誤。

**厎** 山〻柱 一二三頁二行

原卷如此，唐蘭仿寫本同。案正文，切三、王一、全王并作「应」，并當从廣韻作「厎」，俗作「厔」。又注文，切三、王一、全王并無「山」字，廣韻作「定也，又厎注也」。尚書禹貢：「東至于厎柱。」注云：「厎柱，山名。河水分流包山而過，山見水中若柱然，在西號之界。」廣韻「注」當作「柱」。

**耳** 而止反 聽門 一二三頁八行

原卷如此，唐蘭仿寫本同。案「門」字，當从王一作「聞」。

**汜** 江有〻又水名在河南城皐縣東曹各所度水處又符嚴反在潁襄城南汜城道周王出居城曰南汜是又穀翰反在滎陽中牟縣汜流入河汜澤是晉伐鄭師子汜曰東汜 是詩曰江有汜美媵也 一二三頁五～七行

原卷「曹」作「曺」，唐蘭仿寫本同。案原卷上「城」字當作「成」、「道」當作「是」、「滎」當作「滎」、「子」當作「于」。

**緝** [illegible]〻盛 一二三頁九行

原卷注文作「⿱絲土盛」。唐蘭仿寫本作「⿱絲土盛」，與彙編并脫「ₒ」。又原卷「⿱絲土」字當作「纞」。另王一、廣韻重文上更有一重文，此本當據補。

枲　胥里反麻也六　一二三頁一一行

原卷如此，唐蘭仿寫本同。案原卷「肙」當作「胥」。

玘　佩玉　一二三頁一四行

原卷「佩」作「珮」，唐蘭仿寫本同。案「珮」字，切三、全王同。廣韻作「佩」。

芑　白梁粟　一二三頁一五行

原卷「梁」作「梁」，唐蘭仿寫本同。案「梁」字當以廣韻作「粱」。

子　即里反姪七　一二三頁一六行

原卷如此，唐蘭仿寫本同。案王一訓作「姓生」（「生」字誤衍），全王訓作「生」，疑「姪」「生」并「姓」字之誤。

𣎵　草木盛　一二三頁一七行

原卷正文作「𣎵」，唐蘭仿寫本同。彙編誤。案注文，王一、全王同。廣韻作「止也，從𣎵，一橫止之，出文字音義，說文即里切」，今本說文「𣎵」訓作「止也，从米，盛而一橫止之也」。此本、王一、全王注文并誤。

矣　子紀反詞也二　一二三頁一七行

原卷「子」作「于」，唐蘭仿寫本同。彙編誤。

儗　僭　一二三頁一八行

原卷注文作「僭」。唐蘭仿寫本與彙編同。案注文當作「朁」。

○九尾韻

朏 月 一二五頁三行

原卷如此，唐蘭仿寫本同。案注文，切三、王一、全王同。廣韻注文作「月三日明生之名」，今本說文作「月未盛之明也」，玉篇引說文如此。廣雅釋詁四：「朏，明也」，此本、切三、王一、全王注文有誤。

○十語韻

籞菀 一二六頁一行

原卷作「籞菀」，唐蘭仿寫本作「籞菀」。案切三、王一、全王正文作「蘌」，廣韻作「籞」，下出「𥷋」字，注云：「上同。」則正文當作「籞」或「𥷋」。切三、王一、全王正文并誤。又此本原卷注文「菀」當作「苑」。

衙 行皃楚辭曰導飛廉之衙衙 一二六頁一、二行

原卷「導」作「𨗆」，唐蘭仿寫本同。案原卷「𨗆」當作「導」。

禦楚 一二六頁二行

原卷作「禦禁」，唐蘭仿寫本同。案正文當作「禦」，本韻从禦之字仿此。彙編注文誤。

䟉帾 載盛米亦䊑 一二六頁一〇行

原卷「帾」作「帾」。唐蘭仿寫本與彙編同。案當作「帾」。又原卷正文當作「𧿹」或「䟉」，注文「䊑」當作「𥹱」。

⿰巾宁 棺衣亦着　一二六頁一一行

原卷如此，唐蘭仿寫本「着」作「著」。案集韻或體字作「帾」。全王「貯」訓作「棺衣，亦作帾」（脫「貯」字之注文及正文「⿰巾宁」字），則此本「着」當从巾作「帾」。

褚 裝衣　一二六頁一一行

原卷如此，唐蘭仿寫本同。案原卷正文當作「褚」。

女 居宁及女子二　一二六頁一二行

原卷「及」作「反」，唐蘭仿寫本同。彙編誤。又原卷「居」蓋「尼」字之誤。

咀 嚼茲呂ㄑ反　一二六頁一八行

原卷如此，唐蘭仿寫本同。案此本「咀」字列「側呂反」紐下，蓋誤。此字為紐首，注文末當補韻字數「五」。而「茲」蓋「慈」字之誤。上文「側呂反」紐下之韻字數「八」當改作「三」。

杼 疰子祖公賦ㄑ　一二六頁二四行

原卷如此，唐蘭仿寫本同。案「疰」當作「莊」。

○十一 麌韻

祤 袂ㄑ縣名在馮翊袂字都會反　一二八頁二行

原卷「袂」作「袂」，唐蘭仿寫本同。彙編殘。案原卷此二「袂」字，并當从示作「祤」。

俯 抑ㄑ　一二八頁五行

切三、王一、全王、廣韻作「俛」。又此本原卷正文當从示作「祤」。

𩇛 伍頭反靡非卷 一二八頁六行

原卷「抑」作「㧘」，唐蘭仿寫本同。彙編誤。

原卷「反」作「又」，唐蘭仿寫本同。彙編誤。案原卷正文當从全王、廣韻作「䪾」。又此本原卷注文未脫一「反」字。

膴 嶶視，又妄九反 一二八頁八行

原卷如此，唐蘭仿寫本同。案原卷「九」字當从王一、全王作「尤」。

𦋺 雞内 一二八頁八行

原卷如此，唐蘭仿寫本同。案王一「𦋺」訓作「雉内」，全王「𦋺」訓作「雉网」，廣韻「𦋺」訓作「雉網」。此本「雞」蓋「雉」字之誤。補正校「雞」作「雉」。

作「雉」。

膴 周厚々々 一二八頁八行

原卷如此，唐蘭仿寫本同。案「厚」字，全王作「京」，并當从王一作「原」，詩緜詩云：「周原膴膴」。

殕 食上生貝 一二八頁一二行

原卷如此，唐蘭仿寫本同。案「貝」字當从切三、王一作「白」。全王注文作「食上生毛」，廣韻作「食上生白毛」。

庾 以主反食十二 一二八頁一五行

原卷如此，唐蘭仿寫本同。案原卷「食」蓋「倉」字之誤。

蒟 々醬出蜀，又求俱反，俱付反 一二八頁二一行原卷如此，唐蘭仿寫本同。案原卷注文當作「〻醬出蜀又求俱俱付二反」。

蔞 草可亭魚又力俱反　一二八頁二三行

原卷如此，唐蘭仿寫本同。案「亭」字，全王作「烹」，廣韻作「享」。今本說文注文作「艸也，可目亨魚」。此本「亭」蓋「亨」字之誤。

縜 思主反伴前兩腳又先酒反一　一二八頁二四行

原卷如此，唐蘭仿寫本同。案「伴」字，當从王一、廣韻作「絆」。又正文，王一同，廣韻作「䋶」。

豵 仕雨反小猪又㺪一　一二八頁二四行

原卷「雨」作「兩」。唐蘭仿寫本與彙編同。案并當是「兩」字之誤。又此本正文當作「豵」，注文「㺪」亦當从豕作「䝏」。

○十二姥韻

芏 似莧生海邊　一三〇頁二行

原卷如此，唐蘭仿寫本同。案「莧」字，切三、王一、全王同，并當从廣韻作「莞」。

卤 薄〻　一三〇頁四行

原卷如此，唐蘭仿寫本同。案正文當作「鹵」。又「薄」字，切三、王一、全王同，并當从廣韻作「簿」。

皷 〻動鐘〻　一三〇頁六行

原卷如此，唐蘭仿寫本同。案「動」字係下字「鼓」字注文之字，當刪去。

沽 沽層 一三〇頁七行

原卷注文「沽」作「〻」。唐蘭仿寫本與彙編同。

遌 相干吾又故反 一三〇頁九行

原卷如此，唐蘭仿寫本同。案原卷注文當作「相干又吾故反」。

捔 長角又助角反亦觕 一三〇頁九～一〇行

原卷如此，唐蘭仿寫本同。案正文當从廣韻、集韻作「捔」。

趨 走頭輕中 一三〇頁一二行

原卷如此，唐蘭仿寫本同。案全王「趨」訓作「走輕」；「⿰車鳥」訓作「頭中」。廣韻「趨」亦訓作「走輕」；「⿰車鳥」訓作「車頭中骨」。此本脫正文「⿰車鳥」字，致「頭中」二字誤入「趨」訓中。又龍氏校箋云：『案頭上當有重文，中當作車。廣雅釋器⿰車鳥頭鸞軥椰車也，即此所本。集韻云⿰車鳥頭柳車也。（王氏疏證讀椰下句。）廣韻各本云車頭中也，亦不知中為誤字，澤存本从玉篇頭中骨改也作骨，尤誤。萬象名義云⿰車卜頭中，⿰車卜不成字，蓋即⿰車鳥字作重文「〻」之誤。集韻又云一曰車首，則亦誤从諸書耳。』（註廿五）

屖 杼 一三〇頁一五行

原卷如此，唐蘭仿寫本同。案注文，全王同，并當从王一、廣韻作「杼」。

居 鳫鶈脂鳥又作鷄 一三〇頁一五行

原卷「居」下有注文「美石又音靚」，唐蘭仿寫本同。彙編脫。

〇十三齊韻

[illegible] 首横狀 一三二頁三〜四行

原卷如此，唐蘭仿寫本同。案正文，全王同，并當从廣韻作「[illegible]」。

⿰扌坒 抷〻行馬 一三二頁一二〜一三行

原卷如此，唐蘭仿寫本同。案正文及「抷」二字并當从木作「梐」「枑」。

## ○十四駭韻

揩 莫駭反〻摸三 一三四頁一行

原卷「莫」作「苦」，唐蘭仿寫本同。彙編誤。又此本正文及「摸」并當从木作「楷」「模」。

## ○十五賄韻

肥 腮〻大腫皃腮字都罪反 一三五頁一行

原卷如此，唐蘭仿寫本同。案正文，切三、全王同，并當从廣韻作「胎」。

鐓 從猥反矛戟下三 一三五頁四〜五行

原卷「從」作「徒」，唐蘭仿寫本同。彙編誤。

磈 〻碨 一三五頁七行

原卷「碨」作「碨」；唐蘭仿寫本同。彙編誤。

⿰孰爪 爪傷 一三五頁一〇行

原卷如此，唐蘭仿寫本同。案當作「⿰孰瓜瓜傷」。

顇 〻聉 一三五頁一〇行

原卷如此，唐蘭仿寫本同。案正文當作「顇」。本韻「吐猥反」䫋「「聉」字訓中二「頦」字并當作「顡」。

粺 粗物 一三五頁一一行

原卷如此，唐蘭仿寫本同。案正文當作「粺」。又原卷下字「滜」當作「滜」。

〇十六待韻

待 一三六頁一行

案此本「待」韻，切三、全王、廣韻等卷并稱「海」韻。

毐 嫪毐嫪字浪毒反 一三六頁一〇行

案原卷此下，即另行首尚有「挨擊辰蔵．倍薄亥反二多二 蓓〻黃草」諸字訓，唐蘭仿寫本同。彙編脫。

〇十七軫韻

胗 瘾〻皮外小起又作胗又之忍反 一三七頁一行

原卷如此，唐蘭仿寫本同。案又音與正切音同，殆誤。廣韻又音「緊」，本韻「緊，居忍反」下出「胗」字，又音「之忍反」。

紲 緣 一三七頁六行

原卷「緣」作「傢」。唐蘭仿寫本作「緣」，即「緣」字。案原卷「傢」蓋「緣」字之誤。

楔 懸鐘磬 一三七頁九行

原卷如此，唐蘭仿寫本同。案正文當从木作「楔」。

罨 細网 一三七頁一〇行

原卷如此，唐蘭仿寫本同。案正文當从廣韻、集韻作「鼉」。

⿰革复 伏兔下革　一三七頁一〇行

原卷如此，唐蘭仿寫本同。案正文，王一、全王同，并當从廣韻作「⿰革夔」。

囷 欲吐　一三七頁一三行

原卷正文作「⿰口囷」，唐蘭仿寫本作「囷」，字體上端有墨污。案原卷正文當作「咽」。

演 引一曰水門　一三七頁一五～一六行

原卷如此，唐蘭仿寫本同。案注文，王一、全王同。廣韻正文作「濱」，注文作「水門」，又引水也。說文曰：水脈行地中濱濱也」。今本說文「演」訓作「長流也，一曰水名」。疑此本、王一、全王「門」為「名」字之誤。

戭 長瘡亦⿰寅殳　一三七頁一六行

原卷如此，唐蘭仿寫本同。案「瘡」字，王二、全王同。當从廣韻作「槍」。今本說文「戭」訓作「長槍也，从戈寅聲，春秋傳有檮戭」。又此本正文當作「戭」，唐寫本韻書繁簡無定，此繁體之例也。

哂 笑亦⿸厂欠嗞　一三七頁一八行

原卷如此，唐蘭仿寫本同。案「⿸厂欠」蓋「弞」字之誤。又段氏以為「弞」當作「⿰己欠」，見今本說文「弞」訓「笑不壞顏曰弞」下注文。

僶 〻倪俗僶　一三七頁一九行

原卷如此，唐蘭仿寫本同。案正文當作「僶」。下文原卷「黽」亦當作「黽」

（注文「笆」當作「罷」。）

脤 餘祭 內 一三七頁 二〇～二一行

原卷「內」作「肉」，唐蘭仿寫本同。彙編誤。

楯 檻欄 一三七頁 二二行

原卷「檻」作「擥」。唐蘭仿寫本與彙編同。案原卷正注文并當从木作「楯 檻欄」。

笋 千忍反 笑一 一三七頁 二二行

原卷「千」作「千」，唐蘭仿寫本同。彙編誤。

進 而尹反 毛聚 又而勇一 一三七頁 二三～二四行

原卷如此，唐蘭仿寫本同。案正文，王一、全王同，并當廣韻作「氄」。

麇 丘殞反 束縛一 一三七頁 二四行

原卷如此，唐蘭仿寫本同。案正文，王一、全王同。廣韻（狂準韻）作「麇」，周氏校勘記云：『案麇麇均麇字之誤。顧野王原本玉篇殘卷糸部云：「麇，丘隕反。左氏傳羅无勇麇之。杜預曰：麇，束縛也。」是其證。』（註廿六）左傳哀公二年字作「麇」，「麇」為「麇」字俗。此本正文殆誤。

○十八吻韻

坋 分又狀 問蒲頸反 二 一三九頁 二～三行

原卷如此，唐蘭仿寫本同。案「頸」蓋「頓」字之誤。王一、全王并作「頓」。

榅 柱 一三九頁 五行

原卷如此，唐蘭仿寫本同。案正注文，王一、全王同，并當「榅 拄」。（註廿七）

䪻　面急〻〻　一三九頁七行

原卷如此，唐蘭仿寫本同。案正文，王一、全王同。龍氏校箋以為「當作顚」，惟廣韻「顛」訓下出「䪻」字，注云：「上同。」則「䪻」蓋「䪻」字之誤。又注文，王一同，全王作「〻面急」，廣韻作「說文曰：面色顚顚皃」。今本說文「顛」訓作「面色顛顛皃」，段注云：「皃，當依玉篇作也。」案玉篇「顛」訓作「面急皃」，段所據蓋別本說文。龍氏又以為「急字與色形近，當是色字之誤」（註廿八）惟不若云注文末脫一「皃」字。

痏　病又尤問反　一三九頁七行

案原卷此下至有韻「肘」間闕。

○四養韻

諠　覺言又火紺反　一六一頁四行

原卷如此，唐蘭仿寫本同。案「火」字當从王一、全王作「大」。

怏　小光　一六一頁五行

原卷如此，唐蘭仿寫本同。案廣韻「怏」訓作「怏悵也，又於亮切」；「炴」訓作「火光」。疑此本「怏」為「炴」字之誤，或此本脫「怏」字之注文及正文「炴」。

想　息兩反思一　一六一頁七行

原卷如此，唐蘭仿寫本同。案「自」蓋「息」字之誤。

髣　髣髴芳兩反作仿佛三　一六一頁一二行

原卷「反」下有「〻」，唐蘭仿寫本同。彙編脫。

冈 文雨反無六 一六一頁一三行

原卷「雨」作「雨」。唐蘭仿寫本與彙編同。案原卷正文當作「冈」，本韻下文从冈之字仿此。

㪕 曲侵 一六一頁一五行

原卷如此，唐蘭仿寫本同。案「侵」當作「侵」。又正文、全王同，并當从廣韻作「㪕」。今本說文「㪕」訓作「放也」，與此訓異。

䫌 丁口反醜也一 一六一頁一六行

原卷「口」空白，唐蘭仿寫本作「〇」。案全王切語作「乂丈反」，廣韻作「初丈切」，疑此本「丁」為「叉」字之誤。

簗 渠往反乖也二 一六一頁一六行

原卷如此，唐蘭仿寫本同。案正文，全王作「䠻」，并當从廣韻作「𧾶」，惟廣韻注文作「說文曰：驚走也，一曰往來皃，俱往切」，與此本音義均異。今本說文「臦」訓「乖也，从二臣相違，讀若誑」，疑此本脫「𧾶」字之注文及正文「臦」字。又此本「渠」當作「渠」。

狂 往 一六一頁一六行

原卷如此，唐蘭仿寫本同。案正文當从全王、廣韻作「俇」。

○五蕩韻

沆 胡朗反〻瀣氣二 一六三頁四行

原卷如此，唐蘭仿寫本同。案「瀣」字，切三、全王同，并當从廣韻作「瀣」。

帑 無帛舍　一六三頁五行

原卷如此，唐蘭仿寫本同。案注文，切三作「金白舍」（「白」蓋「帛」字之誤），廣韻作「金帛舍」。此本「無」蓋「金」字之誤。全王注文作「〻舍帛金帛舍」，前三字蓋衍。

䁊 無二目　一六三頁五行

原卷如此，唐蘭仿寫本同。案正文當作「䁊」，本韻从莽之字仿此。又注文，全王同。切三作「無䁊目」（「䁊」當作「䁊」），廣韻作「無一睛」，集韻作「無一目曰䁊」。

軏 䡊　一六三頁九行

原卷如此，唐蘭仿寫本同。案正文當作「軌」。又注文，全王同，并當作「䡊」。廣韻注文作「車軌之名」。

愰 帷〻　一六三頁九行

原卷正文作「愰」。唐蘭仿寫本作「愰」，案當从巾作「幌」。

欓 真朗反又都朗反揾打也一　一六三頁一〇行

原卷如此，唐蘭仿寫本同。案本韻已有「欓」字，注文作「木名」，此字當从扌作「攩」，切三、廣韻正文即作「攩」。注文，切三作「揾打，又黃浪反」，廣韻作「揾打，又吐朗切」，周氏校勘記疑此本「真」字誤。又龍氏校箋云：「王二真朗反當是又切黃浪反之譌誤。」（註廿九）切三、廣韻字在「胡廣」紐下，此本「欓」字或如切三、廣韻應列「胡廣」紐下，或另有讀音。

○卌二有韻

疛 腸痛 一七○頁一行

原卷如此，唐蘭仿寫本同。案注文，切三、全王同。并當作「腹病」，參見本篇「切三校勘記」校文。

醜 荻葀 一七○頁三～四行

原卷如此，唐蘭仿寫本同。案正文當作「⿱艹醜」。注文「荻」，全王作「菝」，并當作「菝」，廣雅釋草：「⿱艹醜，菝葀也。」

糗 去久反乾餅屑一 一七○頁五行

原卷如此，唐蘭仿寫本同。案「餅」字，全王同。切三、王一并作「餅」，廣韻作「飯」，「餅」即「飯」字。此本、全王「餅」蓋「餅」字之誤。

⿰月壽 沙腹痛 一七○頁七行

原卷如此，唐蘭仿寫本同。案注文，王一、廣韻作「小腹痛」，全王作「少腹痛」。案注文當作「心腹病」，見校箋三八七頁「⿰月壽」字條。

⿺辶⿰言欠 言意出說文 一七○頁九行

原卷如此，唐蘭仿寫本同。案正文，王一、全王同。廣韻作「⿰⿱虍言欠」。今本說文「⿰⿱虍言欠」訓作「言意也」，段注云：「有所言之意也，意內言外之意。」

⿺辶䍃 遺玉又餘救反又余照反 一七○頁九～一○行

原卷「救」作「救」，唐蘭仿寫本同。案原卷「救」當作「救」。又正文，王一、全王同，廣韻作「⿺辶⿱䍃土」，與今本說文合。此本、王一、全王正文當書作「

邌」。又音，王一作「餘周反」，全王作「余周反」，此本「救」字當誤。

縝 緋前足又先主反 一七〇頁一〇～一一行
原卷如此，唐蘭仿寫本同。案正文，全王同。廣韻作「縝」，與今本說文合。字又出𢊬韻，此本、王一并作「縝」，廣韻作「縝」。

酒 子酉反醲〻汁一 一七〇頁一二行
原卷如此，唐蘭仿寫本同。案王一訓作「醲半津」，全王作「酔人」。

○卌三厚韻

畝 二百卌步為畮 一七二頁二行
原卷「畮」作「畂」。唐蘭仿寫本與彙編同。案原卷「畂」當作「畮」。

罘 冈周不作東 一七二頁三行
原卷如此，唐蘭仿寫本同。案正文，王一同，全王作「罘」，并當作「罘」。或體字當作「罙」。（註卅）又「冈周」，王一同，全王作「冈周」，當據改。今本說文「罘」訓作「网也」（各本作「周行也」，段改）；「罙」訓作「罘，或从冃」。又此本「不」蓋「亦」字之誤。

猶 犬 一七二頁七行
原卷如此，唐蘭仿寫本同。案正文當作「狗」，本韻从猶之字仿此。

枸 木〻把 一七二頁八行
原卷「把」作「杷」，唐蘭仿寫本同。案「把」當作「杷」。

摘擊 一七二頁九行

⿱少乳 小兒 一七二頁九行

原卷如此，唐蘭仿寫本同。案當作「㨱擊」。

原卷如此，唐蘭仿寫本同。案正文，王一同，全王作「⿱艹乳」，廣韻作「⿱小乳」。王篇「⿱少乳」訓作「小兒」。正字通：「按⿱小乳即⿱少乳字譌省。」則作「⿱小乳」作「⿱⺈乳」皆誤。龍氏校箋謂「王一、王二作⿱⺈乳」（註卅一），非是。

謏 〻訹誘辭又蘇口反 一七二頁一〇行

原卷「口」空白，唐蘭仿寫本同。案「⿰訁木」字，全王同，并當从王一、廣韻作「訹」。又全王、王一、廣韻并無又音。

駷 控銜走又思隴反 一七二頁一一行

原卷「控」作「榁」，唐蘭仿寫本同。案原卷「榁」當作「搖」。又此本腫韻「駷」訓作「馬搖銜走，又思口反」，本篇校「馬搖銜走」作「搖馬銜走」。此「榁銜走」亦當作「搖馬銜走」。

吼 呼狗反亦呴吽三 呴 嘷 一七二頁一一～一二行

原卷「狗」作「猗」、「呴」作「狗」、「嘷」作「⿰口睪」，唐蘭仿寫本同。案「猗」當作「狗」、「⿰口睪」當作「嘷」。

㖃 厚怒聲出說聲又吐又美垢反 一七二頁一二行

原卷「美」作「奚」，唐蘭仿寫本作「⿱吅美」，彙編遂誤作「美」。案原卷「奚」當作「奚」。全王注文作「吐，又奚垢反」。又今本說文「㖃」訓作「厚怒聲」，此本注文「聲」蓋「文」字之誤。

欲 吐又其表反　一七二頁一三行

原卷正文作「欲」。唐蘭仿寫本與彙編同。案王一、全王正文并作「欲」，注文并同此本。廣韻無此字，而「歐」字訓作「吐也，或作嘔，烏后切，又烏侯切」，今本說文「欲」訓作「蹴鼻也」，段注云：「蹴鼻即縮鼻也，廣雅曰：欲，吐也。此謂欲，即歐之假借字。左傳：吾伏弢嘔血。杜曰：嘔，吐也，本又作喀。按嘔喀即歐欲字。」此本原卷「欲」當作「欲」。

鋞 酒器　一七二頁一七行

原卷如此，唐蘭仿寫本同。案正文當作「鋞」。本韻本紐从巠之字仿此。

樞 欠衣又於候反　一七二頁一三）一四行

原卷「欠」作「次」，唐蘭仿寫本同。彙編殘。又原卷「候」當作「侯」。

棷 檕又側溝反　一七二頁二一行

原卷如此，唐蘭仿寫本同。案正文當作「棷」。

○卌七禫韻

禫　一七五頁一行

案此本「禫」韻，切三、王一、廣韻等卷并稱「感」韻。又此本从覃之字，原卷并从覃，當改从覃。

嘾 疰子云太甘而〻　一七五頁二行

原卷「疰」作「疰」，唐蘭仿寫本與彙編同。案當作「莊」。

眈 虎視逐而志　一七五頁一三行

原卷如此。唐蘭仿寫本「志」下作「ㄋ」，蓋表殘文。案切三「眈」訓作「虎視皃」，王一「眈」訓作「虎視近而志遠」，廣韻「眈」（當作「眈」）訓作「虎視」。今本說文「眈」訓作「視近而志遠，从目冘聲。易曰：虎視眈眈」，此本「送」蓋「近」字之誤。「志」下當補一「遠」字。又玉篇「眈」訓作「視近而忘遠」者，「忘」為「志」字之誤。

○卅八淡韻

淡 一七六頁一行

案此本「淡」韻，切三、廣韻等卷稱「敢」韻。

黲倉感反日暗一 一七六頁一～二行

原卷如此，唐蘭仿寫本同。案「感」字在感韻。又正文當作「黲」。

始 一七六頁二行

原卷如此，唐蘭仿寫本同。案當作「㛤」。

啗食啖噉同……〻淡水皃 一七六頁一行

原卷作「啗食啖噉同 〻淡石水皃」，唐蘭仿寫本作「啗食啖噉同 〻淡石水皃」，案「石」當係「澹」字之殘文，據切三、廣韻補。

○卅五琰韻

冄而琰反人姓七 一七七頁五行

原卷如此，唐蘭仿寫本同。案正文當作「冉」，此本从冄之字仿此。

陜不媚皃 一七七頁七行

原卷「媚」作「媚」，唐蘭仿寫本同。案當作「媚」。又正文，王一作「陵」，全王作「陵」，并當从廣韻作「陵」。

睫 穀眗又武涉反 一七七頁七行

原卷「武」作「武」，唐蘭仿寫本同。案當从王一、全王作「式」。

脥 苦斂反腹下一 一七七頁一〇行

原卷如此，唐蘭仿寫本同。案原卷「斂」當作「斂」。

## ○卌六忝韻

忝 他點反發語詞三 一七八頁一行

原卷如此，唐蘭仿寫本同。案上聲韻目表字下作「他玷反」。

銛 取 一七八頁一行

原卷如此，唐蘭仿寫本同。案正文，王一、全王同，并當从廣韻作「銛」。

扂 閉戶亦跕 一七八頁三行

原卷如此，唐蘭仿寫本同。案「亦跕」，切三作「或作串」，王一作「或作距」，此三或體并當从廣韻、集韻作「非」。

## ○五十一广韻

广 〻一 一七九頁一行

案此本「广」韻，王一、全王同，廣韻稱「儼」。

顩 頸〻 一七九頁丆行

原卷如此，唐蘭仿寫本同。案正文廣韻（在琰韻）作「顩」。又「頸」字，王

一、廣韻同，段氏改作「頩」，龍氏校箋云：『案此即寑韻顉字，韻鏡校注第三十九轉十一云：「案字當作顉，盖顉作頗，遂誤為頩耳。集韻顉頩一字，是其證。」』

檢 居儼反 𢪛三 一七九頁 二行

原卷如此，唐蘭仿寫本同。案「𢪛」當作「技」。廣韻正文作「檢」，注文有「俗作撿」之語。又此本本韻「檢」「險」「脸」「顩」「僉」「奄」諸字，全王、廣韻并列琰韻。

旑 掩 又於業反 一七九頁 三行

原卷如此，唐蘭仿寫本同。案正文王一、全王（并在琰韻）、廣韻（在广韻）并作「旑」。廣韻琰韻則作「旃」。集韻作「旓」。周氏廣韻校勘記云：「旃旓旓諸體皆旓字之譌。」（註卅二）

㭺 𣏾 一七九頁 三行

原卷注文作「𣏾」，唐蘭仿寫本同。案注文，王一作「㭺」，全王作「桂」，廣韻作「㭺柰」，龍氏校箋引廣雅釋木「㭺，㮇也」，謂「㭺桂柸並㮇字之誤」。（註卅三）

頩 丘檢反 顩不平 二 一七九頁 四行

原卷如此，唐蘭仿寫本同。案「頩」「顩」二字，見上文「顩」字條校文。

〇卅九減韻

減 一八〇頁 一行

案此本「減」韻，切三、王一、全王、廣韻等卷并稱「豏」韻。又本韻「減」字，切三、王一、全王、廣韻并作「減」。玉篇「減」下云：「俗減（當係「減」字之誤）字。」

撖 戹 一八○頁四行

原卷如此，唐蘭仿寫本同。案注文，全王同，并當以王一、廣韻作「危」。

喊 減子反 聲一 一八○頁六～七行

原卷如此，唐蘭仿寫本同。案切語上字，王一、全王同。校箋以為「疑子負作乎，為增加字」。又原卷下「子」字蓋衍。

○五十二范韻

凵 丘犯反 張口一 一八二頁三行

原卷「犯」作「范」。唐蘭仿寫本與彙編同。案「范」字，王一、全王同。廣韻作「犯」。

○一倲韻

案此本「倲韻」，王一、全王、廣韻等卷并稱「送」韻。

悿 悿〻贛愚皃 趙魏間語 一八三頁三行

原卷如此，唐蘭仿寫本同。案「贛」字，全王、廣韻同，并當从王一作「戇」。周氏廣韻校勘記：『贛，敦煌王韻作戇，集韻同，當據正。案戇，愚也，本韻呼貢切戇下云：「悿戇愚人。」』（註卅四）

闀 兵鬪 又胡降反 一八三頁八行

原卷如此，唐蘭仿寫本同。案正文，全王作「䦧」，廣韻作「鬨」，俗體作「鬨」。今本說文「鬨」訓作「鬥，从鬥共聲。孟子曰：鄒與魯鬨」，又集韻「鬨」訓作「鬨或从巷」，則此本正文、廣韻俗體「鬨」并當作「鬨」，廣韻正文當作「鬨」，全王正文「䦧」當作「鬨」。

戇 呼貢反又丁降反憃三　一八三頁八行

原卷「三」作「二一」，蓋重文及韻字數。唐蘭仿寫本同。彙編誤將重文及「一」字併為「三」字。

剸 任仲反一　一八三頁九行

原卷「任」作「仼」，案當係「任」字。唐蘭仿寫本與彙編同，并誤。

○三種韻

種　一八五頁一行

案此本「種」韻，全王、廣韻等卷稱「用」韻。

用 余共反一　一八五頁一行

原卷如此，唐蘭仿寫本同。案正文當作「用」。

鞲 而用反安韋毳飾又鞾一　一八五頁二行

原卷如此，唐蘭仿寫本同。案正文，全王同，并當从廣韻、集韻作「鞲」。又「安韋毳飾」三字，全王、廣韻并作「毳飾」。今本說文「鞲」訓作「安革毳飾」，有「安革」字。

○四絳韻

闠 闘也孟子雞與魯鬨呂氏春秋相與私〻 一八六頁一行

原卷「雞」作「鄒」。唐蘭仿寫本與彙編同。案原卷「鄒」當作「鄒」。又原卷正文、「闘」、「鬨」三字并當从鬥。

○七寘韻

忮 愩又忮害也心也 一八七頁一行

原卷如此，唐蘭仿寫本同。案正文當作「忮」，本韻从支之字仿此。又注文，全王作「傷害懻心」，廣韻作「懻忮害心，說文很也」。詩邶風雄雉「不忮不求」，注云：「忮，害。」集韻訓作「說文很也。一曰懻忮強害也」，此本「愩」蓋「懻」字之誤。又此本注文當有譌誤。

蘱 草 一八七頁三行

原卷「草」作「艸」，唐蘭仿寫本同。彙編與原卷異。

賜 斯義反與也四 一八七頁三行

原卷「與」作「与」，唐蘭仿寫本同。彙編與原卷異。

杫 肉機後漢書尚書郎無被杫機 一八七頁四行

原卷二「機」字并作「机」，唐蘭仿寫本同。彙編與原卷異。又王一正文作「杫」，注文殘。全王正文作「枇」，注文作「肉机，後書漢郎無被杭枇」，二「枇」字當作「杫」。廣韻正文作「杫」，注文作「肉机，後漢之亂，尚書郎無枕杫也」，周氏廣韻校勘記云：「後漢之亂，故宮王韻作後漢書是也，當據正。尚書郎無被枕杫為顯宗時藥崧事。後漢書鍾離意傳云：「藥崧者，河內人

。天性朴忠，家貧為郎。常獨直臺上，無被，枕杫，食糟糠。」』（註卅五）

此本原卷「杫机」當作「枕杫」。

彼　哀也語論云子西彼我　一八七頁五行

原卷如此。唐蘭仿寫本「語論」作「語論」，有乙倒符號，原卷、彙編脫「∨」符號。又「哀」字，王一、廣韻同，當从全王作「衺」，彙編廣韻校勘記云：「哀，段云：當作衺。紙韻引埤蒼：彼，邪也。」（註卅六）

[illegible]　〻具四相用　一八七頁七行

原卷「相」作「向」，唐蘭仿寫本同。彙編誤。又原卷「具」字當作「貝」。

判　此跛反針判古作刺又七亦反六　一八七頁八行

原卷如此，唐蘭仿寫本同。案原卷「跛」當作「跂」。

諫　〻數　一八七頁八行

原卷如此，唐蘭仿寫本同。案全王正文同，注文作「數〻」。廣韻正文作「諫」，注文作「數諫也」。此本、全王正文當作「諫」、「〻」當作「諫」。或寫者誤「諫」作「諫」，遂逕書作「〻」。

傷　相輕侮神易反亦易　一八七頁九行

原卷如此，唐蘭仿寫本同。案「傷」字列「以豉反」紐下，此「神易反」蓋又音也，此本「神易反」上當補一「又」字。又「相輕侮」三字，王一、全王并作「栢輕」，廣韻作「相輕慢也」。

鰞　鴮　一八七頁一五行

原卷如此，唐蘭仿寫本同。案原卷「鵄」蓋「鴟」字之誤。

○八至韻

媚：無姿　一八九頁二行

原卷注文作「無姿」，唐蘭仿寫本作「無：姿」。案王一、全王、廣韻注文并作「嫵媚」。此本原卷「無」當作「嫵」。

遂田間小深溝二尺　一八九頁四行

原卷「深溝」作「溝深」，唐蘭仿寫本同。彙編誤倒。又原卷「溝」當作「溝」。全王（正文誤作「蓫」）、廣韻注文并作「田間小溝」。

遺逵隹反急也又櫃莢也旁從貴口口繳此六　一八九頁七行

原卷正文作「遺」。唐蘭仿寫本與彙編同。案原卷正文當作「匱」。又原卷「口口」作「通餘」，唐蘭仿寫本空白。與彙編并當據原卷補。

帥所類反又所律反二　一八九頁一〇行

原卷正文作「師」，唐蘭仿寫本同。案原卷正文當作「帥」。

⿰骨賫脒加地　一八九頁一一行

原卷如此，唐蘭仿寫本同。案正文當作「⿰骨貴」，本韻从賫之字仿此。又「脒」字，王一、廣韻作「膝」，全王作「脒」。案「脒」、「膝」并當作「脒」，「脒」為「膝」字俗書。

致陟利反運也從夂又知里反六　一八九頁一三行

原卷注文作「陟利反運也從夂又知里反六」，唐蘭仿寫本同。案原卷「夂」下空白，應即據「

又」字，彙編以為缺二字，遂以「……」示之，益衍。

鷔 馬脚屈又馬垂貝　一八九頁一四行

原卷正文作「鷔」，唐蘭仿寫本同。彙編誤。

寐 窸二反睡一　一八九頁一四行

原卷正文作「寐」，唐蘭仿寫本同。案當从山作「寐」。唐寫本偏旁山穴常不分。本韻「寐」字注文「熟寐」之「寐」，亦當从山。

誺 不知　一八九頁一六行

原卷如此，唐蘭仿寫本同。案正文王一、全王、廣韻同，與方言卷十合。龍氏校箋云：「玉篇字作𧩙，集韻作𧩙，為𧩙俗體。戴震謂方言誺當作𧩙。案泰俗書作朱，與來作来形近。方言𧩙遂誤誺。」龍氏校文中「案泰俗書作朱」之「泰」字當作「泰」。（註卅七）

槪 稠也又從草蓂　一八九頁一六行

原卷「草」作「艸」，唐蘭仿寫本同。案「蓂」字當从王一、全王作「蔇」。

二 而至反古式四　一八九頁一八～一九行

原卷「式」作「弍」，唐蘭仿寫本作「弍」，當係「弍」字，而彙編誤作「式」矣。

髹 以漆塗器　一八九頁二〇行

原卷如此，唐蘭仿寫本同。案正文當作「髹」、「漆」當作「漆」。

饐 飴傷熱又傷濕　一八九頁二一～二二行

原卷「熟」作「孰」，唐蘭仿寫本同。案正文當从王一、全王、廣韻作「饐」。本韻「懿」「[illegible]」「鷧」「[illegible]」諸字并當从壹。又注文，王一作「餅傷熟」，全王作「餅傷熟」，廣韻作「食傷熟也」，案全王「餅」字、廣韻「食」字并當从王一作「餅」，「餅」即「飯」字。此本「飰」亦「飯」之俗體。又此本「孰」字，全王、廣韻「熟」字，并當是「熱」字之誤。彙編廣韻校勘記云：「熟，巾箱、澤存、楝亭諸本均同，符山堂本作熱，案作熱是。論語釋文作飯傷熱溼也。」（詮卅八）

撎 擧手下手　一八九頁二二行

原卷如此，唐蘭仿寫本同。案今本說文「撎」訓作「擧首下手也」（各本作「擧手下手也」，段氏改），此本上「手」字當以段改作「首」。

畁 毗志反五　一八九頁二四行

原卷如此，唐蘭仿寫本同。案「志」字在志韻。下文「隸」字，切語作「羊志反」，「志」字同。

○九志韻

誌 〻墓　一九二頁一行

原卷如此，唐蘭仿寫本同。案注文，王一作「言意」，全王作「認〻」，廣韻作「記誌」。

笥 相吏反四　〻篋　一九二頁二、三行

原卷注文作「相吏反 〻[illegible]（[illegible]二四）」，唐蘭仿寫本同。案「〻[illegible]」為上字「蚝」之注文而誤入於此，寫者發現後遂將「虫」字塗去，而未將其上之「：」一併塗去，致彙編仍留此「〻」，當刪去。

⿱癶至 忿戾也周書有憂氏之叨〻 一九二頁五行

原卷「憂」作「夏」，唐蘭仿寫本作「夏」，而彙編遂誤作「憂」矣。

⿰馬叏 所吏反急疾三 一九二頁六行

原卷如此，唐蘭仿寫本同。案王一、全王、廣韻正文作「⿰馬吏」。廣韻澤存堂本作「駛」。此本正文誤。

忌 其既反七 一九二頁八行

原卷如此，唐蘭仿寫本同。案「既」字未韻。下文「意，於既反」之「既」字同。

⿰食憙 熟食又酒食 一九二頁九行

原卷如此，唐蘭仿寫本同。案正文當作「饎」。下文「憙」「嘻」當作「憙」「嘻」。

## ○十未韻

沸 符謂反五 一九三頁四行

原卷如此，唐蘭仿寫本同。案林炯陽切韻系韻書反切異文表云：『「符」讀奉母，疑是「府」字之誤。』

## ○十一御韻

馭 駕 一九五頁一行

原卷正文作「馼」。唐蘭仿寫本與彙編同。案原卷「馼」當作「馭」。

著　張慮反又治略張畧二反又著通一　一九五頁八行

原卷「二」作「三」。唐蘭仿寫本與彙編同。案原卷「三」當作「二」。又原卷注文「著」作「着」。唐蘭仿寫本作「著」，與彙編皆誤。

耡　又士魚反亦鋤　一九五頁一四行

原卷如此，唐蘭仿寫本同。案原卷「土」蓋「士」字之誤。

○十二遇韻

嫗　紆遇反老〻二　一九六頁二行

原卷「二」作「一」，唐蘭仿寫本同。彙編誤。

腧　五藏　一九六頁九行

原卷如此，唐蘭仿寫本同。案注文，全王同。王一、唐韻、廣韻并作「五藏腧」（廣韻「腧」下有「也」字）。龍氏校箋云：「案靈樞經：脉之所注曰俞。素問奇病論：治之以膽募俞，注：背胷曰俞。腧即俞字，本穴道之名，當依王一於臟下增腧字。」（註卅九）

鵵　疾　一九六頁一二行

原卷正文作「鵵」，唐蘭仿寫本同。案正文當作「𩲡」。

𢄼　巾髮　一九六頁一四行

原卷如此，唐蘭仿寫本同。案「髮」字，王一、唐韻、廣韻同。全王作「髮」。今本說文「𢄼」訓作「髼布也」；「髼」訓作「桼也」，段注有「髼或作髼」之語，全王「㚇」或是「𩬜」字之誤，而此本、王一、唐韻、廣韻作「𩯭」者尤誤。

驅 主遇反又𢓜愚反 一九六頁
按說文作此毆一 一九－二○行

原卷如此，唐蘭仿寫本同。案「主遇反」，全王同。「主」字當从唐韻作「𢓜」，「𢓜」為「區」之俗字。

## 十三 暮韻

𨡨 尊酒爵 一九八頁 六－七行

原卷「尊」作「蓴」，唐蘭仿寫本同。案當从王一、全王、唐韻作「奠」。今本說文「𨡨」訓作「奠酒爵也」，段注云：「大徐作奠爵酒，今依韻會所據訂。」集韻引說文作「奠爵酒」，蓋據大徐本也。

酤 賣之古乎反 一九八頁 一○行

原卷「之」作「又」，唐蘭仿寫本同。彙編誤。

丂 差丂俗亐 一九八頁 一二行

原卷「差」作「𢀩」，唐蘭仿寫本同。案王一正文作「互」，注文作「差互，亦作互」，全王正文作「𠀋」，注文作「差、」（「、」蓋重文「、」之誤），唐韻正文作「𠀋」，注文作「差」，廣韻正文作「互」，注文作「差互，俗作于，餘做此」。此本二「丂」字疑當作「互」，又此本「俗亐」之「亐」及廣韻「俗作于」之「于」當是「𠀋」字之誤。本韻从丂之字疑并當从互。

沍 寒凝又水下各反 一九八頁 一四行

原卷如此，唐蘭仿寫本「又水」作「又、水」，有乙倒符號。原卷及彙編誤倒。

案「ㄥ」為乙倒符號，十韻彙編皆未錄，蓋抄寫者不知「ㄥ」為乙倒符號。

祚 昨故反福也祠也佳也四　一九八頁一六行

原卷如此。唐蘭仿寫本「佳」作「佳」。案唐韻、全王并訓作「福祚」，廣韻作「福也，祿也，位也」，此本「佳」蓋「位」字之誤。

布 愽古反二　一九八頁一七行

原卷「愽」作「博」，唐蘭仿寫本同。又原卷「古」作「故」，唐蘭仿寫本同。彙編誤。

○十四霽韻

⿰禾啇 不耕而種亦穧　二〇〇頁五行

原卷如此，唐蘭仿寫本同。案正文王一作「⿰耒啇」，全王作「⿰耒啇」，并當从唐韻、廣韻作「⿰禾啇」。

医 藏弓矢器　二〇〇頁一八行

原卷「藏」作「蔵」，唐蘭仿寫本同。案當作「藏」。又「矢」字，王一、全王、唐韻并作「弩」。廣韻「弓」下有「弩」字，即注文作「藏弓弩矢器」。

儷 筭也近也　二〇〇頁二五行

原卷「近」作「迡」，唐蘭仿寫本同。案「迡」即「⿱卄乚」字，彙編誤。

⿰亻戾 〻很　二〇〇頁二七行

原卷如此，唐蘭仿寫本「很」作「很」。

○十五祭韻

銳 以芮反 列三　二〇二頁七行

原卷「列」作「利」，唐蘭仿寫本同，彙編誤。又「芮」當作「芮」，本韻从芮之字仿此。

毳 楚歲反重橇 戎毃同一　二〇二頁一一行

原卷如此，唐蘭仿寫本同。案正文王一、全王、唐韻、廣韻同，當从集韻作「毳」。又「橇」字，唐韻、廣韻作「橇」，當从王一作「橇」。

翽 居衛反 判口四　二〇二頁一二行

原卷「判口」作「利傷」，唐蘭仿寫本作「利分」。又正文當作「劌」。

⿰屈刂 剞々斷剞　二〇二頁一三行

原卷如此，唐蘭仿寫本同。案「剞」字當从王一、全王、唐韻、廣韻作「剞」。而上列諸本「剖」誤作「剖」，當从此本改。

澨 水名々又說文埤水邊土人所止　二〇二頁一八行

原卷「又」作「〻」。唐蘭仿寫本與彙編同，誤。

寱 睡語亦囈　二〇二頁二一行

原卷正文作「寱」，唐蘭仿寫本同。又「藝」蓋「囈」字之誤。

⿱列巾 魏都賦云秦餘從⿱列巾く　二〇二頁四行

原卷「從」作「従」，唐蘭仿寫本作「徔」。彙編誤。

○十六泰韻

太 大 二〇四頁
一行
原卷注文作「火」，唐蘭仿寫本同。彙編殘。

丐 乞 二〇四頁
一行
原卷如此，唐蘭仿寫本同。案當作「丐乞」

害 胡蓋反徒手 二〇四頁
俗吉通一 五行
原卷「徒」作「從」，唐蘭仿寫本同。今本說文注文作「傷也，从宀口，言从家起也，丰聲」，此本云「從手」，疑有脫誤。又「俗吉」，「吉」字殆誤。

旝 木置石 二〇四頁
投敵 九行
原卷「投」作「祋」，唐蘭仿寫本與彙編同。案當作「投」。

鄶 國名在 二〇四頁
滎陽 一〇行
原卷如此，唐蘭仿寫本同。案「滎」字，全王作「熒」，當从唐韻、廣韻作「滎」。

𧳜 色馬 二〇四頁
一二行
原卷如此，唐蘭仿寫本同。案正文全王作「𧳜」，當从唐韻、廣韻作「𧳜」。

頪 難曉說文從外 外會反 二〇四頁
夕卜遠也 ·外遠一 一二～一三行
原卷如此，唐蘭仿寫本同。案全王注文作「鮮白」，唐韻作「難曉，一曰鮮白，出說文」，唐韻作「說文曰：難曉也，一曰鮮白」。今本說文注文作「難曉也，一曰鮮白兒，从粉省」；「外」訓作「遠也，卜尚平旦，今若夕卜，於事外矣」，「遠也」下段注云：「此下當有从夕卜三字。」此本「說文從夕卜」蓋亂下字「外」字訓，而誤入於此。「難曉」下當補「出說文」三字。

頣 頣〻行不正皃 二〇四頁 一四行

原卷「頣」作「頣」，唐蘭仿寫本同。案全王、唐韻、廣韻并作「頼」。

鶪 鶪〻鳥字 林作鴾 二〇四頁 一五行

原卷「鴾」作「鴾」，唐蘭仿寫本與彙編同。案當作「鴾」。

○卅三懈韻

懈 二〇六頁 一行

案此本「懈」韻，王一、全王、唐韻、廣韻等卷稱「卦」韻。

瘕 聲病 二〇六頁 二行

原卷如此，唐蘭仿寫本同。案正文王一作「瘕」，全王作「瘕」，當从唐韻、廣韻作「瘕」。

睚 五懈反 目際 又仕佳反 一 二〇六頁 六行

原卷如此，唐蘭仿寫本同。案又音「仕佳反」，當从全王、唐韻、廣韻作「五佳反」。

紙 麻未緝 二〇六頁 八行

原卷如此，唐蘭仿寫本同。案「緝」當作「緝」。

○十七界韻

界 二〇七頁 一行

案此本「界」韻，王一、全王、唐韻稱「悈」韻，唐韻稱「怪」韻。「悈」爲「

怪」之俗體。

顡 ～頭蒯 二○七頁一○行

原卷如此，唐蘭仿寫本同。案正文王一、全王、唐韻、廣韻并作「顡」，當據改，注文唐韻作「頭蒯顡，出說文」，廣韻作「說文曰：頭蒯顡」（段改「顡」作「顡」），王一、全王并作「顡顡癡頭」。

䙯 縫衣袾 二○七頁一二行

原卷如此，唐蘭仿寫本同。案「袾」字，全王、唐韻并作「袾」，當从廣韻作「袾」。

㖪 許戒反喝也二 二○七頁一二行

原卷如此，唐蘭仿寫本同。案「許戒反」與上文「譮，許介反」音同，蓋增加字也。

葸 ～蔥刺鯁也又天芬反出玉篇 二○七頁一三行

原卷「蔥」作「葱」，唐蘭仿寫本作「𦸗」，案原卷「葱」即「蒽」字。又原卷「芬」作「茶」，唐蘭仿寫本作「芥」，致彙編誤作「芬」。案原卷「茶」即「芥」字。

吃 聲不平 二○七頁一四行

原卷如此，唐蘭仿寫本同。案正文全王作「吧」。王一、唐韻、廣韻并作「呃」，為此本「吃」之俗書。全王誤。

○十八夬韻

遢 若話反褰也又遠行也過也三　二〇八頁二行

原卷如此，唐蘭仿寫本同。案「若」蓋「莫」字之誤。

○廿誨韻

誨　二〇九頁二行

案此本「誨」韻，王一稱「霸」韻，全王、唐韻、廣韻等卷稱「隊」韻。

潰 胡對反逃散也七　二〇九頁六行

原卷「逃」作「逃」，唐蘭仿寫本與彙編同。又正文當作「潰」，本韻从賮之字仿此。

塊 苦對反亦凷土片二　二〇九頁七～八行

原卷「凷」作「凷」，唐蘭仿寫本同。彙編誤。

啐 馳酒聲又七碎反　二〇九頁八～九行

原卷如此，唐蘭仿寫本同。案注文王一、唐韻、廣韻並作「送酒聲」，全王作「馳酒聲」。龍氏校箋以為「馳」疑「駛」字之誤。（註卅）今本說文訓作「驚也」，段注云：「儀禮今文以為啐酒字。」玉篇則訓作「吮声」。

蘈 草名似蒲　二〇九頁一〇行

原卷如此，唐蘭仿寫本同。案正文，全王作「蘈」，唐韻作「藬」（當作「蘈」）。而廣韻作「蘱」，則與爾雅合。又此本「蒱」當作「蒲」。

輩 等俗輩　二〇九頁一一行

原卷「輩」作「輩」，唐蘭仿寫本作「輩」，當據原卷改。

詯 戶由反弔決後悔言也一 二〇九頁一一行

原卷如此，唐蘭仿寫本同。案「戶由反」與「潰，胡對反」音同。廣韻「咱」字，一見「荒內切」下，注云：「休市」；一見「胡對切」下，注云：「胡市」。王一、全王與廣韻同。唐韻則無此字。

昧 暗日 二〇九頁一五行

原卷「日」作「目」，唐蘭仿寫本同。彙編誤。

〇廿一代韻

貸 代他反亦貸三 二一〇頁三行

原卷「代他」作「代✓他」，唐蘭仿寫本同。彙編脫「✓」符號。

闓 門 二一〇頁五行

原卷如此，唐蘭仿寫本同。案注文全王作「門下」，唐韻作「明，出說文」，廣韻作「開也，又音開」。今本說文「闓」訓作「開也」。此本、全王、廣韻「門」並當作「開」。

瀣 胡愛反三沆〻海氣 二一〇頁六行

原卷如此，唐蘭仿寫本同。案「沆」字，廣韻同，當从廣韻作「沆」。

萊 查又音来 二一〇頁八行

原卷如此，唐蘭仿寫本同。案「查」字，全王同。廣韻作「草」。彙編廣韻校勘記云：「草，澤存本同，巾箱本誤作查。」（詳卅一）

〇十九發韻

饖 餅臭 二一一頁 一行

原卷如此，唐蘭仿寫本同。案「餅」字，全王作「餅」，廣韻作「飯」，疑「餅」為「飰」字之誤。今本說文「饖」訓作「飯傷熱也」。「飰」即「飯」字。

⿸疒彖 困也詩云昆夷く矣 二一一頁 二行

原卷「矣」作「矣」，唐蘭仿寫本同。案蓋「矣」字。

⿰食彖 餅臭 二一一頁 二行

原卷如此，唐蘭仿寫本同。案「餅」字，全王作「飫」，廣韻作「飯」，此本「餅」蓋「飰」字之誤。全王「飫」蓋「飯」字之誤。

○廿二震韻

震 職刃反七 二一二頁 一行

原卷如此。唐蘭仿寫本「刃」下作「刃」，蓋衍。彙編已刪去。

須 顏色又く類順事也 二一二頁 一行

原卷「類」作「類」，唐蘭仿寫本作「類」。案「類」字，全王作「類」。當从廣韻作「類」。

框 結也約也栻也 二一二頁 一行

原卷「結」作「給」。唐蘭仿寫本與彙編同，并誤。

憖 魚靳反且也傷也閑也謹敬也二 二一二頁 八行

原卷如此，唐蘭仿寫本同。案「靳」字在焮韻，當从全王、王一、廣韻作「覲」。

賮 疾刃反深〻四 二一二頁一〇行

原卷如此，唐蘭仿寫本同。林炯陽切韻系韻書反切異文表云：「當作『又疾刃切』，蓋誤奪正切。廣韻此字『徐刃切，又疾刃切』可證。」

瘽 〻劣又病 二一二頁一二行

原卷如此，唐蘭仿寫本同。案王一「廑」訓作「小𡈼」，另殘一正文、注文作「病」。全王「廑」訓作「劣」；「瘽」訓作「病〻」。廣韻「廑」訓作「小屋」，「瘽」訓作「病也」。今本說文「廑」訓作「少劣之凥」；「瘽」訓作「病也」。此本誤合「廑」「瘽」二字之訓。

○廿三問韻

漢 御冠子云出治水上先望至北海之北國名終北國有山名東嶺狀若鈗頂有口壯若圜鏡（下略） 二一五頁三～五行

原卷「鏡」作「環」，唐蘭仿寫本同。彙編誤。

○廿四靳韻

靳 二一六頁二行

案此本「靳」韻，王一、全王、廣韻等卷稱「焮」韻。

憶褱 二一六頁二行

原卷正文作「憶」，唐蘭仿寫本作「憶」，案當作「懚」。注文王一作「褱」，全王作「褱〻」，廣韻作「懚褱相著」。廣雅釋詁四：懚，褱也。又曰：懚，奉也。玉篇「懚」訓作「奉也，褱也」，此本「褱」，王一、廣韻、玉篇「褱」，全王「褱」並當作「褱」。

○卅三顛

怨 於彭反恨也一　二一七頁一行

原卷如此，唐蘭仿寫本同。案「怨」與「怨」同。又「彭」當作「顛」。本韻切語下字「彭」，仿此。

䁙 又引与為偃又於面反又作傿又於演反　二一七頁六行

原卷如此，唐蘭仿寫本同。案正文當作「䁙」，唐寫本中「匽」常書作「𠥷」，繁簡無定，此繁體之例也。又「与」字，廣韻作「與」，王一、全王并作「物」，疑「与」「與」為「物」字之誤。

鞬 又万精反求未　二一七頁八行

原卷「又」作「叉」，唐蘭仿寫本同。彙編誤。

籔 小春又初万反　二一七頁八行

原卷如此，唐蘭仿寫本同。案正文當作「籔」、「初」當作「初」。

○廿六翰韻

翰 胡旦反七鷄也羽也又文〻十七　二二〇頁一行

原卷「鷄」作「雞」，唐蘭仿寫本同。

垾 小堤　二二〇頁二行

原卷「堤」作「隄」，唐蘭仿寫本與彙編同。

豻 野狗又五旦反　二二〇頁二行

原卷「狗」作「猶」，唐蘭仿寫本與彙編同。

亂 洛段反。俗亂。治也。理。從乙。又𠮦。三　二二〇頁四行

原卷「亂」作「乱」、「治」作「冶」，唐蘭仿寫本同。案「冶」當作「治」。又「𠮦」當作「𠮦」。

斷 決獄。又都管反。又徒管反。一　二二〇頁五行

原卷如此，唐蘭仿寫本同。案正文當作「斷」，「決」當作「決」。又「斷」在「都乱反」紐下，注文中「一」字蓋衍。此本注文當作「決獄。又都管、徒管二反」。

蒜 葫。說文作雨。作𥝩，正。　二二〇頁六～七行

原卷如此，唐蘭仿寫木「雨」作「二」。

灌 洗。　二二〇頁一二行

原卷「洗」作「澆」。唐蘭仿寫本與彙編同，并誤。

䜌 米玉。　二二〇頁二一行

原卷「米」作「名」，唐蘭仿寫本同。彙編誤。

偄 㷀乃乱反。弱。又㷀懦。同。一　二二〇頁二三行

原卷「㷀懦」作「㷀懦」，唐蘭仿寫本與彙編同。案當作「㷀懦」。原卷「一」作「二」，唐蘭仿寫本同，彙編誤。又此本正文當作「偄」。

○卅一訕韻

訕　二二二頁一行

案此本「訕」韻，王一、全王、唐韻、廣韻等卷稱「諫」韻。

篡 楚患反。奪也。一　二二二頁八行

原卷「龹」作「龹」，唐蘭仿寫本同。案當作「奪」。

○廿二𥚃韻

蕒 莖餘 二二三頁二行

原卷如此，唐蘭仿寫本同。案「莖」字，全王同，王一作「莁」。唐韻作「莖」，廣韻作「草」。周氏校勘記云：「注草餘，敦煌王韻作莁餘，是也。故宮王韻作莖餘，唐韻作莖餘，均誤。」（註卅二）

○廿九霰韻

眄 古縣反視貞又作貼四 二二四頁四行

原卷「貼」作「貼」，唐蘭仿寫本與彙編同。案集韻「覘」訓作「窺也，或作貼」，此本「貼」當作「貼」。

䚦 瓮底孔 二二四頁五行

原卷「底」作「座」，唐蘭仿寫本作「底」。案當作「底」，王一、全王注文并作「瓮底孔」，唐韻、廣韻作「盆底孔」。又「瓮」當作「瓮」。

硯 見五反筆硯或作研二 二二四頁一一行

原卷注文「硯」作「々」，唐蘭仿寫本與彙編同。案「見五」二字誤倒。

懸 々𡰥坤吟也見尔足從𡰥音虛刃反 二二四頁一七行

原卷「刃」作「切」，唐蘭仿寫本與彙編同。

○卅線韻

驟 陟彥反馬土谷二 二二六頁六行

原卷「谷」作「浴」，唐蘭仿寫本同。彙編殘。又正文當从全王、唐韻、廣韻作「騕」。又「土」字，廣韻作「士」，全王、廣韻并作「上」，并當作「土」。

并博計也凡卷之屬皆從并　二二六頁一〇～一一行

原卷如此，唐蘭仿寫本同。案正文當从集韻作「弅」。

扸擊也手也亦柞　二二六頁一三行

原卷如此，唐蘭仿寫本同。案「扸」「柞」并當从手作「扸」「扸」。又注文唐韻、廣韻并作「擊手」，此本上「也」字衍。

○卅四嘯韻

嘯　二二八頁一行

案此本「嘯」韻，全王、唐韻、廣韻等卷稱「嘯」韻。

倘儻不當〻貝　二二八頁三行

原卷如此，唐蘭仿寫本同。案「儻」字當从全王、唐韻、廣韻作「儻」，或作「儻」，此本宕韻「儻」注文作「不中，又儻」。「不當貝」，唐韻、廣韻同，全王作「不常貝」，玉篇作「不常也」（「也」恐「貝」字之誤）。「當」「常」，不知所當作。

徼小道　二二八頁四行

原卷正文作「徼」，唐蘭仿寫本作「徼」。案當作「徼」。本韻从敫之字仿此。（下文原卷从敫之字，唐蘭仿寫本并同），

○卅五笑韻

卲 常照反姓也晉邑三 二二九頁五）六行

原卷「三」作「西」，唐蘭仿寫本同。案原書作「四」，後又塗改成「三」。補正校作「西」，蓋誤。又此本正文當作「邵」。本韻从召之字仿此。

卲 高有黠 二二九頁五行

原卷「黠」作「點」，唐蘭仿寫本同。彙編誤。

奈 柴祭天 二二九頁八行

原卷如此，唐蘭仿寫本同。案正文當作「尞」。又「祭」當作「祭」。

獠 尔疋云宵田為〻又子管反〻獵畢弋從大 二二九頁一〇行

原卷「大」作「犬」，唐蘭仿寫本同，彙編誤。

潐 盡亦糤 二二九頁一一）一二行

原卷如此，唐蘭仿寫本同。案「糤」當作「糤」。

㿥 悴足云縮也焦也 二二九頁一二行

原卷「焦」下有「招」字，唐蘭仿寫本同。案廣雅釋詁三：㿥，縮也。此本「悴」字蓋「廣」字之誤。又「㿥」與「憔」同，此本「焦」當作「憔」。

○卅六敎韻

敎 二三〇頁一行

案此本「敎」韻，唐韻稱「効」韻，全王、廣韻等卷稱「效」韻。全王注文云「亦作効。」

挍 撿〻杜返字樣二並從木 二三〇頁二行

原卷如此，唐蘭仿寫本同。案「挍」「撿」二字并當从木作「校」「檢」。

## ○卅七号韻

悼 塲垣 二三一頁二行

原卷「塲」作「傷」，唐蘭仿寫本同，彙編誤。

嗸 年九七 二三一頁三行

原卷如此，唐蘭仿寫本同。案正文唐韻作「嶅」，王一作「謷」，全王作「謷」，廣韻作「嗸」，彙編廣韻校本云：「嗸，巾箱本同，誤，澤存本作謷。」案集韻嗸注或作謷。（注卅三）

芼 菜香笑又草覆蔓 二三一頁七行

原卷如此，唐蘭仿寫本同。案「香」字，王一、全王、唐韻同。廣韻無「香」字。「香」當作「莕」，廣韻漾韻「許亮切」下「莕」訓作「莕芼食」。

暴 薄報反虎也從水四 二三一頁十一行

原卷止一「反」字，唐蘭仿寫本同，彙編衍一「反」字。又正文當作「暴」，是所謂「從水」之意，而「虎也」二字，不詳，王一注文有「古作虣」三字，可據改。

## ○卅四禡韻

稼 種曰〻奴曰者有女嫁穡鄭注曰嫁相生也 二三二頁二十二行

原卷「奴」作「収」，唐蘭仿寫本同。案即「收」字。廣韻「收」作「斂」。

迓 五駕反迎三 二三四頁六行

原卷「五」作「吾」，唐蘭仿寫本同。彙編誤。又原卷迎皆作「迎」，唐蘭仿寫本同，案當作「迎」。

犽 獸似貜馬尾 二三四頁六、七行

原卷「馬」作「長」，唐蘭仿寫本同，彙編誤。

射 神夜反又神亦以謝反亦夜三 二三四頁一六行

原卷如此，唐蘭仿寫本同。案末「夜」字當作「䠶」。

帊 芳霸反ㄑ幞二 二三四頁一七、一八行

原卷「㡤」作「幞」，唐蘭仿寫本同，當作「幞」。

誏 辰詐反相誤一 二三四頁二二行

原卷如此，唐蘭仿寫本同。案正文當从王一、全王、廣韻改作「謏」。「辰」當作「爪」。

## ○五 㨾韻

㨾 二三六頁一行

案此本「㨾」韻，王一、全王、唐韻、廣韻等卷稱「漾」韻。

恙 憂古者草居為ㄑ所害故相問曰無恙古作虫害也 二三六頁二行

原卷如此，唐蘭仿寫本同。案正文王一、全王、唐韻、廣韻并作「恙」，當據改。注文王一作「憂古者草居為恙所害故……恙古作㺊，蟲害人」，全王作「憂人相問無恙」，唐韻作「憂也，又噬蟲，善食人心」，廣韻作「憂也，病也，又噬蟲，善食人心也」，此本「作」下脫一「㺊」字、「害」下脫一「人」

」字或「也」為「人」字之誤。

餉 式亮反五 二三六頁六行

原卷「反五」作「五反」，唐蘭仿寫本同，彙編已乙正。

⿱比面 匕匕又作⿱比面面草釀酒曰 二三六頁八∫九行

原卷「面」作「百」，唐蘭仿寫本同，彙編誤。又正文當从王一、全王、唐韻廣韻作「⿱比面」。

○六宕韻

吭 下浪反烏反咽反胡江二 二三八頁三∫四行

原卷次「反」字作「又」，唐蘭仿寫本同。彙編誤。

瓮 大瓮井一曰甇 二三八頁六∫七行

原卷如此，唐蘭仿寫本同。案「瓮」字，全王、唐韻同。廣韻作「甕」，并當作「瓮」。

儻 他浪反又他郎反二 二三八頁九行

原卷「郎」作「朗」，唐蘭仿寫本同。彙編誤。

纊 絮又統 二三八頁九行

原卷如此，唐蘭仿寫本同。案「統」蓋「絖」字之誤。

潢 呼浪反裝匕書也二 二三八頁一∫二行

原卷正文作「潢」，唐蘭仿寫本同。案「吁」蓋「乎」字之誤。又林炯陽切韻系韻書反切異文表云：「案「潢」「橫」為合口字，「浪」是開口字。」廣韻久合口「曠」字為下字是也。」

○卌八更韻

更 二三九頁 一行

案此本「更」（當作「更」）韻，全王、唐韻等卷稱「敬」韻，廣韻稱「映」韻。

命 眉姎反使也從口令一 二三九頁 一行

原卷如此，唐蘭仿寫本同。案本韻無「姎」字。「姎」蓋「映」字之誤。

孟 莫鞕反長二 二三九頁 五行

原卷如此，唐蘭仿寫本同。案切語，全王同。唐韻作「莫更反」，廣韻作「莫更切」。「鞕」字廣韻音「五諍切」（在諍韻），全王音「五勁反」（在敬韻），校箋云：「勁非本韻字。王一下字用孟，王二、唐韻、集韻同，與鞕字同屬二等。本書誤。」

醟 ⿰酉句又虛政反 二三九頁 七行

原卷「⿰酉句」作「⿰酉匈」，唐蘭仿寫本與彙編同。案全王、唐韻、廣韻并訓作「酗酒」。此本「⿰酉匈」或「酗」字之誤。補正作「⿰酉句」，校云：「恐是「酗」之訛。」（註卌四）

○卌清韻

倩 二四一頁 一行

案此本「清」韻，王一、全王、唐韻、廣韻等卷稱「勁」韻。

賵 工圖 買並 二四一頁 四行

原卷「工」作「土」。唐蘭仿寫本與彙編同，并誤。

穽 陷 二四一頁 六、七行

原卷注文作「陷〻」，唐蘭仿寫本作「陷」，與彙編并脫「〻」，又彙編「陷」當作「陷」。

○卌一暝韻

暝 二四二頁 一行

案此本「暝」韻，王一、全王、唐韻、廣韻等卷稱「徑」韻。

脛 戶定戶 脚一 二四二頁 三、四行

原卷下「戶」字作「反」，唐蘭仿寫本同。彙編誤。又原卷「脚」下有「〻」，唐蘭仿寫本與彙編同，并脫也。正文「脛」當作「脛」，本韵从巠之字仿此。

飣 〻〻 又作 貯 二四二頁 五行

原卷「作」下作「簨」，唐蘭仿寫本與彙編同，并缺。案「簨」字，王一同。全王、唐韻、廣韻并作「蒖」。（廣韻「飣」下出「尊」，注文云：「上同。」）又「〻貯」，王一、全王、唐韻、廣韻并作「貯食」。

汀 〻〻 濙不 遂志 二四二頁 六行

原卷如此，唐蘭仿寫本同。案注文王一、全王、唐韻、廣韻同。集韻「忊」訓作「忊濙，不得志皃」；「汀」訓作「忊濙，小水」。又本韻「烏定反」下「濙」訓作「小水」，王一、全王、唐韻、廣韻同。此本脫「汀」字之注文及正又「忊」字。詳見周氏廣韻校勘記四六九頁。

憕々丁 二四二頁
心恨 七行

原本如此，唐蘭仿寫本同。案「丁」蓋「忊」字之誤.

○卅六證韻

稱蚩證反（下略） 二四三頁
七）八行

案原卷「蚩」當作「蚩」。

○廿五嶝韻

嶝都鄧反嚴 二四四頁
山△△△ 一行

原卷「△△△」作「坂四加一」，唐蘭仿寫本殘存作「坂ㄓ〡〡一」，當據原卷補。

○卅七宥韻

圍圞囿于目反 二四五頁
籀文作圝 二行

原卷注文「圍」作「又」，唐蘭仿寫本同。彙編誤。

嘼々搐俗 二四五頁
畜非 九行

原卷如此，唐蘭仿寫本同。案「搐」字，王一、全王、唐韻、廣韻并作「㾄」。「俗畜非」，王一作「正嘼，俗作畜」，全王、廣韵并作「亦作畜」，唐韻作「俗作畜」。

呪職救反 二四五頁
々咀二 九行

原卷「咀」作「詛」。唐蘭仿寫本與彙編同，并與原卷異。

復 狀富反又狀福 說文作復同二 二四五頁 二〇行

原卷「複」作「復」，唐蘭仿寫本同。彙編誤。又此本「福」下脫一「反」字。

犾 余反獸似猨說 敊文犾象穴五 二四五頁 二〇行

原卷「象」作「豸」，唐蘭仿寫本同。彙編誤。

○卅八候韻

怐 〻瞀愁 愚貝 二四七頁 二行

原卷無「瞀」字。唐蘭仿寫本與彙編同，并衍。

鷇 〻鴨子 二四七頁 三行

原卷如此，唐蘭仿寫本同。案正文當作「鷇」。本韻从殸之字仿此。

鄮 縣在在會稽 二四七頁 五行

原卷上「在」字作「名」，唐蘭仿寫本同。彙編誤。

仆 匹豆反倒也又扶北撫愚二反冂通一 二四七頁 六行

原卷「愚」作「遇」。唐蘭仿寫本與彙編同，并誤。

鬪 丁豆反静〻從 四 鬥二音丁口反 二四七頁 八、九行

原卷「二」作「〻」，唐蘭仿寫本同。案正文當从鬥作「鬭」。「從門」當作「從鬥」。又下「〻」疑指「鬥」字言，惟「鬥」字廣韻讀「都豆切」，集韻讀「丁候」切，此作「丁口反」，未詳。

埜 地名在竟陵又市田反 二四七頁 一二、一三行

原卷「田」作「由」，唐蘭仿寫本同。彙編誤。又原卷正文當作「埜」。

狗聲豕 二四七頁一九行

原卷如此，唐蘭仿寫本同。案正文當作「豞」。

○卌五沁韻

禁居蔭反忌也 二五〇頁四～五行

原卷注文末有「二」字。唐蘭仿寫本與彙編并脫。

覙視出頭視又𢾊斜反 二五〇頁七行

原卷如此，唐蘭仿寫本同。案正文王一作「䙵」，與玉篇合。廣韻作「䙵」，與今本說文合。此本當誤。又此本「出」上，當補一「私」字。

譖 二五〇頁七行

原卷如此，唐蘭仿寫本同。案當作「譖」。

菻鴆力反蒿也隱蔽也翳也一 二五〇頁八～九行

原卷如此，唐蘭仿寫本同。案林炯陽切韻系韻書反切異文表以為此本誤合「菻」「菻」二字為一，遂混其義。

○五十二醰韻

醰 二五一頁一行。

案此本「醰」韻，全王、唐韻、廣韻等卷稱「勘」韻。

○五十三闞韻

𪾶呼濫反戲物也亦欿一 二五二頁四行

原卷如此，唐蘭仿寫本同。案「戲物」，王一、廣韻并作「乞戲物」，疑此本

「戲」上脫一「乞」字。

蘫 虫食瓜 二五二頁五行

原卷「𠂆乂」作「瓜」。唐蘭仿寫本與彙編同，並誤。

淡 無味也又徒甘以舟二反 二五二頁六行

原卷「舟」作「冉」，唐蘭仿寫本同。彙編誤。

○五十艷韻

艷 二五三頁一行

案此本「艷」韻，全王、唐韻並書作「豔」韻，王一、廣韻並書作「豔」韻。

揜 快又於驗反 二五三頁三行

原卷如此，唐蘭仿寫本同。案正文當从王一、廣韻作「㤿」。全王誤同。唐韻作「㥟」，从心不誤，惟當作「㤿」。

窆 方驗反下棺又方鄧反三 二五三頁三、四行

原卷「三」作「二」，唐蘭仿寫本同。案所列韻字實二，彙編誤。

占 將艷反占固又職廉反 二五三頁八行

原卷注文末有「一」字。唐蘭仿寫本與彙編並脫。

⊙五十一㮇韻

掭 二五四頁一行

原卷如此，唐蘭仿寫本同。案當从木作「㮇」。

趝 絕念反疾行只一 二五四頁五行

原卷如此，唐蘭仿寫本同。案「絶」蓋「紀」字之誤。

鰜 魚名 二五四頁七行

原卷如此，唐蘭仿寫本同。案正文王一作「鮨」，全王、唐韻并作「鮨」，廣韻作「鮨」（全王、廣韻、唐韻并當从王一作「鮨」），疑此本當作「鮨」。

○五十六嚴韻

嚴 魚欠反、坊 又魚炎反一 二五五頁一行

原卷「、」作「〻」，唐蘭仿寫本同，彙編誤。又「嚴」當作「嚴」。又此本「嚴」韻，王一、全王（見韻目）同，廣韻作「釅」。

○五十四陷韻

陷 尸韽反三 二五六頁一行

原卷「尸」作「户」，唐蘭仿寫本同，彙編誤。又原卷正文當作「陷」。

○五十五覽韻

覽 胡懺反大瓮也漢書盜伏於く下一 二五七頁一行

原卷如此，唐蘭仿寫本同。案正文當作「覽」。又此本「覽」韻，王一、全王、唐韻、廣韻等卷稱「鑑」韻。「漢書」上，王一、唐韻、廣韻并有「續」字，當據補。

○一屋韻

獨 徒谷反 說文羊為群犬為獨又北囂山有獨狢獸廾 二五九頁一～二行

原卷無「廾」。唐蘭仿寫本與彙編同。案所列韻字實廾，原卷脫「廾」。

𧳿 胎 二五九頁二行

原卷注文作「傷胎」，唐蘭仿寫本與彙編同，并脫「傷」字。補正作「胎□」。案「傷」字，唐韻、全王同，廣韻作「殤」，

牘 々簡 二五九頁三行

原卷「簡」作「蕑」，唐蘭仿寫本與彙編同。案當作「簡」。

匵 遺 二五九頁四行

原卷注文作「遺」，唐蘭仿寫本同。案「遺」即「匵」字。从匚之字，唐寫本俗作「辶」。

襡 韜 二五九頁四、五行

原卷注文作「々韜」。唐蘭仿寫本與彙編同，并脫「々」。

哭 古空 三反 二五九頁七、八行

原卷「古」作「谷」，唐蘭仿寫本同。彙編誤。

穀 縠 々動物 二五九頁一〇行

原卷如此，唐蘭仿寫本同。案「穀」當作「㲉」，「穀」當作「㲉」。本韻从𣪊之字仿此。

涑 水名在何東又 欺欲反 二五九頁一〇、一一行

原卷「欺」作「斯」，唐蘭仿寫本同。彙編誤。

𣪊 穀丁木反 々動物二 二五九頁一一行

原卷如此，唐蘭仿寫本同。案「𣪊」當作「㲉」、「穀」當作「穀」。

漉 渗々去水又盝同　二五九頁一二行

原卷如此，唐蘭仿寫本同。案「渗々去水」（「渗」當作「滲」），全王作「滲水」，唐韻、廣韻并作「滲漉」（唐韻「滲」字止殘存左半）。

鱳 々得縣名在張掖又盧各反　二五九頁一二行

原卷如此，唐蘭仿寫本同。案正文，切三、全王、唐韻同。王國維唐寫本唐韻殘卷校勘記云：「當作鱳。」（註卅五）

𨏔 々轤轉木　二五九頁一四行

原卷如此，唐蘭仿寫本同。案「轉」字上當从切三、全王、唐韻、廣韻補一「圓」字。

豰 獸名似豹嗷弥猴又丁木反又作㲉 似犬一云似㹀馬尾犬首從豕者小豚又蒱谷反　二五九頁一六～一七行

原卷「㲉」作「𣪊」，唐蘭仿寫本同。案「𣪊」當作「㲉」。又正文，廣韻作「㲉」，并當作「豰」。又「弥」字，廣韻古逸本作「彌」，澤存堂本作「獼」。

鏃 作木反矢末又作族反一　二五九頁一八行

原卷如此，唐蘭仿寫本同。案「又作族反」，全王作「一作族音」，龍氏校箋引集韻「族」為「鏃」或體及說文「族」訓「矢鋒也」，而疑全王及此本并誤。（註卅六）若依龍氏此說，則此本下「反」字、全王「音」字并衍。

曝 蒱木反曰乾說文傍無曰作暴同六　二五九頁一九行

原卷「蒱」作「蒲」，唐蘭仿寫本同。彙編誤。又原卷二「曰」字并作「日」，唐蘭仿寫本與彙編同，并誤。又原卷正文當作「曝」。

瀑　二五九頁一九行

原卷如此，唐蘭仿寫本同。案當作「濮」。

樸　二五九頁二三行

原卷作「樸」，唐蘭仿寫本同。案廣韻、唐韻并作「樸」。

菑　織具又蒲角反　二五九頁二五行

原卷「蒲」作「蒱」，唐蘭仿寫本同。彙編與原卷異。

菑　菜〻蓊　二五九頁二六行

原卷如此，唐蘭仿寫本同。案「蓊」字，全王作「蔦」、廣韻古逸本作「菑」，并當从廣韻澤存堂本作「蔦」。唐韻作「蓊」，與「蔦」同。此本「蓊」字蓋與「蓊」字形近而誤。

勠　併力又力抽反　二六〇頁三二行

原卷「併」作「併」，唐蘭仿寫本同。彙編誤。

鍹　鎢〻溫氣　二六〇頁四一行

原卷如此，唐蘭仿寫本同。案原卷「氣」當作「器」。

粥　之六反糜〻三　二六〇頁四四行

原卷如此，唐蘭仿寫本同。案「糜」字，全王、唐韻同，并當从切三、王一作「糜」。

芃　草蕍　二六〇頁四九行

原卷作「芃草〻蕍」。唐蘭仿寫本與彙編同，并脫「〻」。又原卷正文當作「芃」，本韻从巩之字仿此。

朒　女六反月見東方　二六〇頁五一行

原卷如此，唐蘭仿寫本同。案正文，切三同。王一、唐韻、廣韻并作「朒」。

鷫 說文五方神鳥也東方曰出發明南方鷦鵬西方鷫鷞北方幽昌中央鳳凰 二六一頁五七、五八行

原卷「說文五方」作「說文五方」；唐蘭仿寫本同。又原卷「曰出」下，唐蘭仿寫本作「曰ˇ出」，案今本說文「鷫」訓作「鷫鷞也，从鳥肅聲，五方神鳥也，東方發明，南方焦明，西方鷫鷞，北方幽昌，中央鳳凰」，無「曰出」二字。惟原卷「、曰出」脫「ˇ」符號。

○二沃韻

督 率也察也視也從目一曰目病 二六四頁三行

原卷如此，唐蘭仿寫本同。案注文云「從目」，正文當作「督」。下文「褶」當作「襘」。

傶 將馬反邑名又姓一 二六四頁一一行

原卷「馬」作「篤」。唐蘭仿寫本與彙編同，并誤。

擢 占沃反白色牛一 二六四頁一二行

原卷「占」作「五」。唐蘭仿寫本作「㐄」，當係「五」字之殘文，而彙編誤作「占」字。

○三燭韻

韣 弓衣又從谷反 二六五頁七行

原卷「從」作「徒」，唐蘭仿寫本同。彙編誤。

戟 子戟 二六五頁一一行

原卷「子」殘存作「丁」。唐蘭仿寫本與彙編同。案「子」字，王一、全王并作「矛」，廣雅釋器：「戟，其子謂之戟。」唐蘭仿寫本、彙編「子」字，王一、全王「矛」字并當作「子」。

瘃 陟玉反 寒瘡 二　二六五頁 一七～一八行

原卷如此，唐蘭仿寫本同。案原卷正文當作「瘃」。

轐 封曲反 牛落頭 一　二六五頁 二一～二二行

原卷「落」作「路」，當作「絡」。唐蘭仿寫本殘作「洛」。彙編誤从氵旁，又於「洛」上加艸頭。案「牛絡頭」，王一、全王、廣韻并作「絡牛頭」，切三、唐韻并作「落牛頭」，「落」當作「絡」。此「牛絡頭」當作「絡牛頭」。

〇四覺韻

較 說文作輟 車騎也　二六七頁 二行

原卷「輟」作「軗」，唐蘭仿寫本同。案今本說文作「較」，當據改。彙編作「輟」，誤。今本說文「較」訓作「車騎上曲鉤也」，段注云：「各本作車騎上曲銅也，今依李善西京賦七啓二注正。」

涿 郡名　二六七頁 一一行

原卷如此，唐蘭仿寫本同。案原卷正文當作「涿」。本韻下文「諑」「椓」「琢」「啄」四字并當从豕作「諑」「椓」「琢」「啄」。

雹 蒲角反 雨水 十一　二六七頁 一六～一七行

原卷如此，唐蘭仿寫本同。案原卷「水」蓋「冰」字之誤。

㲉 小豚也 又丁木反　二六七頁 二〇行

原卷如此，唐蘭仿寫本同。案原卷正文當作「豰」。

愨 謹　二六七頁 二五行

原卷正文作「慤」，唐蘭仿寫本同。案當作「愨」。又原卷注文當作「謹」。

轂 盛錢器一曰盛觵觶 二六七頁二五行

原卷如此，唐蘭仿寫本同。案原卷正文當作「轂」。又原卷「鰌」為「觵」字之誤、「鱓」為「觶」字之誤。詳見本篇「切三校勘記」校文。

溼 濡雨沾 二六七頁二八行

原卷如此，唐蘭仿寫本同。案切三、王一、唐韻、廣韻「濡」上并作「霑」，此本「雨沾」蓋「霑」字之誤。又全王「濡」上脫一「霑」字。

喔 雞聲〻 二六八頁二九行

原卷如此，唐蘭仿寫本同。案切三、王一、全王、唐韻、廣韻并無重文。此本重文蓋衍。

〇七質韻

郅 郁〻縣北地 二六九頁一行

原卷注文殘存作「郁〻縣北地」，唐蘭仿寫本作「郁〻縣北地」。案原卷「縣」下二殘文當係「名在」二字。

隲 駮馬又後漢有鄧〻 二六九頁二二行

原卷如此，唐蘭仿寫本同。案原卷正文當作「騭」、「駮」當作「駁」，爾雅釋畜「牡曰騭」，郭注云：「今江東呼駁馬為騭。」

蟋 蟀〻 二六九頁六行

原卷「蟀」作「蟀」。唐蘭仿寫本與彙編同。案原卷「蟀」當書作「蟀」。

漆 水名在岐 二六九頁七行

原卷如此，唐蘭仿寫本同。案原卷正文當作「漆」，本紐字从桼之字仿此。

軼 車過也又從結反 二六九頁一〇～一一行

欸 許吉反 笑二 二六九頁 一二行
原卷「從」作「徒」，唐蘭仿寫本同。彙編誤。
原卷注文作「許吉反 笑一 也」。唐蘭仿寫本作「許吉反 笑一 一」，「一」蓋「也」字之殘文。
彙編誤將「也」字殘文及「一」字為「二」字。

鴥 鳥飛駃 二六九頁 二三行
原卷如此，唐蘭仿寫本同。案「駃」字當以王一、切三作「駛」。

卹 二六九頁 二五行
原卷如此，唐蘭仿寫本同。案當作「卹」，本韻中切語下字「卹」仿此。又原卷从皿之字當改从血。

橘 居蜜反 小柚 四 二七〇頁 二九行
原卷「蜜」作「密」，唐蘭仿寫本同。彙編誤。

出 尺聿反 又尺季反 一 二七〇頁 三二行
原卷注文作「尺聿反 狂走 又尺季反 三」，唐蘭仿寫本作「尺聿反 狂走 又尺季反 三」。彙編已將「狂走」二字刪去。案原卷「三」蓋「一」字之誤。

怵 竹聿反 憂心皃 二 二七〇頁 三五行
原卷「聿」作「律」，唐蘭仿寫本同。彙編誤。

○八櫛韻

櫛 阻瑟反 梳也 三 二七三頁 一行
原卷正文作「擳」。唐蘭仿寫本與彙編同。案原卷正文當从木作「櫛」。

櫛 耕櫛 二七三頁 一行
原卷如此，唐蘭仿寫本同。案原卷「耕」蓋「𦓿」字之誤。

蜷窣々 二七三頁二行

原卷如此，唐蘭仿寫本同。案原卷「窣」當作「蟀」或「蟀」。

璱 玉鮮絜白 二七三頁二行

原卷「絜」作「潔」。唐蘭仿寫本與彙編同。案原卷「潔」當作「絜」。

○九物韻

綍 大索亦紼 二七四頁三行

原卷如此，唐蘭仿寫本同。案原卷正文當作「綍」。

祓 孚勿反除災也又孚吠反一 二七四頁一六～一七行

原卷「孚」作「孚」，唐蘭仿寫本同。彙編誤。又原卷「災」作「灾」。唐蘭仿寫本與彙編同，并與原卷異。

○十訖韻

訖 二七五頁一行

案此本「訖」韻，切三、全王、唐韻、廣韻等卷并稱「迄」韻。

○十八月韻

娍 紵布 二七六頁七行

原卷如此，唐蘭仿寫本同。案正文，切三、全王、唐韻并作「娍」。廣韻作「絨」（另出「娍」字，注文作「竝立也」）。注文，全王同。切三、唐韻作「紵布」，廣韻作「絨布，說文曰：采彰也，一曰車馬飾」。王國維唐韻校勘記云：「此奪娍字注文及絨字正文。」惟龍氏校箋以為王說未允，而云：「娍字不詳所出。偏旁立與糸字行書易亂，疑娍紵即絨紵字之誤。」（註卌七）此本正文「娍」當作「絨」，本韻从戊之字仿此。

曦 𠃌乙反氣送一 二七六頁 一〇～一一行

原卷「氣送」作「氣送ˇ」，有乙倒符號。唐蘭仿寫本與彙編同，并脫「ˇ」符號。案「曦」字，廣韻在「於月切」紐下，集韻為「於月切」紐首。「𠃌」字為薛韻字，此本當从廣韻、集韻改為「於月反」紐。

○十四紇韻

紇 二七七頁 一行

案此本「紇」韻，切三、王一、全王、唐韻、廣韻等卷并稱「没」韻。

尳 膝病 二七七頁 二行

原卷「膝」作「膝」。唐蘭仿寫本與彙編同。案此字當从全王作「膝」。又原卷正文當从尢作「尳」。

惚 〻怳 二七七頁 三行

原卷正文作「惚」。唐蘭仿寫本與彙編同。案原卷正文當作「惚」。

㞟 出〻 二七七頁 一〇行

原卷如此，唐蘭仿寫本同。案原卷正文蓋「凸」字之誤。

○十二褐韻

褐 二七九頁 一行

案此本「褐」韻，唐韻、廣韻等卷并稱「曷」韻。

末 莫曷反木上為末十四 二七九頁 二～三行

原卷注文「末」作「未」。唐蘭仿寫本作「木」。案原卷「未」當作「木」。

濊 拭〻塗 二七九頁 四行

原卷「拭」作「拭」。唐蘭仿寫本作「拭」，與彙編并誤。又原卷正文當作

「濺」。

蕿 根厷 二七九頁五行 原卷「厷」作「〻」。唐蘭仿寫本與彙編同，并誤。

鬢 子未反三 二七九頁六行 原卷「未」作「末」。唐蘭仿寫本與彙編同，并誤。

糞 徒活反失也亦糞三 二七九頁八行 原卷如此，唐蘭仿寫本同。案原卷正文當作「奪」。

眓 視高·皃 二七九頁九行 原卷如此，唐蘭仿寫本同。案原卷正文當作「眓」。

泧 瀎〻 二七九頁九行 原卷如此，唐蘭仿寫本同。案當作「泧〻瀎」。

焥 火烟出 二七九頁九行 原卷如此，唐蘭仿寫本同。案原卷正文當作「焥」。

𣂼 〻取物亦棺 二七九頁九行 原卷「棺」作「棺」，唐蘭仿寫本同。彙編誤。下文「撲」字彙編誤作「樸」。

蹳 踻草聲 二七九頁一〇行 原卷如此，唐蘭仿寫本同。案原卷「踻」蓋「蹋」字之誤。

跋 蒲撥反躠行十三 二七九頁一二行 原卷如此，唐蘭仿寫本同。案切三、王一、唐韻、廣韻并訓作「跋躠行皃」，此本脫「跋」「皃」二字。

怚 當割反痛也六 二七九頁一四行

闥 達地閒又門昇九 二七九頁一四～一五行

原卷如此，唐蘭仿寫本同。案「旦」係避唐睿宗諱也。

原卷如此，唐蘭仿寫本同。案原卷正文當作「闥」，本韵从達之字仿此。又原卷「又」蓋「及」字之誤。

汏 蹋 二七九頁一五行

原卷如此，唐蘭仿寫本同。案原卷正文當作「㐄」，注文「蹋」當作「蹈」。廣韻「㐄」訓作「文字音義云蹈也，從反止」。

剌 不磨調、 二七九頁一六行

原卷如此，唐蘭仿寫本同。案原卷正文當从全王、廣韻作「瘌」、注文「磨」當作「瘮」。

可 朽骨也 二七九頁一八行

原卷如此，唐蘭仿寫本同。案正文當作「歹」。全王正文作「歺」。廣韻作「歺」，注文云「今亦歹」。

○十三黠韻

豽 女滑反。戰名，似貍。四 二八二頁八行

原卷「貍」作「狸」。唐蘭仿寫本與彙編同，并誤。

齾 初八反。齧利。五 二八二頁一〇行

原卷正文作「齾」，唐蘭仿寫本同。案原卷正文當作「齾」。

尬 尲々行不正 二八二頁一三行

原卷作「尲行不正」。唐蘭仿寫本作「尲々行不正」。案原卷脫「々」符號。又原卷「尲」蓋「尷」字之誤。

軋（烏八反車轉八）二八二頁一四行

原卷如此，唐蘭仿寫本同。案原卷正文當作「軋」。本紐字「圠」「鳦」「加」等从乙之字仿此。又本韻已有「噎，烏八反」一紐，此當从切三、王一、全王、唐韻、廣韻作「烏黠反」。

○十七鎋韻

䂊（礣䂊鞭皃礣字莫鎋反）二八三頁二行

原卷如此，唐蘭仿寫本同。案原卷二「礣」字并當作「礣」、「䂊」當作「䂊」。

鴰（枯鎋反木秃樂器名）二八三頁六、七行

原卷如此，唐蘭仿寫本同。案「秃」字當从切三、王一、全王、唐韻、廣韻作「虎」。

頷（丑刮反〻刮強可皃一）二八三頁九行

原卷如此，唐蘭仿寫本同。案原卷正文當作「頷」。又王一、唐韻、廣韻并訓作「頷頶強可皃」，此本原卷下「刮」字當作「頶」。

頶（下括反短面皃五）二八三頁一〇行

原卷「括」作「刮」。唐蘭仿寫本作「括」，與彙編皆誤。

○十五屑韻

楔（擮〻不方正也）二八四頁一、二行

原卷「擮」作「擮」，唐蘭仿寫本作「擮」。案當作「擮」。本韻从蕺之字并當从蕺。又原卷「不方正」作「不正方」。唐蘭仿寫本與彙編同。案原卷「不正方」當作「不方正」。又原卷正文當作「楔」，本韻从契之字仿此。

僁 〻小聲 二八四頁二行

原卷如此，唐蘭仿寫本同。案原卷正文當作「僁」。又原卷「〻」蓋衍。又切三注文作「動草聲」，王一作「動草聲，或作偦」，全王作「動草聲，亦作偦」，唐韻殘存作「口口聲，亦作偦」，廣韻作「動草聲。又云鷙鳥之聲。又僁僁，呻吟也。亦作偦」。與此本訓作「小聲」者皆異。

𦟝 胃臆中 二八四頁三行

原卷如此，唐蘭仿寫本同。案「胃」字，當从王一、全王、廣韻作「脂」。

竊 〻盜俗竊 二八四頁四行

原卷如此。唐蘭仿寫本「盜」作「盜」。案原卷正文當作「竊」。

㓗 清 二八四頁五行

原卷如此，唐蘭仿寫本同。案原卷正文當作「潔」。

䀢 瞠〻惡貞 二八四頁九行

原卷如此，唐蘭仿寫本同。案原卷正文當作「䀢」，本韵从血之字仿此。又原卷「瞠」蓋「瞠」字之誤。

眣 目失 二八四頁一七行

原卷如此，唐蘭仿寫本同。案切三、王一、全王、唐韻、廣韻注文並作「目出」。此本「失」蓋「出」字之誤。

𡈼 高起 二八四頁一八行

原卷正文作「 」，唐蘭仿寫本同。案原卷正文當作「凸」。

齕 齧又下没反 二八四頁二四行

原卷「没」作「没」，唐蘭仿寫本同。掌編殘。

襩　以衣社盛物　二八四頁二四～二五行

原卷如此，唐蘭仿寫本同。案「襩」「社」二字并當从衣作「襩」「社」。

蔑　目蔑楔不亡々王　二八五頁三〇行

原卷作「䁾目赤䁾々楔不方正」，唐蘭仿寫本同。案原卷从蔑之字并當从蔑。彙編殘多字，當據原卷補。

弰　二八五頁三一行

原卷如此，唐蘭仿寫本作「弰」。案當作「弰」。

絜　車晉蘘身幰誤又反　二八五頁三一～三二行

原卷作「絜軛又晉蘘反閉闊又博計反」，唐蘭仿寫本作「絜軛又晉蘘反閉闊又博計反」。唐蘭仿寫本、彙編殘缺，脫誤者并當據原卷補正。

杳　二八五頁三五行

原卷如此，唐蘭仿寫本同。案當作「杳」。

暼　將々落々　二八五頁三八行

原卷下「々」作「，」。唐蘭仿寫本與彙編同。案原卷「、」當作「々」。又原卷「將」上脫一「日」字。廣韻注文作「暼日落勢也」，則脫一重文。

䏟　多肉　二八五頁三九行

原卷注文作「多肉」，唐蘭仿寫本同。

咥　出々　二八五頁四一行

原卷如此，唐蘭仿寫本同。案原卷「出」蓋「咄」字之誤。

迷　練結反々多節目四々𡘋　二八五頁四一行

原卷如此，唐蘭仿寫本同。案原卷正文當作「类」。

緤　麻三斤為〻　二八五頁四二行

原卷如此，唐蘭仿寫本同。案原卷正文當作「緤」，本韵从㑄之字仿此。

〇十六薛韻

薛　二八六頁一行

原卷如此，唐蘭仿寫本同。案當作「薛」，本韻从薛之字仿此。

渫　治牛　二八六頁二行

原卷如此，唐蘭仿寫本同。案「牛」字，全王（「治」作「瘵」，蓋避唐高宗諱而改也）、唐韻同，并當从切三、廣韻作「井」。

卨　殷祖或作偰　二八六頁三行

原卷如此，唐蘭仿寫本同。案原卷正文當作「卨」、「偰」當作「偰」。

㓹　〻寒皃　二八六頁四行

原卷如此，唐蘭仿寫本同。案原卷重文蓋衍。

鷘　喙木鳥　二八六頁五行

原卷如此，唐蘭仿寫本同。案原卷「喙」當作「啄」。

㯯　渠列反六　二八六頁六行

原卷如此，唐蘭仿寫本同。案正文當作「傑」，本韻从桀之字仿此。又原卷「渠」當作「渠」。下一韻字「桀」及注文中「桀」并當作「桀」。

鞮　柔皮　二八六頁九～一〇行

原卷如此，唐蘭仿寫本同。案正文，切三、唐韻、全王同，并當从廣韻作「鞮」。

碣　去竭反又去謁反〻來去三　二八六頁一三行

蛃 蚊之 二八六頁一九行

原卷如此，唐蘭仿寫本同。案原卷正文當作「蛃」。

說 失熱反又翼雪反一失銳 二八六頁一九～二〇行

原卷如此，唐蘭仿寫本同。案原卷「熱」當作「爇」。

歠 昌雪反大飲三 二八六頁二一行

原卷「三」作「一」。唐蘭仿寫本與彙編同，并誤。

笷 變別反分厶亦訓一 二八六頁二五行

原卷「厶」作「〻」，唐蘭仿寫本作「亽」，與彙編皆誤。

轍 直列反車跡四 二八六頁二五～二六行

原卷正文作「轍」，唐蘭仿寫本同。案原卷「轍」當作「轍」。本紐从育之字并當从育。

設 式列反二 二八六頁二八行

原卷正文作「設」，唐蘭仿寫本同。案當作「設」。

具 許列反舉目使人三 二八六頁二八行～二八七頁二九行

原卷如此，唐蘭仿寫本同。案原卷正文當从王一、全王、廣韻作「旻」。

箭 廁別反割斷聲一 二八七頁三六行

原卷如此，唐蘭仿寫本同。案正文，切三、唐韻并作「𥳐」，王一作「前」，全王作「𥳑」，并當从廣韻作「𥳑」。

撥 峙絕反枯一 二八七頁三六～三七行

原卷「枯」作「枯」，唐蘭仿寫本同。彙編誤。又原卷正文當作「撥」。

罬 嫣劣反罿一 二八七頁三七行

⿰齒卒 助列反 ⿰齒卒一 二八七頁三七行

原卷如此，唐蘭仿寫本同。案正文當作「罬」。又「嫣劣反」與「蹶，紀劣反」音同，益增加字也。

原卷正文作「⿰齒卒」，唐蘭仿寫本同。彙編誤。又林炯陽切韻系韻書反切異文表云：『「助列切」與前「⿰齒昌」字「士列切」音同，當併為一紐。集韻「⿰齒昌」「⿰齒卒」同音「士列切」，是也。又「⿰齒卒」字廣韻有「初栗」（質韻）、「昨沒」（沒韻）二切，唯無「士列切」一讀。』（註卌八）

〇五藥韻

蘥 燕支草名 二八八頁一行

原卷如此，唐蘭仿寫本同。案注文，切三作「燕麥，草名」，全王作「雀麦」，廣韻作「燕麥」。此本「支」蓋「麥」字之誤。

鑰 二八八頁一行

原卷作「鑰」，唐蘭仿寫本同。彙編誤。下文「瀹」「爚」二字，原卷并从龠，唐蘭仿寫本同，彙編誤。

屵 岸上見 二八八頁二行

原卷如此，唐蘭仿寫本同。案正文，唐韻同，全王作「岸」，廣韻作「屵」，段改廣韻作「屵」。

蒻 弱因又 二八八頁六行

原卷「因」作「困」。唐蘭仿寫本與彙編同，并誤。

楉 榴々 二八八頁六行

原卷「々」空白。唐蘭仿寫本與彙編同。案原卷「々」殘。又原卷正文作「

梏」，唐蘭仿寫本同，彙編誤。

蒻 荷莖又泥 又菜名出蜀中　二八八頁六～七行

原卷如此，唐蘭仿寫本同。案原卷上「又」字蓋「入」字之誤。詳見本篇「切三校勘記」校文。

詎 虛紇反戲　二八八頁九行

原卷注文末有「一」字，唐蘭仿寫本同。彙編脫。

逴 略々行皃 又勑名反　二八八頁一〇行

原卷「名」作「各」。唐蘭仿寫本作「各」，蓋亦「各」字。彙編誤。

縛 苻玃反 繫也一　二八八頁一四行

原卷如此，唐蘭仿寫本同。案原卷正文當作「縛」、「玃」當作「矍」。

趯 大步　二八八頁一六行

原卷正文作「趯」。唐蘭仿寫本作「趯」。案原卷正文當作「趯」。

鸝 烏白身首三々　二八八頁一六行

原卷如此，唐蘭仿寫本同。案原卷正文當作「鸝」。

着 張略反又治略反 又張慮反俗著三　二八八頁一七～一八行

原卷正文作「着」，唐蘭仿寫本同。彙編殘。又原卷注文「著」作「着」，唐蘭仿寫本同。彙編誤。

槠 置也　二八八頁一七行

原卷如此，唐蘭仿寫本同。案原卷正文當作「槠」、「置」當作「置」。

○六鐸韻

鐸 徒落反大鈴八　二九〇頁一行

原卷如此，唐蘭仿寫本同。案原卷正文當作「鐸」，本韻从睪、从睪之字仿此。

澤 楚辭云冬水出之澤 二九〇頁一一行

原卷注文作「楚辭云冬水出之澤」，唐蘭仿寫本同。案原卷二「澤」字并當作「澤」。又原卷所引楚辭文當作「冬冰之洛澤」。原卷訛誤多處。又「出」字旁之「）」符疑蓋表誤衍。

頊 顓 二九〇頁二行

原卷「顓」作「顓」。唐蘭仿寫本與纂編同。案原卷「顓」當作「顓」。又原卷正文當作「頊」。

睢 大白 二九〇頁四行

原卷如此，唐蘭仿寫本同。案原卷正文當从廣韻作「睢」。

簬 草生 二九〇頁四行

原卷如此，唐蘭仿寫本同。案「草」字，全王同，并當从唐韻、廣韻作「草」。

愕 五各反 驚 俗咢十二 二九〇頁八行

原卷如此，唐蘭仿寫本同。案原卷正文當作「愕」，本韻从咢之字仿此。又原卷注文「咢」當从全王作「遌」。

濼 波 𩅪亦 二九〇頁一〇行

原卷如此，唐蘭仿寫本同。案「波」字，全王同，當从唐韻、廣韻作「陂」。又原卷「𩅪」當从廣韻或體作「𩆊」。

膗 二九〇頁一一行

原卷如此，唐蘭仿寫本同。案當作「膗」。下文「鶴」字亦當从隺作「鶴」。

壑　丘〻　二九〇頁一二行
原卷如此，唐蘭仿寫本同。案正文當作「壑」。

洛　〻濼水名　二九〇頁一三行
原卷如此，唐蘭仿寫本同。案原卷「濼」當作「濼」。又原卷「水名」當是「氷負」二字之誤。

鑿　穿　二九〇頁一四行
原卷「穿」作「穿」，唐蘭仿寫本作「穿」，蓋亦「穿」字，而彙編誤作「穿」矣。又原卷正文當作「鑿」，本韻从鑿之字仿此。

博　補各反從十十　二九〇頁一五行
原卷如此，唐蘭仿寫本同。案原卷正文當作「博」，本韻从尃之字仿此。又原卷「補」當作「補」。

嚩　〻集嘿貝　二九〇頁一五行
原卷「集」作「嗼」，唐蘭仿寫本同。彙編誤。又原卷正文當作「嚩」。

爆　迫於火　二九〇頁一五行
原卷如此，唐蘭仿寫本同。案原卷正文當作「爆」。下文「襮」亦當从暴作「襮」。

藿　蘂〻又香草　二九〇頁一六行
原卷「蘂」作「葵」，唐蘭仿寫本同。彙編誤。

穫　胡郭反刈六　二九〇頁一七～一八行

○廿九格韻　原卷「刈」作「刘」。唐蘭仿寫本與彙編同。案原卷「刘」當作「刈」。

格　二九三頁一行　案此本「格」韻，切三、全王、唐韻、廣韻等卷并稱「陌」韻。

佫　至　二九三頁一行　原卷如此，唐蘭仿寫本同。案原卷正文當作「佫」，全王、廣韻注文并有「亦作假」之語。韓愈原道云：「郊焉而天神假。」

⿹𢦏吕　史記去〻殺　二九三頁二行　原卷注文作「史記去〻□殺」。唐蘭仿寫本作「史記去〻殺」。案原卷「去」字上尚有殘文，彙編脫。又原卷正文當作「⿹𢦏各」。

陌　莫百反阡二八　二九三頁三行　原卷「二」作「〻」，蓋重文符號。唐蘭仿寫本同。彙編誤將重文作「二」。

袹　複〻　二九三頁三行　原卷如此，唐蘭仿寫本同。案原卷「複」當作「腹」，詳見本篇「切三校勘記」校文。

⿰谷风　〻倦　二九三頁七～八行　原卷如此，唐蘭仿寫本同。案正文，廣韻同，切三、唐韻并作「⿰谷几」，全王作「⿰谷丮」。段改廣韻从丮，各本當據改。

濚　水名在榮陽　二九三頁九行　原卷如此，唐蘭仿寫本同。案原卷「榮」蓋「滎」字之誤。

柵　惻戟反　村〻三　二九三頁九行

原卷正文作「栅」。唐蘭仿寫本與彙編同，案當作「柵」。

礊　堅也出說文　二九三頁一五～一六行

原卷如此，唐蘭仿寫本同。案原卷正文當作「𣪠」。

𩴪　疾　二九三頁一八行

原卷如此，唐蘭仿寫本同。案原卷正文當作「𩴪」。

宅　瑒伯反　家宅五　二九三頁二〇行

原卷「瑒」作「瑒」，唐蘭仿寫本作「瑒」。案當作「場」。又原卷「伯」作「陌」。唐蘭仿寫本與彙編同，并與原卷異。

澤　〻波　二九三頁二一行

原卷如此，唐蘭仿寫本同。案原卷正文當作「澤」，本韻从睪之字仿此。又「波」字，切三、全王、唐韻、廣韻并作「陂」，當據改。

○十九隔韻

隔　二九五頁一行

案此本「隔」韻，切三、王一、全王、廣韻等卷并稱「麥」韻。

草　獸名皮治吉毛說文作草　二九五頁二行

原卷注文「草」作「革」。唐蘭仿寫本作「草」。案今本說文「革」訓作「獸皮治去其毛曰革，革更也，象古文革之形」。原卷「革」當作「革」，又原卷「獸名皮治吉毛」當作「獸皮治去其毛」。

𧇡　虎聲　二九五頁二行

原卷正文作「𧇡」。唐蘭仿寫本與彙編同。案原卷正文當作「𧇡」或「𧇡」。

緈 蒲革反 織絲為帶一 八 二九五頁八行

原卷「蒲革」作「革蒲」。唐蘭仿寫本作「革蒲」。案原卷「革蒲」二字當乙倒。又原卷正文當作「緈」，李韻从辛之字仿此。

顊 顪頭不〻正 二九五頁九行

原卷如此，唐蘭仿寫本同。案原卷「顪」當作「䫋」。又廣韻支韻息移切下「䫋」訓作「顊䫋，頭不正也」。則當作「顊䫋」或作「顊顪」？未詳。

筞 惻革反 馬桂 八 二九五頁一〇行

原卷如此，唐蘭仿寫本同。案原卷正文當作「策」。又原卷「桂」蓋「捶」字之誤。

笧 簡亦笧 策同 二九五頁一〇行

原卷注文作「簡亦策笧同」。唐蘭仿寫本作「簡亦策笧同」。案原卷「策」當作「策」。

又原卷正文疑當作「冊」。

筴 著也 辟 又〻 二九五頁一〇～一一行

原卷「辟」作「辟」。案當作「辟」。又原卷正文當作「筴」。「著」當作「箸」。

𣊫 告也 從日冊 二九五頁一一行

原卷「日」作「曰」，唐蘭仿寫本同。彙編誤。又原卷正文當作「𣊫」。

騞 呼麥反 破聲 二九五頁一二行

原卷如此，唐蘭仿寫本同。案原卷正文當作「騞」。

䩾 鞭聲 口革反 四 二九五頁一三～一四行

原卷「鞕」作「鞕」，唐蘭仿寫本同。彙編誤。又原卷正文當作「䩾」。

擿 陟革反 手取 五 二九五頁一六行

原卷如此，唐蘭仿寫本同。案原卷正文當作「摘」，本韻从啇之字仿此。

棟 所責反 木名七 二九五頁一九行

原卷如此，唐蘭仿寫本同。案原卷正文當作「棟」，本紐从朿之字仿此。

霡 霰 二九五頁一九行

原卷如此，唐蘭仿寫本同。案原卷正文當作「霡」。

○卅昔韻

舄 鶚 履又 亦雛 二九七頁二行

原卷注文作「〻履又鶚亦雛」，案「〻履」二字當乙倒。唐蘭仿寫本「鶚」誤作「鷜」，餘同原卷。彙編缺「〻」。又原卷正文當作「舄」，本紐从舄之字仿此。

益 伊昔反 鋭也 從水四三 二九七頁六行

原卷「鋭」作「饒」。唐蘭仿寫本作「饒」，當係「饒」字。彙編誤。

繹 二九七頁六行

原卷作「繹」，唐蘭仿寫本同。案當作「繹」，本韻从睪之字仿此。

睪 伺人也 一曰樂也 二九七頁七行

原卷如此，唐蘭仿寫本同。案正文當作「睪」。

𦋺 引給 二九七頁八行

原卷如此，唐蘭仿寫本同。案正文，王一作「睪」，全王、廣韻并作「睪」。注文，王一、全王并作「引繒」，廣韻作「引繒皃」。說文曰：司視也，从目从㚔，令吏將目捕睪人也」。今本說文「𦋺」訓作「引繒也」，段注云：「篇韻此字皆作睪，非也，睪與𦋺不得合為一字。各本引給也，不可通，惟廣韻作引繒皃，似是。」此本、王一、全王、廣韻正文并當作「𦋺」。

棭 宮 二九七頁九行

原卷如此，唐蘭仿寫本同。案本韻另出「棭」字，訓作「持臂」。全王、唐韻、廣韻并止一「掖」字，全王訓作「持辟」，唐韻作「持臂。又縣名，又掖庭，又姓」，廣韻作「持臂。又縣名，又掖庭也。一曰正門之旁小門也。亦姓」。此本正文當作「掖」。

適 樂也。一曰之也。又之石反。都歷反 二九七頁一三行

原卷如此，唐蘭仿寫本同。案正文當作「適」，本韻从啇之字仿此。

奭 卲公名 二九七頁一四行

原卷「卲」作「邵」。唐蘭仿寫本與彙編同。案原卷正文當作「奭」。

廦 皮也。又芳辟反 二九七頁二一行

原卷如此，唐蘭仿寫本同。案此字屬「之石反」一紐。本韻「芳辟反」下又出此字，訓作「〻仄，又之石反」，同紐「廦」訓作「腹病」。此本「之石反」下之「廦」字當作「廦」，注文「皮」蓋「仄」字之誤。本韻原卷从𨐌之字并當从辛。

趚 𨒥〻行皃 二九七頁二三～二四行

原卷如此，唐蘭仿寫本同。案原卷正文當作「趚」、「𨒥」當作「趚」。

涑 水名在北 二九七頁二四行

原卷注文作「水名在北地」，唐蘭仿寫本同。案原卷衍一「在」字，彙編遂刪去，惟彙編脫「地」字。又原卷正文當作「涑」。

穸 窀〻冢也 二九七頁二五行

原卷「塜」作「塚」。唐蘭仿寫本與彙編同。案當作「塜」。又原卷「窀」

當作「窀」。

籍 秦昔反 簿之八 二九七頁 二六行 原卷如此，唐蘭仿寫本同。案原卷正文當作「籍」或「籍」。本韻从楷之字仿此。

豬 上谷 名豬 二九八頁 三一行 原卷如此，唐蘭仿寫本同。案正文及「豬」并當从豕，原卷誤。

瞁 許役反 驚視也 一 二九八頁 三四～三五行 原卷如此，唐蘭仿寫本同。

○廿覓韻

覓 二九九頁 一行 案此本「覓」韻，切三、王一、全王、唐韻、廣韻等卷并稱「錫」韻。

汨 水名 在豫章 一 二九九頁 三行 原卷「豫」作「豫」。唐蘭仿寫本與彙編同。案原卷「豫」當作「豫」。

析 分 亦析 二九九頁 三行 原卷如此，唐蘭仿寫本同。案「析」「析」二字并當从木，本韻从析之字仿此。

[歹析] 辟之辟字 蒲列反 二九九頁 五行 原卷「列」作「歷」。唐蘭仿寫本與彙編同。案原卷「歷」當作「歷」或「歷」，本韻从歷从歷之字仿此。又原卷正文當作「[歹析]」。

激 二九九頁 五行 原卷作「激」，唐蘭仿寫本同。案當作「激」，此本从敫之字仿此。

霹 普激反 二〻 霳二　二二九九頁 二二六～七行

原卷上「二」字作「〻」，唐蘭仿寫本同。彙編誤將重文作「二」。

⿺辶歷 ⿺走隶〻 行皃 ⿺走隶字 七昔反　二二九九頁 二七～八行

原卷如此，唐蘭仿寫本同。案原卷正文當作「⿺辶歷」，注文二「⿺走隶」字并當作「⿺走隶」。

瀝 瀝〻滴　二二九九頁 一〇行

原卷如此，唐蘭仿寫本同。案原卷正文當作「瀝」。「滴」當作「滴」，本韻以商之字仿此。

撽　二二九九頁 一七行

原卷如此，唐蘭仿寫本同。案當作「撽」。本韻以敫、从敫之字仿此。

毄 功漢書云攻若〻淡　二二九九頁 二五行

原卷如此，唐蘭仿寫本同。案原卷注文「功」當作「攻」，「若」當作「苦」。

闃 苦鶪反 淨一　三〇〇頁 二九行

原卷如此，唐蘭仿寫本同。案「闃」當作「闃」、「鶪」當作「鶪」。又「淨」疑當作「靜」。

郹 古闃反 鄉名在蔡 五　三〇〇頁 二九～三〇行

原卷如此，唐蘭仿寫本同。案正文當作「郹」，下文「鶪」亦當以狊作「鶪」。又切語下字「闃」蓋「闃」字之誤。

狊 張目視 從狊　三〇〇頁 三〇行

原卷注文「狊」作「目犬」，唐蘭仿寫本同。彙編誤合「目犬」為一字。

⿰矛号 兵也矛也　三○○頁三三行

原卷如此，唐蘭仿寫本同。案原卷正文當作「矜」。

○廿二職韻

扐 縣名在平原　三○一頁二行

原卷如此，唐蘭仿寫本同。案正文，全王同，并當从唐韻、廣韻作「朸」。

屴 〈崱山皃　三○一頁二行

原卷「〈」作「山」，唐蘭仿寫本同。案原卷此「山」字當作「屴」或「〈」。又唐韻、廣韻注文并作「屴崱，山皃」，全王作「屴崱，山高」。又此本本韻「崱」字，注文作「崱屴，山皃」，唐韻（「屴」字殘）、廣韻同，全王止作「山皃」。S六○一二職韻「屴」字，注文作「屴崱」，龍氏校此卷云：『此云屴，屴崱，下文崱下注云崱屴，注文二字次第互異。王二、唐韻、廣韻、集韻并與此同，全王屴下云屴崱，亦與此同（崱下但云山皃）。廣韻校勘記屴下云，「崱字下作崱屴山皃，當據正。文選魯靈光殿賦云崱屴嵫𡾊。」案當作崱屴是也。魯靈光殿賦云「崱屴嵫𡾊，岑崟𡼖嶷」，崱屴與嵫𡾊聲母相應，猶之岑崟與𡼖嶷聲母之相應也，可據正。』（註卅九）則此本「屴崱」二字當乙倒作「崱屴」。

仂 不解　三○一頁二行

原卷「解」作「解」，唐蘭仿寫本作「解」。案此字當作「懈」。

飭 草密　三○一頁三行

原卷「密」作「家」。唐蘭仿寫本與彙編同。案原卷「草」蓋「牢」字之誤

棫 局〈卜　三〇一頁三行

原卷如此，唐蘭仿寫本同。案「棫」當作「棫」、「局」當作「局」。

蝕 日〈說文作蝕敗創　三〇一頁四行

原卷如此，唐蘭仿寫本同。案今本說文「蝕」訓作「敗創也，从虫人食，食亦聲」。此本原卷「蝕」當作「蝕」。

息 相即反住也五 喘息也　三〇一頁四～五行

原卷如此，唐蘭仿寫本同。案注文，全王作「滋生」，唐韻作「止也，熄息也」，廣韻作「止也，又熄息也，說文喘也。亦姓（下略）」，疑此本「住」為「止」字之誤。

嗇　三〇一頁一一行

原卷如此，唐蘭仿寫本同。案當作「嗇」或「嗇」，本韻从嗇之字仿此。

棘 小棗從並束　三〇一頁一三行

原卷「並」作「竝」。唐蘭仿寫本與彙編同，并與原卷異。又原卷正文當作「棘」，「朿」當作「朿」。本韻从棘之字并當从棘。

翼 羽古飛異同　三〇一頁一五行

原卷注文作「羽古飛異同」，唐蘭仿寫本作「羽古飛異同」。案原卷「飛異」當是一字，唐蘭仿寫本已分成二字，與彙編皆誤。

即 工力反就也亦昂九　三〇一頁一六行

原卷「工」作「子」。唐蘭仿寫本與彙編同，并誤。又原卷「昂」當作「即」。

㘝 門姓又　三〇一頁一八行

原卷如此，唐蘭仿寫本同。案原卷「門」蓋「閉」字之誤。

堛 芳逼反由七 三〇一頁二〇行

原卷「由」作「由」，唐蘭仿寫本同。彙編誤。

愊 悃～至～誠 三〇一頁二〇～二一行

原卷止一「～」。唐蘭仿寫本與彙編同，并衍一「～」，當刪去。

踾 ～地 三〇一頁二一行

原卷注文作「□地父」，「□」摸糊，未可辨識。唐蘭仿寫本作「～地」。案全王、廣韻并訓作「蹋地聲」，此本原卷當據補。

昊 日～ 三〇一頁二一～二二行

原卷如此，唐蘭仿寫本同。案原卷正文當作「昊」。

愎 符逼反限 三〇一頁二二行

原卷注文殘存作「符逼反限□山」。唐蘭仿寫本與彙編同。案原卷末二字殘，未可辨識，蓋當係「也四」二字。

腷 ～臆意也 三〇一頁二二～二三行

原卷注文作「～臆意不泄」，唐蘭仿寫本作「～臆意也」，與彙編并誤。又原卷正文當作「腷」。

嶷 魚仰反岐～四 三〇一頁二三行

原卷「仰」作「抑」。唐蘭仿寫本與彙編同。案原卷「抑」當作「抑」，本韻从印之字仿此。

礙 小兒有智 三〇一頁二四行

原卷如此，唐蘭仿寫本同。案原卷正文「礙」蓋「㘈」字之誤。

○十一德韻

协 礼云祭用數之〈 三〇三頁二～三行

原卷「數」作「數」，唐蘭仿寫本同。案禮記王制云：「祭用數之仂。」廣韻「仂」訓作「禮祭用數之仂」；「协」訓作「功大」。說文曰：「材十人也」。今本說文「材十人也」下，段注云：「十倍於人也，十人為协，千人為俊。王制：祭用數之仂。注：仂，什一也。按一當十為协，故十取一亦為仂。蓋仂本作协也。」此本止一「协」字，疑此本或如段氏所云「仂本作协也」，或此本脫「协」字之注文及正文「仂」。另此本原卷「祭」當作「祭」。

忒 他則反差也四 三〇三頁三行

原卷如此，唐蘭仿寫本同。案原卷正文當作「忒」。

尅 勝也從刀也 三〇三頁五行

原卷如此，唐蘭仿寫本同。案注文既云「從刀」，則正文當作「剋」。

蟘 食禾虫 三〇三頁六行

原卷如此，唐蘭仿寫本同。案注文，全王、唐韻、刊同，廣韻作「食禾葉蟲」。

樴 找 三〇三頁六行

原卷「找」作「栈」，唐蘭仿寫本同。案原卷「栈」當作「杙」。

○廿一緝

瓡 縣名在北海 三〇四頁二行

原卷如此，唐蘭仿寫本同。案原卷正文當作「瓡」。

騽 驄馬黃脊 三〇四頁三行

原卷如此，唐蘭仿寫本同。案注文，全王作「驢馬黃脊」，廣韻作「馬豪骭，又驪馬黃脊」。爾雅釋畜：「駠馬黃脊騝，驪馬黃脊騽。」此本「駠」字、全王「驢」字并當作「驪」。

褶　神執反袴〻一　三〇四頁四行

原卷如此，唐蘭仿寫本同。案「袴」當从衣作「袴」。

集　秦入反聚也亦菓五　三〇四頁四行

原卷「菓」作「雧」，唐蘭仿寫本同。彙編誤。

亼　二合也從入一又子入反　三〇四頁五行

原卷注文作「三合也從入一又子入反」，唐蘭仿寫本同。彙編「三」「一」二字并殘，下「又」字為「入」字之誤。

⿰口集　姉入反⿰口尃集博⿰口集白⿰口尃字音四　三〇四頁六、七行

原卷注文「⿰口集」作「噍」，唐蘭仿寫本同。彙編誤。又原卷二「⿰口尃」字并當作「⿰口尃」、「集」當作「⿰口集」、「白」當作「皃」、「博」當作「博」。

⿱艹⿰立爪　冬瓜　三〇四頁七行

原卷如此，唐蘭仿寫本同。案原卷正文當作「⿱艹⿰立瓜」。

蟄　直立……蔵　三〇四頁八行

原卷注文作「直立蔵〻虫」，唐蘭仿寫本作「直立蔵〻虫」。案原卷注文當補作「直立反藏〻虫又」。

䐲　肉生熟　三〇四頁八行

原卷如此，唐蘭仿寫本同。案注文，切三作「肉生熟半」，唐韻殘存作「肉、生口口」，全王、廣韻并作「肉半生半熟」。此本注文末脫一「半」字。

煁 不入 又直甚反 三〇四頁八～九行

原卷如此，唐蘭仿寫本同。案原卷「不」蓋「下」字之誤。

緻 階 三〇四頁一一行

原卷注文作「ミ階」。唐蘭仿寫本與彙編同，并脫「ミ」。

曝 烽ミ 欲 三〇四頁一二行

原卷注文作「烽欲」，唐蘭仿寫本作「烽欲ミ」。案此「ミ」當刪去。

翁 大炙一曰老也 三〇四頁一三行

原卷「大」作「火」，唐蘭仿寫本作「犬」，蓋亦「火」字，而彙編誤為「大」矣。又原卷「炙」當作「炙」。

䬴 食 三〇四頁一七行

原卷注文作「ミ食」。唐蘭仿寫本與彙編同，并脫「ミ」。

熠 為立反火皃又於熠反三 三〇四頁一七～一八行

原卷如此，唐蘭仿寫本同。案技箋以為正文當是煜字之誤。全王「熠」字訓作「ミ燿螢火虫」，龍氏校云：「王二熠下云為立反火皃；與切三、唐韻、廣韻煜字注同，而別無煜字，熠當是煜字之誤。王二皃下又有於煜反三字，不詳。」（註五十）

謺 杙十反 ミ多言一 三〇四頁一九行

原卷「灄」作「灄」。唐蘭仿寫本作「灄」。案當作「讘」。

○廿五沓韻

沓 三〇六頁一行

案此本「沓」韻，切三、全王、唐韻、廣韻等卷并稱「合」韻。

遝 合々行反 三〇六頁一行

原卷如此，唐蘭仿寫本同。案原卷「合」蓋「迨」字之誤。又原卷「行」下當以切三、全王補一「相」字。

鉿 々尺鏦 三〇六頁六～七行

原卷如此，唐蘭仿寫本同。案原卷「々」當作「二」，詳見本篇「切三校勘記」校文。

踏 々蹹行惡皃 三〇六頁七～八行

原卷如此，唐蘭仿寫本同。案原卷「蹹」當作「蹋」，亦詳見本篇「切三校勘記」校文。

納 補々 三〇六頁一二行

原卷「補」作「補」，唐蘭仿寫本同。案原卷「補」當作「補」。

○廿六蹋韻

蹋 三〇八頁一行

案此本「蹋」韻，切三、全王、唐韻、廣韻等卷稱「盍」韻。

俳 私盍反偏々不謹皃也一 三〇八頁一一行

原卷如此，唐蘭仿寫本同。案原卷二「俳」字并當作「儑」。又原卷「也」字蓋衍。

盧 南都賦潛々洞出 三〇八頁一四～一五行

原卷如此，唐蘭仿寫本同。案原卷正文當作「廅」。

○廿三葉韻

葉 與陟反又式涉反四 三〇九頁一行

箑 山輒反々蒱瑞草 三一〇頁三三行

原卷「與陟」作「与涉」，唐蘭仿寫本同。彙編「陟」字誤。

原卷如此，唐蘭仿寫本同。案「蒱」字當从切三、唐韻、廣韻作「莆」。今本說文「箑」訓作「箑莆，瑞艸也。堯時生於庖廚，扇暑而涼」。

⿸疒猒 於葉反惡夢一 三一〇頁三五行

原卷如此，唐蘭仿寫本同。案原卷正文當作「厭」。

睫 次接反黃昏日々一 三一〇頁三六行

原卷如此，唐蘭仿寫本同。案「次接反」與本韻「妾，七接反」音同，蓋增加字也。

○廿四怗韻

貼 以物嶶錢 三一一頁二行

原卷「嶶」作「嶶」。唐蘭仿寫本與彙編同。案原卷「嶶」當作「徵」。

諜 誻々 三一一頁二〜三行

原卷正文作「諜」。唐蘭仿寫本與彙編同。案切三、唐韻注文并作「小誻」，此本「々」當作「小」。

恊 三一一頁三行

原卷如此，唐蘭仿寫本同。案當作「恊」，本韻从劦之字仿此。

愜 三一一頁五行

原卷如此，唐蘭仿寫本同。案當作「愜」，正作「愜」。下字「篋」字仿此。

蹀 躞々 三一一頁七行

原卷作「蹀躞々」，唐蘭仿寫本作「蹀躞々」。案原卷「躞」當作「躞」。

燮 三一一頁 一一行

原卷如此，唐蘭仿寫本同。案當作「燮」，本紐以燮之字仿此。

○廿七洽韻

狹 隘也 古陋 三一二頁 一行

原卷如此，唐蘭仿寫本同。案原卷「陋」當作「陿」。

眙 眼語 三一二頁 七行

原卷如此，唐蘭仿寫本同。案注文，切三、唐韻並作「眼細諳」，廣韻作「眼細暗」，例作「眙眼眙」，王一、全王並作「眼眙眙」。此本注文當有脫誤。

插 〻偛小人貝 三一二頁 一〇～一一行

原卷正文作「偛」。唐蘭仿寫本作「插」，蓋偏旁原書作扌，後塗改成亻旁。案原卷「偛」當作「偛」，本韻从臿之字仿此。

⿰女聶 〻四美皃 三一二頁 一五～一六行

原卷「皃」作「貝」，唐蘭仿寫本同。彙編誤。

○廿八狎韻

霅 衆聲一曰雷震貝又杜甲反〻陽縣在樂浪 三一二頁 二行

原卷如此，唐蘭仿寫本同。案此字在「胡甲反」紐下，字又見「杜甲反」，惟注文作「杜甲反，〻陽縣，在樂陵，又胡甲反」，「樂浪」作「樂陵」，未詳。又此本「縣」字，切三、王一、全王並作「郡」，唐韻作「障」，廣韻作「部」。

渫 〻渫水相着 三一三頁 三行

原卷「渫」作「渫」，唐蘭仿寫本同。彙編誤。案原卷正文當作「渫」，又原卷「水」蓋「氷」字之誤。

偞 大甲反二 三一三頁三～四行

原卷如此，唐蘭仿寫本同。案原卷「大」蓋「丈」字之誤。

喋 唼〻鳥食唼字所治反 三一三頁四行

原卷「治」作「洽」，唐蘭仿寫本同。彙編誤。

獲 豕母 三一三頁一〇行

原卷如此，唐蘭仿寫本同。案原卷正文當作「獲」。

[言甲] 喻〻閘知 三一三頁一一～一二行

原卷如此，唐蘭仿寫本同。案原卷「喻」當作「嗡」。又「閘知」二字，廣韻作「語聲」。

映 杜甲反 三一三頁一二行

原卷如此，唐蘭仿寫本同。案本韻下文「霅」字，切語作「杜甲反」，此「映」字切語上字「杜」蓋「壯」字之誤。刊「映」字即作「壯甲反」。

〇卅一業韻

業 魚怯反從華說文木版也所以懸鍾鼓也三 三一四頁一行

原卷注文作「魚怯反從華說文木版也所懸鐘鼓也三」，唐蘭仿寫本「鼓」作「鼓」，餘同原卷。案今本說文「業」訓作「大版也，所以飾懸鐘鼓，捷業如鋸齒，以白畫之，象其鉏鋙相承也，从丵从巾，巾象版」，此本引文當據正。

驜 馬皃 三一四頁一行

原卷如此，唐蘭仿寫本同。案注文，唐韻作「驜驜，馬高大皃」，廣韻作「

驜驜，馬高大」。全王作「馬名」，「名」葢「貝」字之誤。

怯 去劫反 亦㹤一（三一四頁二行）

原卷「劫」作「刧」，唐蘭仿寫本同。彙編與原卷異。

劫 居怯反 強取以力脅 止曰劫 刀刀通二（三一四頁二行）

原卷「刀刀」似一字，即作「刀刀」。唐蘭仿寫本與彙編同。案「刀刀」不詳，疑有誤。

○卅二乏韻

法 方乏反 則也 說文作灋 法一（三一五頁一行）

原卷如此，唐蘭仿寫本同。案「法」字，今本說文作「灋」，此本「灋法」葢「灋」字之誤。

〔註釋〕

（一）周氏稱為「裴務齊正字本刊謬補缺切韻」。

（二）見廣文書局唐寫本王仁昫刊謬補缺切韵書後所附。

（三）見潘師石禪敦煌變文論輯二七九頁敦煌卷子俗寫文字與俗文學之研究乙文。

（四）見唐寫全本王仁昫刊謬補缺切韻校箋一一一頁。

（五）仝右書一二頁。

（六）仝右書一四頁。

（七）仝右書二九頁。

(八)見十韻彙編一五頁、唐寫全本王仁昫刊謬補缺切韻校箋三九頁。

(九)見唐寫全本王仁昫刊謬補缺切韻校箋八四頁。

(十)仝右書八五頁。

(十一)仝右書一八七頁。

(十二)仝右書一九〇頁。

(十三)見周祖謨廣韻校勘記一七一頁。

(十四)「象遠介」下，段氏注云：「介，各本作界，誤，今正。」又龍氏校箋見該書二三七頁。

(十五)見切韻殘卷諸本補正二六五頁。

(十六)見十韻彙編一〇四頁。

(十七)見唐寫全本王仁昫刊謬補缺切韻校箋二五九頁。

(十八)仝右書二八〇頁。

(十九)見廣韻校勘記二二九頁。

(廿)見十韻彙編一一九頁。

(廿一)詳見唐寫全本王仁昫刊謬補缺切韻校箋二八七頁。

(廿二)仝右書二八八頁。

(廿三)見廣韻校勘記二三七頁。

(廿四)見唐寫全本王仁昫刊謬補缺切韻校箋二九二頁。

(廿五)仝右書三一五頁。

(廿六)見廣韻校勘記二七三頁。

(廿七)詳見唐寫全本王仁昫刊謬補缺切韻校箋三三〇頁。

(廿八)仝右書三三一頁。

(廿九)見廣韻校勘記三一六頁及唐寫全本王仁昫刊謬補缺切韻校箋三七八頁。

(卅)見唐寫全本王仁昫刊謬補缺切韻校箋三八九頁。

(卅一)仝右書三九○頁。

(卅二)見廣韻校勘記三三七頁。

(卅三)見唐寫全本王仁昫刊謬補缺切韻校箋四○○頁。

(卅四)見廣韻校勘記三四四頁。

(卅五)仝右書三四九頁。

(卅六)見十韻彙編一八七頁。

(卅七)見唐寫全本王仁昫刊謬補缺切韻校箋四二九頁。

(卅八)見十韻彙編一九一頁。案「餅」為「[illegible]」之俗體，又作「飦」。

(卅九)見唐寫全本王仁昫刊謬補缺切韻校箋四四九頁。

(卌)仝右書四八五頁。

(卌一)見十韻彙編二一○頁。

(卌二)見廣韻校勘記四三○頁。

(卌三)見十韻彙編二三一頁。

(卌四)見切韻殘卷諸本補正二七一頁。

(卌五)見唐寫本唐韻殘卷校勘記三○二一頁。

(卌六)見唐寫全本王仁昫刊謬補缺切韻校箋五八五頁。

(卌七)見右書六二四頁及唐寫本唐韻殘卷校勘記三○七二頁。

(卌八)見新校正切宋本廣韻所附「切韻系韻書反切異文表」一六四頁。

（卌九）見英倫藏敦煌切韻殘卷校記，史語所集刊外編第四種八二〇頁。

（五十）見唐寫全本王仁昫刊謬補缺切韻校箋七〇七頁。

語言文字叢書

# 十韻彙編研究

## 下冊

葉鍵得　著

# 十韻彙編研究

下册

# 十韻彙編研究　目次

上册

研究提要
第一章　緒論……1
第一節　切韻殘卷研究概況……1
第二節　十韻彙編之成書……30
第三節　十韻彙編之編排……31
第四節　魏序羅序之內容……42
第五節　十韻簡介……49
第二章　十韻校勘記……63
第一節　切一校勘記……64
第二節　切二校勘記……71
第三節　切三校勘記……100
第四節　德校勘記……277
第五節　西校勘記……284
第六節　王一校勘記……291
第七節　王二校勘記……482

下册

第八節　唐韻校勘記 631
第九節　刋校勘記 843
第十節　廣韻校勘記 916
第十一節　切序甲校勘記 1093
第十二節　唐序甲校勘記 1098
第十三節　唐序乙校勘記 1099
第三章　十韻考釋 1103
第一節　切一考釋 1103
第二節　切二考釋 1110
第三節　切三考釋 1118
第四節　德考釋 1133
第五節　西考釋 1142
第六節　王一考釋 1146
第七節　王二考釋 1164
第八節　唐韻考釋 1180
第九節　刋考釋 1198
第十節　廣韻考釋 1223
第四章　十韻之比較 1243
第一節　切韵、唐韵、廣韵之命名 1243

第二節　成書主旨 1250
第三節　成書年代之比較 1252
第四節　韻目行款之比較 1256
第五節　韻目次第之比較 1258
第六節　韻字數之比較 1270
第七節　十韻所見切語上字表 1282
第五章　切韻相關問題之討論 1301
第一節　切韻之性質 1301
第二節　切韻之重紐 1321
第三節　陸法言之名及其傳略 1347
第四節　廣韻以前韻書之流變 1354
附：主要參考書目 1365

# 第八節　唐韻校勘記

〔本校所用材料〕

1. 唐韵殘卷，蔣一安氏蔣本唐韻刊謬補闕、周祖謨氏唐五代韻書集存并有影錄，簡稱原卷。

并參考：

2. 王國維氏唐寫本唐韵殘卷校勘記，簡稱王氏。
3. 蔣斧氏唐韻考異、唐韻札記，簡稱蔣斧氏。
4. 蔣一安氏唐韻殘卷校勘記，簡稱蔣氏。
5. 上田正氏切韵殘卷諸本補正。
6. 林炯陽氏切韻系韵書反切異文表。

另：校文中，彙編與原卷同而原卷誤者，逕稱「案」。原卷字體残缺不全，彙編逕予補全，此例甚多，校勘時不一一舉出。

○八未韻

怢　沸反十三加二　　一九三頁一行

案「怢」即「扶」字。此乃「鬻」字之注文。廣韻切語作「扶涕切」，「涕」蓋「沸」字之誤。

䠊　足刖　　一九三頁一行

原卷「刖」作「則」，案當从王一、王二、全王、廣韻作「刖」。

怫 □悁又□勿反 一九三頁一行

原卷二「□」，并殘。案王一「怫」訓作「〈悁，又扶物反」，王二作「〈悁，又扶勿反」，廣韻作「怫悁，又扶物切」。

菲 菜食又妃斐二音 一九三頁二行

案廣韻「菲」訓作「菜，可食，又霏斐二音」。

扉 草所創鄗造 一九三頁二行

案廣韻「扉」訓作「草屩，黃帝臣於則所造也」，此本有誤脫，又衍「鄗」字。

蜚 蟲名神異經云□方蚊翼下有小蜚蟲明目者乃見之每生九□復成九子而俱□蚊亦人知又獸名山海經云蜚如牛白首一目蛇尾行水則竭行草則死見則有兵役郭璞銘之無名體似無害所經枯竭甚於鴟鷹萬物攸懼思尔遐逝 一九三頁二～五行

原卷上二「□」殘，案當作「南」、「子」。原卷末「□」作「去」，上田正氏校作「主」，誤。又此本「人」蓋「不」字之誤。「山海經云」下，廣韻作「蜚如牛，白首一目，蛇尾，行水則竭，行草則枯，見則有兵役，郭璞讚云：蜚之無名，體似無害，所經枯竭，甚於鴟鷹，萬物攸懼，思尒遐逝」。案今本山海經「見則有兵役」作「見則天下大疫」。注「郭璞銘之無名」作「其銘曰蜚之無名」，此本「銘」下脫「云蜚」二字。又山海經注「鴟鷹」作「鴟鷹」，「遐逝」作「遐逝」，并與廣韻同。

費 人姓夏禹之後也出江夏後漢有汝南費長房孫盛 一九三頁六行

案廣韻「盛」下尚有「蜀譜云：益州諸費，有名位者多。又後魏書：費連氏後改為費氏。又」二十四字，此本脫。

暨 諸暨縣在會稽又其冀居乙二反 一九三頁七～八行

案廣韻「在會稽」作「在越州」，蔣斧氏校云：「按隋會稽郡唐改為越州，此作會稽，尚是未經孫愐據當時地名刊正者。」蔣一安氏校云：「先德曾據此沿用隋名之注，考定其為法言切韻，而王靜安氏則認為此正為孫書之佐證。蓋天寶元年，天下諸州改郡也。（參看附錄：王著：書吳縣蔣氏藏唐寫本唐韻後。）按：會稽郡開皇初罷，改吳州，大業初改越州，三年復為會稽郡。唐初復置越州，稱：越州會稽郡。」（註一）

敎

一九三頁 八行

案當作「毅」。

藙

一九三頁 八行

案王氏校云：「當作藾。」惟廣韻「藾」下出「藙」，注云：「上同。」則「藾」「藙」同也。此本「藙」當書作「藙」。蔣氏校云：「殘本上文藙字及此藙字，从文不从殳，先德認是未經孫愐據說文刊正者。據以斷為法言韻為。」（註二）

餼 加怒

一九三頁 一一行

案「餼」當从王一、王二、廣韻作「鎎」，王一、王二并訓作「怒一」，廣韻訓作「怒戰」。今本說文亦訓作「怒戰」。

○ 九 御韻

御 理也待也進也又姓左傳有大夫御叔牛據反三

一九五頁 一一行

原卷正文殘作「御」，案當作「御」，又廣韻「待」作「侍」，當據改。

馭 駕周礼有五馭鳴味鑾逐水曲過□□舞交衢逐禽左

一九五頁 一一行

原卷「□□」殘，案周禮保氏注「五馭」作「鳴和鑾、逐水曲，過君表，舞文衢，逐龠左」，則此本「口口」可補作「君表」二字。又「咊」當作「和」或「咊」。

慮 思也又良據反四加一　一九五頁 二行

案蔣氏校云：「慮字乃良攄紐首，良攄乃本音，非又一音也。衍一又字。」（註三）惟廣韻「又」下有「姓」字，若補入「姓」字，則「又」非衍文也。

鐻 樂器刑似夾鐘削木為之出埤蒼　一九五頁 四行

案廣韻「鐻」訓作「樂器，形似夾鐘，削木為之，出埤蒼，說文与虞同」，此本「刑」當作「形」，「鐘」當作「鍾」。

覰 伺視七慮反二加一　一九五頁 四行

案所列韻字實三字，彙編「二」當作「三」。

□ □□與又□□諸　一九五頁 六行

原卷正文殘存作「𦳝」，當係「藷」字之殘文也。廣韻「藷」訓作「藷藇，又音諸」，此本「與」當作「藇」。

恕 □□商署反二　一九五頁 六行

案廣韻「恕」訓作「仁恕，商署切」，此本「商」當作「商」。

着 開也所慮反又張略長略二反一　一九五頁 六~七行

案「所」字疑「張」字或「陟」字之誤。

翥 飛也亦作翥章恕反五加一　一九五頁 七行

原卷「一」作「二」，彙編誤。和名類聚鈔七引唐韻云：「翥，飛也，舉皃也。」（註四）

⿰食無　□糜豕又食　一九五頁七行

原卷「□」作「犬」。案此本「豕又」誤倒，當作「又豕」。

蠧　蟲名这名母背而生蠮　云蠧⿰目鬼蠮□嫁反加　一九五頁七～八行

原卷「⿰目鬼」作「醜」。「□」模糊，未可辨識，上田正氏校作「呼」。案「名」蓋「疋」字之誤。王氏校云：「这名當作爾雅，蠮，蟡之別字，廣韻母字上有剖字，與爾雅注合。」（註五）又此本「呼」上當有一「又」字。

䟽　記也所據反二加一　一九五頁八行

案和名類聚鈔五引唐韻云：「䟽去聲，記䟽也。」（註六）

飫　飽也厭也□□衣倨反六　一九五頁九行

原卷上「□」作「賜」，下「□」殘。案廣韻「飫」訓作「飽也，厭也，賜也」，下「□」當作「也」。

瘀　𧖧く　一九五頁九行

案「𧖧」當作「血」。「瘀血」，王一、全王同，王二、廣韻并作「血瘀」。

筯　□□□□箸遲倨反一　一九五頁一〇行

原卷首「□」作「匙」，以下諸「□」殘。案廣韻「箸」訓作「匙箸，遲倨切」，下出「筯」，注云：「上同。」全王「筯」訓作「直據反，或作箸」，則此本注文可補作「匙箸，或作箸，遲倨反，一」。

醵　又鈘⋯⋯⋯⋯　一九五頁一一行

原卷「鈘」作「鍛」，案當作「斂」。又「斂」下尚殘存「戋」，當係「錢」字。廣韻「醵」訓作「斂錢飲酒，又音渠，又其虐切」。

茹　飯牛又菜茹……　一九五頁一三行

原卷此下有正文「如」字，其注文則缺。

豫　逸也倫也獸名說文云象屬又姓史記晉有豫羊如反十三加一　一九五頁一三～一四行

原卷「獸」上有「亦」字，注文「豫」下有「讓」字，彙編脫。又原卷「如」作「洳」。彙編誤。

預　□□先也□□也　一九五頁一四行

原卷末「□」殘存左半作「戸」，廣韻「預」訓作「安也，先也，厠也，樂也，佚也，猒也，怠也」，則「戸」蓋「厭」字之殘文也。

礜　石藥名蠶食之く肥鼠食死　一九五頁一四行

案下「食」下脫一「之」字，據廣韻補。

鸒　迊八云鸒……云稚也……　一九五頁一五行

原卷作「鸒迊足云鸒鳴鳴……云唯也……」。案「鸒」蓋「鷽」字之誤。廣韻「鷽」訓作「爾雅曰：鷽斯鵯鶋。郭璞曰：雅烏也，小而多羣，腹下白」。

絮　人姓漢有……絮舜加　一九五頁一六～一七行

原卷「絮」訓下殘存正文「林」，當係「楚」字之殘文也。

絮　和調食據反一　一九五頁一七行

原卷「食」下有「抽」字，彙編脫。

○十遇韻

遇　不期而會又姓何氏苑云今東莞人……通云漢有遇冲為河內太守中具反二　一九六頁一一行

原卷「中」作「牛」。案原卷「何氏」下脫一「姓」字。又「通」上可補「風俗」二字。

樹　木惣名又姓何氏姓苑云今江東有之後魏官氏志樹洛干氏後改有樹氏常句反四加一　一九六頁二行

原卷下「有」作「為」。彙編誤。

㪍……　一九六頁三行

原卷「㪍」下存注文次行首字「行」。

尌　立出說文出加　一九六頁三行

案原卷衍下「出」字。

怤　白〻　一九六頁四行

案本韻「坿」訓作「說文云〻益也。加」，而廣韻「坿」訓作「白，坿，說文〻益也。」蓋合「怤」「坿」為一字。

𨈚　〻𨈚也出著衣字書　一九六頁五〜六行

案廣韻「𨈚」訓作「𨈚𨉷，著衣也」，此本「𨈚𨈚」當作「𨈚𨉷」。

注　水注之戍反又丁住反註記也加　一九六頁六行

案「之戍反」紐下尚列有其他正文，此本注文末止一「加」字，誤。又案本書體例，注文當作「水注又註記也之戍反又丁住反□加□」。

馵　馬名又馬後足白　一九七頁七行

案廣韻「馵」訓作「馬後左足白」，此本脫一「左」字。

註　〻射蒼又音出埤駐九　一九六頁七〜八行

原卷「駐九」作「九駐」，「九」字體小。案「九」字衍。

呴　味吐沐　一九六頁一〇行

案廣韻「呴」訓作「吐味」，此本衍一「味」字。

戍　過也故從□□人荷戈□反六　一九六頁一〇〜一一行

裕

或作袞□□寬也羊戍反四

一一九六頁 一一～一二行

案廣韻「戍」訓作「遏也，舍也，從人荷戈也，傷遏切」，此本「□□□」當作「也傷遏」，又「故」字衍。原卷上「□」殘存作「⺊」。案廣韻「裕」訓作「饒也，道也，容也，寬也」。此本「□□」當作「饒也」。

覦

又覬□覦

一一九六頁 一二行

原卷「又」下殘二字，彙編誤作一字。案廣韻「覦」訓作「覬覦，又音俞」，當據補。

諭

譬也諫也或作喻音出豫章人也

一一九六頁 一二行

案廣韻「諭」訓作「譬諭也，諫也。又姓，東晉有諭歸，撰西河記二卷。何承天云：諭音樹，豫章人」，下出「喻」，注云：「上同。」此本多所脫誤。

龥

一一九六頁 一二行

案當作「龥」，唐寫本⺮竹常不分。

檽

一一九六頁 一三行

案當作「擩」。

赴

奔也方遏反五加一

一一九六頁 一三～一四行

案本韻「付」反語作「方遇反」，疑「赴」字之切語上字為「芳」字之誤。

⿱兔⿰兔兔

急疾礼云無……⿱兔⿰兔兔或作□

一一九六頁 一四行

案廣韻「⿱兔⿰兔兔」作「⿱兔⿰兔兔」，當據改。王氏校云：「（注文）⿱兔⿰兔兔下奪往字，禮少儀曰：無報往。注：報讀為赴疾之赴。⿱兔⿰兔兔赴音義均同，故本或作⿱兔⿰兔兔。又玉篇

：赴或作趍。廣韻𩴾字下出趍字，注云：上同。此當云或作趍，元應一切經音義屢引礼無趍往也。」蔣斧氏云：「按報之與赴，音訓皆別，他處亦無通段者，蓋譌字也，注文云恐非鄭君原文，當是後之讀者所增，法言及見古本禮記，故此注云尒，修廣韻者見此語與當時禮記不同，故删之耳。」（註七）

仆　偃仆　一九六頁一四行

案「偃仆」，王一、全王同。廣韻作「僵仆，說文曰頓也」。

趦　僵趦出說文加　一九六頁一四行

案廣韻「趦」作「趌」，今本說文同。

務　一九六頁一五行

案當作「務」，下文从「敄」之字仿此。

雞　雞維　一九六頁一五～一六行

案「維」當作「雞」，廣韻同。

羍　六月生羊　一九六頁一五行

案廣韻「羍」訓作「六月生羔」。

臞　𩐨矍　一九六頁一七行

案「廋」當作「瘦」。王二、廣韻并作「瘦」。

羽　鳥長毛又五聲宮商角徵羽晉書樂志云宮中也育而舒生又音禹　一九六頁一八行

案廣韻「羽」訓作「鳥翅也。又五聲，宮商角徵羽。晉書樂志云：宮，中也，中和之道，無往而不理；商，強也，謂金性之堅強；角，觸也，象諸陽氣觸動而生；徵，止也，言物盛則止；羽，舒也，陽氣將復，萬物孳育而舒生。」則此本注文誤脫至甚。又今本說文訓作「烏長毛」，則唐韻訓較廣韻「烏翅也」為長也。

堅　梁也才句反二　一一九六頁一九行

案「梁」字王一作「梁」，王二作「梁」，廣韻作「梁」，當從王一、廣韻作「梁」。

聚　又奏雨反　一一九六頁一九行

案「奏」蓋「秦」字之誤也。

數　筭數也周礼有九數方田粟米差分少廣商工均輸盈不足方程句服是也又色□色角二反　一一九六頁一九～二〇行

原卷「□」殘作「𠂆」，王一、王二、全王、廣韻作「矩」，當據補。又「工」當作「功」，「服」當作「股」，廣韻「數」訓作「筭數。周禮有九數：方田、粟米、差分、少廣、商功、均輸、方程、贏不足、旁要也。世本云：隸首作數，又色矩、色角二切，均又音速。」周禮保氏注有此九數，正義云：「案今以句股替旁要。」

愉　裁殘布帛加　一一九六頁二〇行

案「愉」蓋「愉」字之誤。唐寫本偏旁忄巾常不分。（註八）

傳　姓本自說人出傳巖因以為氏出北地清河二□　一一九六頁二一行

原卷「□」作「望」。

趣　く向又親足反七俱倉苟三反　一一九六頁二二行

案上「反」字衍。

註　解□句反又音注六加一　一一九六頁二二行

原卷「□」殘作「由」，當係「中」字之殘文也，王一、全王、廣韻并切「

鉒 止馬 一一九六頁二二～二三行

中句」，可據補。

宋廣韻「鉒」訓作「罝也，又送死人物也。」下有「駐」字訓作「止馬」，此本脫「鉒」字之訓及正文「駐」。

○十一暮韻

慕 思慕又虜複姓二氏前燕錄昔高辛氏稱王号燕永和八年廆孫雋僭号時又有將軍慕與虎 一一九八頁一行

宋廣韻「慕」訓作「思慕。又虜複姓二氏。前燕錄云：昔高辛氏游於海濱，留少子厭越以居北夷，邑于紫蒙之野，号曰東胡秦。西漢之際，為匈奴所敗，分保鮮卑山，因山為号。至魏初，莫護跋率部落入居遼西，時燕代多冠步搖冠，跋好之，乃斂髮襲冠。諸部因謂之步搖。後音訛為慕容焉。跋孫涉歸，進拜單于，遵循華俗，自云：慕二儀之德，繼三光之容以為氏。歸子廆據遼東稱王，僭号燕。後又有將軍慕輿虔。」原卷脫「游於海濱」至「據遼東」一百十八字。而廣韻脫「永和八年廆孫雋僭号」九字，當相互參照補之。又廣韻「慕與虎」作「慕輿虔」。

路 道又姓本自帝摯出平陽襄城陳留安定東陽河南等六望洛故反九 一一九八頁三行

宋廣韻「路」訓作「道路，亦大也。周禮曰：合方氏掌達天下之道路。爾雅曰：一達謂之道路。又姓。本自帝摯之後，出陽平、襄城、陳留、安定、東陽、河南等六望。洛故切。十三」此本有誤奪。

蕗 蕗く葵蘩也 一一九八頁四行

宋廣韻「蕗」訓作「蔠葵蘩蕗也」。

菟 絲く草名又虜複姓後魏書有菟賴氏湯故反三 一一九八頁六～七行

**兎**　獸名說文云咎鬼菟之類著一點者行書（一九八頁六行）

案注文「菟」當从正文作「莵」。

案王氏校引「菟」作「兎」，并云：「案此今本說文云下有奪字，又兎當作兔，此云著一點者行書亦誤。」蔣斧氏校云：「此注『說文云』以下，當有奪文。又衍一咎字。至鬼菟之類二句，乃坿記以告作書者之語。然鬼菟二字，字形迥別，而一例言之。信如長孫氏所謂紕繆、孫氏所謂差錯矣。」（註九）

**顧**　眷也又姓出吳郡下作故顧古暮反八（一九八頁六行）

原卷「下」殘存作「卞」，案當係「亦」字之殘文也。又「故」字衍。

**雇**　本作户九鳸鳥也相承借雇賃字（一九八頁七行）

案廣韻「雇」訓作「本音户。九雇鳥也。相承借為雇賃字。」則原卷「作」當作「音」，「丸」當作「九」，「借」下當補「為」字。惟蔣斧氏校云：「『本作户，九鳸鳥也。』斧謂此注中誠有誤字。然廣韻改『作』為『音』，改『鳸』為『雇』，皆非也。當改『户』為『鳸』，則得之矣。因本書之例，凡一字有二音者，則注於末句曰：『又音某。』或曰：『又某某反。』從無注於首句，而曰：『本音某』者。是以知廣韻改字之誤也。」（註十）

**故**　舊也事又姓出何氏姓苑（一九八頁七行）

案廣韻「事」下有「也」字，可據補。

**瓠**　瓠也又瓠子隄名亦姓淮南子有瓠巴善鼓琴（一九八頁八～九行）

案廣韻「瓠也」作「匏也」。

**乐**　（一九八頁九行）

案廣韻作「互」。下文尚有「杼」「竿」「浮」，廣韻作「枑」「笠」「沍」，「乎」蓋「互」字之俗書也。

……〈布 一九八頁九行

原卷正文殘存作「汉」，案廣韻「濩」訓作「布濩」，則此殘存之字當作「濩」。

想 行也譖也或作遡 一九八頁一〇行

案「想」當作「愬」，「遡」當作「遡」。

素 帛也先也空也又虜複姓眍又有後魏書云素二氏後趙錄宜陽公素和黎……為黎民 一九八頁一〇～一一行

案「……」當據廣韻補入「氏後改」三字。

祚 福祥昨誤反四 一九八頁一一行

原卷「祥」作「詳」，案「詳」蓋「祥」字之誤也，彙編已改正。

筊 盛鳥籠……恚又故…… 一九八頁一一行

原卷作「筊音恕盛鳥籠故反𠬝、音恚又怒」。案「音恚又怒」四字非屬「筊」字之訓文。廣韻「怒」訓作「恚也，又音努」，則「、」當係「怒」字之殘文也。

布 〈帛周礼云錢行之曰布藏之曰泉又人姓陶偘傳布興博故反一 一九八頁一二行

案廣韻「布」訓作「布帛也，又陳也，周禮錢行之曰布，藏之曰泉。又姓，陶偘列傳有江夏布興，博故切」，則原卷脫「有江夏」三字。澤存堂本「偘」作「侃」。

袴 或作絝若故反三 一九八頁一二行

原卷「袴」作「袴」，「袴」蓋「袴」字之誤也。唐寫本偏旁衣示常不分。

噁 音噁怒負加也 一九八頁一三行

原卷「皃」作「白」，案「白」蓋「皃」字之誤。又原卷衍「也」字。

**曆**　置安曆倉故反七　一九八頁一三行

案「曆」當作「厝」或「厝」。王氏校云：「當作厝」。（註十一）

**胯**　股也韓信出於胯下　一九八頁一四行

案和名類聚鈔二引唐韻云：「胯，兩股間也。」（註十二）

**苦**　困也　今人苦車是加　一九八頁一五～一六行

案廣韻「今人苦車是」作「今之苦辛是」。彙編廣韻校勘記云：「『今之苦辛是』，澤存、楝亭兩本均同，巾箱本作『今人苦車是』，符山堂本作『今人苦幸是』，案符山堂本『人』不誤，『幸』亦誤。字典引西溪叢語：『今人不善乘船謂之苦船，北人謂之苦車。』」蔣氏據西溪叢語而謂：「巾箱本與唐韻殘本同，較他本為長，餘均譌。」又云：「但觀唐韻『今人苦車是』語氣，似是校勘用語。在孫愐以前者，可能有『今之苦辛』、『今之古辛』、『今人苦車』等訓釋。孫乃註明『今人苦車，是』。」（註十三）

**捕**　捉薄故反七加一　一九八頁一五行

原卷作此。蔣氏校引文「一」誤作「也」，遂校云：「注中衍一也字。」

**步**　行步又姓左傳晉有步揚食菜於步後川氏焉又虜三字姓三氏後魏書步六孤後改陸氏孝文以為八姓又西方步鹿氏後改為步氏北齊書有步大汗薩　一九八頁一五～一六行

案魏書官氏志「西方步鹿氏」作「西方步鹿根氏」，廣韻同。蔣氏以為「步揚」當作「步揚」。

**鞴**　靫盛箭室也　一九八頁一六行

原卷「室也」作「也室」，有乙倒符號。蔣氏未審乙倒符號，因謂「唐韻殘本衍一也字。」（註十四）

餔 餹餔又作糒 一九八頁一六行
案廣韻「糒」作「糒」。

鮬 魚名 一九八頁一六行
案和名類聚鈔八引唐韻云：「鮬蒲故切婢妾魚也。」（註十五）

駭 々馬習馬也出左傳神為周礼冬祭馬々駭々灾加 一九八頁一六～一七行
案周禮校人職：「冬祭馬步。」注云：「馬步神為灾害馬者。」則此本脱「害馬者」三字也。

謼 弚謼亦作乎荒故反又犬姑反一 一九八頁一七行
原卷「亦」殘作「亦」，案當係「亦」字之殘文也。又原卷「乎」作「呼」，彙編誤。

○十三齊韻

隮 升又計作躋又子奚反 二〇〇頁一一行
案「計」字衍。

帝 許計反九加二 二〇〇頁二二行
案「許」蓋「都」字之誤也。

嚏 鼻氣亦嚔 二〇〇頁二二行
案廣韻「嚔」訓作「鼻氣也」，下出「嚏」，注文云：「俗」。依此本例。「亦」下當有一「作」字。

柾 二〇〇頁二二行
案當作「柢」，蓋「柢」字通作「柸」，又譌為「柾」，下文「䑛」字同。

揥 說文云鞦取也加 二〇〇頁二三行

」字之誤。

蘻 姓漢書王莽傳有中常侍蘻惲加 二○○頁四行

案廣韻「蘻」作「虆」。又廣韻「惲」作「憚」，誤。

劑 く分又姉隨反 二○○頁四行

案廣韻「く分」作「分劑」。

穧 刈把數 二○○頁四行

案廣韻注文作「刈禾把數」，則此本脫一「禾」字也。

䶒 二○○頁五行

案全王注文作「䶒，亦作齎」，則此本「齎」蓋「䶒」之俗字也。

眥 目祭又才賜反 二○○頁五行

案「祭」當作「際」。

齊 火齊似雲母香重沓而開色黃赤似金出日齊 二○○頁五行

案「出日齊」當作「出日南」，據廣韻改。

穧 二○○頁六行

案王一作「穧」，王二作「穧」，全王作「穧」，并誤。當从廣韻作「穧」。

屜 二○○頁七行

案當作「屜」，王氏校云：「此避太宗諱，闕筆。」

第 次第又漢複姓二氏後漢書第五倫傳云齊諸田徙園陵者多故以次第為氏有第八等特許反十四 二○○頁七～八行

原卷「五」作「伍」，「徒」作「徙」。案廣韻引文「第八」上有「第五」

二字，此本脫。

髢 髮 二〇〇頁九行

案廣韻「髮」作「髲」。

締 繕 二〇〇頁九行

案王一、王二注文作「結」，全王作「結締」，廣韻作「結也」。此本作「繕」，當誤。

娣 姒く 二〇〇頁九行

案「姒」當從王二、廣韻作「姒」。

鷵 又く鵜鳥帝音 二〇〇頁一〇行

案廣韻「又帝音」作「又音啼」。

棣 車下李子似櫻桃可食又姓王莽司馬棣並 二〇〇〜一〇一頁一一行

案廣韻注文作「車下來，又常棣，子似櫻桃，可食，又姓，王莽司馬棣並」，王氏校云：「廣韻云：車下木，又常𣞾，子似櫻桃，可食。案車下李者唐棣也，子似櫻桃者常棣也。廣韻分為二，是，但李譌木耳。」（註十六）蔣氏引廣韻「又常𣞾，子似櫻桃，可食」作「又常棣子，似櫻桃可食」。「車下李」，王一同，王二作「下車李」，全王作「車下」，案作「車下李」是也。

些 楚音云又蘇箇反 二〇一〜一〇一頁一三行

案廣韻注文作「可也，此也，辭也，何也，楚音，蘇箇切」，廣韻無「又」字，蓋脫。

插 雞所宿亦作捿又先引反 二〇一頁一三行

案「栖」「捿」并當从木作「栖」「棲」，唐寫本扌木常不分。

蕑 草名縣名又姓後漢有蕑子訓　二〇〇頁一五行

案「蕑」，王一、廣韻作「薊」，王二、全王作「蕑」。廣韻注文云：「草名，爾雅曰：求山薊。又縣名，又州。開元十八年以漁陽縣為薊州。又姓。後漢有薊子訓。俗作蕑。」蔣斧氏據唐韻、廣韻注，斷唐韻為法言切韻，王氏則斷為孫氏之書。（註十八）

髻 綰髮　二〇〇頁一五～一六行

案和名類聚鈔二引唐韻云：「髻鬟。」（註十九）

檵 名苟杞也　二〇〇頁一六行

案「苟」當作「枸」。

⿰月絜 脉疾　二〇〇頁一六行

原卷「疾」殘存作「⿰阝矢」，似非「疾」字。案王二、全王、廣韻作「喉」，可據補。上田正氏校作「候」，蓋非。

⿱⿰丯寸木 刻　二〇〇頁一八行

案「⿱⿰丯寸木」當作「栔」。

翳 保羽　二〇〇頁一八行

案「保」當作「葆」。

⿰女医　二〇〇頁二〇行

案廣韻作「⿰女⿱殹心」。

閉 ……受　二〇〇頁二〇～二一行

案廣韻「閉」下有「嬖」字，注文云：「愛也，卑也，妾也。」此本「受」

葢「愛」字之誤也。

箄 甑 二一〇頁 二一行

案王一、王二注文并作「甑箄」，廣韻作「甑箄」，則此本脫一「箄」字也。又正文當作「箄」。

憓 受 二一〇頁 二一行

案「受」當作「愛」，從廣韻改。

蟪 蛄く 二一〇頁 二二行

原卷「く」，空白。當係殘也。

桂 木名叢生山峯間無雜木葉長尺餘冬夏常青有……後漢太尉陳球碑有城陽炅横く漢末被誅有四子一子口口墓姓炅一子避難居徐州姓香一子居幽州桂一子居華陰姓快四子古惠反 二二〇頁 二二～二四行

案廣韻注文作「木名。叢生合浦巴南山峯間，無雜木，葉長尺餘，冬夏長青，其花白。山海經曰：八樹成林。又姓。後漢太尉陳球碑有城陽炅横，漢末被誅。有四子：一守墳墓，姓炅；一子避難徐州，姓香；一子居幽州，姓桂；一子居華陽，姓炔，此四字皆九畫」，此本「口口」當作「守墳」也。又此二注文，互有譌脫。又廣韻所引「炅」「香」「桂」「炔」諸字，唐韻所引「炅」「香」「桂」「快」諸字，并非九畫。

矙 小星 二二〇頁 二五行

案「矙」當作「嚖」，唐寫本偏旁目日常不分。

淠 二二〇頁 二五行

案廣韻作「渒」。

潩 二〇〇頁二五行

案「潩」當作「濞」。

戾 乖也曲也字從犬出典下身曲 二〇〇頁二七行

案「出典下」當作「出戶下」，從廣韻改。

劙 割破也或作儷 二〇〇頁二八行

案廣韻「劙」作「劙」，下出「⿰麗刂」，注云：「上同。」則此本「儷」蓋「⿰麗刂」字之誤也。

唳 大 二〇〇頁二八行

案廣韻注文作「鶴鳴曰唳」，王一、王二、全王作「鶴唳」，則「大」蓋「鶴」字之誤也，其上當補一「鶴」字。蔣氏校云：「殘本注中『大』字乃唳字剝蝕所剩之殘餘部份，並非訓義。」（註二十）案此或如蔣氏所云，然則謂原卷誤書亦無不可也。

沵 二〇〇頁二八行

案廣韻作「沴」。王一、王二、全王并作「沵」。

荔 薜荔草香又羌複姓有荔非氏 二〇〇頁二八～二九行

案「草香」當作「香草」，從廣韻改。

○十四祭韻

際 會〻 二〇二頁一行

案廣韻注文作「邊也，畔也，會也」，王一、王二作「畔」，全王作「際畔」。

衛 護也國名姓又于劌反六加二 二〇二頁二行

衛豖（上衛下豖）

案「姓又」當作「又姓」。

二〇二頁三行

案王一作「衛希」，王二作「衛豖叔」，全王作「衛希」，注文云：「亦作衛豖」，廣韻作「衛豚」，下列「衛豖」字，注云：「上同」。今本說文作「衛豚」。

芮

草生狀又姓周司徒芮□□伯之後而銳反四加一

二〇二頁四行

原卷無「□□」，彙編衍。

贅

く肉聚也得也又贅衣官名之芮反一

二〇二頁五行

案廣韻注文作「贅肉也，又最也，聚也，又贅衣，官名也」，原卷「く肉」下脫「也」字，又疑「得」為「最」字之誤也。

嗺

二〇二頁五行

案「嗺」當作「嗺」。

……

出昌芮反一六反

二〇二頁五～六行

原卷作「芮反……六加一」，出……昌六加一昌」，案廣韻「毳」訓作「細毛也，又姓，出姓苑，此芮切，又楚稅切」，則此為「毳」字之殘存注文也。

韢

囊屬以成賊頭又音遂

二〇二頁六行

案「成」當作「盛」，據廣韻改。

帨

佩巾音稅

二〇二頁六行

案「帨」當作「帨」，唐寫本偏旁忄巾常不分。

……

葬穿□出埤蒼加

二〇二頁六～七行

原卷正文殘存下半作「毛毛」，當係「窾毳」字之殘文也。又原卷「□」殘存作「墒」，案廣韻「窾毳」訓作「葬穿壙也。」此本「墒」當係「壙」字之殘文也。

……草口狀　二〇二頁七～八行

原卷「口」殘，案王一、王二、全王、廣韻「⿱艹侻」訓作「草生狀」，則「口」當作「生」。正文當係「⿱艹侻」。

綴　車綴陟衛反又丁劣反三加一　二〇二頁八行

案「車」當作「連」，據廣韻改。

醊　祭　二〇二頁八行

案今本說文正文作「餟」，訓作「祭酹也。」

畷　……礼注云井田……賦云畛畷無數　二〇二頁八～九行

案廣韻注文作「禮注云：井田間道。吳都賦云：畛畷無數。又張劣切」。

恱　又口脆　二〇二頁一〇～一一行

原卷「口」殘存作「亠」，當係「音」字之殘文也。又「恱」蓋「帨」字之誤。

⿱毳示　重檮或作⿱竹歲楚歲反一　二〇二頁一二行

案「⿱毳示」當从集韻作「⿱毳示」。「檮」蓋「禱」字之誤。

⿱艹弊　掩也必袂反二　二〇二頁一三行

案「⿱艹弊」當作「蔽」。

鱖　魚名郭璞云大口細鱗有班文一曰婢魚　二〇二頁一四行

案和名類聚鈔八引唐韻云：「鱖，魚名，大口細鱗，有斑彩文者也。」（註二十一）

剧　剖剧斷割　二〇二頁一四行

案「剳」字當从王二、集韻作「剳」。

袂　袖弥弊反一　二〇二頁一四行

原卷「袂」「袖」，并从示，案當并从衣，彙編已改正。

憏　二〇二頁一四行

案「憏」當作「㡜」。唐寫本偏旁忄巾常不分。

鎩　予戟類所戒反二　二〇二頁一五行

案「戒」字在怪韻。此本「所」上脫一「又」字。

⿸广悳　二〇二頁一五行

案王一、王二、全王、廣韻從「疒」作「⿸疒悳」，當據改。

晢　光星又音析　二〇二頁一七行

案王一、王二、全王、廣韻注文并作「星光」，此本「光星」當作「星光」。

狾　犾犬加　二〇二頁一七行

案廣韻「犾犬」作「狂犬」，當據改。

⿱竹折　關西謂箠曰⿱竹折出方言加　二〇二頁一七～一八行

原卷「闗」作「開」。案「開」當作「闗」。

觢　牛角耳　二〇二頁一八行

案廣韻注文作「牛角豎也」。

澨　水口又水際　二〇二頁一九行

原卷「水口」殘。案廣韻「澨」訓作「水名，書曰：過三澨」，此「水口」或當作「水名」。

鍪 車當結一曰銅生五色又音拽　二〇二頁一九行

案廣韻「車當結」作「車樘結」，「又音拽」作「又音銳」。

勤　二〇二頁二〇行

案「勤」字，避唐太宗諱而闕筆也。下文「泄」「枻」「疶」「𦐂」「靾」并同。

疶 病　二〇二頁二一行

案廣韻「疶」作「𤺌」。下文「𦐂」，廣韻作「䎅」。

……鳳六翮出字統六　二〇二頁二一行

原卷末「六」字作「加」。又廣韻「𦒢」訓作「鳳六翮」，則此本正文當係「𦒢」字。

緺 急一曰罽於反三　二〇二頁二二行

案廣韻「緺」訓作「急也，一曰不成也，於罽切。」此本有脫誤。切語上下字誤倒。

□ 才能又姓出何氏姓苑魚祭反五加一　二〇二頁二二、二三行

原卷「□」字殘，廣韻「藝」訓作「才能也，靜也，常也，準也，又姓，出姓苑，魚祭切」。則此本正文當係「藝」字也。

寱 睡語又作藝又作懲　二〇二頁二三行

原卷「寱」作「寱」，即「寱」字也。案廣韻「寱」下出「𢣹」字，注云：「上同。」再下出「囈」，注云：「亦同。」此本「藝」當作「囈」，又「懲」當作「𢣹」。

蓺 穌　二〇二頁二三行

䙝 字林云複襦加 二○二頁二四行

案「䵒」即「種」字。

原卷「字林」作「云林」，案當作「字林」也。

彘 二○二頁二四行

案廣韻作「彘」，當據改。

濿 以衣渡水由膝以上為濿又濿渡水 二○二頁二六行

案「以上為濿」下，廣韻作「亦作厲，詩曰：深則厲，淺則揭。說文又作砅，履石渡水也」，此本當有譌脫。

𢤱 恐人 二○二頁二八行

案此本「𢤱」字在「去例」紐，而廣韻「𢥒」字訓作「恐人」，在「力制」紐，不在「去例」紐。「去例」紐「愒」字訓作「爾雅：貪也。說文：息也」，王、蔣二氏并疑此本「𢤱」為「愒」字之誤，而注文亦奪亂矣，且以為此「𢤱」字殆恐「猲」字之又一音，廣韻作「𢥒」，蓋涉上紐字而誤也。（註二十二）

世 人代又姓風俗通云戰國時有泰大夫世鈞舒制反三 二○二～二○三頁二八～二九行

原卷「泰」作「秦」，彙編誤。又「世」避唐太宗諱而闕筆也，凡從世之字仿此。

猘 狂犬宋書云張收嘗為猘犬所傷食蝦蟇膾而倉居例反四 二○三頁二九～三○行

原卷「倉」作「愈」，彙編誤。

罽 二○三頁三○行

案當作「罽」。下文「瀱」當作「瀱」。

訐 持時人短又居列反（二〇三頁三一行）

案「時」字衍。王一、王二、全王、廣韻并訓作「持人短」，無「時」字。

廗 赤白痢竹例反又帝音帶一（二〇三頁三一行）

案廣韻「⿸疒帶」作「赤白痢，亦作滯，竹例切，又音帶」，此本「廗」當从疒作「⿸疒帶」。又「帝」字係衍文。

偈 其⿰口息反一（二〇三頁三一行）

案「偈」即「偈」字。又「⿰口息」蓋「憩」字之誤也。

跇 跳也喻也又作⿺走契丑例反二（二〇三頁三二行）

案「喻」當作「踰」。

○十二泰韻

……也古太反二（二〇四頁二行）

原卷殘存作「覆也古太反二」，案正文當係「蓋」字。

漢臭於蓋反七加一（二〇四頁三行）

原卷「一」作「二」。

柰 如也如……箇反（二〇四頁四行）

原卷此字訓下尚殘存正文「大」字。案「如箇反」係又音，「如」上當補一「又」字。

□ 龜也國名又姓出濟陽□祭村之後倉大反一（二〇四頁一三～一四行）

原卷正文殘，案廣韻「蔡」訓作「龜也，亦國名。又姓，出濟陽，周蔡叔之後也。倉大切」，則正文為「蔡」，注文「口」為「周」字。又注文「祭」蓋「蔡」字之誤也。

賴 說文從剌目蒙也利也又姓風俗通云……太守……蓋反九 二〇四頁一四行

案蔣氏校云：『注中剌目乃束貝之譌。王二注云：「從貝束也。」』（註二十三）惟今本說文作「从貝，剌聲」，此本既引說文，當从說文改。

○十五卦韻

挂 懸挂又則挂弩夫屬剛挂鋏名潘岳射賦云以懸擬 一二〇六頁一～二行

原卷「則」殘存作「則」，案此殘存之字非「則」字，當係「剛」字也。潘安仁射雉賦云：「屬剛罫以潛擬。」此本「射」下脫一「雉」字，「剛」當作「剛」，「懸」當作「潛」。

懈 嬾也古□反五加二 二二〇六頁二行

原卷「□」殘存作「益」，案當係「隘」字殘文也。

解 除 二二〇六頁二行

原卷作「解除」，案注文當作「除く」，原卷「く」殘。

邂 懈く后胡反二 二〇六頁四行

原卷「懈」殘存作「偂」，彙編補全。又此本「后」當作「逅」。

畫 胡卦反五 二〇六頁四～五行

原卷「畫」作「畫」，案「畫」當作「畫」。下文「澅」，原卷作「澅」，亦當作「澅」也。

睚 目祭五懈反又五佳反一 二〇六頁六行

案「祭」當作「際」。

瘵 病士懈反二 二〇六頁七行

案「瘵」當作「瘵」。蔣氏校云：『王一、王二、王刋補、廣韻作「瘵」是

也。』案蔣氏將「瘵」誤書作「瘵」。（註二十四）

眦　眭〈　二〇六頁八行

案廣韻「眦」訓作「睚眦」，此「眭」蓋「睚」字之誤也。

桭　縢屬蜀人以之織布出埤蒼加　二〇六頁九行

案「縢」當作「藤」。

曬　曝也所賣反又所寄口高二反一　二〇六〜一〇頁九行

原卷「口」作「丑」。

〇十六怪韻

呃　不平聲　二〇七頁二行

原卷注文作「平不聲」，案王一、全王、廣韻作「不平聲」，原卷「平不」二字誤倒，彙編已改正。

祭　周大夫邑是又姓祭仲也　二〇七頁二〜三行

案廣韻「祭」字訓作「周大夫邑名，又姓，周公第五子祭伯，其後以為氏」，此「邑」下脫「名」字，又「祭伯」誤作「祭仲」也。

誡　言敬古拜反十七加四　二〇七頁三行

案王一、廣韻訓作「言警」，全王作「警」，此作「言敬」，殆誤也。王二作「言驚」，亦誤也。

戒　慎也又齋戒易注云洗水洗心曰齋防患曰戒　二〇七頁三行

案廣韻引易注云：「洗心曰齋，防患曰戒。」此本「洗水」二字蓋衍也。

介　大也助也甲也口介也又姓介推　二〇七頁四行

原卷「口」殘存右半「火」，案當作「耿」。廣韻「介」字有「耿介」之訓，可證。又此本「介」下脫一「之」字。

忦 情 二○七頁四～五行

案「忦」當作「帢」，唐寫本偏旁忄巾常不分。又「情」字，當从王一、王二、全王、廣韻作「幘」。

□ 蓬檢行不正出碑 蒼檻音緘加 二○七頁五行

原卷「□」殘存作「∟」，案當係「检」字之殘文也。又原卷「碑」作「埤」，彙編誤。

鴴 字林云鴴雀似鷃而青出□□加 二○七頁六行

原卷「□□」殘，案廣韻「出□□」作「出羌中」。

□ 簪結也出說文加 二○七頁六行

原卷「□」殘存作「𩬊」。案王一、全王作「⿱髟介結簪」，王二作「⿱髟介髻簪」，廣韻作「⿱髟介結簪」，則「□」蓋「⿱髟介」字也。

論 怒聲又作欸詐介反 二○七頁七行

案「詐」當作「許」。

械 器械相械一胡介反四加 二○七頁七行

原卷「相」作「柤」，彙編誤。又「柤」字上當从廣韻補一「又」字。

蘣…… 二○七頁七行

原卷注文殘。廣韻「韲」訓作「蓳菜也，似韭」，下出「蘣」，注云：「俗。」

葪 二○七頁八行

案廣韻作「蒯」。王氏校云：「當作蔽，通作蒯。」（註二十五）

嘖　女子　二〇七頁九行

原卷「子」作「字」，彙編誤。

憊　病也蒱拜反一　二〇七頁一一行

原卷「一」作「二」，彙編誤。

襏　衣拼反　二〇七頁一三行

原卷「反」作「縫」，「拼」作「衻」。案「襏」「衻」當从「衣」旁作「襏」「衻」，唐寫本礻衣常不分。

○十七夬韻

夬　快也卦名古邁反二　二〇八頁一行

案「快」當作「決」。

快　稱心又姓漢有快欽若夬反二　二〇八頁一行

原卷「又」作「不」。案「不」蓋「又」字之誤。

噲　人姓漢樊噲又姓孝子傳有噲口口銜珠与之　二〇八頁一行

案廣韻「噲」訓作「咽也，又人名，漢有樊噲，又姓，孝子傳有噲參，鵠銜珠與之」。此本「人姓」當作「人名」，又「漢」下脫一「有」字。

敗　□□□破薄□反□北邁反二　二〇八頁三行

原卷殘文甚多，案廣韻「敗」訓作「自破曰敗，說文毀也，薄邁切，又北邁切」。

□　□晉　二〇八頁三行

原卷殘存作「ㄇ音ル」，案廣韻「唄」訓作「梵音」。彙編「晉」字蓋誤。

⋮　犍牛　二〇八頁四行

原卷正文殘存作「㔾」，案王一、王二、全王、廣韻「犗」并訓作「犍牛」。此本正文當係「犗」字。

餲 於餅於罽……二○八頁五行

原卷「罽」字下作「反」字。案廣韻「餲」訓作「飯臭，又於罽切」。「飰」為「飯」之俗，遂誤為「餅」字耳。

譀 譀譪火介反一譀字化爈反……二○八頁五行

原卷正文殘，案當係「譪」字，據王一、王二、廣韻補。

咶 息聲火介反一 二○八頁六行

案「火介反」與前「譪」字切語同，當从王一、王二、全王、廣韻改作「火夬反」。

㱿 纔……二○八頁六行

原卷殘存作「㱿言何纔……」。廣韻「㱿」訓作「纔然，何犗切」。

## ○十八隊韻

憝 二○九頁一行

案當作「懟」。

鐏……云……加……二○九頁一～二行

原卷殘存作「鐏々云，加」。案廣韻「鐓」訓作「矛下銅也，曲禮曰進矛戟者前其鐏」。

佩 遰也蒲味反九加一 二○九頁二行

案和名類聚鈔六引唐韻云：「佩帶也。」（註二十六）王一、全王訓作「帶」，廣韻訓作「玉之帶也……」，此本「遰」蓋「帶」字之誤。

孛 星佉又蒲沒反 二〇九頁二行

原卷「又」作「反」，案「反」益「又」字之誤也。王一、全王并訓作「星佉」，廣韻作「星也」，無「佉」字，此本行「佉」字。

⿱非玉 埤蒼貢珠百⿱非玉琲又蒲罪又云珠五百枚加 二〇九頁四行

原卷「琲」字上尚可辨作「亦作」二字。案廣韻「⿱非玉」訓作「埤蒼云：珠百枚曰⿱非玉，孫權貢珠百⿱非玉，⿱非玉，貫也。又云：珠五百枚也。亦作琲。又蒲罪切」。

痗 □ 二〇九頁五行

原卷注文殘，廣韻「痗」訓作「病也」。

瑁 □□ 二〇九頁五行

原卷注文殘，廣韻「瑁」訓作「瑇瑁，亦作帽蝐。又莫沃切」。

□ 點筆又武悲反 二〇九頁五行

原卷正文殘，案當係「黴」字也，據王一、廣韻補。

妃 □□偶□字又匹悲反加 二〇九頁六～七行

原卷注文殘存作「字ミ女偶又匹悲」「加反」，案王一、全王「妃」字訓作「く偶，又匹非反」，廣韻訓作「妃偶也。又匹非切」，此本注文當有衍譌。

⿰⿱艹丰寸 說文從辛都隊反四 二〇九頁八行

案「⿰⿱艹丰寸」當作「對」，本韻从⿰⿱艹丰寸之字仿此。又「從辛」當作「從丵」。

⿰木⿰⿱艹丰寸 車箱作⿰車⿰⿱艹丰寸考工記云立曰輢橫曰軾 二〇九頁八行

原卷下「曰」字作「只」，案「只」益「曰」字之誤也。又「⿰木⿰⿱艹丰寸」當作「⿰木⿰⿱艹丰寸」，「作」上脫一「又」字，「⿰車⿰⿱艹丰寸」當作「轛」。

䔲　本作此䔲漢文以為多言非誠對故去口　二〇九頁八、九行

原卷注文「䔲」作「對」，「誠」殘作「戍」，「口」作「日」。案「戍」當係「誠」字之殘文，「日」蓋「口」字之誤也，正文當作「䔲」。又此本此字訓當列于「對」字下，不應列「懟」字下。

焠　作力鑿也　二〇九頁九行

案「力」當作「刀」。

祽　自祭名　二〇九頁一〇行

案廣韻「祽」訓作「月祭名也」。

隈　字林映隈　二〇九頁一〇行

案廣韻「隈」訓作「字林云：隩隈也」。

遻　他內反二　二〇九頁一一行

案「還」當作「退」。「退」字古文作「還」，遂誤作「還」也。

薑　萊名呂氏春秋云萊之美者有雲夢之薑　二〇九頁一四行

原卷注文「薑」作「豈」，案「豈」蓋「薑」字之誤也。

類　二〇九頁一五行

案當作「蘱」。

蘱　草名似蒲一云似茅　二〇九頁一六行

原卷「茅」作「茅」，案「茅」當作「茅」。又此本正文當作「蘱」，「蒱」當作「蒲」。

……

……也蒱反二　二〇九頁一七行

原卷殘存作「……ㄨ，也蒱反二」。案廣韻「背」訓作「脊背，補妹切」，此本正文

當係「背」字。「女」蓋「妹」字之殘文也。

磑 磨也公輸作之五對反一 一二〇九頁一七行

案廣韻「磑」訓作「磨也，世本曰：公輸般作之。五對切」。此本「輸」字下脫一「般」字。

○十九代韻

代 更代年代亦郡名又姓趙有賢者代舉徒耐反八 一二一〇頁一行

案廣韻注文作「更代，年代，亦州名。春秋時屬晉。其後趙襄子以銅斗擊殺代王，取其地，至秦隸太原郡。漢置雲中、鴈門、代郡。魏為州。又姓，史記趙有代舉。」蔣氏校云：「先德曾據此郡縣沿用隋名之注釋，考定其為孫氏未改正以前之本。而王靜安氏則認為此正孫書之證。其言曰：「蔣君跋中舉……代韻之代字，廣韻注云：州名，此本云：郡名。……謂郡縣之沿用隋名者，即以為法言書之證。余謂此正孫書之證也。舊唐書玄宗紀：天寶元年二月，天下諸州改為郡，刺史改為太守。唐時建置，以此及乾元元年復郡為州為最大。孫愐所云：開元三十年，即天寶元年（開元無三十年）……代州之為代郡，皆開元三十年事，與隋無涉。」」一安復按：代郡廢於北魏孝昌中，以後無此郡。隋開皇五年置代州，大業三年罷，唐武德初復置。歷五代、宋、元、明不改。王二、王刊補「代」注「更代」二字，無州郡及姓氏字樣。』（註二十七）

黛 眉黛說文作黱 一二一〇頁一行

原卷正文作「⿱代里」。案「⿱代里」蓋「黛」字之誤也。

埭 以土堨水又作⿰土彔 一二一〇頁一行

案和名類聚鈔一引唐韻云：「埭，以土遏水也。」（註六十八）

瑇 〻瑁亦瑊瑇瑇 二一〇頁一行
案「亦」下脫一「作」字。

槩 平斗斛 二一〇頁四行
原卷「斗」作「十」，案王二「槩」訓作「平斗斛」，廣韻作「平斗斛木」，原卷「十」當係「斗」字之殘文也，又王二與此本并脫「木」字。

闓 門出說文 二一〇頁五行
案「門」蓋「開」字之誤也。

愛 烏代反六加二 二一〇頁六行
原卷「烏代」作「代烏」，蓋誤倒也。

曖 日又晻曖暗皃 二一〇頁六行
案廣韻「曖」訓作「日不明，又晻曖，暗皃」。

薆 〻對草皃 二一〇頁六行
案「薆」字王二、全王訓作「草盛」，廣韻訓作「薆對，草盛」，此本「草」下脫一「盛」字。又廣韻「對」，巾箱本同。澤存本作「薱」，案當作「薱」。

僾 隱也詩云僾而不見加 二一〇頁七行
原卷「不見」作「覔」。案「覔」蓋「不見」二字誤合為一也。

瀣 沉瀣氣也胡槩反 二一〇頁七行
案二「瀣」字并當作「瀣」。「反」下當補一「三」一字。

翗 二一〇頁七行

案當作「劮」。

佴　姓出谷集 有佴湛加　二一〇頁 八行

案廣韻「佴」訓作「姓也，山公集有佴湛」。

賫　二一〇頁 九行

原卷本韻以下缺，即十九代之後半至二十五願之上半均殘。廣韻「賫」作「賚」，訓作「與也，賜也，洛代切」。此本「賫」當作「賚」。

## ○廿五願韻

願　郭璞云 衣領加　二一七頁 一行

原卷此注文以前殘，案此本正文當作「褸」，彙編補入「願」，誤甚。

楥　鞾履楥 周礼鞾〻 又音運 俗作楦 虛願反一　二一七頁 三、四行

案廣韻「楥」訓作「靴履楥，又法也，虛願切」，下出「楦」，注云：「俗。」又下出「韗」，訓作「攻皮治鼓工也，亦作韗，又音運」，再下出「韗」，注云：「俗。」此本「礼」下脫一「作」字，又「楦」益「楦」字之誤也。又此本「願」字并書作「顛」，當作「願」。

彎　二一七頁 三行

案當作「彎」。

## ○廿六慁韻

頓　說文從㐄 亦姓魏志華他傳 有智郵頓多獻 都困反三　二一八頁 二行

案廣韻引魏志文作「魏志華佗傳有督郵頓子獻」，此本「他」當作「佗」，「多」當作「子」。

困　苦悶 反二　二一八頁 三、四行

案蔣氏引淨土三部經音義一引孫愐云：「困，倦也，病篤也。」因謂此本訓文為寫者以己意刪去。（註二十九）

嫩 弱又作嫩又作㜛奴困反三 二一八頁四行

案王、蔣二氏并以為「嫩」應作「㜛」，通作「嫩」，其作「嫩」者蓋因與「嫩」相似而誤矣。（註三十）

鐏 矛戟下銅祖悶反一 二一八頁五行

案「祖」當從廣韻改作「徂」。

睔 大目露精古鈍反又姑惠反三 二一八頁五～六行

案廣韻「睔」訓作「大目露睛，古困切」。此本「精」蓋「睛」字之誤也。

遁 逃又作遜 二一八頁七行

案「遜」蓋「遯」字之誤也。

論 盧困反一又魯昆反一加 二一八頁八行

案上「一」字衍。

○廿八翰韻

艾翰 烏毛又高飛亦詞翰又姓左……曹大夫翰胡侯旰反十五加一 二二〇頁一～二行

原卷「廿八翰」三字殘，彙編補入。又此本二「翰」字并當作「翰」，「曹」當作「曹」。

垾 □□□令人金錫相著 二二〇頁三行

原卷三「□」字殘，案廣韻「垾」訓作「小堤」，「釬」字訓作「釬金令相著，亦作銲」。

瀚 二二〇頁四行

鞁 射鞁以皮捍臂 二二〇頁四〜五行
原卷作「瀚」，案當作「瀚」。
案廣韻「以皮捍臂」作「以皮鞁臂」。

韗 别ㄑ 鸛覺名又 礼云雞曰韗音 二二〇頁五〜六行
案「覺」當作「鷽」。

敫 㪍ㄑ 無文章皃出字繞加 二二〇頁八〜九行
原卷「貝」作「白」，案當作「貝」。廣韵「敫」訓作「敫數無文章皃」，此本「獸」葢「數」字之誤。

按 抑也烏肝反三 二二〇頁九行
案「烏肝反」當作「烏旰反」。又本韻「旦」「侃」二字之切語下字并當作「旰」。

旦 得肝反六加一 二二〇頁一〇行
案「旦」當作「旦」，此避唐睿宗諱而闕筆也。「肝」當作「旰」。

疸 癀病 二二〇頁一〇行
案「疸」當作「疸」，又「癀」字，王一、王二、全王、廣韻并作「黃」，當據改。

鳴 鶏鳴鳥名獨舂 二二〇頁一一行
案注文「鳴」當係「鳴」字之誤也。而正文及注文「鳴」并當作「鳴」，葢避唐睿宗諱而闕筆也。

澶 漫ㄑ 二二〇頁一三行
原卷「ㄑ」殘，彙編補入。

僤 疾也周礼亡勾欲無僤加 二二〇頁一三行

案廣韻「僤」訓作「疾也，周禮云：句兵欲無僤。」此本「亡」蓋「云」字之誤也，又脫一「兵」字。

榦 損榦築垣版 二二〇頁一五行

原卷「損」作「損」，當係「損」字也。案「損」當作「楨」。

骭 □ 二二〇頁一五行

原卷注文缺，廣韻「骭」訓作「脅也」。

騂 騂騂馬□又馬白額至脣□ 二二〇頁一七行

原卷上「□」殘，廣韻作「行」，可據補。又原卷下「□」作「加」。

難 □□丹反 二二〇頁二二行

原卷「□□」殘。案廣韻「難」訓作「患也，又奴丹切」。

綮 觧好只又姓何氏姓苑倉案反四加一 二二〇頁二二∫二三行

案「何」上脫一「出」字。

燦 □□□ 二二〇頁二四行

原卷注文作「明□」，案廣韻「燦」訓作「明淨皃」。

繖 蓋也蘋盰反又蘇旱反二 二二〇頁二四∫二五行

案蔣氏校云：『遼僧希麟續一切經音義八，引廣韻云：「傘，蓋也。陸氏本作：繖。」希麟之所謂廣均，即孫之唐均也。蓋孫氏雖取周禮之義名其書曰唐均，但在當時，則有稱之曰廣韻，或稱之為廣切均也。此一証也。希麟書成於遼統和五年丁亥，在陳彭年等修廣均之前。此二証也。又其書卷三曾有引孫愐廣韻之語，此三証也。』又王氏校勘記以為此本為唐韻而非切韻，其云：「希麟所見唐韻，繖本作：傘，而此本乃作：繖，同於陸氏者，蓋唐韻別本至多，此本固多譌奪，殆如廣韻之有略注本，而源順、希麟、信瑞所引，亦非必盡為孫氏原書。此本與諸家所引，頗有異同，實由於此，未可執此議彼，亦未可以彼律此也。」（註三十一）

贊……二二〇頁二六行

原卷注文殘。廣韻「贊」訓作「佐也，出也，助也，見也，說文本作贊，則旰切」。

○廿九換韻

換胡玩反五加一　二二一頁一行

原卷「胡玩反」作「玩胡反」。案當作「胡玩反」。

垸膝骨垸亦作髖又作垸也　二二一頁一行

原卷「垸」字殘存作「垸」，當係「垸」字之殘文也。又原卷「垸」作「垸」，案廣韻「垸」訓作「漆骨垸也」，下出「髖」，注云：「上同。」此本「亦作垸」，不詳。惟王、蔣二氏并引廣韻澤存堂本「垸」訓作「桼補垸也」，「髖」訓作「膝骨」，以為此本以「垸」「髖」為一字，非，并以為「垸」當作「垸」。（註三十二）

瘓……二二一頁一行

原卷注文殘。案廣韻「瘓」訓作「癱疽屬也」。

嚍鏦也子筭反二　二二一頁一行

原卷正文左半殘。案當係「嚍」字之殘文也，據廣韻補。

貫……漢有……玩反廿一　二二一頁一行

原卷正文殘存作「毋」。案廣韻「貫」訓作「事也，穿也，累也，行也，又姓，漢有趙相貫高，古玩切」。此本正文當係「貫」字。

館　作〻舍館又　二二一頁一行

案和名類聚鈔三引唐韻云：「館，客舍也。」（註三十三）

瓘　玉斗　二二一頁一行

案廣韻「瓘」訓作「玉升，左傳曰：瓘斝玉瓚。杜預云：瓘珪也」。

癨　⋮⋮又姓作痯漢有灌嬰　二二一頁二行

原卷殘存作「癨 作痯，漢：有灌又姓嬰」，案下段之正文當係「灌」。廣韻「癨」訓作「病也」，下出「痯」，注云：「上同。」再下出「灌」，訓作「水名，在廬江，又聚也，澆也，漬也，又姓，漢有灌嬰」。

㶽　楚人呼火　二二一頁二行

原卷「呼」字殘，廣韻「㶽」訓作「楚人云火」。彙編補作「呼」，未知是否？

錧　車軸頭鐵一曰江南呼黎佃　二二一頁二行

案「佃」當作「刃」。

觀　口觀又姓左傳楚有觀起　二二一頁二行

原卷「口」字殘，廣韻作「樓」，可據補。

竄　二二一頁三行

案當作「竄」。

鑹　小矟　二二一頁三行

案廣韻「鑹」作「鑹」，當據改。

爨 灼亦或作爨又姓華陽国志云昌寧大姓爨習蜀志建寧大姓蜀錄有交州刺史爨深　二二一頁三行

案「灼」蓋「炊」字之誤。「昌寧大姓」下脫一「有」字，「蜀志」下脫一「云」字。蔣氏校云：「蜀字下奪云字。」此語有誤，當云：「蜀志下奪云字。」（註三十四）

翫 習出埤倉　二二一頁三行

原卷「倉」作「蒼」，彙編誤。

叚　二二一頁三行

案當作「段」，李韻下文「段」之字仿此。

灓 絕水度詩云涉謂為灓　二二一頁四行

案「度」當作「渡」，「謂」當作「渭」。

敵 煩出說文也加　二二一頁四行

案「也」字當在「煩」字下，原卷誤植也。

奐 文采明貝又姓出何氏姓苑　二二一頁四行

原卷「采」作「彩」。又此本正文當作「奐」，下文从奐之字仿此。

縵 無文莫叛反六　二二一頁五行

案廣韻「縵」訓作「說文曰：繒無文也。漢律曰：賜衣者縵表白裏。莫半切」，此本「無」上脫「繒」字。

眫 牲胖體　二二一頁五行

案廣韻「眫」訓作「牲之半體」，廣韻「眫」蓋「胖」字之誤也。又此卷注文「胖」當作「半」。

泮 水散　二二一頁五行

案「水」當作「氷」。

偄 二二一頁六行

案當作「偄」，下文「稬」當作「稬」。

○卅諫韻

卅諫 ㄑ諍又姓風俗通云漢有持書侍御史諫忠古晏反三 二二二頁一行

案廣韻「諫」訓作「諫諍，直言以悟人也，又姓，風俗通云：漢有治書侍史諫忠，古晏切」，此「治」作「持」者，蓋避唐高宗諱而改書也。又廣韻「侍」字下脫一「御」字。

晏 說文作晏齊有晏氏代為卿大夫烏澗反四 二二二頁二～三行

案「說文作晏」當作「說文作晏」。

氵□ 魚乘上水 二二二頁四行

原卷正文殘存作「氵」，案當係「汕」字之殘文也，據廣韻補。

[疒+馬] 牛馬病莫駕反 二二二頁五～六行

原卷正文作「[疒+馬]」，案當作「[疒+馬]」。又此本「莫駕反」上脫一「又」字。

嫚 侮易也出說文 二二二頁六行

原卷「易也」作「也易」。案當作「易也」。

患 病又病出何氏姓苑胡慣反七加二 二二二頁六行

案下「病」字當作「姓」。

擐 口ㄑ 二二二頁六行

原卷「口」殘存作「冂」，蓋「甲」字之殘文也。案廣韵注文作「擐甲」。

宦 仕宦亦宦者閹官又左傳云宦三年矣宦學 二二二頁七行

原卷「宧」殘存作「空」。案廣韻「宧」訓作「仕宧，亦閹宧，又學也，左傳云：宧三年矣」。此本訛誤甚夥，可據廣韻訂正。

䍈 獸名似羊出山海經加 二二二頁八行
案王一、王二、全王、廣韻「似羊」下有「無口」二字。

卝 二二二頁九行
案當作「丱」。

𤯓 雙生子患又所眷反一 二二二頁九行
案廣韻切語作「生患切，又所眷切」，此本「患」字上脫一「生」字，下脫一「反」字。

襻 衣襻善患反一 二二二頁一〇行
原卷二「襻」字并作「襻」，案并當从衣作「襻」。又原卷「善」作「普」，彙編誤。

蝬 馬蟲名士諫反二 二二二頁一〇～一一行
案廣韻「蝬」訓作「馬蝬，蟲名」，此本「馬」下脫一「蝬」字。

册 二二二頁一一行
案此為「柵」字之或體。（註三十五）

羼 羊相間視見反一 二二二頁一二行
案「見」字在霰韻，此本切語有誤。廣韻「羼」字二見，在諫韻澤存堂本作「初鴈切」，古逸本則列「士諫切」紐下。在產韻澤存堂本、古逸本并作「初限切」，并無作「視見反」者。此本卅一裥韻又出「羼」字，切語作「初莧反，又初雁反。」王一、王二、全王并同。則此本「見」蓋「莧」字之誤也。

○卅一襉韻

犴 二二三頁一行

案王二、全王、廣韻并作「豻」，當據改。

間 廁也廢也代也逸也 二二三頁一行

原卷「廫」作「廢」，案廣韻「間」訓作「廁也，瘳也，代也，送也，迭也，隔也，又音平聲」，此本「廢」蓋「瘳」字之誤，「逸」蓋「迭」字之誤也。

賫 餘莝 二二三頁一行

案「莝」字當从王一作「莝」。

幻 く化反一胡辨也 二二三頁二〜三行

原卷「反」字上尚有一「辨」字，案當係衍文。王一「幻」訓作「胡眼辨反，化」，則衍「眼」字也。

蕑 二二三頁三行

原卷作「蔄」，彙編誤。

袒 衣縫解又作口く字文莧反一 二二三頁三行

原卷「口」作「綻」，「文」作「丈」。案「綻」字，廣韻作「袒」，又此本衍「く字」二字。

○卅二霰韻

先 口後猶娣似又姓出何東又蘇前反 二二四頁一行

原卷「口」作「く」。案此本「似」當作「姒」，「何」當作「河」。

倩 〻利又好女〻笑皃 二二四頁 二〜三行

案廣韻「倩」訓作「倩利。又巧笑皃」，王二作「美好」，此本有譌奪，應作：「倩利，又美好，巧笑皃」。

夐 現說文休嫂反 二二四頁 三行

案「文」字下脫一「又」字。又「嫂」當作「娉」。

縣 郡縣古作寰楚王滅陳以為縣〻名自此始也又姓孔子子門人縣單父莫練反七 二二四頁 四〜五行

案廣韻「郡縣也」下有「釋名曰：縣，懸也。懸於郡也」十字，此本則無。

又此本「孔子」下衍一「子」字。又此本「莫」蓋「黄」字之誤。

⿱虤目 獸名音泫 二二四頁 六行

案正文王一作「⿱虤見」（當作「贙」），王二、全王作「贙」，此本當从貝。

又此本「音」字上脫一「又」字。

淀……郊 二二四頁 八行

案「郊」非「淀」字之訓。據王一、王二、全王、廣韻，知係「甸」字之訓也。

練 帛練又姓郎甸反八加二 二二四頁 一〇行

案廣韻「練」訓作「白練。又姓，何氏姓苑云：南康人。郎甸切」。

⿰剌瓜 ⿰剌瓜〻 二二四頁 一一行

原卷「〻」作「瓜」，彙編誤。案廣韻注文作「瓜⿰剌瓜」。

鰊 魚名似繩加 二二四頁 一一行

原卷「加」殘存作「力」，案當係「加」字之殘文也。又廣韻「繩」作「鱦」，當據改。

硯 筆硯又作硯吾甸反三加一 二二四頁一四行

案廣韻「硯」訓作「筆硯。釋名云：硯研也。研墨使和濡也。」下出「研」字，注云：「磨研。又音平聲」，王一、王二、全王并有「或作研」之訓，則此本「又作硯」當係「又作研」之誤。

宴 二二四頁一五行

案當作「宴」。唐寫本繁簡無定，此繁體之字也。

燕 玄鳥又作鷰字樣云借燕趙字 二二四頁一五、一六行

案「字樣」疑是「字林」之誤。

暜 星無出說文加 二二四頁一七行

案今本說文：「暜，星無雲也」，此本脫「雲」或「雲也」。

片 折木普眄反一 二二四頁一九行

案「折」當作「析」。

荐 重至又魏有高士張臻戴鵀鳥巢陰者又徂悶反加 二二四頁一九、二〇行

案廣韻「荐」訓作「重也，仍也，再也，在甸切」，「荐」訓作「重至，又魏有高士張臻，戴鵀之鳥巢其門陰者，又徂悶切」，此本脫「荐」字之注文及正文「臶」字。此本「鵀」下脫「之」字，「巢」下脫「門」字。又廣韻「荐」「臶」之間，尚有「洊」字，訓作「水荒曰洊，亦再也，易曰：洊雷震」，恐此本亦脫也。

栫 團也存左傳栫之以棘加 二二四頁二〇行

原卷「團」作「圑」。案「存」字衍，又「左傳」下脫一「云」字。

禚 二二四頁二一行

殿軍在前曰啓在後曰殿最……義云上功最殿下功曰殿都甸反又堂練反　二二四頁二一～二二行

案此乃「殿」字，蓋避唐高祖諱而闕筆也。

案廣韻「殿」訓作「軍在前曰啓，後曰殿，又殿最，漢書音義云：上功曰最，下功曰殿。都甸切，又堂練切」，此本多譌脫。

○世三線韻

戰懼也亦征戰又……光武諱議大……　二二六頁一行

案廣韻「戰」訓作「懼也，恐也，又姓，之膳切」，「性」字當从澤存堂本作「姓」。

僐廣足姿態也加　二二六頁二行

案「廣足」下當有「云」字，此本脫也。

唁……去戰反二　二二六頁二～三行

案「去戰反」為「譴」字之切語，非「唁」字之切語也。原卷殘存作「……」去「去戰反二」。廣韻「唁」訓作「弔失國，說文曰：弔生也。詩曰：歸唁衛侯」；「譴」訓作「問也，責也，怒也，讓也。亦姓。去戰切」。

遣人臣錫車馬曰遣車又去戰反　二二六頁三行

原卷「錫」作「賜」，彙編誤。

綃繐廣雅云繁總鮮支穀綃也古緣反三　二二六頁三～四行

案「緣」疑是「掾」字之誤。

……□□城縣在東郡　二二六頁四行

原卷殘存作「肙……圠城」「縣在東郡」，案「肙」蓋「狷」字之殘文也，「圠」蓋「鄄」字之殘文也。廣韻「狷」訓作「褊急，又古縣切」；「鄄」訓作

「郪城縣，在漢州」。

院…… 二二六頁四行

原卷注文殘，廣韻「院」訓作「垣院」。

□ ……文作……頭作面俗作面者非也引箭反二加一 二二六頁四～五行

案廣韻「面」訓作「向也，前也，說文作⿴囗面，顏前也，俗作靣。彌箭切」。

此本「引」益「弥」字之誤。

釧 鑗尺□反一 二二六頁五行

原卷「□」殘，王二、全王、廣韻作「絹」。

⿰允風 陸無訓義 二二六頁六行

案蔣氏校云：『此謂長孫氏箋注切韻無訓義也。四字顯係孫愐定唐韻時所注，王靜安氏據此考定殘本是唐韻而非切韻。王二訓曰：「風氣。再颺轂。」王刊補曰：「小風」。廣韻著者陳彭年等則訓曰：「再揚轂。又小風也。」按此字應作：⿰兖風。唐韻、王二、王刊補、廣韻、集韻均譌。玉篇則作：⿰兖風。訓曰：「小風也。尹轉切。」⿰允風字無訓，而為徒會切。既收入以絹紐，則應作⿰兖風，不應作⿰允風矣。』（註三十六）

⿰馬展 馬士俗陟扇反二 二二六頁六行

案廣韻「⿰馬展」訓作「馬上浴，陟扇切」，「上」字當从巾箱本作「土」。此本「馬士俗」當作「馬土浴」。

絭 連弩世絭共一臂出漢書音義 二二六頁九行

原卷「弩」作「絮」，「世」作「卌」。案廣韻注文作「連弩，三十絭共一臂」。此本「絮」當作「弩」，「世」當作「卅」。

綣 緣韏縫說文作韏　二二六頁九行

案廣韻「綣」列「倦」字下，此本「綣」字上無「倦」字，疑脫「倦」字及訓也。

孿 一乳亦作孿又子患反　二二六頁一一行

案廣韻「孿」訓作「一乳兩子，亦作孿，又生患切」，此本脫「兩子」二字。又「子患反」當作「生患反」。

縓 絳色七絹反一又七線反　二二六頁一一行

原卷「又七」作「七又」，案當作「又七」也。

汴 水名在口留　二二六頁一二行

原卷「口」殘存作「阝」，案「阝」蓋「陳」字之殘文也，據廣韻補。

閞 門欂櫖又音餅出文加　二二六頁一二行

案「櫖」當作「櫨」，「文」上脫一「說」字。

襈 ……訓也……直戀反又……專丁戀二反一直　二二六頁一三～一四行

原卷殘存作「襈訓也直戀反又直專丁戀二反一」，案注文蓋「傳」字之訓也。廣韻「襈」訓作「緣也」。

□ 貪慕又姓列仙傳有羨門似面反二　二二六頁一四～一五行

原卷「□」殘，案當係「羨」字也。

傳 卸馬又直戀直專二反　二二六頁一六行

案王二、廣韻「卸馬」作「郵馬」，是也。

衍 水溢也豐饒□線反又羊淺反四　二二六頁一六行

原卷「□」一作「矛」，案當作「予」。又此本「饒」下脫一「也」字。

狿　獌狿大獸名長八十尺　二二六頁一七行

案廣韻「長八十尺」作「長八尺」，惟文選西京賦云：「巨獸百尋，是為曼延。」薛綜注云：「大獸，長八十丈。」（註三十七）

○卅四嘯韻

眺　二二八頁一二行

案當作「眺」，下文「覜」「頫」「趒」「咷」諸从兆之字，并當从兆。

窱　叫窱深邃皃　二二八頁二二～二三行

案廣韻「窱」訓作「窅窱，深邃皃」，此本「窱」當作「窱」，唐寫本偏旁亻彳常不分。又「叫」字當作「窅」，蓋涉上文「咷」訓而誤也。

瘹　魚々　二二八頁二三行

案廣韻「瘹」訓作「瘹星，狂病」，下出「釣」訓作「釣魚」，此本脫「瘹」字之注文及正文「釣」。

窵　說文六窵窅深也加　二二八頁二三～二四行

案「六」字當作「云」。

尿　亦作弱奴弔反一　二二八頁二五行

原卷「弱」作「溺」，彙編誤。

掉　振也搖也又徒了反　二二八頁二六行

原卷「反」作「也」，案「徒了也」當作「徒了反」。

竅　穴古弔反二　二二八頁二七行

案「古」字，王一、王二、全王、廣韻并作「苦」，當據改。

○卅五笑韻

笑 說文云字林竹犬又作咲私妙反二　二二九頁一行

案「林」蓋「从」字之誤。惟說文原無「笑」字。大徐說文云：『此字本闕。臣鉉等案：孫愐唐韻引說文云：「喜也。从竹从犬。」而不述其義。今俗皆从犬。又案：「李陽氷刊定說文：从竹从夭。義云：竹得風，其體夭屈，如人之笑。」未知其審。』（註三十八）又此本注文末「二」當作「三」，蓋所列韻字實三字也。

鞘 刀鞘又作鞘　二二九頁一行

案和名類聚鈔五引唐韻云：「劍鞘，刀室也。」（註三十九）王一、王二、全王、廣韻訓與此本同。疑此本注文上「鞘」字當作「鞘」，抑注文有誤歟？

糶 光〻　二二九頁三行

案「糶」當作「糶」。

召 呼真少反一加　二二九頁四行

案「真」蓋「直」字之誤也。

郄 姓出魏郡周文王子郄公奭之後寔照反三　二二九頁四行

案「郄」當作「邵」，「奭」當作「奭」，「三」當作「二」。

瞟 置風日中令冷　二二九頁六行

案廣韻「冷」作「乾」。

⿰要羽 飛白出字林加　二二九頁七行

案「⿰要羽」當作「翲」，通作「翲」，本韻从要之字仿此。又「白」蓋「皃」字之誤也。

誚 債 二二九頁七～八行
原卷「債」作「責」，彙編誤。

燎 照一曰霄田又放火力召反又力小反七加三 二二九頁九行
案「霄」當作「宵」。

趬 行輕皃五召反二 二二九頁一一行
案「五」蓋「丘」字之誤也。

□ 漢複姓五氏說反又失文姓苑師氏照沼反二 二二九頁一三～一四行
案廣韻「少」訓作「幼少。漢書曰：少府，秦官。掌山海池澤之稅，以給供養。又漢複姓。五氏：說苑：趙簡子御有少室，周魯惠公子施叔之後有少施氏。家語：魯有少正卯；孔子弟子有少叔乘。何氏姓苑有少師氏。失照切，又失沼切，二。」此本脫誤殊甚。至其切語，「照」上當補一「失」字。

眺 祭五召反一 二二九頁一四行
案「眺」，即「眺」字也。惟此字當从肉作「朓」。

○卅六効韻

効 □力効驗胡教反四加一 二三〇頁一一行
原卷正文殘存左半，案廣韻「效」訓作「具也，學也，象也，又效力；效驗也，胡教切」，下出「効」字，注云：「俗」，則此本注中作「効」，正文亦當作「効」。上田正氏校文標目作「郊」者，蓋誤也。

斆 學文作斆 二三〇頁一一行
案「文」當作「又」。

窖 □く 二三〇頁二行

原卷「口」作「倉」。

校 檢校又孝挍 二三〇頁二行

原卷「檢校」殘存作「杴扠」，彙編逕予補正。案「孝挍」當作「考校」，「挍」當从「木」旁。

鉸 〻刀力裝鉸 二三〇頁三行

案「力」當作「又」。

孝 〻順風俗通云齊孝公之後呼教反三 二三〇頁四行

案「順」下脫「又姓」二字。

䶂 玉篇云鼠屬能飛食虎豹出胡又音酌加 二三〇頁六、七行

案廣韻「出胡」作「出胡地」，此本脫「地」字也。

趠 行皃禇教反二 二三〇頁九行

案「禇」當从衣作「褚」。此本从衣之字，均誤从示。

⿱削手 水小又作⿱削木 二三〇頁一〇行

案王一、王二「⿱削手」作「木小」，全王作「小木」，廣韻作「木上小」。此本「水」蓋「木」字之誤也。蔣氏校勘記正文作「削」者，誤也。

濯 涗衣又直角反 二三〇頁一一、一二行

案「涗」為「浣」之別體。

橈 木曲又教反又奴招反三 二三〇頁一一行

案上「又」字蓋「奴」字之誤也。

吏 亦靜又作鬧也 二三〇頁一一行

案「也」當在「靜」字之下，或視為衍文。

癄 縮小又作瘌 二三〇頁一二行

案廣韻「癄」訓作「縮也，小也，亦作瘶」，此「瘌」蓋「瘶」字之誤也。

鞄 治口 二三〇頁一二～一三行

原卷「口」殘存作「支」，案蓋「皮」字之殘文也。案廣韻「鞄」訓作「持皮」，唐韻卅諫「諫」訓作「漢有持書侍御史諫忠」，為避唐高宗諱，「治書」改作「持書」，此處「治」字未避，蓋疏忽所致也。

杪 略取又鈔初…… 二三〇頁一三行

原卷「杪」作「杪」，即「抄」字也。廣韻「抄」訓作「略取也，初教切」，下出「鈔」字，注云：「上同。」此本「又」下脫一「作」字也。

○卅七号韻

纛 左纛以牦牛尾於左騑為之大如牛繫馬軛上 二三一頁二～三行

案「牦」當作「旄」，「大如牛」當作「大如斗」，廣韻「纛」訓作「左纛。以犛牛尾為之。大如斗，繫於左騑馬軛上」。

燾 覆也……六徒刀……加 二三一頁三行

案「加六」非「燾」字之訓。廣韻「燾」訓作「覆也，又徒刀切」，「䆃」訓作「嘉禾，一莖六穗」，此「燾」注訓下當係正文「䆃」字，訓作「嘉禾，一莖六穗，出說文，加」。

倒 く懸……當老反 二三一頁四行

案「懸」下一字當係「又」字。

髙 く車又音高 二三一頁五～六行

原卷「髙」殘存作「高」，案當係「膏」字之殘文也。

䫌 長頭 二三一頁六行

案廣韻「䫌」作「⿰麦頁」。

奡 陸⋯⋯舟 二三一頁六行

原卷「陸」字下一字尚可辨作「地」字。案廣韻「奡」訓作「陸地行舟人也」。

芼 菜香食又擇也 二三一頁七行

案廣韻無「香」字。又「香」字，王一、全王同，案當作「着」。

□ ⋯⋯物又姓⋯⋯到反 二三一頁九行

原卷殘存作「⋯物又姓⋯到反」，案「□」當係「嫪」字也，據王二、全王、廣韻補。又注文當作「悋物又姓郎到反」。

暴 侵暴曝薄報俗作反四 二三一頁一一～一二行

原卷「侵」作「㑴」，案當作「侵」，唐寫本偏旁亻彳常不分。

報 々告又作嬈日報博耗反一 二三一頁一二～一三行

原卷「日」作「曰」。案廣韻「報」訓作「報告，又下婬曰報，博耗切」，則此本「作」當作「下」。

漕 水運一穀在到反一 二三一頁一三行

原卷「運」作「連」，案當作「運」。

奥 深也鳥到反六加一 二三一頁一三行

案「鳥」蓋「烏」字之誤也。

瘙 二三一頁一五行

案當作「瘙」。

好 愛好亦作壁孔也𤣩周礼又出纂文 又呼老反加 一二三一頁 一七～一八行

案廣韻「好」訓作「愛好，亦璧孔也，見周禮，又姓，出纂文，又呼老切」，此本衍「作」字，上「又」下脱一「姓」字。

○廿八箇韻

箇 數又作个古〻賀反一 一二三二頁 一行

原卷「个」作「介」。案當作「个」。

賀 慶也又人姓出會稽 河南二望本齊公慶族封之後漢侍中慶純辟安帝諱改為賀氏南燕錄有輔国大將軍賀賴盧後魏書又有賀⋯賀兒賀遂賀悅□氏胡箇反一 一二三二頁 一～三行

原卷「侍」作「侍」，「□」殘存作「刂」，蓋「等」字之殘文也。案廣韻「賀」訓作「慶也，擔也，勞也，加也，亦姓，出會稽河南二望，本齊之公族慶封之後。漢侍中慶純避安帝諱改為賀氏，又虜複姓九氏，北俗謂忠貞為賀，魏孝文以其先祖有忠貞之稱，遂以賀若為氏。周書賀蘭祥傳曰，其先與魏俱起，有紇伏者為賀蘭莫何弗，因以為氏，賀拔勝傳云，其先與魏俱出陰山，代為酋長，北方謂土為拔，為其總有地土，時人相賀，因為賀拔氏，後自武川徙居河南也。南燕錄有輔國大將軍賀賴盧。後魏書有賀葛、賀婁、賀兒、賀遂、賀悅等氏，胡箇切」，此本刪削甚多，且多誤亂。

㾃 疾 二三二頁 五行

原卷「疾」作「病」。

襬 婦人⋯⋯ 二三二頁 六行

原卷「襬」作「襬」，當作「襬」，唐寫本偏旁衣示常不分。廣韻「襬」訓作「婦人衣」。

□ ……口口反二……不平…… 二三二頁六～七行

原卷殘存作「□口箇反二可不平」，案廣韻「坷」訓作「坎坷不平也，口箇切」。

○卅九過韻

盉 說文云調味加 二三三頁一行

原卷「味」作「未」，案當作「味」。

挫 攉也則臥反三 二三三頁一行

案廣韻「挫」訓作「摧也」。此本「擢」當作「摧」。

磨 摸臥反又莫禾反二 二三三頁二行

案「二」當作「三」，蓋所列正文實三字。

懦 二三三頁二行

案廣韻作「愞」，注文有「或從需」之語。此本當作「懦」。

壖 沙土而緣如兗反反 二三三頁二行

原卷上「反」字作「二」。案「而緣」上脫一「又」字。

破 人壞又虜三姓普過反二 二三三頁二行

案「姓」上脫一「字」字。

涴 泥着物亦作污烏臥反又烏官於阮二反一 二三三頁三行

原卷「於」下有一「院」字，蓋衍也。

○卅禡韻

鄢 縣名在音犍為又馬 二三四頁二～三行

原卷「犍」作「揵」，案當作「犍」。

嫁 家也人謂歸故婦曰嫁 二三四頁三～四行

原卷「歸」作「婦」，案廣韻「嫁」訓作「家也，故婦人謂嫁曰歸」，此本「婦曰嫁」當作「嫁曰歸」。

架 く架 二三四頁三行

案王一、王二、廣韻「く架」作「架屋」，當據改。

椵 二三四頁四行

案廣韻作「椵」。

假 借也木假又古雅反 二三四頁五行

案「木」當作「休」。

晉 姓現饕囗文及字加 二三四頁六～七行

原卷「囗」作「統」。

嚇 笑聲呼牿反又呼格反五 二三四頁七行

案「牿」字當作「訝」。

罅 吼く 二三四頁七行

案「吼」當作「孔」。

迓 迎也五駕反四加一 二三四頁八行

原卷「五」作「吾」。

犽 獸名貝 三三四頁八～九行

案「貝」字衍。

哆 く吳多大口 二三四頁一〇～一一行

案廣韻「哆」訓作「哆吳，大口」，此本「多」字衍。

擡 臺く 二三四頁一五行

原卷「臺」作「臺」，案當作「臺」。

暇 閑胡駕反二 二三四頁一六行

原卷「暇」作「暇」，案「暇」「暇」正俗字，廣韻云：「俗作暇」。

褅 二三四頁一六行

案當作「褅」。

夜 半謝反三 二三四頁一八行

原卷「半」作「羊」，彙編誤。

趚 怒一曰反又丑 牽究夜各反一 二三四頁一八～一九行

原卷「究」作「充」，彙編誤。案此本「充」下脫切語下字，廣韻注文作「怒也，一曰牽也，色夜切，又丑格切」（「色」字澤存堂本、巾箱本并作「充」）。又原卷「各」係殘存之右半，當係「格」字之殘文也。

瀉 吐瀉又音土寫 二三四頁二〇行

案「土」字衍。

炙 く肉說文從肉又之石反 二三四頁二一行

案和名類聚鈔四引唐韻云：「炙，炙肉，說文字從肉火。」蔣斧氏曾據此本从「夕」，以證明其為陸氏切韻元本。（註四十）

借 假貸又將夜反四加一又姓始 二三四頁二二行

原卷殘存作「借假貸又將」「□又姓始夜反四加一」，案「□又姓始夜反四加一」係「舍」字之注文也。廣韻「借」訓作「假借，又將昔切」，「舍」訓作「屋也，又姓，古作舍，始夜切」。

厍 姓出姓苑今台括 有之昌舍反加 二三四頁二三行

案「昌舍反」上當有一「又」字，此本脫也。

射 獵〻 周礼有五射白矢叅……注讓尺井儀又 姓三輔決錄云漢末大鴻臚射咸本姓名 服与北地謝同族天子以為將軍出征不 祥改為射氏神夜反又亦夜反二音 二三四頁二三～二五行

案周禮保氏：「三曰五射」，注云：「鄭司農云：五射：白矢，參連，剡注，襄尺，井儀也。」廣韻引文「連」作「逺」，「襄」作「讓」。蔣氏校云：『按：此注多譌奪，廣韵亦有譌。射臘應作射獵，五射据周礼保氏注為：「白矢，叅連，剡注，襄尺，井儀。」「射咸本姓」下奪一「謝」字，「天子以為將軍出征」下奪「姓謝名服」四字。末「音」字衍。』（註四十一）

覇 二三四頁二六行

案此為「霸」字之俗，當作「霸」。下文「㶚」當作「灞」。

垻 蜀人謂平川 為平垻加 二三四頁二八行

案廣韻無下「平」字。

崋 山西嶽又作崋又姓出平原殷湯焉 之〻後宋戴公考父食菜於崋其後氏 二三五頁三〇～三一行

案「考」當作「考」。

誸 扗所化 反一 二三五頁三二行

案王一、王二、廣韻并訓「枉也」，此本「扗」當作「枉」也。

嗄 老子云終日號而 不嗄於介反三加一 二三五頁三四行

案「於」上當有一「又」字，此奪正切也。廣韻「嗄」字切語作「所嫁切，又於介切」。

沙 周礼云烏䴛色而沙鳴注云沙嘶也 二三五頁三五行

原卷「䴛」作「𪆂」，案當作「䴛」。

蛇 水毋也一名蜻形如羊冐無目以蝦為目除駕反一 二三五頁三五～三六行

案「蜻」字，廣韻作「蟦」，又「冐」當作「胃」。

○卌三漾韻

漾 二三六頁一行

案當作「瀁」。

羕 水長 二三六頁一～二行

原卷「羕」作「羕」，案當作「羕」。又廣韻「羕」訓作「長大也」。王氏校勘以為此本「水」當作「永」，蔣氏則引王二注文「長大皃。又水長也」，而謂此本應參照王二校正之。（註四十二）

諒 信 又漢姓 後漢有諒輔 二三六頁二～三行

案「諒」當作「諒」，唐寫本京京常不分。下文「掠」「𤛓」字并同。又「又」字下衍一「漢」字。

犉 雜牛色 二三六頁三行

原卷正文作「犉」，當作「𤛓」。

就 字統云事有不善曰就薄又姓加也 二三六頁四行

案廣韻「就」訓作「字統云事有不善曰就薄」，此本「就」當作「就」，又注文末「也」字衍。

讓 退讓責人 樣反二 二三六頁五行

案廣韻「責」下有「讓」字，此本脫也。又「樣」當作「樣」。

攘 文字指歸揖又音攘 二三六頁五行

案廣韻「揖」下有「攘」字，此本脫也。

餉 ⋯⋯潰式⋯⋯五 二三六頁五行

原卷「潰」字殘。案廣韻「餉」訓作「餉饋，式亮切」，彙編「潰」蓋「饋」字之誤也。

鄉 少時⋯⋯帳知反四加一 二三六頁六行

原卷殘存作「鄉少時又久」「帳知反四加一」，案「帳知反四加一」蓋「帳」字之殘存注文，非屬「鄉」之注文也。

張 〈強又陟良反加 二三六頁七行

原卷「反」下有「四⋮」，「⋮」係表塗去。

韔 弓衣又直亮反亦韔 二三六頁八行

案「亦」下當有一「作」字。

袒 達也一又丑曰長也兩反 二三六頁八～九行

原卷無「一」字，「曰」作「日」，彙編誤。

匠 工匠又姓風俗通云凡足亮反三氏於事巫卜陶匠是也疾加二 二三六頁一〇～一一行

案「凡」下「是」字衍。

瘴 熱出字林加 二三六頁一二行

案王二「瘴」訓作「病」，王二作「癘」，廣韻作「熱病」，此本蓋脫「病」字也。

尚 庶幾亦作高尚韻略云凡主天子之物皆曰尚尚毉尚食是又姓後漢高士尚子平又漢複姓有尚方氏時亮反三加一 二三六頁一二～一三行

案廣韻「尚」訓作「庶幾。亦高尚，又飾也，曾也，加也，佐也。韻略云凡主天子之物，皆曰尚。尚醫、尚食等是也。又姓。後漢高士尚子平。又漢複姓有尚方氏」，此本「亦」下「作」字衍。又「皆曰」下脫一「尚」字。

⿰氵壯　来く　二三六頁一四行

原卷「⿰氵壯」作「⿰氵壯」，當作「⿰氵壯」也。又「来」蓋「米」字之誤也。

創　初也懲也古作刅初□反三加一　二三六頁一五行

原卷「□」殘存作「主」，案王一、王二、全王切語并作「初亮反」，則「主」為「亮」字之殘文也。

妄　月滿与日相望以朝君亦祭名又姓何氏姓苑云今魏興人又音亡三　二三六頁一七～一八行

案此為「朢」與「望」二字之訓，非「妄」字之訓也。廣韻「妄」訓作「虛妄。又亂也，誣也。巫放切」；「朢」訓作「弦朢，說文曰：月滿與日相朢，以朝君也。又音亡」；「望」訓作「看望。說文曰：出亡在外，望其還也。亦祭名。又姓。何氏姓苑云：魏興人。又音亡」，此本脫「妄」字之注文及「望」「朢」二字，其注文亦亂。

況　匹擬說文□□皆從水又姓何氏姓苑云盧江人許訪反四加一　二三六頁一八～一九行

原卷「□□」作「石紅」，蓋「石經」之殘也。

舫　並兩舫又音訪　二三六頁二〇行

原卷「訪」殘作「訪」，案廣韻「舫」訓作「並兩船，又音謗」。王一、王二又音并作「補浪反」。不知此本「訪」是否即「謗」之殘文？

相　親也助也又姓□秦錄有馮翊□云作德獵賦又漢複姓三氏晉惠帝時空相機致平南將軍孟觀息亮反又息良反一也　二三六頁二〇～二一行

原卷上「□」作「後」，下「□」模糊，未可辨識。案廣韻「親也」作「視也」，「又姓」至「孟觀」作「又姓，後秦錄有馮翊相雲作德獵賦，又漢複姓，三氏前趙錄有偏將軍相里覽，又務相氏廩君之姓也，晉惠時空相機殺平南將軍孟觀」，此本多所脫誤。

○卌四宕韻

碭 石又山名縣名在□郡又音唐 二三八頁一行

原卷「□」殘。案廣韻訓作「石，又山名，又縣名，在梁郡，又音唐」。此本「縣」上脫一「又」字，「□」當係「梁」字。

浪 波浪譃浪魯當反五 二三八頁一～二行

原卷「譃」作「謔」，案當作「謔」。

閬 高門又州名在蜀又閬風崑崙□□ 二三八頁二行

原卷「□□」殘存作「夅石」，案蓋「峯名」二字之殘文也，廣韻作「峯名」。此本「峯」字皆書作「峯」。「峯」即「峯」字。

浪 〻瀁渠□在蘸 二三八頁二行

原卷「□」作「名」。

盎 盆又姓出何氏姓苑烏浪反一 二三八頁二～三行

原卷「何氏」二字殘，彙編補入。

讜 言中丁浪反四加一 二三八頁四行

案廣韻「言中」下有「理」字，澤存堂本同，巾箱本則無。

當 主當也又底亦音璫加 二三八頁四行

案「底」下當有「也」字。

㼜 大瓮一曰井甃說文云大盆又姓姚弋仲將㼜州虎 二三八頁四行

案「瓮」當作「瓮」。

抗 以手抗苦浪反七 二三八頁四～五行
原卷「七」上有「四」字，蓋衍也。

伉 く儷敬也又姓漢有伉喜為中大夫出風俗通云 二三八頁五行
原卷「敬」作「敵」，彙編誤。又原卷「中」上有一「漢」字，彙編脫也。
又此本「云」字蓋衍。

亢 高也旱出姓也又姓苑 二三八頁五～六行
案「旱」當作「旱」。

搗…… 二三八頁六行
原卷注文殘，案廣韻「搗」訓作「排搗」。

纊 絮莊子作 二三八頁七行
原卷「作」殘存作「亻乍」。王氏注文引作「絮莊子口口口」，校云：「莊當作莊，子下所闕疑洴澼絖三字，絖纊同字。」蔣氏注文引作「絮莊，子作絖。」校云：「子乃又之譌。」（註四十三）疑二氏所校，均未是，當作「絮，莊子作絖」。「絖」字即據莊子補入。

喪 亡也亦通息郎反又音桑一 二三八頁七行
案「郎」當作「浪」。

欓 廣疋云椎打也亦擴反二 二三八頁七行
案正文當作「欓」，唐寫本偏旁木扌常不分。又林炯陽切韻系韻書反切異文表云：『彙編、影印本并作「亦擴反」，蓋「乎曠反」之誤。』蔣氏引廣韻或體作「擴」而云：「此注亦擴二字非反切，乃亦作擴，奪一作字。又奪反切。」（註四十四）今从林氏所校。

## ○卌五敬韻

敬　恭敬又姓陳敬仲之後出平陽風俗通後有揚州刺史敬歆居慶反三也　二三九頁一行

原卷「揚」作「楊」。案當作「揚」。又此本「有」上脫一「漢」字。末「也」字衍。

鏡　晉有大將軍失其頭視庭樹甘卓照鏡迺而頭在樹上　二三九頁一〜二行

原卷「晉」下殘二字，蓋「鎮南」也，據廣韻補。彙編補「有」字，蓋誤。

競　亦作鏡爭也強渠敬反四　二三九頁二行

案「強」下脫一「也」字。廣韻「競」下出「竸」，注云：「俗。」疑此本「競」爲「竸」字之誤。

鞕　堅牢也亦作硬五孟反一　二三九頁三行

原卷「牢」作「窂」，當作「牢」，唐寫本偏旁宀穴常不分。

慶　賀也福也亦姓左傳齊慶師忌慶父三氏大夫慶封又漢複姓有姓苑丘敬反一　二三九頁三〜四行

案「忌」上脫一「慶」字，「姓苑」上脫一「出」字。

更　易也說文又古衡反一　二三九頁四行

案「古衡反」一係又音，正切蓋奪。廣韻「更」切語作「古孟切，又古衡切」。又「更」一說文作「㪅」，此本「說文」下誤脫「作㪅」二字。

命　使也教也說文從口令眉病反一　二三九頁四行

原卷「令」作「今」，案當作「令」。

孟　長也免也莫更反三　二三九頁五行

案廣韻「孟」訓作「長也，勉也，始也，又姓，出平昌武威二望……」。此本「免」當作「勉」。

潢　小津一曰船渡出說文　二三九頁六行

原卷「津」作「律」，案當作「津」。又此本「潢」字當作「潢」，唐寫本偏旁才木常不分也。

怟　心怟〈憂皃也　二三九頁六行

原卷「〈」作「三」，案當作「〈」。

邴　邑又姓左傳晉名大夫邴殘加　二三九頁六～七行

原卷「晉」一殘存作「畓」，案當作「魯」。

滎　二三九頁七行

案當作「滎」。

行　景胡孟……郎胡庚迹二反又胡口反二　二三九頁七～八行

原卷「孟」下殘存「ㄨ」，蓋「反」字之殘文也。末「反」字上殘存作「氵」，蓋「浪」字之殘文也。又「胡孟反」下當係「又胡」二字。

口　……也楚敬反一　二三九頁八行

案原卷「口」殘。當係「瀧」字也，據王二、廣韻補。

掌　耶柱地他孟反一　二三九頁八行

案「掌」當作「掌」，「地」當作「也」。

……所敬反又所京反一　二三九頁九行

原卷殘存作「呈呈主所敬」「反又所京反一」，案「主」蓋「生」字之殘文也。

○卌六諍韻

逬　散諍　二四〇頁一行

原卷注文殘存此二字。案廣韻「逬」訓作「散也，北諍切」。

□……集略綠郭璞江賦云瓔以蘭紅鷺迸反又烏耕反一　二四〇頁一行

原卷作「□……宗略珛泳」「郭璞江賦云瓔以蘭紅鷺迸反又烏耕反一」，案廣韻「瓔」訓作「文字集略云：襴錯綠。郭璞江賦云：瓔以蘭紅，鷺迸切」。彙編「綠」字誤，且注文錯亂。

○卅七勁韻

勁 く居居正反一　二四一頁一行

原卷上「居」字作「健」，彙編誤。

聖 風俗通云聖者聲也……聞聲知情故曰聖式　二四一頁二行

原卷「也」下有一殘文作「亠」，案當係「言」字之殘文也。原卷「式」下一字殘存作「王」，案當係「正」字之殘文也。又「式正」係反切，其下當為「反」字。

□ 自媒衒又音程　二四一頁二行

原卷「□」殘，案當係「呈」字，據廣韻補。

性 く行息正反姓　二四一頁三行

案「姓」字衍。又切語下脫「二」字，蓋此紐韻字實二字也。

姓 過く氏……貨直傳……　二四一頁三行

原卷「直」作「殖」，彙編誤。案廣韻「姓」訓作「姓氏，說文云：姓，人所生也，古之神聖母感天而生子，故稱天子，从女生聲。又姓，漢書貨殖傳臨菑姓偉貲五千万」。疑此本「過」字衍。

□……也……命也力正反又力盈反一　二四一頁三行

案廣韻「令」訓作「善也，命也，律也，法也，力政切，又力盈切，又歷丁切」，此殘存之注文蓋「令」字之注。

騁 二四一頁三行

案當作「騁」，下文「娉」當作「娉」。

夐 遠也休正反三加 二四一頁四行

原卷「加」下殘一字，當補「一」字，蓋下列有新加「嫈」一字也。

□ 自言長 二四一頁四行

原卷「□」殘存作「𠃌」，案廣韻「詷」字即訓作「自言長」。此本正文當係「詷」字。

偋 隱避又庰字統云廁也防正反又蒲徑反一 二四一頁五行

案王一、王二「偋」并訓「隱僻」，廣韻訓作「偋，隱僻也，無人處。字統云：廁也。防正切，又蒲徑切」，此本「避」當作「僻」，「又」下當有一「作」字。

□ 溫〻 二四一頁五行

原卷正文殘存作「氵」，王氏校云：「此當即溫凊之凊。」（註四十五）

請 延請亦朝請漢官名張禹首為之又秦盈親井二反 二四一頁六～七行

原卷「盈」右旁有「置」字，蓋寫者以己意改「秦盈」作「秦置」，惟此係切語，作「秦置」者蓋誤。

盛 名也又姓後漢西羌傳有北地太守盛苞其先姓奭避元帝諱改姓盛承正反又音成三 二四一頁七行

案「名」當作「多」，「氶」當作「承」。廣韻「北地」改作「北海」，蓋誤。

○卌八徑韻

經 〻緯又古靈反 二四二頁一行
原卷「緯」作「諱」，案當作「緯」。

倭 諂一曰才或作倭 二四二頁二行
案廣韻「倭」訓作「諂也，一曰才也，俗作倭」，以「倭」為正字，「倭」為俗字，此本「倭」當作「倭」。

定 安說文從正正也徒脛反二 二四二頁三、四行
案注文衍一「正」字。

迋 朝迋又音亭 二四二頁四行
原卷「朝」作「胡」，案當作「朝」。

汀 〻灐不遂志又音聽加 二四二頁六行
案此本脫「汀」字之注文及正文「忊」字。詳見本篇「王二校勘記」校文。

侹 徑〻 二四二頁六行
案「徑」當作「俓」，唐寫本偏旁彳亻常不分也。

靘 ……青黑……反一 二四二頁七行
案廣韻「靘」訓作「䩄靘青黑，千定切」。

○五十五證韻

勝 〻負詩證反又詩陵反三 二四三頁五行
原卷正文作「勝」，案廣韻「勝」訓作「勝負。又加也，克也。亦州名。春秋時戎狄地；戰國時晉趙地；漢雲中五原也。隋置榆林鎮，屬雲州；唐武德中改為勝州。」蔣氏校云：「按：廣韻注明地名及其沿革，暨唐時改置年代，而唐韻則未言地名，更未將唐時改置年代注入，先惠謎其未將唐代創置外」

入注中，正是孫氏未改正之本也。」（註四十六）

瞪 直視皃陸本作胎直證反一 二四三頁五〜六行

案注文「陸本作胎」，當是孫愐所加，王氏舉以為此本是孫書之證也。（註四十七）

餕 馬食穀氣流下里甑反一 二四三頁六行

案廣韻「餕」訓作「馬食穀多氣流四下也，里甑切」（註四十八）此本恐有脫文。

秤 平斤兩者又昌陵反 二四三頁六〜七行

原卷「秤」作「⿰礻平」，案廣韻作「秤」，當據改。

丞 縣名在東海主行所居常證反又音承一 二四三頁七〜八行

案「主行」當作「匡衡」。廣韻「丞」訓作「縣名，在沂州，匡衡所居，常證切，又音承」。

殑 內典有殑伽其饒反又其陵反一 二四三頁八行

案「饒」蓋「餕」字之誤。

○五十六嶝韻

亘 甬□方言云竟也古鄧反四 二四四頁二行

原卷「甬□」殘存作「通六」，案當係「通度」二字也。

堋 蜀王本記云張若雝江作堋溉 二四四頁五行

案廣韻「⿱穴朋」訓作「束棺下之，說文作堋，喪葬下土也，方隥切」，下出「堋」，訓作「上同，又壅江水灌溉曰堋」。此本注文有脫誤。

僜 〻蹬行皃魚鄧反二 二四四頁五行

原卷「魚」殘作「魚」，案當係「魯」字之殘文也。

○卌九宥韻

宥 寬也觀也丁救反十一加一（二四五頁一行）

案「丁」蓋「于」字之誤。又王二、廣韻有「寬也」一訓，而無「觀也」之訓，疑此本「觀」當作「勸」。

盍 板水器（二四五頁二行）

原卷「板」作「扳」。案廣韻「盍」訓作「抒水器也」，與今本說文合。

疚 顫疚亦作㾓蒼頡篇云病也（二四五頁二行）

案今本說文「㾓」訓作「顫也，从頁尤聲」，此本「碩」當作「㾓」。

侑 勸食（二四五頁二、三行）

案「勤」當作「勸」。

媾 說文云遇也（二四五頁三行）

案今本說文「媾」訓作「耦也」，廣韻訓作「偶也」。此本「遇」蓋「耦」字之誤也。

殺 護也又姓風俗通漢有諫議大夫殺人居祐反七加一（二四五頁三、四行）

案「殺」當作「救」，通作「救」。又「人」當作「仁」。

廄 馬舍又姓癸廊並出何氏姓苑也（二四五頁四行）

原卷「廊」作「廏」，藻編誤。案廣韻「廏」訓作「馬舍。釋名曰：廏，聚也。生馬之所聚也。入癸廏，並姓。出姓苑。俗作廐」。王一訓作「養馬。」王二訓作「馬舍。廐者，㞐聚也，馬之所聚也。」蔣氏校云：『注中行「並也」二字。』（註四十九）

冑 胤也冑子国名亦介冑又八姓出何氏姓苑直祐反 二四五頁五行

原卷正文作「冒」，案當作「冑」。廣韻「冑」訓作「冑子國子也，說文曰：裔也。又姓，出姓苑。直祐切」。此本「国名」當作「国子」。「国」即「國」字。

籀 史籀周宣大史名蓫書 二四五頁六行

案廣韻「籀」訓作「史籀，周宣王太史名，造大篆」，此本二「籀」字并當作「籀」，「宣」下脫一「王」字，「蓫」疑是「造篆」二字之誤也。

疛 心福病又作𤸫 二四五頁七行

案廣韻「疛」訓作「心腹疾也」，「福」疑「腹」字之誤也。

臭 凡氣之惣又俗作臰尺救反一 二四五頁九行

案「惣」下脫一「名」字。

琄 朽玉出說文加 二四五頁一〇行

原卷「朽」作「衧」，案當作「朽」。

舊 故也亦人姓出何氏苑巨救反二 二四五頁一一行

案「苑」上脫一「姓」字。

柩 屍栖礼注云在床曰屍在棺曰柩之言久也 二四五頁一一～一二行

案「屍栖」當作「屍柩」，又「之」上脫一「柩」字。

瘦 二四五頁一二行

原卷作「瘦」，案當作「瘦」。

副 貳也又虜複姓副呂氏後改為氏後魏書敷救反五加一 二四五頁一三～一四行

案「改為」下脫一「副」字。

瘦　一二四五頁一四行

原卷作「瘦」，案當作「瘦」。下文「瘦」字同。

冨　豐於財又姓左傳周大夫冨辰方副反三　一二四五頁一五行

案「冨」當作「富」，唐寫本偏旁「冖」「宀」常不分也。又「豐」當作「豐」，「辰」當作「辰」。

鍑　釜大口一曰小釜　一二四五頁一六行

原卷無「曰」字，蓋原卷脫也。

畜　丑救反畜也養也又許郁反有也又丑六反聚也二加一　一二四五頁一六～一七行

案此本例先訓後切語，此注先切語後訓，蓋寫者疏忽也。又注文「畜」上當有「六」字。

俞　姓有司徒掾俞連加　一二四五頁一七行

案廣韻「姓」下有「漢」字。

瘶　一二四五頁一七行

案當作「瘶」，注文中之「瘶」字同。

瘤　赤瘤腫病出說文集略　一二四五頁一八～一九行

原卷「病」下尚殘一字作「[illegible]」，當係「也」字之殘文也。又「說文集略」當从廣韻作「文字集略」。

留　宿留停待音繡又音凤流反　一二四五頁一九行

案王氏校云：「案待字下奪宿字，又流反二字衍文。」惟蔣氏校云：『「停待」下據廣韻補「也宿」二字即妥。又下衍一「音」字（宿字為息救反）。此係加字，注末應有一「加」字。』（註五十）案廣韻「留」訓作「宿留，停待也，宿音秀」，「宿」訓作「星宿，亦宿留，又音夙」。

媨　媿老嫗皃出說文加　二四五頁二一行

案今本說文「媨」訓作「醜也，一曰老嫗也，从女酋聲，讀若蹴」，此本「媿」當作「醜」，「醜」下疑有一「也」字。「皃」當作「也」。

口　服飾盛皃　二四五頁二五行

原卷正文殘，案廣韻正文作「褎」。

授　付也又姓出何氏姓苑承口反三　二四五頁二五行

原卷「口」殘存右半「兄」，廣韻反切作「承呪反」，則「口」當係「呪」字之殘文也。

售　賣去手　二四五頁二五～二六行

案廣韻「售」訓作「賣物出手」。王一、王二、全王并訓作「賣去」。此本脫一「物」字。

輮　車軔人又反一　二四五頁二六行

案廣韻「輮」訓作「車輞」，王一、王二訓作「車軜」。此本「軔」當是「軜」之誤。

○五十候韻

候　口候又姓周礼有候人其後氏焉胡溝反十加一　二四七頁二一行

原卷正文殘存作「亻」，彙編補全。原卷「口」殘存作「亻」，案當係「伺」字之殘文也。又原卷「溝」殘存作「冓」，案當是「遘」字之殘文，而「遘」字，廣韻作「遘」。彙編作「溝」，誤。

睺　口盲　二四七頁二二行

⿱䜌魚　郭璞山海經云形如惠文冠青黑色十二足長五尺似蟹雌常負雄漁者取之必得其雙子如麻子南人以為⿱將黑加　二四七頁三～四行

案廣韻「睺」訓作「半盲」。案廣韻「郭璞」下有「注」字，「五」下有「六」字，蓋此本脫也。又廣韻「⿱將黑」作「醬」，當據正。惟廣韻「惠」作「車」，蓋誤。

寇　く暴出馮翊苦候反五　二四七頁四行

案廣韻「寇」訓作「鈔也，暴也。又姓，出馮翊河南二望，陳留風俗傳云：浚儀有寇氏，黃帝之後。風俗通云：蘇忿生為武王司寇，後以官為氏，苦候切」，此本多所刪削。

⿱殸女　く⿱敄酉無暇　二四七頁五行

原卷「暇」作「睱」，案當作「暇」，唐寫本偏旁日目常不分。又此本「⿱殸女」當作「⿱殸女」，「⿱敄酉」當作「瞀」。

貿　く易又姓何氏姓苑云東苑人　二四七頁六行

案廣韻「東苑」作「東莞」，當據改。

⿱亠⿻牙𧘇　廣⿱亠⿻牙𧘇東西曰廣南北⿱亠⿻牙𧘇　二四七頁七行

原卷「北」下有「曰」字，彙編脫。又原卷注文「⿱亠⿻牙𧘇」作「⿸广⿻牙𧘇」，案當作「⿱亠⿻牙𧘇」。

懋　二四七頁七行

案當作「楙」。

豆　穀豆又姓後魏有將軍豆氏田徒候反九　二四七頁八行

案廣韻「豆」訓作「穀豆，物理論云：菽者眾荳之名也。又姓，後魏有將軍豆代田，候切」，此本「豆氏田」當作「豆代田」，又廣韻脫切語上字。

竇 水竇又姓扶風觀津二望風俗通云夏后相□逃自竇而生少康其後氏焉也 二四七頁八～九行

原卷「□」作「妃」。案此本「姓」下脫一「出」字，注文末衍一「也」字。

荳 く寇藥名 二四七頁一〇行

案「寇」當作「蔻」。

脰 須 二四七頁一〇行

案王一、王二并訓作「項」，廣韻訓作「項脰」，此本「須」當作「項」。

梪 邊梪亦作豆 二四七頁一〇行

案「邊」當作「籩」。廣韻「豆」作「梪」，彙編廣韻校勘記云：「裋段改梪，案改梪則兩梪重出一聲，亦未是也。集韻有裋字，注祭福也。」（註五十一）

餖 飣 二四七頁一〇行

案廣韻「餖」訓「飣餖」，澤存堂本作「飣餖」。此本殆脫「餖」字也。又廣韻古逸本「釘」當作「飣」。

闘 く競又姓左傳楚有大夫闘伯比都豆⋯⋯ 二四七頁一一行

原卷二「鬭」字并作「鬪」。案當作「鬭」。又「都豆」係切語，其下當係一「反」字。

噣 鳥□或作味又丁㲉反 二四七頁一一行

原卷「□」作「口」。

𧦝 𧦝く不能言 二四七頁一一～一二行

案「く」當作「譳」。又二「𧦝」字并當从埤蒼作「⿰言豎」。

□ 除草□豆反三 二四七頁一二行

案廣韻「槈」訓作「說文曰：薅器也。篆文曰：槈如鏟，柄長三尺，刃廣二寸，以剌地除草，奴豆切」，下出「鎒」，注云：「上同，亦出說文。」再下出「耨」，注云：「上同，五經文字云：經典相承從耒久，故不可改」。王一「耨」訓作「奴豆反，除草」，「槈」訓作「枉，亦作□」，王二「耨」訓作「奴豆反，除草，從木三金並通」。此本正文當作「耨」或「槈」也。王二「三」為「耒」字之誤。

□ 搆擩不解 二四七頁一二〜一三行

案廣韻「擩」訓作「搆擩不解事」。

⿰豆欠 唾⿰豆欠又作豆 二四七頁一四行

案廣韻云：「俗又作哣。」

⿱执口 □……候陵……三 二四七頁一五行

案「……候三」為另一正文之注文，非屬「⿱执口」字注文也。廣韻「⿱执口」訓作「地名，又市由切」，「遘」訓作「遇也，古候切」。

購 □贖 二四七頁一六行

案廣韻「購」訓作「購贖」。

⿱殸牛 二四七頁一六行

案當作「⿱殸牛」。

句 ㄑ當又姓華陽国志云……大將軍時為之器語曰…… 二四七頁一七行

案王一、王二「句」并訓作「句檢」，廣韻作「句當，又姓，華陽國志云：王平、句扶、張翼、廖化並為大將軍，時人曰：前有王句，後有張廖。俗作勾」。此本「時」下當有「人」字。

嗾……□南夷名鹽　二四七頁一八行

案廣韻「嗾」訓作「使犬」，「⿰鹵奏」訓「南夷名鹽」。

漏……西隅謂之屋漏又……漏孔三　二四七頁一九～二〇行

原卷注文殘存作「之屋漏又西隅謂丁三」「漏孔」，案廣韻「漏」訓作「漏刻，說文曰：漏以銅受水，刻節，晝夜百刻。爾雅曰：西北隅謂之屋漏。又禹耳三漏」。

鏤　雕鏤也又姓漏並出何氏姓苑亦方誅反　二四七頁二〇行

案廣韻「鏤」訓作「彫鏤，書傳云：鏤，剛鐵也。又鏤漏，並姓，出何氏姓苑。又力誅切」。（註五十二）

屚　屋水下……屚縣名在交阯　二四七頁二〇行

案廣韻「屚」訓作「說文曰：屋穿水下也，从雨在尸下，尸，屋也。一曰𥮾屚，縣名，在交阯」。此本注文，當補作「屋穿水下也𥮾屚縣名在交阯」。原卷「屋」下脫一「穿」字。

⿰牛后　夔牛子加　二四七頁二二行

原卷「夔」殘存作「蘷」，案廣韻厚韻有「⿰牛后」字，訓作「夔牛子也」，候韻無此字。此本「蘷」當作「夔」。

○五十一幼韻

幼　少也說文從幺刀伊謬反一　二四九頁一行

案今本說文「幼」字訓「少也，从幺从力」，此本「刀」當作「力」。

繆　紕繆又姓傳中申公漢書儒林弟子繆生　二四九頁一行

案廣韻「中」作「有」。此本「中」或卽「有」字之誤。

〇五十二沁韻

浸　妭氣又浸淸天文志作祲子鴆反一（二五〇頁一行）

案「淸」當作「漬」。

鴆　鳥名云其鳥如□紫綠色有毒頸長七尺八食蛇蝮廣足雄名運日雌名陰諧以尾壓飲食則殺人直禁反二（二五〇頁二～三行）

原卷「□」殘存作「⺕」，案當係「鴞」字之殘文也，據廣韻補。廣韻「廣足」作「廣志」，王氏云：「案廣雅僅有『鴆鳥，雄者謂之運日，雌者謂之陰諧』二語，則廣韻作廣志云為是。」（註五十三）又「八」下廣韻有「寸」字，此本脫。

枕　く頭之壬反又之稔反二（二五〇頁四行）

原卷「壬」作「任」，彙編誤。又正文當作「枕」。

紟　牛舌下病又作噤齡紟巨禁反四（二五〇頁四行）

原卷「又」作「人」，案當作「又」。又此本「齡」當作「齡」。

敍　說文云持止亦作襟（二五〇頁五行）

案王氏、蔣氏并校云：「襟當作㩮。」（註五十四）

□　心中病亦作□出字林（二五〇頁七～八行）

原卷正文「□」殘存作「亠」，疑是「瘖」字之殘文也。廣韻「瘖」訓作「心中病，亦作㾝」。

罧　迩足云罧謂⋮水中魚得寒其中曰⋮之涔積柴於⋮捕取又⋮滛二反（二五〇頁八行）

案廣韻「罧」訓作「爾雅曰：槮謂之涔，郭璞云：今之作罧者，聚積柴木於水中，魚得寒入其裏藏隱，因以簿圍捕取。又息甚切。槮與罧同也」。此本

「寒」下脱一「入」字。

闖 從門出皃丑禁反一 二五〇頁九行

案王一「闖」訓作「從門出」，王二訓作「馬從門出皃」，廣韻訓作「馬出門皃」。此本、王一「從」上可補一「馬」字。

譖 讒疾蔭反一 二五〇頁九行

案「疾」疑「疰」字之誤。「疰」即「莊」之俗寫。

紞 掘地紞 二五〇頁一〇行

案王一「紞」訓作「圡紞」，王二訓作「圡一紞」，全王訓作「紞紞，圡也」，廣韻訓作「掘也，紞又赤黑色」，此本有誤脱。

○卌一勘韻

勘 挍也苦紺反四加一 二五一頁一行

原卷「挍」作「扙」，案當作「校」。

䘓 凝血又作啿 二五一頁一行

案廣韻「䘓」下出「𧖴」，注云：「上同。」此本「啿」當作「𧖴」。

𪉟 醎味享 二五一頁一行

案廣韻「享」作「厚」，「享」蓋「厚」字之誤也。

輱 〻軻壈也加 二五一頁一～二行

原卷正文殘存作「或」。案廣韻「輱」訓作「轗軻坎壈也」。

贛 ⋯⋯縣名南章貢二水合⋯⋯其處立縣便以為別 二五一頁二～三行

案廣韻「贛」訓作「縣名，記云：章貢二水合流，因其處立縣，便以為名。在南康郡。亦作贑」。此本「南」下當是「康記云」三字。廣韻「記」上亦脫「南康」二字。又此本注文末「別」字當作「名」。

琀 玉送終口く中五 二五一頁三行

案和名類聚鈔六引唐韻云：「琀，琀玉送終口玉也。」（註五十五）

傝 僋倸蘇紺反一 二五一頁五行

原卷殘存作「傝 僋倸」「蘇紺反一」，案注文當係「倸」字之訓，非屬「傝」字也。廣韻「傝」訓作「傝儑不自安，又吐盍切」，「倸」訓作「僋倸，蘇紺切」。

醰 酒味長徒紺反又音談二 二五一頁六行

案廣韻「酒味長」作「酒味不長」，誤。

贉 儑付反一 二五一頁六行

原卷殘存作「贉付錢」「儑以」「一反」，案「儑以」「一反」係「儑」字之訓，非屬「贉」字也。廣韻「贉」訓作「買物預付錢也」，「儑」訓作「傝儑，五紺切」。

〇卌二 闞韻

瞰 視 二五二頁一行

原卷「瞰」作「瞰」，當作「瞰」，唐寫本偏旁寫法無定，目日常不分。

濫 泛濫叨瞰反六濫盧加一 二五二頁一～二行

原卷「瞰」作「瞰」，當作「瞰」。

⿰女監 食也失俗多從水加 二五二頁二行

案王一、全王「⿰女監」訓作「僣差く」，王二訓作「不好也，過差也」，廣韻訓作「貪也，失禮也，過差也。俗作從水」。此本注文「食」蓋「貪」字之誤。「失」下脫「禮也」二字。餘不知是否另有脫文。

⿰鹵監 味……無 二五二頁三行

案廣韻「⿰鹵舀」作「⿰鹵舀⿰鹵監無味」。

凵 □戲物又作加 鋄呼濫反二一 二五二頁三～四行

原卷正文殘存作「貼」，案當係「⿰貝甘」字之殘文也。廣韻「⿰貝甘」訓作「乞戲物，或作斂，呼濫切」。

憨 害也果決也下瞰 反又呼甘反五加 二五二頁四行

原卷「瞰」殘存作「敢」，「加」殘存作「ナ」，彙編補全也。又「加」字下當有一「一」字，原卷殘。

□ 犬吠 聲 二五二頁四行

原卷正文殘，案作「獥」，據廣韻補。

譀 □□東觀漢記云雖誇 譀猶令人熱又呼甲反 二五二頁五行

案廣韻訓作「誇誕，東觀漢記曰：雖誇譀猶令人熱，又呼甲切」。此本「今」蓋「令」字之誤。

⿰月臽 炙合熱 亦作餡 出說 文加 二五二頁五行

案廣韻「⿰月臽」訓作「炙令熟，或作餡」。此本「合」當作「令」。

憺 恬靜亦作△口從 澹反又徒敢反五 二五二頁六行

原卷「作△口從」殘存作「仒忄彳」，案當作「作惔徒」，據廣韻補。彙編「徒」誤作「從」，且衍一「口」。

## 五十三豔韻

豔 美色亦作豔以 贍反四加一 二五三頁一行

原卷「瞻」作「贍」，彙編誤。

髯 〻領又人占反 二五三頁二行
案廣韻「領」下有「毛」字，此本脫也。

憸 快也又於驗反 二五三頁三行
案正文當从王一、廣韻作「憸」。

閃 闚頭舒贍反又舒餤反四 二五三頁四〻五行
案今本說文「閃」訓作「闚頭門中也，从人在門中」，廣韻引說文，「闚」字同。此本「闚」當作「闚」。

棪 舒操出字林也 二五三頁五行
案廣韻「棪」訓作「舒藻」，當據改。

槧 抻也又七廉才敢二反 二五三頁六〻七行
案廣韻「抻」作「揷」。此本「抻」當作「挿」。

占 章艶反占固也又職鹽反一 二五九頁九行
案此本體例，先訓後切語，此注先切語後訓，與體例不合，或寫者一時之失也。

○五十四掭韻

念 思又姓魏太傅念賢奴店反二 二五四頁一〻二行
案廣韻「魏」上有「西」字。

店 〻舍崔豹古今注云店置念反也所以置化鬻之物都六 二五四頁二〻三行
案「化」當作「貨」。

[illegible] 二五四頁五行

僣 擬□差也子念反一　二五四頁五行

案廣韻作「酓」。

案廣韻「僣」訓作「擬也，差也，子念切」。此本正文當作「僣」。下文「⿰目朁」當作「⿰目朁」。

兼 古念古嫌二反二　二五四頁六行

案注文當作「古念反又古嫌反二」。

傔 〈徒若念反二　二五四頁六行

原卷「徒」作「從」，「二」作「一」。彙編誤。

〇五十七陷韻

五十七陷□□反四　二五六頁一行

原卷「五十七」殘，彙編補入。「□□」殘存作「丿品」，案當係「户韽」二字之殘文也。

臽 二五六頁一行

案當作「臽」，本韻中从「臽」之字，皆當从「臽」。

䐄 說文云食肉不饜又膇䐄　二五六頁一行

原卷「云食」作「食云」，蓋誤倒也。

韽 不入聲於陷反三　二五六頁二行

案王一「韽」訓作「於陷反，下入聲」，王二同。廣韻訓作「下入聲，俗作韽，於陷切」，此本正文當作「韽」，又「不」蓋「下」字之誤也。

〇五十八鑑韻

⿱斬見 〈儳高危㒵子鑑反二加一　二五七頁二行

泥　深埿　溢蒲鑑　亦作　反一　二五七頁三～四行

原卷「㒵」作「白」，案當作「㒵」。王一、王二、廣韻「泥」并作「埿」。疑當據改。

覽　大瓮以瓮續漢書云盜伏　於覽覽下胡㰂反二加一　二五七頁四行

原卷「伏」作「犬」，案當作「伏」。注文王一作「胡㰂反，大瓮，續漢書：盜伏於覽下」，王二作「胡㰂反，大瓮，漢書：盜伏於く下」，全王作「胡㰂反，下」，廣韻作「大瓮，似盆，續漢書云：盜伏於覽下。胡㰂切」，此本「以瓮」當作「似盆」，注文「覽」上衍「覽」字。全王注文多所誤脫。王二「漢書」上當補一「續」字。

檻　二五七頁四行

案廣韻作「㯻」，本韻从「臥」之字均當作从「臨」。

鑱　く土具士㰂反　又士銜反四　二五七頁四行

原卷「土具」作「士具」，案當作「土具」。又「鑱」當作「鑱」。

韂　水門又作　儳出字林　二五七頁五行

案和名類聚鈔五引唐韻云：「韂，士陷切，韉之短也。」（註五十六）廣韻「韂」訓作「韂韉」，下出「欃」，訓作「水門，又作儳」。此本蓋脫「韂」訓及正文「欃」。

○五十九梵韻

劒　廣疋云龍□□可干將莫耶斷虵魚腹純鈞燕支蔡偷屬鏖干……駱　里陽……閭並劒也崔豹古今注云吴大皇帝有寶劒六曰一曰□二　曰紫電三曰□耶四曰流星五曰青冥六曰百里列云孔周有三劒一　曰含光二曰□□三□□吴王賜子胥屬鏤之劒而死周穆王有琨珸

之劍口王如……也　二五八頁一～四行

原卷「可」殘存右半「可」，案當係「阿」之殘文也，案廣雅云：「龍淵、太阿、干將、鏌釾、莫門、斷蛇、魚腸、醇鉤、燕支、蔡倫、屬鹿、干隊、堂谿、墨陽、鉅闕、辟閭，劍也。」廣韻注引無「莫門」二字，「醇鉤」作「純錮」，「蔡倫」作「癸偷」，「屬鹿」作「屬陳」，餘並與廣雅同。崔豹古今注有「一曰白虹，二曰紫電，三曰辟邪，四曰流星，五曰青冥，六曰百里」之語，列子注有「一曰含光，二曰承影，三曰霄陳」之語，又廣韻注文末有「周穆王有錕鋙劍，切玉如泥，居欠切」之語，可據以補正。

襜　寬衣　二五八頁四行

原卷「襜」作「襜」，案當作「襜」，唐寫本偏旁衤礻常不分。

〇［一］屋韻

一　屋　二五九頁一行

原卷「一」字殘，彙編補入。又原卷「一屋」前有「唐韻卷第五　入聲卅四韻」，列各韻反切韻目，彙編未錄。

屋　舍也具也後漢魏書官氏志屋引氏後改為房氏烏谷反二　二五九頁一行

案「漢」字衍，「後魏書」上脫「亦虜複姓」四字，又「志」下脫一「云」字。

髑　〻髏或作歟　二五九頁二行

案廣韻「髑」下出「[illegible]」，注云：「上同。」

櫝　函也又曰小棺　二五九頁三行

案王氏校云：「函當作凾。」（註五十七）惟廣韻作「函」。

韣 □衣又□蜀反 二五九頁三行
案廣韻「韣」訓作「弓衣，又之蜀切」。

鸀 □□□鵗□□ 二五九頁四行
原卷「鵗」上作「く」。

㑰 く侏短字書醜只出加 二五九頁四、五行
原卷「字」作「自」，案「自」為「字」字之誤。

穀 五穀又生錄禄善也古鹿反六 二五九頁五行
原卷「禄」下有「也」字。案「録」當作「也」。又正文當作「穀」，本韵从声之字仿此。

谷 山谷亦也又姓漢有谷永養也窮又欲鹿二音 二五九頁五、六行
案「亦養也」，廣韻古逸本同，澤存堂本作「亦善也」

□ 螻蛄 二五九頁七行
原卷「□」殘存作「一八」，當係「螜」字之殘文也。

蔛 水草可食 二五九頁七行
案廣韻「草」作「菜」。和名類聚鈔九引唐韻云：「蔛胡谷反菜生水中可食者也。」（註五十八）

觳 周礼云王三斗加 二五九頁七行
原卷「王」字殘存作「玊」，廣韻「觳」訓作「周禮注云受二斗」，案周禮冬官考工記陶人「鬲實五觳」，注云：「鄭司農云：觳，讀為斛，觳受三斗。」原卷「玊」蓋是「受」字之誤。又廣韻「二斗」蓋「三斗」之誤。

禿 說文無髮也他谷反四 二五九頁八行

速　籒文作遫亭谷反九加四（二五九頁九行）

案「說文」下脫一「云」字。

原卷「亭」作「亲」，即「桒」字也。彙編誤。

□　㲉口動物加㲉字丁木反加（二五九頁一〇行）

原卷正文殘存作「𣪊」，案當係「轂」字之殘文也。又原卷注文「口」殘存作「殻」，案亦當係「轂」字之殘文也，而二「轂」字并當作「轂」，又二「㲉」字并當作「㲉」。

□　口轂丁木反一（二五九頁一一行）

原卷正文殘存作「𣪊」，案當係「㲉」字之殘文也，惟此「㲉」當作「㲉」。又原卷「轂」作「轂」，案當作「㲉」，其上之缺文當係「㲉」字。

禄　俸禄又姓紂子父之後盧谷反廿三加五（二五九頁一一行）

案「父」上脫一「祿」字。

轢　得縣名在張々掁又音洛（二五九頁一二行）

案正文，切三、王二、全王同。王氏云：「當作轢。」（註五十九）

騄　聽似樹上輒下嚚又上樹垂頭聽蜥々蜴居聞人聲便去出字林加（二五九頁一五～一六行）

原卷「又」作「人」，彙編誤。又正文，廣韻同，澤存堂本作「蝝」，與字林同，當據改。

谷　漢匈奴傳有谷蠡王蠡音离加（二五九頁一六行）

案「蠡」「蠡」并當作「蠡」，又「漢」下脫一「書」字。

娽　埤蒼頊妻名說文云隨也史記云毛遂入楚謂平原君詩云顓舍人曰公等娽々可謂因人成事耳又方五反加也（二五九頁一六～一七行）

案「隨」下脫一「從」字，「詩」當作「諸」，又注文末「也」字衍。

磬 二五九頁一七行

案當作「磬」。

㲉 獸名似豹而小食獼一曰名黃要又丁木反 二五九頁一八行

案今本說文「㲉」訓「犬屬，䙳已上黃，䙳已下黑，食母猴，从犬㱿聲，讀若構」，王氏以為「字當作㲉，或此紐本三字，此奪㲉字注及㲉字正文歟？」惟蔣氏案語云：「呼木紐唐韻只有磬㲉二字；切三、王二同唐韻；王刊補增為六字，廣韻增為七字。其次序為：磬、㲉、熇、膗、㲉、㲉、嚛。七字中無㲉字。而其㲉字注中，除引殘本：「獸名，似豹而小，食獼猴。又名黃䙳」外，又引說文㲉字注：「犬屬，䙳已上黃，䙳已下黑，食母猴。」十三字，并加「說文作㲉」四字。（王二注中有「又作㲉」三字。）則陳彭年等所見之唐韻，呼木紐一如殘本。是殘本并無錯奪也）。惟注中要字乃䙳之譌，亦行一曰字。」（註六十）廣韻「㲉」訓作「獸名，似豹而小，食獼猴，又名黃䙳，案說文作㲉，犬屬，䙳已上黃，䙳已下黑，食母猴」，案蔣說似較長也。

銼 く鑹釜屬鑹字力戈反 二五九頁一八～一九行

案今本說文「銼」訓作「銼鑹，鍑也，从金坐聲」，下出「鑹」，訓作「銼鑹，鍑也，从金羸聲」。此本「鑹」當作「鑹」。

䃚 錄碌䃚石皃 二五九頁二〇行

案「錄」字衍。

暴 く布水流下流吉木反三 二五九頁二〇行

案廣韻「暴」訓「日乾也，蒲木切」，下出「曝」，注云：「俗」，再下出

「瀑」，訓作「瀑布水流下也」，疑此本脫「瀑」字之注文及正文「瀑」。

又「水流下流」當作「水流下也」。

⿺毛菐　二五九頁二一行

案當作「⿺毛菐」。

朴　打也普木反五加三　二五九頁二一行

案「朴」當作「扑」。

濮　齊魯間水名左傳云公會齊侯濮加　二五九頁二二行

案「侯」下脫一「于」字。

卜　く筮龜曰卜著曰筮又姓子弟卜商愽木反八加二　二五九頁二二行

案「子」上脫一「孔」字。

轐　車□□　二五九頁二三行

原卷「□□」殘存作「伏兔」，案當係「伏兔」之殘文也。而「兔」當作「兔」。

樸　栻樸藂生木也又音僕樸楝小木　二五九頁二三～二四行

原卷正文作「樸」，彙編誤。又此本「栻」蓋「棫」字之誤，「楝」蓋「樕」字之誤。廣韻「樸」訓作「棫樸叢木，又音僕，樸樕，小木也」。今本說文「樸」訓作「樸棗也」。

獛　く鈆南極之夷尾長數寸巢居山林出山海經加　二五九頁二四行

原卷「加」上有「見」字，蓋衍也。

蹼　足指間相著趂足云鳧鴈醜其足蹼加　二五九頁二四～二五行

原卷無「趂」字，彙編衍。案原卷「足」上脫「尒」字。

沐（〻浴又姓風俗通云漢有東平太守沐寵漢複姓有沐蘭氏何姓苑云仕城人）　二五九頁二五、二六行

案廣韻「漢複姓有沐蘭氏」作「又漢複姓有沐簡氏」，可補正。又此本「何」下脫一「氏」字。

鶩（鳥屬）　二五九頁二六行

原卷「鳥」作「鳥」，彙編誤。

複（褩衣）　二五九頁二七行

案「複」當作「複」，唐寫本偏旁礻衤常不分。廣韻「複」訓作「重衣」。

愊（絹愊又姓出何氏姓苑）　二五九頁二七行

案二「愊」字并當作「幅」。唐寫本偏旁忄巾常不分。

復（優）　二五九頁二七行

原卷注文作「〻優」。彙編脫「〻」。

⿱⺮復（竹竇）　二五九頁二八行

案廣韻「⿱⺮復」訓作「竇竹」。此本正文當據改。

伏（伏者伏藏之曰房六反十七加六）　二五九頁二八行

案廣韻「伏」訓作「匿藏也，伺也，隱也，歷也。釋名曰：伏者，何金氣伏藏之日。金畏火，故三伏皆庚日。又姓，出平昌。本自伏犧之後。漢有伏勝，文帝蒲輪徵不至」，此本刪削甚多，更有訛誤。

服（〻事亦衣服又姓漢有江夏太守伏徹）　二六〇頁二九行

案「伏」當作「服」。

馥（香氣分馥）　二六〇頁三〇行

原卷二「馥」字并作「馥」，案當作「馥」。又此本「分」當作「芬」。

轒 車鬼亦輳 加軑 二六〇頁三〇〜三一行

原卷正文「轒」作「轖」，案當作「轒」。又此本「亦」下脫一「作」字。

洑 四流 加 二六〇頁三一行

案廣韻「洑」訓作「洄流」，此本「四」蓋「洄」字之誤也。

複 織複卷繒者 字林統 加 二六〇頁三一行

原卷「字」上有「出」字，彙編脫。又此本衍一「統」字。案和名類聚鈔六引孫愐云：「織複機之卷繒者也。」（註六十一）

⿲王車王 車笭間皮筐 出說文也 加 二六〇頁三二行

案今本說文「⿲王車王」訓作「車笭間皮篋也，古者使奉玉所以盛之，从車玨，讀與服同」，段注云：「謂此皮篋，漢時輕車以藏弩，輕車，古之戰車也，其制沿於古者人臣出使，奉圭璧璋琮諸玉，車笭間皮篋所用盛之。」此本「筐」當作「篋」，又「也」字衍。

縮 短又⿱竹酉酒作⿱竹酉字所六反 一八 加 二六〇頁三二〜三三行

案二「⿱竹酉」字當作「莤」。

樎 二六〇頁三二行

原卷作「樎」，案當作「樎」，唐寫本偏旁宀穴常不分。

橚 擊聲 二六〇頁三三〜三四行

案廣韻正文从「扌」旁，作「⿰扌肅」，當據改。

摍 抽也顏叔子納隣之婺婦執燭〻盡摍屋以繼之也 加 二六〇頁三四行

原卷正文「摍」作「摍」，案當作「摍」，又「婺」當作「嫠」。

陸 下平日陸 又姓出吳郡河南二望 二六〇頁三四〜三五行

案廣韻「下平曰陸」作「高平曰陸」。

陸 蓄陸藥名 二六〇頁三六行

案「蓄」字，切三、王二并作「蒿」，當从廣韻作「蔏」。

鞠 告也又窮也亦作究罪 二六〇頁三八～三九行

案正文當作「鞫」。

鵴 二六〇頁三九行

案廣韻正文作「䳌」，下出「鵴」，注云：「上同。」

鞠 此字從山〻高皃出埤蒼加 二六〇頁四〇行

原卷「皃」作「白」，案當作「皃」。又正文「鞠」當作「巈」，蓋寫者發現筆誤後，乃於注中加「此字從山」四字。

麴 〻蘖又姓〻出西平漢有麴演駈菊反二 二六〇頁四〇～四一行

原卷「蘖」作「蘗」。廣韻作「蘗」。

鞠 埤蒼云姓出東來風俗通有尚書令平原鞠譚又菊麴二音 二六〇頁四一行

案「來」當作「萊」。

孰 誰□ 二六〇頁四二行

原卷「□」作「反」，案此字係衍文。

塾 門側堂崔豹古今註云臣來朝君至門□外當就更詳孰所應麿對之事故□□也 二六〇頁四二～四三行

原卷「外」下有「門」字，「〻」係表刪除。

鬻 賣也糜也又周姓有鬻熊為文王師 二六〇頁四四行

案廣韻「鬻」訓作「賣也，亦作粥，亦姓，周有鬻熊，為文王師。案說文鬻本音糜，健也」，此本「糜也」或係「本音糜」之誤，又「周姓」當作「姓周」。惟案今本說文「鬻」訓作「鍵也，从䰜米」，段注云：「鍵本作米聲，武悲切，此因誤衍聲字而為之切音，非真唐韵有武悲切也。」又云：「唐韵集韵篆韵諡脂韵內皆無鬻，玉篇云：說文又音糜。廣韵云：說文本音糜者乃陳彭年輩誤用鍵本也，玉篇糜字又糜之誤。」（註六十二）則段氏以為「糜」非「鬻」字之音也。

綪　青經綪陽所……二六〇頁四四～四五行

原卷注文殘存作「青經白綪陽所紵」，案當作「青經白緯綪陽所織」也，據切三、王二、全王、廣韻補正。

錥　鳥育溫器　二六〇頁四五行

案「育」當作「錥」。

□　脫蟬……者出論衡加　二六〇頁四六行

原卷殘存作「未卅脫蟬」「者出論衡加」，案此蓋「蛸」字之注文。廣韻「蛸」訓作「復蛸，蟬未蛻者，出論衡」。

䮷　馬跳躍渠竹反六加　二六〇頁四六行

案「加」字衍。

⿰虫匊　蜛蝫鼈別名　二六〇頁四七行

案「蟾」當作「蟾」。

粥　糜也……州聲反四　二六〇頁四七～四八行

原卷殘存當作「粥糜也反四……□……州聲」。案廣韻「粥」訓作「糜也，之六切」；「喌」訓作「呼鷄聲，亦作咮」。此本「麋」字當从廣韻、切三、王一作「糜」。

衂　鼻出□□□　二六〇頁四九行

原卷注文作「鼻出又音」，案廣韻「衄」訓作「鼻出血，俗作衂，又尼六切」，此本「衂」字當作「衄」或「衂」。

叔　季父亦姓式竹反□加一　二六〇頁四九行

原卷「□」殘存作「丷」，蓋「七」字之殘文也。

倏　忽大走々疾　二六〇頁四九行

案「大」當作「犬」。

蓄　除草養也又丑六丑救許救三反　二六〇頁五一行

案正文當作「畜」，蓋寫者發現筆誤後，乃於訓中加「除草」二字。

鄐　□□侯邑又□漢有鄐濼為東海太守　二六〇頁五一～五二行

原卷「□□」殘存作「日 小」，案當係「晉邢」二字之殘文也。下「□」當係「姓」字。據廣韻補。

薫　羊蹄菜亦作蓫　二六〇頁五二行

案正文當作「堇」。王一作「薫」，亦誤。

竹　姓本姜姓為孤竹君其後氏焉張六反五加一　二六〇頁五二～五三行

案「為」上當有一「封」字。

竺　天竺國名又姓出東苑　二六〇頁五三行

案「苑」當作「莞」。

築　擣名又作篗　二六〇頁五三行

案廣韻「築」訓作「擣也」，下出「篫」，注云：「古文」，此本「篗」字疑「篫」字之誤也。

茿 菉茿草名加也 二六〇頁五三行

案正文當作「茿」，本韵从巩之字仿此。又「也」字衍。

矗 直只又勑六反 二六〇頁五四行

原卷「六」殘，當係彙編據各卷之切語下字補入也。

𨇾 〻踖□口謹敬 二六〇頁五五行

案廣韻「𨇾」訓作「𨇾踖，行而謹敬」。

恧 慙或作聏 二六〇頁五六行

案廣韻「恧」下出「聴」，注云：「上同。」此本「聏」疑「聴」字之誤也。

縬 〻文則六反一 二六〇頁五六行

案和名類聚鈔三引唐韻云：「縬，縮也，縬文皃也。」（註六十三）又切三、王一、王二、全王、廣韻「縬」切語并作「側六」，「則」疑「側」字之誤。

蝮 〻虵又姓□惟良為蝮氏⋮年詔改昔福反五加二 二六〇～二六一頁五六～五七行

原卷「姓」下一字殘存作「卓」，案當係「乾」之殘文也。又原卷「□」作「武」，「昔」作「芳」。廣韻「蝮」訓作「蝮蛇；又姓，乾封元年改武惟良為蝮氏，芳福切」。此本「乾」當作「乾」，其下尚殘一「封」字。

郁 文亦郁郅縣在北也又姓於六反十四加四 二六一頁五七行

案「也」當作「地」。

燠 熱又作奥 二六一頁五八行

案「又作」當作「又音」，據廣韵改。

蒖 嬰蒖草名 二六一頁五九行

原卷「嬰」作「嬰」，案當作「蘡」，案廣韻「蒖」訓作「蘡蒖」。

澳 隅或作隩水內曰澳 二六一頁五九行

原卷「隅」作「隈」，彙編誤。

⿰㓜欠 二六一頁六〇行

案當作「⿰幼欠」。

黬 裘羊之縫出說文加 二六一頁六〇行

原卷「裘羊」作「羊裘」，彙編誤倒。案廣韻「黬」訓作「羔裘之縫，又于逼切」。此本正文當作「黬」。

懊 貪也愛也出說文加 二六一頁六〇～六一行

案今本說文無「懊」字，廣韻「懊」訓作「貪也，愛也，又音奧」，無「出說文」三字。

蓿 苜蓿所得種於離宮 二六一頁六二行

案廣韻「蓿」訓作「苜蓿。史記云：大宛國馬嗜目宿。漢使所得種於離宮」。

此本多所誤脫。

睦 視也敬也又西胡姓 二六一頁六五行

案「視」當作「親」。

穆 和也美也亦姓穆又姓漢有穆生 二六一頁六五行

案「穆」當作「穆」，又「亦姓穆」三字衍。

牧 養也放也說文從牛姓風俗通漢有越巂太守牧根 二六一頁六六行

案廣韻「越巂太守牧根」作「越巂太守牧稂」，當據改。

○二沃韻

毒（痛也徒沃反六加三）二六四頁二行

原卷「痛」作「痛」，案當作「痛」。

督（察也一曰日疾出字林加也）二六四頁五行

案廣韻「督」作「督」，此本上文列「晢」，此又別出「督」。案「督」「晢」一字，此本誤也。廣韻「督」訓作「率也，勸也，正也，說文察也，一曰目痛也，又姓，風俗通云：漢有五原太守督瓚。俗作督」。

酷（虐也苦沃反四）二六四頁五～六行

原卷「沃」作「夭」，彙編據各卷補作「沃」。

嚳（帝嚳說文云暴急）二六四頁六行

案今本說文「嚳」訓作「急告之甚也」，廣韻訓引同。

[目隺]（白鳥亦作翯）二六四頁七行

原卷「亦」作「赤」，案當作「亦」。

隺 高 二六四頁七～八行

案廣韻「隺」訓作「高也」。

僕（僮僕詩傳云附也亦姓蒲沃反三）二六四頁八行

原卷「傳」作「傅」，案當作「傳」。又和名類聚鈔一引唐韻云：「僕，侍從人也。」（註六十四）

䗱（䗱之贏又口蟲）二六四頁九行

原卷「贏」「口」皆殘缺，案「贏」當作「蠃」，「口」當作「蜨」，據廣韻補。

牿 〔牛馬牢〕 二六四頁 一〇行
原卷「牢」作「窂」，案當作「牢」。唐寫本偏旁宀穴常不分。

告 〔又音誥〻上曰發下曰誥〕 二六四頁 一一行
案廣韻「告」訓作「又音誥，告上曰告，發下曰誥」，當據改。

祰 〔說文云祰禱文祭加〕 二六四頁 一一～一二行
案今本說文「祰」，訓作「告祭也」。

瑁 二六四頁 一二行
原卷作「瑁」，案當作「瑁」，唐寫本日目常不分。下文「楣」字同。

耨 〔小兒愛內沃反二加一〕 二六四頁 一四行
案廣韻「耨」訓作「繹典云阿耨」，「褥」訓作「小兒衣也，內沃切，又而蜀切」，彙編廣韻校勘記云：「小兒衣也，澤存本同，巾箱本作小兒衣，一曰小兒也。多一曰小兒四字。案各本均有脫誤，玉篇訓氈褥。」（註六十五）

㦰 〔邑名又姓口毒反一〕 二六四頁 一四～一五行
原卷「口」殘，切三、王二、全王、廣韻切語上字并作「將」。

〇三燭韻

燭 〔燈燭又姓左傳秦大夫燭之武之欲反八加一〕 二六五頁 一行
案萬姓統譜云：「燭，鄭大夫燭之武後，不得氏，以其居於燭地，故以為氏。」又左傳僖公三十年有鄭大夫燭之武之記事，則「秦」當作「鄭」也。

絭 〔纕臂繩〕 二六五頁 五行
原卷「纕」作「縗」，案當作「纕」。

梮 〔舉食器〕 二六五頁 五行

原卷「楇」殘存作「⿰木尚」，案當係「梮」字之殘文也。廣韻「梮」訓作「輿食器也」。

輂 曹局說文云大車駕馬也加 二六五頁五～六行

案廣韻「輂」訓作「說文曰：直轅車，⿰革贊縛也」，「輂」訓作「輿所乘直轅車，說文曰：大車駕馬也，居玉切」，又「局」訓作「曹局，又分也，說文：促也。渠玉切」。此本將「局」「輂」二訓誤混矣。又「曹局」當作「曹局」。

襡 二六五頁七行

案當作「襹」。

鐲 似玲而大軍法司執之以止鼓又直角反加 二六五頁七～八行

案廣韻「鐲」訓作「溫器，又直角切」，今本說文「鐲」訓作「鉦也，从金蜀聲，軍灋：司馬執鐲」，段注引周禮地官鼓人「以金鐲節鼓」，又引鄭注：「鐲，鉦也，形如小鐘，軍行鳴之以為鼓節」，此本「玲」當作「鈴」，「司」下脫一「馬」字。

歜 怒氣亦人姓齊宣王時有高士… 二六五頁八行

案廣韻「歜」訓作「怒氣。亦人名，齊宣王時有高士顏歜，或作斶」。此本「人姓」當作「人名」。

□ 恥也又姓出姓苑而蜀反八加二 二六五頁九行

原卷「□」殘，案當是「辱」字，據廣韻補。

褥 鐔く 二六五頁九行

案和名類聚鈔六引唐韻云：「褥，鐔茵也。」（註六十六）

鄚　鄚鄚地名在河南加　二六五頁九～一〇行

案「鄚」當作「鄭」。

□　……枝……出埤蒼　二六五頁一〇行

案廣韻「戲」訓作「矛戟枝也」。

嫥　澼懫出倉頡篇　二六五頁一〇行

案「懫」當作「情」。

録　彔録□玉反十加二　二六五頁一三行

原卷「□」殘，各卷切語上字并作「力」。又原卷「十」下殘一字，案當作「二」，蓋此紐所列韻字實十二字也。

䙉　眼曲　二六五頁一三行

案廣韻「䙉」訓作「眼曲䙉也」。

逯　謹也又姓風俗通云漢有大夫司空逯普　二六五頁一四～一五行

原卷「普」作「並」，彙編誤。又此本「夫」字衍。

[疒彔]　寒瘡陟玉反二　二六五頁一六行

案廣韻「[疒彔]」為「瘃」之或體。

斸　斫也郭璞云钁也亦作钃　二六五頁一六行

案和名類聚鈔五引唐韻云：「斸，斫也，钃斫之柄名也。」（註六十七）切三、王一、全王并訓作「斫」，王二訓作「斫斸」，廣韻訓作「斫也，又钁也」。

哫　玉逯楚詞注云哫訾慓斯順顏色也加　二六五頁一七行

案「慓」當作「慄」，所謂「楚詞」者，見楚辭卜居。

幞 帊也勇玉反一　一二六五頁一七～一八行

案「帊」當作「帊」。

促 近也速□□玉反二加一　一二六五頁一八行

原卷「□□」殘存作「¨ =」。案依文意上「□」當作「也」字。下「□」則係「七」字之殘文也。廣韻「促」訓作「近也，速也，至也，迫也，七玉切」。

粟 禾實相足反四加一　一二六五頁一九行

原卷「禾」作「和」，案當作「禾」。和名類聚鈔九引唐韻云：「粟，禾子也。」（註六十八）

䪁 落牛頭封曲反一　二二六五頁二〇行

案「落」當作「絡」。切三「䪁」訓作「落牛頭」，王二訓作「封曲反，牛落頭」，二訓中之「落」，亦當作「絡」。

○四覺韻

覺 曉也大也大嶽反又古孝反十一加三　一二六七頁一行

案「覺」字，切三、王一、王二、全王、廣韻切語上字并作「古」。此本下「大」字疑是「古」字之誤。

角 芒也觸也競也又姓後漢有角若叔　一二六七頁一～二行

案廣韻「角若叔」作「角善叔」，當據改。

桷 椽　二二六七頁二行

案「椽」當作「椽」。

較 車箱也又□也略又古孝反　二二六七頁二行

權　以木渡水今略泃加　二六七頁三行

案廣韻「又口也」作「又直也」。案廣韻「泃」作「彴」，蔣氏引雷浚說文外編，考證「泃」「彴」不能通用，「泃」當作「彴」。（註六十九）

捔　口口加　二六七頁三行

案廣韻「捔」訓作「掎捔」。

鸑　〻鸑鳳屬　二六七頁四行

案「鸑」當作「鸑」。

⿰岳鳥　說文云面前⿰岳鳥加　二六七頁四～五行

案「⿰岳鳥」當作「⿰岳頁」。今本說文「⿰岳頁」訓作「前面岳岳也，从頁岳聲」，段注云：「前面作肯，肯面猶俗云當面，李白詩：山從人面起。靈光殿賦：神仙岳岳於棟間，李注：岳岳，立皃。」

○足　二六七頁五行

原卷殘存作「足」、「⿱至士」，案廣韻「浞」訓作「水濕，士角切」。此本正文當傚「浞」字。

穛　早熟⿱殸米　二六七頁六行

案切三、王一、王二、廣韻「穛」并訓作「早熟穀」，此本「⿱殸米」當作「穀」。

籗　罩加　二六七頁六行

案廣韻「籗」訓作「魚罩，音捉」，此本「籗」當作「籗」。

欶　口喻字又作嗽　二六七頁七行

槊 刀……又作…… 二六七頁七～八行
案「喻」當作「嗡」。
原卷「刀」下一字作「槊」。案王一、王二、全王并作「又作矟」。

箾 說文以竹擊人又舞者所執加 二六七頁八行
案今本說文「箾」訓作「㠯竿擊人也，从竹削聲，虞舜樂曰箾韶」。

涿 郡名 二六七頁九行
案「涿」當作「涿」。下文「琢」當作「琢」、「啄」當作「啄」。

嚗 李頤云……杖聲又多邈反加 二六七頁一一行
原卷「嚗」作「嚗」，案當作「嚗」。廣韻「嚗」訓作「李頤注莊子云：嚗，放杖聲，又多邈切」。

邈 □莫角反三加一 二六七頁一二行
案「□」當作「遠」，據切三、王一、王二等卷補。

雹 雨水蒲角反十加 二六七頁一二行
原卷「水」作「氷」，彙編誤。

駮 獸名似□□角 二六七頁一三行
案廣韻「駮」訓作「獸名，似馬，一角」。

鰒 名魚 二六七頁一三行
案「名魚」當作「魚名」。

瓝 爪瓝又作的 二六七頁一四行
案「又作瓝」之「瓝」當是「瓟」或「⿰瓜交」之誤。廣韻「瓝」下列重文「瓟」、「⿰瓜交」二字。

犦 封牛又雨教反 一二六七頁一四行

案切三「犦」訓作「犎牛，又甫教反」，王一「犦」訓作「封牛，又甫教反」，王二「犦」訓作「犎牛，又甫教反」，廣韻「犦」訓作「犎牛，又甫沃切」。案此本、切三、王二正文，此本、王一「封」字，切三「犎」字，此本「雨」字，并當从廣韻改。

殼 皮甲若角反九加二 一二六七頁一六行

原卷正文作「殼」，案當作「殼」。案和名類聚鈔八引唐韻云：「殼，蟲之皮甲也。」（註七十）

慤 一二六七頁一六行

原卷作「慤」，案當作「慤」。

擢 擊也又音角 一二六七頁一七行

原卷「擢」作「擢」，案當作「搉」。

確 鞕又作碻 一二六七頁一七行

案「確」當作「確」，「鞕」當作「鞕」。「鞕」即「硬」字。切三「確」訓作「鞕」，亦當作「鞕」。

皵 礐皵皮乾 一二六七頁一七行

案「礐」當作「礐」。

𣫍 成鯌器 一二六七頁一七～一八行

案切三「𣫍」訓作「成鯌器」，王一訓作「盛脂器」，王二訓作「盛錢器，一曰盛鰌鱓」，廣韻訓作「盛脂器也」。此本「成」當作「盛」。切三「咸」字，亦「盛」字之誤也。

爔 廣足云火乾物加 二六七頁一八行

原卷「乾」上尚有一字作「乹」，其旁之「⁝」，係表刪去。

濯 澣濯又姓風俗通濯輯之後 二六七頁一九行

案「通」下當有一「云」字。

鐲 似玲又音蜀 二六七頁一九行

案「玲」當作「鈴」，見前文燭韻校勘記「鐲」字條。

逴 遠一曰驚夜又作趠勑角反三 二六七頁二二行

原卷「又」作「不」，案當係「亦」字之誤也。又「驚夜」，切三、全王并作「警夜」，王一、王二則與此本同。并當从廣韻作「驚走」。

犖 駁犖牛雜毛吕角反二加一 二六七頁二三行

案「駁」當作「駮」。又「牛雜毛」，切三、王一、王二、全王、廣韻均作「牛雜色」。此本「毛」蓋「色」字之誤也。

鷽 山鵲赤喙長毛知来而不知往⋯⋯角 二六七頁二四行

原卷殘存作「鷽山鵲赤喙長毛知来而不知往」「⋯⋯一角」，案「⋮一角」非「鷽」字之注文。廣韻「鷽」訓下「觷」字，訓作「治角之工」，則「一角」為「觷」字之殘存注文也。又廣韻「長毛」作「長尾」。

㱿 ⋮歐吐左傳云褚師子生韈而登⋮臣有足疾君將㱿焉加 二六七頁二六行

案左傳魯哀公二十五年：「褚師聲子韤而登席，公怒，辭曰：『臣有疾，異於人，若見之，君將㱿之。』」阮元校勘記云：「石經本㱿作㱿，釋文作嗀，案說文嗀字，注云歐皃，从口㱿聲，春秋傳曰君將嗀之，六經正誤云嗀作㱿，誤。」此本二「㱿」字并當作「嗀」。

碌碌 二六七頁二七行

案切三、王二、廣韻「礀」并訓作「礀礫」，王一訓作「礀磐」。此本「碌」蓋「礀」字之誤。

○五質韻

質 朴也主也信也問也注云修刀劒之日反十二 二六九頁一行

案廣韻「質」訓作「朴也，主也，信也，平也，謹也，正也。又姓。漢書貨殖傳云：質氏以洒削而鼎食。注云：理刀劒也，之日切」，此本多所删削。又和名類聚鈔三引唐韻云：「礩，之逸切，柱下石。」（註七十一）「之逸」與「之日」切異音同，當在此紐，此本無。

隲 駁馬也書傳云定也駁後漢有鄧隲 二六九頁三行

案二「隲」字，切三、廣韻作「隲」，王一作「隲」，王二作「隲」，當作「隲」。又「駁」當从切三、廣韻作「駁」。王一誤作「駮」，王二誤作「駁」。又王一「後漢」下衍一「書」字。

帙 書帙又姓出纂文說文亦作袠 二六九頁六行

原卷無上「文」字。王氏校云：「纂下奪文字。」蔣氏校云：「注中衍一說字。」（註七十二）案今本說文有「帙」字，王說不誤。彙編「纂」下補一「文」字。

𨐺 說文云次弟加 二六九頁八行

案今本說文「𨐺」字訓作「爵之次弟也」。

漆 水名在岐又姓 二六九頁一〇行

案「漆」當作「漆」。廣韻「漆」訓作「水名，在岐。又姓，古有漆沈，為魯相。何氏姓苑云：今豫章人。又漢複姓，孔子弟子漆彫開。」

桼 〻膠 二六九頁一一行

案「桼」當作「桼」。

菕 木名汁可為漆出廣疋志也加 二六九頁一一行

案「菕」當作「菕」。又「志也」二字疑衍。

匹 偶也說文丈字從八〻字揲一匹譬吉反 二六九頁一二～一三行

案今本說文「匹」訓作「四丈也，从匸八，八揲一匹。八亦聲」，切三「疋」有反無訓，王一「匹」訓作「配，一曰卌尺」，王二「匹」訓作「四丈也，从八，俗疋」，全王「匹」訓作「配，卌尺」，廣韻「匹」訓作「偶也，配也，合也，二也。說文云：四丈也，从八匸，八揲一匹。俗作疋。」此本注文引說文者，可參考今本說文校正。

鵯 〻鶋雅烏又音捭 二六九頁一二行

案「鵯」當作「鵯」。

吉 〻利又姓出馮翊居質反三加一 二六九頁一二～一三行

案廣韻「出馮翊」下尚有「尹吉甫之後，漢有漢中太守吉恪」十三字。

暱 口或作昵質反二 二六九頁一三～一四行

原卷「口」殘存作「辶」，案當係「近」字之殘文也，據切三、王二、全王、廣韻補。又此本脫切語上字，切三、王一、王二、全王、廣韻并切「尼質」。

逸 失也過也縱也奔也說文從兔走夷質反七加一 二六九頁一四～一五行

原卷「逸」作「逸」，「兔」作「兔」。廣韻「逸」訓作「過也，縱也，奔也，說文曰：失也，从辵从兔，兔謾訑善逃也，夷質切」，案今本說文「从辵从兔」作「从辵兔」，此本「逸」當作「逸」，「兔」當作「兔」，又注文「說文從兔」當作「說文從辵兔」。

佾　八佾之儛佾行列也　一二六九頁五行

原卷二「佾」并作「佾」。案拿卷三「佾」字并當作「佾」。

軼　車遏又同結反　一二六九頁五行

原卷正文殘存作「泆」，彙編補全。

泆　淫泆地名　一二六九頁六行

案「淫」當作「淫」，又「地名」二字疑衍。（註七十三）

栗　菓木名又姓漢上安富室有栗氏力質反八加三　一二六九頁八行

案「上」當作「長」。

鶹　留鶹流離鳥別名加　一二六九頁九行

原卷「留」作「鶹」，彙編誤。

□　□洌寒皀加　一二六九頁九行

原卷作「溧皀〻加洌寒」，彙編印刷模糊。

菓　醫〻亦□□□□□□□又胡樂栗加□丁結反五加一　一二六九頁九行

原卷作「菓醫菓」「胡樂亦作栗加單」「窒塞陟栗反又丁結反五加一」，彙編印刷模糊。

嫉　嫉妒楚詞注云害賢曰嫉害色曰妒　二二六九頁二行

原卷注文上「嫉」字作「户」，彙編逕改正。

剺　劙聲又作初栗反一　二二六九頁三行

原卷作下有「剺」字，彙編脫。案「剺」當作「剺」。「剺」當作「剺」。

切三注中「𠝹」字亦當作「剩」。王一正文作「剎」，王二作「剎」，并當作「剎」。

失　錯也縱也說文云作𠂒字從手乙式質反二　二六九頁二三～二四行

案「毛」，今本說文作「𠂒」。

堲　夏后氏堲周燒土葬也資悉反四　二六九頁二四行

案廣韻「燒葬也」作「燒土葬也」。

氿　人水濽水　二六九頁二五行

案王氏校云：「濽當作潛。」蔣氏則校云：『王氏認為濽乃潛之譌。按濽字說文注云：「汙灑也。一曰水中人」。段注：「謂用污水揮灑也。中，去声。」新方言釋言：「或直謂汙曰濽，俗字作臢，重言曰腌臢，猶坱黨也。」潛字說文注云：「涉水也。」通訓定聲：「没水以涉曰潛。」玉篇：「水中行也」。左傳哀十七年：「越子以三軍潛涉。」濽潛二字，含義各別。唐韻注未譌。』（註七十四）

蜜　說文作蠠山海經云穀城之上是蜂蜜廬弥畢反六加二　二六九頁二五～二六行

原卷注文「蜜」作「密」，案當作「蜜」。

𥁑　拭器也出說文也加　二六九頁二七行

原卷此字訓下有「宓安也出說文加」，彙編脫。

必　審也說文從弋八畀吉反十七加七　二六九頁二七行

案蔣氏校云：『和名類聚鈔四引唐韻云：「饆饠，上音畢，亦作𩞁；下音羅，亦作𩟐。餌名也。」此字應在畀吉紐中，殘本無，廣韻存，注云：饆饠，餌也。按其次序推之，此非法言原有，而係後人加字，殘本為寫者所奪。切

三畢吉紐計十字，王二十五字，均未收鞸字，王一雖存十七字，亦無此字。且互有出入。」（註七十五）

鞸（織門）剃（二六九頁二八行）
原卷「剃」作「荊」，彙編誤。

韠（胡服蔽膝）（二六九～二七〇頁二八～二九行）
原卷「膝」作「膝」，案當作「膝」。

㓖（風寒加）（二七〇頁三〇行）
案正文全王、廣韻同。王二作「㓖」。注文，王二、全王并作「風寒」。廣韻作「寒風」，誤。

姞……　口……（云結氏為乙反三加一）（二七〇頁三二～三三行）
原卷殘存作「姞（云結氏為巨乙反三加一）」，案此即「姞」字之注文，彙編衍「口」。廣韻「姞」訓作「姓，一曰字，史記云：姞氏為后稷元妃，巨乙切」，此本「結氏」當作「姞氏」。

邲（地名在鄭又美皃⿰目比……）（二七〇頁三四行）
原卷「⿰目比」作「毗」。「⿰目比」字以下殘。案廣韻「邲」訓作「地名，在鄭，又美皃，毗必切」，此本殘反切下字及字數。

口（口次毗妣鼻三音）（二七〇頁三四行）
案二「口」并當係「比」字，據廣韻補。又「次」字下當有一「又」字。

⿰革必（車束）（二七〇頁三六行）
案注文，切三、王一、王二、全王同。廣韻作「車革」，盖誤。

⿰風日（風也于筆反二）（二七〇頁三七行）

原卷「風」字殘存作「尸」。案切三、王一、王二「颱」并訓作「風」。全王作「風々」（下「風」字誤衍）。廣韻訓作「大風也」。

汨　流水又古沒反　二七〇頁三七行

案切三、王一、王二、全王「汨」并訓「水流」（全王「汨」誤作「汩」），廣韻「曶」訓作「說文曰水流也」，下出「汨」字，注云：「上同。」，此本「流水」當作「水流」。

率　倄也用也領也所律反五加二　二七〇頁三七行

案切三、王一、王二、全王「率」訓作「領」，廣韻訓作「循也，領也，將也，用也，行也。……」無「倄也」一訓，疑此本「倄也」係「循也」之誤。

帥　佩巾又帥亦作師避晉景帝諱改為師晉有尚書郎師昌又所類反　二七〇頁三八行

原卷「帥」作「師」，案當作「帥」。原卷上「又」下有「將」字，彙編脫。又原卷「類」作「類」。案廣韻「帥」訓作「佩巾，又將帥，亦姓，本姓師，晉景帝諱改為帥氏，晉有尚書郎帥昺，又所類切」，廣韻「晉景帝」上脫一「避」字。

䢦　先遵出說文加　二七〇頁三九行

案王二、廣韻「䢦」并訓作「先導」，全王訓作「導」，又今本說文訓作「先道也」，段注云：「道，今之導字。」此本「遵」蓋「導」字之誤也。

筆　秦蒙恬所造鄙密反三加一　二七〇頁四〇行

原卷「恬所」二字殘，彙編補入。

鉍　矛柄出埤蒼加　二七〇頁四〇～四一行

原卷「矛」作「予」，案當作「矛」。

宓 埤蒼秘宓又音謐加 二七〇頁四二行

案「埤蒼」下當有一「云」字。蔣校注文「秘宓」引作「秘密」者，蓋誤也。（註七十六）

弼 輔古作弻房密反二 二七〇頁四二～四三行

案切三「弼」訓作「俗作弼。」王一訓作「輔，亦作弻，弼。」王二訓作「輔也。古弜。」廣韻訓作「輔也，備也。」下出「弻」字，注云：「上同，說文作此。」再下出「弻」、「𢐀」二字，注云：「並古文。」又希麟續一切經音義二引廣韻云（按即唐韻）：「弼，備也。」（註七十七）是此本「弼」字當尚有「備也」一訓，而為寫者所刪去。

乙 乙辰名太歲在乙有速於筆反二 二七〇頁四三行

案廣韻「乙」訓作「辰名。爾雅云：太歲在乙曰旃蒙。亦姓，前燕有護軍乙逸，又虜複姓三氏，後魏獻帝命叔父之胤曰：乙旃氏，後改為叔氏。前燕錄有高麗王乙弗利，後漢有都督乙干貴。又虜三字姓，有乙速孤氏。」此本蓋寫者妄刪，致脫誤至甚！

耴 聲耴魚鳥狀乙反一 二七〇頁四四行

案切三「耴」訓作「聲耴，魚鳥狀」（彙編「鳥」誤作「烏」），王二作「聲耴，鳥狀」，全王作「魚鳥狀」，廣韻作「贅耴，魚鳥狀也」。彙編廣韻校勘記云：「贅耴，各本同，誤，當作聱耴。」王氏、蔣氏并引文選左太沖吳都賦「魚鳥聲耴」句，以證「聲耴」當作「聱耴」。（註七十八）

吪 呵也又虜複姓九氏夏錄有將大匠吪千阿魏西有開府吪奴興南公吪羅協後魏書官氏志又有吪呂

吮門吮利吮李吮列等氏亦虜複姓三字也呂栗反一也 周有侍中吮伏列龜其傳云代郡西部人　二七〇頁　四四～四七行

案王二「吮」訓作「咄」，全王有反無訓，廣韻訓作「呵吮也」。又虜複姓九氏。夏録有將作大匠吮千阿利。西魏有開府吮奴興，南陽公吮羅協。後魏官氏志有吮呂、吮門、吮利、吮李、吮列、吮盧等氏。亦虜三字姓。周有侍中吮伏列龜。其傳云：代郡西部人。昌栗切」此本注文誤脱殊甚，可據廣韻校正。又「呂栗切」當作「昌栗切」。

暨

姓吴尚書暨豔居乙反又泉既二音一　二七〇頁　四七行

案「泉」當作「臮」。「臮」即「暨」之古文。

○六術韻

術

街枝術又口出姓苑食口反四何氏　二七二頁　一行

原卷「街」下有「術」字。案「枝」當作「技」，上「口」當係「姓」字。

又據入聲總目，切語下字當作「聿」字。

秫

穀名古作术　二七二頁　一行

原卷「术」作「木」，案當作「术」。

崒

山高慈……　二七二頁　一行

原卷正文作「崒」，案當作「崒」。本韻从「卒」、从「卆」之字仿此。又

原卷「慈」下一字作「郋」。本紐下列「踤」「誶」，計三字，其中「誶」

為加字，故注文當作「山高慈郋反三加一」。

鴥

飛口皃　二七二頁　二行

案廣韻「鴥」訓作「飛快」。

火〇

光口　二七二頁　二行

原卷正文殘存左半。案廣韻「熇」訓作「火光」。

遹□□曰遵（二七二頁二行）

案廣韻「遹」訓作「述也，自也，一曰遵也」，比對原卷殘存筆劃，可辨知「□□」當係「述也」二字。又「曰」上當有一「一」字。

□鳥名（二七二頁二行）

案廣韻「鷸」訓作「鳥名」。

驈……瑞（二七二頁二行）

原卷「瑞」上尚存「雲」字。案廣韻「驈」訓作「黑馬白髀，又音述」，「霱」訓作「霱雲瑞雲，本亦作矞」。

卒終也子聿反側骨反二加一（二七二頁二行）

案「則骨反」乃又音，此本「則」上當有一「又」字。

戌辰戌……（二七二頁三行）

案廣韻「戌」訓作「辰名。爾雅：太歲在戌曰閹茂。又滅也」。

□……訹誘……字蘇后反（二七二頁三行）

案廣韻「訹」訓作「謏訹誘也，謏，蘇了切」。

珬珂屬加（二七二頁三行）

案廣韻「珬」作「珬」。

矞以錐……說文……（二七二頁三行）

案廣韻「矞」訓作「說文曰：以錐有所穿也，一曰滿也」。

颶小風皃許聿反三（二七二頁三行）

案廣韻「颭」訓作「小風皃」。此本正文當係「颭」字。

繂……二七二頁四行
案廣韻「繂」訓作「繾，船上用，亦作䌫」。

□ 脂腹 二七二頁四行
原卷「□」殘存作「亍」，案當係「脺」字之殘文也。廣韻「脺」訓作「腸間脂，說文曰：血祭肉也。又作膟」。

炪 出火光 二七二頁四行
案此字係出今本說文，疑此本注文脫「說文」二字，抑此本衍一「出」字。

□…… 二七二頁四行
原卷「□」殘存作「[忄出]」，案當係「[忄出]」字之殘文也。廣韻「[忄出]」訓作「憂心也，竹律切」。

□ 物在空皃又丁骨反 二七二頁四行
案廣韻「窋」訓作「物在穴皃」。

火〇…… 二七二頁四行
原卷殘存作「炏⋮⋮」。案「火〇」蓋「焌」字之殘也。廣韻「焌」訓作「火燒，亦火滅也。倉聿切」。

○八櫛韻

楖 字稀楖音蝨く 二七三頁一行
案廣韻「楖」訓作「稀楖，禾重生，稀音蝨」，此本「く」當作「稀」。切三「楖」訓作「稀」，王二訓作「耕櫛」，全王訓作「稀，禾重生」。

蟋 蟀く又音悉 二七三頁一～二行
原卷「蟀」作「崒」，案當作「蟀」。

蝨 蟣蝨淮南子云大夏成而鸞雀相賀湯沭具而蟣蝨相弔俗作虱非 二七三頁二行

原卷「湯」作「湯」，「俗」作「㕡」。案切三、王二「蝨」并訓作「蟣蝨」，全王訓作「蟣蝨，飲人血虫」，廣韻訓作「蟣蝨。淮南子云：大厦成而燕雀相賀，湯沐具而蟣蝨相弔。俗作虱」，此本「夏」當作「厦」，「湯」當作「湯」，「㕡」當作「俗」。

璱 玉鮮皃其色碧 二七三頁二行

原卷「玉」作「王」，案當作「玉」，又切三、王二「璱」并訓作「玉鮮潔皃」，廣韻訓作「玉鮮絜皃，今爲之璱璱者，其色碧也」，此本有譌脫。

○七物韻

物 万物鬼物又旗名文弗反五加加一 二七四頁一行

原卷止一「加」字，彙編衍一「加」字。

茀 草口盛皃 二七四頁三行

案正文當作「茀」，廣韻「茀」訓作「草木盛也」。

鄅 姓漢有太守鄅…… 二七四頁三行

案廣韻「鄅」訓作「姓也，漢有九江太守鄅修」。

翇 舞者所執出周礼加 二七四頁四行

原卷「舞」作「無」，案「無」蓋「舞」字之誤，彙編已改正。又此本「翇」當作「翇」。

柫 連枷朾穀者出方言加 二七四頁四行

案廣韻「朾」作「打」，當據改。

帗 大也出說文加 二七四頁四行

欝 古作欝草也姓出何氏姓苑紆勿反六加一 二七四頁五行

案正文，廣韻作「欎」，今本說文作「𩰪」。

原卷正文作「欝」，案當作「鬱」。

爩 烟氣 二七四頁五行

案正文當作「爩」。和名類聚鈔四引唐韻云：「爩，烟氣出皃也。」（註七十九）

尉 姓古有尉繚子著書又虜複姓有尉遲氏其先氏之別尉遲部因而氏焉後單姓尉又音慰 二七四頁五～六行

案「繚」當作「繚」。又廣韻「其先」下有「魏」字，當據補。

鬱 說文云草釀酒以除神加 二七四頁六～七行

案「鬱」當作「鬱」，今本說文「鬱」訓作「芳艸也，十葉為貫，百廿貫，築㠯煑之為鬱，从臼冖缶鬯，彡其飾也，一曰鬱鬯，百艸之華，遠方鬱人所貢芳艸，合釀之㠯降神。鬱，今鬱林郡也」，王二「鬱」訓作「芳草也，釀酒可以降神」，「鬱」字亦當作「鬱」。此本注文「除神」當作「降神」。

孓 無左臂九勿反又九月反四加一 二七四頁七行

案廣韻「孓」訓作「無左臂也，九勿切，又九月切」，下出「孑」，注云：「上同，說文作此。」

厥 夏曰𤞑鬻殷曰鬼方周曰獫狁漢曰匈奴魏曰突 出漢書音義又音蕨 二七四頁七～八行

原卷「突」下有「厥」字，彙編脫。案此本「𤞑」蓋「獯」字之誤也。

屈 く產地名出良馬亦楚姓又音詘加 二七四頁八行

案廣韻「屈」訓作「屈產，地名，出良馬。亦姓，楚有屈平。又音詘」。

屈 拗曲又虜複姓有突厥氏羌複姓有屈男氏區勿反三加一 二七四頁八～九行

原卷「突厥氏」作「厥突氏」，案當作「屈突氏」。又此本「拗」當作「㧙」。

𧌐 蛣𧌐蝎蟲也出說文加 二七四頁九行

原卷「蛣」上作「詰」，「⋮」表刪除。彙編已刪去。

㞊 二七四頁一〇行

案當作「屈」。

堀 詩云蜉蝣之堀突音悅 二七四頁一〇行

案注文當作『突也。詩云：「蜉蝣堀閱。」閱音悅。』（註八十）

佛 牟子曰漢明夢神人身白光飛在殿前以問群臣傅毅對曰天竺有佛將其神也佛者覺也自覺〻他名曰佛符弗反五 二七四頁一〇〜一一行

案廣韻「佛」字之注文「漢明」下有「帝」字，此本脫也。又廣韻無「佛者，覺也。自覺〻他名曰佛」十一字，而易以「學記曰：其施之也，悖其求之也佛」十三字。

怫 ……塵起 二七四頁一一〜一二行

案廣韻「怫」訓作「怫鬱」，「坲」訓作「塵起」。

颰 疾風說文作一颮許勿反三加 二七四頁一二行

案廣韻正文作「䬍」，下出「颰」，注云：「俗」。今本說文作「䬍」，訓作「疾風也」，段注云：「廣雅作颰，廣韻曰颰為䬍之俗，然則作颰者，又颰之省也。」此本注文「颮」當作「䬍」。

崒 說文云疾 二七四頁一二行

案「崒」當作「萃」。

…… 擲 二七四頁一三行

原卷正文殘存作「扣」，案當係「⿰扌胃」字之殘文也。廣韻「⿰扌胃」訓作「擲也」。

袚 除災求福　又方吠反　二七四頁一三～一四行
案「袚」當作「祓」。

○九迄韻

迄 迄疋云迄臻極屆至也詩乞反五加一　二七五頁一行
案「詩」蓋「許」字之誤。

肹 〻響又許乙反　二七五頁二行
案「肹」當作「肸」，「響」當作「蠁」。

忔 喜出廣疋也加　二七五頁二行
案「也」當植於「喜」下。

乞 〻取又虜複姓晉有乞伏仁國太元年稱秦王於金城去訖反又音氣二加一　二七五頁三～四行
案「仁國」二字誤倒。「太元」下脫一「十」字。

芞 迒疋云藒車芞與香草名也加　二七五頁四行
原卷「迒」上有「迄⁝」，「⁝」表刪除。切三、王二、全王「芞」并訓「香草」，廣韻有反無訓。案此本「與」當作「輿」。

○十月韻

軏 車轅端曲木也　二七六頁一行
原卷「轅」作「表」，彙編逕改正。

伐 征伐也斬木也又目矜曰伐戶越反七　二七六頁一行
原卷「反」下作「八」，案正文實七字。又此本「戶越反」當作「房越反」

，據切三、王二、全王、廣韻改。

筏　大曰筏小曰桴乘之渡水　二七六頁二行

原卷「小」下尚有一「小」字，蓋衍也。

岔　耕土　二七六頁三行

案切三、王二「坌」訓作「耕坌」，王一、全王、廣韻并訓作「耕土」。此本「岔」當作「坌」。

昁　舂米　二七六頁三行

原卷「昁」作「⿰日求」，案當作「昁」。

鉞　斧　二七六頁四行

案和名類聚鈔引唐韻云：干鏚鈇鉞。（註八十一）切三、王二「鉞」訓作「斧鉞」，全王訓作「鉞斧」，廣韻「戉」訓作「說文曰：大斧也，司馬法曰夏執玄戉，殷執白戚，周左杖黃戉。又作鉞」。

⿰立戉　紵布　二七六頁四行

案切三「⿰立戉」字之訓與此本同。王二、全王訓作「竚布」，廣韻訓作「竚立也」，另有「絨」字，訓作「紵布，說文曰：采彰也，一曰車馬飾」。王氏校云：「此奪⿰立戉字注文及絨字正文。」惟龍氏校云：『案說文「絨，采彰也，一曰車馬飾」；與絛紱縱紃同類。⿰立戉字不詳所出。偏旁立與糸字行書易亂，疑⿰立戉竚即絨紵字之誤。切三、唐韻注文紵字猶不誤也。王說蓋未允。』（註八十二）

樾　樹音　二七六頁四行

案切三「樾」訓作「樹陰」，王二「樾」訓作「樹蔭」，全王、廣韻「樾」

并訓作「樹陰」。案切三正文當从木作「樾」。此本「樹音」當作「樹陰」。

蚏　彭蚏似蟹而小也加　二七六頁四行

原卷正文作「蛆」、注文「蚏」作「蛆」，案并當作「蚏」，彙編逕改之。

曰　辝古粤加　二七六頁四行

案注文當作「辝也，古作粤，加」。

厥　其也古作𠂢亦短也又姓京兆人漢陽衡山王妾厥姬居月反八　二七六頁四～五行

案漢有衡山王，名賜。「漢陽衡山王」當作「漢衡山王賜」。廣韻「厥」訓作「其也，亦短也。說文曰發石也。又姓，京兆人也，漢賜衡山王妾厥氏，居月切」（「漢賜衡山王妾厥氏」亦當作「漢衡山王賜妾厥姬」）。又此本「古作𠂢」，當作「古作氒」。

蹶　跳蹶或作〔走犀〕　二七六頁五～六行

案「〔走犀〕」當作「〔走屖〕」。

蟨　獸名走則顛蟨〻前足高不得食而善走蟨常蛩〻取食蛩蛩負之而走　二七六頁六行

案「常」下當有一「為」字。

餐　胎安豆　二七六頁七行

原卷「餐」作「餐」，案當作「餐」。切三、王二、全王「餐」并訓作「飴安豆」，王一訓作「食安豆」，廣韻訓作「飴和豆」，此本注文「胎」當作「飴」。

鷺　白鷺一名鸉似鷹尾上白色　二七八頁八行

案廣韻「鸉」字分為「揚鳥」二字。爾雅釋鳥：「鸉，白鷺。似鷹，尾上白

。」諸本盡同。惟雪窗書院本作「揚鳥」。（註八十三）

**橛** 株橛，亦樗蒲三采名 二七六頁八行

案：切三「橛」訓作「株橛」，王一、王二、全王「橛」并訓作「株橛」，廣韻「撅」訓作「採撅，亦樗蒲三采名」，今本說文「撅」訓作「以手有所杷也，从手厥聲。」

**橜** 杙也，又銜橜，馬勒 二七六頁八行

案：「杙」當作「杙」。切三、王一「橜」并訓作「杙橜」，王二訓作「杙也」，廣韻訓作「杙也」，又今本說文訓作「弋也，從木厥聲，一曰門梱也」。案：和名類聚鈔三引唐韻云：「橛，所以止扇也，閫也。」（註八十四）

**髮** 頭毛，說文從犬，方伐反，三加一 二七六頁一〇行

案：「犬」當作「犮」。今本說文「髮」訓作「頭上毛也，从髟犮聲。」

**泼** 說文云寒水，加一 二七六頁一〇～一一行

案：今本說文「泼」訓作「滭泼也，从仌，犮聲」（「滭泼也」三字原作「寒氷」，段改之）。王氏校云：「泼當作泼，水當作氷。」（註八十五）

**泧** 水名 二七六頁一一行

案：切三、王一、王二、全王、廣韻「泧」并訓作「水皃」，此本「名」蓋「皃」字之誤也。

**閼** 歲在卯名，又於葛、於蓮二反 二七六頁一二行

案：切三「閼」字之訓與此本同，王二訓作「單閼，歲在卯，又於葛反，又於連反」，廣韻訓作「爾雅云：太歲在卯曰單閼，又於葛於連二切」。此本脱

「單閑」二字。

羯 犗羊 二七六頁一四行

案切三、王一、王二、全王「羯」并訓作「羯羊」，廣韻訓作「犗羯」。

怫 二七六頁一四行

案當作「怫」。

○十一沒韻

沒 出沒又虜三字姓有沒真氏現後魏書教反二 二七七頁一行

案「現」當作「見」。又此本脫切語上字，當據切三、王一、王二、廣韻補「莫」字。又「教」當作「勃」，下文从教之字仿此。廣韻「沒」訓作「沈也，又虜三字姓有沒路真氏，出後魏書，莫勃切」，則此本「沒真氏」當作「沒路真氏」。（原卷「後魏書」誤作「魏後書」，彙編已改正）

教 卒也蒲□反八加二 二七七頁三行

原卷脫反切下字。案廣韻「勃」作「蒲沒反」。此本正文當作「勃」。

漖 〻澥海水名又水名 二七七頁三行

案「海」下衍一「水」字，又末「名」字當作「只」。（註八十六）

……他三 二七七頁五～六行

案廣韻「突」訓作「出皃，他骨切」。

突 觸也說文從犬他古骨反六 二七七頁六行

案「突」字切語，切三、王一、王二、全王、廣韻并作「陀骨」。此本「他」蓋「陀」字之誤。又彙編衍一「古」字。

鼵 鳥鼠……鳥曰鶟其鼠曰鼵……而短尾出迹足也 二七七頁七行

案爾雅釋鳥云：「鳥鼠同穴，其鳥為鵌，其鼠為鼵。」注云：「鼵如人家鼠而短尾。」廣韻「鵌」作「鴾」，無「出迩足也」四字。此本「鷋」疑「鴾」字之誤也。又注文末「也」字衍。

頞 口投水中鳥没反五加一　二七七頁八、九行

原卷「口」殘存「内」，案當係「内」字之殘文也。原卷「鳥」作「鳥鳥」，蓋寫者書「鳥」字後，發現錯誤，爰於旁補書「鳥」字。又此本「投」蓋「頭」字之誤也。

嗢 咽也又虜複姓後魏書有嗢氏盆氏虜三口有嗢烏石蘭氏　二七七頁九、一〇行

原卷「口」作「字」。又原卷「三字」下脱「姓」字。

歎 咽中息出說文加　二七七頁一〇行

案今本說文「歎」訓作「咽中息不利也」。

忽 倏忽又姓又一蠶為十忽十忽為一絲呼骨反六　二七七頁一〇、一一行

原卷「倏」作「倏」，案當从亻作「倏」。廣韻「忽」訓作「倏忽，又滅也，忘也，輕也。忽，十蠶為一忽，十忽為一絲，呼骨切」，彙編廣韻校勘記云：『「忽，十蠶為一忽。」澤存本作「又十蠶為一忽」，巾箱本作「又一蠶為一忽」，案巾箱本作「又一」是也。史記太史公自序「間不容翲忽」，正義云：「一蠶口出絲也。」』（註八十七）

笏 一名手枝品官所執釋名云笏有事書其上以備忽忘　二七七頁一一、一二行

原卷「枝」作「板」，彙編誤。又原卷「忘」作「望」，案當作「忘」。

㫚 古字亦忽向寘　二七七頁一二、一三行

案王一「㫚」訓作「出氣辞」。王二「昒」訓作「尚冥，又出為詞，說文作

㫚」。廣韻「昒」訓作「尚冥也」；「㫚」訓作「說文曰：出气詞也，篆文本作𡇒，象气出形」。今本說文「㫚」訓作「出气詈也，从曰囗象气出形，春秋傳曰鄭大子㫚」；「昒」訓作「尚冥也，从日，勿聲」，是「㫚」「昒」二字，而王二、唐韻合而為一，廣韻則仍分為二。

岏 山皃又五岏山在名犍為 二七七頁一三～一四行
案「在名」二字誤倒。

砙 碌砙穩皃 二七七頁一四行
案「碌」蓋「硉」字之誤。廣韻「砙」訓作「硉砙」。

𥝩 箭射反二加勒没一也 二七七頁一四～一五行
案正文，全王作「𥝩」，廣韻作「𥟖」。并當从王二作「械」。王一作「械」（案當係「械」字，彙編誤作「𥟖」）。又此本末「也」字衍。

堀 宋王云堀堁揚塵又音掘加 二七七頁一六行
案「王」當作「玉」。

窣 敎窣蘇骨反二也 二七七頁一七行
案「敎窣」當作「勃窣」。又末「也」字衍。

椊 抗以柄内孔中 二七七頁一八～一九行
案「抗」當作「扤」。

□…… 二七七頁二二行
原卷殘存作「卒」「人」，案廣韻「倅」訓作「百人為倅，周禮作卒」。此本當補作「倅百人為倅」。

抂 廣足云摩亘没反一 二七七頁二二行

原卷「廣」下有「文」字，當係衍文。

○十二曷韻

曷 何也曷亦……葛反（七加□ ……一二七九頁一行 案注文蔣氏校補作「何也，曷鼻，胡葛反。七加一。」（註八十八）

□ ……一二七九頁一行 原卷「曷」字下為「褐」字殘文，無其他正文。此彙編衍也。

褐 衣裼 一二七九頁一行 原卷正文殘缺不全，彙編補全。又此本「裼」當作「褐」。

蝎 虫名 一二七九頁一行 原卷「虫」作「蟲」。

餲 頼餲𨅖又音嘬 一二七九頁一、二行 案廣韻「餲」訓作「餅名」，「⿰曷頁」訓作「頼⿰曷頁健也，又音嘬」，此本「餲」「⿰曷頁」二字誤易其注。

⿰曷頁 餅……□…… 一二七九頁二行 原卷作「⿰曷頁 餅 □ 頞 許」。案「⿰曷頁」與上文「餲」誤易其注，見上條。其下之正文，不詳，蔣氏以為：剝蝕之正文或亦為「⿰曷頁」字，蓋注中有「頼×許」字樣也。（註八十九）

…… 妃 一二七九頁三行 原卷殘存作「……小妲巳」，案廣韻「妲」訓作「妲巳紂妃」。

□ 侏〻 一二七九頁四行 原卷「□」作「健」。

**獺** 水狗 二七九頁四行

原卷「狗」作「苟」，案當作「狗」

**羍** 羊未成，亦作羍 二七九頁四行

案「羍」當作「羍」。

**遏** 遮也，絶也，烏葛反，五加一 二七九頁五行

原卷「烏」作「鳥」，案當作「烏」。

**鶡** 鼻鶡，又作頞 二七九頁五行

案廣韻「鶡」下出「頞」，注云：「上同」。

**閼** 止也，又於也…… 二七九頁五行

案廣韻「閼」訓作「止也，塞也，又於連切」。

**□** 僻也，戾也，盧達反，十加四 二七九頁五行

案「□」當係「剌」字。廣韻「剌」訓作「僻也，戾也，盧達切」。

**瘌** 癆瘌不調皃 二七九頁六行

案王二「⿸广剌」訓作「⿸广旁〻不調」，全王「瘌」訓作「癆瘌不調皃」，廣韻「瘌」訓作「癆瘌不調」。此本不誤。惟王二正文當作「瘌」，注文「⿸广旁」當作「癆」。

**⿸广剌** 廣疋云庵也，亦獄室 二七九頁六行

案和名類聚鈔三引唐韻作：「⿸广剌，庵也。」（註九十）此本正文當作「⿸广剌」，廣韻正文作「⿸广束」。

**□** 內執病，出字林，加 二七九頁七行

案廣韻「⿸疒高」訓作「內熱病也」。

鴠 〻鳴鳥名加 二七九頁七行

案「鳴」當作「鴠」。

達 通也 達達也亦姓出何氏姓苑又虜複姓三氏後魏獻帝弟為達奚氏又達敦氏後改為褒氏周文帝達步生齊煬王憲陁割反一也 二七九頁七〜八行

案廣韻「步」下有一「妃」字，是也。

巀 〻嶭山名又截結反 二七九頁八〜九行

案「巀」當作「嶻」，「嶭」當作「嶭」。

轍 車載高 二七九頁九行

原卷「載」上有「載⁝」，「⁝」表刪除。

屵 高狀 二七九頁九行

案王二「屵」訓作「山高皃」，全王訓作「高山皃」，廣韻訓作「高山狀」。

匄 乞亦作亾又音蓋 二七九頁一〇行

案「亾」當作「丐」。

躠 跛躠行皃桑割反四加一 二七九頁一〇行

原卷「亲」作「亲」，當作「桒」，「桒」即「桑」字也。

糳 放也說文云逬散加 二七九頁一一行

案今本說文「糳」訓作「䊝糳散之也，从米殺聲」。此本正文當作「糳」。注文亦有訛誤。

〇十三末韻

帓 忘 二八〇頁二行

原卷「帓」作「怽」，彙編誤。

沫 水沫一曰水名在口奈又武泰反　二八〇頁三行

案切三、王一、廣韻「一曰水名在口奈」作「一曰水名在蜀」，此本「奈」字蓋衍文。

瀸 塗色　二八〇頁三行

案正文當作「瀸」。又切三、王一、全王「塗色」作「塗拭」，意較長。（王一，原卷注文作「塗拭」，彙編誤作「塗栻」。）

袚 蠻夷蔽膝衣　二八〇頁五行

原卷作「袚」，案當作「袚」。唐寫本偏旁礻衤常不分也。又「蠻」當作「蠻」。

速 急走　二八〇頁六行

原卷正文作「速」，案當作「速」。

口 口多鬏鬢　二八〇頁六行

案王一、廣韻「鬏」并訓作「鬏鬢，多鬢皃」。

鬢 妹未反二　二八〇頁六行

原卷「妹」作「姝」，案廣韻作「媡」，并當从澤存堂本作「姊」。（註九十一）

髻 結髮　二八〇頁七行

原卷「髻」作「髻」，案當作「髻」。

落 迹足云靡舌草加　二八〇頁八行

案「靡」當作「靡」，廣韻「落」訓作「爾雅曰：落，靡舌。郭璞云：今靡舌草春生，葉有似於舌。」

銛 書傳云無知之負加　二八〇頁八行

案廣韻「銛」訓作「說文曰：斷也」；「懖」訓作「愚懖無知，說文曰：善自用之意也。引商書曰：今汝懖懖」，下出「𢥞」，注云：「古文。」又王一「𢥞」訓作「𢥞𢥞，無知之皃，亦作懖」。則此本「銛」疑係「懖」字或「𢥞」字之誤也。

祏　詞　二八○頁九行

原卷「祏」作「祐」，案當作「祏」。又「詞」當作「祠」。切三、王一、全王「祏」并訓作「祠」，廣韻訓作「祠也」。

越　鄭玄下孔又云剪蒲為又　云瑟音粵又作趏加　二八○頁九行

案廣韻「剪蒲為」作「剪蒲為席」，此本脫一「席」字。

棺　く取物　又作斜　二八○頁一三行

案「棺」當从手作「捾」。

播　錯書　二八○頁一四行

原卷正文作「播」，蓋寫者欲書「攃」而誤書作「播」，故注云「錯書」也。

鏺　兩刃刈草　普活反五　二八○頁一四行

案「鏺」當作「鏺」。

推　拂　二八○頁一五行

原卷「推」旁有「：」表刪除，彙編誤存。

祋　く祤縣「反　名又都加　二八○頁一七～一八行

原卷脫切語下字。案當作「外」字。據王氏、蔣氏校補。（註九十二）

撮　六十四黍為圭四圭　撮く手取倉括反二　二八○頁一八行

案「四圭」下當有一「為」字，原卷脫。

襊 二八〇頁一八行 原卷作「襊」，案當从衣作「襊」。

跋 蹷行只蒱撥反く十四加五 二八〇頁一九行 原卷「跋」作「跋」，案當作「跋」。下文「酦」字，原卷作「酦」，亦當作「酦」。

妭 鬼婦出文字指歸云 女妖秃無髮所居之處天不雨 二八〇頁二〇、二一行 案「出」字衍。

拔 迴拔蒱八反加 二八〇頁二一行 原卷「拔」作「拔」，案當作「拔」。又「蒱八反」上當有一「又」字，蓋此為「跋，蒱撥反」加字之又一音也。

䟦 夏禹治水腓無 胈脛無毛韋昭云胈股上小毛也加 二八〇頁二一、二二行 原卷注文二「胈」字并作「胈」，案并當作「胈」。

〇十四黠韻

拔 く擢蒱八反又蒱撥反二 二八二頁二行 原卷「拔」作「拔」，案當作「拔」。

菝 く瓠也根可拘脊作飲 二八二頁二、三行 原卷「脊」作「脊」，彙編誤。

刧 用刀 二八二頁三行 案「刀」當作「力」。

鬜 秃く字林作鬝 二八二頁三行

案廣韻「⿱髟間」下出「⿱髟契」，注云：「上同。」此本「⿰馬契」當作「⿱髟契」。

⿰手刂　巧⿰手刂　二八二頁四行

案「⿰手刂」當作「⿰丰刂」。王二作「⿰手刂」者，亦當作「⿰丰刂」。

螖　彭螖似蟹而小　二八二頁六行

案切三、王一「彭」并作「蟛」，王二、全王、廣韻并作「蟚」，此本誤。

磆　人藥石加　二八二頁七行

案廣韻「磆」訓作「磆石藥」。

窡　口滿食丁滑反二　二八二頁七～八行

案廣韻「窡」訓作「說文曰：穴中見也。丁滑切」；「⿱窡口」訓作「說文曰：口滿食」。此本脫「窡」字之注文及正文「⿱窡口」。

貀　獸名似狸蒼黑無前足善捕鼠又作⿰犭出說文女滑反一　二八二頁八～九行

案今本說文作「貀」，訓作「貀獸，無前足，从豸出聲，漢律：能捕豺貀購錢百」。此本「說文」上脫一「出」字。

⿱頁又　指也古黠反八加一　二八二頁一一～一二行

案「指」當作「指」。

楔　櫻桃又先結反　二八二頁一三行

原卷「櫻桃」作「櫻桃」，案當作「櫻桃」。

⿰金熱　鳥羽病亦長又矛　二八二頁一六行

案切三、王一、王二、全王、廣韻「⿰金熱」并作「鎩」。王氏校云：「⿰金熱，當作鎩。」（註九十三）

⿰亻密　……健皃　二八二頁一七行

案廣韻「㥥」訓作「㥥僋健兒，莫八切」。

聉　二八二頁一八～一九行

案廣韻「聉」訓作「無知之意」。

○十五鎋韻

鎋　車軸頭鐵說文作崋俗作轄非也轄字音礚胡瞎反四　二八三頁一行

原卷正文殘存作「釒卜」，「車」字殘，彙編補。又原卷「崋」作「幸」，案當從廣韻作「舝」。

鶷　〻鶷鳥名伯勞也一名賜　二八三頁一～二行

案「賜」當作「鶪」。

砎　礦砎硬礦字莫鎋反　二八三頁二行

案「硬」字，廣韻同，切三、王一、王二并作「鞕」，又此本「礦」當作「磯」。

闔　擊門扇　二八三頁二行

案切三、王一、王二、廣韻正文并作「闔」，當據改。

鴰　鶬鴰鳥名逆尾九尾出說文又音括　二八三頁六行

原卷「鴰鳥」合為一字作「鵏」，誤。又此本「尾」當作「毛」。

栝　禳祠名　二八三頁六行

原卷「祠」作「詞」，案當作「祠」。

頢　又短面皃下刮反五　二八三頁七行

原卷「又」作「㕛」。案切三「頢」訓作「短面」，王一訓作「短皃」（脫一「面」字），王二訓作「短面皃」，廣韻訓作「短面皃也」。原卷衍「又」字。

鵽 〻鳩鳥名似雌雉脚無後口食出沙漠丁乱反二 二八三頁八行
原卷「口」作「而」，「漠」作「漢」。案廣韻「鵽」訓作「爾雅曰：鵽鳩，寇雉。郭璞云：鵽大如鴿，似雌雉，鼠腳，無後指，歧尾，為鳥憨急，羣飛，出北方沙漠。丁刮切，又下括切」，原卷「漢」當作「漠」、「乱」當作「刮」。

刖 去亦槷刖危皃五足刮反二又音月 二八三頁八～九行
原卷注文「刖」作「則」，案當作「刖」。

帓 〻帶 二八三頁一〇行
案「帓」當作「帓」。

捌 方言無齒把百鎋反一 二八三頁一〇行
案「方言」下當有一「云」字，此本脫。

聒 埤蒼云怒視皃荒乱反一 二八三頁一一行
原卷「乱」作「刮」，彙編誤。

○十六屑韻

楔 櫼楔不方正皃 二八四頁一行
原卷「櫼楔」作「櫼楔」，案二字并當从手旁，彙編已改正。

□ □□麦□破 二八四頁二行
原卷殘存作「㞢破麦」。案正文當係「糏」字之殘文也。廣韻「糏」訓作「米麥破也」。

僁 □□聲亦作偦 二八四頁二行

案廣韻「慺」訓作「動草聲，又云鷙鳥之聲，又慺慺呻吟也，亦作僂」。

窵 二八四頁三行
案當作「窵」。

柣 迩足謂閾 古屑反 加二 二八四頁三～四行
案廣韻「柣」訓作「爾雅曰：柣謂之閾，又音秩」。「結」訓作「締也，古屑切」。

潔 清 說文並从手力 二八四頁四行
原卷「从」作「從」。案今本說文「絜」訓作「麻一耑也，从糸㓞聲」段注云：「一耑猶一束也。束之則不㪔曼，故又引申為潔淨，俗作潔，經典作絜」，此本「潔」當作「潔」（王二作「潔」，亦當作「潔」。）「說文並從手刀」當作「說文並從丯刀」。

□ く鸙鳥名鸙 字古鎋反 二八四頁五行
原卷「□」殘存作「鶇」，案當係「鶇」字之殘文，而此字當作「鶇」。

袺 手口共有所作 詩曰予手拮据加 二八四頁六行
案「袺」當作「袺」。廣韻「袺」訓作「詩傳云：執衽曰袺」；「拮」訓作「手口共有所作，詩曰：予手拮据」，此本脫「袺」字之注文及正文「拮」。

岊 高山皃 加 二八四頁八行
原卷「岊」作「㞔」，案當作「岊」。

□ 呼玦反 七加二 二八四頁八行
原卷「□」殘存作「血」，案當係「血」字之殘文也。

眴　瞎眴惡皃　二八四頁八～九行

案切三、廣韻「眴」訓作「瞠眴，惡皃」，王二作「瞠眴，惡皃」，此本「瞎」當作「瞠」。王二「[目室]」當作「瞠」。

沇　二八四頁九行

案當作「沇」。

疢　瘡……空云……加　二八四頁九行

原卷殘存作「疢空瘡云ㄙ」。案廣韻「疢」訓作「瘡裏空也」，又音玦」，此本「加云」不知為何字之訓。

决　莊子云決起而飛槍榆枋小飛皃加　二八四頁一〇行

案「决」當从氵作「決」。

玦　古穴反……　二八四頁一一行

原卷「玦」字殘存左半，彙編補全。案注文殘存作「古穴反十口加缺」，廣韻「玦」訓作「珮如環而有缺，逐臣賜玦，義取與之訣別也，古穴切」。比對廣韻則此本注文當係作「珮如環而有缺古穴反十四加三」。

觼　舌環　二八四頁一二行

原卷「環」下缺一字。案廣韻「觼」訓作「環有舌也」，此本或即殘「有」字。

駃　く騠良馬……七く日　二八四頁一二行

案廣韻「駃」訓作「駃騠，良馬，生七日超母也」。

英　藥く萌名　二八四頁一三行

原卷正文及「く」殘，彙編補入。又此本「萌」當作「明」。

鴂 鶗鴂鳥名關東曰巧婦鷴西曰鸋鴂春分鳴秋分鳴明則眾芳鶗也　二八四頁一三～一四行

原卷上「鷴」字殘作「開」，下「鷴」字殘作「開」，案并當作「關」。廣韻「鴂」訓作「鶗鴂，鳥名。關西曰巧婦；關東曰鸋鴂。春分鳴則眾芳生，秋分鳴則眾芳歇」。此本衍「明」字，「鶗」當作「歇」。

臬　二八四頁一五行

原卷作「寘」，案當作「臬」。

穴 窟也地氣使之然胡口反一　二八四頁一六行

原卷「穴」作「宂」，案當作「穴」。又原卷脫切語下字。廣韻切語作「胡決反」，切三、王一、王二、全王并作「胡玦反」。

垤 蟻封左傳云皇寢門之闕又曰塚前闕也　二八四頁一八～一九行

原卷「寢」作「寑」，案當作「寢」。又原卷「皇」上脫一「垤」字。

耋 老加至　二八四頁一九行

案王一、王二、全王并訓作「老」，廣韻訓作「老也，八十為耋，亦作耊」。此本云「老加至」者，蓋說明字之構造也。

跌 々踢又差蹉加　二八四頁一九行

原卷「踢」作「踢」，彙編誤。案切三、王一、王二「跌」并訓作「跌踢」，廣韻訓作「跌踢，又差跌也」，此本「蹉」當作「跌」。又廣韻「踢」當作「踢」。

軼 牛相過又音逸　二八四頁二〇行

案「牛」當作「車」。

閴 閴閻鄭城門也　二八四頁二〇～二一行

戜 利也又國名在三苗　國東出三海經　二八四頁　二二行

案「閧」當作「閧」。原卷「三海經」作「山海經」，彙編誤。又此本正文當作「戜」。

頡 〻頡淮南子云蒼　跡文而作書天雨粟鬼夜□□□則詐偽萌　頡皇帝使官觀鳥　生夲取木弃耕菜天知將餓為雨粟鬼□□　□□刑列故哭又姓風俗通　云有頡衛古之賢者耳也　二八四頁　二四∫二六行

原卷上「□□□□」，或殘或模糊，未可辨識，王氏引作「夜哭言契」。下「□□□□」，亦未可辨識，王氏末「□」作「書」。校云：「皇當作黃，使當作史。淮南本經訓高誘注曰：『蒼頡始視鳥跡之文造書契，則詐偽萌生，詐偽萌生則去本趨末，棄耕作之業而務錐刀之利，天知其將餓，故雨粟，鬼恐為書文所劾，故夜哭也。』此注引之譌奪殊甚。」（註九十四）

□ 以衣社　盛物　二八四頁　二七行

原卷「□」殘存作「唄」，案當係「襩」字之殘文也。

捏 捺　二八四頁　二七行

案「捺」當作「捺」。

筸 莱似蒜　生水邊　二八四頁　二八行

原卷「筸」作「堇」，彙編誤。又此本「莱」當作「菜」。

□ ⋮大管曰籥　中⋮曰篧小曰　加筍　二八四頁　二八∫二九行

案廣韻「篧」訓作「爾雅云：大管曰籥，其中曰篧，小者曰筊」。

臬 木注云門⋮⋮足云　在牆曰樨在地曰臬　二八五頁　三二行

原卷注文作「礼注云門橛也迩足在　云牆曰樨在地曰臬」，彙編多所殘缺。案原卷「迩」當作「

尒」，「在云」當作「云在」。

蔑 無也說文從目戍首音木蔑亦通莫結反十一加四 二八五頁三三～三四行

案今本說文「蔑」訓作「勞目無精也，从首从戍，人勞則蔑然也」。此本「說文從目戍，首音木」當作「說文從首戍，首音木」。

簑 竹く 二八五頁三五行

案和名類聚鈔九引孫愐切韻云：「簑，竹皮也。」（註九十五）

鱴 鮤鱴鰍今鮆也出廣疋加 二八五頁三五行

案「鱴」當作「鱴」（下文「懱」「鱴」「礣」「醆」諸字，并當从蔑。），「鰍」當作「魩」。又「鮆」下當有一「魚」字也。

紉 紐也出蒼頡篇加 二八五頁三五～三六行

原卷正文作「紉」，案廣韻「紉」訓作「細也，出蒼頡篇」。此本正文及注文「紐」字并當據廣韻改正。

醆 く比也小出說文比字即列反加 二八五頁三六行

案「也小」二字誤倒。

⿱蔑糸 鞄又普簑反 二八五頁三七行

案切三、王一、王二、全王、廣韻「鞄」并作「鞔」，當據改。

狪 獸名似羊牛牛白首四角出山海經也加 二八五頁三九行

原卷「狪」作「𤞍」，案當作「狪」。又此本行「羊牛」二字。

猰 く犺不仁加古結反七一 二八五頁三九～四〇行

原卷「古」字殘上半，案當係「苦」字之殘文也。又「猰」當作「猰」，「犺」當作「犺」。

絜　迠足云絜滅斷絶也加　二八五頁四一行

案廣韻「斷」作「殄」，與爾雅合，當據改。

奃　肥壯虎結反二　二八五頁四一～四二行

案「奃」當作「奃」。「肥」當作「肥」。

窒　塞也丁結又涉果反四　二八五頁四六～四七行

原卷「涉果」作「陟栗」，彙編誤。

眰　䀏〻　二八五頁四六行

原卷「眰」作「膣」，案當作「眰」。

○十七薛韻

薛　二八六頁一二行

原卷作「薛」，即「薛」字也。

疶　痆病作殘　二八六頁一二行

案「作」上脱一「亦」字。

褻　衷衣　二八六頁一～二行

案廣韻「褻」亦訓「衷衣」，彙編廣韻校勘記云：「衷衣，巾箱本同，澤存本誤作裏衣，案唐韵亦作衷衣。」（註九十六）今本說文「褻」訓作「私服，从衣埶聲，詩曰：是褻絆也」；「衷」訓作「裏褻衣，从衣中聲，春秋傳曰：皆衷其衵服」，則「褻」訓為「裏衣」「衷衣」均可也。

泄　漏泄亦作洩歇又姓左傳鄭大夫泄駕　二八六頁二行

原卷「洩」作「洩」，案當作「洩」。又「歇」下當有一「也」字。（蔣氏將注文調整作「漏泄也，歇也。亦作洩。又姓，左傳鄭大夫泄駕」。（註九十

七）

渫 治牛亦除去又姓渫子古賢者出韓子 二八六頁二～三行

案「牛」當作「井」。王二「渫」訓作「治牛」，「牛」字亦當作「井」。

迾 遮邑 二八六頁四行

原卷「邑」作「昌」，彙編殘。案「昌」當作「遏」。

洌 清く 二八六頁四行

原卷「清」作「清」，彙編誤。

颲 風雨暴至 二八六頁五行

原卷「暴」作「㬥」，案當作「暴」。

鴷 啄鳥 二八六頁五行

案注文當作「啄木鳥」，此本脫「木」字。

蛰 螯或作口 二八六頁六行

原卷「口」作「蛆」，上田正氏校作「蚟」。案切三「蛰」，訓作「虫螯，或作蛆」。廣韻作「螯也，亦作蛆」。此本「蛆」當作「蛆」也。

揭 高口又蝎許二音 二八六頁七行

原卷「口」殘。案廣韻「揭」訓作「高舉，又蝎許二音。」

⋮⋮ 拗折 亦複姓南涼王禿髮傉檀立其妻折掘氏為皇后又常列反 二八六頁八～九行

原卷正文殘存作「丅」。案當係「折」字之殘文也。

靻 柔皮 二八六頁九行

案「靻」當作「靼」。

舌 山海經云長舌又食列反二 二八六頁九行

原卷注文「舌」作「古」，案當作「舌」。案廣韻訓作「口中舌也。山海經云：長舌山有獸名長舌，狀如禺而四耳。出則郡多水。又姓，左傳越大夫舌庸也」。此本刪削殊甚。「食列反」係正切，非又音也。

孽　庶亦作薛魚 列反九加二　一二八六頁一〇行

原卷「孽」殘存作「孽」，案當係「孽」字之殘文也，又注文「薛」當作「孽」。

䕸　妖䕸說文服哥謡草木之恠謂之妖 作蠥云衣禽獸蟲蝗之恠謂之蠥　一二八六頁一〇行

原卷「草木」下「之恠」二字殘，彙編補入也。案今本說文「蠥」訓作「衣服歌謠艸木之怪謂之祅，禽獸蟲蝗之怪謂之蠥」，段注云：「……禽獸蟲蝗之字皆得从虫，故蠥从虫，諸書多用孽，俗作䕸。」此本「哥」當作「歌」。

蘗　〻餘又姓何氏姓苑云東 苑人本姓薛辟仇改焉　一二八六頁一一〜一三行

案「苑」當作「莞」。

钀　高皃 加　一二八六頁一二行

案廣韻「钀」訓作「馬勒傍鐵」。今本說文「钀」訓作「轙，或从金獻」；「轙」訓作「車衡載轡者，从車，義聲」。此本誤將下文「䡾」字之注文入於此，而脫原訓。

䡾　又高 皃加　一二八六頁一二行

案廣韻「䡾」訓「高皃」，今本說文訓作「載高貌」，此本注文當作「高皃，加」，或作「載高皃，加」。此書「又」字者，蓋寫者「钀」字既誤列「高皃」之訓，「䡾」字訓又為「高皃」，爰加「又」字耳。

趏　人来丘去謁反 竭反又四加二　一二八六頁一二〜一三行

原卷「人」作「く」，彙編誤。

蒚　く車香草加　二八六頁一三行

原卷正文作「蒚」，案當作「蕌」。

滅　亡列反二　二八六頁一三行

原卷正文作「滅」，案當作「滅」。彙編已改正。

鷩　雉屬似山雞而小礼有敝冕并列反四也　二八六頁一四行

案「敝」當作「鷩」。

説　傳説高宗相又失贊反加　二八六頁一七行

案「傳」當作「傅」。

鈌　少俗作鈌傾雪反二加一　二八六頁一七～一八行

原卷「少」作「小」。案切三、全王「鈌」并訓作「少」，廣韻訓作「少也」。原卷「小」當作「少」。

准　應劭類權拙也文穎云准云准鼻也又章允反加　一八六頁一九～二〇行

案廣韻「準」訓作「應劭云：準，頰權準也。李斐云：準，鼻也」，漢書高帝紀云：「高祖為人隆準而龍顏。」應劭曰：「隆，高也；準，頰權準也。」李斐曰：「準，鼻也。」文穎曰：「音準的之準。」此本譌誤之處，可據以改正。

啜　疲也惙田間又憂道　二八六頁二〇～二一行

原卷「啜」作「畷」。案「畷」「惙」二字當互易。

□　□酔出説文□……三輟　二八六頁二一～二二行

原卷殘存作「令說小文酔ㄟ出ㄓ三輟」。案廣韻「餟」訓作「祭酹也」；「劣」

埒　馬埒又孟康云等也　二二八六頁二二行

訓作「弱也，鄙也，少也，力輟切」。案廣韻「埒」訓作「馬埒，亦庢也，還也，堤也。爾雅：山上有水埒。又孟康云：等庳垣也」。此本脱「庳垣」二字。

鋝　十二銖廿五分之十三出說文　二二八六頁二二行

案廣韻「鋝」訓作「說文曰：十一銖二十五分之十三。周禮曰：重三鋝。又音刷」，與此本所引不同。今本說文「鋝」訓作「十一銖二十五分銖之十三也，从金寽聲。周禮曰：重三鋝，北方呂二十兩為三鋝」。段注云：「各本十一銖作十銖二十五分，奪銖字，今依尚書音義漢蕭望之傳注廣韻十七薛正。」則此本「十二銖」當作「十一銖」，「分」下脱一「銖」字。

覕　暫見芳劣反又芳結反四加一　二二八七頁三行

原卷注文作「暫見芳反又芳結反四加一芳劣」。案原卷「芳劣」蓋訂正上文「芳反」之誤而補書也。

瞥　目翳也出說文加……分或作謭方列反二加一　二二八六頁二三～二四行

原卷「瞥」訓下有正文「別」，其注文殘。案「分或作謭方列反二加一」之正文當係「莂」字。廣韻「莂」訓作「分莂，一云：分契。方別切」，下出「謭」，注云：「上同。」

莂　種概移蒔之出埤蒼加　二二八六頁二四行

案王氏校云：『慧琳一切經音義八十云：「莂，分別之謂也。埤蒼云：莂，謂種概分移蒔之也。字書無此字。考聲或從竹；廣切韻從草作莂。」案此字為孫愐所加，而字又從草，則廣切韻即謂此書。希麟續音義三稱孫愐廣韻亦

一證也。』（註九十八）

□　掃也括也或作刷所劣反二加一……二八六頁二五行
原卷「□」殘，案當係「㕞」字也，廣韻「㕞」訓作「埽也，清也，所劣切」，下出「刷」，注云：「上同。」

趌　跳之……□香草　二八六頁二六行
案廣韻「趌」訓作「趌蹶跳皃」；「諼」訓作「香草」。此本「冂」當係「諼」字也。

烕　烕也說文從火戌　二八六頁二六～二七行
案注文「烕」當作「㓕」，「戌」當作「戌」。

呹……出也女謈反一　二八六頁二七行
原卷殘存作「呹不呐」「出也女謈反一」，案所殘存之注文蓋屬「呐」字之訓。廣韻「呹」訓作「飲也，說文與歠同」，「呐」訓作「嗢呐聲不出，女劣切」。又據蔣氏所校，此本「女」上尚脫一「又」字。（註九十九）

蹶　有所犯突……后月居衛二反二……　二八六頁二八行
原卷正切殘，案廣韻「蹶」訓作「有所犯突，紀劣切，又居月又居衛二切」。又原卷此訓下殘存一正文左半「癹」，廣韻「蹳」訓作「豕發土也」。

薰　二八六頁二八行
案當作「⿱⺮熏」。

蠘……□□蠘似蟬……蠘姊……　二八七頁二九行
案廣韻「蠘」訓作「茅蠘似蟬而小，姊列切」，下出「蠽」，注云：「上同。」

癶 二八七頁二九行 案當作「匕」。

屮 草初生皃□列反五加 二八七頁三〇行 原卷「□」殘存作「扌」，案當係「丑」字之殘文也。又原卷「加」下殘一字，當作「三」，蓋以下所列加字實三也。

撤 二八七頁三〇行 案當作「徹」。

联 司馬法小罪曰駷謂以箭貫耳加 二八七頁三一行 案「联」與「聅」字同。「司馬法」下脫一「曰」字。又「駷」蓋「聅」字之誤。

劕 二八七頁三二行 案當作「𠝣」。切三、王二作「劕」，王一作「𠜶」，全王作「𠝣」，并當作「𠝣」。

啜 嘗也殊雪反一 二八七頁三二行 原卷「嘗」作「嘗」。

拮 拈也專絶反一 二八七頁三二行 案「拈」蓋「枯」字之誤。「專」蓋「寺」字之誤。

○廿九藥韻

藥 說文云療病草又姓後漢有南陽太守河內藥以灼反十四加五 二八八頁一行 原卷「藥」上有「廿九」二字，彙編未錄。又此本注文「藥」下脫一「崧」字。

籥 樂器以笛 二八八頁一行

原卷正文作「籥」，當作「籥」。又此本「以」當作「似」。

鑰 開之 二八八頁一～二行

案注文切三同，王二、廣韻（正文作「鑰」，切三、王二、全王作「鑰」）訓作「關鑰」，全王訓作「關具」。又此本正文當作「鑰」，本韻从龠之字仿此。

瀹 熤爚光明 二八八頁二行

案此為「爚」字之訓，此本脫「瀹」字之注文及正文「爚」。

櫟 二八八頁二行

案當作「櫟」。

屵 岸上見人 二八八頁二行

案廣韻「屵」作「屵」，今本說文作「屵」。彙編廣韻校勘記云：「本文及注兩屵字，澤存本均作屵，巾箱本正文作屵，注作屵，案正文當作屵，注作屵，注屵段改屵。」（註一〇〇）此本「人」當作「也」，又此為加字，注文末當有一「加」字，原卷脫。

𩱦 內肉湯中蕩出之並出說文加 二八八頁二～三行

案今本說文「𩱦」訓作「內肉及菜湯中薄出之」，可據以校正。王二訓作「內肉湯中薄出之」。

略 簡略謀略又姓出何氏姓苑云□零後人離灼反五加三 二八八頁三行

原卷「□」殘存作「亽」，案當係「今」字殘文也。又此本「後」蓋「陵」字之誤也。

擽　從手字統云擊也作掠却人財又音亮加　二八八頁三行

原卷「却」作「劫」，彙編誤。又此本「作」上當有一「亦」字。「財」下當有一「物」字，「掠」當作「掠」。廣韻「擽」訓作「字統云：擊也」，「掠」訓作「抄掠劫人財物」。

腳　居夕反二　二八八頁四行

案「腳」當作「脚」。

砎　刀砎又姓有砎肙氏何氏姓苑今云平陽人　二八八頁五行

案廣韻「砎」訓作「刀砎，又漢複姓，有砎胥氏。何氏姓苑云：今平陽人」，可據正。

勺　周公樂名又複姓般人六族有口口勺二氏也　二八八頁五、六行

案「複」當作「複」，唐寫本偏旁衤衣常不分。又此本「複」上當有一「漢」字。原卷「口口」殘存作「𠮷尸」，案當係「長尾」二字之殘文也，惟此本「長」下脫一「勺」字。廣韻「勺」訓作「周禮：梓人為飲器勺一升，又漢複姓，般人六族有長勺尾勺二氏，又音酌」。

糕　五穀皮也又音桔　二八八頁六行

案「桔」當作「桔」。

爚　⿰彳⿱龠灬爚光皃又音樂加　二八八頁七行

案「⿰彳⿱龠灬」當作「⿰亻⿱龠灬」；唐寫本偏旁彳亻常不分。

楉　〈榴安石柖加　二八八頁八行

原卷「柖」作「榴」，彙編誤。

⿱⿰石長冃　大脣白屵⿱⿰石長冃屵字言⿰忄屵反　二八八頁九行

案「白」當作「臼」。

鄐 退俗作郤去約反二 二八八頁一〇行

案「鄐」當作「郤」。

□ 酷也魚約反二 二八八頁一一行

案此為「虐」字之訓也。廣韻「虐」訓作「酷虐，說文作虐，殘也，魚約切」。

謔 戲也虛約反一 二八八頁一一行

案「謔」當作「謔」，「戲」當作「戲」。

芍 芍藥草又香可和食芍字張約反藥字良約反又芍□在淮南七削反又蓮芍縣在馮翊之若反亮茈草名胡了反 二八八頁一二行

原卷「□」殘存「阝」，案當係「陂」字之殘文也。和名類聚鈔十引唐韻云：「芍藥，藥草，可和食也。」（註一〇一）廣韻「芍」訓作「芍藥。蕭該云：芍藥，香草，可和食。芍，張略切。藥，良約切。又芍陂，在淮南，七削切。又蓮芍，縣名，在馮翊，之若切。又蔦茈，草名。胡了切。」此本「草又香」應作「香草」或「藥草」，「亮」蓋「蔦」字之誤也。

奥 似鬼而大丑略反四加一 二八八頁一二、一三行

案正文當作「㚇」。廣韻以「㲋」為紐首，「㚇」為重文。

逴 □連行皃 二八八頁一三行

原卷「□」殘存「田」，案當係「略」字之殘文，王二、廣韻「逴」并訓「略逴行皃」。

爵 封古作䨿爵俗即略反三加一 二八八頁一四行

廣韻「爵」下出「𣪘」，注云：「古文。」此本「䨿」當作「𣪘」。

爝　炬火莊子云日月出矣而爝火不息又音嚼加嚼靖埤蒼云白色在爵反三　一二八八頁一四～一五行
原卷「爝」之注文至「加」字止。「嚼」係正文，注文為「靖埤蒼云白色在爵反三」。彙編將「嚼」及此字之注文并誤入「爝」字之訓也。

鵲　字林云䳟七雀反七加四　一二八八頁一五行
案「云」當作「作」。

碏　敬也衛大夫石又姓碏加也　一二八八頁一五～一六行
案「姓」當作「人名」。注文末「也」字衍。

芍　破石在壽春加　一二八八頁一六行
案「破」當作「陂」。

噱　嗢噱笑不止其虐反三　一二八八頁一六～一七行
原卷「止」作「正」。案當作「止」。

踦　一二八八頁一七行
案當作「踦」。

韄　廣疋云度入加　一二八八頁一七行
案「入」當作「也」。

縛　一二八八頁一七行
案當作「縛」。

玃　大緩反五還縛加一　一二八八～一二八九行
案正文當作「玃」。本韻从矍之字仿此。又此本「緩」當作「猨」。

攫　一二八八頁一九行
原卷作「欔」，案當作「攫」。

矍 視遽說文云隹欲逸走從又持之加 二八八頁一九行

案廣韻「矍」訓作「說文云：隹欲逸走也，从又持之矍矍也，一曰視遽皃」，此本脫「之」下「矍矍也」三字。

碏 說文云斫也加 二八八頁二〇行

案廣韻「碏」作「⿰石著」。今本說文亦作「⿰石著」。當據改。

○卅鐸韻

鐸 大鈴又姓左傳晉上軍尉鐸遏冠徒落反十加三 二九〇頁一行

原卷正文作「鐸」，彙編誤。又此本「冠」當作「寇」。又原卷入聲韻總目「鐸」作「徒各反」，「各」為「落」字之誤。

⿰忄度 村忖〻 二九〇頁一行

案「村」字衍。

澤 ……云冬氷之冷澤 二九〇頁一行

原卷正文作「澤」，彙編誤。案廣韻「澤」訓作「楚詞云：冬冰之洛澤」。

此本「冷」當作「洛」。

度 量也音渡 二九〇頁二行

案「音」上脫一「又」字。

襗 褻衣 二九〇頁二行

案當作「襗褻衣」。

□ 說文云日冥也從茻音莽亦虜複姓五氏西秦錄有左衛……涼州剌史莫侯眷後魏末有乱寇莫折念生又有莫與……虜三字好姓周太賜廣寧楊纂姓莫容暮各反十加二 二九〇頁二～三行

原卷「好」作「好〻」，「〻」表刪去，而彙編誤存之。案廣韻「莫」訓作「無也，定也，說文本模故切，日且冥也，从日在茻中。茻音莽。又州名，開元十三年改鄭州，去邑。亦姓，楚莫敖之後。又虜複姓五氏。西秦錄有左衛將軍莫者羖羝。南涼州刺史莫侯悌眷。後魏末有亂寇莫折念生。又有莫輿氏、莫盧氏。又虜三字姓，周太祖賜廣寧楊纂姓莫胡盧氏也。慕各切。」今本說文「莫」訓作「日且冥也，从日在茻中，茻亦聲」，并可訂正此本譌脫之處。

幕 帷幕。又姓。風俗通……祖能□顏□者…… 二九〇頁三～四行

原卷上「□」作「師」，下「□」作「項」，「者」下一字作「後」。案王氏校云：「當作風俗通云：幕舜祖能師顏項者，後因氏焉。」（註一〇二）廣韻注文則無「風」字以下諸字。

「□」 縣名，在□州。亦入姓。 二九〇頁四行

原卷正文殘存作「莫」，案當係「鄚」字之殘文也。又原卷注文「□」作「莫」。

鏌 〻鋣，釛名。 二九〇頁四行

案「釛」當作「劒」。

寞 〻統〻□六目加〻 二九〇頁四～五行

原卷殘存作「寞統云目小加〻」，案此注文當係「瞙」字之訓，彙編誤置「寞」字下。廣韻「寞」訓作「寂寞，說文作㝥嘆」，「瞙」訓作「字統云：目不明」。

雒 字林云雒鶹馬又姓絡雒並出何氏姓苑 二九〇頁五行

案廣韻「雒」訓作「字林鴟鵋鳥，又姓，駱絡雒，並出姓苑」，彙編廣韻校勘記云：「鴟，澤存、巾箱兩本均作鵅，案二十陌鵅注亦作鵅。」（註一〇三）案此本二十陌「鵅」訓作「鴟鵋，鳥名」，則「雒」訓之「睢」當作「雎」或「鴟」也。

酪 乳 二九〇頁五行

原卷此字訓上殘存注文「瓔〻」，案當係「珞」字之殘存注文。廣韻「珞」訓作「瓔珞也」。

樂 喜也 五角五 教二反 二九〇頁五～六行

案「五角」上脫一「又」字。

輙 錯書 二九〇頁六行

原卷「輙」字右旁有「乛」，蓋寫者本欲書「轢」字，而誤書作「輙」，遂於右旁加「乛」號，又注云「錯書」。

轢 洛 二九〇頁六行

案王二「轢」訓作「淩，又零激反」，全王訓作「轢，又力的反，車所踐」，廣韻訓作「陵轢，又音歷」，今本說文訓作「車所踐也，从車樂聲」，此本「洛」字蓋指音也。

□ 大皃 二九〇頁六行

原卷「□」殘存作「白」，上田正氏校作「睢」，案王二字作「皠」。全王作「皠」，龍氏校箋據今本說文校作「皠」，惟今本說文訓作「鳥之白也」。玉篇「皠」「睢」并訓作「白也」，而「皠」字讀「乎穀切」，「睢」讀「力各切」，疑此本正文當係「睢」字。又「皃」蓋「白」字之誤。

馲 く駝又音馲託 二九〇頁六行

案注文「馲」字衍。

搭 攤搭出音譜加 二九〇頁七行

原卷注文「搭」作「榙」，案正文「搭」蓋「榙」字之誤也。

䨕 說文云口䨕加 二九〇頁七行

案王二「䨕」訓作「雨䨕」。廣韻訓作「說文云：雨䨕也」，與今本說文合。此本殘「雨」字。

拓 手承物又氏周虜複姓二王 二九〇頁七～八行

案廣韻「拓」訓作『手承物。又虜複姓二氏。周書：「王秉王興并賜姓拓王氏。」又有拓跋氏。初，黃帝子昌意少子受封北土，黃帝以土德王。北俗謂土為拓，謂后為跋，故以拓跋為氏。跋亦作拔。或說，自云：「拓天而生，拔地而長，遂以氏焉。」後魏孝文大和二十年改為元氏也。』此本為寫者刪削殊甚。

跰 く弛不遵礼度加 二九〇頁八行

案廣韻「蹄」訓作「蹄弛，不遵禮度之士」，此本有譌脫。又上文「抨」字當作「揥」。

作 為也起也又臧羅臧洛二反加三 二九〇頁九行

原卷二「臧」字并作「臧」，案并當作「臧」。又「作」字為紐首，此本脫正切，又衍「加」字。

糱 精細半從臼 二九〇頁九行

案和名類聚鈔九引唐韻云：「糱，精細米也。」（註一〇四）廣韻「糱」訓作「精細米也。說文曰：糲米一斛舂九斗曰糳。」此本「蘗」當作「糳」，「半」當作「米」。

錯 鑪別名又雜也倉各反四加一五 二九〇頁九～一〇行

案和名類聚鈔五引唐韻云：「錯，鑪別名。又摩也。」（註一〇五）廣韻「鑪」作「鑢」，「錯」訓作「鑢別名，又雜也，摩也，詩傳云：東西為交，邪行為錯。說文云：金涂也，倉各切」，今本說文「錯」訓作「金涂也」，「鑢」訓作「厝銅鐵也」。此本及和名類聚鈔「鑪」并當作「鑢」。

閣 樓閣亦姓急就章有閣并訴 二九〇頁一〇行

原卷注文上「閣」字作「閤」，案當作「閣」。又此本「訴」當作「訢」。

愕 驚也五各反十一加三 二九〇頁一一行

案正文當作「愕」。

鄂 國名在武昌又人姓漢妥平侯鄂君 二九〇頁一一行

案「妥」當作「安」。

鍔 釼端与鍔 二九〇頁一二行

案「釼」當作「劒」。「与」字，王氏校云：「疑當作為。」蔣氏校云：「疑為曰字之譌。」（註一〇六）王二、廣韻并訓作「劒端」。

噩 歲在酉曰作噩事出迩疋加 二九〇頁一二行

案「事」字衍。

𧍞 似蜥蜴長丈居水中潛吞人出說文加 二九〇頁一二～一三行

案廣韻「䖋」訓作「說文曰：似蜥蜴，長一丈，水潛，吞人郎浮，出日南」，下出「𧍞」，注云：「上同。」今本說文「䖋」訓作「佀蜥易，長一丈，水潛，呑人即浮，出「日南」。此本有脫文。

**惡** 烏各反又烏胡反三　二九〇頁一三行

原卷「胡」作「故」。

**堊** 地名蚉白玉　二九〇頁一三行

案和名類聚鈔一引唐韻云：「堊，白土也。」（註一〇七）廣韻「堊」訓作「白土」，「蚉」訓作「蛇名」。此本注文誤易。又「地」當作「蛇」或「虵」，「玉」當作「土」。

**濼** □或作霈　二九〇頁一三行

原卷「□」作「陂」。案原卷「霈」當作「霏」。

**轉** 車□覆□　二九〇頁一四行

原卷注文殘存作「⿰巳車覆」，案當作「⿰毛車覆」也。廣韻「轉」。此本正文當作「轉」。

**薄** 厚薄又姓漢帝　二九〇頁一四行

原卷「帝」下尚殘數字，廣韻「漢」字下作「文帝母薄氏」，脫「文」字，「帝」下當有「母薄氏」三字。

**□薄** 盤礴石　二九〇頁一四行

原卷正文殘左半「□薄」，案當係「礴」字之殘文也，廣韻「礴」訓作「盤礴」。

**鄗** 縣名光武次為高邑　二九〇頁一五行

原卷「次」殘存作「㳄」，案當係「改」字之殘文也，據廣韻補。

**硻** 丘〻　二九〇頁一五行

案正文王二作「鑿」，當作「鑿」。

…… 盡也散也又所戟反四加一　二九〇頁一五行

案廣韻「索」訓作「盡也，散也，又繩索，亦姓，出燉煌，蘇各切，又所戟切。」此本正文當係「索」字，又此本「又」上奪「蘇各反」三字，又和名類聚鈔四引唐韻云：「糒糗二音索煮米多水者也。」（註一〇八）「糗」字當在此紐中，惟此本無。

鸐 似鵲長啄　二九〇頁一六行

案「鸐」當作「鸖」，「啄」當作「喙」。

怍 懇慙　二九〇頁一七行

案廣韻「怍」訓作「慙怍」，當據改。

藙 穿　二九〇頁一七行

原卷正文作「藙」，案當作「𣪘」。本韵从𣪘之字仿此。

爆 白於火　二九〇頁一九行

案廣韻「爆」訓作「迫於火也」，王二、全王并訓作「迫於火」，此本「白」當作「迫」。

嚩 〻集嚛皃嚛字子入反　二九〇頁一九行

案正文當作「嚩」。本韻从尃之字仿此。又廣韻「嚩」訓作「嚩嚛噍皃，嚛，姊入切」，此本衍一「集」字，脫一「噍」字。或云：「集」當作「嚛」，上「嚛」字當作「噍」。

襮 衣領　二九〇頁一九行

案「襮」當从衣作「襮」，唐寫本偏旁礻衤常不分也。

鎛　大鍾　二九〇頁一九行
案「鍾」當作「鐘」。據王二、廣韻改。

蜅　く噍蟷螂卯加　二九〇頁二〇行
案「噍」當作「蟭」。

猼　水名加　二九〇頁二〇行
案「水」當作「犬」。

䍸　く羖獸名似羊九四尾耳目在耳後出山海經加　二九〇頁二〇行
案「四尾」二字誤倒。

霍　二九〇頁二一行
案當作「靃」，本韻从「霍」之字仿此。「霍」「靃」本二字，而唐寫本俗書不分。

霩　雲霄皃也　二九〇頁二一行
案廣韻「霩」訓作「雲消皃」。此本「霄」蓋「消」字之誤也。

藿　豆菜香草　二九〇頁二一行
案「香」上脫一「又」字。

彍　張也或作彍說文云張弓弩開元十三年置擴彍騎又音郭加　二九〇頁二二行
原卷「擴」右旁有「:」，表刪除也。彙編未刪去。王氏據「開元十三年置彍騎」之語，考定此本非長孫氏箋注之本，其云：『卅鐸「彍」下注云：「張也，或作彍。說文曰：張弓弩，開元十三年置彍騎。又音郭。加。」案長孫箋注成於儀鳳二年，而此有開元十三年事，則此非長孫氏箋注也。』王氏以為「此即孫愐書，惟寫手殊潦草又多脫落耳。」（註一〇九）

鄗 郭亦通城郭又吉慱反三　二九〇頁二行

案正文當作「鄗」，「又」下脱一「姓」字，「吉慱」當作「古博」。

廓 口也反三苦郭加一　二九〇頁二三～二四行

原卷「口」作「虛」。

鄚 水名在魯出說文又許鑛反加　二九〇頁二四行

案「許」當作「許」。

○廿一陌韻

陌 阡陌東西為陌莫白反九加一　二九三頁一一行

案和名類聚鈔三引唐韻云：「路南北曰阡，東西曰陌。」（註一一〇）

祏 複〻　二九三頁一二行

原卷注文作「〻靜〻或〻複」，「〻」表刪除。又「複」當作「腹」，詳見本篇「切三校勘記」校文。

蓦 靜或作驀　二九三頁一二行

原卷「慕」作「蓦」，案當作「蓦」。

驀 〻口　二九三頁一二行

原卷「驀」作「驀」，彙編殘。廣韻「驀」訓作「騎驀」。

舴 艋小舟艋字著舌反　二九三頁一三行

原卷「艋」上有「〻」。彙編缺。又原卷「著」作「莫」，彙編誤。

白 西方色又姓秦師有白乙景傍陌反四加一　二九三頁一五行

原卷「西」作「四」，案當作「西」。又此本「師」蓋「帥」字之誤也。

舶 海中大舟　二九三頁一六行

案和名類聚鈔三引唐韻云：「舶，海中大船也。」（註十一一）

屐 [illegible] 二九三頁七行

案當作「屐[illegible]」。

[illegible] ～倦 二九三頁七行

案正文當作「[illegible]」。廣韻作「[illegible]」，段改从丮。今據改。

索 求也或作索所戟反又蘇合反四加一 二九三頁八行

原卷「合」作「各」，彙編誤。

[illegible] 碎石隤地聲出說文加 二九三頁八行

原卷「文」下有「也」字。

柵 村柵測戟反三 二九三頁九行

原卷「村」作「村」，案當作「村」。

籍 剌也國語云籍魚鼈 二九三頁九行

案二「籍」字并當作「簎」。

嚄 大嚼一胡伯反 二九三頁九～一〇行

原卷「嚼」作「嚘」，即「喚」字也。彙編誤。

岝 ～峉嵱山皃 二九三頁一一行

案注文衍「峉」或「嵱」字

郄 二九三頁一二行

案「郄」為「郤」之俗寫。本韻从「𠔁」之字仿此。

頟 二九三頁一三行

原卷字作「額」、

諮　鄭玄〻諮〻教令嚴加　二九三頁一三行

案「鄭玄」下之「〻」當作「云」。

虩　懼皃許郄反一　二九三頁一五行

原卷正文作「虩」，案當作「虩」。又「郄」為「郤」字之俗寫。

韄　佩尸飾乙白反一　二九三頁一六行

案和名類聚鈔五引唐韻云：「韄，佩刀把中皮也。」（註一一二）此本「尸」蓋「刀」字之誤也。

拍　打也普伯反六加二　二九三頁一六行

原卷正文作「掐」，案當作「拍」。

怕　懀靜也又怕木名　二九三頁一六～一七行

原卷正文殘存右半「白」，案當係「怕」字之殘文也。廣韻「怕」訓作「懀怕，靜也」。

𩲡　疾出說文也又⋮⋮　二九三頁一七～一八行

案廣韻「𩲡」訓作「疾也，又音赴」。此本正文當作「𩲡」。

赫　赤也亦盛皃又虜複姓赫連氏其先匈奴右賢王去界之後劉元海勃〻以後魏天賜四年王於朔方國号夏以子從母之姓非礼也乃云帝王者也係為天子為徽赫實与天連因改姓曰赫連氏呼格反三　二九三頁一八～二〇行

原卷正文殘存左半，案當係「赫」字之殘文也。原卷「複」作「複」，案當作「複」。原卷「界」作「畀」，彙編誤。又原卷「礼」上有「化⋮」，「⋮」表刪除也，彙編已刪去。

□　鞍〻　二九三頁二〇行

格 式度量也亦古伯反七加一 二九三頁二一行

原卷「口」殘存作「㭊」，案當係「格」字之殘文也。廣韻「格」訓作「鞍格」。

案廣韻「格」訓作「式也，度也，量也。書傳云：來也。爾雅云：至也。亦格五博屬行箭，但行梟以格殺。漢吾丘壽王善之。又姓。東觀漢記有侍御史東平相格班。」此本「亦」下有脫文。

灪 水名在東海又音廊 二九三頁二二行

案「廊」當作「廓」。

宅 瑒伯反五加一 二九三頁二三行

案「瑒」蓋「場」字之誤。

鴼 く鵝鳥名毛備五色加 二九三頁二四行

原卷「名毛」作「毛名」，案當作「名毛」。廣韻「鴼」訓作「鴼鵝，鳥名，毛備五色」。

虢 二九三頁二四行

原卷作「[illegible]」，案當作「虢」。

跍 踐也女皃反二 二九三頁二五行

原卷「皃」作「白」，彙編誤。

○廿麥韻

霢 く霖 二九五頁一行

案廣韻「霢」訓作「霢霂，亦作霡」。此本「霖」當作「霂」，切三注文作「く霖」，「霖」亦當作「霂」。

獲 胡麥反 二二九五頁二～三行

得也又臧獲亦姓晉有大夫獲之後

案廣韻「獲」訓作「得也，又臧獲。方言云：荊淮海岱淮濟之間，罵奴曰臧，罵婢曰獲。亦姓。宋大夫尹獲之後。胡麥切」。

嫿 分□好皃 二二九五頁三行

原卷「□」作「㘗」。案「㘗」字，切三、全王并作「昞」，王二、廣韻并作「明」。此本作「㘗」，蓋誤。

□ 錐刀刻 二二九五頁三行

原卷「□」殘存作「刂」，案當係「劃」字之殘文也。廣韻「劃」訓作「錐刀刻」。

蟈 螻蟈蛙別名古獲反四 二二九五頁四行

原卷「名」作「多」，案當作「名」。

慖 二二九五頁五行

原卷「幗」作「慖」，案當作「幗」。

膕 曲□中或作𩪽 二二九五頁五行

原卷「□」模糊，未可辨識，案王二「膕」訓作「曲脚中」，廣韻訓作「曲脚中也」。

蘗 黃蘗博厄反三加一也 二二九五頁五～六行

原卷正文作「蘗」，彙編誤。

繴 織絲為帶蒲革反一 二二九五頁六～七行

案和名類聚鈔四引唐韻云：「繴蒲革反，織絲為帶也。」（註一一三）

蹟 探蹟士□反一 二二九五頁七行

案二「賾」字并當作「賾」。王一、王二、廣韻此字并切「士革」。切三作「土革反」，「土」當係「士」字之誤。

**責** 側革反四加一　二九五頁七行

原卷「四」作「五四」，案所列韻字實四字，蓋寫者誤書「五」字，爰補書「四」字以正之。

**策** 馬捶楚責反五加一也　二九五頁八行

原卷「策」作「筞」，案當作「筞」。下文「箂」當作「箂」。又原卷「捶」从木，彙編誤从手。

**箣** 正作作册　二九五頁九行

原卷「箣」作「箣」，「正」作「古」，彙編誤。案此當係「册」字之殘存注文。廣韻「册」訓作「簡册。說文曰：符命也，諸侯進受於王也，象其札，一長一短，中有二編之形」，下出「箣」，注云：「古文。」

**翀** 羽□聲□　二九五頁一〇行

案廣韻「淢」訓作「飛聲」。

**𩆝** 實也下革反五　二九五頁一一行

原卷「五」作「四五」，案所列韻字實五字。又「𩆝」字，廣韻作「𩆝」，當據改。

**繳** 衣繳衣領□□又音酌　二九五頁一二行

原卷上「□」殘存作「由」，案當係「中」字之殘文也。廣韻「繳」訓作「衣繳，衣領中骨，又音酌」。

**核** 果中核崔豹古今注云烏孫國有青□核莫測□樹實之刑中國者或其核耳大如六升瓠空口以盛水餓而盛酒味甚淳也　二九五頁一二～一四行

原卷「注」作「註」，下「口」作「之」。案廣韻「核」訓作「果中核。崔豹古今注云：烏孫國有青田核，莫測其樹實之形，至中國者，得其核耳。大如六升瓠，空之以盛水，俄而成酒，味甚醇厚。」可據以校此本之譌脫。

革 改也獸皮也又姓漢功臣表有葽棗侯革未 二九五頁一五～一六行

案「未」當作「朱」。

鰏 〻鯾魚名陸八格韵加 二九五頁一六行

原卷「鯾」作「鰟」，案當作「鰈」。又原卷「八」作「入」。王氏曾據「陸入格韻」之語，考定此本為孫愐唐韻，而非法言切韻。（註一一四）

謫 頁或作讁又文厄反 二九五頁一七行

原卷「頁」作「責」，彙編誤。

棏 蠶掾或作傯 二九五頁一八行

原卷「傯」作「槵」，彙編誤。案廣韻字作「槵」。又切三、全王、廣韻「蠶掾」作「蠶棏」，可據正。

愬 驚懼皃又音索 二九五頁二一行

案「索」當作「素」。

○十九昔韻

磶 柱下石 二九七頁二行

案和名類聚鈔三引唐韻云：「磶，柱礩也。」（註一一五）

鬄 說文云髮加 二九五頁三行

案今本說文「鬄」訓作「髲也」，此本「髲」當作「髲」。

□ 借崔豹古今注云不借草履屩也以其輕賜易不假借於人漢文帝履不借以視朝又資夜反 二九七頁四～六行

原卷正文殘，案此為「借」字之注文。原卷正文下左右尚各殘一字，蔣氏補入「假」與「得」二字，即「借崔豹古今注」上有一「假」字，「以其輕賜易」下有一「得」字。（註一一六）又此本「賜」當作「賤」。

迹　迹足云或……敬皃　作跡蹟……又秦昔反　二九七頁　六行

案「云」下脫「足迹」二字。又注文下段為「踖」字之訓，廣韻「踖」訓作「蹴踖敬皃，又秦昔切」。

鷖　鸂く鴟鷉名□母大於鸞　也一頭下有錢文　二九七頁　六～七行

原卷「□」作「鈙」。案當作「錢」。又「頭」疑「頸」字之誤。廣韻「鷖」訓作「鷖鴟，一名雝鸂。又名錢母。大於燕，頸下有錢文。亦作鷊」。

譯　傳言象胥傳四夷之言東方言寄南　周礼有方曰象西方曰狄鞮北方曰譯　二九七頁　一〇～一一行

原卷「北方」之「方」脫。彙編補入。

被　縫　二九七頁　一三行

案當作「被く縫」。

圜　說云迴也商書曰圜圜　文者升雲半有半無加　二九七頁　一四～一五行

原卷注文「圜」作「く」。「商」作「啇」。案正文「圜」當作「圜」，「啇」當作「商」。又「迴」下當有一「行」字。

釋　耕皃　也　二九七頁　一九行

原卷「耕」作「耕」。案當作「耕」。

蝥　蟲行毒　或作蟲　二九七頁　一九行

案「蝥」當作「螫」，「蟲」當作「蠚」。廣韻「螫」訓作「蟲行毒，亦作蠚」，彙編廣韻校勘記云：「螫，巾箱本同，誤。澤存本作蠚。」（註一一

七）

巫　盜竊懷物也字从雨入弘農陜字　加　從此從雨人者古洽反並出說文　二九七頁二〇～二一行

原卷正文作「巫」，案當作「夾」。原卷「从」作「從」，下「雨」字作「二」。又原卷「者」下有「夾字」二字，彙編脫。又此本「洽」當係「洽」之殘也。

庠　逐也遠候說文從口く也又庠音逆俗作乍　二九七頁二一～二二行

原卷「口」殘存作「𠂉」，案當係「屰」字之殘文也。而此「屰」當作「屰」。本韻从屰之字仿此。

祏　說文云宗廟主一曰大夫以石為主　二九七頁二三行

案「石」當作「祏」。

□　往又施□都歷二反　二九七頁二四行

原卷正文殘，案此為「適」字之注文。廣韻「適」訓作「往也，又施隻切，又都歷切」。

□　……也古作……直隻反三　二九七頁二六行

原卷正文殘存作「鄭」，案當係「擲」字之殘文也。廣韻「擲」訓作「投也，搔也，振也，直炙切」，下出「擿」，注云：「上同，出說文。」

趚　𨘢趚行皃　二九七頁二八～二九行

案正文當作「趚」。下文「涑」字亦當从「束」。

席　薦席又姓安定祥亦反六加一　二九七頁二八行

案和名類聚鈔六引唐韻云：「席，薦筵也。」（註一一八）又此本「姓」下脫一「出」字。

夕 暮也字…… 蜀有尚書…… 二九七～二九八頁 二八～二九行

案：廣韻「暮也」下作「字從半月」，「蜀有」下作「尚書令夕斌」。

穸 窀□窀厚 也穸夜反 二九八頁 二九行

原卷「□」殘，依文意當係作「穸」字。又原卷「反」作「也」，彙編誤。

廣韻「穸」訓作「窀穸窀厚也，穸夜也」。

籍 簿籍秦昔 反八加□……□

簿籍秦昔踏 踐 反八加一 二九八頁 三○～三一行

原卷「……」殘，存正文「百」，案當係「踏」字之殘文也。又此本「籍」「踏」二字訓重出，當刪去其一。所殘之文，比對上下文即可知矣。

錯 二九八頁 三一行

案：當作「耤」。

猎 獸名似熊出 三海經加 二九八頁 三二行

原卷「三」作「山」，彙編誤。

躃 例 二九八頁 三三行

案：切三、王二「躃」訓作「倒」，王一、廣韻訓作「躃倒」。此本「例」蓋「倒」字之誤也。

辟 便辟又法也五 刑有大辟加 二九八頁 三三～三四行

原卷末「辟」字殘，「加」殘存作「力」，彙編補入。

役 古從亻今彳 營隻反五 二九八頁 三四行

案：「今」下脫一「從」字。

⿱艹役 燕人又羊 呼吹撞反 二九八頁 三四～三五行

案：切三「⿱艹役」訓作「燕人呼黃」，王二、全王、廣韻并訓作「燕人呼芡」。

煨 塊竈

此本「吹」字、切三「黃」字并當作「炗」。

二九八頁 三五行

王氏校云：「煨，當作㙛。」（註一一九）案切三、王二「煨」并訓作「喪家竈」，王一訓作「喪家竈，亦作㙛」。廣韻「㙛」訓作「喪家塊竈。說文曰：陶竈窻也」，下出「堡」，注云：「上同。」再下出「煨」，注云：「亦同。」則「煨」與「㙛」同，王氏所云尚待斟酌。又此本「塊竈」上脫「喪家」二字。

鐴 く土犁耳

二九八頁 三六行

案和名類聚鈔五引唐韻云：「鐴，犁耳也。」（註一二〇）

射 姓吳有中書郎射慈又郎神柘羊謝益三反加

二九八頁 三八行

案廣韻「射」訓作「世本曰：逢蒙作射。又姓，吳有中書郎射慈，又神柘切，又羊謝、羊益二切」。此本「又」下衍「郎」字。「益」上脫一「羊」字。

瞁 驚視加也

二九八頁 三八行

案「加也」二字誤倒。

○十八錫韻

錫 賜也與也亦鈆錫先擊反八加一

二九九頁 一行

原卷「與」作「与」。案和名類聚鈔三引唐韻云：「錫鉛。」（註一二一）此本「鈆」當作「鉛」。

析 分也字從木片齊大夫析歸父

二九九頁 一～二行

案廣韻「析」訓作「分也。字從木斤，破木也。又爾雅曰：析木謂之津。注云：即漢也。亦姓。風俗通云：齊大夫析歸父。」（註一二二）下出「析」，注云：「俗。」此本注云「字從木片」，亦可作「字從木斤」。

𥚾 衣祖 二九九頁二行
原卷作「裼衣祖」，案當作「裼衣袒」。「祖」蓋避諱而缺筆也。

淅 二九九頁二行
案當作「淅」。

菥 覓く 蓂大齊蓂音 出迩足加 二九九頁三行
案「蓂」當作「蓂」，「齊」當作「薺」。

澼 疰子有洴澼 絖漂如者加 二九九頁五行
案「疰」當作「莊」，「如」當作「絮」。

⿺走歷 趚行只趚 字七昔反 二九九頁六行
案注文「趚」上脫一「⿺走歷」字。二「趚」字并當作「趚」。

酈 縣名在河陽 又力知反 二九九頁六行
原卷「河」作「南」，彙編誤。

癧 く瘰 二九九頁七行
案「癧」當作「癧」。切三與此本誤同。

櫪 く馬 二九九頁八行
案和名類聚鈔五引唐韻云：「櫪，馬櫪也」。（註一二三）

曆 容く 曆黃帝臣 成作曆加 二九九頁九行
案切三「曆」訓作「數」，王二訓作「星也，記也」，王一、全王「曆」并訓作「曆象」，廣韻「歷」訓作「經歷，又次也，數也，近也，行也，過也，又歷日。續漢書律歷志云：黃帝造歷。世本曰：容成造歷。尸子曰：羲和造歷。或作曆」，下出「曆」，注云：「見上注。」澤存堂本二「曆」字并作「曆」。此本「く曆」疑是「曆日」二字之誤。

寂寥 又音聊加 二九九頁一〇行

案此為「寥」字之殘存注文。原卷「又」上有「人」字。廣韻「寥」訓作「寂寥無人，又深也。又音聊」。

鏑 等 二九九頁一二行

原卷「等」殘存作「笇」，案非「等」字也。廣韻「鏑」訓作「箭鏃」。此本當作「鏑□箭」。本韻从啇之字仿此。

藪 的也蓮實也出迩𧾷也加 二九九頁一五～一六行

廣韻「藪」訓作「的藪蓮實也，見爾雅」，此本「的也」當作「的藪」，又末「也」字衍。

艦 舟く鷁く鳥頭為 二九九頁一六～一七行

案「鳥」當作「首」。

覞 見 二九九頁一九行

原卷「見」作「現」。案當从切三、王一、王二、全王、廣韻作「見」。

笛 樂器晉協律中即和善吹笛 二九九頁一九～二〇行

案廣韻「笛」訓作「樂器。風俗通云：武帝時丘仲所作也。晉協律中郎列和善吹笛也」，此本有脫誤。

糴 市穀米又姓國語有大夫糴茂也 二九九頁二〇行

案廣韻「糴」訓作「市穀米。又姓，國語有晉大夫糴茂」。按此本與廣韻「

戉」并當作「茷」。彙編廣韻校勘記云：『「國語」段注改「左傳」，又「戉」段改「茷」。楝亭本脱「國語有晉大夫羅茷」八字。按左傳成十年作羅茷。』（註一二四）

蓧 盛種器 二九九頁二一行

案「蓨」當作「蓧」。

蔋 草本旱死出說文加 二九九頁二一行

案今本說文「蔋」訓作「艸旱盡也，从艸俶聲，詩曰：蔋蔋山川」；廣韻「蔋」訓作「草本旱死也」。此本與廣韻正文并當作「蔋」。

倜 く儻不羈 二九九頁二二行

原卷「儻」上尚有一「倜」字，蓋衍也。

哲 周礼哲蔟氏掌覆鳥之巢又丑列反加 二九九頁二三行

原卷「巣」作「巢」。案周禮秋官哲蔟氏：「哲蔟氏掌覆夭鳥之巢。」此本「蔟」當作「蔟」。

覰 說文云赤目加 二九九頁二四～二五行

原卷「赤目」作「目赤」，彙編誤倒。

鬄 說文云除髮加 二九九頁二五行

案廣韻「鬄」訓作「說文云：鬀髮也」，與今本說文合。

毄 攻漢書云攻苦擊淡 二九九頁二六行

原卷「擊」作「毄」。王氏校云：「上攻字疑衍，漢書叔孫通傳作攻苦食淡。」（註一二五）案切三「毄」訓作「攻，漢書曰：攻書毄淡」，王二訓作「攻，漢書曰：攻苦毄淡」，全王訓作「功，漢書曰：政苦く淡」，廣韻訓作「攻也，漢書云：攻苦㲉淡」，王二「㲉」訓作「功，漢書云：攻若く淡」。則此本上「攻」字非衍文也。又王二「功」當作「攻」。全王「政苦」當作「攻苦」，王二「若」當作「苦」。

溺 く水古作休篆文云 說文云没溺人姓 二二九頁二七～二八行

原卷「說」作「設」，誤，彙編已改正。

寂 く靜本作□或加一 作家前歷反二 二二九頁二八行

原卷「□」作「宋」。

慏 三〇〇頁三〇行

原卷作「慎」，案當作「慏」，唐寫本偏旁忄巾常不分也。

□ 細絲又 胡許反 三〇〇頁三〇行

原卷殘存作「糹細絲又胡許訁反」。案正文當係「糸」字之殘文也。廣韻「糸」訓作「細絲也，微也，連也」。又「許」，表「許」字刪去也。王氏注文引作「細絲，又胡計反」。

汨 く羅水名在豫章瀆 屈原所沉處又作漞 三〇〇頁三一～三二行

原卷「豫」作「豫」，案當作「豫」。切三「汨」訓作「水名，在豫章郡」，「豫」字亦當作「豫」。廣韻「汨」訓下出「瀆漞」二字，注云：「並上同。」此本「瀆」蓋「瀆」字之誤也。

蒷 菥蓂 加 三〇〇頁三二行

案當作「蓂菥蓂加」。

鼊 龜鼊似漫胡無指爪其甲又黑 龜而大朱文如瑇瑁可以飾物 三〇〇頁三三～三四行

原卷「龜」作「龜」，案廣韻「鼊」訓作「鼂鼊。似龜而漫胡無指爪。其甲有黑珠文如瑇瑁，可飾物」，此本「黿」當作「鼅」，「又」當作「有」。廣韻「黿」當作「鼅」，「珠」當作「朱」。

閬 寂靜苦鵙反一 三〇〇頁 三四行

案「閬」當作「闃」，「鵙」當作「鶪」。下文「鵙」，當作「鶪」。

郥 邑名在蔡古閴反五 三〇〇頁 三四～三五行

案「郥」當作「鄓」，「閴」當作「闃」。

鼳 鼠名在木上秦呼為小鵲郭璞云似鼠而啼一歲千斤為殘賊 三〇〇頁 三六～三七行

案爾雅釋獸：「鼳鼠，身長須而賊，秦人謂之小驢」。注云：「鼳，似鼠而馬蹄，一歲千斤，為物殘賊。」疏云：「鼳，鼠身至小驢。釋曰：鼳，獸名也。身如鼠，有長須而賊害於物。秦人呼為小驢。郭云：鼳，似鼠而馬蹄，一歲千斤，為物殘賊。」又「鼳鼠」下注云：「今江東山中有鼳鼠，狀如鼠而大，蒼色，在樹木上。」則「鼳」「鼳」為二物，此本誤合為一。注文亦有誤脫。

戚 親戚說文從戊音越又姓漢有臨轅侯戚鰓倉歷反五加一 三〇〇頁 三七行

原卷二「戚」字并作「慼」，案並當作「戚」。本韻从「戚」之字仿此。

慼 親憂懼亦作慽又近 三〇〇頁 三八行

案「慼」當作「戚」，「慽」當作「慽」。又「親」字衍。

鬩 鬩迎足云相怨恨 三〇〇頁 四〇行

原卷「云」上有「玄」，「ミ」表刪除。

○廿一職韻

世職 主也字林口徵又姓風俗通漢有山陽冷職供之翼反六加一 三〇一頁 一行

識 常寔反 六加一 三〇一頁 八～九行

案「常」疑是「賞」字之誤。（註一二八）

絨 方言云 趙魏呼 經而未緯 者為機絨 三〇一頁 一〇～一一行

案「趙魏」下脫一「間」字。

蠱 傷痛其心 現書傳 三〇〇頁 一〇行

案「蠱」當作「蠹」。

崱 士く口山皃 力反一 三〇〇頁 一〇行

原卷「口」殘。案廣韻「崱」訓作「崱屴，山皃」。此本「口」當係「屴」字。

匿 蓶也女 力反二 三〇〇頁 一〇行

原卷「蓶」作「蘵」，案當作「藏」。又此本「匿」當作「匿」。

測 度也初 口反三 三〇一頁 一一行

案廣韻「測」切語作「初力切」。

澺 木名 三〇一頁 一二行

案「木」當作「水」。

蒠 連く 心汯亦 三〇一頁 一二行

案「連」當作「蓮」。

歒 三〇一頁 一三行

案當作「歒」，本韻从「啇」之字仿此。

襋 衣領 交 三〇一頁 一四行

原卷「襋」作「襋」，案當作「襋」。

原卷「卌一」作「廿一」，彙編誤。原卷正文殘存作「𦖃」，彙編補全。又原卷注文殘存作「主也字林言微又姓風俗通漢有山陽令幟洪之翼反六加一」。案「言」當係「記」字之殘文，「山陽令幟洪」當作「山陽令職洪」，據廣韻補。彙編「冷」「供」二字均誤。

蠘　蟲く螺蝠別口名　三〇一頁一〜二行

原卷「口」作「蝙」。

⿰月直　脯長二寸曰⿰月直出儀礼也加　三〇一頁二行

案廣韻「⿰月直」訓作「脯長尺有二寸曰⿰月直，儀禮作膱」。

力　力筋又人力牧之後林姓黃帝沶直反六加二　三〇一頁二〜三行

案「沶」字，上田正氏校作「佐」。廣韻作「佐」。又「力筋」二字，王氏校勘記云：「當云筋力。」（註一二六）

屴　く崱山皃　三〇一頁三行

案「く崱」當乙倒作「崱く」。詳見本篇「切三校勘記」校文。

⿱林力　趙魏間呼⿱林力出方言　三〇一頁三〜四行

案廣韻「⿱棘力」訓作「趙魏間呼棘，出方言」，此本注文「⿱林力」當作「棘」，又注文末脫一「加」字，蓋此為「林直反」之加字也。

勑　口也古作敕耻口口八加二　三〇一頁四行

原卷「也」上之「口」作「誡」，即「誡」字。王二、廣韻「勑」作「耻力切」，此本「口口」或作「力反」也。

飭　窂密又整也又備也　三〇一頁四行

案「窂」當作「牢」，唐寫本偏旁穴宀常不分。

食 飲食又戲名博亦用也又姓風俗通有博士食子公河内也乘力反二也 三〇一頁六行

案「博」下脫一「屬」字，「内」下脫一「人」字，末「也」字衍。

蝕 日月蝕說文敗瘡也亦䖸 三〇一頁六行

原卷二「蝕」字并作「蝕」，案并當作「蝕」，彙編誤。又「䖸」當作「蝕」。

息 止也娩息也相即反五加一 三〇一頁七行

原卷「五」字右旁有「六」字，即作「五六」。案本紐所列韻字實六字。蓋寫者誤書作「五」後，於其旁補書「六」字以訂正之。又此本「娩」當作「嬔」。

鄎 新息縣在豫州 三〇一頁七行

原卷「豫」作「豫」。案王氏曾據「豫」字定為肅宗乾元元年寫本，其云：「前蔣君跋此書，謂書中：『太宗諱世字，睿宗諱旦字，皆闕筆。代宗以後之諱則否。玄肅二宗之諱皆在平韻，不可考。』余細檢全書，見九御中豫字（代宗諱），四十禡溠字注中豫，十三末中括字（德宗諱），均不闕筆。然三十一職鄎字下注中，豫州之豫作豫，闕末二筆，則此書當是乾元元年寫本。當寫第四卷時，肅宗未崩，比寫至第五卷末，則已聞代宗更名及登極之詔（均在四月），故不闕於前，而闕於後；不闕於大字，而闕於小注也。是歲距孫氏書成已十年，其所寫者為孫氏書無疑。」（註一二七）又此本「息」字當作「鄎」。

熄 畜火謂種火 三〇一頁七行

原卷下「火」下有「加」字，彙編脫。

埴 黏土古囗作戠 三〇一頁八行

原卷「囗」殘，當作「文」。又「戠」字，王二、廣韻作「戠」，宜據改。

棘　小棗亦越戟名又人姓文士傳云棗祗本姓棘先人避難改為棗氏蓋大夫棘子成之後　三〇一頁一五行

原卷「祗」作「袛」，蓋「祗」字也。

弋　繁亦繳又姓出姓苑與職反十四加二　三〇一頁一六行

原卷「與」作「与」。案和名類聚鈔二引唐韻云：「弋，射也。」（註一二九）又本韻「㢤」訓作「繳射，或作弋」。注文「繳」下脫一「射」字。

黓　皂　三〇一頁一七行

案王二「黓」訓作「皂」，廣韻訓作「皁也，爾雅曰：大歲在丑曰玄黓」。此本「黓」當作「黓」。又廣韻「早」蓋「皂」字之誤也。

𢧐　三〇一頁一七行

原卷作「趚」，案當作「𢧐」。

㢤　繳射或作弋　三〇一頁一七行

原卷「㢤」作「婎」，案當作「㢤」。

瀷　水名出密□大騩山　三〇一頁一八行

原卷「□」作「縣」。

廙　說文云田器加　三〇一頁一八行

案今本說文正文作「㔶」。

即　就也亦人姓風俗通有草父令即貴又複姓有城陽相齊人即墨成子力反九加一　三〇一頁一九行

案「草」當作「單」。廣韻「貴」誤作「賣」。

畟　說文云理稼畟之進也詩云畟畟良耟又音測　三〇一頁二一行

案「耟」當作「耜」。

𡊹　榮逼反五加一　三〇一頁二二行

蜮 短狐 三〇一頁二二行

案「⿰土式」當作「域」。

案「狐」下脫一「蟲」字。

閾 □限 三〇一頁二三行

案廣韻「閾」訓作「門限」。

洫 清淨加 三〇一頁三三行

案「洫」當作「侐」。

堛 土凷方逼反九加二 三〇一頁二三行

原卷「方」作「芳」，彙編誤。

踾 蹋也 三〇一頁二四行

原卷殘存作「踾蹋也」，案當作「踾蹋地聲」，據廣韻補。彙編「也」字誤，又脫一「聲」字。

副 折也礼注云為子削苽着副之巾以□加 三〇一頁二四行

原卷「□」作「絺」。又此本「注」字衍，「子」上脫一「天」字。廣韻「折」作「析」，亦當據改。

逼 三〇一頁二四～二五行

原卷殘存作「逼滿言」。案「逼」乃「畐」字之誤，蓋本韻已有「逼」字，訓作「迫也，或作偪，彼側反」，且廣韻「畐」訓作「道滿也」，彙編廣韻校勘記云：「道段改逼。」（註一三〇。）

昊 日く 三〇一頁二五行

案此字訓上殘存注文「阻力加一也」，案當係「稷」字之殘存注文也。廣韻「

梭」訓作「楅稄，阻力切」。

仄 く陋左傳云塞口 三〇一頁二五行
原卷「口」作「埋」。又此本「塞」當作「瘗」。

煎 廣疋云附子一歲為……附子口歲為烏……
原卷注文殘存作「廣疋云附子一歲為……附子四歲為烏頭五……」三〇一頁二五行，上田正氏「為」下逕接「附」字，誤。案廣韻「煎」訓作「廣雅云：附子一歲曰煎子，二歲曰烏喙，三歲曰附子，四歲曰烏頭，五歲曰天雄」。

穲 字林云耕也加 三〇一頁二七行
原卷「耕」作「耕」，案當作「耕」。刋「穲」訓作「字統：耕也」，廣韻訓作「字統云：耕也」。

○廿二德韻

廿德 三〇三頁一行
原卷「卅二」作「廿二」，彙編誤。案唐韻德韻在第四十四葉，字體多模糊，甚難辨認。

在張掖出地理志或作得加 三〇三頁一行
原卷此上尚有殘文，未可辨識，案此為「𢡘」字之殘存注文也。廣韻「𢡘」訓作「鱳𢡘，縣名，在張掖」。

則 口口德也反一 三〇三頁一〜二行
原卷模糊，取對廣韻，依稀可辨，上「口」作「法」，下「口」作「子」。

劦 礼說文之祭用數劦 三〇三頁二〜三行
原卷正文殘存作「忇」。案全王「劦」字，注文作「礼記：祭用數之：」，禮記者指禮記王制，廣韻亦引此語為注。案此本正文及注文「切」并當作「仂」。又「說」當作「記」，「文」字益衍。

揨□ 三〇三頁三行

原卷「□」作「打」。

㥷 惡 三〇三頁三～四行

原卷「㥷」作「匿」，案當作「㥷」。

刻 く鏤若得反三 三〇三頁四行

案「若」益「苦」字之誤也。

尅 自伐又必 三〇三頁四～五行

原卷「尅」作「剋」，彙編誤。

特 三〇三頁五行

原卷模糊，取對廣韻，依稀可辨，即作「特□牛又獨也亦人姓左傳晉大夫特宮徒得反四」。廣韻「□」作「特」。

蛓 食禾虫字从弋 三〇三頁五行

原卷「从」作「從」。案注文云：「字從弋」，而正文作「蛓」，當係筆誤。

黑 北方色□北反三 三〇三頁五～六行

原卷「□」殘存上半「𠮛」，當係「呼」字之殘文也。廣韻作「呼北切」。

潶 水名在雍州 三〇三頁六行

原卷「水」上有「く」。案刊「潶」訓作「く水，在雍州」，王二作「水名，在雍州」，此本原卷衍「く」或衍「名」字。

墨

筆墨又人姓墨翟是莫北反六加一　三〇三頁六～七行

案「是」下可補一「也」字。

默

靜或作嘿　三〇三頁七行

原卷「嘿」，殘存右半「黑」，案當係「嘿」字之殘文也。廣韻或體即作「嘿」。

冒

干也又莫報反　三〇三頁七行

原卷「冒」作「冐」，案當作「冒」。

万

虜複姓北齊持進万俟普俟字音其　三〇三頁七～八行

原卷「持」殘存作「侍」。廣韻字作「特」，上田正氏校同（註一三一），當據正。又原卷「俟」作「俟」，彙編誤。

鱵

或作鱥魚鳥鱥名崔豹古今注云一名河伯度事小史　三〇三頁八～九行

案「魚」字當在「鳥鱥」下。又「作」當作「今」。

塞

蘇則反又蘇□反二加　三〇三頁九行

原卷「□」作「載」。又此紐所列加字一，故「加」下當補「一」字。

寋

說文云實也□書云　三〇三頁九行

原卷注文模糊，取對廣韻，可辨作「說文云實也周書云剛□□加」，案廣韻「寋」訓作「實也，書曰：剛而寋」，下出「寋」，注文云：「上同，見說文。」今本說文「𡫸」訓作「實也，从心𡫸聲，虞書曰：剛而𡫸」。此本「□□」當作「而寋」也。

犍

く道縣名在健為又□通反　三〇三頁一〇～一一行

原卷「健」字左旁模糊。案廣韻字作「犍」，當據改。又原卷「□」作「符

讛　澀讛く言不止皃　三〇四頁一〇行

原卷注文作「㒆㒆讛言不止皃」。衍一「㒆」字。

立　行立又複姓魯……　三〇四頁一〇行

原卷殘存作「立行立又複姓魯」「如子」，案廣韻「立」訓作「行立，又住也，成也，又漢複姓。魯有賢人立如子，力入切」。

鴗　水狗迖足云謂之天狗注云小青鳥似……　三〇四頁一一行

原卷「迖」上有一「迖」字，蓋衍也。又「云」字亦衍。「似」下當係「翠食魚」三字。

□　白止又其立反　三〇四頁一一〜一二行

原卷「□」殘存作「亠」，案當係「芷」字之殘文也。又「止」字宜从切三、王二、廣韻改作「芷」。

急　く疾苦立反六　三〇四頁一二行

案「苦」蓋「居」字之誤。（註一三三）

給　供給又人姓何氏姓苑　三〇四頁一二行

案「何」上脫一「出」字。

汲　く引邑在衛又姓漢有亦郡中尉汲黯河東人　三〇四頁一二行

原卷「邑」作「名」，彙編誤。廣韻「亦郡名，在衛」作「又縣名，在衛州」，蔣斧氏據其郡縣沿用隋名，考定為法言原書；王氏則引證舊唐書玄宗紀，天寶元年二月改州為郡之史實，考定其為孫氏唐韻。（註一三四）

伋　孔伋字子思　三〇四頁一三行

原卷注文「伋」作「仍」，案當作「伋」。

」。

蝛　蟲名短𤓰也狀如鼈含沙射人□□為害虫□□□□說文云……鴐鵞惎食之耳　一三〇三頁一一～一二行

原卷多有字迹模糊者，取對廣韻，知作「蝛蟲名短𤓰也狀如鼈含沙射人久則為害虫生南方又說文云有三足玄中記云長三四寸蟾蜍鸑族鳥」「鴐鵞惎食之耳」，案「𤓰」字，廣韻作「狐」，廣韻校勘記云：「狐段改弧，案小雅：為鬼為蜮。傳曰：蜮，短弧也。」（註一三二）

國　邦又姓太公之後左傳國齊有國武古或反一　一三〇三頁一二～一三行

案「國武」當作「國氏」。

餘　噎聲□墨反一　一三〇三頁一三行

原卷「□」作「愛」。又正文當作「餘」。

劾　□□罪人□得反一　一三〇三頁一三行

原卷注文模糊，取對廣韻，尚可辨識，知作「推窮罪人胡得反一」。又此本正文當作「劾」。

蠪　似蟲而小班……勒反　一三〇四頁三行

原卷「勒」上一字尚可辨作「奴」。廣韻「蠪」訓作「蟲名，似蛮而小，青班色，蜀人，奴勒切」。此本「斑」上當有一「青」字。

𧝂　一三〇四頁三行

原卷模糊，似作「𧝂内□□□衣古得」，取對廣韻，知作「𧝂内典云有衣古得」。案此本正文及注文「𧝂」并當作「裓」，「得」下當補「反一」二字。

〇廿八緝韻

緝　績也人入反二加一　一三〇四頁一行

案「人」蓋「七」字之誤也。

葺　修加　補　三〇四頁一行

原卷「修」作「修」，案當作「修」。唐寫本偏旁亻彳常不分。

十　數名，楚執反，三　三〇四頁一行

案「楚」蓋「是」字之誤也。

執　之入反，五加三　三〇四頁一～二行

原卷正文作「埶」，案當作「執」。

瓡　縣名，在北海，加　三〇四頁二行

原卷「瓡」作「⿰坴瓜」，案當作「瓡」。本韻从坴之字仿此。（彙編均逕改正之）。

習　學也，因也，又似入反，五加二　三〇四頁二行

案廣韻「習」訓作「學也，因也。說文作習，數飛也。又姓，出襄陽，晉有習鑿齒。似入切」，此本「又」下有脫文。「似入」為本切，非又音也。

隰　原隰，又姓，齊大夫隰用　三〇四頁三行

原卷「用」作「用」，即「朋」字也，彙編誤。廣韻字作「朋」，上田正氏同。

鰼　魚狀如鵲而十翼，鱗在翼端，鳴如鵲也，加　三〇四頁三～四行

案注文末「也」字衍。

騽　袴騽，神執反，加　三〇四頁四行

案廣韻「騽」訓作「馬豪骭，又驪馬黃脊」；「褶」訓作「袴褶」。此本脫「騽」字之注文及正文「褶」。又廣韻「褶」字入上文「習」字紐中，此本「神執反」三字上疑奪「又」字。

揖　舟職又音接　三〇四頁四行

案「⿰扌戠」當作「樴」。

亼　說文云三合從入一聲合僉之類皆是又子入反加　三〇四頁四〜五行

案今本說文無「聲」字，此本衍。

入　又執反二加一　三〇四頁五行

案「又」蓋「人」字之誤。

廿　說文云二十也今人直如以為二十字加　三〇四頁五〜六行

案「如」字衍。

溼　水霑俗作濕失入反二　三〇四頁六行

案「溼」當作「溼」。

⿰口集　⿰口尃⿰口集皃姊入反⿰口尃字補各反五加二　三〇四頁七行

原卷「姊」作「姊」，案廣韻「⿰口集」訓作「⿰口尃⿰口集噍皃，子入切，⿰口尃音博」

此本脫一「噍」字。

⿰糸集　合也又蠻夷賃反　三〇四頁七行

案「反」當作「名」。

菰　冬〻　三〇四頁八行

原卷正文作「菰」，案當作「菰」。

⿰月習　肉生□□　三〇四頁九行

原卷下「□」作「半」。案廣韻「⿰月習」訓作「肉半生半熟」。

⿸尸足　届⿸尸足前後相次屇字初立反出蒼頡篇加　三〇四頁一〇〜一一行

案「届」當作「屇」。

泣 無聲出反 涕去急加 三〇四頁 一三〜一四行
原卷「加」下尚有一「加」字，蓋衍也。

丗 字統云揷糞也今人直以 把說文云數為四十字加 三〇四頁 一四〜一五行
案「把」當作「杷」，唐寫本偏旁扌木常不分。

翕 火炙一曰起 又斂也合也 三〇四頁 一六行
原卷「歛」作「⿰僉殳」，案當作「斂」。又「炙」當作「炙」。

戢 止也斂也加 阻立反六一 三〇四頁 一七〜一八行
原卷「歛」作「⿰僉殳」，案當作「斂」。又「戢」當作「戢」，本韻从戢之字仿此。

⿰月戢 淚 皃出 三〇四頁 一八行
案「⿰月戢」當作「⿰目戢」。（原卷「淚」作「涙」。）

邑 縣 也 又複姓有邑田氏楚大夫養由氏後避仇改焉晉東莞 莒縣有邑由義弟為郡功曹主簿於汲反五加一也 三〇四頁 一九〜二〇行
案「縣也」當作「縣邑」。「複姓」上脫一「漢」字。「邑田氏」當作「邑由氏」，「菀」當作「莞」，「薄」當作「簿」，注文末「也」字衍。

𩚺 食 飽 三〇四頁 二〇行
案「飽」當作「𩚺」。

熠 く耀羊 入反 三〇四頁 二一行
案「羊」上當有一「又」字。

⿰甚十 字綷統云會聚 也昌汁反一加 三〇四頁 二二行
原卷「聚」作「聚」，彙編與原卷異。又原卷「綷」字右旁有「ミ」，表刪除也。彙編未刪去。

○廿二合韻

合　く同亦器名又姓左傳有宋大夫合左師又漢複姓高帝功臣表有合傳胡虞閭又音閤反六加三　三〇六頁一行

案「高帝功臣表有合傳胡虞閭，又音閤反」當作「高帝功臣表有合博虞。胡閤反，又音閤」，據廣韻正。

迨　く遝行相及皃　三〇六頁二行

原卷「く」作「合」，案當作「迨」。

柗　く木名㯓加　三〇六頁二〜三行

原卷「㯓」作「榙」，案當作「㯓」。

合　く集又音迨說文作敆會　三〇六頁三行

案今本說文「敆」訓作「合會也」。

鉿　く鍱尺　三〇六頁四行

案注文王二、全王同。廣韻作「二尺鍱」，當據改。

答　當也□□□反六加四　三〇六頁四行

原卷「□□□」殘，上田正氏校補作「都合」二字。（註一三五）彙編行一「□」。

踏　跛行惡皃　三〇六頁五行

原卷正文殘存作「踏」，蓋係「踏」字之殘文也。案注文「跛」上脫一重文。詳見本篇「切三校勘記」校文。

會　說文云對　三〇六頁五行

案「會」當作「畣」，今本說文無此字。廣韻「畣」訓作「爾雅曰：畣然也」。

□風聲……三〇六頁六行

原卷殘存作「吸ミ足休合虱⿰毋風」，取對廣韻，知當作「䟢進足蘇合颯風聲」，又「蘇合」係反切，其下當有一「反」字。

鞁小兒履或作鞁……三〇六頁六行

案注文「鞁」當作「鞁」。

卅說文卅三十也直以為卅三十字……三〇六頁七行

原卷「卅」作「廿」。案今本說文「卅」訓作「三十幷，古文省」，廣韻訓作「說文云：卅，三十也，今作卅，直為三十字」。此本「為」下衍一「廿」字。

□複姓魏盧氏後改為沓氏從合……反十三加四　三〇六頁七～八行

原卷「從」作「從」。案當作「徒」。廣韻「沓」訓作「重也，合也，又語多沓沓也。又虜複姓，後魏書沓盧氏後改為沓氏，徒合切」。

遝ミ合　三〇六頁八行

案切三、全王、廣韻「合」作「迨」，當據改。

𩥼……三〇六頁八行

原卷殘作「𩥼 -飛狀」，案「飛狀」二字，當係「龖」字之殘存注文。廣韻「𩥼」訓作「馺𩥼馬行」；「龖」訓作「龍飛之狀」。

⿰扌遝加搭⿰扌遝　三〇六頁九行

案當作「⿰木遝加搭⿰木遝」。

⿰足翕⿱翕田踰加也　三〇六頁九行

案「踰」當作「⿰足翕」，「加也」二字誤倒。

□ 器物□頭他合反十三加四 三〇六頁一〇行

案廣韻「鍇」訓作「器物鍇頭」。此本正文當係「鍇」字。

踏 着地 三〇六頁一〇行

案蔣氏校文「着地」引作「着也」，誤。（註一三六）

楷 帳上 三〇六頁一〇〜一一行

案切三、王二、全王、廣韻「楷」訓作「帳上覆」，此本脫一「覆」字。

…… 百太鍇伯加 三〇六頁一二行

原卷殘存作「⺀水鍇白太伯加」，案廣韻「⿰黑皆」訓作「晉書有兗州八伯太山羊曼為⿰黑皆伯」。此本「白」當作「伯」。又王氏以為唐韻「鍇」字較廣韻作「⿰黑皆」為長，惟蔣氏以為「唐韻作鍇為然」。（註一三七）

碟 礏く山高 良⿰亻習礏壞良 三〇六頁一二〜一三行

原卷「⿰亻習」偏旁殘存作「⿰亻習」，案當从「石」旁。即此本「⿰亻習」當作「⿰石習」，又「礏」當作「碟」。

⿰石習 礏く 三〇六頁一四行

原卷「礏」作「磼」，案當作「碟」。

鞆 ⿰月焉良 三〇六頁一四行

原卷「⿰月焉」殘存作「⿰月丙」。案切三、王二、全王、廣韻注文并作「腴良」。當據補。

蒳 字統云香草異物志云蒳如栟⿱艹閭實似檳榔可食 三〇六頁一四〜一五行

原卷「⿱艹閭實」作「櫚子」。案廣韻「栟櫚」下作「而小子，似檳榔可食」。此本有脫誤。

軜 驂馬内轡係色軾前者

案切三「軜」訓作「驂馬内轡俟軾前者」（「驂」當作「驂」，「俟」當作「係」），王二訓作「驂馬内轡係軾前」（「驂」當作「驂」），全王訓作「驂馬内轡係軾前者」（「驂」當作「驂」），廣韻訓作「驂馬内轡繫軾前者」。此本衍「色」字。 一三五〇頁六行

衲 補衲紩疋也出廣加

原卷二「衲」字并作「衲」，案并當从「衣」作「衲」。 一三五〇頁六〜一六行

溘 至也安也口答反九加一

原卷「安」作「奄」，彙編誤。 一三六〇頁六行

⿸户合 閉閉户聲

案正文切三同。王二、廣韻作「⿸户去」，與今本說文合。 一三六〇頁六行

姶 く合相當好皃亦出字林

案「く合相當」四字，蓋涉上字「容」字訓而誤入於此。 一三七〇頁六行

廅 短氣

案「廅」當作「⿸疒盍」。切三作「⿸疒盇」，亦誤。 一三七〇頁六行

罨 納

案「納」當作「納」。廣韻作「網」。 一三七〇頁六行

罯 覆盍又鳥敢反

案正文切三作「罯」，王一、全王作「罯」，廣韻作「罯」。此本作「罯」者，蓋誤。 一三七〇頁六行

欱 大歠呼合反

一三八〇頁六行

原卷「呼合反」作「呼合二反」，案「二反」二字誤倒。

○廿三盍韻

苙盍 三〇八頁一行
原卷作「廿三盍」。彙編誤。

謚 靜出迩足加 三〇八頁二行
案爾雅「謚，謐靜也」，無「謚」字。王氏云：「此所據或誤本。」（註一三八）

攕 折又攕搕破壞搕字才盍反 三〇八頁四行
原卷作此。蔣氏引文脫下「搕」字，遂校云：「注中字上奪搕字。」（註一三九）

蠟 〻蜜 三〇八頁四行
原卷作此。蔣氏引文「蜜」誤作「密」，遂校云：「注中密乃蜜之譌。」（註一四〇）

□ 魚名似□□□ 三〇八頁七行
原卷注文末「□」殘存作「乚」。案廣韻「鰨」訓作「魚名，似鮎，四足」，段公路北戶錄一引唐韻云：「鰨，魚名，四足。」（註一四一）此本當補作「鰨魚名似鮎四足」。

蹋 𨂝也徒盍反二 三〇八頁一一行
原卷「𨂝」作「跤」，案當作「踐」。彙編作「𨂝」，誤。

𧽍 惡又人姓出纂文北海有才盍反二 三〇八頁一二〜一三行
案「北」上脫一「今」字。

㨖　揭㨖和雜　三〇八頁一三行

案：二「㨖」字并當作「摓」，「揭」當作「擖」。

榼　酒器古盍反三加一　三〇八頁一四行

案：原卷「古」作「苦」，彙編誤。

䙞　加く襠　三〇八頁一五行

案：當作「榼加く襠」。

盦　說文云覆蓋　三〇八頁一五～一六行

案：原卷「盦」作「盦」，案當作「盦」。

○廿六葉韻

葉　枝葉又姓又書涉反四　三〇九頁一行

案：「葉」當作「葉」，此蓋避太宗諱也。下文从「枼」之字仿此。

接　交接又姓三輔決錄有接即葉反六　三〇九頁二～三行

案：廣韻「接」訓作「交也，持也，合也，會也。又姓，三輔決錄有接昕子。

即葉切」。此本脫「昕子」二字。

椄　續椄　三〇九頁三行

案：切三、刊、王一、王二、廣韻「椄」并訓作「續木」。

歙　黝歙又許及反加　三〇九頁七行

案：廣韻「黝」作「黟」。

涉　徒行度水又姓左傳晉大夫涉他時攝反　三〇九頁八～九行

案：「度」當作「渡」，「他」當作「佗」。

䁒　目音　三〇九頁一〇行

捷 獲也。姓。漢書疾葉反。二加一 一三〇九頁一一行

案「音」蓋「暗」字之誤也。

案廣韻「漢書」下有「藝文志：捷子齊人著書」九字，此本脫。

䐑 細切…… 一三〇九頁一二行

案廣韻「䐑」訓作「細切肉也，直葉切」。

[口+㬎] 直立反。下入。又 一三〇九頁一三行

案廣韻正文作「[土+㬎]」。

鑷 子〻……或作捷…… 一三〇九頁一五行

原卷殘存作「鑷子〻」「仆捷或」，案下段注文非屬「鑷」字之訓。

夲 犬聲 一三〇九頁一六行

案「犬」當作「大」。

睪 司視也。說文云吏持目捕。加睪 一三〇九頁一六～一七行

案廣韻「睪」訓作「伺視也，說文云：令吏將目捕罪人」，當據正。

[馬取] 說文云馬步也。加 一三〇九頁一七行

案正文當作「馺」，又「步」下脫一「疾」字。

籥 說文云箱也。加 一三〇九頁一七～一八行

案「箱」當作「箱」。

謵 口言。比涉反。四 一三〇九頁一八行

原卷「比」作「叱」，彙編誤。案切三「諧」訓作「小言」。刊、王一、王二、全王、廣韻「謵」并訓作「小語」。此本「口」當係「小」字。又切三「諧」蓋「謵」字之誤也。

詀 〻譀細語

原卷「詀」殘存作「訁」，案當係「詀」字之殘文。三〇九頁一九行

顳 顬〻顬鬢骨

案「顬」當作「顬」，又此本行一「顬」字。三〇九頁二〇～二一行

霅 說文雷震皃又蘇合胡甲杜甲三反加

案廣韻「霅」訓作「說文云：霅霅震電皃」，今本說文「霅」訓作「霅霅靁電皃」，段注云：「靁，各本作震，今依韵會本。」此本「說文」下脫「霅霅」二字。又「雷震」當作「靁電」。三〇九頁二四行

鍤

案當作「鍤」。三〇九頁二七行

衱 礼注云交領加衱

原卷二「衱」字并作「衱」，案并當作「衱」，又此本「礼」下脫一「記」字。三一〇頁二九行

取 〻耳國名出山海經又取拈也

案「取」當作「耴」。本韻从取之字仿此。三一〇頁三〇行

襵 衣襵又之陟反

原卷二「襵」字并作「襵」，案并當作「襵」。又原卷「陟」作「涉」，彙編誤。三一〇頁三一行

㢋

原卷作「㢋」，案當作「厭」。三一〇頁三五行

〇廿七帖韻

俠　任俠又姓戰國有韓相俠囗　三一一頁三～四行

原卷「囗」殘存作「罒」，案當係「累」字之殘文也。又廣韻「戰國」下有「策」字。

頰　面く籀文作頰古恊反六　三一一頁四行

原卷注文作「面く」「籀作文頰古恊反六」。案原卷「作文」二字誤倒。「籀」當作「頰」，「頰」當从說文作「⿰火⿱巛頁」，「恊」當作「協」。原卷本韻「恊」字并當作「協」。

鋏　長鋏鈕　三一一頁四行

原卷「鈕」作「釰」，案當作「劒」。

筴　蓂莢榆莢皂莢　三一一頁四～五行

案廣韻「筴」訓作「箸筴」；「莢」訓作「蓂莢榆莢。又姓，出平陽，世本有晉大夫莢成僖子也」。切三、王二、全王「筴」「莢」亦各訓。此本脫「筴」字之注文及正文「莢」。

鸓　鳥名狀如鵲赤色兩手四足可以禦大出山海經加　三一一頁八～九行

案廣韻「鸓」訓作「鳥名，狀如鵲，赤黑色，兩首，四足，可以禦火，出山海經」。此本脫一「黑」字，又「手」當作「首」。

⿰黑柰　く黔首出音譜加　三一一頁九行

原卷「譜」作「普」，案當作「譜」。

囗　說文。云塞也加　三一一頁一一行

案正文當係「𢿨」字，據廣韻補。

燮　和也說文從言又蘇恊反六加一　三一一頁一一行

案今本說文「燮」訓作「和也，从言又，炎聲，讀若溼」（註一四二），廣韻訓作「和也，說文从言又炎，蘇協切」。此本「又」下脫一「炎」字。

韘　射韘……　三一一頁一二行
案廣韻「韘」訓作「韘韝射具」。

□　爇文字指歸加云從辛炎攴　三一一頁一二行
原卷「□」殘，案當作「燮」，據廣韻補。

甄　蹈瓦聲盧協反一　三一一頁一三行
案正文切三同，并當作「甄」。

聑　耳垂皃□莢反四　三一一頁一三行
原卷「□」作「丁」。當據原卷補。

蘺　草籬在協反一　三一一頁一四行
案「籬」字當从切三、王二、廣韻作「簾」。

睞　目閑　三一一頁一五行
案廣韻「䁋」訓作「閉一目」。此本「一」字或殘也。

○廿四洽韻

狹　隘古作陜　三一二頁一行
案正文當作「狹」。「陜」當作「陿」。

峽　く石縣名く加　三一二頁二行
案廣韻「峽」訓作「巫峽，山名」；「硤」訓作「硤石縣，亦州名。……」
此本脫「峽」字之注文及正文「硤」。

掐　瓜く　三一二頁三行

慆 巾慆埤蒼云帽 三一二頁三行

案「瓜」當作「爪」，「掐」當作「搯」。原卷「慆」作「慆」，案當作「慆」。又原卷「帽」作「帽」，案當作「帽」。

郟 〻鄏地名在河南又姓左傳大夫郟張 三一二頁四～五行

案「大夫」上脫一「郟」字。

跲 躓蹝 三一二頁六行

案切三、刊、王一、王二、全王、廣韻「跲」并訓作「躓蹝」。此本「蹝」當作「礙」。

袂 複衣 三一二頁七行

原卷作「袂複衣」，案當作「袂複衣」。

晗 眼諳細 三一二頁七行

案廣韻「諳」作「暗」。

騇 馬驪 三一二頁九行

案「驪」當作「驟」。

俉 〻倡小人皃 三一二頁九～一〇行

案當作「偛〻傷小人皃」。

屜 薄拼 三一二頁一〇行

案當作「屜薄楔迊」。

臿 春去皮或[illegible][illegible]疌作[illegible][illegible][illegible] 三一二頁一一行

案王氏校云：「案春去皮之臿，只作臿字，鍬臿之臿通作鍤，爾雅自唐石經

以下諸本作鯷，釋文作鯷，說文作鯷，甫鯷非一字，此多譌。」（註一四三）

睲 埤蒼云視皃 五夾反一加（三一二頁一六行）

案正文刋作「脛」，廣韻作「睲」。

## ○廿五狎韻

雭 衆言聲又杜甲口音 雭陽障在樂浪又颯（三一三頁二〜三行）

原卷「口」模糊，不可辨識，當係「反」字。

浹 く浹水 凍相着（三一三頁三行）

案「浹」當作「浹」，「水」蓋「氷」字之誤。

柙 檻也以光出說 盛藏虎文加（三一三頁三〜四行）

案今本說文「柙」訓作「檻也，所目藏虎兕也」，廣韻訓作「檻也，所以藏虎兕也，出說文」。此本「光」當作「兕」，「以」上當補一「所」字。

渫 文甲 反二（三一三頁四行）

案「文」蓋「丈」字之誤。

喋 唼喋食唼字 鳥鳫所甲反（三一三頁四〜五行）

案「鳥」字，切三、刋、王一、王二同。廣韻作「鳧」。

胛 背 甲（三一三頁六行）

原卷「甲」作「く」。彙編誤。

鉀 音譜云鎧屬 今單作甲加（三一三頁七行）

原卷「云」下有一「鐠」字，案是「鉀」字之誤。

窜 人神脉 刺穴（三一三頁九行）

案注文刋、王一、王二、廣韻同，全王作「人神脉刺空穴」（衍一「空」字），今本說文訓作「入脈刺穴，謂之甯」。各本「人」字并是「入」字之誤。

⿱舂巾 舂去麥皮初甲反一 三一三頁一〇行

原卷「舂」上有「舂ミ」，「ミ」表刪除。又「初」當作「初」。

翣 棺飾形如扇以木為筐礼天子八諸侯六卿大夫四所甲反三 三一三頁一〇（一一）行

案王二、廣韻「大夫四」下有「士二」二字，此本脫。

## ○卅三業韻

⿱艹三業 六加二 三一四頁一行

原卷「三業」二字殘，彙編補入。

牃 笱簴上懸鐘磬者板加 三一四頁一～二行

案王氏校云：「笱簴當作筍簴」，蔣氏校云：「注有譌倒，當作：『筍簴上懸鐘磬板者。』」（註一四四）

愶 以□□相思愶出埤蒼加 三一四頁二行

原卷「□□」作「□力」，案廣韻「愶」訓作「以威力相恐也」。則此本上「□」蓋「威」字也。又「思」蓋「恐」字之誤。

衱 衣領 三一四頁三行

原卷「衱」作「衱」，案當作「衱」，唐寫本偏旁衤衣常不分。

蜐 南越志云石□□石形如龜却得春雨則生花加 三一四頁三行

原卷上「□」殘，當係「蜐」字也。原卷下「□」作「生」，「彤」作「形」，并當依原卷補正。

罨 魚蚋又烏反合鳥蚋含二也 三一四頁三～四行

原卷「蚋」作「納」，彙編誤从虫。案廣韻作「網」。

裛 書囊又文字要略云裛分土香又於及於輒二反 三一四頁四行

原卷「分土」作「坌」，彙編誤。原卷「香」作「畨」，案當作「香」。又此本「香」上脫一「衣」字。

殗 殜く殜不的白字音葉 三一四頁四行

案「的」當作「動」，「白」當作「皃」。廣韻「殗」訓作「殗殜不動皃」。

○世四乏韻

卌乏……□ 房法反置也一 三一五頁一行

原卷「卌」殘，「乏」殘存下半，彙編補全。又彙編衍「……□」符號。又本韻先切語後訓義，與全書體例不合，蔣氏云：「想係手民第一字寫錯，而將錯就錯也。」（註一四五）

法 方乏反則亦作鷹云正一 三一五頁一行

案「鷹」當作「灋」，又「云正」二字疑衍。

猲 起法反恐受口史記曰恐猲諸候一 三一五頁一行

原卷「口」作「財」。又原卷「一」殘存作「-」，案當係「二」字之殘文也，蓋所列韻字實二字也。

〔註　釋〕

（一）見蔣本唐韻刊謬補闕一六〇頁與六五七頁。

（二）見王觀堂先生全集（冊八）唐寫本唐韻殘卷校勘記二八二二頁（案此為王觀堂先生全集頁數，註文逕稱唐寫本唐韻殘卷校勘記某頁）、蔣本唐韻刊謬補闕六五八頁。

（三）見蔣本唐韻刊謬補闕六六〇頁。

（四）仝右書六六一頁。

（五）見唐寫本唐韻殘卷校勘記二八二七頁。

（六）仝右書二八二七頁。

（七）見唐寫本唐韻殘卷校勘記二八三八頁、蔣本唐韻刊謬補闕一五五頁。

（八）見潘師石禪敦煌變文論輯二七九頁所錄敦煌卷子俗寫文字與俗文學之研究乙文。

（九）見唐寫本唐韻殘卷校勘記二八四四頁、蔣本唐韻刊謬補闕一七三頁。

（十）見蔣本唐韻刊謬補闕一七四頁。

（十一）見唐寫本唐韻殘卷校勘記二八四八頁。

（十二）仝右。

（十三）見十韻彙編一九九頁。蔣本唐韻刊謬補闕六九八頁。

（十四）見蔣本唐韻刊謬補闕六九九頁。

（十五）見唐寫本唐韻殘卷校勘記二八四九頁。

（十六）仝右書二八六〇頁。

（十七）仝右。

（十八）見蔣本唐韻刊謬補闕七一九頁。

（十九）見唐寫本唐韻殘卷校勘記二八六一頁。

（二十）見蔣本唐韻刊謬補闕七二六頁。

（二十一）見唐寫本唐韻殘卷校勘記二八七一頁。

（二十二）見右書二八七五頁及蔣本唐韻刊謬補闕七三八頁。

（二十三）見蔣本唐韻刊謬補闕七一〇頁。

（二十四）仝右書七四四頁。蔣氏所云「王刋補」即全王也。

（二十五）見唐寫本唐韻殘卷校勘記二八八二頁。

（二十六）仝右書二八八七頁。

（二十七）見蔣本唐韻刊謬補闕七五六頁。

（二十八）見唐寫本唐韻殘卷校勘記二八九三頁。

（二十九）見蔣本唐韻刊謬補闕七六四頁。

（三十）見蔣本唐韻刊謬補闕七六四頁。唐寫本唐韻殘卷校勘記二八九八頁。

（三十一）見蔣本唐韻刊謬補闕七七二頁。唐寫本唐韻殘卷校勘記二九〇四頁。

（三十二）見蔣本唐韻刊謬補闕七七四頁。唐寫本唐韻殘卷校勘記二九〇六頁。

（三十三）見唐寫本唐韻殘卷校勘記二九〇八頁。

（三十四）見蔣本唐韻刊謬補闕七七六頁。

（三十五）見林炯陽切韻系韻書反切異文表（新校正切宋本廣韻乙書所附）一二〇頁。

（三十六）見蔣本唐韻刊謬補闕八〇〇頁。

（三十七）見文選四八頁。

（三十八）見唐寫本唐韻殘卷校勘記二九三三頁。

（三十九）仝右。

（四十）見蔣本唐韻刊謬補闕三一頁及八三一頁。

（四十一）仝右書八三三頁。

（四十二）見唐寫本唐韻殘卷校勘記二九六二頁。蔣本唐韻刊謬補闕八四三頁。

（四十三）見唐寫本唐韻殘卷校勘記二九七三頁。蔣本唐韻刊謬補闕八五六頁。

（四十四）見切韻系韻書反切異文表一三三頁。蔣本唐韻刊謬補闕八五六頁。

（四十五）見唐寫本唐韻殘卷校勘記二九八一頁。

（四十六）見蔣本唐韻刊謬補闕九〇〇頁。

（四十七）見書吳縣蔣氏藏唐寫本唐韻後乙文。

（四十八）黎氏古逸叢書覆宋本「里」誤作「黑」，茲據澤存堂本正之。

（四十九）見蔣本唐韻刊謬補闕八六七頁。

（五十）見唐寫本唐韻殘卷校勘記二九八九頁，蔣本唐韻刊謬補闕八七三頁。

（五十一）見十韻彙編二四八頁。

（五十二）書傳者，見尚書夏書禹貢傳。

（五十三）見唐寫本唐韻殘卷校勘記三〇〇〇頁。

（五十四）見唐寫本唐韻殘卷校勘記三〇〇一頁，蔣本唐韻刊謬補闕八八九頁。

（五十五）見唐寫本唐韻殘卷校勘記二九五八頁。

（五十六）仝右書三〇一四頁。

（五十七）仝右書三〇一八頁。

（五十八）仝右書三〇一九頁。

（五十九）仝右書三〇二一頁。

（六十）見唐寫本唐韻殘卷校勘記三〇二二頁，蔣本唐韻刊謬補闕九二三頁。

（六十一）見唐寫本唐韻殘卷校勘記三〇二六頁。

（六十二）見說文解字注一一三頁。

（六十三）見唐寫本唐韻殘卷校勘記三〇三三頁。

（六十四）仝右書三〇三八頁。

（六十五）見十韻彙編二六四頁。

（六十六）見唐寫本唐韻殘卷校勘記三〇四二頁。

（六十七）仝右書三〇四四頁。

（六十八）仝右書三〇四五頁。

（六十九）詳見蔣本唐韻刊謬補闕九七四頁。

（七十）見唐寫本唐韻殘卷校勘記三〇四九頁。

（七十一）仝右書三〇五二頁。

（七十二）見唐寫本唐韻殘卷校勘記三〇五三頁，蔣本唐韻刊謬補闕九九二頁。

（七十三）參見蔣本唐韻刊謬補闕九九六頁。

（七十四）見唐寫本唐韻殘卷校勘記三〇五六頁，蔣本唐韻刊謬補闕一〇〇一頁。

（七十五）見蔣本唐韻刊謬補闕一〇〇一頁。

（七十六）仝右書一〇〇七頁。

（七十七）見蔣氏所引，在蔣本唐韻刊謬補闕一〇〇七頁。

（七十八）見十韻彙編二七一頁。唐寫本唐韻殘卷校勘記三〇六〇頁。蔣本唐韻刊謬補闕一〇〇八頁。

（七十九）見唐寫本唐韻殘卷校勘記三〇六七頁。
（八十）據蔣氏所校，見蔣本唐韻刋謬補闕一〇一七頁。
（八十一）見蔣本唐韻刋謬補闕一〇二二頁。此條王氏未引。
（八十二）見唐寫本唐韻殘卷校勘記三〇七二頁。唐寫全本王仁昫刋謬補缺切韻校箋六二四頁。
（八十三）參見唐寫本唐韻殘卷校勘記三〇七三頁。
（八十四）見右書三〇七四頁。
（八十五）仝右。
（八十六）參見蔣本唐韻刋謬補闕一〇三〇頁。
（八十七）見十韵彙編二七八頁。
（八十八）見蔣本唐韻刋謬補闕一〇四〇頁。
（八十九）仝右書一〇四一頁。
（九十）見唐寫本唐韻殘卷校勘記三〇八三頁。
（九十一）參見林炯陽切韻系韻書反切異文表一五八頁。
（九十二）見唐寫本唐韻殘卷校勘記三〇九〇頁，蔣本唐韻刋謬補闕一〇五五頁。
（九十三）見唐寫本唐韻殘卷校勘記三〇九三頁。
（九十四）仝右書三一〇三頁。
（九十五）仝右書三一〇五頁。
（九十六）見十韵彙編二八七頁。
（九十七）見蔣本唐韻刋謬補闕一〇八九頁。
（九十八）見唐寫本唐韻殘卷校勘記三一一六頁。

（九十九）見蔣本唐韻刊謬補闕一一〇四頁

（一〇〇）見十韻彙編二八八頁。

（一〇一）見唐寫本唐韻殘卷校勘記三一八二頁。

（一〇二）仝右書三一八八頁。

（一〇三）見十韻彙編二九一頁。

（一〇四）見唐寫本唐韻殘卷校勘記三一九二頁。

（一〇五）仝右。

（一〇六）見唐寫本唐韻殘卷校勘記三一九二頁，蔣本唐韻刊謬補闕一二四二頁。

（一〇七）見唐寫本唐韻殘卷校勘記三一九二頁。

（一〇八）仝右書三一九四頁。

（一〇九）見書吳縣蔣氏藏唐寫本唐韻後乙文，并見唐韻別考蔣氏所藏唐韻殘本乙文。

（一一〇）見唐寫本唐韻殘卷校勘記三一四一頁。

（一一一）仝右。

（一一二）仝右書三一四五頁。

（一一三）仝右書三一三七頁。

（一一四）見書吳縣蔣氏藏唐寫本唐韻後乙文。

（一一五）見唐寫本唐韻殘卷校勘記三一二八頁。

（一一六）見蔣本唐韻刊謬補闕一一二六頁。

（一一七）見十韻彙編二九八頁。

（一一八）見唐寫本唐韻殘卷校勘記三一三三頁。

（一一九）仝右書三一三五頁。

（一二〇）仝右。

（一二一）仝右書三一二一頁。

（一二二）「即漢也」三字，澤存堂本、巾箱本并作「即漢津也」。此本脫一「津」字。

（一二三）見唐寫本唐韻殘卷校勘記三一二二頁。

（一二四）見十韻彙編三〇〇頁。

（一二五）見唐寫本唐韻殘卷校勘記三一二五頁。

（一二六）見切韻殘卷諸本補正二五七頁。唐寫本唐韻殘卷校勘記三一九七頁。

（一二七）見唐韻別考蔣氏所藏唐韻殘本乙文。又見觀堂集林書吳縣蔣氏藏唐寫本唐韻後。「乾元元年寫本」，後文作「肅代之間寫本」。

（一二八）見林炯陽切韻系韻書反切異文表一七二頁。

（一二九）見唐寫本唐韻殘卷校勘記三二〇一頁。

（一三〇）見十韻彙編三〇二頁。

（一三一）見切韻殘卷諸本補正二五八頁。

（一三二）見十韻彙編三〇三頁。

（一三三）見切韻系韻書反切異文表一七五頁。

。

（一三四）見蔣本唐韻刊謬補闕一二一六頁及王氏書吳縣蔣氏藏唐寫本唐韻後乙文

（一三五）見切韻殘卷諸本補正二五五頁。

（一三六）見蔣本唐韻刊謬補闕一一六七頁。

（一三七）見唐寫本唐韻殘卷校勘記三一五二頁。蔣本唐韻刋謬補闕一一六九頁。

（一三八）見唐寫本唐韻殘卷校勘記三一五四頁。

（一三九）見蔣本唐韻刋謬補闕一一七五頁。

（一四〇）仝右。

（一四一）見唐寫本唐韻殘卷校勘記三一五五頁。

（一四二）依小徐本「炎」下有「聲」字。

（一四三）見唐寫本唐韻殘卷校勘記三一五八頁。

（一四四）見唐寫本唐韻殘卷校勘記三二一一頁，蔣本唐韻刋謬補闕一二七八頁。

（一四五）見蔣本唐韻刋謬補闕一二八一頁。

## 第九節　刊校勘記

刊乃P二○一四、P二○一五之簡稱。P二○一四共九葉，彙編缺第二葉反面第三葉正面、第四葉正面、第九葉反面；P二○一五共三葉。

本校所用之材料有：

1 P二○一四、P二○一五，藏中國文化大學中文研究所微卷閱覽室，簡稱原卷。

2. 姜亮夫瀛涯敦煌韻輯，簡稱姜。

3. 潘師石禪瀛涯敦煌韻輯新編，簡稱潘師。

並參考：

4. 龍宇純唐寫全本王仁昫刊謬補缺切韻校箋，簡稱校箋。

5. 上田正切韻殘卷諸本補正，簡稱上田正。

6. 林炯陽切韻系韻書反切異文表。

茲將彙編所錄諸韻與姜抄、潘師補抄對照臚列如下：

| 彙編所錄 | 姜抄 | 潘師補抄（上田正校彙編） | 備註 |
|---|---|---|---|
| 東 | 姜P二○一四一之一<br>姜P二○一四一之二<br>姜P二○一五 | | 彙編錄P二○一四一之一、一之二 |
| 冬 | 姜P二○一四一之二<br>姜P二○一五 | | 彙編錄P二○一五 |
| 鍾 | 姜P二○一五 | | |
| 魚 | 姜P二○一四三 | | |
| 虞 | 姜P二○一四三 | | |

| 韻 | 姜 | 潘師補抄 | 附記 |
|---|---|---|---|
| 齊 | | 潘師補抄P二〇一五第二葉 | |
| 佳 | | 潘師補抄P二〇一五第二葉 | |
| 皆 | | 潘師補抄P二〇一五第二葉 | |
| 灰 | | 潘師補抄P二〇一五第二葉 | |
| 仙 | 姜P二〇一四四後一 | | |
| 宣 | 前半姜P二〇一四四後一<br>後半姜P二〇一四四後二 | | |
| 蕭 | 姜P二〇一四四後二 | | |
| 肴 | 姜P二〇一四六 | | |
| 豪 | 姜P二〇一四六 | | (彙編所錄之原卷)前四行與P二〇一四五末四行同。 |
| 侵 | 姜P二〇一四七 | | |
| 鹽 | 姜P二〇一四七 | | |
| 紙 | 姜P二〇一四二 | | |
| 旱 | | 潘師補抄P二〇一四第八葉 | |
| 緩 | | 潘師補抄P二〇一四第八葉 | |
| 潸 | | 潘師補抄P二〇一四第八葉 | |
| 產 | | 潘師補抄P二〇一四第八葉 | |
| 銑 | | 潘師補抄P二〇一四第八葉 | |
| 職 | | 潘師補抄P二〇一四第九葉正面 | |
| 德 | | 潘師補抄P二〇一四第九葉正面 | |
| 盍 | | 潘師補抄P二〇一五第三葉 | |
| 葉 | | 潘師補抄P二〇一五第三葉 | |

| 帖 | 洽 | 狎 | （德 | 業 | 之） |
|---|---|---|---|---|---|

潘師補抄p二〇一五第三葉
潘師補抄p二〇一五第三葉
潘師補抄p二〇一五第三葉
潘師補抄p二〇一四第九頁反面
潘師補抄p二〇一四第九頁反面
潘師補抄p二〇一四第九頁反面

彙編未錄

○東韻

朧 △舟 一頁一行

原卷「△」作「月」。姜作「眀」。上田正作「月」。

礲 □ㄑ □檻□養□禽 一頁二行

原卷模糊．姜作「礲□ㄑ 又檻 世養 射禽」，上田正校「礲」作「櫳」，「又」上之「□」作「獸」。案切二、廣韻正文並作「櫳」。切二注文作「檻也，養禽獸所」，廣韻作「檻也，養獸所也」。

……𡂓涷 一頁二行

原卷模糊。姜作「𡂓東」，上田正作「瀧𡂓東」，並以為「東」當作「涷」。案切二、全王、廣韻正文並作「瀧」。王二注文作「ㄑ涷露漬」，全王作「ㄑ涷沾漬」，廣韻作「瀧涷沾漬，說文曰：雨瀧瀧也」。王二、全王「涷」並當以廣韻作「涷」。彙編「𡂓」蓋「漬」字之殘也。

瓏 玉玲 聲ㄑ 一頁三行

鑨 鉊器。 一頁三行

原卷「玲」作「玪」，姜同。彙編誤。

原卷注文作「器鐵」，姜作「器鐵」。

轆 車軸口鐵。 一頁三行

原卷「口」作「く」，姜同。

涳 く沁水名 一頁四行

原卷「沁」摸糊，未可辨識。姜作「漫」。案切二注文作「く濛字」。王二、全王並作「く濛」。廣韻作「涳濛小雨」。

〔空〕…… 一頁四行

原卷摸糊，未可辨識。姜作「崆」。

又複姓十九氏公子公孫公……公……公向公火公賓文武 ……公旗公冶……公素公公又姓古紅反十 一頁五～六行

原卷作「……又複姓十九氏公子公孫公……鉸公何公向公火公賓文武公く旗公冶辛公素成公又姓古紅反十四」。

案此為「公」字之殘存注文。

蚣 蜈虫 一頁六行

原卷如此。姜「虫」作「く」。案切二注文作「蜈蚣虫」，廣韻作「蜈蚣蟲」。

舡 舟下 一頁六行

原卷注文作「鐵舟下」，姜同。彙編脫末字。

功 大功成功……姓複姓成司功 一頁七行

原卷「……」作「績又」，姜同。當據原卷補。

攻 く擊 一頁七行

疘 瘃下…… 一頁八行 原卷注文作「又〻切擊」，姜作「又〻切擊」。彙編脫「又切」二字。

原卷注文作「瘃下」，姜同。彙編衍二「……」符號。

陕 〻阬 一頁九行 原卷「阬」作「阬」，姜同。

紅 白〻 又人姓 一頁九〜一〇行 原卷「白」作「皃」，姜作「色」。案全王「紅」訓作「色」，廣韻作「色也，又姓」，疑「皃」為「色」字之誤。

粠 米赤……… 一頁一〇行 原卷「粠米赤」下模糊。姜作「粠米赤 莊」，上田正同。潘師校姜書云：『原卷無（指無「莊」字），隱約有「訌」字。』（註一）

滃 洚〻 一頁一一行 原卷注文作「漯洚□〻」，「漯」下一字模糊，未可辨識。姜同。彙編脫「漯□」二字。

鴻 涼〻 霍鳥 瘥大 也 一頁一一行 原卷注文作「□〻 嚯鳥 又大 姓也」，姜作「〻〻 鸐鳥 又大 姓也」。

洚 不水 又不 冬遵 戶道 反降 一頁一一〜一二行 原卷如此。姜「冬戶反」作「戶冬反」。案作「戶冬反」是。

䂫 聲石 一頁一二行 原卷如此。姜「䂫」作「䃔」。

烘 ……火 ……六 一頁一二行

原卷注文作「火反□六□」，姜作「火□」，潘師校作「火反□六□」。上田正作「火〔兒呼〕反六」。

訣　く訌大聲　一一三頁行

原卷如此。姜「訌」作「訣」、「大」作「火」，並誤。

魟　河魚似鱉　一一三頁行

原卷如此。姜「鱉」下衍「也」字。

螉　蠮く名螺⿱咅月又蒲盧　一一五頁行

原卷「名」作「石」。彙編誤。又原卷「⿱咅月」模糊，未可辨識。姜「蠮」誤作「蝑」、「⿱咅月」作「羸」。

䅊　小籠又小蘓公反二　一一六頁行

原卷正文作「䅊」，姜同，案當人切二、王二、全王作「楤」。上田正以為下「小」字係「去」字之誤。案切二、王二、全王、廣韻並有又音，切「先孔」。

鬷　一一八頁行

原卷如此。姜作「鬷」。

騣　乱毛捘く數　一一九頁行

原卷無「く」。姜作「鬉く數」，有脫誤。潘師校作「騣乱毛捘數」。上田正與彙編同。

忩　遽迫右忩倉紅反十四　二一一頁行

原卷「右」作「古」，姜同。又姜脫「十四」二字。

⿰車忩　軓〇車載内　二一二頁行

原卷「車○」殘存作「軜」，蓋「轞」字之殘文也。姜作「軽」，誤。又原卷「内」蓋「囚」字之誤也。廣韻「轞」訓作「轞車載囚」。

緫 色青黃又細自 二一二頁行

原卷「細」下一字殘存作「自」，案當係「絹」字之殘文也。姜作「絹」。

揔 青蚍蝦蟆 二一三頁行

原卷正文存右半「忩」，案當係「蟌」字之殘文。姜與彙編同，並誤。又原卷「蚍」作「蛉」，姜同。彙編誤。

○惣 熅々此 二一三頁行

原卷殘存如此。姜作「□惣 或熅 □々 □此」。上田正正文作「焧」、「此」下一字疑作「或」。

鬉○ 又鬉○鬉長 二一三頁～二四行

原卷作「騘 又鬉鬉長」，姜同，當據原卷補。

階龠中。 玉女花荷頼日又姓莫 二一四頁～二五行

原卷殘存作「怱 階又龠 中。蒙 □玉□女日花又荷姓頼莫蒙」。案「怱」蓋「廢」之殘文，「龠」蓋「會」字之殘文也。姜作「忩 附會□□□中。□ □玉□女□花又荷姓頼莫蒙」，上田正作「廢 又階□會〔〕〔〕□□□□□中 蒙 □玉□女旧花又荷姓頼莫蒙」。

醿 衣麹々生 二一五頁行

原卷如此。姜無「々」，蓋脫也。

𡾰 々 二一五頁行

原卷注文作「山々」，姜同。彙編脫「山」字。

檬 似槐黃花 二一五頁行

皿〈冒

原卷「苎」作「茱」。姜作「茱」。

原卷二一六頁行「皿」像殘文，彙編當作「盁」。姜作「□」。

……也食 二一六頁行

原卷作「□□盁也食」，字體模糊，未可辨識。姜作「□□□□盁也食」。上田正校作

「□湯鹹也食」，並以為正文』似「饕」，諸本作「饞」』（註二）。

蓬 根く芡蒿加又反く十草

原卷二一七頁行下「く」作「秋」，姜同，彙編誤。又原卷「加」作「紅」，姜同。彙

編誤。又此本正文當作「蓬」。

蜓 陸蝪有斷長一五曰六守文宮者北 二一八頁行

原卷「一」作「秦」，姜同。

獑 羽獸名如虎有而食人 二二九頁行

原卷「……」作「蝟」，姜同。又原卷「而」模糊，未可辨識，姜作「毛」。

充……蔚惋動心 猇……名 忠…… 三〇頁～三一行

原卷作「充く足□□茺茂蔚惋動心 俄有く三人角身 猇……名 忠良くく孝 种又姓幼稚

徒□昆 瘙痛く……」。姜作「充く足□□□ 盛蔚惋動心……俄□く□人□□□戎……

名 忠良くく孝 种又幼姓稚……徒□昆 瘙痛く……」。

崇 屬釦 莫中反六 夢去澤名 孚隆反九 三二二頁～三三行

原卷作「崇屬鍾……不明莫中反六 夢去澤く名□又……闇夢□在會夢□□貝夢□□□出豕崑目崙在耳

・豐作く豐饒字厚孚豆隆之反滿九者又」。姜作「崇屬鍾……莫中反六 夢去澤く名寐又↓

懜闇□夢□在會夢□□貝夢□□歎出□崑目崙在耳。豐作く豐饒字厚孚隆反」。案「不明莫中反」像

「瞢」字之殘存注文。

馮 人姓地名又馬行疾并隆反八 二頁三五行

原卷如此。|姜脫「地」字。案此本正文當作「馮」。

苀 く茸草貝又蓬戚 二頁三六行

原卷無「」，{彙編}衍。又原卷「苀」作「苀」，|姜同，案當作「苀」。

獴 く猍似狗而猫兕九真因黑畜捕鼠勝日南有之一 二頁三九〜四〇行

原卷「似」隱約作「如」，惟P二〇一五殘存作「亻」，蓋「似」字之殘文也。|姜「似狗」作「□」，蓋脫一字也。

## 〇二冬韻（{彙編}錄P二〇一五卷）

冬 秋く四時之末又姓都宗反五 五頁一行

P二〇一五原卷如此，|姜「く」作「冬」。

P二〇一四原卷如此，|姜同。

苳 竹名䈞竹又 五頁一行

P二〇一五原卷如此，|姜同。

P二〇一四原卷「䈞」作「都」，|姜同。又|姜「竹」作「反」。

零 雨貝 五頁一行

P二〇一五原卷如此。|姜「雨」作「□」。

P二〇一四原卷如此，|姜同。

㑴 楚云深屋 五頁二行

P二〇一五原卷如此。|姜「㑴」作「𠯢」、「屋」作「屋」，並誤。

P二〇一四原卷如此，|姜同。

鼕 鼓聲 五頁二～三行

P二〇一五原卷「鼓」作「皷」，姜與彙編同。

P二〇一四原卷「鼓」作「皷」，姜與彙編同。

爞 旱氣 五頁四行

P二〇一五原卷「旱」（彙編作「早」或「旱」，未可判定）作「早」。姜作「旱」，案「早」蓋「旱」字之誤。

P二〇一四原卷「旱氣」作「早氣」，姜作「旱气」。案原卷「早」蓋「旱

農 由〻又姓奴冬反十 五頁五行

P二〇一五原卷如此。姜「由」作「田」。案「由」蓋「田」字之誤。又正文當作「農」或「𨐨」。

P二〇一四原卷如此。姜「由」作「田」。案「由」蓋「田」字之誤。又正文當作「農」或「𨐨」。

膿 洌水云怒 五頁六行

P二〇一五原卷如此。姜注文作「洌□之怒」。

P二〇一四原卷如此。姜同。

獶 多毛又乃刀反 五頁七行

P二〇一五原卷如此，姜同。

P二〇一四原卷注文作「多毛又乃□反」，姜作「多毛又□乃□反」，衍上「□」字。

倧 上古神人 五頁七行、

P二〇一五原卷如此，姜同。

⿱兟乚　江湖云⿱𦥯乚　九五頁行

P二〇一四原卷如此，姜「神」作「仙」，誤。

P二〇一五原卷「⿱𦥯乚」作「⿱𦥯乚」。姜與彙編同，並誤。又姜「云」作「囩」，當作「云」。

P二〇一四原卷「⿱𦥯乚」作「⿱𦥯乚」，姜同。

慒　〻謀又去　九五頁行

P二〇一五原卷如此，姜「慒」作「憎」，誤。

P二〇一四原卷「又去」作「又〻云」，姜與彙編同，並誤。

愽　〻多聞從十博曹亦復十　九五頁〜一〇行

P二〇一五原卷如此。姜「愽」作「慒」。

P二〇一四原卷「愽」作「慒」，姜與彙編同。又原卷「復」作「後」，姜作「後」。又姜無下「十」字，蓋脫也。

⿰長田　髮〻長浰水此淙反二　一五〇頁行

P二〇一五原卷如此。姜「浰」作「倒」、「淙」作「琮」，並誤。

P二〇一四原卷「淙」作「際」，姜同，並誤。又姜「浰」作「溂」。

⿰田共　略〻田壟　一五一頁行

P二〇一五原卷如此。姜「略」作「畃」。上田正以為「略」為「畇」字之誤。

P二〇一四原卷如此。姜注文作「田□壟」。上田正校注文首字云：『「⿰田匋」歟，似「略」。』（註三）

⿰亻松　庸轉語也　一五三頁行

菘 菜 一五三頁 行

P二〇一五原卷如此。姜「語」作「訁[」

P二〇一四原卷如此。姜同。

菘 菜 一五三頁 行

P二〇一五原卷注文殘存如此。姜與彙編同。

P二〇一四原卷注文作「菜々」，姜同。當據補「々」。

淞 落凍 一五四頁 行

P二〇一五原卷如此，姜同。

P二〇一四原卷如此，姜「淞」作「凇」。

案「淞」字當從王二、全王作「凇」。

瞛 目光電々 怒 一五五頁 行

P二〇一五原卷如此。姜「瞛」作「瞛」，誤。

P二〇一四原卷如此。姜「目電」作「日□」。

従 疾々容容反又縱 一五五頁 行

P二〇一五原卷「疾」上有「文」字，彙編脫。

P二〇一四原卷「疾」上有「又」字，彙編脫。

唪 哥々 動 一五七頁 行

P二〇一五原卷如此，姜「哥」作「歌」。

P二〇一四原卷「哥」作「歌」，姜同。

案P二〇一五原卷之「哥」蓋「歌」字之殘也。

礲 々硿 力冬反二 一五七頁七～一八行

P二〇一五原卷如此。姜「二」作「三」，誤。

○三鍾韻

鍾 酒器又磬亦當又姓又 姓鍾離羅織容反二十複 六頁一行

原卷「二十」作「廿」，姜同。

鍾 樂器孫酸 延始為鐘 六頁二行

原卷「酸」作「皷」。姜作「皷」。

忪 同小 六頁四行

原卷注文作「同小上中」。姜作「同小上中」。潘師案語云：『「忪」蓋「忪」之俗寫。』（註四）

松 仆〻埶 六頁六行

原卷注文作「仆〻埶」。姜正文作「炂」，注文作「仆〻熱」。案原卷正文「松」蓋「炂」字之誤也。又原卷「埶」當作「熱」。

蠶 穴遠 六頁一〇行

原卷如此，姜「蠶」作「蠶」，誤。

慵 嬾〻怠 六頁一〇〜一一行

原卷如此，姜「嬾」作「懶」。

茸 草生狀茸而容 又作鹿反九 六頁一一〜一二行

原卷如此，姜「茸」作「〻」、「九」作「□」。

○魚韻

饔 塩又去 二一頁一行

原卷此行之前行下半尚存「……又王祭茅藉又封諸侯 蒩〻□ 沮水名 胆」，姜同，彙編未錄。

胥息呂反相又待也須又蟹醢又胥靡相隨之 二一頁一〜二行
原卷「呂」作「徐」，姜同，彙編誤。又姜無「之」字，蓋脫也。

獝猣く 二一頁二〜三行
原卷「猣」作「獀」，姜同。

閭鄉く里閈里門周礼廿五魚反家爲閭く侶相羣力十九 二一頁三〜四行
原卷「羣」下有「侶」字，彙編脫。姜注文作「鄉く里閈里門周礼廿五家爲くく侶相羣保力魚反十九」，當據原卷校正。上田正校無「相」字，蓋脫也。

臚鴻く寺又腹前言京爲心外國爲皮臚故行又皮く曰鴻臚又上傳語告下曰臚く亻者 二一頁四〜六行
原卷「亻」作「猶」，姜同。姜注文「臚」並作「く」。又上田正「鴻臚」下有「也」字，蓋衍。

者⋯⋯ 二一頁八行
原卷作「儲く貳倉く」，彙編誤。姜注文作「く式倉く」。

藷藷芋 二一頁八行
原卷如此。姜「薯」作「著」，誤。

⋯⋯渚水停⋯⋯ 二一頁一〇行
原卷「水」下有「所」字，「停」下一字尚可辨認為「曰」字。

枷衣く女余反七 二一頁一一行
原卷「枷」殘缺不全，案當係「枷」字之殘文。姜作「□衣余反七」，「衣」
下脫「く女」二字。

毟犬多毛皃 二一頁一一〜一二行
原卷如此，姜「犬」作「大」，誤。

荸 薊〻似荮 二一頁一二行

原卷如此。姜「薊」作「葳」，誤。

鋤 鍬〻士魚反三 二一頁一三行

原卷「士」作「七」，姜同。案「七」蓋「士」字之誤。

練 蒭〻 二一頁一五行

原卷「蒭」作「蔦」，姜同。彙編誤。

○十虞韻

虞 俱反防度安也澤之官也号也也又騶虞白虎黑文人虞封於商土今梁虞城是尾長於身二十一 二四頁一〜二行

原卷注文作「□俱反防度安也主山澤之官也舜号也又虞□縣均今梁虞城是也又騶虞白虎黑文尾長於身廿一名古封舜於商」。姜作「□□反防度安也主山澤之官也舜號也又虞〻蘇均今梁虞大城是也又騮虞白虎黑文尾長于身廿二□□封舜于商」。

鸆 鷚〻涸人軏鳴呼不澤鳥見一名涸田也 二四頁二〜三行

原卷「不」下有「去」字。姜同。彙編脫。

驉 名 二四頁三行

原卷注文作「名馬」，姜同。彙編脫「馬」字。

禺 番〻顒鬼頭又 二四頁三行

原卷注文作「番〻縣名又□□□鬼頭」。姜作「番禺縣名又□頭似鬼頭」，上田正校「□頭似」作「母猴□」。

湡 二四頁四行

原卷注文模糊，未可辨識。姜作「名□藪」。案切三注文作「齊藪名，又水名，在襄國」，全王注文作「齊藪名，又水名，在襄陽」，龍氏校箋云：「國字誤作陽，以雌黃塗改。今國字脫落，仍顯陽字。」切三、廣韻並云水在襄國

」（註五）

堨く夷日所出處 二四頁四行 原卷「出」作「入」，姜同。案切三注文作「く夷日所入」，全王作「く夷日所出處」，廣韻作「堨夷日所出處，書亦作嵎」。

錫 二四頁五行 原卷注文作「く鋁」，姜同。彙編脫「鋁」字。

鸜 鋁 二四頁五行 原卷作「鸜正齒下錫鋁」，姜同。案此二字訓重出，蓋衍。

鶪鳥名現則大旱 二四頁六行 原卷「現」作「見」，「旱」作「早」，姜並同。又姜「大」作「火」，誤正字。

二四頁七行 原卷正文作「𠛌」，姜同。

劬く勞動也其俱反廿 二四頁七行 原卷「動」作「勤」，姜同。彙編誤。又原卷「也」下有「又」字，姜同，彙編脫。姜無「廿」，蓋脫也。

鴝鴝く 二四頁七行 原卷如此。姜「鴝」作「鴝」，誤。

駒……眗屈鮑 二四頁八行 原卷作「軥□車□向屈輴 㽘地名 㬵鋸履 鮑」。姜作「軥□□眗□□□地名 㬵鋸履 鮑」，上田正校「□向」作「朐」。

瞿……欋（把四齒）蠷（螋く）鸜（く）躣（走く皃駁）瞿（皃）　一二四頁九～一〇行

原卷作「鼩（く鼁）蒟（又く）去蠵（翐馬足□白□）蘧（人□姓□）瞿（神鷹仙隼有視□又□複姓）癯（弱く）□（舍倉）衢（く街）氍（く□）灈（水名）钁（兵器）欘（把四齒）蠷（螋く）鸜（鵒く）躣（走く皃駁）趯（後走皃顧）」，姜作「鼩（く鼁）蒟（又く）去蠵（翐馬足白）蘧（人□姓□）瞿（神鷹仙隼有視□又□複□姓）癯（弱く）雇（舍倉）衢（く街）氍（く□）灈（水名）钁（兵器）欘（把四齒）蠷（螋く）鸜（鵒く）躣（走く皃駁）趯（後走皃顧）」。

上田正以為「欘」當作「欋」。

拘（隅く反執十又三必舉）　一二四頁一一行

原卷注文作「隅く反執十又三止舉」，姜作「隅く反執十又三正舉」。彙編、姜並當據原卷校正。

駒（馬）……　一二四頁一一行

原卷注文作「駒馬謂一日歲□又白」，姜同。

俱（人く姓皆又）　一二四頁一二～一三行

原卷「皆」下有「等」字，姜同。又姜「く」作「□」。

瞁（目邪又）　一二四頁一三行

原卷作「瞁（許目力邪反又）」，姜作「瞁（□目外之）」。案正文當作「瞁」或「瞁」。

區（區）……（去俱反七）　一二四頁一四行

原卷注文作「兩く室院去域俱也反一七區」，姜作「兩く□院去域俱也反一七く」。

于（羽く俱於反往十人六姓）　一二四頁一六行

原卷如此。姜「羽」作「以」，誤。

謣（言妄）　一二四頁一六行

原卷「妄」作「忘」，姜同。案廣韻注文作「妄言」。

穿 穴 二四頁一六行 原卷注文作「穴く」，姜同。彙編脫「く」。

訏 く大況于反廿 二四頁一九行 原卷如此。姜脫「く」。

盱 舉目使人 二四頁二〇行 原卷如此。姜無此字訓，蓋脫也。

疒 病く 二四頁二〇行 原卷正文殘存如此。姜作「□」，上田正校作「疒」。

見詩 二四頁二一行 原卷正文作「吁」。姜作「吁」。

祇 夫妃衣 二四頁二一行 原卷如此。姜作「祇衣大袑」。案廣韻「祇」訓作「大袑衣也」。此本「祇」當作「衹」，敦煌寫本偏旁礻衤常不分。又「夫」蓋「大」字之誤，「妃」蓋「袑」字之誤。

栗 鹵貝 二四頁二二行 原卷「栗」作「㮚」，姜同。又原卷「鹵」作「垂」，姜同。彙編誤。

欱 噓食手叉佳 二四頁二二行 原卷作「欱噓食人見者苟芋又瞿」。姜同。當據原卷補。

姁 美 二四頁二三行 原卷注文作「く美」。姜與彙編同，並脫「く」。

靪 盤草又于 二四頁二三行

原卷如此。姜「草」作「草」，誤。

虫名　二四頁　二三行

原卷正文殘作「虸」，蓋「虸」字之殘文也。姜作「虸」。

迂　く曲又上　二四頁　二四行

原卷如此。姜作「迂□□」，當據原卷補。

## ○齊韻

䙡　見大　三一頁　四行

原卷如此。潘師、上田正「文」並作「文」。案「文」蓋「文」字之殘也。

蒃　く藂　三一頁　六行

原卷「蕠」模糊，未可辨識。潘師作「蕠」，上田正作「荼」。案切三訓作「秀」，王一、全王並作「莠」，廣韻作「蒃秀」。龍氏校箋云：「案孟子五穀不熟，不如荑稗。荑与稊同，与莠字義合，當以作莠為是。」（註六）惟本卷「蕠」字形不似「秀」或「莠」。

△　長傢又去　三一頁　大行

原卷正文殘作「棲」，蓋「棲」字之殘文也。潘師「又」作「□」，上田正作「又」。

滍　研水䃾　三一頁　六〜七行

原卷如此。潘師、上田正並同。上田正校「水」為「米」字之誤。案切三、全王並訓作「研米䃾」，廣韻作「研米䃾也」。

偄　一遍く偏薄　三一頁　一一行

原卷「一遍」作「遍」，潘師同。上田正書作「遍」。

䴙 一遍鷉又布曲反　一三二頁一行

原卷「一遍」作「遍」，潘師同。上田正書作「遍」。

鷖 鳧〻鳥似鼠𢒈文出九屬又疑山烏兮反十二　一三三頁一～一四行

原卷「𢒈」作「𢒈」，潘師同，上田正作「彩」。

婡 〻𣛮弩楔　一三六頁一行

原卷如此。上田正同。潘師「楔」作「栔」，誤。又上田正校「婡」作「蝶」。案廣韻「蝶」訓作「蝶𣛮弩楔木也」。

緊 是詞助又△黑也語繒又戟衣　一三六頁一～一七行

原卷「△」殘存作「六」，蓋「赤」字之殘文也。潘師、姜並作「赤」。

矣 狩迹　二三一頁一行

原卷如此。潘師、上田正並同。上田正校正文作「矣」。案廣韻「矣」訓作「獸跡。亦邑名，在洛陽。」

兮 正字　二三二頁一行

原卷如此，潘師、上田正並同。上田正校正文作「兮」。

醓 醬醋呼兮反六　二三二頁一行

原卷如此。上田正同。潘師「醓」作「醯」。上田正校正文作「醯」。案廣韻「醯」訓作「酢味也，俗作醓」。本卷「醓」蓋「醯」字之誤也。

榼 樸〻　二三二頁一行

原卷如此。潘師、上田正並同。又上田正校正文作「榼」。案全王「榼」訓作「木名」，廣韻「榼」亦訓作「木名」。本卷「榼」蓋「榼」字之誤也。

倪 挾〻又姓五兮反十三　二三三頁一行

原卷如此。潘師「狄」作「孩」。上田正作「狡」。案全王「倪」訓作「孩，正作倪」。上田正誤。

齯 老人齒更生尒足云黃髮齯齒鮐背耇老壽 二三一頁二四行

原卷「鮐」作「鮐」，潘師、上田正並同。

鷄 司晨鳥能知時為桀足云鷄棲於我也 二三一頁二七～二八行

原卷「我」作「杙」，案當係「杙」字。敦煌寫本偏旁扌木常不分。潘師作「杙」。上田正原作「我」，正誤已修正為「杙」。

稽 久晚後考計又辯捷不窮迷反字曰骨稽又山名字禾々工從尤旨 二三一～二三二頁二八～二九行

原卷「辯」作「辯」，蓋係「辯」字也。潘師、上田正並作「辯」。又原卷「旨」作「二日」，潘師、上田正並同。又上田正校「二日」云：『恐是「旨」之訛或當時有「稽」字从「二日」之俗說。』（註七）今本說文「稽」訓作「留止也，从禾从尤，旨聲」。

笄 婦人首鎸弃笄 二三二頁二九行

原卷「弃」作「笄」，潘師、上田正並同。彙編誤。又原卷「笄」作「笄」，蓋「冠」字也。潘師作「笄」，上田正作「冠」，並注云：『「冠」字原作「笄」。』

谿 く谷又水注川曰く苦号反八 二三二頁三〇行

原卷如此，上田正同。潘師「曰」作「日」。案切語上字當从切三、廣韻作「苦」。

鷔 醓く有骨者謂之鷔人号反一 二三二頁三二行

原卷「醓」字右半模糊，未可辨識。潘師作「醢」，上田正作「醢」。

移 康𥡖移木名成西反一 三二頁三三行

原卷二「移」字並作「移」、「𥡖」作「槺」，潘師、上田正並同。

擑 〻撕小樹栽 三二頁三六行

原卷如此，潘師、上田正並同。案切三、全王「撕」並訓作「擑撕，小樹」。本卷「擑」「撕」皆當从木作「⿰木庳」「⿰木斯」。敦煌寫本偏旁扌木常不分。

迷 〻惑魚兮反六 三二頁三九行

原卷如此。潘師、上田正並同。又上田正校「魚」作「莫」。案「魚」為「莫」字之誤。

⿰弓婆 三二頁三九行

原卷如此。上田正同。潘師作「⿱弢女」。又上田正校「⿰弓婆」作「⿱弢女」。案切三、全王作「⿱弢女」，廣韻作「⿱弢女」。

⿰酉蒲 醭〻醬醋上白醭怖僕反 三二頁四〇行

原卷「⿰忄菐」作「僕」，上田正同。潘師作「撲」，又潘師下「醭」字作「醭」。

圭 孟子云六十三黍為一圭十圭為一合…… 三二頁四一行

原卷「合」下一字尚可辨識作「古」，潘師、上田正並同。

窒 戶……〻腣 三二頁四四行

原卷作「窒戶〻⿰雋月……⿰忄王〻腣」，潘師作「窒戶〻⿰雋月……⿰忄王〻腣」，上田正作「窒戶〻⿰雋瓦□□[胜]〻腣」。案此本「⿰雋月」當係「⿰雋瓦」字。「⿰忄王」當係「胜」之殘文。

茥 缺盆草 三二頁四六行

原卷「缺」作「⿰垂夬」，潘師同。上田正作「鈌」。

□ 人□姓△ 三二頁四七行

原卷「□△」作「〱陽」，潘師作「　卩」。上田正作「〻陽」。

鐫 大錐 三二頁四九行

原卷如此，潘師、上田正並同。案切三、全王注文亦並作「大錐」，廣韻作「大鍾」。周氏校勘記云：『切三及五代刻本韻書作錐。案錐蓋鑊字之誤，玉篇云：「鐫，大鑊也。」說文云：「鑊，鐫也。」』龍氏校箋引周氏此語，并云：『案廣雅釋器鐫，錐也。疏證云：「內則左佩小鑴，右佩大鑴。鄭注云，鑴貌如錐。釋文本或作鐫。」錐字不誤。』（註八）

䙎 〱䙎 三二頁五〇行

原卷「䙎」作「䙎」，潘師作「䙎」，上田正作「□」。又上田正校「□」作「䙎」。案廣韻「䙎」訓作「褫䙎也」。

畦 菜畦區為大畦五壟畝又田五十畝為小畦 三二頁五二行

原卷二「畝」字並作「畒」，上田正同。潘師作「畝」。

騪 肥〱人芳反一 三二頁五四行

原卷如此，潘師同。上田正「肥」作「肥」。案林炯陽切韻系韻書反切異文表云：『「人兮反」與「鷖」字「人兮反」切語全同，不當別出一紐。按「騪」字不詳所出。集韻「人移切」下有「騪」字，為「鷖」字之或體，疑此卷誤「騪」為「騪」，遂又別立一紐，添之韻末，而有此誤。』

○十三佳韻

□ 〱 呼應大佳反二 三四頁五～六行

原卷正文殘存作「[illegible]」，潘師作「□」，上田正作「[illegible]」。原卷注文作

「大〻佳笅反呼二應」，潘師作「大〻佳笑反呼二應」，上田正作「火〻佳笑反呼二應」。案原卷「大」似「火」，又似「大」。當作「火」也。

崪　積助我舉柴也　三四頁九行

原卷如此。潘師「柴」作「紫」，上田正作「崪」。案廣韻「崪」訓作「積也，詩云：助我舉崪」。案「崪」與「柴」通。又詩者，詩經小雅車攻也。

齒　齒不乎　三四頁九〜一〇行

原卷如此。潘師、上田正「乎」作「平」。案切三、王二、全王、廣韻注文並作「齒不正」。

牌　〻膀步街反六　三四頁一一行

原卷如此，潘師、上田正並同。又上田正校「六」作「七」。案此紐所列韻字實七，「六」當作「七」。

⿰羊兒　奴权反⿰羊兒⿰羊焉胡羊反二　三四頁一七行

原卷如此，潘師、上田正並同，案「权」蓋「扠」字之誤。又上田正校以為末「反」字前脫反切上下字。案切三、王二、全王、廣韻並止有一切語，疑此本衍末「反」字。

喃　⿰亻南口　三四頁一八行

原卷如此，潘師、上田正並同。又上田正校「喃」作「⿰口⿱艹南」。案全王正文作「⿰口⿱艹南」，廣韻作「⿰口⿱艹南」。

蛙　蝦烏緺蟆反　三四頁一九〜二〇行

原卷注文末有「一」字，潘師、上田正並同。彙編脫。

鼃　三四頁一九行

○十四皆韻

原卷作「鼀」。潘師作「鼀」。上田正作「鼃」。案當作「鼃」。

薢 云〻若決明子足薢茩決光也 三五頁三行

原卷「若」作「若」。潘師作「若」，上田正作「茩」。案原卷「若」當係「茩」字。

⿱艹裉 服〻 三五頁六行

原卷如此。潘師、上田正並同，上田正正文原作「⿱艹狠」，正誤作「⿱艹裉」，並注云：「廣韻作⿱艹裉。」案全王正文作「⿱艹裉」，注文作「〻⿱艹⿰月皮」。廣韻正文作「⿱艹裉」，注文作「⿱艹裉⿱艹⿰月皮草」。此本「⿱艹裉」當作「⿱艹裉」。

⿺走差 又〻趀去作越 三五頁八行

原卷如此，潘師、上田正並同。又上田正校「越」作「赲」。案「赲」字，全王訓作「起去」，廣韻作「起去也」。

⿸广齊 舒〻 三五頁八行

原卷「舒」作「舍」，潘師、上田正並同。上田正原作「舒」，正誤已修正作「舍」。彙編誤。

頊 曲入蒲頭來反一 三五頁一〇行

原卷注文作「䫘曲入蒲來反一」，潘師同。上田正作「䫘曲入蒲來反一」，並云：『此項當作「曲頭又蒲來反一」。』（註九）案全王正文作「頏」，注文作「曲頤，又蒲來反」，其灰韻薄恢反下字作「頊」。廣韵正文作「頏」，注文作「曲頤見」。此本注文當作「曲頤又蒲來反一」。

懷 姓〻恩安來和也又戶乖反十一 三五頁一一行

原卷「乘」作「乖」，潘師、上田正並同。彙編誤。

⿰氵佳 江く又山名 一三五頁三行

原卷正文作「淮」，潘師、上田正並同。

⿱艹汇 艹く背後古淮反 一三五頁一四～一五行

原卷「後」作「從」，潘師、上田正並同。又原卷注文末當補「二」字。

匯 乘く澤口反二 一三五頁五行

原卷「乘」作「乖」，潘師、上田正並同，彙編誤。

⿰乖力 く勵 一三五頁五行

原卷如此，潘師、上田正並同。上田正校「勵」字云：『此不詳何字，蓋涉上「匯」字訛者。』（註十）

⿺辶鬼 灰く積馬疾又呼乘反三 一三五頁一六～一七行

原卷「乘」作「乖」，潘師、上田正並同。彙編誤。

揩 皆く攂口反二 一三五頁一六～一七行

原卷如此，潘師、上田正並同。案「揩」當作「揩」，敦煌寫本偏旁木才常不分。

○十五灰韻

瑰 玫く火齊珠光如雲母色如紫金出南方火山亦作珂也 三六頁四～五行

原卷上「火」字作「大」，潘師、上田正並同。又上田正校此「大」字作「火」，蓋是。

恢 作く大又恢台養亦鈌苦環反八 三六頁六行

原卷如此。潘師、上田正「養」並作「養」。又林炯陽切韻系韻書反切異文

誸 く謿朝笑言 三六頁七行

表云：『「環」疑「瓌」誤。』

原卷「朝」作「嘲」，潘師、上田正並同。彙編誤。

○廿九先韻

P二〇一四有廿九先韻殘卷，彙編未錄。

○仙韻

P二〇一四仙韻前四半行彙編未錄。

正盜羨洛從此 六一頁二行

原卷注文殘存如此。姜「洛」作「字」，誤。案此為「涎」字之注文。

厘 く居地与Δ里直連反十 六一頁四〜五行

原卷「Δ」殘作「圻」。姜「与Δ」空白。上田正「Δ」作「壥」，又正文「厘」校作「廛」。案切三正文作「壥」，注文有「与厘同」之語，則此本作「厘」不誤。廣韻「廛」訓作「居也」。說文曰：「一畮半也，一家之居也」，下出「壥」，注云：「上同。」

甄 居延反察又免識別也造人陶瓮□圈兩頭 亦作甄又賀隣反 六一頁七〜八行

原卷「瓮」似作「窯」，姜作「窯」。原卷「□」作「獵」，姜同。又原卷「圈」，模糊，未可辨識，姜作「□」。

便 □連反習安也又く衛小側從人更人有惡又便方便殿不便更之正作便名 六一頁九〜一〇行

原卷注文作「符連反習安也不惡又便方便殿小側從人更人有不便更之正作僾□木く名□鞭名虫」，姜作「符連反習安也不惡又便方便殿小側從人更人有不便更之正之便楩木く名栅鞭名虫」。

鞭 必連反扁馬和又以革擊背又名十 六一頁一一行

原卷注文作「革（必連反，又擊背；馬杖名，刑七又以）」。姜「榻」作「槁」、「革」作「草」、「刑」作「州」，並誤。

綼　一六一頁二行

原卷殘作此。姜作「綿」。案當係「綿」字之殘文。

謾（欺，出漢書方言謾讋，燕代謂之曰謾台）　一六一頁三行

原卷注文作「欺（出漢書方言謾讋，音燕代謂之懼曰謾台）」。姜注文中二「謾」字並作「〻」，餘與原卷同。

賜（貝〻）　一六一頁四行

原卷「貝」作「賘」，姜同。彙編誤。

焉（何安也，矣乾反，語己聲。說文焉鳥黃色出於淮所在，者諸子之候作巢避代己所貴者故）　一六一頁五～六行

原卷「所」上有一「之」字，「在」下之「……」作「燕」。姜注文作「（何安也，矣乾反，語己聲。說文焉鳥黃色出于淮北之所在也，燕者請子之候作棠避代己所□者故）」，將「巢」誤作「棠」，又「□」當係「貴」字。案今本說文「焉」訓下「焉鳥，黃色，出於江淮，象形，凡字朋者，羽蟲之長，烏者，日中之禽，舄者，知大歲之所在，燕者，請子之候，作巢避戊己，所貴者故皆象形，焉亦是也」則原卷「淮」上當有「江」字，「諸」當作「請」，「代己」當作「戊己」。

（陽何吾又，於老也反）　一六一頁六行

原卷注文作「（陽何中又，於□也反）」，姜作「（陽何中又，於□□反）」，上田正作「（陽何中又，於彥也反）」，又校「彥也」作「反也」。案上田正所校有誤，當將「也反」校作「反也」，方是。又此為「焉」字之注文。

嫣（長好）　一六一頁七行

原卷如此。姜「好」作「負」，誤。

屵 輕舉 六一頁一七∫一八行

原卷正文殘作「个」，姜作「□」，上田正與彙編同。

㞑 く□說文作 △△連反丑 六一頁一八行

原卷上「△」作「穽」，姜作「穸」。案今本說文「㞑」訓作「迮也，从𡬶，在尸下，一曰呻吟也」，「迮也」下段注云：「按此迮當為笮，今之窄字也。」

鐯 小鏊 六一頁一八∫一九行

原卷「鏊」作「鏊」。姜注文作「鏊□」。案王一、全王、廣韻「鐯」字並訓作「小鏊」。

𡒄 門聚 六一頁一九行

原卷「門」字殘存作「𨳇」，姜作「門」。又姜正文作「埏」，當據原卷補正。案王一、全王、廣韻「𡒄」字，注文並作「門聚」，全王仙韻及山韻並有此字訓，龍氏校箋山韻校云：「門聚，廣韻同。集韻云𡒄門聚名。字又見仙韻，本書亦云門聚，廣韻亦同。集韻仙韻二見，一云𡒄門聚名在睢陽，一云聚名在桂陽（考正從類篇改睢字）。疑本書門上脫重文。」（註十一）

轉 目車 六一頁一九行

原卷「目」字係殘文，姜作「□」。

愆 く報罪也過也 去虔反七 六一頁一九行

原卷「去」上缺字作「失」，姜同。

虔 敬又虎 行也 ⋯⋯ 攑 六一頁二二行

原卷「虔」字訓另行即接「褄」，中間無脫文，彙編衍「……」。

○卅一宣韻

宣 相緣反吐布顯揚明也遍通也用散也又去……宣……亦徵姓九 二六一頁五行

原卷「又去……宣……」作「又天子宣室」，姜同。

揎 撏く 二六一頁六行

原卷「撏」作「捋」，姜作「将」。案「揎」字，切三訓作「手撥衣」（「撥」當作「發」），王一訓作「手發衣，或作撏」，全王訓作「手發衣，或⿰牛尋」（「⿰牛尋」當作「撏」），廣韻訓作「手發衣也」，下出「撏」，注云：「上同。」彙編、姜並誤。

愃 快く 二六一頁六行

原卷「快」作「决」，姜作「決」。案當从切三、王一、廣韻作「快」。全王注文作「決，吳人云，又況晚二反」，「決」當作「快」，又「二」字誤衍。

撏 又捋く 二六一頁六～二七行

原卷如此。姜「捋」作「将」，誤。

鴘 鸋く 二六一頁七行

原卷如此。姜作「鴘口く」，當據原卷補正。

瑄 璧く又長及日上也 二六一頁七行

原卷注文作「璧く又長尺巳上也」。姜「巳」作「已」，餘與原卷同。案「巳」當作「已」。又廣韻注文作「爾雅曰：璧大六寸謂之瑄，郭璞曰漢書所云瑄玉是也」，與此卷訓異。

全　聚緣反美色純也完正亦徵姓正全六　二六一頁八〜二九行

原卷注文「全」作「仝」，未可辨識。姜作「仝」。上田正作「仝」，再校作「仝」。

泉　水源く宜　二六一頁八行

原卷如此。姜「水源」作「□□」，當據原卷補入。

鐵　貝く白本黑文　二六二頁九行

原卷「黑」作「墨」，姜同。

佺　偓く仙人　三六二頁一行

原卷如此。姜注文作「仙人く」，缺「偓」字。潘師校作「偓佺仙人」。

鐫　く斷子全反一　三六二頁四行

原卷「斷」作「斲」。姜作「斵」，與彙編皆誤。

旋　似全反還返也轉遠疾捷旗之指麾周旋須親密十五　三六二頁四行

原卷「須」作「相」，姜同。又原卷注文末有「也」字。姜「也」字書於「密」字下。案「也」當置「密」字下。

昡　日く　三六二頁五行

原卷如此。姜注文作「上同」，誤。

鋋　く員鑪好之也　三六二頁六行

原卷如此，姜同。上田正「好之也」誤作「好也也」，又校末「也」字為衍字。

檈　負按又木棗名　三六二頁七行

原卷「木棗」作「□東」，「□」未可辨識。姜作「元東」。上田正作「□

東」，又校「口東」為「棗」一字之誤。

恮 曲卷痃閔反四 六二頁三九行

原卷如此，姜同。案「閔」字在刪韻，疑當作「緣」。切三（以「跧」字為紐首）、王一切語並切「痃緣」，廣韻切「莊緣」。

跧 屋足又朱攣反 六二頁三九行

原卷「朱」字模糊，未可辨識。姜與彙編同。上田正作「口」。案潘師校云：『原卷「朱」字模糊，似非「朱」字。』（註十三）

卷 縣名說文徛弓脥曲也今作卷五 六二頁四三～四四行

原卷「徛」作「從」，姜同。彙編誤。

儇 く引惠 六二頁五〇～五一行

原卷「引」字模糊，未可辨識。姜作「𠮛」。案此本正文當作「儇」。切三、全王注文作「知」，王一作「智」，廣韻作「智也，疾也，利也，慧也，又舞皃」。

負 く數王權反五 六二頁五一～五二行

原卷如此。姜「王」空白。潘師「王」作「五」，誤。

緣 囙以△反く十四 六二頁五四～五五行

原卷「△」作「厶」，姜同。案「囙」即「因」字、「厶」字即「負」字，敦煌寫本繁簡無定，此簡寫之例也。

川 く谷昌緣反三 六三頁五九行

專 く一職川反十三 六三頁五九行

原卷如此。姜「三」作「二」，誤。

原卷「十三」作「十二」，姜同。彙編誤。

篿 竹△ 六三頁六〇行 原卷「△」殘存作「品」，案此為「器」字之殘文也。姜作「器」。

塼 同上 六三頁六一行 原卷如此。姜正文作「塼」，誤。

輲 無輪車 六三頁六三行 原卷如此。姜「輪」作「輲」，誤。

襦 衣也 縫 六三頁六四行 原卷如此。姜「縫」作「糸□」，當據原卷補。

跧 鄒捎反曲卷┆二 六三頁六五行 彙編「卷」下二字模糊，未可辨識。原卷「捎」作「於」，姜同。上田正挍「於」作「捎」。又姜「鄒」作「⿱艹鄒」，誤。

○卅二蕭韻

蕭 蘇彫反草名又商姓十四 六四頁一行 原卷如此。案「商」當作「商」。姜作「高」，誤。

○宵韻

P二〇一四有宵韻六行半，彙編未錄。茲據原卷，並參考姜抄、潘師及上田正所技，補錄如下：

雪皀。瓢〻□可為勺扶宵反三 飄迴風又迴飈 𨛫地名。魦蚕初生無遙反五 吵細網 䳄□雀蜱□名 藻江東呼萍 翹鳥尾□舉也翹〻遠□也巨遙反五 蘒蓮〻蔓草 莜荊〻 𤗓几〻 翗飛〻 腰〻脊於宵反八 喓虫名 𧋍〻蛇名 𧛔〻□ 葽□□ 鴢鳥名 要〻勒終〻 邀遮〻。𧼛〻蹻高也去遙反六 蹺□〻□蹺 顤額大 𡗛肥大 撬踏橋又竹草反 繑行〻。喬木高又姓巨嬌反十二 喬正字 𥨊〻寄 蕎〻麦 橋〻道 僑〻寄 鐈似鼎長足□□□

趬〻蕃走又去要反 翹飛皃 蟜〻盂。驕舉喬反馬高六尺名七 穚禾秀 嬌〻□ 憍〻慢 撟舉〻 蕎〻營 大鷮似雉而小長尾乘輿爲防釳 蹻舉足高去

遹反又其略反六 繑乘馬所 穚〻耕 憍〻紆 彇〻引 熇火色。鴞鴞〻惡鳥聲□□嬌反□ 鄗鄉名 妖巧笑於喬反六 祆〻灾 枖木盛 訞〻言 夭

和鉿 𢾭狐和。苗田〻武高反三 猫飛虎食鼠莫交反 錨器名。囂喧〻虛又氣上許嬌反十 𠾂□□晉□ 𠾂□□□□ 傲〻傲 □□氣出 歊□□ 嚻

大書 猲〻短喙犬 枵玄〻星名又太歲在子曰玄枵又木名 僑〻驕 （下接卌四肴） （註十三）

案第二行「嘤」注文「鵄」，上田正校「名」當作「聲」。第五行正文「㦤」當作「㦤」，敦煌寫本偏旁忄巾常不分。又末行正文「僑」，上田正校以為當作「侄」。案廣韻「僑」在豪韻，注文云：「驕也」，「侄」「僑」正俗字，上田正作「侄」，誤。

P二〇一四原卷前三行彙編未錄。茲據原卷，並參考姜抄、潘師及上田正所校，補錄如下：

。卌四肴下交反□一云咬□ 餚□□ 崤山名 淆渾□ 𣝗〻桃 「」倄

痛聲 㪣雜聲 𦬨茅根 鄗地名 猇虎聲又縣名又直交反 爻易卦六爻〻效也 絞黄白 姣〻婬□ 筊竹索

決〻 筊〻 蕭〻。虓〻虎火交反十八 髇〻箭 嗃〻呼各反 恙又 猺亂〻 淆水名 颮風〻 歊

案末行「嗃」注文「恙」，上田正校以為當作「恚」。

……狖又去 勦八 面狀 卞辻……了、こ……石 石 宵 皃也深 一六九～二頁二行

原卷作「……哮又叫去〻 㺧驚豕 侾大傀也〻 犛又〻去牛 𩑱人頭面〻狀胡 鵁鵁〻似鳧近後〻不能行腳……」「……窅目深皃也」。

姜作「……哮又叫去〻 㺧驚豕 侾大傀也〻 犛又〻去牛 𩑱□頂□□ 鵁……」「目深皃也」。

咬溛聲 二六九頁二行

原卷如此。姜「溛」作「㴬」。案當作「淫」。

交 支脛開也共合　交脛形古這格肴反十七　六九頁二～三行

原卷注文作「皮過交脛開也□合交脛像形古這格肴反十七」。「□」模糊，未可辨識。姜作「像肉形過古交這脛格開肴也反六十合七交脛」。上田正校作「像皮形過古交這脛格開肴也反共十合七交脛」。案本卷「交」字並書作「交」，并當作「交」。

筊 竹索前爻列　六九頁三行

原卷注文作「竹索□前爻列」，姜作「竹索□前交列」。上田正作「竹索□簡々図□」，又校「簡」當作「簫」。

蛟 龍く似虵有四腳小頭細頸く有白嬰大者數圍皆く卵生能吞人也魚滿二千六百年蛟來爲之長也　六九頁四～六行

原卷「鼉」作「嬰」，「也」作「池」。彙編誤。姜「白嬰」誤作「鼂」，餘與原卷同。

𢽿 令く　六九頁七行

原卷如此。姜作「敀合く」，當據原卷補正。案正文「𢽿」即「敎」字也。

敲 御く杖擊　擊擊頭木橋口文反十一　六九頁八～九行

原卷「御」作「短」，姜作「知□」。

跤 脛骨近足處　六九頁一〇行

原卷「足」下有「小」字，姜同。彙編脫。

恐 伏く態狀　六九頁一一行

原卷如此，姜「態」作「□」。

譊 急爭驍く嗚嶢高竹山く　六九頁一一～一二行

原卷「急」作「言」。姜此三字訓作「譊□爭嘵く嗚嶢高□□く」，當據原卷補。

洶 正く□沙藥　六九頁一三行

原卷「□」模糊，未可辨識。姜同。上田正作「䃥」。案廣韻「㶥」下出「䃥」，注云：「上同。」

嘲 啁〻詶張言交語反五戲 一六三九行頁

原卷注文作「啁〻謿諷張言交詞反相五戲亦」。姜作「啁〻謿難張言交□反相五戲亦」。

鵃 鸇似䳜跳〻啁呵。颮文熱 巢巢縣反在廬又江古角八姓屋九居 窠 一六四九頁一五行

原卷作「鵃鸇鸇似䳜□〻也□啁□嘐□颮文熱反□一□巢屋□□居反巢□縣𣏟木E巢又古□在廬江角江九□□……窠」。姜作「鵃鸇□似䳜□□□□□□□颮文□反□一□巢及□居□〻□縣□在□廬□江□角又姓古九縣□窠」。案原卷「巢」注文「𣏟木E巢」蓋「在木曰巢」之殘也。

𥥛 山穴深 一六七九行頁

原卷注文作「山□穴深」，姜作「山〻皃深」。

抄 掠〻去又 一六七九行頁

原卷如此，姜注文作「又〻去掠」，「掠」字誤。案「抄」字，切三、王一注文作「略，又初教反，或作鈔」，王二作「略，又初教反，亦鈔」，全王作「略，又初聲反，亦作鈔」（「聲」字誤。）廣韻作「略也，又初教切」，下出「鈔」，注云：「上同。」

稍 脚鱐小〻鰍喜鰈子也長 二六二九行頁

原卷如此，姜「鱐」作「鰯」，誤。

僄 〻盛 二六八九行頁

原卷如此，姜「盛」作「□」。

呞 嗥〻 二七九〇行頁

原卷如此。姜「〻」作「□」。

鞄 赤黑之深 七〇頁三〇行
原卷如此，姜注文作「赤黑く深」。案原卷「鞄」當作「麭」、「深」當作「漆」。

麃 人鹿 七〇頁三一行
原卷「人」作「大」，姜同。彙編誤。

○卅五豪韻

豪 高反豪俠又野小豪豕穴居身生毛針南人呼為豪猪筆以上射人亦作豪十六 七一頁一〜二行
原卷注文作「乎高反豪俠又野小豪豕穴居身生毛針南人呼為豪猪筆以脊上射人亦作豪十六」，姜作「乎高反く俠又野小之豕穴居身生毛針南人呼為く猪筆以脊上射人亦作豪十六」。案「上」字，上田正作「毛」。

濠 城く亦池無隍く地水 七一頁二〜三行
原卷如此。姜「池」作「く」，誤。

嚎 く山 跑足く地也 毫く毛 七一頁三〜四行
原卷作「山□く山檬木名毫く毛」。姜作「□く山檬木名毫く毛」。案「跑足く地也」在前行，屬肴韻，彙編誤入於此，而脫「檬木名」。又原卷「山□」，上田正校作「嵪」。

謕 く呼又大聲 七一頁四行
原卷「呼」作「叫」，姜作「叫」。

隞 く斬 七一頁五行
原卷「斬」作「塹」，姜同。彙編誤。

唬 虎く 七一頁五行
原卷如此。姜「虎」作「□」。

㹾 犬々（七一頁五行）

原卷如此。姜「々」作「聲」。案王一、王二（彙編「犬」作「大」，誤。）、全王注文並作「犬聲」。廣韻「嗥」訓作「熊虎聲」，下出「㹾」，注云：「上同。」

勢 宜々作此字（七一頁五—六行）

原卷缺文作「俠」，姜同。

唬 石欒（七一頁六行）

原卷「石」作「名」，姜同。案龍龕手鑑「唬」訓作「藥名」，疑此本「欒」為「藥」字之誤。

蒿 數々種菊白紫等呼高反七（七一頁七行）

原卷注文作「數蓬種々類□白蘩角等呼高反七」，姜作「數蓬種々類有白蘩角等呼高反七」。上田正「白蘩角」作「白紫□」。

膏 又脂々澤（七一頁一〇—一一行）

原卷「又」下有「心上」二字，姜同。彙編缺。

鼜 文皷一長（七一頁一二—一三行）

原卷「一」作「二」，姜與彙編同，並誤。

嵲 々谷（七一頁一四行）

原卷注文作「深々谷峷」，姜同。彙編缺二字。案「嵲」字切三、王一、王二注文並作「々峷古亭」，廣韻作「嵲峷古亭」，全王作「山峷古亭」（「山」為重文之誤。）

蓴 白蒿之花（七一頁一六行）

謷 不肖又樂不止 七一頁一九行 原卷如此。姜「之」作「く」，誤。

原卷「樂」作「哭」，即「哭」字。姜作「哭」。彙編誤。案「不肖」，切三、王一、王二、全王、廣韻並作「不肖語」，段氏改廣韻「省」字作「肖」，今本說文「謷」訓作「不省人言也，从言敖聲。一曰：哭不止悲聲謷謷」，段注云：「省，各本作肖，今正。」

嗸 衆口 七一頁二〇行 原卷如此。姜注文作「□□」。案「嗸」字，王一注文作「口〻愁〻衆」，全王作「口〻愁衆」（脫一重文），廣韻作「衆口愁也」，疑此本「口」下脫「愁」字。

鷔 亡國鳥白身赤口所至亡國 七一頁二〇～二一行 原卷如此。姜「鳥」作「名」，誤。

鰲 大夫名 七一頁二二行 原卷「大」上作「衛」，姜同。彙編缺。

鼯 如名又午堯反 七一頁二四～二五行 原卷「午」作「許」，姜同。彙編誤。

獓 長丹 七一頁二五行 原卷「丹」作「貝」，姜同。彙編誤。

謸 不肖語又丘交反 七一頁二五行 原卷「丘」作「岳」，姜同。案「岳」疑為「五」字之誤。

贅 高貝贅 七一頁二五～二六行 原卷注文作「高〻貝贅」，姜同。案「贅」蓋「贅」字之殘文也。姜作「贅」。

叨　刀く反廿仙　七一頁二六行
原卷注文作「刀く反嚂十仙」。姜「嚂」作「濫」。

諂　く　七一頁二七行
原卷注文作「緂く」，姜作「緂く」。

○侵韻

蔡　互人く作く蔎藥名　一〇三頁三行
原卷「互」作「亦」，姜作「又」，與彙編皆誤。

檽　く樹　一〇三頁四～五行
原卷如此。姜「樹」作「柌」。

○五十一鹽韻

闔　內見要　一〇七頁三行
原卷如此。姜正文作「闔」。

閻　里中門又里外門枱下厭亦嶶姓也　一〇七頁三～四行
原卷如此。姜「枱」作「指」，誤。

餤　作く饀進亦　一〇七頁五～六行
原卷如此。姜「饀」作「氵口」。

爓　く爓　一〇七頁六行
原卷作「爓く塌」，姜同。彙編誤。

怗　危國　一〇七頁七行
原卷正文作「阽」、「國」作「壁」，姜並同，彙編誤。

蟾　く蠩蟆羿請不死之藥於西王母姮娥竊之奔月遂託於月抱朴子云蟾蠩壽至千歲百歲者（以下略）

一〇七頁九～一二行

原卷「至」作「三」，姜同，彙編誤。又姜二「於」字並作「于」、「竊」作「窃」。

占 視兆候驗堯臣和作占也 一〇七頁一二∫一三行

原卷「兆」作「兆」，案即「兆」字。姜作「世」，誤。

鐔 人姓徐林反又思林反 一〇七頁一三∫一四行

原卷作「鐔人姓徐林反林反釦本釦又口」，姜作「鐔人姓徐林反林反釦本□又口」。案「林」字在侵韻，此二音並當係又音。姜正文誤。

姑 く妙慶占反十 一〇七頁一四行

原卷如此。姜「占」作「く」，誤。

譫 一〇七頁一五行

原卷注文作「訥く」，姜同。彙編缺。

鱠 く褕蔽膝又直裾單裳又衣盛貝亦袯襝幨通 一〇七頁一五行

原卷注文作「く褕蔽膝又直裾單又衣垂貝亦袯襝也衣」。姜「亦」作「又」，餘與原卷同。

鶕 毛占反鬢く亦鶕古冄十二邊 一〇七頁一七∫一八行

原卷注文作「毛而占反鬢く領邊亦鬢古冄十二」，彙編缺「而」「領」二字。姜「冄」下衍「反」字，餘與原卷同。

蚺 く虵大者長二 呥噍く 枏く梅 諵諺冄 一〇七頁一八∫一九行

原卷作「蚺く虵大者圍長文□膽堪為□二 呥噍く 枏く梅 枏く乃持持□□ 諵諺顒□く」。

姜作「蚺く蛇大者圍長文□□堪為□二 呥□く 枏く□ 枏く特日乃□□ 諵諺顒□く」。

冄 一〇七頁二〇∫二二行

袡紅く又婦嫁時上䶂龟甲中黏く粘麴女亦麃反三茹草苔醃蜆．炙

原卷作「毷く毛 袡紅く又婦嫁時衣上人 䶂龟甲緣□中 黏く麴亦粘女麋反三 茹草名 粘草禾 又く□又水□沾□□反六名□

□□□□□□□□□□□く少覘□竀。灵小熱直占反三」。|姜作「毾毛く褠紅く又婦人龜龜甲中嫁時衣上𦩘緣□」。

黏く麵亦秥女康反三萜草名秥草又□□。沾く□□□又□□□□□□□□□□巨く少覘□□。灵く□直」。

詺有亻子名以字未詳出所 一〇七頁二三〜二四行

原卷「亻」作「偺」、「以」作「上」，|姜並同。

廉力占反儉清神名致風雨一云龍雀一四陽也又飛廉云風伯也亦廉十四 一〇七頁二四〜二五行

原卷注文作「力占反儉清稜仄陽也又飛廉神名□致風雨一云龍雀一云風伯也亦廉十四」，|姜作「力占反儉清稜□陽也又飛ゝ神名能致風雨一云龍□一云風伯也亦□十四」。

賺賣く反一 一〇八頁三〇行

原卷注文作「賣又佇陷反一」，|姜同。又此本「一」字蓋衍。

猒飽く足又猒く夜飲又去 一〇八頁三一行

原卷如此。|姜「去」作「玄」，誤。

覘く又去丑垷占反二 一〇八頁三二〜三三行

原卷「垷」作「視」，|姜同。彙編誤。

砭石病付廉反一 一〇八頁三四行

原卷「石」下作「針」，|姜同。彙編缺。

瀸百足草 一〇八頁三八〜三九行

原卷如此。|姜「足」作「□」。

替く於驗名作尖反五 一〇八頁四一行

原卷如此，|姜同。案正文當作「㬪」，本韻下文从替之字仿此。又「作」字當从王一、王二、全王、廣韻作「昨」，蓋本韻已有「尖，子廉反」。

燖湯淪去毛又斷余兼反亦火五 一〇八頁四三行

蘈 草有毒廿 一〇八頁四四行

原卷「火」模糊，未可辨識。姜作「熷」。

原卷「廿」作「螫」，姜作「□虫」。又姜正文作「⿰炎殳」，蓋脫「⿰炎殳」字注文及正文「蘈」也。

樴 小襦又衫子 一〇八頁四五行

原卷如此。姜注文作「小襦又衤子」。案原卷「檽」蓋「襦」字之誤。

○紙韻

穽為道又亭名在水西く 一一八頁一行

原卷「在」下作「灞」，彙編缺。姜注文作「虫為道又亭名在灞水西二」，「虫」「二」二字誤。案原卷此殘訓之前行末尾作「軹又「車」」，姜及彙編並未錄。又正文當係「軹」字之殘文。

鴃 鳥如鳥可以禦火災 一一八頁二行

原卷下「鳥」字作「烏」，姜作「鳥」。又原卷「災」作「灾」，姜同。

庎 開只坐 一一八頁三行

原卷注文作「開只企坐」，姜同。彙編缺「企」字。

徥 行皃 一一八頁五行

原卷正文作「偍」，姜同。案王二、全王、廣韻「徥」並訓作「行皃」，此本「偍」當作「徥」。

螘 一一八頁一三行

原卷注文作「く頪」，姜同。彙編缺。

豙 、豕 一一八頁一四行

爾　兒氏反く汝亦作尒足云說文作爾猶靡麗作此爾與奭同意無毀必然語助詞五　一一八頁一四～一五行

原卷注文作「く豕」，姜同。彙編脫「く」。

迩　同上俗　一一八頁一六行

原卷「作爾」作「邇爾」，姜同。又姜「兒」作「皃」，誤。

原卷如此。姜「俗」作「□」。

尒　說文　一一八頁一六～一七行

原卷注文作「語端說文從八□聲又姓□□之□□与爾」。姜作「語端說文從八口聲又姓口口口之口假與爾」。

䛗　食氏反舌取物三　一一八頁一七行

原卷「氏」作「紙」，「……」作「亦舐𦧇」，姜同。

[豕也]　現則有似兵狐　一一八頁一八行

原卷注文作「現く則很有似兵狐尾」，姜「很」作「很」，餘與原卷同。案潘師校姜書云：『原卷「很」作「很」。』規案：「很」即「貌」俗省。』（註十四）

弛　解廢　弓釋絃也緩　一一八頁一九～二〇行

原卷「緩」字下尚可辨識作「去□也置□□」，姜作「去□也□□□」。

跬　□彌反舉一足半步　一一八頁二一～二二行

原卷注文作「去彌反舉一足半步倍□□五」。姜作「去彌反舉一足半步倍□□」。

頻　弁　一一八頁二一行

原卷作「□圭近見頻□弁」，姜同。

迣　還く連餘氏反九　一一八頁二二行

原卷「連」下尚殘一字，模糊，未可辨識。姜作「貝」。

迤　林く　一一八頁二三行

原卷「林」作「杯」，姜作「杠」。案正文當从全王、廣韻作「匜」。切三、王二作「迤」者，亦當作「匜」。

袘　衣中袖　一一八頁二三行

原卷注文作「衣中□袖」，姜同。案全王注文作「中衣袖」，龍氏校箋云：「注文切三、王一、王二同，五刊（即本篇所稱之刊，案此本「中」「袖」間尚殘一字。）廣韻云衣中袖。案漢書司馬相如傳揚袘戍削張注云袘，衣袖也。廣韻云衣袖，中字未詳。論語鄉黨加朝服拖紳，說文引作袘紳。說文拕，曳也。中字或為曳字之誤。五刊、廣韻改為衣中，類篇遂云衣中謂之袘。」（註十五）

䑛……　一一八頁二三行

原卷注文作「引腸見莊子也」，姜作「引腸在引也」。上田正校作「引腸是莊子也」。並當據原卷改正。

栘　□く又平　一一八頁二三～二四行

原卷「□」作「架」，姜同。案正文「栘」，王二、全王並同。廣韻作「扡」，或體作「挖」。王二注文作「加，又離，又弋支反」，全王作「架，又離，又弋支反」，廣韻作「加也，又離也，又弋支切，或作移」。廣雅釋詁二：「移，加也。」與廣韻合。五經文字引字林「栘，架也。」則與此本合。

⿰忄虒……　一一八頁二五行

原卷注文作「く□□事又弋支反」，姜作「く不憂事又□支反」。

岃 攎々 一一八頁二六～二七行

原卷注文作「攎々不平□」，姜作「攎々不平皃」。

癹 々尒又布明皃□字從此 一一八頁二六行

原卷「布」作「希」，姜作「希」。又原卷「□」作「奭」，姜同。案廣韻正文作「𤼵」，注文作「𤼵尒，布明白，象形也」。此本「癹」當作「𤼵」，「希」當作「布」。

虒 衣架偏勒豕反十 一一八頁二七行

原卷正文作「褫」，姜同。案當作「虒」。

彖 虫々□無足曰々彖又難行彖也 一一八頁二七～二八行

原卷「□」作「又」、「難」作「獸」，姜並同。又姜注文下「彖」字作「聚」，誤。

施 々落下△小崩壞 一一九頁三○行

原卷「△」作「頹」，案即「頹」字之殘文也。姜作「□」。又原卷「崩」作「⿱山用」，姜同。案「⿱山用」即「崩」字也。

支 從逵 一一九頁三二行

原卷注文作「從後」，姜作「從後」。彙編誤。

旄 旖々又旗從風駐 一一九頁三三行

原卷「駐」作「旌」，姜同。彙編誤。

此 七□反斯止也是正此字從止匕十 一一九頁三三～三四行

原卷「□」作「尒」，姜同。

伭 小皃又作佪 一一九頁三七行

原卷如此。姜注文作「口貝又作仁」。案王二、廣韻正文並作「佪」，當據改。

全王作「㑴」，不成字，亦當作「佪」。

䉂（竹名茱出　紫碧安山）（一一九頁　三八～三九行）

原卷「紫」下有一「身」字，姜同。彙編脫。

齒（弱病也從凹又　子西徂花二反）（一一九頁　三九行）

原卷「齒」作「齒」、「花」作「礼」，姜並同。彙編誤。

從（新𧰼反移く正作迴此是止相　止說文作止又逐重作從六）（一一九頁　四一～四二行）

原卷「新」作「斯」。「逐迴」上二字，模糊，未可辨識。姜注文作「（斯聚反移く正作止說文作止　古人逐迴此是止相重作從六）」，「聚」為「𧰼」之誤，惟此本「𧰼」當作「豸」。

璽（印別名音又秦王以前上下官來唯天子稱璽又　共支或金玉唯所好至始皇以獨用玉亦作璽也）（一一九頁　四二～四四行）

原卷「音又」作「章信」，姜同。又姜「支」作「古」。

○旱韻

三呈反王　米上　訴　虫名。背旱反十二　雚飛背林名草（一四四頁　一～四行）

原卷作「䊷（去く礼）僤口く膻　如口懶口洛旱反五爛（食着才）粄上同讕く欺蝀虫名。散旱く元反十二口先𧇊飛鳥散（正字從林）蔽名草」。潘師作「去く僤口く膻　口口洛旱反五爛着（食才）粄上同讕く欺蝀虫名。散旱く元口口反十二先𧇊飛鳥散（正字從林）蔽名草」。

上田正作「……」口口口團口僤口く膻……嬾懶「忘洛旱反五口」口爛着（飲相）粄上同讕く欺蝀虫名。散旱反十二口口先𧇊飛鳥散（正字從林）蔽名草」。

鐵（予鋻　鐵く）（一四四頁　五～六行）

原卷「予」作「牙」，上田正同。潘師作「口」。

瓚 有柄圭昨旱反黃金為以珪徑八 為柄又漢礼瓚盤大五升口寸三 一四四頁六～八行

原卷「為」下之缺文作「勺」，潘師、上田正並同。

䜺 昨𠃌去旱反一 一四四頁九行

原卷「去」下之缺文作「歸」，潘師同。上田正作「□」，並注云：『似「歸」，存疑。』案即「歸」字。又「昨旱反」與「瓚，昨旱反」音同，蓋增加字也。

潨 早𠃌溝反一子 一四四頁九行

原卷「溝」作「潪」，上田正同。潘師作「清」。又原卷「子」作「千」，潘師同。上田正與彙編同。

○廿四緩韻

廿四緩 一四五頁一行

案上田正注云：「韻次數字朱寫，以下同。」（註十六）

篓 篛𠃌 一四五頁一行

原卷作「篓□□𠃌」，潘師作「篓□□□」，上田正作「篓□篛𠃌」。案此本第八葉偏旁「竹」書作「竹」，偏旁「艸」則書作「廿」或「卄」，正文作「篓」，當从「竹」也。又「篓」字，全王訓作「笷𠃌」（「笷」為「篛」字之誤），廣韻訓作「篛篓簡也」。

㬎 女子又姓 一四五頁一行

原卷「又」作「人」，潘師、上田正並同。案全王注文作「人姓」，廣韻作「玉篇云㬎明也。又姓，晉有西中郎將㬎清」。

輐 𠃌頁 一四五頁一行

原卷「頁」作「頁」，潘師同。上田正與彙編同。

瞞 睕く

一四五頁 一行

原卷「瞞」「睕」二字偏旁模糊，未可辨識。潘師作「□耑□く」，上田正作「瞞睕く」。案「瞞」「睕」二字當从王一、廣韻从「貝」。全王作「睕」訓作「く瞞」，「睕」「瞞」二字亦當从「貝」。

管 古夘反く領斷竹桶如箎亦 柱周管封く國在榮陽瓦十三

一四五頁 一〜二行

原卷注文作「古夘反く領斷竹甬主周管 封國在榮陽□如箎亦箎十三」。潘師作「古卯反く領斷竹甬主周管 丱國在滎陽人□□□十三」，上田正作「古夘反：領斷竹甬主周管 叔國在榮陽図如箎亦箎十三」。案原卷「夘」當作「卯」。「卯」字原卷多作「夘」。

脘 胃府

一四五頁 二行

原卷如此。上田正同。潘師作「□官府□」。案注文，全王、廣韻並同。惟正文，全王與此本同，廣韻則作「脘」。

䩪 皮縄

一四五頁 二行

原卷「縄」字殘作「緝」，未辨何字。潘師作「□」，上田正作「紃」。案王一、全王注文並作「車具」，廣韻作「車鞁具也」。

輨 車轂繞鐵

一四五頁 二行

原卷「鐵」作「鐵」，潘師、上田正並同。彙編誤。

蜦 兩下虫名

一四五頁 二行

原卷如此。上田正同。潘師「兩」作「□」。

睨 肥く

一四五頁 二行

原卷作「睨□く」，潘師作「睨□く」，上田正作「睨影く」，案原卷「□」似非

「影」字，又原卷此字訓上有「肮く□」，潘師同，上田正作「腕く胃」，案原卷正文殆非作「腕」。彙編脫此字訓。

澱 弄羽呼管反一 一四五頁二行

原卷正文作「澱」，潘師、上田正並同。彙編誤。

款 一四五頁二行

原卷如此。潘師、上田正並作「款」。案原卷「款」當作「款」。

鐼 く鏈又去 一四五頁二～三行

原卷「鏈」作「縺」，上田正同。潘師作「糸□」。案「鐼」字，切三訓作「く縺衣」，廣韻作「鐼鏈」。彙編廣韻校勘記云：「鏈段改縺。」（註十七）

棵 斷木又呼管反 一四五頁三行

原卷「斷」作「斷」。潘師此字訓作「木□斷木又呼管反」，上田正與原卷同。案王一、全王又音並作「胡管反」。

棺 櫳棬 一四五頁三行

原卷作「棺櫳棬」，上田正同。潘師作「棺櫳□」。

椀 烏鍰反小盂亦盎瓷盂二 一四五頁三行

原卷「亦盎瓷盂」作「亦盌甆盂」，上田正同。潘師作「亦□□□」。

桓 二 一四五頁三行

原卷注文作「□□」，潘師作「□長」。上田正原作「□□□」，後校正作「く長」

躐 行速且夘反二 一四五頁三行

原卷「且」作「息」，潘師作「□」，上田正作「皃」，並注云：「此下当脫反切上字。」案上田正誤將「息」作「負」，致有「脫反切上字」之語也。王一「躐」訓作「行皃」，全王、廣韻並作「行速」。龍氏校箋云：「集韻與疃同，說文云躐，踐處也。疑本書速為處或迹字之誤。」（註十六）

疃　鹿迹　又懂　一四五頁三～四行

原卷「憧」作「墥」。潘師與彙編同。上田正作「墥」。疑「墥」當作「墥」。又上田正「迹」作「跡」、「又」作「亦」，并與原卷異。

澳　湯く　全く石　一四五頁四行

原卷「仝石」作「又去」，上田正同。潘師作「□□」。

夘　洛管反有氣無乳　生く字從卩　一四五頁四行

原卷正文作「夘」，潘師同。上田正與彙編同。案當作「卯」。又原卷注文末尚有二或三殘文，潘師作「□」，上田正作「□〔　〕」。

聊　亭名詞　纂反一　一四五頁五行

原卷如此，上田正同，又校「聊」為「鄹」。潘師「纂」作「篡」，誤。案廣韻「鄹」字訓作「字林云亭名，在新豐，醉纂切」，此本「聊」蓋「鄹」字之誤。

纂　繩く組　一四五頁五行

原卷「繩」作「綅」，潘師同。上田正原與彙編同，後正作「綅」。

纘……　一四五頁五行

原卷注文作「く糹□」，潘師作「く□」，上田正作「く繼」。案切三、王一注文並作「承糸」，全王作「聚」（脫「纘」字注文及正文「儹」），廣韻作「繼也」，疑原卷「糹□」為「繼」之殘文也。

攢　轉　一四五頁五行

原卷注文作「□轉」，上田正同。潘師作「〻□」。案王一注文作「鏇」，廣韻作「鏇也，又子筭切」。

簪 名竹 五一四五頁

原卷「名」作「□」。潘師注文作「□□」，上田正作「□竹」。案廣韻注文作「竹器」。

粄 管飯〻〻布 五一四五頁

原卷「布管〻」作「布卯反」，上田正同。潘師作「布□□」。

䑕 五一四五頁

原卷注文作「〻陽」，潘師、上田正並同。彙編缺。

灞 灞平莫卯反 五一四五頁

原卷注文作「灞□莫□卯□反□□盈」，潘師、上田正並同。

簫 名竹器也鏞精金䥈數五滮饋〻 六一四五頁

原卷「簫」作「蕭」，餘與原卷同。潘師作「篇名竹器也□□□甘兩數□滮□、」，上田正與原卷同。

○廿五潸韻

潸 反二 霡 雨 僩 又寛大又上 一一四六二頁行

原卷作「潸□悲□□反又二□下霡□雨□〻□〻□□□□□□□五□作□□□□□面□□柞樸〻䫜□□□閒□□□〻□又反寛二大」。

潘師作「潸悲□□□又□下□□反□霡潸□雨□□□□□□□□□□作□□□□□面□□柞樸〻□䫜□□□□□□□□□□□大」。

上田正作「潸悲數□板又反淚二下霡□雨。䗾仕〻□□齗□□□五。䣫□□□□□面□□柞樸〻䫜飛鷙。僩□□戶〻赧又反寛二大」。

椚 木 一四六頁二行

原卷止存注文「木」字。潘師作「木□」，上田正作「椚木□」。

憪 山寬板大四反 一四六頁二～三行

原卷注文作「板寬反大四户」，潘師、上田正並同。彙編「山」字缺。

僩 古板武反又 一四六頁三行

原卷注文作「古□板□反□」，潘師作「古□板□反□」，上田正作「古〻板武反又」。

捍 搖動 一四六頁三行

原卷作「捐搖□動□」，潘師作「□□□□□」，上田正作「捍搖〻動捍」。

晥 星日 一四六頁四行

原卷「日」作「目□」，上田正作「明」。

莞 笑目□目□扣 一四六頁四～五行

原卷作「莧□□目□目□捍搖□」。潘師作「莧□□目□目捍搖□」，上田正作「莧笑□睅目□捍搖」。案原卷「莧」當作「莞」。

酴 板面反赧四女 一四六頁六行

原卷如此，上田正同。潘師「赧」作「詖」，誤。

赧 □面〻赤 一四六頁六行

原卷「□」作「慙」，潘師、上田正並同。

阪 北□板〻反又三去 一四六頁七行

原卷注文作「扶坂板〻反又三去」，上田正同。潘師作「扶□板〻反又三去」。彙編切語上字「北」當作「扶」。

彎 一四六頁九行

原卷如此。潘師作「齏」，上田正作「齏」。案切一、切三並與此本同，並當从王一、全王、廣韻作「齏」。

齏　一四六頁九行

原卷如此。潘師作「齏」，上田正作「齏」。案當作「齏」。

○廿六產韻

廿丅彥　一四七頁一行

原卷數字依稀可辨作「廿六」。又「彥」蓋「產」字之殘文。潘師、上田正並作「廿六產」。

⋯類　一四七頁一行

原卷作「簅類□」，潘師、上田正並同。

摌 以手挟物捍〻　一四七頁一行

原卷「挟」作「挍」，潘師同，上田正作「挍」。彙編誤。

䨲 栗〻　一四七頁二行

原卷如此，潘師同。上田正「栗」作「粟」。案全王「䨲」（當作「䨲」）訓作「䃶栗」，廣韻「䨲」訓作「粟䨲」，此本「栗」當作「粟」。

嶘 山皃又去古產反六　一四七頁三〜四行

原卷如此，潘師同。案「古」蓋「士」字之誤。

虥 虎〻毛又去　一四七頁四行

原卷注文末有「也」字，潘師、上田正並同。惟上田正將「〻」誤作「之」。案「虥」字，王一、全王並訓作「虦毛」，廣韻訓作「虎虦毛謂之虥」。

硍 石磬又去　一四七頁七行

原卷「磬」作「聲」，潘師、上田正並同。彙編誤。

掔 牛根 一四七頁八行

原卷「很」作「佷」，潘師、上田正並同。彙編誤。

閩 門中視也普視反一 一四七頁八行

原卷如此。潘師、上田正並同。又上田正校下「視」字云：『此涉右行誤，蓋「限」。』（註十九）

○廿七銑韻

銑 先典反全家有先者又小也十鍪又小鐘兩角其間曰銑一 一四八頁一～二行

原卷「全」作「金」，潘師、上田正並同。又原卷「鍪」作「鑿」，潘師作「□」，上田正作「鋻」。案今本說文「銑」訓作「金之澤者，从金先聲，一曰小鑿，一曰鐘下兩角謂之銑」（「兩」當作「雨」），此本「鐘」當作「鐘」。

洗 沾く律名又絜也濯也又□敬貝 一四八頁二行

原卷「□」作「粛」，潘師作「肅」，上田正作「肅」。案原卷「粛」即「肅」字也。

蘚 蕑く 一四八頁五行

原卷「蕑」作「蕑」，潘師同。上田正與彙編同。案王一注文作「蕑蘚」。廣韻獮韻「蘚」，注文作「蕑蘚，今人户版籍也，蕑音牽上聲」，同韻「蕑」注文作「蕑蘚，户籍」，此本及王一「蕑」當从廣韻作「蕑」。

蕱 著角又所文反一 一四八頁五行

原卷如此，潘師、上田正並同。案今本說文「蕱」訓作「陳留謂飯帚曰蕱，从竹捎聲。一曰飯器，容五升。一曰宋魏謂箸筩為「箱」，又王一正文殘，注文作「箸筩，又所交反」，此本「角」蓋「筩」字之誤，又「一」字蓋衍。

蝘　烏弥反。く蜓，一名蚰醫，在家者名守宮　一四八頁五～六行

原「醫」作「翳」，潘師、上田正並同。又原卷「宮」下殘，案當依字數，潘師作「□」，上田正無字，蓋脫。

0匽　視慢0匽く漏0宴安く0嬿く婉　一四八頁六～七行

原卷除「匽」作「匽」外，餘殘存如此。潘師作「□匽視慢□匽く漏□安く□燕く□」，上田正作「匽「視慢」□匽「くく漏」宴「安くく」嬿「くく婉」」。案原卷从「匽」之字當从「匽」。又原卷下行中尚殘存「□□く蘖」，潘師作「□□く蘖」，上田正作「𢷎文く蘖」。案「蘖」字，廣韻作「蘖」，下出俗字「櫱」。

## ○職韻

閾　限　一三〇一頁一行

原卷殘存作「閾限□」，案「閾」為「閾」字之殘文。潘師正文作「□」，上田正作「閾」。

𣢑　吹く皃。聲　一三〇一頁六～七行

原卷如此，上田正同。潘師「吹」作「□」。

嗖　蕭聲　一三〇一頁七行

原卷「蕭」作「肅」，案即「肅」字。潘師作「□」，上田正作「肅」。

稫　く稄，禾窑滿　一三〇一頁九行

原卷「稄」字模糊，未可辨識。潘師作「稷」，上田正與彙編同。案唐韻注文作「く稄，禾窑滿皃」，廣韻注文作「稫稄，禾窑滿也」。彙編廣韻校勘

記云：「稜段改稜」。（註廿）又廣韻同韻有「稜」字，訓作「稲稜」，則原卷重文下一字當作「稜」。

副 削也 一三〇一頁一〇行

原卷「削」作「判」，潘師同。上田正原作「削」，後校正作「判」。

陜 地裂隔五作 一三〇〇～一三〇一頁一一行

原卷「裂」作「列」，潘師、上田正並同。又上田正校「列」為「裂」。

吳 日斜俗作吳 一三〇一頁二〇行

原卷「吳」作「昗」，潘師、上田正並同。

矢 傾頭 一三四〇～一三四一頁五行

原卷正文作「夭」，潘師同，上田正作「夭」。案當作「夭」。

禩 禾凋稲々 一三五〇頁一五行

原卷「凋」作「稠」，潘師、上田正並同，彙編誤。

頊 顓々 一三五〇頁一行

原卷作「頊□々」，潘師作「頊□々」，上田正作「頊顓々」，又將正文「存疑」。

愎 皮逼反很々七 一三六〇頁一行

原卷「很」作「限」，潘師、上田正並同。又上田正校「限」為「很」。

穗 治水五作心豆 一三六〇～一三六一頁七行

原卷注文作「治木五作穗豆」，潘師作「治木亦作穗豆」，上田正作「治禾五作□豆」。

輭 稀差別 一三七〇頁一行

原卷作「輭稀羌別」，潘師作「輭稀羌別」，上田正作「稲稀差別」。案正文非「

鞱」字。

爊 火炮肉 三〇一頁一八行

原卷「炮」作「乾」，潘師、上田正並同。

嶷 魚力反岐ㄑ五　五作口 三〇一頁一八∫一九行

原卷「五」殘作「一」，潘師、上田正並同。又上田正校「一」為「五」。

案所列韻字實五字。

日 而職反古音太陽之精令⋯反一 三〇一頁二〇行

原卷「令⋯反一」作「今音而一反」，潘師、上田正並同。

即 口走 三〇一頁二一行

原卷作「叟去久」，潘師同。上田正作「叟去反」。

纘 作⋯攥 三〇一頁二四行

原卷注文作「作□攥繩反」，潘師作「作□□繩反」，上田正作「作□攥繩又」。案原卷「□」似作「扶」，又原卷「反」蓋「又」字之誤也。

抑 於棘反口ㄑ三⋯地名氣滿 三〇一頁二五行

原卷作「抑於棘反按ㄑ三垇地名肥氣滿」，潘師同。上田正「抑」作「抑」、「棘」作「棘」，「垇」作「垇」，案此本正文當作「抑」、「垇」當作「垇」。

○卅四德韻

仂 礼記祭用數之又良直反 三〇三頁三行

原卷如此。潘師、上田正並同。案禮記王制：「祭用數之仂。」原卷「之」下脫一「仂」字。

艻 蘿口果口 三〇三頁三行

原卷注文作「菜蘿」，潘師、上田正並同。彙編「菜」誤作「杲」，又行二「口」。

功 攻大又千才反 三〇三頁三行 原卷如此，潘師、上田正並同。案「攻」蓋「功」字之誤。

貸 □□又他代反 三〇三頁四行 原卷作「貸借々又他代反」，潘師、上田正並作「貸借々又他代反」。案原卷「貸」即「貸」字，彙編誤作「貸」。

刻 口得反く口五 三〇三頁五行 原卷「□」作「鏤」，上田正同，潘師作「識」，殆非。

剋 く已 三〇三頁五行 原卷如此。潘師、上田正並同。又上田正校「已」作「己」。

特 大反獨五得作捅九 三〇三頁五∫六行 原卷「捅」作「牜□」，潘師同。上田正作「犆」。

蚮 食禾虫五作蟙 三〇三頁六行 原卷「蟙」作「虫□」，潘師同。上田正作「蟦」。案正文當作「蚮」。

樴 杙 三〇三頁六行 原卷「杙」作「扌弋」，潘師、上田正並作「杙」。案當作「杙」。彙編誤。

蚮……三〇三頁六行 原卷注文似作「蟒蟅」，潘師作「虫□虫□」，上田正作「螣蛇」，案字形不似「螣蛇」。全王「蚮」，注文作「螰蟒」，龍氏校箋云：「螰當作蝬。方言十一：蟒，宋魏之間謂之蚮，南楚之外謂之蝬蟒。」（註廿一）疑正文「蚮」當作「

蚮」。

螣蝭（三〇三頁六〜七行）　原卷注文作「ㄑ蝭」，潘師、上田正並同。彙編脫「ㄑ」。

冒名（三〇三頁八行）　原卷注文作「名單于」，潘師、上田正並同。

嫼姓（三〇三頁八行）　原卷作「嫼皂恕」，上田正同。潘師作「嫼氏□」。「氏」字誤。

万俟虜複姓北齊俟字音（三〇三頁九行）　原卷注文作「虜複□姓北字音其齊特□」，潘師作「盧陵姓北有□時□字音其」，上田正作「虜複姓北有齊特進ㄑ俟普俟字音其」。案原卷「北有齊」當作「北齊有」，上田正校同。

蠘……戝物ヌ作戝　蹴水深　窸室窸實也（三〇三頁九〜十行）　原卷作「蠘食苗節虫戝物戔ヌく作唐□用財蹴水深知則ㄑ未節□草……塞ヌ先得作□反四□□寨□忠」「實窒□實」。潘師作「蠘食苗節虫貝戈物戔ㄑ作□唐用財蹴水深知則ㄑ未節□　塞ヌ先得作□反四□□寨或忠」「實窒□□」。上田正作「蠘食苗節虫賊物戔ヌヌ作蠘唐用脅蹴水深知則㕦未蔵[ ]單[ ][ ][ ]」。塞ヌ先得作□反四滿寨宓塞」「實塞□實」。

北ㄑ愽墨反方三（三〇三頁一〇行）　原卷「ㄑ」模糊，未可辨識。潘師作「水」。上田正與彙編同。案王二訓作「方言」，全王作「對南」，唐韻作「南北，亦奔也」。

菔……作反（三〇三頁一一行）

原卷殘作「䕯傍北反𦁤二反作」，潘師作「䕯□□□反□反作」。上田正作
「䕯傍北反□」「□」反作」。

〇盍韻

闒 戶門 三〇八頁四〜五行

原卷「門」模糊，未可辨識。潘師與彙編同，上田正作「閈」。案「閈」字，全王、廣韻並訓作「閈門」，疑不當作「門」。

△ 鼓聲五 作鼛 三〇八頁八行

原卷正文殘存作「㿻」，潘師同。上田正校作「鼛」。

囃 子鬣反 舞聲二 三〇八頁一二行

原卷「子」作「千」，潘師、上田正並同。又「鬣」字係字之右半，左半殘，潘師作「獵」，上田正作「臘」，案當作「臘」。案「囃」字王一注文作「倉臘反，助舞聲」，廣韻作「助舞也，倉雜切」。

---

石 居盍反 石聲二 三〇八頁一四行

原卷正文殘存作「㕕」。潘師作「砝」。上田正補作「砝」。

〇廿八葉韻

葉 與涉反 枝〈 俗作𦯧 十 三〇九頁一行

原卷「與」作「与」，上田正同。潘師作「□」。

楪 㯼〈縣 在雲中 三〇九頁一行

原卷「㯼」作「楡」，潘師、上田正並同。

楫 舟〈 □職□ 三〇九頁三行

原卷「□□」作「𠂉作」，即「亦作」。潘師、上田正與原卷同。又上田正

注云：『彙編此（指「攕」字）上有「□□」，原無。』（註廿二）案彙編作「□□」者，蓋以「夂作」二字未能辨識，故以「□□」示之。

攝　書涉反　追く六（三〇九頁四行）

原卷正文作「攝」，案當作「攝」。本韻从聶之字仿此。上田正作「攝」。

潘師抄作「攝」。

弽　射次　亦作韘（三〇九頁四～五行）

原卷「次」作「决」，潘師與彙編同。上田正作「決」，案全王「弽」字注文作「射決，亦作韘」。廣韻「韘」字注文作「射決張弓，又童子佩之」，下出「韘」，注云：「上同」。疑此本「决」當作「決」。

⿰犭韱　立涉反取　畣……廿一（三〇九頁六行）

原卷「……」僅存一字之下半，潘師、上田正並作「獸」。

睵　魚名（三〇九頁六行）

原卷如此，潘師、上田正並同。案切三、全王、廣韻「睵」並訓作「日暗」，王二訓作「日欲入」。王一、全王、廣韻「䲜」並訓作「魚名」。此本脫「睵」字之注文及正文「䲜」。

⿰牜韱　牛壮（三〇九頁六行）

原卷「壮」作「牡」，潘師、上田正並同。

攕　扌持（三〇九頁七行）

原卷「扌」模糊，未可辨識。潘師作「□」。上田正作「擇」。

鑯　聚（三〇九頁七行）

原卷如此，潘師、上田正並同。案王一、全王、廣韻正文並作「鑯」，注文王一作「聚，在上艾」，全王作「餘，聚名，在上艾」，廣韻作「谷名」，集韻作「聚名，在上蔡。一曰谷名」。此本正文當作「䜃」。

⿰馬戠 馬駿 三〇九頁八行

原卷如此，潘師、上田正並同。案此本「駿」蓋「駿」字之誤。

䜃 谷在上艾 三〇九頁八行

原卷「艾」作「艾」。潘師作「□」，上田正作「艾」。案原卷「艾」當作「艾」。

⿰足戠 行く 三〇九頁八行

原卷注文作「急行く」，上田正同。潘師作「名行く」。案「⿰足戠」字，切三、王一、全王並訓作「踐」，王二訓作「踐，又足傍」，廣韻訓作「踐也」。

⿰犭鳥 戎姓作田俗非 三〇九頁八行

原卷「田」模糊，未可辨識。潘師作「罒」，上田正作「田二」。案廣韻「⿰犭鳥」訓作「戎姓，俗作田⿰犭鳥字，非」。此本「田」下當有重文。

⿸广束 疾作速互 三〇九頁九行

原卷「速」作「⿱宀速」。潘師同。上田正遝書作「⿱宀速」。

⿰月朱 細切肉三 敕 三〇〇九頁一行

原卷作「⿰月朱 細□切□肉三反 埴入□ □ □□涉也又反 敕」，潘師同。上田正作「⿰月朱 細切肉三 文軌反 埴入下 □ □也又之涉反 敕」。

⿰糹奄 糸縷 三〇〇九頁一行

原卷注文下字殘存「糸」旁，潘師、上田正並同。

⿰耳攵 く攵 三一〇九頁一行

原卷「攴」作「□攴」。潘師作「枝」，上田正作「敧」。又潘師正文作「駇」，誤。

睪 視△說文△特曰補く 一三〇九頁一二～一三行

原卷注文作「伺視說文□特日捕く」，潘師同。上田正作「伺視說文吏將日補ニ」，又校「日」為「目」。案今本說文「睪」字訓作「司視也，从目，从㚔，今吏將目捕辠人也」。此本引文當據說文補正。

欇 机く 一三〇九頁一六行

原卷如此，潘師、上田正並同。案爾雅釋木云：「楓欇欇」。此本「机」當作「楓」。

⿰豸聶 梁之白豕 一三〇九頁一七行

原卷「梁」作「梁」，潘師同。上田正作「梁」。案原卷正文當作「⿰豸聶」。入注文全王、廣韻並作「梁之良豕」，段云：「廣足云梁⿰豸聶。」則「之」蓋重文之誤。又玉篇「⿰豸聶」注云：「良豬也」。此本「白」蓋「良」字之誤。

撥 菜餅 一三〇九頁一八行

原卷作「橃□餅」。潘師作「橃□餅」。上田正作「橃粜餅」，又校「飾」作「餅」。案全王「橃」（當作「橃」）注文作「餅粜」，廣韻「橃」注文作「飯卣」。

樸 土く農具く 一三〇九頁一九行

原卷如此，潘師、上田正並同。又上田正校「樸」作「撲」。案廣韻正文作「樸」，注文作「土樸，農具也」，可據正。

⿰魚曳 一三〇九頁二〇行

原卷作「駒」，潘師作「駒」，上田正作「駉」。案廣韻作「駉」，段氏改作「駐」，與今本說文合。此本當作「駐」。

燁 光燁 三〇九頁二二行

原卷「光」作「火」，潘師、上田正並同。彙編誤。

壓 夢於從土六 三〇九頁二五行

原卷注文作「夢於徥苫止□六悪」，潘師作「夢於□□□反六悪」，上田正作「夢於徥苿囙反六悪」。

蒦 山韍反瑞又山洽反五 三〇九頁二三行

原卷「瑞」下尚殘一字，彙編當以「□」示之。潘師以「□」、上田正以「〔〕」示之。

○廿九怗韻

帖 〻□ 三一一頁一∫二行

原卷「□」作「冡」，潘師同。上田正作「劵」。案當作「券」。

聲 無聲鼓五作聲 三一一頁二行

原卷从「鼓」皆从「皷」，潘師、上田正並同。彙編與原卷異。

蝶 蜡〻 三一一頁四行

原卷注文作「虫□〻」，潘師作「□〻」，上田正與彙編同。案據龍氏校箋所校當作「蜡小」。（註廿三）

○廿六洽韻

狹 陿古作陜 三一二頁一行

原卷如此。上田正同。潘師「陿」作「陜」。案「陿」蓋「陜」字之誤。

硤 □□名□ 三一二頁二行

原卷注文作「騄〻石名」，潘師、上田正並同。

△雨（三一二頁二行）　原卷作「客□雨」，潘師作「客〻雨」，上田正作「客□雨」。

幍（作巾帙〻五）（三一二頁四行）　原卷正文如此，潘師同。上田正作「幍」。案當作「幍」。敦煌寫本偏旁忄巾常不分。又下文「搯」當作「掐」。

△陷目（三一二頁四～五行）　原卷正文作「目□」，潘師同，上田正作「賊」。案切三、王一、王二、唐韻「賊」字，並訓作「目陷」，此卷正文可依各書補作「賊」。

裪（魏代凶荒財乏不足不合御皮以帛之取其易省是草客非國客謂之冠為）（三一二頁五～六行）　原卷「御」作「㑛」，不可辨識，潘師作「御」，上田正作「□」，並注云：『似「御」，不詳。』（註廿四）原卷「國」模糊，未可辨識，潘師作「圍」，上田正作「圜」，並校「圜」為「國」。又上田正「省」作「者」，與原卷異，案二「客」字並「容」字之誤。

笶（協筋口〻草又二古作反笶五）（三一二頁七～八行）　原卷「□」作「測」，上田正同。潘師作「剛」，殆誤。

袂（絜末）（三一二頁八行）　原卷「末」作「未」，潘師、上田正並作「未」。案原卷「末」當作「未」。

挾（乱水理）（三一二頁一〇行）　原卷如此，潘師同。上田正作「挾乱水理」，並校「水」作「木」。案此本狎韻有「梜」字訓作「木理乱」。

△ 食豕（一三一二頁二行）

原卷正文殘存作「𠆢」。潘師作「□」，上田正作「𫝀」。案玉篇「𫝀」字訓作「豕食」。此本「𠆢」蓋「𫝀」字之殘文也。

揷 楚洽反剌又作插十（一三一二頁三行）

原卷「揷」作「扣」，右半模糊，未可辨識。潘師同。上田正作「捷」。案王一「揷」訓作「楚洽反，剌，通俗作插」，全王「揷」訓作「楚洽反，亦作挿揷字，六」（「反」字下當據切三、王一、王二及刋補一「剌」字，又注文「揷」與正文同，當有一譌誤），疑上田正作「捷」者誤。

蝘 斛く作留五（一三一二頁四行）

原卷「留」字似一字之左半，潘師作「𠷎」，上田正與彙編同。案王一注文殘作「斛亦又千廉反𪇆」（正文殘），全王「蝘」訓作「斛，亦作𪇆，又千廉反」，此本注文「留」蓋「𪇆」字之殘文也。又正文當作「蝘」，即「蝘」字。

聚 火乾五作 鵬（一三一二頁一四～一五行）

原卷注文末尚殘一字，模糊未可辨識。潘師、上田正並作「□」。彙編當以「□」示之。

囚 女洽反手く五作囹囲囚初又女咸反又 女蘩反九（一三一二頁一六～一七行）

原卷「㓚」作「物」，潘師與彙編同。上田正作「物」，並注云：「『物』當在右行「く」之下。」（註廿五）案原卷「物」當係「物」字。切三、王一、王二、唐韻、廣韻並訓作「手取物」，此本「物」當在「く」之下。

孎 口く美貝（一三一二頁七行）

909

原卷「口」作「凵」，潘師作「凵」，上田正作「〻」。此本「凵」即「凹」字。案王二「⿰女聶」訓作「凹〻，美皃」，惟廣韻訓作「⿰女聶⿰女聶，美皃」。

挾（行口）（一三八一行二頁）原卷作「狹（行疾）」，潘師同。上田正作「狹（行疾）」，當據原卷訂正。

唪（小〻口嚃）（二三〇一行二頁）原卷「小口」作「不言」，潘師、上田正並同。案廣韻「唪」訓作「唪嚃，小人言也」。

（名獸）（二三〇一行二頁）原卷正文殘，潘師作「口」，上田正作「貑」。案廣韻「貑」在「箚」字上，亦訓作「獸名」。此本正文當作「貑」。

箚（竹四反）（二三〇一行二頁）原卷注文作「箸（竹四洽反）」，上田正同。潘師作「箸（竹四洽反）」，「著」字誤。

（又下）（作作启谷正）（二三一一∫二二頁二行）原卷「」作「凵」，潘師同。上田正作「凹」，並校「凹」為「凹」。案原卷「凵」即「凹」字。

圔（脛蒼五夾反一埋）（二三二一行二頁）原卷作「圔口脛（蒼五口夾皃反一埋）」，潘師同。上田正作「圔〻窊。脛（蒼五視夾皃反一埋）」。彙編「脛」誤作「脛」。

渫（二三二一行二頁）原卷作「渫〻水」，潘師、上田正並同。彙編正文既誤，又缺注文。

○廿七狎韻

浹〻業△着……押　三一三頁二行

原卷漫漶多字，可辨作「浹〻□業着□□席習□柙」。潘師作「浹〻□□□着□席習□柙」。上田正作「浹相〻業着冰扁席習搏柙」，並校「浹」作「浹」。案「浹」字當从王一、廣韻作「浹」。

鞢鞢〻作鞢……△押〻　三一三頁五行

原卷作「鞢鞢〻作鞢□探押〻」。潘師作「鞢鞢〻作鞢夂扌□押〻」，上田正作「鞢鞢〻幻作鞢揲押〻」。彙編上「……」蓋衍。

鉀排〻　三一三頁六行

原卷「排」作「棑」，潘師、上田正並同。

鞈草〻鞍又作鞍音沙　三一三頁七行

原卷「草」作「鞆」，「沙」作「沙」，潘師、上田正並同。

鴨鳥押反水鳥周礼作□六　三一三頁八行

原卷注文作「□呷反水鳥周礼作鳥六」，潘師作「□押反水鳥周礼作鳥六」，上田正原作「鳥押反水鳥周礼作□六」，後正誤表將「□」訂正作「鳥」。

颰……薄　三一三頁一一行

原卷殘作「颰□□[]薄〻」，潘師作「颰□□□□薄〻」，上田正作「颰風疾届薄〻」。案廣韻「颰」訓作「風疾」，下列「届」字，訓作「薄届」。

迭行篋〻　三一三頁一二行

原卷作「迭行〻〻篋扇〻」，潘師同。上田正「篋」逕書作「篋」，餘與原卷同

訷呼甲反語聲　三一三頁一三行

原卷「呼甲反」作「訁口〻」，上字右半模糊，未可辨識。潘師作「口〻」，上田正作「謫〻」。案廣韻「諕」訓作「謫諕，語聲」。彙編作「呼甲反」者蓋涉上字「呷」切語而誤也。

涞 士△反水岦三五 一三一三頁四行

原卷注文作「士□□□反水岦□五」，潘師作「岦□□□□反水五」。上田正作「士□上黨反水五」。

案王一、全王「涞」並訓作「士甲反，水名，岦上黨」。

映 壯甲反〻數一 一三一三頁五行

原卷注文作「壯田反〻數一」，潘師作「狂甲反〻數一」，上田正作「壯田反〻數一」，案「田」蓋「甲」字之誤。

脥 丑夾反〻一内 一三一三頁五～一三一頁六行

原卷如此，上田正同。潘師「夾」作「甲」。

浃 侯甲反水凍一〻 一三一三頁六行

原卷如此。潘師、上田正並同。又上田正校「渫」「凍」二字並从冫作「渫」「凍」。案廣韻「浃」訓作「浃渫，冰凍相著」，疑此本「水」為「冰」字之誤。

△以下為德、業、乏三韻殘文，在P二〇一四第九葉反面，有潘師補抄及上田正補正者。彙編未錄此三韻，今影錄潘師補抄，如後：

補抄 P二〇一四第九葉反面

蛓□□毒又榮逼反 □ □流□鳥□□鳥名 國□□□寺
鞢〻□ 䄉古得反內典以衣〻二 𩋩〻□革云 □
䁱睡目 ○卅五業魚怯反基〻ボ 鄴縣在魏郡
𢅡說文云縣板於鐘鼓樓 𡾏山〻皃 㣁人姓
出𤁅簏力相怨出 嚛口〻嚇出莊子 澲水流 爗火氣上〻 □去□〻六
□及衣領 跲躓 鉣帶鐵 祫齅鼻 吆南越志云石〻生石上形如龜腳得天雨即生花 砧□□ 紉〻繷縫又居輕反 䀎目眼急皃 𨄋□於業反□□□
三十罨魚網 𥱼書𥱼 稖稖𥳉 殗殗〻殜病不卧亦作殗殜与涉反 鼭□〻 鮑
掩扶〻又烏洽反 殜余業反殗〻亦作殜也 𨅔器樂 ○路三十
合其輒二反 ○卅六乏房法反〻少三 泛水聲又去聲 姂
痃孚法反痃〻一 ○𦑣女法反□上皃四 𦑣〻 㴲水𣸂〻 山㞊
大唐刊謬補闕切韻一部
切韻四聲正

卩〻朗 □□
䕰引 □業器□ 𣿅大□ 极□□□ 嵒□
〻七 𣪘〻氣 殆〻弓 㦕感〻
古屋 疺□病 疒欠氣 刧居□反□取也
□□□□□□及 䤶推 䁆闇 㤿〻□ 䤶
𥈭〻眼 极捶〻 极
起法反□□□

〔註釋〕

（一）見瀛涯敦煌韻輯新編四二七頁。
（二）見切韻殘卷諸本補正一五一頁。
（三）見切韻殘卷諸本補正一六六頁、一五二頁。
（四）見瀛涯敦煌韻輯新編四五二頁。
（五）見唐寫全本王仁昫刊謬補缺切韻校箋五六頁。

（六）見唐寫全本王仁昫刊謬補缺切韻校箋七五頁。

（七）見切韻殘卷諸本補正一六八頁。

（八）周氏說見其廣韻校勘記九二頁。龍氏校見唐寫全本王仁昫刊謬補缺切韻校箋八二頁。

（九）見切韻殘卷諸本補正一六九頁。

（十）仝註九。

（十一）見唐寫全本王仁昫刊謬補缺切韻校箋一三二頁。

（十二）見瀛涯敦煌韻輯新編四三八頁。

（十三）案周祖謨唐五代韻書集存七五四頁載有宵韻及卅四宥約六半行之原卷，七五五頁載有周氏據原卷手抄者。

（十四）見瀛涯敦煌韻輯新編四四四頁。

（十五）見唐寫全本王仁昫刊謬補缺切韻校箋二八七頁。

（十六）見切韻殘卷諸本補正一六一頁。

（十七）見十韻彙編一四五頁。

（十八）見切韻殘卷諸本補正一六一頁、唐寫全本王仁昫刊謬補缺切韻校箋三三九頁。

（十九）見切韻殘卷諸本補正一六二頁。

（廿）見十韻彙編三〇二頁。

（廿一）見唐寫全本王仁昫刊謬補缺切韻校箋七二三頁。

（廿二）見切韻殘卷諸本補正一七二頁。

（廿三）見唐寫全本王仁昫刊謬補缺切韻校箋七〇二頁。

（廿四）見切韻殘卷諸本補正一七〇頁．

（廿五）見切韻殘卷諸本補正一七〇頁。

彙編所錄為黎氏古逸叢書覆宋本。案此本與澤存堂本同為詳本，二者版式、字數、行數等率皆雷同。歷來校澤存堂本者綦夥，如周祖謨氏廣韻校本、廣韻校勘記，學者號為詳備，又如林師景伊新校正切宋本廣韻，陳師伯元廣韻韻類分析之管見、余廼永氏廣韻校勘記、康世統氏廣韻韻類考正等，均以校切語為主，并搆精審，且彙編亦錄有吳世拱氏廣韻校勘記，茲為免重複，止取澤存堂本與此本比校之，則上述校澤存堂本諸作皆可適用于此本也。

○

**准景德四年十一月十五日**　捌伍頁四行

澤存堂本「准」作「準」。案此本序文「准」字，澤存堂本并作「準」。

**勑四聲成文**　捌伍頁五行

澤存堂本「勑」作「勅」。案「勑」為「勅」之俗體。此本序文「勑」字，澤存堂本并作「勅」。

**祝尚丘增加字**　捌陸頁六行

澤存堂本「丘」作「丘」，案此本「丘」字，澤存堂本并作「丘」。

**寍敢施行人世**　捌柒頁六行

澤存堂本「寍」作「寧」。案此本「寍」字，澤存堂本并作「寧」。

遂徵金篆　捌柒頁　一二行

澤存堂本「徵」作「徴」。

○一東韻

**東**　一頁　一行

澤存堂本作「𠮛東」。此本無「𠮛」。

**䍶** 獸名山海經曰泰戲山有獸狀如羊一角一目目在耳後其名曰䍶又音陳音棟　一頁　五～六行

澤存堂本「角」下有「一」字。案古逸本實有「一」字，彙編空白。又今本山海經北山經「秦戲山」作「泰戲山」，此本、澤存堂本「秦」字誤。

**倲** 儱倲儜劣皃出字諟　一頁　六行

澤存堂本「倲」作「倲」，「𠏿」作「儜」。案此本从寍之澤存堂本并从寧。

**蕫** 童獨也言童子未有室家也又姓出東莞漢有琅邪内史蕫仲王　一頁　一〇～一一行

澤存堂本「王」作「玉」。

**僮** 僮僕又頑也癡也又姓漢有交阯剌史僮尹出風俗通　一頁　一一行

澤存堂本「剌」作「刺」，此本誤。

**𩋍** 鞁具飾也　一頁　一八行

澤存堂本「鞁」作「靫」。周氏廣韻校勘記以為張氏改作「靫」，於義不合。（註一）

**衷** 善也正也適也中也又衷衣褻衣也　一頁　二二行

澤存堂本「褻」作「褻」。此本誤。

**終** 極也窮也竟也又姓漢有濟南終軍又漢複姓二氏東觀漢記有終利恭何氏姓苑云今下邳人也左傳殷人七族有終葵氏職戎切十五　一頁　二四～二五行

**⿰長戎** 毛細　二頁　三一行

澤存堂本「竟」作「竟」。彙編廣韻校勘記云：「按注曰細毛，當以从髟為長。」（註二）。

**弓** 弓矢釋名曰弓穹也張之穹穹然也其末曰簫又謂之弭以骨為之滑弭弭也中央曰弣弣撫也人所撫持也簫弣之間曰淵淵宛也言曲宛然也世本曰黃帝臣揮作弓墨子曰羿作弓孫子曰倕作弓又姓魯大夫叔弓之後居戎切 六　一頁　三三～三四行

澤存堂本同。惟彙編廣韻校勘記云：「倕，澤存、楝亭二本均作倕。案世本倕作規矩，荀子解蔽：倕作弓。以倕為長。」（註三）案澤存堂本作「倕」，張氏剜改本作「倕」。

**躬** 謹敬之皃又音穹　二頁　三六行

澤存堂本「敬」作「茍」。

**豐** 大也多也茂也盛也又酒器豆屬又姓鄭公子豐之後敷空切 八　二頁　四六～四七行

澤存堂本同。案「空」字當从切二、王二、全王作「隆」。

**⿱隆鼓** 鼓聲俗作鼕　二頁　四九行

澤存堂本作「⿱隆鼓 鼓聲俗作鼕」。

**窿** 穹隆天勢俗加宂　二頁　五〇行

澤存堂本「宂」作「穴」。案此本从穴之字，并从宂。

**悾** 袂衣　三頁　五三行

澤存堂本「悾」作「悾」。此本誤。

（公字注）穆公子仇之後又弘農令北海公沙穆山陽公堵恭魏志有公夏浩晉書有征虜長史太山公正葺戍都王帳下督公帥蕃本姓公師避晉景帝諱改為公帥氏前趙錄有太中大夫公帥式子夏門人齊人公羊高作春秋傳列女傳有公乘之姒墨子魯有公輸班　三頁　五九行　三頁　六〇行

澤存堂本「弘」作「弘」。案「弘」字，此本并作「弘」。

澤存堂本「太」作「大」。此本誤。

字志云魏文侯時有古樂人竇公氏獻古文樂書一篇秦有博士黃公頴又有公紀氏衛有大夫左公子洩右公子職漢四
庇古今人表神農之後有公幹仕齊爲大夫其後氏焉世本有大公叔皓有園公先生尚書僕射東郡成公敞古紅切十三
三頁　六八～六九行

澤存堂本「木」作「本」。此本誤。

**硿** 石聲　四頁　八五行

澤存堂本「硿」正文作「硿」。

**螉** 蠮螉蟲名細腰蠭也　四頁　八七行

澤存堂本「蠭」作「蠭」，此本誤。

**鏓** 大鑿平木器　四頁　九一行

澤存堂本「器」作「噐」。此本誤。

**袶** 爾雅曰囷衱袶亦作袶又音降　四頁　九八～九九行

澤存堂本「衱袶」作「衱袶」。案今本爾雅均从衣。

**峴** 崆峴山皃五東切又魚江切二　四頁　一〇〇行

澤存堂本「二」作「一」。案此紐所列韻字止一字，彙編誤。

**檧** 小籠蘇公切又先孔切　四頁　一〇一行

澤存堂本作「○檧小籠蘇公切又先孔切三」。此本脫「○」號及字數。

○二冬韻

**奥** 五頁　一行

澤存堂本同。彙編廣韻校勘記謂澤存堂本作「奥」者（註四），殆誤。

**䶪** 龜名又音終　五頁　五行

澤存堂本「䶪」作「䶪」，「龜」作「龜」。

○三鍾韻

（鍾字注）鍾 當也酒器也又量名左傳曰釜十則鍾亦姓出潁川又漢複姓有鍾離氏世本云與秦同祖其後因封爲姓職容切十八　一六頁一行

澤存堂本「頴」作「潁」。案作「潁」是。

橦 字樣云本音同今借爲木橦字　一六頁三行

澤存堂本「樣」作「㨾」，蓋誤。

䮠 餝餎　一六頁一七行

澤存堂本「餎」作「䮠」，此本誤。案「餝」爲「飾」之俗體。

壅 玉器　一六頁二五行

澤存堂本「壅」作「壅」。此本誤。

重 複也疊也宜容切又直勇直用二切六　一七頁二六行

澤存堂本「宜」作「直」。此本誤。

襱　一七頁三〇行

澤存堂本作「襱」。此本誤。

篕 籠篕　一七頁三八行

澤存堂本注文乙倒。

蛩 水鳥出石也又居勇切　一七頁三八行

澤存堂本正文作「岩」，此本誤。

○四江韻

艭 解艭舩名　一八頁一二行

澤存堂本「觪」作「舽」，蓋誤。

○五支韻

衼 祇衼尼法衣也祇音岐　一九頁三行

⿰多朿 多也又音眞 九頁四行
澤存堂本「岐」作「歧」。

簃 樓閣邊小屋又音池 九九行頁
澤存堂本正文作「敊」。據彙編廣韻校勘記，應作「敊」。（註五）

逶 逶迤於爲切十一 九頁一七行
澤存堂本「閣」作「閤」。此本誤。

鬌 髮落直垂切又大果切 九頁二二行
澤存堂本「十一」作「十」。案所列韻字實十一字，澤存堂本脫「一」字。

琦 玉名 一〇頁三二行
澤存堂本同。案二本注文末并脫「三」字。

敧 上同又橫首皃 一〇頁三四行
澤存堂本正文作「琦」。案此本从奇之字，澤存堂本多从奇。

羲 姓風俗通云堯卿羲仲之後 一〇頁四〇行
澤存堂本正文作「敧」。案玉篇作「敧」。周氏廣韻校勘記云：「此爲攲字或體，當作敧。玉篇、集韻均誤。」（註六）

桸 杓也 一〇頁四〇行
澤存堂本二「羲」字并作「羲」。

斯 此也說文曰析也詩曰斧以斯之姓呉志賀齊傳有剡縣吏斯從息移切二十六 一一頁七三行
澤存堂本「杓」作「朽」。案切二、王二、全王并作「杓」。澤存堂本或係形近而誤。

澤存堂本「姓」字上有「又」字。案例當有。此本脫。

**凘** 斯凌　一一頁七四行

澤存堂本「斯」作「凘」，此本誤。

**蟴** 爾雅曰蟔蛅蟴郭璞曰蛓屬也今青州人呼蛓為蛅蟴蛓音刺　一一頁七五～七六行

澤存堂本「蟔」作「螺」，蓋誤。案今本爾雅作「蟔」。又澤存堂本「刺」作「刺」，此本誤。

**䁍** 䁍汗面皃又莫結切　一二頁八二行

澤存堂本「䁍」作「䁍」。彙編廣韻校勘記以為正文當作「䁍」，「汗」當作「汚」。（註七）

**罙** 罙入也冒也周行也　一二頁八三行

澤存堂本「罙」作「罙」。案當从王一、王二作「深」。

**韉** 鞍鞘一曰垂皃山垂切二　一二頁九四行

澤存堂本「鞘」作「韉」，蓋誤。

**厜** 厜㕒山巔狀姊宜切六　一二頁九五行

澤存堂本同。案切語誤，今據切二、切三、王一、王二、全王作「姊規反」。

**𣟴** 鳥喙　一二頁九六行

澤存堂本正文作「紫」。本韻从紫之字，澤存堂本并从紫。

〇六脂韻

（脂字切語）脂膏也釋名曰脂砥也著面軟滑如砥石也說文云戴角者脂無角者膏又姓魏略有中大夫京兆脂習字元升旨支切十　一三頁一行

澤存堂本「支」作「夷」，此本誤。

**師** 師範也眾也亦官名又戴禮曰昔者周成王幼在繈褓之中太公為太師也又姓晉有師曠又漢複姓十二氏左傳衞大夫褚師圃馬師頡鄭　一三頁一〇～一一行

**獅** 犬生二子  一三頁一四行

澤存堂本「宫」作「官」，此本誤。

澤存堂本「犬」作「大」，蓋誤。

**𣬈** 說文曰人齎也今作毗通爲𣬈輔之𣬈房脂切二十三  一三頁一四～一五行

澤存堂本「齎」作「臍」。案今本說文作「人臍也」，字當从肉部，此本誤从貝。

**毘** 笒篺  一三頁一八行

澤存堂本「笒」作「笭」。案集韻引廣雅「篺笓謂之笓」。此本「笒」字、澤存堂本「笭」字并當作「笓」。

**飢** 飢餓也又姓左傳殷人七族有飢氏居夷切四  一三頁二一行

澤存堂本「殷」作「殷」。

**覗** 視盜  一四頁二六行

澤存堂本正文作「覗」。

**茥** 爾雅云蘢茥今之刺榆也  一四頁三三行

澤存堂本「刺」作「刺」。此本誤。

**貾** 貝之黃點質有白者  一四頁三三～三四行

澤存堂本「白」作「曰」，蓋誤。

**尸** 主也陳也利也又姓秦有尸佼爲商君師著書式之切四  一四頁三五行

澤存堂本「佼」作「伎」，蓋誤。又切語下字「之」在七之韻，今據切三、王二、全王作「脂」。

**祁** 盛也縣名在太原左傳晉大夫祁奚之邑因以名之又姓出太原黃帝二十五子之一也何氏姓苑云今扶風人  一四頁三八～三九行

犂（牛駁文又郎奚切）　一四頁四二行
澤存堂本「祁」作「祁」。此本誤。

㓯　一四頁四三～四四行
澤存堂本「郎」作「即」，並誤。

雞（說文曰鳥張毛羽自奮奞也又戍閏切）　一五頁五七行
澤存堂本正文作「黎」。此本誤。

貍（子𤜀）　一五頁七二行
澤存堂本「戍」作「戍」。此本誤。

推（排也又隹切又湯回切二）　一五頁七四行
澤存堂本「貍」作「貍」。

澤存堂本「义」作「叉」。案「叉隹切」當从切二、切三、王二、全王作「尺隹切」。

○七之韻

榯（樹木立也）　一七頁七行
澤存堂本正文作「榯」。此本誤。

眮（蕺皃）　一七頁一三行
澤存堂本「皃」作「視」。案玉篇訓作「奸視皃」。

琪（主也）　一七頁一九行
澤存堂本「主」作「玉」。此本誤。

○八微韻

𦢊（類肉）　一九頁一七行

繶 痛聲

一九頁二五行　澤存堂本正文作「⿰月幾」。此本誤。

蘬

二〇頁二八行　澤存堂本正文作「譩」。此本誤。

澤存堂本作「。蘬」，此本脫「。」記號。

○九魚韻

舒 地名在盧江

二一頁六行　澤存堂本正文作「⿰舍阝」。此本誤。

⿰貝居 貯也

二一頁七行　澤存堂本「⿰貝宀」作「貯」。此本从宁之字并从宀。

⿰虫豦 小走兒

二一頁一三行　澤存堂本正文作「遽」。此本誤。

⿱穴豦 穴類

二一頁一三行　澤存堂本「宂」作「穴」。此本从穴之字并从宂。

餘 殘也賸也皆也饒也又姓晉有

二一頁一四行　澤存堂本「賸」作「⿰貝𦚏」，蓋誤。

（徐字注）海高平東莞琅邪濮陽六望似魚切四　二二頁三四行

澤存堂本「六望」作「五望」。案廣韻校勘記云：「實亦只有五望。」

（註八）

（諸字注）先姓葛時人謂從居者爲諸葛氏因爲氏焉風俗通云葛嬰爲陳涉將有功而誅孝文進録封諸縣侯因并氏焉章魚切七　二二頁四四行

澤存堂本「進」作「追」。此本誤。

**如**而也均也似也謀也往也若也又姓晉中經部魏有陳郡丞馮翊如涥注　二二頁四九行

澤存堂本「涥」作「淳」。案此本「涥」字，澤存堂本并作「淳」。蓋避清穆宗載淳諱也。

**茹**恣也相牽引皃也易曰拔茅連茹又虜複姓後魏書普陋茹氏後改為茹氏又如慮切又而與切　二三頁五一～五二行

澤存堂本「復」作「複」。此本誤。

## ○十虞韻

（虞字切語）俗通云凡氏之興九事一氏於號唐虞夏殷是也虞俱切二十　二四頁一行

澤存堂本「虞」作「遇」，周氏廣韻校勘記云：「虞蓋麌字之誤。」

**無**有無也亦漢複姓二氏楚熊渠之後號無庸其後為氏又有無鉤氏出自楚姓武夫切二十一　二四頁七～八行

澤存堂本同，案本紐所列韻字實二十二字，「二十一」當作「二十二」。

**憮**𢙼𢙼之皃　二四頁一三行

澤存堂本「𢙼」作「欲」，蓋誤。

**雩**雩婁古縣名在廬江　二四頁二一行

澤存堂本「廬」作「盧」。此本誤。

**𦿆**𦿆屬又矩于切　二四頁二三行

澤存堂本正文作「𦿆」。案當作「𦿆」，今本說文「𦿆」訓作「草𦿆也，從木，人象形，眀聲」。

**朐**脯也　一曰　脡也亦山名在東海又姓出姓苑　二四頁二四～二五行

澤存堂本「脯」作「脯」，蓋誤。又正文，澤存堂本同，當从切三從肉作「朐」。

**趯**走顧之皃　二五頁二九行

澤存堂本正文作「趯」。此本誤。

**𥂕** 聲類云樹種也 二五頁三〇行

澤存堂本正文作「盥」。蓋誤。

**䙴** 柔皮又而兗切 二五頁三三行

澤存堂本正文作「[illegible]」。

**殳** 兵器釋名曰殳殊也長一丈二尺無刃有所撞挃於車上使殊離也詩云伯也執殳文姓舜典有殳斨 二五頁四〇行

澤存堂本「斨」作「折」。案今本尚書舜典作「殳斨」。

**𠘧** 說文云鳥之短羽飛𠘧𠘧也象形 二五頁四一行

澤存堂本三「𠘧」字并作「九」。此本誤。

**瑌** 美石次王 二五頁四八行

澤存堂本「王」作「玉」。此本誤。

**舀** 臼也又音由又弋兆切 二五頁四九行

澤存堂本「弋」作「代」，蓋誤。

**扜** 說文去指麾也 二七頁七八行

澤存堂本「去」作「云」。此本誤。

**斞** 挹也酌也 二七頁八三行

澤存堂本正文作「斞」。此本誤。此本下文「鄓」「臾」二字亦當从「臾」。

## （ ）十一模韻

**猢** 𧗿猢獸名似猨 二八頁一二行

澤存堂本「𧗿」作「獑」。此本誤。

**⿰木壺** 棗名也大而銳上者本作⿰木壺見爾雅　二八頁一四行
澤存堂本注文「⿰木壺」作「壺」。此本誤。

**徒** 黨也又步行也空也隸也同都切三十一　二八頁一九行
澤存堂本「三十一」作「三十」，案本紐所列韻字實三十一字，澤存堂本脱「一」字。

**⿰木免** 同上　二八頁二二行
澤存堂本正文作「挽」，必誤。

**⿸疒磨** 廜廝草菴通俗文曰屋平曰廜廝　二八頁二二～二三行
澤存堂本正文作「廜」。此本誤。

**⿰目夸** 怯也　二九頁二九行
澤存堂本正文作「恗」。此本誤。

**籚** 蘆西竹出會稽　二九頁三一行
澤存堂本「蘆」作「籚」。此本誤。

**蠦** 蠦蜰一名蜚又名⿰虫頁蠜　二九頁四三行
澤存堂本「蝜」作「⿰虫頁」。此本誤。

**麻** 磨麻草菴又磨麻酒元日飲之可除温氣　二九頁四四～四五行
澤存堂本「温」作「瘟」。此本誤。

**烏** 安也語辞也説文曰孝烏也小爾雅曰純黑而返哺者謂之烏小而不返哺者謂之鵶又姓左傳齊大夫烏枚鳴又虜姓周上開府烏丸泥又虜三字姓北疥　二九頁四五～四六行
澤存堂本無上「小」字。案此文見小爾雅，澤存堂本脱「小」字。

**⿰叔鳥** ⿰叔鳥叔鳥名　三〇頁五一行
澤存堂本「叔」作「⿰尗支」。此本誤。

**枯** 枯朽也苦胡切十一　三○頁五二行

澤存堂本「十一」作「十」。案所列韻字實十一字，澤存堂本脫「一」字。

**都** 都猶揔也尚書大傳曰天子所宮曰都又姓有臨晉侯都稍何氏姓苑云今吳興人當孤切七　三○頁五七～五八行

澤存堂本「稍」作「稽」。案漢書有臨蔡侯都稽，二本作「臨晉侯」，誤。

又二本「有」字上當有「漢」字。

**醋** 醴醋醬也　三○頁五九行

澤存堂本「醴」作「醶」。此本誤。

**稗** 亙稗也普胡切十二　三○頁五九行

澤存堂本正文上有「○」記號，此本脫。

**鱄** 同上　三○頁六○行

澤存堂本正文作「鱄」。此本誤。

○十二齊韻

**齎** 等也　三一頁三行

澤存堂本正文作「齎」。此本誤。

**㥢** 㥢抴欺慢之語出方言　三一頁七行

澤存堂本「抴」作「怈」。此本誤。

**低** 低昂也俛也垂也都奚切俗作仾二十二　三一頁九～一○行

澤存堂本同。案本紐所列韻字實二十三字，二本并誤。

**岻** 山谷　三一頁一一行

澤存堂本「谷」作「名」。

**奚** 何也說文曰大腹也又東北夷名亦姓夏車正奚仲又虜複姓後魏書有達奚薄奚統奚吐奚等四氏胡雞切十八　三二頁二六～二七行

**㡗** 㡘䩑赤紙出埤蒼 三二頁三五行

澤存堂本「止」作「正」，「複」作「複」，此本并誤。

（西字注）上也日在西方而鳥西故因以爲東西之西篆文作卥象形亦州名本漢車師國之地至貞觀討平以其地爲西州亦姓又漢複姓十一氏左 三二頁三六行

澤存堂本「𨍇」作「㡗」。此本誤。

澤存堂本「卥」作「卥」。此本誤。

**卤** 古文 三二頁三九行

澤存堂本正文作「卤」。案此本與今本說文合，澤存堂本誤。

**棲** 鳥棲說文曰或从木妻 三二頁三九行

澤存堂本「妻」作「西」，蓋誤。案今本說文「棲」訓作「卥，或从木妻」。

**𩣡** 一遍 三二頁四二行

澤存堂本同。案「一遍」乃「匾」字之誤。「匾」字唐人俗寫作「遍」。

**齎** 持也付也遺也裝也送也相稽切十五 三二頁四五行

澤存堂本「遺」作「遺」．此本誤。又切語，澤存堂本同，周氏廣韻校勘記云：「相字景宋本作祖，是也。切三作即，即祖聲同一類。相字乃祖字之譌。」（註九）

**攜** 提也離也又姓出何氏姓苑戶圭切二十三 三三頁五七行

澤存堂本「二十三」作「二十四」．案本紐所列韻字實二十三字．

**鑴** 大鍾 三三頁五七～五八行

澤存堂本「鍾」作「鐘」．

**驨** 似馬一角 **巂** 上同又子巂鳥出蜀中 三三頁五八行

澤存堂本作「䮂似馬一角鸐子鸐鳥出蜀中巂上同」。彙編廣韻校勘記以為此本顯有脫誤，其云：「巂上，澤存、楝亭兩本均有鸐及注子鸐鳥出蜀中七字，巂注上同。又子巂鳥出蜀中，澤存、楝亭兩本但作上同，無又以下七字。案若無鸐字，則巂字上同於似馬一角之䮂與巂鳥不類，故此本與巾箱本顯有脫誤。」惟周氏廣韻校勘記以為澤存堂本別增「鸐」字，非也。周氏校云：『張氏以為巂非䮂之或體，改增正文鸐字，且移注文「子巂鳥出蜀中」六字於鸐下，列巂為鸐之重文。案爾雅釋獸云：「䮂如馬一角，不角者騏。」陸氏釋文云：「䮂，本又作巂，同。」是䮂字或作巂也（別詳郝懿行爾雅義疏）。但巂字亦為子巂之巂，故注云：「又子巂鳥出蜀中。」（此見爾雅釋鳥郭注。）張氏未辨廣韻文例，別增鸐字，非也。』（註十）

**移** 棠移木也成臡切又余氏以支二切一 三三頁六一行

澤存堂本無「一」字，蓋脫也。

○十三佳韻

**歒** 歒伏 三四頁四行

澤存堂本「佽」作「佽」。此本誤。

**釵** 婦人岐笄也楚佳切九 三四頁七行

澤存堂本「岐」作「歧」。案玉篇字作「岐」。

**甈** 䰂甈屑瓦洗器 三四頁八行

澤存堂本「䰂」作「甈」，此本誤。

**哇** 淫聲 三四頁一一行

澤存堂本「淫」作「滛」，蓋誤。

崽 三四頁一一行

澤存堂本正文上有「。」記號，此本脫。

吹 郲吹氣逆病欸昏狹切 三四頁一二行

澤存堂本「郲」作「欸」。此本誤。

○十四皆韻

崴 崴𡾊乙皆切四 三五頁一五行

澤存堂本同。案切語，「乙皆切」與本韻「挨，乙諧切」音同，今从切三、王一、全王，作「乙乖切」。

[illegible] 諧皆切一 三五頁一六～一七行

澤存堂本同。案「諧」「皆」疊韻，不可為切語，當从切三、全王改作「諸皆切」。

○十五灰韻

[illegible] 曲角中也 三六頁四行

澤存堂本「曲角」二字乙倒作「角曲」。案今本說文注文作「角曲中也」，王一、全王（正文誤从魚）並作「角曲中」。此本蓋誤。

煤 炱煤灰集屋也炱柱來切 三六頁八行

澤存堂本「柱」作「杜」。此本誤。

䐩 畜胎 三六頁一一行

澤存堂本正文作「䐩」。此本誤。

縗 喪衣長六寸傅四寸亦作衰 三六頁一七行

澤存堂本同。案段改「傅」作「博」，與今本說文合。（註十一）

脽 脽隫素回切六　三六頁一九行

澤存堂本「隫」作「膭」。此本誤。

肧 懷胎一月芳肧切八　三六頁二四行

澤存堂本「肧」作「杯」。此本誤。

鮠 魚名似鮠五灰切五　三六頁二五行

澤存堂本「鮠」作「鮎」。此本誤。

𡳐 履屬也頭曰𡳐　三七頁二七行

澤存堂本注文作「履屬有頭曰𡳐」。此本「也」「頭」二字并當據改。

嗺　三七頁二七行

澤存堂本正文上有「○」記號，此本脫。

○十六咍韻

裓 裓夏樂章名　三八頁八行

澤存堂本二「裓」字并从示。此本誤。

材 木挺也　三八頁一〇行

澤存堂本「挺」作「梃」。此本誤。

猜 疑也恨也倉才切四　三八頁一七行

澤存堂本「恨」作「恨」。此本誤。

毢 毰毢　三八頁二一行

澤存堂本注文「毢」作「也」。

○十七真韻

眞 眞偽也又姓風俗通云漢有太尉長史眞祐俗作真側鄰切十六　三九頁一行

[illegible] 籀文 三九頁五行

澤存堂本「俗」作「俗」，此本誤。又切語上字「側」為莊母，當从上平聲韻目作「職」，切三、全王即作「職」。

申 身也伸也重也容也篆文作申又辰 三九頁一七行

澤存堂本正文作「[illegible]」，此本誤。

澤存堂本「篆文作申」作「篆文作𦥔」。此本誤。

𡏖 𡏖菜 四〇頁二六行

澤存堂本「䵷」作「畦」。此本誤。

頻 數也急也比也說文作顭水厓 四〇頁三六行

澤存堂本「顭」作「顭」。案今本說文字作「顭」，二本并當據改。

巾 釋名曰巾謹也二十成人士冠庶人巾當自謹修於四教居銀切七 四〇頁四二行

澤存堂本「七」作「一」。案本紐止此一字，此本誤。

麏 麏屬居筠切六 四〇頁四二～四三行

澤存堂本正文上有「。」號，案此為紐首，當有，此本蓋脫。又本韻中「麏，居筠切」、「筠，為贇切」、「囷，去倫切」、「贇，於倫切」，四字當移十八諄韻。

緸 繩紐 四〇頁四四行

澤存堂本「紐」作「細」，蓋誤。又案周氏廣韻校勘記云：「案繩字當是綱字之誤。說文云：『緸，持綱紐也。』周禮考工記梓人鄭司農注：『緸，籠綱者。』」（註十二）

蜠 大貝又渠殞切 四〇頁四五行

澤存堂本正文作「蜠」。此本誤。

〇十八諄韻

荀 草名又姓本姓郇後去邑爲荀今出頴川相倫切十四　四二頁三行

澤存堂本「頴」作「潁」。此本誤。

郇 地名在河東解縣周文王子封於郇郇以爲氏王莽時有郇越　四二頁三～四行

澤存堂本注文次「郇」字作「後」。此本誤。

槆　四二頁四行

澤存堂本作「[illegible]」。此本誤。

蓴 牛蕁草似蘭青黑色　四二頁九行

澤存堂本「蕁」作「蓴」。此本誤。

匀 徧也齊也說文少也从匀二羊倫切二　四二頁一八行

澤存堂本注文「匀」作「勹」。此本誤。

紃 環綵條又食倫切　四二頁一九行

澤存堂本「倫」作「綸」。

鈞 三十斤也又姓風俗通云楚大夫元鈞之後漢有侍中鈞喜　四二頁二一～二二行

澤存堂本「三十斤」作「二十斤」，蓋誤。

趣 行也渠人切又去忍切一　四二頁二二行

澤存堂本同。案「人」字在真韻，下文「砏，普巾切」，并當移至十七真韻。

〇二十文韻

汶 黏䵒又音昊問　四四頁五行

澤存堂本「昦」作「旻」。下文「閔」字注文「昦」字，澤存堂本亦作「旻」。

**芬** 芬芳又姓戰國策晉有大夫芬質府文切十三　四四頁二六行

澤存堂本「策」作「筞」，是也。又切語，澤存堂本同。案周氏廣韻校勘記云：「府文切，與分字府文切音同，非也。府，切三作無，當是撫字之誤，若作無則與文武分反音同。元泰定本、明本作撫，極是。陳澧據改。」（註十三）則「府」當改作「撫」。

**帉** 中也亦作帉　四五頁二六行

澤存堂本「中」作「巾」，此本誤。

○二十一欣韻

**殷** 衆也正也大也中也說文从倉云作樂之盛稱殷亦姓武王剋紂子孫分散以殷爲氏出陳郡於斤切四　四六頁一行

澤存堂本「倉云」作「㐆殳」。案二本并有脫誤。今本說文「殷」訓作「作樂之盛偁殷，从㐆殳，易曰：『殷薦之上帝』」。此本「倉」當作「㐆」，且此字下脫「殳」字。澤存堂本「殳」下當有一「云」字。

**垣** 垣墉也又姓漢西河太守略陽垣恭也　四七頁九行

澤存堂本「略」作「洛」。

**璠** 冢也　四七頁一七行

澤存堂本正文作「墦」。此本誤。

**蓒** 蓒芊草名　四八頁二八行

澤存堂本「芊」作「芋」。此本誤。

**蔫** 蔫菸也謁言切二　四八頁三〇～三一行

澤存堂本「菸」作「菸」，蓋誤。案今本說文「蔫」訓作「菸也，从艸焉聲」。

○二十三魂韻

璊 玉名　四九頁九行

澤存堂本注文作「同璭」。案今本說文「璊」訓作「璭，或从㒼」，則澤存堂本注「同璭」較長。

（門字訓）門爲氏古今表有逢門子豹宋諸公子食采於木門者後遂爲氏漢書儒林傳有關門慶忌何氏姓苑云弋門氏今漁陽人又有剌門氏莫奔　四九頁一六行

澤存堂本「逄」作「逢」。

虋 赤粱粟也俗作虋　四九頁一七行

澤存堂本「粱」作「粱」。此本誤。

（尊字注）尊卑又重也高也貴也敬也君父之稱也說文曰酒器也本又作罇周禮有司尊彝從山從缶從木後人所加亦姓風俗通云尊盧氏之後祖　五〇頁二六行

澤存堂本「從山」作「從土」。周氏廣韻校勘記云：「土，北宋本、黎本均譌山。」惟彙編廣韻校勘記云：「山，澤存、巾箱兩本均作土，案本字下有从山之嶟字，从缶之罇字，从木之樽字，而無从土之墫字，但嶟注山兒，似與周禮六尊所謂山尊不類，考集韻租昆切尊下有尊、罇、墫、甎等字，則罇上似脫一墫字。」（註十四）

臀 廣雅云臀謂之脽亦謂之𦝫也說文作𡱂髀也　五〇頁三二行

澤存堂本「𦝫」作「脽」，蓋誤。又澤存堂本「𡱂」作「𡲂」。周氏廣韻校勘記云：「案脽，北宋本、黎本、景宋本作𦝫，是也。說文脽臀一字，不得云臀謂之脽也。廣雅釋親云：『𦝫，髁，臀也』；說文云：『𩪘，臀骨也。』臀與𩪘同。可知𦝫即臀也。𦝫亦作𦞠，禮記內則鄭注云：『𦞠，尾肉也。』

」』又云：『尻，段改作𡱂。』案今本說文「𩩟」訓作「𡱂骨也」。惟彙編廣韻校勘記以為當作「脽」，其云：「案作脾，誤。說文𡱂下有脽字，解云：𡱂或从肉隹。又本書同切下有𡱂脽臀字，注云：并同上，見說文。又注說文作尻之尻，符山堂作𡱂，是。」（註十五）

**梱** 爾雅釋木曰髡梱　五〇頁三五行

澤存堂本「髡」作「髠」。案爾雅釋木作「髡梱」，則二本并誤。

○二十五寒韻

**寒** 寒暑也釋名曰寒捍也捍格也亦姓後漢博士魯國寒朗武王子寒侯之後也胡安切十二　五二頁一行

澤存堂本同。案此紐所列韻字實十一字，二本「十二」并當作「十一」。

**餐** 說文吞也士安切三　五二頁一二行

澤存堂本「士」作「七」。此本誤。

**攤** 攤蒱賭博　五二頁一三行

澤存堂本注文「攤」作「攤」。案周氏廣韻校勘記云：『攤，北宋本、黎本作攤，誤。又注「賭博」二字，北宋本、黎本作「四數」，與刻本韵書殘葉合。張氏改作「賭博」，與元泰定本、明本合。玉篇云：「攤蒱，蒱原作蒲誤。賭錢也。」』（註十六）

**蘭** 香草亦州名古西羌地隋文帝置蘭州取皐蘭山爲名又姓漢有武陵太守蘭廣落干切十二　五二頁二四～二五行

澤存堂本「十二」作「十一」。案所列韻字實十二字，澤存堂本誤。

**渜** 水名出涿郡乃官切一　五三頁二八行

澤存堂本「涿」作「涿」．此本誤．又切語下字「官」在桓韻，此字當移至二十六桓。

○二十六桓韻

⿱竹⿰金帀 竹名出南領 五四頁 九行

澤存堂本「領」作「嶺」。蓋誤。

（官字注） 左傳曰黃帝以雲紀官炎帝以火紀官大皞以龍紀官少皞以鳥紀官又君也法也事也又複姓三氏左傳晉王官無地御戎魯先賢傳云孔子妻井官氏楚莊王少子為上官大夫以上官爲氏古丸切十 五四頁 一七行 五四頁 一八行

澤存堂本二「皞」字并作「皡」，蓋誤。又澤存堂本「複」作「複」。此本誤。

澤存堂本「井」作「开」。案二本并誤。當从北宋本作「并」。

曫 日夕昏時 五四頁 二五行

澤存堂本「昏」作「昬」。案二字同。

鴅 鳥名人面鳥喙 五五頁 二六～二七行

澤存堂本同。案二本并誤，當从北宋本作「鴅」。

腡 腡兜四凶名古文尚書作鴅 五五頁 二七～二八行

澤存堂本「鴅」作「腡」。案周氏廣韻校勘記云：「腡，各本作鴅。」（註十七）古文尚書舜典：「放驩兜于崇山。」

鑽 剌也借官切又借玩切六 五五頁 二〇行

澤存堂本「剌」作「刺」。此本誤。

⿰革贊 ⿰車贊 並止同 五五頁 二九行

澤存堂本「止」作「上」。此本誤。

⿰木兩 木名松心 五五頁 三四行

澤存堂本正文作「樠」。此本誤。

䜱 䜱谻亭名在上艾谻音求 五五頁三五行

澤存堂本二「谻」字并作「𧮫」。案「谻」或作「𧮫」。

○二十七刪韻

獌 狼屬又莫干晚販二切 五六頁一二行

澤存堂本「干」作「千」。此本誤。

奻 訟也奴還切一 五六頁一五～一六行

澤存堂本無「一」字，蓋脫也。又切三、全王切語上字并作「女」，陳澧切韻考據說文二徐本及玉篇反語改「奴」作「女」。（註十八）

○二十八山韻

鰥 鰥寡鄭氏云六寸無妻曰鰥五十無夫曰寡又魚名古頑切三 五七頁二行

澤存堂本「寸」作「十」。此本誤。

閑 闌也防也禦也大也法也習也暇也戶瞯切九 五七頁四～五行

澤存堂本「瞯」作「閒」。

𪖬 腸𪖬瘦狀 五七頁一二行

澤存堂本「腸」作「暍」。此本誤。

獋 噬也元山切 五七頁一二行

澤存堂本注文末有「一」字，此本脫。

譠 譠謾也陟山切又他單切二 五七頁一三行

澤存堂本正文上有「○」記號，此本脫

○一先韻

誕 誕譂語不正也 五九頁八行

澤存堂本「⿰舌軍」作「𦧺」。此本誤。

**鳽** 鵁鶄鳥名又五革五堅二切　五九頁一〇行

澤存堂本「鶄」作「鳽」，葢誤。爾雅釋鳥：「鳽，鵁鶄。」今本說文同。

**嗹** 嗹嘍言語繁拏皃　五九頁一八行

澤存堂本「拏」作「絮」。案周氏廣韻校勘記云：「『張改作絮，非也。』原本玉篇殘卷言部謰下云：『方言：謰謱，拏也，南楚曰謰謱。郭璞曰：言諸拏也。字書或為嗹字。』」案拏拏字通，依說文當作拏。說文：拏，牽引也。」（註十九）

**寘** 上同字統云寘顛府在北州　五九頁二一行

澤存堂本正文作「寘」，案玉篇「填」下云「又作寘」，「寘」下云「今作填」，字从穴。

**鳽** 鵁鶄也又古賢五革二切　六〇頁二九行

澤存堂本「鶄」作「鳽」，葢誤。

**鞙** 鞙馬尾也又胡失切　六〇頁三六行

澤存堂本「失」作「犬」，當據改。又周氏廣韻校勘記引集韻云：「鞙，馬勒」，因謂「此注有誤」。（註廿）案今本說文「鞙」訓作「大車縛軛靼」。

**玆** 說文曰黑也春秋傳曰何故使吾水玆本亦音滋按本經只作滋　六〇頁四一行

澤存堂本「吾」作「君」。案左傳哀公八年作「何故使吾水滋」，今本說文「玆」訓作「黑也，从二玄，春秋傳曰：何故使吾水玆」。則澤存堂本作「君」，誤。

**秏** 秏毨罽也 六一頁一～二行

澤存堂本「秏」作「秏」。此本誤。

**蘀** 草茂皃 出字林 六一頁六行

澤存堂本「茂」作「茂」。此本誤。

**蝒** 馬蜩蟬中最大 **蛃** 上同說文曰蚜蛈蟬屬 六二頁三一～三二行

澤存堂本「蚜」作「蛃」。案今本說文「蛃」訓作「蛃蛈，蟬屬」，段氏於「蛃蛈」下注云：「各本皆作蚜蛈，則與篆文不屬，今依廣韻二仙所引正。」又「蝒」字注文末宜有「者」字。爾雅釋蟲「蝒，馬蜩」，郭注云：「蜩中最大者為馬蜩。」

**栭** 木名 六二頁三三行

澤存堂本正文作「⿰木面」，當據改。今本說文「栭」訓作「屋枅上標也，從木而聲」，爾雅曰：「栭謂之榕」，「栭」無「木名」之意。且玉篇「⿰木面」下訓作「木名」，下出「柄」「⿰木面」，各注云：「同上」，則此本作「栭」，誤。

**⿰亘鳥** ⿰亘鳥額 六二頁三六行

澤存堂本注文「⿰亘鳥」作「⿰亘頁」。案彙編廣韻校勘記云：「⿰亘鳥，巾箱本同，澤存本誤作⿰亘頁。」周氏廣韻校勘記云：『⿰亘頁，日本、宋本、巾箱本、黎本、景宋本作⿰亘鳥，均誤。案⿰亘鳥字已見上文，此處不當重出。元泰定本、明本作⿰亘馬，與五代刻本韻書相合。龍龕手鑑馬部亦有⿰亘馬字。宋本之⿰亘鳥即⿰亘馬字之誤。注亦當作「⿰亘馬額」。』張氏改⿰亘鳥作⿰亘頁，未詳所據。各字書無⿰亘頁字。」（註廿一）

**瑌** 瑌珉也 士佩也 六二頁三九行

澤存堂本「士」作「玉」。

圑 簿也又竹器名 六二頁四九行

澤存堂本正文作「匽」。此本誤。

䙴 齊魯言袴又巳偃切 六三頁五九行

澤存堂本「巳」作「己」。案又音切三、王一并切「己偃」，此本誤。

○三蕭韻

蟰 蟰蛸蟲一名長蚑出崔豹古今注 六四頁三～四行

澤存堂本「蚑」作「蚑」，蓋誤。

樵 欏也 六四頁五行

澤存堂本「欏」作「擇」。此本誤。

芀 葦華也又音調 六四頁一〇行

澤存堂本「葦」作「葦」。此本誤。

県 到懸首漢書曰三族令先黥劓斬左右趾帠首菹其骨謂之具五刑 六四頁一七行

澤存堂本「帠」作「県」。此本誤。

膠 耳中鳴也又力刀切 六四頁一九～二〇行

澤存堂本正文作「膠」。此本誤。

膫 目明也 六四頁二四行

澤存堂本正文作「瞭」。此本誤。

膞 臉膞腫欲潰也 六五頁二七～二八行

澤存堂本「臉」作「膘」。案此本宵韻「撫招切」下有「膘」字，訓作「膘膞腫欲潰也」。

○四宵韻

**蛸** 螵蛸蟲也爾雅注云一名䗔蟭亦姓南齊武帝改其子巴東王子響爲蛸氏又所交切 六六頁二～三行

澤存堂本「䗔」作「蟳」，並誤。案李韻「即消切」下「蟭」注作「䗔蟭螗蜋卵也」。惟今本爾雅「蟰蛸長踦」下并無此注。

**獢** 猲獢短喙犬也 六六頁八行

澤存堂本「橋」作「獢」。此本誤。

**犪** 牛馴伏又而紹切 六六頁一七行

澤存堂本「紹」作「沼」，此本誤。案上聲三十小韻「而沼切」下有「犪」字，訓作「牛馴，說文作犪，牛柔謹也」。

**繇** 疾行又音由或作遜 六六頁二二行

澤存堂本「遜」作「䌛」。周氏廣韻校勘記以為當作「遜」，其引玉篇「遜」為「䌛」之或體為證。（註廿二）

**卲** 卜問 六七頁二六～二七行

澤存堂本「卜」作「十」，並誤。

**柖** 說文曰樹皃又射的也 六七頁二七行

澤存堂本「樹」下有「搖」字，此本脫。

**橐** 橐也又公混切 六七頁三四行

澤存堂本「橐」作「𣝋」，「浪」作「混」，案周氏廣韻校勘記云：『案說文：「𣝋，囊張大皃。从橐省，匋省聲。」大徐音符宵切。又「㯻，櫜也，从束圂聲。」大徐音胡本切。廣韻此音符霄切，可知橐必為𣝋字之誤，注「橐也」，當改從說文作「囊張大皃」，「又公混切」四字當刪。』（註廿三）

**鐅** 臿也亦作斛七遙切七 六七頁四二～四三行

**猫** 獸捕鼠又爾雅曰虎竊毛謂之虦猫又武交切　六七頁三六～三七行

澤存堂本注文末「七」作「十」，案此紐所列韻字實七字。

**漂** 浮也亦作漂　六七頁四七行

澤存堂本注文「漂」作「氵剽」。此本誤。

**鶓** 飛鳥　六七頁四九行

澤存堂本「鳥」作「髙」，蓋誤。

○五肴韻

**虓** 虎聲又縣名在濟南又直支切　六九頁二行

澤存堂本「支」作「交」。彙編廣韻校勘記以為作「交」是，其云：「案同韻虓下有或體猇字，虓許交切，集韻猇亦在許交切下。」惟周氏廣韻校勘記以為「交」為譌字。其云：「案支韻直離切下無猇字，集韻支韻「陳知切」下有之。張本改支作交，與元泰定本同非也。案漢書地理志濟南郡有猇縣，注云：「應劭曰：音箎。」箎廣韻即音直支切，可證作「支」，不誤。蘇林音爻，蔡謨音甶音鴞，顏師古音于虯反，均無直交切一音，可證「交」為譌字。」（註廿四）

**膠** 膠漆亦大學也又姓史記紂臣膠鬲　六九頁五行

澤存堂本「大」作「太」。

**鐃** 鐃似鈴無舌又女交切九　六九頁一〇行

澤存堂本「鈴」作「鈐」。

**獶** 犬多毛又力刀切　六九頁一一行

澤存堂本同。案又音，刊作「又奴刀反」，全王作「又乃勞反」，周氏廣韻校勘記云：「又力刀切，力字誤。日本、宋本、巾箱本作奴，是也，猱字又見豪韵奴刀切下。」（註廿五）

**涍** 水名在南郡　六九頁一六～一七行

澤存堂本「在」字下無空格。彙編廣韻校勘記及周氏廣韻校勘記并引段氏語：「西征賦注：字林曰孝水在河南郡。此落河字耳。去聲效韵則又譌為南陽。」（註廿六）

**鵁** 鵁鶄似鳧脚近後不能行　六九頁一七行

澤存堂本「脚」作「腳」，此本誤。

**硣** 硣礉戍名今濟州是也出音譜　六九頁二一行

澤存堂本「戍」作「城」。案集韻「丘交切」硣下亦作「戍」。

**墝** 墝埆塉土　六九頁二二行

澤存堂本「塉」作「瘠」。

**聱** 不聽也五交切又五勞切語彪切四　六九頁二二行

澤存堂本「又五勞切語彪切」作「又五勞語彪二切」，案依本書例，澤存堂本為是。

**抓** 抓掐　六九頁二五行

澤存堂本二「抓」字并作「抓」。此本誤。

**訬** 徤也　六九頁二五行

澤存堂本「徤」作「健」。案玉篇「訬」訓作「擾也，疾也，健也」。此本「徤」字从彳，蓋誤。

○六豪韻

**高** 上也崇也遠也敬也又姓齊太公之後食采於高因氏焉出渤海漁陽遼東廣陵河南五望又漢複姓高堂氏出泰山古勞切二十一　七十一頁四～五行

澤存堂本「望」作「望」。此本誤。

**𣟴** 木名　七一頁一二行

澤存堂本正文从木作「𣟴」。此本誤。

**薅** 除田草也 **茠㧊** 上同　七一頁一三行

澤存堂本「㧊」作「𣙙」，葢誤。又澤存堂本「上同」作「並上同」。

**旄** 旄鉞書曰武王右秉白旄史記曰昴星曰旄頭星徐援釋疑曰乘輿黃麾內羽伏斑弓箭左罼右罕執罼者冠熊皮冠謂之髦頭也　七一頁一五行

澤存堂本「斑」作「班」。又「援」字，澤存堂本同，周氏廣韻校勘記云：「案援字誤。日本、宋本、巾箱本、黎本同。張刻刓改作爰，是也。徐爰字長玉，宋中散大夫、虞世南北堂書鈔及李昉等太平御覽並引其書。北堂書鈔卷一百三十髦頭條注曰：「徐爰釋疑略注云：乘輿黃麾內羽林班弓箭手，汪據石華校左罼右罕。執罼罕者冠熊皮冠，謂之髦頭。」此文與廣韻所引略異。太平御覽卷六百八十引作徐爰釋疑略。御覽圖書綱目名同。」（註廿七）

**㡜** 上同俗又作𧝋𧝓本音杉　七一頁二三行

澤存堂本「杉」作「衫」。案此本二十七銜「衫」字切語作「所銜切」，且集韻音「衫」，則此本「杉」當作「衫」。

**鷔** 不祥鳥白身赤口也　七二頁三四～三五頁

澤存堂本「身」作「首」。案「身」字，切三、汪一、全王（注文作「鳥身白赤口」，有乙倒符號。）、𠛱并同。

**檕** 船接頭木　七二頁三六行

澤存堂本「椄」作「接」，彙編廣韻校勘記云：「案類篇：舟接頭謂之⿱毄舟，即檕」。（註廿八）又集韻「⿱毄舟」訓作「舟接首謂之⿱毄舟，或从木」。則此本「椄」當作「接」。

**尻** 說文脽也苦刀切二　七二頁四一行

澤存堂本「脽」作「脾」。案今本說文「尻」訓作「脾也」，此本誤。

**𦙶** 毛起皃出聲譜　七二頁四二行

澤存堂本正文作「牦」。案集韻亦作「牦」。此本誤。

○七歌韻

**傞** 行也又舞不正　七三頁七行

澤存堂本「正」作「止」。此本誤。

**袉** 裾也又達可切　七三頁一一行

澤存堂本「可」作「河」。案此本三十三哿韻「袉」切語作「吐可切，又徒可切」，澤存堂本誤。

**⿱吅⿱罒䖵** 如人羊角虎爪　七三頁一二行

澤存堂本正文作「⿱吅⿱罒虫」。案類篇「⿱吅⿱罒虫」字或从單。

**莪** 草名似斜蒿詩云蓼蓼者莪五何切十三　七三頁一五行

澤存堂本「斜」作「⿱艹斜」。案王一、全王字并作「斜」，切三、王二并作「⿱艹斜」。詩：「菁菁者莪」，正義引義疏云：「葉似邪蒿而細。」是「斜」字不誤，「⿱艹斜」則為專字。

**羅** 羅綺也古者芒氏初作羅爾雅鳥罟謂之羅又姓出長沙本自顓頊末胤受封於羅國今房州也爲楚所滅子孫以爲氏魯何切十　七三頁一九～二〇行

**那** 何也都也於也盡也詩云受福不那那多也亦朝那縣名在安定又姓西魏楊州刺史那椿諾何切九　七三頁二一～二二行

澤存堂本「芒」作「芒」。此本誤。

澤存堂本正文上有「。」記號，案此字為紐首，例當有「。」記號，此本脫。又澤存堂本「楊」作「揚」、「剌」作「刺」。此本并誤。

**⿰𦰩能** 獸名似鼠班題食之明目　七三頁二二行

澤存堂本「題」作「頭」。案「班題」，山海經作「文題」。此本「班」當作「斑」。澤存堂本「頭」當作「題」。

**河** 水名出積石山海經云河出崐崘西北隅發源注海亦州取水以名之爾雅有九河徒駭太史馬頰覆釜胡蘇潤絜鉤盤鬲津　七三頁二四～二五行

澤存堂本「潤」作「簡」。案爾雅釋水：「徒駭太史馬頰覆鬴胡蘇簡絜鉤盤鬲津」，字作「簡」。

**阿** 曲也近也倚也爾雅云大陵曰阿亦姓風俗通云阿衡伊尹号其後氏焉又虜三字姓四氏後魏書云阿伏干氏後改爲阿氏阿鹿桓氏後改爲鹿氏又有阿史那氏阿史德氏烏何切七　七四頁二七～二九行

澤存堂本「干」作「于」。案魏書官氏志字作「于」。

○八戈韻

**⿰木娑** 木株也　七四頁四～五行

澤存堂本「株」作「⿰木娑」。案廣雅釋木：「⿰木娑，株也。」是當作「株」。

**挱** 手挼挱也　七四頁五行

澤存堂本「⿱艹挱」作「⿰扌莎」。此本誤。

**⿰飠靡** 哺兒　七四頁一一行

澤存堂本同。案集韻八戈「眉波切」下「⿰飠靡」「餐」字重文，注：「食也一曰哺小兒」。

**銼** 銼鑹小釜　七四頁一一～一二行

澤存堂本「釡」作「釜」，此本誤。案此本「釡」字并作「釡」，均應作「釜」。

**訛** 謬也化也動也五禾切七 **譌吪** 並上同　七四頁一二行

澤存堂本「同」作「同」。此本誤。

**𦙶** 木節　七四頁一三行

澤存堂本正文作「𦙶」。

**捼** 捼莏說文曰摧也一曰兩手相切摩也俗作挼奴禾切二　七四頁一六行

澤存堂本「挼」作「挼」。此本誤。

**番** 書曰番番良士爾雅曰番番矯矯勇也　七四頁一七行

澤存堂本「雅」作「雅」。此本誤。

**蝌** 蝌蚪蟲名爾雅曰科斗活東蝦蟆子也字林從虫　七五頁二二行

澤存堂本「料」作「科」。此本誤。

**痾** 秃瘵又古禾切　七五頁二三行

澤存堂本正文作「疝」。此本誤。

**肥** 肥骩手足曲病於靴切　七五頁二五～二六行

澤存堂本正文上有「。」記號。案此字為紐首，當有「。」記號，此本脫。

**㑭** 㑭𠋫癡皃出釋典　七六頁二六行

澤存堂本「𠋫」作「㑭」。案本韻「丘伽切」下有「𠋫」字，訓作「㑭𠋫」，此本此作「𠋫」，蓋誤。

**迦** 釋迦出釋典居伽又音加一　七六頁二七行

澤存堂本「居伽又音加一」作「居伽切又音伽一」。案此本「居伽」下脫一

「切」字。

**臠** 驪腸胃也 縷骳切 七六頁二八行

澤存堂本「骳」作「骴」，案本韻「骴」「骳」二字同。又澤存堂本注文末有「一」字，此本脫。

○九麻韻

**奢** 張也侈也勝也式車切三 七七頁五行

澤存堂本「式」作「式」，案當作「式」。

**椰** 椰子木名出交州其葉背面相似 七七頁七行

澤存堂本「揶」作「椰」。此本从手，誤。

**譇** 說文詠也 七七頁一〇行

澤存堂本同。案周氏廣韻校勘記云：「詠字誤。段氏云：廣雅玉篇作詠。今說文作詠。」（註廿九）

**蟦** 蟲名似蛇字林云蟦大蛇也出魏典啖小蛇及蝮但張口小蛇自入也 七七頁一三行

澤存堂本「及」作「吸」。彙編廣韻校勘記據五音集韻、能改齋漫錄以為當作「及」。（註卅）

**瓜** 說文蓏也廣雅云龍蹄獸掌羊骹兔頭挂髓蜜筩小青大班胃瓜名亦州名本古西戎地左傳范宣子數戎子駒支曰昔秦人迫逐乃祖吾離于瓜州又漢複姓王莽傳有盜賊臨淮瓜田儀古華切七 七七頁一四～一五行

澤存堂本「祖」作「祖」，此本誤。又周氏廣韻校勘記云：『廣雅，段氏改作廣志。案此文亦見廣雅釋草但無大青小班四字。此文獸掌當作虎掌，廣雅及張戢瓜賦皆作虎掌。挂髓當作桂髓。廣雅作桂支。陸機瓜賦云：「東陵出於秦谷，桂髓起於巫山。」』（註卅一）

**枷** 枷鎖又連枷打穀具 七七頁二二行

澤存堂本「穀」作「穀」。此本誤。

跏 跏趺坐也 二七頁二二行

澤存堂本「趺」作「跌」。案上平上虞韻「跗」下出「趺」，注云：「上同，又跏趺大坐」，則澤存堂本誤。

巴 巴蜀又州取國以名焉三巴記云閬白水東南流曲折三迴如巴字亦蟲名又姓後漢有楊州刺史巴祇伯加切八 七八頁二九～三〇行

澤存堂本「楊州刺史」作「揚州刺史」此本誤。

笆 有刺竹籬 七八頁三〇行

澤存堂本「刺」作「刺」此本誤。

⿰革少 ⿰革盍⿰革少履素⿰革睪也 七八頁三五行

澤存堂本「⿰革少」作「⿰革沙」。案集韻「⿰革少」「⿰革沙」同字，注：「或省或不省」。又「素」字，段氏改作「⿰革索」。（註卅二）

荼 苦菜音徒 七八頁四〇行

澤存堂本「音」字上有一「又」字。此本脫。

⿱大旦 大口皃才邪切一 七九頁五二行

澤存堂本正文作「⿱大且」，此本作「⿱大旦」，誤。

爹 羌人呼父也陟邪切二 七九頁五三行

澤存堂本「二」作「一」，案此紐止此一字，當作「一」。

○十陽韻

（陽字注）得仙其後因山爲氏漢有楊州刺史鮮陽戩後漢有櫟陽侯景丹曾孫汾避亂隴西封爲氏又長沙太守濮陽逸陳留人也神仙傳有太陽子台日外天春秋釋例周有老陽子修黃老術漢有安陽護軍何東成陽恢何氏姓苑有朱陽氏索陽氏與章切三十二 八〇頁六～七行

澤存堂本「楊州刺史」作「揚州刺史」，此本誤。又澤存堂本「封為氏」上有一「因」字，此本脫。又「三十二」，澤存堂本同。案此紐所列韻字實三十一字，二本「三十二」當作「三十一」。

**揚** 舉也說也導也明也又州名禹貢曰淮海惟揚州李巡曰江南之氣躁勁厥性輕揚故曰揚州　八〇頁八～九行

澤存堂本注文二「楊」字并作「揚」，此本并誤。

**鸉** 鷊鸉一足鳥舞則天下雨出字統　八〇頁一三行

澤存堂本「⿰鬲鳥」作「鷊」。此本誤。

**梁** 梁棟又州名書曰華陽黑水惟梁州晉太康記云梁者言西方金剛之氣強梁故因名之舜置也秦爲漢中郡後其地入蜀魏末克蜀分廣漢三巴涪陵以北七郡爲梁州梁大同年復移在南鄭亦姓出　八〇頁一七～一八行

澤存堂本「魏末」作「魏未」，蓋誤。

**⿰目京** 賦也　八〇頁二五行

澤存堂本正文作「⿰貝京」。案王二、全王字作「⿰貝京」，此本誤。

**⿰牛京** 牻牛駮色　八〇頁二五行

澤存堂本「牻」作「犣」，蓋誤。

**鬺** 煮也亦作䰞　八一頁三〇行

澤存堂本正文作「鬺」、「䰞」作「䰞」。案玉篇「鬺」訓作「式羊切，煮也，亦作䰞」。此本誤。

**塲** 塲耕　八一頁三〇行

澤存堂本注文「塲」作「場」。

**⿰長瓦** ⿰長瓦也又除向切　八一頁四四行

澤存堂本「⿰長瓦」作「瓶」，周氏廣韻校勘記以為作「⿰長瓦」誤（註卅三）。（此本「⿰長瓦」當係「⿰長瓦」字之誤。）

**襄** 除也上也駕也返也亦州名本楚之西津魏武置襄陽郡西魏改爲襄州因水立名又姓魯莊公子襄仲之後子孫以謚爲氏後漢有襄楷息良切十三　八二頁五二～五三行

澤存堂本「謚」作「諡」。

纕 馬腹帶國語云纕挾纓纕　八二頁五四～五五行

澤存堂本「纕」作「懷」，與國語周語合，此本誤。

亡 無也滅也逃也說文正作亾武方切十二　八二頁五八行

澤存堂本「逃」作「進」，蓋誤。又「十二」，澤存堂本同。案此紐所列韻字止十一字。「十二」當作「十一」。

疘 俗　八二頁六二行

澤存堂本正文作「疘」。

鷞 同上　八二頁六六行

澤存堂本同。案正文當作「鷞」。下文「騻」字亦當作「騻」。

蠰 爾雅云齧桑蝎也又傷餉二音　八二頁六六～六七行

澤存堂本「齧」作「齧」。此本誤。

牆 墻牆爾雅云牆謂之墉說文曰牆垣蔽也在良切十　八二頁六七行

澤存堂本「墻」作「垣」。此本誤。

王 大也君也字林云三者天地人一貫三爲王天下所法又姓出太原琅邪周靈王太原琅邪周靈王太子晉之後北海陳留齊王田和之後東海出自姬姓高平京兆魏信陵君之後天水東平新蔡新野山陽中山章武東萊河　八二頁七三～七四行

澤存堂本「原琅邪周靈王太」七字不重，此本誤重。

蔏 草名褚羊切三　八三頁八〇行

澤存堂本同。案「褚」當作「褚」。

狂 病也韓子曰心不能審得失之地則謂之狂也巨王切五　八三頁八一～八二行

澤存堂本「心」作「必」，蓋誤。

○十一唐韻

唐 說文曰大言也又州春秋時楚地戰國時屬晉後入於韓秦屬南陽郡後魏爲淮州隋爲顯州貞觀改爲唐州因唐城山爲名即高鳳隱所亦姓唐堯之後子孫氏焉出晉昌北海魯國三望徒郎切四十一　八四頁一～二行

澤存堂本同。案此紐所列韻字實止四十字，「四十一」當作「四十」。

**磄** 磄岸石也 八四頁八行

澤存堂本同。案「岸」字，當从今本說文作「㟁」。

**簗** 罩也 八四頁九行

澤存堂本同。案「罩」當作「罩」。

**𣯴** 𣯴眊罽也 八四頁九〜一〇行

澤存堂本「眊」作「毦」。此本誤。

**黃** 中央色也亦官名有乘黃令晉官主乘輿金根車也又州名古邾國地秦屬南郡漢西陵縣也隋爲黃州取古黃城爲名亦姓出江夏陸終之後受封於黃後爲楚所滅因以爲氏漢末有黃霸胡光切三十三 八五頁二九〜三一行

澤存堂本同。案本紐所列韻字實止三十二字，「三十三」當作「三十二」。

**皇** 君也美也天也說文作皇大也又姓左傳鄭大夫夫皇頡 八五頁三一行

澤存堂本止一「夫」字，此本誤重。

**䐠** 狼䐠南夷國名 八五頁四三行

澤存堂本同。案二「䐠」字并當作「𣉻」。

**忼** 怏忼很戻 八五頁四三行

澤存堂本「戻」作「戾」。此本誤。

**沆** 渡也又胡郎切 八五頁四六行

澤存堂本「郎」作「朗」，案當作「朗」。此本作「郎」，誤。

**旁** 爾雅曰二達謂之岐旁謂岐道旁出也說文曰溥也 八六頁五二行

澤存堂本二「岐」字并作「歧」。案爾雅釋宮：「二達謂之歧旁」，郭注云〻：「歧道旁出也。」此本二「岐」字并當作「歧」。

**挷** 拌也揃也 八六頁五六行

鞾 鞋革皮用 八六頁五六行
澤存堂本正文作「挈」。此本誤。澤存堂本「用」作「也」，棠編廣韻校勘記云：「案鞋革皮用，不詞，玉篇亦只作鞋革皮，似以作也為是。」（註卅四）

○十二庚韻

动 劥𠡷有力 八七頁四行
澤存堂本「𠡷」作「動」。

侊 小兒春秋國語曰侊飯不及壺飧 八七頁一〇行
澤存堂本「壷」作「壺」。

霙 雨雪雜也於驚切七 八七頁一七行
澤存堂本同。案此紐所列韻字實十字。「七」當作「十」。

平 正也和也易也亦州名古 山戎孤竹白狄肥子二國之地秦為遼西郡隋為北平郡武德初為平州有盧龍塞又姓齊相晏平仲之後漢有丞相平當又漢複姓何氏姓苑云有平陵平寗二氏符兵切八 八七頁一九～二一行
澤存堂本「肥」作「岜」。案左傳昭公十二年：「秋，八月，壬午，滅肥，以肥子緜皐歸。」注云：「肥，白狄也，緜皐其君名。」澤存堂本誤。

𣥺 距也周禮曰唯角𣥺之 八八頁二七行
澤存堂本同。案正文，周氏廣韻校勘記云：「此字當作𣥺，從止尚聲。」（註卅五）

勤 山𩀱 八八頁三五行
澤存堂本同。案正文當作「𦳝」，爾雅釋草：「𦳝，山𩀱。」

○十三耕韻

玎 玎玲玉聲又齊大公子伋謚玎公出說文也 八九頁九行

**崢** 崢嶸士耕切六　八九頁一二行

澤存堂本「七」作「太」、「諡」作「謚」。

**噌** 噌吰鐘音　八九頁一四行

澤存堂本二「噌」字并作「噌」。案本韻不當有會聲之字，玉篇、集韻并从曾。此本誤。

**姘** 齊與女交罰金兩曰姘蒼頡篇曰男女私合曰姘　八九頁一五～一六行

澤存堂本「兩」字上有一「四」字，此本脫。

**緔** 東見衣墨子云禹葬會稽桐棺三寸葛以緔束也北萌切五　八九頁一八～一九行

澤存堂本「棺」作「棺」，並誤。

**閍** 試力士錘　八九頁二一～二二行

澤存堂本同。案正文當从玉篇作「閍」。

○十四清韻

**旌** 旌旗周禮曰析羽為旌爾雅曰注旄首曰旌　九〇頁四～五行

澤存堂本「爾雅曰注旄首曰旌」作「爾雅注云旄首曰旌」，並誤。

**鎣** 采鐵又音營　九〇頁九行

澤存堂本「營」作「瑩」。案「鎣」「營」同音，當作「瑩」。

**延** 同上　九〇頁二二行

澤存堂本正文作「延」。案「延」「延」二字中以作「延」方與上文「征」字同。此本誤。

**娉** 同上　九一頁三〇行

頸 項也頸在前項在後 巨成切又居郢切四一 九一頁 三二行

澤存堂本正文作「[illegible]」，蓋誤。作「[illegible]」，方與上文「嬛」字同。

澤存堂本無「一」字。案此紐所列韻字實四字，此本誤衍「一」字。

葝 鼠尾草又山韭又音擎 剄同上 九一頁 三二行

澤存堂本「葝」作「葝」。案「葝」當作「葝」，重文「剄」亦當从艸作「葝」。

䞀 䞀貨也火營切一 九一頁 三二～三三行

澤存堂本正文上有「○」記號，此本脫。

○十五青韻

青 東方色也亦州名九州之一禹貢曰海岱惟青州又男青女青皆木名出羅浮山記亦姓出何氏姓苑又漢複姓三氏風俗通云漢有青烏子善數術又有青牛氏青陽氏倉經切五 九二頁 一～二行

澤存堂本「㦸」作「㦸」。此本誤。

經 常也絞也徑也亦經緯又姓出何氏姓苑古靈切又音徑四 九二頁 三行

澤存堂本「緯」作「緯」。此本誤。

鵛 鶻鵛鸚鵡也 九二頁 四行

澤存堂本正文作「鵛」。此本誤。

荆 說文曰罰辠也今只用下文刑戸經 七十 九二頁 四～五行

澤存堂本正文作「剏」，蓋誤。

邢 池名在鄭亦州名古邢侯國也項羽爲襄國隋爲邢州取國以名之又姓出河間也本周之胤邢侯爲衞所滅後遂爲氏漢有侍中邢辟直道忤時謫爲河間鄭令因家焉 九二頁 五～六行

澤存堂本「池」作「地」。此本誤。又澤存堂本「鄭」作「鄭」，蓋誤。今本說文「鄭」下云「涿郡縣」。案鄭縣，漢書地理志亦屬涿郡，後漢書郡國志改屬河間國。

**桯** 牀前長几又音驄 九二頁七行

澤存堂本「牀」作「牀」，此本誤。

**型** 鑄鐵模也又作型 九二頁七行

澤存堂本同。案「型」當作「型」。

**蜓** 蜻蜓亦蝳姑別名 九二頁一二行

澤存堂本「姑」作「蛄」。此本誤。

**丁** 當也亦辰名爾雅云太歲在丁曰強圉又姓本自姜姓齊太公子伋謚丁公因以命族出濟陽濟陰二望當經切八 九二頁一四行

澤存堂本「謚」作「諡」。此本誤。

**星** 星宿說文曰萬物之精上爲列星淮南子曰日月之淫氣精者爲星辰也又姓 羊氏家傳曰南陽太守羊續娶濟北星重女桑經切十二 九二頁一六～一七行

澤存堂本正文上有「。」記號。此本脫。

**腥** 豕息肉又先定切 九二頁一七行

澤存堂本「息」作「臭」，蓋誤。

**猩** 說文曰猩猩犬吠聲又音生 九二頁一八～一九行

澤存堂本「猩猩」作「狌狌」。此本从彳，誤。

**靈** 神也善也巫也寵也福也亦州名漢北郡富平縣地赫連敦敦之果園也後魏置靈州取靈武縣名爲之又姓風俗通云齊靈公之後或云宋 公子靈圍龜之後晉有餓者靈輒郎丁切八十七 九二頁二〇～二二行

澤存堂本「敦敦」作「勃勃」。又澤存堂本「龜」作「龜」。案當作「龜」。

**令** 漢複姓有令狐氏本自畢萬之後國語云晉大夫令狐文子即魏顆也自漢巳後世本太 原至邁爲王莽所誅邁少子始居燉煌也 九三頁二八～二九行

澤存堂本「燉」作「墩」，蓋誤。又「巳」當作「以」。

**鸋** 爾雅曰鴟鴞鸋鴂又曰鴽子鸋 九三頁三七行

澤存堂本「鴟」作「䲭」，蓋誤。

覭小見也又爾雅曰覭髳弗離也又莫的切　九三頁四三行

澤存堂本「弗」作「茀」。案爾雅作「茀」，惟今本說文引作「弗」。

○十六蒸韻

承次也奉也受也又姓後漢有承宮署陵切三　九四頁二行

澤存堂本「三」作「二」。案當作「三」。此紐所列韻字實三字。

䡬韜車後登也出字林　九四頁三行

澤存堂本同。案正文當作「䡬」。

崚去也　九四頁八行

澤存堂本正文作「埁」。此本誤。

應當也又姓出南頓本白周武王後左傳曰邗晉應韓武之穆也漢有應曜隱於淮陽山中與四皓俱徵曜獨不至時人語之曰南山四皓不如淮陽一老八代孫劭集解漢書　九四頁九～一〇行

澤存堂本「邗」作「邢」。案當作「邘」，見左傳僖公二十四年。

繩直也又繩索俗作繩食陵切十二　九四頁一三行

澤存堂本注文末「繩」字作「縄」。此本誤。

興盛也舉也善也說文曰起也从舁从同同力也亦州名戰國時爲白馬互之地漢置武都郡魏立東益州梁爲興州因武興山而名虛陵切又許應切三　九四頁二一～二二行

澤存堂本「互」作「玄」。案「互」爲「氐」字俗體，段改作「氐」是也。（註卅六）又「三」字，澤存堂本同。案此紐所列韻字實「二」字，「三」當作「二」。

殑殑殑山矜切一　九四頁二四行

澤存堂本注文上「殑」字作「[illegible]」，與玉篇合。

○十七登韻

䬬䬬䭊神不爽也　九五頁四行

澤存堂本注文「甍」作「艴」。案本韻「武登切」下「艴」訓作「艴艴神不爽也」，此當作「艴」。又「爽」當作「爽」。

**磳** 磳磳石皃又土兢切 九五頁五行

澤存堂本「土」作「士」。此本誤。

**熷** 蜀人取生肉於竹中炙一 九五頁六行

澤存堂本無「一」字。案此字非紐首，此本誤衍「一」字。

**棚** 棚閣又薄庚切 九五頁九行

澤存堂本「閣」作「門」，蓋誤。

**騰** 馳也躍也說文曰傳也一曰犗馬也徒登切十一 九五頁一一～一二行

澤存堂本同。案此紐所列韻字實十二字。二本并誤。

**㴁** 㴁㵝水擊聲普朋切二 九五頁一六行

澤存堂本同。案「㵝」當作「渤」。

○十八尤韻

**纋** 笄中 九六頁五行

澤存堂本「中」作「巾」，蓋誤。案儀禮士喪禮云：「鬠笄用桑，長四寸，纋中。」鄭注曰：「纋，笄之中央，以安髮。」

**留** 住也止也說文作畱亦姓出會稽本自衛大夫留封人之後後漢末避地會稽遂居東陽為郡豪族吳志有左將留贊 九六頁八～九行

澤存堂本同。案「畱」當作「畱」。

**駵** 赤馬黑髦尾 九六頁一〇行

澤存堂本正文作「駵」，蓋誤。案本韻从丣之字，澤存堂本并从丣，并當改从丣。

[illegible] 斬剌 九六頁一五行 澤存堂本「剌」作「刺」。此本誤。

閷 殺也 九六頁一五行 澤存堂本同。案正文當从今本說文作「[illegible]」。

緧 上同說文曰馬紂也 九六頁一八行 澤存堂本「求」作「文」。此本誤。

[illegible] 病也又息懸肉 九七頁二七行 澤存堂本「息」作「臬」。

（丘字注）氏焉齊有勇士菑丘訢神仙傳漢有稷丘子又有廩丘充隱居齊魯之間楚有列威將軍何丘寄楚文王庶子食采於軒丘其後爲氏周宣王 九八頁五三行 澤存堂本「訢」作「訴」。案周氏廣韻校勘記以爲當作「訢」。（註卅七）

鬮 鬮取也又音糾 九八頁六〇行 澤存堂本「鬭」作「鬮」。案今本說文「鬮」訓作「鬥取也，从鬥龜聲，讀若三合繩糾」，則二本正文當从鬥作「鬮」。又此本四十八黝韻「居黝切」下有「鬮」訓作「鬮取皃」，二「鬮」字并當从鬥。（澤存堂本二「鬮」字并作「鬮」，亦誤。）

㥯 匿也論語曰仁焉㥯哉 九八頁六三行 澤存堂本「仁」作「人」。案今本論語作「人」。

麈 麻取 九八頁六八行 澤存堂本「取」作「聚」。案王一、王二并訓「麻莖」，與玉篇合。

鬲 答也說文 誰也又作鬲 九八頁七二～七三行 澤存堂本注文「鬲」作「鬲」。此本誤。

**求** 索也又姓三輔決錄云漢有求仲 九九頁八〇行

澤存堂本「仲」作「伸」。彙編廣韻校勘記引三輔決錄，謂當作「仲」。（註卅八）

**脙** 財賄 九九頁八二行

**賕** 瘠也 又音休 九九頁八三～八四行

澤存堂本「脙」作「賕」、「賕」作「脙」，并當據改。

**桴** 齊人云屋梂曰桴也 九九頁八七行

澤存堂本「梂」作「棟」。案今本說文「桴」訓作「眉棟也」。此本作「梂」，誤。

**謀** 謀計也又姓風俗通云周卿七祭公謀父之後莫浮切二十四 九九頁九〇行

澤存堂本「七」作「士」。此本誤。

## ○十九侯韻

（侯字注）遂有譙魯二望羅國爲楚所滅其後号羅侯氏韓詩外傳云周宣王大夫韓侯子有賢德史記魏有屈侯鮒左傳曹有豎侯獳漢有尚書郎栢 一〇〇頁四行

澤存堂本「獳」作「孺」，蓋誤。案左傳僖公二十八年有侯獳。

**嘔** 嘔呪小兒語也 一〇〇頁九行

澤存堂本「呪」作「唲」。案玉篇「唲」訓作「小兒語」。此本作「呪」，誤。

**櫙** 木名爾雅曰櫙荎今之刺揄 一〇〇頁一〇行

澤存堂本「刺揄」作「刺榆」。案爾雅「藲荎」，郭注云：「今之刺榆。」（「刺」當作「刺」），此本「刺揄」當作「刺榆」，又「今之刺榆」上當加一「注」字。

**糯** 糯羪胡羊 奴鉤切四 一〇〇頁 一一行

澤存堂本「羪」作「䍮」，此本誤。

**剅** 頭剅 小穿 一〇〇頁 一六行

澤存堂本「頭」作「剅」。此本誤。

**僂** 軀僂又 力主切 一〇〇頁 一六行

澤存堂本「軀」作「軀」，與王一、王二合。段氏改「軀」作「傴」。

**[illegible]** [illegible] 似龜說文其俱切鼅屬頭有兩角出遼東亦作䶖 一〇一頁 三〇～三一行

澤存堂本「兩」作「雨」，蓋誤。

**兠** 兠鍪首鎧也 當侯切十 一〇一頁 三三行

澤存堂本二「兠」字并作「兜」。

**鯫** 魚名又士垢切 又小人之皃也 一〇一頁 三五行

澤存堂本「士」作「七」，蓋誤。

**箁** 說文云 竹箬也 一〇一頁 三六行

澤存堂本同。案注文「箬」，今本說文作「箬」。

〇二十幽韻

**犙** 牛三歲 山幽切一 一〇二頁 七行

澤存堂本正文上有「〇」記號，此本脫。

**烋** 美也福祿也慶善也 出玉篇又火交切 一〇二頁 八行

澤存堂本「萹」作「篇」。此本誤。又五肴韻「許交切」下無此字。

〇二十一侵韻

**菻** 爾雅曰蕁菻藩 郭璞云生山上葉如韭 一〇三頁 一三行

枕 繫牛杙也 澤存堂本 一〇三頁 一四行
「[illegible]」作「[illegible]」。案當作「[illegible]」。

壬 佞也又辰名爾雅曰太歲在壬曰玄黓 澤存堂本 一〇三頁 一七行
「杙」作「杙」。此本誤。

祲 日傍氣也子心切又子禁切九 澤存堂本同。 一〇三頁 二二行
案「黓」當作「黓」。

澤存堂本「目」作「目」，蓋誤。

○二十二覃韻

覃 及也延也又姓梁東鹽州刺史覃元先徒含切十九 一〇五頁 一行
澤存堂本「剌」作「刺」，此本誤。又「十九」，澤存堂本同。案此紐所列韻字實二十字，「十九」當作「二十」。

耽 視近而志遠又音耽 一〇五頁 三行
澤存堂本正文作「眈」。此本誤。

男 男子也又所封爵也環濟要略曰男任詔事受王命爲君 一〇五頁 七～八行
澤存堂本「濟」作「齊」，蓋誤。

蠶 吐絲蟲俗作蚕昨含切四 一〇五頁 一五行
澤存堂本「蚕」下有一「非」字。案此本「俗作某」下均無加案語例，此本無「非」字，蓋是也。

探 取也說文作撢遠取之他含切三 一〇五頁 一七行
澤存堂本「之」下有一「也」字，與今本說文合。

戡 殺也刺也 一〇五頁 一九行

**撖** 拄也　一〇五頁　二一行

澤存堂本正文作「戜」、「刺」作「剌」。此本并誤。

澤存堂本「拄」作「挂」。案玉篇字作「挂」，惟集韻作「柱」。

○二十三談韻

**甘** 說文作甘美也又隴右州本月支國漢匈奴觻得王所居後魏爲張掖郡又改爲州取甘峻山名之界有弱水祁連山上有松（下畧）　一〇六頁　四行

澤存堂本「說文作甘」之「甘」字作「目」。

**藍** 染草又姓戰國　策有中山大夫藍諸魯甘切十一　一〇六頁　九～一〇行

澤存堂本「策」作「筞」。此本誤。

**䶣** 長面皃昨三切一　一〇六頁　一五行

澤存堂本同。案切語「昨三切」與「慙，昨甘切」音同，當从切三、王二切「作三」。

○二十四鹽韻

**砭** 以石刺病府廉切又方驗切二　一〇七頁　八行

澤存堂本「剌」，作「刺」。此本誤。

**产** 說文云仰也一曰屋招也秦謂之桷齊謂之产本魚毀切　一〇七頁　一五行

澤存堂本「招」作「招」，葢誤。

**䫉** 說文曰頰須也汝鹽切十二　一〇七頁　一八～一九行

澤存堂本正文上有「。」記號，此本脫。

**尖** 銳也子廉切十二　一〇七頁　二四行

澤存堂本「十二」作「十一」。案此本所列韻字實十三字。二本均誤。

**䥥** 鎖頭亦作鉗晉律曰鉗重二斤翅長一尺五寸又羌複姓有鉗耳氏說文䥥也巨淹切十三　一〇八頁　二八～二九行

澤存堂本「十二」作「十一」。案此紐所列韻字實十二字。澤存堂本誤作「十一」。

○二十五添韻

**帆** 衣領又丁頰切　一〇九頁二行

澤存堂本正文作「帆」，蓋誤。

**熑** 熑靭說文曰火煣車網絕也　一〇九頁四行

澤存堂本「靭」作「軔」。

**嫌** 說文曰不平於心一曰疑也戶兼切二　一〇九頁六～七行

澤存堂本「二」作「一」，蓋誤，此紐所列韻字實二字。

○二十七銜韻

**穇** 稴穇穗不實見齊人要術　一一一頁五行

澤存堂本同。案「人」當作「民」，蓋唐人避太宗諱而改，此殆沿唐韻之舊。

**蘞** 芊之辛味曰蘞　一一二頁二～三行

澤存堂本「芊」作「芋」。

**凡** 常也皆也輕也非一也又姓周公子凡伯之後姓苑云晉陵人符咸切七　一一三頁一行

澤存堂本同。案「乏」當作「芝」。

**欲** 多智慧也　一一三頁三行

澤存堂本正文作「欲」，蓋誤。又周氏廣韻校勘記云：「案原本玉篇殘卷欠部欲：『丘凡反。字書：欲，謂多智也。』故宮本敦煌本王韻此字增於芝下，遂誤音匹凡反，廣韻亦承其謬。今當析出，別為一紐，依玉篇音丘凡切。」陳澧已辨。

之。』（註卅九）

○一董韻

孔 孔穴也又空也甚也亦姓殷湯之後本自帝嚳次妃簡狄吞乙卯生契賜姓子氏至成湯以其祖吞乙卯而生故名履字天乙後代以子加乙始爲孔氏至宋孔父嘉遭華父督之難其子奔魯故孔子生於魯 康董切二 一一五頁 四～六行

澤存堂本「天」作「太」，並誤。

騣 爾雅云軌騣一名素華 一一五頁 八行

澤存堂本「軌」作「⿰車丸」。案爾雅釋草作「軌」，澤存堂本誤。

⿰車㚇 關西呼輸曰⿰車㚇 一一五頁 一〇行

澤存堂本「輸」作「輪」。此本誤。

⿰月甬 ⿰月甬臭皃出字林 一一五頁 一二行

澤存堂本「臭」作「⿱自大」。此本誤。

○二腫韻

埇 埇塎不安 一一六頁 二行

澤存堂本「塎」作「容」，並誤。本韻「余隴切」下出「塎」字，訓作「埇塎不安」。

⿺辶⿱隹土 塗也 一一六頁 四行

澤存堂本正文作「⿺辶⿱虍土」。此本誤。

勇 猛也說文作勈乞 余隴切十五 一一六頁 一〇行

澤存堂本「乞」作「气」，與今本說文合。

甬 草花欲發皃亦甬道周禮云舞上謂之甬甬鐘柄也 一一六頁 一一行

澤存堂本「甬」作「甬」，此本誤。又澤存堂本「鐘」作「鍾」，並誤。

栱 爾雅云杙大者謂之栱 一一六頁 一九行

䌹 絆前兩足 一一六頁二〇行

澤存堂本「拱」作「拱」。此本誤。

澤存堂本「絆」作「絆」，與玉篇合。此本誤。

〇三講韻

倱 倱儱武項切二 一一七頁三行

澤存堂本二「倱」字并作「倱」，蓋誤。

䳌 䳌鴟鳥 一一七頁三行

澤存堂本「鴟」作「鴟」，蓋誤。

鈩 說文云受錢器古以瓦今以竹又夫口切 一一七頁五行

澤存堂本「夫」作「火」。案周氏廣韻校勘記云：「火口切北宋本、巾箱本均作火口切，與玉篇及大徐說文反切相合。當據正。集韻厚韻鈩音徒口切與大口切音同。案本書厚韻徒口切下無鈩字。」（註卌）

𧝄 小兒皮屨巴講切又補孔切一 一一七頁五行

澤存堂本「屨」作「履」，蓋誤。案一董韻「邊孔切」下亦列「𧝄」字，訓作「小兒皮屨，又巴講切」。

〇四紙韻

坔 說文曰絫墼也 一一八頁二三行

澤存堂本「絫」作「坔」。案今本說文「坔」訓作「絫墼也」。

𢘅 憾𢘅又去奇切儉意也 一一九頁二七行

澤存堂本「意」作「急」，蓋誤。

融 釜也亦作鈘說文曰三足鍑也一曰滫米器也 一一九頁三〇～三一行

**⿰此馬** 馬名

澤存堂本「釜」作「釜」。此本誤。

一一九頁 三五行

澤存堂本正文作「⿰此馬」。此本誤。

**壐** 籀文

一一九頁 三九行

澤存堂本「籀」作「籀」。此本誤。

**俾** 上同說文曰益也一曰俾門侍人

一一六頁 四五行

澤存堂本「裨」作「俾」，此本誤。今本說文「俾」訓作「益也，从人卑聲，一曰：俾門侍人」。

**⿸广多** 廣也國語曰俠溝而⿸广多我

一二〇頁 五二行

澤存堂本「俠」作「狹」，蓋誤。今本說文引作「俠」。

**袳** 衣長亦作袲又宋地名

一二〇頁 五三行

澤存堂本同。案「長」當作「張」，今本說文「袳」訓作「衣張也，从衣多聲。春秋傳曰：公會齊侯于袳」。

**⿱艹役** 雞頭也羊捶切六

一二〇頁 六〇行

澤存堂本「雞頭也」下尚有「北燕謂之⿱艹役」五字。

**掅** 掅棄又揰

一二〇頁 六一行

澤存堂本「揰」字下有一「也」字。

**惢** 疑也才捶切一

一二〇頁 六一行

澤存堂本「捶」作「棰」，蓋誤。

**⿰扌致** 指也說文刺也陟侈切二

一二〇頁 六四行

澤存堂本「刺」作「刺」。此本誤。

○五旨韻

**几** 案屬周禮司几筵掌五几凡朝覲大饗射封國命諸侯設左右王几祀先王亦如之諸侯祭祀右彫几筵國賓于牖前左彤几甸役右漆几喪事右素几吉事變几凶事仍几或作机居履切九　一二一頁六～七行

澤存堂本「左右王几」作「左右玉几」。此本誤。

**薙** 芟草又平薙平夷別地又音替　一二一頁九～二〇行

澤存堂本「地」作「名」。此本誤。

**蜼** 似猴仰鼻而尾長尾端有歧說文惟季切又音柚　一二一頁二二～二三行

澤存堂本「猴」作「猴」、「袖」作「柚」。此本并誤。

**鸓** 飛生鳥名飛且乳一曰鼺鼠毛紫赤色似蝙蝠而長　一二一頁二三～二四行

澤存堂本「蝠」作「蝠」。此本誤。

**嶵** 㠑嶵山皃徂累切一　一二二頁三〇行

澤存堂本同。案「累」字在紙韻。

**瞲** 恚視火癸切又火季切一　一二二頁三五行

澤存堂本正文作「瞲」。案玉篇、王二作「瞲」，巾箱本、元泰定本作「瞲」，集韻作「瞲」。

○六止韻

**蟢** 蟢子蟲俗　一二三頁八行

澤存堂本「俗」作「名」。

**洔** 水中高上又音止　一二三頁二四行

澤存堂本「上」作「土」。案彙編廣韻校勘記云：「案說文洔下云：水暫益且止未減也，有水高上之義。（註卅一）」

**庤** 詩曰庤乃錢鎛庤具也亦作時　一二三頁二四～二五行

澤存堂本「時」作「畤」。案周氏廣韻校勘記云：「畤，北宋本巾箱本作𢓜。案𢓜當作偫。詩臣工「庤乃錢鎛」，庤，考工記注引作偫，是其證。張改作畤，蓋本集韻。集韻庤或作畤。」（註卅二）

俟 待也亦作竢又姓風俗通云有俟子古賢人著書又虜複姓二氏後魏書云俟畿氏後改爲畿氏俟奴氏後改爲俟氏又虜三字姓三氏俟力伐氏後改爲鮑氏俟伏斤氏後改爲伏氏周書太祖賜韓褒姓俟呂陵氏牀史切又音祈七 一二四頁 二八～二〇行

澤存堂本「祈」作「祈」，此本誤。又澤存堂本「七」作「十」，案此紐所列韻字實七字，澤存堂本誤。

[illegible] 繩履 一二四頁 三一行

澤存堂本同。案正文當作「[illegible]」。

俟 說文同上 一二四頁 三一行

澤存堂本正文作「俟」。案今本說文「俟」下云：「䇓，或从彳。」

胏 脯有骨曰胏易曰食乾胏 一二四頁 三七行

澤存堂本「胏」作「胇」。此本誤。

伱 秦人呼傍人之稱乃里切二 一二四頁 三八～三九行

澤存堂本同。案「稱」字下巾箱本有「玉篇云尒也」五字。楝亭本同。

○七尾韻

扆 藏也 一二五頁 三行

澤存堂本正文作「扆」。案周氏廣韻校勘記云：「扆，北宋本、巾箱本、黎本作扆，與切三及故宮本敦煌本王韻合。」（註卅三）案海韻於改切下亦作扆，當據正。

幾 幾何又既狶切 一二五頁 五行

澤存堂本「狶」作「稀」。

**匪** 非也易曰匪寇婚媾說文曰器如竹篋今從竹爲筐篚字府尾切八 一二五頁 六～七行

澤存堂本「寇」作「冦」，蓋誤。

**椲** 木名可屈爲盂 一二五頁 九行

澤存堂本「孟」作「盂」。此本誤。今本說文「椲」訓作「椲木也，可屈為杅者」，段注云：「屈當作詘，詰詘紆曲也。糸部云：紆詘也是也。杅當作盂，盂，飲器也。」

○八語韻

**呂** 字林云脊骨也說文作呂又作膂亦姓太嶽爲禹心呂之臣故封呂侯後因爲氏出東平力舉切十二 一二六頁 四～五行

澤存堂本同。案此紐所列韻字實十三字，二本并誤。

**穭** 自生稻也 一二六頁 六行

澤存堂本「稻」作「稲」。此本誤。

**𩱦** 說文曰亯也章山切四 一二六頁 一〇行

澤存堂本「山」作「与」。此本誤。

**𡪢** 楚人呼寐 一二六頁 一四行

澤存堂本正文作「𡪢」，此本誤。今本說文「𡪢」下云「寐而覺者也」；「𡪢」下云：「楚人謂寐曰𡪢」。

**蟍** 賴蟍 一二六頁 一五行

澤存堂本「賴」作「蝢」。此本誤。

**杵** 世本曰羅父作杵臼昌與切二 一二六頁 一五行

澤存堂本同。案周氏廣韻校勘記云：「案羅乃雍字之誤，段改作雝是也。有韻曰下云：「世本曰雍父作臼」，玄應一切經音義卷十八引世本云：「雍父

作舂杵」，是其證。」（註卅四）

**著** 著任又張慮切直略切　一二六頁　一七行

澤存堂本「又張慮切直略切」作「又張慮直略二切」，案例以澤存堂本為是。

**巨** 大也亦姓漢有巨武爲荆州刺史其呂切十八　一二六頁　二二行

澤存堂本「刺」作「刺」。此本誤。

**虡** 飛虡天上神獸鹿頭龍身說文曰鐘鼓之柎也飾爲猛獸釋名曰橫曰栒縱曰虡　一二六頁　二三行

澤存堂本「虡」作「虞」。案巾箱本作「虞」，今本釋名作「虡」。今本說文「虡」下云「篆文虞」。

**籧** 飲牛筐　一二七頁　三二～三三行

澤存堂本「飲」作「飮」。案彙編廣韻校勘記云：「飲，巾箱本同，澤存堂本誤作飮。」惟周氏廣韻校勘記云：「飲，各本作飲，與宋本說文合。段注說文改飲作食。張改飲作飲，是也。」（註卅五）

**去** 除也說文从大口也羌舉切又丘據切五　一二七頁　三六行

澤存堂本同。案「口」當作「凵」。

○九麌韻

**斧** 斧鉞周書曰神農作陶冶斤斧　一二八頁　九～一〇行

澤存堂本注文末「斧」字作「斧」。餘二「斧」字與此本同。案三「斧」字并當作「斧」。

**弣** 弓把中也　一二九頁　二七行

澤存堂本「把」作「弝」。彙編廣韻校勘記以為澤存堂本作「弝」是，惟周氏廣韻校勘記云：『弝，北宋本、巾箱本、黎本作把，與故宮本、敦煌本王韻合。禮記曲禮鄭注云：「弣把中。」釋名釋兵云：「弓中央曰弣。」當據正。』（註卅六）

**蔀** 蔀草 一二九頁二八行

澤存堂本同。案二「蔀」字并當从艸作「蔀」。

**踴** 勇足 一二九頁二九行

澤存堂本「勇」作「傛」，與集韻合。案玉篇作「勇」。

**㖿** 上同 一二九頁三〇行

澤存堂本正文作「㖿」。案當作「㖿」。

**栩** 柞木名說文云杼也其實皁一行橡橡音象 一二九頁三〇～三一行

澤存堂本「行」作「曰」。此本誤。

**宔** 說文曰宗廟宔祏或作砫 一二九頁三六行

澤存堂本「宔祏」作「宔祏」。案當从今本說文作「宔祏」。

**丶** 說文曰有所絕止丶而識之也 一二九頁三八～三九行

澤存堂本正文空白，當補「丶」。

**嘍** 嬴陵縣名在交阯 一二九頁四三行

澤存堂本「嬴」作「嬴」。案一先韻「落賢切」下出「嬴」字，訓作「嬴嘍縣在交趾」。

**謱** 覶謱委曲 一二九頁四四行

澤存堂本同。案「覶」、「覼」之俗體。

○十姥韻

**吐** 口吐亦虜複姓三氏後魏書有吐奚吐難吐萬氏又虜三字姓三氏慕容廆庶長兄吐谷渾後將所部居西零以西甘松之南極乎白蘭數千里其孫葉延曰禮云孫子得以王父字爲氏遂以吐谷渾爲氏又後魏書吐伏盧氏 一三〇頁二～四行

澤存堂本「廷」作「延」，此本誤。見晉書吐谷渾傳。又「又虜三字姓三氏」之「三氏」，澤存堂本同，案當作「二氏」，蓋止吐谷渾、吐伏盧二氏耳。（註卌七）

**桴** 木名可染繒　一三〇頁　一〇行

澤存堂本正文作「桴」，蓋誤。十一模「落胡切」下出「桴」字，訓作「黃桴，木可染也」。

**鼓** 說文曰郭也春分之音萬物郭皮甲而出故謂之鼓周禮六鼓靁鼓靈鼓路鼓鼖鼓鼛鼓晉鼓亦作鼓　一三〇頁　一四～一五行

澤存堂本九「鼓」字并作「皷」。案今本說文作「鼓」，此本是也。又「亦作鼓」之「鼓」字，澤存堂本同，周氏廣韻校勘記云：「鼓，北宋本、景宋本作鼓，是也。此作鼓，非也，說文：擊鼓也，與鼓字有別。」（註卌八）

**鼓** 說文曰擊鼓也　一三〇頁　一五行

澤存堂本正文作「鼓」、注文「鼓」作「皷」。案今本說文「鼓」訓作「擊鼓也，从攴，壴亦聲，讀若屬」。

**伍** 行五說文曰相參伍也周禮曰五人爲伍　一三〇頁　二〇行

澤存堂本注文上「五」字作「伍」。此本誤。

**䞈** 走輕　一三一頁　二七行

澤存堂本「走」作「足」，蓋誤。全王、今本說文注文并作「走輕」。

**雇** 說文曰九雇農桑候鳥雇民不婬者也春雇鳻鶞夏雇竊玄秋雇竊藍冬雇竊黃棘雇竊丹行雇唶唶宵雇嘖嘖桑雇竊脂老雇鴳也　一三一頁　三一～三二行

澤存堂本「棘」作「棘」，與今本說文合。此本誤。

**簄** 海中取魚竹名曰簄　一三一頁　三四行

澤存堂本同。案集韻「筥」訓作「取魚竹罔」。二本「名」字并當作「罔」。

○十一薺韻

**㾑** 病也方言曰生而不長也 一三二頁一行

澤存堂本正文作「𤺉」。案字又出本韻「子禮切」下，「訓作生而不長」，此本正文當从疒作「𤺉」。

**𦪇** 小船補也 一三二頁三行

澤存堂本注文作「大舟也」。案周氏廣韻校勘記云：「大舟也，北宋本、巾箱本、黎本作「小船補也」。補蓋譌字。切三及故宮王韻均訓「小船」。原本玉篇云：「字書或欚字也，欚，小艖也」。方言九云：「舟，南楚江湘凡船大者謂之舸，小舸謂之艖。東南丹陽、會稽之間謂艖為欚」。此切韻王韻及本書所本。張改小船為大舟，殊違原恉。」彙編廣韻校勘記云：「案𦪇即欚字，亦作欐麗。莊子秋水：梁麗可以衝城。司馬注小船也。方言：欚為小舸。據此，有以𦪇為小船，以欚為大船，故本書於欐注則云小船，於欚注則云江中大船。與說文欚解全同。」（詳卅九）

**欚** 江中大船名 一三二頁五行

澤存堂本注文末尚有「亦作𦪇」三字。

**劙** 刀刺又力移切 一三二頁五行

澤存堂本「刺」作「剌」。此本誤。又澤存堂本「移」作「多」，蓋誤。

**𢿢** 布也說文數也又音離 一三二頁五行

澤存堂本正文作「𢿢」。此本誤。

聹 耳䎱　一三二頁一〇行

澤存堂本「膿」作「䎱」，蓋誤。

甋 小瓫　一三二頁一二行

澤存堂本「瓫」作「瓮」，蓋誤。案「瓫」即「盆」字。

鬪 智少力劣　一三二頁一三行

澤存堂本同。案正文當从門作「闒」。

啓 說文云雨而晝姓也又姓後燕有將軍啓倫或作啟　一三二頁一七行

澤存堂本「姓」作「晴」，蓋誤。今本說文作「姓」。

〇傒 待也胡禮切入　一三二頁一八行

澤存堂本「入」作「八」。此本誤。

洣 水名在茶陵　一三二頁二〇行

澤存堂本「茶」作「荼」。

〇十二蟹韻

艼 戾也苦蟹切三　一三三頁四行

澤存堂本正文作「芐」。案切三、全王並作「艼」。

嬭 乳也奴蟹切三　一三三頁五行

澤存堂本「三」作「二」。案此紐所列韻字實二字。

罷 止也休也薄蟹切六　一三三頁五行

澤存堂本正文上有「〇」記號，此本脫。

灑 灑水 爾雅云大瑟謂之灑長八尺一寸廣一尺八寸二十七弦所蟹切又所綺切二　一三三頁七、八行

澤存堂本韻字數作「三」。案此紐所列韻字實三字。此本誤。

𦫳 𦫳𦫳羊角開皃。乖買切。又工瓦切。三 一三三頁 八～九行

澤存堂本三「𦫳」字并作「丫」。

柺 老人柱杖也 一三三頁 九行

澤存堂本「柱」作「拄」。

夥 多也。懷𦫳切。又胡果切。一 一三三頁 九～一〇行

澤存堂本「𦫳」作「丫」。

〇十三駭韻

絯 大絲。又音絯 一三四頁 一行

澤存堂本注文「絯」作「該」。此本誤。

⿸疒矣 疾⿸疒矣 一三四頁 三行

澤存堂本注文二字乙倒。

〇十四賄韻

𦢊 𦢊腲腫皃 一三五頁 五行

澤存堂本「⿰爿重」作「腫」。此本誤。

廆 晉有大單于遼東郡公慕容廆 一三五頁 一一行

澤存堂本「瘣」作「廆」。案例此字當與正文同。此本誤。

郵 陲郵重皃 一三五頁 一三行

澤存堂本「陲」作「陮」。案當作「陮」。

顡 聉顡。說文音聵，癡頭不聰明也 一三五頁 一五行

澤存堂本「頭」作「顛」。案段改「顛」作「顡」，與玉篇及本書去聲十六怪「顡」字注文合。今本說文注文作「癡顡，不聰明也」。

**䨼** 霜雪 白狀七罪切八 一三五頁一六～一七行

澤存堂本正文上有「。」記號，此本脫。

○十五海韻

**海** 說文曰天池也以納百川者亦州禹貢徐州之域七國時屬楚秦爲薛郡漢爲東海郡後魏爲海州亦姓呼改切二 一三六頁一行

澤存堂本同。案此紐所列韻字實三字。「二」當作「三」。

**駘** 疲也鈍也駘蕩春色皃亦宮名徒亥切又音臺十一 一三六頁五行

澤存堂本「十一」作「十」。案此紐所列韻字實十一字。澤存堂本脫「一」字。

**㦬** 恨也 一三六頁一〇行

澤存堂本正文作「㥥」。此本誤。

○十六軫韻

**診** 候脈又視也驗也 一三七頁三行

澤存堂本同。案「脤」當作「脈」。

**齗** 齊也說文曰劑斷也宜引切五 一三七頁一二～一三行

澤存堂本「宣」作「宜」。此本誤。

**笉** 笑皃七忍切一 一三七頁一八行

澤存堂本「七」作「士」。周氏廣韻校勘記以為作「七」，與王一合，澤存堂本作「士」，誤。（註五十）

**䩲** 說文曰引軸也又徐刃切 一三七頁一八行

澤存堂本「徐」作「餘」。案「䩲」字，又出二十一震「羊晉切」下，「羊」「餘」聲同一類，則當作「餘」。

膪 膪合 一三七頁 二二行

澤存堂本同。案二「膪」字并當作「脗」。

○十七準韻

準 均也平也度也又樂器名狀如瑟長丈而十三弦隱九尺以應黃鐘之律之尹切又音拙四 一三八頁 一行

澤存堂本「鐘」作「鍾」。

純 緣也又音淳 一三八頁 二行

澤存堂本「湻」作「淳」。此本誤。

尹 正也誠也進也說文治也又姓出天水河間周有尹吉甫又漢複姓齊定王時有尹文子著書又漢書百官表曰內史周官秦因之掌治京師武帝更名曰京兆尹應劭曰河南尹所以治周地秦兼天下置三川守河洛伊也漢更名河南太守也出俎徙郡雒陽改爲尹余準切八 一三八頁 二〜四行

澤存堂本「蚍」作「地」。又「守河洛伊也」之「也」字，澤存堂本作「地」」，此本誤。

䊳 進也 一三八頁 四行

澤存堂本正文作「粃」，蓋誤。

篿 篿律 一三八頁 五行

澤存堂本注文下尚有「以捕鳥」三字，與宋篇合。宋篇「筍」下出重文「篿」」，注文云：「同上，又篿律以捕鳥。」

朐 漢朐䏰縣名在巴東郡地下濕多朐䏰蟲䏰音閏 一三八頁 八行

澤存堂本「閠」作「閏」：此本誤。

盾 干盾也食尹切四 一三八頁 九行

緊 束縛上尹切一 一三八頁 一〇行

澤存堂本「十」作「干」。案當作「干」，此本似「十」字。

○十八吻韻

澤存堂本同。案正文當作「⿸广禁」。（註五十一）

**枌** 枌動又握也又房吻切 一三九頁 二行

澤存堂本二「枌」字并作「扮」。此本誤。

**憤** 懣也房吻切十三 一三九頁 二行

澤存堂本同。案此紐所列韻字實十四字，二本并誤。

**搵** 没也 一三九頁 七行

澤存堂本同。案周氏廣韻校勘記云：「没，黎本同，北宋本、巾箱本、楝亭本作拄。案故宮本敦煌本王韻正文作楹，注作柱，當據正，楹亦見玉篇，義同。北宋本廣韻作『搵，柱也』，蓋沿廣雅釋詁四之誤。詳王氏疏證。南宋本作『搵，没也』，與說文合。」（註五十二）

○十九隱韻

**謹** 絜也慎也居隱切十 一四〇頁 三行

澤存堂本同。案此紐所列韻字實十一字。二本并誤。

**慬** 牛也 一四〇頁 三行

澤存堂本正文作「⿰牛堇」。此本誤。

**慬** 慤也 一四〇頁 四行

澤存堂本「慤」作「愨」。此本誤。

**卺** 以瓢為酒器婚禮用之也 一四〇頁 四行

澤存堂本正文作「巹」。案全王作「𢀿」，并當據說文作「卺」。此本不誤

**⿱艹登** 上同 一四〇頁四行

澤存堂本同。案此謂「⿱艹登」與上文「⿱癶邑」同。惟王一、全王「⿱癶邑」「⿱艹登」二字，蓋本說文而分也。又正文當據說文作「⿱艹登」。

**⿰角秦** 角齊多皃仄謹切二 一四〇頁五行

澤存堂本正文从角作「⿰角秦」。此本誤。

**⿱秦木** 草木衆齊本又音臻 一四〇頁五行

澤存堂本同。案「⿰足秦」當从元泰定本、明本作「臻」。

〇二十阮韻

**屵** 屵㠊又大脣皃㠊音綽 一四一頁六～七行

澤存堂本正文作「屵」，蓋誤。

**晅** 日氣況晚切又古鄧切七 一四一頁一六行

澤存堂本正文作「晅」。案當从日，此本从目，誤。

〇二十一混韻

**顐** 頭面形圓也 一四二頁二行

澤存堂本「圓」作「顐」，蓋誤。

**本** 木末又治也下也舊也說文曰木下曰本从木一在其下俗作本本自音叨布忖切六 一四二頁四行

澤存堂本正文及「木下曰夲」之「夲」并作「本」，此本并誤。又澤存堂本「木末」之「木」作「本」，此本誤。又「治」字，澤存堂本同，案當作「始」。

**碖** 碖硱石落皃 一四二頁一四行

澤存堂本「硱」作「硱」，蓋誤。

㥏 愁悶也模本切又亡頓莫旱二切一 一四二頁 一五行

澤存堂本無「一」字，蓋脫。

○二十二很韻

很 很戾也俗作佷胡墾切二 一四三頁 一行

澤存堂本「佷」作「狠」，蓋誤。

○二十三旱韻

𢿱 鳥形又思肝切 一四四頁 五行

澤存堂本「肝」作「肝」。此本誤。（註五十四）

罕 希也亦鳥網又姓左傳鄭有罕氏出自穆公以王父字為氏代為卿大夫又羌複姓有罕井氏說文作罕或作罕呼旱切十 一四四頁 一一～一二行

澤存堂本「十」作「七」，案此紐所列韻字實七字。又「井」字，澤存堂本同，周氏廣韻校勘記云：「井，段改作幵，是也。罕幵氏乃西羌姓，見後漢書趙充國傳。」（註五十五）

暵 日乾也父呼旰也 一四四頁 一三行

澤存堂本「父」作「又」。此本誤。

𩮀 款皃作旱切一 一四四頁 一三行

澤存堂本同。案「款」蓋「髮」字之誤。去聲二十八翰韻「則旰切」下出「鬢」字，訓作「髮光澤也」

○二十四緩韻

伴 侶也依也蒲旱切三 一四五頁 一二行

澤存堂本同。案周氏廣韻校勘記云：「蒲旱切，切三、敦煌王韻作薄旱反。蒲旱、薄旱音同。案旱在旱韻，以旱切伴不合。陸韻、王韻旱緩未分，因假開口字

切脣音合口字；廣韻旱緩既判為兩韻，於此猶沿襲未改。五代刻本韻書旱緩分立，伴作步卯反，於聲韻盡合。」（註五十六）

**滿** 盈也充也亦姓出山陽風俗通荆蠻有瞞氏音舛變爲滿魏有滿寵莫旱切五　一四五頁一三行

澤存堂本同。案切語，切一、切三、王一、全王同，P二〇一四作「莫卯反」。

**鏋** 金　一四五頁一三行

澤存堂本注文作「金精」，與刊合。集韻云：「金精謂之鏋。」此本脫「精」字。

**粄** 屑米餅也博管切五 **粯** 上同　一四五頁一四行

澤存堂本作「粄博屑米餅也切五粯𩚵並同上」。案澤存堂本多「𩚵」字，與此紐字數合。否則，止四字耳。

**昄** 均大也　一四五頁一四行

澤存堂本注文末尚有「又扶板布綰二切」七字。案二十五潸韻「扶板切」及「布綰切」并收有「昄」字。

**䩼** 履後帖也　一四五頁一五行

澤存堂本正文作「䩼」。此本誤。

**縀** 上同　一四五頁一五行

澤存堂本正文作「緞」。此本誤。

**攤** 按也奴但切一　一四五頁一五行

澤存堂本正文上有「。」記號，此本脫。又「但」字在旱韻，「攤」字入此韻，蓋非。

○二十五潸韻

拃拃模　一四六頁二行

澤存堂本「摸」作「摸」。此本从木，誤。

黦黃蒸子也　一四六頁四行

澤存堂本注文作「黃蒸子　玉篇餅也」。

阪阪別名扶板切又音返三　一四六頁五行

澤存堂本注文「阪」作「陂」。此本誤。

○二十六產韻

閬門閬又作痕梟並俗本只作限　一四七頁三行

澤存堂本同。案「痕」當作「㡾」，見集韻。

㦃全德初綰切二　一四七頁九行

澤存堂本同。案「綰」字在潸韻。

○二十七銑韻

鉄小釜又他典切　一四八頁六行

澤存堂本「釜」作「釡」。此本誤。

䁋視也　一四八頁六行

澤存堂本正文作「䁋」。此本誤。

𪐗白黑　一四八頁一一行

澤存堂本「白」作「皀」。案今本說文「𪐗」訓作「黑皴也」。

編襄裳　一四八頁一五行

澤存堂本正文作「緶」。案此音以「編」字為紐首，此宜作「緶」。玉篇「

緶」訓作「交枲縫衣也」，今本說文訓作「交枲也，一曰緶衣也」。

**鞘** 韉鞘刀鞘也說文曰大車縛軛靻也 一四八頁一八行

澤存堂本同。案「刀鞘」當作「刀鞘」，「靻」當作「靼」。（註五十七）

**胥** 扶也 一四八頁一九行

澤存堂本「扶」作「挂」。此本誤。

**汱** 爾雅又伏墜也水也 一四八頁一九行

澤存堂本「爾雅」二字下有「云」字。

○二十八獮韻

**諓** 諂也 一四九頁四行

澤存堂本「諂」作「諂」。此本誤。

**淺** 不深也士演切一 一四九頁一〇行

澤存堂本同。案「士」字當从切三、王一、全王作「七」。

**幝** 車蔽詩曰檀車幝幝 一四九頁一一行

澤存堂本同。案「蔽」當作「敝」。詩小雅杕杜：「檀車幝幝」，傳云：「幝幝，敝貌。」

**旹** 小塊說文作峕 **峕** 注見上 一四九頁一三行

澤存堂本同。案二「峕」字，並當說文作「峕」。

**善** 良也大也佳也說文作譱吉也又姓呂氏春秋云善卷堯師常演切十 一四九頁一五～一六行

澤存堂本「吉」作「言」，並誤。又澤存堂本「十」作「十一」，案此紐所列韻字實十一字，此本脫「一」字。

**翦** 截也齊也殺也勤也俗作剪即淺切十四 一四九頁一八～一九行

澤存堂本「勤」作「勒」，蓋誤。爾雅釋詁下：「勞來強事謂翦篲，勤也」。

媊 明兒又子踐切 一四九頁一八行 澤存堂本「兒」作「星」，此本誤。玉篇「媊」，訓作星名。

䩞 勒䩞名也 一五〇頁二七行 澤存堂本同。案「䩞」當作「靼」。

㙞 上冢 一五〇頁三五行 澤存堂本同。案「冢」當作「冢」。

恨 弱皃 一五〇頁三七行 澤存堂本正文作「恨」。案當作「㤆」。

㞋 弱也又尼展切 一五〇頁三七行 澤存堂本正文作「㞋」，段改作「㞋」。（註五十八）

囩 因刑圓出古今音字 一五〇頁四三行 澤存堂本「圓」作「固」，與集韻合。

〇嬎 婉娩媚也又音挽 一五〇頁四七行 澤存堂本無「〇」記號。此本誤衍。

蚩 神行 一五〇頁四九行 澤存堂本「神」作「伸」。此本誤。

〇鴘 埤蒼云鷹鷂二年色披免切一 一五〇頁四九行 澤存堂本「披」作「被」。案周氏廣韻校勘記云：「被，北宋本、巾箱本、黎本均作披，與集韻合。當據正。」（註五十九）

○二十九篠韻

⿰扌肅 名打 一五一頁二行

澤存堂本「名」作「也」，與集韻合。

𠄏。懸皃 了 慧也訖也盧鳥切十四 一五一頁五行

澤存堂本「。」記號置於「了」字上。此本誤置。

褭 褭腰 一五一頁一二行

澤存堂本「腰」作「騕」。案巾箱本亦作「騕」。

皛 明也胡了切五 一五一頁一二～一三行

澤存堂本正文上有「。」記號。此本脫。

湫 隘湫 子了切又子攸切五 一五一頁一五～一六行

澤存堂本正文上有「。」記號。此本脫。

○三十小韻

摽 落也又拊心也字統云合作此莩符少切八 一五三頁九行

澤存堂本無「此」字。

秒 木芒 一五三頁一三行

澤存堂本「木」作「禾」。此本誤。

表 明也亦䘐表釋名云下言於上曰表說文作䙈上衣也古者衣裘以毛爲表也又姓出姓苑陂矯切四 一五三頁一七～一八行

澤存堂本「矯」作「嬌」，並誤。

⿰日宂⿰扌宂 並上同 一五三頁二〇行

澤存堂本正文作「⿰日穴抭」。案當據今本說文从宂作「⿰日宂⿰扌宂」。

○三十一巧韻

**邨** 篆文　一五四頁七行

澤存堂本正文作「邨」，此本誤。

**茆** 鳧葵說文作茆音柳　一五四頁八行

澤存堂本同。案「茆」今本說文作「茆」，二本并誤。

**獠** 夷別名張絞切又盧晧切二　一五四頁一五行

澤存堂本正文上有「。」記號，此本脫。

**敹** 擊也一云攪也亦作數山巧切一　一五四頁一六行

澤存堂本同。案「攪」字當據王一、全王作「攪」。

## ○三十二晧韻

**顥** 大也又天邊氣說文曰白皃楚詞曰天白顥顥南山四顥白首人也今或作晧　一五五頁二～三行

澤存堂本「南」作「商」。案後漢書鄭玄傳作「南」。

**夰** 說文放也界天字從此本音杲　一五五頁三行

澤存堂本「天」作「界」。周氏廣韻校勘記以為澤存堂本作「界」，非是。（註六十）

**䢺** 土釜亦作𤭛　一五五頁四行

澤存堂本「釜」作「釜」，此本誤。案此本「釜」字均作「釜」，并當作「釜」。

**嫪** 兒嫪蘇老切七　一五五頁一〇～一一行

澤存堂本正文作「嫂」。此本誤。

**棗** 果名史記曰楚莊王時有所愛馬啖以脯棗漢書曰安邑千樹棗等千戶侯又姓出潁川文士傳云棗氏本姓棘避難改焉　一五五頁一六～一七行

澤存堂本四「棗」字并作「棗」、「棘」作「棘」，此本并誤。

皁 皁隸入槽屬亦黒繒俗作皂昨早切四　一五五頁一七行

澤存堂本「入」作「又」，此本誤。

寶 珍寶又瑞也符也道也禮正曰地不藏其寶又天寶晉灼云天寶雞頭人身又姓出何氏姓苑博抱切十五　一五五頁二一～二二行

澤存堂本「正」作「記」。案禮記禮運：「地不愛其寶。」

保 任也安也守也說文作保養也亦姓吕氏春秋云楚有保申爲文王傅　一五五頁二二行

澤存堂本「傅」作「傳」，蓋誤。

葆 草盛皃皃羽葆　一五五頁二三行

澤存堂本下「皃」字作「又」。此本誤。

○三十三哿韻

⿰飠阝 ⿰飠阝釣出異字苑　一五七頁六行

澤存堂本「釣」作「鈎」。案集韻「⿰飠斤」訓作「曳鈎也」，二本二「⿰飠阝」字并當作「⿰飠斤」，又澤存堂本「鈎」當作「鉤」。

曪 色光明出釋典　一五七頁七行

澤存堂本正文作「曪」，蓋誤。

⿰冊阝 俗言那事本音難　一五七頁八行

澤存堂本正文作「⿰冊阝」。案當作「那」。

○三十四果韻

⿰扌呆 稱量　一五八頁三行

澤存堂本正文作「挆」。

垛 射垛亦作垜　一五八頁八行

澤存堂本「垜」作「⿰阝朵」，與集韻合。惟本韻「朶」下重文作「朵」，則「

「垛」亦可作「垜」矣。

**鍺** 車轄又錊鍺出玉篇 一五八頁八～九行
澤存堂本「鍺」作「錧」，蓋誤。

**倭** 倭墮又烏弋切 一五八頁一五～一六行
澤存堂本「弋」作「戈」，此本誤。

**爸** 父也捕可切一 一五八頁二〇行
澤存堂本同。案「可」字在哿韻。

**砦** 砦石地名作可切一 一五八頁二〇行
澤存堂本同。案「可」字在哿韻。

○三十五馬韻

**冶** 銷也尸子曰蚩尤造九冶又妖冶亦姓左傳衞大夫冶廑 一五九頁五～六行
澤存堂本「廑」作「厪」。

**虵** 羌複姓有虵咥氏又食遮切咥都結切 一五九頁六行
澤存堂本二「咥」字并从「虫」作「蛭」，蓋誤。入聲十八屑韻「丁結切」下出「咥」字，訓作「蛇咥氏，蕃姓」。

**䵸** 䵸墁污也出文字辨疑 一五九頁一一行
澤存堂本正文作「䵸」，蓋誤。又注文「䵸」，澤存堂本同，案當作「䵸」。

**觰** 牛角横都賈切又竹加切一 一五九頁二三～二四行
澤存堂本正文上有「○」記號，此本脫。

**硰** 好雌黃又瓦切又七火切一 一六〇頁二六行

澤存堂本「又」作「叉」，此本誤。

○三十六養韻

**瀁** 滉瀁水皃 一六一頁一行

澤存堂本「滉」作「混」，蓋誤。切三、王二并作「滉」。

**蛘** 蟻名 說文曰搔蛘也 一六一頁一～二行

澤存堂本二「蛘」字并作「蛘」。案「蛘」為「蛘」之本字。

**兩** 說文曰再也易云參天兩地今通作兩良獎切 一六一頁六行

澤存堂本注文末有「八」字，此本脫。

**鞅** 牛羈也說文頸靼也於兩切十一 一六一頁七～八行

澤存堂本同。案「靼」當作「靼」。

**㔶** 迫也勉力也其兩切五 一六一頁九行

澤存堂本「迫」作「追」。案今本說文「㔶」訓作「迫也」。

**搶** 頭搶地見史記又七良七養切 一六一頁一一行

澤存堂本「切」字上有「二」字，此本脫。

**网** 网罟說文曰网庖羲所結繩以田以漁也世本曰庖羲臣芒所作五經文字作罔俗作冈文兩切十二 一六二頁二六行

澤存堂本「冈」作「冈」。

**瓬** 周禮有瓬人爲簋者蓋埏埴之工又音甫 一六二頁二八行

澤存堂本「埏」作「搏」，與周禮考工記合。

**枉** 邪曲也亦姓今虢州有紆往切四 一六二頁二八～二九行

澤存堂本同。案依例「有」字下當有「之」字。如三十七蕩韻「汻」下云：「姓，今涇州有之。呼朗切，三」。

○三十七蕩韻

**𡢃** 婬戲皃 一六三頁一行

澤存堂本「淫」作「滛」，蓋誤。

**䘕** 直項之皃 一六三頁六行

澤存堂本正文作「𩞁」。此本誤。案今本說文作「旋」。

**詎** 吳王孫休子名見吳志 一六三頁一〇行

澤存堂本「[亻术]」作「休」。案三國志作「休」。孫休，吳之景帝，大帝之第六子也。

**髈** 髀吳人云髈 回朗切二 一六三頁一八行

澤存堂本「回」作「匹」。此本誤。

○三十六梗韻

**秉** 執持又十六斗曰藪十藪曰秉又漢書有秉漢 一六四頁四行

澤存堂本下「又」字下有「姓」字，此本脫。又周氏廣韻校勘記引王靜安語：「漢書有邴漢，無秉漢，見龔勝傳．疑此文當入上文邴字注．」（註六十一）

**猛** 勇猛又嚴也害也惡也亦姓左傳晉大夫猛獲之後莫幸切六 一六四頁一二行

澤存堂本同。案「幸」字，在耿韻，當从切三、全王作「杏」。

**蜢** 虴蜢蟲 一六四頁一二行

澤存堂本「虴」作「蚱」。周氏廣韻校勘記云：「蚱，北宋本、黎本作虴，誤．巾箱本作蚝，與切三、爾雅釋蟲、釋文、說文新附、集韻均合。當據正。張改作蚱，未允。」（註六十二）

**丠** 金玉未成器也乎瞥切二　一一六四頁一六行

澤存堂本「乎」作「呼」。案集韻切語作「胡猛切」，此當作「乎」。

○四十靜韻

**梬** 梬棗似柹而小　一一六六頁四行

澤存堂本「棗」作「枣」，此本誤。又澤存堂本「柹」作「柿」，案「柿」為「柹」之俗體。

**嶺** 山坡也裴淵廣州記云大瘐始安臨賀桂陽揭陽爲五嶺與鄧德明南康記云別也　一一六六頁六～七行

澤存堂本「瘐」作「庾」。案當作「庾」。

**餅** 必郢切五　一一六六頁八行

澤存堂本正文上有「。」記號，此本脫。

**𩑱** 古文　一一六六頁九行

澤存堂本正文作「頔」。案周氏廣韻校勘記云：「案集韻頃或從田作頔，此古文𩑱蓋頔字之誤。」（註六十三）

**井** 說文曰八家一井象構韓形・罋之象也古者伯益初作井今作井見經典省又姓姜子牙之後也左傳有井伯子郢切二　一一六六頁一〇～一一行

澤存堂本正文作「丼」。此本誤。

○四十一迥韻

**𥄎** 目驚兒　一一六七頁二行

澤存堂本同。案正文，集韻作「䀏」，與今本說文合。又玉篇「𥄎」訓作「大目也」；「䀏」訓作「睪目驚䀏然也」。二本正文當作「䀏」。

**涏** 涇寒　一一六七頁七行

澤存堂本同。案「涇」當从冫作「𠗨」。

笭 篝笭籠也力鼎切　一六七頁　一四行

澤存堂本注文末有「三」字，此本脱。

𡗜 小兒　一六七頁　一五行

澤存堂本正文作「𥎦」，此本誤。案玉篇作「𥎦」，集韻作「𥏀」。

○四十四有韻

劉 竹聲　一七○頁　六行

澤存堂本同。案正文當作「劉」。

杻 相狃也女久切十　一七○頁　七～八行

澤存堂本「十」作「十一」，案此紐所列韻字實十一字，此本脱「一」字。

莥 藺實亦作𦯔　一七○頁　九行

澤存堂本正文作「莥」。案周氏廣韻校勘記云：「莥，北宋本、巾箱本、景宋本、楝亭本、黎本作𦯔；注𦯔，巾箱本、楝亭本作莥，均與敦煌王韻合。當據正。張氏以正文𦯔字已見上文，故改作莥。案莥一字，不當兩出，今據敦煌王韻刪去上文𦯔字。」（註六十四）

九 數也又漢複姓二氏何氏姓苑云昔岱縣人姓九百名里爲縣小吏而功曹姓萬縣中語曰九百小吏萬功曹列子秦穆公時九方皐一名甄善相馬也　一七○頁　二～三行

澤存堂本同。案「甄」字，段云：「原甄修板歟。」（註六十五）

負 擔也荷也又受貸不償田負背恩忘德曰負也　一七○頁　一七行

澤存堂本「田」作「曰」。此本誤。

否 說文不也又房被切　一七○頁　二○行

澤存堂本「被」作「彼」。此本誤。

糗 乾飯屑也孟子曰舜糗飯茹草又姓風俗通漢有糗宗爲嬴長去久切一　一七○頁　二一～二二行

澤存堂本「糗飯」作「飯糗」，與孟子盡心下合。

**舅** 夫之父也亦母之兄弟又姓左傳秦大夫舅犯其九切十一　一七〇頁　二三～二四行

澤存堂本正文上有「。」記號，此本脫。

**⿱竹紂** 竹昜根而死也　一七〇頁　二六行

澤存堂本「昜」作「易」。此本誤。

**壽** 壽考又州名楚孝烈王自陳徙都壽春号曰郡秦爲九江郡魏爲淮南郡梁爲南豫州周爲楊州隋平陳爲壽州亦靈壽木名生日南又姓王莽兗州牧壽良又漢複姓前漢燕王遣壽西長之長安蘇林云壽西姓也又承呪切　一七一頁　三三～三四行

澤存堂本「楊」作「揚」，此本誤。案二本「楚孝烈王」之「孝」字當作「考」，又「号曰郡」之「郡」字，當作「郢」。（註六十六）

**⿵風幼** ⿵風幼瀏於柳切三　一七一頁　三六行

澤存堂本「瀏」作「⿵風卯」。案本韻「⿵風卯」訓作「⿵風幼⿵風卯風皃」，而切三、王二「⿵風幼」訓作「⿵風幼瀏」。「瀏」「⿵風卯」二字蓋相通。

○四十五厚韻

**踇** 踇偶山名　一七二頁　五行

澤存堂本「⿰足母」作「踇」。此本誤。

○四十六黝韻

**⿵風幼** ⿵風幼瀏風聲又於柳切　一七三頁　一行

澤存堂本「瀏」字作「⿵風卯」，見四十四有韻末條校語。

**⿵門龜** ⿵門龜取見　一七三頁　三行

澤存堂本二「⿵門龜」字并作「⿵門龜」。案并當作「鬮」。

○四十七寑韻

**艐** 古文　一七四頁　三行

澤存堂本同。案正文當从今本說文作「䠆」。

**踸** 踸踔行無常皃丑甚切三 一七四頁五行

澤存堂本同。案「踔」當作「踔」。

**沈** 國名古作邥亦姓出吳興本自周文王第十子聃季食采於沈即汝南平輿沈亭是也子孫以國爲氏式任切又丈林切十四 一七四頁九～一〇行

澤存堂本同。案「任」字不在本韻，段氏改作「荏」，與集韻合。切三、王一、全王則并作「稔」．「式稔」「式荏」音同。

**諗** 告也謀也深諫也又知甚切 一七四頁一二行

澤存堂本「知」作「如」。案周氏廣韻校勘記云：「案本韵如甚切下均無此字，未審孰是。」惟黛編廣韻校勘云：「知，巾箱本同，澤存、楝亭、符山堂三本均作如，是。」（註六十七）

**稟** 供穀也筆錦又與切一 一七四頁一七～一八行

澤存堂本正文上有「。」記號，此本脫。

**顩** 顧顩醜皃鈐錦切二 一七四頁一九行

澤存堂本「鈐」作「欽」。此本誤。

**戡** 少斫也張甚切又音堪二 一七四頁二〇行

澤存堂本「少」作「小」。

〇四十八感韻

**監** 監醓亦作醓 一七五頁七～八行

澤存堂本同。案二「監」字并當从今本說文作「監」。「醓」亦當作「監」。

**𥎊** 弓弦𥎊又作建 一七五頁八行

⿰替刂 ⿰羌刂⿰替刂又割翦出也 一七五頁九行
澤存堂本「建」作「建」。此本誤。
澤存堂本同。案「⿰羌刂」當作「⿰差刂」。十三佳韻「楚佳切」下出「⿰差刂」字，訓作「小矛，又⿰替刂⿰差刂也」。

慘 慽感也說文毒也七感切八 一七五頁九行
澤存堂本「慽」作「慘」。

頷 說文曰顄也 一七五頁一五行
澤存堂本「顄」作「顄」。案今本說文作「顄」。

抌 刺也擊也也音由 一七五頁二〇行
澤存堂本注文作「刺也擊也也又音由」，蓋衍末「也」字。此本末「也」字當作「又」。

〇四十九敢韻

灁 果決勇也賞敢切 一七六頁二行
澤存堂本注文末有「一」字，此本脫。

澹 澹淡水皃 淡音淡又恬靜又徒濫切 一七六頁六～七行
澤存堂本末「淡」字作「琰」。

槧 削阪 牘才敢切又七廉切七豔切四 一七六頁八～九行
澤存堂本「阪」作「版」。此本誤。

壏 壏土地之堅也 一七六頁一〇行
澤存堂本正文作「壏」。此本誤。

〇五十琰韻

**扊** 扊扅戶牡所以止扉或作剡移　一七七頁二行

澤存堂本「牡」作「壯」，蓋誤。

**溓** 薄水也　一七七頁四行

澤存堂本「水」作「冰」。案今本說文「溓」訓作「溓溓薄仌也，或曰：中絕小水。又曰淹也。从水兼聲」。

**閹** 閹門　一七七頁一七行

澤存堂本「門」作「閹」。案今本說文「閹」，訓作「門豎也，宮中奄昏閉門者」，段注云：「昏，各本作閽，今正。」則此本作「門」，誤。

○五十一忝韻

**者** 老人面黑子　一七八頁二、三行

澤存堂本同。案「面」字下當从切三、王一、全王補一「有」字。

**潭** 潭滔水滿　一七八頁三行

澤存堂本「滔」作「淊」。此本誤。五十琰韻「以冉切」下出「淊」字，訓作「潭淊水滿」。

**溓** 薄水　一七八頁五行

澤存堂本「水」作「冰」。見琰韻「溓」字校語。

**儼** 敬也說文曰昂頭也一曰好皃魚掩切七　一七九頁一行

澤存堂本「魚」作「魯」，蓋誤。

**旃** 旃瞖　一七九頁二行

○五十三豏韻

澤存堂本同。案二「旃」字，周氏以為并當作「[illegible]」。（註六十八）

**嶃** 高峻又士減切 一八〇頁四～五行

澤存堂本「減」作「咸」。此本誤。

**闞** 虎聲火斬切又苦暫切二 一八〇頁六行

澤存堂本同。案正文當从門作「闞」。

**醶** 醋味 一八〇頁七行

澤存堂本「醋」作「酢」。彙編廣韻校勘記以為「以作酢為是」。（註六十九）

○五十四檻韻

**撖** 姓出姓苑云今河內有之 一八一頁二行

澤存堂本「出」作「也」，此本誤。

○五十五范韻

**犯** 于也侵也僭也勝也 一八二頁二行

澤存堂本「于」作「干」。此本誤。

**[月夌]** 今河東謂淫腫為[月夌]府犯切一 一八二頁四行

澤存堂本「淫」作「滛」，蓋誤。

**躝** 跧足望 一八二頁五行

澤存堂本「跧」作「跧」。此本誤。

○一送韻

**鳳** 爾雅曰鶠鳳其雌皇郭璞云瑞應鳥雞頭蛇鵛燕頷龜背魚尾五彩色高六尺許孔演圖曰鳳為火精說文曰神鳥也亦州在秦隴西郡地漢改雍州為涼州魏其地沒蜀蜀平屬雍州本自白馬互羌所居晉為仇池國後魏置固道郡又為南岐州又改為鳳州馮貢切二 一八三頁一～三行

澤存堂本「鵛」作「頸」，與爾雅郭注同。又澤存堂本「龜」作「龜」，「

互」作「玄」，并誤。案「互」即「氐」字之俗體。

**扛** 扛至也甘宮賦云登椽欒而扛天門 一八三頁四行

澤存堂本「甘宮賦」作「甘泉宮賦」，此本脫「泉」字。

**礱** 磨礱又音礱 一八三頁六行

澤存堂本注文末「礱」字作「龔」。此本誤。

**諷** 諷刺方鳳切二 一八三頁一五行

澤存堂本「刺」作「剌」。此本誤。

**趥** 行皃子仲切一 一八三頁一九行

澤存堂本同。案「子」字，當从巾箱本作「千」。王二、全王切語并作「千仲反」。

**䐢** 䐢賻撫鳳切二 一八三頁一九～二〇行

澤存堂本二「賵」字并作「賵」，蓋誤。

**閧** 兵鬭也又下降切俗作鬨 一八三頁二一行

澤存堂本同。案「閧」「鬪」「鬨」三字并當从鬥。

○三用韻

**⿰巾逢** 書款 一八五頁二行

澤存堂本「款」作「欵」，蓋誤。

**摓** 灼龜視兆也說文父容切奉也 一八五頁三行

澤存堂本正文作「捀」。周氏廣韻校勘記云：「案史記龜筴傳有摓字，張改作捀，與說文、玉篇合。」（註七十）

**共** 同也皆也渠用切 一八五頁三行

縺 增縷 一八五頁八行 澤存堂本注文末有「一」字，此本脫。

慈 藺蕩 一八五頁九行 澤存堂本注文作「藺蕩」，與廣雅合。

○四絳韻

耬 不耕而種楚絳切一 一八六頁五行 澤存堂本正文作「𦓤」。此本誤。

○五寘韻

觶 爵受四升或作觗𧣾 一八七頁一行 澤存堂本「觝」作「觗」。此本誤。

[日耑] 杵擊 一八七頁二行 澤存堂本正文作「睡」。此本誤與其下重文同。

垝 坫堂隅可致物 一八七頁七～八行 澤存堂本「坫」作「坫」。此本誤。

刺 針刺爾雅曰刺殺也釋名曰書姓名於奏白曰刺漢武帝初置部刺史掌奉詔察州成帝更名牧哀帝復爲刺史七賜切又七亦切十 一八七頁一四～一五行 澤存堂本六「刺」字并作「刺」。此本誤。

易 難易也簡易也又禮云易墓非古也易謂芟除草木以鼓切又以益切六 一八七頁一六～一七行 澤存堂本「鼓」作「豉」。此本誤。

伿 情也 一八七頁一七行 澤存堂本「情」作「惰」。此本誤。

**譬** 說文諭也匹賜切二 一八七頁 一九～二〇行

澤存堂本正文上有「。」記號，此本脫。

**骴** 鳥鼠殘骨 一八七頁 二一行

澤存堂本同。案正文，今本說文作「髊」，當據改。

**智** 古文 一八七頁 二二行

澤存堂本同。案正文當从今本說文作「𥎿」。

**戲** 戲弄也施也謔也歌也說文曰三軍之偏也一曰兵也又姓魏志有潁川戲志才香義切二 一八七頁 二四～二五行

澤存堂本此字訓下尚有「嚱聲也」一字訓，此本脫。

**鍦** 短矛 一八八頁 二八行

澤存堂本正文上有「。」記號，蓋誤衍。

**蟦** 爾雅曰蛄蟦強蝆郭璞云今米穀中蠹小黑蟲是也建平人呼為蝆子 一八八頁 二八行

澤存堂本「蛄」作「蛄」，蓋誤。

**卶** 有大慶也 一八八頁 二八～二九行

澤存堂本同。案周氏廣韻校勘記云：「慶，當從說文作度。」（註七十一）惟今本說文即作「慶」字，段注云：「慶，各本作度，今依廣韻正。慶者，行賀人也。大慶，謂大可賀之事也。」又玉篇多部「卶」下云：「尺豉切，大有慶也」；卩部「卶」下云：「充豉式豉二切，有大度也」，則「卶」兼「有大度」「有大慶」二意也。

**⿺也聶** ⿺也聶⿱聶俞雨衣 一八八頁 二九行

**灑** 灑埽說文汎也 一八八頁 三〇行

澤存堂本「雨」作「面」。此本誤。

**夘** 充豉切有大慶也一 一八八頁三四行

澤存堂本「氿」作「汎」。案今本說文作「汘」。此本誤。

澤存堂本同。參見上文「夘」字校語。

○六至韻

**摯** 國名亦持也又姓左傳周禮有摯荒 一八九頁一行

澤存堂本同。案「禮」字，誤衍。摯荒，見左傳昭公二十二年。

**煝** 熱焅 一八九頁五行

澤存堂本「焅」作「[火吉]」，蓋誤。

**蕐** 王蕐草 一八九頁一〇行

澤存堂本「王」作「玉」。案爾雅釋草：「蒴，王蕐。」澤存堂本「玉」當作「王」。

**繸** 佩玉繸也 一八九頁一〇行

澤存堂本「繸」作「緣」，蓋誤。爾雅釋器：「繸，綬也」，郭注云：「即佩玉之組所以連繫瑞玉者，因通謂之繸也。」

**韢** 囊組名或作轊 一八九頁一〇～一一行

澤存堂本同。案「轊」當作「韢」。去聲十三祭「此芮切」下出「韢」字，訓作「囊屬，以盛賊頭，又音遂」。

**毖** 告也慎也一日遠也 一八九頁一六行

澤存堂本正文作「毖」。此本誤。

**纞** 馬䌯說文作纞 一八九頁一六行

澤存堂本注文末「䌯」字作「纞」。案今本說文「纞」訓作「馬纞也」，从絲車。與連同意。詩曰：六轡如絲。」，段注云：「各本篆文作轡，解作从絲从害。五經文字同。中从軸末之害也，惟廣韻六至轡下云：說文作轡。此蓋陸法言、孫愐所見說文如此，而僅存焉。以絲運車，猶以扶輓車，故曰轡與連同意。祇應从車，不煩从害也，今據以正誤。」

**䡒** 弓洩

一八九頁　一七行

澤存堂本「洩」作「絏」。此本誤。

**䢘** 好皃

一八九頁　一七行

澤存堂本同。案正文當从今本說文作「䢘」。

**粊** 惡米又魯東郊地名說文作粊 **粊** 上同

一八九頁　一七行

澤存堂本「同」作「司」，蓋誤。

**鰏** 敗皃又魚名

一八九頁　二〇行

澤存堂本正文作「潩」。案玉篇水部作「潩」。

**䡒** 同上

一八九頁　二二行

澤存堂本正文作「䡒」，蓋誤。案王一、王二并作「䡒」。

**豷** 豕息也許位切二

一九〇頁　二六行

澤存堂本正文作「豷」。此本誤。

**燹** 火也字統音統

一九〇頁　二六行

澤存堂本末「統」字作「銑」。此本誤。

○**利** 吉也說文銛也亦州名華陽國志昔蜀王封弟於漢中号曰苴侯因命其邑曰葭萌秦滅蜀置巴蜀二郡先主改葭萌爲漢壽屬梓橦郡晉爲晉壽南齊分置東晉壽郡於烏奴今州城是又於其郡置西益州梁改爲黎州元帝又改爲利州又舍利獸名亦姓風俗通云漢有利乾爲中山相力至切八

一九〇頁　二七～二九行

澤存堂本「橦」作「潼」，與晉書地理志合。又澤存堂本「黎州」作「黎州」。

**秎** 古文　一九〇頁二九行

澤存堂本同。案正文當作「秎」。

**莅** 臨也亦作涖　一九〇頁二九行

澤存堂本「涖」作「莅」。案周氏廣韻校勘記云：『莅，各本作涖，張改作莅，非是。案莅俗體也。詩周禮莅臨字均作涖。凡本書字下注云：「亦作某」而本字下不另出此一體者此一體每為經典承用之字。如涖字即其例也。』

**劓** 割鼻漢文帝除肉刑劓者笞三百魚器切一　一九〇頁三一行

（註七十二）

澤存堂本「器」作「器」。此本誤。

**[足亞]** 趀也文於進切　一九〇頁三三行

澤存堂本「文」作「又」。此本誤。

**縪** 剌縪針縫也　一九〇頁三五行

澤存堂本「剌」作「刺」。此本誤。

**樲** 當也對也　一九〇頁三六行

澤存堂本正文从手作「[扌貳]」。此本从木，誤。今本說文「[扌貳]」訓作「酸棗也」；「[扌貳]」訓作「當也」。

**臮** 衆與詞也其冀切七　一九〇頁三九～四〇行

澤存堂本「其」作「具」。案「其」「具」聲同類。

**貳** 副也亦擕貳變異也疑也敵也又姓後秦錄有後魏平陽太守貳塵　一九〇頁四二～四三行

澤存堂本「擕」作「攜」。

**殧** 又資四切 **戴**見上文　一九〇頁 四五～四六行

澤存堂本「戴」作「義」，此本誤。

**懿** 美也大也溫柔聖克也又姓秦錄有吏部懿橫乙冀切七　一九〇頁 四六行

澤存堂本「泰」作「秦」。周氏廣韻校勘記以為「秦」字上當有「後」字，「部」字下當有「郎」字。（註七十三）

**饐** 食傷熟也　一九〇頁 四六行

澤存堂本同。案「熟」當作「熱」。（註七十四）

**肆** 董也說文曰赤肆也　一九〇頁 五〇行

澤存堂本同。案「肆」字，今本說文作「隸」。

**肄** 習也嫩絛也羊至切八　一九一頁 五九行

澤存堂本「絛」作「條」。

**謚** 易名又申也說文作謚 **謚**上同又音益　一九一頁 六一行

澤存堂本「名」作「曰」，蓋誤。又澤存堂本「益」作「益」，此本誤。

**蜼** 爾雅曰蜼仰鼻而長尾雉似獼猴鼻露向上尾長數尺末有歧雨中自縣於樹以尾塞鼻又余救切　一九一頁 六三～六四行

澤存堂本「雨中」作「雨即」，與爾雅郭注合。案爾雅：「蜼卬鼻而長尾」，郭注云：「蜼似獼猴而大，黃黑色，尾長數尺，似獺尾，末有歧，鼻露向上，雨即自縣於樹，以尾塞鼻，或以兩指。」又二本「雉」字蓋「蜼」字之誤。

**詄** 忘詄　一九一頁 六五行

澤存堂本「忘」作「志」，蓋誤。案今本說文「詄」訓作「忘也」。二十六「詄」字，并當作「詄」。

○七志韻

**娡** 有莘氏之女⿰骨玄娶之謂之女娡 一九二頁 一行

澤存堂本「⿰骨玄」作「⿰骨系」。案王一、王二、全王并作「⿰骨玄」。

**寺** 寺者司也官之所止有九寺釋名曰寺嗣也洽事者相嗣續於其內又漢西域白馬馱經來初止於鴻臚寺遂取寺名剏置白馬寺祥吏切五 一九二頁 三～四行

澤存堂本「洽」作「治」。此本誤。

**覗** 覗覰也 一九二頁 五～六行

澤存堂本「覰」作「覷」，盖誤。九御韻「覰」訓作「伺視也」。

**⿱⿰來攵心** 憂也 一九二頁 八行

澤存堂本正文作「慗」。

**眙** 任視丑吏切五 一九二頁 九行

澤存堂本「任」作「直」。案王一、王二、全王并訓作「住視」，此本「任」盖「住」字之誤。文今本說文、玉篇并訓作「直視」。

**珥** 珥飾 一九二頁 一〇行

澤存堂本「珥」作「耳」。此本誤。

**衈** 開刑書殺雞血祭名周禮注云云割牲耳血及毛祭以爲刉衈 一九二頁 一〇～一一行

澤存堂本止一「云」字，此本誤衍一「云」字。

**咡** 口刎 一九二頁 一一行

澤存堂本「刎」作「吻」。此本誤。

**⿰馬吏** 疾也踈吏切七 一九二頁 一二行

澤存堂本正文作「駛」。案六止韻「踈士切」下亦作「駛」，與玉篇同。王一、全王則并作「⿰馬吏」。

**乿** 貪也又音乙　一九二頁二一行

澤存堂本同。案「乿」當作「乿」。

**悁** 悱悁不安也　一九三頁四行

澤存堂本「悱」作「怫」。此本誤。

**犩** 夔牛肉重千斤又魚歸切　一九三頁九行

澤存堂本「夔」作「犪」、「重」作「數」，與爾雅郭注合。爾雅釋畜：「魏牛」郭注云：「即犪牛也，如牛而大，肉數千斤，出蜀中。」

**沸** 詩曰觱沸檻泉箋云觱沸者謂泉涌出皃方味切十一　一九三頁九～一〇行

澤存堂本「檻」作「濫」。案詩經作「檻」，見小雅采菽。

**䙡** 䙡細　一九三頁一二行

澤存堂本同。案「細」當作「紐」。（註七十五）

**𥝢** 獸名　說文曰周成王時州靡國獻𥝢人身反踵自笑笑即上脣掩其目食人北方謂之土螻爾雅曰狒狒如人被髮迅走一名梟羊俗謂之山都今交州南康山中有之郭璞讃云狒狒怪獸被髮操竹獲人則笑脣蔽其目終乃號咷反為我戮扶涕切二十四　一九三頁一五～一七行

澤存堂本同。案切語當从「王一」、「王二」、「唐」作「扶沸切」。

**顡** 說文曰癡頭不聰明也　一九三頁二五行

澤存堂本「頭」作「顡」，與今本說文合。此本誤。

○九御韻

**據** 依也引也案也亦姓出姓苑居御切十　一九五頁三行

澤存堂本「依也」下尚有「持也」二字。

**署** 書也又部署也常恕切四　一九五頁七行

澤存堂本「又部署也」作「解署部署也」，周氏廣韻校勘記以為「解署」二

字當刪。（註七十六）

**蠹** 蟲名云蠹醜鋍刪毋爾雅背而生或作蠹　一九五頁九～一○行

澤存堂本注文末「蠹」字作「蠧」。案周氏廣韻校勘記云：『注「或作蠧」，北宋本、黎本、景宋本均作「或作蠹」，當據正。此云：「或作蠹」者，謂爾雅蠹醜鋍之蠹或作蠹，故本紐出蠹字，非謂正文蠹或作蠧也。此與其他或作例不同。張氏不明廣韻文例，以或體與正文相同未合，改蠹作蠧，殊背原旨。』（註七十七）

**麆** 爾雅云麔牡麌牝麜其子麆　一九五頁一五行

澤存堂本同。案「麋」字當从爾雅作「麜」。

**詛** 呪詛亦作䛿莊助切二　一九五頁一五～一六行

澤存堂本「禮」作「襢」。此本誤。

**悇** 憛悇愛也　一九五頁二三行

澤存堂本同。案「愛」當作「憂」。

○十遇韻

**禺** 獸名母猴屬也又音愚　一九六頁二行

澤存堂本「母」作「毋」。案當作「母」。

**樹** 木揔名也立也又姓姓苑云今江東有之後魏官氏志樹洛于氏後改爲樹氏常句切五　一九六頁二～三行

澤存堂本「令」作「今」，此本誤。又「于」字，澤存堂本同，當从唐韻作「干」。

**住** 止也又姓出姓苑持遇切三　一九六頁四行

澤存堂本正文上有「○」記號，此本脫。

**蚹** 蚹蛇腹下橫鱗可行者又爾進曰蚹蠃螔蝓即蝸牛也

一九六頁 六～七行

澤存堂本「進」作「雅」，此本誤。

**疰** 疰病

一九六頁 七行

澤存堂本「疰」作「疰」。

**呴** 吐沫

一九六頁 一二行

澤存堂本同。案「沫」當作「沫」。

**屚** 雨衣

一九六頁 一四行

澤存堂本「雨」作「面」。此本誤。

**芋** 一名蹲鴟廣雅云蜀漢以芋爲資凡十四等大如斗魁其車聲鋸子旁巨青鳥等四等多子王遇切五

一九六頁 二一～二二行

澤存堂本「鴟」作「鴟」，蓋誤。又「廣雅」段改作「廣志」。又「聲」當作「轂」、「鳥」當作「邊」、「四等」當作「四芋」。（註七十八）

**埾** 桒也才句切二

一九六頁 二四行

澤存堂本同。案「桒」當作「垛」。

**數** 筭數周禮有九數方田粟米差分少廣商功均輸方程贏不足旁要也世本曰隸首作數又色矩色角二切均又音速

一九六頁 二五行

澤存堂本「贏」作「贏」。案唐韻作「盈」。又澤存堂本無「均」字。

**賦** 賦頌詩有六義二曰賦釋名曰敷布其義謂之賦漢書曰不歌而頌曰賦又斂也量也班也稅也

一九六頁 二六～二七行

澤存堂本同。案「頌」字，段改作「誦」，與漢書藝文志合。（註七十九）

○十一暮韻

**露** 說文曰露潤澤也五經通義曰和氣津凝爲露也蔡邕月令曰露者陰之液也又露見也亦姓風俗通云漢有上黨都尉路平

一九八頁 六～七行

澤存堂本「路」作「露」。此本誤。

**潞** 水名又州名春秋時初爲黎國後爲狄境古黎亭也周爲潞州隋爲韓州又爲上黨郡唐爲潞州開元中陞爲天都督府又縣名在幽州

一九八頁 七～八行

澤存堂本「天」作「大」。此本誤。

**妒** 妒忌當故切十二　一九八頁　一一行

澤存堂本「妒」作「妬」。

**兔** 獸名崔豹古今注云兔口有缺尻有九孔論衡曰兔舐毫而孕及其生子從口而出說文云象踞後其尾形兔頭與㲋頭同　一九八頁　一三行

澤存堂本「兎」作「兔」，此本誤。又澤存堂本「毫」作「豪」，蓋誤。

**顧** 俗　一九八頁　一四行

澤存堂本正文作「頋」。案當作「頋」。

**布** 布帛也又陳也周禮錢行之曰布藏之曰泉又姓陶偘列傳有江夏布興慱故切六　一九九頁　二六行

澤存堂本「泉」作「帛」，蓋誤。又澤存堂本「偘」作「侃」、「慱」作「博」。

**汙** 染也烏路切又音烏四　一九九頁　二七行

澤存堂本「染也」下尚有「說文穢也」四字。案今本說文「污」訓作「薉也」。

**步** 行步爾雅曰堂下謂之步白虎通曰人踐三尺法天地人再舉足步備陰陽也又姓左傳晉有步揚食采於步後因氏焉又虜三字姓三氏後魏書步六孤氏後改爲陸氏又西方步鹿根氏後改爲步氏北齊書有步大汗氏　一九九頁　三二～三四行

澤存堂本「步揚」作「步墕」，蓋誤。見左傳僖公十五年。

**⿰舟將** 船艇　一九九頁　三四行

澤存堂本「艇」作「艇」。此本誤。

**荹** 亂草說文曰亂草臬也　一九九頁　三五行

澤存堂本「臬」作「稾」。案今本說文「荹」訓作「亂艸。从艸步聲」。段注云：「玉篇曰：牛馬艸亂稾也。」（案玉篇「亂」作「乱」。）

**作** 造也藏祚切一　一九九頁　三六行

澤存堂本「袏」作「袏」，蓋誤。

○十二霽韻

**疐** 疐柢也爾雅棗曰疐之謂去柢也 二○○頁 四行

澤存堂本「棗」作「棗」。此本誤。又澤存堂本「棗」字下有一「李」字，與爾雅合。

**軧** 補履 下也 二○○頁 六行

澤存堂本正文作「軧」。此本誤。

**穧** 刈禾 把數 二○○頁 六行

澤存堂本「把」作「把」。案當作「把」。

**齌** 吹餔 疾也 二○○頁 七行

澤存堂本「吹」作「炊」。此本誤。

**鬀** 說文曰鬄髮也大人曰髡小兒曰鬀盡及身毛曰鬄 二○○頁 八～九行

澤存堂本「髡」作「髡」。案今本說文作「髡」。

**戾** 車輞 二○○頁 九行

澤存堂本正文作「戾」。此本誤。

**楴** 楴枝整 髮釵也 二○○頁 九行

澤存堂本「整」作「整」，此本誤。又「楴」字，澤存堂本同，段改作「揥」，并云：「詩象揥字。」案玉篇、集韻并作「揥」。（註八十）

**悷** 窒悷 心安 二○○頁 一○行

澤存堂本二「悷」字并作「悷」，此本誤。下文「𧙝」字亦當作「𧙝」。

**軑** 說文曰 車轄也 二○○頁 一三行

**洇** 水出汝南新鄭入潁 二〇頁一八行

澤存堂本「輨」作「轄」，葢誤。案今本說文字作「輨」。

**羿** 說文曰羽之羿風亦古諸侯也一曰射師 二〇頁一九行

澤存堂本同。案「潁」當作「潁」。

**槷** 爾雅曰杌槷梅說文云編耑木也 二〇頁二二行

澤存堂本同。案今本說文「羿」作「羿」，二本并誤。

**蟿** 蟿螽蟆蚸 二〇頁二六行

澤存堂本「杌」作「杋」，葢誤。

**翳** 羽葆也又隱也奄也鄣也又鳥名似鳳於計切十七 二〇一頁二七行

澤存堂本同。案「蚸」字當从爾雅作「蚸」。

**惠** 仁也亦惠然順也又姓出琅邪周惠王之後梁有惠施 二〇一頁三一行

澤存堂本「鄣」作「障」。

**畎** 畎田 二〇一頁三四～三五行

澤存堂本「琅」作「琅」。此本誤。

澤存堂本「田」作「畮」。案周氏廣韻校勘記：「敦煌王韻此字作畎，注作畮、畎，是也。當據正。案玉篇田部畎，古惠切，畮畎也。廣雅釋器云：『畮畎，筲，箖也』。此畎畮從田作非。注巾箱本、黎本作畎田，更誤。」（註八十一）

**殜** 殜殜極厭也死皃也 二〇一頁三五行

澤存堂本「極」作「殛」。

**𡟰** 配也匹詣切七 二〇一頁三五～三六行

**盭** 綠色又綬名或作𦇧又云弼也　二〇一頁　三八～三九行

澤存堂本正文上有「。」記號，此本脫。

**⿱艹麗** 草木生亞土也　二〇一頁　四二行

澤存堂本同。案正文當从今本說文作「盭」。

澤存堂本「土」作「上」，葢誤。

**泥** 滯陷不通詩云致遠恐泥奴計切又奴低切五　二〇一頁　四三行

澤存堂本「詩」作「語」。案「詩」字，唐韻同。惟「致遠恐泥」見論語子張篇。

**⿰忄馮** ⿰忄馮忚音慢又相⿰忄馮摩也　二〇一頁　四三～四四行

澤存堂本同。案周氏廣韻校勘記以為正文及注并誤，其云：『玉篇集韻均無⿰忄馮字。且⿰忄馮從馮，不得音奴計切。案⿰忄馮當是㦬字之譌。㦬本音郎計切，鈔胥誤入此紐。集韻郎計切下有㦬字。本書齊韻郎奚切下有㦬字，注云：「㦬忚欺慢之語，出方言」。此郎計切、即其去聲也。本注「⿰忄馮忚音慢」當即「㦬忚欺慢」之誤。又注云：「又相⿰忄馮摩也」，未詳。』（註八十二）

○十三祭韻

**蜹** 蚑蜹又音爇　二〇二頁　七行

澤存堂本「蜹」作「蚋」、「爇」作「𤍠」，并誤。

**斲** 斷也　二〇二頁　一〇行

澤存堂本正文作「斲」。此本誤。

**⿰耑蚤** 蟲名　二〇二頁　一〇行

澤存堂本正文作「⿰耑蚤」。案今本說文、玉篇有「⿰耑蚤」無「⿰耑蚤」，疑此本誤。

[illegible] 重擣又是稅切 二〇二頁 一〇行

澤存堂本「是」作「楚」。此本誤。

獘 困也惡也說文曰頓仆也俗作弊毗祭切五 二〇二頁 一六行

澤存堂本同。案今本說文从犬作「獘」。

簖 簖斷 二〇二頁 一七行

澤存堂本二「簖」字并作「籪」。此本并誤。

蔧 婦帚爾雅曰葥王蔧本亦從艹祥歲切九 二〇二頁 一七～一八行

澤存堂本「夲」作「本」。案「葥」字，澤存堂本同。爾雅釋草：「葥，王蔧」，二本「葥」字并當从艸。

槥 小捾 二〇二頁 一八行

澤存堂本「捾」作「棺」。此本誤。

鷩 爾雅曰鷩雉郭璞云似山雞而小冠周禮云王享先公饗射則鷩冕又音鼈 二〇二頁 一九～二〇行

澤存堂本「饗」作「響」，蓋誤。

懘 怗懘和也怗懘樂音不記作帖 二〇二頁 二二～二三行

澤存堂本二「怗」字并作「惉」，并誤。又「帖」字，澤存堂本同，案樂記作「怗」，二本并誤。（註八十三）

制 禁制也止也勝也說文作利裁也从刀从又斷未物有滋味可裁斷也征例切十八 二〇二頁 二三～二四行

澤存堂本「利」作「刺」。此本誤。

㦅 婦孕病兒 二〇二頁 二五行

澤存堂本「兒」作「皃」。案周氏廣韻校勘記云：「㦅，集韻作宴，是也。」宴亦見本韻餘制切下，注云：「婦人病胎」。此注「病兒」，北宋本、巾箱本、黎本作「病兒」，當據正。」（註八十四）王二正文作「悳」，訓作「孕病」，其正文亦當作「要」。

**趆** 踰也 二〇三頁 二八行

澤存堂本「踰」作「蹃」。此本誤。

**裔** 邊也苗裔也又容裔也說文曰衣裾也俗作裔 二〇三頁 二九行

澤存堂本「裔」作「裔」。

**潏** 容潏水皃 二〇三頁 三一行

澤存堂本「容」作「溶」。此本誤。

**丿** 至地 二〇三頁 三二行

澤存堂本「地」作「也」。案王一訓作「至地」。

**滯** 廢也止也凝久也直例切七 二〇二頁 三五行

澤存堂本「凝」字下有一「也」字。

**砅** 義上見注 二〇三頁 三八行

澤存堂本注文作「義見上注」。此本誤。

**㤠** 帛餘亦作裂 二〇三頁 三九行

澤存堂本「裂」作「𢃄」，與王一同。

**洌** 清水又耳列一 二〇三頁 三九行

澤存堂本「目」作「音」，此本字損。又澤存堂本無「一」字，此本誤衍。

**憩** 息也去例切五 二〇三頁 三九～四〇行

澤存堂本「五」作「六」，案此本此紐所列韻字為五字，蓋澤存堂本在「揭」字訓上尚列有「愒爾雅貪也說文息也」一字訓，故韻字數作「六」。

**揭**褰衣渡水由膝已下曰揭　二〇三頁四〇行

澤存堂本「惕」作「揭」，此本誤。又「巳」字，澤存堂本同，當作「以」。

**跇**跳也踰也丑例切十二　二〇三頁四四行

澤存堂本「十二」作「十一」。案此紐所列韻字實「十二」字。

**⿰足祭**視也　二〇三頁四五行

澤存堂本正文作「⿰目祭」。此本誤。

**⿰矢卷**⿰矢卷⿰矢彖短皃丘吠切一　二〇三頁四七行

澤存堂本同。案「吠」字在廢韻。

**⿰矢彖**短皃呼吠切一　二〇三頁四七行

澤存堂本同。案「吠」字在廢韻。此字與上文「⿰矢卷」字蓋廢韻增加字而誤入本韻者。

○十四泰韻

**太**甚也大也通也周禮曰太史掌建邦之六典宋書曰太史掌歷數靈臺掌候日月星氣焉經典本作大亦漢複姓六氏漢有尚書太叔雄古今人表有大師庇何氏姓苑云太征氏下邳人太士氏永嘉人又有太室氏太祝氏　二〇四頁一～三行

澤存堂本「古今人表有大師庇」之「大」字作「太」。

**⿰豕犮**⿰豕犮猳豕　二〇四頁五行

澤存堂本正文作「⿰豕犮」。此本誤。

**瞹**瞹隱　二〇四頁六行

澤存堂本二「瞹」字并作「瞹」。案玉篇「瞹」訓作「烏蓋切，隱也」；「瞹」訓作「於代切，晻瞹暗皃」。

（大字注）又虜三字姓周書蔡祐賜姓大利稽氏周末有尉回將軍大莫干玄章後魏書南方大洛稽氏後改爲稽氏徒蓋切八　二〇四頁一〇行

澤存堂本「干」字作「于」，蓋誤。魏書官氏志：「大莫干氏後改為郃氏。」

汏 濤汏說文曰淅灡也　二〇四頁一〇行
澤存堂本「淅」作「浙」。案今本說文作「淅」，此本誤。

摕 搥也　二〇四頁一三行
澤存堂本正文作「㯙」。此本从手，誤。

貝 說文曰海介蟲也居陸名猋在水名蜬象形古者貨貝而寶龜亦以貝[illegible]爲名州名春秋時屬晉七國屬趙秦爲鉅鹿郡漢爲淸河郡周置貝州博蓋切十四　二〇四頁一四～一五行
澤存堂本「猋」作「⿰貝猋」。案今本說文作「猋」。

會 合也古作㑹亦州秦屬隴西郡漢分爲金城郡周爲防隋爲鎭武德初平李軌置會州又姓漢有會栩黃外切又音儈五　二〇四頁一八～一九行
澤存堂本「栩」作「相」。

逹 說文云無違也　二〇四頁一九行
澤存堂本正文作「達」，與今本說文合。

襘 除殃祭也又古外切　二〇四頁一九行
澤存堂本正文作「禬」，蓋誤。

祋 祋祤縣名在馮翊又殳也丁外切　二〇五頁二七行
澤存堂本「役」作「祋」。此本誤。

𤓺 火之毒　二〇五頁三四行
澤存堂本注文末尚有一「皃」字。

娧 他外切五　二〇五頁三五行
澤存堂本切語上尚有「好皃」二字。

○十五卦韻

**隘** 陜也陋也烏懈切六　二〇六頁三行

澤存堂本「陋」作「陑」。案「陋」與「陜」同，此當作「陑」。

**畫** 釋名曰畫挂也以五色挂物象也俗作畫胡卦切又胡麥切九　二〇六頁五行

澤存堂本「畫」作「畫」，蓋誤。

**睚** 目際又睚眦怨也五懈切又五佳切　二〇六頁七～八行

澤存堂本注文末有「一」字，此本脫。

**瘵** 疾也士懈切二　二〇六頁九行

澤存堂本「士」作「七」。案「七」蓋「士」字之誤。王一、王二、全王、唐切語并作「士懈反」。

**膪** 亦作䐈臊肉也竹賣切又竹亞切腟膪肥皃二　二〇六頁一二～一三行

澤存堂本「䐈」作「䐈」。此本誤。

〇十六怪韻

**擽** 周禮曰大祝辯九擽一曰稽首二曰頓首三曰空首四曰振動五曰吉擽六曰凶擽七曰奇擽八曰褒擽九曰肅擽博怪切三　二〇七頁一二～一三行

澤存堂本正文上有「〇」記號，此本脫。

**湏** 水名在樂浪　二〇七頁一四行

澤存堂本正文作「浿」。此本誤。

**繝** 上同亦見周禮　二〇七頁一八行

澤存堂本正文作「襉」。此本誤。

**顡** 顏惡也他怪切說文五怪切癡顡不聰明也一　二〇七頁一九行

澤存堂本同。案「他」字，巾箱本作「辿」，「辿」蓋「迍」字之誤。王一、全王切語并作「知怪反」，「知」「迍」聲類同。

○十七夬韻

**璯** 姓也晉有錢璯 二○八頁 二行

澤存堂本「錢璯」作「璯錢」，周氏廣韻校勘記云：『「璯錢」，日本、宋本及黎本景宋本作錢璯，是也。錢璯，吳興人。此以璯為姓，誤。注「姓也」依例當作「人名」。』（註八十五）

**敱** 籀文 二○八頁 四行

澤存堂本正文作「敱」。案今本說文作「敱」。

○十八隊韻

**⿱雨對** 黮⿱雨對雲狀 二○九頁 一行

澤存堂本「黮」作「⿱雨湛」。案玉篇「⿱雨甚」訓作「⿱雨甚⿱雨對雲皃」；「⿱雨對」訓作「⿱雨甚⿱雨對」。澤存堂本「⿱雨湛」蓋「⿱雨甚」字之誤。

**⿱敝韭** ⿱敝韭也 二○九頁 二行

澤存堂本「⿱敕韭」作「⿱𣎆韭」。案「⿱敕韭」當作「⿱敝韭」或「⿱𣎆⿰目目」。（註八十六）

**倅** 副也七內切五 二○九頁 一一行

澤存堂本「七」作「士」，蓋誤。案王一、王二、全王切語并作「七碎反」，唐韻作「七內反」。

**⿺尢鬼** ⿺尢鬼⿺尢委廢風熱烏繢切三 二○九頁 一三行

澤存堂本「廢」作「癈」。

**⿺尢委** ⿺尢鬼⿰骨委 二○九頁 一四行

澤存堂本同。案「⿰骨委」當作「⿺尢委」，見上條「⿺尢鬼」字訓。

**膭** 大肥 二○九頁 一七行

澤存堂本正文作「膭」。此本从目，誤。

○十九代韻

**慨** 慷慨苦蓋切六 二一。頁八行

澤存堂本同。案「蓋」字在泰韻。王二、全王切語并作「苦愛反」，唐作「苦摡反」，此「蓋」字當作「愛」或「摡」。

**㝵** 釋典云旡㝵也 二一。頁九行

澤存堂本「旡」作「无」。此本誤。

**薆** 薆對草盛 二一。頁一一行

澤存堂本「對」作「薱」。案唐韻亦从艸。

**儗** 儓儗癡也海愛切又音礙一 二一。頁一六行

澤存堂本無「一」字，蓋脫。

○二十廢韻

**廢** 止也大也方肺切九 二一一頁一行

澤存堂本「肺」作「肺」，蓋誤。

**肺** 金藏芳廢切四 二一一頁二行

澤存堂本「芳」作「方」，蓋誤。「方廢切」與「方肺切」音同。王二、全王并作「芳廢反」。

**昁** 暘也又音代 二一一頁二行

澤存堂本「代」作「伐」，此本誤。入聲十月韻「房越切」下有「昁」字。

**濊** 濊貊夫餘國名或作獩貊又江濊又烏外切 二一二頁三行

澤存堂本次「貊」字作「貊」，蓋誤。

○二十一震韻

**須** 須頰頭少髮說文曰顏色㐱䫲順事也頁皆在　左　二一二頁　二～三行

澤存堂本正文作「頦」。此本誤。又「順」字，澤存堂本同。案今本說文作「愼」，唐人「愼」「順」通用。

**奞** 奮奞毛　二一二頁　五行

澤存堂本「毛」作「也」。案去聲二十二稕韻「私閏切」下有「奞」字，訓作「奮奞鳥張羽毛也」，今本說文「奞」訓作「鳥張羽毛自奮奞也」。此注宜作「奮奞鳥張羽毛也」。

**蜃** 較蜃又縣名　二一二頁　一五行

澤存堂本「較」作「蛟」。此本誤。

**憖** 且也一曰傷也又曰閑也魚覲切三　二一二頁　一七行

澤存堂本正文作「憗」，與今本說文合。又「閑」字澤存堂本同。周氏廣韻校勘記以為當是「問」字之誤。（註八十七）

**舋** 上同人罪也瑕舋也　二一二頁　二一行

澤存堂本「人」作「又」。此本誤。

**饉** 無穀曰飢無菜曰饉　二一二頁　二三行

澤存堂本「飢」作「饑」。此本誤。

**歏** 欠歏　二一二頁　二四行

澤存堂本「欠」作「坎」，蓋誤。

**嚫** 親施　二一二頁　二四行

澤存堂本「親」作「嚫」。此本誤。

印 符印也印信也亦因也封物相因付又漢官儀曰諸王侯黃金橐駝鈕文曰璽列侯黃金龜鈕文曰章御史大夫金印紫綬文曰章中二千石銀印龜鈕文曰章千石至四百石皆銅印文曰印又姓左傳鄭大夫印段出自穆公子印以王父字爲氏於刃切四　二一二～二一三頁　二五～二七行

澤存堂本「印段」作「印段」，此本誤。見左傳襄公二十七年。

𣎵 麻片撫刃切三　二一三頁　二八行

澤存堂本「撫」作「匹」。

閵 鬬也　二一三頁　二八行

澤存堂本「鬬」作「鬬」，案當从門作「鬬」。又二本正文亦當从門作「閵」。

吗 唁也九峻切二　二一三頁　二九行

澤存堂本同。案「唁」字，段改作「吐」。（註八十八）

○二十二稕韻

稕 束稈也之閏切六　二一四頁　一行

澤存堂本「束」作「朿」，「閏」作「閏」，并誤。案此韻从閏之字，澤存堂本并从閏，并當从閏。

舜 虞舜仁聖盛明曰舜說文作𦱶艸也楚謂之葍秦謂之藑蔓地連華象形舒閏切八　二一四頁　七行

澤存堂本「葍」作「藑」。案今本說文作「葍」，澤存堂本誤。

瞬 瞬目自動也　二一四頁　八行

澤存堂本同。案「自動」當从北宋本、巾箱本、明本作「目動」。

順 從也食閏切一　二一四頁　一〇行

澤存堂本「二」作「一」。案此紐所列韻字實二字。

○二十三問韻

**絻** 喪服亦作免 二一五頁 一行

澤存堂本「眼」作「服」。此本誤。

**脕** 上同詩曰微亦柔止鄭玄云柔謂肥脕之時 二一五頁 二行

澤存堂本同。案「微」字，詩采薇作「薇」。

**抆** 拭也 二一五頁 二行

澤存堂本「拭」作「拭」。此本誤。

**鄆** 邑名又州名魯太昊之後風姓禹貢兗州之城即魯之附庸須句國也秦為薛郡地漢為東平國武帝為大河郡隋為鄆州亦姓魯大夫食采於鄆後因氏焉 二一五頁 四～五行

澤存堂本「城」作「域」。此本誤。

**湓** 含水㵸也 匹問切四 二一五頁 八行

澤存堂本「舍」作「含」。此本誤。

**𩡗** 楊也鳥張毛羽𩡗𩡗也又姓左傳楚有司馬𩡗揚 二一五頁 九行

澤存堂本「楊」作「揚」。此本誤。

**分** 分劑扶問切 又方文切五 二一五頁 一三行

澤存堂本正文上有「。」記號，此本脫。又澤存堂本「悶」作「問」，案「悶」字在二十六慁韻，此本誤。

〇二十四焮韻

**㦥** 㦥裹相著 二一六頁 四行

澤存堂本同，案「裹」當作「裹」。

〇二十五願韻

**券** 券約說文契也釋名曰券綣也相約束繾綣為限也去願切六 二一七頁 二～三行

澤存堂本三「券」字并作「券」。此本并誤。又釋名「為」字上有「以」字，二本并脫。

**万** 十千又虜三字姓三氏西魏有拄國万紐于謹周書唐瑾樊深並賜姓万紐于氏無販切十八　二一七頁四行

澤存堂本「三氏」作「二氏」。此本誤。（註八十九）

**萬** 萬舞字林云萬蟲名也亦州名自漢及梁猶爲朐䏰縣地後魏分置萬川郡及魚泉縣武德初割信州南浦置浦州貞觀改爲萬州又姓孟軻門人萬章　二一七頁五～六行

澤存堂本「朐」作「胊」。彙編廣韻校勘記云：「案漢巴郡有朐忍縣，又作朐䏰。大徐新附因有朐䏰二字。」（註九十）

**奔** 上同　二一七頁一〇行

澤存堂本同。案此非上文「畚」字之重文，「同」字當从王一、王二、全王作「大」。

**娩** 說文云兔子也娩疾也　二一七頁一〇行

澤存堂本同。案今本說文正文作「娩」訓作「兔子也，娩疾也，从女免」，當據改。

**⿺尢也** 說文云其義闕　二一七頁一〇行

澤存堂本正文作「⿺尢它」，案當从今本說文作「⿺尢它」。

**販** 小春也亦作難芳万切一　二一七頁一五行

澤存堂本同。案切語與本韻「嬎」字音同，當从王二切「叉万」。

**遠** 離也子願切一　二一七頁一五行

澤存堂本「子」作「于」。此本誤。

〇二十六慁韻

**顨** 說文云巽也此易顨卦爲長女爲風者　二一八頁三行

澤存堂本同。案二「顨」字，今本說文并作「顨」。

**琯** 出光也又音管　二一八頁　七行

澤存堂本「出」作「玉」，蓋誤。案注文，王二作「く出光」，唐作「く出光，又音管」，全王作「·出光」。

**寸** 說苑曰度量衡以粟生之十粟爲一分十分爲一寸十寸爲一尺家語云孔子曰布指知寸倉困切二　二一八頁　九行

澤存堂本「說苑」作「說文」，蓋誤。案文見說苑辨物篇。

**鑴** 瓦器又于見切　二一八頁　九行

澤存堂本「于」作「千」，此本誤。

○二十八翰韻

**閈** 里也居也垣也說文曰閭也汝南平輿里門曰閈　二二〇頁　三行

澤存堂本同。案注文，王一、唐并作「里門」，王二、全王并作「里く」。則此二本「里」字下有脫文。

**嫙** 嫙婺無宜適也　二二〇頁　六行

澤存堂本「宜適」作「宜適」，此本誤。案玉篇「婺」訓作「嫙婺無宜適」，下出重文「嫙」。注云：「上同。」

**罕** 抱罕縣在河州亦作罕抱音扶　二二〇頁　一四行

澤存堂本同。案二「抱」字并當作「枹」，上平十虞韻「防無切」下出「枹」字，訓作「枹罕，縣名，在河州，罕音漢」。

**讕** 逸言又蘭嬾二音　二二〇頁　一五行

澤存堂本「逸」作「逆」，蓋誤。案上平二十五寒「落干切」下出「讕」，訓作「逸言，又力誕切」。此本「逸」當作「逸」。

**嬪** 不謹也一曰美好皃祖贊切五　二二〇頁　二一行

澤存堂本「徂」作「祖」，蓋誤。案「祖贊切」與上文「贊，則旰切」音同。

○二十九換韻

**垸** 漆骨垸也 **䯘** 上同　二二一頁一行

澤存堂本作「垸 垸漆補也 䯘 膝骨」。案周氏廣韻校勘記云：「北宋本、巾箱本、黎本作「垸 垸漆骨也 䯘 上同」。案敦煌王韻垸下云：「骨漆曰垸」，本書桓韻垸下云：「漆加骨灰上也」，可證宋本垸注「漆骨垸也」不誤。張改作「桼補垸也」，非是。又䯘本為垸字或體，宋本注云：「上同」正與唐韻垸注「亦作䯘」相合。**釋藏解脫道論**字作䯘。張氏改上同作膝骨，未免滅裂。」惟彙編廣韻校勘記云：「漆骨，巾箱本同。澤存堂本作桼補，是。案今說文垸下云：以桼和灰而髹也，一曰補垸。」（註九十一）案今本說文「垸」訓作「以桼䵒灰丸而髹也，从土完聲。一曰補垣也」。

**段** 分段也又姓出武威本自鄭共叔段之後風俗通云段干木之後段氏有出遼西者本鮮卑檀石槐之後晉時段匹磾徒玩切三　二二一頁一二行

澤存堂本「時」作「將」。此本誤。

**鍜** 打鐵丁貫切六　二二一頁一三行

澤存堂本正文作「鍛」，此本誤。案下文「腶」「碫」，澤存堂本均从段，此本均誤从叚。

**瑖** 石之似玉　二二一頁一三行

澤存堂本同。案今本說文「瑖」訓作「石之似玉者，从玉叚聲」，又集韻亦出「瑖」字，訓作「石之似玉者」，并重出「瑕」字，注同。

**渙** 國在流沙東　二二一頁一五行

數數敪　二二一頁一七行

澤存堂本正文作「瞣」。案當作「瞣」。

澤存堂本同。案周氏廣韻校勘記據萬象名義改作「數數敪」。（註九十二）

䅼不蒔田也　二二一頁一七行

澤存堂本注文作「不蒔之田也」。案巾箱本作「不蒔田也」。王一、王二、唐韻并作「不蒔田」。澤存堂本「之」字，蓋誤衍。

半物中分也博慢切七　二二一頁一八行

澤存堂本同。案「慢」字在三十諫韻。余氏本、元建本切語并作「博慢切」（註九十三）。王一、王二、全王、唐并作「博漫反」。

○三十諫韻

○輚臥車又寢車亦作轏士諫切五　羼羊相間也　棧木棧道又士限切　虥虎淺毛又士限切　⿰谷戔谷在上艾　⿰虫戔馬⿰虫戔蟲名　○襻衣襻普患切一　○奻訟也女患切一　⿱戔戔穀麥⿱戔戔也　㬥赤色丑晏切三　⿸疒馬牛馬病　二二二頁一〇～一一行

澤存堂本作「○輚臥車又寢車亦作轏士諫切五　棧木棧道又士限切　虥虎淺毛又士限切　⿰谷戔谷在上艾　⿰虫戔馬⿰虫戔蟲名　○襻衣襻普患切一　○奻訟也女患切一

○羼羊相間也初鴈切三　鏟削木器又初限切　⿱戔戔穀麥⿱戔戔也　○㬥赤色丑晏切三　⿸疒馬牛馬病」

案「羼」字，王一、王二并入襇韻，全王、唐韻則襇韻、諫韻并出。「鏟」字，王一、王二、全王、唐并列諫韻，獨立成紐。此本「羼」字誤入「士諫切」紐下。又脫「鏟」字及訓。此本「奻」字之韻字數當作「一」，蓋將「⿱戔戔」字訓誤入其下。澤存堂本「㬥」字之韻字數「三」當作「二」，此紐所列韻字實二字。又其注文「赤色」，此本誤作「亦也」。

○三十一襇韻

莧菜名侯襇切三　二二三頁二行

**采**說文云辨別也象獸指爪分別也 二二三頁三行

澤存堂本「襴」作「襉」。此本誤。

澤存堂本「文」作「文」。此本誤。

**盻**美目匹莧切二 二二三頁三行

澤存堂本正文作「盻」。此本誤。

**袓**衣縫解又作綻丈莧切三 二二三頁四行

澤存堂本正文上有「。」記號，此本脫。

〇三十二霰韻

**霰**雨雪雜又作霓霹釋名曰霰星也水雪相摶如星而散說文云霰稷雪也蘇佃切九 二二四頁一行

澤存堂本「水」作「冰」，蓋誤。又澤存堂本「稷」作「積」，案今本說文「霰」訓作「稷雪也」，段注云：「謂雪之如稷者。」則澤存堂本作「積」，誤。

**芊**芊萰草木相雜皃 二二四頁三～四行

澤存堂本「萰」作「菄」，蓋誤。

**帤**幓也又幧頭 二二四頁四行

澤存堂本「幓」作「㡋」。此本誤。

**鐫**紡鐫說文曰瓦器也又七鈍切 二二四頁四行

澤存堂本「七」作「士」，蓋誤。案又音，王一、全王并作「忿鈍反」，「忿」「七」聲類同。

**夐**營求也又休嫃切 二二四頁五行

澤存堂本「休」作「求」，案當作「休」，四十五勁韻「夐」字切語作「休正切」。

**闐** 于闐國在西域闐或作寘又音田　二二四頁一二行

澤存堂本「西域」二字下無「闐」字。

**軙** 搥打物也　二二四頁一五～一六行

澤存堂本「搥」作「槌」，蓋誤。

**逹** 無也　二二四頁一八～一九行

澤存堂本同。案今本說文「逹」訓作「無違也」。王一作「無逹」。此本「無」字下有脫文。

**豣** 爾雅云麕絕有力豣　二二四頁一九行

澤存堂本「豣」作「豜」。案爾雅作「豣」，二本并誤。

**醼** 醼飲周禮云以饗燕之禮視四方之賓客詩云鹿鳴燕羣臣嘉賓也古無酉今通用亦作宴　二二四頁二〇～二一行

澤存堂本「視」作「親」。此本誤。

**薦** 薦席又薦進也說文曰獸之所食艸古者神人以廌遺黃帝帝曰何食何處曰食薦夏處川冬處松柏又姓出姓苑作甸切廌丈買切二　二二四頁二二～二三行

澤存堂本「川」字下尚有一「澤」字，此本脫。

**洊** 水荒曰洊亦再也易曰洊雷震　二二四頁二五行

澤存堂本「渀」作「洊」。此本誤。

**唸** 唸吚呻也亦作㕭及經典又作殿屎　二二五頁二八行

澤存堂本「殿」作「㕿」，蓋誤。又「戻」字，澤存堂本同，當从巾箱本作「戻」。

○三十三線韻

**戰** 懼也恐也又性之膳切二　二二六頁二行

禪 主禪又禪讓傳受 二二六頁三行

澤存堂本「性」作「姓」。此本誤。

澤存堂本三「禪」字并从示，此本誤。又「主」字，澤存堂本同，案當从汪二、全王、唐作「封」。

狷 楄急又古縣切 二二六頁六行

澤存堂本「楄」作「褊」。此本誤。

面 向也前也說文作𦣻 顏前也俗作靣彌箭切二 二二七～八行

澤存堂本「𦣻」作「靣」，案今本說文作「𦣻」。

偭 說文曰鄉也禮少儀云尊壺者偭其鼻 二二六頁八行

澤存堂本「鄉」作「郷」，案今本說文作「鄉」。

驏 馬上浴陟扇切三 二二六頁九～一○行

澤存堂本同。案「上」字當作「土」。

扇 崔豹古今注舜作五明扇說文扉也式戰切四 二二六頁一二行

澤存堂本同。案此紐所列韻字實六字，二本并誤。

䑋 怒瞋於扇切三 二二六頁一三行

澤存堂本正文作「躽」，此本誤。

戀 惎也力卷切四 二二六頁一七行

澤存堂本「惎」作「慕」。此本誤。

縓 絳色七絹切又七金切三 二二六頁一九行

澤存堂本「金」作「全」。此本誤。

䀽 更視見皃說文作𨔶相顧視而行也又弋絹切 二二六頁一九行

澤存堂本「金」作「全」。此本誤。

灑口含水漬　二二六頁二三行

澤存堂本正文作「蹝」。此本誤。

籑說文曰具食也士戀切九　二二六頁二四行

澤存堂本「漬」作「瀆」。此本誤。

澤存堂本「士」作「七」，益誤。王二、唐切語并作「士戀反」，全王作「士變反」。

孨譁也莊眷切一　二二六頁二五行

澤存堂本「譁」作「謹」。此本誤。

○衍水也溢也豐也于線切又以淺切八　二二七頁二九行

澤存堂本正文作「衍」。又「于」字，澤存堂本同，案當从唐韻作「予」。

僆按揵之皃　二二七頁三一行

澤存堂本正文作「揵」。此本誤。

絭臂繩　二二七頁三一行

澤存堂本正文作「絭」。此本誤。

徧周也說文布也方見切二　二二七頁三二行

澤存堂本「布」作「帀」，與今本說文合。

○三十四嘯韻

𦡔切肉合糅　二二八頁一行

澤存堂本「合」作「食」，益誤。

憿行縢又古鳥切　二二八頁五行

澤存堂本正文作「嬓」，此本誤。

䚩 大嘑說文曰高聲也一曰大呼 二二八頁六行

澤存堂本正文作「䚩」，此本誤。

澆 韓浞子名又音梟 二二八頁一〇行

澤存堂本同。案「韓」字，左傳作「寒」，孔安國注論語：「奡盪舟」，亦作「寒」。（註九十四）王一、王二、全王、唐韻則并作「韓」。

窔 隱暗處亦作穾東南隅謂之窔俗作穾烏叫切 二二八頁一〇行

澤存堂本「穾」作「窔」，此本誤。又澤存堂本注文末有「二」字，此本脫。

窅 窅篠幽深皃又音杳 二二八頁一〇～一一行

澤存堂本正文上無「。」記號，此本衍。又正文段改作「窅」。又「窅篠」二字，澤存堂本作「窅窱」，當作「窅窱」。

○三十五笑韻

邵 邑名又姓出魏郡周文王子邵公奭之後寔照切七 二二九頁六行

澤存堂本同。案「奭」當作「奭」。

嶠 山道又山銳而高渠廟切又音喬二 二二九頁七行

澤存堂本正文上有「。」記號，此本脫。

醮 祭也子肖切十二 二二九頁一三行

澤存堂本「十二」作「十一」。案此紐「趭」字訓下尚出「穛 穛走皃」一字訓，故有十二字。澤存堂本無「穛」字訓，故得十一字。實則此本「穛」字訓蓋涉上文「趭」字而誤衍。

驃 驃騎官名又馬黃白色毗召切又卑笑切又匹召切一 二二九頁一五～一六行

**朓** 祭也丑召切又匹召切上 二二九頁 一七行

澤存堂本「又卑笑切又匹召切」作「又卑笑匹召二切」。此本誤。

澤存堂本「上」作「一」，此本誤。

○三十六效韻

**校** 校尉官名亦周禮校人之後又音教 二三〇頁 一行

澤存堂本「亦」字下有一「姓」字，此本脫。

**鵁** 解鷹屬又音教 二三〇頁 六行

澤存堂本「鷹」作「鷹」。

**揱** 木上小或作⿱削木 二三〇頁 一二行

澤存堂本「揱」作「⿱削木」。此本誤。

**閙** 同上 二三〇頁 一四行

澤存堂本同。案正文當作「鬧」。

**抓** 爪刺也側敎切三 二三〇頁 一四行

澤存堂本「剌」作「刺」。此本誤。

**縐** 惡絹也又初爪切又側救切二 二三〇頁 一五行

澤存堂本無「二」字，此本誤衍。案依本書例，又音當作「又初爪側救二切」。

**觘** 角上浪也 二三〇頁 一六行

澤存堂本「上」作「匕」，且無「浪」字。案周氏廣韻校勘記云：「注北宋本、巾箱本、黎本、景宋本均作『角上浪也』。案敦煌王韻注作『角上』，萬象名義字鏡均同。集韻云：『觘，角上皃』。是『角上』二字不誤。張改作「角匕」，非是。倭名類聚鈔卷七角下引唐韵云：觘，角上浪也。」。惟龍宇純氏唐寫全本王仁昫刊謬補缺切韻校箋云：「案觘字不詳所出。廣韻及倭名類鈔引唐韻云：角上浪。而柏刊之四同紐有⿰舟少字，注云：舩不安也。廣韻同，集韻亦有⿰舟少字，云：不寧謂之⿰舟少。疑觘即⿰舟少字之誤，角上浪即舟上浪之誤。舟上浪者，謂浪掠舟而上耳，故為舟不安寧之意。」（註九十五）

**柪** 柪⿰衤茂　二三。頁一六行

澤存堂本「⿰衤茂」作「襪」。此本誤。

**⿰亻幼** 很也房也出字林　二三。頁一六行

澤存堂本「房」作「戾」。此本誤。

**巢** 棧閣也七稍切又士交切一　二三。頁一七行

澤存堂本同。案「七」當作「士」。（註九十六）

○三十七号韻

**号** 号令又召也呼也謚也亦作號胡倒切六　二三一頁一行

澤存堂本「謚」作「諡」，蓋誤。又澤存堂本「倒」作「到」。案王一、王二、全王、唐切語并作「胡到反」。

**⿱敖日** 年九十或作⿱敖耆　二三一頁三行

澤存堂本「⿱敖日」作「⿱敖耆」。周氏廣韻校勘記云：「⿱敖日，敦煌王韻作⿱敖老，故宮王韻唐韻作⿱敖日。⿱敖耆，北宋本、巾箱本、黎本作⿱敖日。案⿱敖日蓋⿱敖老字之誤，張依王篇改作⿱敖耆，非也。」惟彙編廣韻校勘記引集韻「⿱敖日」注或作「⿱敖耆」。（註九十七）

**鷔** 鷔⿰身乚魚鳥狀也　二三一頁七行

**旄** 狗足旄毛 二三一頁九行

澤存堂本作「鶩鶩亂魚鳥狀也」，案二本并誤，當作「聱聱耴魚鳥狀也」。（註九十八）

**⿰糸毛** 刺也絹帛⿰糸毛起如刺也 二三一頁一〇行

澤存堂本「毛」作「尾」。案唐韻亦作「毛」，與爾雅合。

澤存堂本二「刺」字并作「剌」，此本誤。又周氏廣韻校勘記據集韻，而謂「⿰糸毛起當作毛起」。（註九十九）

**辮** 麻莖大也又施絞於緶也 二三一頁一二行

澤存堂本「緶」作「編」，蓋誤。案王一、全王、玉篇并作「緶」。

**暴** 侵暴猝也急也又晞也案說文作暴疾有所趣也又作㬥晞也今通作暴亦姓漢有繡衣使者暴勝之薄報切九 二三一頁一三～一四行

澤存堂本同。案「㬥」當作「㬥」。

**報** 報告又下婬曰報 博耗切一 二三一頁一五～一六行

澤存堂本「婬」作「媱」，蓋誤。

**燠** 燠釜以水添釜 二三一頁一七行

澤存堂本二「釜」字并作「釜」，案當作「釜」。

○三十八箇韻

（賀字注）以賀若爲氏周書賀蘭祥傳曰其先與魏俱起有紇伏者爲賀蘭莫何弗因以爲氏賀拔勝傳云其先與魏俱出陰山代爲酋長北方謂本爲拔爲其總有地土時人相賀因爲賀拔氏後自武川徙居河南也南燕錄有輔國大將軍賀賴盧後魏書有賀葛賀婁賀兒賀遂賀悅等氏胡箇切四 二三二頁三～五行

澤存堂本「北方謂本為拔」作「北方謂土為拔」。此本誤。

○三十九過韻

**播** 揚也放也弃也說文種也一曰布也又姓播武殷賢補過切五 二三三頁五行

澤存堂本「種」作「揜」，蓋誤。又澤存堂本「賢」字下有一「人」字，此本脫。

侉 痛呼也安賀切一 二三三頁一三行

澤存堂本同。案「賀」字在箇韻。王一、全王并作「烏佐反」。「佐」字亦在箇韻。

○四十禡韻

㾺 牛馬病又音慢說文曰目病一曰惡气著身也一曰蝕創 二三四頁一〜二行

澤存堂本「目」作「日」、「惡」字上之「日」字作「目」，并誤。

僠 僠步肥也 二三四頁一〇行

澤存堂本「肥」作「立」。此本誤。

暇 閑也書曰不敢自暇俗作暇胡駕切四 二三四頁一四行

澤存堂本「不敢自暇」下尚有「自逸」二字，與書酒誥合。又二本「閑」當作「閒」、「暇」當作「假」。

赿 怒也一曰牽也色夜切又丑格切二 二三四頁一六行

澤存堂本正文作「赿」，此本誤。又澤存堂本「色」作「充」，此本誤。

射 射弓也周禮有五射白旬參連剡注讓尺井儀又姓三輔決録云漢末大鴻臚射咸本姓謝名服天子以為將軍出征姓謝名服不祥改之為射氏名咸神夜切又音石又音夜僕射也四 二三四頁二〇〜二一行

澤存堂本「白旬」作「白匀」。案周禮保氏鄭司農注云：「五射，白矢、參連、剡注、襄尺、井儀也。」二本引文當據改。

摦 寬也大也胡化切七 二三四頁二四行

澤存堂本正文上有「。」號，此本脫。

○四十一漾韻

讓 退讓責讓又交讓木名兩樹相對一枯則一生岷山有之人樣切四 二三六頁五行

昶 逮也日長也通遠也又丑兩切　二三六頁一〇行

澤存堂本「四」作「三」，案此紐所列韻字實四字。

澤存堂本「通」字下有「也」字，此本脫。

糚 糚米　二三六頁一七行

澤存堂本注文作「⿰氵壯米入甑」，與玉篇合。

醬 說文作醬醢也漢書武帝使唐蒙風曉南越南越食蒙蜀蒟醬子亮切四　二三六頁一九～二〇行

澤存堂本「子」作「于」，葢誤。

況 匹擬也善也矧也說文曰寒水也亦𠎝況琴名又姓何氏姓苑云今盧江人許訪切四　二三六頁二二～二三行

澤存堂本「盧」作「廬」。

嵣 嵣𥓿山皃　二三八頁二行

澤存堂本「𥓿」作「硭」。案文選：「其山則崆峣嶱嵑，嵣㟿嶚剌。」李善注：「嵣㟿，山石廣大之貌也。」此本「𥓿」字、澤存堂本「硭」字并當改作「㟿」。

。⿰土長 冢也　二三八頁三行

澤存堂本「冢」作「冡」。此本誤。又二本正文上之「。」記號并誤衍。

當 主當又底也亦音璫　二三八頁七行

澤存堂本「璫」作「蟷」。案「璫」「蟷」二字音同。

搒 棹舩一歃　二三八頁一〇行

澤存堂本「棹」作「掉」。

喪 亡也蘇浪切又音桑二 䘮 上同　二三八頁一三行

澤存堂本或體作「⿱吅亾」。

○四十三映韻

**映**明也隱也於敬切四　二三九頁一行

澤存堂本「隱」作「陽」，並誤。

**競**爭也強也遂也高也遠也渠敬切七　二三九頁三～四行

澤存堂本「遂」作「逐」。此本誤。

**枰**獨坐版牀一曰投博局又音平　二三九頁七行

澤存堂本「版」作「版」，並誤。

**邴**邑名又姓左傳魯大夫邴洩子　二三九頁一〇行

澤存堂本無「子」字。此本誤衍。

**行**景迹又事也言也下更切又胡郎胡浪胡庚三切三　二三九頁一一行

澤存堂本注文末「三」字作「五」，並誤。案此紐所列韻字實三字。

**幀**開張畫繒也出文字指歸　二三九頁一二～一三行

澤存堂本正文从木，並誤。

**鋥**磨鋥出釰光或作張除更切　二三九頁一四行

澤存堂本「釰」作「劒」。此本誤。

○四十四諍韻

**鞕**堅牢五爭切二　二四〇頁二行

澤存堂本「爭」作「争」。案「争」字在下平十三耕韻，當作「諍」。至順本、楝亭本并作「五諍切」。

**轟**衆車聲也呼迸切又呼宏切二　二四〇頁二行

澤存堂本「呼」作「呼」。此本誤。

○四十五勁韻

（鄭字注）鄭鄭重慇懃亦州 二四一頁三行

澤存堂本「慇」作「殷」。

聘娉也 二四一頁七行

澤存堂本作「聘聘問也訪也匹正切三娉娶也」，此本脫「聘」字之注文及正文「娉」字。

○四十六徑韻

精強也子姓切又音旌一 二四一頁一二行

澤存堂本正文上有「。」記號，此本脫。

暝夕也 二四二頁九行

澤存堂本正文作「瞑」。

○四十七證韻

乘車乘也實證切又食陵切七 二四三頁二行

澤存堂本「寶」作「實」。此本誤。

䐆美日 二四三頁六行

澤存堂本「日」作「目」，此本誤。又正文，全王作「䑳」，與玉篇合。玉篇注文云：「亦作𥉌。」二本并當作「䑳」或「𥉌」。

餕馬食穀多氣流四下也黑飯切 二四三頁七行

澤存堂本「黑」作「里」，此本誤。又澤存堂本注文末有「一」字，此本脫

○四十八嶝韻

**絙** 急張 亦作鮔　二四四頁　二∼三行

澤存堂本「鮔」作「絙」。此本誤。

**鄧** 國名周爲申國平王毋申后韓置南陽郡釋名曰在地楚昭襄王取韓置南陽郡釋名曰在南中而居之家戰國時地楚昭襄王取陽地故以爲名始皇三十六郡即其一焉隋以南陽爲縣改爲鄧州取鄧國名之又姓出南陽安定二望殷王武丁封叔父於河北是爲鄧侯後因氏焉徒亘切六　二四四頁　三∼五行

澤存堂本無「地楚昭襄王取韓置南陽郡釋名曰在」十五字，此本誤衍。釋名無此文。又周氏廣韻校勘記云：「「在南中」當作「在中國之南」。王靜安先生曰：「案史記秦本紀正義引釋名曰在中國之南舊名陽地，故以為名焉。今本釋名二釋州國作在國之南而地陽也，有脫字。廣韻在南中亦當依史記正義作在中國之南」。」」（註一〇〇）

**懵** 悶也武亘切五　二四四頁　七行

澤存堂本同。案正文當从忄作「懵」。

○**倰** 倰蹬行皃魯鄧切二　二四四頁　七行

澤存堂本二「倰」字并作「踜」。周氏廣韻校勘記云：「踜，各本作倰。注蹬字元泰定本、楝亭本作僜，與集韻合。」惟彙編廣韻校勘記云：「倰及注倰，巾箱本同，澤存本均作踜。案字典引本書作踜蹬。集韻亦作踜，注踜蹬馬病。另出倰字，注倰僜不親事。本書四十八嶝有僜字，注倰僜不著事，無倰字，恐脫。」（註一〇一）

○四十九宥韻

**佑** 佐也助也　二四五頁　一行

澤存堂本「助」作「助」。本韻「祐」、「詠」二字注文中之「助」，澤存堂本并作「助」。

**胄** 胄子國子也説文曰裔也又姓出姓苑直祐切十三 二四五頁五～六行

澤存堂本「菀」作「苑」。此本誤。

**胄** 介胄説文曰兜鍪也 二四五頁六行

澤存堂本二「胄」字并作「冑」。此本誤。

**甃** 甃井 二四五頁一三行

澤存堂本「并」作「井」。此本誤。

**福** 衣一福今作副 二四五頁一四～一五行

澤存堂本二「福」字并作「福」。此本誤。

**留** 宿留停待也宿音秀 二四五頁一八行

澤存堂本末「宿」字作「宿」，益誤。

**繡** 五色備也尚書大傳曰未命爲士不得衣繡又姓漢書游俠有馬領繡君賓 二四五頁二〇～二一行

澤存堂本「游俠」作「游俠傳」，此本脫「傳」字。

**偊** 任身人也 二四五頁二二行

澤存堂本「任」作「妊」。此本誤。

○五十候韻

**[⿰亻欸]** 石蜜膜也 二四七頁三行

澤存堂本正文作「[⿰亻欸]」。案當从王篇作「[⿰亻⿰矣皮]」。

**豆** 穀豆物理論云菽者衆荳之名也又姓後魏有將軍豆代田候切十六 二四七頁九～一〇行

澤存堂本同。案「荳」當作「豆」，「候切」二字上脫切語上字，王一、王二、全王、唐切語并作「徒候反」，可據補「徒」字。

**酘** 酘酉 二四七頁一一行

澤存堂本「酉」作「酒」，此本誤。

梪 籩豆 或作梪古食肉器也 二四七頁一一～一二行

澤存堂本注文「梪」作「桓」。案當作「豆」。

餖 釘餖 二四七頁一二行

澤存堂本「釘」作「飣」。此本誤。

浢 水浢 二四七頁一二行

澤存堂本注文「浢」作「名」，此本誤。

裋 祭裋 二四七頁一二行

澤存堂本同。案注文當从集韻作「祭福」。

鬭 鬭競說文遇也又姓左傳楚有大夫鬭伯比 二四七頁一三行

澤存堂本三「鬭」字并作「鬬」。案并當改从鬥。

槈 說文曰𦔕器也篆文曰槈如鎒柄長三尺刃廣二寸以刺地除草奴豆切六 二四七頁一五行

澤存堂本「刺」作「剌」，此本誤。

譳 詛譳 二四七頁一六行

澤存堂本「詛」作「誼」。彙編廣韻校勘記以為均非，并引埤蒼：「謏譳不能言也。」為證。（註一〇二）

漱 漱又音瘦 二四七頁一七行

澤存堂本注文「漱」下有「口」字，當據補。

媾 重婚 二四七頁一九行

澤存堂本「婚」作「婚」。案二字同。

𧵍 稟給 二四七頁二〇行

**[豸頁]** 字統云勤作　二四八頁二六～二七行

澤存堂本同。案「稟」當作「稾」。澤存堂本正文作「頟」。此本誤。

**脴** 豕肉醬也蒲侯切二　二四八頁二七行

澤存堂本「侯」作「候」。此本誤。

○五十二沁韻

**鴆** 鳥名廣志云其鳥大如鶚紫綠色有毒頸長七八寸食蛇蝮雄名運日雌名陰諧以其毛歷飲食則殺人直禁切三　二五〇頁三～四行

澤存堂本「運日」作「運目」，並誤。

**蔭** 說文曰艸陰地也於禁切　**稽** 上同　二五〇頁七～八行

澤存堂本「稽」字注文作「苗美」。案此本以「稽」字為重文，與王一合。澤存堂本「苗美」之訓與元泰定本合，玉篇：「稽稽美苗也。」

**癊** 癊病　二五〇頁八行

澤存堂本正文作「瘡」。此本誤。

**罧** 爾雅曰槮謂之涔郭璞云今之作罧者聚積柴木於水中魚得寒入其裏藏隱因以簿圍捕取又息甚切槮與罧同也　二五〇頁八～九行

澤存堂本「補取」下有「之」字，與爾雅郭注合。此本並脫。

○五十三勘韻

**撢** 深取　二五一頁五行

澤存堂本「深」作「探」。案周氏廣韻校勘記云：「案從覃之字皆有深意。」惟彙編廣韻校勘記以為澤存堂本作「探」，是，并引說文「撢，探取也」為證。（註一〇三）

**憛** 憛悇懷憂　二五一頁五行

澤存堂本「悇」作「㥇」，蓋誤。去聲九御「羊洳切」下出「悇」，訓作「憂懼」。另出「抽據切」下，訓作「憛悇，憂也」（「憂」原誤作「愛」）。

**頪** 頷頪搖頭兒 二五一頁六行

澤存堂本正文作「頛」。此本誤。

**謲** 伺也七紺切三 二五一頁六行

澤存堂本「伺也」作「怒也」。案巾箱本訓作「相怒也」，王二、唐韻并訓作「伺也」，今本說文作「相怒使也」，集韻則作「相怒也，一曰伺也」。

**瞫** 括也又徒南切 二五一頁七～八行

澤存堂本同。案「括」當作「聒」。玉篇「瞫」訓作「深視兒」；「聒」訓作「視也」。

**馾** 冠幘近前丁紺切三 二五一頁八行

澤存堂本「冠幘近前」作「冠幘一曰馬步近前」。周氏廣韻校勘記云：「注此宋本、巾箱本、黎本、景宋本均作「冠幘近前」，無「一曰馬步」四字。案故宮本敦煌本王韻唐韻同。元泰定本、明本、棟亭本均作「馬步近前」。案集韻有馾帎二字：馾，訓馬睡兒；帎，訓冠俯前也。王韻唐韻蓋脫馾注及正文帎字，帎字注文遂誤入馾下。廣韻因之，亦未能訂正。張氏參合明本，改「冠幘近前」為「冠幘一曰馬步近前」，非是。」（註一〇四）

○五十四闞韻

**㘓** 可也又工覽切 二五二頁一行

澤存堂本「可」作「呵」。此本誤。

賧夷人以財贖罪止濫切七 二五二頁三行

澤存堂本「止」作「吐」。此本誤。

⿱甘蟲爪蟲 二五二頁五行

澤存堂本「爪」作「瓜」。此本誤。玉篇「⿱甘蟲」字即訓作「瓜蟲」。

鏨鑱石又音蠶 二五二頁七行

澤存堂本同。案「鑴」當作「鐫」。

○五十五豔韻

砭石針說文曰以石刺病也又甫兼切 二五三頁三～四行

澤存堂本「剌」作「刺」。此本誤。

⿰口韱⿰口韱噉不廉子黏切又子廉切一 二五三頁五行

澤存堂本「噉」作「⿰口取」，此本誤。本書十虞韻「子于切」下出「⿰口取」，訓作「⿰口韱⿰口取不廉」。

覘假也說文云闚視也春秋傳曰公使覘之丑黏切二 二五三頁七～八行

澤存堂本同。案「假」字當从巾箱本作「候」。

⿰忄弇快也於驗切亦作⿰忄奄二 二五三頁九行

澤存堂本「⿰忄奄」作「⿰巾奄」，蓋誤。

○五十七釅韻

⿱艹夌草木無蔓也亡劒切一 二五五頁二行

澤存堂本同。案正文段改作「⿱艹夌」、「無」字段改作「蕪」。（註一〇五）

○五十八陷韻

⿰酓音下入聲俗作韽於陷切四 二五六頁一～二行

䶫 齒咸多陟 陷切二 二五六頁二行

澤存堂本「韽」作「龤」。此本誤。

歁 歁喙口陷切 又口感切二 二五六頁三行

澤存堂本「二」作「三」。案此紐所列韻字實三字。此本誤。

澤存堂本「感」作「咸」，與王一、王二、全王、唐合。惟咸韻「苦咸切」下無此字。

韂 韉之短也 二五六頁四行

澤存堂本「也」作「者」。

○五十九鑑韻

鑑 鏡也誡也照也亦作監 格懺切又古銜切五 二五七頁一行

澤存堂本「昭」作「照」。此本誤。

㣌 相接物也又利也出字諟 二五七頁三、四行

澤存堂本「諟」作「譜」。此本誤。

譀 譀𧮂𧮂 又呼咸切 二五七頁四行

澤存堂本「𧮂」字不重，蓋誤脫一「𧮂」字。案巾箱本注文作「譀𧮂，𧮂呼戒切」。此本誤衍「又」字。十六怪韻「許介切」下出「譪」字訓作「譀譪」。「譪」、「𧮂」一字。

鬫 犬聲 二五七頁四行

澤存堂本同。案正文當从鬥作「鬫」。

○六十梵韻

劒 釋名曰劒檢也所以防檢非常也廣雅曰龍泉太阿干將鏌鋣斷蛇魚腸純鉤 燕支葵偷屬陳干隊堂谿墨陽巨闕辟閭並劒名也崔豹古今注云吳太皇帝有寶劒六一曰白虹二曰紫電三曰辟邪四曰流星五曰青冥六曰

諳 百里列子云孔周有三劍一曰合光二曰承影三曰霄練吳王賜子胥屬鏤之劍而死周穆王有錕鋙劍切玉如泥居欠切一 二五八頁 二～四行

澤存堂本「純鋼」作「純鋼」，案廣雅作「純鈞」，當據改。又澤存堂本「合光」作「含光」，此本誤。

諳 匿諳 二五八頁 五行

澤存堂本「匿」作「謡」，並誤。

○一屋韻

臺 古文 二五九頁 二行

澤存堂本正文作「臺」。案今本說文「屋」之古文作「臺」。

痐 字書云怨痛也 二五九頁 五行

澤存堂本正文作「痐」。此本誤。

遺 遺也 二五九頁 五行

澤存堂本注文作「遺媟」。案今本說文「遺」訓作「媟遺也」，玉篇作「遺也」，易也，亦為媟嬻字」。則二本均不誤。

穀 俗 二五九頁 八行

澤存堂本同。案正文當作「穀」。

轂 轂車 二五九頁 八行

澤存堂本二「轂」字并作「轂」。此本誤。

谷 山谷亦養也窮也又姓漢有谷永又欲鹿二音 二五九頁 九行

澤存堂本「養」作「善」。案唐韻作「養」。

鷇 布鷇鳥案爾雅只作穀 二五九頁 九行

澤存堂本「穀」作「穀」。此本誤。

轂 朱燒瓦　二五九頁一三行

澤存堂本「朱」作「未」。此本誤。今本說文「轂」訓作「未燒瓦器也」。

謕 詆說狡猾　二五九頁一六行

澤存堂本同。案「說」字當作「謕」。切三、王二、全王注文并作「詆謕」，唐韻作「詆謕狡猾」。

桃 杖指　二五九頁一六行

澤存堂本正文作「挑」。案正文玉篇作「杖」，集韻作「扙」。

睩 睩聽似蜥蜴居樹上聊下齧人上樹垂頭聽聞哭聲乃去出字林　二五九頁二五行

澤存堂本二「睩」字并作「蝝」、「齧」作「齧」。又「蜥」字，澤存堂本同，當作「蜥」。

濼 水名又音朴　二六〇頁二八行

澤存堂本同。案「朴」當作「扑」。

㲉 獸名似豹而小　食彌猴又名黃䙴案說文作㲉犬屬䙴已上黃䙴已下黑食母猴　二六〇頁二九～三〇行

澤存堂本「彌」作「獼」。

濮 水名出陳留郡入鉅野亦州名古昆　吾之墟左傳齊桓公會諸侯於鄄今鄄城縣是後漢獻帝時兗州刺史治於此後魏爲濮陽郡隋初置濮州又姓出何氏姓苑　二六〇頁三六～三七行

澤存堂本「刺」作「刺」。此本誤。

鸔 烏鸔水鳥似鴨而短頸腹翅紫白背上綠色又音剝　二六〇頁四〇行

澤存堂本「烏」作「鳥」，蓋誤。

木 樹木說文曰木冒也冒地而生東方之行又姓木華　字玄虛作海賦莫十切十二　二六〇頁四〇～四一行

澤存堂本同。案此紐所列韻字實十三字。「十二」當作「十三」。

莔 莔舊爾雅曰莔當又莔蕒芽　二六〇頁四四行

趚 趚趚體不伸也趚渠六切 二六二頁五三行
澤存堂本「舊」作「蔦」。

𦑛 說文撮也 二六二頁六二行
澤存堂本二「趚」字并作「趚」，並誤。

澤存堂本「撮」作「撮」。此本誤。

泦 水文 二六二頁六六行
澤存堂本「文」作「名」。案玉篇訓作「水文也」。

閵 同上 二六二頁六八行
澤存堂本正文作「閵」。此本誤。

鋦 鴔鋦溫器 二六二頁七一行
澤存堂本「鴔」作「鎢」。此本誤。

𢍁 兩手捧物說文音匊 二六二頁七二行
澤存堂本正文作「𢍁」。此本誤。

鵴 鵴鳩鳲鳩又音菊 二六一頁七四行
澤存堂本「鵴鳩」作「鴶鵴」。案本韻「居六切」下出「鵴」字，注文引爾雅作「鴶鵴」。

䳔 谷名在上艾 二六一頁七五行
澤存堂本「艾」作「艾」。此本誤。

祝 巫祝又太祝令官名周禮曰太祝掌六祝之辭以事鬼神祈福祥求永貞亦貞亦音呪又姓後漢有司徒中山祝恬 二六二頁七七行
澤存堂本無「亦貞」二字。此本誤衍。

〔口叔〕 說文嘆也 二六二頁八七行

澤存堂本「嗼」作「嘆」，蓋誤。今本說文訓作「啾嗼也」，段注云：「三字一句，俗本删啾字，非也。」

**蚎** 蚎蝭即蚰蜒也 二六二頁九一行

澤存堂本「蝭」作「蚭」。案上平六脂「女夷切」下「蚭」字注引字林作「蚎蚭」。

**衄** 刺也 二六二頁九一行

澤存堂本「刺」作「剌」。此本誤。

**𡊅** 塞也 二六二頁九二行

澤存堂本正文作「𧛗」，與玉篇合。

**宿** 素也大也舍也說文作宿止也左傳曰一宿爲舍再宿爲信又（下畧） 二六二頁九八行

澤存堂本「說文作宿」作「說文作𡪇」。此本誤。

**睦** 覞也敬也又和睦也亦西胡姓 二六三頁一〇四～一〇五行

澤存堂本「覞」作「親」。此本誤。

○二沃韻

**蝳** 蝳蜍 二六四頁三行

澤存堂本注文作「蝳蜍似蜘蛛」。案巾箱本作「蜘蛛」。

**竺** 地名又說厚也 二六四頁三～四行

澤存堂本「又」作「文」。此本誤。

**𦟛** 古文 二六四頁八行

澤存堂本正文作「𥉮」。此本誤。

**雒** 鴉鶘鳥名似鵠 二六四頁一〇行

篧 魚罩音捉 二六七頁八行

澤存堂本「罩」字下有「又」字，此本脱。

斵 削也竹角切十九 二六七頁一二行

澤存堂本正文作「斲」。

箹 箹手足指筋之鳴者亦作肑 二六七頁一六行

澤存堂本「筋」作「節」。案今本說文「箹」訓作「手足指節鳴也」。

䑨 䑨犖亂雜 二六七頁一七行

澤存堂本「雜」作「雜」。此本誤。

𢡱 說文美也 二六七頁一七～一八行

澤存堂本正文作「貌」。

毣 好皃 二六七頁一八行

澤存堂本注文作「好皃一曰毛濡」。多「一曰毛濡」四字。

⿰牜菐 牛未劇 二六七頁二二行

澤存堂本同。案「劇」當作「劌」。（註一〇六）

⿰車鳥 白鵫鳥 二六七頁二七行

澤存堂本正文作「鵫」。此本誤。

掉 正也又杖弔切 二六八頁三二行

澤存堂本「正」作「搖」。案今本說文、玉篇并訓作「搖也」。惟左傳宣公十二年「掉鞅而還」，注云：「掉，正也」。

戳 授也刺也戳技痛也敊丑六切 二六八頁三三行

澤存堂本「剌」作「刺」。此本誤。

臛 蘘臛又音郝 二六四頁一二行

澤存堂本「鴉鶻」作「鳰鵻」。案此本「鴉」字誤。

澤存堂本「膗」作「臛」。案入聲十九鐸韻「呵各切」正文作「臛」，注作「蘘膗」。此作「膗」，並誤。

濼 水名在濟南盧毒切又力各切一 二六四頁一四行

澤存堂本「濟」作「齊」，並誤。

〇三燭韻

燭 燈燭也禮曰嫁女之家三日不息燭世本曰石季倫以蠟燭炊又姓左傳秦大夫燭之武之欲切十三 二六五頁一一行

澤存堂本「秦」作「鄭」。此本誤。見左傳僖公卅年。

韣 弓衣又六欲切 二六五頁三行

澤存堂本「六」作「大」。案本韻「市玉切」下「韣」字又音作「徒谷切」，則此字又音當作「大谷切」。

項 人項頰又音勗 二六五頁五行

澤存堂本「勗」作「勗」。案唐韻「人」字下有「姓」字。

緣 素屬 二六五頁八行

澤存堂本「素」作「縈」，案二字同。

東 縛也又姓本自踈氏避難除足姓東左傳晉有東皙書王切二 二、六五頁一三～一四行

澤存堂本「王」作「玉」。此本誤。

趚 趚趚兒行 二六六頁二八～二九行

澤存堂本「兒」作「皃」。此本誤。

〇四覺韻

○五質韻

厀 說文曰脛節也 二六九頁七行

澤存堂本同。案今本說文「厀」訓作「脛頭卪也」。

藤 牛藤又作蒸本草作膝 二六九頁八行

澤存堂本二「藤」字并作「藤」、「膝」作「膝」。此本并誤。

桼 膠桼說文曰木汁可以髼物从木象桼如水滴而下也經典通用漆 二六九頁一一行

澤存堂本「象」字下有一「形」字，此本脫。

鵯 鵯鶋鳥 二六九頁一三行

澤存堂本正文作「鵯」。此本誤。

吒 唖吒吒 二六九頁一三行

澤存堂本注文作「吒吒唖也」。

颲 颲颲暴風 二六九頁二一行

澤存堂本「颲颲」作「颲颲」。案巾箱本作「颲颲」。

䡳 利也 二六九頁二二行

澤存堂本注文作「車聲」。案此本「利」蓋「剽」字之誤。（註一〇七）又玉篇「䡳」訓作「車也」，集韻作「車名」。

𣲖 水潰 二七〇頁二八行

澤存堂本注文作「水潛」。案當作「瀵水」。（註一〇八）

觱 觱篥或作篳說文作觱云羌人所吹角屠觱以驚馬也 二七〇頁三四行

鮅 爾雅曰鮅鱒郭璞云似鱓子赤眼 二七〇頁三五行

澤存堂本「屠」作「暑」，蓋誤。

**密** 說文云山脊也又靜也亦州名古姑幕城秦琅邪郡隋爲密州、因水以名之又姓漢有尚書密忠又漢複姓三氏何氏姓苑云密茅氏琅邪人又有密革氏密須氏俗作㴵美畢切十　二七〇頁　四四～四五行

澤存堂本同。案爾雅「䱃」作「鮅」。二本并誤。

澤存堂本同。案切語與本韻「蜜，彌畢切」音同，當从切三、王一、王二、全王、唐韻改作「美筆切」。

**乙** 辰名爾雅云太歲在乙曰旃蒙亦姓前燕有護軍乙逸又虜複姓三氏後魏獻帝命叔父之胄曰乙旃氏後改爲叔氏前燕錄有高麗王乙弗利後魏有都督乙干貴又虜三字姓有乙速孤氏於筆切三　二七〇頁　四七～四九行

澤存堂本「旃蒙」作「旃蒙」。案爾雅作「旃蒙」。

**擇** 方言刺也亦作柲　二七一頁　五二行

澤存堂本「剌」作「刺」、「柲」作「抋」。此本并誤。

**暨** 姓也吳尚書暨豔居乙切又泉既二音一　二七一頁　五三行

澤存堂本「臮」作「泉」。案當作「臮」。

○六術韻

**秫** 穀名　二七二頁　一行

澤存堂本「榖」作「穀」，此本誤。

**潏** 爾雅曰小沚曰坻人所爲潏謂人力所作又音聿音譎　二七二頁　二～三行

澤存堂本重「爲」字，與爾雅合。此本脫一「爲」字。

**驈** 黑馬白骨又音聿　二七二頁　三行

澤存堂本「骨」作「髀」。案本韻「餘律切」下「驈」訓作「黑馬白髀，又音述」。此作「骨」，誤。

**崒** 山高　慈䘏切四　二七二頁　四～五行

**箤** 竹箤也　二七二頁　一二行

澤存堂本同。案「䘏」當作「卹」。本韻「䘏」字并當作「卹」。

澤存堂本注文作「竹笭以射鳥也」。案集韻訓作「竹管以射鳥」。

○八物韻

**勿** 無也莫也說文曰州里所建旗也象其柄有三游雜帛幅半異所以趣民故遽稱勿勿又作㫛　二七四頁一〜二行

澤存堂本「游」作「斿」。案今本說文作「游」。

**不** 與弗同又府鳩方又二切　二七四頁五行

澤存堂本「又府鳩方又二切」作「又府鳩方久二切」。此本有誤。

**尉** 說文作㷉从𡰥又持火所以申繒也亦姓古有尉繚子著書又虜複姓有尉遲氏其先魏氏之別尉遲部因而氏焉後單姓尉唐有將軍尉遲敬德又於魏切　二七四頁八〜九行

澤存堂本「从𡰥又持火」作「从𡰥火持火」。案今本說文作「从𡰥又持火」。

**抗** 捏抗　二七四頁一七行

澤存堂本同。案「捏」當作「揑」。五質韻「于筆切」下「抗」訓作「揑抗擊皃」。

○九迄韻

**訖** 止也居乙切五　二七五頁三行

澤存堂本同。案切語，全王同。當作「居乞切」。

**圪** 高士　二七五頁四行

澤存堂本「士」作「土」。此本誤。今本說文訓作「牆高皃也」，玉篇作「牆高皃」。

○十月韻

**茷** 大日筏小日桴乘之渡水　二七六頁三行

澤存堂本正文作「筏」。此本誤。

越 墜也干也於也遠也走也踰也曰也揚也說文度也亦吳越又姓句踐之後又虜三字姓後秦錄有北梁州刺史越質詰歸王伐切十六 二七六頁五～六行

澤存堂本「于」作「干」。

橛 橛株山名 二七六頁一四行

澤存堂本正文作「[木欮]」。此本誤。

亅 說文曰鉤逆者謂之亅象形 二七六頁一四行

澤存堂本二「亅」字并作「乚」，蓋誤。案今本說文作「亅」。

[月曷] 傷熱亦作[火曷][疒曷] 二七六頁二〇行

澤存堂本正文作「暍」。此本誤。

黦 色壞也又於月切又紆物切 二七六頁二〇行

澤存堂本又音作「又於月紆物二切」。案依本書例，以澤存堂本為是。

擖 擔撅物也本亦作揭其謁切五 二七六頁二三行

澤存堂本「撅」作「擖」，此本誤。

〇十一沒韻

骨 說文曰肉之覈也戶子曰徐偃王有筋無骨亦見史記又姓古忽切十六 二七七頁二～三行

澤存堂本「户」作「尸」。此本誤。

䰯 說文曰吹釜溢也 二七七頁六行

澤存堂本「釡」作「釜」。此本誤。又今本說文訓作「炊釜鬲溢也」。二本「吹」并當作「炊」。

云 不孝之子說文曰不順忽出也篆文从到子 二七七頁九～一〇行

澤存堂本正文作「𠫓」，此本誤。

鶟 鶟鶻鳥名似雉青身白首 二七七頁一二行

**⿰耒突** 耕耒間也 二七七頁一三行
澤存堂本「鵬」作「鶘」。此本誤。

**⿰木突** 瑣植又傳者 二七七頁一三行
澤存堂本「間」作「開」，益誤。
澤存堂本「瑣植」作「植也」。周氏廣韻校勘記云：『植也，日本、宋本、巾箱本、黎本、景宋本均作瑣植，與敦煌王韻合。案爾雅釋宮云：「植謂之傳，傳謂之突」。釋文：突，本又作⿰木突。注：「戶持鏁植也。見埤蒼」。可證瑣植二字不誤。又「又傳者」巾箱本作「又傳也」，與爾雅「傳謂之突」義合，當據正。』（註一〇九）

**鋍** 覆鋍 二七七頁一四行
澤存堂本正文上無「。」記號，此本誤衍。

**誖** 校物聲或作誖普没切五 二七七頁二一行
澤存堂本「校」作「按」，與玉篇（正文作「誖」，注云：「匹没切，按物聲，亦作誖」）合。

**訥** 謇訥內骨切五 二七八頁二四～二五行
澤存堂本正文上有「。」記號，此本脫。

**紉** 素也 二七八頁二七行
澤存堂本「素」作「索」。案玉篇訓作「索也」，原本玉篇零卷作「字書紉素也」。

**搰** 掘地也戶骨切十 二七八頁二九行
澤存堂本「十」作「十一」。案此紐所列韻字實十字，澤存堂本誤。

⿰耳黑 耳黧 二七八頁三〇行

澤存堂本此字訓下尚有「⿰耳骨聲耳」一字訓。

滑 滑亂也列子 二七八頁三一行

澤存堂本「列子」上尚有一「出」字。此本脫。

○十二曷韻

猲 恐又音歇 二七九頁三行

澤存堂本注文作「短喙犬又恐也又音歇」。

暍 熱皃 二七九頁三行

澤存堂本「熱」作「埶」，蓋誤。

達 佻達往來皃又唐割切 二七九頁六行

澤存堂本「佻」作「挑」，此本誤。今本說文「達」訓作「行不相遇也，从辵羍聲。詩曰：挑兮達兮」。案詩曰者，見詩經鄭風子衿。注云：「挑達往来相見貌。」

骹 肩髆 二七九頁一二行

澤存堂本「髆」作「⿰骨專」。此本誤。

不 古文從不無頭 二七九頁一五行

澤存堂本注文「不」作「朩」。此本誤。

歺 說文曰𠛱骨之殘也凡從歺者今亦歹 二七九頁一五～一六行

澤存堂本「𠛱」作「𠛱」、「残」作「殘」。案今本說文「歺」訓作「𠛱骨之殘也」。又澤存堂本「亦」字下有一「作」字，此本脫。

駒 焉走疾也 二七九頁一七行

匃 乞也亦作丐又音蓋 二七九頁一七行

澤存堂本正文作「[馬匃]」。又澤存堂本「焉」作「馬」，此本誤。

捺 手捺叔葛切三 二七九頁二〇～二一行

澤存堂本正文作「匃」。

[艹扌鳥] 菜似蕨生水中矛割切一 二七九頁二一行

澤存堂本「葛」作「曷」。案音同。

蛆 䗶蛆 二七九頁二一行

澤存堂本「蛆」作「[虫旦]」。此本誤。

澤存堂本同。案「矛」字誤，元泰定本作「予」，是也。

○十三末韻

粖 摩也又亡結切 二八〇頁三行

澤存堂本「摩」作「糜」。此本誤。

妺 妺嬉桀妻 二八〇頁四行

澤存堂本「妻」作「妃」。案此本注文與切三、王一、唐同。全王「桀妻」作「紂妻」，蓋誤。

瀎 塗拭 二八〇頁四行

澤存堂本「栻」作「拭」。此本誤。

鱍 魚棹尾也 二八〇頁七行

澤存堂本「棹」作「掉」。案本韻「普活切」下「鱍」訓作「魚掉尾，又音撥」。

鴰 鶬鴰韓詩云孔子渡江見之異衆莫能名孔子嘗聞河上人歌曰鴰兮鶬兮逆毛衰兮一身九尾長兮鶬鴰也 二八〇頁一〇～一一行

**䟯** 蹵䟯 二八〇頁一三行

澤存堂本「普」作「[illegible]」。

**鬠** 似組束髮 二八〇頁一四行

澤存堂本「似」作「以」。此本誤。

**○奪** 左傳曰一與一奪徒活切八 二八〇頁一五行

澤存堂本同。案此本此紐所列韻字止七字耳。澤存堂本則在「莌」字訓下尚多列「痥 馬脛傷也」一字，故作「八」。

**敓** 強取也古奪字周書曰敓攘矯虔亦姓 二八〇頁一五～一六行

澤存堂本「虔」作「虔」。此本誤。又段云：「下古字衍。」（註一一〇）

**蹳** 蹋草聲 二八〇頁二〇行

澤存堂本同。案「蹋」當作「蹋」。

**[illegible]** [illegible]艳無色 二八〇頁二一行

澤存堂本「艳」作「[illegible]」，并誤，當作「艳」。本韻「莫撥切」下「艳」訓作「[illegible]艳色不深也」。

○十四黠韻

**扒** 無齒把也 二八二頁七行

澤存堂本同。案「把」當作「杷」。

**釛** 金類 二八二頁八行

澤存堂本正文作「[illegible]」。案玉篇作「釛」。

**鴶** 黃雀 二八二頁九行

澤存堂本「黃」作「鵽」，益誤。

**肭** 膃肭肥皃 二八二頁一一行

澤存堂本「膃」作「膃」。案玉篇「肭」訓作「膃肭」；「膃」訓作「膃肭，肥也」。此本作「膃」，益誤。

**骱** 骱䯝小骨 二八二頁一四行

澤存堂本「骱䯝」二字乙倒。案本韻「莫八切」下「䯝」訓作「䯝骱小骨」。

**頡** 漢書有羹頡侯 二八二頁一五行

澤存堂本「羹頡」二字乙倒，與漢書王子侯表合。

**䶜** 屈也五骨切 二八二頁一九～二○行

澤存堂本同。案「骨」字在沒韻。當作「滑」。王一、王二、全王、唐并作「五滑反」。

○十五鎋韻

**勘** 用方 二八三頁三行

澤存堂本「方」作「力」。此本誤。

**犰** 亂犰 二八三頁三行

澤存堂本注文作「亂犰屈強也」。案二本「亂」字并當作「勜」。上聲一董韻「烏孔切」下「勜」訓作「勜犰屈強皃犰音軌」。

**敌** 盡皃 二八三頁七行

澤存堂本正文作「敌」，益誤。又澤存堂本「盡」作「畫」，亦誤。

○**鵽** 爾雅曰鵽鳩寇雉郭璞云鵽大如鴿似雌雉鼠腳無後指歧尾爲鳥憨急羣飛出北方沙漠地丁刮切又下括切三 二八三頁八～九行

澤存堂本「鴂」作「鳩」，葢誤。又澤存堂本「下括切」作「丁括切」，此本誤。

**礣** 礣砎莫鎋切四 二八三頁一一行

澤存堂本正文作「礣」，葢誤。又二本「礣砎」當作「礣砎」。本韻「胡瞎切」下「砎」訓作「礣砎硬也」。

**㹇** 雜也 二八三頁一三行

**髻** 細毛也而轄切 二八三頁一四行

澤存堂本「也」作「犬」，與玉篇合。案元泰定本訓作「雜犬」。

澤存堂本注文末有「一」字，此本脫。

○十六屑韻

**屑** 動作屑屑又清也敬也顧也勞也說文作屑先結切十一 二八四頁一一行

澤存堂本同。案此紐所列韻字實十二字，此本誤。

**蝍** 蝍蛆蜈蚣又音即 二八四頁七～八行

澤存堂本「即」作「節」，葢誤。

**鴂** 鶗鳴鳥名關西曰巧婦關東曰鸋鴂春分鳴則衆芳生秋分鳴則衆芳歇 二八四頁一四行

澤存堂本「鶗鳴」作「鶗鴂」。此本誤。

**疦** 說文爲也 二八四頁一六行

澤存堂本同。案今本說文「疦」訓作「⿸疒爲也」。二本并誤。

**戜** 剥也又國名在三苗國東出山海經 二八四頁二一行

澤存堂本「剥」作「剔」，葢誤。案今本說文「戜」訓作「利也，一曰剔也」，段注云：「剔當作鬄。」則此本亦誤。

荎 剌榆又音治 二八四頁二二行

澤存堂本同。案「剌」作「刺」。

⿱艹頡 龍古草也 二八五頁二九行

澤存堂本「古」作「⿱艹頡」，與集韻合。

○湼 水名出東郡又水中黑土 奴結切十二 二八五頁三〇～三一行

澤存堂本正文作「湼」，蓋誤。以下从呈之字，澤存堂本并从呈，均當改从呈。

岊 山峯又子結切 二八五頁三三行

澤存堂本正文作「岊」。

䳈 工雀 二八五頁三八行

澤存堂本「工」作「䳈」，蓋誤。

閉 闔也塞也俗作閇又博計切 二八五頁四〇行

澤存堂本「閇」作「閈」。

㔸 㔸瓶受一斗也 二八五頁四二行

澤存堂本「斗」作「升」，案「一斗」，日本、宋本、巾箱本同，與王二、玉篇合。惟切三、唐韻作「一升」。

覓 見 二八五頁四四行

澤存堂本注文作「覓也」。多一「也」字。

癠 戾癠不正 二八五頁四六～四七行

澤存堂本二「癠」字并作「瘠」。案二本并誤，當作「瘠」。

○十七薛韻

⿳亠東𧘇 衣東 二八六頁三行

澤存堂本「東」作「裏」，蓋誤。

鴷 啄木 二八六頁八行

澤存堂本同。案「木」下當補一「鳥」字。

碣 說文曰特立之石也東海有碣石山 二八六頁一一行

澤存堂本「東」字上有一「又」字。案今本說文無「又」字。

楬 有所表識說文櫫也春秋傳曰楬而書之 二八六頁一一行

澤存堂本「櫫」作「桀」。案二本并誤，當作「櫫」，又此字上當補一「楬」字。今本說文「楬」訓作「楬櫫也」。

折 拗折又虜複姓南涼禿髮傉擅立其妻折屈氏爲皇后又常列切 二八六頁一三～一四行

澤存堂本同。案「擅」當作「檀」。（註一一一）

蠥 妖蠥說文曰衣服謌謠艸木之怪謂之祅禽獸蟲蝗之怪謂之蠥 二八六頁一七～一八行

澤存堂本「妖」作「祅」。

搣 手拔又摩也批也捽也 二八六頁一九行

澤存堂本同。案「批」當作「⿰扌此」。

⿺走曷 說文去也丘謁切又去謁切五 二八六頁二〇行

澤存堂本同。案「謁」字在月韻，當作「竭」。此字切語，切三作「去竭反」、王二、全王、唐并作「丘竭反」。

雪 凝雨也元命包曰陰凝爲雪釋名曰雪綏也水下遇寒氣而凝綏綏然下也又拭也除也相絕切四 二八六頁二二～二三行

澤存堂本「拭」作「拭」。此本誤。

揳 括也 二八六頁二六行

**說** 告也釋名曰說者述也宣述人意也失爇切又悅稅二音一　二八七頁二七行

澤存堂本「拈」作「括」。案段改作「揾」。（註一一二）

**叕** 車也　二八七頁三一行

澤存堂本「迷人」作「述又」。案當作「述人」。

**䍃** 車也　二八七頁三三行

澤存堂本「車」作「聯」。案「車」為「連」字之誤。

**毴** 毛色斑也　二八七頁三三行

澤存堂本「斑」作「斑」，此本誤。玉篇「毴」訓作「色斑」。

**癟** 枯病　二八七頁三五行

澤存堂本正文作「癟」，蓋誤。

**㕁** 埽也清也所劣切內　二八七頁三七行

澤存堂本「內」作「四」。此本誤。

**威** 威也　二八七頁三九行

澤存堂本注文「威」作「滅」。此本誤。

**翅** 小飛鳥　二八七頁三九～四〇行

澤存堂本「飛鳥」二字乙倒，與王一、王二、全王、唐合。

**蹶** 有所犯灾紀劣切又居月又居衞二切五　二八七頁四〇行

澤存堂本無下「又」字。案依本書例當刪此「又」字。

**鬣** 說文曰束髮少小也　二八七頁四行

澤存堂本「髪」作「髮」，此本誤。案今本說文「鬣」訓作「束髮尐小也」，段注云：「尐小二字，各本作少，廣韻十六屑十七薛引作尐小二字，尐乃少之誤，今正。」

**啜** 說文曰嘗也爾雅曰茹也禮曰啜菽飲水姝雪切一　二八七頁四五行

澤存堂本同。案切語與「歠，昌悅切」音同，「姝」蓋「殊」字之誤。唐韻即作「殊雪反」。

**闋** 城門中板也土列切四　二八七頁六行

澤存堂本同。案「土」蓋「士」字之誤。（註一一三）

○十八藥韻

**屵** 岸上見也說文作屵　二八八頁三行

澤存堂本注文「屵」作「屵」。案今本說文「屵」訓作「岸上見也，从厂，从屮省」，段注云：「按之省二字，當作屮」。則正文當作「屵」、注文「屵」當作「屵」。

**⿸疒翟** 淫⿸疒翟病也　二八八頁五行

澤存堂本「淫」作「淫」。此本誤。

**䙺** 視不定　二八八頁五行

澤存堂本注文末有「也」字。

**䂏** 爾雅云利也晉有褚䂏　二八八頁七行

澤存堂本「也」字下有「人名」二字。又二本「褚」當作「褚」。

**爍** 灼爍書藥切七　二八八頁一一行

澤存堂本「爍」作「爍」。此本誤。

**虐** 酷虐說文作虐殘也魚約切三　二八八頁一六～一七行

**汋** 灂汋又土角切　二八八頁一八行

澤存堂本正文上有「。」記號，此本脫。

澤存堂本同。案「土」蓋「士」字之誤。「汋」字又見四覺韻「士角切」下。

**籰** 說文曰牧絲者也亦作篗王縛切五　二八九頁二、九行

澤存堂本「牧」作「收」。案今本說文「籆」訓作「所㠯收絲者，从竹蒦聲」。此本「牧」當作「收」。又二本「篗」當作「籆」。

**矍** 籰字桒　二八九頁二九行

澤存堂本「籰」作「籰」。此本誤。

**貜** 上同說文曰㲉貜也　二八九頁三〇行

澤存堂本同。案今本說文「貜」訓作「㲉貜也」。二本「㲉」字并誤。

**趯** 大步　二八九頁三〇行

澤存堂本正文作「趯」。案本韻「具籰切」下「趯」訓作「大步」，又居縛切「。玉篇「趯」訓作「走顧皃」；「趯」訓作「大步」。此本正文誤。

**鸔** 三首鳥　二八九頁三二行

澤存堂本注文作「三首三足鳥」，多「三足」二字。

**闇** 閩閩牽引也　二八九頁三四～三五行

澤存堂本「閩」作「闇」。此本誤。

○十九鐸韻

**莫** 無也定也說文本模故切日且冥也从日在茻中茻音莽又州名開元十三年改鄚州去邑亦姓楚莫敖之後又虜複姓五氏西秦錄有左衞將軍莫者羖羝南涼州刺史莫侯悌眷後魏末有亂寇莫折念生又有莫輿氏莫盧氏又虜三字姓周太祖賜廣盛楊纂姓莫胡盧氏也慕各切十六　二九〇頁三～五行

澤存堂本「且」作「旦」，蓋誤。又澤存堂本「剌」作「刺」，此本誤。又澤存堂本無末「也」字。

**嗼** 鼿嚏 二九〇頁 七行

澤存堂本注文作「鼽嚏」。

**落** 零落草曰零木曰落又始也聚落也左傳注云宮室始成祭之爲落亦姓出姓苑又漢複姓二氏漢有博士落姑仲異益部耆舊傳有閎中落下閎善歷也盧各切三十四 二九〇頁 八～九行

澤存堂本「三十四」作「二十三」。案此紐所列韻字實三十四字。

**剢** 去皮節又則也 二九〇頁 一一行

澤存堂本「則」作「剔」。此本誤。

**雒** 字林鵅鶇鳥又姓駱絡雒並出姓苑 二九〇頁 一二行

澤存堂本「鴟」作「鵅」，此本誤。案二十陌「古伯切」下「雒」訓作「鵅鶇，鳥名」。

**㮟** 攡㮟出音語 二九〇頁 一二行

澤存堂本「語」作「譜」。此本誤。

**拓** 手承物又虜複姓二氏周書有拓跋氏初黃帝子昌意少子受封北土黃帝以土德王北俗謂土爲遂以氏焉後魏孝文大王秉王興並賜姓拓王氏又拓謂后爲跋故以拓跋爲氏跋亦作拔或說自云拓天而生拔地而長和二十年改爲元氏也 二九〇頁 一五～一七行

澤存堂本同。案「大和」當作「太和」。

**矺** 儀禮注云王棘矺鼠 二九〇頁 一八行

澤存堂本「棘」作「𣗥」。此本誤。

**糳** 精細米也說文曰糲米一斛舂九斗曰糳 二九〇頁 一九～二〇行

澤存堂本「糲」作「糲」，蓋誤。案今本說文「糳」訓作「糲米一斛，舂為八斗曰糳」。

**厝** 礦石 二九〇頁 二一行

澤存堂本「礦」作「礪」。此本誤。

**閣** 樓閣亦舉閣漢宮殿疏曰天祿閣騏驎閣蕭何造以藏祕書賢才也又姓急就章有閣并訢 二九〇頁 二二行

**愘** 敬也又姓晉有中郎令愘啓若各切三　二九〇頁　二三行

澤存堂本「訢」作「訴」。

澤存堂本「若」作「苦」。此本誤。

**⿰虫咢** 說文曰似蜥蜴長一丈水潛吞人即浮出日南　二九〇頁　二五行

澤存堂本同。案「蜇」當作「蜥」。

**矐** 重目又失明也　二九一頁　三四行

澤存堂本「失」作「光」，蓋誤。又彙編廣韻校勘記以為「重」字似「熏」字之誤。（註一一四）

**㯍** 白㯍水名　二九一頁　三五行

澤存堂本「水」作「木」。此本誤。

**葃** 茹草又士革切　二九一頁　四一行

澤存堂本「茹」作「茹」。此本誤。

**諾** 說文應也奴各切一　二九一頁　四五行

澤存堂本「應」作「譍」，案今本說文「諾」訓作「譍也」，段注云：「譍者應之俗字。」

**硑** ⿰石鄉硑石聲盧穫切一曰⿰石鄉音廓　二九一頁　五四行

澤存堂本「曰」作「切」。此本誤。

○二十陌韻

**⿰犭百** ⿰犭乇⿰犭百驢父牛母亦作馲駂　二九三頁　二行

**馲** 馲駂　二九三頁　四行

澤存堂本同。案「駂」當作「⿰馬百」。

澤存堂本同。案「駒」當作「騎」。

**戟** 刃戟說文作𢧢有枝兵也釋名曰戟格也傍有枝格也典略曰昔周有雍狐之戟屈盧之矛孤父之戈凡劇切八　二九三頁九～一〇行

澤存堂本正文上有「○」記號，此本脫。

**⿰犭凡** ⿰犭凡獸　二九三頁一〇行

澤存堂本「⿰犭凡」作「⿰犭凡」。此本誤。

**溹** 水名　二九三頁一一行

澤存堂本注文作「水名又雨下皃」。二十三麥「山責切」下「溹」訓作「溹溹，雨下皃」。

**隙** 壁孔也怨也閑也綺戟切七　二九三頁一四行

澤存堂本同。案「閑」當作「閒」。

**⿰口郤** 火笑　二九三頁一五行

澤存堂本「火」作「大」。此本誤。

**⿰口嚴** 說文云神也　二九三頁一八行

澤存堂本「神」作「呻」。此本誤。

**⿰乇頁** 腦蓋　二九三頁一九行

澤存堂本「腦」作「腦」。

**⿰巾閔** ⿰巾閔⿰巾虎赤紙　二九三頁二三行

澤存堂本「⿰巾虎」作「⿰巾虒」。此本誤。

**蛒** 蟦⿰虫曾別名　二九四頁二六行

澤存堂本「⿰虫曾」作「螬」。此本誤。

**鮥** 海魚似鰻肥美　二九四頁二六行

翟陽翟縣名 亦姓唐有陝州刺史翟璋又音狄 二九四頁二九～三〇行

澤存堂本正文作「鵅」。此本誤。

檡檡棘善理堅刃者可以爲射決出儀禮 二九四頁三〇行

澤存堂本「剌」作「刺」。此本誤。

攫手取也一虢切 五 二九四頁三二～三三行

澤存堂本「棘」作「棘」。此本誤。

蠖視遽 二九四頁三三行

澤存堂本「也」字下尚有「一曰布擭也」五字。

澤存堂本注文作「規蒦博雅曰度也」。案今本說文「蒦」訓作「規蒦，商也，从又持萑。一曰：視遽皃。一曰：蒦，度也」；「彠」訓作「蒦，或从尋，尋亦度也。楚辭曰：求矩彠之所同」。

○二十一麥韻

䪴䪴頭不正皃 二九五頁一〇行

澤存堂本同。案周氏廣韻校勘記云：「注頗當是顊字之誤。刻本韻書三五一五作顊是也。唐韻謫作顊。支韻息移切下顊注云『䪴顊，頭不正也。䪴音精』。案䪴顊、䪴顊，未詳孰是。」（註一一五）

幘冠幘漢書曰幘古甲賤執事不冠者所服之說文曰髮有巾曰幘 二九五頁一〇行

澤存堂本二「冠」字并作「冠」，此本誤。又周氏廣韻校勘記以為「所服之」當作「之所服」。（註一一六）

策謀也籌也釋名曰策書敎令於上所以驅策諸下也又馬箠也楚革切十四 二九五頁一〇行

澤存堂本三「策」字并作「筞」。此本誤。

焃 赤 二九五頁一七行

澤存堂本注文作「赤也」，多一「也」字。

闟 門闟 二九五頁一七行

澤存堂本注文作「闟門聲」。案玉篇「闟」訓作「門聲」。

○二十二昔韻

昔 往也始也爲一昔之期明日也說文作𣅊乾肉也又姓漢有烏傷令昔登思積切十四 二九七頁一行

澤存堂本「姓」作「姓」，此本誤。案「爲」字上，段加「左傳」二字。（八註一一七）

速 籀文 二九七頁四行

澤存堂本正文作「速」。此本誤。

帟 小幕曰帟 二九七頁九行

澤存堂本「幕」作「幕」。此本誤。

檡 樗棗 二九七頁一五～一六行

澤存堂本「棗」作「棗」。此本誤。

螫 蟲行毒亦作螫 二九七頁一七行

澤存堂本「螫」作「蠚」。案玉篇作「螫」下出「螫」，注云：「同上。」

隻 一也說文曰鳥一枚也从又持隹持一隹曰隻二隻曰雙之石切十三 二九七頁二三行

澤存堂本「持隹」作「持隹」。此本誤。

刺 穿也又七四切 二九八頁二六行

澤存堂本正文作「刺」。此本誤。又下文「趚」「涑」二字，澤存堂本并从朿，此本并誤。

**䥍** 狠䥍又姓左傳晉大夫䥍談又慈夜切　二九八頁二九行

澤存堂本「溥」作「傳」、「入」作「大」，此本并誤。

○二十三錫韻

**析** 分也字從木斤破木也又爾雅曰析木謂之律注云即漢也亦姓風俗通云齊大夫析歸父　二九九頁一～二行

澤存堂本「漢」字下有「律」字，此本脫。

**蜥** 蜥蜴　二九九頁二行

澤存堂本同。案二「蜥」字并當作「蜥」。

**蝀** 蝀蟔　二九九頁三行

澤存堂本二「蝀」字并作「蝀」，蓋誤。

**窢** 揚皃　二九九頁四行

澤存堂本正文作「窢」。案周氏廣韻校勘記云：『窢，各書未見。日本、宋本、黎本、景宋本均從穴，作窢。敦煌王韻同，注作「迫院」。案集韻此字作窻，注云：「回阸」。』（註一一八）

**趚** 趚趚行皃趚七昔切　二九九頁五行

澤存堂本「趚」作「趚」。此本誤。

**歷** 經歷又次也數也近也行也過也又歷日續漢書律歷志云黃帝造歷世本曰容成造歷尸子曰羲和造歷或作厤　二九九頁七～八行

澤存堂本「羲」作「羲」。又澤存堂本「厤」作「曆」。下文「厤」，澤存堂本亦作「曆」。

**瓑** 說文云玉名　二九九頁一〇行

澤存堂本正文作「瓑」。此本誤。

**鶔** 鳥名　二九九頁一一行

的 指的又明也說文作的都歷切二十六 二九九頁一二～一三行

澤存堂本正文作「⿸厤鳥」，是也。此本蓋涉上文而誤。

澤存堂本末「的」字作「旳」。此本誤。

蹢 蹄也詩云有豕日蹢 二九九頁一四行

澤存堂本「日」作「白」。此本誤。

⿱毄角 以角飾杖策頭 二九九頁一七行

澤存堂本「策」作「筞」。此本誤。

⿺辶⿱雨甶 甬也 二九九頁二三行

澤存堂本同。案正文當作「⿺辶雷」。

逖 遠也他歷切二十 二九九頁二三行

澤存堂本同。案此紐所列韻字實二十一字。二本并誤

惕 怵惕憂也又愛也 二九九頁二四行

澤存堂本「怵」作「怵」，蓋誤。

闃 寂靜也苦鶪切二 三〇〇頁三六行

澤存堂本正文作「闃」。此本誤。

鬩 鬩也恨也戾也又相怨也 三〇〇頁三九行

澤存堂本「恨」作「很」，與玉篇合。案爾雅釋言「鬩，恨也」。今本說文「鬩」訓作「恆訟也。詩曰：兄弟鬩于牆，从門兒。兒，善訟者也」。段注云：「小雅文、釋言毛傳皆曰：鬩，很也。孫炎云：相很戾也。李巡本作恨，非。鄭注曲禮、韋注國語可證。」又二本及玉篇正文并當作「鬩」。

⿰氵鬩 ⿰氵鬩沐遠也 三〇〇頁四〇行

䀩眼也　三〇〇頁四一行

澤存堂本同。案二「澗」字并當作「瀾」。又「沐」當作「沭」。

澤存堂本同。案「眼」當作「眡」。玉篇「䀩」訓作「視也」，「眡」卽「視」字。二十二昔韻「許役切」下「䀩」字注文「眼也」，「眼」亦當作「眡」。

○二十四職韻

直正也又姓楚人直弓之後漢有御史大夫直不疑除力切四　三〇一頁三行

澤存堂本同。案「弓」當作「躬」。（註一一九）

𪏭趙魏間呼棘出方言　三〇一頁五行

澤存堂本正文作「𪏭」、「棘」作「棘」，此本并誤。下文从棘之字，澤存堂本并从棘，此本并誤。（「棘」字注文「朿」，澤存堂本作「朿」，此本亦誤。）

食飲食大戴禮曰食穀者智惠而巧古史考曰古者茹毛飲血燧人鑽火而人始裹肉而燔之曰炮及神農時人方食穀加米于燒石之上而食之及黃帝始有釜甑火食之道成矣又戲名博屬又用也僞也亦姓風俗通云漢有博士食子公河內人乘力切二　三〇一頁八～九行

澤存堂本二「穀」字并作「穀」、「釜」作「釜」，此本并誤。又二本「食于公」當作「食子公」，見漢書儒林傳韓嬰傳。

䛼訥　三〇一頁二五行

澤存堂本注文作「言訥」，多一「言」字。

弋繳亦弋射又姓出河東今蒲州有弋氏見姓苑與職切三十四　三〇一頁二五～二六行

澤存堂本「繴」作「繴」。此本誤。

𢏚日射也或作弋　三〇二頁二七行

澤存堂本「曰」作「繳」。案王二作「繁」，全王、唐韻并作「繳」。

**㚤** 婦官也漢有鉤㚤夫人居鉤㚤宮漢書亦作弋 三〇二頁二八行

澤存堂本「官」作「宮」，益誤。

**㼩** 瓴㼩骨也 三〇二頁二九行

澤存堂本「瓴」作「瓴」。案周氏廣韻校勘記以為「瓴」當是「瓶」字之譌。又正文當作「㼩」。（註一二〇）

**鉞** 瓦器 三〇二頁三六行

澤存堂本正文作「鋮」。此本誤。

**戠** 叢也 三〇二頁三七行

澤存堂本「叢」作「叢」。

**嘎** 嘎聲 三〇二頁三九行

澤存堂本注文作「聲也」。

**嶷** 岐嶷詩曰克岐克嶷魚力切三 三〇二頁四四行

澤存堂本「三」作「五」。案此紐所列韻字實五字，此本誤。

**[illegible]** 丁力切又丁六切二 三〇二頁四五行

澤存堂本「二」作「三」。案此紐所列韻字實三字，此本誤。

○二十五德韻

**聽** 聽黷欲臥也 三〇三頁五行

澤存堂本「黷」作「黷」。此本誤。

**㤲** 㤲得也 三〇三頁六行

澤存堂本注文作「㤲㤲快也」。周氏廣韻校勘記云：「注曰本、宋本作「㤲㤲也」」。案五代刻本韻書注云：「驚㤲㤲。亦作𢡎」。集韻亦云：「㤲，心懼」。

。是宋本「悍〻也」當作「驚悍〻也」。張本作「悍悍快也」非。」（註一二一）

**䮬** 䮬鴨又徒戴切　三〇三頁八行

澤存堂本「鴨」作「鶂」。案本韻「莫北切」下「帽」訓作「䮬帽」。此字訓當作「䮬帽又徒戴切」。

**𦗦** 聽𦗦欲卧也　三〇三頁一〇行

澤存堂本同。案二「𦗦」字并當作「𦗦」。

**賊** 盜也說文作賊也昨則切七　三〇三頁一〇～一一行

澤存堂本「賊也」作「賊則也」。案今本說文「賊」訓作「敗也」。其篆文作「賊」，則二本「賊」當作「賊」。又澤存堂本「敗」誤作「則」；此本脫一「敗」字。

**䕉** 草　三〇三頁一二行

澤存堂本注文作「草名」，多一「名」字。

**北** 南北亦奔也又高麗姓又漢複姓七氏左傳衞大夫北宮貞子莊子有北門成漢有北唐子眞治京氏易世本云晉有高人隱於北唐因以爲氏晏子云齊有北郭先生名騷古有北人無擇倩身絜已疾世之濁自投淸泠之淵姓苑有北鄉北野氏博墨切二　三〇三頁一三～一四行

澤存堂本「泠」作「冷」。此本誤。

**國** 邦國又姓太公之後左傳齊有國氏代爲上卿古或切二　三〇三頁一八行

澤存堂本「二」作「一」，案此紐止一字，作「二」，誤。

〇二十六緝韻

**揖** 揖讓又進也說文曰攘也一曰手著胷曰揖伊入切二　三〇四頁一〇～一一行

澤存堂本「讓」作「遜」、「說文曰」作「說文云」。

**粒** 米立　三〇四頁一六行

**急** 急疾說文作忣褊也居立切十 三〇四頁一七行

澤存堂本「立」作「粒」，此本誤。

澤存堂本「十」作「十一」，案此紐所列韻字實十一字。此本脫「一」字。

**唈** 烏短氣也 三〇五頁二六行

澤存堂本注文作「嗚唈短氣」。

**𣂑** 字統云會聚也昌汁切一 三〇五頁三〇行

澤存堂本正文作「𣂑」。此本誤。

○二十七合韻

**浩** 浩亹地名亹音閤 三〇六頁五行

澤存堂本「閤」作「門」，與唐韻合。

**柗** 劒柗又巨業切 三〇六頁六行

澤存堂本「柗」作「柙」，與今本說文合。

**榙** 榙㯓木名 三〇六頁八行

澤存堂本同。案二「榙」字當作「楛」。本韻「侯閤切」下「楛」訓作「楛㯓，果名，似李，出埤蒼」。

**卅** 說文云卅三十也今作卅直為三十字 三〇六頁九行

澤存堂本同。案「直」字下當補一「以」字。見二十六緝「人執切」下「廿」字注。

**翖** 翖翖飛 三〇六頁一八行

澤存堂本「飛」字下有一「皃」字。

**菈** 菈遝秦人呼蘿蔔 三〇六頁一八～一九頁

**魶** 魚名，似鼈無甲，有尾，口在腹中　三〇六頁二〇行

澤存堂本同。案「秦」當作「魯」。（註一二二）

澤存堂本「中」作「下」。案今本說文「魶」訓作「魶魚，佀鼈無甲，有尾無足，口在腹下，从魚納聲」。

**㕁** 山左右有岸　三〇六頁二一行

澤存堂本同。案周氏廣韻校勘記云：「案此字當作厺。切三、故宮王韻、唐韻均作㕁。所從之㚖，即厺字破體。厺寫作厺，乃譌作㚖矣。爾雅釋山云：『左右有岸，厺』。釋文：『厺，口閤反』。原本玉卷厂部厺，口荅反，注引爾雅，與此字音義均同。是㕁為厺字之譌無疑。」（註一二三）

**㬎** 日中見絲，凡作㬎，同，五合切，十　三〇六頁二四行

澤存堂本「曰」作「日」。此本誤。

**瘩** 寒瘩　三〇六頁二五行

澤存堂本注文末「瘩」字作「病」。

**趥** 七合切　三〇六頁二五行～三〇七頁二六行

澤存堂本切語上尚有「走也，赴會也」五字。

**䢁** 褢䢁，士合切，一　三〇七頁二六行

澤存堂本同。案「士」蓋「七」字之誤。陳澧切韻考云：「此韻末有䢁字，張本士合切，明本、顧本、曹本于合切，皆誤。玉篇千合切、五音集韻七合切，于字即千字之誤，士字即七字之誤，皆與趥字七合切音同，乃增加字也。」（註一二四）

○二十八盍韻

**⿰龍皮** ⿰龍皮⿰奄皮皮皃 三〇八頁三行

澤存堂本「皮」字下尚有「瘦寬」二字，與玉篇合。

**⿰奄皮** ⿰龍皮⿰奄皮都榼切十一 三〇八頁四行

澤存堂本「榼」作「搕」，蓋誤。「搕」字在合韻。

**⿰扌⿱羽日** 手打也 三〇八頁四行

澤存堂本同。案正文當作「搨」。

**奞** 惡也又姓出纂文今北海有才盍切二 三〇八頁一二行

澤存堂本「有」字下有一「之」字，此本脫。

**⿱鼓合** 鼓聲⿱鼓合磬 三〇八頁一四行

澤存堂本二「鼓」字并作「鼓」。案周氏廣韻校勘記以為「磬」當是「⿱鼓合」字之誤。（註一二五）

**囃**° 助舞聲也倉雜切三 三〇八頁一四～一五行

澤存堂本同。案「雜」字在合韻，當以王一、全王作「臘」。

○二十九葉韻

**睫** 目睫釋名曰睫插也插於眶也說文作䀹目旁毛也 三〇九頁三行

澤存堂本注文次「睫」字作「捷」，蓋誤。

**婕** 婕好亦作倢伃 三〇九頁四行

澤存堂本「好」作「妤」。此本誤。

**獵** 取獸白虎通曰四時之田揔名爲獵爲田除害也尸子曰虙羲氏之世天下多獸故教人以獵也良涉切二十一 三〇九頁七～八行

澤存堂本「二十一」作「二十二」。案此紐所列韻字實二十二。

**霅** 說文云霅霅震電皃又蘇合胡甲文甲三切 三〇九頁一九行

澤存堂本同。案「文」當作「文」。

**爗** 說文盛也　三○九頁二五行

澤存堂本正文作「燁」。此本誤。

**厭** 厭伏亦惡夢又於琰切六　三一○頁二七行

澤存堂本「琰」作「琰」。案二本并衍「六」字。

○三十怗韻

**貼** 以物之質錢　三一一頁一～二行

澤存堂本同。案唐韻無「之」字，玉篇「貼」訓作「以物取錢」。

**俠** 任俠又姓戰國策有韓相俠累　三一一頁三行

澤存堂本「筴」作「策」。此本誤。

○**愜** 心伏也又快也苦協切八　三一一頁五行

澤存堂本「怏」作「快」。此本誤。

**惉** 安也又齒廉切　三一一頁九行

澤存堂本同。案正文當作「怗」。

**䁋** 目䁋　三一一頁一一行

澤存堂本二「䁋」字并从目。此本并从日，誤。

**箑** 小箱亦作䈉　三一一頁一三行

澤存堂本同。案「箱」蓋「箱」字之誤。

**屧** 屐也履中薦也　三一一頁一四行

澤存堂本同。案「屐」當作「屐」。

**涉** 血流皃又時㵤也　三一一頁一七行

澤存堂本「也」作「切」。此本誤。

○三十一洽韻

㢊 廦也 三一二頁二行

澤存堂本正文作「㢊」。

𨔣 行書士洽切六 三一二頁五行

澤存堂本「士」作「七」，並誤。又正文當从全王作「箑」。

㾊 㾊啼足病 三一二頁八行

澤存堂本「啼」作「蹄」。此本誤。

劄 刺著竹洽切三 三一二頁一三行

澤存堂本「刺」作「刺」。此本誤。

㿽 五味調肉菜出文字音義丑図切一 三一二頁一四～一五行

澤存堂本正文作「㿽」。

○三十二狎韻

三十三。狎 習也說文曰犬可習也胡甲切十一 三一三頁一行

澤存堂本「三十三」作「三十二」。此本誤。

霅 衆言聲又文甲切霅陽部在樂浪又音颯 三一三頁一行

澤存堂本「文」作「丈」。此本誤。

鞈 鞢鞈 三一三頁二行

澤存堂本作「鞈 鞢鞈」，案三字并當从華作「鞈 鞢鞈」。（註一二六）

鞢 鞢鞈 三一三頁三行

澤存堂本作「鞢 鞢鞈」，案三字并當从華。見上條。

鴨 水鳥或作鷤䳾䳾鳥甲切六 三一三頁三～四行

澤存堂本「䳾」作「鷤」。此本誤。

窅 人神脉刺穴 三一三頁四行

澤存堂本「刺穴」作「剌穴」。此本誤。

甲 甲兵又狎也鎧也亦甲子爾雅曰太歲在甲曰閼逢又姓左傳鄭大夫甲石甫古狎切十 三一三頁五行

澤存堂本同。案「甲石甫」，左傳僖公廿四年作「石甲父」。

〇三十三業韻

劫 強取也說文曰人欲去以力脅止曰刧或曰以力止去曰刧俗作刧居怯切九 三一四頁六～七行

澤存堂本注文上「去」字作「劫」。案今本說文「劫」作「人欲去以力脅止曰劫，或曰以力止去曰劫，从力去」。

鏟 椎鏟甲器 三一四頁九行

澤存堂本「甲」作「田」。

鏟 餌也粢也 三一四頁一〇行

澤存堂本「粢」作「粢」。此本誤。

〔註　釋〕

（一）見廣韻校勘記一六頁。

（二）見十韻彙編三頁。

（三）仝註二。

(四)見註二該書五頁。

(五)見註二該書一一頁。

(六)見廣韻校勘記三九頁。

(七)見十韻彙編一二頁。

(八)仝右書二二頁。

(九)見廣韻校勘記九〇頁。

(十)見十韻彙編三三頁、廣韻校勘記九二頁。

(十一)見十韻彙編三六頁。

(十二)見廣韻校勘記一〇八頁。

(十三)仝右書一一三頁。

(十四)見廣韻校勘記一二〇頁、十韻彙編四九頁。

(十五)見廣韻校勘記一二一頁、十韻彙編四九頁。

(十六)見廣韻校勘記一二三頁。

(十七)仝右書一二七頁。

(十八)仝右書一二九頁。

(十九)仝右書一三五頁。

(廿)仝右書一三七頁。

(廿一)見十韻彙編六三頁、廣韻校勘記一四〇頁。

(廿二)見廣韻校勘記一四九頁。

(廿三)仝右書一五一頁。

(廿四)見十韻彙編七〇頁 廣韻校勘記一五四頁。

（廿五）見廣韻校勘記一五五頁。
（廿六）見十韻彙編七〇頁、廣韻校勘記一五六頁。
（廿七）見廣韻校勘記一五八頁。
（廿八）見十韻彙編七二頁。
（廿九）見廣韻校勘記一六九頁。
（卅）見十韻彙編七八頁。
（卅一）見廣韻校勘記一六九頁。
（卅二）仝右書一七一頁。
（卅三）仝右書一七五頁。
（卅四）見十韻彙編八六頁。
（卅五）見廣韻校勘記一八二頁。
（卅六）仝右書一九五頁。
（卅七）仝右書二〇一頁。
（卅八）見十韻彙編九九頁。
（卅九）見廣韻校勘記二二四頁。
（卌）仝右書二三一頁。
（卌一）見十韻彙編一二四頁。
（卌二）見廣韻校勘記二四四頁。
（卌三）仝右書二四六頁。
（卌四）仝右書二五〇頁。
（卌五）見十韻彙編一二七頁、廣韻校勘記二五一頁。

（卌六）見十韻彙編一二九頁、廣韻校勘記二五五頁。

（卌七）見十韻彙編一三〇頁。

（卌八）見廣韻校勘記二五九頁。

（卌九）見廣韻校勘記二六二頁、十韻彙編一三二頁。

（五十）見廣韻校勘記二七〇頁。

（五十一）仝右書二七三頁。

（五十二）仝右書二七四頁。

（五十三）仝右書二七六頁。

（五十四）仝右書二八一頁。

（五十五）仝右書二八二頁。

（五十六）仝右書二八三頁。

（五十七）仝右書二八八頁。

（五十八）仝右書二九二頁。

（五十九）仝右書二九八頁。

（六十）仝右書二九九頁。

（六十一）仝右書三一七頁。

（六十二）仝右書三一八頁。

（六十三）仝右書三一九頁。

（六十四）仝右書三二二頁。

（六十五）見十韻彙編一七〇頁。

（六十六）見廣韻校勘記三二四頁。

（六十七）見廣韻校勘記三二八頁、十韻彙編一七四頁。
（六十八）見廣韻校勘記三四〇頁、三三七頁。
（六十九）見十韻彙編一八〇頁。
（七十）見廣韻校勘記三四七頁。
（七十一）仝右書三五二頁。
（七十二）仝右書三五八頁。
（七十三）仝右書三六〇頁。
（七十四）仝右。
（七十五）見廣韻校勘記三六八頁、十韻彙編一九三頁。
（七十六）見廣韻校勘記三七二頁。
（七十七）仝右。
（七十八）參見廣韻校勘記三七六頁。
（七十九）見廣韻校勘記三七七頁。
（八十）仝右書三八二頁。
（八十一）仝右書三八四頁。
（八十二）仝右書三八七頁。
（八十三）仝右書三九〇頁。
（八十四）仝右。
（八十五）仝右書四〇三頁。
（八十六）仝右書四〇五頁。
（八十七）仝右書四一三頁。

（八十八）仝右書四一五頁。
（八十九）仝右書四一九頁。
（九十）見十韻彙編二一七頁。
（九十一）見廣韻校勘記四二五頁、十韻彙編二二一頁。
（九十二）見廣韻校勘記四二七頁。
（九十三）見林炯陽切韻系韻書反切異文表一一九頁。
（九十四）見十韻彙編二二八頁。
（九十五）見廣韻校勘記四五〇頁、唐寫全本王仁昫刊謬補缺切韻校箋五三〇頁。
（九十六）見林炯陽切韻系韻書反切異文表一二七頁。
（九十七）見廣韻校勘記四五一頁、十韻彙編二三一頁。
（九十八）見廣韻校勘記四五二頁。
（九十九）仝右。
（一〇〇）仝右書四七一頁。
（一〇一）見廣韻校勘記四七一頁、十韻彙編二四四頁。
（一〇二）見十韻彙編二四八頁。
（一〇三）見廣韻校勘記四七九頁、十韻彙編二五一頁。
（一〇四）見廣韻校勘記四八〇頁。
（一〇五）仝右書四八四頁。
（一〇六）仝右書五〇六頁。
（一〇七）仝右書五〇九頁。
（一〇八）仝右。

（一〇九）仝右書五二一頁。

（一一〇）仝右書五二九頁。

（一一一）仝右書五四二頁。

（一一二）仝右書五四三頁。

（一一三）見林炯陽切韻系韻書反切異文表一六四頁。

（一一四）見十韻彙編二九一頁。

（一一五）見廣韻校勘記五五七頁。

（一一六）仝右。

（一一七）仝右書五六〇頁。

（一一八）仝右書五六四頁。

（一一九）見十韻彙編三〇二頁。

（一二〇）見廣韻校勘記五七一頁。

（一二一）仝右書五七四頁。

（一二二）仝右書五八一頁。

（一二三）仝右書五八二頁。

（一二四）見林炯陽切韻系韻書反切異文表一七七頁。

（一二五）見廣韻校勘記五八五頁。

（一二六）仝右書五九〇頁。

## 第十一節　切序甲校勘記

切序甲即P二一二九陸序。姜亮夫氏案語云：「正面為大乘密嚴經。背錄王仁昫刊謬補闕切韻序、陸詞法言切韻序。白楮、質粗，字拙。」潘師石禪案語云：「此為刊謬補缺切韻殘卷卷首序文，蓋刊謬補缺以切韻為質，故併載切韻之序。今故宮宋濂跋唐寫本王仁昫刊謬補缺切韻，其卷首即如此，是以知為王氏原書之舊式也。」（註一）彙編止錄陸法言切韻序，且係據敦煌掇瑣九九甲本，除「寧敢施行世」，彙編誤衍二空格外，幾與掇瑣同。

本校所用材料有：

1. P二一二九微卷，藏中國文化大學中文研究所微卷閱覽室（註二），唐五代韻書集存有影本。簡稱原卷。
2. 姜亮夫瀛涯敦煌韻輯有抄本，簡稱韻輯。
3. 潘師石禪瀛涯敦煌韻輯新編，簡稱新編。
4. 上田正切韻殘卷諸本補正有抄錄，除校姜書之誤外，亦校正原卷二處。簡稱補正。

瑣九九所載P二一二九陸序並非原卷款式，乃以古逸叢書本廣韻所刊者為主，以P二一二九（用紅筆）、S二六三八（用藍筆）校其異同。彙編即錄其用紅筆部份者。

昔開皇初　　捌陸頁　切序甲倒數第一八行

原卷「初」作「初」。韻輯、補正與彙編同。案當作「初」。敦煌寫本，偏

旁無定，衣不常不分。（註三）

魏箸作箸八人 捌陸頁 切序甲倒數第一五行

原卷「箸」作「著」，補正同。韻輯與彙編同。

以今古聲調 捌陸頁 切序甲倒數第一二行

原卷「今古」作「古今」，新編、補正同。韻輯與彙編同，與原卷異。

諸家取捨亦復不同 捌陸頁 切序甲倒數第一一行

原卷「復」作「復」。韻輯、補正與彙編同。案原卷「復」當作「復」。

則時傷輕淺 捌陸頁 切序甲倒數第一〇行

原卷「傷」作「傷」。韻輯、補正與彙編同。

梁益則諸家取舍亦復不同平聲似去 捌陸頁 切序甲倒數第八行

原卷「舍」作「捨」，補正同。又原卷「復」作「傻」，補正錄同，並校「傻」作「復」。韻輯此段作「梁益則平諸家取舍亦復不同聲似去」，新編校姜書云：『規案：「諸家取捨亦復不同」八字，蓋衍文。』（註四）

又支 章移切 脂 旨夷切 魚 語居切 虞 遇俱切 捌陸頁 切序甲倒數第六行

原卷作「又支脂魚虞」，無反語，新編、補正同。韻輯有反語。案此蓋掇瑣以P二一二九校廣韻所刊，而未將反語圈去。韻輯在抄錄原卷時，曾取掇瑣參考，遂亦誤入反語耳。

先 蘇前切 仙 相然切 尤 于求切 侯 胡溝切 捌陸頁 切序甲倒數第四行

原卷作「先仙尤侯」，無反語，新編、補正同。韻輯有反語。參考上條校文。

夏侯永 捌柒頁 切序甲第二行

原卷「永」作「詠」，韻輯、補正同。掇瑣與彙編同，并誤。

李季鄮音諳　捌柒頁切序甲第四行

原卷如此。韻輯作「李季鄮音譜」。補正作「李季節音譜」。當據補正改正

各有乖互　捌柒頁切序甲第五行

原卷「互」作「禾」，補正作「乎」。韻輯與彙編同，并與原卷異。

與河北傷殊　捌柒頁切序甲第六行

原卷如此。韻輯「傷」作「復」，補正作「傷」，再校「傷」作「復」。柒

原卷「傷」當作「復」。

除削䟽緩　捌柒頁切序甲第九行

原卷「䟽」作「踈」，補正同。韻輯脫「踈緩」二字，新編校姜書云：『原卷「除削」下有「踈緩」二字。』（註五）

魏著作　捌柒頁切序甲第一○行

原卷如此，補正同。韻輯「著」作「箸」。

法言即燭下握筆　捌柒頁切序甲第一四行

原卷「搌筆」作「握筆」，補正作「握筆」。韻輯誤作「握笔」。

薄宦　捌柒頁切序甲第一八行

原卷如此，新編同。韻輯、補正「宦」並作「官」，與原卷異。

疑惑之所　捌柒頁切序甲第二二行

原卷「所」作「所」，補正同。韻輯「惑」誤作「或」

以報絕交　捌柒頁切序甲第二六行

原卷「以」作「已」，新編、補正同。韻輯與彙編同。

吉今字書　捌柒頁切序甲第二七行

原卷「吉」作「吉」。韻輯、補正並作「古」，當據改。

剖析豪釐　捌柒頁切序甲第二九行

原卷「豪」作「毫」，補正同。韻輯與彙編同。

來可縣金藏之名山　捌柒頁切序甲第三一行

原卷「來」作「求」，補正、韻輯同。掇瑣作「來」，與彙編並誤。又原卷「藏」作「蔵」，補正同。韻輯作「藏」。又韻輯「縣」作「懸」。

昔怪馬遷之言　捌柒頁切序甲第三二行

原卷「怪」作「恠」，韻輯、補正同。

寧敢施行　世　捌捌頁切序甲第三行

原卷「行」「世」二字間不空，掇瑣、韻輯、補正同。彙編誤衍二空格。

大隋仁壽元年也　捌捌頁切序甲第六行

原卷此下有題記作「書蔔僧善惠記」，掇瑣、彙編、韻輯、補正並漏抄。新編校云：『字體與正文相同，蓋此卷即善惠所抄。「書」下「蔔」，疑為「者」字，言書者為僧善惠也。』規又案：倫敦藏斯〇〇五〇號金光明最勝王經卷第九最末一行題記云：「僧人善惠題。」』（註六）

〔註　釋〕

（一）見瀛涯敦煌韻輯新編三頁。

（二）國內尚有黃永武先生藏有微卷。中央圖書館善本書目室所藏巴黎微卷自P二四六一至P四八六〇號，P二四六〇號以前尚未購藏，故無此號。

（三）詳見潘師石禪敦煌變文論輯二七九頁所載敦煌卷子俗寫文字與俗文學之研究乙文。

（四）見瀛涯敦煌韻輯新編九頁。

（五）同右書十頁。

（六）同右書十一頁。

## 第十二節　唐序甲校勘記

彙編據卞永譽式古堂書畫彙編考書類卷八抄錄。唐五代韻書集存亦據卞氏書抄錄，並據P二〇一九、二六三八校改數字（註一）。其加□為衍文，加〔〕為脫字，加（）為或體及錯字。

其異聞奇怪傳說殊　姓氏源由土地總產　唐序甲一二～一四行　捌捌頁

集存作「其〔有〕異聞奇怪傳說[殊]姓氏源(原)由土地揔(物)產」

諸子史經漢　三國誌　唐序甲二四～二五行　捌捌頁

集存作「諸子史[經]漢三國誌(志)」

王僧儒百家譜文選諸集孝子傳輿地誌　唐序甲二九～三一行　捌捌頁

集存作「王僧儒百家譜文選諸集孝子傳輿地誌(志)」

〔註釋〕

（一）見唐五代韻書集存六三六～六三七頁。

## 第十三節　唐序乙校勘記

唐序乙即P二六三八。彙編據敦煌掇瑣九九乙本抄錄，即其以藍筆記號者。潘師石禪題記云：「此卷為清泰三年河西都僧統算會賬、背錄切韻唐韻序文。白楮質粗，無四界，世字諱。」（註一）

本校所用材料有：

1. P二六三八微卷，中央圖書館善本書目室、中國文化大學中文研究所微卷閱覽室並有購藏，周祖謨唐五代韻書集存有影本。簡稱原卷。
2. 姜亮夫瀛涯敦煌韻輯有抄本，簡稱韻輯。
3. 潘師石禪瀛涯敦煌韻輯新編校姜抄，計十三條。簡稱新編。
4. 上田正切韻殘卷諸本補正抄錄原卷前十一行，十二行以後則止校記。簡稱「補正」。

何不隨口記之　唐捌陸乙頁倒數第五行

原卷「隨」作「隨」，韻輯、補正同。

定則定矣　唐捌陸乙頁倒數第四行

原卷如此，新編、補正同。韻輯「矣」作「耳」。

握筆略記綱記　唐捌陸乙頁倒數第三行

原卷作「握筆略記經」，補正同。韻輯作「握筆略記綱紀」。

今反初服　唐捌柒乙頁第二行

原卷如此，新編、補正同。韻輯「反」作「返」。

疑惑之所　唐捌序采乙頁第四行

原卷「惑」作「𢡁」，新編、補正同。韻輯與彙編同，并誤。

剖析豪氂　唐捌序采乙頁一一行

原卷「豪」作「毫」，韻輯、補正同。彙編與掇瑣同，并誤。

今歎揚雄之口吃　唐捌序采乙頁一四行

原卷如此，補正同。韻輯「歎」作「難」，誤。

施行　人世　唐捌序采乙頁一六行

原卷作「施行人廿」，新編、補正同。「廿」字係避諱。韻輯「廿」作「世」．彙編「行」字下衍一空格。

大隋　唐捌序采乙頁一八行

原卷如此，新編、補正同。韻輯「隋」作「隨」，誤。

其新加無反語者　唐捌序采乙頁七行

原卷作「其新加無反音者」。韻輯作「其新加无反音者」。

盛行於世　唐捌序捌乙頁一四頁

原卷作「盛行於廿」，補正同。韻輯作「甚行于世」，新編校作「盛行于廿」。

隨珠尚纇　唐捌序捌乙頁一五行

原卷「隨」作「隋」，韻輯同。彙編與掇瑣同，并誤。

捜遺ト文　唐捌序捌乙頁二二行

原卷如此。韻輯「遺」字旁脫「卜」號。新編云：『規案「遺」旁加「卜」號，表示「遺」字乃衍文。』（註二）

安尔禾　唐捌序捌乙頁二六行

原卷如此，補正同。韻輯作「安尔安禾」，新編校云：『原卷作「安尔禾」，脫安字。』（註三）

開元三十年　唐捌序玖乙頁八行

原卷作「開元三十年」。韻輯脫「十」字。補正校作「開元三十年」，並校「十」字云：「右傍補寫。」（註四）

榮之曾孫卓尒　唐捌序玖乙頁一二行

原卷「尒」作「尔」，補正同。韻輯脫「榮」字，「尔」作「爾」。

精怪圖　唐捌序玖乙頁二〇行

原卷作「精恠圖」，補正同。韻輯作「精恠畐」。

子細研窮　唐捌序玖乙頁二七行

原卷作「子細訃之卜研窮」，案「卜」號表示衍文。韻輯作「子細之言研窮」誤。

金篋珍之　唐捌序玖乙頁三〇行

原卷「珍」作「珎」，補正同。韻輯作「弥」，誤。

依次編記　唐捌序玖乙頁三二行

原卷如此，補正同。韻輯「記」作「紀」。

有可紐不可行之及古體有依約之並採以為證庶無壅而昭其憑　唐玖序零乙頁三～七行

原卷如此，新編、補正同。韻輯作「有可昭其憑」，脫二十一字。

勒存正體　唐玖序零乙頁一〇行

原卷「勒」字下有「成卜」字。案「卜」表示衍文。補正云：『勒下原有「成

」字而右傍記抹消短線。』（註五）

四聲閒迭 玖塞頁唐序乙一九行

原卷「閒」作「閑」，補書於行之右傍。補正同。韻輯「閒」作「則」。新編據原卷校之，並云：『規案：「閒」蓋「閑」之誤。』（註六）

必以五音為定 玖塞頁唐序乙一九行

原卷如此，補正同。韻輯「為」下有一「之」字，新編據原卷校之。

〔註　釋〕

（一）見瀛涯敦煌韻輯新編一六頁。

（二）同右書一七頁。

（三）同右書一八頁。

（四）見切韻殘卷諸本補正一八七頁。

（五）見切韻殘卷諸本補正一八七頁。

（六）同註三。

# 第三章　十韻考釋

## 第一節　切一考釋

| 姓名 | 所見書刊 | 主張意見 | 備注 |
|---|---|---|---|
| 王國維 | 書巴黎國民圖書館所藏唐寫本切韻後 | 為陸法言原本。并論字跡定作初唐寫本。 | 案切一原卷藏於倫敦，王氏誤以為巴黎所藏。 |
| 董作賓 | 跋唐寫本切韻殘卷 | 其（指王國維）證第一種為陸氏原書，甚是。 | |
| 丁山 | 唐寫本切韻殘卷跋 | 疑為陸氏原本或伯加千一字本。 | |
| 厲鼎煃 | 敦煌唐寫本王仁煦刊謬補缺切韻考 | 為陸法言原書。 | |
| 蔣經邦 | 敦煌本王仁煦刊謬補缺切韻跋 | 為陸法言切韻。 | |
| 姜亮夫 | 瀛涯敦煌韻輯 | 為陸法言切韻原書。本卷收字最少，又為諸唐人韻書所本。 | |
| 潘重規 | 中國聲韻學 | 王國維跋切韻三種中，切一為陸法言原書，已為公論。 | |

| 周祖謨 | 上田正 |
| --- | --- |
| 唐五代韻書集存 | 切韻殘卷諸本補正 |
| 王國維右摹本跋語中更指出此本當為陸法言原書，這話不無道理。（周氏又以為：伯四九一七，由字跡和內容來看，與此本實為一書。） | 為陸法言切韻。 |
| | |

(1) 潘師石禪瀛涯敦煌韻輯新編校記云：「切韻殘卷，白楮，三紙。第一、二紙各十三行，都四十五行。字大，無界，有朱點，有朱改字。每韻韻目提行寫一字書。字不工，民字或諱或不諱。」（註一）

(2) 姜亮夫氏瀛涯敦煌韻輯敍錄云：「共存三紙，相連為卷。……紙為初唐普通寫經麻黃，而質不甚細滑，色已灰敗。第一二兩紙幅寬三十六生丁，第三紙寬二十五生丁半。三紙相連處，今已以另紙搭接，其實寬已不可知。紙高在二十五生丁以上，裝裱時尚有剪裁，版心高二十三生丁半，無匡格而有上下摺痕，字體極勁健，類北碑，但不甚豐腴，行款極疎朗有緻，墨色尚佳，惟不甚沉厚，每行置字正文約可十六七，註文約可二十四五，與諸唐初寫尚書詩經卷子相彷彿。」（註二）

(3) 此本存缺情形見本篇第一章緒論第五節「十韻簡介」，此不再贅。

(4) 此本訓註較簡，每紐首字大半無訓釋。若有訓辭，體例為「訓、反、數」，如無訓釋則為「反．數」耳。

(5) 上田正氏切韻殘卷諸本補正謂此本體裁書式與P四九一七全同，蓋同一書也。周祖謨氏唐五代韻書集存亦以為P四九一七，存上聲感、敢、養三韻字，共十五行，由字跡、內容觀之，與此本實為一書。（註三）

(6) 此本除阮韻外（若益以P四九一七，則尚有養韻），每韻韻目皆提行高一字書。姜亮夫氏云：「然隱韻末行僅二字，故阮韻不再提行，蓋當時紙張尚不甚易得，故偶或變通以求節省也。……又第一紙末行阮字之上，祈謹反一之下，有朱書之一𡇂字，不知何義，願待識者而別之，豈勘了後之簽署歟？」惟潘先生案語云：『阮字上非一忽字，原卷作「[illegible]▲阮」，阮上乃朱筆作一符號，表示韻目當提行。姜誤以為文字，且謂不提行所以節省紙幅，蓋非也。混韻末行僅一字，下很韻提行不連，故知非節省紙幅。』（註四）

(7) 此本訓註較簡。王國維氏書巴黎國民圖書館所藏唐寫本切韻後取與第三種校之，韻字較少，注亦較簡，考定為法言原本，又以書體言，定作初唐寫本。王氏舉例如軫韻軫字注云之忍反八，第三種八作九，紐末增一眕字。蠢字注云尺尹反三，第三種以賰字為紐首，注云尺尹反三，次蠢字末又增一踳字，引字注云余軫反二，第三種二作三，末增一釰字。混韻剸字注云慈損反三，彼本三作四，末增一僔字。獖字注云盆本反二，彼本二作三，末增一体字。旱韻亶字注云多旱反一，彼本一作二，末增一癉字。散字注云蘇旱反二，彼本二作三，末增一繖字，罕字下注呼捍反二，彼本二作三，末增一䍐字。潸韻板字下注云布綰反一，彼本一作二，下增一版字。莧字下注云胡板反一，彼本一作二，下增一㒵字，又此韻末，彼本別增一紐云，斟五板反一。（註五）姜亮夫氏瀛涯敦煌韻輯亦以為本卷為陸法言原書，其舉證五端如下：

1、本卷收字最少，又為諸唐人韻書所本。

2、註語最少，合于陸氏書例。

3、本卷不言字形。

4、內證—姜氏舉例云：「案P二〇一一「隱」韻「蓋」字註云：「瓢酒器，婚（得案：原書作「婚」。）禮所用，陸訓巹敬字為蓋瓢字，俗行，大失。」而更別錄巹字，本卷有巹無蓋，而註云：「瓢酒器，婚禮用，」云云是本卷所存為陸氏原文矣。」

5、言姓氏與引書—姜氏以為此本引書姓氏諸端皆不一載，是純為取聲而作，不與博識之書同科，甚為陸氏原本，蓋無可疑矣。（註六）

又周祖謨氏唐五代韻書集存嘗比較此本及切三、王一、王二之訓解，以為此本收字遠較切三為少，且此本時代在前，切三在後。又舉上述姜說之㈣為證，以為切三以陸法言切韻為底本，有案語，亦有解說字形，此本當為陸氏原書。（註七）此外，董作賓、厲鼎煃、方國瑜、蔣經邦、潘師石禪、上田正等，并主此說。（註八）惟丁山氏唐寫本切韻殘卷跋疑為陸氏原本或伯加千一字本，則異乎上述諸家之說。茲歸納丁氏之說如下：

1、丁氏以為第三種新加字信多矣，唯不知所加各字，出於長孫訥言，抑出於「伯加千一字」之伯某？如以加字者為長孫氏，則第一種或字伯加本；如以加字為伯某，第一種可定為法言原本。

2、長孫序云：「亦有一文兩體，不復備陳；數字同歸，唯其擇善。勿謂有增有減，使（原作更）慮不同；一點一撇，咸資別據。（原作則像）又增六百字，用補闕遺。……』試以旱韻「罕」音字論之：第一種只有「罕」「焊」二字；第三種則新加「罕」字。夫「罕」即「罕」形之省，「罕」即「罕」形之正，「罕」「罕」「罕」固一字而異其形者也，使出於伯其（得案：當作某）所加，長孫氏必擇善而從，（不復備陳），長孫氏深知說文，亦未必妄加罕字。

3、第一種各韻韻目，均無排韵數字；而又音各識點，以為區別；蓋未失法言之舊。然則殘卷第一種，其切韻之近古者乎？（註九）

據上述理由，丁山氏疑第一種為陸氏原本或伯加千一字本。案丁氏所云三端　頗值商榷

1、丁氏以為如切三新加字為長孫氏，切一方是伯加本，惟據姜亮夫氏，潘師石禪之說，切三為隋末唐初之增字加注本，為陸法言與長孫訥言箋注二本間之過渡，則丁說蓋非矣。

2、丁氏已指出第三種所加非長孫氏所為。

3、丁氏已疑第一種近於切韻。

則吾人仍深信第一種為切韵原本。蓋切一為陸法言原書，已為公論矣。又丁氏以為「伯加千一字」之「伯」為人姓，董作賓氏同。惟方國瑜氏則疑「伯加千一字」為「加千一百字」之譌，方氏云：『蓋經傳鈔，一誤為「加千一佰字」，再誤為「加千一伯字」，三誤為「伯加千一字」也。』（註十）案原卷作「伯加千一字」。上田正氏以為「千一」為「一千」之誤寫，故右傍中間有「•」。（註十一）周祖謨氏亦謂「一千」原誤為「千一」，後挑正。又云：『這裡所指的是現

存書中所有的新增的字數，還是原來底本的增加字數，已無從考覈。「伯」是人名，還是錯字，也不可知。』（註十二）

(8) 此本校勘記請見本篇第二章十韻校勘記一。

〔註釋〕

（一）見瀛涯敦煌韻輯新編五五頁。周祖謨氏唐五代韻書集存推想原書似為冊葉裝，今倫敦所存，已經英人改裝。（見八一九頁）。

（二）見瀛涯敦煌韻輯二九二頁。

（三）上田正氏之說見切韻殘卷諸本補正四七頁，周祖謨氏之說見唐五代韻書集存八一九頁。

（四）姜說見瀛涯敦煌韻輯二九二頁，潘師案語見瀛涯敦煌韻輯新編五七頁。

（五）見世界書局，定本觀堂集林上三五一～三五二頁。

（六）見瀛涯敦煌韻輯二九三～二九五頁。

（七）見唐五代韻書集存八二〇頁。

（八）各家之說及論著出處見本文所列表格。

（九）見唐五代切韻殘卷跋，國立中山大學語言歷史研究所周刊切韻專號。

（十）見敦煌唐寫本切韻殘卷跋。

（十一）見切韻殘卷諸本補正四五頁。

（十二）見唐五代韻書集存八三九頁。又周氏於唐五代韻書集存「總述」云：「如斯二○五五切韻卷首有「伯加千一字」一行，「一」字旁有「丨」，這表明原文是「一千」而不是「千一」，因為寫時筆誤，所以在「一」字旁加「丨」來改正。』（一四頁）

| 姓名 | 所見書刊 | 主張意見 | 備註 |
|---|---|---|---|
| 王國維 | 書巴黎國民圖書館所藏唐寫本切韻後 | 為長孫訥言箋注本。唐中葉寫本。（定作開元天寶間寫本） | 原卷藏倫敦，王氏誤以為巴黎所藏 |
| 丁山 | 唐寫本切韻殘卷跋 | 自東韻至之韻為長孫箋注原本，魚韻而後，非傳鈔裴務齊正字本，即節錄王仁昫刊謬補缺切韻。 | |
| 厲鼎煃 | 敦煌唐寫本王仁昫刊謬補缺切韻考 | 長孫訥言注本切韻。 | |
| 方國瑜 | 敦煌五代刻本唐廣韻殘葉跋 | 或為長孫訥言原書。 | |
| 蔣經邦 | 敦煌本王仁昫刊謬補缺切韻跋 | 謂切二為長孫訥言箋注，殆非無據。 | |
| 陸志韋 | 唐五代韻書跋 | 切二不是切三之增本。切二是雜湊的本子，自之韻"茬"字起至魚韻"初"字止與王韻雷同。 | |

| 姜亮夫 | 瀛涯敦煌韵輯 | 為長孫訥言箋注本。隋末唐初人所傳陸氏切韻，而為時人傳鈔急就未全之本也。 | |
|---|---|---|---|
| 潘重規 | 中國聲韵學 | 王國維定為長孫訥言箋注本，亦無異議。 | |
| 周祖謨 | 唐五代韻書集存 | 可能是長孫訥言的傳本。本書雜有王仁煦切韻在內，而不是單純的一種書。自之韻「鯔」字起至魚韻「獻」字止係王韻。 | |
| | | | |
| 上田正 | 切韵殘卷諸本補正 | 為混合本。原卷為長孫訥言切韻。所補部份，即之韻末行第一字仔字至魚韻首行末尾齬字共十八行，為以王仁煦切韻補寫者。 | |
| | | | |

(1)潘師石禪瀛涯敦煌韻輯新編校記云：「白楮，四紙半。兩面皆書切韻，字拙，無四界，無天地頭，無朱點校。此卷手寫訛率，不為典要。宗多書作宋，頗似東字。姜氏摹本復多訛誤。」（註一）

(2)姜亮夫瀛涯敦煌韻輯敘録云：「楮白紙質極疏鬆，于敦煌卷子中為最下乘，類諸户籍田籍借券雜書之屬，更歷塵蠧，已貶色不堪，紙幅高三十生丁以上，寬四十三生丁，無匡格，版心約二十八九生丁，行款極亂，墨色亦不勻整，濃則如黔突，淺則如浮塵，字體亦極粗惡，又後益狂亂無友紀，然風格固不能于中唐以後求之也。」（註二）

(3) 此本存缺情形見本篇第一章緒論第五節「十韻簡介」，此不再贅。

(4) 此本韻目或提行或不提行，除魚韵外，韻目上有數次（姜亮夫氏以為魚韵不書九，蓋急就而脫漏也。）每紐「反、數、訓」及「訓、反、數」兩法并用，而魚韵末、微韻均「反、訓、數」。通常字多不訓，止注反切。又字數有作「幾」加「幾」，凡十有一處。又注中每有按語，與長孫序所云「但稱案者，俱非舊說」一者合。

(5) 王國維書巴黎國民圖書館藏唐寫本切韻後以為此本為長孫訥言箋注本，又據其書體，定為唐中葉寫本，王氏云：

長孫序云又加六百字，用補闕遺，故韻中有新加字，如東韻蒙紐下云十一加二，洪紐下云十一加一，藂紐下云二加一，忩紐下云八加一，蓤紐下云十二加一，餘韵彷此。又長孫序云，其雜口并為訓解，但案稱者俱非舊說，今廣韻所載長孫序刪此二條是法言原書本自有注，故訥言稱案以別之，今此九韻注中稱案者八十二條，大抵據說文以正字形，又有引說文者數十條，雖無案字，而亦與稱案者文例相同，與陸氏原書注例異，是亦長孫氏注，則長孫訥言箋注本也。（註三）

上田正氏嘗舉切韻逸文佐證王說，茲迻錄如下：

銅（本卷）按說文青鐵也（東韻同小韻）
（逸文）東宮切韻云曹憲云赤金也案銅鐵通名曰金銅赤金也長孫訥言云說文青鐵武玄之云黃鐵麻杲云鏡圖曰山川有寶
旁木皆下垂也（中略）孫愐云金之一品（下略）（『和漢年号字抄』）

豐（本卷）敷隆反六按說文豆之滿者也從豆（東韻豐小韻）
（逸文）東宮切韻云陸法言云敷隆反郭知玄云多釈氏云饒也茂盛也長孫訥言云豆之滿者從豆滿薛峋云承皮綺居酒爵之器
麻杲云儀礼升堂設豐（中略）孫愐云年之五穀時熟俗作豊字（下略）（同上）

宮（本卷）室也（東韻弓小韻）
（逸文）東宮切韻曰長孫訥言云宮室武玄之云（下略）（『淨土三部経音義集』卷一）

則王說更可信矣。又丁山、厲鼎煃、方國瑜、蔣經邦、陸志韋、姜亮夫、潘師石禪、周祖漠等氏（註五）并同王說。惟丁、蔣、陸、上田、周等氏亦指出此本非純粹之本，蓋由雜湊而成。惟諸家立論，尚有小異。

丁氏以為王氏據「稱案」之例，定為長孫訥言箋注本，其說誠不得而易，惟丁氏復從注語體例，疑自東至之韻皆長孫箋注本，魚韵微韵，則自王韵或裴書傳錄而出。茲歸納其說如下：

1.長孫之例，凡習用字，皆無義訓；即有義訓，皆有「案」字，而又附於反切之後。東、冬、鍾、江、支、脂、之七韻，大抵如是。

2.八微則不然，習用各字，皆詳義訓，不加按字，而又列反切之後。附義訓於反切之後，而不云「案」者惟王仁煦刊謬補缺切韻而已。王氏切韻實因裴務齊正字本。王韵大體，先反切而後義訓，義訓之不明者，則加說文以足之。今微韻亦先反切而後義訓，是其體例與王韵同。

3.長孫加字，每韵不過五六文；今微韵亦未云加，以殘卷第三種校之，所加之字，共得二十有四，「幃」音加字，亦達五名，此又迴長孫之例，而暗合王韻者也。

4.魚韻所加之字，亦較微韵寡矣。然習用之字，亦皆有訓，亦皆同王韻之例，此蓋刪節王韵，以求合長孫箋注本者也。（註六）

丁氏謂自東韵至之韵，皆長孫箋注本，魚韵微韵，則自王韵或裴書傳錄而出。丁氏釋此現象云：『蓋以鈔寫者所得之長孫本，或有殘闕，遂以他本補之；或初得長孫本，繼得王氏韵，遂舍長孫而從王氏；「虞」「模」而後，惜尚無傳，誰是誰非，莫可考矣。』（註七）惟蔣經邦氏以為丁氏未見仁昫原書，不能證實其說，爰舉故宮本、敦煌本與此本校之，以證丁說，然亦有脩正者。茲歸納其說如下：

1、余曾以故宮本之稱“案語”者，與之校對，二者雖多差，但所異者，又並非絕不相近。……故宮本之作者，用長孫訥言箋注，但以其辭意深奧，更引他書訓釋，羼雜其中。

2、仁昫所據者為陸氏原本，長孫氏所據者，為“伯加什一字”本。

3、前七韻及末一韻（八微）體例完全不同，丁山先生曾疑微魚二韵，係從王仁昫切韻補入。惜丁君未見仁昫原書不能證實其說。今檢敦煌本微韵，與切二微韵完全契合，且敦煌本之訛誤者，切二亦誤。則切二之微韵，非但從王書補入，抑且與敦煌本同一之抄本也。

4、九魚與前七韵體例相同，此蓋亦長孫氏箋注，丁君並疑之，非也。

陸志韋氏亦主張切二為雜湊之本，微韵從敦煌本王韻鈔來，惟範圍又異乎蔣說，陸氏謂此本自之韻“字起至魚韻”初“字止，與王韻雷同（註九）。其後，上田正與周祖謨（周氏以為此本係長孫箋注之傳本）二氏又異乎陸所云範圍，上田正氏以為此本自之韻末行第一字「仔」字起至魚韻第一行末「齬」字止，蓋據王一系統之王仁煦本補寫者也（註十）其舉證有六，上田氏云：

第一、仔字所屬之茲小韻，記數為「九加一」，而實有十二字；齬字所屬之魚小韻，記數為六，而實有七字。蓋依二書配寫所致。第二、其中未見長孫韻特有之按語及說文之引用。第三、其中多有王仁煦切韻特有之字體訓注，如「俗作」「亦作」「或作」「正作」等，與前後之體例違異。第四、微韻蘄字下云「今音祈」，字下注有今音者，于王仁煦切韻中有六條，其他殘卷則未見。第五、微韻有「饑穀不熟。機祥亦作饑」，此小韻之首字機字下計數為十四，而實有十三字；全王則作「饑穀不熟。禨祥」，故知有以此二字之注誤併於一字之者，而王一相沿而訛。本卷蓋依王一系統之王仁煦本補寫，故亦承襲有誤。第六、其中小韻首字之訓注，有與王仁煦切韻「反、訓、數」相同之統一形式。其前後之部份，則「反、數、訓」與「訓、反、數」之形式相雜，與P三九六三之項所述之長孫韻之形式一致。

周祖謨氏則以為本書從之韻「鯔」字起至魚韻「[illegible]」字止一段，係王仁煦切韻（註十一）。案王一之韻末殘缺，無以取較，惟切三「茬」字起注文「反、訓、數」與王一同，今從上田正氏之說以為自之韻末行首「仔」字起至魚韻首行末「齬」字止，蓋據王韻所鈔。

(6) 此本尚存卷首陸序、長孫序與東、冬、鍾、江、之諸韻，彌足珍貴，蓋現存殘卷中保存東、冬、鍾、江諸韻之字者，止王二及全袟之全王耳，其有助於吾人考察韻書發展之情形，尤以此本年代較另二本為早，故可取以瞭解陸書、長孫書之體製也。

(7) 此本除據王韻抄補部份外，其餘各韻均有按語，其按語多根據說文解說字形與字義。取說文以訂補切韻為本書一大特色。

(8) 周祖謨氏嘗取P三七九八、P三六九六、切三、王二較其注語、所加字數，而得：1、此本所記字數有較P三七九六或切三略多一、二字，而未少一二字者；王二所記字數或與此本相同，或稍多，而同於切三者甚少。2、P三六九六未有訓釋之字，此本與切三大都已增訓解，惟所加不同。王二則一律增加。其結論以為：此本所據底本既非切三，亦非P三六九六。又以為如P三六九六是陸書，則切三為較接近陸書之增字加注本，而此本所據底本已是字數多於切三之另一增字本矣。

(9) 此本切語較值注意者有以重脣切輕脣者，如：

支韻　鈹　普羈
脂韻　邳　蒲悲
〃　丕　普悲

此種現象在切韻系韻書中為較特殊者。惟此本亦有輕脣切重脣及舌頭切舌上之例，如：

1、輕脣切重脣例：

支韻　皮　符羈
脂韻　悲　府眉
〃　毗　房脂

2、舌頭切舌上例：

江韻　樁　都江

則與前例異矣。

(10) 此本寫手訛率，脫誤甚多，請見本篇第二章十韻校勘記二「切二校勘記」。

〔註釋〕

（一）見瀛涯敦煌韻輯新編二二一頁。

（二）見瀛涯敦煌韻輯三二九頁。

（三）見世界書局定本觀堂集林上三五二、三五三頁。

（四）見切韻殘卷諸本補正四四頁。

（五）各家之說及論著出處見本文所列表格。

（六）見唐寫本切韻殘卷跋，國立中山大學語言歷史研究所周刊切韻專號。

（七）仝右。

（八）見敦煌本王仁昫刊謬補缺切韻跋，國學季刊四卷二期。

（九）見唐五代韻書跋，燕京學報二十六期。

（十）見切韻殘卷諸本補正四五頁。

（十一）見唐五代韻書集存八四二頁。周氏釋此本抄錄王韻之由云：「這可能是由於原本有殘缺，而不得不根據另一種韻書來增補。從本書所抄長孫序文有空闕和支韻「攲」下注明「四行全無」來看，原來的底本一定有缺損。寫書的人沒有別的本子可以依據，所以就用王韻抄配在內。」（八三五頁）

| 姓名 | 所見書刊 | 主張意見 | 備註 |
| --- | --- | --- | --- |
| 王國維 | 書巴黎國民圖書館所藏唐寫本切韻後 | 為節鈔長孫訥言箋注本切韻。唐中葉寫本。 | 原卷藏倫敦，王氏誤以為巴黎所藏。 |
| 董作賓 | 跋唐寫本切韻殘卷 | 為郭知玄朱箋補正本切韻。 | |
| 丁山 | 唐寫本切韻殘卷跋、唐寫本切韻殘卷續跋 | 反對董氏之說，疑為增訂長孫箋注者。後脩正為：孫愐切韻之節本。 | |
| 方國瑜 | 敦煌唐寫本切韻殘卷跋 | 從董作賓說第三種非長孫訥言箋注之刪本，又不從董說第三種為郭知玄朱箋本。此本在長孫訥言之前，非如王國維、董作賓二氏在長孫訥言之後。 | |
| 蔣經邦 | 敦煌本王仁煦刊謬補缺切韻跋 | 蓋即〝伯加仟一字〞本，亦即長孫氏箋注之藍本。 | |
| 厲鼎煃 | 敦煌唐寫本王仁煦刊謬補闕切韻考 | 長孫訥言注本切韻。 | |
| 陸志韋 | 唐五代韻書跋 | 切三最近乎長孫本改編的。切 | |

| | | | |
|---|---|---|---|
| | | 三比切二更有資格稱為長孫本。然而斷乎不是長孫的原本。切三不是切二之節本。 | |
| 姜亮夫 | 瀛涯敦煌韻輯 | 為隋末唐初增字加注本陸韻。為隋唐人依陸氏舊本而略有增字訂形之作也。 | |
| 潘重規 | 中國聲韻學 | 姜說以為隋末唐初之增字加注本，為陸法言與長孫訥言箋二本間之過渡，其說是也。 | |
| 上田正 | 切韻殘卷諸本補正 | 為加字加訓之初期切韻。 | |
| 周祖謨 | 唐五代韻書集存 | 本書是根據陸法言而增脩的一種"切韻"。可能是長孫訥言的傳本。不能說本書是S二〇五五的節本。只能說這與S二〇五五箋注本切韻是同一類的書。 | |

（1）潘師石禪瀛涯敦煌韻輯新編校记云：『姜云：「硬麻黃紙。」規案：似為白楮，無四界。每韻起首，於當行書眉以墨筆作「乚」誌之。此卷王字多作玉，七紙背有牒公文襯表。』（註一）

(2) 姜亮夫瀛涯敦煌韻輯敍錄云：「紙高在二十七生丁以上，重裝時當有裁削，大約與巴黎Pelliot二〇一一卷相近。紙為唐人寫經之普通硬黃麻紙，較二〇一一卷為勁健，色已敗白，無匡格，板心約高二十四生丁，亦無摺痕，故字不甚拘行款，字體既不甚佳且多草率，故每行字數亦不甚畫一，原卷重裝時且有顛易倒亂之處，如十五清後誤倒八二十一鹽後半二十二添二十三蒸二十四登諸韻之前，而十六青以下四韻，又錯在四紙之後，蓋英人無真習漢學者，不足怪也。」（註二）

(3) 此本存缺情形見本篇第一章緒論第五節「十韻簡介」，此不再贅。

(4) 此本韻目或提行，或不提行，但多不提行。每韻目起首，於當行書眉以墨筆作「△」誌之。韻目上有數次。其韻目數次及每紐計數，均用墨筆，紐首字更不標識，皆與他寫本韻書異。（註三）又此本注文體例為「訓、反、數」。兩義以上者，則「訓、訓、反、數」。有又音者，「訓、反、又音、數」；若不為紐首，則「訓、又音」。其分錄字體「亦作或體」「俗書」之類，多為「訓、反、或體俗書等、數」，無紐數者，分錄字體為最末，惟言「古作」者則或在訓之前。

(5) 此本每韻之中小紐例不重出。除王仁昫所云上聲紙韻「倚」「輢」兩紐同音「於綺反」不嘗重出外，此本肴韻「⿱敖毛，五交反」與「聱，五交反」同音，尤韻「啾，子由反」，與「遒，即由反」同音，陌韻「搦，奴格反」，與「蹃，女白反」同音，蓋皆後增字也。

(6) 此本注文之體例，如(4)(5)所云，惟與前所訂切韻原本之S二六八三仍有差別。王國維氏曾取此本與第一種校之，此本韻字較多，注亦較繁，見前文「切一」之(7)所引。周祖謨氏亦嘗取此本與P三六九六、S二六八三、P四九一七、P三六九五比校之，以為此本與上述四類寫本有以下之歧異：

1、本書收字稍有增加。

2、反切用字有不同。

3、有些字本書已增加訓解。

4、本書增多又音。

5、本書增注俗作某。

6、本書注文中有案語。

7、一紐的字次略有不同。（註四）

案1、2、與王氏所云同。知此本非陸氏之原書矣。惟此本案語多據〃說文〃解說字形，止數處為說明字義，凡引〃說文〃處一律作「文」，或為寫者所節略。切二注文中亦有同類案語，體例與本書相似。

此本究屬何人之書？學者考定頗為歧異。王國維氏書巴黎國民圖書館所藏唐寫本切韻後以為係長孫訥言注節本，又據書體，定作唐中葉寫本。王氏之理由有二：

1、此本有長孫訥言所加字，紐首下但著幾字，不著幾加幾。然如平聲下仙韻卷紐下鬈字等十六字皆注新加。

2、注文亦間有稱案者，計三十二條，且皆據說文為說，與長孫氏箋注體例正同。疑亦出長孫氏注本而刪去其案語者。三十二條稱案者，乃刪之未盡者。（註五）

王氏遂定此本為長孫訥言注節本。惟董作賓氏首先反對王氏之說，其跋唐寫本切韻殘卷列舉二事（註六）：

1、異於王說者：董氏將王氏考定要點分為五項，又針對各項，一一反駁。其分王氏考定要點為：

甲、此種有長孫訥言所加字，惟不注「加△」字，又復刪其案語。

乙、注有「新加」字樣者為例外。

丙、稱案皆據說文，與長孫氏本體例相同。

丁、稱案文之三十二條，是「刪去長孫氏注僅鈔陸注」之例外，「乃刪之未盡」者。

戊、以字跡言，斷其鈔書時在開元天寶之間。

董氏又針對上列五點，提出反駁：

甲、長孫訥言箋注本（第二種）所加字，郭本（董氏定第三種為郭知玄箋本）皆無。廣韻前敘錄於長孫訥言序文後，附郭知玄一則，有「更以朱箋三百字」之語，其實郭氏所箋本乃久經傳鈔之陸氏切韻，非長孫箋注之本也。

乙、跋稱注有「新加」字樣者為例外，而此正郭知玄本之鐵證。廣韻序列「前費州多田縣丞郭知玄拾遺緒正，更以朱箋三百字，其新加無反語，皆同上音也」，第三種注有「新加」之字凡十六，而皆附紐末，又無反語。與此正合。

丙、說文為自漢以來風行一世之字書，人人得而引據之，以據說文為與長孫氏體例相同，根本上已難成立。

丁、郭本例自有別，不得謂鈔自長孫也。如長孫本曰「按說文」，郭本曰「案文」，或直稱「說文」，無一作「按說文」者。

戊、王氏認定字跡為開天之際所寫本，亦轉足為郭本之證，唐書無郭知玄傳，惟有郭知運，玄豈其昆季耶？此說絕非附會，廣韻中列知玄之次於長孫訥言與孫愐之間，即為有力之旁證。

2、發現於王說外者：

甲、長孫訥言箋注之原本為已經加字之切韻也。董氏據第二種序中次行「伯加千一字」一行，謂可知為已經增加「千一字」之本。又取第二種與第三種郭本相校，除長孫氏新加字為郭本所無外，又發現兩異點：其一、不注「加△」，而字數猶多於郭本者。其二、已注「加△」字而字數猶多於郭本者，蓋郭氏所據之本，亦為已經加字之陸本。

乙、郭知玄所據之原本，亦曾經加字之切韻也。

其後，丁山氏唐寫本切韻殘卷跋，反對董氏之說，疑為增訂長孫箋注者，惟丁氏唐寫本切韻殘卷續跋乙文中（註七）脩正前說，以為係孫愐切韻之節本。丁氏於前文就王氏所云第三種「亦出長孫氏之箋注本，而刪去其按語者」，提出反駁，其要點有：

1、韻書之作本以審音，降及李唐，漸失其旨，一向之用審音者，至唐時則變而供其行文叶韵者所檢取。行文叶韻，字愈多而愈便。法言切韻所收者萬餘字耳；而其分韻，或寬或狹，實用殊感困難；故有諸家增訂，有許敬宗之通用，文人學士，惟患韵字之少，豈有惡其繁重，從而刪去之者，此節本之說，甚可疑也。

2、更就「罕」字中之：罕非長孫加字，理固甚顯；其餘新加字，果出長孫與否，似亦未可懸斷。則此本誰作，不可知矣。況長孫加字，不注於所加之字之下，而識於本音首字之中，觀于第二種「東」「冬」各韵，莫不如是，今所加字，不注于音首之下，而識「新加」二字於本字後；此其例又與長孫箋注本懸殊。

丁氏後文則以為係孫愐切韻之節本，非郭氏之緒正切韻也。丁氏以倭名類聚鈔淨土三部經音義及古文四聲韻等所錄較郭本，其相契合者百不獲一，而倭名鈔所引孫愐切韻往往與第三種本相同。其理由有：

1、倭名鈔引唐韻者凡三百八十餘條，其合於第三種殘卷者十之五六。

2、長孫箋注本，新加各字下，未有特為標識者；其特注「加」字於新加各字之下表，惟蔣斧所藏唐寫本唐韻之例如是。今審殘卷第三種所加之字，其下注「新加」二字，以別切韻原文，與唐韻體例正同。

3、有唐韻云加而殘卷第三種不云「新加」者，必孫愐增加字也。唐韻所「加」之字與殘卷第三種「新加」之字，幾無不同。（註八）

方國瑜氏敦煌唐寫本切韻殘卷跋（註九）則從董說第三種非長孫訥言箋注之刪本，又不從董說第三種為郭知玄朱箋本。然以為此本在長孫訥言之前，非如王氏、董氏所云在長孫訥言之後。茲分二端述之：

1、方氏不從董說第三種為郭知玄朱箋本－其理由有：

a、若郭知玄箋於陸氏切韻，則郭書除注明「新加」者外，其韻字與陸書相同，此所當假定者，然第一種殘存約二百韻字，而於採、軫、䐇、引、剸、猜、亶、散、罕、板、莧、潸、紐下，第三種較第一種并多一字，悉未注「新加」字樣，若認第三種為郭知玄箋陸氏切韻，當不至差異若此。

b、董氏云：「郭知玄所據之原本，亦曾經加字之切韻也；」然郭知玄箋於何人加字之切韻？何以知箋於已加字之切韻？董氏未言之。又四庫提要曰：「長孫訥言為之注後，郭知玄、關亮薛、王仁煦、祝尚邱，遞有增加，」此蓋於文意推之；董先生則以為郭知玄未箋於長孫訥言書，亦無的說，惟以已定第三種為郭知玄書，而此種韻字不與第二種同，故謂郭氏未據長孫氏書而已；此種強詞，已難置信；即所以第三種為郭知玄書之論據，亦未可靠也。

c. 董氏又謂：「廣韻序列『前費州多田縣丞郭知玄，拾遺緒正，更以朱箋三百字，其新加，無反語，皆同上音也；』末句不啻為郭本寫照，今残卷第三種注有『新加』之字凡十六，而皆附紐末，又無反語，與此正合，」按第三種残卷所見「新加」者僅十六字，以此推全書「新加」當不過二十四五字，則廣韻序所謂「郭知玄……更以朱箋三百字」之數，尚未十一也，董氏所云非所宜也。至新加字無反語，附於紐末，皆上同音，此諸家增加字所同，未為郭氏特例，而即以此為「郭本寫照」亦非所宜。

d. 又董氏以第三種於注有補正之語，合於「拾遺緒正」，此各本韻書咸有之，又第三種與第二種體例不同，以為郭氏體例，然各本韻書體例亦各不同，凡此補正字訓，體例有異，乃各家韻書所共有，豈能為郭知玄一人之特具，亦豈能為第三種校第二種所特有，而認第三為郭氏書也。

2、第三種之作者，究為何屬？方氏由韻字、全書之字數、註訓考之：

a. 由韻字考之：方氏謂自切韻以迄集韻，時愈後而韻字愈多，則韻字少者先出，多者後出。因此較第一種與第三種韻字不同之各紐、第三種與第二種「加」字之各紐、第三種與第二種韻字不同而不注「加」字之各紐，而得第三種韻字多於陸而少於長孫，出於陸生與長孫之間。

b. 以全書字數考之：可得如下表：

C. 以訓註考之：第二種長孫訥言序曰：「並為訓解；但稱案者，俱非舊說；」則長孫本所稱「案」之語，為訥言所加，前此所無也。今取第二種與第三種兩存之韻字校之，其第二種於韻字下稱「案」之語，即為第三種注訓所無。又第二種於韻字下所注稱，「案」以上之語，則第三種每有之，第二種稱案者，悉非第三種說，則第三種所注即長孫氏之所謂舊說，第三種出於第二種前，可為有力之證。

方氏由上三項之考訂，爰謂第三種出於第二種之先，即出於長孫訥言之前。蔣經

| 韻書 | 增加字 | 全書韻字數 |
| --- | --- | --- |
| 第一種（陸法言原本） | | 一萬〇五百字 |
| 第三種(?) | 五百字 | 一萬一千字 |
| ?（訥言所據，孫緬所謂舊本，封演所謂韻類，即此書。） | 六百字 | 一萬一千六百字 |
| 第二種（長孫訥言箋本） | 六百字 | 一萬二千二百字 |

邦氏敦煌本王仁煦刊謬補缺切韵後則疑此本即〝伯加仟一字〞本，亦即長孫氏箋注之藍本也，蔣氏所列理由有二：

1.切二比切三除多新加字及案語之外，十九相同，其稍有出入者，未必非抄寫之訛。王靜安以為切三是長孫箋注之刪本，亦以二書密近故也。

2.設長孫箋注以〝伯加仟一字〞本為藍本，則其書紐下△加△之數，上△必為〝伯加仟一字〞本之原數，下△為長孫氏新加之數；此必當假定者也。今切二上字之數，悉與切三相同，若切三非〝伯加〞之本，豈能悉合？

厲鼎煃氏敦煌唐寫本王仁煦刊謬補闕切韻考（註十）則以為此本為長孫訥言注本切韻。案厲氏并無推證，其說蓋由其擬定諸家韻書之先後乙表得知。陸志韋氏唐五代韻書跋（註十一）「論切韻殘卷」乙節中，嘗分三端說明：1.設若切二是長孫本，切三更當是長孫本。2.切三不是切二的節本，切二不是切三的增本。3.切三的實在性質，陸氏以為就時間言，切三比切二更有資格稱為長孫本，切二非切三之祖本，且亦非其增訂之本。并斷定切三非長孫之原本。姜亮夫氏瀛涯敦煌韻輯敘論有「S二〇七一為隋末唐初增字加注本陸韻證」乙節，姜氏由字數、韻部、反切、注文、字體、符號等，謂此本「為去陸氏不遠之作，前于P二〇一一卷，而後于S二六八三卷」「其非長孫註之本，亦必不為郭知玄朱加之書，更不為孫氏重脩之作」「其為隋唐間之書，實非長孫郭孫諸氏所得增刪者也。」姜氏復臚舉內證說明：1.注中儼然全存陸氏真象一也。2.本卷不為初唐帝諱也。3.本卷地名無唐以來新置者也。爰謂「其無武德、貞觀以後之蹤跡」，文末訂此本為「隋唐人依陸氏舊本而略有增字訂形之作也」。（註十二）潘師石禪、陳紹棠先生合著之中國聲韻學以為姜說是也，嘗云：「王國維跋切韻三種中……惟定第三種

（切三）S2071 為長孫訥言注節本，據姜亮夫瀛涯敦煌韻輯所考，則不以為然以此乃陸書之後，隋末唐初之增字加注本，為陸法言與長孫訥言箋注二本間之過渡，其說是也。」（註十三）日人上田正氏切韻殘卷諸本補正謂此本為「加字加訓之初期切韻」（註十四）案此說與姜氏之說無異。周祖謨唐五代韻書集存將此本列為箋注本切韻一類，又取此本與陸法言切韻之傳寫本比較（註十五），以為主要差別有七，見(5)文首所引。周氏據此比較，爰謂：『可知本書已經不是陸法言的原書。不過，大體和前一類的寫本相去不甚遠，雖有增字加訓，但數量不多。王仁昫所指出的陸書的一些缺失。如「韡」「范」二字未立反語，紙韻「輢」紐與「倚」紐音同而重出，止韻「汜」字和隱韻「巹」字訓義不當，書中不當收「言」「言」（見阮韻）「凸」（見屑韻）「凹」（見洽韻）等字之類，也都見於本書，足證本書就是根據陸法言書而增脩的一種"切韻"。因此要考查陸法言的原書情況，這是我們可以依據的很重要的一種材料。』又云：「王國維認為斯二〇五五寫本書中有新加字，而且注中案語很多，與長孫序中所說正相合，應當就是長孫箋注本"切韻"，而本書案語少，但體例與斯二〇五五相同，可能就是長孫書的節本。現在考察起來，斯二〇五五內的訓解和反切與本書並不完全相同，而且斯二〇五五在本書之外又有增加字，時代當比本書晚。因此，我們不能說本書是斯二〇五五的節本。而只能說這與斯二〇五五箋注本"切韻"是同一類的書。」（註十六）

歸納上列學者所論，切三之性質約有下列六說：

a. 為長孫訥言注本切韻－厲鼎煃。

b. 節鈔長孫訥言箋注本切韻－王國維。可能是長孫訥言之傳本－周祖謨。

c.在長孫訥言之前—方國瑜。非長孫之原本—陸志韋。
d.為"伯加仟一字"本，亦既長孫氏箋注之藍本—蔣經邦。
e.為郭知玄朱箋補正本切韻—董作賓。
f.隋末唐初增字加注本切韻—姜亮夫、潘師石禪、上田正。

此六說中，以f說最為可信，本文乃以為此本為隋末唐初增字注本切韻。

(8.) 此本字下無反語者有四處，即：

歌韻「鞾」字下注云：「鞾鞋。無反語」。
歌韻「伽」字下注云：「無反語，噱之平聲，」
拯韻「拯」下注云：「拯休。無反語，取蒸之上聲」。
范韻「范」下注云：「姓。無反語，取凡之上聲。」

除「伽」字外，王書均已注明。「伽」字或不為陸書所原有也。又王韻「噱」右藥韻，反語為「其虐反」，知其時「伽」字與藥韻元音相同。

(9.) 此本切語較宜注意者有以重脣切輕脣、以輕脣切重脣、以舌頭切舌上及以匣母字切喻三諸現象，茲舉例如下：

1、以重脣切輕脣例：

尤韻 浮 薄謀
賄韻 排 蒲罪
月韻 怖 匹伐

2、以輕脣切重脣例：

支韻 皮 符羈
〃 卑 府移

脂韵　悲　府眉
〃　丕　敷悲
〃　邳　苻悲
〃　毗　房脂
〃　鄙　方美
〃　牝　扶履
仙韻　便　房連
灰韻　肧　芳杯
庚韻　兵　甫榮
〃　平　符兵
蒸韻　凭　扶冰
鹽韻　砭　府廉
紙韻　彼　甫委
〃　靡　文彼
旨韻　美　無鄙
〃　鄙　方美
潸韻　阪　扶板
銑韻　編　方顯
小韻　表　方小
又
以舌頭切舌上例〻
江韻　椿　都江

脂韻　胝　丁私
語韻　貯　丁呂
馬韻　觰　都下
覺韻　斲　丁角
黠韻　窡　丁滑
鎋韻　鵽　丁刮

4、以匣母字切喻三例

文韻　雲　户分
月韻　越　户伐

綜合右列與上文切二研究之(8)諸例由輕脣切重脣或以重脣切輕脣之現象，說明切韻輕重脣不分，而其時可能皆讀重脣。以舌頭切舌上，則知母字與端母字之讀音相近。以匣母字切喻三，則喻三當讀同匣母。

(10)此本訛誤或諸家抄誤，請見第二章「十韻校勘記」三「切三校勘記」。

〔註釋〕

（一）見瀛涯敦煌韻輯新編一四五頁。
（二）見瀛涯敦煌韻輯三〇〇頁。
（三）仝右。
（四）見唐五代韻書集存八二九、八三〇頁。

（五）見世界書局定本觀堂集林上三五三、三五四頁。案陸志韋氏唐五代韻書跋（燕京學報第二十六期）謂切三共有案語三十四條。并云：「王國維所舉33條（遺書改為32）之中，有三條書裡並沒有"案"字。又脫漏了四條，其中一條註明是"新加"。所以仍作33條計算。」

（六）見中研院史語所集刊第一本。

（七）丁氏前後文并見國立中山大學語言歷史研究所周刊切韻專號。

（八）案陸志韋唐五代韻書跋註14云：「丁跋又說切三是孫愐初稿，只須把倭名鈔和切三重校一次，丁氏一定會取消他的主張。」

（九）見女師大學術季刊二卷三期。

（十）見金陵學報四卷二期。

（十一）見註五。

（十二）見瀛涯敦煌韻輯二九九～三二七頁。

（十三）見中國聲韻學二五九頁。

（十四）見切韻殘卷諸本補正四六頁。

（十五）周氏將其所收唐五代寫本及刻本三十種，據各書體例、性質與內容歸為七類，計：1.陸法言切韻的傳寫本。2.箋注本切韻。3.增訓加字本切韻。4.王仁昫刊謬補缺切韻。5.裴務齊正字本刊謬補缺切韻。6.唐韻寫本。7.五代本韻書。（見唐五代韻書集存序）周氏所列陸法言切韻之傳寫本有：P三七九八、P三六九五、P三六九六、S六一八七、S二六八三、P四九一七、列TIID等卷。

（十六）見唐五代韻書集存八三〇、八三一頁。

| 姓名 | 所見書刊 | 主張、意見 | 備註 |
| --- | --- | --- | --- |
| 武內義雄 | 唐鈔本韻書及印本切韻之斷片 | 由筆蹟判斷，決非唐以後寫本。既非郭知玄，又非孫愐之作，且非孫愐、王仁煦等之作。必為陸法言切韻原本或長孫訥言之箋注本。上聲如刪了新加字，就彷彿是陸氏原本。去聲可以斷定為陸法言原作。 | |
| 魏建功 | 十韻彙編序<br>十韻彙編資料補并釋 | 提出此本孫愐切韻關聯之置疑。<br>脩正前說以為TⅣK七五、TⅣ七五・一〇〇b、TⅣ七〇十七一等三殘卷蓋王仁昫刊謬補缺切韻最早之殘本。 | |
| 姜亮夫 | 敦煌瀛涯韻輯 | 為唐初寫陸韻增字本。 | |
| 上田正 | 切韻殘卷諸本補正 | 為初期切韻。 | |
| 周祖謨 | 唐五代韻書集存 | 列為增字本切韻（周氏以為德國普魯士學士院所藏八斷片，原當是一部書。）書的時代可能與王仁昫書接近。 | |

(1) 姜亮夫瀛涯敦煌韻輯述此書之書式云：『本卷現藏柏林普魯士學士院在勒可克 Albertangust von le cog 格蘭委得爾 A. Granwedel 兩氏所獲吐魯番文書中，余得見其一葉，為前後二面，前面起上聲六止麀字，終語韻嬩字，凡存十行，後面起十「姥」「怙」字，止十四「賄」「瘤」字十一行，其字已全殘者一行，紙幅版匡大小已不可定，以殘文校之，其所殘上截略與所存下截相等，烏絲格，甚雅潔，字不甚佳，且略近行草，行款尚疎朗，以前面第八九兩行，後面二三兩行、七八兩行，十十一兩行四處審之，則每韻皆各提行另起，不連綿為書，款式與S二六八三卷同。』（註一）

(2) 潘師石禪瀛涯敦煌韻輯新編案語云：「柏林普魯士學士院所藏切韻，聞二次世界大戰時，燬於戰火。前歲曾函詢西德麻堡大學許伯里奇教授 Prof. Schubriche，復書謂或仍為東柏林博物館葆藏。囑余逕函東柏林詢問。久之，得東柏林復書，謂書經移置，不能確知有無。故此本無原卷覆校。」（註二）

(3) 上田正切韻殘卷補正所收柏林普魯士學士院藏切韻寫本斷片有三號，即：

1、TⅣK七五有四葉，第一葉旨止二韻八行，第二葉魚虞二韻五行、第三葉模齊二韻十行，第四葉文韻五行。

2、TⅣK七五、一〇〇a，一葉，正面廢震二韻七行背面問焮願三韻七行。

3、TⅣK七五、一〇〇b，一葉，正面止尾語三韻十一行，背面姥薺蟹賄五韻十一行。（註三）

得案：上田正氏之2即魏建功十韻彙編序所收武内義雄所送攝影本，之3即彙編所本者，姜亮夫氏，潘師石禪編號為丁IV75。

(4) 魏建功十韻彙編序云：「德國列考克（Albert August Von Le Coq）和格林威得（Albert Grünwedel）在斯坦因伯希和之後，相繼去新疆探險，所得古物藏在柏林普魯士學院，我在二十一年（一九三二）從友人趙萬里先生得見唐寫韻書兩張影片，當時借鈔，並且看出是一個斷片的兩面，計存上聲止韻以下的幾韻；趙君僅僅告訴我是德國來的，藏之何處，發自何處，全不能詳。原件大約兩面各存十三四行，是下半截，有界闌，韻紐上無點識。」（註四）

(5) 周祖謨唐五代韻書集存「增字本、切韻、斷片（列TIVK75. TIV70+71）」云：『這些斷片共有八片，是德國人列考克自我國新疆吐魯番一帶地方所得，舊藏於普魯士學士院。今以韻次為序，一為魚虞兩韻字，二為模齊兩韻字，三、四為文韻字，五為旨止兩韻字，六為止尾語三韻字，七為姥薺蟹駭賄五韻字，八為去聲韻目的一部分和送韻字。一至七列考克編號為TIVK75，八為TIV70+71。這裡僅六、七兩片有原物照片，其他都是據向達先生的抄本轉鈔的。其中一、二兩斷片只存上部，下部殘缺。三、四兩斷片是文韻的上一半和下一半，中間殘缺，所以分裂為二。五、六、七斷片只有下部，而無上部。五、六兩片原來當為一紙，第五片存八行，第七行「以」字下「羊止」二字正當一行之末，「反」字當在第八行。第八行所存注文「踈士□三」，恰恰是第六斷片「史」字的注文，前後正相銜接。第六、第七兩片所存都是十二行，第七片應是第六片的背面。』周氏又從此八片之體例、內容，以為原應是一部書。（註五）

(6) 彙編所收為上聲「止」至「賄」韻下半截（以下簡稱此本），韻目行款不能確知。據姜亮夫氏所云，每韻皆各提行另起。據魏建功氏所云，有界闌，韻紐上無點識，每紐注文大多為「反、數」之形式，少數為「反、數、訓或又音」之形式。字數則注「幾加幾」，與陸書蓋異。

(7) 此本之性質，日人武內義雄唐鈔本韻書及印本切韻之斷片（註六）嘗由筆蹟判斷，以為決非唐以後寫本。蓋為唐以前韻書片斷。并以為陸法言切韻原本或長孫訥言之箋注本。武內氏嘗輯五行大義背記、醍醐三寶院殘存仲算法華經釋文，源順和名類聚鈔、具平親王弘決外典鈔、信瑞淨土三部經音義等所引逸文十四條，茲迻錄如下：

一，紀　郭知玄云納紀，孫仙云緒也。五行大義背記

二，里　郭知玄云里人所居，釋氏云二十五家曰里，韻略云三百六十步爲一里。三部經音義

三，子　孫愐切韻云子 即里反 息也 和名抄一

四，梓　孫愐云木名，楸之屬也。和名抄十

五，體　他禮反，郭知玄云身軀也。法華釋文

六，啓　康禮反，麻杲云通開也，祝尙丘云，下通於上也。同右

七，米　莫禮反，孫愐云，穀心也。同右

八，買　玉篇云，公區反，居買也。柯雅反，人姓也。新切韻中兩音通。同右，按新切韻似卽孫仙著。

九，震　郭知玄言雷也。陰陽相薄聲也。薛峋云又作振。麻杲云亦作振動也懼也。孫愐云卦至東方起也。五行大義

十，引　郭知玄云，羊晋反，牽也。釋氏云進也。麻杲云發也。三部經音義

十一，糞　方問反，薛峋云穢物肥地也。法華釋文

十二，近　其謹及其靳二反，郭知玄云就也。王仁煦云相親也。法華釋文

十三，怨　招袁反，武玄之云怨讎也。同右

十四，販　方願反，麻杲云轉買也。釋氏云買賤賣貴也。法華音義

由此逸文比較而後云：

知此斷片既非郭知玄又非孫愐之作，且非孫伷，麻杲、祝尚丘、王仁煦，薛峋，釋氏（弘演？）武玄之等之作，其屬於更原始之簡單切韻，實為顯然。既知其在郭知玄及孫愐以前，必為陸法言原本或長孫訥言之箋注本無疑也。

武內氏又從震稕不分與韻目數次為二十一至二十四之特徵，斷定此本為陸氏原本。魏建功氏十韻彙編序引述上田正氏之說，惟提出此本與孫愐切韻關聯之置疑，魏氏云：

武內論文有王俊瑜君譯載天津益世報讀書週刊二十六期，他考訂結果將兩片都認為是陸法言切韻。我覺得兩個斷片從大體上看是一個系統，而原件很像是兩處的東西。上聲的一片，我過錄得全字一百零二，半字七；去聲的一片，得全字四十九，半字十三。上聲有的紐下注新加字數，武內氏以為刪了新加字就髣髴是陸氏原本。這正與西域考古圖的斷片問題一樣，就是切三比切二似乎早些了，切二就不能是長孫箋注，而孫愐唐韻又並非無字無注，這種斷片與切三切一以至切二，又何嘗不能與長孫以外，如孫愐之類的各家相關呢？去聲的韻目是二十一震，二十二問，二十三焮，二十四願；震韻前面的半行可以看出是二十廢的吠茷喙三字；武內從震稕不分和韻目數次為二十一到二十四的特徵上，斷定這是陸法言原本。他用夏竦古文四聲韻韻目當作孫愐唐韻的標準；竦進書序稱為唐切韻據王國維考證孫愐共有兩本韻書，開元本和天寶本，開元本韻目與王仁昫、敦煌本、韻同出陸韻而上聲均多一韻，然則這斷片的韻目安知不是孫韻？蔣氏藏唐韻，王國維說是孫氏天寶本，韻目增加，才另名「唐韻」，原有第一次韻當是所謂「孫愐切韻」；如果這話成立了，再加天寶本與這種斷片一樣注訓簡略的印證，我們可否說是孫氏切韻，這都成為無從查考的懸案。（註七）

其後，魏氏於十韻彙編資料補并釋修正前說，以為TⅣK七五、TⅣ七五、一〇〇、TⅣ七〇十七一等三殘卷蓋王仁昫刊謬補缺切韻最早之殘本。（註八）姜亮夫瀛涯敦煌韵輯由內容審定此本為初唐人寫陸法言切韻增字而又增註之本，而于陸書蓋未嘗有所更定者矣，其理由有四：

1、原字無在S二〇七一之外，諸增加字亦全部為唐人韻書之所釆擇。

2、切語皆與S二〇七一同。

3、註語最簡，與S二六八三情形相合。

4、不言字形。（註九）

姜氏以為以上四證，此本保存陸氏原書真面蓋決無可疑。又以為此本所注「幾加幾」皆據陸氏原本而加，姜氏釋此現象云：

> 大抵自法言創為切韻後，大俾文路，習之者多，而法言成書，蓋又隨手所記，規模雖備而質量未豐，則後來學人，各有增益（得案：當作「益」），以便臨文之助，有增字且又增註者；如S二〇七一是也。有增註而更正字形者；如孫愐唐韻所為。其後代有補修，則更定部目，出入文字，大加異說，多釆形體，如王仁昫孫愐李舟之所為，蓋紛紛并作，後出轉精，至唐末而規模大具，至北宋而釆擇畢備。（註十）

上田正氏切韻殘卷諸本補正謂TⅣK七五第一葉第八行止韻有「史踈止〔　〕三」，TⅣK七五、一〇〇b第一行有「史〔　〕反〔　〕」，兩者併合，正是一體，蓋同書之斷裂也。又TIV七〇十七一與此二卷有共同之特徵，故三者似同一書，其注釋極簡，加字甚少，蓋直接增訂陸韻者也。並謂TIV七五、一〇〇王與諸本比較，蓋與陸韻相近之本也。（註十一）

周祖謨氏唐五代韻書集存先以為德國普魯士學士院所藏八斷片，自體例、內容言，原當是一部書。又取斷片所存各韻與切三相比，而謂「不僅字有增加，注出『幾加幾』，而且反切也略有差異」，考定其底本與切三不完全相同。周氏又進而考證此類斷片與王仁昫刊謬補缺切韻非同一種書。其理由為：

第一、王仁昫書每紐第一字的注文是先出反切，次出本字的訓解和又音，最後一紐的字數，與本書體例不同。其次，本書字下的訓解極為簡單，地理名稱都不注明所在州郡，只注「地名」、「水名」而已。每紐第一字大都只有反切，而沒有訓解，這與王韻每字「并各加訓」不同。另外，王仁昫書每紐所收字數大都比本書多，但是本書有些紐的字數又比王韻多。……由此可知本書與王韻不是一種書。王韻書中有正字，有增訓，又有增字，而本書只重增字，性質與王韵全不相同，應當是另一家書。（註十二）

周氏又考定此類斷片之時代，可能與王仁昫書接近。舉切三上聲薺韻「洗」字音為例，切三作「先禮反，又蘇顯反」，而王韻改「蘇顯」為「蘇典」，斷片又音亦作「蘇典反」，因謂「如果是因避諱而改，那就是中宗以後的人所作了」。

上述諸說中，武內氏必為陸法言切韻原本或為長孫訥言箋注本之說，頗值商榷：1.此本字數有注「幾加幾」之現象，當非陸書原貌。2.前文已考定切二為長孫箋注本，而切二與此本及其餘七斷片，仍有異者，如：切二韻目或提行，或不提行；此類斷片每韻各提行（據姜氏）。又如切二有案語，多引说文解說字形；此類斷片則無按語。魏建功氏提出此本與孫愐切韻相關聯之置疑，固不足論，其後又以為王仁昫刊謬補缺切韻最早之残本者，可以1、姜亮夫氏「初唐人寫陸法言切韻增字而又增注之本」之理由，及2、周祖謨氏此類斷片非與王韻同一種書之說，予以反駁。上田正氏之說，近乎姜氏。至周氏考定此類斷片與切三不完全相同（註十三）實則如此，至周氏所疑與王韻時代相近者，尚待斟酌，蓋其所舉之例，是否即避諱，尚不可知。綜上所論，本篇以為：

1、此本與陸韵相近，為初唐人寫陸韻增字增訓之本。

2、如「洗」字注「典」字係避中宗諱，則當為中宗以後之人所作。

(8)

此本之校勘，請見本篇第二章「十韻校勘記」四「德校勘记」。

「註釋」

（一）見瀛涯敦煌韻輯二九七頁。

（二）見瀛涯敦煌韻輯新編七三頁。

（三）見切韻残卷諸本補正五一、五二頁。武內義雄氏嘗比較d卷（即TⅣK七五、一〇〇d）與b卷（即TⅣK七五、一〇〇b）之不同，謂d卷全體未注新加字數，注釋極為簡單，且就其筆蹟言，與b卷亦顯示不同，然則此或係另人鈔寫，仍存陸氏原本形態，亦未可知。魏建功氏十韻彙編資料補并釋，則舉出二卷相同點為：1、許多字沒有注釋；2、多紐收字記錄加字數與原數字；3.注中與正文相同的字用〻表示之；4、有又音；5、海韻起首提行。又丁Ⅳ七〇十七一（存去聲韻目之一部分與送韻字）之款式與上述1、2、3、5、相合，故此三卷內容應屬相同。並謂七〇十七一卷韻目下呂靜等諸家分合異同之小注，非陸氏原有，乃王仁昫所注。

（四）見十韻彙編伍柒頁。

（五）見唐五代韻書集存八六五、八六六頁。

（六）見北平圖書館館刊十卷五號。

（七）見十韻彙編序伍捌頁。

（八）見林炯陽廣韻音切探原九七頁所引。

（九）見瀛涯敦煌韻輯二九七，二九八頁。

（十）仝右書二九八頁。

（十一）仝註三。

（十二）見唐五代韻書集存八六七、八六八頁。案唐蘭氏跋唐寫本刊謬補缺切韻云：「向達先生自歐歸，示余所抄柏林普魯士學院藏吐魯番出土韻書斷片，則與擬項本合。今見此本，又復全同，其為王書，已可確定。」

（十三）案武內氏嘗取此本正面與切三較之，而謂此本較切三多新加字。知此本與切三亦不同。惟本篇前文已考定切三為隋末唐初增字加注本切韻，而武內仍從王國維氏為長孫節本之說，蓋非韙矣。

| 姓名 | 所見書刊 | 主張意見 | 備註 |
| --- | --- | --- | --- |
| 王國維 | 陸法言切韻斷片跋 | 為陸法言切韻之長孫訥言箋注本。(王氏弟子劉盼遂否定長孫箋注本,以為係陸法言原本。) | |
| 上田正 | 切韻殘卷諸本補正 | 為陸法言切韻。 | |
| 周祖謨 | 唐五代韻書集存 | 由體別來看收字既少,注解亦簡略,不似長孫訥言本。為陸法言原書傳本之一。 | |

(1)周祖謨唐五代韻書集存云：「原物殘損已甚，只存一紙上截一片，正反兩面各九行，正面為平聲支韻字，背面為平聲脂韻字，原物似為冊葉裝，書法端莊整飭，雄健厚重，在唐代寫本中不多見。」(註一)

(2)此本存錄及傳本情形，見本篇第一章緒論「十韻簡介」，茲不再贅。

(3)此本之性質，據王國維陸法言切韻斷片跋考證，以為係陸法言切韻之長孫訥言箋注本。王氏云：

孫愐唐韻無字無注，蔣氏所藏殘本二卷足以證之，此斷片中，支韻之卮枝二字，脂韻之諮維雖三字，皆無注，又支韻之皮、脂韻之比茨遲伊四字，但注反切，反切者，陸韻所本有，非長孫氏所加也。淨土三部經音義引陸法言反切十二條，又陸序支脂魚虞先仙尤侯八字下皆加反切，是陸韻舊有反切之證也是斷片四十字中，無注者多至十字，則全書可推而知，此當是長孫氏注本，長孫所注廣韻，敘錄雖謂之箋注，而其自序但謂之箋，又廣韻敘錄云，前費州多田縣丞郭知玄拾遺緒正，更以朱箋三百字。是因郭箋以前已有長孫氏箋，故云更也，箋之為言，表識也，意以緒正為注，不必字字有注，此斷片有不注之字，而孫愐以下書無字不注，故知當為長孫箋本也。（註二）

王氏弟子劉盼遂跋此斷片，以為係陸法言原本（註三）。魏建功十韻彙編序對於王氏孫愐唐韻無字無注之說，提出置疑，其云：

如果「但注反切」的就當作「無注」論，王氏說：蔣氏藏孫愐唐韻無字無注便是問題！蔣氏藏唐韻，御韻語字去字署字詎字絮字助字鋤字屨字凡八字都是但注反切，占全韻八分之一有餘；遇韻輸字雨字聚字付字娶字，暮韻吐字護字訴字袴字惡字，也是但注反切的，其他舉不勝舉。我們以為王說長孫注本雖無從斷定其然否，孫愐唐韻無字無注却可敢用他自己的觀點来否定了。

魏氏又針對劉盼遂之說，提出存疑，魏氏云：

至於劉氏說這是陸法言原本，乃是從否定長孫箋注本而承認王說孫愐韻無字無注立論。我們已經反證了唐韻之非無字無注，未嘗不可是孫愐諸人的書，但沒有確實本子做對照，只有讓這問題存疑了。

上田正氏切韻殘卷諸本補正謂其取諸本對校，此本無增加字，定為陸法言切韻，較為妥切。（註四）其後，周祖謨氏唐五代韻書集存定此本為陸法言原書傳本之一，而非長孫訥言箋注本。周氏由：1.斷片體制，收字既少，注解亦簡略，以為不似長孫訥言本。2.取斷片與P三六九六、S二〇七一、S二〇五五之比較，此本與S二〇七一、S二〇五五，收字、訓釋均實不相同（註五）。而謂足證此斷片為陸法言原書傳本之一。

上述諸說，王國維長孫訥言箋注本之說，可由魏建功之置疑反駁，至劉盼遂氏上田正氏定為陸法言切韻，理由尚嫌不足，因：

1.劉氏嘗舉切二雚茨二字之間有新加字「[illegible]」字，斷片無此字，（註六）切三亦無此字。

2.上田正氏以此本無增加字，即定為陸法言切韻，別無他故。

則吾人未能遽從，然從此本收字較少，注解較簡之現象，今從周氏之說，以為此本為陸法言原書傳本之一。

（4）此本之校勘，請見本篇第二章「十韻校勘記」五「西校勘記」。

〔註釋〕

（一）見唐五代韻書集存八二四頁。

（二）見觀堂別集，世界書局定本觀堂集林下一一三三～一一三四頁。

（三）見魏建功十韻彙編序所引（伍柒頁）。

（四）見切韻殘卷諸本補正六一頁。

（五）見唐五代韻書集存八二五頁。

（六）仝註三。案本編前文已定切三為長孫訥言箋注本，切三為隋末唐初之增字加注本切韻。

| 姓名 | 所見書刊 | 主張意見 | 備註 |
| --- | --- | --- | --- |
| 方國瑜 | 敦煌五代刻本唐廣韻殘葉跋 | 王仁煦作於長孫之前，裴務齊補正於長孫之後 | |
| 方竑 | 書王仁煦切韵兩本後 | 內府本在前，此本在後，此本較內府本為精。 | |
| 蔣經邦 | 敦煌五代刻本唐廣韻殘葉跋 | 此本為王氏原書。仁煦書作於唐太宗之世。 | |
| 厲鼎煃 | 敦煌唐寫本王仁煦刊謬補闕切韻考 | 此本陸韻略加補闕。故宮本在前，此本在後。 | |

(1) 潘師石禪案語（內引姜亮夫氏敘錄）見本篇第一章第五節「十韻簡介」之6所引，此不再贅。

(2) 魏建功十韻彙編序云：『據掇瑣目說，原書殘存四十二斷片，但沒有詳記情狀。記得我借觀劉先生的鈔本，那裏是記著「某頁正面」和「某頁反面」的，大約有二十來頁，這四十二斷片該是二十一張「葉子」吧？我照掇瑣注的頁數起訖查過行數最多是三十六行。每字數不定，書存五卷，而都有損殘，首尾最壞。每卷首加韻目，末計韻數，詳註增音添字情形，題「朝議郎行衢州信安縣尉王仁昫字德

溫新撰定。」書與故宮本不同韻目與王國維寫三殘卷同。」（註一）

(3) 周祖謨唐五代韻書集存云：「原物共二十二紙，作兩面書，每面多的有三十五六行，每韻另起，韻首一字上有朱書韻次數目，一細字數也以朱筆書寫。」又云：「原書當為冊葉裝。書法挺秀，楷法中兼有隸書波磔。平聲庚韻『亨』字下注文有『此本是王子春寫字用』一語，不知是否即王子春所寫，書寫年代不詳。」（註二）

(4) 此本除霰、幼外，餘均提行，韻目上有數次，數次於當行高一字書。周氏謂「每韻另起」（見(3)）、魏氏謂「每韻都提行起頭，不注韻次」（註三）者，未踶。每紐注文為「反、訓、數」，如有或體或又音，則為「反、訓或體或又音、數」。

(5) 此本注訓中，注有或體，如：「古作」「古文作」「今作」「亦作」「又作」「或作」「正作」「本作」「通作」「通俗作」「俗誤作」等，其例至多，翻檢可得。為吾人研究漢字形體之寶貴材料。

(6) 蔣經邦氏敦煌本王仁煦刊謬補缺切韻跋（註四）以為此本（即：敦煌本、王一）為王氏原書，理由有三：茲舉其要點如下：

1、王氏（指王國維）謂「仁煦書既以刊謬補缺為名，其於陸韻次序，蓋無變更」，今敦煌本韵次，亦正與切三同。切三，王書皆承陸法言切韻而成者也。則敦煌本韵次，為法言之舊，殆無可疑。此可證敦煌本為王氏原書者一。

2、王仁昫重修切韻，除增補之外，兼正陸失，故其書所以用「刊謬」為題也。今敦煌本中頗多聲訂陸書之語，備責陸氏之失，此王氏之所以作「刊謬補缺切韻」也。今遍檢故宮本中，絕無一語，則故宮本非但韵非王氏之舊，即其內容亦改易多矣。此可證敦煌本為王氏原書者二。

3 敦煌本每卷之首，均有右卷若干字一條，注云若干舊韻，若干新加韻。「舊韻」者，陸法言切韻之韻字也。「新加韻」者王仁昫新加之韵字也。此書於新舊字之統計，最為精密，考仁昫序云「舊本墨寫，新加朱書，兼（原）本闕訓，亦用朱寫」，則王氏於新舊之間，分別最嚴，故其統計，能如斯精密。此其為仁昫原注，蓋亦可信。此可證敦煌本為王氏原書者二。

得案：前文已列王氏刊正陸書之例，知此本韻目止多陸韻「广」「嚴」二韻。又其次序亦多與陸韻合，此本為王氏原書，殆不誤。

（7）此本之特色，除加字及訓外，上、去、入聲韻目下（平聲殘缺）注明呂靜、夏侯該、陽休之、李季節、杜臺卿等五家韻目之分合，可藉以探索南北朝時南北語音之概況，此為王書之最可貴者。又王二「切韻平聲一」（自一東至廿五痕）韻目下亦載有呂夏等五家韻目之分合，其餘殘存各聲韵目下則無注。全王則平、上、去、入四聲韻目下則皆有注。周祖謨唐五代韻書集存嘗據上述三本所存，又據四聲相承之關係校錄（註五），茲迻錄如下：

| 平聲 | 上聲 | 去聲 | 入聲 |
| --- | --- | --- | --- |
| 1東 | 1董 呂與腫同，夏侯別，今依夏侯。 | 1送 | 1屋 |
| 2冬 無上聲， | | 2宋 陽與用 | 2沃 陽與燭 |

3 鍾　陽與鍾江同韻，呂夏侯別，今依呂夏侯。
4 江
5 支
6 脂　呂夏侯與之微大亂雜，陽李杜別，今依陽李杜。①
7 之
8 微
9 魚
-10 虞
11 模

2 腫
3 講
4 紙
5 旨　夏侯與止為疑，呂陽李杜別，今依呂陽李杜。
6 止
7 尾
8 語　呂與麌同，夏侯陽李杜別，今依夏侯陽李杜。
9 麌
10 姥

3 用　絳同，夏侯別，今依夏侯。
4 絳
5 寘
6 至　夏侯與志同，陽李杜別，今依陽李杜。
7 志
8 未
9 御
10 遇
11 暮

3 燭　同，呂夏侯別，今依呂夏侯。
4 覺

12 齊

13 佳

14 皆 呂陽與齊同，夏侯杜別，今依夏侯杜。

15 灰 夏侯陽杜與咍同，呂別，

11 薺

12 蟹 李與駭同，夏侯別，今依夏侯。

13 駭

14 賄 李與海同，夏侯為疑，呂

12 泰 無平上聲。

13 霽 李杜與祭同，呂別，今依呂。

14 祭 無平上聲。

15 卦

16 怪 夏侯與泰同，杜別，今依杜。②

17 夬 無平上聲。李與怪同，呂別與會同，夏侯別，今依夏侯。

18 隊 李與代同，夏侯為疑，呂

今依呂。

16 咍

17 真 呂與文同，夏侯陽杜別，今依夏侯陽杜。

18 臻 無上聲。呂陽杜與真同，夏侯別，今依夏侯。

19 文

20 殷 陽杜與文同，夏侯與臻同，今並別。

別，今依呂。

15 海

16 軫

17 吻

18 隱 呂與吻同，夏侯別，今依夏侯。

別，今依呂。

19 代

20 廢 無平上聲。夏侯與隊同，呂別，今依呂。

21 震

22 問

23 焮

5 質

6 櫛 呂夏侯與質同，今別。

7 物

8 迄 夏侯與質同，呂別，今依呂。

21 元 陽夏侯杜與魂同，呂別，今依呂。
22 魂 呂陽夏侯與痕同，今別。
23 痕
24 寒
25 刪 李與山同，呂夏侯陽別，今依呂夏侯陽。
26 山 陽與先仙同，夏侯杜別，今依夏侯杜。
27 先 夏侯陽杜與山同，呂別，今依呂。
28 仙

19 阮 夏侯陽杜與混很同，呂別，今依呂。
20 混
21 很
22 旱
23 產 呂與旱同，夏侯別，今依夏侯。
24 潸 陽與銑獮同，夏侯別，今依夏侯。
25 銑 夏侯陽杜與獮同，呂別，今依呂。
26 獮

24 願 夏侯與慁別，與恨同，今並別。
25 慁 呂李與恨同，今並別。
26 恨
27 翰
28 諫 李與襉同，夏侯別，今依夏侯。
29 襉
30 霰 夏侯陽杜與線同，呂別，今依呂。
31 線

9 月 夏侯與沒同，呂別，今依呂。
10 沒
11 末
12 黠
13 鎋
14 屑 李夏侯與薛同，呂別，今依呂。
15 薛

29 蕭

30 霄 陽與蕭宵同，夏侯杜別，今依夏侯杜。

31 肴

32 豪

33 歌

34 麻

35 覃

36 談 呂與銜同，陽夏侯別，今依夏侯。

37 陽 呂杜與唐同，夏

27 篠 李夏侯與小同，呂杜別，今依呂杜。

28 小

29 巧 呂與晧同，陽與篠小同，夏侯並別，今依夏侯。

30 晧

31 哿

32 馬

33 感

34 敢 呂與檻同，夏侯別，今依夏侯。

35 養 夏侯在平聲陽

32 嘯 陽李夏侯與笑同，夏侯(?)與效同，呂杜並別，今依呂杜。③

33 笑

34 效 陽與嘯笑同，夏侯杜別，今依夏侯杜。④

35 号

36 箇 呂與禡同，夏侯別，今依夏侯。

37 禡

38 勘

39 闞

40 漾 夏侯在平聲陽

20 合

21 盍 □□□同，夏侯□□□夏侯。⑤

27 藥 呂杜與鐸同，夏

侯別，今依夏侯。

38 唐

39 庚

40 耕

41 清

42 青

36 蕩 唐，入聲藥鐸並別，上聲養蕩為疑，呂與蕩同，今別。

37 梗 夏侯與靖同，呂別，今依呂。

38 耿 李杜與梗迥同，呂與靖梗別，夏侯與梗靖迥並別，今依夏侯。

39 靜 呂與迥同，夏侯別，今依夏侯。

40 迥

41 宕 唐，入聲藥鐸並別，去聲漾宕為疑，呂與宕同，今並別。

42 敬 呂與靜勁徑同，夏侯與勁同，與諍徑別，今並別。

43 諍

44 勁

45 徑

侯別，今依夏侯 ⓔ

25 鐸

19 陌

18 麥

17 昔（注殘損，不可辨。）

16 錫 李與昔同，夏侯與陌同，與

43 尤 夏侯杜與侯同，呂別，今依呂。
44 侯
45 幽
46 侵
47 塩
48 添
49 蒸
50 登
51 咸 李與銜

41 有 李與厚同，夏侯為疑，呂別，今依呂。
42 厚
43 黝
44 寑
45 琰 呂與忝范豏同，夏侯與范豏別，與忝同，今並別。
46 忝
47 拯 無韻，取蒸之上聲。
48 等
49 豏 李與檻

46 宥 呂李與候同，夏侯為疑，今別。
47 候
48 幼 杜與宥同，呂夏侯別，今依呂夏侯。
49 沁
50 豔 呂與梵同，夏侯與㮇同，今並別。⑧
51 㮇
52 證
53 嶝
54 陷 李與鑑

呂與昔別，與麥同，今並別。
26 緝
24 葉 呂與怗洽同，今別。
25 怗
29 職
30 德
22 洽 李與狎

| 平 | 上 | 去 | 入 |
|---|---|---|---|
| 52 銜 同，夏侯別，今依夏侯。 | 50 檻 同，夏侯別，今依夏侯。 | 55 鑑 同，夏侯別，今依夏侯。 | 23 狎 同，夏侯別，今依夏侯。 |
| 53 嚴 | 51 广 陸無此韻目，失。 | 56 嚴 陸無此韻目，失。 | 31 業 |
| 54 凡 | 52 范 陸無反，取凡之上聲，失。 | 57 梵 | 32 乏 呂與業同，夏侯與合(?)同，今並別。 |

得案：①此據全王，王二作「呂夏侯与微韻大乱雜陽李杜別依陽李」。

②此據王一。以下用王一者，一一註明。

③此據王一。王一原卷「效」作「効」，攈瑣、韻輯同。

④此據王一。韻目「效」字，王一原卷作「効」，攈瑣、韻輯同。全王亦作「効」。王二則作「教」。

⑤此據王一，原卷注殘，韻輯同。新編校作「□[ ]□夏侯」，補正作「盍[ ]別夏侯」。

⑥此據王一。

⑦王一、全王「靜」并作「諍」，周抄誤。

⑧下「同」字，王一無，此據全王。

甲、由此注可據以考訂切韻韻目與呂夏侯等字書之異同，如王國維氏據王二此注，成六朝人韻書分部說一文，以為此等注乃陸氏原注。後魏建功氏陸法言切韻以前的幾種韻書據王一此注以為此乃王氏所注。唐蘭氏唐寫本王仁昫刊謬補缺切韻跋，周祖謨氏唐五代韻書集存贊同王氏之說（註六），并舉全王上聲二腫「湩」字注：「陸云冬無上聲，何失甚」為例，以為平聲韻目二冬下所注「無上聲」三字為陸氏原注。惟潘師石禪評述二說云：「揆之現存陸氏切韻殘卷之可見者，皆無注韻目之異同，有之，唯王韻各本耳。故王魏二家之說，魏說似勝。然王韻冬韻下注云，陸云無上聲，何失甚。則冬韻無上聲之注，為陸氏原注如此，唐蘭氏據此以為王國維謂陸書原有注明韻目來源之證據，然終無以明王韻之外，何以現存之殘卷，皆無此等注語，故魏建功氏之言，似較為可信。」（註七）

乙、由此注可探索南北朝時南北語音之概況。如本師陳伯元先生切韻性質的再檢討即引周氏校録以為切韻「兼包古今方國之音」之理由。陳先生云：「從這些小注看來，陸氏所分，純據五家而別，從其分者，不從其合。是以分韻特多，它不是一時一地的語音系統，顯然可見。如果說是共同標準的讀書音，從這些小注更得到強而有力的反證。因為韻書之作，純為韻文而設，則所據者當然是書面語言，各家韻書參差若是，顯然並沒有共同的標準。」

丙、由此注可比較此本與王二之不同，如王二注諸家韻目分合同異者則平聲之半，而此本所存上去入聲三韻目下皆有注，則王二、此本之異可知矣。又如此本上聲隱韻，注云：「呂與吻同，夏侯別，今依夏侯」，王二無隱，有謹，其自成一系，亦可窺知。

(8) 此本刊正陸法言切韻者有十處：

1 平聲歌韵「鞾」下注云：「〻鞋。無反語。胡屩．亦作靴，或作履。火戈反，又布波反．陸無反語．何李誣於今古」。

案：此本「布」蓋「希」字之誤。全王作「ㄟ鞋，無反語，火戈反，又希波反，陸無反語，古今」。全王脫文至多，當據此本補。王二作「希波反，鞋，俗作靴」。

2 上聲韻目五十一广下注云：「虞掩反，陸無此韻目失。」

案：全王作「虞掩反，陸無韻目失。」此本、全王「掩」并當作「埯」，又全王「韻」上無「此」字，當據此本補。

3 上聲韻目五十二范下注云：「符山反，陸無反，取之上聲失」。

案：全王作「符山反，陸無，取凡之上聲失」。此本「取」下脫一「反」字，全王「無」下脫「反」字。王二作「無字反，取凡上聲」。（韻文下作「無反語，取凡之上聲，亦得符山反，說文作從水，又姓也」）

4 上聲止韻「氾」下注云：「音似者在成皐東，是曹咎所度水；音凡者在襄城南氾城，是周王出居城，曰南氾；音乏劍反者在中牟縣氾，是晉伐鄭師于氾，曰東氾。三所各別，陸訓不當，故不錄。亦作汜」。

案：全王作「音似者在成皐東，是曹咎所度水，音凡者在襄城縣南氾城，是周王出居城，曰南氾，音乏劍反者在中牟縣氾澤，是晉代師子氾，曰東氾。三所各別，陸訓不當，亦作汜字。」此本「中牟縣氾」下脫一「澤」字。全王「師」上脫一「鄭」字　「子」為「于」字之誤。

5 上聲隱韵「巹」下注云：「敬」，「蓍」下注云：「瓢酒器，婚禮所用。陸訓巹敬字為蓍瓢字，俗行大失。」

案：全王「蓍」下注云：「瓢酒器，婚禮用酌濁酒。」切一、切三「巹」下云

「瓢酒器婚禮用」，與此合，全王當刪「酌濁酒」三字。王二闕，不詳。

6 上聲阮韻「言」下云：「語偃反。言言脣急。陸生載此言言二字列于切韻，事不稽古，便涉字祆，留不削除，庶覽之者鑒詳其謬。」

案：全王「言」下云：「去偃反，一」，「言」下云：「語偃反，一」。「言」「言」二字誤倒。此本脫「言」字。王二闕，不詳。

7 去聲韻目五十六嚴下云：「魚俺反，陸無此韻目失」。

案：全王作「魚淹反，陸無此韻自失」。此本「俺」字當從正文及全王作「淹」。又全王「自」為「目」字之誤。王二作「五十六嚴」。

8 去聲遇韻「足」下云：「案緅字陸以子句反之，此足字又以即具反之，音既無別，故併足」。

案：全王除「足」訓「添，又資欲反」外，更無此類注之「足」字，即「足」併入「緅」紐。王二「緅」「足」二字分立。「緅」音「子句反」，「足」音「即具反」。

9 入聲屑韻「凸」下云：「陸云：高起，字書無此字，陸入切韻何考研之不當。」

案：全王正文作「㐰」，注云：「肉高起」，正文當作「凸」。王二正文作「㐰」，注云：「高起」，正文亦當作「凸」。

10 入聲洽韻「凹」下云：「下，或作容，正作㝐。案凹無所從，傷俗尤甚。名之切韻，誠曰典音，陸采編之，故詳其失。」

案：全王作「下，或作容」。王二作「下也，亦容」。

除此十處外，全王尚有三處，即：

1平聲元韻「蕃」下云：「草盛，陸以為蕃屏失。」

2上聲腫韻「湩」下云：「都隴反，濁多，是此冬字之上聲，陸云冬無上聲，何失甚。」

案：「√」符號，表乙倒。

3上聲紙韻「輢」下云：「於綺反，車輢。陸於倚韻作於綺反之，於此輢韻又於綺反之．音既同反，不合兩處出韻，失何傷甚。」

案：此本只殘存「此輢韻又作於綺何傷甚一」等字。疑全王「又」下脫一「作」字。

甲、由前列十處之27可知此本較陸書多「广」「嚴」二韻，即王氏補入此二韻也。此本所存有平上去入五卷．平聲韻目數次不分上下平聲為五十四韻，上聲為五十二韻，去聲為五十七韻，入聲為三十二韻，全書共分一百九十五韻。

乙、由後列三處之2可知陸云「冬」無上聲，王氏舉「湩」字實之。

丙、由前列十處之13可知陸無「韡」「范」二字反語，王氏補入。

丁、由其他各條，可見王氏刊謬之實。

戊、周祖謨氏嘗以此本比對P三七九八、P四九一七、切一切語，謂除避諱字外，大都相合，以為此本所據切韻，與陸書至近。（註九）

己、王韻，加字頗多，然韻目舊注，獨賴其存，足見其重要性。

(9) 此本與王二先後之問題，方竑書王仁煦切韻兩本後及厲鼎煃敦煌唐寫兩本王仁煦刊謬補闕切韻考（註十）并以為故宮本在前，敦煌本在後。二氏并舉二本韻目次序為證，其所異者，方氏取此二本益以廣韻較之，厲氏則益以切韻，然則二氏立說雷同。爺舉厲氏所附王二、王一、切韻平聲韻目比較表，且為明晰計，亦附廣韻於側：

故宮　東冬鍾江陽唐支脂之微魚虞模齊皆灰臺真臻文斤登寒魂痕先仙刪山元蕭宵肴豪庚耕清冥歌佳麻侵蒸尤侯幽鹽添覃談咸銜嚴凡

敦煌　東冬鍾江支脂之微魚虞模齊佳皆灰咍真文臻欣元魂痕寒刪山先蕭宵肴豪歌麻覃談陽唐庚耕清青尤侯幽侵鹽添蒸登咸銜嚴凡

切韻　東冬鍾江支脂之微魚虞模齊佳皆灰咍真臻文殷元魂痕寒刪山先仙蕭宵肴豪歌麻覃談陽唐庚耕清青尤侯幽侵鹽添蒸登咸銜嚴凡

廣韻　東冬鍾江支脂之微魚虞模齊佳皆灰咍真諄臻文欣元魂痕寒桓刪山先仙蕭宵肴豪歌戈麻陽唐庚耕清青蒸登尤侯幽侵覃談鹽添咸銜嚴凡

方氏就此韻目次序，而釋云：

內府本真以下十三韻次序為真，臻，文，斤，登，寒，魂，痕，先，仙，刪，山，元。巴黎本真以下十二韻次序為真，文，臻，欣，元，魂，痕，寒，刪，山，先，仙。此兩本之大異。在廣韻真，諄，臻，文，欣，元，魂，痕，為陽聲第二組。寒，桓，刪，山，先，仙，為陽聲第三組。犁然有別。內府本混襍不分，故寒在魂痕之間，而元在刪山之末。巴黎本則各從其類，與廣韻相合。且內府本廁登入真文之類，廁蒸入侵類，又與廣韻大異。巴黎本合蒸登為類，雖猶廁在鹽添咸銜之間，然與廣韻稍相似矣。內府本佳不在齊皆灰臺類。而在歌麻類，與廣韻大異。巴黎本則佳在齊皆之間，實為廣韻所本。內府本蒸侵相連，置在尤侯幽之前，覃則與添談相連，明別侵覃為兩類。與廣韻合為一組者異。巴黎本則蒸登相從，列在侵鹽添之後，是尚未能如廣韻別蒸登于談添，且未能如廣韻別侵覃于談添，故覃談相連，次在陽唐之前，要其蒸登相從，則固廣韻之所本也。……要之，內府本在前，巴黎本在後。後者韻目次序視前者多異，而較為精審。內府本陽唐兩韻在支脂之微之前，巴黎本改在庚耕清青之前，與今廣韻合。內府本歌麻在庚耕清冥之後，巴黎本改在陽唐之前，又與今廣韻合。內府本韻目所用字多與廣韻異，而巴黎本則大抵與之相同。是故王仁煦刊謬補缺切韻先後有兩本，後來較精，而為今之廣韻所依據。

厲文采方氏此說，作為王一、王二異點之一，又自二本韻目分合異同，析其異處五端，其第三云：

又上聲范韻，內府本注云：「無反語，取凡之上聲，」（目中作「無字，字取凡上聲，」即此意。）而敦煌本竟注云：「陸無反，取凡之上聲，失。」是內府本從陸法言之舊，（切韻第三輯，范韻注亦云，「無反，取凡之上聲，」）而敦煌本補其闕，可以覘內府本在前，敦煌本在後。（方孝博君，述黃季剛先生之說，亦謂「要之，內府本在前，巴黎本在後。」而論證不詳；此點適可為之補苴。）其異三也。

得案：方、厲二氏舉證至詳，殆為可信。又厲文引王二上聲范韻目中作「無字，字取凡上聲」，原卷作「無字反，取凡上聲」。厲改一字。

此本之校勘，請見本篇第二章「十韻校勘記」六「王一校勘記」。

〔註　釋〕

(一)見十韻彙編肆捌頁。

(二)見唐五代韻書集存八七一頁。

(三)仝註一。

(四)見國學季刊四卷二期。

(五)見唐五代韻書集存八七六～八八三頁，周氏據王二、全王韻目臚列。

(六)王文見世界書局定本觀堂集林上三四九頁。魏文見國學季刊三卷二期。周文見唐五代韻書集存八八三頁。

(七)見中國聲韻學二六一頁。

(八)見鍥不舍齋論學集三〇三頁

(九)見唐五代韻書集存八七四頁。又周氏將P三七九八、P四九一七、切一列為陸法言切韻傳寫本。(見該書目錄即可知)

(十)方文見國立中央大學文藝叢刊第一卷第一期，厲文見金陵學報四卷二期。

| 姓名 | 所見書刊 | 主張意見 | 備註 |
|---|---|---|---|
| 王國維 | 書內府所藏王仁昫切韻後 | 蓋王仁昫用長孫氏與裴務齊氏二家所注陸法言切韻重脩者，故兼題二人之名。疑王仁昫此書以刊謬補缺為名，其書於陸韻次序蓋無變更，今本蓋為寫書者所亂，非其朔也。 | |
| 方竑 | 書王仁煦切韵兩本後 | 此本在前，巴黎本在後 | |
| 厲鼎煃 | 敦煌唐寫本王仁煦刊謬補闕切韻考 | 此書乃雜抄王、長孫、裴三家書以成者。<br>此本在前，敦煌本在後。未可因敦煌本而頓減此本之價值。<br>疑此本後半，并非王仁煦切韻原書。<br>以為本書係出孫愐唐韻，而不可即指為唐韻。縱非出裴務齊手，亦當係據裴本抄改者也。 | |
| 蔣經邦 | 敦煌本王仁昫刊謬補缺切韻跋 | 此書作者以王氏原書，長孫氏箋注，裴氏切韵，湊集成帙，故其體例 | |

| | | |
|---|---|---|
| | | ，最不純粹。 |
| 陸志韋 | 唐五代韻書跋 | 此書平聲前七韻、平聲、上聲及去入聲，蓋用四種不同之稿本親湊而成。王二是雜湊本子，其價值遠不及王一。 |
| 魏建功 | 故宮完整本王仁昫刊謬補缺切韻續論之甲 | 此本蓋參合王韻及長孫韻之混合本。 |
| 上田正 | 切韻殘卷諸本補正 | 為混合本子。此本依內容、書式可分為平聲前七韻、平上聲、去入聲三部分，蓋混合王仁昫、長孫訥言、裴務齊諸殘本編寫而成者，惟未能確指何者屬何人之書。 |
| 周祖謨 | 唐五代韻書集存 | 否定王國維之說。並非單純的某一家之作，而是采用兩種以上不同的韻書配合纂錄而成的。是某家用長孫、王仁昫等書增補改寫的。至於是否為裴務齊所編，還是一個問題。姑且稱「裴務齊正字刊謬補缺切韻」。時代一定在中宗以後。 |
| 林炯陽 | 修訂增註中國聲韻學通論第一章注十 | 王國維謂此書蓋王仁昫用長孫氏、裴氏二家所注法言切韻重修 |

者，故兼題二人之名，然多數學者以為益此書作者以王氏原書、長孫箋注、裴氏切韻湊集成帙，故其體例最不純粹。

(1) 此本殘存情形，請見本篇第一章緒論第五節「十韻簡介」之7，此不再贅。

(2) 魏建功氏十韻彙編序云：『最初是「卷子」本，還是「冊子」本，無從知道。』惟周祖謨氏唐五代韻書集存謂「作冊葉裝」。（註一）又據周氏所述，每韻第一字韻目作朱書，每紐第一字均加朱點。

(3) 此本平聲韻目均提行，上聲、去聲、入聲則或提行或不提行。韻目上有數次。數次均書於當行高一字書。注文，九支以前較為襍亂，「訓、反、數」。「反、訓、數」「反、數、訓」兼用之，自看韻起（九支以後至看韻末闕），則均作「反、訓、數」。又九支以前數目注有「幾加幾」，自看韻起則無，惟此本十三點最末一字為「氿」，主有「新加」之語。（案：王一、全王均有此字，惟無「新加」之語。）

(4) 此本注文有案語，引書有說文、爾雅、方言、字林、博雅、字書、漢書音義、釋名、禮、易、漢賦、漢書、書、詩、左傳等。

(5) 此本注文或體字，有「說文」「籀從」「字書作」「說文作」「又」「又作」「又作某同」「又某同」「古文」「與某同」「或」「或作」「亦」「亦作」「亦某字」「俗」「俗作」「俗某同」「俗某通」「俗此某通」「今作」「古」「

古作」「正」「正作」「一本作」等，亦有少數糾正錯字者，如「俗某非」，「從某作非」「亦某非」等。

(6) 此本韻目名稱最為奇特，韻目表見本篇第四章「十韻韻目之比較」。

甲、其韻目名稱之改易，蓋有見於陸韻四聲相承之韻，未能於同聲紐之字為韻目，讀之不順，故以雙聲字為之。如：

| 平 | 上 | 去 | |
|---|---|---|---|
| 鍾 | 腫 | 種(用) | |
| 皆 | 駭 | 界(怪) | |
| 灰 | 賄 | 誨(隊) | |
| 臺(咍) | 待(海) | 代 | |
| 斤(殷) | 謹(隱) | 靳(焮) | 訖(迄) |
| 寒 | 旱 | 翰 | 褐(末) |
| 魂 | 混 | 慁 | 紇(沒) |
| 刪 | 潸 | 訕(諫) | 黠 |
| | 絞(巧) | 教(效) | |
| 庚 | 梗 | 更(敬) | 格(陌) |
| 耕 | 耿 | 諍 | 隔(麥) |
| 清 | 請(靜) | 清(勁) | 昔 |
| 冥(青) | 茗(迥) | 暝(徑) | 覓(錫) |
| 佳 | 解(蟹) | 懈(卦) | |
| 覃 | 禫(感) | 醰(勘) | 沓(合) |

談　淡(敢)　闞　蹋(盍)

銜　檻　覽(鑑)　狎

乙、此本韻目次序與陸韻頗異，如：

1 陽、唐次於江韻之後。

2 佳韻次於歌、麻之間。

3 登韻與真、臻、文、斤諸韻比次，列於斤韻之後。

4 寒韻列於魂、痕之前，而删、山、元三韻列於先、仙之後。

5 侵與蒸同列，覃、談與鹽、添、咸、銜、嚴、凡同列。

6 泰韻列於霽祭之後，與界、夬同列。

7 黠韻次列褐紇之間。

8 格、昔二韻次列狎、葉之間。

上、去、入（黠、格除外）與相承之韻一致。

丙、由此本所呈之次序，王國維氏書內府所藏王仁昫切韻後云：

其次第，則平聲升陽唐於鍾江之次，登於文斤之次，寒於魂痕之前，侵蒸於尤侯之前，又降元於先仙之後，佳於歌麻之間，鹽添覃談於侯幽之後，上去二聲倣此。入聲則以屋沃燭覺藥鐸質櫛物訖德褐黠紇屑薛鎋月緝職葉沓帖踏洽狎格昔業乏為次，與陸孫諸家不同，且其平入分配之法，以黠紇配魂痕，以鎋月配肴豪，以隔麥覓錫配歌麻，故陽聲或無入，陰聲或有入，而格陌昔二韻乃無所配，與陸孫二家配隸入聲之法不同。

余疑仁昫此書以刊謬補缺為名，其書於陸韻次序蓋無變文，今本蓋為寫書者所亂，非其朔也。（註二）

魏建功氏陸法言切韻以前的幾種韻書（註三）云：「故宮本始依仁昫目次錄而未周者也。」蔣經邦氏敦煌本王仁昫刊謬補缺切韻跋（註四）以為「王靜安以書中上平陽唐注訓之例，與下平之例相同，遂斷此書韻次為抄寫者所亂，又未察矣」，因就古音予以解釋，其云：

但此書韻次，配合多得其理，決非淺陋之徒，所可擬作；竊疑此必襲取裴氏書也。平聲鍾江陽唐四韻，古音本不相通，自漢魏以後，漸溷為一。隋唐之季，蓋已淆雜。今故宮本列陽唐於鍾江之後，蓋唐音如是也，支佳歌麻古音最近，後世音變，相隔遂遠。今故宮本置佳韻於歌麻之間，此得之古音也。蒸登與侵，古音密邇，孔廣森詩聲類，考定二部古通。今故宮本列蒸韻於侵，蓋當時之音二部猶近；惟登韻已變，故置登於文斤之後。侵覃以下諸韻，音韻家所謂「閉口音」者是也。切韻等書置覃談於陽唐之前，不與塩添諸韻相連系，是法言作書之時，於-m -n -ng三類之系統，尚多混淆，今故宮本移覃談於塩添之後，使之各以聲相從，凡此諸點皆可徵之古音，撰之音理，無不相合者也，至於平入分配，尤得條貫。除十三黠應在十六薛之後，二十九格三十昔應在十九隔之後，其餘盡得其所。較之切韻，勝過實多。

蔣氏謂「至於平入分配，尤得條貫」，案除其所舉十三黠、二十九格、三十昔外，餘皆如所言，如改「殷」為「斤」舉圻反，則易「迄」為「訖」居乞反以承之；易「曷」為「褐」胡葛反以承「寒」戶安反；易「沒」為「紇」下沒反以承「魂」戶昆反；易「麥」為「隔」古核反以承「耕」古莖反；易「青」為「冥」莫經反，則改「錫」為「覓」莫歷反以承之；易「合」為「沓」徒合反以承「覃」徒含反，易「盍」為「蹋」徒盍反以承「談」徒甘反。惟蔣氏以古音說解韻目次序，林炯陽氏以為非是，其云：

蓋此書之韻次乃書寫者據當時語音重為排定，以求切合實際也。

林氏舉羅宗濤先生敦煌變文用韻考所列敦煌變文實際用韻之現象作為說明（註五）。周祖謨氏唐五代韻書集存亦以為與實際讀音有關，其云：

這些韻次的改變總有一部分與編者口中實際的讀音有關，否則不會有如此大的變動。書中陽唐與江相次，寒與魂痕相次，元與刪山相次，佳與歌麻相次，覃談與塩添咸銜相次，泰與界夬相次，必然由於元音相近。書中登與斤相次，蒸與侵相次，據〝切韻〞音的系統，登收-ng，斤收-n，蒸收-ng，侵收-m，韻尾不同，本書登與斤，蒸與侵所以比列在一起，一方面可能是由於元音相同，另一方面還可能是由於登侵兩韻的韻尾與〝切韻〞音也有不同。這些現象對考查唐代方音都大有幫助。（註六）

案：此本韻次當非如王氏所云「蓋為寫書者所亂」或如魏氏所云「錄而未周」，按之事實，要以林、周二氏之說最具信服力，尤以敦煌變文用韻之實際現象為例證，所論自可深信。至蔣氏以古音現象解釋，則有待商榷。

(7)此本之性質，學者多所論述，或概而言之，或既詳舉異處，且立論互異。不一而足，茲述之如下：

王國維書內府所藏王仁昫切韻後（註七）以為此本係王仁昫用長孫與裴務齊二氏所注陸法言切韻重修者，故兼題二人之名。王氏之理由為：卷首載有「朝議郎行衢州信安縣尉王仁昫撰，前德州司戶參軍長孫訥言注，承奉郎行江夏縣主簿裴務齊正字。」及前有王仁昫長孫訥言二序及字樣。王氏又從此本韻目次序（見(6)丙所引），而疑「仁昫此書以刊繆補缺為名，其書於陸韻次序蓋無變更，今本蓋為寫書者所亂，非其朔也」，更釋云：

此書平聲上，凡每紐下字數，皆云厶加厶，上厶為陸韻字數，下厶為王氏所加之數，而平聲下及上去入三聲，每紐下但記總數，不復分別原字數及所加之數，惟平聲上之陽唐二韻，每紐下但記總數，與平聲下及上去入三聲同，而與前之東冬鍾江四韻後之支脂之三韻（今平聲上所存者止此）不同，是此二韻，分明由王韻平聲下移入平聲上者，設王氏草此書時，陽唐二部本置於支脂之前，不容參差不治如此也。

王氏以為此本韻次蓋為寫者所亂，前文(6)已駁正之，茲不贅。其以此本為王氏原書，係王仁昫依長孫氏裴氏之書而作，後世學者則頗不以為然。方國瑜於敦煌五代刻本唐廣韻殘葉跋（註八）乙文中逕評云「不確」。厲鼎煃氏讀故宮本王仁昫刊繆補闕切韻書後（註九）則謂此本原非一書，疑此本後半非王氏原書，茲歸納其所列理由：

1、以收藏家項氏題跋為證：

此書卷後有萬曆壬午（十年，西元一五八二）仲冬八日墨林山人項元汴題跋一通，敘女仙吳彩鸞下嫁進士文簫，楷書唐韻糊口，後各乘虎仙去。其結處曰：「唐韻字畫雖小，而寬綽有餘，全不類世人筆，當於仙品中別有一種風度。予偶得此本，遂述其本末行實，使有所徵云。」是項氏固以此書乃吳仙所寫唐韻，而非王氏切韻。觀於最末，尚有小字一行曰：「唐女仙吳彩鸞小楷書四聲韻。項元汴真賞。」又與卞永譽式古堂書畫彙考書第八所錄項氏所藏唐韻首題：「唐女仙吳彩鸞楷書四聲韻帖」相合。倘項氏見其前有王仁昫序，及切韻字樣，似不應仍以唐韻稱之。

2、以各卷韻部目錄為證：

此本猶有一矛盾之處，即平聲韻目首題「切韻平聲一」，有切韻二字，而無卷第字樣，上去入三聲，則適相反。其文曰「上聲卷第三」「去聲卷第四」「入聲卷第五」，上去入三聲相銜接者，如此一律，自當另為一本，而平聲一則為王氏書也。且觀平聲一韻目於二冬、八脂、十八真、十九臻并注「陽、呂、夏侯」「李、杜」云云，上去入三聲則否，尤可見注各家者是王仁昫書，而上去入三卷，則另孫唐韻書也。

3、以本書注語為證：

此書平聲一，每紐下字數，常云幾加幾，如一東同，〃徒紅反，十六加六，〃是也。十六為原本字數，六為新加字數；至於後半三十一葉，但記總數，不復分別原字數及所加之數。其顯然相異，則非同屬一書也可知。惟平聲一之陽唐二韻，每紐下亦但記總數，與後半部同，而與前之東冬鍾江四韻，後之支脂之三韻，不同。

厲氏舉證中，多涉及孫愐唐韻，然其指出雖可謂系出孫愐唐韻，而不可即指為唐韻。文末又以為此本縱非出之裴手，亦當係據裴本抄改者也。其後厲氏於敦煌唐寫本王仁昫刊謬補闕切韻考乙文（註十）即云：「此書乃雜抄王、長孫、裴三家書以成者。」蔣經邦氏敦煌本王仁昫刊謬補缺切韻跋（註十一）亦以為此本非王仁昫原書，其所舉證，請見上文「王一考釋」之(10)，茲不再引，此另歸納其說三條以補充之：

1、故宮本既非王氏原書，則書首之〃前德州司戶參軍長孫訥言箋注〃，〃

承奉郎行江夏縣主簿裴務齊正字〞二款，當與此書有關。王國維先生未見仁昫原書，以為故宮本即王氏原物，因謂〝王仁昫用長孫氏裴氏二氏所注陸法言切韻重修者〞，非也！

2、考敦煌本刊謬補缺切韻，全書題有用〝案〞語之例，亦罕有引說文之處。今故宮本引說文稱〝案〞字者，當非王仁昫之舊。

3、大約裴氏精於文字之學，所著切韻，於文字形體，多所發明，故修訂仁昫書者，酌用長孫箋注之外，並採裴氏之書，故於卷首亦題其名。

蔣氏又針對「或曰裴氏正字一款之後，并無改訂者之姓氏，疑此書即裴氏切韻」之問題，提出反駁：

1、裴氏「正字」及「左回右轉」之說皆以文字形體立言。是序文與「正字」之款，正相呼應，若此書是裴切韻，何以不載其序？此非裴氏書可知者一。

2、倭名類聚抄卷七引裴務齊切韻曰「鶻呼骨反亦作骨斑鳩，鷹屬也。」「鶽思尹反亦作鵻鷙鳥也，一名祝鳩」此二條，與故宮本鶻鶽二字之訓並不相合。此故宮本非裴氏書可知者二。

文末蔣氏云：「此書作者以王氏原書，長孫氏箋注，裴氏切韻，湊集成帙，故其體例，最不純粹。」陸志韋氏唐五代韻書跋（註十二）以為此書平聲前七韻、平聲、上聲及去入聲蓋用四種不同之稿本雜湊而成。陸氏於該文中反覆提及此本體例之雜亂，其後則概括而言云：

1.全書至少是四種稿子的雜湊品：①平聲所補七個韻，因為體例不同。②平上聲和去入聲不同來源。（陸氏以字數不同為據）。③平聲和上聲的格式又大同小異，不是同樣的本子。（陸氏以小韻體例為據）。

2、平聲的標題和上去入聲不同。①平聲韻表的題目作「切韻平聲一」，上去入聲作「上聲卷第三。……」。②平聲韻表注明陸韻以前各家韻次，其餘三表沒有注。

3、序文也是雜湊品。按照今本的排列法，念起來好像這部書是「王仁昫撰」……長孫訥言注，……裴務齊正字。憑我的猜想，平聲所補七個韻原先是裴務齊正字的長孫箋注本。平聲韻表也許屬于那一本書。王仁昫序和平聲其他各韻另是一部書。

魏建功氏十韻彙編序從此本書寫體例，而謂「本書很像不是王仁昫的著述」，復從王一、王二韻目下所注諸家分合異同之比較，而云：「這本當是參合陸王兩書的混合本了。」（註十三）其後，魏氏於故宮完整本王仁昫刊謬補缺切韻續論之申（註十四）修正為蓋參合王韻及長孫韻之混合本。

周祖謨王仁昫切韻著作年代釋疑（註十五）以為王國維之說非是，蓋宋跋本及敦煌本王韻，卷首僅題王仁昫撰，並無長孫訥言與裴務齊之名。又此本序文分題「王仁昫序」，「長孫序」，亦不似王書真面目。宋跋本王韻僅有王仁昫自序及陸法言切韻序，並無長孫序。由是可知王仁昫纂修切韻，但據陸氏切韻刊謬補缺，並無以長孫書為底本。就此本之題名與內容觀之，似為後來裴務齊之流參合長孫和王仁昫兩家書纂修而成者也。其後，周氏於唐五代韻書集存乙書中謂「這個寫本並非單純的某一家之作，而是采用兩種以上不同的韻書配合纂錄而成的，其中既有長孫箋注傳本的東西在內，又有王仁昫書傳本的東西在內，甚至還有別家的東西」「本書絕不是王仁昫用長孫、裴務齊兩家書來重修的，是某家用長孫、王仁昫等書增補改編的」（註十六），其舉證至詳，因迻錄於此。

1.王仁昫書因據陸法言書增修，所以卷首只有自序和陸法言序，沒有長孫訥言序，且在兩篇序文之上又以朱筆標明「王仁昫」「長孫序」，可見此書非王仁昫原著。

2.本書「嚴」韻有上去二聲韻目，全書共為一百九十五韻，與王韻相同，但韻目的名稱和次第與王韻不同的很多。

3.本書各卷體例並不一致。平聲一韻目冬、脂、真、臻四韻下有小注，上去入三聲韻目下都沒有注文。平聲東、冬、鍾、江、支、脂、之七韻內每紐第一字下大都是以反切、字數和本字的訓解為序，只有少數字下訓解列在反切之前，而平聲其他各韻以及上去入三聲都是訓解次於反切之後，末尾注明字數，以反切、字數、訓解為序是從長孫箋注的格式演變而來的。因為陸法言原書很多字下只有反切和字數，而沒有訓解。後來增修的書就把訓解補在字數之後。至於訓解次於反切與字數之間，那就是王仁昫書的體例了。兩者各有所承，體例不同。再從標出字數的方法來看，上述的平聲七韻一紐之內有加字的一律注明「幾加幾」，平聲其他各韻和上去入三聲諸韻都只有一個數目，不分別原有字數和加字字數。言「幾加幾」的是長孫箋注一類書的辦法，不言「幾加幾」的是王仁昫書的辦法。王韻加字本作朱書，所以記字數時不稱「幾加幾」。據此可知本書不是純粹的一種體例，平聲東、冬等七韻與其他部分不同。

4.全書平上去入各韻小紐收字數目與王韻相比，情況各有不同。平聲東、冬等七韻收字特多，其他各韻也比王韻稍有增加，而去入兩卷反倒少得很多。惟有上聲一卷與王韻最為相近。（詳見附錄、唐韻前韻書收字和紐數多少比較簡表：）這種差異表明本書各卷來源不同。

5、本書反切與王韻並不全同，即以上聲而論，上聲收字雖然與王韻接近，但反切仍然與王韻有差異。例如本書董韻「動」字音徒揔反，王韻作徒孔反；腫韻「覂」字音方勇反，王韻作方奉反；講韻「⿰亻尨」字音莫項反，王韻作武項反；紙韻「婢」字音避爾反，王韻作便俾反；如此之類尚多，足見本書作者並非王仁昫。

6、本書除韻次序和韻目名稱與陸韻、王韻有不同以外，還有一些字的歸韻不同於陸韻或王韻，即如「切韻」尾韻「豈」「扆」「蟣」三紐本書都歸入止韻，琰韻「險」「貶」「預」「儼」「儉」「撿」「奄」七紐本書都歸入广韻，有韻「婦」「缶」兩紐韻本書都歸入厚韻，王韻去聲梵韻「劍」「欠」「俺」三紐本書列入去聲嚴韻入聲麥韻「碧」字本書列入格韻（陌韻）。這些都表明本書在王韻之後，對王韻有因有革。

7、在注釋方面，平聲東、冬等七韻最為詳細，而且有案語，注釋與箋注本二相近。（如東韻蟲、終、崇、弓、融等字注文表現得很清楚）。所引字書和訓詁書有「爾雅」、"說文"、"方言"、"字林"、"博雅"（即"廣雅"）、"字書"、"漢書音義"等書。平聲其他各韻注釋則比較簡略，既無案語，也很少引及各種字書，只有幾處注明出"說文"或"方言"。去聲的注釋近於平聲東、冬七韻，訓釋詳細，並有案語。注釋與箋注本三相近。所引字書及訓詁書除"爾雅"、"說文"、"方言"、"字林"外，又有"釋名"、王逸、"證俗文"、杜延業"字樣"等書。入聲的注釋雖不如去聲那樣多，間或也引及"爾雅"、"說文"、"方言"、"字林"

，字形字音較詳而訓釋較略。上聲止韻「汜」下云：「江有汜，又水名，在河南成皐縣東，曹咎所度水處。又符嚴反，在潁襄城南汜城，遨（是）周王出居城，曰南汜是，又敷劍反，在滎（榮）陽中年縣，汜流入河，汜澤，是晉代鄭師于汜，曰東汜是。」文字與王韻大體相同，又陸法言〝切韻〞紙韻「倚」「輢」兩紐同，音於綺反，王韻在「輢」字下指出「音既同反，不合兩處出韻，失何傷甚」，本書則併「輢」字於「倚」紐下，注云：「車輢，陸本別出。」與王韻相合。但去聲遇韻陸法言書「足」音即具反，與「緅」字子句反音同，王仁昫指出不當重出（見敦煌本王韻），而本書仍分為兩紐。由此可見本書只有上聲與現在所看到的王韻相近，其他各卷並不如此。（註十七）

得案：

a 周氏舉證5所舉此本「動」「𨒪」二字之反語有誤，「動」字此本作「徒孔反」，全王作「徒揔反」。又「𨒪」字，此本、全王並作「方奉反」。（周氏以P二一二九、王一、全王為王仁昫刊謬補缺切韻，又謂姑且稱此本為「裴務齊正字本刊謬補缺切韻」。）

b. 周氏舉證7引此本「汜」字注文，「成皐縣東」之「成」，此本作「城」，案當從全王作「成」。「晉伐鄭師于汜」之「于」字，此本作「子」，案當作「于」。又此本注文末尚有「詩曰江有汜羙媵也」八字，周氏未引。

c 周氏7.所云「箋注本二」係指切二、「箋注本三」係指P三六九三、P

三六九四、P三六九六、S六一七六等卷。

上田正氏切韻殘卷諸本補正則以為本書依內容與書式，可分為平聲前韻、平上聲、去入聲三部分，蓋混合王仁昫、長孫訥言、裴務齊等殘本雜抄而成者，然未能確指何者為何人之書。（註十八）

綜觀上述之說：

1、此本為非王氏原書。

2、此本非裴氏之書。

3、此本當係一混合本，至少參襍有王韻、長孫韻成份在內。諸家論證，并見參考價值。

4、參襍此本之人，不可知。

(8) 本書平聲、去聲注文尚有一特色，即其注文音之方法，除以切語、又音為之外，尚以四聲標識，如：平聲蒸韻「興」下云：「虛陵反，起也，又去聲。」覃韻「胡男反」「頜」下云：「面黃，又上聲。」談韻「昨甘反」「鏨」下云：「鏨，又去聲。」「暫」下云：「少時，又作蹔，亦去聲。」咸韻「乙咸反」「黯」下云：「深黑，又上聲。」去聲寘韻「於義反」「倚」下云：「倚氏，又平聲。」御韻「疏」下云：「所據反，書疏，又平聲。」陷韻「䤍」下云：「於陷反，又入聲。」

(9) 此本校勘記見本篇第二章「十韻校勘記」七「王二校勘記」。

〔註釋〕

（一）魏語見十韻彙編參肆頁，周語見唐五代韻書集存八九一頁。

（二）見世界書局定本觀堂集林上三五九頁。

（三）見國學季刊三卷二號。

（四）見國學季刊四卷二期。

（五）詳林炯陽廣韻音切探原所引。（一〇四～一〇五頁）

（六）見唐五代韻書集存八九九頁。

（七）仝註二該書三五八頁。

（八）見師大國學叢刊一卷二期。

（九）仝註四

（十）見金陵學報四卷二期。

（十一）仝註三。

（十二）見燕京學報二十六期。

（十三）見十韻彙編參伍頁。

（十四）見國學季刊七卷二號。

（十五）見問學集。

（十六）見唐五代韻書集存八九八頁。

（十七）仝右書八九六頁～八九八頁。

（十八）見切韻殘卷諸本補正五八、五九頁

| 姓名 | 所見書刊 | 主張意見 | 備註 |
| --- | --- | --- | --- |
| 蔣斧 | 唐韻跋 | 為初唐寫本，係孫愐氏未改正以前之本，且尚是長孫訥言初注之本。魏鶴山所得唐韻係孫愐本。 | 見蔣本唐韻刊謬補闕收錄（一五三頁） |
| 王國維 | 書式古堂書畫彙考所錄唐韻後、書吳縣蔣氏蔣唐寫本唐韻後。 | 有開元、天寶二本，亦有二序。開元本即項子京藏本。尚是陸韻支流，今無傳世。天寶本即蔣斧所藏殘本。係孫愐自以己意分部者也。否定蔣斧之說，凡舉八證。 | |
| 方國瑜 | 敦煌五代刻本唐廣韵殘葉跋 | 當為孫愐原書。 | |
| 陸志韋 | 唐五代韻書跋 | 未必有開元、天寶二本，否認蔣本是孫韻。更非長孫訥言時代本子。和孫韻必定有貼相像。不加字部份與切三字數相仿，而體例上漸變為類書性質。不加字部分之原本出於孫韻之前，今本出於孫韻之後。且其韻目去切三不遠。 | |

| 蔣一安 | 蔣本唐韻刊謬補闕 | 唐韻據其序言、據其部首，似有開元初進本與天寶增訂本。此本可能為天寶增訂本。王國維舉證，亦有其瑕疵可尋，卻贊助其唐韻之說，考定此本非陸氏書，而為孫氏韻。 |
| --- | --- | --- |
| 周祖謨 | 唐五代韻書集存 | 為孫愐以後人所增修之本。以為王國維開元、天寶二本之說完全出於假想，未可據信。贊成陸志韋之說。不是孫愐原作。可能是比較接近於孫愐原書的一種增修本。 |
| 林炯陽 | 修增增註中國聲韻學通論第一章注十 | 為陸法言切韻增字加注而作。王國維定為孫氏唐韻，蓋天寶本也。 |
| | | |

(1)蔣斧唐韻跋云：「此唐寫冊子本唐均四十四頁，用白麻紙寫，每葉高慮俿尺一尺一寸七分，寬一尺七寸五分，皆界烏絲闌，每行字數不一大字每行約十六七小字每行約廿六七，凡去聲一卷缺一送至八末之前半，又缺十九代之後半至二十五願之前半，入聲一卷全，每均之首一字皆朱書，其序次與廣均不同。」又云：「此冊為都門故家舊藏，冊中有宣和御府二印，鮮于一印，晋府及項子京諸印，柯丹邱觀款一行，杜檉居詩一首，無　本朝人一跋一印，蓋自入晋府以後即未嘗寓賞鑒家之目矣。」（註一）

(2) 此本之發見及韻目款式情形，見本篇第一章緒論第五節「十韻簡介」之8，茲不再贅。

(3) 此本注文為「訓、反、數」之形式，惟入聲之韻改為「反、訓、數」，與此本各韻異，蔣一安校勘云：「想系手民第一字寫錯，而將錯就錯也。」（註二）此本普通字大多有訓解，一字兼數訓者亦較多，如「御」韻「御」下云：「理也、待也、進也。」數訓均連置一起。每紐所注字數，包括加字之數，而加字，注文末均注明「加」。如十六怗下注云：「異也，古壞反，四加二」，下列「𣪊」「砝」「蔽」三字，又於「砝」「蔽」注文末註明「加」。

(4) 此本去聲韻分為五十九韻，較〝切韻〞多稕、換、過三韻，入聲分三十四韻，較〝切韻〞多術、曷二韻，去聲震、稕分為兩韻，翰、換分為兩韻，箇、過分為兩韻，入聲質、術分為兩韻，曷、末分為兩韻，由此推之，平聲真韻後當有諄韻，寒韻後當有桓韻，歌韻後當有戈韻，上聲當亦與平去入三聲相應。在切韻王韻之外自成系統。王韻上去二聲有广、嚴二韻，此本去聲梵韻與陷、鑑二韻相連，而無嚴韻，嚴字收入梵韻之末。上聲有無广韻不可知。

(5) 蔣斧氏唐韻跋（註三）以為此本為初唐寫本，為孫氏未改正以前之本，且尚是長孫初注之本，又以為係陸氏切韻元本。茲歸納其理由如下：

1、書中世字旦字皆缺筆，代宗以後之諱則否，玄肅二宗之諱在平均不能考皆知為初唐寫本。

2、按孫愐唐均序云：「州縣名號，亦據今時字體，從木從才，施殳施攴并悉具言，庶無紕繆。」又云：「輿地志及武德已來創置迄開元三十年並列注中。」今以此本校之，宥均之籒字，廣均从才，此本从木；榛均之榛字，廣均从木，此本从才；未均之毅字，廣均从殳，此本从文；宥均之救字，廣均从文，此本从殳，是偏傍之尚未改正者也。又未均之暨字，廣均注云：「渚暨縣在越州。」此本云：「在會稽。」霽均之薊字，廣均注云：「縣名，又州，開元十八年以漁陽為薊州。」此本直云：「縣名。」代均之代字，廣均注云：「州名。」此本云：「郡名。」緝均之汲字，廣均注云：「縣名，在衛州。」此本云：「郡名，在衛。」是郡縣之沿用隋名者也。又泰均之會字，證均之勝字，緝均之壁字，德均之德字，廣均皆注明唐時建置或改置之時代，此本皆不言地名，是唐代創置之未列注中者也，則此本為孫氏未改正以前之本矣。

3、又按長孫訥言切均序云：「見炙以肉，莫究厥由，輒意形聲固當从夕，及其晤矣，彼乃乖斯。」是切均舊本炙字从夕，今廣均炙字从肉，注云：「說文曰炮肉也，从肉在火上。」即長孫氏改正之本也，而此本正从夕，且注云：「說文从肉。」則此本尚是長孫初注之本矣。蓋寫錄雖在睿宗以後，而祖本尚沿儀鳳之前，然則此本雖名為唐均，實是陸氏切均元本。

王國維氏書吳縣蔣氏藏唐寫本唐韻後（註四）以為此本係孫愐書，否認蔣斧氏陸法言切均元本及長孫訥言初箋注本之說，其云：

蔣本廿三線臟字下注云：陸無訓義。五十五證瞪字下注云，陸本作眙。廿麥鰏字下注，陸入格韻。凡三引陸韻，則此本非陸韻也，世鐸獷字下注云，開元十三年置獷騎，案長孫箋注成於儀鳳二年，而此有開元十三年事，則此本非長孫箋注也。

王氏復舉八證以明此本為孫愐書，其云：

隋唐韻書皆曰切韻，獨孫愐取周易周禮之義勒成一書，名曰唐韻，見於自序。此本卷五前題尚存，曰：唐韻卷第五，與孫序合，是為孫書之證一也。孫序云：州縣名號，亦據今時。又云：武德以來創置及開元三十年并列注中，蔣君跋中舉未韻之暨字，廣韻注云：諸暨縣，在越州，此本云：在會稽霄韻之薊字，廣韻注云：縣名，又州。開元十八年以漁陽為薊州，此本直云縣名。代韻之代字，廣韻注云：州名。此本云：郡名。緝韻之汲字，廣韻注云：縣名，在衛州。此本云：郡名，在衛。謂郡縣之沿用隋名者，即以此為法言書之證。余謂此正孫書之證也。舊唐書玄宗紀，天寶元年二月，天下諸州改為郡，刺史改為太守，唐時建置，以此及乾元元年復郡為州為最大。孫序所云開元三十年，即天寶元年，（開元無三十年）越州之為會稽郡，薊州之改為漁陽郡而僅存薊縣，代州之為代郡，汲縣之為汲郡，皆開元三十年事，與隋無涉。又此本注中說水地所在凡五十餘科，皆舉郡名，不舉州名，正序中所謂州縣名號悉用今時者。惟歙字下注云：縣名，在歙州，不云：新安郡。鄭字下注云：縣名，在鄭州。不云：文安郡。郾字下注云：新息縣，在豫州。不云：汝南郡。鄚字下注云：縣名，在襄（當作相）州。不云：鄚郡。然舉郡名者五十餘科，而舉州名者僅四科，自係偶爾疏失。且歙字鄭字下均云縣名。不云州名。尤為是時已無歙州鄭州之證。此其為孫書之證二也。魏鶴山唐韻後序云：今書升藥鐸於麥陌者之前，置職德於錫緝之間。所謂今書，謂禮部韻畧。是鶴山所見唐韻藥鐸職德亦如此本之次，是此本為孫書之證三也。孫序又云：其有異聞奇怪傳說姓氏原由備載其間，皆引憑據。又列其引據書目關乎姓氏者，有姓苑風俗通賈執姓氏英賢傳王僧孺百家譜等，是韻書中詳注姓氏始於孫愐，此本注中姓氏雖不如廣韻之詳，然每字之為古姓氏者，已概舉無遺，此其為孫書之證四也。封氏聞見記云：陸法言切韻凡一萬二千一百五十八字，爾後有孫愐之徒，以字書中間字釀於切韻，殊不知為文之要，匪是陸之畧也。（雅雨堂刊本要匪二字誤倒）今此本所增之字皆注云加，又多云出說文出字林出音譜云云，即封記所謂以字書中間字釀於切韻者。封氏雖云：孫愐之徒，不專指一家，而此書正與之同，此其為孫書之證五也。廣韻三鍾恭字下注云：陸以恭蜙縱等人冬韻非也。考之大徐說文，則恭，俱容切。縱，即容切。蜙，息恭切。皆在鍾韻，大徐說文用孫愐音，則孫愐始改此數字入鍾韻。廣韻此注必係唐韻舊文。今此本麥韻鰯字下注云陸入格韻。與廣韻恭字下注例同。此其為孫書之證六也。廣韻一書，兼採諸家切韻。然首載陸法言長孫訥言孫愐三序，是以陸孫二韻為藍本之證。考倭名類聚鈔引諸家切韻，中有孫愐切韻二十五條，唐韻三百八十四條，其字見於此殘本者，多與此本合，與廣韻合者亦十之八，其與此本異者，則廣韻多合於此本。而異於倭名鈔所據之本，此由倭名鈔已經後人增改，（見日本稻葉通邦倭名類聚鈔序）故有此不合。此其為孫書之證七也。蔣君跋此書，謂書中於太宗諱世字，睿中諱旦字，皆闕筆，代宗以後之諱則否，玄肅二宗之諱皆在平韻，不可考。余細檢全書，見九御中豫字，（代宗諱）四十禡溠字注中豫字，十三末中括字，（德宗諱）均不闕筆，然三十一職鄎字下注中豫州之豫，作豫闕末二筆，則此書當是肅代之間寫本，當寫第四卷時，肅宗未崩，此寫至第五卷末，則已聞代宗更名及登極之詔，（均在四月）故不闕於前而闕於後，不闕於大字而闕於小注也。是歲距孫氏書成已十年，其所寫者為孫氏書無疑。此八證也。

方國瑜氏敦煌五代刻本唐廣韻殘葉跋（註五）考訂韻書作書時代，將此本列於王仁昫刊謬補缺切韻之後，并逕云：「當為孫愐原書。」惟魏建功氏十韻彙編并釋（註六）則謂此本題曰「唐韻」，然未必定是孫愐原本，而屬於廣韻所依據之一種「唐韻」。陸志韋氏唐五代韻書跋（註七）亦以為「蔣本不是孫韻，更不是長孫訥言時代的本子。」「和孫韻必定有點相像」。陸氏又針對王氏所舉證逐條予以批評，茲舉其要點如下（其引王文者，請比對上列王氏八證觀之，此略）：

1、王氏的意思，好像假定開元以後只有孫愐韻算是官書，其他一概一許稱為唐韻。這種設想全無憑據，一看晚唐寫本韻書的雜亂情形，就可以知道。

2、蔣本唐韻說地，無所謂今名舊名。孫愐所用「州縣名目多據今時」，可用蔣本斷非孫韻的真面目。

3、魏鶴山只說他的本子前面有一篇孫愐的序文，并沒他說真正是孫韻。「是書號稱唐韻，與今世所謂韻略，皆後人不知而作者也。」

4、殘本注姓氏之處，引姓苑的66條，風俗通31條，而絕對沒有提到姓氏英賢傳和百家譜。這也不見得因為這兩部書所引不多，故不須注明。書裏引證姓氏，一共提到30種著錄，其中像陳球碑，急就章，孝子傳，……都只引了一次，也都注明來歷。全書雖然五分之三已經殘缺，可是姓氏英賢傳等書假若所引較多，不至於在去入聲一無所見。所以說今本唐韻和孫愐大有關係則可，不能證明二者是一。

5、韻書加字，他們的來源，當然只有說文、字林那一類的書。哪一個鈔本都合符這個資格。

6、蔣本平聲無可考。切二、王二、五代刊本「恭蜙樅（縱）都在冬韻。宋以前的韻書沒有一本可證這三個小韻在鍾韻的。我們當然不能肯定說孫韻或是蔣本斷乎不能如此。可是王國維的話反面有個極疏漏之處，廣韻「鳊」字不注「陸入格韻」，并且這字麥韻陌韻并收，而蔣本只收在麥韻。

7.王氏應當說「異於倭名鈔」，不當說「所據之本。」因為這麼一說，話非但沒有憑據，並且下面「此因倭名鈔已經後人增加」也連不下去了。論事實，王氏的一套數目字竟然沒有一個是對的。倭名鈔引「孫愐切韻」16條，「孫愐曰」又「孫愐云」共25條，「唐韻」393條。

倭名鈔所據「唐韻」24條之中有9條和蔣本相同。顯而易見的有點相像，其他一無佐證。倭名鈔和蔣本不同的15條之中可是只有3條蔣本和廣韻相同。

8.入聲十八錫「汨」字注下「豫」字也不闕筆，可以補正王氏的意見。果有其事，對於本書是否孫愐唐韻，仍然毫無證據。我們單知道，這本韻書的最後編訂不能在725之前，因為鐸韻「彍」字之下提到「開元十三年」，鈔寫的時候不能在763之前，因為「豫」字闕筆。至於是否在廣德元年鈔的，也無從推斷，因為本書對於諱例并不嚴守，很像其他的許多唐代鈔本。

蔣一安氏蔣本唐韻刊謬補闕謂王國維所舉證，亦有瑕疵可尋，却贊助其唐韻為孫韻之說。又以為此本可能為天寶增訂本。蔣氏舉七點評論王氏例證，茲述其大意如下：

1.蔣氏第一點就王氏改縣改郡之說予以評論：謂王氏雖引天寶元年二月，天下諸州，說唐代創置，已注入殘本。但在讀卞令之式古堂書畫彙攷後，以所錄孫序，校廣韻孫序及魏氏後序時，又已承認「當在天寶元年改州為郡之前。」是其後來已自行推翻此一假說矣。

2、蔣氏第二點就王氏「倭名鈔已經後人增改」之說予以證實：蔣氏謂曾將其先德（指蔣斧氏）所撰注釋異同表加以整理充實，編入上卷。

3、蔣氏第三點就王氏避諱定書寫時間之說予以評論：蔣氏以為從帝王避諱闕筆，看殘本書寫時間，自屬可靠，然究不能以此而斷定其為切韻或唐韻，蓋當新書訂正行世之後，傳寫費時，民間相傳之舊本仍襲用不廢，易名求售，并非不可能之事也。況書寫者又可按其書寫時之帝王在位與否而增缺其諱之筆也。

4、蔣氏第四點就王氏以此本與魏鶴山所見唐韻目次相同證為孫書之說予以評論：蔣氏以為「亦有其推敲餘地」，爰就卷數多寡、注文所注清濁等問題，加以考察，魏氏所藏為四卷本，此本為五卷；魏氏所藏有注清濁之特徵，而殘本中無跡象可尋。

5、蔣氏第五點就王氏以增加字證為孫書之說予以評論：蔣氏取孫愐加三千五百字之數，較以殘本所加之數而有所置疑？

6、蔣氏第六點就王氏「唐韻有開元天寶二本，亦有二序」之說，予以證實：蔣氏謂據其序言，據其部首，似有開元初進本與天寶增進本二種。蔣氏謂卞令之式古堂書畫彙攷所錄唐韻序，序文結於「悉愧上陳，死罪死罪」。全係表體。而廣韻前所載唐韻序，此二語則作「愧以上陳天心」。下有「又有元青子，吉成子者……」三百三十四字。序末題「歲次辛卯天寶十年」。此二序各為一序，不能混而為一。廣韻合二序為一，似有違失。第一序自云：「所載郡縣建置，訖於開元二十年。」自署「行陳州司法參軍事臣孫愐上」。當在天寶元年改州為郡之前，自是開元二十年後所撰。而第二序末則署「天寶十載」，是其唐韻呈進之後，又化了五年時間（序末有「起終五年，精成一部之語。），增補遺闕，觀其第二序之末有：「前後總加四萬二千三百八十三言」一語，由「前後」二字亦可斷其曾就陸均兩次增廣之也。

7. 蔣氏第七點就王氏「此二本（魏鶴山所藏與殘本之韻目）視開元本增平聲四、上去聲各三、入聲二，當是天寶十載重定之本」之說予以討論：以為項本部目都數與其家藏殘本稍有出入，項本平聲上二十六，下二十八；上聲五十二，去聲五十七；入聲三十二。謂：孫氏二次增訂本，平聲增「移」「諄」「桓」「戈」；入聲增「術」「曷」；上聲增「準」「緩」「果」而無「儼」；去聲增「稕」「換」「過」而無「釅」；故平聲上二十九，下二十九；上聲五十四；去聲五十九；入聲三十四。廣韻平聲「齊」「移」不分，不從孫氏，上去有「儼」「釅」，從其初進之本。餘悉本諸增訂本也。又謂其家藏殘本，存去入二聲。去聲五十九韻，入聲三十四韻。平上二聲雖闕佚，然以此推之，即知其第。是殘本與項本小有出入，則又非開元初進之本，而可能為天寶增訂本矣。

則蔣氏對於王說或引述，或證實，或置疑。爰謂「由此以觀，則王氏十證，亦有瑕疵可尋」。其總結云：

然余雖辨正王氏之言，却贊助其唐韻之說。蓋有數點——三引陸韻；詳注姓氏；「獷」字注中有開元十三年字樣（且獷是加字），則是不可推翻之有力證明也，余於細研之後，又以加字比率，及部目都數二點為證，考定其非陸氏書，而為孫氏韻焉！殘本雖有類似法言切韻處——字體偏旁未改正，炙字從夕不從肉，但吾人尚無法證明孫氏是否改正陸韻，自難引以為陸韻之證也。至郡縣沿用隋名，未將唐人創置，列入注中一點，先德雖舉「暨」「蒯」「代」「汲」，及「會」「勝」「璧」「德」等字為證（「歙」「鄭」「郎」「鄰」亦是舉州不舉郡）。然唐代創置，列入注中者，究屬多數，如水名五十餘科，皆舉郡不舉州，是余不得不假設此少數為改正未竟，偶而疏失所致。惟不注清濁一點，余幾經思考，當係手民據孫氏開元初進本也。残本韻下注「加」字一點，先德唐韻跋未曾提及，但考異中曾據宋本廣韻卷端備載撰集增加諸人姓名，而認係孫愐以前郭知玄、關亮等人所增，至部目都數異同，則以　先德未曾見及巴黎切韻残本故也，宜乎其有陸氏切韻或長孫箋本之疑焉。（註八）

蔣氏既贊助王氏唐韻之說，又對其先德之說錯誤緣由予以解釋。上田正氏切韻残卷諸本補正以廣韻及和漢年號字抄、法華經釋文，倭名類聚鈔所引此本逸文或孫愐說與此本相較，則或類似或相違，未能完全一致，爰以此本之系統實難深考。（註九）

周祖謨氏唐五代韻書集存以為此本雖名為「唐韻」，然未能即以為孫愐原作，而謂「可能是比較接近於孫愐原書的一種增修本」，並歸納其理由為三端：

1、根據卞永譽所録的「唐韻」各卷的韻數，孫愐書共分一百九十五韻，而本書在陸法言〝切韻〞一百九十三韻之中又分出諄準稕術、桓緩換末、戈果過十一韻，那就至少有二百〇四韻，與卞永譽所録韻數不合，本書自然不是孫愐原作。

2、另外〝倭名類聚鈔〞，〝淨土三部經音義〞和釋中算〝法華經釋文〞中所引孫愐說與此本不同者居多，日人所引是否即是孫愐原書也不可知，宋徐鉉校定《說文》，采用孫愐音切，而所記反切與此殘卷音系又頗有不同（見嚴學宭先生《大徐本說文反切的音系》）。南宋時魏了翁所見《唐韻》則又是一種面目（見《鶴山先生大全集》卷五十六《吳彩鸞唐韻後序》）。由此可見唐代流行的《唐韻》寫本很多，在孫愐書之後一定又有不同的增修本，本書可能就是增修本的一種。

3、根據孫愐序文來看，凡序文所稱引的一些書，本書注文中大都引用到了；孫序所說「州縣名目，多據今時」，今時當指開元年間，本書所有的州縣名稱也沒有天寶以後所改的新名。如翰韻「罕」下注云：「枹罕郡名」，而不稱安昌郡（《新唐書》卷四十云：「河州安昌郡本枹罕郡，天寶元年更名。」），昔韻「夾」下注云：「字從兩入，弘農陝字從此」稱弘農而不稱陝郡（《新唐書》卷四十八云：「陝州陝郡本弘農郡，武德元年曰陝州，天寶元年更郡名」，陝為屬縣。）所用還是天寶以前的舊名，又孫序云：「武德已來創置，迄開元廿年，並列注中」，而本書鐸韻「彍」字下注云：「開元十三年置彍騎」，與孫序所說也正相符合。足見本書去孫愐原書還不會太遠，可能是比較接近於孫愐原書的一種增修本。（註十）

得案：

1、蔣斧氏以為此本為陸氏原本及長孫訥言初箋注本，王國維、蔣一安已駁之。

2、王國維、方國瑜、蔣一安為孫愐書之說。王氏所舉八證，陸志韋氏以為因王氏已有此本為孫書之想法，爰有如此之舉證，因亦提出反證八端。視陸氏所云，除了涉於認定觀點之不同外，餘諸點不無可取之處，再以周氏所舉三端，內容較為客觀、謹慎，則此本是否即孫愐書，頗值商榷。

3.陸志韋氏以為王國維舉證涉及主觀意識，惟有趣者，吾人觀陸氏所舉反證，似陸氏亦有此本非蔣本非孫書之主觀意識存在。

4.由諸家論說中，可知唐代流行之唐韻寫本很多，據余所作校勘，由此本訛誤甚多之現象觀之，想係當時寫本之一，必非孫氏原書。

5.上田正氏以為此本系統難以深考，今取較保守之說法，以為此本蓋屬唐韻系統之書，殆是去孫書未遠，較近於孫書之寫本。

6.蔣一安唐韻有開元、天寶二本之說，見下條討論。

(6)王國維氏書式古堂書畫彙攷所錄唐韻後以為唐韻有開元、天寶二本，亦有二序，復於書吳縣蔣氏藏唐寫本廣韻（註十一）乙文舉八證以證此本為孫氏唐韻（如上條所述），并以為此本部目與魏氏唐韻後序所言相合，而謂此本當是天寶本。王氏於前文云：

壬戌秋，讀卞令之式古堂書畫彙攷，中錄明項子京所藏唐韻五卷，前有孫愐序并四聲部目都數，後題元和九年正月三日寫吳王本，孫序首行題唐韻序，次行題朝議郎行陳州司法參軍事臣孫愐上，序文與廣韻前所載者文句頗異，其最有關繫者，序中皆引憑據下無隨韻編紀添彼數家八字，而有今加三千五百字通舊總一萬五千文其注訓解不在此數二十三字，又武德以來創置訖開元三十年并列注中，三十作卅，愧以上陳天心，作忝愧上陳死罪死罪，序文至此止，而無又有元青子吉成子者以下三百三十四字，此實當時進書之序，其書載郡縣建置訖於開元廿年，又自署行陳州司法參軍事，尚在天寶元年改州為郡之前，自是開元中所撰，至元青子吉成子以下後題歲次辛卯天寶十載，則又為第二序，是唐韻有開元、天寶二本，亦有二序。今廣韻前所載，乃合二序為一，違失甚矣。項本但有第一序乃開元中初撰之本，其部目都數，計平聲上二十六韻，平聲下二十八韻，上聲五十二韻，去聲五十七韻，入聲三十二韻，與巴黎所藏陸法言切韻全同。惟上聲較陸多一韻，與王仁昫切韻同。攷王韻出於陸韻，上聲固亦有分五十二韻者，則其部數固全用陸韻之舊也。而魏鶴山所藏唐韻，刪第廿八山第廿九，蓋已增諄桓二韻，而齊韻後又有移韻，故陸韻平聲上廿六者增為廿九。蔣氏殘本，去聲別稕於震，別換於翰，別過於箇，入聲別術於質，別曷於末，則平聲有諄桓戈，上聲有準緩果各三韻，可知此二本視開元本增平聲四，上去聲各三，入聲二，當是天寶十載重定之本。

王氏復以開元本即項子京所藏本，尚是陸韻支流，今無傳世。天寶本即蔣斧所藏殘本，係孫愐自以己意分部者也。蔣一安氏亦以為唐韻據其序言，據其部目，似有開元初進本與天寶增訂本二種，見上條所引蔣說67所述，茲不再贅。王國維、蔣一安二氏唐韻有開元、天寶二本之說後人多嘗引述，惟陸志韋、周祖謨二氏有異乎王說者，陸氏以唐韻為未必有二本，周氏則指出王氏之說係出於假想，未可據信。

陸志韋氏唐五代韻書跋（註十二）云：

王氏的論據似乎只有兩點：1、式古堂所見項本的韻目和魏氏所見的不同。2、項本短序比廣韻前面的孫序少334字。「今廣韻前所載乃合二序為一，違失甚矣！」因此主張孫韻有兩本。一是天寶本，因為廣韻序注明天寶十載。二是開元本，那有什麼理由呢？按長序「起終五年精成一部」，這明說在天寶六載起稿。王國維的猜想似乎只可以有一點根據。短序「武德以來創置，迄於開元廿年」，不像長序作「三十年」，故此短序很可以是在732—747之間寫的。遺書又把卞書的「廿年」鈔作「卅年」，那麼開元本從何說起。

針對上列二點，陸氏因有「長序大概是晚唐或五代偽造的」及「孫愐韻的韻目未必有兩個不同的系統」之說法，關於前者，陸氏斷定孫愐止寫一短序，此序卞魏或皆見過，敦煌掇瑣第99、廣韻前之長序為改篡者，或為「元青子、吉成子」等人所偽託。關於後者，陸氏嘗論云：

姑且假定卞氏的數目字并沒錯，再假定他所見的韻目完全是唐朝的舊觀，不曾少有分合。為便利起見，再假定韻目完全和敦煌本王韻相同。換句話說，孫愐的「開元本完全是陸韻的本來面目，除了上聲把广韻從琰韻分出，去聲釅韻和梵韻分開。又一方面，假定魏了翁所見的韻目和蔣本完全相同，雖然他沒有提到广韻釅韻的情形。這本子就是王國維所謂天寶本了。十來年之中，平聲增加了移諄桓三韻，大概又分出了戈韻，倒還可以說得過去。去聲把從陸韻分出來的嚴韻重新又歸入梵韻，同時在平聲增加了只有兩個字的移韻，那簡直是滑稽了。

周祖謨唐五代韻書集存以為陸志韋氏「孫愐唐韻未必有開天兩本」為有道理，周氏云：

王國維看到卞永譽所錄的：孫愐序：與：廣韻〞所載不同，於是認為孫愐：唐韻：有開元中初撰之本，又有天寶十載重定之本。這是由於首先肯定了蔣斧本：唐韻：為孫愐書，又把題為天寶十載的序文和蔣本〞唐韻：將係在一起，曲為彌縫，才提出這種見解，如果仔細研究，就可以發現天寶序文所說和蔣本〝唐韻〞的內容並不相符。天寶間序文所說「又紐其唇齒喉舌牙，部件而次之」，而蔣本〝唐韻〞並不如此，（詳後伯二〇一六說明）。設開元本「嚴」韻有上去二聲，而蔣本「嚴」韻去聲又併入於「梵」，也於情理不合。王說完全出於假想，未可據信。陸志韋先生在〝唐五代韻書跋〞裏曾提出「孫愐〝唐韻〞未必有開天兩本」那是有道理的。（註十三）

周氏又據P二〇一六所載序文論云：

從前王國維認為孫愐唐韻有開元、天寶兩本。本書（得案：此段中之「本書」係指P二〇一六言）有天寶十載序文，而書名切韻，書的體例與序文所說也正相應。如序文說「又紐其唇齒喉舌牙，部件而次之」，只有本書如此，蔣本唐韻并不如此。……王國維以為有天寶序文的是孫愐唐韻的重修本，顯然是不對的。（註十四）

至唐韻二序之問題，周氏以為二序「不僅字句有不同，而且沒有『又有元青子吉成子』以迄最末『于時歲次辛卯天寶十載也』一大段。孫序文字本來很清順，可是廣韻後面所綴的那一大段文氣與上全不相連，意思也寫得不清楚，顯然是後人增添上去的」（註十五）。

得案：

1、王國維、蔣一安二氏與陸志韋、周祖謨二氏之說，實針鋒相對。若同意前者，必否定後者；反之，亦然。

2. 唐韻序是否有二序，陸、周二氏所推測，揆之實情，不無其理。則唐韻是否有二本，殆亦可疑。

3. 王氏以為此本為天寶本，惟天寶序文與蔣本並不合，周氏已證之。

4. 就韻目言，如開元本嚴韻有上去二聲，而蔣本嚴去聲反又併入梵韻，揆之實情，亦不合理。陸、周二氏并已言之。

5. 綜觀上述，本篇以為唐韻并無開元、天寶二本。

(7) 前文已提及王二注又音之特色為以四聲標識，而此本除以切語、又音行之外，尚兼採直音標識，如：屋韻「轂」下注云：「玉名，又音角。」「勠」下注云：「々力，併力，又音留。」沃韻「告」下注云：「又音誥，々上曰發，下曰誥。」術韻「繘」（在「居律反」紐下）下注云：「汲綆，又音聿。」另出「繘」（在餘律反」紐下）下注云：「汲綆，又音橘。」迄韻「乞」下注云：「々取，又虜複姓，晉有乞伏仁國太元年稱秦王於金城，去訖反，又音氣。」錫韻「轢」下注云：「車踐，又音落」等。此類方法，廣韻亦承唐韻，亦兼用之。

(8) 此本引書綦多，如神異經、字林、埤蒼、纂文、何氏姓苑、說文、後魏官氏志、字書、字樣、列仙傳、左傳、周禮、前燕錄、風俗通、後魏書、聲類、陶侃傳、古今人表、公羊傳、爾雅、楚詞、易、荊州記、孝子傳、考工記、呂氏春秋、詩、蜀志、山海經、書傳、廣雅、玉篇、字統、文字指歸、史記、文字要略、地理志、儀禮、方言、西秦錄、音譜、正名、神仙傳、古今注、急就章、文字集略、漢書、吳都賦、韻略、淮南子、莊子、三字姓、漢書音義、國語、匈奴傳、老子、內典、天文志、倉頡篇等，又有引「郭璞云」「如淳云」「薛綜云」「鄭玄」「孟康云」等者。足見其引書之富。又此本尤詳於官制、姓氏，亦屬特色之一。

(9)此本鈔寫訛脫之處甚多，請見本篇第二章「十韻校勘記」八「唐校勘記」。

〔註釋〕

（一）見蔣本唐韻刊謬補闕一五三頁。
（二）仝右書一二八一頁。
（三）仝右書一五三頁。
（四）見世界書局定本觀堂集林上三六四頁。
（五）見師大國學叢刊一卷二期。
（六）見林炯陽廣韻音切探原一一二頁所引。
（七）見燕京學報二十六期。
（八）見蔣本唐韻刊謬補闕二五一～二六七頁。
（九）見切韻殘卷補正五四、五五頁。
（十）見唐五代韻書集存九一五、九一六頁。
（十一）仝註四該書三六一頁及三六四頁。
（十二）仝註七。
（十三）見唐五代韻書集存九〇七頁。
（十四）仝右書九三八頁。
（十五）仝註十三。

## 第九節　刊考釋

| 姓名 | 所見書刊 | 主張意見 | 備註 |
|---|---|---|---|
| 方國瑜 | 敦煌五代刻本唐廣韻殘葉跋 | 韻次與陸法言孫愐為一系。韻數與夏竦所用韻書最為相近。推知全書韻字約二萬四千八百五十字，與廣韻最為相近。較切韻增多一倍有奇。作於天寶十載以後，太和七年以前。疑此書為張參唐廣韻，宋修廣韻即以為底本。 | |
| 魏建功 | 唐宋兩系韵書體例之演變<br>十韻彙編序 | 所據之韻本為孫愐唐韻成書後李舟切韻成書前唐人所寫定。與韻鏡所依據之韻書為一系統。此刻本韵書著作時代當約在公曆七五一至七八〇之三十年間前後（天寶十載至建中元年）。我們姑且說刻本韻書是兩種。 | |
| 姜亮夫 | 瀛涯敦煌韻輯 | 皆唐末五代刊本，以第三葉之背有清泰五年正月六字一行。清泰乃五代唐廢帝之年號也。此卷蓋晚唐人依據諸隋唐韻書如陸法言、王仁昫、孫愐、李舟之作，另為編排而又增益文字義训者也， | |

| 作者 | 篇名 | 說明 |
| --- | --- | --- |
| | | 故內容與諸家不殊，而韻部大異。 |
| 潘重規 | 瀛涯敦煌韻輯新編<br>瀛涯敦煌韻輯新編序 | 未必全為刊本。P二○一四八、九葉韻目數字皆以朱書，尤可信為抄本。第三葉之背有「清泰五年正月」一行，為一狀文用作襯裱紙文字。原卷時代當更在清泰以前。P二○一四第九葉、P二○一五第三葉為大唐刊謬補闕切韻，可能是晚唐人根據王仁昫的切韻增編續修的。 |
| 上田正 | 切韻殘卷諸本補正 | P二○一四第九葉、P二○一五第三葉為大唐刊謬補闕切韻。P二○一四第一至第五葉，P二○一五第一、二葉，P二○一四第六至八葉為孫愐序切韻。 |
| 周祖謨 | 唐五代韻書集存 | 此本當刻于清泰五年以後。本書在王韻和唐韻之外，曾采及別家的韻書是可以肯定的。入聲部份很可能是以王仁昫切韻為底本而又參取別家的韻書增修而成的。從韻目的系統來說，平上聲與入聲應當是屬於同一系統的。 |

(1) 此本彙編收P二〇一四、P二〇一五二卷此大唐刊謬補闕切韻，學者以為除上述二卷外，P四七四七、P五五三一皆屬同一系之韻書也。各卷所存為：

P二〇一四：寫本及刻本斷片九葉。第一葉殘卷存東冬二韻；第二葉存魚虞二韻；第三葉：正面存下平韻目後半及先仙二韻，背面存仙宣蕭三韻；第四葉正面存宵肴二韻，反面存肴豪二韻；第五葉存肴韻；第六葉存侵鹽二韻；第七葉存紙韻；第八葉存緩潸產銑旱五韻；第九葉正面存職德二韻，反面存德業乏三韻。

P二〇一五：刻本斷片三葉。第一葉存東冬鍾三韻；第二葉存齊佳皆灰四韻；第三葉存盍洽狎葉怗五韻。

P四七四七：刻本斷片一葉。存東韻一部份，凡十行。

P五五三一：寫本及刻本斷片四葉。第一葉存尾語二韻；第二葉存蟹駭賄三韻；第三葉存薛雪錫三韻；第四葉存陌麥二韻。

又P二〇一四、P二〇一五有關敘錄，請見第一章緒論「十韻簡介」之9，此不再贅。

(2) 五代本切韻有邊欄及行線，板葉數次記于每板末尾，為早期刻板書之形式。周祖謨氏謂「推想原書應是葉子本，兩板粘合為一葉」（註一）。案方國瑜敦煌五代刻本唐廣韻殘葉跋，魏建功氏十韻彙編序（P二〇一四、P二〇一五）所據為攝影本，計十六張；姜亮夫氏瀛涯敦煌韻輯、潘師石禪瀛涯敦煌韻輯新編則據敦煌原卷。

（P二〇一四計九紙、P二〇一五計三紙，P五五三一計四紙、P四七四七止一紙，P二〇一四第八、第九紙姜未見，潘師已補鈔。又周祖謨將P二〇一六止一

（3）紙亦列入五代本切韻內。）

P二〇一四、P二〇一五、P四七四七、P五五三一諸卷韻目不提行，韻目上有數次。P二〇一四第八、九葉韻目數字皆以朱書（為抄本）。P二〇一五第一（第三版）、二（十一版）韻目數字皆墨色。第三紙（六十九版）韻目數字朱書。P五五三一第一、二葉紙韻目朱筆（似非刻本）、P三、四葉紙，韻目墨印，似刻本。茲將上述諸卷字體、板式、體制列諸後：（參考周祖謨所列，惟周氏將上述諸卷益以P二〇一六，分為六種樣式，今不以其所分，而以韻部先後之序排列，又其編號係據伯希和所分，次序雜亂，今亦不錄。）

| 卷號 | 韻目 | 葉數 | 板刻首尾 | 韻目上數字刻寫 | 紐首第一字注例 | 姓氏五音 | 注文多少、又音、或體 |
| --- | --- | --- | --- | --- | --- | --- | --- |
| P二〇一四 | 東冬 | | 末題「二板」邊粗 | | 訓、反、數 | 不言五音 | 注文多，又音有「又去」、「又某」。 |
| P四七四七 | 東 | 上半葉 | 一板上半 | | 訓、反、數 | 不言五音 | 注文多，又音有「又上」、「又去」「又某」。 |
| P二〇一五 | 東冬鍾 | | 末題「三板」 | 刻 | 訓、反、數 | 不言五音 | 注文多 |
| P二〇一四 | 魚虞 | 兩半葉一尾一首 | 前半葉題「八板」後半葉邊粗。 | | 訓、反、數（胥虞二字反訓數） | 不言五音 | 注文多，又音有「又上」「又去」「又某」。 |
| P二〇一五 | 齊佳皆灰 | | 十一板 | 刻 | 訓、反、數（蘁字反、訓、數）。 | 迴「角姓」 | 注文多，又音有「又去」「又某」，或體別出，注「同上」。 |

| | | | | | | | |
|---|---|---|---|---|---|---|---|
| P二〇一四 | 先仙宣 蕭 | 兩半葉 | | 刻 | 訓、反、數或反、訓、數 | 先、田、宣、全「徵姓」，蕭「又商姓」。 | 注文多，又音有「又去」「又某」，或體別出，注「同上」。 |
| P二〇一四 | 肴 | 兩半葉 | 前「十八板」 | | 訓、反、數多，反、訓、數少。 | 巢、茅、包角姓」。 | 注文多，又音有「又去」「又某」 |
| P二〇一四 | 宵肴豪 | 兩半葉 | | | | | |
| P二〇一四 | 侵鹽 | 兩半葉 | 前「廿六板」 | | 訓、反、數或反、訓、數。 | 閻「徵姓」詹「宮姓」 | 注文多，又音有「又上」「又去」。或體別出注「同上」。 |
| P二〇一五 | 紙 | 兩半葉 | 前「廿六板」 | | 反、訓、數或數、反訓 | | 注文多，又音有「又平」「又某」或體別出，注「同上」。 |
| P二〇一四 | 旱緩潸 產銑 | 兩半葉 | 前「卅四板」 | 朱書 | 反、訓、數或訓、反、數 | | 注文多，又音有「又去」「又某音」「又某」。 |
| P五五三一 | 尾語 | 一一 兩半葉 | 前「三十板」 | 刻 | 反、訓、數多數、反、訓少 | 衛、許、汝、呂「徵姓」 | 注文多，又音有「又平」「又去」 |
| P五五三一 | 蟹駭賄 | 一一 兩半葉 | 「卅二板」 | 朱書 | 反、訓、數多數、反、訓少 | 無姓氏 | 注文多。 |
| P五五三一 | 薛雪錫 | 一 | | 刻 | 反、訓、數 | 不言五音 | 注文少，又音作「又某某反」。 |

| 卷號 | 韻目 | 葉數 | 刻／寫 | 反訓數 | 姓氏 | 注文形式及又音 |
|---|---|---|---|---|---|---|
| P五五三一 | 昔麥陌 | 一 | 刻 | 反訓數 | 無姓氏 | 仝前。或體不重出，大都言亦作某，間或注云「或作」「又作」。 |
| P二〇一五 | 盍洽狎葉帖 | 一 | 「六十九板」朱書 | 反訓數 | | 仝前。注文少，又音注「又音某」「又某某反」，或體不重出，注云「亦作」「又作」 |
| P二〇一四（未題大唐刊謬補缺切韻一部） | 職德業 | 兩半葉 | 朱書 | 反訓數 | | 仝前。 |

甲、由上表可知：韻目寫刻、姓氏標舉五音、注文形式及又音之異同。此類殘卷究是否為一種書？姜亮夫氏瀛涯敦煌韻輯「巴黎未列號丙（案：即P四七四七）為P二〇一四第一種之殘段證」案語云：「本卷殘存僅一葉，凡十一行。起東韻饛字，終隆字，其中九、十兩行已殘損不能審知。第八、第十、第十一三行亦僅二三字，前七行下截亦已殘。……吾人試取P二〇一四、P二〇一五、P五五三一諸卷而比較之，其為同一母本，蓋可審而知之。」潘師瀛涯敦煌韻輯新編亦嘗取P二〇一四第一種刻本一片與P四七四七比對之，兩卷正可銜接，而謂「姜說是也」。據姜、潘先生所證，則P二〇一四、P二〇一五、P四七四七、P五五三一為同一母本。

乙、姜亮夫又云：「以入聲各韻而論，不論其為韻次、切語用字、增紐、增字、與及小韻建首字等，其更張之迹皆較上三聲為少，此當有兩說，一為入聲與上去聲本非同書，乃兩種書之兩截，一為同一書而別有他故，然依敘錄中之所證明，其為同書，決無可疑，則當有別說，案入聲韻字，凡諸隋唐韻書字書之存于今者，皆不能與上去入相配，故入聲部目，陸氏以降，皆無增損移易之事，而平上去三聲，則唐人之移易分合增損者甚為紛雜，是必唐時平上去三聲之音質音素變遷必甚繁多，故唐人之討論整飭此三聲者亦甚眾，其于入聲，蓋一沿隋以來之舊貫，音質音素之變化既少，無所用其移易更張，則增紐、繕字、變更紐等，自無容如平上去三聲之紛紛然，是則入聲四韻，不僅與本卷平上去三聲當為同種同書，且吾人亦因之而可考見唐人考較韻書重輕之所在，及唐宋韻變之大端。」（註二）

(4)

此本所殘存韻目，計三十有二。姜亮夫氏瀛涯敦煌韻輯嘗據P二○一四、P二○一五及P五五三一寫定此本四聲相配之韻目（註三），其謂「凡本卷明見之韻目側加圈識」。茲迻錄於下：惟其表略有訛誤，故亦附說明焉。

| 平 | 上 | 去 | 入 |
|---|---|---|---|
| 一東。 | 一董 | 一送 | 一屋 |
| 二冬。 | | 二宋 | 二沃 |
| 三鍾。 | 二腫 | 三用 | 三燭 |
| 四江 | 三講 | 四絳 | 四覺 |
| 五支 | 四紙 | 五寘 | |
| 六脂 | 五旨 | 六至 | |

七之　八微　九魚。　十虞。　十一模　十二齊。　十三佳。　十四皆。　十五灰。　十六咍　十七真　十八諄　十九臻　二十文　二十一殷　二十二元

六止　七尾。(1)　八語。　九麌　十姥　十一薺　十二蟹　十三駭。　十四賄　十五海　十六軫　十七準　十八吻　十九隱　二十阮

七志　八未　九御　十遇　十一暮　十二泰　十三霽　十四祭　十五卦　十六怪　十七夬　十八隊　十九代　二十廢　二十一震　二十二稕　二十三問　二十四焮　二十五願

五質　六聿　七術　八物　九櫛　十迄　十一月

二三魂 二四痕 二五寒 二六桓 二七刪 二八山 二九先。 三十仙。 三一宣。 三二蕭。 三三宵。 三四肴。 三五豪 三六歌。 三七戈。 三八麻。 三九覃。 四十談。 四一陽。 四二唐。 四三庚。

二一混 二二很 二三旱。 二四緩。 二五潸。 二六產。 二七銑。 二八獮 二九選 三十篠 三一小⑤ 三二巧 三三皓 三四哿 三五果 三六馬 三七感 三八敢 三九養 四十蕩 四一梗

二六慁 二七恨 二八翰 二九換 三十諫 三一襉 三二霰 三三線 ? 三四嘯 三五笑 三六效 三七號 三八箇 三九過 四十禡 四一勘 四二闞 四三漾 四四宕 四五映

十二沒 十三? 十四曷 十五末 十六黠④ 十七鎋 十八屑 十九薛。 二十雪。 二四合 二五盍。⑥ 三一藥⑥ 三二鐸 三三陌。

四四耕。　四二耿　四六諍　三二麥。
四五清。　四三靜　四七勁（青韻入錫）⑦
四六青　四四迥　四八徑　二一錫。
四七尤。　四五有　四九宥
四八侯。　四六厚　五十候
四九幽。　四七黝　五一幼
五十侵。　四八寑　五二沁　三十緝
五一鹽。　四九琰　五三豔　二八葉
五二蒸。　五十拯　五四證　三三職
五三添。　五一忝　五五㮇　二九怗。
五四登。　五二等　五六嶝　三四德。
五五咸。　五三豏　五七陷　二六洽。
五六銜。　五四檻　五八鑑　二七狎。
五七嚴。　五五儼　五九釅　三五業。
五八凡　五六范　六十梵　三六乏。

得案：

①尾語駭賄雪錫麥陌係據P五五三一卷。

②齊佳皆灰旱緩潸產銑職德盍葉怗洽狎德業乏諸韻為姜本抄錄者，故姜本作。符號，今據徵卷補○符號。

③姜誤作「著」。

④姜誤作「點」。

⑤姜誤作「三二巧」。

⑥藥、鐸、緝三韻韻次，姜原作「三十藥」、「三二鐸」「三一緝」，今正之。

⑦姜雪錫麥陌之韻次均據原卷錄之，而以為昔韻併入錫，惟周祖謨氏疑雪錫二韻韻次寫刻有誤，其云：「原書如果質韻後有聿韻，雪韻也只能是十九，錫當為二十，如果雪韻錫韻數字不誤，則昔當為二十二，麥陌當為二十三、二十四。雪錫昔麥陌幾韻雖然是兩板，但同是一種刻本，前後數次不當如此錯亂，姜亮夫先生認為雪韻既為二十，雪韻前除有聿韻外，當另有一韻，此韻果為何韻不可知；雪韻之後錫為二十一，麥為二十二，是昔韻併入於錫，今案麥韻前所出都是昔韻字，雪韻後所出都是錫韻字，錫韻字在前一板，昔韻字在後一板，全不相混，不能說錫昔合為一韻，因此推想雪錫兩韻的數目可能寫刻有誤，雪韻前如果與夏竦書韻目相同，即質韻後有聿韻，則雪為十九，錫為二十，昔為二十一，麥正為二十二。由麥至乏的數次也完全相連，無一不合。」（註四）

⑧姜誤作「結」。

⑨姜誤作「楚」。

甲、此本韻目計二百十部，較陸書多十七部，較廣韻多四部。1真諄、寒桓、歌戈分立兩部。3平聲仙分出宣，上聲獮分出選，入聲薛分出雪。3覃談在陽唐之前。4侵鹽為次。5蒸登在鹽添之後。6入聲術分出聿。7入聲尚多一韻與平聲痕相配，韻目不可考，疑是麧韻。8入聲盍洽狎葉帖為次。9此本入聲最多。計36韻部。

乙、此本二一〇部之推算，潘師石禪論云：「但我們得見P二〇一四第九頁，末行標明『大唐刊謬補闕切韻一部』，而這一頁正反面有職韻的残字，及卅四德、卅五業、卅六乏的韻目及残字。可見此本入聲有卅六個韻部。又P二〇一四卷四前頁残存第四五清至五八凡的韻目，第四種又有卅一宣韻目，可見此本平聲有五十八個韻部。P五五三一與P二〇一四是同類的本子，它的第一頁残存有廿雪、廿一錫兩類，雪韻是由薛韻分出的入聲新韻部，此本如上去聲存在，合計韻部當有二百一十部。不獨韻部多於P二〇一一和宋濂跋本王仁昫刊謬補缺切韻，而且也多於宋人增修廣韻。夏竦古文四聲韻所據唐切韻，平聲後有移韻，仙韻後有宣韻，上聲獮韻後有選韻，去聲梵韻後有釅韻，入聲質韻後有聿術二韻，正是與P二〇一四相近的韻書。大概陸法言切韻盛行以後，韻學家剖析日密，王仁昫據切韻一百九十三韻增為一百九十五韻，孫愐又增訂為二百零五韻，晚唐人根據刊謬補闕切韻分析增加到二百十韻。」（註五）

丙、此本韻部數與切韻、唐韻、刊謬補缺切韻、廣韻之比較如下表：

| | 平 | 上 | 去 | 入 | 總計 |
|---|---|---|---|---|---|
| 切韻 | 54 | 51 | 56 | 32 | 103 |
| 唐韻蔣斧 | 58 | 54 | 59 | 34 | 205 |
| 刊謬切韻 | 54 | 52 | 56 | 32 | 194 |
| 四聲韻 | 59 | 56 | 60 | 35 | 210 |

| 廣韻 | 此本 |
| --- | --- |
| 57 | 58 |
| 55 | 56 |
| 60. | 60 |
| 34 | 36 |
| 206 | 210 |

(5)此本屢見「厶板」字樣，則此本字數、雕刻年代、原作時代均值探討。

甲、方國瑜氏敦煌五代刻本唐廣韻殘卷跋（註六）嘗推測此本當有七十三板，去序文一板、韻目一板，餘七十一板，每板三十四行，每行韻字十字上下，注字二十字至四十字許，每板韻字又推測可三百五十有奇，遂得二萬四千八百五十字。案周祖謨氏唐五代韻書集存推測此本為七十二板，蓋方氏以帖韻首行「六十九板」字樣，推測帖後有四板，周氏則推測有三板（註七），爰有一板之差矣。姜亮夫氏取此本所存冬先宣肴駭字數，與S二〇七一、廣韻比較，謂此本與廣韻之差，大約皆在百分之六與十之間，推知此本字數不得多于二萬四千九百餘字，亦不得少于二萬二千八百餘字。（註八）姑不論方、周二氏一板之差，方氏之數亦在姜數範圍內。

乙、由「厶板」字數、或以為均係刻本，如姜亮夫氏未見P二〇一四第八、九頁，爰逕謂：「本卷大體皆唐末五代刊本」，而潘師石禪以為未必全為刊本，第八、九頁韻目數字皆以朱書，尤可信為抄本。又謂P五五三一第一、二葉紙質相同，韻目朱筆，行綫不直，似非刻本。周祖謨氏亦指出韻目上數字寫刻均有。（註九）

丙、此本鏤版時代，當在五代。方國瑜敦煌五代刻本唐廣韻殘葉跋云：『國史志曰：「唐末，益州始有墨版，多術數小學字書」；葉夢得石林清話引柳玼序曰：「中和三年，（距唐亡僅二十三年）在蜀閱書肆，所鬻字書，率雕本」；在此以前未聞字書雕版之說，則此書為雕版摹印，至早當在唐末。惟此書所見唐末帝諱

「炎」「曄」諸字不避，則不應在唐時，當是五代人所為也。』（註十）。案「葉夢得石林清話」當是「葉德輝書林清話」之誤。葉氏語見「書有刻板之始」條。又葉氏於「刻板盛於五代條」云：「光緒庚子甘肅敦煌縣鳴沙山石室出唐韻、切韻二種，為五代細書小板刊本。載羅振玉鳴沙山石室秘錄惜為法人伯希和所收，今已入巴黎圖書館。吾國失此瓌寶，豈非守土者之過歟？」（註十一）

又周祖謨唐五代韻書集存以為此本當刻于清泰五年以後，其據P二○一四魚虞韻背面「清泰五年敦煌縣令呂狀」一行，以為「清泰為後唐潞王年號，清泰五年為公元九三八年。公元九三六年後唐即為後晉所滅，敦煌地處邊遠，不知後唐已亡，所以仍用清泰年號，據此推測，這部書應當是清泰五年以後刷印的。」（註十二）

今知此本刻於五代，惟民國二十四年我國在倫敦藝術展覽時，伯希和曾選定敦煌古籍十七種參加，其中有P二○一四卷第八及第九兩頁，天津大公報（二十四年十月六日）巴黎通訊曾予以報導，在詳目二○一四號下，記者云：「是書為唐王仁昫撰，書名上標『大唐』兩字，則為刻於唐代可知也。」由此一報導，所引起之問題有：1.此本是否為王仁昫所撰？2.原卷作於何時？3.是否刻於唐代？見下文丁討論。

丁、上文曾引巴黎通訊記者謂此本為唐王仁昫撰，魏建功氏十韻彙編序曾據此通訊略記疑點云：

二○一四「大唐刊謬補闕切韻」題字是一張末葉，我們不能必斷是王仁昫無疑。故宮本王仁昫韻祇寫「切韻」，敦煌掇瑣本王仁昫韻都寫「刊謬補闕切韻」，體制原不一定。後人復刊前代的書並不改字，澤存堂刻廣韻依然題「大宋重修廣韻」，有「大唐」字樣還可以有五代刻的可能。隋唐韻書作者蠭起，名稱相襲相重的屢見不一見，我們不能因為知道王仁昫有刊謬補闕之作，遇有刊謬補闕的就給王仁昫遇缺即補。故宮本王韻與敦煌掇瑣本王韻不相同，這刻本也不與那兩本相同。第一宣韻不是王韻裏有的；第二鹽韻五十一的次第不是王韻的系統；第三宣韻三十三和鹽韻五十一排不連攏；第四三十五豪韻影片注二〇一四（８）與注二〇一四（５）的肴韻殘葉影片確是同板的兩張印本，然則二〇一四總號下的各紙必是從書的形式上的觀察集合起許多殘葉來的了；從這四點上看，我們反不敢說什麼的話了（通訊未載韻目名稱，也很覺可惜！）。（註十三）

魏氏對此本之作者既置疑，又因韻目所呈現象而不知如何下言？潘師石禪曾推算此本有二一〇韻目（己見前文所引），又論此本之作者、時代云：

（此本）不獨韻部多於Ｐ二〇一一和宋濂跋本王仁昫刊謬補缺切韻，而且也多於宋人增修廣韻。夏竦古文四聲韻所據唐切韻，平聲齊韻後有移韻，仙韻後有宣韻，上聲獮韻後有選韻，去聲梵韻後有釅韻，入聲質韻後有聿術二韻，正是與Ｐ二〇一四相近的韻書。大概陸法言切韻盛行以後，韻學家剖析日密，王仁昫據切韻一百九十三韻增為一百九十五韻，孫愐又增訂為二百零五韻，晚唐人根據刊謬補闕切韻分析增加到二百十韻。我們過去以為切韻系的韻書時代越後，分部必定越多。現在看來，晚出的大宋重修廣韻的韻部還是繁簡適中的本子。切韻、唐韻是韻部較廣韻為簡的韻書；

P二〇一四卷大唐刊謬補闕切韻及夏竦、魏鶴山所見的切韻是較廣韻韻部為繁的韻書。大唐刊謬補闕切韻因卷首殘缺，失去撰人姓名，可能是晚唐人根據王仁昫的切韻增編續修的。

潘先生又云：

然據第九紙全書之末，結題明標「大唐刊謬補闕切韻一部」，則其成書底本必據王仁昫切韻為主，以其稱大唐　故知增修者必為唐人也。（註十四）

方國瑜則據此本反語用「反」字及避諱等問題，考定此本作於天寶十年以後、唐武宗以前，并定在太和七年以前，茲歸納其理由為二端：

1、唐玄度九經字樣序曰「其聲韻，謹依開元文字，避以反言，但紐四聲，定其音旨」；則玄度時已避言「反」字矣。按唐會要曰：「開成二年八月，國子監奏：得覆定石經字體官翰林待詔朝議郎權知沔王友上柱國錫緋魚袋唐玄度狀，準太和七年十二月五日敕定九經字體，今所詳覆，依司業張參五經文字為準。」則玄度作書於太和七年以後，且為補正張參五經文字而作，然張參五經文字用「反」字，則避「反」字，起於大曆之後。太和中已如是矣。今此書切語用「反」字，則作書當在太和以前也。

2、此書，唐文宗以前帝諱，悉未之見，惟洽葉諸韻，從枼之字，避作𣏟，則避太宗諱「世」字，又文宗以後帝諱，「炎」在鹽韻，武宗諱；「曄」在葉韻，昭宗諱，皆不避，則此書之作，在武宗以前，所推定在太和七年以前，已得有力之證據也。（註十五）

案姜亮夫氏曾謂P二〇一四第三葉之背有「清泰五年正月」六字一行，清泰乃唐廢帝年號云云，潘師則指出此行為一狀文用作襯裱紙之文字，所書乃狀文之年月，原卷年代當在清泰以前。

(6) 姜亮夫氏瀛涯敦煌韻輯以為此本亦用李舟切韻說，其云：

細繹本卷音義，亦且用李舟之說，按今集韻引李舟說者凡八事，東韻彤字云：「李舟從肉」。支韻腄字云：「馬及鳥脛上結骨，李舟說」，類篇同。先韻葎字云：「詩葎葎者義，李舟說」，類篇同。皆韻簺字云：「法可以簺罔人心，李舟說」，類篇同。禡韻楮下云：「木參交以枝炊簺者，李舟說」。薛韻扒字注云：「無齒杷，李舟讀」，類篇誤作說。又諤字注云：「白也，李舟說」，職韻日字注云：「太陽精也，李舟說」，此八字中其見于本卷者，有葎、扒、諤三字。按葎字廣韻入二仙，蓋別有所本，集韻本李舟說入一先，本卷亦入一先，是本卷原于李舟也。扒字訓無齒把，此玉篇說也，而各卷皆入黠韻，獨集韻引李舟說入薛，本卷亦入薛韻，是本李舟也。又諤字各本皆在月韻，而集（得案：「集」下脫一「韻」字。）引李舟說入薛韻，本卷亦入薛韻，是亦本李舟說也。（此說略本友人大竹條仁甫君李舟切韻志疑一文）本卷已采李舟說，其書之成當在唐代德二宗之後。（李舟書成代德二宗之時王觀堂師說。」（註十六）

案姜氏之說，林炯陽氏廣韻音切探原採為此本特色之一（註十七）惟周祖謨氏唐五代韻書集存謂姜氏所舉八條，止「扒」字一條與此本合，其云：

先韻「葎」字已見於宋跋本王韻，則未必采自李舟書。東韻「彤」字，二○一四（3）并不從肉；皆韻「簺」字，二○一五（2）未收。姜先生所說入聲薛韻「諤」字，在五五三一（3）實際是「揭」字，正文雖殘闕不不存，而注文作「揭發，又去竭去偈反」，與「許」字同紐，非「謁」字無疑。至於職韻的「日」字，集韻是很據李舟說采入的，但本書是否采自李舟書還很難確定。考法華經釋文引祝尚丘云：「日，太陽之精也。古音而職反。」（見大正新修藏經卷五十六，頁一五〇）與本書注文、反切完全相合。那麼，與其說采自李舟，毋寧說采自祝尚丘了。李舟書現已無存，很難比證，可以存而不論。但本書在王韻和唐韻之外曾采及別家的韻書是可以肯定的。（註十八）

(7) 周氏對於此本有否採李舟切韻，採保留之態度。得案：此本有宣韻，固採李舟分部之說，惟注文有否采李舟切韻則尚待考證。

此本平聲、上聲各韻紐次之排列有音理系統，即按五音之類屬排列，入聲則否，茲以P二〇一四東虞宣、P二〇一五齊、P二〇一五入聲葉為例：「口」表示原卷殘缺者。

P二〇一四

東韻：

牙喉音　口公古紅　口洪户公　烘口呼東　翁烏紅

齒頭音　檧蘇公　葼祖紅，嵏祖公　悤倉紅

唇音　口蒙莫口紅　蓬步紅　……

齒音　充口處口隆　……　……

虞韻：

豐孚隆　馮并隆　風府隆　脣音

虞□俱　劬其俱　拘舉愚　區去俱　牙音

于羽俱　訏況于　紆於于　……　喉音

宣韻：

宣相緣　全聚緣　詮至全　鐫子全　旋似全　齒音

恮疰□　鐉丑緣　椽直緣　攉丁全　攣力全　舌音

……　劵　權具劵　翾許緣　員王權　娟於緣　緣以員　喉音

川昌緣　船食川　專職[illegible]　遄市員　壖而員　跧□於　齒音

P二〇一五

齊韻：

……　梯他兮　泥奴兮　舌音

鷖烏兮　奚乎鷄　醯呼兮　喉音

倪五兮　雞古兮　谿苦兮　牙音

齏人兮　栘成西　齒音

鼙步迷　碑必迷　批四兮　迷莫兮　脣音

圭古□　睽苦圭　牙音

攜戶圭　烓烏圭　喉音

鑴五圭　祇巨兮　牙音

謑人兮　齒音

葉韻：

葉与涉　接子妾　攝書涉　涉時攝　獵立涉　捷疾楪

牒□□　敵於輒　聶尼輒　謵叱涉　讘而涉　讋之涉

妾七接　鍤丑輒　极其□　輒陟葉　曄筠輒　箑山涉

萐山輒　衂居輒　厭於□　偞丑輒　牒直輒　緤魚葉

入聲未若平、上聲韻有紐次音理現象，又據上文(3)之表列，入聲與平、上聲注文亦有多寡之不同，案上文(3)中已論及諸卷同一母本。周祖謨以為入聲極可能以王韻為底本，而又參取別家韻書增修而成者。（註十九）

(8) 此本又音標示有三形式：一為切語，稱「又某某反」。二為直音，如「又音某」「又某音」「又某」。三為以四聲表示，如「又平」「又上」「又去」「又入」，此法王二亦用之。

(9) 本篇「唐韻考釋」中，當提及唐韻詳於姓氏，此本亦注姓氏，惟多言某姓，不侈陳姓望所出（止語韻「許」「汝」兩字下言為某某之後）。惟此本有其他各韻書所無之特色——以五音論姓，如：

P二〇一五　灰韻「迴」字下注「角姓」。

P二〇一四　先韻「先」「田」二字，宣韻「宣」「全」二字下注「徵姓」。

　　　　　　蕭韻「蕭」字下注「商姓」。

P二〇一四　肴韻「巢」「茅」「包」三字下注「角姓」。

P二〇一四　鹽韻「閻」字下注「徵姓」。「詹」字下注「宮姓」。

P五五三一　語韻「衙」「許」「汝」「呂」四字下注「徵姓」。

周祖謨氏唐五代韻書集存云：

以五音論姓遠始於東漢，見王充論衡、詰術，今已不傳，唐代姓氏書中一定有記載。

并引舊唐書卷七十九呂才傳載太宗時太常博士呂才宅經敘云：

易曰：「上古穴居而野處，後世聖人易以宮室，蓋取諸大壯。」逮於殷周之際乃有卜宅之文。……至於近代師巫更加五姓之說。言五姓者，謂宮商角徵羽等，天下萬物悉配屬之。行事吉凶，依此為法，至如張王等為商武庾等為羽，欲似同韻相求，及其以柳姓為宮，以趙姓為角，又非四聲相管，其間亦有同是一姓，分屬宮商，後有複姓數字，徵羽不別。驗於經典，本無斯說，諸陰陽書亦無此語，真是野俗口傳，竟無所出之處。

原注云：「新唐書卷一百七呂才傳文字略有改動。」周氏據此因論云：「姓氏分屬五音，並沒有一定的準則，與字音關係不大。本書以五音論姓，可能取自當時流行的姓氏書，到宋代廣韻裏還有少數這類的例子，無疑問是從這種韻書遺留下來的。」（註二十）

(10) P二〇一二守溫韻學殘卷內容與P二〇一四有關，魏建功氏嘗對於守溫韻學殘卷年代置疑未決，其云：

這一段例字中間有一點與韻書有關，就是平聲有勬字注宣韻，上聲有免字注選韻，可以藉此考見這卷子所據的韻書而決定其時代（羅文已詳言之）。我在前面五代刻本韻書三十一宣韻的問題下，說了巴黎通訊記者稱為王仁昫刊謬補缺切韻的可疑。現在這連帶的將我們決定守溫卷子時代的一個證據存疑起來了；雖然我是和羅君的主張相同，也只好等待王仁昫韻有無

宣韻和有宣韻的刊謬補缺切韻是不是王仁昫的書兩個問題證實了再說。（註二十一）

魏氏所注羅文，即羅常培敦煌寫本守溫韻學殘卷跋乙文。羅文云：

> 今案卷中四等重輕例所舉，「觀古桓反關刪𨟻宣涓先」及「滿莫伴反彎潸免選緬獮」二例，𨟻字廣韻屬仙韻合口，而此注為宣韻，免字屬獮韻合口而此注為選韻；其宣、選二目與夏竦古文四聲韻所據唐切韻同。而徐鍇說文解字篆韻譜所據唐切韻同。而徐鍇說文解字篆韻譜所據切韻，徐鉉改定篆韻譜所據李舟切韻，尚皆有宣無選；陸詞、孫愐、王仁昫等書則並無之，據王國維古文聲韻後謂：「其獮韻中兗字註人兗切，而部目中選字上註思兗切，二韻俱以兗字為切，益淺人見平聲仙、宣為二，故增選韻以配宣，而其反切則未及改。其本當在唐韻與小徐本所據切韻之後矣。」又古文四聲韻引用書目有祝尚丘韻、義雲切韻、王存義切韻及唐韻四種，則其所據韻目當不外乎祝尚丘、義雲、王存義所為。若就增選韻以配宣一點言，其成書尚在李舟切韻後。王國維李舟切韻考既據杜甫「送李校書二十六韻」斷定李舟在唐代宗乾元之初年二十許，切韻之作當在代、德二宗之世。則守溫、夏竦所據之切韻必不能在德宗以前。且半農先生亦嘗據其紙色及字蹟，斷為唐季寫本，故舊傳守溫為唐末沙門，殆可徵信。

（註二十二）

潘師石禪補抄姜氏所未見之第八、九葉，并云：

> 我們現在補全了P二〇一四卷的殘葉，事實顯示給我們，刊謬補缺切韻是有「無宣韻」與「有宣韻」的兩種。無宣韻的在前，有宣韻的是晚唐人據刊謬補缺切韻分析增益而成的本子。守溫是晚唐人，所以他根據當時流行

的韻書來供他等韻學說的舉例。單是這一葉韻書已經在韻學史上佔有非常重要的位置，發生非常鉅大的作用了。由這一個例證說明了材料的有無、多少、完缺，對於學說的發明和結論的可靠與否是有多麼大的關係。（註二十三）

又魏建功氏於唐宋兩系韵書體制之演變乙文以為此類五代刻本與韻鏡時代有關，其謂「刻本韻書所據之韵本為孫愐唐韵成書後，李舟切韻成書前唐人所寫定，與韵鏡所依據之韻書為一系統。」「韵鏡音之系統當有一種韵書依據，其韵書之情形至少與此刻本韵書有關，或竟為此韻書。」（註二十四）潘師於瀛涯敦煌韵輯別錄「巴黎藏伯二〇一二號守溫韻學殘卷校記」以為劉半農氏據紙色及字蹟斷P二〇一二卷為唐季寫本「其說良是」，又云：「然卷（得案：指P二〇一四）本出五代以前，而署號大唐，其為唐代流行之韻書，自無可疑。唐人據切韻增補注釋，添益韻部，愈後愈繁，守溫所據及夏竦所本之唐切韻，殆皆當日流行之此類韻書。韻學家分析等第輕重，依韻書製圖，其源亦必甚早。」（註二十五）民國六十二年暑假，潘師赴巴黎出席東方學會，會畢嘗觀列寧格勒東方院所藏敦煌卷子，石頭記抄本暨黑水城資料。潘先生曾據黑水城資料第二八二號「解釋謌義壹畚」撰成韻學碎金乙文，潘師於是文亦論及P二〇一二、P二〇一四與等韻圖之關係，其云：

今觀解釋謌義所述，知智公指玄論之圖，所本切韻，平聲韻為五十九，全部為二百零七韻，宋修廣韻為二百〇六韻，平聲僅五十七韻，和智公所本為唐人增修之切韻。案，巴黎藏伯二〇一四號卷子三十仙之後，有三十一宣，末署「大唐刊謬補闕切韻一卷」，知唐修切韻有增多宣韻之本。又夏陳古文四聲韻齊第十二之後有移第十三、增多一部；下平先第一仙第二之後有宣第三（原注：段玉裁經韻樓集卷六「跋古文四聲韻」），是唐修切韻平聲或有五十九韻之本。巴黎藏伯二〇一二號守溫韻學殘卷「定四等重輕」，蓋即據唐修切韻（原注：參羅常培敦煌寫本守溫韻學殘卷跋及拙作守溫韻學殘卷校記）而定。智公為五代宋初人，其時代亦與守溫頗近。故皆用唐修切韻作圖之本，然則等韻之興，淵源甚遠，必出於宋以前也。、

註二十六）

就珍貴之材料立論，最能得其真，亦最為可信。

(11) 彙編所收P二〇一四、P二〇一五之校勘，請見本篇第二章「十韻校勘記」九「刊校勘記」。

〔註釋〕

（一）見唐五代韻書集存九二〇頁。

（二）見瀛涯敦煌韻輯三九九頁。

（三）仝右書三九四、三九五頁。

（四）見唐五代韻書集存九二八頁。

（五）見師大國學叢刊一卷二期。

（六）見瀛涯敦煌韻輯新編序一四頁。

（七）見唐五代韻書集存九二六頁。

（八）見瀛涯敦煌韻輯三九一頁。

（九）姜說見瀛涯敦煌韻輯三八三頁、潘師說見瀛涯敦煌韻輯新編四二七頁，周說見唐五代韻書集存九二三、九二四頁。

（十）仝註五。

（十一）見世界書局書林清話二三頁。

（十二）見唐五代韻書集存九三八頁。

（十三）見十韻彙編序肆零頁。

（十四）前文見瀛涯敦煌韻輯所編序一四頁。後文見瀛涯敦煌韻輯四七三頁。

（十五）見師大國學叢刊一卷二期敦煌五代刻本唐廣韻殘葉跋乙文。

（十六）見瀛涯敦煌韻輯四一一頁。

（十七）見廣韻音切探原一一七頁。

（十八）見唐五代韻書集存九四〇、九四一頁。

（十九）見右書九四〇頁。

（二十）并見右書九三四、九三五頁。

（二十一）見十韻彙編序陸參頁。

（二十二）見羅常培語言學論文選集二〇〇頁。

（二十三）見瀛涯敦煌韻輯所編序一五、一六頁。

（二十四）見國學季刊三卷一號。

（二十五）見瀛涯敦煌韻輯別錄八五頁。

（二十六）見幼獅學誌第十四卷第二期。

(1)廣韻成書年代：據「大宋重修廣韻」卷首所載二勑牒，知廣韻校定於景德四年十一月十五日，迄大中祥符元年六月五日書成，定名為「大宋重修廣韻」，為時止六月又二十日。

(2)廣韻成書主旨、重修所據及命名：景德四年勑牒云：「自吳楚辨音，隸古分體，年祀寖遠，攻習多門，偏旁由是差譌，傳寫以之漏落，矧注解之未備，諒教授之何從？爰命討論，特加刊正，仍令摹印，用廣頒行。」又大中祥符元年勑牒云：「舊本既譌，學者多誤，必豕魚之盡革，乃朱紫以洞分，爰擇儒臣，叶宣精力，校讎增損，質正刊修。」知廣韻乃就舊本切韻刊益、纂集諸家增字而成。林炯陽氏廣韻音切探原謂據晚期增訂本切韻或唐韻重修者。其舉例云：

今考TⅠD一〇一五殘卷為唐末孫愐唐韻增字本之一種，乃五代敦煌所刊行者。試以此卷與廣韻相較，其收字、次字、註語、切語、引書、諸異文等大多相同。又TⅡD一a s b殘卷，蓋北宋刊行本切韻也。此卷與廣韻相合者十之九五。（詳姜亮夫瀛涯敦煌韻輯頁三八一、三八二、四六四。）廣韻卷首載景德四年十一月十五日勑牒云：「爰命討論，特加刊正，仍令摹印，用廣頒行。」此曰「仍」，當舊本亦摹印也。而上舉殘卷既為刻本，內容又與廣韻甚為相近，當是廣韻之母本。祥符元年勑牒所謂之舊本，應為此類刻本也。

又云：

孫愐唐韻，亦稱切韻、廣切韻或簡稱廣韻（詳王國維書蔣氏藏唐寫本唐韻後）蓋孫氏書，本因法言切韻一書而廣之，故稱廣切韻，畧其名則或曰切韻，或曰廣韻。廣韻既承切韻及唐韻而作，自沿用其名曰「廣韻」，而「大宋重修」云者，示宋廣韻乃重修唐廣韻也。王國維以為宋雍熙中，曾修廣韻，故景德、祥符所修，名大宋重修廣韻。（論唐廣韻宋雍熙廣韻）（註一）

(3) 廣韻之作者：廣韻卷首止載隋唐撰集增字諸家姓氏，而宋代重修者為何人，則未加以自注。案集韻「韻例」云：「真宗時，令陳彭年、邱雍因法言韻，就為刊益。」則作者為陳彭年、邱雍等人。

(4) 廣韻之卷數：廣韻全書共分五卷，平聲分上下二卷，上、去、入各一卷。平聲之分「上」「下」，蓋因字數緐多，一卷無以容納，爰分之為二。與後世所謂上平為「陰平調」、下平為「陽平調」者不同。

(5) 廣韻之韻部：

申、廣韻有二〇六韻，平聲五十七韻，上聲五十五韻，去聲六十韻，入聲三十四韻，其有韻目有如此之多，原因有四：一因「四聲」之異。二因「陰陽」之別。三因「開」「合」之不同。四因南北是非、古今通塞。（註二）四聲相配，參差不齊。江永四聲切韻表云：「平聲五十七部，上聲少二部者，冬臻無上也。或謂腫韻之湩字是冬之上聲。」又云：「去聲獨有六十部首，臻無去，少一部，祭泰夬廢無平上，又多四部也。」戴震聲韻考云：「鍾韻兼三等四等，腫韻之三等四等字為鍾之上聲，惟湩鳿二字屬一等，為冬之上聲，以字少不別立部目。又臻櫛二韻，無上去聲者，其上去聲字在隱焮二韻內，臻韻櫛韻並二等，欣韻迄韻並三等，惟上聲隱韻、去聲焮韻兼二等三等，其二等𧤏齔等字，即臻櫛二韻之上去也，亦以字少而別立部也。」（註三）而韻鏡又以沒韻麧字為痕韻之入聲。（見外轉第十七開）是以林師景伊中國聲韻學通論云：

> 平聲有五十七韻，而上聲僅有五十五韻者，以冬韻之上聲，止有「湩（都鴆切）鴆䏲（莫湩切）」三字，附於鍾韻上聲之腫韻中。臻韻之上聲，止有「𧖑㮺（仄謹切）齓（初謹切）」三字，附於殷韻上聲之隱韻中，故少二韻，實則亦五十七韻也。去聲六十韻者，多祭泰夬廢四韻，而臻韻去聲僅有「齓」字附在上聲隱韻故也。

案：隱韻齓字下注云「又初靳切」，靳字在焮韻，則知齓字原有兩音，一為上在隱韻，一為去在焮韻。然焮韻無齓字，故謂附於隱韻也。

今若併平上去三聲言之，則平聲五十七，加去聲之四韻，為六十一韻。廣韻之入聲，專附陽聲。此六十一韻中，陽聲凡三十五韻，而入聲僅有三十四者，以痕韻之入聲，止有「麧紇齕紇淈（下沒切）」五字，附於魂韻入聲之沒韻中也。（註四）

乙、廣韻韻部之陽、陰、入區別：平上去三聲之韻，有「陰聲」「陽聲」二類，陽聲韻者，其韻尾為鼻音也；陰聲韻者，其韻尾為元音，不收鼻音也。「陽聲」之收鼻音者，凡有三種：一曰舌根鼻音-ŋ；二曰舌尖鼻音-n；三曰雙脣鼻音-m。廣韻以入聲專附「陽聲」，凡「陽聲」收-ŋ者，其相配之「入聲」韻尾為舌根塞音-k；「陽聲」收-n者，其「入聲」韻尾為舌尖塞音-t；「陽聲」收-m者，其「入聲」韻尾為雙脣塞音-p。茲舉平以賅上去，列表于后，以資比勘：

韻尾

- 一、鼻音韻尾（陽聲韻）
  - 1. 舌根鼻音 -ŋ：東冬鍾江陽唐庚耕清青蒸登。凡十二韻。
  - 2. 舌尖鼻音 -n：真諄臻文殷元魂痕寒桓刪山先仙。凡十四韻。
  - 3. 雙脣鼻音 -m：侵覃談鹽添咸銜嚴凡。凡九韻。
- 二、塞音韻尾（入聲韻）
  - 1. 舌根塞音 -k：屋沃燭覺藥鐸陌麥昔錫職德。凡十二韻。
  - 2. 舌尖塞音 -t：質術櫛物迄月沒曷末鎋黠屑薛。凡十三韻。
  - 3. 雙脣塞音 -p：緝合盍葉帖洽狎業乏。凡九韻。
- 三、元音韻尾（陰聲韻）
  - 1. 舌面後高元音 u：蕭宵肴豪尤侯幽。凡七韻。
  - 2. 舌面前高元音 i：支脂之微齊佳皆灰咍祭泰夬廢。凡十三韻。
  - 3. 開口無尾 φ：魚虞模歌戈麻。凡六韻。

丙、切韻與廣韻韻目之比較：

切韻韻目，可據敦煌韻書殘卷P二〇一七、切三以及王仁昫刊謬補缺切韻之韻目小注考定之。其與廣韻韻目之異同，對照如下：

切韻韻目

| 平聲上 | 上聲 | 去聲 | 入聲 |
|---|---|---|---|
| 一東 | 一董 | 一送 | 一屋 |
| 二冬 | | 二宋 | 二沃 |
| 三鍾 | 二腫 | 三用 | 三燭 |
| 四江 | 三講 | 四絳 | 四覺 |
| 五支 | 四紙 | 五寘 | |

廣韻韻目

| 平聲上 | 上聲 | 去聲 | 入聲 |
|---|---|---|---|
| 一東 | 一董 | 一送 | 一屋 |
| 二冬 | | 二宋 | 二沃 |
| 三鍾 | 二腫 | 三用 | 三燭 |
| 四江 | 三講 | 四絳 | 四覺 |
| 五支 | 四紙 | 五寘 | |

六脂 七之 八微 九魚 十虞 十一模 十二齊 十三佳 十四皆 十五灰 十六咍 十七真 十八臻 十九文

五旨 六止 七尾 八語 九麌 十姥 十一薺 十二蟹 十三駭 十四賄 十五海 十六軫 十七吻

六至 七志 八未 九御 十遇 十一暮 十二泰 十三霽 十四祭 十五卦 十六怪 十七夬 十八隊 十九代 二十廢 二十一震 二十三問

五質 六物 七櫛

---

六脂 七之 八微 九魚 十虞 十一模 十二齊 十三佳 十四皆 十五灰 十六咍 十七真 十八諄 十九臻 二十文

五旨 六止 七尾 八語 九麌 十姥 十一薺 十二蟹 十三駭 十四賄 十五海 十六軫 十七準 十八吻

六至 七志 八未 九御 十遇 十一暮 十二霽 十三祭 十四泰 十五卦 十六怪 十七夬 十八隊 十九代 二十廢 二十一震 二十二稕 二十三問

五質 六術 七櫛 八物

二十殷 十八隱 二十三焮 八迄
二十一元 十九阮 二十四願 九月
二十二魂 二十混 二十五慁 十沒
二十三痕 二十一很 二十六恨
二十四寒 二十二旱 二十七翰 十一末
二十五刪 二十三潸 二十八諫 十二黠
二十六山 二十四產 二十九襇 十三鎋

平聲下

一先 二十五銑 三十霰 十四屑
二仙 二十六獮 三十一線 十五薛
三蕭 二十七篠 三十二嘯
四宵 二十八小 三十三笑
五肴 二十九巧 三十四效
六豪 三十晧 三十五號
七歌 三十一哿 三十六箇
八麻 三十二馬 三十七禡
九覃 三十三感 三十八勘
十談 三十四敢 三十九闞
十一陽 三十五養 四十漾

---

二十一欣 十九隱 二十四焮 九迄
二十二元 二十阮 二十五願 十月
二十三魂 二十一混 二十六慁 十一沒
二十四痕 二十二很 二十七恨
二十五寒 二十三旱 二十八翰 十二曷
二十六桓 二十四緩 二十九換 十三末
二十七刪 二十五潸 三十諫 十四黠
二十八山 二十六產 三十一襇 十五鎋

平聲下

一先 二十七銑 三十二霰 十六屑
二仙 二十八獮 三十三線 十七薛
三蕭 二十九篠 三十四嘯
四宵 三十小 三十五笑
五肴 三十一巧 三十六效
六豪 三十二晧 三十七号
七歌 三十三哿 三十八箇
八戈 三十四果 三十九過
九麻 三十五馬 四十禡
十陽 三十六養 四十一漾 十六藥

十二唐　三十六蕩　四十一宕
十三庚　三十七梗　四十二敬
十四耕　三十八耿　四十三諍
十五清　三十九靜　四十四勁
十六青　四十迥　四十五徑
十七尤　四十一有　四十六宥
十八侯　四十二厚　四十七候
十九幽　四十三黝　四十八幼
二十侵　四十四寢　四十九沁
二十一鹽　四十五琰　五十豔
二十二添　四十六忝　五十一㮇

十六錫　十七昔　十八麥　十九陌
二十合　二十一盍　二十二洽　二十三狎　二十四葉　二十五怗　二十六緝

---

十一唐　三十七蕩　四十二宕　十九鐸
十二庚　三十八梗　四十三映　二十陌
十三耕　三十九耿　四十四諍　二十一麥
十四清　四十靜　四十五勁　二十二昔
十五青　四十一迥　四十六徑　二十三錫
十六蒸　四十二拯　四十七證　二十四職
十七登　四十三等　四十八嶝　二十五德
十八尤　四十四有　四十九宥
十九侯　四十五厚　五十候
二十幽　四十六黝　五十一幼
二十一侵　四十七寢　五十二沁　二十六緝
二十二覃　四十八感　五十三勘　二十七合
二十三談　四十九敢　五十四闞　二十八盍
二十四鹽　五十琰　五十五豔　二十九葉
二十五添　五十一忝　五十六㮇　三十怗

| | | | 二十七藥 |
|---|---|---|---|
| | | | 二十八鐸 |
| 二十三蒸 | 四十七拯 | 五十二證 | 二十九職 |
| 二十四登 | 四十八等 | 五十三嶝 | 三十德 |
| 二十五咸 | 四十九豏 | 五十四陷 | |
| 二十六銜 | 五十檻 | 五十五鑑 | |
| 二十七嚴 | | | 三十一業 |
| 二十八凡 | 五十一范 | 五十六梵 | 三十二乏 |

| | 五十二儼 | 五十七釅 | |
|---|---|---|---|
| 二十六咸 | 五十三豏 | 五十八陷 | 三十一洽 |
| 二十七銜 | 五十四檻 | 五十九鑑 | 三十二狎 |
| 二十八嚴 | | | 三十三業 |
| 二十九凡 | 五十五范 | 六十梵 | 三十四乏 |

S二〇七一殘卷「先」「仙」以下韻目都數之次，另起「一」「二」之致，而P二〇一七殘卷「先」為「二十七」，「仙」為「二十八」，承上「山」韻為次。今從P二〇七一之次，似便於對照廣韻韻目也。

二卷韻部數目，廣韻二百零六韻，切韻一九三韻。廣韻之所以多十三韻者，廣韻平聲「真」「諄」，「寒」「桓」，「歌」「戈」，上聲「軫」「準」，「旱」「緩」，「哿」「果」，「琰」「儼」，去聲「震」「稕」，「翰」「換」，「箇」「過」，「梵」「釅」，入聲「質」「術」，「曷」「末」。廣韻皆自為一部。切韻則二者併合。至韻目次第之異有：平聲「蒸」「登」「覃」「談」，上聲「拯」「等」「感」「敢」，去聲「證」「嶝」「勘」「闞」及逾半數之入聲均不同，比對上表可知。

丁、今廣韻每卷目錄各韻目下獨用、同用之注，如一東下云「獨用」，二冬下云「鍾同用」，五支下云「脂之同用。」蓋二百零六韻，乃就分析音韻之觀點而定，而其書之初旨，乃欲使文士為詩文之際，能清濁皆通。而所析各韻，有因字少而感用韻困難，乃就其音相近者，于為文之際，准予通用。然今本廣韻韻目之下所注合用獨用之例，往往因刊刻廣韻之時，據禮部韻略所定之例改易廣韻韻目下之注文，致現存各本廣韻韻目獨用同用之例，時有差誤，戴震聲類考卷二有考定廣韻獨用同用四聲表，始復舊觀。

戴震謂「即唐初許敬宗等所詳議，『以其韻窄，奏合而用之』者也」（註五）戴東原以為廣韻韻目下獨用同用之注，即唐初許敬宗等所詳議，舉韻窄而合用之者。然王應麟玉海云：

書目：韻略五卷，景德四年，龍圖待制戚綸等承詔詳定考試聲韵，綸等以殿中丞邱雍所定切韻同用獨用例，及新定條例參定。（註六）

則廣韻韻目下所注之同用獨用例殆出丘雍，而非許敬宗等。

潘師石禪中國聲韻學云：

今檢唐大曆以前詩不稱擬古音考之，與廣韻所注同用獨用多有不合。非獨古體，即近體亦有之，非獨私家吟詠，即應制亦有之。故知廣韻韻目下所注非出自敬宗之手矣。（錢學嘉氏有韻目表，於廣韻韻目同用獨用之例，頗得其條理。）（註七）

至同用、獨用之目的何在？王了一漢語音韻云：

其實「奏合而用之」也一定有具體語音系統作為標準，並不是看見韻窄就把它合併到別的韻去，看見韻寬就不合併了。例如肴韻夠窄了，也不合併於蕭宵或豪，欣韻夠窄了，也不合併予文或真，脂韻夠寬了，反而跟支之合併。這種情形，除了根據實際語音系統以外，得不到其他的解釋。

又云：

隋時大約是以洛陽語音作為標準音，詩人們寫詩大約是按照這種實際語音來押韻，并不需要像「切韻」分得那麼細。（註八）

(6) 韻目注文形式：

甲、廣韻韻目均提行，除正文東韻外，韻目上均有數字、數次、韻目均在欄內。其注文為「訓、反、數」之形式。

乙、廣韻之訓解方法：

1、釋義多以今義為主。段玉裁說文解字注云：「今義與說文義異者，必先舉今義而後稱說文。」又云：「凡廣韻注，以今義列於前，說文與今義不同者列于後，獨得訓詁之理，蓋六朝之舊也。」如五支「離」字注云：「近曰離，遠曰別。說文曰：『離黃倉庚，鳴則蠶生。』今用鸝為鸝黃，借離為離別也。」是也。

2、所釋之義，均有依據。如五支「披」字注文，「開也」據文選嵇康琴賦：「披重壤以誕載兮」句李善注；「分也」據左傳成公十八年：「披其地」句注；「散也」據方言卷六：「披，散也。」

3、釋義之外，間亦說解字形或語源。其說解字形者，如一東「東」字注云：「从日在木中。」六脂「眉」字注云：「說文作𥄉，目上毛也。」是也。其釋語源者，如一東「童」字注云：「童，獨也，言童子未有室家也。」四江「窻」下引釋名曰：「窻，聰也，於內見外之聰明也。」是也。亦有收錄方言俗語者，如一東「鞴」字注云：「吳人靴鞠曰鞴。」三鍾「蜙」字注云：「蜙

蝑俗呼蝽蟓。」是也。、註九）

丙、廣韻之又音又切：於本切外，尚有又音又切，其一字有數音者：蓋(1)兼收南北之音。(2)兼存各家音切。(3)一字數義，因含義不同，音隨義變。

丁、廣韻之異體字：廣韻於各標準字下，兼收異體。有列於正文，注云「上同」「同上」者，有列於注文中，注云「或作某」、「亦作某」者，又有注云「古文」、「籀文」之異體字。亦多載俗體，如五支「纚」字下別出「絁」字，注云：「俗」。一東「⿱隆鼓」字注云：「鼓聲，俗作鼕。」然亦有以俗體為標準者，如一東「窿」字注云：「穹隆天勢，俗加穴。」是也。蓋俗字通行，乃取為正字也。

(7)廣韻之聲類：陳澧切韻考定為四十類，與守溫三十六字母相較，則正齒多莊、初、牀、山四類（以陳氏所列每類首字定名，喉音喻母分出于類，明微則併而不分。黃季剛先生音略將陳氏之明微分為二類，而為四十一聲類。陳師伯元云：

黃君四十一聲類說，雖其開合、讀法等容有可參，然定聲類為四十一，則頗合廣韻論「南北是非、古今通塞」之性質。蓋廣韻聲類之分，亦猶其韻部，從分不從合，凡方言中之有別者，則從其別。而析之為四十一類，從音位學之立場言，各種區別，均有兼顧，迄今為止，仍為諸說之中，最符合廣韻之內容與性質者。（註十）

茲將黃先生所分四十一紐分類，列表於後、註十一）

（附註），表中聲目加以（）者，乃守溫字母所無之目。

| 喉音 | （深喉） | 影曉喻（爲）匣 |
|---|---|---|
| 牙音 | （淺喉） | 見溪羣疑 |

| 舌音 | | | 齒音 | | | | 脣音 | |
|---|---|---|---|---|---|---|---|---|
| 舌頭 | 舌上 | 半舌 | 半齒 | 正齒 近于舌上者 | 正齒 近于齒頭者 | 齒頭 | 重脣 | 輕脣 |
| 端透定泥 | 知徹澄娘 | 來 | 日 | 照穿(神)審禪 | (莊)(初)牀(疏) | 精清從心邪 | 幫滂竝明 | 非敷奉微 |

至古逸本廣韻各類反切上字表見第四章第七節「十韻所見切語上字表」。

(8) 廣韻之韻類：

此本廣韻經系聯，而得平聲八十有四，上聲七十有七，去聲八十有八，入聲五十有二，凡三百零一類。

茲將所分各類切語下字表列於后：

| 韻目 | 切語下字 | 韻目 | 切語下字 | 韻目 | 切語下字 | 韻目 | 切語下字 | 開合洪細 |
|---|---|---|---|---|---|---|---|---|
| 東一 | 紅公東 | 董 | 動孔董摠蠓 | 送一 | 弄貢送凍 | 屋一 | 谷祿木卜 | 開洪 |
| 東二 | 弓戎中融宮隆終 | ○ | | 送二 | 衆鳳仲 | 屋二 | 六竹匊宿福逐菊 | 開細 |
| 冬 | 宗冬 | (湩) | 〔湩鴆〕寄於腫韻 | 宋 | 統宋綜 | 沃 | 酷沃毒篤 | 合洪 |
| 鍾 | 容鍾封凶庸恭 | 腫 | 隴踵奉冗勇冢悚 拱 | 用 | 頌用 | 燭 | 欲玉蜀錄足曲 | 合細 |

| 平 | 平聲字 | 上 | 上聲字 | 去 | 去聲字 | 入 | 入聲字 | 開合 |
|---|---|---|---|---|---|---|---|---|
| 江 | 雙江 | 講 | 項講慃 | 絳 | 巷絳降 | 覺 | 岳角覺 | 開洪 |
| 支一 | 移支羈奇宜知離 | 紙一 | 氏紙爾是此豸侈<br>陊綺倚弭婢俾彼 | 寘一 | 義智寄賜避企跂 | | | 開細 |
| 二 | 為規垂隨隋危吹 | 二 | 委詭累靡捶毀髓 | 二 | 睡偽瑞累恚 | | | 合細 |
| 脂一 | 夷脂飢私資尼肌<br>悲眉 | 旨一 | 雉姊履几視矢鄙<br>美 | 至一 | 利至寐器二四冀<br>畀自祕媚備 | | | 開細 |
| 二 | 追隹遺維綏 | 二 | 洧軌水誄壘癸 | 二 | 愧位醉遂類萃季<br>悸 | | | 合細 |
| 之 | 而之其茲持甾 | 止 | 市止里理己士史<br>紀擬 | | 吏置記志 | | | 開細 |
| 微一 | 希依衣 | 尾一 | 豈狶 | 未一 | 豙既 | | | 開細 |
| 二 | 非歸微韋 | 二 | 匪尾鬼偉 | 二 | 沸味未胃貴畏 | | | 合細 |
| 魚 | 居魚諸余葅 | 語 | 巨舉呂与渚與許 | 御 | 倨御慮署恕去據<br>預助洳 | | | 開細 |
| 虞 | 俱隅于朱俞輸逾<br>誅芻夫無 | 麌 | 矩甫雨武羽禹庾<br>主 | 遇 | 具遇句戍注 | | | 合細 |
| 模 | 胡吳都烏乎吾姑<br>孤 | 姥 | 補魯古户杜 | 暮 | 故暮誤路祚 | | | 合洪 |
| 齊一 | 奚稽兮雞迷低 | 薺 | 禮啟米弟 | 霽一 | 計詣戾 | | | 開細 |
| 二 | 攜圭 | ○ | | 二 | 桂惠 | | | 合細 |
| (平祭) | 〔[illegible]〕寄於齊韻〔[illegible]〕寄於咍韻 | (上祭) | (茝佁䁐)寄於海韻 | 祭一 | 例制罽祭憩袂弊 | | | 開細 |

| 臻 | 諄 | 二、 | 真二、 | 二、 | | 咍 | 灰 | | | 二、 | 皆二、 | 二、 | 佳二、 | | | ○ |
|---|---|---|---|---|---|---|---|---|---|---|---|---|---|---|---|---|
| 詵臻 | 倫勻迍綸脣旬遵 〔贇筠〕 | 巾銀 | 鄰人真珍賓 | | | 來哀開哉才 | 恢回杯灰肧 | | | 懷乖淮 | 諧皆 | 蛙媧緺 | 膎佳 | | | |
| (上臻) | 準 | 二、 | 軫二、 | | | 海 | 賄 | | | ○ | 駭 | 二、 | 蟹二、 | | | ○ |
| 〔[illegible]齔〕寄於隱韻 | 尹準允〔殞〕借敏為切 | (愍)借殞為切 (螼)借忍為切 (釿)借引為切 | 忍軫引盡〔絹腎〕 | | | 改亥愷宰紿乃在 | 罪賄猥 | | | | 楷駭 | 夥丫 | 買蟹 | | | |
| (去臻) | 稕 | 二、 | 震 | 二、 | 廢 | 代 | 隊 | 二、 | 夬二、 | 二、 | 怪二、 | 二、 | 卦二、 | 二、 | 泰二、 | 二、 |
| 〔櫬〕寄於震韻 | 閏峻順 | 覲借遴為切 | 刃晉振遴印 | 肺廢穢 | (刈)借肺為切 | 耐代愛溉槩 | 輩 對內隊繢昧佩妹 | 夬借邁為切 快 | 邁借話為切 喝犗 | 壞怪 | 界拜介戒 | 卦借賣為切 | 賣隘懈 | 會最外 | 蓋太帶大艾貝 | 蔽 銳歲芮衛稅 |
| 櫛 | 術 | 二、 | 質 | | | | | | | | | | | | | |
| 瑟櫛 | 聿律卹 | 乙筆密 | 日質一七悉吉栗 畢必叱 | | | | | | | | | | | | | |
| 開洪 | 合細 | 開細 | 開細 | 合細 | 開細 | 開洪 | 合洪 | 合洪 | 開洪 | 合洪 | 開洪 | 合洪 | 開洪 | 合洪 | 開洪 | 合細 |

| 平 | 上 | 去 | 入 | 開合洪細 |
|---|---|---|---|---|
| 文 分云文 | 吻 粉吻 | 問 運問 | 物 弗勿物 | 合細 |
| 欣 斤欣 | 隱 謹隱 | 焮 靳焮 | 迄 訖乞迄 | 開細 |
| 元一 軒言 | 阮一 𢤱偃 | 願一 建(借万為切)堰 | 月一 歇竭謁訐 | 開細 |
| 二 袁煩元 | 二 遠阮晚 | 二 怨願販万 | 二 厥越伐月發 | 合細 |
| 魂 昆渾奔尊魂 | 混 本忖損衮 | 慁 困悶寸 | 沒 勃沒骨忽 | 合洪 |
| 痕 恩痕根 | 很 懇很 | 恨 艮恨 | (入痕) [麧]䠞齕 | 開洪 |
| 寒 安寒干 | 旱 笴旱但 | 翰 旰旦按案賛 | 曷 葛割達曷 | 開洪 |
| 桓 官丸端潘 | 緩 管緩滿纂[卵] | 換 玩筭貫亂換段喚 半[幔] | 末 撥末活栝括 | 合洪 |
| 刪一 姦顏班(借還為切) | 潸一 板(借綰為切)赧 | 諫一 晏澗諫 | 鎋一 瞎鎋轄 | 開洪 |
| 二 還關頑 | 二 鯇 | 二 患慣 | 二 頒刮 | 合洪 |
| 山一 閒閑山瞯 | 產一 簡限 | 襇一 莧襇 | 黠一 八拔黠 | 開洪 |
| 二 鰥頑 | 二 (㥾)(借綰為切) | 二 幻(借辨為切) | 二 滑(借八為切) | 合洪 |
| 先一 前先煙賢田年顛 堅 | 銑一 典殄繭峴 | 霰一 佃甸練電麪[見] | 屑一 結屑蔑 | 開細 |
| 二 玄涓 | 二 泫畎 | 二 縣(借練為切)絢 | 二 決穴 | 合洪 |
| 仙一 然仙延連乾焉 | 獮一 淺演善展輦翦蹇 緬免辨 | 線一 箭賤線面碾膳戰 扇彥變(借眷為切) | 薛一 列薛熱竭滅別 | 開細 |
| 二 緣泉專宣川全員 攣圓權 | 二 兖轉篆 | 二 眷倦卷戀囀掾絹 釧 | 二 雪悅絕劣爇輟 | 合細 |
| 蕭 彫聊堯蕭幺 | 篠 鳥了皛皎 | 嘯 弔嘯叫 |  | 開細 |

| 韻 | 平 | 上 | 去 | 入 | 開合 |
|---|---|---|---|---|---|
| 宵 | 邀宵焦消霄遥招 昭嬌喬瀌囂 | 小 兆小夭矯表少沼 | 笑 妙笑肖要少照廟 召 | | 開細 |
| 肴 | 茅肴交嘲 | 巧 絞巧飽爪 | 效 教孝皃稍 | | 開洪 |
| 豪 | 刀勞牢遭曹毛袍 褒 | 皓 老浩皓早道抱 | 号 到導報耗 | | 開洪 |
| 歌 | 俄何河歌 | 哿 可我 | 箇 賀箇佐个邏 | | 開洪 |
| 戈一 | 迦伽 | ○ | ○ | | 開細 |
| 二 | 禾戈波和婆 | 果 火果 | 過 臥過貨唾 | | 合洪 |
| 三 | 胞靴骲 | ○ | ○ | | 合細 |
| 麻一 | 霞牙加巴 | 馬一 下疋雅賈 | 禡一 駕訝嫁亞 | | 開洪 |
| 二 | 遮車奢邪嗟賒 | 二 也者野姐冶 | 二 夜謝 | | 開細 |
| 三 | 花華瓜 | 三 瓦寡 | 三 化吴 | | 合洪 |
| 陽一 | 章羊張良陽莊 | 養一 兩髣丈掌 | 漾一 亮讓樣向 | 藥一 灼勺若藥約略爵 雀虐 | 開細 |
| 二 | 方（借良為切）王 | 二 往昉 | 二 放訪況 | 二 縛钁矍 | 合細 |
| 唐一 | 郎當岡剛旁 | 蕩一 朗黨 | 宕一 浪宕 | 鐸一 落各 | 開洪 |
| 二 | 光黃 | 二 晃廣 | 二 曠謗 | 二 郭（借博為切）穫 | 合洪 |
| 庚一 | 行庚盲 | 梗一 杏梗猛冷打 | 映一 孟更 | 陌一 白格陌伯 | 開洪 |
| 二 | 驚卿京兵明 | 二 影景 | 二 敬慶病命 | 二 逆劇戟郤 | 開細 |
| 三 | 橫（借盲為切） | 三 礦（借猛為切） | 三 橫（借孟為切） | 三 虢（借伯為切）獲 | 合洪 |
| 四 | 榮（借兵為切） | 四 永憬 | 四 （詠）（借命為切） | 四 （韄）（借白為切） | 合細 |

| 平 | 平聲字 | 上 | 上聲字 | 去 | 去聲字 | 入 | 入聲字 | 呼 |
|---|---|---|---|---|---|---|---|---|
| 耕一 | 莖耕萌 | ○耿 | 幸耿 | 諍一 | 迸諍 | 麥一 | 麥厄革核責摘戹 | 開洪 |
| 二. | 宏 借萌為切 | | | 二. | (轟) 借迸為切 | 二. | 獲 借麥為切 摑 | 合洪 |
| 清一 | 情盈成貞征并 | 靜一 | 郢整靜井 | 勁一 | 正政盛鄭姓令 | 昔一 | 積昔益迹易辟亦 隻石炙 | 開細 |
| 二. | 傾營 | 二. | 頃穎 | 二. | (夐) 借正為切 | 二. | 役 借隻為切 | 合細 |
| 青一 | 經靈丁刑 | 迥一 | 頂挺鼎醒滓剄 | 徑一 | 定佞徑 | 錫一 | 擊歷狄激 | 開細 |
| 二. | 扃螢 | 二. | 迥 借頂為切 | 二. | (鎣) 借定為切 | 二. | 鶪闃狊 | 合細 |
| 蒸一 | 仍陵膺冰蒸乘矜 兢升 | 拯 | 夌拯 | 證 | 應證孕甑餕 | 職一 | 翼職力直即極側 逼 | 開細 |
| ○ | | ○ | | ○ | | 二. | (洫域) 借逼為切 | 合細 |
| 登一 | 滕登增棱崩恒朋 | 等 | 肯等 | 嶝 | 鄧亘隥贈 | 德一 | 則德得勒北墨黑 | 開洪 |
| 二. | 肱弘 | ○ | | ○ | | 二. | 國或 | 合洪 |
| 尤 | 求由周流鳩秋州 尤謀浮 | 有 | 久柳有九酉否婦 | 宥 | 救祐副富呪又溜 就僦 | | | 開細 |
| 侯 | 鉤侯婁 | 厚 | 口厚垢后斗苟 | 候 | 遘候豆奏漏 | | | 開洪 |
| 幽 | 虯幽烋彪 | 黝 | 糾黝 | 幼 | 謬幼 | | | 開細 |
| 侵 | 林尋任心深針淫 金吟今簪 | 寢 | 稔甚朕荏枕凜飲 錦痒 | 沁 | 鴆禁任蔭譖 | 緝 | 入執立及急汲戢 汁 | 開細 |
| 覃 | 含男南 | 感 | 禫感唵 | 勘 | 紺晻 | 合 | 閤峇合荅 | 開洪 |
| 談 | 甘三酣談 | 敢 | 覽敢 | 闞 | 濫瞰覽瞰暫 | 盍 | 臘盍(榼) | 開洪 |
| 鹽 | 廉鹽占炎淹 | 琰 | 冉斂琰染漸 | 豔 | 贍豔驗窆 | 葉 | 涉葉攝輒接 | 開細 |

| 添 | 兼甜 | 忝 | 玷忝簟 | 㮇 | 念店 | 怗 | 協頰愜牒 | 開細 |
|---|---|---|---|---|---|---|---|---|
| 咸 | 讒咸 | 豏 | 斬減豏 | 陷 | 韽陷賺 | 洽 | 夾洽囚 | 開洪 |
| 銜 | 監銜 | 檻 | 黤檻 | 鑑 | 懺鑒鑑 | 狎 | 甲狎 | 開洪 |
| 嚴 | 驗嚴 | 儼 | 掩广〔檢險奄儉〕 | 釅 | 欠釅〔劍〕 | 業 | 怯業劫 | 開細 |
| 凡 | 〔芝〕凡 | 范 | 錽范犯 | 梵 | 泛梵 | 乏 | 法乏 | 合細 |

(9)林師慶勳切韻序新校（註十二）曾以廣韻所附切韻序為主，取P二一二九、P二六三九、P二〇一九、P二〇一七、P四八七九、P四八七一、S二〇五五、全王等八種殘卷所載切韻序予以比校之，以求今本廣韻切韻序之來源，及廣韻改竄之情形。其徵引各家所校，排列對照，堪稱詳盡。其所得結論如下：

(一)足以證明今本廣韻切韻序改竄唐人韻書者：

①第2條改「以古今聲調」為「以今聲調」。

②第3條改「多涉重濁」為「多傷重濁」。

③第5條改「共為不韵」為「共為一韵」。

④第6條竄入「周思言音韵」五字。

⑤第11條改「即須聲韵」為「即須明聲韵」。

(二)唐人韵書所錄切韵序之文字可區別為二系：

①甲系　P二一二九、P二〇一七、S二〇五五、全王。

②乙系　P二六三八、P二〇一九、P四八七九、P四八七一。

林師云：「除極少數例外，甲乙二系異文涇渭分明，足證今本廣韵承襲乙系而來。而乙系各殘卷今所見者，僅存序文，無韵目及韵書內容，毫無例外，豈徒偶然歟？」

(10) 廣韻之版本：彙編所收為黎氏古逸叢書覆宋本廣韻。案廣韻版本，有詳本、略本、前詳後略本三種。詳本凡二萬六千一百九十四言，注一十九萬一千六百九十二字，卷首載景德四年牒、大中祥符元年牒、陸法言序（隋仁壽元年）、前費州多田縣丞郭知玄序（唐儀鳳二年）、陳州司法孫愐唐韻序（天寶十年），卷末有双聲疊韻法、六書、八體、辯字五音法、辯十四聲例法、辯四聲輕清重濁法等六則附錄。今存宋本廣韻，皆為詳本。行世者有張士俊澤存堂覆宋本、黎氏古逸叢書覆宋本（古逸本在上述六則附錄後尚附有黎庶昌「宋本廣韻校札」）、四部叢刊覆宋巾箱本。畧本字少注畧，凡二萬五千九百零二言，注一十五萬三千四百二十一字，卷首僅載孫序，又缺論曰以下一段，卷末亦無附錄。今存元、明刊本廣韻，皆為畧本。行世者有黎氏古逸叢書覆元泰定本、小學彙函明內府本、明德堂刊麻沙小字本、顧炎武翻刻明經廠本，大約詳本在前，畧本在後。前詳後略本前四卷與詳本同，後一卷字少注畧，與畧本亦殊，卷末無附錄。行世者有曹楝亭五種本。此三者區別之大較也。

潘師石禪中國聲韻學云：「廣韻二百零六韻韻目，各本皆同，惟張氏澤存堂本二十欣，明內府本、顧氏本皆作二十一殷。錢學嘉韻目表謂「宋宣祖諱殷，故改為欣，祧則不諱，後亦追復舊稱。」知刊定詳本時，欣本作殷，第以避諱而改作欣，及後刊定略本，宣祖已祧，乃又恢復舊稱，此亦詳本成書先于略本之一證。」（註十三）

(11) 古逸本廣韻之校勘，請見本篇第二章「十韻校勘記」之十「廣韻校勘記」。

〔註釋〕

（一）見廣韻音切探原一頁。

（二）見林師景伊中國聲學通論七三頁。

（三）江說見四聲切韻表凡例六頁。戴說見聲韻考卷二四頁。

（四）仝註二該書六四、六五頁。

（五）見聲類考。

（六）見玉海卷四十五。

（七）見中國聲韻學二七一頁。

（八）見漢語音韻五七～五八頁。

（九）見註一該書一一～一二頁。

（十）見廣韻聲類諸說述評，在鍥不舍齋論學集二〇五頁。

（十一）見林師景伊中國聲韻學通論三六頁所列。

（十二）見慶祝婺源潘石禪先生七秩華誕特刊二〇七頁。

（十三）見中國聲韻學二六六頁。

# 第四章　十韻之比較

## 第一節　切韻、唐韻、廣韻之命名

(一)切韻之命名：

關於切韻之命名，學者多所論及，茲臚列諸說如下：

(1)沈括夢溪筆談云：「所謂切韻者，上字為切，下字為韻。」（註一）

(2)晁公武郡齋讀書志云：「切韻者，上字為切，下字為韻。」（註二）

(3)李于平陸法言的切韻云：「陸法言的書叫切韻，『切』是反切上字，『韻』是反切下字。切韻序云：『又支脂魚虞，共為一韻，先仙尤侯，俱論是切。』這是說『支』『脂』的反切下字相同，『魚』『虞』的反切下字相同，『先』『仙』的反切上字相同，『尤』『侯』的反切上字相同。」（註三）

(4)黃淬伯關於切韻音系基礎的問題云：「顏氏家訓音辭篇的『徐仙民毛詩音反驟為在遘，左傳音切椽為徒緣』。依照兩句用詞來看，反和切是同義動詞。唐以前的反切，一般言反不言切，唐以後的反切，一般言切不言反。這說明反和切是同義名詞。反切一名正是兩個同義詞聯合的結果。至於『切』專指反切上字，乃係後出，似與切字的原義無關。陸法言切韻序：『支脂魚虞共為一韻，先仙尤侯俱論是切。』從這兩句的用詞來看，『切』和『韻』可以互換，顯然是同義名詞。從切韻的體制來看，也是以韻為綱。因此『切韻』一名的實質和切韻前後其他韻書如韻略、韻集、韻英相同。」（註四）

(5) 趙振鐸从切韻序論切韻云：「有人想根據唐寫本切韻殘卷把『共為一韵』改為『共為不韵』。其實『共為一韵』意思很清楚。它是指有人把支韵和脂韵的字，魚韵和虞韻的字混在一起使用，沒有區別開來。改成『不韵』和『共為』即相抵觸，而且也跟前後文義不相連貫。因此不必改為『不』字。」又云：「還有人認為這段話前兩句是指韵母說的，後兩句是指聲母說的。因為切韻序既談了聲調，也談了韻母，不能略下聲母不談。而宋朝沈括的夢溪筆談明明說過：『所謂切韻者，上字為切，下字為韻。』所以『先仙尤侯，俱論是切』是指聲母說的。這是一種誤解。首先，『上字為切，下字為韻』是宋朝等韻學家的說法。陸法言時代的『切』字不一定有這個意思。其次，『韻』和『切』在這裏是互文，指的都是切語下字。」（註五）

(6) 王顯切韻的命名和切韻的性質云：「切韻的『切』到底是什麼意思呢？在我看來，就是顏氏家訓音辭篇『至鄴以來，唯見崔子豹、崔瞻叔侄，李祖仁、李蔚兄弟，頗事言詞，少為切正』那個『切正』的意思，也就是序文『欲更捃選精切，除削疏緩』那個『精切』的意思。『捃選精切，除削疏緩』，是陸法言、劉臻等人當初討論音韻的動機和目的，所以陸法言最後也就把這本書命名為『切韻』。這個『切』字，用今天的話來說，就是正確的、規範的。」（註六）

(7) 曾運乾切韻五聲五十一紐考謂「韻」「即切語下一字音學也」，「切」「即切語上一字聲學也」。（註七）

(8) 潘師石禪、陳紹棠先生中國聲韻學云：「如切韻序中，舉支脂魚虞，共為一韻，先仙尤侯，俱論是切，以見其審音之訛謬。近人周祖謨、趙振鐸等，有見于切韻殘卷P2129所錄切韻序，作共為不韻，乃以為當解作支脂魚虞，不為一韻，先仙尤侯，則混而不分，乃有俱論是切之言云。至曾運乾氏釋俱論是切之切字，更以為乃指切語上字。實則皆誤解陸法言之意。蓋依序文，陸氏謂其時支與脂，魚與虞合為一韻為誤，當分之為二。顏氏家訓謂南人以錢為涎者，錢為昨先切，先韻；涎為夕連切，仙韻。二音之分，歛侈不同也。南人不別，故顏氏非之。若如周、趙二氏所云，不為一韻，則本屬不誤，何煩引之為例證乎？而魚虞不分，顏氏亦擧北音以如為儒之例以見之。如，人諸切，魚韻；儒，人朱切，虞韻。二者差別亦在歛侈，而北人同音，故謂其誤也。故共為一韻與俱論是切，乃上下文對擧。意義相同，而文避重複耳。如依周、鄭二氏之見，則支與脂既非一韻，本無錯誤，則下句先仙尤侯，俱論是切之意，非止文意不屬，且不可解也。至謂切字乃指切語上字，則更屬後起之說。蓋自宋代等韻之學興起後，為免混淆起見，乃將反語上下字別之，切語上字為切，切語下字則為韻，此晁公武郡齋讀書志所言者也。唐以前，切與韻本為一事異名。唐李涪刊誤，論陸氏切韻之失云：『法言平聲以東農非韻，東崇為切，上聲以董勇非韻，以董動為切……』東字屬東韻，農字屬冬韻，崇字屬東韻。東農非韻者，東冬有別也，東崇為切者，東崇同韻也。以切字與韻字對擧，知切即韻，韻亦即切，乃唐以前舊說。曾運乾氏以切字為反切上字，可謂通人之蔽矣。」（註八）

(9) 張琨論中古音與切韻之關係（張賢豹譯）：「傳統上把『切韻』解釋成並列複合詞，『切』是音節起首的那部分，『韻』是除去聲母後剩餘的那部分。可是王顒（一九六一）指出，在敦煌發現的王仁昫切韻（七〇六）殘卷裏頭，『切韻』應該就是『典音』的同義詞，因此它是一個從屬複合詞。」（註九）

(10) 林炯陽論曾運乾切韻五十一紐說云：「（曾運乾氏）謂『韻』即切語下一字音

學也，「切」即切語上一字聲韵也，實未深慮。」又云：「按「支脂魚虞共為一韻」，現存敦煌唐寫本韵書殘卷Ｐ二一二九、Ｐ二〇一七、Ｓ二〇五五諸卷及故宮唐寫全本王仁昫刊謬補缺切韵均作「支脂魚虞共為不韻」。據此，「一韻」當作「不韻」為是。」其結語之首條云：「廣韵所錄法言序文：「支脂魚虞共為一韻，先仙尤侯俱論是切」二句，應以敦煌唐寫本韻書殘卷作「支脂魚虞共為不韻，先仙尤侯俱論是切」為是。再與王仁昫切韻各本韻目下所注呂靜等五家韻目的分合比對，這二句話應該都是指韻部而言。又據敦煌唐寫本音韵資料及宋人記載，推想「上切下韻」之說，應該是比較晚出的說法。若說切韻序中的這兩句話，是以「切」與「韻」分指切語上下字，則不能無疑。」(註十)

得案：以上諸說，沈、晁、李、曾四氏，并以為「切」係指反切上字，「韻」係指反切下字而言。黃、趙、潘師、林氏并以為「切」與「韻」并指韻部而言；王氏則有異乎他說者，以為「切」為「切正」之意，以今之語言，即「正確的、規範的」之意。張氏則歸納而言，謂傳統之解釋，「切韻」為複合詞，「切」為音節起首部份，「韵」為除去聲母部份，又謂王氏「切韻」即「典音」之同義詞，為从屬複合詞。案沈、晁、李、曾四氏之誤，黃、趙、潘師、林四氏之說可駁斥之。張氏則未明言何者為是。今从潘師等氏之說，以為「共為一韻」與「俱論是切」仍上下文對舉，「切」與「韻」本為一事異名，此為唐以前舊說。至「切」字乃指切語下字則更屬後起之說，蓋自宋代等韻之學興起後之事也。

又切韻序「支脂魚虞，共為一韻」，羅常培氏切韻序校釋云：「敦煌本「一」作「不」……均誤，今依黎本張本校政。」林師慶勳切韻序新校則以為今本廣韻切韻序作「共為一韻」者，係今本廣韻切韻序改竄唐人韻書者。林炯陽氏據現存敦煌唐寫本韻書殘卷P二一二九、P二〇一七、S二〇五五及全王均作「共為不韻」，遂謂「一韻」當作「不韻」為是。惟潘師以為新材料，因有裨于學術研究，而其中錯誤不免，并指出切韻殘卷所載之序，其可靠性未必高於廣韻所錄，其說堪值參考，潘師云：「夫新材料之出現，固有裨於學術研究，而應用之際，則宜有批判之通識，未可以為新材料皆無誤也。蓋切韻殘卷者，乃其時士人或僧人之手寫本，其中錯誤，自不能免。觀于P2129所錄之切韻序，訛謬極多。則此一「不」字，自亦可能有誤。未可即以為根據。而廣韻一書，則為官府所頒，其中序文，以當時切韻原本尚在，修纂者自必加以考訂校勘，然後呈上頒行。其書乃經專家之審定。故切韻殘卷所載之序文，其可靠性未必高於廣韻所錄。近人每惑於殘卷之時代較廣韻為早，即承用不疑，蓋亦未之深思耳。陸法言以支脂魚虞等韻為例，乃欲藉之以見其時語音分析之未當，觀于顏氏家訓所言，可知其真意所在矣。」（註十一）

(二)唐韻之命名：

(1)孫愐唐韻序云：「名曰：唐韻，蓋取周易周禮之義也。」

(2)王國維書蔣氏藏唐寫本唐韻後云：蓋孫氏書本因法言切韻而廣之，故亦名廣切韻，略之則或稱切韻或稱廣韻，而據其自序則確名唐韻，是其書名已自不同。」（註十二）

(3)林師景伊著、林炯陽注釋中國聲韻學通論注十云：「孫氏書，據其自序，謂取周禮之義，名曰唐韻，而其書因法言切韻而廣之（為法言切韻增字加注而作），故亦名廣切韻，略之則或稱切韻，或稱廣韻（詳王國維書蔣氏藏唐寫本唐韻後）。」（註十三）

知名為「唐韻」蓋取周易、周禮之義，亦名廣切韻，簡稱切韻或廣韻。

(三)廣韻之命名：

(1)大宋重修廣韻卷首勑故牒：「……宜改為大宋重修廣韻。」

(2)李燾云：「大中祥符元年，改賜新名曰廣韻。」（註十四）

(3)玉海云：「景德四年十一月戊寅，崇文院上校定切韻五卷，依九經例頒行。大中祥符元年六月五日，改為大宋重修廣韻。」

(4)四庫總目提要云：「……書成，賜名大宋重修廣韻。」

(5)方國瑜敦煌五代刻本唐廣韻殘葉跋：「其已通行之舊本，當名為『廣韻』，故新修者名『重修廣韻』。」（註十五）

知重修廣韻前舊本名為「廣韻」，唐人韻書已多稱廣韻，宋人亦止承襲其舊名。重修之本，由宋真宗賜名「大宋重修廣韻」，為今流行之本，通稱「廣韻」。

〔註釋〕

（一）見夢溪筆談卷十五，藝文二，九九頁（商務書館，國學基本叢書二四四）。

（二）見郡齋讀書志卷四，一三頁。（廣文書局，書目續編）

（三）見中國語文一九五七年二月號。

（四）見中國語文一九六二年二月號。

（五）見中國語文一九六二年十月號。

（六）見中國語文一九六一年四月號。

（七）見陳師新雄、于師大成主編之聲韻學論文集一〇七頁。

（八）見中國聲韻學二五三～二五四頁。

（九）見書目季刊第八卷第四期。

（十）見東吳大學文史學報第五號。

（十一）仝註八。

（十二）見定本觀堂集林上三六四頁，世界書局

（十三）見修訂增註中國聲韻學通論二七頁。

（十四）見顧炎武音論卷五「論韻書之始」引。

（十五）見師大國學叢刊第二期。

## 第二節　成書主旨

（一）陸法言切韻：見法言切韻自序及本篇「切韻之性質」乙節所論，茲不再贅。

（二）長孫訥言箋注本切韻：周祖謨唐五代韻書集存云：「重點在於以說文訂補切韻，體製因承法言之舊，而字數略有增加，所增的文字大體都出自說文。原書的文字形體和義訓與說文不相合的，多據說文增加案語，箋記於原注之末。」（註一）

（三）王仁昫刊謬補闕切韻：王二書名「刊謬補缺切韻」下注云：「并序，刊謬者謂刊正訛謬，補缺者加字及訓。」（得案：「加」字上脫一「謂」字。）全王書名「刊謬補缺切韻序」下注云：「刊謬者謂正訛謬，補缺者謂加字及訓。」（得案：「正」上王二有「刊」字。）又仁昫自序云：「陸法言（得案：王二項跋本作「陸法言」，唐蘭仿寫本作「陸言法」。）切韻，時俗共重，以為典規，然若（得案：王二、全王「若」字，并當从P二一二九作「苦」。）字少復闕字義。」又云：「謹依切韻增加，亦各隨韻注訓。」則其主旨蓋刊正陸韻之謬誤及增字加訓也。凡原書無訓者，皆補加其訓，原書無錄之字，則以朱書補綴於每紐之末。

（四）孫愐唐韻：王國維書吳縣蔣氏藏唐寫本唐韻後云：「蓋孫氏書本因法言切韻而廣之，故亦名廣切韻，略之則或稱切韻，或稱廣韻，而據其自序則確名唐韻，是其書名已自不同。」（註二）則唐韻亦為陸韻增字加注而作也。周祖謨氏唐五代韻書集存即稱其「最大的特點乃是增加訓釋」（註三）。

（五）陳彭年、邱雍等奉敕重修廣韻：廣韻卷首景德四年十一月十五日勅牒有云：「自吳、楚辨音，隸古分體，年祀寖遠，攻習多門，偏旁由是差譌，傳寫以之漏落，刻注解之未備，詳教授之何從？爰命討論，特加刊正，仍令摹印，用廣頒行。」又大中祥符元年勑故牒有云：「舊本既譌，學者多誤，必家魚之盡革，乃朱紫以洞分，爰擇儒臣，叶宣精力，校讎增損，質正刊脩。」（得案：此據古逸本，澤存堂本「脩」作「修」。）則知廣韻乃就舊本切韻刊益、纂集諸家增字（註四）而成。

〔註釋〕

（一）見唐五代韻書集存「總述」，上篇一二頁。

（二）見世界書局定本觀堂集林上三七一頁。

（三）仝註一。

（四）語見周氏陳氏切韻考辨誤，在陳師新雄、于師大成主編之聲韻學論文集一一七頁。

## 第三節　成書年代之比較

(一)陸法言切韻：

| 姓名 | 說法 | 所見書刊 |
|---|---|---|
| 王國維 | 法言撰此書著手於開皇、仁壽間，而成於仁壽二年也。 | 書巴黎國民圖書館所藏唐寫本切韻後 |
| 董作賓 | 隋仁壽元年（公歷六〇一） | 切韻年表<br>跋唐寫本切韻殘卷 |
| 武內義雄 | 大隋仁壽二年完成 | 唐鈔本韻書及印本切韻之斷片 |
| 王力 | 書成於六〇一年（隋文帝仁壽二年） | 漢語音韻學 |
| 張世祿 | 法言序作於仁壽元年，殆當其書適成之頃也。 | 廣韻研究 |
| 林明波 | （注切韻序大隋仁壽元年為西元六〇〇） | 唐以前小學書之分類考證 |
| 周祖謨 | 編定為《切韻》五卷（公元六〇一） | 唐五代韻書集存 |
| 李永富 | 書成於仁壽二年（六〇一） | 從切韻到廣韻 |
| 張琨 | 成於公元六〇一年 | 論中古音與切韻之關係 |

得案：陸法言切韻序作於隋文帝仁壽元年，蓋其成書之時也。惟仁壽元年為公元六○一年，諸家紀年有誤者，當據正。

(二)長孫訥言箋注本切韻：

蔣斧氏唐韻跋（註一）云：「隋陸法言撰切均五卷，至唐儀鳳二年長孫訥言為之注，且正其繆訛。」董作賓氏跋唐寫本切韻殘卷推定成書於唐儀鳳二年（六七七），唐蘭氏唐寫本刊謬補缺切韻跋文（註二）、武內義雄氏唐鈔本韻書及印本切韻之斷片、周祖謨氏唐五代韻書集存說同。

(三)王仁昫刊謬補缺切韻：

唐蘭氏唐寫本刊謬補缺切韻跋文據其序文有「大唐龍興」之語，斷其成書年代為神龍二年（西元七○六年），周祖謨氏王仁昫切韻著作年代釋疑贊同此說。其後，周氏於唐五代韻書集存即逕稱「王仁昫書作於中宗神龍二年（公元七○六年）」。另方國瑜氏故宮本刊謬補缺切韻跋以為王一為王氏原書，并考定王氏作書于貞觀年間，蔣經邦氏敦煌本王仁煦刊謬補缺切韻跋贊同此說，惟諸家所論，多宗前說。

(四)郭知玄朱箋補正本切韻：

此本成書年代，僅見董作賓氏跋唐寫本切韻殘卷乙文，據董氏推定，成書於唐開元中（七一三－七四一）。

(五)孫愐唐韻：

蔣斧氏唐韻跋以為天寶十年陳州司法孫愐訂正長孫書。董作賓氏跋唐寫本切韻殘卷推定成書於唐天寶十年（七五一），丁山氏切韻逸文考同。周祖謨唐五代韻書集存則謂：「孫愐唐韻作於唐開元二十年（公元七三二）之後，……可是蔣斧印的唐韻則是在孫愐以後的一種唐韻，……」（註三）惟唐蘭氏跋全王以為「孫愐於開元三十年作唐韻」（註四），則較周氏所推後十年矣。（唐韻有否開元、天寶二本，請見本篇第三章第八節「唐韻考釋」之(6)論述。）

(六)李舟切韻：

王國維氏李舟切韻考據杜甫送李校書二十六韻，考定李舟作切韻當在代、德二世。後世學者多宗此說。

(七)陳彭年、邱雍等奉詔重修廣韻：

據今本廣韻卷首勅故牒「又准大中祥符元年六月五日」之語，知其書成於大中祥符元年，為公元一〇〇八年。諸家之說，均不出此。惟四庫總目提要云：「宋景德四年，以舊本偏旁差訛，傳寫漏落，又注解未備，乃命重修，大中祥符四年，書成，……」提要所謂「大中祥符四年」蓋「大中祥符元年」之誤。

〔註釋〕

（一）見蔣本唐韻刊謬補闕一五三頁收錄。

（二）見廣文書局民國五十三年三月初版唐寫本刊謬補缺韻末所附。

（三）見唐五代韻書集存上編「總述」。

（四）仝註一。

（五）見定本觀堂集林上三七五頁。

## 第四節　韻目行款之比較

| 韻書 | 韻目行款情形 |
| --- | --- |
| 切一 | 除阮韻外，每韻韻目提行高一字書。而「阮」上有朱筆符號「氵乚▲」表韻目當提行。韻目上不注數次，每紐有標記。如：．穉 |
| 切二 | 或提行或不提行。韻目上有數次。如：一東 |
| 切三 | 或提行或不提行，但多不提行。惟每韻目起首，於當行書冒以墨筆作「△」誌之。韻目上有數次。如：△五支 |
| 德 | 每韻皆各提行（據姜亮夫氏）（彙編所收為上聲「止」至「賄」下半截，另有去聲「震」至「願」韻上半截，每韻提行，韻目上有數次，數次於當行高一字書，如廿二震） |
| 西 | 不詳。 |
| 王一 | 提行（卅八霰、幼除外）。韻目上有數次，數次於當行高一字書，如十三霽 |
| 王二 | 平聲均提行。上聲、去聲、入聲或提行　或不提行。韻目上有數次。數次均於當行高一字書。一東 |
| 全王 | 或提行，或不提行，但多不提行。韻目上有數次。數次均於當行高一字書。如一東　二冬　。上聲賄韻海韻上有「。」記號，蓋出後人所增。（註一） |
| 刊 | 不提行。韻目上有數次，如卅一宣　P二〇一四之第八、九葉韻目數皆朱書。P二〇一五第一（第三版）、二（十一版）韻目數字皆墨色。第三紙（六十九版）韻目數次朱書。如：△二冬 |

| 唐韻 | 或提行,或不提行。韻目上有數次。數次均在當行欄上。如:十二 遇 泰 |
| --- | --- |
| 廣韻 | 提行。韻目上有數字(除東韻外)數次、韻目均在欄內。如:二冬 |

〔註釋〕

(一)龍宇純氏唐寫全本王仁昫刊謬補缺切韻校箋云:「賄上圍當出後人所增,蓋空隙後人增楞買孤三字,遂加圍以示韻別。」(見該書三二〇頁)

## 第五節　韻目次第之比較

茲將彙編所錄十韻及全王之韻目製成一表。各卷韻目係依據：(1)各卷正文所存之韻目。(2)各卷四聲總目。至各韻目或字殘，或缺，或止存目。本表中，字殘者以「□」示之，缺目者以「[ ]」示之。存目者以「△」示之。正文缺目而總目有者以「[ ]△」示之。

| | | | | | | | | | | |
|---|---|---|---|---|---|---|---|---|---|---|
| 切一 | | | | | | | | | | |
| 切二 | 一東 | 二冬 | 三鍾 | 四江 | 五支 | 六脂 | 七之 | 八微 | 九魚 | 十△虞 |
| 切三 | | | [三鍾] | [四江] | 五支 | 六脂 | 七之 | 八微 | 九魚 | 十虞 |
| 德 | | | | | | | | | | |
| 西 | | | | | [支] | [脂] | | | | |
| 王一 | | | | | [支] | | [之] | [微] | [魚] | 虞 |
| 王二 | 一東 | 二冬 | 三鍾 | 四江 | 七支 | 八脂 | 九之 | 十△微 | 十一△魚 | 十二△虞 |
| 全王 | 一東 | 二冬 | 三鍾 | 四江 | 五支 | 六脂 | 七之 | 八微 | 九魚 | 十虞 |
| 唐韻 | | | | | | | | | | |
| 刊 | [東] | 二冬 | 三鍾 | | | | | | [魚] | 十虞 |
| 廣韻 | 一東 | 二冬 | 三鍾 | 四江 | 五支 | 六脂 | 七之 | 八微 | 九魚 | 十虞 |

| 十一△ 模 | 十二△ 齊 | 十三△ 佳 | 十四△ 皆 | 十五△ 灰 | 十六△ 哈 | 十七△ 真 | 十八△ 臻 | 十九△ 文 | 廿△ 殷 | 廿一△ 元 | 廿二△ 魂 | 廿三 痕 | 廿四 寒 | 廿五△ 刪 | 廿六 山 | | |
|---|---|---|---|---|---|---|---|---|---|---|---|---|---|---|---|---|---|
| 十一 模 | 十二 齊 | 十三 佳 | 十四 皆 | 十五 灰 | 十六 哈 | 十七 真 | [十八 臻] (dashed box) | 十九 文 | [廿] (dashed box) 殷② | 廿一 元 | 廿二 魂 | 廿三 痕 | 廿四 寒 | 廿五 刪 | 廿六 山 | 一 先 | 二 仙 |

| [模] (dashed box) | [齊] (dashed box) | | [皆] (dashed box) | [灰] (solid box) | 哈 | | | | | | | | [寒] (dashed box) | [刪] (dashed box) | | [先] (dashed box) | 仙 |
|---|---|---|---|---|---|---|---|---|---|---|---|---|---|---|---|---|---|
| 十三△ 模 | 十四△ 齊 | 卌 佳 | 十五△ 皆 | 十六△ 灰 | 十七△ 臺 | 十八△ 真 | 十九△ 臻 | 廿△ 文 | 廿一△ 斤 | | 廿四△ 魂 | 廿五△ 痕 | 廿三△ 寒 | | | | |
| 十一 模 | 十二 齊 | 十三 佳 | 十四 皆 | 十五 灰 | 十六 哈 | 十七 真 | 十八 臻 | 十九 文 | 廿 殷 | 廿一 元 | 廿二 魂 | 廿三 痕 | 廿四 寒 | 廿五 刪 | 廿六 山 | 廿七 先 | 廿八 仙 |

| | 齊 | 十三 佳 | 十四 皆 | 十五 灰 | | | | | | | | | | | | | | | 廿一 宣 [仙] (dashed box) |
|---|---|---|---|---|---|---|---|---|---|---|---|---|---|---|---|---|---|---|---|
| 十一 模 | 十二 齊 | 十三 佳 | 十四 皆 | 十五 灰 | 十六 哈 | 十七 真 | 十八 諄 | 十九 臻 | 二十 文 | 二十一 欣 | 二十二 元 | 二十三 魂⑰ | 二十四 痕 | 二十五 寒 | 二十六 桓 | 二十七 刪 | 二十八 山 | 一 先 | 二 仙 |

| 三蕭 | 四宵 | 五肴 | 六豪 | 七歌 | | 八麻 | 十一陽 | 十二唐 | 十三庚 | 十四耕 | 十五清 | 十六青 | 廿三蒸 | 廿四登 | 十七尤 | 十八侯 | 十九幽 | 廿侵 | 九覃 | 十談 |
|---|---|---|---|---|---|---|---|---|---|---|---|---|---|---|---|---|---|---|---|---|

| 蕭 | ③ [宵] | [肴] | 豪 | ④ 哥 | | 麻 | [陽] | [唐] | 庚 | | | [青] | [蒸] | 登 | 尤 | 侯 | [幽] | [侵] | [覃] | [談] |
|---|---|---|---|---|---|---|---|---|---|---|---|---|---|---|---|---|---|---|---|---|
| | | [卅肴] | 廿四豪 | 廿九歌 | | 卅一麻 | 五陽 | 六唐 | 廿五庚 | 廿六耕 | 廿七清 | 廿八冥 | 卅三蒸 | 廿二登 | 卅四尤 | 卅五侯 | 卅六幽 | 卅二侵 | 卅九覃 | 卌談 |
| 廿九蕭 | ⑤ 卅宵 | 卅一肴 | 卅二豪 | ⑥ 卅三哥 | | 卅四麻 | 廿七陽 | 廿八唐 | 廿九庚 | 卌耕 | 卅一清 | 卅二青 | 卅九蒸 | 卌登 | 卅三尤 | 卅四侯 | 廿五幽 | 卅六侵 | 卅五覃 | 廿六談 |

| 廿二蕭 | | 廿四肴 | 廿五豪 | | | | | | | | | | | | | | | [侵] ⑯ | | |
|---|---|---|---|---|---|---|---|---|---|---|---|---|---|---|---|---|---|---|---|---|
| 三蕭 | 四宵 | 五肴 | 六豪 | 七歌 | 八戈 | 九麻 | 十陽 | 十一唐 | 十二庚 | 十三耕 | 十四清 | 十五青 | 十六蒸 | 十七登 | 十八尤 | 十九侯 | 二十幽 | 二十一侵 | 二十二覃 | 二十三談 |

| 廿一鹽 | 廿二添 | 廿五咸 | 廿六銜 | 廿七嚴 | 廿八凡 | 一董 | 二腫 | 三講 | 四紙 | 五旨 | 六止 | 七尾 | 八語 | 九麌 | 十姥 | 十一薺 | 十二蟹 | 十三駭 | 十四賄 |
|---|---|---|---|---|---|---|---|---|---|---|---|---|---|---|---|---|---|---|---|
|  |  |  |  |  |  |  |  |  |  |  | [止] | [尾] | [語] |  | [姥] | [薺] | [蟹] |  | [賄] |

| [鹽] | [添] | 咸 | 銜 | 嚴 | 凡 | [一董]△ | [二腫]△ | [三講]△ | [四紙]△ | [五旨]△ | [六]△止 | [七]△尾 | [八]△語 | [九]△麌 | [十姥]△ | [十一薺]△ | 十二蟹 | 十三△駭 | 十四賄 |
|---|---|---|---|---|---|---|---|---|---|---|---|---|---|---|---|---|---|---|---|
| 卅七鹽 | 卅八添 | 四十一咸 | 四十二銜 | 四十三嚴 | 四十四凡 | 一董 | 二腫 | 三講 | 六紙 | 七旨 | 八止 | 九尾 | 十語 | 十一麌 | 十二姥 | 十三薺 | 卅八△解 | 十四駭 | 十五賄 |
| 卅七鹽 | 卅八添 | 四十一咸 | 四十二銜 | 四十三嚴 | 四十四凡 | 一董 | 二腫 | 三講 | 四紙 | 五旨 | 六止 | 七尾 | 八語 | 九麌 | 十姥 | 十一薺 | 十二蟹 | 十三駭 | 十四賄 |

| 五十一鹽⑯ |  |  |  |  |  |  |  |  | [紙] |  |  |  |  |  |  |  |  |  |  |
|---|---|---|---|---|---|---|---|---|---|---|---|---|---|---|---|---|---|---|---|
| 二十四鹽 | 二十五添 | 二十六咸 | 二十七銜 | 二十八嚴 | 二十九凡 | 一董 | 二腫 | 三講 | 四紙 | 五旨 | 六止 | 七尾 | 八語 | 九麌 | 十姥 | 十一薺 | 十二蟹 | 十三駭 | 十四賄 |

海 軫　吻 隱 阮 混 很 旱　潸 產 銑

十五海 十六軫　十七吻 十八隱 十九阮 廿混 廿一很 廿二旱　廿三潸 廿四產 廿五銑 廿六獮 廿七篠 廿八小 廿九巧 卅晧 卅一哿　卅二馬

十五海 十六軫　十七吻 十八隱 十九阮 廿混 廿一很 廿二旱　廿三潸 廿四產 廿五銑 廿六獮 廿七篠 廿八小 廿九巧 卅晧 卅一哿　卅二馬

十六待 十七軫　十八吻 十九謹 廿八阮 廿二混 廿三很 廿一旱　廿六潸 廿七產 廿四銑 廿五獮 廿九篠 卅小 卅一絞 卅二晧 卅七哿　卅九馬

十五海 十六軫　十七吻 十八隱 十九阮 廿混 廿一很 廿二旱　廿三潸 廿四產 廿五銑 廿六獮 廿七篠 廿八小 廿九巧 卅晧 卅一哿　卅二馬

旱　廿四緩 廿五潸 廿六產 廿七銑

十五海 十六軫 十七準 十八吻 十九隱 二十阮 廿一混 廿二很 廿三旱 廿四緩 廿五潸 廿六產 廿七銑 廿八獮 廿九篠 三十小 卅一巧 卅二晧 卅三哿 卅四果 卅五馬

卅五養 卅六蕩 卅七梗 卅八耿 卅九靜 卌迥 卌七拯 卌八等 卌一有 卌二厚 卌三黝 卌四寑 五十三感 五十四敢 五十五琰 五十六忝 五十九豏 六十檻 六十二范

卅五養 卅六蕩 卅七梗 卅八耿 卅九靜 卌迥 卌七拯 卌八等 卌一有 卌二厚 卌三黝 卌四寑 五十三感 五十四敢 五十五琰 五十六忝 六十一广 五十九豏 六十檻 六十二范

四養 五蕩 卅三梗 卅四耿 卅五請 卅六茗 卅二極 廿等 卅三有 卅三厚 卅四黝 卅寑 卅七禫 卅八淡 卅五琰 卅六忝 六十一广 五十九減 六十檻 六十三范

卅五養⑧ 卅六蕩 卅七梗 卅八耿 卅九靜 卌迥 卌七拯 卌八等 卌一有 卌二厚⑦ 卌三黝 五十三感 五十四敢 五十五琰 五十六忝 六十一广 五十九豏 六十檻 六十二范

三十六養 三十七蕩 三十八梗 三十九耿 四十靜 四十一迥 四十二拯 四十三等 四十四有 四十五厚 四十六黝⑱ 四十七寑 四十八感 四十九敢 五十琰 五十一忝 五十二儼 五十三豏 五十四檻 五十五范

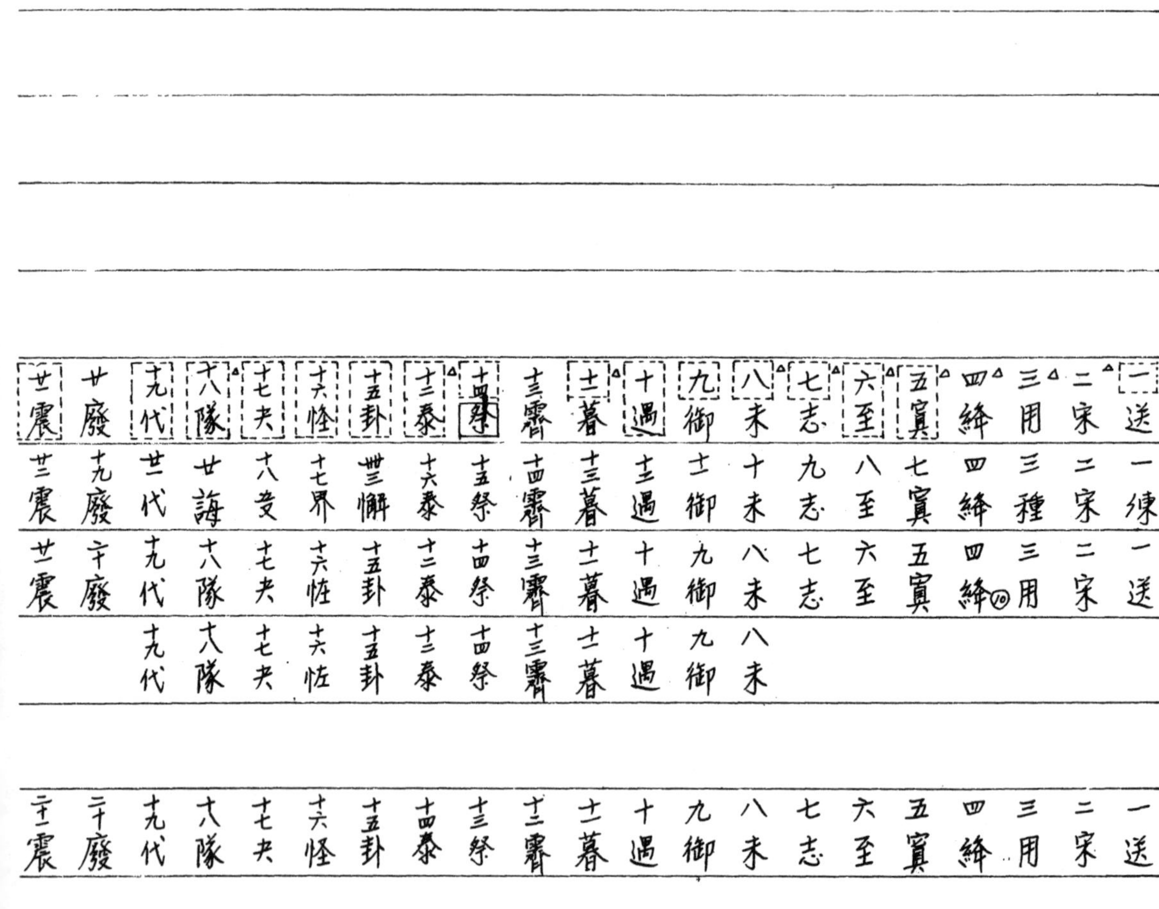

| | | | | | | | | | | | | | | | | | | | | |
|---|---|---|---|---|---|---|---|---|---|---|---|---|---|---|---|---|---|---|---|---|
| 一送 | 二宋 | 三用 | 四絳 | 五寘 | 六至 | 七志 | 八未 | 九御 | 十遇 | 十一暮 | 十三霽 | 十四祭 | 十二泰 | 十五卦 | 十六怪 | 十七夬 | 十八隊 | 十九代 | 廿廢 | 廿一震 |
| 一倲 | 二宋 | 三種 | 四絳 | 七寘 | 八至 | 九志 | 十未 | 十一御 | 十二遇 | 十三暮 | 十四霽 | 十五祭 | 十六泰 | 卅三懈 | 十七界 | 十八夬 | 廿誨 | 廿一代 | 十九廢 | 廿二震 |
| 一送 | 二宋 | 三用 | 四絳⑩ | 五寘 | 六至 | 七志 | 八未 | 九御 | 十遇 | 十一暮 | 十三霽 | 十四祭 | 十二泰 | 十五卦 | 十六恠 | 十七夬 | 十八隊 | 十九代 | 廿廢 | 廿一震 |
| | | | | | | | 八未 | 九御 | 十遇 | 十一暮 | 十三霽 | 十四祭 | 十二泰 | 十五卦 | 十六恠 | 十七夬 | 十八隊 | 十九代 | | |
| | | | | | | | | | | | | | | | | | | | | |
| 一送 | 二宋 | 三用 | 四絳 | 五寘 | 六至 | 七志 | 八未 | 九御 | 十遇 | 十一暮 | 十二霽 | 十三祭 | 十四泰 | 十五卦 | 十六怪 | 十七夬 | 十八隊 | 十九代 | 二十廢 | 二十一震 |

| 卌一宕 | 卌漾 | 卅七禡 |  | 卅六箇△ | 卅五号 | 卅四効 | 卅三笑 | 卅二嘯△ | 卅一線△ | 卅霰 | 廿九襇 | 廿八諫△ |  | 廿七翰△ | 廿六恨 | 廿五恩 | 廿四願 | 廿三㰝△ | 廿二問△ |  |
|---|---|---|---|---|---|---|---|---|---|---|---|---|---|---|---|---|---|---|---|---|
| 六宕 | 五㨾 | 卌四禡 |  | 卅二箇 | 卅七号 | 卅六効 | 卅五笑 | 卅四嘯 | 卅線 | 廿九霰 | 卅二襇 | 卅一訕 |  | 廿六翰 | 廿八恨 | 廿七恩 | 卅三願 | 卌四靳 | 廿三問 |  |
| 卌一宕 | 卌漾 | 卅七禡 |  | 卅六箇 | 卅五号 | 卅四效⑪ | 卅三笑 | 卅二嘯 | 卅一線 | 卅霰 | 廿九襇 | 廿八諫 |  | 廿七翰 | 廿六恨 | 廿五恩 | 廿四願 | 廿三㰝 | 廿二問 |  |
| 卌四宕 | 卌三漾 | 卌禡 | 卅九過 | 卅八箇 | 卅七号 | 卅六効 | 卅五笑 | 卅四嘯 | 卅三線 | 卅二霰 | 卅一襇 | 卅諫 | 廿九換 | 廿八翰 | 廿七恨 | 廿六恩 | 廿五願 |  |  |  |

| 四十二宕 | 四十一漾 | 四十禡 | 三十九過 | 三十八箇 | 三十七号 | 三十六效 | 三十五笑 | 三十四嘯 | 三十三線 | 三十二霰 | 三十一襇 | 三十諫 | 二十九換 | 二十八翰 | 二十七恨 | 二十六恩 | 二十五願 | 二十四㰝 | 二十三問 | 二十二稕 |
|---|---|---|---|---|---|---|---|---|---|---|---|---|---|---|---|---|---|---|---|---|

| 二沃 | 一屋△ |
|---|---|

| 二沃△ | 一屋 | | 五十七梵 | 五十五鑑 | 五十四陷 | 五十六嚴 | 五十二㮇 | 五十豔 | 四十九闞 | 四十八勘 | 四十九沁 | 四十八幼 | 四十七候△ | 四十六宥△ | 五十三嶝 | 五十二證 | 四十五徑 | 四十四勁 | 四十三諍 | 四十二敬 |
|---|---|---|---|---|---|---|---|---|---|---|---|---|---|---|---|---|---|---|---|---|
| 二沃 | 一屋 | | 五十七梵 | 五十五覽 | 五十四陷 | 五十六嚴 | 五十一㮇 | 五十艷 | 五十三闞 | 五十二醰 | 四十五沁 | 四十九幼 | 四十八候 | 四十七宥 | 四十五磴 | 四十六證 | 四十一暝 | 四十倩 | 四十九諍 | 四十八更 |
| 二沃 | 一屋 | | 五十七梵 | 五十五鑑 | 五十四陷 | 五十六嚴⑬ | 五十一㮇⑫ | 五十豔 | 四十九闞 | 四十八勘 | 四十九沁 | 四十八幼 | 四十七候 | 四十六宥 | 五十三嶝 | 五十二證 | 四十五徑 | 四十四勁 | 四十三諍 | 四十二敬 |
| 二沃 | 一屋 | | 五十九梵 | 五十八鑑 | | | 五十四㮇 | 五十三豔 | 四十二闞 | 四十一勘 | 五十二沁 | 五十一幼 | 五十候 | 四十九宥 | 五十六嶝 | 五十五證 | 四十八徑 | 四十七勁 | 四十六諍 | 四十五敬 |

| 二沃 | 一屋 | | 六十梵 | 五十九鑑 | 五十八陷 | 五十七釅 | 五十六㮇 | 五十五豔 | 五十四闞 | 五十三勘 | 五十二沁 | 五十一幼 | 五十候 | 四十九宥 | 四十八嶝 | 四十七證 | 四十六徑 | 四十五勁 | 四十四諍 | 四十三映 |
|---|---|---|---|---|---|---|---|---|---|---|---|---|---|---|---|---|---|---|---|---|

| 三濁 | 四覺 | 五質 | - | 七櫛 | 六物 | 八迄 | 九月 | 十沒 | - | 十一末 | 十二黠 | 十三鎋 | 十四屑 | 十五薛 | 廿七藥 | 廿六鐸 | 十九陌 | 十八麥 | 十七昔 | 十六錫 |
|---|---|---|---|---|---|---|---|---|---|---|---|---|---|---|---|---|---|---|---|---|

| 三燭 | 四覺 | 五質△ | - | 七櫛△ | 六物△ | 八迄△ | 九月△ | 十沒 | - | 十一末△ | 十二黠 | 十三鎋 | 十四屑 | 十五薛 | 廿七藥△ | 廿六鐸△ | 十九陌 | 十八麥 | 十七昔 | 十六錫 |
|---|---|---|---|---|---|---|---|---|---|---|---|---|---|---|---|---|---|---|---|---|
| 三燭 | 四覺 | 七質 | - | 八櫛 | 九物 | 十訖 | 十八月 | 十四紇 | 十三曷 | - | - | 十七鎋 | 十五屑 | 十六薛 | 五藥 | 六鐸 | 廿九格 | 十九隔 | 卅昝 | 廿覓 |
| 三燭 | 四覺 | 五質 | - | 七櫛 | 六物 | 八迄 | 九月 | 十沒 | - | 十一末 | 十二黠 | 十鎋 | 十四屑 | 十五薛 | 廿七藥 | 廿六鐸 | 十九陌 | 十八麥 | 十七昔 | 十六錫 |
| 三燭 | 四覺 | 五質 | 六術 | 八櫛 | 七物 | 九迄 | 十月 | 十一沒 | 十二曷 | 十三末 | 十四黠 | 十五鎋 | 十六屑 | 十七薛⑭ | 廿九藥 | 卅鐸 | 廿一陌 | 廿麥⑮ | 十九昝 | 十八錫 |

| 三燭 | 四覺 | 五質 | 六術 | 七櫛 | 八物 | 九迄 | 十月 | 十一沒 | 十二曷 | 十三末 | 十四黠 | 十五鎋 | 十六屑 | 十七薛 | 十八藥 | 十九鐸 | 二十陌 | 二十一麥 | 二十二昔 | 二十三錫 |
|---|---|---|---|---|---|---|---|---|---|---|---|---|---|---|---|---|---|---|---|---|

| | | | | | | | | | | |
|---|---|---|---|---|---|---|---|---|---|---|
| | | | | | | | | | | |
| | | | | | | | | | | |
| 廿九職△ | 卅德△ | 廿六緝 | 廿合 | 廿一盍 | 廿四葉 | 廿五怗 | 廿二洽 | 廿三狎 | 卅一業△ | 卅二乏△ |
| | | | | | | | | | | |
| | | | | | | | | | | |
| | | | 廿合△ | [廿一盍]△ | [廿四葉]△ | | [廿二洽]△ | [廿三狎]△ | | |
| 廿二職 | 十一德 | 卅一緝 | 廿五沓 | 廿六蹋 | 廿三葉 | 廿四怗 | 廿七洽 | 廿八狎 | 卅業 | 卅二乏 |
| 廿九職 | 卅德 | 廿六緝 | 廿合 | 廿一盍 | 廿四葉 | 廿五怗 | 廿二洽 | 廿三狎 | 卅一業 | 卅乏 |
| 卅一職 | 卅二德 | 廿八緝 | 廿二合 | 廿三盍 | 廿六葉 | 廿七怗 | 廿四洽 | 廿五狎 | 卅三業 | 卅四乏 |
| [職] | 卅四德 | | | [盍] | 廿八葉 | 廿九怗 | 廿六洽 | 廿七狎 | | |
| 三十四職 | 三十五德 | 三十六緝 | 三十七合 | 三十八盍 | 三十九葉⑦ | 四十怗 | 四十一洽 | 四十二狎 | 四十三業 | 四十四乏 |

得案：

①切一韻目上無韻次數目。

②原卷「般」作「𣪘」，當作「般」。

③掇瑣於書眉注作「霄」。

④原卷作「哥」，掇瑣作「歌」。

⑤「平聲五十四韻」韻目作「霄」，當从正文韻目作「宵」。

⑥「平聲五十四韻」韻目作「歌」，而正文韻目作「哥」。

⑦「上聲五十二韻」韻目作「廿三產」「廿四潸」，而正文作「廿三潸」「廿四產」

」，產潸二字互異，當从正文正之。

⑧「上聲五十二韻」韻目作「簜」，而正文韻目从艸作「蕩」，當作「蕩」。

⑨「上聲五十二韻」韻目作「黝」，當从正文韻目作「黝」。

⑩「去聲五十七韻」韻目作「降」，當从正文韻目作「絳」。

⑪「去聲五十七韻」韻目作「効」，正文韻目作「効」，注云：「亦作効」。

⑫「去聲五十七韻」韻目作「掭」，正文韻目同。當从王一作「㮇」。

⑬「去聲五十七韻」韻目作此。而正文作「五十六梵」，所錄亦皆梵韻字，案此本正文無嚴韻字，當係誤奪。

⑭「入聲卅四韻」韻目「十七」作「七十」，以「√」符號乙正之。

⑮「入聲卅四韻」韻目「麥」作「麥」，正文韻目作「麥」。

⑯彙編「緫目」，誤衍「覃」韻韻目，而脫「鹽」韻韻目。

⑰正文韻目作「蒠」。

⑱上聲韻目作「寢」，當从正文韻目作「寑」。

⑲入聲韻目作「帖」，當从正文韻目作「怗」。

## 第六節　韻字數之比較

切韻系韻書之韻字數，諸家推測既不同，解說亦互異：

(一) 文獻資料：

(1) 唐封演聞見記云：「陸法言切韻凡一萬二千一百五十八字。」

(2) 式古堂書畫彙考所載項子京藏孫愐唐韻序云：「今加三千五百字，通舊總一萬五千文。」（註一）

(3) 切二切韻序云：「伯加千一字。」

(4) 王二長孫訥言序云：「又加六百字。」

(5) 大宋重修廣韻勅牒前載：「凡二萬六千一百九十四言。」

(二) 諸家推測：

由於諸家解說方式不同，所得推測字數亦非一，因援諸說如下：

(1) 王國維書式古堂書畫彙考所錄唐韻後：「又項本序云，"今加三千五百字，通舊總一萬五千文"，則陸氏切韻原本止萬一千五百字。封氏聞見記云，"陸法言切韻凡一萬二千一百五十八字"，蓋併長孫訥言所加六百字（見敦煌本切韻長孫序）計之；則孫氏所據切韻非長孫氏箋注本也。其第二序所云，"前後總加四萬二千三百八十三言"，尋其文義，似專指注解之字。其所加正文若干，序中必明言之，惜已為後人刪去（如長孫序：孫氏前序所記加字之數，廣韻悉行刪去）；然於三千五百字外，必尚有增加可知。」（註二）

(2) 董作賓跋唐寫本切韻殘卷：「換言之原書增加之字，為伯氏所加千一字，注明

『加幾』則長孫訥言所謂『又加六百字』也。」（註三）

(3) 丁山切韻逸文考：「陸君切韻原本，自諸家徵引異同參之，中唐而後，傳者盖鮮；故其字數，說者不一（封演聞見記云：『法言撰切韻凡一萬二千一百五十字』。式古堂書畫彙考載孫愐唐韻序云：『今加三千五百字，通舊總一萬五千文』，又謂切韻原只一萬一千五百字。王靜安書唐韻序後謂封氏所云『併長孫訥言所加六百字計之』，愚案長孫本前有『伯加千一字』語，似法言原本，不過萬字）」，要之，不出萬名。」（註四）

(4) 唐蘭唐寫本刊謬補缺切韻跋文云：封氏聞見記謂陸書一萬二千一百五十八字，式古堂本孫愐唐韻序謂『（得案：此符號原脫）今加三千五百字，通舊總一萬五千字，』則所見陸書止一萬一千五百字也。王韻此本與敦煌本均於卷首詳記字數，惜寫者併上下平為一卷，略去卷二都數一行，不能核實，若僅以上平及上去入三聲合計，則舊韻為九千四百七十三字，加入下平，當有六千餘字，遠較孫愐所加為多，更以知孫氏之未嘗襲王書也。」

(5) 方國瑜敦煌唐寫本切韻殘卷跋云：「封氏聞見記曰：『陸法言切韻，凡一萬二千一百五十八字；』式古堂書畫彙考載元和九年（八一四）寫本孫愐唐韻序曰：「今加三千五百字，通舊總一萬五千文，其注訓解不在此數；」（廣韻所載唐韻序削去此二十三字）王國維先生以為陸氏切韻原本，止萬一千五百字，封氏併長孫氏所加六百字計之；（見國學季刊一卷四號）此說近是。按：第二種長孫納言序有『又加六百字』之語，（廣韻所載長孫氏序亦削去此五字）又於陸法言序前有『伯加千一字』之語，（廣韻序亦無此數）則長孫訥言以前已有『伯加千一字』，故訥言序曰『又加六百字』，前後共加『千七百字』，陸氏原書應祇一萬零五百字也。孫愐加三千五百字，總舊為一萬五千文，則舊本應一萬一千五百文，乃於陸生原書已加千一字之數；（封氏聞見記曰：魏時有李登者，譔聲類十卷，凡一萬一千五百二十字；當以孫愐所見，舊本為李登書，故又以長孫本為陸法言書也。）封氏所謂陸法言切韻凡一萬二千一百五十八字，則於孫愐所見舊本又加長孫氏六百字之數，孫愐所見之舊本，當即長孫氏本所記『伯加千一字』之本；此本作者已不可考，惟陸法言之後，長孫訥言之前，有增字本，則斷斷可信也。」

又云：「今見第一種殘存約二百字，而以此數與第三種校，第三種已多十一字，則與全書一萬零五百字之數比例計之，全書之多者可得五百字，則第三種之字為一萬一千字許。」

又云：「又第三種殘存，可與第二種校者，約六百字，而第二種之不注『加』字而多出三十四字；（此數當為長孫以前所加，至第二種已注『加』字者，則為長孫所加，故不計。）以全書一萬一千字之數比例計之，全書之多者，可六百字許。兩次所增多之數，約千一百字，疑此即長孫書所記『伯加千一字』之數也。長孫氏既得見陸氏原書，又見已加千一百字之書；據增加本而箋之，猶記增加本所加之數也。」（註五）自陸氏以迄長孫氏，各本韻書之先後，方氏列表如下：（方氏自注云：「所舉韻字為約數。」）

| 全書韻字數 |
| --- |
| 一萬〇五百字 |
| 一萬一千字 |
| 一萬一千六百字 |
| 一萬二千二百字 |

方國瑜敦煌五代刻本唐韻殘卷跋，方氏據卷中「厶板」「二板」……等，推算每板韻字可三百五十有奇。全書七十一板，「得二萬四千八百五十字，全書韻字，當約得此數。」

又云：「按孫愐加字三千五百，總舊得一萬五千字，則舊本僅一萬一千五百字，即陸法言原數，而封氏併長孫氏所加擧之也。陸書一萬一千五百字，又伯加十一字，長孫六百字，則長孫本應得一萬三千二百字。由是言之，陸法言切韻一萬一千五百字，長孫訥言箋注切韻一萬三千二百字，孫愐唐韻一萬、廣韻二萬六千一百九十四字；其依據底本，逐漸（「漸」原誤作「潮」。）增加之跡

| 韻書 | 增加字 |
| --- | --- |
| 第一種（陸法言原本） | |
| 第三種（?） | 五百字 |
| ?（訥言所據，孫緬所謂舊本，封演所謂聲類，卽此書。） | 六百字 |
| 第二種（長孫訥言箋本） | 六百字 |

顯然；今此書得二萬四千八百五十字，與廣韻之數最相近，則為孫愐以後或經增加之本，亦為可知者也。」（註六）

(7) 魏建功唐宋兩系韻書體制之演變（「敦煌石室存殘五代刻本韻書跋」）：「故世所傳韻書收字數目可考見者惟王仁昫切韻分類詳記，為最可信。餘如王寫切韻第二種首題，"伯加千一字"，及長孫訥言序云：又加六百字；"廣韻載孫愐唐韻序末云，"起終五年，精成一部，前後總加四萬二千三百八十三言"；皆不若王仁昫韻所記詳盡。」（註七）

(8) 張世祿廣韻研究：「陸書，據封演聞見記，謂僅一萬二千餘字，而長孫所加六百字，猶在其內；是切韻原書，實只萬餘字，與廣韻所錄二萬六千一百九十四字相較，僅五分之二。陸氏原書之簡略，於此可見。」

又云：「陸氏切韻，依封演聞見記，謂一萬二千一百五十八字，乃併長孫訥言所加六百字計之。（本王國維語）式古堂書畫彙考所錄唐韻序，謂孫氏加三千五百字，通舊總一萬五千文，則陸氏原書或伯加本，當為一萬一千五百餘字，至孫氏唐韻開元本，已有一萬五千字，而長孫加六百字，及裴務齊、王仁煦等所加，果否盡在孫氏三千五百字以內，尚未得知，至孫氏天寶時重定之本，所加幾何，序亦無明文；（序中謂總加四萬二千三百八十三言，乃專指注解之字，非謂所加正文）而必於三千五百以尚，尚有增加。迨宋時，重修廣韻，增至二萬六千一百九十四字，（張氏本）視陸氏切韻字數已踰倍矣。」（註八）

(9) 蔣經邦敦煌本王仁昫刊謬補缺切韻跋云：「封氏聞見記云："陸法言切韻，凡一萬二千一百五十八字。"今以敦煌本所記之舊韻數字覈之，疑封氏所見者非陸氏原書也。敦煌本上聲云，舊韻二千七十七字；去聲舊韻二千三百三十二字；

入聲舊韻二千二百五十六字。三聲合計共六千六百六十五字。若如封氏所言，則平聲二卷字數幾與仄聲三卷相埒。以各家韻書平聲字數與仄聲字數之比例觀之，陸書平聲韻字，決不應如是之多也。故疑封氏所見者，蓋為"伯加仟一字"本，而陸氏韻字，當為一萬一千字左右，王靜安考定陸書有一萬五百韻字，近之。」

又云：「仁昫書於上聲加一千一百一十五韻字；去聲加一千二百三十六韻字；入聲加一千三百三十三韻字；三聲共加三千六百八十四韻字，較法言切韻增多二分之一以上。大約王氏之書，共有一萬七千餘韻字。」（註九）

(10) 陸志韋燕京學報「論唐代韻書的字數」以統計法舉出各韻書之字數，茲逐錄如下：

| | | | |
|---|---|---|---|
| 甲、切三 | 平上入聲 | 8975 | |
| | 去聲(廣的44.6%) | 2388 | |
| | | 11363 | 約11400 |
| 乙、唐韻 | 去入聲 | 5628 | |
| | 平聲(廣的59.0%) | 5755 | |
| | 上聲(廣的54.7%) | 2628 | |
| | | 14011 | 約14000 |
| 丙、唐韻原本 | 去入聲 | 4828 | |
| | 平聲(廣的53.0%) | 5170 | |
| | 上聲(廣的48.9%) | 2350 | |
| | | 12348 | 約12300 |
| 丁、王二 | | | 約16700 |
| 戊、王一原本 | 上去入聲 | 6565 | |
| | 平聲(廣的46.5%) | 4536 | |
| | | 11101 | 約11100 |
| 己、王一今本 | | | 約17100 |
| 庚、廣韻 | | | 25327 |
| | 上平 | 5032 | |
| | 下平 | 4723 | |
| | 上聲 | 4805 | |
| | 去聲 | 5355 | (又校補加3) |
| | 入聲 | 5408 | (又校補加1) |
| | | 25323 | 25327 |

(11) 姜亮夫瀛涯敦煌韻輯「S二〇七一為隋末唐初增字加注本陸韻證」曾列S二〇七一、P二〇一一及廣韻之字數紐數表，如下：

| 數表／聲 | 四聲 | 平 | 上 | 去 | 入 | 總 |
|---|---|---|---|---|---|---|
| 二〇七一 | 推定原有正字 | 4950 | 2150 | 2400 | 2219 | 11719 |
| | 現存字數 紐數 | 965 | 673 | | 520 | 2158 |
| | 現存字數 正字 | 4047 | 2110 | | 1827 | 7984 |
| | 現存字數 缺數 | 583 | 40 | | 392 | 915 |
| P二〇一一 | 舊字 | 4879 | 2117 | 2370 | 2197 | 11563 |
| | 新加字 | 2435 | 1536 | 1702 | 1739 | 7466 |
| | 共數 | 7314 | 3653 | 4072 | 3990 | 19029 |
| | 紐數 | 1120 | 902 | 1048 | 634 | 3704 |
| 廣韻 | 正字數 | 9744 | 4765 | 5472 | 5396 | 25377 |

又「S二〇五五卷為長孫訥言註本証」云：「S二〇七一卷全書字數約為萬一千七百字、（詳S二〇七一卷研究一文）則本卷原書字數當多于萬一千七百文以上，以脂支微魚四韻而論，共五百七十九文，其中增字凡二十二，東至支五韻共字四百九十三，而其中增字凡二十，以此為準，則每千字約增四十餘字，以與S二〇七一原數萬一千七百字為比，約增四百七十文，合之為萬二千二百字弱。較陸氏原

書增多為六百餘字。按本卷前存長孫訥言序有云：『又加六百字，用補缺闕』則本書蓋長孫氏箋註之本。（餘証詳下）得自全書增字而推定之矣。」（註十二）又「諸唐末五代刻本韻書跋」云：「則本卷字數不得多于二萬四千九百餘字，亦不得少于二萬二千八百餘字，其視陸氏原書，蓋亦倍而有益。」（註十三）

(12)董同龢中國語音史：「（切韻）所收字數在一萬二千左右。」（註十四）

(13)謝雲飛中國聲韻學大綱：「全書所收字數，據封演『聞見記』所載為12150字。」又關于韻書云：「（切韻）所收字數在一萬二千左右。」（註十五）

(14)潘師中國聲韻學：「按：廣韻序僅謂王仁煦增加字，而未言其概略。今考原書所題刊謬補切韻序（得案：『補』下脫一『缺』字。）下注云：刊謬者謂正訛謬，補缺者，謂加字及訓。又六萬三百七十六字下注云：舊三萬三千九百二十二言，新二萬六千四百五十三言。則此書與長孫訥言箋注本之恉大體相同，唯補缺方面，遠較長孫為甚，原書僅三萬餘字，新增二萬六千餘，則較原書多凡五分之二。」

「考廣韻全書，凡二萬六千一百九十四言，注十九萬一千六百九十二字。」（註十六）

(15)林炯陽廣韻音切探原引方國瑜敦煌唐寫本切韻殘卷跋（(5)之首段）而謂此說近是」。（註十七）

(16)周祖謨唐五代韻書集存云：「（S二〇七一）全書約有一萬一千二百四十八字。這個數字之內還包括一部分增加字在內，估計陸法言原書不會多於一萬一千字。」「S二〇五五）全書總有一萬一千五六百字之數。」「（P二〇一一）大約有一萬七千字」（註十八）

(三)歸納上列各說，諸書之韻字數為：

(1)陸法言原書：

①一二一五八字—封演。（王國維以為係併長孫所加之數）

②一一五〇〇字—王國維、唐蘭、方國瑜（方氏敦煌唐寫本切韻殘卷跋原主張一〇五〇〇字，後於敦煌五代刻本唐廣韻殘卷跋修正為一一五〇〇字。）

③不出萬名—丁山。

④一二〇〇〇字左右—董同龢、謝雲飛。

⑤一一〇〇〇字左右—蔣經邦。

⑥實只萬餘字—張世祿。

⑦不多于一一〇〇〇字—周祖謨。

(2)切二：

①約一二二〇〇字—方國瑜。

②一二二〇〇字弱—姜亮夫。

③一二八〇〇字近—蔣經邦。

④一萬一千五六百字—周祖謨。

(3)切三：

①一一〇〇〇字許—方國瑜。

②約一一七一九字—姜亮夫。

③一二〇〇〇餘字—蔣經邦。

④約一一四〇〇字—陸志韋。

⑤約一一二四八字—周祖謨。

(4) 長孫納言箋注本：
應得一三二〇〇字—方國瑜。

(5) 郭知玄朱箋本：
一三一〇〇字近—蔣經邦。

(6) 王仁昫刊謬補缺切韻（王一原本）：
①約一九〇二九字—姜亮夫。
②約一七〇〇〇字左右—蔣經邦、周祖謨。
③一七一〇〇字—陸志韋（陸氏以為王一今本為二五三二七字）。

(7) 王二：
約一六七〇〇字—陸志韋。

(8) 唐韻：
①一〇〇〇〇字—方國瑜。
②一五〇〇〇字（開元本）—張世祿。
③約一四〇〇〇字—陸志韋（陸氏以為原本約一二八〇〇字）。

(9) 五代刊本：
①約二四八五〇字—方國瑜。（方氏據書中「△」板字樣推知）。
②不得多于二四九〇〇餘字，亦不得少于二二八〇〇餘字—姜亮夫。

(10) 廣韻：
①二六一九四字—廣韻卷首載，潘師石禪、方國瑜、張世祿。
②二五三二七字—陸志韋。
③二五三七七字—姜亮夫。

前文已謂諸家推測字數既不同，解說方式亦互異，由上列字數觀之，或懸殊至巨，或差距甚微。然除文獻資料所載外，餘皆屬推測，則難以定奪矣。又今人常以字數定韵本之先後，魏建功氏云：「以字數計韻本，視此可知不易捉摸也明矣。然則執字數之多寡為韵本先後之據，既無如王仁昫書之明確記數，懸度易忖，不敢置信。」（註十九）則以字數定韻本之先後，仍當謹慎為之。

〔註釋〕

（一）見世界書局，定本觀堂集林上三六一頁。

（二）仝右。

（三）見中研院史語所集刊第一本。

（四）見民國十七年廣東中山大學語言歷史研究所周刊第三集切韻專號。

（五）見女師大學術季刊二卷三期。案方氏嘗為「伯加千一字」釋云：「至『伯加千一字』疑為『加千一百字』之譌：蓋經傳鈔，一誤為『加千一佰字，』再誤為『加千一伯字，』三誤為『伯加千一字，』也。」又方文中「孫愐」均作「孫緬」，今皆改成「孫愐」。

（六）見師大國學叢刊一卷二期。

（七）見國學季刊三卷一號。

（八）見廣韵研究七頁、九八頁。

（九）見國學季刊四卷二期。

(十)見燕京學報二十六期。

(十一)見瀛涯敦煌韻輯三〇一頁。

(十二)仝右書三二九頁。

(十三)仝右書三九一頁。

(十四)見中國語音史四一頁。

(十五)見中國聲韻學大綱一三五頁。

(十六)見中國聲韻學二六〇頁、二七三頁。

(十七)見廣韻音切探原九三頁所引，惟方文原注均已省去。

(十八)見唐五代韻書集存八三二、八三九、八七三頁。

(十九)見唐宋兩系韵書體制之演變，國學季刊三卷一號。

## 第七節　十韻所見切韻上字表

十韻中僅廣韻為全帙，餘九韻均屬殘卷。廣韻乙書，黃季剛先生音略析為四十一聲類。餘九韻既屬殘卷，系聯至難，今據李榮切韻音系及王力漢語音韻所分三十六類為準，以：⑴娘母獨立。⑵不分俟母。⑶為不併于匣。因得三十七類。所列舉各殘卷之反切上字表，止供參考之用：

㈠切一所見切語上字表：

影　於烏
喻　余
為　于雲
曉　虛況呼
匣　胡何下戶痕
見　居古各
溪　苦康空
群　渠祈
疑　虞五宜
端　多
透　他
定　徒

泥 乃奴
來 落
知
徹 勑
澄 直
娘
日 而
照 之
穿 尺
神 食
審 傷式
禪 時
精 玆
清 倉
從 慈徂昨
心 思蘇
邪
莊 側
初 初
牀 士
疏 數所

幫　布博方非

滂　匹敷

並　薄盆扶

明　眉莫弥武

(二)切二所見切語上字表：

影　烏於央

喻　餘弋以與

為　羽薳洧土

曉　呼許虛

匣　胡户下

見　居古俱舉駒

溪　去苦丘

群　渠巨強

疑　五魚牛語

端　德都

透　他

定　徒

泥　奴

來　力呂里

知 陟竹
徹 丑勅
澄 直治宅
娘 女
日 而汝人儒如
照 職章旨止
穿 處昌尺赤
神
審 尸式書傷
禪 蜀是視市署
精 子作即姊醉觜
清 倉七取
從 徂在疾
心 息蘇私
邪 祥旬似
莊 側
初 初楚
牀 鋤士俟助
疏 所山踈色
幫 博彼方府匪
滂 匹普敷芳

並　薄蒲皮扶苻符房

明　莫靡武

(三)切三所見切語上字表：

影　於央憶哀烏乙謁衣紆伊一焉阿應英

喻　弋以與羊余餘移翼營

為　薳洧王羽韋于雨永榮雲云筠為

曉　許香虛況荒呼火虎羲希

匣　戶胡下何侯諧痕

見　古居俱舉吉姑公九各几紀孤基

溪　苦去丘客康口恪墟羌空枯起區傾綺氣軀

群　渠魚強其巨暨求狂衢奇葵

疑　魚牛語愚五玉虞吾宜吳

端　都丁當多得德冬

透　他湯吐託土

定　度杜徒特陁

泥　乃奴妳諾那內年怒

來　力落盧呂郎勒良魯練離理路李閭

知　竹陟卓張知中眡智

徹　丑褚勑絺

澄 直丈治宅除池場
娘 女尼
日 人儒如汝日而耳兒
照 章旨職止之諸指
穿 叱處尺赤昌車
神 食神
審 式傷書詩舒失識施
禪 是視市署常時承殊植慎樹
精 即姊子醉則茲祖將借作遵資觜紫
清 取七倉此千雌采親麁翠
從 疾徂昨匠在聚才慈自秦情字
心 息思相素蘇須桑速先斯胥私恖索送
邪 似詳徐隨敍
莊 側阻
初 楚芻初廁惻
牀 士助鋤俟漦
疏 所山疏色數沙
幫 彼博布必北畀伯筆兵補鄙百幷府甫方非封分匪
滂 匹(足迒)普滂譬敷芳撫孚妃
並 薄步蒲皮便毗裴傍平盆蒱萍憑房苻附符扶浮
明 靡莫眉謨模美慕彌民武無文亡望

(四)德丁ⅠVK75所見切語上字表：

彙編所收錄，即補正編號TⅣK七五一〇〇b，切語上字列上欄；魏序所收武內義雄所送本，即補正編號TⅣK七五一〇〇a，切語上字列下欄。

| | 上欄 | 下欄 |
|---|---|---|
| 影 | 依於烏 | 於 |
| 為 | 韋 | |
| 曉 | 虛 | 許 |
| 見 | 居 | 居 |
| 溪 | 康 | |
| 群 | | 巨 |
| 疑 | | 魚 |
| 透 | 他 | |
| 泥 | 乃奴 | |
| 來 | 良力落 | |
| 知 | | 陟 |
| 徹 | 勑 | 丑 |
| 澄 | 直 | 直 |
| 日 | | 而 |
| 照 | | 職 |

| 禪 | 精 | 清 | 從 | 心 | 莊 | 初 | 牀 | 幫 | 滂 | 並 | 明 |
| --- | --- | --- | --- | --- | --- | --- | --- | --- | --- | --- | --- |
|  | 即 | 千 |  | 先<br>蘇 | 側 | 初 | 漦 | 北 |  | 傍<br>浮 | 莫<br>希 |
| 是 | 職 |  | 疾 | 息 |  |  | 楚 | 府<br>方 | 匹<br>芳 | 符 | 無 |

(五)洒所見切語上字表：

| 影 | 從 | 心 | 並 |
| --- | --- | --- | --- |
| 於 | 疾 | 息 | 符 |

(六)王一所見切語上字表：

影 於乙烏一阿應焉伊安

喻 与以餘羊與羊余弋夷營

為 于王矣雨永羽榮韋袁雲洧云為云

曉 許虛墟荒呼火虎詡希況興羲熙香海霍麾盱

匣 下户胡韓鞵痕乎黄何諧

見 居[居]俱舉古公飢各基佳几軌癸九紀格

溪 丘苦去口墟客恪綺康羌空枯窺詰卻駈祛氣

群 渠强巨求其葵暨具

疑 魚語五虞宜午牛危吾吳

端 丁當都多得冬

透 他吐託土湯

定 度杜徒待堂唐陁

泥 乃諾奴那怒內

來 力理落路洛呂盧魯良立郎勒李里閭

知 陟卓張竹中追胝

徹 丑勑褚絺

澄 直持除丈宅佇遲

娘 女尼儜

日 如而人耳汝仍

照 止諸職[職]征之支脂

穿 赤昌處尺車充杵齒

神 繩食神實

審 傷式書室詩舒失施矢始舍

禪 常市時視署承殊植是寔樹

精 姊(姉)觜子借作則即茲將遵資紫

清 七倉此千麁淺取翠

從 疾在昨徂聚才字慈自慙漸秦

心 息素蘇相須速先胥私思桑悉斯雖司辛

邪 似隨徐詳辝囚辭寺祥敘

莊 側庄仄阻滓捉

初 楚初叉測惻廁

牀 助士鋤仕

疏 所山疎數沙色師

幫 博布北畀伯筆匪甫方非悲府分夫封

滂 普匹滂披譬撫芳敷妃

並 薄部步蒲裴毗盆平滂萍避白皮符附房扶評浮馮防文憑

明 莫彌弥明蜜美靡眉名慕武無亡忘妄望

(七)王二所見切語上字表：

影 烏於入英乙紆一盎安應阿伊憂憶愛

喻　餘与以弋余夷移羊由悅翼營

為　羽雨于薳侑永王為榮韋洧云尤

曉　呼許香虛虎希火虗興況荒乎羲虗海霍呵虗血

匣　胡户下乎黃玄何侯

見　居古駒舉九各俱姑飢工剛詭勁軌几癸堅瓜久紀公格覺恭嫣

溪　去苦曲丘客口墟恪康氣羌驅枯窺卿詰却遣丢綺起區恪傾弃

羣　渠巨其求葵暨具奇逵衢

疑　魚五牛語虞吾宜危義

端　德都丁得當多冬丹

透　他吐土託湯天

定　徒特當度大堂杜陁

泥　奴乃諾妳那泥殄內

來　力盧呂魯郎洛落勒良羸李理里六離練閭

知　陟竹張中知礫追豬眡

徹　勑丑褚莊

澄　直宅除池趍馳治持杖佇峙丈場

娘　女尼尼

日　如而汝儒耳兒人仍尔

照　職(軄)諸章旨止之注盲杌支

穿　處尺昌叱充蚩鴟齒

神　食神脣乘

審　書式識詩失施釋傷舒聲始户

禪　蜀時是視市才氏署丞承殊植常豎樹

精　子作即姉觜醉茲將遵子則資紫咨

清　倉七次蒼千雌采且此麤淺取親

從　徂在疾昨聚字息才慈自存潛慙秦聚情

心　息蘇先桑素速斯胥私思雖相司送辛心

邪　詳似旬徐隨辤囚

莊　側莊阻滓壯爭

初　楚初測芻廁叉

牀　鋤仕助士鉏

疏　所山疎色沙

幫　博彼必逋補百筆畀八畢鄙博布北并變方府甫肤非紛封分

滂　匹(匹)普滂披叵譬怖敷撫芳妃敷孚

並　薄步頻蒲皮避裴傍毗婢盆被旁憑扶符房父浮扶防憑苻

明　莫靡民眉弥明謨美密摸暮武文無亡恥

(八).唐韻所見切語上字表：

影　於衣烏鷖伊紆乙一安憂愛

喻　羊以餘弋予亦余夷營与

為　王于為筠榮

曉 許虛香荒火呼休虎況
匣 胡黃下侯乎戶
見 居九古姑紀格几紀
溪 去丘匡苦枯口空駈區恪傾綺起
羣 其渠巨衢
疑 魚牛五吾語宜
端 丁當都得多覩冬
透 湯他通吐
定 徒杜特唐陀
泥 奴乃內
來 良洛郎力盧魯里呂勒練林
知 陟張中竹豬
徹 抽丑褚勑恥
澄 長遲持直丈除佇場
娘 尼女
日 人而日汝如
照 章之征知職(軄)諸旨
穿 昌尺充叱
神 神實食
審 商傷舒失始式詩施書賞
禪 常時嘗視寔承殊市是

精　將子即租則作資臧姊
清　七倉遷千親麁
從　才昨在徂慈藏疾漸秦情前
心　息桑蘇相先私司辛桼
邪　祥辭似寺
莊　莊側阻
初　芻楚初測廁
牀　牀士鋤
疏　所色生疎山
幫　必北脯畀彼補陂鄙博(愽)百并方甫封分
滂　普匹滂譬芳敷孚怫
並　薄蒲毗傍皮白旁弼扶苻防房扶
明　莫弥謀眉靡美慕暮亡武文望

(九)刊所見切語上字表：

影　烏於乙伊安
喻　以余餘羊与
為　羽于王筠
曉　羌呼大許虎
匣　户乎侯胡

見　古駒舉姑革居格佳

溪　去苦口羌起

群　其巨具

疑　五魚

端　都丁多

透　他

定　徒大

泥　奴

來　力洛立

知　張陟竹

徹　丑勅

澄　直丈

娘　女尼

日　而人兒

照　職之質至織

穿　昌處尺叱

神　食

審　頤失式書

禪　蜀成市視承時

精　祖子茲作

清　倉此七千

從 徂聚昨秦疾
心 蘇(蘓)先相斯息
邪 似詞
莊 側莊阻
初 初楚
牀 士仕牀
疏 色山所
幫 并必布博府付
滂 匹(匹)普孚芳
並 步皮傍苻扶房
明 莫陌弥無武亡

(十)廣韻切語上字表：

影 烏於握央憶哀乙謁一委挹安紆烟衣依愛伊鷖憂
喻 以餘弋悅羊與余翼移夷允予營
為 羽薳王洧雨為于亡韋榮云雲筠
曉 呼許香喜朽況荒火虛虎興花休況馨羲海呵
匣 戶下胡諧獲侯何乎黃
見 居古九舉公過俱佳工姑各詭規几紀吉公格乖
溪 去苦曲丘豈口可跪起乞客綺恪康墟祛羌驅欽弃空牽枯謙區窺卿詰傾楷

羣　渠巨強其咎求暨狂奇臼衢
疑　五魚宜牛語虞擬愚俄我疑研吾玉
端　德都丁當多得冬
透　他湯土吐託天通台
定　徒弟同杜吐特蒲堂唐田陀度
泥　奴乃妳那諾內
來　力呂里落郎賴魯洛盧縷勒良來連練離
知　陟竹卓張中知豬珍追徵
徹　敕丑抽褚癡恥
澄　直宅墜池丈持除治柱馳長遲佇場
娘　女儒尼拏穠
日　如而汝人耳兒仍
照　職章之旨止占諸正煑脂征
穿　昌尺叱處(䖏)赤充姝
神　食神式實乘
審　書式傷失識尸施詩舒矢釋商試始賞
禪　蜀是視市署成植常氏時承殖嘗臣寔殊
精　子作即姊(姉)遵醉則臧祖將借茲銼資之
清　倉七此蒼醋千雌采親麁青麤
從　藏疾秦才在昨徂匠自慈材漸情牆
心　息蘇先私息相素思須寫桑速斯胥雖司辛

邪　祥旬似詳夕徐隨辝(辭)寺

莊　側莊阻仄爭鄒簪

初　楚乂測初創瘡芻廁

牀　鋤士俟仕崇鉏助牀鶵雛豺萴查

疏　所山疏數色史砂沙生

幫　博彼博邊布必北布畀筆巴補陂兵冰晡畀鄙百并

滂　匹普滂披丕譬

並　薄部步蒲皮白便毗裴傍平捕婢弼

明　莫靡彌毋綿眉模謨明摸美慕

非　方府甫風

敷　敷芳孚撫妃峯

奉　房符防扶附縛浮父馮

微　武無文亡巫

# 第五章　切韻相關問題之討論

## 第一節　切韻之性質

關於切韻系韻書之性質，古今學者多所討論，惟眾說紛陳，縹囊競出，茲歸納諸學者之說如下：

一、以為切韻為當時音：戴震聲韻考云：「隋、唐二百六韻，據當時之音，撰為定本。」又陳澧切韻考云：「陸時分二百六韻，每韻又分二類、三類、四類者，非好為繁密也，當時之音實有分別也。」案戴、陳二氏并以為切韻為當時音，惟二家仍有其異處，戴氏以為法言等人二百零六韻太多，其中有以主觀而強分出者：戴氏云：「僕因究韵之呼等：一東內一等字與二冬無別，脂內三等字與八微無別……其餘呼等同者，音必無別。蓋定韵時有意求其密，用意太過，強生輕重。」（註一）；陳氏則以為二百零六韻適合當時實際情況。以下更就地域與性質分述之：

(一)就地域言之：

(1)以為切韻為吳音：

①宋米元章書史，以為切韻之音為吳音。米氏謂陸氏「以東冬為異，中鍾為別，因其吳音以聾後學」。（註二）

②時人不解李涪刊誤訾切韻為吳音之意，遂逕謂切韻為吳音，如：

孫光憲北夢瑣言云：「廣韻以前，切韻多用吳音。李涪尚書改切韻，全州吳音。」

案李涪刊誤云：「至陸法言採諸家纂述，而為己有。原其著述之初，士人尚多專業，經史精練，罕有不述之文，故切韻未為時人之所急。後代學問日淺，尤少專經，或舍四聲，則秉筆多礙，自爾以後，乃為要切之具。然吳音乖舛，不亦甚乎？」又云：「夫吳民之言，如病瘖風而噤，每啟其口，則語戾喎吶，隨筆作聲，下筆竟不自悟。」反對切韻為吳音之說者，如：

①丁山切韻非吳音說：丁氏以為李涪不攷陸法言族氏源流，訾切韻為吳音，可謂舍本齊末。丁氏指出李涪責切韻「吳音乖誤」及「吳民之言」之用心為：「固不在匡切韻之謬，益欲憑一時意氣，強詞奪理，以自誇博多能也。孫光憲不達其旨，和而倡之，同然一辭，而亦指切韻為吳音，不亦謬乎？」（註三）

②蘇鶚演義云：「陸法言著切韻，時俗不曉其韻之清濁，皆以陸言為吳人，而為吳音也。……且唐韵序云：（見前）此益研究正聲，削去紕繆，豈獨取方言鄉音而已哉？……蓋陸氏本江南之大姓，時人皆以法言為士衡士龍之族，此大誤也。」（註四）

③朱竹垞與魏善伯書云：「法言家魏郡臨漳。同時纂韻八人，惟蕭該家蘭陵，其餘或家范陽，（盧思道）或家狄道，（辛德源）或家河東，（薛道衡）或家頓丘，（李若）或家臨沂，（顏之推）及沛，（劉臻）類北方之學者。黃公紹失考，謂韻書始自江左，本是吳音者，妄也。」（註五）

(2) 以為切韻為長安音：瑞典高本漢以為切韻代表長安方言，其漢文典（Grammata Serica, script and phonetics in Chinese and Sino-Japanese）云：「隋及唐代初年（六世紀及七世紀初）首都長安的口說語言，極完整的被記錄下於切韵一書中（公

元六〇一年刊行）我已在中國音韻學研究及中國古音的重構兩文中構擬出其音系。」（註六）

高氏以為切韻代表長安之說，中外學者頗不以為然。①如中國學者林語堂論珂羅倔倫考訂切韻韻母隋讀表云：「因為珂氏對於切韻二百六韻的解釋，與中國音韻學家不同，假定每韻之音必與他韻不同，因此不得不剖析入微，分所難分，實則切韻之書，半含存古性質，切韻作者八人，南北方音不同，其所擬韻目，非一時一地之某種方音中所悉數分出之韻母，乃當時眾方音中所可辨的韻母系統，如某系在甲方同於A，在乙方音同於B，故別出C系而加以韻目之名，於甲於乙檢之皆無不便，實際上此C系，並非在甲乙方音中讀法全然與AB區別，或甲乙方音已併，而丙有音尚分為二，則仍依丙方音分之。必如此然後檢字之韻書，可以普及適用於各地方言，法言自敘謂『呂靜夏侯該陽休之周思言李季節杜臺卿等之韻書，各有乖互，江東取韻與河北復殊。』其時分韻之駁雜，方音之淩亂可知。因為江東韻書只分江東的韻，不能行於河北，河北的韻書，只顧到河北的音切，不能行於江東，獨法言的書是論『南北是非』而成，因其能將江東河北吳楚燕趙的方音中系統面面顧到，所以能打倒一切方音韻書而獨步一時。所謂『支脂魚虞共為一韻（支合脂、魚合虞）先仙尤侯俱論是切（先合仙、尤合侯）』法言明言為當日方音現象，當日韻目之分，非如珂氏所假定之精細可知。然甲方音有合支脂者，法言必不從甲，而從支脂未混之乙，乙方音有合魚虞者，法言必不從乙，而從魚虞未混之丙。法言從其分者，不從其併者，因是而韻目繁矣。然而在各地用者，皆能求得其所分，不病分其所已併，因是天下稱便，是書出而韻略韻集諸書亡。又因為方音所分，同時多是保存古音（如支脂東冬之分），所以長孫訥言稱為「酌古沿今，無以加也。」所以咍泰皆三韻之別，古咍音近之，泰音近夬祭廢，皆音近齊灰，源流不同，其區別當然於一部方音尚可保存，非隋時處（或北地）方音都能區別這三韻的音讀。又如古先音近真，仙音近元，方音有已合併者，有尚保存其音讀區別者，故法言分先仙，非必隋時處處方音（或標準音）中必讀先仙為介音輕重之別。」（註七）

② 日本滿田新造評高本漢中國古韻研究之根本思想對於高氏之說，亦嘗予以辨正。其第二章論切韻分部之地理及歷史的意義謂「切韻本於北方音，參考南方音，兼參考幾分古音。」（註八）

(3) 以為切韻為洛陽或包括其附近區域之音：

① 陳寅恪從史實論切韻云：「陸法言寫定切韻，其主要取材之韻書，乃關東江左名流之著作。其決定原則之羣賢，乃關東江左儒學文藝之人士，夫高齊鄴都之文物人才，實承自太和遷都以後之洛陽，而東晉南朝金陵之衣冠，亦源自永嘉南渡以前之京邑（即洛陽），是切韻之語音系統，乃特與洛陽及其附近之地域有關，自易推見矣。又南方士族所操之音聲，最為接近洛陽之舊音，而切韻一書所遵用之原則，又多取決於南方士族之顏蕭。然則自史實言之，切韻所懷之標準音，乃東晉南渡以前，洛陽京畿舊音之系統，而非楊隋開皇仁壽之世長安都城行用之方言也。」（註九）陳氏此說，初只謂陸氏定韻，取金陵洛邑之音，作為衡度去取之標準而已，亦非全據洛陽音系而完全照錄之音。惟後人取其言遂以為切韻音系即當時洛陽音

系。

②李于平陸法言的切韻云：「有人因為切韻序有『因論南北是非，古今通塞』的話，就說切韻所代表的語音系統，包含古今四方的，這種看法是不足信的。……任何時代都有方言的差別，切韻的時代也不例外，可是切韻的時代有方言差別，並不能說切韻就包羅各地方言的音系。切韻序末題『大隋仁壽元年』隋的都城在長安，因此也有人說切韻代表長安方言。陳寅恪先生從史實論切韻指出陸法言和劉臻等都不是世居關中之人，切韻序提到呂靜韻集等五書都不是關中人之著作，切韻序批評『吳楚則時傷清淺，燕趙則多涉重濁，秦隴則去聲為入，梁益則平聲似去。』列舉各地方言的缺點，沒有提到中原，可見劉臻等認為中原即洛陽及其附近的語音。因此認為切韻代表洛陽語音，不代表長安語音。」（註十）

③王顯切韻的命名和切韻的性質云：「切韻音系是以當時的洛陽話為基礎的，它也適當地吸收了魏晉時代的個別音類，同時也適當地吸收了當時河北區其他方言音系的個別音類，以及金陵音系的一部份音類。因為切韻不是洛陽語音的實際記錄，所以它的音系不是單純的。因為切韻所吸收的成分主要是來自同時的金陵音系和河北地區其他方言音系，如上所述，金陵音系是接近洛陽話的，而河北地區其他方言音系跟洛陽話更是一家，所以它的體系也不是那麼複雜的。至於魏晉時代個別音類的吸收，這也沒有增加它的混亂和破壞它的體系，因為大家公認魏晉六朝的語音在漢語發展史上是屬于同一階段的。」（註十一）王氏再談切韻音系的性質云：「切韻所反映的音系基本上是洛陽語言。」（註十二）

④邵榮芬切韻系的性質和它在漢語音韻史上的地位亦主此說，邵氏云：「在我

們看來"切韻"音系大體上是一個活方言音系，但也多少吸收了一些別的方音的特點。具體的說，它的基礎音系是洛陽音系，它所吸收的方音特點主要是金陵話的特點。」（註十三）

⑤趙振鐸從切韻序論切韻亦云：「洛陽一帶的話是切韻音系的基礎，但是某個具體的音上，陸法言也曾有所去取，採用了一些別的方言中，他認為精切的音，削除了一些他認為疏緩的音。」（註十四）

本師陳伯元先生評論此說云：「不管他們的主張是完全單一洛陽音系，或大部份為洛陽音系，小部份為綜合他處方言（如金陵），林語堂對高本漢長安音系的批評，也都能適應於洛陽音系，所以他們的可靠性，仍是值得保留，值得懷疑的。」（註十五）

(二)就性質言之：以為切韻為當時書音或雅言。

(1)此說亦肇自陳寅恪氏。陳氏從史實論切韻云：「更就顏黃門論金陵洛下士庶語音之優劣觀之，知其必有一衡度之標準，此標準為何，殆即東漢曹魏西晉以來居住洛陽及其近傍之士大夫集團所操之雅音是也。」又云：「大抵吾國士人，其平日談論所用的言語，與誦習經典諷詠詩什所操之音聲，似不能完全符合。易言之，即談論唯用當時之音，而諷誦則當存古音之讀是也。依此，南方士族，其談論乃用舊日洛陽通行之語言，其諷誦則準舊日洛陽太學之音讀。考東漢之時，太學最盛，且學術文化，亦有綜合凝定之趨勢，頗疑當時太學之音聲，已為一美備之複合體，此複合體即以洛陽京畿的音為主，且綜合諸家師授，兼採納各地方音而成者也。」（註十六）

(2)周祖謨氏亦主此說，其切韻的性質和他的音系基礎云：「總起來說，切韻是根據劉臻、顏之推等八人論難的決定，並參考前代諸家音韻、古今字書編定而成的一部有正音意義的韻書，它的語音系統就是金陵、鄴下的雅言，參酌行用的讀書音而定的。既不專主南，亦不專主北，所以並不能認為就是一個地點的方音的記錄，以前有人認為切韻的語音系統代表隋代的長安音，那是錯誤的。」又云：「切韻的分韻主要是顏之推、蕭該二人所決定的。顏之推論南北語音曾說：『冠冕君子，南方最優，閭里小人，北方為愈。』他既然認為士大夫階級通用的語言南優於北，而他本人又原是南方士大夫階級中的人物，他所推重的自然是南方士大夫的語音。切韻分韻既合於南朝夏侯該、顧野王之作，而二人都是梁朝士流，夏侯該曾讀數千卷書，顧野王又為梁太學博士，他們所根據的必然是當時承用的書音和官於金陵的士大夫通用的語言，這與顏之推所提倡的也正相符合。然則切韻的語音系統也就是這種雅言和書音的系統無疑。」周氏又於結論云：「總之，切韻是一部極有系統，而且審音從嚴的韻書，它的音系不是單純以某一地行用的方言為準，而是根據南方士大夫如顏、蕭等人所承用的雅言、書音，折衷南北的異同而定的。雅言與書音總是合乎傳統讀音居多，切韻分韻定音既然從嚴，此一類字與彼一類字就不會相混，其中自然也保存了前代古音中所有的一部份的分別，並非顏、蕭等人有意這裏取方音，那裏取古音。切韻的音系是嚴整的，是有實際的雅言和字書的音讀做依據的。顏之推、蕭該二人必然都能分辨，其他諸人也一定同意這些類別……這個系統既然是由南北儒學文藝之士共同討論而得，必定與南北的語言都能相應。這個音系可以說就是六世紀文學語言的語音系統。」（註十七）

其後，周氏於唐五代韻書集存「總述」中，以為切韻除書音外，尚參校河北與江東語音，其云：「到隋代統一南北以後，臨漳（即鄴城）陸法言根據顏之推、蕭該、魏彥淵、薛道衡等人的討論，參酌南北韻書，編定為《切韻》五卷（公元六〇一），着重保持了當時傳統書音的音位系統，並參校河北與江東語音，辨析分合，而不以一地方音為準，以利於南北人應用。雖然自成一家言，而實際上是為了適應當時政治統一形勢的需要而作的。（詳見拙著問學集中切韻的性質和它的音系基礎）」（註十八）

(3) 周法高氏亦以為切韻為讀書音，其論切韻音云：「根據我研究玄應音的結果，也得出和切韻差不多的音韻系統，可見六、七世紀中，不管金陵、洛陽、長安，士大夫階級的讀書音都有共同的標準。」（註十九）

關於上述諸家之說，本師陳先生綜合評云：「陳寅恪與周祖謨等提出了讀書音的問題，我想這點是應該肯定的，因為韻書的主要目的是為文人撰作文辭用的，所謂「凡有文藻，即須明聲韻」，就是指這一方面來說的。而且以切韻的音切來說，所有的音切與方言能取得對應規律的，都偏重在讀書音方面，而與白話音則多格格不相入。」又云：『周祖謨以為切韻根據的是「官於金陵的士大夫通用的語音。」如果拿這一語音作為衡度是非的標準，固無不可。若說「切韻的語音系統就是這種雅言和書音的系統。」實在是大有可疑。假使切韻真是金陵的雅音系統，那麼只要讓世居建鄴的蕭顏等完全照實直錄就可以了。陳寅恪氏說得好：「序文所以以"蕭顏多所決定"為言，即謂非全由蕭顏決定者。」周法高氏以為金陵、洛陽、長安士大夫階級的讀書音都有共同的標準，恐怕更與事實不副，各方言的讀書音雖與口語音有差別，但並不是每一個字音都有讀書音跟口語音的區別，相反的大多數的字音都沒有書音跟話音的分歧，只要陸法言當時有方言存在，各個不同方言的讀書音就不可能有共同的標準。否則同為書面語言而作的韻書，為甚麼呂靜等五家會各有乖互呢？為甚麼「江東取韻與河北復殊」呢？證之現代各大方言區的讀書音彼此不同，尤可了然。」（註二十）

二、以為切韻兼包古今方國之音：

茲臚列各家之說如次：

(1)江永古韻標準凡例云：「韻書流傳至今，雖非原本，其大致自是周顒、沈約、陸法言之舊，分部列字，雖不能盡合於古，亦因其時音已流變，勢不能泥古違今，其間字似同而音實異，部既別則等亦殊，皆雜合五方之言，剖析毫釐，審定音切，細尋脈絡，曲有條理。」

(2)戴震聲韻考卷三云：「隋、唐二百六韻……雖未考古音，不無合于今大戾于古，然別立四江以次東、冬、鍾後，殆有見于古用韻之文，江歸東、冬、鍾，不入陽、唐，故特表一目，不附東、冬、鍾韻內者，今音顯然不同，不可沒今音，且不可使今音古音相雜成一韻也；不次陽、唐後者，撰韻時以可通用字附近，不可以今音之近似而淆紊古音也。」

(3)段玉裁六書音均表云：「法言二百六部，綜周、秦、漢、魏至齊、梁所積而成典型，源流正變，包括貫通，長孫訥言謂『酌古沿今，無以加者』，可稱法言素臣。如支、脂、之三韻，分之所以存古，類之所以適今，用意精深，後人莫測也。」又云：「四江一韻，東、冬、鍾轉入陽、唐之音也。不以其字雜廁之陽、唐，而別為一韻繫諸一東、二冬、三鍾之後；別為一韻，以著今音也；繫諸一東、二冬、三鍾之後，以存古音也。」
(4) 章太炎先生國故論衡音理論云：「不悟廣韻所包，兼有古今方國之音，非並時同地得有聲埶二百六種也。且如東冬于古有別，故廣韻兩分之，在當時固無異讀。是以李涪刊誤，以為不須區別也。支、脂、之三韻，惟之韻無闔口音。而支脂開闔相間，必分為二者，亦以古韻不同，非必唐音有異也。若夫東、鍾、陽、唐、清、青之辨，蓋由方國殊音，甲方作甲音者，乙方則作乙音；乙方作甲音者，甲方或作乙音，本無定分，故殊之以存方語耳。昧其因革，操繩削以求之，由是侏離，不可調達矣。」

章先生除以為廣韻所包，兼有古今方國之音，并以為一韻之中，因古韻來源不同，在當時雖屬同音，亦尚箸其區別於切語中，其云：「唐韻分紐，本有不可執者，若五質韻中，一壹為於悉切，乙為於筆切，必下二十七字為卑吉切，筆以下九字為鄙密切，蜜謐為彌畢切，密宓為美畢切，悉分兩紐。一屋韻中，育為余六切，囿為于六切，分兩紐也。夫其開闔未殊，而建類相隔者，其殆切韻所承聲類、韻集諸書，丵嶽不齊，未定一統故也。因是析之，其違于名實益遠矣。若以是為疑者，更舉五支韻中文字證之，嬀切居為，規切居隋，兩紐也；虧切去為，闚切去隨，兩紐也：奇切渠羈，歧切巨支，兩紐也：皮切符羈，陴切符支，兩紐也。是四類者，嬀、虧、奇、皮古在歌，規、闚、歧、陴古在支，魏、晉諸儒所作反語，宜有不同。及唐韻悉隸支部，反語尚猶因其遺迹，斯其證驗最箸者也。審音者不尋耑緒，欲無回惑得乎！」

(5) 黃季剛先生與人論治小學書云：「廣韻分韻雖多，要不外三理；其一，以開、合、洪、細分之。其二，開、合、洪、細雖均，而古本音各異，則亦不能不異；如東、冬必分，支、脂必分，魚、虞必分，皆、佳必分；先、仙必分，覃、談必分，尤、幽必分是也。其三，以韻中有變音、無變音分：如東第一（無變音）、鍾（有變音）；齊（無變音），支（有變音）；寒、桓（無變音），刪、山（有變音）；蕭（無變音）、宵（有變音）；青（無變音）、清（有變音）；豪（無變音）、肴（有變音）；添（無變音）、鹽（有變音）諸韻皆宜分析是也。」（註二十一）

(6) 錢玄同文字學音篇廣韻分部說云：「（古今沿革之分），則陸法言定韻精意，全在于此。吾儕生于二千年後，得以考明三代古音之讀法，悉賴法言之兼存古音。且此事不明，不特古音無由通曉，即驟觀廣韻之分部。必將致疑于吾中華母音何以有若是其多。驗諸脣吻，而韻異音同者又甚夥。求其故而不得，遂以廣韻為非。……今案廣韻二百六韻中，有古本韻，有今變韻。」（註二十二）

(7) 羅常培切韻序校釋云：「實在法言定韻之旨，序中『因論南北是非，古今通塞』二語，已足盡之。」又切韻探賾云：「我可以說，陸法言修集切韻的動機，是當隋朝統一南北以後，想把從前『各有土風，遞相非笑』的諸家韻書，也實行統一起來；這和吳稚暉先生等根據讀音統一會所審定的八千字音編纂國音字典的情形，差為近似。不過，國音字典的根據是公家會議的議決，切韻的根據是私人談話的結果。並且國音字典以流行最廣的普通音為主，而以各處方言參校之；切韻則欲網羅古今南北的聲音，兼蓄並包，使無遺漏。因此國音字典比較的可收統一國語的效果；切韻終不免支離破碎的譏評；這一層固然是切韻的缺點，同時也正是他的好處。有人說：若用現在的眼光分析起來，那麼，切韻裏所包含的，有國音字典、發音學、古今聲變遷考、南北方音調查錄及文學音典等許多部份，怎能不令人目迷五色、莫名其妙呢？不過，這祗能怪他的編輯不好，不能說他的本身不好；我們現在能略窺隋唐方音和隋以前古音的概況，幸而還賴有這一部書在。」（註二十三）

(8) 林師景伊中國聲韻學通論云：「法言古今沿革之分析，約而言之，可得四端；一古同今變音，據今而分。二今同古異者，據古而分。三南同北異者，據北而今。四北同南異者，據南而分。廣韻據而增改之，故二百六韻，兼賅古今南北之音。」又云：「況法言韻書，因論古今通塞，南北是非而定，並非據當時口齒而別，即使當時之人讀之，其口齒亦決不能分別如此之精細，必欲究其故而辨別，即當時之人，亦但能知某部某地併，某地分，某部某地讀若某部，某部古音讀與某部同，今音變同某部而已。故法言之書，乃當時之標準韻書，並非標準音。」（註二十四）

(9) 潘師石禪中國聲韻學云：「陸法言自謂其書，乃蕭國子，顏外史多所決定，知切韻之音，多由蕭顏二氏所審定。……則顏之推論定南北是非之根據，實以南北朝京都之所在地為準。以京都為全國人文薈萃之地，文化水準較高，且以帝王都邑，又為政治中心。而顏之推本屬梁人，久居北齊，故于南北語音，有深切之認識，無怪切韻一出，其書即樂為人用也。」又云：「其次則古今之通塞，亦為切韻審音之標準。古今音有別，孔子時已知之。論語謂子所雅言，詩書執禮，皆雅言也。雅言實即表現于詩書之音。此種雅音，凡誦讀經書之士人，皆有一定之音讀，不因方音之歧異而有差別。換言之，雅音者，俗音之別也。而切韻論定古今通塞之根據，亦以雅音為標準。」潘師歸納切韻一書，成書大旨有四端，其前二端即「論南北之是非者，納聲音于正軌也」及「定古今之通塞

者，則以雅音為宗」。（註二十五）

(10) 董同龢中國語音史：「(1)切韻的制作是前有所承的。或者我們可以逕直的說，切韻是集六朝韻書大成的作品。(2)陸法言等人『捃選精切，除削疏緩』的標準是顧到『南北是非，古今通塞』的，換句話說，他們分別部居，可能不是依據當時的某種方言，而是要能包羅古今方言的許多語音系統。」（註二十六）

(11) 黃淬伯討論切韻的韻部與聲紐云：「從切韻序裏的要點，把他分開引申，表明切韻的內容，不是單純的，是繁複的，材料的性質，有時間性的，有空間性的，這部書非獨出心裁，創作新韻的，因藉現存的材料，加以繩削的，看待這部切韻，不妨看作一部集大成的古今（魏至隋）韻彙罷了。……根據王注與慧注，同切韻比勘，感覺切韻的組織法，大約依著諸家舊韻，斟酌韻部的分居，以為經；依著當時方言，兼包並蓄，別出互見，以為緯。……切韻的內容，既是非常繁複，所據的舊韻，作者非一家；所取的方言，又不限一地；法言用包羅萬有的態度，來纂次那末多的材料；則韻部與聲紐之多，乃事實上不得不然之勢也。」黃氏在關于切韻音系基礎的問題又云：「王韻韻目小注發現以後，切韻多韻部的原因，乃是綜合六朝舊韻所致。因此我對于切韻一書，曾作這樣的說明：『切韻音系不是一時一地的語音記錄，更不是所謂"長安方音"，而是具有綜合性的作品。』由于六朝舊韻的作者有南朝之儒流，有北方的專家，各家韻部分合不一致，正是切韻序『江東取韻，與河北復殊』兩語的具體說明。此又導引出切韻『所包含的音系可以看作中古時期南北方言音系的全面綜合。』（註二十七）

(12) 何九盈切韻音系的性質及其他：「我們說切韻是古今南北雜湊，並不是說陸法言曾把古今南北，分作四股，各占四分之一，然後拼湊起來，主要是說它不是以洛陽活方言音系為基礎，不是一時一地之言。但也不意味著它『包括了從北到南的一切方言音系。』羅常培先生說的：『切韻系韻書兼賅古今南北方音，想用全國方音的最小公倍數作為統一國音的標準。』這是不夠切合實際的。我們認為，切韻音系就地點來看，主要反映的是當年黃河流域一帶，其次是長江流域一帶的語音。」（註二十八）

(13) 王力漢語音韻云：「章炳麟說：『廣韻所包，兼有古今方國之音』。他的話是對的。實際上，照顧了古音系統，也就是照顧了各地的方音系統，因為各地的方音也是從古音發展來的。陸法言的古音知識是從古代反切得來的，他拿古代反切來跟當代方音印證，合的認為『是』，不合的認為『非』，合的認為『通』，不合的認為『塞』。這樣就在很大程度上保存了古音系統，例如支、脂、之三韻在當代許多方言裏都沒有分別，但是古代的反切證明這三個韻在古代是有分別的。陸法言就不肯把它們合併起來。其中有沒有主觀臆測的地方呢？肯定的是有的，但是，至少可以說，切韻保存了古音的痕跡，這就有利于我們研究上古的語音系統。」漢語音韻學引廣韻陸法言切韻自序後云：「由此看來，切韻未必根據一時一地之音。例如『支』與『脂』，『魚』與『虞』，也許當時普通人已不能不分，而陸法言要依照古音，定出一個分別來。所以我們如果把切韻當做隋朝的語音實錄去研究，不免有幾分危險。」（註二十九）

(14) 張世祿廣韻研究云：「陸氏作切韻，取兼蓄並包主義，萃古今、南北之語音於一編。」中國聲韻學概要云：「切韻之書，沿今酌古，所謂論南北是非，古今通塞者也．孫愐唐韻序：『音韻之書，字統、字林、韻集述作頗眾，得失互分

；惟陸生切韻盛行於世。』是可見切韻韻目，實兼包古今南北異音者也。」（註三十）

(15) 陳師伯元切韻性質的再檢討，以為切韻「兼包古今方國之音」，而此「音」，主張以「讀書音」當之，不包括語音。陳先生列舉理由八端（註三十一），茲舉其要如次：

1. 切韻序云：「因論南北是非，古今通塞，欲更捃選精切，除削疏緩。蕭顏多所決定」假若切韻只是記錄一時一地之音，或當時各地共同標準的書音，則根本不須「論南北是非，古今通塞。」更不須由蕭該跟顏之推多所決定。只須將當時實際語音系統據實記錄就可以了。今既不然，可見絕非單一語音系統。討論切韻的性質，我們願意相信陸法言的話呢？還是陳澧或高本漢、李于平呢？個人是願意相信陸法言的。

2. 現存王仁昫刊謬補缺切韻各本韻目下的小注，都注明呂靜等五家韻目之分合。從這些小注看來，陸氏所分，純據五家而別，從其分者，不從其合者。是以分韻特多，它不是一時一地的語音系統，顯然可見。

3. 顏氏家訓音辭篇：「自茲厥後，音韻鋒出，各有土風，遞相非笑，指馬之諭，未知孰是。共以帝王都邑，參校方俗，考覈古今，為之折衷，權而量之，獨金陵與洛下耳」。陸氏切韻之作，顏氏多所決定。顏之推論韻的標準，是欲以帝王都邑金陵與洛下的書音，來權量各地方俗韻書的是非，考核古今音的通塞，這與切韻序裏的話，是完全符合的，我們有甚麼更好的理由而不相信他的話？

4. 唐封演聞見記卷二聲韻條說：「隋朝陸法言與顏魏諸公定南北音，撰為切韻，凡一萬二千一百五十八字，以為文楷式。而先仙删山之類，屬文之士苦其苛細。國初許敬宗等詳議，以其韻窄奏合而用之。法言所謂欲廣文路，自可清濁相通者也。」據通鑑唐高宗永徽六年（六五五）九月戊辰以許敬宗為禮部尚書，封演所說奏切韻韻窄事，可能就在他掌禮部的時候，上距切韻的成書，還不到六十年，而屬文之士，已苦其苛細了。這可能是有共同標準的讀書音嗎？難道那些屬文之士都不承用這個標準的讀書音而用他的方俗口語嗎？又難道不到六十年，語音演變急劇得就讓後人感到難以分辨先仙删山了嗎？其實許敬宗奏合而用之，所據的才是當時的雅音，因為開科取士，用韻必有標準，不可人用其鄉。這個標準是甚麼？就是當時的雅音或承用的書音了。

5. 李涪所處時代，雖在晚唐，然距切韻之成書，亦不過兩百餘年，苟切韻之音系代表當時洛陽語音，縱然音隨時變，亦何至於斥為「如病瘖風而噤」指為「吳音乖舛，不亦甚乎！」我們現在讀曹雪芹的紅樓夢，他描寫的北平話，與今國語之間，還是非常一致，而前後相去的時間也差不多的。難道古今語音，在唐時會變得特別快，而今時則特別慢嗎？若為通行之書音，李涪既以為「中華音切，莫過東都」，則豈有不誦習不知道之理，何故會說「如法言之非，疑其怪矣。」的話。李涪的刊誤，實在是一強有力的證據，我們不能承認切韻音系根據的是洛陽語音，因為他指出切韻與東都的語音差距實在太大了。

6. 主張切韻音系是單一音系的人，往往把切韻內部一致作為證據。他們以為「切韻聲母在反切方面有很規律的表現」，就是一個堅實的內部證據。他們認為聲母的反切是幾乎不可能不反映當時的實際語音的，既然聲母方面反映當時的實際語音，有什麼理由說韻母是一個兼綜南北古今的綜合體呢？這個理由，乍看起來是很中聽的，但只要跟事實一對證，就完全站不住腳了。切韻系韻書的聲母真是代表一種實際的語音系統嗎？恐怕也未必然。我們知道，廣韻的切語，於端、知、照三類聲母是有分別的，那末它們真有三類不同的音讀嗎？答案恐怕是否定的。（陳先生分別舉北平、廣州、廈門三地方及北平、溫州、廈門三地方言為例。）由此看來，法言聲母的分類仍是跟韻母一樣，从分不从合的。我們有甚麼理由說它是代表單一的實際的語音系統？

7. 現代所知的漢語方言，在聲韻調各方面都可與切韻的音系取得對應的關係，而且是非常有規律性，例外所佔的比例極少。若切韻為一時一地之音，那只有承認現代各地的方言都是從切韻發展出來的。這種想法，恐怕沒有人會愚蠢得去承認的，因為這與整個漢語發展的歷史事實不符合。那麼要合理解釋切韻與近代各地方言存在著的對應規律，也只有承認切韻「兼包古今方國之音」的一途了。

8.（陳先生取現代中國境內各已知方言在聲韻調三方面與廣韻對照，因謂：）近代方言中聲母最多的方言是溫州跟雙峯的二十八，韻母最多的是廈門的八十六。拿來跟廣韻相比，都僅足一半而已。可見廣韻聲韻母系統的複雜，絕對不是現代任何方言所能望其項背的。這也惟有以切韻廣韻的音系是兼括古今方國之音，從分不從合的結果，才可以解釋這種現象，否則就難以理解了。

(16) 張琨切韻的綜合性質云：「切韻是一個綜合體。陸法言在序中說明，切韻成書前已論及南北是非、古今通塞。王本切韻韻目下的腳註證實了這一點。切韻的系統包容了不同方言的音韻區別。從來沒有一時一地的自然方言有如許區別。切韻所代表和培育的讀書音曾是文人的工具，越變越複雜，文人得加以學習，有時得靠切韻的幫助才行。」又云：「玉篇和切韻的目標同樣都是為了保存新的標準的讀書音——源於北方，而在南方得到發展和修飾。北方的傳統就是晉都洛陽皇室的書生吟咏古典（洛生詠）的讀書音。他們為了吟咏古典必定用一種讀書音，而不用洛陽平民的白話音，呂靜韻集代表這一傳統。由於四世紀北方異族的入侵，漢人被迫南移，也把傳統的吟咏標準帶到南方，其後經過了兩三百年，當中國的政治文化中心改為金陵時，南部方言對這個讀書音的標準產生了影響。新的讀書音中的南方成分緣於若干政治事件。但是齊梁時代學者之精於音韻係因與印度佛僧接觸的結果，如此他們學會了辨析音韻的能力，而從事韻書的編寫工作。沈約曾對王筠說，目前幾乎沒有「知音」的人（見南史王筠傳，卷二十二），陸法言也曾慨乎言之：「欲廣文路，自可清濁皆通；若賞知音，即須輕重有異。」切韻的目的就是要編成一部把所有的區別都包容進去的韻書。」（註三十二）

綜上所論，個人採取：(1)切韻序已明言其「古今通塞，南北是非」之性質。(2)學者對於切韻「兼包古今方國之音」之闡發及論證。(3)潘師揭櫫切韻以雅音為宗。(4)伯元師提出強有力之反覆論證八端。爰從伯元師之說，以為切韻之性質為「兼包古今方國之音」，而此「音」當係「讀書音」。

## 〔註釋〕

(一) 見戴震聲類表卷首、陳澧切韻考卷六。

(二) 見張世祿廣韻研究一六〇頁所引。

(三) 見民國十七年廣東中山大學語言歷史研究所周刊第三集切韻專號。

(四) 見丁山切韻非吳音說乙文所引。

(五) 見張世祿廣韻研究一〇〇頁所引。

(六) 見 Bernhard Karlgren: Grammata Serica, Script and phonetics in Chinese Japanese. 成文出版社六十二年四月影印初版。

(七) 見林語堂語言學論叢，又見林師景伊中國聲韻學通論一〇一頁所摘錄。

(八) 見張世祿廣韻研究一〇一頁所引。滿田氏之文見東洋學報十三卷四號。

(九) 見陳寅恪先生論文集一二五五頁。

(十) 見中國語文一九五七年二月號

(十一) 見中國語文一九六一年四月號。

(十二) 見中國語文一九六二年十二月號。

(十三) 見切韻研究第一章「"切韻"音系的性質」「引言」。

(十四) 見中國語文一九六二年十月號。

(十五) 見切韻性質的再檢討，原載中國學術年刊第三期，後收入鍥不舍齋論學集。

(十六) 仝註八。

(十七) 見問學集四三四頁～四七三頁。

(十八) 見唐五代韵書集存一一頁。

（十九）見香港中文大學中國文化研究所學報第一卷。

（二十）仝註十五。

（二十一）見黃侃論學雜著。

（二十二）見文字學音篇四五頁。

（二十三）仝註二。

（二十四）見中國聲韻學通論九五頁、一〇三頁。

（二十五）見中國聲韻學二五五頁～二五七頁。案此書係潘師與陳紹棠先生合著。

（二十六）見中國語音史四〇頁。

（二十七）前文見國立中山大學語言歷史研究所周刊第六十一期。後文見中國語文一九六二年二月號。

（二十八）見中國語文一九六一年九月號。

（二十九）見漢語音韻學一七七頁。

（三十）見廣韻研究九九頁，中國聲韻學概要一二八頁。

（三十一）仝註十四。所列舉理由八端見鍥不舍齋論學集二九九頁～三一〇頁。

（三十二）見書目季刊第十七卷第一期。張文係由張賢豹氏譯。

## 第二節　切韻之重紐

所謂重紐，即同一韻中之兩切語，上字聲同紐，下字韻同類者也。等韻圖中重紐現象至為普遍，在支脂真諄祭仙宵侵鹽及相承上去入聲諸韻中之脣、牙、喉三發音部位，有三等字伸入四等者，如同轉四等有空位，即佔該位，如該位已有真正之四等字，則改入相近之轉。

廣韻之重紐現象，同門學長康世統已詳論之，見廣韻韻類考正乙文（註一），茲不再贅述。

惟切韻殘卷中有否重紐現象？今按「同一韻中之兩切語，上字聲同紐，下字韻同類」之原則，就切韻殘卷中尋訪，則可得下列各表。古逸叢書本廣韻之重紐亦列表於後。

△切二

| 開合 部位 韻目 | 聲紐 等第 | 開 牙 羣 | 合 喉 曉 |
|---|---|---|---|
| 支 | 三 | 奇渠羇 | 麾許為 |
| 支 | 四 | 祇巨支 | 隳許規 |

| 開合 部位 韻目 | 聲紐 等第 |
|---|---|
| 脂 | 三 |
| 脂 | 四 |

| 合 | 開 | |
| --- | --- | --- |
| 牙 | 脣 | |
| 羣 | 並 | 滂 |
| 逵 渠追 | 邳 蒲悲 | 丕 普悲 |
| 葵 渠惟 | 毗 房脂 | 紕 匹夷 |

△切三

| 合 | 開 | | | | | 合 | 開 |
| --- | --- | --- | --- | --- | --- | --- | --- |
| 牙 | 喉 | 脣 | | | | 位 | 部 |
| 溪 | 曉 | 明 | 並 | 滂 | 幫 | 聲紐/等第 | 韻目 |
| | 犧 許羈 | | | | 陂 彼為 | 三 | 支 |
| | 訑 香支 | | | | 畀 府移 | 四 | |
| 跪 去委 | | 靡 文彼 | 被 皮彼 | 破 匹靡 | 彼 甫委 | 三 | 紙 |
| 跬 去弭 | | 渳 民婢 | 婢 便俾 | 諀 匹婢 | 俾 卑婢 | 四 | |

| 合 | 開 | | | 合 | 開 |
| --- | --- | --- | --- | --- | --- |
| 牙 | 脣 | | | 位 | 部 |
| 見 | 並 | 滂 | 幫 | 聲紐/等第 | 韻目 |
| | 邳 符悲 | 丕 敷悲 | | 三 | 脂 |
| | 毗 房脂 | 紕 匹夷 | | 四 | |
| 軌 居有 | | | 鄙 方美 | 三 | 旨 |
| 癸 居誄 | 牝 扶履 | | 匕 卑履 | 四 | |

| |
|---|
| 羣 |
| 逵渠追<br>葵渠隹 |

| 開 | | | 合 | 開 |
|---|---|---|---|---|
| 喉 | 脣 | | 位 | 部 |
| 影 | 明 | 幫 | 等第/聲紐 | 韻目 |
| [illegible]於巾 | 珉武巾 | | 三 | 真 |
| 因於鄰 | 民弥鄰 | | 四 | |
| | 愍眉殞 | | 三 | 軫 |
| | 泯武盡 | | 四 | |
| 乙於筆 | 密美筆 | 筆鄙密 | 三 | 質 |
| 憶質 | 蜜民必 | 必卑吉 | 四 | |

| 合 | | 開 | | | | 合 | 開 |
|---|---|---|---|---|---|---|---|
| 喉 | 牙 | 牙 | 脣 | | | 位 | 部 |
| 影 | 群 | 見 | 明 | 並 | 幫 | 等第/聲紐 | 韻目 |
| 嬽於權 | | | | | | 三 | 仙 |
| 娟於緣 | | | | | | 四 | |
| | 圈渠篆 | 蹇居輦 | 免亡辨 | 辯符蹇 | 辡方免 | 三 | 獮 |
| | 蜎狂兗 | ⿰扌善基善 | 緬無兗 | 楩符善 | 褊方緬 | 四 | |

| 開 | | 合 | 開 |
|---|---|---|---|
| 脣 | | 位 | 部 |
| 並 | 幫 | 等第/聲紐 | 韻目 |
| | 鑣甫喬 | 三 | 宵 |
| | 飆甫遙 | 四 | |
| 藨平表 | | 三 | 小 |
| 標符小 | | 四 | |

| 韻目 | 聲紐 等第 | 明 | 牙 羣 | 喉 影 |
|---|---|---|---|---|
| | | 苗 武儦 | 喬 巨朝 | 妖 於喬 |
| | | 蜱 無遙 | 翹 渠遙 | 腰 於霄 |

| 部位 開合 | | 喉 開 |
|---|---|---|
| 韻目 | 聲紐 等第 | 影 |
| 緝 | 三 | 邑 英及 |
| | 四 | 揖 伊人 |

| 部位 開合 | | 喉 開 |
|---|---|---|
| 韻目 | 聲紐 等第 | 影 |
| 鹽 | 三 | 淹 英廉 |
| | 四 | 懕 於鹽 |
| 葉 | 三 | 敏 於輒 |
| | 四 | 厭 於葉 |

△王一

| 部位 開合 | | 喉 開 | 喉 合 |
|---|---|---|---|
| 韻目 | 聲紐 等第 | 影 | 影 |
| 寘 | 三 | 倚 於義 | 餧 於偽 |
| | 四 | 縊 於賜 | 恚 於避 |

| 部位 開合 | |
|---|---|
| 韻目 | 聲紐 等第 |
| 旨 | 三 |
| | 四 |
| 至 | 三 |
| | 四 |

| 合 | | | 開 | | | | |
| --- | --- | --- | --- | --- | --- | --- | --- |
| 喉 | 牙 | | 牙 | 脣 | | | |
| 曉 | 羣 | 見 | 溪 | 明 | 並 | 滂 | 幫 |
| | 跽 暨軌 | 軌 居洧 | | | 否 符鄙 | | 鄙 方美 |
| | 揆 葵癸 | 癸 居誄 | | | 牝 扶履 | | 匕 卑履 |
| 豷 許位 | 匱 逵位 | 愧 軌位 | 器 去冀 | 郿 美秘 | 備 平秘 | 濞 匹備 | 祕 鄙媚 |
| 侐 火季 | 悸 其季 | 季 癸悸 | 弃 詰利 | 寐 蜜二 | 鼻 毗四 | 屁 匹鼻 | 痹 必至 |

| 開 | | 合 | 開 |
| --- | --- | --- | --- |
| 脣 | | 位 | 部 |
| 明 | 並 | 聲紐等第 | 韻目 |
| 愍 悲隕 | | 三 | 軫 |
| 泯 武盡 | | 四 | |
| 密 美筆 | 弼 房律 | 三 | 質 |
| 蜜 名必 | 邲 毗必 | 四 | |

| 開 | 合 | 開 |
| --- | --- | --- |
| 牙 | 位 | 部 |
| 疑 | 聲紐等第 | 韻目 |
| 劓 牛例 | 三 | 祭 |
| 藝 魚祭 | 四 | |

| 合 | 合 | 開 |
| --- | --- | --- |
| 喉 | 位 | 部 |
| 影 | 聲紐等第 | 韻目 |
| 嬽 於權 | 三 | 仙 |
| 娟 於緣 | 四 | |

△王二

| 開 | | | | | | | | 合 | 開 |
|---|---|---|---|---|---|---|---|---|---|
| 喉 | 牙 | | | 脣 | | | | 位 | 部 |
| 影 | 群 | 溪 | 見 | 明 | 並 | 滂 | 幫 | 聲紐 等第 | 韻目 |
| | 奇 渠羈 | | | 糜 靡為 | 皮 符羈 | 鈹 敷羈 | 陂 彼為 | 三 | 支 |
| | 祇 巨支 | | | 彌 武移 | 裨 頻移 | ⿰忄毘 匹卑 | 卑 必移 | 四 | |
| | | | | 靡 文彼 | 被 皮彼 | 破 匹靡 | 彼 卑彼 | 三 | 紙 |
| | | | | 渳 民婢 | 婢 避不 | 諀 匹弭 | 俾 卑婢 | 四 | |
| 倚 於義 | | ⿺辶奇 卿義 | 寄 居義 | | 髲 皮義 | 帔 披義 | 賁 彼義 | 三 | 寘 |
| 縊 於賜 | | 企 去智 | 翨 劲賜 | | 避 婢義 | 譬 匹義 | 臂 卑義 | 四 | |

| 開 | 合 | 開 |
|---|---|---|
| 喉 | 位 | 部 |
| 影 | 聲紐 等第 | 韻目 |
| ⿰忄奄 於驗 | 三 | 豔 |
| 厭 於豔 | 四 | |

| 開 | | 合 | 開 |
|---|---|---|---|
| 喉 | 脣 | 位 | 部 |
| 影 | 幫 | 聲紐 等第 | 韻目 |
| 夭 於兆 | | 三 | 小 |
| 闄 於小 | | 四 | |
| | 口 方廟 | 三 | 笑 |
| | 驃 卑妙 | 四 | |

| 曉 | 見 | 溪 | 影 | 曉 |
|---|---|---|---|---|
|  |  |  |  | 合 |
|  | 牙 |  | 喉 |  |
| 犧 許羈<br>訑 香支 | 嬀 居僞<br>槻 居隨 |  |  | 麾 許為<br>隳 許規 |
|  |  | 跪 去委<br>跬 去弭 |  |  |
|  |  |  | 餧 於僞<br>恚 於避 |  |

| 韻目 | 等第/聲紐 | 幫 | 滂 | 並 | 明 | 溪 | 曉 | 見 | 羣 | 曉 |
|---|---|---|---|---|---|---|---|---|---|---|
| 部 | 位 | 脣 |  |  |  | 牙 | 喉 | 牙 |  | 喉 |
| 開 | 合 | 開 |  |  |  |  |  | 合 |  |  |
| 脂 | 三 |  | 丕 敷悲 | 邳 符悲 |  |  |  |  | 逵 渠追 |  |
|  | 四 |  | 紕 匹夷 | 毗 房脂 |  |  |  |  | 葵 渠佳 |  |
| 旨 | 三 | 鄙 八美 |  | 否 符鄙 |  |  |  | 軌 居美 | 跪 暨軌 |  |
|  | 四 | 匕 畀履 |  | 牝 肤履 |  |  |  | 癸 居腹 | 揆 葵癸 |  |
| 至 | 三 | 祕 鄙媚 | 濞 匹備 | 備 平祕 | 郿 美祕 | 器 去冀 | 齂 許器 | 媿 軌位 | 匱 逵位 | 豷 許位 |
|  | 四 | 痹 必至 | 屁 匹鼻 | 鼻 毗志 | 寐 密二 | 棄 詰利 | 瞲 許鼻 | 季 癸悸 | 悸 其季 | 侐 火季 |

| 韻目 | 等第/聲紐 | 幫 |
|---|---|---|
| 部 | 位 |  |
| 開 | 合 |  |
| 軫 | 三 |  |
|  | 四 |  |
| 質 | 三 | 筆 鄙密 |
|  | 四 | 必 卑吉 |

| 開 | 脣 滂 | 脣 明 | 牙 見 | 喉 影 |
|---|---|---|---|---|
| | | 愍 眉隕 | 巾 飢贇 | |
| | | 泯 武盡 | 緊 居忍 | |
| | 拂 普密 | 密 美筆 | 橘 居密 | 乙 於筆 |
| | 迈 譬吉 | 蜜 民必 | 吉 居質 | 一 憶質 |

| 開合 部位 韻目 | 等第 聲經 | 開 牙 疑 |
|---|---|---|
| 祭 | 三 | 劓 義例 |
| | 四 | 藝 魚祭 |

| 開合 部位 韻目 | 等第 聲經 | 開 脣 幫 | 開 脣 並 | 合 牙 見 |
|---|---|---|---|---|
| 線 | 三 | | | 眷 居倦 |
| | 四 | | | 絹 古掾 |
| 薛 | 三 | 箣 變別 | 別 憑列 | |
| | 四 | 鷩 并列 | 嫳 扶列 | |

| 開合 部位 韻目 | 等第 聲經 | 開 喉 影 |
|---|---|---|
| 侵 | 三 | 音 於今 |
| | 四 | 愔 於淫 |
| 緝 | 三 | 邑 英及 |
| | 四 | 揖 伊入 |

| 開合 部位 韻目 | 等第 聲經 |
|---|---|
| 鹽 | 三 |
| | 四 |
| 豔 | 三 |
| | 四 |
| 葉 | 三 |
| | 四 |

| 開 | 喉 影 | |
|---|---|---|
| | 淹英廉 | 懕於鹽 |
| | 悆於驗 | 猒於豔 |
| | 敏於輒 | 𪖐於葉 |

△刊

| 開部 | 合位 | 脣 明 | 牙 羣 |
|---|---|---|---|
| 韻目 | 等第 聲紐 | | |
| 宵 | 三 | 苗武高 | 喬巨嬌 |
| | 四 | 鈔無遙 | 翹巨遙 |

| 開部 | 合位 | 牙 羣 | 喉 影 |
|---|---|---|---|
| 韻目 | 等第 聲紐 | | |
| 鹽 | 三 | | 淹伊占 |
| | 四 | | 懕於廉 |
| 葉 | 三 | 敏於輒 | |
| | 四 | 壓於葉 | |

△唐韻

| 開部 | 合位 | 脣 幫 | 並 | 明 |
|---|---|---|---|---|
| 韻目 | 等第 聲紐 | | | |
| 質 | 三 | 筆鄙密 | 弼房密 | 密美乙 |
| | 四 | 必卑吉 | 邲毗□ | 蜜弥畢 |

| 韻目 | 等第/聲紐 | 開 部位 喉 影 |
|---|---|---|
| 葉 | 三 | [illegible] 於輒 |
| | 四 | 厭 於葉 |

| 韻目 | 等第/聲紐 | 開 部位 脣 明 |
|---|---|---|
| 笑 | 三 | 廟 眉召 |
| | 四 | 妙 弥笑 |

| 韻目 | 等第/聲紐 | 開 部位 脣 幫 | 合 牙 見 | 合 喉 影 |
|---|---|---|---|---|
| 線 | 三 | | 眷 居倦 | |
| | 四 | | 絹 古掾 | |
| 薛 | 三 | [illegible] 方別 | | 噦 乙劣 |
| | 四 | 鷩 并列 | | 妜 於悅 |

| 韻目 | 等第/聲紐 | 開 部位 牙 疑 |
|---|---|---|
| 祭 | 三 | 劓 牛例 |
| | 四 | 藝 魚祭 |

| 舌 見 | 牙 影 |
|---|---|
| 暨 居乙 | 乙 於筆 |
| 吉 居質 | 一 於悉 |

△廣韻

| 開合 | | 開 | | | | | | | | | 合 | | | |
|---|---|---|---|---|---|---|---|---|---|---|---|---|---|---|
| 部位 | | 脣 | | | | 牙 | | | 喉 | | 牙 | | 喉 | |
| 韻目 | 等第/聲紐 | 幫 | 滂 | 並 | 明 | 見 | 溪 | 羣 | 影 | 曉 | 見 | 溪 | 影 | 曉 |
| 支 | 三 | 陂 彼為 | 鈹 敷羈 | 皮 符羈 | 縻 靡為 | | | 奇 渠羈 | | 犧 許羈 | 嬀 居為 | 虧 去為 | | 麾 許為 |
| 支 | 四 | 卑 府移 | 岥 匹支 | 陴 符支 | 彌 武移 | | | 祇 巨支 | | 詑 香支 | [illegible] 居隋 | 闚 去隨 | | 隓 許規 |
| 紙 | 三 | 彼 甫委 | 㱟 匹靡 | 被 皮彼 | 靡 文彼 | 掎 居綺 | 綺 墟彼 | | | | | 跪 去委 | | |
| 紙 | 四 | 俾 并弭 | 諀 匹弭 | 婢 便俾 | 弭 綿婢 | 枳 居帋 | 企 丘弭 | | | | | 跬 丘弭 | | |
| 寘 | 三 | 賁 彼義 | 帔 披義 | 髲 平義 | | 寄 居義 | [illegible] 卿義 | | 倚 於義 | | [illegible] 詭偽 | | 餧 於偽 | 毀 況偽 |
| 寘 | 四 | 臂 卑義 | 譬 匹賜 | 避 毗義 | | 馶 居企 | 企 去智 | | 縊 於賜 | | 瞡 規恚 | | 恚 於避 | 孈 呼恚 |

| 開合 | | 開 | |
|---|---|---|---|
| 部位 | | 脣 | |
| 韻目 | 等第/聲紐 | 幫 | 滂 |
| 脂 | 三 | | 丕 攀悲 |
| 脂 | 四 | | 紕 匹夷 |
| 旨 | 三 | 鄙 方美 | |
| 旨 | 四 | 匕 卑履 | |
| 至 | 三 | 祕 兵媚 | 濞 匹備 |
| 至 | 四 | 痺 必至 | 屁 匹寐 |

| 開 | 開合 | |
|---|---|---|
| 牙 | 部位 | |
| 疑 | 等第聲紐 | 韻目 |
| 劓牛例 | 三 | 祭 |
| 藝魚祭 | 四 | |

| 開 | | | | | | | 開合 | |
|---|---|---|---|---|---|---|---|---|
| 喉 | | 牙 | | 脣 | | | 部位 | |
| 曉 | 影 | 溪 | 見 | 明 | 並 | 幫 | 等第聲紐 | 韻目 |
| | 䵣於巾 | | | 珉武巾 | 貧符巾 | 彬府巾 | 三 | 真 |
| | 因於真 | | | 民彌鄰 | 頻符真 | 賓必鄰 | 四 | |
| | | | | 愍眉殞 | | | 三 | 軫 |
| | | | | 泯武盡 | | | 四 | |
| | | 菣去刃 | | | | | 三 | 震 |
| | | 螼羌印 | | | | | 四 | |
| 肸義乙 | 乙於筆 | | 暨居乙 | 密美畢 | 弼房密 | 筆鄙密 | 三 | 質 |
| 欯許吉 | 一於悉 | | 吉居質 | 蜜彌畢 | 邲毗必 | 必卑吉 | 四 | |

| 合 | | | | | |
|---|---|---|---|---|---|
| 喉 | 牙 | | 牙 | | |
| 曉 | 羣 | 見 | 溪 | 明 | 並 |
| | | | | | 邳符悲 |
| | | | | | 毗房脂 |
| | [illegible]暨軌 | 軌居洧 | | | 否符鄙 |
| | 揆求癸 | 癸居誄 | | | 牝扶履 |
| 豷許位 | 匱求位 | 媿俱位 | 器去冀 | 郿明祕 | 備平祕 |
| 瞲香季 侐火季 | 悸其季 | 季居悸 | 弃詰利 | 寐彌二 | 鼻毗至 |

| 開 |
| --- |
| 部 |
| 目韻 |
| 侵 |
| 緝 |

| 開 | | | | | | | 合開 | |
| --- | --- | --- | --- | --- | --- | --- | --- | --- |
| 喉 | 牙 | | 脣 | | | | 位 | 部 |
| 影 | 羣 | 溪 | 明 | 並 | 滂 | 幫 | 聲紐／等第 | 目韻 |
| 妖 於喬 | 喬 巨嬌 | 趫 起囂 | 苗 武瀌 | | | 鑣 甫嬌 | 三 | 宵 |
| 要 於霄 | 翹 渠遙 | 蹻 去遙 | 蜱 彌遙 | | | 飆 甫遙 | 四 | |
| 夭 於兆 | | | | 藨 平表 | 麃 滂表 | 表 陂矯 | 三 | |
| 闄 於小 | | | | 摽 符少 | 縹 敷沼 | 褾 方小 | 四 | |
| | | | 廟 眉召 | | | | 三 | |
| | | | 妙 彌笑 | | | | 四 | |

| 合 | | | 開 | | | | 合開 | |
| --- | --- | --- | --- | --- | --- | --- | --- | --- |
| 喉 | 牙 | | 脣 | | | | 位 | 部 |
| 影 | 群 | 見 | 明 | 並 | 滂 | 幫 | 聲紐／等第 | 目韻 |
| 嬽 於權 | | | | | | | 三 | 仙 |
| 娟 於緣 | | | | | | | 四 | |
| | 圈 渠篆 | | 免 亡辨 | 辯 符蹇 | 鴘 披免 | 辡 方免 | 三 | 獮 |
| | 蜎 狂兗 | | 緬 彌兗 | 楩 符善 | 䩯 匹善 | 褊 方緬 | 四 | |
| | | 眷 居倦 | | 卞 皮變 | | | 三 | 線 |
| | | 絹 吉掾 | | 便 婢面 | | | 四 | |
| 噦 乙劣 | | | | | | 䇷 方別 | 三 | 薛 |
| 妜 於悅 | | | | | | 鷩 并列 | 四 | |

| 開合 | 開 | | 合 | 開 |
|---|---|---|---|---|
| 部位 | 喉 | 牙 | 位 | 部 |
| 韻目 | 影 | 羣 | 等第/聲紐 | 韻目 |
| 鹽 | 淹央炎 | 箝巨淹 | 三 | 鹽 |
| | 懕一鹽 | 鍼巨鹽 | 四 | |
| 豔 | 㤿於驗 | | 三 | 豔 |
| | 厭於豔 | | 四 | |
| 葉 | 敀於輒 | | 三 | 葉 |
| | 魘於葉 | | 四 | |

| 合 | 開 |
|---|---|
| 位 | 喉 |
| 等第/聲紐 | 影 |
| 侵 | 音於今 |
| | 愔挹淫 |
| 緝 | 邑於汲 |
| | 揖伊入 |

由上列諸表，可知切韻殘卷中，亦呈現極規律之重紐現象。惟諸重紐，究有何分別？自陳澧以來之學者，頗有爭論。歸納學者之見，要可分二派，茲述如下：

A、主分派：此派以為重紐表示有兩個韻母不同之小韻，又可分為三家：

a.陳澧、周祖謨等氏——以為重紐字乃表示兩種不同之音切，然未指其分別之所在。陳澧氏切韻考於支脂……諸韻脣、牙、喉音遇有兩切語其聲母同紐者，即據以分其切語下字為不同之兩類。惟未明言所分重紐之兩類有何區別，或以系聯始創，疏忽難免也。周祖謨氏陳氏切韻考辨誤亦云：「益既為同音之兩切語，以陸氏之知音何為不併之為一紐？唐代諸家音韻又何以因襲而不改？抑不能定其同異乎？惟上考前代舊音反語，若有別焉。」（註二）亦以為有兩種不同之切語下字，然未指其分別之所在。

b.董同龢、周法高等氏——以為重紐字之別在於主要元音之不同。董同龢氏有廣韻重紐試釋一文（註三），將重紐字諸韻開合之外各分二類：

1. 類——包括所有的舌齒音與韻圖置於四等的唇牙喉音。

2. 類——包括韻圖置於三等的唇牙喉音。

確定有兩類型之後，探討各類皆由不同之古韻而來，如支韻1類由上古之佳部而來，支韻2類則由上古之歌部而來。此二類之不同，董氏云：「就現在已有的上古音知識看，倒可以確定他們當是主要元音的不同。因為各韻的兩類都是分從上古不同的韻部來的。不過主要元音的分別究竟該是開與關的關係呢？還是鬆與緊呢？以上三項材料又都難以回答。……又必待將來材料多了才能決定。」（註四）周法高氏說見廣韻重紐的研究一文（註五），周氏將廣韻支、脂、真、諄、仙、宵、侵、鹽（賅上去入聲）諸韻唇、牙、喉音，韻圖列於四等及其他聲紐韻圖列於同圖三等之字稱為A類，即董氏之1類。而唇、牙、喉音韻圖列於三等之字則稱B類，即董氏之2類。周氏又稱所分之B類為$β_1$型，而稱高本漢氏所訂之β型諸韻為$β_2$型。顯然周氏亦將重紐字分成二類型，至其區別仍在於主要元音之不同，周氏云：「現在我們擬定$β_1$型的音讀，究竟要採取元音，抑介音的區別呢？我們如果採取介音的區別，可以拿喻以紐和喻云紐做標準（注意A類無喻云紐，B類無喻以紐的現象）。如沿 jwɛn，員 jwɛn，但是在方言中也沒有什麼有利的根據，對於上古音的擬構，也要多添一套介音，對於高氏擬構的$β_2$型諸韻，也勢必至於要改得和$β_1$型的介音一樣，憑空的增加了許多麻煩。現在決定採取元音的分別。」（註六）

他如張琨，說見古漢語韻母系統與切韻（The Proto-Chinese Final System and The Chieh-yün）、納格爾（Paul Nagel）說見陳澧切韻考對於切韻擬音的貢獻（Beit-räge zur Rekonstruktion der 切韻 Tsien-yün-Spracheauf Grund von 陳澧 Ch'én Li's 切韻考 Ts'ieh-yün-k'au）等（註七）亦屬此家。

C. 陸志韋、王靜如、李榮、浦立本、龍宇純等氏——以為重紐字之別在於介音，即三等字與三等寄於四等之重紐，其區別為介音之不同。

陸志韋氏說見三四等與所謂喻化及古音說略，陸氏於三四等與所謂喻化一文首先確認，支脂真祭仙宵侵鹽八韻（賅上去入聲）之唇牙喉音下之小韻重出，二者必有讀音之區別，更指明其區別為介音長短，陸氏云：「三四等合韻之介音較長，而純三等韻較短，合韻中重出之喉牙唇音其介音亦短。」（註八）之後，古音說略據此并參考王靜如氏論開合口之說，將支脂諸韻之唇牙喉音，韻鏡、七音略列於三等者，不論開合口，其音皆有撮唇之勢，是為假合口。至於介者，則列於三等者為㈡（知系、莊系同此），列於四等者為㈢（照系、精系同此），惟㈡較㈢寬且後。（註九）

王靜如氏說見論開合口一文。王氏以為支脂真（諄）仙宵侵鹽七系（賅上去入聲）之唇牙喉音三、四等重出者為不同之兩類。其重出之唇音，於宋元人口中以入三等者為合，或假合，而入四等者為開。理由有四：

①以諧聲而論，脂系三等為合，而四等為開。支系同此，亦三等為合，而四等為開。

②以東土借音證明三等為合，四等為開。

③汕頭、客家及福州諸方音，於支、脂兩系多以其合口屬三等而四等盡為開口。

④古代北方官話，有明末金尼閣西儒耳目資之拉丁記音，三等為合，四

等為開。（註十）

重出之牙音，亦可分為兩類。王氏據海東譯音、高麗譯音、東南方音（汕頭福州）及諧聲現象，而云：「三等為脣化，其介音較後；四等為正脣，其介音較前；亦即支脂真諄仙宵鹽侵諸系之三等牙音為 gɪ-, gɪw-, gwɪ-，而四等為 ki-, kiw-, kwi- 之謂也。」（註十一）

至重出之喉音，亦同諸牙音，三等介音為[ɪ]，四等介音為[i]。

上述重出唇牙喉音雖有兩類型，惟其演化結果終必合而為一，王氏云：「重唇輕化之時嘬口之勢同時消失，而兩種牙音亦合為一。合韻中三四等字之所以異者，其時僅為介音前後之不同。然牙音部位既同，主元音又無區別，僅以介音分等，安可持久。此二者終必合一之理也。」（註十二）

李榮氏說見切韻音系，李氏以為支脂真祭仙宵侵鹽八部（賅上去入）脣牙喉音逢開合韻可能有兩組開口，兩組合口，逢獨韻亦然，等韻一組列三等另一組列四等，又稱列於三等一組為B類，即董氏之1類。稱列於四等一組為A類，即董氏之2類。（註十三）李氏分別A.B.兩類音值云：「A B兩類音值怎麼不同很難說，我們只作類的區別。A類除了沒有匣母外，跟聲母配合的關係和沒有重紐的丑類一樣。B類跟聲母配合的關係完全和子類相同。上文我們說三等介音是[i]，子類和丑類完全寫作[i]，寅類A也寫作[i]，寅類B寫作[ɪ]。」（註十四）案李榮氏所謂子類丑類寅類者，其內容為：三等韻僅出現於三等位置者為子類；三等韻中有借位至二、四等者為丑類，支脂真祭仙宵侵鹽八部之三等及寄於四等之重紐字為寅類，此類又分A B兩類，亦即董同龢氏之1.2.類。浦立本氏說見周法高氏論切韻音表一引，以為支脂諸韻之重紐有兩類之別，出現於四等之介音作〔i〕，出現於三等之介音作〔ɪ〕。（註十五）龍宇純氏說見廣韻重紐音值試論一文。龍氏以為廣韻支脂諸韻唇牙喉音及侵之影紐、鹽之溪群影三紐之重紐，早期韻圖分別置於三等四等，因謂：「凡韻圖列三等者，必因其具備應入三等之色彩；凡韻圖列四等者，亦必因其具備非入四等不可之特徵。」（註十六）至三、四等之別亦在介音之不同，龍氏云：「在三等者同於同韻舌齒音之一般形態，即聲母後接介音"j"，在四等則此介音"j"之後更接"i"，即其介音為"ji"。如脂韻主要元音為"e"，則開口三等為"je"，四等為"jie"；合口三等為"jue"，四等為"jiue"。真諄韻主要元音及韻尾為"en"，則開口為三等為"jen"，四等為"jien"，合口三等為"juen"，四等為"jiuen"。餘同此。」（註十七）三等介音為〔j〕，四等介音為〔ji〕，是兩類之別也。

他如蒲立本（E. G. Dulley Blank）說見古漢語之聲母系統（The Consonantal System of Old Chinese）、日本有坂秀世說見評高本漢的拗音說、河野六郎說見朝鮮字音的特質、藤堂明保說見中國語音韻論等（註十八）亦屬此家。

本派之優缺點，分析如下：

甲、優點：三家皆以為支、脂、真、諄、祭、仙、宵、侵、鹽諸韻唇、牙、喉音之重紐，有兩個韻母不同之小韻，頗能解釋切語不同即表示不同音之現象。（註十九）是為本派之優點也。

乙、缺點：茲分述如次：

a. 陳澧、周祖謨等氏，雖能指出重紐字表示兩種不同之音切，惜未指出其分別之所在。

b.董同龢、周法高等氏以為重紐字之別在於主要元音之不同。如依二氏之說，無異承認廣韻同一韻中同為開（或合），皆有兩種不相同主要元音之韻類存在，如東細、鍾、支、脂、之、微、魚、虞、齊、祭、廢、真、諄、欣、文、元、先、仙、蕭、宵、戈細、麻細、陽、庚細、清、青、侵、鹽、添、嚴、凡、蒸等細音諸韻當如此，然則廣韻同韻之字，其主要元音必定相同，此為一般學者所公認，是重紐字之別，非主要元音之不同也。且若以元音分辨說一端言之，其實際已否定切韻「古今通塞，南北是非」之基本性質。陸氏之切韻乃酌古詳今，據以前諸家音韻，古今字書，「剖析毫釐，分別黍累」，其分韻至為細密，分所難分，故所屬同一韻部之字，不當猶存兩類可以分析之元音現象。本師陳伯元先生曾評董說云：「按董說亦有其缺點，承認董說，不但否定切韻一書之基本性質，且尚得承認廣韻同一韻中主要元音不同韻母存在，此恐非事實。」（註二十）邵榮芬亦反對元音分辨說，其見亦有同於陳師者，邵氏云：「我們擬訂切韻韻值，是從切韻每韻只有一個主要元音這一總的假定出發的。如果把切韻置于同一韻中的重紐兩類看作是主要元音的不同，就破壞了這一假定。但是就給切韻訂音來說，這一假定應該是不容破壞的。這就給元音說造成了嚴重的困難。」（註二十一）

c 陸志韋、王靜如、李榮、浦立本、龍宇純等氏以為重紐字之別在於介音之不同。陸、王二氏三等作〔ɪ〕，四等作〔i〕；李、龍二氏三等作〔j〕，四等作〔i〕；浦氏三等作〔ɣ〕，四等作〔j〕。然則此說不無可疑之處：

①何以現代方言中未見如此現象？

最難理解者，四等之脣牙喉音下各類之切語下字與三等舌齒音之下各類之切語下字實同一類，吾人實無法接受三等舌齒音之介音為〔j〕或〔ɪ〕，四等喉音等為〔i〕，因為純就切語下字觀之，二者實毫無差異也。

③〔j〕與〔i〕之區別為何？唐宋人憑口耳脣吻之驗，即可區別乎？別法言已明言「支脂魚虞，共為一韻，先仙尤侯，俱論是切。」為實際語音現象，其時之人何以能別〔j〕與〔i〕？

周法高氏亦嘗評云：「……但是在方言中也沒有什麼有利的根據，對於上古音的擬構，也要多添一套介音……憑空的增加了許多麻煩。」（註二十二）故此說固可避免韻同而元音不同之矛盾，但其難以成立，昭然可知。

綜上所論，主分派不無缺失，今不從也。要較能精當者，則主合派之說屬焉。

B、主合派：此派以為支脂諸韻，於中古時期，讀音無別。又可分成二家：

a.高本漢、白滌洲、王了一、馬丁等氏——此家視重紐字為同音，惟未言明重紐之由來。

高本漢說見中國音韻學研究一書，高氏分三等韻為兩類，茲逐錄如下：

α有些在j化聲母後頭（三等）跟在純聲母（四等）的後頭一樣的可以出現。可是有一種有一定規則的限制。只有一個喻母（沒有口部或喉部輔音的聲母）在這些韻裡j化的跟純粹的兩樣都見。其餘的見、知、泥、非幾系聲母一定是j化的，端系聲母一定是純粹的。

β另外有些韻只有j化的聲母（三等）。這些韻在開口類只有見系聲母；在合口類只有見非兩系聲母。所以完全沒有知泥端三系聲母，開口也沒有非系聲母。（註二十三）

高氏將支脂諸韻之重紐均歸列於乙類中，即重紐諸切語兩兩無別也。其中國聲韻學大綱亦視重紐為同音。惟高氏並未說明重紐字之由來。

至白滌洲氏說見廣韻聲紐韻類之統計一文、王了一氏說見漢語史稿、馬丁氏說見周法高論切韻音引（註二十四），三氏於廣韻韻母之擬音，均未將支脂諸韻之重紐分為兩類，而視為同音，惟三氏與高氏皆無明言重紐之由來。

b. 章太炎、黃季剛、錢玄同、林師景伊、本師陳伯元先生——此家除以為重紐於中古時期同音外，并探討重紐於三、四等各類之來源，即二類分別由上古兩不相同之韻部演化而來。

主張重紐之產生，乃因古音之來源不同，無關於音值之差異，不必強為之劃分成新韻類之學者，當首推章太炎先生，國故論衡云：『廣韻分紐，本有不可執者；若五質韻中「一，壹」為於悉切，「乙」為於筆切，「必」以下二十七字為卑吉切，「筆」以下九字為鄙密切；「蜜，謐」為彌畢切，「密，蔤」為美畢切，悉分兩紐；一屋韻中，「育」為余六切，「囿」為于六切，亦分兩紐也。夫其開闔未殊，而建類相隔者，其違切韻所承聲類韻集諸書，丵嶽不齊，未定一統故也。因是析之，其違於名實益遠矣。若以是為疑者，更舉五支韻中文字證之：「媯」切「居為」，「規」切「居隋」，兩紐也；「虧」切「去為」，「闚」切「去隨」，兩紐也；「奇」切「渠羈」，「岐」切「巨支」，兩紐也；「皮」切「符羈」，「陴」切「符支」，兩紐也。是四類者，「媯，虧、奇、皮」古在歌；「規、闚、岐、陴」古在支，魏晉諸儒所作反語宜有不同；及唐韻悉隸支部，反語尚猶因其遺跡，斯其證驗最著者也。』（註二十五）

其後黃季剛先生更進而論述重紐產生之緣由，乃因裒集舊切之故，並謂此同韻中一字一音而分二切者，音為同類。黃侃論學雜著云：「緣陸以前，已有聲類韻集諸書，切語用字未能畫一，切韻裒集舊切，於音同而切語用字有異者，仍其異而不改；而合為一韻，所以表其同音。精於審音者，驗諸脣吻，本可了然；徒以切異字異，易致迷罔。幸其中尚有一字一音而分二切者，今即據此，得以證其音本同類。」（註二十六）黃先生多載潛研廣韻，發現廣韻二百零六韻有古本韻，有今變韻。古本韻居韻圖一、四等，今變韻居韻圖二、三等。黃氏云：「當知二百六韻中，但有本聲，不雜變聲者，為古本音；雜有變聲者，其本聲亦為變聲所挾而變，是為變音。」（註二十七）又云：「大抵古聲於等韻只見一、四等，從而廣韻韻部與一、四等相應者，必為古本韻；不在一、四等者，必為後來變韻。」（註二十八）支脂諸韻黃氏皆以為有兩類古本韻之來源。

錢玄同氏說見文字學音篇，錢氏於該書以為廣韻二百六韻中，有古本韻有今變音，復列平聲五十七韻及去聲祭泰夬廢四韻，各于其下標明「本韻」「變韻」，變韻諸韻，又明其為古某韻之變。（註二十九）

林師景伊說見中國聲韻學通論及切韻韻類考正，茲錄其研究支韻重紐結果云：「虧闚二音，廣韻、切韻殘卷，及刊謬本皆相比次。是當時陸氏搜集諸家音切之時，蓋以音而切語各異者，因並錄之，並相次以明其實為同類。猶紀氏唐韻考中弓陟芎宮陟相次之列。嬀鱌祇奇靡陸陴皮疑亦同此。今各本之不相次，乃後之增加者，竄改而混亂也，隨句為反，虧去為反，闚去隨反，可以證明。」（註三十）林師於中國聲韻學通論闡述古本韻、今變韻之說，後於此說明重紐切語各異，而音實同之由。

本師陳伯元先生說見等韻述要及廣韻韻類分析之管見。陳先生紹繼上列諸先生之說，詳審明析廣韻與等韻圖中重紐之現象，並融入黃季剛先生古本音與今變音之至理，以為重紐之所以分居三四等者，即以其皆屬三等今變韻，而古音之來源不同故也。凡从本部古本韻變來者，於等韻圖中則居四等，自他部本韻變來者，則居三等。陳先生等韻述要既駁董同龢氏三四等以主要元音區別為譌之後，更云：「竊以為支脂真諄祭仙宵諸韻有兩類古韻來源，以黃季剛先生古本韻之理說明之如下：支韻有兩類來源，一自其本部古本韻齊變來（變韻中有變聲）者，即卑埤陴彌祇諀一類字，一自他部古本韻歌變來（半由歌戈韻變來）者，即陂鈹皮縻奇犧一類字，韻圖之例，凡自本部古本韻變來者，例置四等，自他部古本韻變來者例置三等。祭韻之蔽潎弊袂十三轉三等有空而不排，而安置於十五轉之四等者，亦因祭韻有兩類古本韻來源，一自其本部古本韻曷末變來（入聲變陰去）者，即蔽潎弊袂藝等一類字，一自他部古本韻沒韻變來（半由魂韻入聲變來）者，即劓字等，自本部古本韻變來者例置四等，故蔽潎袂等字置於四等也，自他部古本韻變來者例置三等，然他部古本韻變來者適缺脣音字，故脣音三等雖有空亦不得排也。其他各韻亦莫不有兩類古本韻來源。」（註三十一）

以古本韻、今變韻之說，詮釋重紐現象，其優點有：

①能顧及切韻「古今通塞、南北是非」之性質。

②能符合韻同，其主要元音必相同之說。

③於音值之擬測時，不必顧慮須多一套介音，或音值有形式之差異而無法驗諸口耳之缺失。

今從陳先生之說，亦認定切韻之重紐字，其古音來源有殊。

〔註釋〕

（一）見廣韻韻類考正二八～四五頁。

（二）見陳氏切韻考辨誤三八頁。（輔仁學誌九卷一期）

（三）見該文十頁。（史語所集刊第十三本）

（四）見廣韻重紐試釋十二頁。

（五）見史語所集刊第十三本。

（六）見廣韻重紐的研究七九頁。

（七）張文見中研院史語所單刊甲種之廿六。納格爾之文，係據周法高先生中古音的三等韻兼論古音的寫法乙文所引，謂納格爾主要元音之分配方式與之相近。又張氏在論中古音與切韻之關係乙文中亦論及重紐，其釋重紐之證據有云：「它們有不同的反切，因此也必有不同的音讀。當然，重紐所隱示的現象包括它們早期的對立與後來的合併。所以，舉例而言，切韻時代真a（*-jin）跟真b（-jən）合併成為真韻一類，仙a（*-jan）跟仙b（*-jǎn）合併成為仙韻。具有唇音韻尾的兩類合併得很早而且很澈底，留下來的痕跡只有侵ab

（*-jim, *-jəm）跟鹽ab（*-jam, *-jâm）的分別。」又以為：「重紐所在的切韻三等，除了有ab類之外，還有c類。張琨夫婦認為；就歷史的發展而言，這幾類韻的合併方式循著兩種途徑：其一就是詩經時代上古漢語的分別；其二就是如南方傳統所表現的，這個南方傳統存於福州方言跟日語吳音（張琨夫婦一九七二；特別是二十二－四十六頁）。例如

| 非詩經的合併 | 詩經的合併 |
| --- | --- |
| 真a 真b // 殷c | 真a // 真b 殷c |
| 仙a 仙b // 元c | 仙a // 仙b 元c |

就是說，重紐早期的合併不是詩經類的變化。切韻綜合這兩類型演變的結果，乃產生了abc三分的現象，它顯露的——假如它被正確地瞭解的話，一如它向來給予研究重紐問題的學者所加的困惑。」

（八）見該文一六七頁。（燕京學報二十六期）

（九）見古音說略二四～二九頁。（燕京學報專著之二十）

（十）見論開合一五六～一六四頁。

（十一）仝右文一七六頁。

（十二）仝右文一七七頁。

（十三）見切韻音系一四〇頁。

（十四）仝右。

（十五）周氏論切韻音乙文見中文大學中國文化研究所學報第一卷。

（十六）見廣韻重紐音值試論頁一六一。（崇基學報九卷二期）

（十七）見廣韻重紐音值試論頁一七四。

（十八）蒲立本之文見一九六二年之 *Asia Major. N.S. Vol.IX. part.1.*。有坂秀世之文發表於一九三七—一九三八年，後收入其國語音韻史研究。其所謂「拗音」，即指三等聲母喻化而言。河野亦郎之文見一九三九年語音研究第三卷。

（十九）案此非無例外，如：平聲支韻厜字姊規切與劑字遵為切。尤韻丘字去鳩切與恘字去秋切。皆兩兩同音。

（二十）見等韻述要二〇～二一頁。

（二十一）見切韻研究一二三頁。

（二十二）見廣韻重紐的研究九七頁。

（二十三）見中國音韻學研究四七一～四七二頁。

（二十四）仝註十五。

（二十五）見國故論衡「音理論」乙節。

（二十六）見黃侃論學雜著「併析韵部佐證」乙節。

（二十七）見右書一五七頁。

（二十八）見右書三九九～四〇〇頁。

（二十九）見文字學音篇四六頁。

（三十）見切韻韻類考正一四七頁。

（三十一）見等韻述要二一頁。

## 第三節　陸法言之名及其傳略

切韻一書，隋志未載，而兩唐志有陸慈切韻五卷。倭名類聚鈔引陸詞切韻，丁度集韻、韓道昭五音集韻常引陸詞切韻，毛奇齡古今通韻叙例亦稱陸詞始作切韻五卷。據今本廣韻卷首所稱，切韻之作者為陸法言。惟法言之名究為何？學者嘗加以考證，茲臚列如次：

(一)日人武內義雄唐鈔本韻書及印本切韻之斷片云：「關於此陸詞與陸慈，狩谷掖齋箋注加以說明，謂『古人多名字相配，疑法言其字，詞其名也。舊唐書作陸慈切韻五卷，蓋詞慈聲相近而誤。（倭名鈔卷一天地部風雨類霜字下箋注）』其言似當。」（註一）

(二)王國維書巴黎國民圖書館所藏唐寫本切韻跋云：「陸法言切韻五卷，隋書及舊唐書經籍志唐書藝文志均未著錄，惟新舊志并有陸慈切韻五卷，日本源順倭名類聚引陸詞切韻五十四條，又日本僧瑞信淨土三部經音義引陸詞切韻十六條，頗見於此三種中，而未見者亦半，蓋源順瑞信所據，或後人增注之本，此三種亦或有刪節，不得謂非一書。集韻二冬苳字注引陸詞曰苣苳冬生，此本冬韻有苳字注云草名，而無苣苳冬生四字，蓋集韻所據亦增注本。日本狩谷望之倭名鈔箋謂陸詞即法言，案詞與法言名字相應，又以唐寫殘韻與彼土所引陸詞切韻校之，半相符合，則狩谷之言殆信。兩唐志之陸慈亦即陸詞，隋唐間人多以字行，故字著而名隱耳。」（註二）

(三)丁山陸法言傳畧引毛奇齡古今通韻叙例：「至隋開皇間，有陸詞者，實始作切韻五卷……是四聲所分，雖不始於詞，而四聲所分隸之字如今韻者，則皆詞之所為。……」後云：「據毛氏自己說他所以知道詞即法言者，完全從五音集韻悟來。我想法言切韻原本或者是題『陸詞撰』，作集韻者曾見過原本；後來金人內犯，即將切韻原本搶去；所以韓道昭也得看見，而題名與集韻相同。然則法言名詞，也可從切韻傳本上證明了。」（註二）

(四) 方國瑜敦煌唐寫本切韻殘卷跋云：「王先生（得案：指王國維）引日本源順、信瑞、狩谷諸人書，證切韻作者陸法言名詞，法言乃其字，知兩唐志所載『陸慈切韻五卷』『慈』乃『詞』之譌，并曰『中土書籍，多云法言，罕有曰陸詞者；惟集韻二冬苳字注引陸詞曰苳苳冬生，』云云。按：韓道昇五音集韻序曰：『嘗聞古者陸詞瓶本，劉臻等八人，隋朝進韻，抱賞歸家；人皆稱歎，流傳於世，豈不重歟！』道昇金人，作序於崇慶元年，（一二一二）則陸詞與劉臻等八人定韻，猶有傳聞也，——此可以足王說者。」（註四）

(五) 張世祿廣韻研究云：「陸詞蓋即法言之名，隋、唐間人多以字行，故字著而名隱；後世亦多稱法言切韻，而鮮有稱陸詞切韻者。」（註五）

(六) 姜亮夫敦煌瀛涯韻輯以為王國維「定法言名詞，其辯至細」，又云：「今P二一二九卷題曰：『陸詞字法言撰切韻序。』則唐人尚知法言與詞為一人，與諸書之說皆合，然何以兩唐書誤為慈？抑另有陸慈其人亦撰切韻則又有說，按元和姓纂載法言弟名正言，據姓纂及隋書陸爽傳，魏書陸琇傳，則法言正言兄弟為爽之子琇之孫，順宗之曾孫，後魏征西大將軍東平王陸俟之裔，與大唐新語法言為大同伯祖之說合大同為正言之孫，世序彰明，無作詞者，而法言序中亦稱法言而不曰詞，兄弟亦以言字序譜，疑法言為陸生原名，故諸史皆據為稱說，及父爽以請更立皇太子諸子之名之事而見罪；廢黜子姓，法言竟至除名，切韻之成，即在次年，法言當有隱諱更名之事，後此殘年，遂亦以變名行世，惟後世官書，則仍其世次而不改，而慈與詞音近，兩唐藝文遂又誤以慈為詞矣，此可補史籍之缺誤者也。」（註六）

(七) 林明波唐以前小學書之分類與考證云：「按本編（得案：指切韻）為隋志所未載，而兩唐志有陸慈切韻五卷。倭名類聚鈔引陸詞切韻，日人狩谷掖齋以為陸詞字法言，慈乃詞之誤，其言是也。」（註七）

(八) 潘師石禪、陳紹棠先生中國聲韻學云：「切韻之作者，據今廣韻卷首所稱陸法言。然唐書經籍志及新唐書藝文志並作陸慈切韻，無陸法言之名。日本之倭名類聚鈔所引則為陸詞切韻。王國維嘗加考證，以為陸詞即陸法言，唐宋人以字行，故稱陸法言而不稱陸詞耳。然王氏所論僅為推測之詞，並無實證。及姜亮夫氏之瀛涯敦煌韻輯出，編號P2129之卷子有切韻序，首句即為陸詞字法言，撰切韻。而切韻作者之問題乃告解決，于此見新材料之發現，對問題之考訂，有極大之幫助。」（註八）

上列諸說，并以為陸詞即法言，惟或推測之詞，或舉實證，茲又歸納成下表：

| A | |
|---|---|
| 狩谷望 | ①古人多名字相配，疑法言其字，詞其名也。<br>②詞慈相近而誤。 |
| 王國維 | ①狩谷之言殆信：詞與法言名字相應。<br>②兩唐志之陸慈，亦即陸詞。<br>③以唐寫殘韻與彼 |
| 武內義雄 | 其（狩谷望）言似當。 |
| 張世祿 | 引王國維說④、 |
| 林明波 | 其（狩谷望）說是也。 |

| | B | | C | |
|---|---|---|---|---|
| | 毛奇齡 | 由五音集韻常引陸詞切韻而悟得陸詞即陸法言。 | 姜亮夫 | ①舉P二一二九卷所題「陸詞字法言撰切韻序」為證。②慈與詞音近，兩唐藝文遂又誤以慈為詞。 |
| 土所引陸詞切韻校之，半相符合。④隋唐間人多以字行，故字著而名隱耳。 | 丁山 | 法言、切韻原本或是題「陸詞撰」。法言名詞可從切韻傳本上證明。 | 潘師石禪 | ①舉P二一二九切韻序為證。②新材料之發現，對問題之考訂有極大之幫助。 |

得案：

1. A. B. 二說并以為陸詞即法言，其說固是，惟係推測之詞。C. 舉P二一二九為實證，乃為吾人所深信者。

2. 狩谷望、姜亮夫并以為詞慈音近而誤，其說益是。

3. 王國維「兩唐志之陸慈亦即陸詞」之說，當誤。

至法言事迹，正史無傳，王國維氏之前，未有考之者。至王氏，始略為考證。其後丁山有陸法言傳畧，姜亮夫氏瀛涯敦煌韻輯亦略有論及。

案隋書陸爽傳云：「爽字開明，魏都臨漳人，自齊入周，隋時為太子洗馬，開皇十一年卒官，年五十三。子法言，敏學有家風，釋褐承奉郎。初，爽之為洗馬，嘗奏高祖曰：『皇太子諸子道未有嘉名，請依春秋之義，更立名字。』上從之。及太子廢，上追怒爽云：『我孫製名，寧不自解？陸爽乃爾多事！煽惑於勇，亦由此人。其身雖故，子孫並宜屏黜，終身不齒。』法言竟坐除名。」陸爽于開皇十一年（五九一）卒官，年五十三，則開皇元年當年四十四。而法言切韻自序云：「昔開皇初，有劉儀同臻，顏外史之推，盧武陽思道，魏著作彥淵，李常侍若，蕭國子該，辛諮議德源，薛吏部道衡等八人同詣法言門宿，夜永酒闌，論及音韻，……」，則「開皇初」時，法言約當二十歲。王國維、董作賓、丁山、羅常培三氏均主此說（註九）。王氏云：「開皇初，法言與蕭顏諸公論韻時，年纔弱冠。而諸公多顯於梁魏齊周之世，於法言均為丈人行矣。其受成書之託，亦即以此。」丁山氏云：「我們從他父親的年齡和他論學的態度上着想，可以知開皇初，他不過二十歲左右。」羅氏云：「其時法言，約當二十左右。」丁氏更推定法言的生平大約為周武帝保定二年（西曆五六二）。又董作賓氏云：「昔開皇初，當指二年，據盧思道傳，思道於（開）皇元年方為武陽太守，是歲解職歸，三年卒于京師。是在法言家論韻當在解職以後，未卒之前也。」（註十）

又據隋書「釋褐承奉郎」之語，法言入仕時約三十二歲，七載，即開皇二十年，此年冬皇太子勇及諸子並廢為庶人。法言除名即在此時。除名後，即將二十年前與劉臻等討論音韻之記載，參考「諸家音韻，古今字書，定之為切韻五卷」。

又法言自序云：「今返初服，私訓諸弟，凡有文藻，即須聲韻。屏居山野，交游阻絕，疑惑之所，質問無從；亡者則生死路殊，空懷可作之歎；存者則貴賤禮隔，以報絕交之旨。……」大約法言四十歲之後，即退守林泉，與世隔絕，而其切韻乃風行於世。（註十一）

法言為何地之人？據蘇鶚演義云：「法言本代北人。世為部落大人，號步陸孤氏，後魏孝文帝改為陸氏。及遷都洛陽，乃下令曰：『從我入洛陽者，皆以河南洛陽為望也。』」足證法言原籍代北。此可駁法言為吳人之說。

〔注釋〕

（一）見國立北平圖書館館刊第十卷第五號，由萬斯年譯。

（二）見定本觀堂集林上三五五。又「瑞信」當作「信瑞」。

（三）見民國十七年廣東中山大學語言歷史研究所周刊第三集切韻專號。

（四）見女師大學術季刊第二期。

（五）見廣韻研究七七頁。

（六）見瀛涯敦煌韻輯二八九頁「叙論分第一」。

（七）見唐以前小學書之分類與考證七〇七頁。

（八）見中國聲韻學二五一頁。

（九）王說見書巴黎國民圖書館所藏唐韻後，在定本觀堂集林上三五六頁。董說見切韻年表，丁說見陸法言傳略，仝注三。羅說見切韻序校釋，仝注三。

（十）見敦煌唐寫本切韻殘卷，史語所集刊一本一分一一頁。其中「思道於（開）皇元年方為武陽太守」句之「開」字原脫，今補入。

（十一）據丁山陸法言傳略之說。

## 第四節　廣韻以前韻書之流變

韻書之作，據隋書經籍志所載，以聲類、韻集為最早。隋志於「聲類」下注「魏左校令李登撰」。隋書潘徽傳載潘氏為秦孝王俊作韻纂，序云：「三倉急就之流微存章句，說文字林之作，唯別體形，至於推聲尋韻，良為疑混，末有李登聲類，呂靜韻集，始判清濁，纔分宮羽。」又唐封演聞見記云：「魏時有李登者，撰聲類十卷，凡一萬一千五百二十字，以五聲命字，不立諸部。」潘師石禪與陳紹棠先生據此，爰謂：

> 則聲類一書，與今日所見之韻書依四聲編製者，大致相同。蓋依唐人舊說，五聲者，四聲名稱未定時之別號也（自注：說見上文四聲篇）。以四聲為綱，而無韻部。然其書往往與呂靜韻集并稱。
>
> 是聲類韻集者，皆為推聲尋韻而作者也。然呂靜之書，實放李氏之作而加密，韻書分部，即由此始。（註一）

又云：

蓋李登之後，呂靜韻集繼之，魏書江式傳謂「呂忱弟靜，放故左校令李登聲類之法，作韻集五卷，宮、商、角、徵、羽各為一篇。」顏氏家訓謂「韻集以成、仍、宏、登，合成兩韻，為奇益石，分作四章。」潘先生以為：

> 兩韻四章，即指韻書分部。故今日韻書所用之體例，乃依聲類韻集之成法，至四聲名目既定之後，五聲分卷之法遂替，乃成今日切韻廣韻之形式焉。（註二）

清陳澧嘗據群書所引，輯成今本「聲類」與「韻集」，惟所見者偏重于字義，尠少涉及反切。（註三）

韻集之後，韻書蠭出，據隋志有四聲一卷，梁太子少傅沈約所撰。餘如周研聲韻、張諒四聲韻林、段宏韻集、某氏纂韻鈔、陸善經四聲指歸、釋靜洪韻英。又陸法言切韻序所載，除呂靜韻集外，尚有夏侯詠韻略、陽休之韻略、周思言音韻、李季節音譜、杜臺卿韻略等。近人魏建功氏據隋志及各書著錄，約得百六七十種，然多已亡佚，不可詳考。今可考者，惟陸法言切韻為最早。

切韻成書之旨，陸法言于序中，言之甚詳。陸氏云：

昔開皇初，有儀同劉臻等八人，同詣法言門宿，夜永酒闌，論及音韻。以今聲調，既自有別，諸家取捨，亦復不同，吳楚則時傷輕淺，燕趙則多傷重濁，秦隴則去聲為入，梁益則平聲似去，又支章移切脂旨夷切魚語居切虞遇俱切共為一韻，先蘇前切仙相然切尤于求切侯胡溝切俱論是切，欲廣文路，自可清濁皆通，若賞知音，即須輕重有異，呂靜韻集，夏侯詠韻略，陽休之韻略，周思言音韻，李季節音譜，杜臺卿韻略等，各有乖互。江東取韻，與河北復殊。因論南北是非，古今通塞，欲更捃選精切，除削疏緩，蕭顏多所決定。魏著作謂法言曰：向來論難，疑處悉盡，何不隨口記之，我輩數人定則定矣。法言即燭下握筆，略記綱紀，博問英辯，殆得精華。於是更涉餘學，兼從薄宦，十餘年間，不遑修集，今返初服，私訓諸弟，凡有文藻，即須聲韻……遂取諸家音韻，古今字書，以前所記者，定之為切韻五卷。剖析毫釐，分別黍累。……非是小子專輒，乃述群賢之遺意。

知切韻一書，僅為私家著述，乃劉臻、顏之推、蕭該、陸法言……等九人論音之結果，為集六朝韻書之大成，兼顧「南北是非」「古今通塞」「捃選精切，除削疏緩」之作品。潘先生嘗歸納切韻成書大旨，可得下列數端：

(一)論南北之是非者，納聲音于正軌也；

(二)定古今之通塞者，則以雅音為宗也；

(三)凡有文藻，即須明聲韻者，方便文士應用也；

(四)捃選精切，除削疏緩者，疏明音理也。序謂欲廣文路，自可清濁皆通，若賞知音，即須輕重有異，則切韻一書，即適于多數文士之應用，而又不失為音韻之專門著述，後來韻書，鮮有能踰其範圍者矣。(註五)

切韻自隋而迄唐末，流行弗墜，惟因其書初僅為音韻而作，故甚簡略。其後士人於應用之際，以其未備，後人據以增修補訂者日多，如長孫訥言箋注本切韻、王仁昫刊謬補缺切韻、孫愐唐韻等韻書是也。宋陳彭年重修廣韻，亦切韻一系之韻書。惜陸氏切韻因時代悠遠，原作少為人見，今雖敦煌秘室重啓，卷軸外流，仍難窺其全豹。而其韻目，尚可推知凡百九十三韻，計平聲五十四韻、上聲五十一韻、去聲五十六韻、入聲三十二韻。

王國維跋切韻三種中，第一種(切一)S二六八三為陸法言原書，已為公論。至其定第二種(切二)S二〇五五為長孫訥言箋注，亦是，惟定第三種(切三)S二〇七一為長孫訥言注節本，據姜亮夫瀛涯敦煌韻輯所考，則不以為然，以此乃陸書之後，隋末唐初之增字加注本，為陸法言與長孫訥言箋注二本間之過渡，其說是也。

(一)長孫訥言箋注本切韻：其書不存，今本廣韻卷首載其序于陸法言切韻序之後。以切韻行世既久，訛謬漸孳，故為之箋正。長孫氏云：

頃以佩經之隙，沐雨之餘，楷其紕繆，疇茲得失，銀鉤創閱，晉豕成羣，盪櫛行披，魯魚盈貫，遂散金篆，遐泝石渠，略題會意之辭，仍記所由之典，亦有一文兩體，不復備陳，數字同歸，惟其擇善，勿謂有增有減，便慮不同，一點一畫，咸資別據，又加六百字，用補闕遺，其有類雜，並為訓解，傳之不謬，庶埒箋云。于時歲次丁丑，大唐儀鳳二年也。

由序文可知，此本：①校正切韻之訛謬，于切韻原書并無改動。②字下增入訓解，并記其字所由之典。③增加六百字。④書成於大唐儀鳳二年。

(二)郭知玄朱箋本切韻：廣韻卷首又載「前貴州多田縣丞郭知玄拾遺緒正，更以朱箋三百字。其新增加無反音者，皆同上音。」然其書已佚，但略存其梗概而已，今不可考矣。

(三)王仁昫刊謬補缺切韻：王韻今可見者有：①瀛涯敦煌韻輯所錄法國巴黎國民圖書館所藏之P二〇一一，即十韻彙編所載劉復敦煌掇瑣一〇一殘卷，彙編稱王一。②民國十四年，唐蘭氏為羅振玉手抄故宮所藏項子京跋本王仁昫刊謬補闕切韻彙編稱王二。③抗戰勝利後之三年（民國三十六年），由故宮博物院購得之宋濂跋本，簡稱全王或王三。④柏林普魯士學院所藏吐魯蕃出土之韻書斷片，唐蘭以之校彙編所收掇瑣本而皆合。

唐蘭氏又嘗考陸韻、王韻之異，而云：

綜而言之，陸無广嚴二韻，王氏補之，一也。陸云冬無上聲，王舉湩字實之，二也；陸無韡范二字反語，王氏補之，三也。此三事雖曰刊謬，實亦補闕耳。惟騎足二韻，反語重出，言凸凹四字，字妖傷俗，氾鳘二字，訓義不當，此三事則真可謂刊謬矣。唐代前期韻書，祖述陸氏，每有刊正，並著其由……陸書一萬餘字，王巽等所刋正，不及二十條，可見剖析之精，今日陸書不存，反得藉此以窺體製也。

是王韻所刋謬補缺者亦不多，其保存陸氏韻目之來源，尤為音韻學上一大功臣。而宋跋本除增上聲广及去聲嚴二韻之外，其餘韻部與切韻無異；項跋本之韻目及字次，唐蘭氏謂其上平聲雖注所加字數，而與宋跋本不合，且字次凌獵，韻亦大異，當係一混合本，至少參雜有王韻、長孫韻成份於內。

王韻後有孫愐唐韻，今存唐韻殘卷，較重要者有：①蔣斧藏唐寫本唐韻殘卷。②巴黎國家圖書館藏敦煌寫本P二〇一八。③柏林普魯士學士院藏VI2/015刻本韻書殘卷。（註六）王國維氏以下氏書畫彙考所錄孫序、魏鶴山（了翁）唐韻後序及廣韻孫序（註七），一一推較，以為唐韻有開元、天寶二本，亦有二序。開元本即項子京所藏本，尚是陸韻支流，今無傳世。天寶本即蔣斧所藏殘本，係孫愐自以己意分部者也。開元本之部目都數：平聲上二十六韻、平聲下二十八韻、上聲五十二韻、去聲五十七韻、入聲三十二韻，凡一九五韻；天寶本據開元本重修，平聲增移、諄、桓、戈四韻，上聲增準、緩、果三韻，而無儼韻，去聲增稕、換、過三韻，而無釅韻，入聲又分質術為二，曷末為二，故計平聲上、下各二十九韻，上聲五十四韻、去聲五十九韻、入聲三十四韻，凡二百五韻。惟陸志韋唐五代韻書跋以為唐韻未必有開元、天寶二本，周祖謨唐五代韻書集存亦以為王國維開元、天寶二本之說全出於假想，未可據信。唐韻有否二序，陸、周已駁之，則唐韻無開元、天寶二本可知矣。

廣韻卷首載孫氏唐韻序云：

陸生切韻盛行于世，然隨珠尚纇，虹玉仍瑕，注有差錯，文復漏誤。若無刋正，何以討論？……輒罄謏聞，敢補遺闕，兼習諸書，具爲訓解。州縣名号，亦據今時。字體從木從才，著彳著亻，施殳施攴，安尒安尔，並悉具言，庶無紕繆。其有異聞，奇怪傳說，姓氏原由，土地物產，山河草木，鳥獸蟲魚，備載其間。皆引憑據，隨韻編紀，添彼數家，勒成一名，名曰唐韻，蓋取周易周禮之義也。及案三蒼、爾雅、字統、字林、說文、玉篇、石經、聲韻、聲譜、九經、諸子、史、漢、三國志、晉、宋、後魏、周、隋、陳、宋、兩齊書、本草、姓苑、風俗通、古今注，賈執姓氏英賢傳，王僧孺百家譜，周何潔集，文選諸集，孝子傳，輿地志，及武德已來創置迄開元三十年，並列注中。……又有元青子、吉成子者……卓尒好古，博通內外，廣覽群書……宴搜神記、精怪圖、山海經、博物志、四夷傳，大荒經、南越志、西域記、西壑傳、漢纂藥論、證俗方言、御覽、字府，及九經、三史，諸子中遺漏要字，訓義解釋，多有不載，必具言之。子細研窮，究其巢穴，澄凝微思，鄭重詳悉。輕重斯分，不令紊糅……依次編記，而不別番。其一字數訓，則執優而尸之，劣而副之。其有或假，不失元本，以四聲尋繹，冀覽者去疑，宿滯者豁如也。又紐其脣、齒、喉、舌、牙，部仵而次之，有可紐不可行之，及古體有依約之，並采以為證，庶無壅而昭其憑。起終五年，精成一部，前後總加四萬二千三百八十三言，仍篆隸石經，勒存正體，幸不譏繁。于時歲次

辛卯，天寶十載。

知唐韻蓋：①刊正切韻舛誤。②每字之下，廣輯訓解。③有關異聞傳說，姓氏原因，山河草木，鳥獸蟲魚，及有關史書，藥方之類，皆隨韻備注。④韻中之切語，依脣、齒、喉、舌、牙諸聲類次序排列，與切韻之凌雜者不同。

唐韻之外，據唐志有趙氏韻篇、蕭鈞韻英、武元之韻銓、玄宗韻英、李舟切韻、顏眞卿韻海鏡源、僧智猷辨體補修加字切韻。各書并已佚。其中韻海鏡源，唐志、唐會要、玉海皆言其書二百六十卷，崇文總目載十六卷，今此十六卷亦已佚。眞卿集湖州烏程縣杼山妙喜寺碑云：

眞卿自典校時，即著五代祖隋外史府君與法言所定切韻，引說文蒼雅諸字書，窮其訓解，次以經史子集中兩字以上成句者，廣而編之，故曰韻海。以其鏡照原本，無不見，故曰鏡源。天寶末，眞卿出守平原，已與郡人渤海封紹、高筫、族弟今太子舍人渾等修之，裁成二百卷。屬安祿山作亂，亡其四分之一。及刺撫，州人左輔元、姜如璧等，增而廣之，成五百卷，事物嬰擾，未遑刊削。大曆壬子歲，眞卿叨刺于湖，公務之隙，乃與金陵沙門法海、前殿中侍御史李萼、陸羽、國子助教州人褚冲、評事湯其清、河泉太祝柳察、長城丞潘述、縣尉裴循、常熟主簿蕭存、嘉興尉陸士修、後進楊遂初、崔弘、楊德元、胡仲、南陽湯涉、顏祭、韋介、左輿宗、顏策，以季夏于州學及放生池日相討論，至冬，徙于茲山東偏，來年春遂終其事。

又封演聞見記云：

天寶末，眞卿撰韻海鏡源二百卷未畢，吐蕃寇，拔身濟河，遺失五十餘卷，廣德中重加補葺，更于正經之外，加入子史釋道諸書，撰成三百六十卷。其書于法言切韻外，增出一萬四千七百六十一字。先起說文為篆字，次作今文隸字，仍具別體為證，然後注以諸家字書；解釋既畢，徵九經兩字以上，取其句末字編入本韻，爰及諸書皆仿此。自有聲韻以來，其撰述該備，未有如顏公此書也。

則知此書：①凡五百卷（或如封氏所云三百六十卷），經籍志所著錄者均不及原數，知其亡佚甚多。②于法言切韻外，增出一萬四千七百六十一字。③先起說文為篆字，次作今文隸字，仍具別體為證，再注以諸家字書。高師仲華中國聲韻學叢刊初編敘錄乙文嘗簡介此書，并云：「通志有韻海鏡原，當即此書，蓋避翼祖之諱也。此書為後來韻府之濫觴，故列之，以備一格。」（註八）

至李舟切韻，唐志載十卷。宋丁度集韻「韻例」云：

> 近世小學寖廢，六書亡缺，臨文用字，不給所求，隋陸法言、唐李舟、孫愐各加裒撰以裨其闕，先帝時令陳彭年、丘雍因法言韻，就為刊益。

知李舟切韻於唐時本齊名於孫愐唐韻。李韻雖已亡佚，惟從徐鉉說文解字篆韻譜中，猶可得其遺迹，徐氏於雍熙四年作韻譜後序云：

> 韻譜既成，廣求餘本，孜孜讎校，頗有刊正，今承詔校定說文，更與諸儒精加研覈，又得李舟所著切韻，殊有補益，其間疑者，則以李氏為證。（註九）

又王國維李舟切韻考，以為李韻使各部皆以聲類相從，使四聲之次相配不紊，實為宋韻之祖，王氏云：

> 唐人韻書以部次觀之，可分為二系：陸法言切韻，孫愐唐韻，及小徐說文解字篆韻譜，夏英公古文四聲韻所據韻書為一系；大徐改定篆韻譜與廣韻為一系。前系四種，其部次雖稍有出入，然大抵平聲覃談在陽唐之前，蒸登居鹽添之後，上去二聲準是。去聲之泰又在霽前。或并釅於梵，入聲則以屋沃燭覺質術物櫛迄月沒曷末黠鎋屑薛錫昔麥陌合盍洽狎葉怗緝藥鐸職德業乏為次，不與平上去三聲部次相配，則韻書自隋至於有唐中葉，固未有條理秩然之部次，如今所見之廣韻者也，惟大徐改定說文解字篆韻譜除增三宣一部外，

其諸部次第與廣韻全同。……而大徐本所據為李舟切韻，然則謂廣韻部次即李舟切韻之部次，殆無不可也。取唐人韻書與宋以後韻書比較觀之，則李舟於韻學上有大功二：一、使各部皆以聲類相從；二、四聲之次相配不紊是也。……要之，諸部以聲類相近為次，又平上去入四聲相配秩然，乃李舟切韻之一特色，大徐改定篆韻譜既用其次，陳彭年……修廣韻亦用之，以後韻略、集韻諸書……然四聲之次，無不相配，故李舟切韻之為宋韻之祖，猶陸法言切韻之為唐人韻書之祖也。

以上為廣韻以前韻書流變之梗概也。

〔註　釋〕

（一）并見中國聲韻學二四九頁。

（二）仝右。

（三）見王力中國語言學史。又見一九六三年中國語文第四期

（四）諸書著錄情形，可參見林明波唐以前小學書之分類與考證第四類「音韻」乙節。

（五）見中國聲韻學二五七頁。

（六）見林師景伊著林炯陽注釋之中國聲韻學通論二七頁。

（七）王氏有書式古堂書畫彙考所錄唐韻後乙文，見定本觀堂集林上三六一頁。

（八）見中國聲韻學叢刊初編敍錄，中華學苑創刊號。

（九）今本說文解字篆韻譜，多未載此後序，今據四庫全書總目提要所引。
（十）見李舟切韻考，定本觀堂集林上三七五頁。

附錄：主要參考書目

壹、韻書字書韻圖部份：

1. 十韻彙編　劉復等　學生書局

2. 切韻殘卷：

①微卷：國立中央圖書館善本書目室、中國文化大學中文研究所微卷閱覽室藏

②唐寫本切韻殘卷三種　王國維　中研院傅斯年圖書館藏

③瀛涯敦煌韻輯　姜亮夫　鼎文書局

④瀛涯敦煌韻輯新編　潘師石禪　文史哲出版社

⑤瀛涯敦煌韻輯別錄　潘師石禪　文史哲出版社

⑥瀛涯敦煌韻輯拾補　潘師石禪　新亞學報十一卷上冊

⑦唐五代韻書集存　周祖謨

⑧切韻殘卷諸本補正　上田正　東京大學

⑨敦煌掇瑣　劉復　中研院史語所專刊之二

3. 內府藏唐寫本刊繆補缺切韻　民國十四年唐蘭仿寫內府藏項子京跋唐寫本　中研院傅斯年圖書館

4. 蔣本唐韻刊謬補闕　蔣一安　廣文書局

5. 唐寫本王仁昫刊謬補缺切韻　唐王仁昫撰　吳彩鸞書、廣文書局據故宮影印本重印

6. 廣韻　黎氏古逸叢書覆宋本　中華書局四部備要本

張士俊澤存堂覆宋本　藝文印書館

四部叢刊覆宋巾箱本　商務印書館
元至順庚午敏德堂刊本　故宮博物院藏
元至正丙午南山書院刊本　故宮博物院藏
元余氏勤德堂刊本　故宮博物院藏
元建刊十三行本　中央圖書館藏
元泰定本　藝文印書館百部叢書集成本
明永樂甲辰廣成書堂刊本　故宮博物院藏
明宣德辛亥清江書堂刊本　故宮博物院藏
明司禮監本　中央圖書館藏
廣韻校本　周祖謨　世界書局
互註校正宋本廣韻　余迺永　聯貫出版社
新校正切宋本廣韻　林師景伊校訂　黎明文化事業公司

7. 集韻　宋丁度　中華書局四部備要本

8. 集韻 附考正　宋丁度　方成珪考正　商務印書館

9. 玉篇　梁顧野王　國字整理小組

10. 原本玉篇零卷　梁顧野王　清黎庶昌跋　日本舊鈔卷子本　國字整理小組

11. 說文解字注　藝文印書館

12. 古文四聲韻　宋夏竦　商務印書館

13. 等韻五種　藝文印書館
韻鏡　宋張麟之
七音略　宋鄭樵

四聲等子　無名氏

切韻指掌圖　宋司馬光

經史正音切韻指南　元劉鑑

14. 韻鏡校注　龍宇純　藝文印書館

## 貳、韻學專書：

1. 聲韻考　清戴震　廣文書局
2. 古今韻考　清李因篤　廣文書局
3. 音學辨微　清江永　廣文書局
4. 古韻標準　清江永　廣文書局
5. 四聲切韻表　清江永　廣文書局

△　△　△　△

6. 唐寫本唐韻殘卷校勘記　王國維　王觀堂先生全集冊八
7. 敦煌掇瑣瑣一○一校勘記　劉復　中研院史語所專刊之二
8. 英倫藏敦煌切韻殘卷校記　龍宇純　史語所集刊外編第四種
9. 唐寫全本王仁昫刊謬補缺切韻校箋　龍宇純　香港中文大學
10. 切韻輯斠　李永富　藝文印書館
11. 廣韻校勘記　周祖謨　世界書局
12. 廣韻校勘記（十韻彙編附）　吳世拱　學生書局
13. 廣韻校勘記　余迺永　聯貫出版社

△　△　△　△　△

14. 切韻考　外篇附　清陳澧　學生書局

15. 韻學源流 清莫友芝 華聯出版社

16. 國學略說 章太炎 河洛出版社

17. 黃侃論學雜著 黃季剛 學藝出版社

18. 文字聲韻訓詁筆記 黃季剛先生口述 黃焯筆記編輯 木鐸出版社

19. 文字學音篇 錢玄同 學生書局

20. 中國聲韻學通論 林師景伊 世界書局

21. 中國聲韻學 潘師石禪、陳紹棠 東大圖書公司

22. 中國聲韻學 姜亮夫 文史哲出版社

23. 古音學發微 陳師伯元 文史哲出版社

24. 六十年來之聲韻學 陳師伯元 文史哲出版社

25. 等韻述要 陳師伯元 藝文印書館

26. 音略證補 陳師伯元 文史哲出版社

27. 修訂增註中國聲韻學通論 林師景伊著 林炯陽注釋 黎明文化事業公司

28. 漢語音韻學導論 羅常培 良友書局

29. 漢語音韻學 王力 泰順書局

30. 中國語言學史 王力 泰順書局

31. 漢語史稿 王力 泰順書局

32. 中國語音史 董同龢 華岡出版社

33. 語言學大綱 董同龢 洪氏出版社

34. 漢語音韻學 董同龢 學生書局

35. 中國音韻學史 張世祿 商務印書館

36. 中國聲韻學概要　張世祿　商務印書館

37. 廣韻研究　張世祿　商務印書館

38. 聲韻學表解　劉賾　商務印書館

39. 音韻學通論　馬宗霍　泰順書局

40. 聲韻學大綱　葉光球　正中書局

41. 語言問題　趙元任　商務印書館

42. 中國音韻學研究　高本漢著　趙元任、李方桂譯　商務印書館

43. 中國聲韻學大綱　高本漢著　張洪年譯　中華叢書編審委員會

44. 古音說略　陸志韋　學生書局

45. 古韻學源流　黃永鎮　商務印書館

46. 切韻音系　李榮　鼎文書局

47. 切韻研究　邵榮芬

48. 中國聲韻學大綱　謝雲飛　蘭臺書局

49. 中國語言學史　莊嚴出版社

50. 聲韻學通論　宋金印　中華書局

51. 唐以前小學書之分類與考證　林明波　商務印書館

△　△　△　△

52. 韻學餘說　王國維　叢書集成三篇學術彙編之四

53. 唐韻別考　王國維　叢書集成三篇學術彙編之四

54. 羅常培語言學論文選集　九思出版社

55. 董同龢先生語言學論文選集　食貨出版社

56. 聲韻學論文集　陳師伯元、于師大成主編　木鐸出版社
57. 高明小學論叢　高師仲華　黎明文化事業公司
58. 鍥不舍齋論學集　陳師伯元　學生書局
59. 中國語言學論文集　周法高　聯經出版事業公司
60. 問學集　周祖謨　河洛出版社
△ △ △ △ △
61. 集韻研究　邱師棨鐊　自印本
62. 廣韻韻類考正　康世統　師大國文研究所碩士論文
63. 呂靜韻集研究　林平和　嘉新文化基金會
64. 廣韻音切探原　林炯陽　師大國文研究所博士論文
65. 通志七音略研究　葉鍵得　文大中文研究所碩士論文
66. 韻鏡研究　孔仲溫　政大中文研究所碩士論文

# 叁、單篇論文部份：

1. 五聲說　王國維　定本觀堂集林卷八　世界書局
2. 六朝人韻書分部說　仝右
3. 書巴黎國民圖書館所藏唐寫本切韻後　仝右
4. 書內府所藏王仁昫切韻後　仝右
5. 書式古堂書畫彙考所錄唐韻後　仝右
6. 書吳縣蔣氏藏唐寫本唐韻後　仝右
7. 書小徐說文解字篆韻譜後　仝右
8. 書古文四聲韻後　仝右

9. 唐諸家切韻考　仝右

10. 李舟切韻考　仝右

11. 唐時韻書部次先後考　仝右

12. 唐廣韻宋雍熙廣韻　仝右

13. 陸法言切韻斷片跋　王國維　觀堂別集卷一　世界書局

14. 唐韻別本考　仝右

15. 魏鶴山唐韻後序書後　仝右

16. 唐人韻書覃談在陽唐前後　仝右

17. 陸法言傳畧　丁山　國立中山大學語言歷史學研究所週刊第三集切韻專號

18. 切韻序校釋　羅常培　仝右

19. 切韻探賾　羅常培　仝右

20. 唐寫本切韻殘卷跋　丁山　仝右

21. 唐寫本切韻殘卷續跋　丁山　仝右

22. 切韻替殘　馬太玄　仝右

23. 切韻逸文考　丁山　仝右

24. 切韻年表　董作賓　仝右

25. 切韻非吳音說　丁山　仝右

26. 跋唐寫本切韻殘卷　董作賓　史語所集刊第一本

27. 敦煌寫本切韻殘卷跋　方國瑜　女師大學術季刊二卷三期

28. 敦煌五代刻本唐廣韻殘葉跋　方國瑜　師大國學叢刊一卷二期

29. 敦煌本王仁昫刊謬補闕切韻　蔣經邦　國學季刊四卷三期、

30. 讀故宮本王仁昫刊謬補缺切韻書後　厲鼎煃　國學季刊四卷三期

31. 敦煌唐寫本王仁昫刊謬補缺切韻考　厲鼎煃　金陵學報四卷二期

32. 書王仁昫切韻兩本後　方竑　中央大學文藝叢刊第一卷第一期

33. 陸法言切韻逸補輯　汪宗衍　中山大學語史所週刊第六集第六一期

34. 唐鈔本韻書及印本切韻之斷片　武內義雄著　萬斯年譯　北平圖書館館刊十卷五號

35. 十韻彙編序　羅常培

36. 十韻彙編序　魏建功

37. 唐五代韻書跋　陸志韋　燕京學報二十六期

38. 唐寫本王仁昫刊謬補缺切韻跋　唐蘭　廣文書局

39. 唐宋兩系韻書體制之演變　魏建功　國學季刊三卷一號

40. 陸法言切韻以前的幾種韻書　魏建功　國學季刊三卷二號

41. 從史實論切韻　陳寅恪　嶺南學報九卷一期

42. 陸法言的切韻　李于平　中國語文一九五七年二月號

43. 切韻的命名和切韻的性質　王顯　中國語文一九六一年四月號

44. 切韻音系的性質和它在漢語語音史上的地位　邵榮芬　仝右

45. 切韻音系的性質及其他　何九盈　中國語文一九六一年九月號

46. 關於切韻音系基礎的問題　黃淬伯　中國語文一九六二年二月號

47. 讀瀛涯敦煌韻輯　趙振鐸　仝右

48. 從切韻序論切韻　趙振鐸　中國語文一九六二年十月號

49. 再談切韻音系的性質　王顯　中國語文一九六二年十二月號

50. 影印十韻彙編後記　林師景伊　十韻彙編附
51. 從切韻到廣韻　李永富　大陸雜誌第十九卷二期
52. 切韻性質的再檢討　陳師伯元　中國學術年刊第三期
53. 陳澧切韻考系聯廣韻切語上下字補充條例補例　陳師伯元　國文學報第十六期
54. 切韻的性質和它的音系基礎　周祖謨　問學集上冊
55. 論中古音與切韻之關係　張琨著　張賢豹譯　書目季刊八卷四期
56. 切韻的綜合性質　張琨著　張賢豹譯
57. 切韻序新校　林師慶勳　慶祝瑩涯潘石禪先生七秩華誕特刊　木鐸第五、六期
合刊
58. 切韻韻目次第考源　魏建功　北大學報　46年2月
59. 陳氏切韻考辨誤　周祖謨　輔仁學誌九卷一期
60. 試擬切韻聲母之音值　陸志韋　燕京學報二十八期
61. 論切韻音　周法高　中文大學中國文化研究所學報第一卷
62. 切韻魚虞之音值及其所據方音考　羅常培　史語所集刊二本三分
63. 切韻韻類考正 上　林師景伊　師大學報第二期
64. 廣韻部目原本陸法言切韻證　曾運乾　語言文學專刊一卷一期
65. 切韻五聲五十一類考　曾運乾　東北大學季刊第一期
66. 切韻魚虞之音讀及其流變　周法高　史語所集刊第十三本
67. 全本王仁煦刊謬補缺切韻的反切上字　董同龢　史語所集刊第十九本
68. 全本王仁煦刊謬補缺切韻的反切下字　董同龢　史語所集刊第二十三本
69. 全本王仁昫刊謬補缺切韻反切上字的研究　莊惠芬　淡江學報

70. 切韻韻目四聲不一貫的解釋 魏建功 北大學報47年第二期

71. 唐寫本韻書的聲類 凌大珽 燕京學報二十六期

72. 廣韻聲紐韻類之統計 白滌洲 女師大學術季刊二卷一期

73. 證廣韻五十一聲類 陸志韋 燕京學報二十五期

74. 廣韻四十一聲紐聲值的擬測 陳師伯元 木鐸第八期

75. 廣韻韻類分析之管見 陳師伯元 中華學苑第十四期

76. 廣韻集韻切語上字異同考 應裕康 師大國文研究所集刊4號

77. 廣韻重紐試釋 董同龢 史語所集刊第十三本

78. 廣韻重紐音值試論 龍宇純 崇基學報九卷二期

79. 廣韻重紐的研究 周法高 史語所集刊第十三本

80. 三等重脣音反切上字研究 周法高 史語所集刊二十三本下

81. 例外反切的研究 龍宇純 史語所集刊三十六本上冊

82. 三四等與所謂「喻化」 陸志韋 燕京學報二十六期

83. 陰陽入三聲考 魏建功 國學季刊二卷四期

84. 喻母古讀考 曾運乾 東北大學季刊二卷

85. 歌戈魚模古讀考 汪榮寶 國學季刊一卷二期

86. 上古音韻表稿 董同龢 史語所集刊甲種之廿一

87. 守溫卅六字母排列法之研究 劉復 國學季刊第一卷三期

88. 論韻的四等 高師仲華 輔仁學誌

89. 韻學碎金 潘師石禪 幼獅學誌第十四卷第二期

90. 中國聲韻學叢刊初編敘錄 高師仲華 中華學苑創刊號

91. 民國古音學研究的開創人黃侃　陳師伯元　師大學報第卅一期抽印本
92. 李登聲類考　龍宇純　臺靜農先生八十壽慶論文集
93. 敦煌韻書殘卷在聲韻學研究上的價值　林炯陽　敦煌國際研討會論文

## 肆、其他參考書目：

1. 封氏聞見記　唐封演　畿輔叢書本
2. 刊誤　唐李涪　百川學海本
3. 蘇氏演義　唐蘇顎　藝海珠塵本
4. 玉海　宋王應麟　華聯出版社
5. 書林清話　葉德輝　世界書局
6. 宋元以來俗字譜　劉復、李家瑞　文海出版社
7. 敦煌變文論輯　潘師石禪　石門圖書公司
8. 敦煌俗字譜　潘師石禪　石門圖書公司
9. 敦煌遺書總目索引　王重民　源流出版社
10. 十三經注疏　藝文印書館
11. 文選　藝文印書館
12. 廣韻研究講義　陳師伯元　師大、文大中文研究所
13. 干祿字書研究　曾榮汾　文大中文研究所博士論文
14. 敦煌學概要　蘇瑩輝　國立編譯館中華叢書編審委員會
15. 敦煌學的現況和發展　潘師石禪　列寧格勒十日記附錄　學海出版社

語言文字叢書 1000A01

# 十韻彙編研究


作　　者　葉鍵得
責任編輯　蔡雅如

發 行 人　陳滿銘
總 經 理　梁錦興
總 編 輯　陳滿銘
副總編輯　張晏瑞
編 輯 所　萬卷樓圖書股份有限公司
印　　刷　百通科技股份有限公司
封面設計　百通科技股份有限公司

發　　行　萬卷樓圖書股份有限公司
地址　臺北市羅斯福路二段 41 號 6 樓之 3
電話　(02)23216565
傳真　(02)23218698
電郵　SERVICE@WANJUAN.COM.TW
大陸經銷　廈門外圖臺灣書店有限公司
電郵　JKB188@188.COM

ISBN 978-957-739-973-1
2019 年 10 月初版二刷
2015 年 11 月初版一刷
定價：新臺幣 1800 元（全二冊不分售）

如何購買本書：
1. 劃撥購書，請透過以下郵政劃撥帳號：
帳號：15624015
戶名：萬卷樓圖書股份有限公司
2. 轉帳購書，請透過以下帳戶
合作金庫銀行　古亭分行
戶名：萬卷樓圖書股份有限公司
帳號：0877717092596
3. 網路購書，請透過萬卷樓網站
網址　WWW.WANJUAN.COM.TW
大量購書，請直接聯繫我們，將有專人為您服務。客服：(02)23216565　分機 610

如有缺頁、破損或裝訂錯誤，請寄回更換





國家圖書館出版品預行編目資料

十韻彙編研究 / 葉鍵得著. -- 初版. -- 臺北市：萬卷樓, 2015.11
冊；　公分. -- (語言文字叢書)
ISBN 978-957-739-973-1(全套：平裝)

1.漢語 2.聲韻學

802.4　　104022603